Veröffentlicht von
DREAMSPINNER PRESS

5032 Capital Circle SW, Suite 2, PMB# 279, Tallahassee, FL 32305-7886 USA
www.dreamspinnerpress.com

Clouds and Rain Serie: Die komplette Serie
Urheberrecht der deutschen Ausgabe © 2021 Dreamspinner Press.
Originaltitel: Clouds and Rain: The Complete Series
Urheberrecht © 2016 Zahra Owens
Original Erstausgabe. Clouds and Rain – Ein Lichtblick für Gable ursprünglich veröffentlicht Februar 2011.
Earth and Sky – Ein Neubeginn für Hunter ursprünglich veröffentlicht Juni 2011.
Floods and Drought – Eine zweite Chance für Rory ursprünglich veröffentlicht März 2012.
Moon and Stars – Ein Wiedersehen mit Cooper ursprünglich veröffentlicht September 2013.
Übersetzt von Nicoletta und Melinda Wilke.

Umschlagillustration
© 2016 Paul Richmond.
http://www.paulrichmondstudio.com
Umschlaggestaltung
© 2021 L.C. Chase
http://www.lcchase.com
Die Illustrationen auf dem Einband bzw. Titelseite werden nur für darstellerische Zwecke genutzt. Jede abgebildete Person ist ein Model.

Deutsche ISBN. 978-1-64108-315-7
Deutsche eBook Ausgabe. 978-1-64108-314-0
Deutsche Erstausgabe. November 2021
v 1.0

Gedruckt in den Vereinigten Staaten von Amerika.

ZAHRA OWENS

Clouds and Rain

Die komplette Serie

INHALT

Clouds and Rain – Ein Lichtblick für Gable   1
Earth and Sky – Ein Neubeginn für Hunter   167
Floods and Drought – Eine zweite Chance für Rory   381
Moon and Stars – Ein Wiedersehen mit Cooper   585

Clouds and Rain –
Ein Lichtblick für Gable

Für Carol, die mich auf die Idee für die inspirierende Umgebung dieser Geschichte gebracht hat und für den Rest meiner „Lesegruppe" (in der Carol ein sehr aktives Mitglied ist), die mir dabei geholfen hat, alles andere auf die Reihe zu bekommen.

1

ER BRAUCHTE den Job. So einfach war das.

Er hatte in Supermärkten gearbeitet und sogar gekellnert, worin er nicht besonders gut war, aber dieser Job klang, als wäre er für ihn gemacht.

GESUCHT: Ranch-Helfer, der mit jungen, untrainierten Pferden umgehen kann und sich auch nicht scheut, Ställe auszumisten und Zäune zu reparieren.

Er war mit Pferden aufgewachsen und hatte sein Leben lang auf einer Ranch zugebracht, daher konnte er das mit geschlossenen Augen tun. Unterkunft und Verpflegung war natürlich nicht viel, aber es stand auch da, dass es einen netten Bonus geben würde, nachdem die Pferde verkauft waren. Das würde auf einer lokalen Auktion in circa sechs Wochen passieren, zumindest hatte das der Angestellte des Postamts gesagt. Er musste nirgendwo sein, daher klangen sechs Wochen Arbeit und ein Ort zum Bleiben wie etwas, mit dem er klarkommen würde. Er war kein großer Fan der kalten Winter in Idaho, aber er dachte, dass er sich nach den sechs Wochen auf den Weg in Richtung Küste und zu besserem Wetter machen konnte, bevor der Schnee kam.

Der Postbote setzte ihn am Anfang seiner Auslieferungstour am Haupttor der Blackwater Ranch ab und Flynn schwang sich seine Reisetasche über die Schulter, bevor er der staubigen Straße in Richtung des Haupthauses folgte. Es sah verlassen aus, obwohl es einen schmutzigen, dunkelgrünen Pick-up gab, der unter einem Apfelbaum stand, aber als er an die Tür des Ranchhauses klopfte, antwortete niemand. Entschlossen, den Besitzer zu finden, da er keine Lust hatte, den ganzen Weg in den Ort zurückzulaufen, schlenderte Flynn Richtung Stall; vorbei an ein paar Pferden, die ohne Halfter in einem kleinen Korral standen. Er sah ein paar mehr auf einer höher gelegenen Koppel, aber abgesehen davon war es unheimlich still.

Die Doppeltüren des Stalls waren offen, daher ging er hinein und wurde von einem großen braunen Kopf begrüßt, der sich aus einer Öffnung schob. Flynn streckte seine Hand aus und ließ das Pferd daran schnuppern, bevor er den weißen Fleck zwischen den Augen des Tieres rieb.

„Ist dein Boss hier irgendwo, meine Schöne?", fragte er das Pferd und lächelte dann, als das Tier offensichtlich nicht antwortete. Und es tat auch sonst niemand, daher lief Flynn zum Ende des Stalls, spähte dabei in die Ställe, an denen er vorbeilief, fand aber auch dort niemanden.

„Tja, dann arbeitet er wohl irgendwo anders", sagte er laut, bevor eine unerwartete Stimme von hinten ihn erschreckte.

„Kann ich dir helfen?"

Flynn drehte sich um und sah einen Mann in Jeans und einem karierten Hemd, der neben einem der Stalltore stand, an denen er vorbeigegangen war. Außerdem war da ein schwarzer Schäferhund mit weißer Schnauze, der neben ihm saß.

„Ja, ähm, ich bin hier wegen des Jobs?"

3

„Du musst ganz schön verzweifelt sein, wenn du etwas annehmen willst, das weniger als den Mindestlohn bringt. Wo ist der Haken? Warst du im Gefängnis oder so was?", fragte der Mann Flynn eher schroff.

Flynn schüttelte den Kopf. „Ich bin auf einer Pferderanch aufgewachsen, daher ist das besser, als im Supermarkt Kisten zu stapeln."

„Welche Ranch?", fragte der Mann in derselben ungerührten Stimme wie zuvor.

„Weiter im Osten", antwortete Flynn und blieb dabei ganz bewusst vage.

„Kanada", gab er schließlich zu. „Wir zogen von England dorthin, kurz nachdem ich geboren wurde, da man dort mit der Pferdezucht mehr Geld verdienen konnte als in England."

„Und warum arbeitest du dann nicht auf der Familienranch?"

Flynn hatte diese Frage befürchtet, aber er hatte seine Standardantwort parat. „Ich bin der jüngste von fünf Jungs. Da gibt es nicht wirklich etwas für mich zu tun."

GABLE ANTWORTETE nicht sofort; stattdessen beobachtete er den jungen Mann. Er war sich sicher, dass an der Geschichte noch mehr dran war und er wusste, dass er herausfinden würde, wenn er ihn denn anstellen würde. Nicht, dass er wirklich viel Auswahl hatte. Die Jungs aus der Umgebung fanden besser bezahlte Jobs auf den größeren Ranches und es kamen nicht sehr viele Fremde in den Ort. Wenn er zu diesem Typen nicht Ja sagte, müsste er die Ranch in dieser Saison alleine bewirtschaften und das gelang ihm aktuell nicht besonders gut.

„Also, was kannst du alles tun?", fragte er, obwohl er sich bereits entschieden hatte. Selbst wenn der Junge sich nicht sehr gut bei den jungen Pferden behaupten konnte, gab es wenigstens ein zusätzliches Paar Hände für die schweren Aufgaben.

„So ziemlich alles, was ein Pferd braucht", antwortete der attraktive Junge mit den braunen Augen. „Striegeln, tränken, die Ställe ausmisten, sie bewegen, sie an Sattel und Zaumzeug gewöhnen, sie einreiten; sag was du brauchst, ich hab es schon gemacht."

Obwohl es so klang, als wäre Gable gestorben und im Pferdehimmel gelandet, wusste er, dass es einen Haken geben musste. Wenn der Junge so gut war, wie er behauptete, warum arbeitete er dann nicht für die großen Ranches und verdiente mehr Geld als Gable ihm anbieten konnte? Aber er würde nicht tiefer graben. Wenn er sich nicht etwas ranhielt, dann würde keine Ranch mehr da sein und er brauchte das zusätzliche Paar Hände.

„Gut genug", sagte er. „Ich kann dir aktuell nichts bezahlen. Sobald die Pferde verkauft sind, werde ich dich entlohnen. Für den Moment kann ich dir nur Unterkunft und Verpflegung anbieten."

„So stand es ja schon auf dem Zettel am Postamt", sagte der junge Mann voller Resignation.

„Ich bin Gable Sutton und mir gehört das hier", antwortete Gable, dachte „noch", aber sprach es nicht aus.

„Flynn Tomlinson", antwortete der junge Mann und trat ein paar Schritte vor, um die angebotene Hand zu schütteln, „und ich arbeite hier."

Das Lächeln, das diese finale Aussage begleitete, fuhr Gable direkt in den Unterleib. Die Idee, mit Flynn zusammenzuarbeiten, um ihn zu beobachten, musste er verwerfen, denn er wusste, dass er selbst nichts zustande bringen würde, wenn er diesen jungen Mann den ganzen Tag ansehen müsste. Er hatte den hübschen kleinen Hintern begutachtet, als er durch den Stall gelaufen war, hatte die langen Beine und den schmalen Rücken bewundert. Natürlich konnte er sich diesen letzten Teil nur vorstellen, denn er war unter einer Wildlederjacke

4

und einem Jeanshemd versteckt, aber als er sich vorhin umgedreht hatte, hatte Gable quasi seinen inneren Wolf pfeifen hören. Er schüttelte den Kopf und versuchte, die Gedanken zu zerstreuen. Sie hatten Arbeit zu erledigen.

„Lass uns etwas zum Mittag essen. Ich kann Dir das Haus zeigen und dann können wir direkt loslegen."

FLYNN BEOBACHTETE seinen neuen Arbeitgeber, der mit zwei Schritten aus dem Stall trat und folgte ihm in Richtung des Tors. Es war nicht zu übersehen, wie viel Mühe sich der Mann geben musste, um einfach nur zu laufen. Nicht nur das ausgeprägte Humpeln war ein Indiz, auch das angestrengte Atmen war Beweis dafür, dass es nicht nur ein physisches Problem war. Dieser Mann hatte bei jedem Schritt Schmerzen.

„Du solltest wahrscheinlich zu einem Arzt gehen, der sich das einmal ansieht", sagte er und versuchte, es beiläufig klingen zu lassen. „Wenn du ein Pferd wärst, würde ich dich von der Weide holen und den Tierarzt anrufen."

„Der Doktor hat es schon gesehen", antwortete Gable schroff. „Hat gesagt, ich muss damit leben."

Gables Ton legte Flynn nahe, das Thema abzuhaken, aber es erklärte ihm, warum die Ställe in so schlechtem Zustand waren und der Rest der Ranch ebenfalls ziemlich unaufgeräumt aussah. Wenn Gable sich um alles selbst kümmern musste und noch dazu mit einer Verletzung, wie sie das Humpeln nahelegte, war das keine Überraschung. Obwohl Flynn nur raten konnte, was mit dem Bein seines neuen Arbeitgebers passiert war, sah es nicht danach aus, als wäre es nur ein verstauchter Knöchel. Immerhin würde Flynn ihn nicht fragen müssen, was zu tun wäre. Es war offensichtlich, dass es sehr viel Arbeit gab.

Als sie sich dem Haus näherten, hielt ein weißer Truck neben dem grünen und eine große, schlanke Frau mit einem blonden Pferdeschwanz stieg aus. Der Schäferhund rannte an ihnen vorbei, um sie zu begrüßen, als sie den Kofferraum öffnete und eine große Pappkiste herausnahm. Flynn, dem man beigebracht hatte, dass man einer Lady immer helfen musste, eilte an ihre Seite, um ihr die schwere Last abzunehmen.

„Meine Güte, danke schön!" Sie lächelte ihn an und sah dann zu Gable herüber. „Ich sehe, du hast jemanden gefunden, der dir hilft?"

„Hey, Calley", begrüßte Gable sie mit einem kurzen Kopfnicken. „Calley, das ist Flynn. Er wird mir hier helfen, bis ich die Pferde verkaufen kann. Flynn, das ist Calley. Ihr gehört der einzige vernünftige Lebensmittelladen im Ort und ihre bessere Hälfte ist Bill Haines, der einzige brauchbare Veterinär im Landkreis. Sie hat uns Lebensmittel mitgebracht, damit wir nicht verhungern. Ich sehe, dass du bereits gelernt hast, nett zu sein, zu denen, die dich füttern."

„Oh, Gable, du bist so ein Charmebolzen." Calley lachte gar nicht schüchtern, obwohl Flynn den Spott in ihrem Gesicht nicht sehen konnte, da sie sich weggedreht hatte. „Ich denke, dann werde ich Ende der Woche wohl noch etwas mehr vorbeibringen." Flynn bemerkte, dass es keine Frage war und das bestätigte ihn in dem Gefühl, dass Calley und Gable sich ziemlich gut kannten.

Sie gingen ins Haus und Calley zeigte Flynn, wo er die Kiste mit den Lebensmitteln abstellen sollte, während Gable sich auf das ausgesessene Sofa fallen ließ, das in der Ecke der Küche stand. Er legte sein Bein auf einen Hocker, der vor ihm stand, und atmete tief aus. Flynn bemerkte den Ausdruck von Besorgnis, den Calley ihm zuwarf, auch wenn er sehr flüchtig war, bevor sie damit begann, die Kiste auszuräumen und Lebensmittel einzuräumen, als wäre sie in ihrem eigenen Haus. Obwohl, wenn das der Fall wäre - da war Flynn sich sehr sicher -, würde das Haus auch so aussehen, als würde eine Frau von Zeit zu Zeit Hand anlegen. Stattdessen stapelten sich die Teller in der Spüle und im Kühlschrank waren nur genau die Dinge, die Calley gerade hineingeräumt hatte. Obwohl sie nichts dazu sagte, sah Flynn, dass sie diverse Dinge wegwarf, die wahrscheinlich schon fast alleine hinausgelaufen wären. Als Gable sich beschweren wollte, wurde sie allerdings deutlich. „Es ist mir egal, wenn du dich selbst vergiftest, Gable, aber dieser junge Mann verdient es, gut versorgt zu werden. Er ist hier, um dir zu helfen, daher kümmerst du dich besser auch um ihn!"

Gable grummelte etwas in seinen nicht vorhandenen Bart und Flynn beobachtete belustigt den Austausch. Er wusste noch nicht so recht, was er daraus machen sollte. War Calley Gables Ex? War das der Grund, warum sie sich im Haus so gut auskannte und weshalb sie ihn vor einem quasi vollkommen Fremden zurechtweisen konnte? Er würde keine dieser Fragen laut stellen, da er fürchtete, dass Gable kein Interesse an Smalltalk hatte. Vielleicht würde seine Neugier eines Tages befriedigt werden, aber selbst wenn nicht, meine Güte, tatsächlich ging es ihn nichts an.

„Nun, Flynn, ich hoffe du kannst kochen?" Calley warf ihm einen besorgten Blick zu und Flynn lächelte sie an.

„Natürlich kann ich das", gestand er. „Ich bin in einem Haus voller Jungs groß geworden. Es hieß entweder das oder ständig trockenes Brot essen!"

„Dann bin ich sicher, du wirst dich hier direkt wie zu Hause fühlen", antwortete Calley und zwinkerte ihm zu, bevor sie die leere Kiste nahm und hinausging.

Nachdem sie weg war, wurde das Schweigen unangenehm.

„Ich könnte uns ein Omelette machen?", schlug Flynn vor.

„Hatte Eier zum Frühstück, daher lass ich das aus", antwortete Gable, der seine Augen geschlossen und den Kopf entspannt gegen die Rückenlehne der Couch gelegt hatte. „Danke", ergänzte er, quasi wie einen nachträglichen Gedanken.

Wenn er den Zustand der Küche richtig einschätzte, dann bezweifelte Flynn, dass Gable irgendetwas gegessen hatte. Daher würde er das nicht auf sich beruhen lassen. Er hatte gesehen, dass Calley alle möglichen Dinge ausgepackt hatte und war sich sicher, dass er ein schmackhaftes Mittagessen zusammenstellen konnte. Daher öffnete er den Kühlschrank, nahm einen Salatkopf heraus, eine Tomate und eine Gurke. Zusammen mit dem Schinken und Käse, den sie ebenfalls mitgebracht hatte, machte er Sandwiches. Er musste ein paar Schränke öffnen, entschied sich dann aber schließlich dafür, einige der Teller und Messer abzuwaschen, sodass er die Sandwiches auf etwas anderes als das Schneidebrett tun konnte. Der Hund blieb artig bei seinem Besitzer. Er leckte sich die Schnauze, hatte aber offensichtlich gelernt, nicht zu betteln.

„Hier, Junge", rief Flynn nach dem Hund.

„Sie ist ein Mädchen und ihr Name ist Bridget", korrigierte Gable ihn. „Und sie bekommt keine Reste vom Tisch. Sie hat einen Fressnapf im Vorraum."

Flynn verharrte mit dem Stück Schinken mitten in der Luft und sah, dass der Hund hin und her gerissen war zwischen der Leckerei und der Loyalität zu seinem Besitzer. Deshalb legte Flynn den Schinken auf das Schneidebrett zurück und der Hund entspannte sich wieder. Er teilte die Sandwiches auf zwei Teller auf und reichte einen an Gable weiter, der seine Augen öffnete, als er das Essen roch.

Etwas skeptisch nahm Gable den Teller von Flynn entgegen und betrachtete seinen Inhalt. „Danke", murmelte er als er inspizierte, was sich da zwischen den zwei Scheiben Roggenbrot befand. Schließlich erschien ein eher gezwungenes Lächeln auf seinem Gesicht.

6

Flynn musste an sich halten, um nicht zu lachen. Er fühlte sich unter Fremden selten unwohl, vor allem nachdem er nun seit mehr als drei Jahren unterwegs war, aber dieser Mann war irgendwie anders. Er hoffte, dass die ungemütlichen Schweigephasen irgendwann verschwinden würden oder dass der Mann ihn wenigstens in Ruhe arbeiten lassen würde, damit es ihn nicht allzu sehr stören würde. Auf jeden Fall konnte er nicht genau sagen, warum es so schwer war, mit Gable in einem Raum zu sein. Allerdings war das Essen gut, viel besser als das, was er sich in den Diners entlang des Weges hatte leisten können. Gable schien dem zuzustimmen und Flynn versuchte, nicht zu grinsen, als er sah, wie Gable versuchte, die Gurke aus dem Sandwich zu entfernen, ohne dass er es merkte. Flynn gab Bridget den Streifen Schinken, den er vorher beiseitegelegt hatte, während er den Abwasch erledigte. Und zwar den ganzen Abwasch, nicht nur die Teller, die sie benutzt hatten.

Als sie wieder nach draußen gingen, um sich um die Ställe zu kümmern, sah die Küche deutlich besser aus als eine Stunde zuvor, als sie reingekommen waren.

FLYNN HATTE wirklich Spaß an seinem Job.

Er war im Wesentlichen sein eigener Chef. Gable mischte sich nicht in die Dinge ein, die er tat, und trotz seines schroffen Gebarens war er ein stiller und besonnener Mann. Sie hatten sich die Aufgaben stillschweigend aufgeteilt. Gable tat all die Dinge, die er sitzend oder auf dem Pferd tun konnte. Er hatte sich um die Sättel und Zaumzeuge gekümmert, das Scharnier einer Tür repariert und war auf den Pferdekoppeln unterwegs gewesen, um zu schauen, ob an den Zäunen etwas zu reparieren war. Er trieb die Pferde zusammen, um sie von einer Weide auf die nächste zu treiben, und Flynn hielt die Tore auf und schloss sie wieder, wenn alle Pferde durch waren. Alles in allem waren sie ein ziemlich gutes Team.

Flynn wusste, dass sie mit den Pferden arbeiten mussten, wenn sie sie auf der Auktion verkaufen wollten. Einige waren noch nicht einmal an Sattel und Zaumzeug gewöhnt - und in der einen Woche, die er jetzt da war, hatte er noch nicht viel in dieser Richtung gesehen. Er hatte Gable oft dabei beobachtet, wie er auf der oberen Koppel durch die Herde ritt, hatte manchmal gesehen, wie er sie berührte, ihre Rücken streichelte oder sogar mit ihnen sprach, aber sie hatten bisher nicht ein einziges Mal individuell mit den Pferden gearbeitet und das machte Flynn Sorgen. Er wusste nur nicht, wie er das Thema am besten ansprechen sollte.

Gables Humpeln wurde nicht besser; tatsächlich hatte Flynn den Eindruck, dass es sogar schlechter wurde. Er hatte noch einmal vorgeschlagen, einen Arzt aufzusuchen und war dafür angefahren und den Rest des Tages mit Schweigen bestraft worden. Als Friedensangebot beendete er seine Aufgaben früher, um schnell ins Haus zu kommen und Abendessen zu machen. Bisher hatte noch niemand seiner vegetarischen Lasagne widerstehen können. Er hatte selbst die überzeugt, die eigentlich der Meinung waren, dass eine Mahlzeit ohne Fleisch nicht vollständig war.

„Geh erst unter die Dusche. Das Abendessen braucht noch etwa 20 Minuten", sagte Flynn zu Gable, als der ältere Mann schließlich ins Haus kam. Gable antwortete nicht, sondern nickte nur und zeigte sein ausdrucksloses Gesicht, als er in den hinteren Teil des Hauses ging.

Flynn wusste, dass Gable die Außendusche bevorzugte, unter anderem weil es ihm den Weg ins obere Stockwerk ersparte. Abends hatte das Wasser dort eine perfekte Temperatur, nachdem es den ganzen Tag von der Sonne erhitzt wurde, aber selbst an bedeckten Tagen nutzte Gable diese Dusche. Es war eigentlich nur ein Duschkopf, der an der Rückseite des Hauses befestigt war, mit Büschen, die drum herum gepflanzt waren, sodass niemand hineinschauen konnte, zumindest nicht von außerhalb. Von innen war es dagegen einfach, aus dem Schatten der Hintertür zuzusehen.

Flynn hatte Gables nackte Kehrseite an seinem zweiten Tag dort gesehen, als der ältere Mann sich auszog, um sich zu waschen. Er hatte sich heruntergebeugt, um eine Art Plastikhülle um sein verletztes Bein zu legen, aber das war es nicht, was Flynns Aufmerksamkeit erregte. Er war fasziniert von dem sehnigen Körper, dem starken schlanken Rücken, und als sich der Mann unter dem Sprühwasser herumdrehte, mit geschlossenen Augen und eindeutig das Wasser genießend, hatte Flynn gefühlt, wie seine Jeans knapp wurde. Er beobachtete, wie Gables Hand durch seine Brusthaare strich und dann über seinen Bauch weiter zum Unterleib.

Das war genau die Art Körper, die Flynn anmachte und er hatte in letzter Zeit viel zu wenige davon unter seinen Händen gefühlt. An diesem Tag war Flynn zum ersten Mal in die winzige Toilette im Keller gestürzt, um die Anspannung in den Griff zu bekommen. Inzwischen tat er das nicht mehr. Inzwischen kannte er Gables Ritual beim Waschen und wusste, wie lange der Mann brauchte, um sich abzutrocknen und wieder anzuziehen. Es kam nie jemand zur Ranch und dort, wo er stand, konnte auch Gable ihn nicht sehen, daher fühlte er sich sicher genug, um seine Hand in die Jeans zu schieben und sich selbst zu streicheln. Als er sah, wie Gable den Schaum zwischen seinen Beinen verteilte, diese Aktion ein paarmal wiederholte und zu zögern schien, als er bemerkte, dass er hart wurde und sich dann selbst in die Hand nahm, stieß Flynn ein leises Stöhnen aus. Oh, was er alles tun würde, wenn es ihm erlaubt wäre, diesen Körper zu berühren, diese Hand zu sein, die Gables Schwanz streichelt. Flynn zögerte fast, sich selbst anzufassen, da er Sorge hatte, sofort zu kommen. Er beobachtete, wie Gable sich gegen die Hauswand lehnte, einen Arm ausgestreckt, um sich aufrecht zu halten, und auf dem guten Bein balancierend, während er sich selbst Vergnügen bereitete. Flynn konnte sich sehr gut vorstellen, wie Gable aussehen würde, wenn er ihm dabei helfen könnte. Und dann plötzlich kam ihm ein Gedanke. Er überlegte, wie lange es wohl her war, dass eine fremde Hand Gable berührt hatte. Er sah nicht so aus, als wenn er viel herum käme. Vielleicht würde Gable irgendwann zulassen, dass er gut zu ihm war. Vielleicht.

Flynn sah, wie Gable sich in seiner Hand aufbäumte und kam, dicke Streifen weißer Creme schossen aus seinem Schwanz. Aber es gab keine Ekstase in seinem Gesicht; Gable fuhr einfach damit fort, sich zu waschen. Flynn schloss seine Augen und stellte sich vor, wie der ältere Mann aussehen würde, wenn er tatsächlich gut behandelt würde, verwöhnt und liebkost. Es reichten nur wenige Bewegungen mit seiner Hand, bis Flynn spürte, wie der Orgasmus in seinen Unterleib rauschte, als er sich vorstellte, wie Gable seinen Namen sagen würde. Als er nur wenige Augenblicke später seine Augen öffnete, sah er, dass Gable ihn direkt ansah, während er sich abtrocknete. Flynns Herz blieb stehen. Er hatte nicht geplant, erwischt zu werden.

2

ALS GABLE sah, wie Flynn ihn durch das Fenster der Hintertür beobachtete, wurde er zuerst sauer und dann ziemlich erregt, trotz der kleinen Entspannungsübung gerade eben unter der Dusche. Er konnte nicht glauben, dass der Junge sich das getraut hatte. Was war aus ‚einfach mal in die andere Richtung schauen' geworden? Und dann traf ihn die Erkenntnis: Vielleicht mochte Flynn den Anblick nackter Männer? Gable trocknete sich weiter ab und versuchte, diese Vorstellung aus seinem Kopf zu bekommen. Er konnte sich damit nicht befassen. Sie hatten viel Arbeit vor sich und jede Komplikation ihrer Beziehung würde die Dinge nur noch schwieriger machen.

Denn Gable hatte den Eindruck, dass sie sich eigentlich sehr gut anstellten. Flynn war ein fleißiger Arbeiter und Gable fand es gut, dass er ihm nicht immer sagen musste, was zu tun war. Jede Annäherung könnte ihn in die Flucht treiben und er würde in keinem Fall jemanden finden, der genauso geeignet war. Außerdem war deutlich geworden, dass er die Ranch alleine nicht am Laufen halten konnte. Dafür sorgte schon sein verdammtes Bein, was ein weiterer Grund dafür war, dass er sich nicht traute, darauf zu hoffen, dass Flynn wenigstens einen kleinen Teil der gleichen Lust fühlte, die Gable für ihn empfand. Warum sollte sich der Junge für einen Typen interessieren, der alt genug war, sein Vater zu sein, selbst wenn er zwei gesunde Beine gehabt hätte?

Vollständig bekleidet ging Gable in die Küche und sah ganz bewusst nicht zu Flynn. Aber die Düfte, die ihm entgegenschlugen, ließen ihm das Wasser im Mund zusammenlaufen. Er war nun schon ein paarmal Zeuge von Flynns Kochkünsten geworden. Einfache Sachen wie Omelette und Spaghetti, die aber schmeckten, wie er es aus den Restaurants in der Stadt kannte und nicht wie das, was er auf der Ranch an Essen gewöhnt war. Aber dieses Mal roch es noch besser. Aus dem Augenwinkel sah er, wie Flynn sich vor dem Herd hockte und in den Backofen schaute. Er konnte nicht anders, als einen kurzen Blick auf diesen straffen kleinen Hintern in den engen Jeans zu werfen, aber er stellte sicher, dass seine Augen nicht verweilten.

„Es sieht so aus, als wenn es in fünf Minuten fertig ist", sagte Flynn und drehte sich dabei nicht um.

„Okay", antwortete Gable. Aus irgendeinem Grund raste sein Herz. Das war lächerlich. Viele Männer hatten ihn schon nackt gesehen. Warum war es so seltsam, zu wissen, dass Flynn ihn nun gesehen hatte? Plötzlich fühlte er sich schmuddelig, weil er immer noch seine Arbeitsklamotten anhatte, daher drehte er sich um und humpelte die Treppe hoch, um sich umzuziehen.

Flynn richtete sich aus seiner Position vor dem Herd auf und drehte sich um. Zu seiner Überraschung war die Küche verlassen. Er hatte erwartet, dass Gable dort wäre, bereit für das Abendessen, wie an jedem Abend, seitdem Flynn angekommen war. Er hörte Schritte auf der Treppe, Gables inzwischen gewohntes Humpeln und fragte sich, was das zu bedeuten hatte.

Fünf Minuten später, als Flynn die dampfende Auflaufform auf den Tisch stellte, sah er Gable wieder hereinkommen, in einer sauberen Jeans und einem Hemd, das aussah, als wäre es noch nie zuvor getragen worden.

„Gibt es etwas zu feiern?", fragte Flynn. „Du hättest dich nicht extra umziehen müssen. Das ist nichts Besonderes, nur Lasagne."

Gable zuckte mit den Schultern. „Es ist Samstag."

„Und bei deiner Mutter musstest du dich wohl jeden Samstag ordentlich anziehen?"

Gable zuckte wieder mit den Schultern, schwieg jedoch. Stattdessen zog er den Küchenstuhl heraus, setzte sich und warf Flynn einen erwartungsvollen Blick zu, der mehrere Augenblicke dauerte. Er wendete seine Augen ab, als ihm bewusst wurde, dass er ihn direkt ansah.

Flynn versuchte, die peinliche Befangenheit zu ignorieren, die sein Chef häufiger an den Tag legte, wenn sie sich abends zum Essen zusammensetzten. Er würde einfach einen Weg finden müssen, diese Abendessen etwas entspannter zu gestalten.

„Soll ich dir auftun?", fragte er und streckte seine Hand aus, damit Gable ihm seinen Teller geben konnte.

„Klar", stimmte Gable zu, sah Flynn dabei aber nicht an. Er wartete gerade lange genug, dass Flynn den Teller füllen konnte und schaufelte dann sofort drauflos.

Flynn musste zugeben, dass die Zeit des Abendessens immer etwas angestrengt verlief, aber wenn er Gables Eifer richtig interpretierte, dann wurden seine Kochkünste durchaus geschätzt. Flynn vermutete, dass Gable einfach kein großer Redner war. Für ihn allerdings hatte das Unterwegssein oft bedeutet, nur sich selbst als Gesellschaft zu haben. Doch jetzt, wo ihm jemand zuhörte, konnte er nicht aufhören, zu reden.

„Mehrere Frauen kümmerten sich um uns, nachdem Mama gestorben war", sagte Flynn, während er sich durch seinen eigenen Nudelteller arbeitete. „Ich war der Kleinste, daher war ich immer dabei, wenn sie Abendessen machten Ich hab gelernt, alle möglichen Sachen zu kochen und sobald ich alt genug war, um den Backofen zu bedienen, habe ich ziemlich viel herumexperimentiert, mit durchaus gemischten Ergebnissen." Flynn schmunzelte, als er sich an diese Zeiten erinnerte.

„Tut mir leid wegen deiner Mutter. Dann hat sich doch immerhin etwas Gutes aus ihrem Tod ergeben", antwortete Gable, der vorübergehend seine Manieren vergaß und mit vollem Mund sprach. Er schluckte herunter und blickte Flynn dann mit dem Anflug eines Lächelns ins Gesicht. „Ich kann mich nicht erinnern, in meiner eigenen Küche schon mal so gut gegessen zu haben."

Flynns Herz jubelte über dieses Kompliment. Er versuchte aber, es nicht zu zeigen, weil er nichts tun wollte, das Gable vom Reden abbringen würde. „Vielen Dank", sagte er stattdessen. „Willst du noch mehr?"

Gable gab ihm seinen Teller und Flynn tat im noch eine Portion auf.

„Das richtige Kochen habe ich dann allerdings in der Stadt gelernt", fuhr Flynn fort. „Da gab es für Ranchhelfer nicht sehr viel zu tun, daher musste ich mich anpassen. Das Einzige, was wirklich immer gebraucht wurde, wenn ich dorthin kam, waren Köche, die kurzfristig einspringen konnten."

„Hast du gerne in der Stadt gelebt?", fragte Gable.

Flynn zuckte mit den Schultern. „Es war auf jeden Fall anders." Er zögerte. „Es gab deutlich mehr Gelegenheiten, mir die Hörner abzustoßen, falls du weißt, was ich meine."

„Aber du bist dann wieder aufs Land zurückgekehrt?"

„Ich hatte meine Gründe", sagte Flynn ausweichend. Danach war es keine Überraschung, dass sie den Rest der Mahlzeit im üblichen Schweigen verbrachten.

Gable sprach erst wieder, nachdem sie abgewaschen hatten und draußen auf der Veranda saßen. Die Sonne ging unter, die Wolken zogen sich zusammen und färbten eine

Seite des Himmels bedrohlich dunkel, während die andere Seite in rot und orange erstrahlte. Gable hatte sein verletztes Bein auf einer der vielen Fußbänke hochgelegt und Flynn saß auf den Stufen, seinen Rücken gegen den dicken Holzpfosten gelehnt, der das Dach abstützte. Er sah Gable nicht direkt an, aber wenn er wollte, konnte er es tun, ohne sich zu verdrehen, Von Zeit zu Zeit warf er einen kurzen Blick hinüber, nur um sicher zu sein, dass der ältere Mann entspannt und zufrieden war. Das schien eine Position zu sein, mit der sie beide gut leben konnten, und sobald es keine Notwendigkeit zur Interaktion gab, schien die Spannung zwischen ihnen nachzulassen.

Allerdings war Flynn mit dem Schweigen nicht wirklich glücklich. Es bedeutete, dass er Zeit zum Träumen hatte und immer wenn er das tat, dann hatte er wieder das Bild von Gable unter der Dusche vor seinen Augen und sein Körper reagierte. Er versuchte wirklich, sich zu entspannen und an andere Dinge zu denken. Er musste sich einfach damit abfinden, dass eine weitere Annäherung überhaupt nicht infrage kam, solange sie noch nicht einmal eine anständige Unterhaltung führen konnten. Außerdem, soweit er wusste, war Gable ein Hetero. Flynn hatte zumindest noch nie mitbekommen, dass Gable ihn ansah. Allerdings bewies das gar nichts. Flynn seufzte. Das Leben in der Stadt war deutlich unkomplizierter. Er hatte fast vergessen, warum er es seinerzeit so eilig gehabt hatte, sie zu verlassen. „Es sieht aus, als würde es Regen geben", murmelte Gable von seinem Stuhl aus „Sie haben heute Nachmittag im Radio nichts davon gesagt", antwortete Flynn.

„Diese Wetterleute haben doch keine Ahnung, wovon sie reden. Vertrau mir. Ich weiß, wie der Himmel hier aussieht, direkt vor einem Sturm. Ich hoffe, es ängstigt die Pferde nicht zu sehr. Ich kann es mir nicht leisten, welche zu verlieren." Gable seufzte und dachte über die tragische Wahrheit in seinen eigenen Worten nach. Wenn ein paar der Pferde durch den Zaun brachen und flohen, war gar nicht abzusehen, welcher Schaden entstehen würde. Als sie die Ranch noch zu zweit bearbeitet hatten, konnte einer den Zaun reparieren, während der andere zusammen mit dem Hund losritt, um die Pferde zu suchen. Inzwischen konnte er selbst nicht mehr allzu weit hinausreiten und Flynn kannte die Gegend nicht gut genug, um es zu tun. Alles, worauf sie hoffen konnten war, dass es nur ein leichter Sommerregen würde, vor dem die Pferde neben dem Unterstand Schutz suchen würden.

Der pochende Schmerz in Gables Bein ließ etwas nach, wenn er eine Weile saß. Es war ein warmer Abend, die Ruhe vor dem Sturm, und er beobachtete Flynn, der auf den Stufen saß, den Kopf gegen den Pfosten gelehnt und mit geschlossenen Augen. Gable dachte kurz, dass er ein Lächeln auf seinem Gesicht sah. Trotzdem konnte er nicht anders, als sich Gedanken darüber zu machen, dass er Flynn zu hart rannahm. Er stand jeden Morgen genauso früh auf wie Gable, was selbst im Spätsommer ein ziemlich zeitiges Morgengrauen war. Er arbeitete den ganzen Tag, scheinbar unermüdlich und dachte immer daran, Gable Wasser zum Trinken mitzubringen, wenn er sich selber welches holte. Zusätzlich machte er jeden Abend das Essen für sie beide. Obwohl Gable sich sehr leicht an diese königliche Behandlung gewöhnen könnte, wusste er, dass er es besser nicht tat. Flynn war ein Weltenbummler und Gable wusste, dass er weg wäre, sobald die Pferde verkauft waren. Es würde keinen Sinn machen, zu versuchen, ihn auf zuhalten.

„Denkst du, wir sollten die Pferde aus der oberen Koppel runterholen?", fragte Flynn schließlich, ohne die Augen zu öffnen. „Ich könnte Bridget mitnehmen. Sie hört auf mich zwar nicht so gut wie auf dich, aber sie weiß, was zu tun ist."

Gable dachte darüber nach. Vor langer Zeit, als er das noch nicht alleine gemacht hatte, wären sie zusammen rausgeritten und es hätte maximal eine Stunde gedauert, die Pferde näher an die Ranch zu holen, wo sie besser gegen die Elemente geschützt wären. Jetzt konnte er es nicht riskieren. Nicht mit seinem schlimmen Bein und Flynns Unerfahrenheit. „Wir müssen einfach darauf hoffen, dass es nicht allzu schlimm wird", antwortete Gable. Er sah Flynn nachgeben und drehte sich weg, um nicht die Enttäuschung in seinem Gesicht zu sehen. Beklommen hob er sein Bein von der Fußbank und setzte es vorsichtig zurück auf den Boden, bevor er sich aus dem Stuhl erhob.

„Du hast die Ranch nicht immer alleine geführt, nicht wahr? Vor... vor deinem Unfall?"

Gable blieb im Türrahmen stehen, als er das Zögern in Flynns Stimme hörte. Er konnte sich nicht umdrehen, konnte dem Jungen die Emotionen in seinem Gesicht nicht zeigen. Er konnte aber auch nicht einfach weitergehen. Wie konnte er ihm erklären, wie sehr er seinen Gefährten vermisste, wie sehr er es vermisste, gehalten und berührt zu werden? Wie er das viel mehr vermisste als die Hilfe auf der Ranch?

Plötzlich fühlte Gable eine Hand auf seinem Rücken und wäre fast zurückgewichen. Die Hitze, die von ihr ausging, fühlte sich trotz der warmen Nachtluft so gut an, dass er einfach stehen blieb. Es kostete ihn seine ganze Kraft, sich nicht umzudrehen und den jungen Mann in seine Arme zu schließen.

„Nein, wir waren zu zweit, aber er ist weggegangen", antwortete Gable kurz angebunden und hoffte, dass seine Stimme nicht seinen ganzen Herzschmerz verriet. Er trat einen Schritt nach vorne, weg von Flynn, und dann einen weiteren, und bevor er es richtig wusste, war er alleine in seinem Schlafzimmer.

3

FLYNN KONNTE nicht schlafen. Es schüttete wie aus Eimern und aus seinem Schlafzimmerfenster konnte er die Pferde erkennen, die sich im Unterstand zusammendrängten. Außerdem ging ihm immer noch die Unterhaltung mit Gable durch den Kopf. Gable hatte ganz klar gesagt ‚er ist weggegangen' und die überwältigenden Gefühle, die mit diesem Zugeständnis mitklangen, ließen in Flynns Augen keinen Zweifel daran, dass Gable von einem Liebhaber gesprochen hatte und nicht nur von irgendeinem Typen, der mit ihm auf der Ranch gearbeitet hatte. Flynn war sich nicht sicher, ob er über diese Enthüllung glücklich oder traurig sein sollte. Natürlich war es nett, zu wissen, dass Gable Männer mochte, aber bedeutete das auch, dass Flynn eine Chance bei ihm hatte? Er mochte den Mann, begehrte ihn, und er musste zugeben, dass es ihm nichts ausmachen würde, der Lückenbüßer zu sein, die Ersatzbefriedigung. Er glaubte sowieso nicht an die ewige Liebe, und wenn sich zwischen ihm und Gable etwas ergeben würde, dann könnte er einfach länger da bleiben als die zunächst vereinbarten sechs Wochen. Tatsächlich war es so, dass der Gedanke an ein Jahr oder noch länger am gleichen Ort inzwischen ganz verlockend klang, obwohl er noch keine Wetten darauf abschließen würde. Gable schien seine Gesellschaft nur zu dulden, weil er gute Arbeit leistete.

Trotz Gables rauer Schale hatte Flynn mehr als einmal die Zärtlichkeit gesehen, die der Mann in sich hatte, besonders gegenüber den Pferden. Sie schienen ihn ganz natürlich bei sich aufzunehmen, wenn er sich zwischen ihnen bewegte, er respektierte ihre Herdenmentalität, aber auch ihre Individualität.

Als Flynn es gewagt hatte, Gable vorzuschlagen, mit dem Training zu beginnen, hatte Gable ihm eine eindrucksvolle Demonstration davon gegeben, welche Verbindung er zu diesen Tieren hatte. Er hatte ein Hengstfohlen aus der Herde ausgewählt, in die Einfriedung geführt und ihm zuerst die Trense angelegt und dann einen Sattel. Das Pferd hatte sich quasi gar nicht gewehrt und als es doch unruhig wurde, hatte Gable es beruhigt, stand schweigend neben ihm und gab dem Pferd die Zeit, sich zu gewöhnen. Das Hengstfohlen war noch zu jung, um geritten zu werden, aber Flynn hatte das Gefühl, dass es quasi bereit dazu wäre. Obwohl Gables Blick, der ihn scheinbar fragte, ob er jetzt zufrieden sei, Flynn davon abhielt, eine neue Diskussion anzufangen, wusste dieser, dass sie das Gleiche noch mit einigen der älteren Pferden ausprobieren mussten, den drei- und vierjährigen, die für den Verkauf geeignet waren.

Draußen schien das Gewitter etwas nachzulassen, aber der Regen prasselte weiterhin herab. Es machte keinen Sinn, sich um die Pferde zu sorgen. Sie schienen in ihrem Unterstand ziemlich ruhig und es gab sowieso nicht genug Raum, um sie alle nach drinnen zu bringen; außerdem handelte es sich um Arbeitspferde, die selbst im Winter draußen blieben, dann allerdings geschützt durch einen etwas stabileren Anbau. Flynn drehte sich vom Fenster weg, kuschelte sich in seine Decken und versuchte, es sich gemütlich genug zu machen, um einzuschlafen. Als das nicht so richtig klappte, schob er die Hand zwischen seine Beine und streichelte sich. Als er seine Augen schloss, stahlen sich wieder die Bilder von Gables sehnigem Körper in seine Gedanken und er stellte sich vor, wie es wäre, ihm unter der Dusche Gesellschaft zu leisten. Er wurde sofort hart und sehr erregt. Sein Höhepunkt befriedigte ihn nicht wirklich, aber er machte ihn träge genug, um schließlich einzunicken.

ZWEI STUNDEN nachdem er in sein Schlafzimmer geflüchtet war, lag Gable immer noch komplett angezogen auf seinem Bett und dachte darüber nach, was mit der Zeit geschehen war. Draußen war es inzwischen dunkel und der Wind heulte laut um das Haus herum und drückte den Regen gegen das Fenster. Warum hatte der Junge das getan? Warum hatte Flynn versucht, ihn zu trösten? Er hatte eigentlich immer gedacht, dass er seine Emotionen in seiner Gegenwart ziemlich gut im Griff hatte.

Aber wem wollte er etwas vormachen? Fast ein Jahr lang hatte er es geschafft, nicht an Grant zu denken. Im Krankenhaus hatte er einfach entschieden, den Mann aus seinen Gedanken zu verbannen und die meiste Zeit war er damit auch erfolgreich gewesen. Irgendwie brachte dieser Junge alles wieder zurück. Flynn war kleiner als Grant, aber er hatte das gleiche neckische Grinsen und wilde, schwarze Locken. Grant war auch ein Weltenbummler gewesen, trotzdem war er eine Weile geblieben. Konnte er bei Flynn auf das Gleiche hoffen? Er könnte allerdings auch auf den Herzschmerz verzichten, den es bedeuten würde, wenn er schließlich ging.

Gable musste sich nur auf der Ranch umsehen, um zu bemerken, wie gut sie inzwischen aussah. Flynn war ein Geschenk Gottes. Die Ställe waren wieder in einem guten Zustand, die Pferde waren glücklich und sogar Bridget wedelte für ihn mit dem Schwanz. Gable konnte sich nicht mehr erinnern, wie lange es schon her war, seitdem sein Haus das letzte Mal bewohnbar ausgesehen hatte. Wobei, tatsächlich wusste er das sehr gut. Vor dem Unfall war er derjenige gewesen, der das Putzen übernommen hatte, da Grant nicht besonders häuslich war. Grant hatte es immer für selbstverständlich gehalten, dass er in ein aufgeräumtes Haus kommen und saubere Kleidung vorfinden würde, und Gable hatte ernsthafte Zweifel, dass er jemals darüber nachgedacht hatte, wer all diese Dinge für ihn getan hatte.

Gable setzte sich im Bett auf und begann damit, sein Hemd auszuziehen. Er zuckte zusammen, als er seinen Fuß härter als üblich auf dem Boden aufsetzte und verfluchte sich selbst dafür, so abgelenkt zu sein. Er ließ seinen Kopf in die Hände fallen und seufzte. Er konnte nicht zulassen, dass seine Gefühle ihn wieder übermannten. Er musste einfach damit aufhören, über Grant nachzudenken. Und genauso über Flynn.

Am nächsten Morgen stand Gable früh auf, da er sowieso nicht schlafen konnte. Er ging an der Küche vorbei, trotz des verlockenden Duftes, der bereits von dort kam, und sattelte Brenner, seinen braunen Hengst, um nach der Herde zu sehen.

Er brauchte mehr als eine Stunde, in der er sein Pferd zwischen den anderen Tieren bewegte, um sicher zu sein, dass sie alle in Ordnung waren, und dann noch einmal zwei Stunden entlang der Zäune, bevor er entspannt und zufrieden war, weil alles in Ordnung war und er zu den Ställen zurückkehren konnte.

Er hatte gerade die Baumlinie verlassen als er sah, wie Flynn aus dem Stall heraustrat, gefolgt von einem großen dunklen Mann. Gable wendete sofort sein Pferd, da er nicht wollte, dass die beiden Männer ihn bemerkten, aber schließlich überwog die Neugier. Er ritt etwas näher heran und erkannte den Fremden. Hunter besaß die Nachbarranch, ein Betrieb, der sehr viel größer war als Gables und er kam immer vorbei, um die erste Auswahl aus der Herde zu treffen. Er würde ein paar Pferde für seine Cowboys kaufen und noch ein paar mehr, die ihm ins Auge fielen und von denen er dachte, dass er sie mit Profit weiterverkaufen konnte. Er war wahrscheinlich da, um weitere zu kaufen.

Hunter war außerdem ein unverbesserlicher Charmebolzen, allerdings in einer unaufdringlichen Art und Weise. Gerade flirtete er mit Flynn und obwohl Gable wusste, dass Hunter nicht schwul war, fühlte er, wie sein Magen sich zusammenzog. Obwohl das so war, konnte Gable nicht wegsehen. Flynn lächelte und ermutigte Hunter damit vielleicht noch. Flynn lehnte sich gegen einen Torpfosten und Hunter stand ziemlich dicht bei ihm, seine Hand an den gleichen Torpfosten gestützt, während er etwas sagte, das Flynn zum Lachen brachte.

Gable spornte Brenner an, auf die Ranch zuzugaloppieren, ganz egal, wie sehr sein Fuß dabei wehtat. Wenn irgendjemand irgendwelche Pferde verkaufte, dann war er das und nicht Flynn.

FLYNN WUSSTE, dass Hunter mit ihm flirtete und er genoss jede Minute davon. Es fühlte sich wie eine Ewigkeit an, seitdem ein Mann ihm seine Aufmerksamkeit geschenkt hatte, daher würde er dem attraktiven Einkäufer nicht die kalte Schulter zeigen. Natürlich konnte er nicht mit ihm verhandeln. Hunter hatte ihm von vorneherein gesagt, dass er hier war, um einige von Gables Pferden zu kaufen und Flynn hatte sofort deutlich gemacht, dass sie auf Gables Rückkehr warten mussten, aber das bedeutete nicht, dass sie ihre Zeit nicht in einer netteren Umgebung verbringen konnten.

„Ich könnte dir ein kaltes Bier besorgen, während wir warten", schlug Flynn vor.

Hunter schürzte seine Lippen. „Ich trinke üblicherweise nicht, bevor der Deal unter Dach und Fach ist…"

„Ich hab dir gesagt, dass ich dir keinen Deal anbieten kann. Die Pferde gehören mir nicht. Ich arbeite nur hier."

„Ach, komm schon", sagte Hunter und lehnte sich noch etwas weiter herüber. „Du hast in diese Ranch doch mehr investiert als nur deine Arbeit, oder nicht?"

Flynn sah beiseite und gab vor, keine Ahnung zu haben, was Hunter meinen könnte.

„Grant war hier auch nicht nur der Stalljunge", ergänzte Hunter.

Flynn war versucht, Hunter fortfahren zu lassen. Ohne irgendeine Aufforderung hatte er nun bereits den Namen von Gables Ex herausgefunden. Wer weiß, was Hunter noch alles erzählen würde, wenn man ihn nur ein bisschen ermutigte?

„Du weißt es doch eigentlich wirklich besser, als mit den Angestellten zu verhandeln", unterbrach sie Gable, nachdem er sein galoppierendes Pferd zu einem plötzlichen Halt gebracht hatte. Gable warf Flynn einen strengen Blick zu, bevor er aus dem Sattel und auf den Boden sprang. Er zuckte etwas zusammen, aber Flynn sah, wie er versuchte, es vor Hunter zu verstecken, indem er fast ohne Humpeln auf ihn zuging. Gable gab Brenners Zügel an Flynn und warf dann Hunter einen Blick zu, der ihn motivieren sollte, mit in Richtung Haus zu kommen.

„Nimm den Sattel noch nicht ab. Wir werden in Kürze nochmal ausreiten. Sattle TC für Hunter", sagte Gable an Flynn gerichtet.

Flynn nickte nur. Er hatte kein Problem damit, herumkommandiert zu werden, aber Gables Stimme klang extrem herablassend und er störte sich daran, auf diese Weise behandelt zu werden. Er hatte Jobs schon für weniger aufgegeben, aber er wollte in Hunters Gegenwart nichts sagen. Er hatte sowieso viel Arbeit vor sich, daher wollte er trotz seiner Neugier nicht dabei helfen, Hunter zu beeinflussen.

Es machte auch keinen Sinn, darüber nachzudenken, wie Gable ihn behandelt hatte. Er *war* ein Angestellter, es gab keinen Grund, das zu verhehlen, aber er wusste nicht, ob er weiter für Gable arbeiten könnte, wenn das die Art von Geringschätzung war, die er dafür erfahren würde. Flynn schnalzte in Brenners Richtung, damit das Pferd ihm in den Stall folgte und machte sich eine Notiz im Hinterkopf, später mit Gable darüber zu sprechen.

Flynn war gerade damit fertig, Gables gescheckten Wallach zu satteln und den Sattelgurt festzuziehen, als die beiden Männer zurückkehrten. Diesmal erhielt Flynn keinen Blick, geschweige denn ein Dankeschön von Gable. Hunter nickte zum Dank, bekam aber nur wenig Zeit, aufzusteigen, da Gable gar nicht schnell genug davon galoppieren konnte. Flynn beobachtete, wie die beiden in der Ferne verschwanden und bemerkte, dass es nicht so aussah, als wäre Gable auch nur ein kleines bisschen netter zu Hunter als notwendig war, um die Pferde zu verkaufen.

Nachdem er draußen fertig war, wusch sich Flynn seine Hände im Waschbecken des Vorraums, trat seine Stiefel weg, tapste nur auf Socken in die Küche und überlegte, ob er sich mit dem Essen Mühe geben sollte, für den Fall, dass Hunter dablieb. Es war ihm egal. Das Mittagessen bestand üblicherweise aus Sandwiches und es gab jede Menge Brot, Käse und Schinken, der für alle reichte. Er hoffte nur, dass Gables Laune sich nach dem Verkauf verbessern würde, ansonsten würde er sein Essen auf der Veranda einnehmen, weit weg von den anderen beiden.

Durch das Küchenfenster sah Flynn, wie Gable auf das Haus zu humpelte. Hunter war nirgendwo zu sehen. Er drehte sich nicht um, als Gable wenige Minuten später eintrat. Er wusste, dass er ihn inzwischen gut genug erzogen hatte, dass Gable nicht mehr mit seinen Stiefeln in die Küche laufen würde.

„Der Kaffee ist fast fertig", kündigte Flynn an.

Gables einzige Rückmeldung bestand in einem Grunzen.

„War Hunter nicht daran interessiert, einige der Pferde zu kaufen?", fragte Flynn vorsichtig und sah Gable nach wie vor nicht direkt an. Er schälte Kartoffeln für das Abendessen und das gab ihm die perfekte Entschuldigung, sich nicht umzudrehen.

„Warum? Bist du so interessiert daran, ihn wiederzusehen?", antwortete Gable schroff, schlug die Kühlschranktür zu und warf mit einem lauten Knall einen Teller auf den Tisch.

Flynn holte tief Atem, bevor er antwortete. „Ich dachte nur, es wäre gut, wenn du welche verkaufst. Ich bin mir sicher, du könntest die Einnahmen gut brauchen."

„Mach dir keine Sorgen, du bekommst schon dein Geld."

Flynn warf die letzte Kartoffel in den Topf für das Abendessen und hielt kurz inne, bevor er weitersprach, einfach nur, um seine Gedanken zu sammeln und ihn von der scharfen Antwort abzuhalten, die Gables furchtbarer Stimmung angemessen wäre. „Du hast mir gesagt, dass ich bezahlt werde und ich vertraue dir", sagte er ruhig. „Hunter erschien mir wie ein wirklich netter Typ und er war sehr interessiert daran, die erste Wahl zu haben, daher dachte ich, er würde etwas mehr bezahlen als das, was du bei der Auktion bekommst. Außerdem würde es dir die Transportkosten ersparen."

Flynn nahm den schweren Topf und drehte sich um, um die Küche in Richtung Spülbecken zu durchqueren. Er sah Gable fast nicht kommen, als der ältere Mann zwei große Schritte machte, um den Abstand zwischen ihnen zu überbrücken. Ein weiterer Schritt und er presste Flynn gegen die Wand. Die Gewalt, mit der Flynn gegen die harte Oberfläche schlug, kombiniert mit dem Gefühl einer Hand an seiner Kehle, führte dazu, dass er den Topf losließ, der mit lautem Krachen auf den Boden fiel, sodass die ungekochten Kartoffeln über den Küchenboden rollten.

Bevor er sich besinnen konnte, sah Flynn den räuberischen Blick in Gables Augen und fühlte dann den Mund des älteren Mannes gegen seinem in einem aggressiven und intensiven Kuss. Zunächst leistete Flynn Widerstand. Der abrupte Überfall, kombiniert mit der Tatsache, dass er nirgendwohin entkommen konnte, riefen Fluchtreaktionen auf den Plan, aber als er schließlich bemerkte, dass er vom sehnigen Körper seines Chefs gegen die Wand gedrückt wurde, reagierte sein Körper. Flynn erwiderte den Kuss, versuchte zu vermitteln, dass er es auch wollte. Es war genau das, wovon er geträumt hatte, mehr als einmal. Okay, vielleicht nicht genau so. Er war daran gewöhnt, die Führung zu übernehmen, nicht gegen eine Wand geworfen und verzehrt zu werden, aber er merkte, dass er nicht wirklich etwas dagegen hatte trotz des Schmerzes, der sich langsam an seinem Hinterkopf bemerkbar machte. Er schob einfach seine Zunge zwischen ihre zusammengepressten Lippen und kämpfte um die Dominanz, tanzte um Gables Zunge herum. Flynn konnte fühlen, wie Gables Härte gegen seine Hüfte presste und erlaubte sich schließlich, Gable zu berühren, seinen Hintern zu umfassen und dichter heranzuziehen.

Gable schien für einen Augenblick zu zögern, er lehnte sich zurück und sah Flynn direkt in die Augen. Sie keuchten beide laut und Gables eisblaue Augen waren dunkel vor Lust. Er lehnte seine Stirn für einen Moment gegen Flynns, zog sich dann komplett zurück und humpelte aus der Küche.

Flynn lehnte seinen Kopf zurück und wurde wieder an den Schlag erinnert, den er zuvor erlitten hatte. Daher rubbelte er seine Hand über die Haare, um den Schmerz zu lindern. Er wischte sich dann mit dem Handrücken über den Mundwinkel und bemerkte, dass seine Lippe aufgerissen war.

Flynn sah sich in seiner Umgebung um. Er hatte keine Idee, was Gables Reaktion verursacht hatte, aber Flynn wusste, dass er mehr wollte. Aber er war auch verwirrt. Sollte er Gable nach draußen folgen? Er kannte Gable noch nicht wirklich gut, ganz einfach, weil Gable ihn nie an sich heranließ, aber er wusste, dass Gable sich am besten beruhigte, wenn er in Ruhe gelassen wurde. Daher entschied sich Flynn, ihm ein paar Minuten zu geben, anstatt ihn direkt zu konfrontieren und ihn zu fragen, worum es überhaupt ging. Er hob den Topf auf und begann damit, die verstreuten Kartoffeln einzusammeln, bevor er zum Spülbecken ging, um sie abzuwaschen. Er leckte seine Lippen und schmeckte immer noch Gable kombiniert mit dem metallischen Geschmack von Blut und spielte die letzten paar Minuten nochmal in seinem Kopf durch. Und plötzlich verstand er. War Gable eifersüchtig auf Hunter? Flynn konnte nicht anders als zu lächeln. Es machte in gewisser Hinsicht Sinn, trotz Gables ungeschickter Art, seine Gefühle auszudrücken.

Flynn stellte den Kartoffeltopf auf den Herd, fertig vorbereitet für das heutige Abendessen, dann wischte er sich die Hände ab, bereitete zwei große Sandwiches zu und verteilte sie auf separate Teller. Er schenkte zwei Tassen Kaffee ein, fügte einer Tasse sehr viel Zucker hinzu und ging mit diesem Friedensangebot nach draußen.

Er war nicht überrascht darüber, Gable auf der Veranda zu finden, wo er missmutig auf die Koppel starrte, sein Bein auf einer Fußbank. Flynn trat in seinen Sichtbereich und hielt ihm wortlos das Essen und das Getränk entgegen. Gable sah kurz auf und drehte sich dann weg, wobei sein Gesichtsausdruck sich nicht veränderte.

„Hör zu", seufzte Flynn. „Du hast mich geküsst. Es macht mir überhaupt nichts aus. Stell dich nicht so an."

Diesmal sah Gable ihn etwas länger an und nahm dann den Teller und die Kaffeetasse.

Flynn entschied, dass er Gable für den Augenblick genug bedrängt hatte und setzte sich schweigend auf die Stufen der Veranda, um zu essen.

17

4

AN DIESEM Nachmittag, kehrte Hunter mit einem großen Truck und einem Anhänger zurück, der bereits zwei Pferde enthielt. Während sein Cowboy sie entlud, sprachen Gable und Hunter darüber, wie sie die Pferde absondern konnten, die Hunter gekauft hatte.

Flynn konnte sie aus der Ferne sehen und kam nicht umhin, zu bemerken, dass Gable zu Hunter netter war als am Morgen. Das Gefühl setzte sich fort, als Gable Hunter und seinen Cowboy stehen ließ und auf ihn zu kam.

„Denkst du, du kannst heute Nachmittag mit uns reiten?", fragte Gable. „Mit vier Leuten sollte es einfach sein, die Pferde zusammenzutreiben, die Hunter haben möchte, und sie in den vorderen Stall zu holen. Von dort aus können wir sie dann in den Anhänger einladen."

„Na klar, Boss", antwortete Flynn und war dabei nicht in der Lage, ein Lächeln zu verbergen. Meine Güte, wenn er gewusst hätte, dass ein Kuss einen solchen Unterschied machen würde, hätte er Gable schon am ersten Tag geküsst. Andererseits hätte es vielleicht nicht die gleiche Bedeutung gehabt wie dieser Kuss, denn der war von Gable initiiert worden. Flynn rieb über seinen Hinterkopf, um sich an die Beule zur erinnern, die immer noch ein bisschen wehtat. „Ich sattle Brenner und TC."

Trotz des Gewittersturms vor ein paar Stunden war das Wetter an diesem Nachmittag einfach nur großartig. Der Himmel war blau, so weit das Auge sehen konnte, mit der gelegentlichen kleinen weißen Wolke, aber nichts, das groß genug war, um das Sonnenlicht zu behindern. Und es war heiß genug, um nur in T-Shirt und Jeans zu reiten. Wie Gable vorhergesagt hatte, brauchten sie weniger als eine Stunde, um eine ansehnliche Gruppe von Pferden zusammenzutreiben, aber Flynn wusste, dass der größte Teil der Arbeit noch vor ihnen lag. Hunter würde sich jedes Pferd einzeln ansehen wollen, um zu beurteilen, wie umgänglich es war, aber er würde sich außerdem die generelle Statur und den Zustand der Pferde ansehen. Flynn wusste jedoch, dass sie sich keine Sorgen zu machen brauchten. Er kannte die Herde gut genug, um zuversichtlich zu sein, dass sie keine schwachen Pferde unter denen hatten, die verkauft werden sollten. Diejenigen, die sie heute Nachmittag herausgesucht hatten, waren alle geeignet, zu guten Arbeitspferden ausgebildet zu werden. Er war sich sicher, dass Hunter das ebenfalls sehen würde.

Auf dem Rückweg zu den Ställen, nach einer letzten Runde um die Herde, lenkte Flynn TC neben Brenner, um mit Gable zu reden, ohne dass die anderen beiden Männer ihn hören würden.

„Warum redest du nicht einfach mit Hunter über das Geld und ich führe die Pferde vor?" Nachdem die Worte seinen Mund verlassen hatten, wusste er, dass sie ein bisschen anmaßend klangen, obwohl es einfach nur ein logischer Schritt der Arbeitsteilung war. Er hätte es vermutlich etwas anders formulieren sollen, aber Gable war kein großer Redner und Flynn wollte wissen, wo er stand, bevor sie ankamen. Zu seiner Überraschung lächelte Gable ihn einen Moment lang an, bevor er nickte und Brenner antrieb, etwas schneller zu laufen.

Flynn blieb zurück und befahl seinem Körper, sich zu benehmen. Verdammt, er fühlte sich wie ein Schulmädchen bei der ersten Verabredung! Es gab wohl keine Chance, dass er darauf hoffen konnte, dass heute noch mehr passieren würde, aber der Kuss am Morgen und jetzt dieses Lächeln führten dazu, dass sein Herz raste und er sich so seine Gedanken machte, wie der Abend sich entwickeln würde, wenn sie wieder alleine waren. Er wusste aber auch, dass er erst mal zu tun hatte. Es gab Arbeit zu erledigen, aber Flynn wünschte sich mehr als alles andere, dass es schon Zeit für das Abendessen wäre.

WIE FLYNN vorausgesagt hatte, war Hunter sehr zufrieden mit den Pferden. Während er und Gable auf dem Zaun saßen, der den runden Korral umspannte, in dem sie normalerweise die Pferde trainierten, führte Flynn ein Pferd nach dem anderen hinein und ließ es im Schritt, dann im Trab und schließlich im Galopp gehen. Tim, Hunters Cowboy, testete manchmal, wie schreckhaft sie waren oder hob ein Bein an oder prüfte einen Huf, aber abgesehen davon schienen die meisten Pferde Hunter zu gefallen. Nachdem das letzte Pferd präsentiert war, machten Hunter und sein Cowboy sich daran, den Truck und den Anhänger zum Verladen der Tiere vorzubereiten und ließen Gable und Flynn zusammen alleine.

„Das ging doch gut", bemerkte Flynn, um ein Gespräch in Gang zu bringen. „Wird er alle Pferde mitnehmen, die wir gezeigt haben?" Gable nickte nur.

„Du scheinst nicht wirklich glücklich darüber zu sein?"

Gable zuckte mit den Schultern, daher schob Flynn sich in sein Gesichtsfeld. „Ist schon gut so", gab Gable schließlich zu, allerdings nicht sehr enthusiastisch. „Er kommt morgen nochmal, um den Rest einzuladen, da er nicht alle auf einmal mitnehmen kann." Und dann noch etwas leiser: „Er hat auf jeden Fall mein Jahr gerettet."

Flynn lächelte. Es war gut, Gable mal etwas entspannter zu sehen; er hoffte, dabei würde es bleiben. Allerdings war es ein langer Tag gewesen und er war froh, dass er nun vorbei war. Als er sah, wie Gable vom Zaun kletterte und vorsichtig vermied, zu viel Gewicht auf seinen verletzten Fuß zu legen, wurde ihm bewusst, dass wohl auch Gable ziemlich mitgenommen war.

„Warum gehst du nicht schon rein und beginnst mit dem Abendessen?", schlug Flynn vor. „Es steht alles auf dem Herd. Wir sind zu dritt, um die Pferde zu verladen, wir kommen schon zurecht."

Gable sah ihn argwöhnisch an und für einen Moment dachte Flynn, dass er wieder alles ruiniert hätte, indem er Gable sagte, was zu tun war, statt ihn die Entscheidung selbst treffen zu lassen. Er konnte seine Worte nicht zurücknehmen, daher versuchte er, das Gefühl zu ignorieren, indem er zu dem herannahenden Truck rüber sah.

„Ich kann helfen", bot Gable an, aber als er loslief, wurde deutlich, dass sein Fuß doch sehr schmerzte und so gab er schließlich nach. „Naja, wenn Du sicher bist?"

Flynn nickte zustimmend und berührte kurz Gables Schulter, um ihn in die richtige Richtung zu stupsen. Als er sah, welche Mühe es Gable kostete, einfach nur zu laufen, kam er nicht umhin, sich zu fragen, was unter den Bandagen war. Er hatte bisher nur einen kurzen Blick erhaschen können, aber wenn eine Verletzung so lange so schmerzhaft blieb, dann musste sie wohl sehr schwerwiegend sein. Er schüttelte den Kopf, wohl wissend, dass es vergebene Liebesmüh war, darüber nachzudenken. Gable wollte nicht darüber reden, das hatte er schon ein paar Mal sehr deutlich gemacht.

Weniger als eine Stunde später war der Truck mit den Pferden auf dem Weg zu Hunters Ranch und Flynn ging mit knurrendem Magen hinein. Er zog seine Stiefel aus und wusch sich die Hände im Vorraum, bevor er in die Küche ging, wo er Gable fand, der mit Bridget am Herd stand und erwartungsvoll aufsah. Er hielt einen Moment inne, um den älteren Mann anzusehen und die unanständigen Gedanken aus seinem Kopf zu vertreiben, bevor er auf ihn zuging. Obwohl er wusste, dass er seinen Körper zügeln musste, berührte er leicht Gables Rücken, um seine Gegenwart anzukündigen.

„Das duftet großartig." Flynn konnte nicht anders, als seine Hand zu lassen, wo sie war, insbesondere als deutlich wurde, dass Gable sich nicht zurückzog.

Gable zuckte mit den Schultern. „Du bist der Koch. Ich bin hier nur der Helfer."

Gable nickte Bridget zu, den Platz zwischen ihnen zu räumen und Flynns Herz sprang in seiner Brust. Er sagte sich selbst, dass es nichts zu bedeuten hätte und dass er nicht plötzlich erwarten sollte, dass alles anders wäre, nur weil sie sich geküsst hätten. Aber er konnte nicht anders, insbesondere als Gable eine Gabel nahm und ihm einen Bissen Karotten anbot.

„Pass auf, es ist heiß."

Flynn pustete auf die Gabel und nahm dann den Inhalt in den Mund, aber konnte nicht anders, als sein Unbehagen zu zeigen, als er sich trotzdem die Zunge verbrannte.

„Doch so schlecht?"

Flynn gestikulierte ein Nein mit seinen Händen und öffnete dann den Mund, um ihn abkühlen zu lassen. „Nur… heiß!" Er öffnete einen Küchenschrank und holte den Rosmarin heraus, den er Anfang der Woche in der Stadt gekauft hatte. „Und es muss noch ein bisschen hiervon rein, aber ansonsten sind sie fertig."

„Dann lass uns essen."

Das Abendessen verbrachten sie fast ausschließlich schweigend. Sie waren beide hungrig und müde, daher sprachen sie nicht über den Tag, bis sie wieder draußen auf der Veranda saßen.

„Willst Du trotzdem zur Auktion gehen oder reicht das Geld von Hunter für dieses Jahr?", fragte Flynn etwas zögerlich. Er wollte eigentlich nicht über Geldangelegenheiten sprechen, weil er Angst hatte, dass Gable dann darüber reden würde, ihn zu bezahlen, damit er weiter konnte und das wollte er ja gar nicht.

„Wir haben immer noch einige Pferde, die für den Verkauf bereit sind, daher sollten wir gehen", antwortete Gable während er wie üblich nicht Flynn ansah, sondern den Blick über die entfernten Felder schweifen ließ. „Jedes zusätzliche Geld ist immer willkommen. Du weißt nie, was über den Winter passiert." Er zögerte für einen Moment und Flynn wartete gespannt darauf, gewisse Dinge zu hören, zum Beispiel dass es teurer wäre, zwei Personen durch den Winter zu bringen als eine oder dass Gable seinen Fuß behandeln lassen würde, aber stattdessen verstummte Gable wieder.

„Hast du jemals darüber nachgedacht, Pferde zu züchten anstatt einfach nur Fohlen zu kaufen?", fragte Flynn, um Gable zum Weiterreden zu bewegen. „Brenner wäre wahrscheinlich ein erstklassiger Zuchthengst und du hast bereits ein paar gute Stuten in deiner Herde."

„Es ist ein großes Risiko", antwortete Gable, als wenn er schon sehr genau darüber nachgedacht hätte. „Manche Dinge gehen schief und es braucht mehrere Jahre, damit die Investition sich lohnt. Außerdem würde es bedeuten, zusätzliche Ställe zu bauen und ich kann mich ja kaum um die kümmern, die ich schon habe."

Flynn wollte ihn anschreien, dass er doch da war, um zu helfen und dass er auch bleiben würde, wenn Gable nur irgendein Zeichen geben würde, dass er willkommen wäre. Stattdessen versuchte er, ruhig genug zu bleiben, um das Ganze etwas subtiler anzusprechen. „Ich bin auf einer Zuchtfarm groß geworden. Ich weiß, was zu tun ist. Wir könnten es als ein Experiment starten, mit nur ein oder zwei Stuten." Gable schwieg für eine kleine Ewigkeit.

Er schien darüber nachzudenken, was Flynn gesagt hatte und Flynn wagte nicht, ihn zu unterbrechen. Er hatte gesagt, was ihm auf dem Herzen lag und hatte Gable so klar wie möglich zu verstehen gegeben, dass er daran interessiert war, länger zu bleiben als sie vorher besprochen hatten.

„Die Rechnungen vom Tierarzt wären astronomisch hoch, Flynn", sagte Gable schließlich leise.

„Der Ertrag ist aber auch viel größer."

Gable nickte und starrte weiter auf die Wiesen, die immer dunkler wurden als die Sonne sank und sich Bodennebel bildete.

Flynn stand von der Verandatreppe auf, wo er abends immer saß, „Möchtest du eine Tasse Kaffee oder etwas anderes?"

Gable erhob sich ebenfalls. „Besser nicht. Ich gehe nur nochmal kurz nach den Ställen schauen und dann hau ich mich hin."

„Ich kann das übernehmen", bot Flynn an.

Ein seltenes Lächeln erschien in Gables Gesicht. „Danke", sagte er leise und berührte Flynn sanft am Arm, bevor er an ihm vorbei ins Haus ging.

Flynn zitterte, als er so auf der Veranda verlassen wurde. Er hatte nicht erwartet, dass Gable ihn heute in sein Bett holen würde, aber er wünschte sich, dass er den Mut gehabt hätte, ihn nochmal zu küssen. Nun war der Moment vorbei und Gables flüchtige Berührung blieb auf seinem Arm zurück. Er bedeckte die Stelle mit seiner Hand in dem Versuch, auch das Gefühl dort zu halten. Es hielt jedoch nicht lange vor, daher suchte er dort Zuflucht, wo er sie immer gefunden hatte: in den Ställen, bei den Pferden.

Brenner und TC knusperten an dem zusätzlichen Getreide herum, das sie bekommen hatten, bevor Flynn zum Essen hineingegangen war, aber sie schauten auf als Flynn sich näherte. „Hey, Jungs." Das war der Ort, wo Flynn sich zu Hause fühlte, obwohl das gar nicht sein Zuhause war. Er klopfte den Pferden den Hals und kratzte am Ansatz der Mähne. „Was soll ich also mit eurem Herren machen?", fragte er sie, als könnten sie ihm antworten. „Glaubt ihr, dass er will, dass ich bleibe?"

Flynn hörte ein Kratzen außen an der Stalltür und drückte sie auf. Bridget kam herein und setzte sich neben Flynn. „Ich bin froh, dass du kommen konntest, mein Mädchen" sagte Flynn zu der Hündin. „Dann sind wir scheinbar alle da." Er grinste über die Szene. „Wir sprachen gerade darüber, wie mit Gable umzugehen ist", sagte er zu Bridget, die ihre Ohren aufstellte und den Kopf schräg legte. Fast genauso, wie ihr Besitzer es manchmal tat, dachte Flynn.

„Komm schon, Mädchen, hier drinnen scheint alles in Ordnung. Wir lassen die Pferde schlafen, okay?"

Flynn lächelte als er sah, wie Bridget aufstand und sich zur Tür bewegte, als hätte sie jedes Wort verstanden, dass er gesagt hatte.

Sie gingen Seite an Seite schweigend zum Haus zurück. Flynn vergewisserte sich, dass Bridget genug Wasser für die Nacht hatte und ging dann nach oben in sein Schlafzimmer. Er konnte nicht widerstehen, einen Augenblick vor Gables Tür stehen zu bleiben und auf Geräusche zu horchen, aber es war still. Die Tür stand ein bisschen offen, wie immer, wenn Bridget nicht mit Gable nach oben gegangen war, denn Flynn wusste, dass der Hund immer in Gables Zimmer schlief. Er sah zu, wie sie die Tür etwas weiter aufschob, um durchzukommen, und konnte sich einen Blick hinein nicht verkneifen.

Gable lag auf dem Bett, sein nackter Körper von einer Decke bedeckt, aber nur bis zur Taille. Flynn fühlte, wie sein Körper auf den Anblick der leicht behaarten Brust

21

und der schön geformten, aber etwas hageren Schultern reagierte. Er dachte darüber nach, hineinzugehen, aber nach der interessanten Wendung, die der Tag genommen hatte, wollte er nicht ruinieren, was er erreicht hatte. Er lehnte sich gegen den Türrahmen und beobachtete, wie Bridget es sich neben dem Bett für die Nacht gemütlich machte, bevor er in sein eigenes Zimmer ging.

5

WIE IMMER erwachte Gable vor dem Morgengrauen. Sogar Bridget schlief noch auf dem Boden neben seinem Bett, obwohl sie aufblickte als er sich bewegte. Der Rest des Hauses war ganz still.

Gable stand auf, um zur Toilette zu gehen und bemerkte, dass ihm der ganze Körper wehtat. Obwohl es gestern ein ziemlich geschäftiger Tag gewesen war, war er nicht mehr als üblich geritten, daher überraschten ihn seine protestierenden Muskeln. Vielleicht war eine Erkältung im Anmarsch oder er wurde einfach zu alt für diese Arbeit. Er seufzte, kratzte sich am Kopf, als er vom Badezimmer zurückkehrte, und entschied, sich noch ein paar Minuten hinzulegen, bevor er sich anziehen musste.

Als er das nächste Mal seine Augen öffnete, hörte er eine Art Klopfen von draußen und zog sich schnell seine Jeans an, um hinauszugehen und nachzusehen.

Draußen auf der Veranda wurde er von einer enthusiastisch mit dem Schwanz wedelnden Bridget und der hellen Vormittagssonne begrüßt.

„Flynn?", rief Gable.

„Hier oben!"Gable sah hoch und fühlte, wie sein Herz stehen blieb. Flynn stand mit dem Hammer in der Hand auf dem geschwungenen Dach und versuchte, die Balance zu halten.

„Du siehst aus, als wenn ich dich gerade geweckt hätte", rief Flynn herunter, nicht ohne ein gewisses Amüsement in der Stimme. „Es tut mir leid, ich dachte du wärst schon lange unterwegs."

Gable sah auf seine nackte Brust herab und konnte nicht anders, als darüber zu streichen, weil er sich plötzlich sehr entblößt fühlte. Er wollte Flynn jedoch nicht alleine lassen, daher verschränkte er die Arme vor der Brust. „Wirst du wohl da runterkommen? Du könntest dich verletzen."

Flynn lachte. „Mir geht es gut. Das ist nicht das erste Dach, auf das ich geklettert bin, weißt du. Würdest du mir das Brett hoch reichen, bitte?" Flynn deutete auf ein Stück Holz, das direkt neben der Leiter gegen das Haus gelehnt war.

Gable reichte es nach oben und wäre fast zu Flynn auf das Dach geklettert, aber er wusste, dass sein Fuß das nicht zulassen würde. Sein Herz war immer noch am Rasen und eine kleine Stimme in ihm sagte, dass er sich erst entspannen würde, wenn Flynn wieder festen Boden unter den Füßen hatte.

„Ich wünschte, du hättest damit gewartet", sagte Gable zu Flynn.

„Ach, komm schon, Gabe", bat Flynn und benutzte dabei die etwas verkürzte Form von Gables Namen, die er bei Calley gehört haben musste. „Nachdem es nun endlich aufgehört hat zu regnen, sodass das Dach abgetrocknet ist, und nachdem sie sagen, dass später am Tag wieder regnen wird … Ich weiß ja nicht, wie's dir geht, aber ich bin es leid, meine Stiefel in einem Vorraum auszuziehen, der immer nass ist."

Gable musste zugeben, dass Flynn recht hatte. Das Dach über dem Vorraum war seit über einem Jahr undicht. Wenn Grant noch da gewesen wäre, dann wäre es in Nullkommanichts repariert gewesen, aber da Gable nicht die Leiter hochsteigen konnte, war nichts passiert.

„Ich hätte Bill fragen können, ob er dabei hilft", schlug Gable vor, obwohl er wusste, dass sein Freund, der Tierarzt, als Zimmermann nicht sehr geschickt war. Flynn kletterte herunter und lieferte Gable damit einen Blick auf seinen Hintern in engen Jeans, bevor er sich umdrehte und ihn ansah. „Bill hat genug eigene Arbeit. Ich bin jetzt da, also kann ich es tun. Gehört alles zum Job." Flynn zuckte die Schultern und drückte einen schnellen Kuss auf Gables Mund.

Gable stand wie angewurzelt da als ihm bewusst wurde, was gerade passiert war und konnte nur zusehen, wie Flynn im Haus verschwand. Statt sich zu beruhigen, weil Flynn wieder sicher auf festem Boden stand, schlug sein Herz fast aus seiner Brust heraus. Er schickte sich an, Flynn nach drinnen zu folgen und fühlte sich unsicher, da er nicht wusste, ob Flynn eine Reaktion von ihm erwarten würde. Aber es schien nicht notwendig.

Im Haus lächelte Flynn ihn an. „Warum ziehst du dich nicht einfach zu Ende an? Ich hab gesehen, dass du noch nicht gegessen hast, daher habe ich dir eine Scheibe Schinken im Ofen gelassen und kann dir Rühreier machen wenn du magst."

Gable nickte kurz und ging dann hoch. Als er zurückkehrte, lief ihm von den Düften, die aus der Küche kamen, das Wasser im Mund zusammen; eigentlich wie an jedem Tag, seitdem Flynn angekommen war. Er wusste, dass es ihm schwerfallen würde, darauf wieder zu verzichten, aber er wusste auch, dass Flynn schließlich gehen würde, genauso wie Grant es getan hatte.

„Ich weiß nicht, wie du es machst, aber das ist so viel besser, als wenn ich es mache", gab Gable zu, als er sich am Tisch niederließ.

Flynn setzte sich auf seinen üblichen Platz: schräg gegenüber von Gable mit dem Rücken zum Herd. Er hatte offensichtlich schon gefrühstückt, da sein Platz abgeräumt war. „Ich habe das Kochen von den Besten gelernt."

„Von all den Frauen aus der Nachbarschaft, von denen du erzählt hast?", fragte Gable in der Hoffnung, dass Flynn weitersprechen würde während er aß.

Flynn nickte. „Ohne sie wären wir verhungert. Ganz abgesehen davon, dass mein Vater und meine Brüder keine Ahnung hatten, wie man sich um ein Baby kümmern muss, sodass ich herumgereicht wurde an jeden, der mich aufnehmen konnte, bis sie keine Lust mehr hatten und wieder jemand anders übernahm."

„Interessante Kindheit", sagte Gable, nachdem er ein großes Stück Schinken heruntergeschluckt hatte.

Flynn zuckte mit den Schultern. „Ich habe mich daran gewöhnt, mich ziemlich schnell heimisch zu fühlen und nicht traurig zu sein, wenn ich weiterziehen musste. Als eine der Frauen ihren Ehemann verlor und sie unsere Haushälterin wurde, konnte ich schließlich nach Hause", ergänzte Flynn quasi in einem Nachsatz.

Gable fand, dass Flynns Kindheit eine gute Erklärung dafür war, warum er auch heute noch so ein unstetes Leben führte. Außerdem war es wahrscheinlich Unsinn, darüber nachzudenken, ob er sich jemals irgendwo niederlassen würde. Er freute sich jedoch darüber, dass Flynn solch ein effizienter und außerdem noch vielseitiger Koch war.

„Das heißt, als du wieder zu Hause warst, wurdest du von der Küchenaushilfe zum Cowboy?" Gable leerte seine Kaffeetasse und sah zu, wie Flynn sie wieder auffüllte. Er ließ ihn nicht antworten. „Setz dich hin. Du machst mich schwindlig." Flynn lächelte und Gable konnte sich des Eindrucks nicht erwehren, dass Flynn ihn ablenken wollte, um sich vor der Konfrontation zu drücken.

„Ich musste darum kämpfen, in die Nähe der Pferde gelassen zu werden. Zuerst dachte ich, Dad wollte mich in Watte packen, aber nach mehreren Streits wurde mir bewusst, dass er mich einfach nicht ertragen konnte, weil ich der Grund gewesen war, warum meine Mutter gestorben war."

„Bist du deshalb weggegangen?", fragte Gable leise. Es war deutlich erkennbar, dass der Schmerz für Flynn immer noch sehr akut war.

Flynn stand vom Tisch auf, nahm Gables schmutzigen Teller und das Besteck mit und drehte sich weg, um es im Waschbecken zu spülen.

„Tu das nicht", sagte Gable und stand auf, um sich neben Flynn zu stellen. Er nahm ihm den Teller ab und stellte ihn ab, griff dann nach Flynns Hand und zog sie aus dem Spülbecken. Nach einigen Momenten des Zögerns legte Gable seine andere Hand gegen Flynns Rücken und fuhr mit sanfter und beruhigender Stimme fort: „Du bist nicht meine Haushälterin. Ich kann mich um mein Geschirr selber kümmern."

„Aber es macht mir nichts aus."

„Ich weiß das", gab Gable zu. „Aber du verwöhnst mich und daran könnte ich mich zu leicht gewöhnen."

„Und das wollen wir doch nicht, nicht wahr?" Ganz plötzlich klang Flynns Stimme hart und unversöhnlich. Er drehte sich von Gable weg und ging in Richtung Vorraum, aber Gable hielt ihn auf.

„Ich weiß, ich bin kein großer Redner, aber vielleicht ist es an der Zeit, dass wir reden." Obwohl das, was er gesagt hatte, sicherlich richtig war, hatte Gable das Bedürfnis, die Stimmung zu bereinigen. Er konnte nicht verhindern, dass Flynn irgendwann gehen würde, aber er konnte um die Zusicherung bitten, dass er mit etwas Vorwarnung wissen würde, wenn er wieder ohne ihn auskommen müsste. Gerade jetzt schien Flynn vor etwas davonzulaufen, das mit seiner Familie zu tun hatte. Gable wusste nur zu gut, dass es einfacher war, vor den Dingen im Leben, die zu sehr wehtaten, davonzulaufen, als ihnen geradeaus zu begegnen. Doch er hatte Angst, dass Flynn auch vor ihm weglaufen würde und das konnte er nicht zulassen.

„Die Wahrheit ist, dass ich dich brauche. Ich kann diese Ranch nicht mehr alleine bewirtschaften." Es fühlte sich seltsam an, sich selbst diese Worte sagen zu hören und obwohl sie richtig waren, war es trotzdem schwer, sie anzuhören.

„Ich werde bleiben", sagte Flynn leise und sah Gable dabei nicht an. „Wenn du mich brauchst, dann werde ich bleiben. Nun, es gibt genug Arbeit zu tun." Und damit schob Flynn sich an Gable vorbei aus der Küche.

Gable konnte sehen, wie Flynn auf den Stall zulief und wusste, dass es keinen Sinn hatte, ihm nachzulaufen. Da er wusste, wie sehr Flynn es hasste, wenn seine Küche unordentlich war, spülte Gable zuerst das Geschirr, bevor er selbst nach draußen ging.

FLYNN KONNTE gar nicht schnell genug aus der Küche rauskommen. Er weinte nicht – er hatte nicht mehr geweint, seit sein Vater ihn vom Familienanwesen vertrieben hatte–, aber heute früh war er nah dran gewesen. Als Gable ihm sagte, dass er ihn brauchte, sprang sein Herz vor Freude, das erhebende Gefühl fast zu groß, um es im Zaum zu halten. Doch das Gefühl hatte schnell nachgelassen, als Gable deutlich machte, dass er ihn nur brauchte, um die Ranch zu betreiben. Er wollte ja bleiben, aber unter diesen Voraussetzungen würde es eine Qual werden. Jedes Mal, wenn er Gable nah war, jedes Mal, wenn der Mann ihn berührte, kochte in ihm die Lust hoch, aber irgendwie schien Gable nicht wahrzunehmen, was er ihm antat.

Flynn griff nach Zaumzeug und Sattel und ging in TCs Box. Er musste den Kopf freibekommen, daher wäre es eine gute Entschuldigung auszureiten, um die Zäune zu kontrollieren. Auf dem Rückweg könnte er dann nach einer der älteren Stuten schauen, die ausgesehen hatte, als würde sie lahmen, und damit wäre er sicher erst nach der Mittagszeit wieder zurück. Das Letzte, was er im Augenblick wollte, war, sich mit Gable auf die Veranda zu setzen. Für einen Tag hatten sie genug intimen Austausch gehabt.

Nachdem er etwas über eine Stunde an den Zäunen entlanggeritten war, erreichte Flynn die Herde und sah, dass mit der Stute alles in Ordnung war. Daher entrollte er stattdessen sein Lasso und benutzte es als Halfter für einen der jüngeren Wallache. Hunter hatte ihn kaufen wollen, aber Gable hatte gesagt, dass er noch nicht zum Verkauf bereit wäre. Das Pferd sah alt genug aus, aber möglicherweise fehlte noch das notwendige Training. Flynn war neugierig genug, um es zum Korral mitzunehmen und selbst zu begutachten.

Innerhalb des begrenzten Raumes des Rundkorrals war das Pferd verspielt und leicht abzulenken. Flynn ließ ihn eine Weile laufen, um den Stress abzubauen und das schien ihn zu beruhigen. Er warf ein Seil in den Weg des Pferdes, aber weit genug weg, dass es es nicht berührte. Das reichte aus, um das Tier zu stoppen. Flynn schnalzte mit der Zunge, um die Aufmerksamkeit des Pferdes zu erregen, aber näherte sich ihm nicht. Stattdessen drehte er dem Tier den Rücken zu, sodass die natürliche Neugier des Pferdes ins Spiel kam. Langsam kam es näher. Obwohl er es nicht sehen konnte, spürte er, wie es seinen Kopf senkte, und dann fühlte er die weichen Nüstern des Tieres an seinem Rücken in der Nähe seiner Schulter.

Flynn ließ seine Hand vorsichtig auf seinen Rücken wandern und ermutigte das Pferd, daran zu schnüffeln, was es auch tat.

„Guter Junge", flüsterte Flynn.

Flynn drehte sich ganz langsam, um das Pferd anzuschauen und versuchte dabei, keine schnellen Bewegungen zu machen. Das Pferd schien jetzt deutlich entspannter, daher nahm Flynn das Zaumzeug und streifte es über den Kopf des Pferdes, was es auch erlaubte. Er wusste, dass dies nicht das erste Mal sein konnte, dass das Pferd so behandelt wurde. Es war zu alt dafür. Vielleicht dachte Gable einfach nur, dass das Pferd nicht zahm genug war?

Ein plötzliches klapperndes Geräusch ließ beide, Flynn und das Pferd, herumschauen. Während Flynn versuchte, die Klapperschlange zu orten, wieherte das erschrockene Pferd und stieg, gefährlich nah bei Flynn, auf die Hinterläufe. Im Bruchteil einer Sekunde entschied sich Flynn dafür, sich auf den Boden und weg von der Klapperschlange zu werfen, wobei er nur knapp den Hufen entging, als das Pferd herunter kam und sich dann erneut aufbäumte.

Ein Schuss zerriss die Luft und aus dem Augenwinkel sah Flynn, wie das Tor an der Seite des Korrals aufschwang. Das Pferd stürmte in Richtung der unteren Weiden davon und bevor Flynn sich vom Boden erheben konnte, landete das Gewehr neben ihm im Sand und Gable lag auf ihm, seine Hände überall gleichzeitig.

6

FLYNN BRAUCHTE ein paar Sekunden, um zu verstehen, dass Gable ihm quasi die Kleider vom Leib riss, weil er dachte, dass er von der Klapperschlange gebissen worden war. Mit einem plötzlichen Anflug von Lust hatte das nichts zu tun. Die Intensität in Gables Augen und die Gründlichkeit, mit der Gable ihn berührte, verbunden mit seinen rauen Händen und der Tatsache, dass er auf ihm saß, ließ Flynn das Blut nach unten rauschen. Sobald er verstand, was Gable tat, ließ Flynn ihn einfach gewähren und hoffte, dass er bald zufrieden wäre, aber nicht zu bald. Gable musste bemerken, wie sehr ihn das anmachte.

„Gable, ich bin okay", sagte er ohne allzu viel Nachdruck. „Gable, hör auf, ich bin okay", wiederholte er, nun etwas energischer.

„Die Schlange", antwortete Gable einfach.

„Es ist okay. Sie war weit genug weg von mir, aber sie hat das Pferd erschreckt. Ich habe versucht, vom Pferd wegzukommen, das ist alles."

Gable atmete schwer, als er aufhörte und Flynn ins Gesicht sah.

Flynn war von Gables Gesichtsausdruck etwas verwundert, aber als er sah, wie dessen eisblaue Augen dunkel wurden, verstand er. Gable hatte Flynns Erregung bemerkt. Flynn erstarrte, voller Angst, dass er alles nur noch schlimmer machen würde, wenn er seinen Instinkten folgen und sich am Gewicht von Gables Körper reiben würde. Oder besser, je nachdem aus welcher Perspektive man es sah.

Aber dann begann Gable, sich zu bewegen.

Flynn musste schlucken. Er konnte nicht herunterschauen, denn er wollte den Augenkontakt nicht abbrechen, aber er war ganz sicher, dass Gable genauso erregt war wie er. Er sorgte sich außerdem, dass er nun wie ein jungfräulicher Schuljunge in seiner Hose kommen würde, sobald er auf ihre Unterleiber schaute. Die Luft zwischen ihnen war elektrisch und Flynn würde unter dem Druck nachgeben.

Plötzlich beugte sich Gable herunter und küsste ihn. Es war ein intensiver Kuss, fast schon aggressiv, und Flynn konnte nicht anders, als ihn zu erwidern. Dieses Mal wollte er, dass seine Taten und nicht nur seine Worte zeigten, dass er es auch wollte. Gable rieb sich immer noch an ihm und durch die veränderte Position konnte Flynn Gables harte Länge neben seiner spüren, nur getrennt durch zwei Lagen groben Stoffes. Er hätte erwartet, dass Gable seine Hände festhalten würde, aber das tat er nicht. Stattdessen stützte er sich auf seine Ellbogen und hielt Flynns Kopf fest. Das gab Flynn mehr Bewegungsfreiheit, was ihm einen weiteren Weg eröffnete, Gable zu zeigen, dass er mehr wollte.

Nachdem Flynn Gables Hintern gepackt hatte und ihn weiter antrieb, begann Gable, in Flynns Mund zu stöhnen. Flynn wusste, wo das enden würde und hoffte, dass nichts passieren würde, um Gable abzulenken. Flynn machte sich keine Gedanken, dass sie draußen waren. Niemand kam unerwartet zu Besuch und selbst wenn es jemand täte, war der Korral ziemlich gut vernagelt und ein Besucher würde auf den Zaun klettern müssen, um etwas zu sehen. Der harte unebene Boden unter ihm begann, ihn etwas zu stören, aber die Tatsache, dass er hart und geil war und einen gleichermaßen erregten Mann auf sich liegen hatte, glich das im Wesentlichen aus. Ihre Zungen kämpften um die Vorherrschaft, keiner von ihnen wollte den leidenschaftlichen Kuss unterbrechen, obwohl sie beide nach Luft rangen.

Gables lange, rhythmische, treibende Bewegungen wurden dringlicher und der Klang seines Stöhnens veränderte sich ebenfalls. Flynn konnte spüren, wie die harten Muskeln in Gables Hintern sich unter seinen Händen an- und wieder entspannten, bis Gable sein Kopf plötzlich von Flynn wegriss. Mit einem weiteren kraftvollen Stoß und einem angespannten Zittern hörten die Bewegungen auf.

Nur wenige Augenblicke später zog Gable sich komplett zurück, ließ Flynn unbefriedigt zurück und stand schneller auf, als Flynn reagieren konnte. Seine Schritte waren noch unsicherer als üblich und er musste sich am Zaun festhalten, um voranzukommen. Flynn stand ebenfalls aus dem Sand auf und nachdem er einiges davon von seiner Kleidung geklopft hatte, folgte er Gable aus dem Korral hinaus. Er hatte kein Problem damit, zu ihm aufzuschließen, aber Gable stieß ihn von sich.

„Gable, lauf nicht weg. Bitte…"

„Was willst du von mir?", schrie Gable ihn an.

„Ein bisschen weniger Aggression jedes Mal wenn wir uns nahekommen, wäre schon mal nett", antwortete Flynn, genauso scharf.

Gable musste sich am Stalltor festhalten, um auf den Beinen zu bleiben „Was soll ich sagen? Dass du es geschafft hast, dass ich in meiner Hose gekommen bin? Dass ich es vorgezogen hätte, wenn du mich gefickt hättest, statt dieses…", er deutete in die grobe Richtung des Korrals, „dieser Sache, die wir dort getan haben? Ist es das, was du hören willst? Oder wolltest du, dass ich darum bettele? Ich bin nicht wie deine geschniegelten Freunde aus der Stadt, die immer die richtigen Worte parat haben. Ich bin nur…" Gables Stimme änderte sich und wechselte von hart und verletzend in ruhig und niedergeschlagen und Flynn wusste nicht, was er tun sollte, als er sah, wie Gable so aufgab.

„Ich will nicht umworben werden, Gable."

„Ich hatte solche Angst, dass du verletzt wärst", gab Gable zu, seine Augen fest auf einen unbekannten Fleck am Boden gerichtet. „Ich hatte gesagt, dass du die Pferde nicht alleine trainieren sollst. Es hätte alles Mögliche passieren können. Du hättest runterfallen und hinterher geschleift werden können. Dieses Pferd hätte dich ernsthaft verletzen können."

„Es geht mir gut, Gable", wiederholte Flynn seine früheren Worte, als er näher zu Gable trat. Er war immer noch hart und erregt, immer noch unbefriedigt, obwohl er wusste, dass Gable vermutlich nicht mehr in der Stimmung für irgendetwas war. Zu seiner Überraschung zog Gable ihn näher an sich und dieses Mal war der Kuss weniger aggressiv als vielmehr liebevoll.

Gable küsste ihn immer weiter, während er Flynn in den Stall schob.

Flynn mochte die Geradlinigkeit und die Heftigkeit von Gables Küssen, obwohl es ihn an Gables früherer Aussage zweifeln ließ, dass er eher unten liegen würde. Allerdings, vielleicht zog Flynn diese Rückschlüsse basierend auf der Art und Weise, wie sich die Jungs in der Stadt verhielten und Gable hatte klargestellt, dass er eher keine Erfahrung mit diesen Leuten hatte.

Gable schob Flynn so lange rückwärts, bis er mit der Rückseite seiner Beine gegen die Strohballen stieß, die in der Ecke gestapelt waren. Zu Flynns Überraschung drehte Gable sie herum, sodass er sich auf einen Strohballen setzen und Flynn auf sich ziehen konnte, um dann mit schnellen Handgriffen Flynns Jeans zu öffnen und seinen immer noch harten Penis herauszuholen. Flynn stieß einen hörbaren Seufzer aus, als Gables Mund seine Erektion umschloss und es gab auch keinen Zweifel, dass Gable Spaß an dem hatte, was er da tat.

„Oh, fuck", seufzte Flynn. Er wollte nach Gables Kopf greifen, um die Bewegungen des Mannes noch zu unterstützen, ließ es dann aber sein, weil er das Gefühl hatte, es könnte zu viel sein. Das Letzte, was er wollte, war, dass Gable aufhörte. Er behalf sich schließlich damit, seine Hände leicht auf Gables Schultern zu legen. Das half ihm dabei, stehen zu bleiben, und verhinderte, dass er dem Verlangen seines Körpers folgte und in Gables Mund stieß.

Gerade als Flynn dachte, er könnte sich nicht mehr länger zurückhalten, hörte Gable auf und ließ seinen Schwanz los. Er sagte nichts, sondern sah Flynn nur an und zog dann einen weiteren Strohballen herunter, sodass jetzt vier zusammen in einem Quadrat standen. Er stand auf und griff eine Pferdedecke von einem Haken, warf sie über die Strohballen und begann, seine Stiefel und seine Jeans auszuziehen.

Flynn wusste nicht, was Gable von ihm wollte, daher stand er einfach da, unfähig, seine Augen von Gables bandagiertem Fuß, seinen sehnigen, etwas asymmetrischen Beinen und seinem Schwanz, der auf Halbmast stand, abzuwenden.

„Willst du, dass ich…?"

Gable presste seinen Finger gegen Flynns Mund und ersetzte ihn dann mit seinen Lippen.

„Ich werde aufhören, falls du es willst", flüsterte Gable, nachdem er Flynn umgedreht hatte, sodass er wieder mit dem Rücken zu den Strohballen stand.

Flynn schüttelte den Kopf und wurde zurückgeschoben, bis er rückwärts auf das Stroh fiel. Alles, was er tun konnte war, dort zu liegen und zuzuschauen, wie Gable sich wieder rittlings auf ihn setzte. Er wollte das, war allerdings nicht gewöhnt daran, ein so passiver Teilnehmer zu sein. In diesem Fall war es allerdings wie mit scheuen Pferden: Lass sie zu dir kommen und mach keine plötzlichen Bewegungen.

Gable spuckte in seine Hand und befeuchtete Flynns Schwanz, bevor er hinter sich griff, um ihn aufrecht zu halten, während er sich langsam darauf sinken ließ.

Für einen ganz kurzen Moment schoss Flynn der Gedanke durch den Kopf, dass er von Gable benutzt wurde, aber er flog davon als er spürte, wie Gables unglaublich enge Hitze ihn umgab. Ein Teil von ihm machte sich Sorgen darum, dass Gable sich verletzen würde, wenn er sich ohne irgendwelche Vorbereitung und mit schlechtem Gleitmittel quasi aufspießte. Aber auch diese Gedanken verflogen als Gables Mund sich in einem rauen Seufzer des Vergnügens öffnete.

Flynn wusste, dass er nicht sehr lange aushalten würde, aber er versuchte, sich zurückzuhalten, versuchte, Gable eine Chance zu geben, das zu bekommen, was er wollte und was er brauchte. Er hoffte, dass es gut genug sein würde, damit Gable mehr wollen würde. In diesem Moment sollte das Vergnügen ganz für Gable sein, entschied Flynn. Er ließ seinen Blick von Gables leicht schmerzerfülltem, aber auch glücklichem Gesicht zum Rest seines Körpers wandern. Zu seinem Leidwesen verdeckte Gables Hemd, das immer noch zugeknöpft war und weit herunterreichte, ihre Unterkörper und verhinderte damit Flynns visuelle Stimulation. Er traute sich auch nicht, es beiseitezuschieben, da Gable gerade einen komfortablen Rhythmus gefunden hatte. Erst als Gable ihm zufällig einen Blick unter die Hemdschöße gewährte, weil er seinen Bauch auf dem Weg zu seinem schnell härter werdenden Schwanz mit der Hand berührte, wurde Flynn bewusst, wie sehr ihn der Anblick erregte. Deshalb begann er zu stoßen, begegnete Gable auf halbem Wege und ließ ihn laut aufstöhnen.

Gables Augen waren immer noch geschlossen, sein Gesicht entspannte sich. Der Schmerz schien von purer Freude ersetzt und ein ironisches Lächeln breitete sich auf seinem Gesicht aus. Mit seiner rechten Hand wichste er sich selbst passend zu seinen schaukelnden Bewegungen, während seine linke sich auf Flynns legte und ihm damit bewusst machte, dass er Gables Schenkel streichelte.

Die Intimität dieser kleinen Geste und die Verbindung, die sie zu haben schienen, waren genug, um Flynns Leidenschaft wieder anzufachen. Vielleicht gab es ja doch eine Chance, dass es funktionierte? Vielleicht würde sich das wiederholen?

Gables Bewegungen wurden schneller und Flynn fühlte die bekannte Anspannung in seinem Unterkörper, das Signal, dass er nicht mehr fähig war, seinen Höhepunkt aufzuhalten. Was schließlich den Ausschlag gab, war ein Blick in Gables Gesicht. Es sprach von vollkommener Konzentration und absoluter Hingabe an das, was er fühlte. In diesem Moment wusste Flynn, wie sehr Gable das vermisst hatte. Flynn stieß noch einmal hoch und hörte Gables Antwort mit einem tiefen Grunzen, bevor er seinen Samen tief in Gables engen Kanal pumpte. Obwohl er keuchte, war Flynn noch aufmerksam genug, um Gables verzweifelten Versuch zu sehen, ihm zu folgen. Seine Hand wichste hektisch seinen Schwanz, während er weiterhin seine Hüften bewegte. Flynn wagte nicht, mehr von Gable zu berühren, aber er bewegte seine Hände, um Gables Hüften zu unterstützen. Gerade als er dachte, dass er nicht hart genug bleiben würde, um Gable das Vergnügen zu schenken, das dieser so eindeutig suchte, stöhnte Gable laut auf und sein ganzer Körper schien sich zusammenzuziehen als dicke weiße Spritzer aus seinen Schwanz und auf Flynns Hemd schossen.

Gable bewegte sich zur Seite, fiel auf das Heu neben ihm und lag dort keuchend für einige Momente. Dann durchbrach plötzlich ein Blitzschlag den Himmel und erleuchtete den Stall. Gable stand auf und sammelte seine Jeans und Stiefel ein.

„Geh noch nicht", bat Flynn leise und setzte sich neben Gable. Zögernd berührte er Gables Rücken.

„Es wird regnen und das Gewehr liegt noch draußen", antwortete Gable genauso leise. „Außerdem läuft da draußen noch ein verschrecktes Pferd mit einem Trainingshalfter herum, das wir wohl besser wieder zurück zur Herde lassen."

Flynn wusste, dass er Gable nicht würde aufhalten können. „Ich gehe." Er stand auf und stopfte alles wieder in seine Jeans. Er war schon halb zum Stall hinaus, als er seine Meinung nochmal änderte und dahin zurückkehrte, wo Gable noch saß. Er sank auf seine Knie, griff nach Gables Hinterkopf und zog ihn in einen brennend heißen Kuss, bevor er wieder hinauslief.

7

ALS FLYNN zum Stall zurückkehrte, hatte der Regen bereits begonnen herabzuprasseln, sodass er nass bis auf die Haut war. Zu seiner Überraschung war Gable noch nicht ins Haus zurückgekehrt. Er stand genau auf halbem Wege zwischen dem Haus und dem Rest der Ranch, sah zum Himmel hinauf und ließ den Regen auf sich fallen. Seine Haltung war ein bisschen schief und Flynn konnte sehen, dass er möglichst wenig Gewicht auf sein schlimmes Bein legte, daher lief er zu ihm hinüber.

„Alles okay bei dir?", rief Flynn, um sich über den Regen hinweg Gehör zu verschaffen. Er wischte sich das Wasser vom Gesicht und legte seine Hand auf Gables Schulter.

Gable schüttelte den Kopf. „Ich glaube, ich habe es ein bisschen übertrieben."

„Willst du zurück zum Stall und dich hinsetzen?"

Wiederum schüttelte Gable den Kopf. „Wir sind auf halbem Weg zum Haus und ich würde lieber dorthin gehen. Es wird nur noch kälter werden und ich möchte nicht, dass du krank wirst."

Flynn lächelte über Gables Sorgen und die offensichtliche Vernachlässigung seines eigenen Komforts. „Komm her", sagte er, griff nach Gables Hand und legte sie sich über die Schulter, sodass Gable sich auf ihn stützen konnte. „Lass uns zusehen, dass wir dich irgendwo hinbekommen, wo es trocken und warm ist."

Gable stützte sich schwer auf Flynn, als sie zum Haus hoppelten. Das beunruhigte Flynn ziemlich, weil es der schlimmste Zustand war, den er von Gables Fuß kannte. Er half ihm die Treppen hinauf und ins Badezimmer und dieses eine Mal war es ihm egal, dass sie eine nasse Spur durch das ganze Haus zogen.

„Was brauchst du noch?", fragte Flynn, nachdem er Gable geholfen hatte, sich auf den geschlossenen Toilettendeckel zu setzen.

„Es geht mir gut." Gable zuckte mit den Schultern

Flynn kauerte sich vor Gable. „Es macht mir nichts aus. Sag mir einfach, was du brauchst, und ich hole es für dich."

Gable schüttelte den Kopf. „Ich bin nicht besonders gut in solchen Sachen", murmelte er leise.

Flynn legte seine Hand auf Gables Knie. „Ich weiß, aber tu es mir zuliebe. Ich gehe in mein Zimmer und ziehe mir ein paar trockene Sachen an und dann kann ich dir auch welche holen, wenn du mir sagst, wo ich sie finde."

„In meinem Zimmer, erster Schrank auf der linken Seite", antwortete Gable etwas widerstrebend.

Obwohl Flynn gerne geblieben wäre, um sich um Gable zu kümmern, spürte er, dass Gable ihn loswerden wollte. Darum ging er in sein Zimmer, um zu tun, was er gesagt hatte und seine eigenen nassen Klamotten loszuwerden. Danach ging er in Gables Zimmer. Es war das erste Mal überhaupt, dass er ein Fuß in dieses Zimmer setzte, obwohl es nicht das erste Mal war, das er es tun wollte. Er ertappte sich dabei, dass er hoffte, heute Nacht hier zu schlafen, doch er wusste es besser als sich zu große Hoffnungen zu machen. Daher sah er sich gründlich um, bevor er Gables Schrank öffnete und ein sauberes Paar Boxershorts und ein T-Shirt aus einem Regal in der Tür nahm. Während er sich im Schlafzimmer umsah, bemerkte er, dass das Bett nicht gemacht war und dass ein dickes Buch auf dem Nachttisch lag. Ansonsten war der Raum spartanisch eingerichtet. Flynn konnte keinerlei Anzeichen dafür erkennen, dass es vielleicht mal jemanden in Gables Leben gegeben hatte, aber er wollte auch nicht so weit gehen und Schubladen öffnen und darin herumschnüffeln, obwohl er durchaus versucht war, es zu tun.

Als Flynn zum Badezimmer zurückging, sah er, dass die Tür halb offen stand. Als er näher kam, sah er Gable dort sitzen und seinen verletzten Fuß versorgen. Er entfernte die nassen Bandagen und enthüllte das Gemetzel darunter. Flynn konnte nur knapp verhindern, dass er laut nach Luft schnappte. Kein Wunder, dass Gable immer solche Schmerzen hatte. Der Fuß sah rot und empfindlich aus und machte den Eindruck, als würde er noch lange brauchen, um zu verheilen. Es schienen ganze Hautstücken zu fehlen, einige Stellen sahen schlank und kräftig aus, während andere geschwollen schienen. Flynn kannte sich mit großen Verletzungen beim Menschen nicht aus, aber er hatte zahlreiche bei Pferden gesehen und wusste, dass das keine Verletzung war, die über Nacht besser werden würde.

ALS GABLE Flynn an der Tür stehen sah, nahm er ein Handtuch und breitete es möglichst unauffällig über dem Fuß aus. Er wollte nicht, dass Flynn ihn sah, daher streckte er die Hand aus, um die trockenen Kleidungsstücke zu nehmen, die Flynn ihm gebracht hatte. „Vielen Dank dafür. Es wird jedoch ein bisschen kalt. Könntest du mir wohl ein weiteres Handtuch aus dem Schrank im Flur holen, bitte?"

Gable musste erreichen, dass Flynn wieder ging. Der prüfende Blick und die Sorge, die er im Gesicht des Jungen sah, waren im Augenblick einfach zu viel, insbesondere nach dem, was vorher im Stall passiert war. Gable nahm das Handtuch von seinem Fuß und begann damit, die Wunde zu reinigen. Nach all dieser Zeit tat es immer noch weh und sein Sprint zum Korral, bei dem er das Pochen in seinem Unterschenkel komplett ignoriert hatte, hatte es nicht besser gemacht. Immerhin half ihm der Schmerz, seine Gedanken von dem abzulenken, was danach passiert war. Das Letzte, was er wollte war, wieder hart zu werden bei der Erinnerung daran, wie Flynn zugelassen hatte, dass er ihn benutzte. Verdammt, er hatte es gebraucht. Nachdem er einen ersten Geschmack von Flynn bekommen hatte, hatte sich seine eigene Hand als vollkommen unzureichend erwiesen und alles, woran er seit diesem ersten Kuss denken konnte war, wie es sich anfühlen würde von ihm genommen zu werden.

Gable schloss die Augen und holte im gleichen Moment tief Luft als Flynn das Badezimmer wieder betrat. Aufgeschreckt griff Gable nach dem weggeworfenen Handtuch und bedeckte seinen Unterleib damit. Seine Hoffnung, dass er schnell genug gewesen war, um seine Erektion zu verbergen, wurde von Flynns Gesichtsausdruck zerstört, der eine Mischung aus Überraschung und Unsicherheit zeigte. Einen Moment lang sah es so aus, als würde Flynn etwas sagen, aber dann tat er es doch nicht und Gable war dankbar dafür. Die Situation war angespannt genug, so wie sie war.

„Du hast immer noch die nassen Klamotten an", bemerkte Flynn. „Kann ich dir da raus und in die trockenen Sachen rein helfen?"

Gable schüttelte schnell den Kopf. „Ist schon okay. Ich bin daran gewöhnt, das alleine zu tun. Ich bin mir sicher, dass ich es schaffe."

„Ich weiß, dass du es kannst" antwortete Flynn ruhig. „Aber weißt du, du musst es nicht alleine schaffen. Es ist kein Verbrechen, um Hilfe zu bitten, Gable. Ich bin hier und du brauchst mich."

Gable wollte nicht abhängig von Flynn werden. Er hatte es die ganze Zeit alleine geschafft und er würde es wieder alleine schaffen müssen, wenn Flynn wegging. „Ich weiß, aber ich muss das alleine machen", murmelte er schließlich.

Flynn nickte und verließ ihn widerstrebend. Sobald er die Tür hinter sich geschlossen hatte, fühlte Gable sich verlassen. Ja, er hatte Flynn gebeten zu gehen, aber wenn er ehrlich mit sich selbst war, dann wollte er, dass Flynn sich um ihn kümmerte. Er hatte nur das Gefühl, dass er sich das nicht leisten konnte.

Plötzlich durchlief ihn ein starkes Zittern und er wurde daran erinnert, dass die nassen Klamotten ihn rapide auskühlten. Gable schüttelte den Kopf und entschied sich, die Kleidung zu wechseln, bevor er seinen Fuß neu verband, in der Hoffnung, dass das ihm helfen würde, wieder warm zu werden. Er stand von seinem Sitz auf und ging die zwei Schritte zum Medizinschränkchen hinter dem Badezimmerspiegel. Der Schmerz schoss erneut durch seinen Fuß und Gable verfluchte seine eigene Starrköpfigkeit. Er biss die Zähne zusammen und verharrte, während er sich auf das Waschbecken lehnte, sodass er möglichst wenig Gewicht auf sein verletztes Bein verlagern musste. Als er das Schränkchen öffnete, um alles rauszuholen, was er zum Verbinden des Fußes benötigte, sah er die Kondome, die hinter seiner Reservedose mit Rasiercreme versteckt waren. In diesem Moment wurde ihm bewusst, dass das, was im Stall geschehen war, weit mehr als nur Sex gewesen war. Flynn war ohne ein Kondom in ihn eingedrungen und er konnte nur darauf hoffen, dass das keine unschönen Nebenwirkungen haben würde. Gable versuchte die mulmigen Gefühle abzuschütteln: Zum einen die Sorge, dass sie sich mit irgendetwas angesteckt haben könnten, zum anderen die Notwendigkeit, das gegenüber Flynn zur Sprache zu bringen. Verdammt, er war bei dieser Art von Gesprächen nicht besonders gut.

Bekleidet mit den Sachen, die Flynn ihm gebracht hatte, und den Fuß wieder sorgfältig verbunden, humpelte Gable in sein Schlafzimmer. Als er die Tür öffnete, bemerkte er, dass sein Bett gemacht war; die Decke und die Überdecke ordentlich weggefaltet, sodass er direkt hineinschlüpfen konnte. Er seufzte. Flynns Bedürfnis, sich um ihn zu kümmern, war gleichzeitig Segen und Fluch. Gable musste zugeben, dass es sich gut anfühlte. Er hatte nur wenige Beziehungen gehabt, die über One-Night-Stands hinausgegangen waren. In diesen war immer er der Kümmerer gewesen; derjenige, der den Geliebten umsorgt hatte, niemals andersherum. Aber Flynn konnte es scheinbar einfach nicht lassen und das war zu mindestens ermutigend.

Als Gable sich auf das Bett setzte, öffnete er die Schublade des Nachttischs und war erleichtert zu sehen, dass der Inhalt unberührt war. Immerhin war Flynn keine Schnüffelnase. Es hätte Gable sehr unruhig gemacht, wenn Flynn an privaten Orten herumgestöbert und Gott weiß was für peinliche Dinge entdeckt hätte. Immer noch frierend, krabbelte Gable unter die Decken und nahm sein Buch zur Hand in der Hoffnung dass er sich bald aufwärmen würde. Er hatte noch nicht lange gelesen, als ein vorsichtiges Klopfen an der Tür ihn aufblicken ließ. Bevor er antworten konnte, folgte ein etwas energischeres Klopfen.

„Flynn?"

Die Tür öffnete sich und Flynn kam mit einem Tablett in der Hand herein, sodass Gable sich aufsetzte und sich kurzfristig wunderte, ob er aus dem Bett aufstehen sollte. Flynn gab ihm jedoch keine Gelegenheit dazu, sondern ging auf die unbenutzte Seite des Bettes, setzte sich und stellte das Tablett zwischen sie.

33

„Ich hatte heute keine Zeit zu kochen." Ein scheues und ein bisschen schalkhaftes Lächeln umspielte Flynns Mund. „Aber es gab noch Suppe von gestern, die uns sicherlich aufwärmt. Daher dachte ich, dass ich dir etwas davon hochbringe."

„Ich verdiene dich nicht", sagte Gable fast unhörbar und sah Flynn nicht an, der vollständig bekleidet auf seinem Bett saß.

„Klar tust du das", antwortete Flynn mit dem gleichen neckischen Grinsen. Er reichte Gable eine dampfende Schale mit Gemüsesuppe und einen Löffel, den Gable sofort beiseitelegte, um ein Stück Brot zu nehmen, das er in die Suppe tauchen konnte.

„Vielleicht solltest du mir erklären, warum ich einen großartigen Cowboy verdiene und einen außergewöhnlichen Koch, obwohl ich dich noch nicht einmal für das bezahlt habe, was du hier schon alles geleistet hast", fragte Gable, während er versuchte, das tropfende Brot in seinen Mund zu bugsieren, ohne sich zu blamieren.

„Weil du dich mit mir herumschlägst?", schlug Flynn vor, löffelte etwas Suppe in seinen Mund und verbrannte sich fast die Zunge.

„Da gibt es nichts herumzuschlagen." Gable zuckte mit den Schultern. Ein Teil von ihm hatte Angst davor, sich Flynn zu öffnen, aber andererseits war heute so viel zwischen ihnen passiert. Gable wollte nicht, dass Flynn ihn zu bald wieder verließ. „Ich mag es, wenn du da bist."

Flynn nickte, während er seine Suppe aß, und es entstand eine unangenehme Stille zwischen ihnen. Gable wünschte sich, dass sie wieder draußen auf der Veranda wären. Es schien so, als wenn sie nur dort einfach zusammensitzen und sich gegenseitig an ihrer Gegenwart erfreuen konnten, ohne ein Gespräch führen zu müssen.

Schließlich stand Flynn auf und stellte ihre Schalen zurück auf das Tablett. Er erschien unwillig zu gehen, aber es gab nichts mehr zu tun. Gerade, als er das Tablett vom Bett hochheben wollte, legte Gable seine Hand auf Flynns.

„Hast du noch Hunger? Ich kann Sandwiches mit heißem Käse machen, wenn du möchtest. Bis Calley morgen mit neuen Lebensmitteln kommt, gibt es nichts anderes, so leid es mir tut."

„Ist alles gut. Die Suppe war großartig." Gable zögerte. Könnte er Flynn ganz platt darum bitten, heute Nacht bei ihm zu schlafen? Gott allein wusste, dass er es wollte. Er wollte diesen warmen Körper wieder dicht bei sich spüren. „Wirst du wieder zurückkommen, wenn du unten fertig bist?", fragte Gable zögerlich, etwas angewidert über seine heisere Stimme. „Ich meine, hierher", ergänzte er zur Klarstellung. Er wollte noch ergänzen „falls du magst", aber er hatte zu viel Angst, dass Flynn es nicht wollte, und so blieben die Worte unausgesprochen.

Flynn lächelte ein bisschen und nickte. „Okay, ich brauche nicht lange."

Als Gable sah, wie Flynn das Schlafzimmer verließ, wurde ihm bewusst, dass er noch nie zuvor in seinem Leben so nervös gewesen war. Als er ein gedämpftes „Jawoll!!" draußen im Flur hörte, konnte er nicht anders als schmunzeln. Und sein Schmunzeln verwandelte sich bald in ein unkontrollierbares Kichern.

8

GABLE ZWANG sich dazu, mit dem Zappeln aufzuhören. Meine Güte, er fühlte sich, als würde er erneut seine Jungfräulichkeit verlieren. Andererseits war er nicht daran gewöhnt, darauf zu warten, dass sein Liebhaber die Treppe hochkam, um sich neben ihm ins Bett zu legen. Er konnte sich zwingen, nicht mehr zu zappeln, aber er konnte sein Herz nicht davon abhalten, wild zu schlagen. Flynn brauchte ewig, um wieder hochzukommen. Gable fragte sich, ob er seine Meinung geändert hatte und nun in der Küche herumräumte, um Zeit zu gewinnen bis Gable eingeschlafen war. Nein, das konnte nicht sein. Flynn würde kommen und dann ... Gable wusste nicht, was dann passieren würde. Das war fast genauso schlimm wie das erste Mal als er tatsächlich Sex gehabt hatte, das erste Mal als es mehr wurde als nur herumzualbern und sich hier und da zu berühren. Nur, dass es diesmal nicht irgendein beliebiger Typ war; diesmal war es Flynn und er hatte Gefühle für ihn entwickelt, die er noch nie zuvor gehabt hatte. War es das, was Liebe ausmachte?

Gable hörte ein Klopfen an der Tür und sah auf. „Komm rein", sagte er fast sofort, voller Erwartung daran, was die Nacht bringen würde.

Flynn sah hinein und öffnete die Tür dann weiter, um einzutreten. Er schloss sie vorsichtig, als gäbe es einen Grund, leise zu sein. Für einen Augenblick stand er einfach nur an der Tür und sah Gable an, aber dann folgte er seinen früheren Schritten und ging um das Bett herum auf die gegenüberliegende Seite von Gable.

„Ist das okay, wenn ich mit unter die Decke schlüpfe?", fragte Flynn ein bisschen zögernd.

„Ja, es ist kalt", nickte Gable, der die Gänsehaut auf Flynns Armen bemerkte, nachdem dieser sich umgezogen hatte und nur noch ein T-Shirt und seine Boxershorts trug. „Auf jeden Fall." Das Buch, das Gable gelesen hatte, lag auf seiner Brust und er hielt sich daran fest wie an einem Schild. Plötzlich wurde ihm bewusst, wie albern das aussah und er legte es auf den Nachttisch.

Flynn war unter die Decke gekrabbelt und hatte es sich auf seiner Seite gemütlich gemacht. Er sah zu Gable hin und schien deutlich nervöser als Gable zu sein. Und irgendwie wurde Gable dadurch ruhiger. Vielleicht sollte er Flynn einfach die Führung überlassen. Flynns Blick auf sich zu spüren, half allerdings nicht.

„Soll ich das Licht ausschalten?", schlug Gable nervös vor.

„Das kann ich machen", bot Flynn an und warf die Decke zurück.

„Nein, dafür musst du nicht aufstehen", sagte Gable und stoppte Flynn mit seiner Hand. Er griff nach einer langen Schnur, die am Kopfende herunterhing und zog daran, sodass der Raum dunkel wurde.

„Nettes Spielzeug", grinste Flynn.

„Bill hat es gebaut, als mich nicht bewegen konnte. Es ist eine große Hilfe." Blitze erleuchteten den Raum für den Bruchteil einer Sekunde, bevor er wieder in Dunkelheit gehüllt wurde. Gable drehte sich zu Flynn um, nachdem er sich nun im Dunkeln sicherer fühlte.

„In dieser Gegend gibt es viele Gewitterstürme und Blitze", sagte Flynn und seufzte.

„Die Wolken werden hier von den Bergen festgehalten", antwortete Gable.

„Die Pferde sind nicht so begeistert von Blitz und Donner, aber sie lieben den Regen, denn viel Regen bedeutet auch viel weiches Gras. Und mir machen die Wolken und der Regen nichts aus."

„Das glaube ich dir", schmunzelte Flynn.

„Oh?" Gable hatte keine Ahnung, was Flynn damit meinte.

„Wolken und Regen ist ein chinesischer Ausdruck für Sex. Der Lieferant von Wolken und Regen ist eine Dame der Nacht, eine Prostituierte", erklärte Flynn. „Die Wolken vereinen das Männliche und das Weibliche, den Himmel und die Erde, und der Regen ist der Höhepunkt dieser Vereinigung. Das kommt aus einer alten chinesischen Schöpfungsgeschichte, in der der Himmel, der große Vater, und die Erde, die Große Mutter, als Ehepaar betrachtet werden, die in einem niemals endenden Verkehr miteinander verbunden sind."

„Du kennst dich damit aus?", fragte Gable nach, in der Hoffnung, Flynn zum Weiterreden zu bewegen, damit sie nicht wieder in diesem unangenehmen Schweigen endeten.

„Sex?"

Gable schmunzelte. „Chinesen."

Jetzt war es an Flynn zu lächeln. „Damals in der Stadt habe ich eine Weile in Chinatown gelebt und versucht, Chinesisch zu studieren. Ich sah es als einen Ausweg, so weit wie nur möglich von meinem Vater wegzukommen, aber es hat nicht wirklich funktioniert. Obwohl es faszinierend ist, darüber zu lesen, ist die chinesische Kultur nicht sehr offen für jemanden wie mich. Daher beschloss ich, hier zu bleiben und andere Sachen zu studieren."

„Viehzucht und Kochen?", schlug Gable vor.

„Kochen konnte ich ja schon und ich habe es auf meinen Reisen perfektioniert. Teilweise wird es besser bezahlt, als Aushilfskoch zu arbeiten, statt als Helfer auf der Farm oder beim Stapeln von Lebensmitteln im Supermarkt."

„Ich bin froh, dass du dich entschieden hast, hierher zu mir zum Arbeiten zu kommen", sagte Gable leise. Seine Augen passten sich langsam an die Dunkelheit an, aber er wurde erneut von einem Blitz geblendet, während er Flynns Lippen auf seinen spürte.

„Ich bin auch froh, dass ich hergekommen bin."

„Ich …" Gable zögerte. „Ich bin nicht besonders gut in solch… solchen…"

„Das hast du mir schon ein paarmal erzählt." Flynn unterbrach ihn. „Es macht mir nichts aus." Er schob sich näher zu Gable und Gable konnte die Hitze fühlen, die von Flynns Haut ausging, obwohl ihre Körper sich kaum berührten. Flynns Hand streichelte lediglich über Gables Gesicht.

Flynn küsste ihn noch mal, der Kuss war sanft und unaufdringlich. „Wir können uns gemeinsam daran gewöhnen. Es sei denn, du willst, das ich aufhöre, dann musst du es mir nur sagen", fuhr Flynn fort und benutzte dabei fast die gleichen Worte, die Gable zuvor im Stall verwendet hatte.

„Grant und ich. Wir …" Gable wusste nicht, wie er es Flynn sagen sollte oder ob er Flynn überhaupt etwas von seiner Beziehung zu Grant erzählen wollte.

FLYNN WAR erleichtert zu hören, dass Gable ängstlich und unsicher war. Natürlich war das nicht das Gefühl, das er Gable wünschte, aber es war gut zu wissen, dass sie beide ähnlich fühlten. Es bedeutete, dass sie es gemeinsam schaffen konnten.

Dass Gable von Grant erzählen wollte, gab ihm ebenfalls ein gutes Gefühl. Gable hatte noch nie über sich selbst und erst recht nicht über seine Vergangenheit gesprochen, aber nach Hunters Besuch war Flynn durchaus neugierig geworden und wollte mehr über Gables ehemaligen Geliebten erfahren.

„Wirst du mir von Grant erzählen?", fragte Flynn leise. Gable zitterte, als wäre ihm kalt.

„Ich weiß. Warum drehst du dich nicht um und ich kann dich warm halten?", schlug Flynn vor.

„Du meinst, dir den Rücken zukehren? Während wir reden?"

Flynn nickte. „Manchmal ist es einfacher, so zu reden."

Gable drehte sich zögernd um und Flynn wartete eine Weile, bis er es sich bequem gemacht hatte, wohl wissend, dass er mit Gables Bein vorsichtig sein musste. Er legte seine Hand auf Gables Rücken und streichelte seine Schulterblätter, dann seine Schulter.

„Nicht erschrecken, okay?", bat Flynn sanft, bevor er sich noch weiter vorschob, bis er Gable komplett berührte. Er legte seine Hand auf Gables Bauch und zog ihn noch enger an seine Brust, wobei er fühlte, wie Gable vor Spannung zitterte. „Entspann dich, Gable. Es wird nichts passieren, was du nicht willst."

„Ich mache mir keine Sorgen über deine Reaktionen; es sind meine, die ich vielleicht nicht kontrollieren kann", gab Gable zu, wobei er sich mitten im Satz räuspern musste.

Langsam bewegte Flynn seine Hand in Richtung Gables Unterleib. Gables T-Shirt verhinderte, dass Flynns Hand Gables Haut berührte, daher war die Berührung zwar intim, aber nicht sehr sexuell. „Ich werde mich um dich kümmern", flüsterte Flynn in Gables Ohr.

Gable holte mehrmals tief Luft und Flynn fühlte, wie er langsam sich in seinen Armen entspannte. Irgendwie fühlte sich das Schweigen zwischen ihnen jetzt etwas einfacher an, daher erschrak Flynn ein bisschen, als Gable schließlich sprach.

„Grant hat nie hier geschlafen."

Flynn war nach diesem Geständnis etwas verwundert, aber er wollte ihn nicht mit Fragen bombardieren. Er hoffte, dass er auch ohne weitere Nachfragen darüber sprechen würde.

„Wir hatten Sex. Eine Menge davon. Und überall, wo du es dir nur vorstellen kannst, aber niemals in einem Bett. Grant hatte einfach … ich schätze mal, es hätte sich für ihn zu dauerhaft angefüllt, wenn er auch bei mir hätte schlafen müssen."

„,Hätte schlafen müssen'? Ich bin mir sicher, er musste nicht. Ich meine ,schlafen wollen', würde ich verstehen. Es ist ja nicht wirklich eine große Belastung." Gable schmunzelte. „Grant war ein ziemlicher Macho. Ich kann gar nicht sagen, wie oft er mit den vielen Frauen angegeben hat, die er in der Stadt angeblich aufgerissen hatte. Wenn andere Leute da waren, dann tat er es sogar vor meinen Augen. Ich denke mal, das Letzte, was er wollte war, dass die anderen Männer ihn für schwul hielten, aber ich weiß ganz sicher, dass er in der Stadt immer nur nach

Schwänzen gejagt hat, nie nach Frauen."

Flynn war etwas überrascht von Gables blumiger Wortwahl, aber er wollte mehr über Grant wissen, daher ermutigte er Gable fortzufahren.

„Hat er dich betrogen?"

Gable nickte. „Und er hat sich auch keine Mühe gegeben, es zu verstecken. Seine Entschuldigung war, dass er es brauchte. Und er brauchte mehr, als ich ihm geben konnte."

„Meine Güte, Gable, das hättest du dir nicht gefallen lassen brauchen!" Flynn schrie es beinah. Seine Stimme klang zu laut und er fuhr in leiserer Tonlage fort. „Du verdienst etwas Besseres als das." Flynn küsste Gables Nacken und schmiegte sich enger an ihn, wobei er seine Wange gegen Gables Schulter lehnte.

„Grant hielt nicht viel von Kuscheln oder Küssen. Und ganz sicher hielt er nichts davon, mit mir zusammen zu schlafen. Sein Zimmer war dein Zimmer und wenn er im Haus schlief, dann in diesem Bett. Aber je länger er hier war, desto häufiger verschwand er. Ich hörte, wie er sich spät in der Nacht rausschlich. Manchmal war er am Morgen wieder da und manchmal war er auch drei oder vier Tage weg und wenn er wieder kam, sah er aus, als hätte er in der ganzen Zeit nicht geschlafen."

„War das auch der Fall, als du verletzt wurdest? War Grant nicht da, um dich zum Arzt zu bringen?"

Gable antwortete nicht sofort. Er schluckte und Flynn dachte, dass er Tränen zurückhalten musste, aber schließlich antwortete er.

„Ich war dabei, Pferde zuzureiten. Im Korral. Er war in der Nacht zuvor verschwunden und ich erwartete ihn nicht zurück, aber ich musste die Pferde für die Auktion fertig machen und daher weiterarbeiten. Eines der größeren Pferde warf mich beim Versuch aus dem Korral zu springen ab, und mein Fuß verfing sich im Steigbügel. Es schleifte mich ziemlich lange hinter sich her, bis das Leder vom Steigbügel riss, aber zu dem Zeitpunkt war ich bereits bewusstlos. Als ich aufwachte, konnte ich mich nicht bewegen. Mir tat alles weh, aber ich konnte mir nicht erklären, warum ich mich nicht bewegen konnte. Schließlich wurde es etwas besser, aber ich habe trotzdem drei Tage gebraucht, um zurück zum Stall zu krabbeln."

„Drei Tage? Mein Gott, Gable, und dieser Bastard ist nicht aufgetaucht?"

„Ich habe ihn seit dieser Nacht nicht mehr gesehen. Calley fand mich und rief den Notarzt. Ich denke, er fand irgendwie raus, was geschehen war, und entschied sich, seine Sachen zu holen und endgültig zu verschwinden. Er war nicht der Typ Mann, der sich um einen Krüppel kümmern würde."

Flynn presste Gable enger an sich und hoffte, damit zu vermitteln, dass er nichts mit Grant gemein hatte. „Du bist kein Krüppel."

„Doch, das bin ich. Ich kann kaum laufen, ich kann mich nicht mehr alleine um die Ranch kümmern und …" Gable brach mitten im Satz ab und zog sich von Flynn zurück, weit genug, um seinen Griff zu durchbrechen.

„Ich bin immer noch hier", sagte Flynn leise. „Und ich gehe nirgendwohin, es sei denn, du sagst es mir."

„Naja, vielleicht solltest du gehen. Es gibt hier nichts für dich."

Flynn seufzte. Er wusste nicht, was er sagen sollte, damit Gable verstand, dass er sehr wohl einen Grund zum Bleiben hatte. Und dieser Grund war Gable. „Es gibt hier eine Menge für mich. Es ist eine großartige Ranch, die wir zu zweit doch gut bewirtschaften können. Ich bin mir sicher, dass Hunters Zahlung uns für das nächste Jahr im Geschäft hält, richtig?"

Gable nickte zustimmend.

„Und ich habe etwas, was ich noch nie zuvor hatte. Ein Zuhause und jemanden, dem ich etwas bedeute, auch wenn er es nicht zugeben mag, noch nicht einmal sich selbst gegenüber. Und weißt du, das fühlt sich deutlich besser an, als jemanden zu haben, der zwar sagt, dass er dich liebt, dem du aber tatsächlich vollkommen egal bist."

„Woher weißt du das?", fragte Gable und seine Stimme klang emotional und gebrochen, sodass Flynn sicher war, dass er weinte.

„Woher ich weiß, dass ich dir etwas bedeute?" Flynn lächelte und schmiegte sich wieder enger an Gable. „Dein Gesichtsausdruck, als du dachtest, die Klapperschlange hätte mich gebissen, war ein ziemlich deutliches Zeichen, aber es gab auch noch andere Dinge. Es gibt diese Momente, in denen du scheinbar Angst hast, mich anzusehen. Und dann wieder, wenn du dich unbeobachtet fühlst, scheinst du nicht anders zu können, als mich praktisch mit deinen Augen auszuziehen. Du hast ja keine Ahnung, wie oft ich zu dir rübergehen und dich küssen oder einfach nur berühren wollte und du weißt auch nicht, wie oft ich verstecken musste, was diese Blicke mir antun."

Gable schniefte und seine Stimmung schien sich etwas aufzuhellen. „Wer im Glashaus sitzt, sollte nicht mit Steinen werfen", schnaufte er. „Es gibt gute Gründe, warum ich dich manchmal nicht ansehen kann. Ich habe mich gefühlt, als wäre ich schon wochenlang mit einem Ständer in der Jeans durch die Gegend gelaufen. Direkt neben dir zu arbeiten war nicht immer einfach. Weißt du, wie viele Entschuldigungen ich mir ausdenken musste, um dann im Verborgenen ein bisschen Dampf abzulassen?"

„So wie in der Dusche?". neckte ihn Flynn.

„Ich konnte nicht glauben, dass du mich beobachtet hattest. Und dann wurde mir klar, dass es dich scharf machte." Gable hielt inne, als würde er noch mal vor seinem geistigen Auge Revue passieren lassen, was geschehen war. „Vorher konnte ich mir immer sagen, dass du wahrscheinlich nicht schwul bist und dass es deshalb sinnlos wäre, mich nach dir zu verzehren. Aber nachdem ich dein erhitztes Gesicht gesehen hatte, war es, als hätte ich dich mit deiner Hand direkt in der Hose erwischt…"

„Das hast du. Ich konnte nicht anders", gab Flynn zu. Und da sie so eng zusammen lagen, führte die Erinnerung dazu, dass Flynns Körper wieder reagierte. Er hatte gehofft, die Tatsache, dass sie beide angezogen waren, würde das verhindern, aber die Bilder waren zu lebendig. „Alleine dich nackt zu sehen, war schon sehr erregend. Aber deine Hand an deinem Schwanz und dann zu sehen, wie er direkt vor meinen Augen hart wurde… es war, als wäre ein Traum wahr geworden."

„Ach, komm schon …", sagte Gable leise und zuckte ein wenig mit den Schultern. Es klang, als könne er nicht glauben, was Flynn sagte.

„Was?", flüsterte Flynn. Er presste seine anschwellende Erektion gegen Gables Hintern, sowohl um das Verlangen seines eigenen Körpers zu befriedigen, als auch um Gable fühlen zu lassen, was er ihm antat. Flynn fühlte allerdings auch, wie Gables Bauchmuskeln sich unter seiner Hand anspannten. „Warum tust du dich so schwer damit zu glauben, dass du mich anmachst?"

Gable seufzte. „Ich bin beschädigte Ware. Ganz abgesehen davon, dass ich alt genug bin, um dein Vater zu sein."

Flynn lehnte sich zurück und zog Gable mit sich, sodass sie auf dem Rücken lagen. „Sieh mich an", befahl er mit ernsthaftem Ton. „Ich kann mir nicht aussuchen, wen ich mag. Wenn ich es könnte, dann würde ich mir jemanden suchen, der einfacher und weniger grummelig ist als du. Und lass meinen Vater aus der Sache raus." Flynn wartete nicht auf Gables Antwort. Stattdessen lehnte er sich über ihn und küsste ihn sanft. Seine Hand lag immer noch auf Gables Bauch und er fühlte, wie sein Liebhaber sich langsam entspannte, daher vertiefte er den Kuss. Als sie voneinander abließen, glitt Flynns Hand zu Gables Hüfte.

„Und nun möchte ich Liebe mit dir machen, genauso wie ein Mann Liebe mit dir machen sollte. Und ich will, dass es für uns beide gut wird."

Gable sah weg. „Ich weiß, dass das, was wir heute Nachmittag getan haben, nicht besonders gut für dich war und es tut mir leid."

„Wirst du endlich damit aufhören, dich selbst niederzumachen? Was im Stall passiert ist, ist passiert. Es war nicht der beste Sex meines Lebens, aber es war auch bei weitem nicht der schlechteste. Außerdem hat es dazu geführt, dass wir miteinander reden, richtig?"

Gable nickte, aber der Ausdruck von Zweifel lag immer noch auf seinem Gesicht.

„Gable, ich bin die meiste Zeit meines Erwachsenenlebens unterwegs gewesen. Ich reise mit leichtem Gepäck. Wenn ich nicht hier sein wollte, wäre ich schon vor langer Zeit gegangen."

Ein scheues Lächeln stahl sich auf Gables Gesicht und Flynn konnte nicht widerstehen, sich wieder an ihn zu kuscheln. „Würdest Du nun bitte zulassen, dass ich dich verwöhne?"

„Es sieht so aus, als würdest du das schon die ganze Zeit tun", antwortete Gable fast unhörbar. Er drehte seinen Kopf zu Flynn, bat ohne Worte um einen Kuss, und Flynn liebkoste ihn, bevor er zuließ, dass ihre Lippen sich trafen. Diesmal gab es keine Eile, nur die Freude am Geschmack des jeweils anderen.

Gable lag inzwischen fast vollständig auf dem Rücken, sein Kopf leicht zu Flynn gedreht, sodass sie sich küssen konnten, seine Hüften jedoch weggedreht, sodass Flynn den Zugang hatte, den er brauchte. Sie mussten noch nicht einmal ihren Kuss unterbrechen, um ihre Hosen abzustreifen, und trennten sich nur, um ihre T-Shirts über die Köpfe zu ziehen.

„Wenn du möchtest, dann gibt es im Badezimmer Kondome", flüsterte Gable gegen Flynns Mund, nachdem Flynn ihn fast vollständig vorbereitet hatte.

„Ich hatte vor diesem Nachmittag schon seit einer Ewigkeit keinen ungeschützten Sex mehr", antwortete Flynn. „Ich vermute mal, dass sie dich im Krankenhaus getestet haben?" Gable nickte langsam. „Dann denke ich, wir können darauf verzichten", sagte Flynn resolut. „Es war schön, dich heute Nachmittag zu spüren, egal, wie eilig es war."

Sehr vorsichtig schob sich Flynn in Gables engen Körper, nachdem er sich entsprechend positioniert und seine Erektion mit Gleitcreme eingerieben hatte, die Gable ihm aus dem Nachttisch gegeben hatte. Es war eine entspannte Position, in der Flynn nicht nur sanft rein und raus gleiten konnte, sondern außerdem Gables wechselnde Gesichtsausdrücke sehen konnte … Außerdem konnten sie sich so die ganze Zeit küssen. Flynns Hand wanderte zu Gables langsam härter werdender Erektion und er liebkoste sie, voller Stolz darüber, wie hart er seinen Geliebten machen konnte.

„Mein Gott, du fühlst dich großartig an", flüsterte Gable, seine Stimme etwas rau durch das, was Flynn mit ihm tat, und durch die etwas verdrehte Position, in der er sich befand. Er griff nach Flynn und legte seine Hand auf Flynns Hüfte, um ihn sanft zu führen.

Flynn legte seine Hand auf Gables Bauch und begann, fester zuzustoßen. Sein Körper verlangte danach, dass er auch schneller zustieß, doch er würde sofort kommen, wenn er das täte. Er wollte aber, dass Gable zuerst kam, vor allem nachdem sie sich inzwischen so geschmeidig bewegten: Gable hob sich ihm entgegen, wenn Flynn in ihn eindrang. Für Flynn fühlte es sich einfach nur großartig an, Gables Enge zu spüren, zusammen mit der Art und Weise, wie Gables Muskeln bei jeder Bewegung seinen Schwanz massierten und er wusste nicht, wie lange er noch aushalten würde.

Gable unterbrach den Kuss, weil er Luft schnappen musste. Der Blick seiner halb geschlossenen Augen wurde ziellos und er griff nach unten, um sich selbst zu streicheln.

„Du bringst mich zum Höhepunkt. Es ist so gut", schaffte Gable hervorzubringen. „Schneller", forderte er und erhöhte das Tempo seiner eigenen Berührungen, um sich weiter voranzutreiben. „Oh fuck … komm mit mir zusammen … ich will dich fühlen … komm jetzt!"

Flynn bemühte sich wirklich sehr, noch auszuhalten, denn er wollte Gables Gesicht sehen, wenn dieser kam, aber mit jedem Stoß wurde es schwieriger. Plötzlich spannte Gable seinen Rücken an und stöhnte. Flynn spürte, wie er sich verkrampfte, aber was ihn schließlich über die Klippe stieß, war zu sehen, wie Gable sich auf seinen eigenen Bauch und Flynns Hand ergoss. Ohne Kondom im Körper seines Geliebten zum Höhepunkt zu kommen, war ein unvergleichliches Gefühl.

Sie setzten ihren Kuss fort, sobald sie wieder genug Luft übrig hatten. Dieses Mal ließen sie die Augen offen, als würden sie nicht die kleinste Reaktion des anderen verpassen wollen.

„Wir müssen uns ein bisschen sauber machen", flüsterte Flynn schließlich.

„Es macht mir nichts. Bleibst du bitte hier?"

Flynn stand trotzdem auf, aber er konnte ein Lächeln nicht verbergen. „Oh, ich komme auf jeden Fall zurück, mach dir keine Sorgen." Es war kalt im Flur und im Badezimmer und Flynn lief schnell mit einem Waschlappen zurück.

„Der Sturm ist vorbeigezogen", sagte Flynn als er zurück auf das Bett krabbelte.

„Ich denke, wir haben selbst genug Wolken und Regen gemacht." Gable zitterte, als Flynn seinen Bauch abwischte und zog Flynn zurück in einen Kuss. „Verdammt, ich kann nicht genug von dir bekommen."

Flynn warf den Lappen auf den Boden und kuschelte sich unter der Decke näher heran. „Gut", antwortete er. „Weil ich heute Nacht hier schlafen möchte."

„Ich hatte gehofft, dass du das sagst." Gable zog Flynn in seine Arme und sie machten es sich, nackte Haut an nackter Haut, gemütlich.

„Du kannst ja versuchen, mich fernzuhalten."

Sie brauchten nicht lange, um einzuschlafen, zufrieden und gesättigt. Flynn wachte einmal auf, als er Gable leise fluchen hörte.

„Bist du okay, Liebling?"

Gable zuckte mit den Schultern. „Nur der verdammte Fuß. Es geht schon wieder weg, mach dir keine Sorgen."

Flynn nickte, aber die Sorgen verschwanden nicht. Er würde Gable davon überzeugen müssen, zum Arzt zu gehen und das würde sicherlich nicht einfach werden.

9

DAS MORGENLICHT stahl sich bereits unter den Gardinen durch, als Flynn aufwachte. Einen Moment lang wollte er aus dem Bett springen, voller Sorge, dass er verschlafen hatte, aber dann hörte er Gable neben sich stöhnen und beschloss, noch etwas länger in der Wärme ihres Betts zu bleiben. Ihr Bett. Flynn gefiel die Vorstellung. Neben dem Mann aufzuwachen, in den er sich verliebt hatte, war großartig, und zu wissen, dass diese Gefühle erwidert wurden, machte es noch spezieller.

„Wir sollten aufstehen. Es ist schon nach 8:00 Uhr", stöhnte Gable. Aber tatsächlich regte er sich nicht; stattdessen schien er sich nur noch enger an Flynn zu kuscheln, sodass dieser ihn küsste. Als sie sich trennten und Gable den Kopf schüttelte, befürchtete Flynn für einen Moment, dass Gable sich wieder zurückziehen würde, aber dann schlang er seine Arme um Flynn und drückte ihn eng an sich.

„Ich weiß nicht ..." Gable hielt mitten im Satz inne und brach dann ab. „Vielen Dank", sagte er schließlich.

„Das ist nichts, wofür du mir danken müsstest", sagte Flynn und lehnte sich etwas zurück, um Gables Gesichtsausdruck zu sehen. Er hoffte, alle Zweifel zerstreuen zu können, die Gable noch hatte, aber er war sich nicht sicher, ob er Erfolg hatte.

„Oh, da ist Vieles, für das ich Dir danken muss", antwortete Gable. „Aber wir sollten aufstehen. Die Pferde warten."

Flynn war glücklich, dass Gable lächelte, aber er bemerkte, dass er sich immer noch selber klein machte. Aber Flynn ließ es für den Augenblick gut sein. Nach allem, was Gable mit Grant durchgemacht hatte, würde es Zeit brauchen, bis er wieder vertrauen konnte und der einzige Weg dorthin bestand darin, dass Flynn da blieb und ihm zeigte, dass viel Liebenswertes an ihm war.

Widerstrebend verließ Flynn Gables Umarmung und krabbelte aus dem Bett. Nach einer Katzenwäsche und einem kurzen Besuch in seinem alten Zimmer, um saubere Kleidung zu holen, nahm Flynn Bridget mit nach unten, um Frühstück zu machen. Er wollte Gable die Zeit zu geben, sich ebenfalls fertig zu machen. Er stand an dem alten Herd und machte Rührei, als er spürte, wie Gable von hinten seine Arme um ihn schlang.

„Das wollte ich schon tun, seitdem ich das erste Mal heruntergekommen bin als du mir Frühstück gemacht hast", flüsterte Gable in sein Ohr.

„Du hättest es früher versuchen können", antwortete Flynn und drehte sich in Gables Armen, sodass sie sich küssen konnten.

Die Eier waren an diesem Morgen ein bisschen verbrannt, aber es machte ihnen nichts aus.

Calley kam nach dem Frühstück vorbei und brachte ihnen Nachschub aus dem Laden und wenn man dem Blick glauben konnte, den sie Flynn zuwarf, schien sie die Verwandlung in Gable zu bemerken. Flynn war trotzdem froh, dass sie nichts sagte, zumindest nicht, so lange Gable es hören konnte.

„Was hast du mit meinem Gable gemacht?", fragte sie Flynn mit einem breiten Lächeln, als er ihr folgte, um die leeren Kisten zum Auto zurückzutragen.

„Oh, nichts", antwortete Flynn. Er würde sich wirklich gerne jemandem anvertrauen, aber er glaubte nicht, dass es Gable recht wäre, wenn er Calley so schnell davon erzählen würde, zumal er nach wie vor nicht ganz genau wusste, in welcher Verbindung Calley und Gable standen.

„Nichts, meine Fresse", neckte sie. „Er springt hier herum wie ein liebestolles Hundebaby. Ich habe ihn nicht mehr so glücklich gesehen seit … wenn ich so richtig darüber nachdenke, dann glaube ich, dass ich ihn noch nie so glücklich gesehen habe. Was auch immer du getan hast, es scheint zu funktionieren."

Sie knuffte ihn mit ihrer Schulter in einer eher unweiblichen Geste, legte dann ihre Hand auf Flynns Arm und zwang ihn dazu, sie anzusehen. „Du machst ihn sehr glücklich, Flynn, und das braucht er. Und er verdient es."

Flynn lächelte sie einfach nur an, obwohl er fast platzte vor Verlangen, ihr alles zu erzählen. Gleichzeitig wollte er es für den Moment zwischen ihm und Gable behalten. Flynn war sich ziemlich sicher, dass sie genau wusste, was vorging, und für den Moment war das genug.

Sie berührte kurz sein Gesicht in einer Geste, die sich sehr mütterlich anfühlte und drehte sich dann um, um in ihren Truck zu steigen und loszufahren. Flynn winkte ihr hinterher und wandte sich dann an Bridget. „Komm schon, altes Mädchen, es gibt Arbeit zu tun!"

SIE BEGANNEN mit der Arbeit, wie sie es immer taten – jeder widmete sich seinen täglichen Aufgaben –, aber Flynn spürte fast sofort eine Veränderung. Bisher hatte jeder für sich gearbeitet und Flynn hatte Gable meist nicht vor dem Mittagessen gesehen, aber nun schien Gable nach Aufgaben zu suchen, die ihn in Flynns Nähe führten. Mehrmals bat er Flynn um Hilfe bei Dingen, die er üblicherweise alleine tat und Flynn erhielt immer eine Belohnung in Form eines kurzen Kusses oder einer flüchtigen Berührung. Flynn hatte auch nichts dagegen, dass Gable nach Ausreden suchte, um in seiner Nähe zu sein; er hoffte nur darauf, dass Gable bald keine Ausreden mehr brauchen würde und sie einfach als Team arbeiten würden. Für den Augenblick jedoch genoss Flynn es einfach, umworben zu werden.

Der Tag verging schnell mit einer kurzen Unterbrechung direkt nach dem Mittagessen, als Gable sich von einem brennenden Kuss zurückzog und behauptete, dass sie auf keinen Fall mitten am Tag Sex haben könnten. Flynn musste sich auf die Zunge beißen, als er sich an Gables Geständnis aus der letzten Nacht erinnerte, dass er und Grant überall auf der Ranch und zu jeder Stunde des Tages Sex gehabt hatten, aber er wollte Gables gute Laune nicht gefährden. Es ließ ihn allerdings voller Hunger auf mehr zurück. Viel mehr. Trotzdem war Flynn der Meinung, dass man auf gute Dinge auch manchmal ein bisschen warten konnte und dass er das, was er wollte, bekommen würde, nachdem die Arbeit getan war.

Die Zeit kam, als Flynn gerade den Auflauf abschmeckte.

„Ich nehme kurz eine Dusche", kündigte Gable an und lächelte einladend, als er davonging. Flynn hatte das Gericht für diesen Abend sorgfältig ausgewählt. Es brauchte nur minimale Arbeit und sie mussten für eine Dreiviertelstunde nichts weiter tun als zu warten, während der Auflauf im Ofen brutzelte. Daher beobachtete Flynn Gable ein paar Minuten, nachdem er die Küche verlassen hatte, durch die Hintertür.

Gable hatte sein bandagiertes Bein in Plastik eingewickelt und stand unter der kalten Dusche an der Rückseite des Hauses, genau wie bei dem ersten Mal, als Flynn ihn beobachtet hatte. Nur dieses Mal würde Flynn ihn dort nicht alleine lassen. „Kann ich dir Gesellschaft leisten oder ziehst du es vor, wenn ich aus der Ferne zusehe?"

Gable wischte sich das Wasser aus dem Gesicht und öffnete seine Augen. „Das liegt natürlich bei dir, aber ich würde mich über ein bisschen... Hilfe nicht beschweren."

Flynn konnte seine Kleidung gar nicht schnell genug ausziehen, insbesondere als er an Gables Körper herabsah und bemerkte, wie der Penis seines Liebhabers vor seinen Augen anschwoll.

Allerdings war das Wasser eiskalt. „Verdammt noch mal, das ist kalt!", rief Flynn.

Gable lachte und schlang seine Arme schützend um Flynn. „Du dachtest also, es wäre eine gute Idee, unter der Dusche Sex zu haben?"

„Ich werde überall Sex mit ihr haben, aber ich bezweifle sehr, dass ich ihn jetzt noch hochbekomme", zitterte Flynn.

Gable drehte das Wasser ab und griff nach einem Handtuch, das er um Flynns Schultern legte, um ihn damit gründlich abzurubbeln. Langsam kehrte das Gefühl in Flynns Haut zurück und er bemerkte, dass Gable trotz des kalten Wassers immer noch hart war.

„Du bist ein geiler Bastard, nicht wahr?", neckte Flynn.

Gable nickte mit einem verwegenen Lächeln in seinem Gesicht. „Das ist nicht so schwierig, wenn du in der Nähe bist." Er zog an dem Handtuch und zog damit auch Flynn näher zur Bank, sodass Gable sich setzen konnte.

Gable sah hoch, nahm Flynns Schwanz in den Mund und saugte daran. Flynn wurde schwindlig, als all sein Blut so schnell nach unten rauschte, daher legte er seine Hand leicht auf Gables feuchtes Haar für den Fall, dass er die Balance verlieren würde. Gables Mund fühlte sich großartig an und in Nullkommanichts war er wieder steinhart. Als er außerdem noch sah, wie Gable sich selbst berührte, stieg die Hitze noch schneller an.

„Gable, stop! Gable, bitte hör auf."

Widerstrebend zog Gable sich zurück. „Was ist los?"

Flynn nahm Gables Gesicht in seine Hände und küsste ihn. „Zu schnell", brachte er hervor, nachdem er nach Luft geschnappt hatte. Sie änderten ihre Positionen, bis sie beide im Reitersitz auf der Bank saßen, aber da das bedeutete, dass sie zu weit auseinander saßen, drückte Gable Flynn schließlich zurück, sodass er sich auf ihn setzen konnte.

„Verdammt, ich brauche dich", stöhnte Gable gegen Flynns Mund, als sie lüstern ihre Hüften aneinander rieben.

„Mach einfach langsam, okay?" Flynn wollte keine Wiederholung dessen, was im Stall passiert war. Nicht, weil er selbstsüchtig war und mehr eigenes Vergnügen wollte, sondern weil er hoffte, dass sie inzwischen Liebhaber und Gefährten waren und nicht nur Sexpartner. Aber Gable schien nicht zu verstehen, was er meinte.

Bevor Flynn Widerspruch einlegen konnte, ließ Gable sich auf seine Erektion sinken, um ihn wieder zu reiten, und Flynn fühlte sich benutzt. Schon wieder. Trotz alledem konnte er die Reaktion seines Körpers nicht verhehlen. Gable war eng und weil sie nur Spucke als Gleitmittel benutzt hatten, war die Reibung sehr intensiv. Die pure Freude in Gables Gesicht, die Ekstase verbunden mit einer totalen Freiheit in seinen Bewegungen, ließen keinen Zweifel, dass er einfach nur seinen körperlichen Bedürfnissen folgte und obwohl Flynn sich damit nicht wohlfühlte, hatten alle diese Dinge einen Effekt auf ihn. Er konnte nicht verhehlen, dass Gables Freude durch ihn entstand, durch seinen Körper, auch wenn Gable ihn benutzte. Er war der Grund dafür, dass Gables Schwanz steinhart war und bei jeder rollenden Bewegung seiner Hüften vor und zurück schwenkte und bei jeder Bewegung Ejakulat aus dem kleinen Schlitz austrat. Er war der Grund für die Rötung seines Oberkörpers. Als Gable sich nach oben hob, folgte Flynns Körper mit einem Stoß in die enge Hitze und Gable stöhnte. Er berührte sich selbst mit seiner Hand und umschloss seine Erektion während er zuließ, dass Flynn immer und immer wieder in ihn stieß.

„Verdammt, das ist gut. So gut!", rief Gable aus. Er öffnete seine Augen und sah Flynn an, bevor er sich vorbeugte und ihn küsste.

Flynn konnte nicht anders, als den Kuss zu erwidern, auch wenn in ihm widerstreitende Gefühle um die Vorherrschaft kämpften. Rein körperlich fühlte sich das Ganze gut an, aber Flynn vermisste die emotionale Seite des Liebesaktes, sodass er wusste, dass sein nahender Höhepunkt nicht besonders befriedigend sein würde. Trotzdem war er dicht davor und als er Gables immer noch feuchtes Brusthaar auf seiner haarlosen Brust fühlte, wurden seine Nippel steif.

Gable griff die Bank auf beiden Seiten von Flynns Kopf und drückte sich selbst wieder hoch, bevor er seine Bewegungen beschleunigte. Er stöhnte, als Flynn seinen Schwanz in die Hand nahm und ihn schnell pumpte, bis sein Samen sich über Flynns Hand und Bauch ergoss.

Zu sehen, wie Gable kam, und den pulsierenden Kanal um seinen Schwanz zu spüren, brachte auch Flynn zum Höhepunkt, während seine Hüften reflexartig nach oben stießen. Er schloss seine Augen, wehrte sich dagegen, Gable anzuschauen und ging sogar so weit, seinen Kopf wegzudrehen, als Gable ihn küssen wollte. Er war daher nicht überrascht, als er fühlte, wie sich das Gewicht von seinen Hüften hob. Flynn setzte sich auf und sah aus dem Augenwinkel, wie Gable einen Waschlappen unter der Dusche befeuchtete.

„Was ist denn los?", fragte Gable unschuldig, als Flynn ihm ruppig den Waschlappen aus den Händen riss, bevor Gable damit beginnen konnte, Flynn zu reinigen.

„Ich muss nach dem Essen sehen", war alles, was Flynn herausbrachte. Er griff seine Klamotten, die er neben der Tür liegen gelassen hatte, und zog sich schnell an, bevor er in die Küche ging und dabei Gable zurückließ. Er wollte seinen Ärger nicht an Gable auslassen, aber er war doch sehr enttäuscht. Nach der vorigen Nacht hatte er so viel mehr erwartet, aber offensichtlich war Gable nicht bereit, dieses Maß an Intimität ins tägliche Leben zu übertragen. Vielleicht würde er nie dazu bereit sein.

Sie aßen schweigend; Flynn zu sauer, um Smalltalk zu machen und Gable zu verwirrt, um etwas zu sagen, das die Mauer um Flynn durchbrechen würde.

„Der Auflauf war super", wagte Gable schließlich zu sagen, während sie den Abwasch machten.

Flynn nickte nur, dachte, dass er das Kompliment wenigstens zur Kenntnis nehmen musste und dass Gable wohl das Gleiche gesagt hätte, wenn die Mahlzeit ungenießbar gewesen wäre. Er kämpfte mit seinen Emotionen, pendelte zwischen Weglaufen und der Konfrontation mit Gable. Er war nicht der Typ, der vor schwierigen Situationen davonlief. Aber er mochte auch seine Optionen für eine Konfrontation nicht, vor allem, weil er Gable nicht einer Sache anklagen wollte, derer sich dieser wahrscheinlich gar nicht bewusst war. Er musste einen Weg finden, das Problem anzuschneiden, aber er hatte keine Ahnung, wie er das Thema ansprechen sollte, insbesondere weil sie bereits am Tag zuvor darüber gesprochen hatten. Daher ließ er es köcheln und ging nach draußen, sobald die Auflaufform abgewaschen war.

Gable folgte ihm ein paar Minuten später auf die Veranda. Er schwieg, aber man hätte die Spannung mit einem Messer schneiden können

„Ich habe es wieder getan, nicht wahr?", sagte Gable leise, nachdem sie minutenlang in die dunkle Nacht gestarrt hatten.

Flynn schluckte. Die Tatsache, dass Gable es irgendwie doch wusste, machte es noch schlimmer. „Ja", gab Flynn ihm recht und biss die Zähne zusammen

„Es tut mir leid", antwortete Gable, noch leiser.

„Aber das hilft mir kein Stück weiter, oder?", antwortete Flynn, während sein Ärger direkt unter der Oberfläche brodelte, obwohl er wirklich mit allen Mitteln versuchte, ihn nicht explodieren zu lassen. „Ich bin keine Gummipuppe, Gable. Ich dachte, dass wir uns letzte Nacht geeinigt hätten, dass wir gleichberechtigt sind? Ich weiß, dass es in deiner Vergangenheit ungeklärte Fragen gibt, aber das kann so nicht weitergehen. Ich kann nicht in einer Beziehung leben, in der ich nie weiß, was als nächstes kommt. Ich brauche einen Partner und nicht … nicht …" Er war so wütend, dass er nicht die richtigen Worte fand.

„Vielleicht sollte ich dich einfach ein bisschen in Ruhe lassen." Gable stand von seinem Stuhl auf der Veranda auf.

„Wir müssen miteinander reden, Gable. Kommunizieren. Dinge erklären, bevor wir die falschen Schlüsse ziehen." Aber Flynns Ton war nicht beruhigend. Seine Wut und Verzweiflung verhinderten, dass er verstecken konnte, wie sehr ihn all das mitnahm.

Flynn sah zu, wie Gable die Treppe hinunterhumpelte und in die Dunkelheit ging. Er wusste, dass Gable in den Stall gehen und sich eine Weile zwischen den Pferden verstecken würde. Er konnte ihm nicht direkt folgen, daher blieb er auf der Veranda. Kurz bevor er das Licht im Stall angehen sah, hörte er eine lauten Schwall von Schimpfwörtern, aber dann wurde die Nacht wieder ruhig. Aber Flynn konnte sich nicht beruhigen. Trotz ihres Streits ließ Gables Fluchen alle Arten von Worst-Case-Szenarien durch seinen Kopf schießen. Er wartete, so lange er konnte und ging dann in Richtung des fernen Lichts.

GABLE SETZTE sich auf einen Heuballen und hielt sich den Fuß. Er fluchte immer noch, allerdings sehr viel leiser als in dem Augenblick, als er gestolpert war und er hoffte, dass der Schmerz nachlassen würde. Er konnte fühlen, wie sein Knöchel im Stiefel anschwoll und hoffte, dass nichts gebrochen war. Er hatte es gerade vollbracht, den Stiefel auszuziehen, als Flynn in der Tür erschien.

Gable sah auf, aber Flynn sprach nicht sofort. Seine Augen wanderten von Gables Gesicht zu seinem Fuß.

„Du blutest."

„Ich weiß. Ich bin mit dem Fuß an einem Heuballen hängen geblieben und ich denke, es ist irgendetwas gerissen", antwortete Gable, ohne Flynn anzusehen. Er war froh, dass Flynn etwas ruhiger erschien.

„Es sieht hässlich aus. Soll ich den Arzt rufen?"

Gable schüttelte den Kopf. „Kein Arzt."

„Gable, das sollte sich jemand ansehen. Es ist doch nicht normal, dass du solche Schmerzen hast, nur weil du über einen Heuballen gestolpert bist."

Einen Moment lang schaute Gable in Flynns Gesicht und sah, welche Sorgen er sich machte. „Ich habe ständig Schmerzen, Flynn. Es gibt keinen Arzt, der das in Ordnung bringen könnte."

Flynn legte seine Hand auf Gables Knie und kauerte sich vor ihm nieder.

„Dann lass mich dir wenigstens zurück ins Haus helfen?"

Gable zuckte mit den Schultern. „Es geht mir gut hier. Gib mir einfach ein paar Stunden Ruhe und das wird schon wieder."

„Gable?" Flynn stand auf und streckte seine Hand aus.

Gable schüttelte seinen Kopf. „Geh du zurück ins Haus."

Gable konnte sehen, wie Flynn darüber nachdachte. Schließlich ging er raus und ließ ihn allein. Das war nicht das erste Mal, dass Gable im Stall blieb. Es war sein bevorzugter Platz zum Denken, nur mit den Geräuschen der Pferde und dem gelegentlichen Vogel, der seinen Rückzugsort störte. Sein Fuß pochte, daher legte er ihn etwas höher und lehnte sich mit dem Rücken gegen das Stalltor. Er war aus der Zugluft raus und hatte einen warmen Mantel angezogen, bevor er auf die Veranda ging. Frieren würde er also nicht.

Sobald er es einigermaßen bequem hatte, dachte er zurück an das, was am Abend geschehen war. Er hatte Flynns Zeichen ganz offensichtlich falsch interpretiert. Mit dem Essen im Ofen hatte er vermutet, dass Flynn einfach nur eine schnelle Nummer vor dem Essen wollte. Und er musste zugeben, dass das auch genau das gewesen war, wonach ihm der Sinn gestanden hatte. Die Vorstellung, wieder gemeinsam ins Bett zu gehen, hatte ihm Angst gemacht, denn er wusste nicht, was Flynn von ihm erwartete. Mit Grant war es einfacher gewesen, denn dieser hatte tatsächlich gar nichts von ihm erwartet. Flynn war gut für ihn, aber die Geschwindigkeit, mit der sie sich nahegekommen waren, war, gelinde gesagt, angsteinflößend. Wie lange würde es dauern, bis Flynn sich darüber klar wurde, dass er jemand jüngeren und mobileren wollte?

Gable kuschelte sich tiefer in seinen Mantel. Er war müde und erschöpft. Hoffentlich würde am Morgen alles etwas besser aussehen.

FLYNN KONNTE nicht schlafen.

Widerstrebend hatte er Gable im Stall zurückgelassen, aber nur, weil er nicht daran glaubte, dass er den störrischen Mann dazu bringen konnte, besser auf sich aufzupassen.

Nun war es weit nach Mitternacht und er machte sich immer noch Sorgen.

Nachdem er die letzten zwei Stunden den Wecker auf seinem Nachttisch beobachtet hatte, entschied Flynn, sich wieder anzuziehen und zu versuchen, Gable zu überreden, wieder ins Haus zu kommen.

Draußen waren die Temperaturen deutlich gefallen und obwohl Flynn wusste, dass es im Stall ziemlich warm war, war er immer noch nicht überzeugt, dass es eine gute Idee war, dass Gable dort über Nacht bleiben wollte.

Als er hineinging, sah er, dass das Licht immer noch an war. Gable hatte sich in seinen Mantel gekuschelt und schlief auf einem Heuballen, den Rücken an das Stalltor gelehnt. Flynn sah das getrocknete Blut auf der Bandage um Gables Fuß und berührte vorsichtig seine Zehen, die vollkommen kalt waren und eine hässliche graublaue Farbe hatten.

„Gable, wach auf. Du musst mit nach drinnen kommen und dich aufwärmen." Flynn griff Gables Arm etwas fester und schüttelte ihn mit etwas mehr Nachdruck. Als Gables Kopf zur Seite kippte, versuchte er ihn abzustützen und bemerkte, dass Gable kochend heiß war.

„Verdammt! Gable! Du musst aufwachen!" Mit Panik in der Stimme versuchte er, seinen Geliebten aufzuwecken, aber hatte keinen Erfolg.

10

FLYNN WAR überraschend ruhig. Er war zurück ins Haus gelaufen und hatte Calley angerufen und dann den Notarzt. Er wusste, dass es eine Weile dauern würde, bis einer von beiden ankam, daher griff er eine Decke, bevor er in den Stall zurückging. Dort fand er Bridget vor, die wachsam neben Gables zusammengekauerter Gestalt saß.

Nachdem Gables Atmung etwas angestrengt klang, war es für Flynn recht einfach, seine Vitalfunktionen zu checken, wie der Operator der Notrufnummer gebeten hatte. Er hatte das schon unzählige Male bei kranken Pferden getan, aber natürlich war die Situation ganz anders mit dem Mann, den er liebte. Immerhin gab es ihm etwas zu tun und es half, die Zeit herumzubringen, während er sich immer wieder versichern konnte, dass Gables Herz noch schlug.

„Wage es ja nicht, mir einfach wegzusterben, Gable", sagte Flynn zu seinem bewusstlosen Liebhaber, nachdem Gable für ein paar Momente aufgehört hatte zu atmen, gerade als Flynn ihn in seine Arme gezogen hatte. Als Gable seufzte, stieß Flynn den Atem aus, den er angehalten hatte. „Der Notarzt kommt und Calley. Wir bringen dich ins Krankenhaus, Liebling."

Flynn saß eine gefühlte Ewigkeit in dem kalten Stall und wiegte Gable, jedes Mal wenn seine Atmung zu stoppen schien, vor und zurück. Schließlich kam Calley auf quietschenden Reifen an. Sie sah sehr besorgt aus.

„Was ist passiert?", fragte sie Flynn, nach einem schnellen Blick auf Gable und dessen Fuß. „Er ist über einen Heuballen gestolpert", erzählte ihr Flynn. „Als er nicht zum Haus zurückkam, bin ich ihm nachgegangen und habe ihn hier gefunden."

„Es ist vermutlich ein Wunder, dass es so lange gedauert hat."

Flynn war sich nicht sicher, was sie meinte. „Du hast damit gerechnet?"

Calley nickte. „Als er sich das erste Mal verletzt hat, waren sie sich nicht sicher, ob sie den Fuß retten könnten. Die Knochen waren gesplittert und es gab scheinbar Probleme mit dem Blutdurchfluss. Ich bin kein Arzt, daher kenne ich die Einzelheiten nicht. Als es ein bisschen besser geworden war, wollte Gable nicht, dass noch etwas daran gemacht wird. Als wir ihn das erste Mal hier alleine ließen, stieß er sich den Fuß an einem Tisch im Haus und er schwoll wieder an. Sie sagten ihm, dass er ihn auf jeden Fall verlieren würde, aber er wollte nicht zuhören. Das ist der Grund, warum er zu keinem Arzt geht."

Flynn zog Gable an sich und umarmte ihn. „Was sagst du da?"

„Jeder Arzt spricht nur von Amputation, Flynn. Und Gable lehnt es kategorisch ab, sich auch nur damit zu befassen. Er hat schon eine dritte und eine vierte Meinung eingeholt. Sie alle stimmen darin überein, dass er eher früher als später keine andere Wahl haben wird."

Flynn sah in Gables schlafendes Gesicht. „Nun hat er noch nicht mal den Luxus zu entscheiden."

„Davor hatte ich die ganze Zeit Angst", antwortete Calley.

Sie sahen beide auf, als sie einen Wagen vor der Scheune anhalten hörten. Die blinkenden Lichter, die damit einhergingen, identifizierten den Wagen und Calley erhob sich aus ihrer Position vor Gable, um nachzuschauen. Kurz darauf musste sie eine laut bellende Bridget davon abhalten, ihren Herrn und Meister zu eifrig zu beschützen, als das Ambulanzteam mit einer Trage und einer Tasche hereinkam.

„Ich habe ihn bewusstlos gefunden", erklärte Flynn ihnen. „Er hat sich vorher den Fuß verletzt. Jetzt hat er Probleme beim Atmen und hört auch manchmal auf, aber beginnt dann wieder, wenn ich ihn wiege."

Einer der Männer sah Flynn teilnahmsvoll an. „Wir übernehmen an der Stelle", sagte er.

Flynn tat sich wirklich schwer damit, Gable loszulassen, aber der strenge Blick, den der Sanitäter ihm zuwarf, sagte ihm, dass er es tun musste. In diesem Augenblick begann sein Herz zu rasen.

„Komm schon, Flynn, steig in mein Auto. Wir folgen ihnen zum Krankenhaus", sagte Calley und legte mitfühlend einen Arm um Flynns Schultern.

Flynn schüttelte den Kopf, als er sah, wie sie Gable vorsichtig auf die Trage legten. „Ich will mit Gable mitfahren." Er deutete auf den Notarztwagen.

„Es tut mir leid, aber die Dame hat recht. Es gibt dort keinen Platz für Sie. Es ist besser, wenn Sie uns folgen."

Flynn schüttelte nachdrücklich den Kopf. „Nein! Ich muss bei ihm sein. Wenn er dort stirbt, dann muss ich bei ihm sein." Flynn war schockiert, als er sich selbst diese Worte sagen hörte, aber es gab nichts, was er tun konnte. Es war das, wovor er am meisten Angst hatte und er hoffte, dass er unrecht hatte.

Calley zog ihn an sich und umarmte ihn fest. Dann nahm sie sein Gesicht in ihre Hände und zwang ihn, sie anzusehen. „Flynn, hör mir zu. Er wird schon wieder. Er ist in guten Händen!"

„Wir werden gut auf ihn aufpassen", sagte der Sanitäter, nachdem sie Gable in den Krankenwagen geladen hatten. „Folgen Sie uns."

Die Fahrt in das lokale Krankenhaus entlang der stockfinsteren Landstraßen machte Flynn auch nicht glücklich, aber Calley war eine gute Fahrerin und trotz ihrer eigenen Anspannung brachte sie sie sicher in die Stadt. Der Arzt am Ort, der herausgeklingelt worden war, gab sofort die Anweisung, Gable in das nächste größere Krankenhaus zu verlegen, sodass sie erneut hinter dem Notarztwagen herfuhren, nur dieses Mal entlang weniger bekannter, aber dafür besser beleuchteter Straßen.

Die Notaufnahme im Stadtkrankenhaus war belebter und wesentlich größer als der behelfsmäßige Empfangsbereich in ihrem Krankenhaus am Ort. Es wurde ihnen gesagt, sie sollten warten und einige Formulare ausfüllen und Flynn wurde bewusst, dass er tatsächlich nicht sehr viel über Gable wusste. Glücklicherweise hatte Calley alles im Griff.

„Das ist nicht das erste Mal, dass ich das tue, Flynn. Direkt nach dem Unfall war er immer wieder im Krankenhaus und immer nur, wenn es absolut notwendig war. Daher habe ich diese Routine schon ein paarmal durchlaufen." Sie legte ihre Hand auf seinen Arm, um ihn zu trösten.

„Ich weiß noch nicht mal, ob er irgendwo Familie hat", murmelte Flynn.

„Ich weiß eigentlich gar nichts über ihn."

Calley drückte Flynns Arm. „Er ist wirklich kein großer Redner, nicht wahr?"

Flynn schüttelte den Kopf.

„Gable hat noch ein paar entfernte Verwandte im Osten, aber niemand, mit dem er regelmäßig in Kontakt steht."

Flynn seufzte. „Also hat er niemanden." Es war mehr eine Feststellung als eine Frage.

„Er hat dich, Flynn."

„Hat er das?" Flynn sah Calley an, deren Gesicht voller Mitgefühl war. Er sah in die Richtung, in die sie Gable weggebracht hatten und seufzte erneut. „Wir haben uns gestritten. Deshalb hat es auch so lange gedauert, bis ich ihn gefunden habe." Flynn wusste nicht, wie viel er Calley erzählen sollte. Was passiert war, fühlte sich sehr persönlich an, aber er musste es jemandem erzählen und er hoffte, dass Calley der Sache vielleicht die richtige Dimension geben konnte. „In einem Moment ist er sehr liebevoll und fürsorglich und im nächsten Moment fühlt es sich so an, als wenn er mich für nichts anderes um sich haben will als ..." Flynn verstummte. Er kannte Calley nicht gut genug, um derart ins Detail zu gehen.

Calley lächelte nachsichtig. „Und dabei dachte ich, ihr Männer wärt alle gleich." Flynn konnte nicht anders, als das Lächeln ein bisschen zu erwidern. Calleys unkomplizierte Art und ihr Mitgefühl gaben ihm das Gefühl, mehr akzeptiert zu sein als er es jemals zuvor gewesen war. Er war sich immer ein bisschen unsicher gewesen, da sie ihre Beziehung ihr gegenüber nie so richtig enthüllt hatten, aber er hatte das Gefühl, dass sie irgendwie verstand. In jedem Fall wusste sie, dass Gable schwul war, da sie auch alles wusste, was mit Grant passiert war. Gable hatte ihm eine Sache gesagt und das war, dass er ihr sein Leben anvertrauen würde.

„Ich hatte immer den Eindruck, dass du anders bist", sagte Calley und durchbrach damit das Schweigen zwischen ihnen. Sie klang jetzt ernst, der neckende Unterton war aus ihrer Stimme verschwunden. Sie lächelte wieder, als Flynn sie ansah, doch ihr Blick war freudlos. „Er wurde tief verletzt, Flynn. Ich habe nicht daran geglaubt, dass er sich jemals erholt, und dabei rede ich nicht über die körperliche Seite des Unfalls. Aus mir komplett unverständlichen Gründen hat er diesen Mann geliebt und es brauchte Monate, bis er verstand, dass er ihn verlassen hatte. Ich würde verstehen, wenn auch dir das alles zu viel ist, aber bitte mach ein ordentliches Ende. Sag es ihm und lass ihn nicht mit einer falschen Hoffnung leben."

„Ich werde ihn nicht verlassen", erwiderte Flynn entschlossen. Aber dann verließ ihn der Mut. „Es sei denn, er will, dass ich es tue."

„Das würde er wahrscheinlich tun, nur um sich selbst zu beschützen", antwortete Calley und sprach damit aus, was Flynn dachte.

Das von Calley zu hören, vergrößerte Flynns Zuversicht wiederum. „Ich bin nicht Grant, weißt du. Was auch immer passiert, ich kann damit umgehen."

„Zum Glück bist du nicht Grant!" Sie drückte nochmal seine Hand und sah ihn kurz an, dann richtete sie ihren Blick auf den Korridor, den sie beide beobachteten, seit sie angekommen waren. Ihr Gespräch verstummte.

Um dem unbehaglichen Schweigen und dem unbequemen Stuhl zu entfliehen, stand Flynn auf. „Ich muss meine Beine bewegen. Möchtest du Kaffee?"

Calley nickte. „Für mich bitte schwarz."

Flynn lief los und hoffte, dass er vielleicht auch Informationen über Gables Zustand bekommen könnte, während er nach etwas Ausschau hielt, was sie warm und wach halten würde. Das Mädchen an der Aufnahme gab ihm die Standardantwort: Dass die Ärzte sich immer noch um Gable kümmerten und bald jemand zu ihnen kommen würde. Also kehrte Flynn zu Calley zurück und reichte ihr einen Pappbecher mit lauwarmer Flüssigkeit, die es kaum noch verdiente, als Kaffee bezeichnet zu werden. Sie tranken schweigend und nach einiger Zeit fühlte Flynn, wie Calley sich an ihn lehnte und eindöste. Er konnte nicht schlafen, obwohl er die letzten 24 Stunden kein Auge zugetan hatte. Er musste wissen, wie es Gable ging und obwohl er nach außen ruhig war, spielte in ihm alles verrückt. Er war sich sicher, dass irgendetwas Schlimmes passierte und er hatte Angst vor dem Augenblick, wenn der Arzt schließlich kommen und ihnen sagen würde, wie schlimm es war.

„Mhm". murmelte Calley, als sie aufwachte. Sie setzte sich auf, wischte sich über die Mundwinkel und öffnete ihre verschlafenen Augen. „Irgendwelche Neuigkeiten?"

„Nein, schlaf weiter", antwortete Flynn und versuchte dabei, beruhigend zu klingen. Calley kam nicht dazu, denn in diesem Moment kam ein ernst dreinblickender Mittvierziger auf sie zu. „Sie sind die Verwandten von Mr Sutton?" Er beugte sich vor, um zuerst Flynns und dann Calleys Hand zu schütteln. „Ich bin Dr. Isaacs. Ich bin zuständig für die Intensivstation."

„Wie geht es ihm?", fragte Flynn, während sich sein Magen derart zusammenzog, dass er glaubte, sich übergeben zu müssen.

„Er ist jetzt stabil, aber es war durchaus ein Kampf und wir sind noch nicht ganz im grünen Bereich", antwortete der Doktor und sprach dabei direkt mit Flynn. „Es war gut, dass Sie ihn zu diesem Zeitpunkt gefunden haben."

„Können wir ihn sehen?", fragte Calley.

„Ich glaube nicht, dass das im Moment eine gute Idee ist." Dr. Isaacs schien zu zögern und suchte nach den richtigen Worten. „Es sind gerade ziemlich viele Maschinen um ihn herum."

„Ich möchte ihn sehen", sagte Flynn mit kaum hörbarer Stimme.

„Er muss ihn sehen", sagte Calley mit mehr Nachdruck. „Ich kann hier warten, aber er muss ihn sehen." Sie nahm Flynns Arm, um ihren Standpunkt zu verdeutlichen und Dr. Isaacs nickte.

„Zuerst muss jemand die Einverständniserklärung für die Operation unterschreiben", sagte Dr. Isaacs, während er ihnen den Weg zum Korridor versperrte.

„Sie können seinen Fuß nicht abnehmen", sagte Flynn flach. „Er will seinen Fuß nicht verlieren!"

Dr. Isaacs streckte seine Hand in einer beruhigenden Geste aus. „Wir haben keine andere Möglichkeit, Sir. Er hat eine Infektion und durch die zusätzliche Verletzung wird sein Fuß nicht mehr mit ausreichend Blut versorgt. Das Gewebe stirbt ab und vergiftet dabei den Blutkreislauf. Er hat einen Schock erlitten. Wir mussten intubieren und ihm Medikamente geben, um seinen Blutdruck und sein Herz zu unterstützen. Er hat hohes Fieber und ich fürchte, wenn wir den Fuß nicht entfernen, sind seine Überlebenschancen gleich Null."

„Aber… Sie können die Blutversorgung wieder aufbauen! Sie können das wieder in Ordnung bringen. Er hat sich doch gar nicht so schwer verletzt!" Flynn wusste, dass er mit dem Doktor schacherte, aber er konnte sich einfach nicht vorstellen, Gable sagen zu müssen, dass er seinen Fuß verloren hatte.

Dr. Isaacs sah Calley an in der Hoffnung, bei ihr Unterstützung zu finden. Doch sie legte nur beruhigend eine Hand in Flynns Rücken. „Beruhige dich, Flynn. Wir müssen darüber nachdenken. Dr. Isaacs, bitte lassen Sie uns zu ihm. Ich verspreche Ihnen, dass wir Ihnen danach eine Antwort geben."

Dr. Isaacs nickte und trat beiseite, um den Weg in den Korridor freizugeben. Er führte sie durch eine Reihe von Fluren und durch eine verschlossene Tür, die er mit seiner ID-Karte öffnete. Sie gingen an mehreren Betten vorbei durch einen langen Raum, bis der Arzt vor einem einzelnen Bett stehen blieb.

Zuerst erkannte Flynn den Mann mit der aschfahlen Haut nicht, der an mehr Maschinen angeschlossen war, als Flynn jemals gesehen hatte. Erst als Dr. Isaacs vorschlug, dass sie näher traten, erkannte Flynn Gable. Schläuche kamen aus Gables Mund und Nase und eine Maschine gab hypnotische Geräusche von sich in demselben Rhythmus, in dem sich Gables Brust hob und senkte.

„Im Moment atmen wir für ihn", erklärte Dr. Isaacs mit gedämpfter Stimme. „Tatsächlich haben wir eine ganze Menge seiner Körperfunktionen übernommen."

Calley nickte, aber Flynn konnte nicht aufhören, Gable anzustarren und zu versuchen, unter all den Geräten und Schläuchen den Mann zu erkennen, der sein Liebhaber war. Zögernd griff er nach Gables Hand, hielt aber abrupt inne, als er bemerkte, dass Gables Hände ans Bett gebunden waren.

„Sie können ihn berühren, wenn Sie wollen", schlug Dr. Isaacs vor. „Selbst, wenn sie sediert sind, soll es einen positiven Effekt auf Patienten haben, wenn sie von geliebten Menschen berührt werden."

„Warum sind seine Hände festgebunden?", fragte Flynn.

„Es ist eine Vorsichtsmaßnahme", antwortete Calley. „Das ist nicht das erste Mal, dass ich ihn so sehe."

Sie sah Dr. Isaacs Hilfe suchend an, doch dieser nickte nur und trat zurück. „Ich lasse sie für ein paar Minuten allein. Bitte treffen sie eine Entscheidung bezüglich der Einverständniserklärung."

Sobald er außer Hörweite war, drehte sich Flynn zu Calley um. „Ich kann das nicht unterschreiben, Calley. Das würde er mir niemals verzeihen!"

Calley seufzte. „Du kannst es nicht unterschreiben, aber ich kann es tun. Ich habe eine Vollmacht. Aber wir müssen diese Entscheidung zusammen treffen. Flynn, wenn wir ablehnen, dann stirbt er und das kann ich nicht zulassen!"

„Aber das wissen wir nicht! Du hast gesagt, er war schon früher hier. Du hast gesagt, du hast ihn schon so gesehen und beim letzten Mal hat er das auch überstanden. Ich kann nicht zulassen, dass sie sein Bein abhacken, Calley!"

Calley zog Flynn in ihre Arme und drückte ihn ganz fest. „Er war noch nie zuvor so krank, Flynn. Das letzte Mal, als ich ihn so gesehen habe, war nach der Operation am Fuß. Er war auch betäubt, denn er hatte sich einige Rippen angebrochen, aber er war bei Weitem nicht so krank wie jetzt." Sie ließ ihn los und blickte in sein verzweifeltes Gesicht. „Wir müssen ihm erklären, dass es um Leben und Tod ging. Dass wir ihn verloren hätten, wenn wir nicht unser Einverständnis gegeben hätten. Er wird es verstehen."

Flynn kannte Gable gut genug, um zu wissen, dass er es nicht verstehen würde und wenn er Calleys Gesichtsausdruck richtig deutete, dann wusste sie es auch. Er wandte sich Gable zu und nahm seine Hand. Sie war kalt und feucht und fühlte sich überhaupt nicht nach Gable an. „Wir müssen es tun, mein Liebling. Ich kann nicht noch einen Geliebten verlieren. Ich kann nicht daneben sitzen und zusehen, wie du stirbst, ohne zu wissen, dass ich alles Menschenmögliche getan habe, um dich zu retten. Vielleicht wirst du uns nie vergeben, aber dann haben wir dir zumindest die Chance gegeben, zu leben."

Flynn drehte sich zu Calley um und wischte sein Gesicht mit dem Handrücken ab. „Lass es uns tun."

11

FLYNN VERBRACHTE die nächsten Tage damit, zwischen der Ranch und dem Krankenhaus hin und her zu fahren, da sie ihn nur zu festgelegten Zeiten am Nachmittag und am Abend auf die Station ließen, um neben Gables Bett zu sitzen.

Nachts lag Flynn in Gables Bett und versuchte, seinen Geruch und seine Gegenwart festzuhalten, aber sie verloren sich schnell, sodass er bereits vor dem Morgengrauen aufstand, um seine Arbeit auf der Ranch zu beginnen, nachdem er sich die ganze Nacht hin und her geworfen hatte. Harte Arbeit hatte ihm in der Vergangenheit immer dabei geholfen, die Zeit schneller rumzubekommen und er sah es als zusätzlichen Anreiz, sicherzustellen, dass Gable eine gut aufgeräumte Ranch vorfinden würde, wenn er wieder nach Hause kam. Am frühen Nachmittag fuhr Flynn dann in die Stadt, um bei Gable zu sein.

Nach der Amputation, zu der sie widerstrebend ihre Zustimmung erteilt hatten, erholte sich Gable nicht so, wie Dr. Isaacs es vorausgesagt hatte. Er war immer noch ruhig gestellt, hatte immer noch Schübe von extrem hohem Fieber, bei denen er manchmal so instabil wurde, dass sie Flynn auffordern mussten, den Raum zu verlassen, damit sie sich um ihn kümmern konnten und er war für seine Freunde kaum noch zu erkennen. Während der Phasen, in denen Gable ruhig und scheinbar schmerzfrei war, band Flynn seine Hand los und hielt sie an sein Gesicht, sprach in beruhigendem Ton mit ihm und hoffte, dass seine Erzählungen über die Pferde und Bridget irgendwie den Weg in Gables Bewusstsein finden würden. Als Flynn die Gepflogenheiten auf der Station immer besser kennenlernte, wusch er manchmal Gables schweißgebadetes Gesicht und die Brust, zumindest die kleinen Hautflächen, die nicht mit Sensoren oder Bandagen für die intravenösen Zugänge verklebt waren. Das Gefühl, sich wenigstens ein bisschen um seinen Geliebten kümmern zu können, half ihm, obwohl er wusste, dass er die meisten Aufgaben den Krankenschwestern überlassen musste. Flynn konnte fühlen, wie Gables Muskeln unter seinen Händen verkümmerten und die Tatsache, dass er jeden Tag ein bisschen bleicher und aufgedunsener aussah, bedeutete, dass Flynn sich zwingen musste, die Hoffnung nicht aufzugeben.

Die Hoffnung aufrechtzuerhalten wurde noch schwieriger, als er eines Nachmittags ankam und feststellte, dass eine weitere Maschine neben Gables Bett aufgebaut worden war. Mit klopfendem Herz machte er sich auf die Suche nach Dr. Isaacs.

„Ich denke, ich muss Ihnen nicht erklären, dass es ihm nicht gut geht", erklärte Dr. Isaacs Flynn voller Mitgefühl. „Seine Nieren hatten die ganze Zeit schon Probleme, mit den Giften klarzukommen, die durch die Infektion entstehen und nun haben sie den Dienst komplett eingestellt, daher müssen wir ein bisschen nachhelfen."

Flynn nickte und versuchte, die Informationen zu verarbeiten. „Also hat die Operation nichts gebracht? Er stirbt trotzdem?"

„Geben Sie die Hoffnung nicht auf, Mr. Tomlinson. Wir müssen seinem Körper die Zeit geben, sich selbst zu heilen. In der Zwischenzeit versuchen wir, ihn nach besten Kräften zu unterstützen."

Obwohl der Arzt durchaus mitfühlend war und zu wissen schien, was er tat, war Flynn nicht überzeugt, dass sie das Richtige getan hatten. Insbesondere, da es jetzt diesen neuen Rückschlag gab. „Was wird als Nächstes geschehen?"

Dr. Isaacs verschränkte seine Finger und holte tief Luft. „Wir hängen ihn an die Dialyse, um seinem Körper zu helfen, die Toxine abzubauen, die sonst zu einem Organversagen führen würden. Wir hoffen, dass uns das die Möglichkeit gibt, die Medikamentendosen zu reduzieren, die er braucht, um am Leben zu bleiben, damit wir ihn langsam entwöhnen können."

Flynn gab nicht vor, alles zu verstehen, aber er wollte sichergehen, dass er wenigstens die Grundlagen begriff. „Es besteht also immer noch die Gefahr, dass wir ihn verlieren?"

Dr. Isaacs nickte.

„Wie groß ist die Gefahr?"

Dr. Isaacs biss sich auf die Innenseite seiner Lippe. „Ich kann das nicht in Zahlen ausdrücken."

„Ich muss es wissen", sagte Flynn ruhig. Er musste es wissen. Schon seit Tagen erwartete er den Anruf, der ihm sagte, dass Gable gestorben war. Er musste wissen, was er zu erwarten hatte.

„Ich würde sagen, fünfzig-fünfzig."

Flynn nickte. Es war nicht die Antwort, die er hören wollte, aber immerhin wusste er nun, dass es auch für den Arzt, der zuverlässig jeden einzelnen Tag da gewesen war, um sich um Gable zu kümmern, ein ungewisses Spiel war.

„Ich danke Ihnen. Ich denke, ich gehe jetzt besser zu ihm", sagte Flynn leise, als er sich aus dem Stuhl erhob und hinausging, ohne Dr. Isaacs Hand zu schütteln. Er musste jetzt bei Gable sein, musste so viel Zeit wie nur irgend möglich mit ihm verbringen, ungeachtet der Frage, ob Gable seine Anwesenheit überhaupt bemerkte oder nicht. Das spielte keine Rolle, denn er tat es nicht für Gable, zumindest nicht nur. Er musste um seiner selbst willen dort sein, damit er sich nicht den Vorwurf machen musste, in seinen vielleicht letzten Stunden nicht bei seinem Geliebten gewesen zu sein.

Flynn begann, auch zwischen den beiden Besuchszeiten dazubleiben und obwohl es einige Tage lang ein Kampf war, gab ihm Dr. Isaacs schließlich die offizielle Erlaubnis.

In den darauffolgenden Tagen verlegten sie Gable aus dem großen Raum in ein Einzelzimmer auf der Intensivstation und obwohl die Alarme, die alle paar Minuten rund um Gables Bett losgingen, Flynn wahnsinnig machten, konnte er sich nicht von der Seite seines Geliebten entfernen. Er ertappte sich dabei, dass er auf der Ranch nur die allernötigsten Arbeiten erledigte, um danach ins Krankenhaus zu rasen und endlose Stunden Wache zu halten. Zuerst zählte er diese Stunden, feierte jeden Augenblick, den Gable überlebte, aber als das Fieber endlich runterging und Gable stabiler wurde, kam auch Langeweile auf und Flynn begann zunächst, eine Zeitung mitzubringen, die er laut vorlas, dann ein Buch. Er freundete sich mit den Krankenschwestern und Pflegern an und half ihnen, sich um Gable zu kümmern, während sie ihn wuschen und ihn immer wieder umdrehten.

Nach drei Wochen fast ohne Schlaf und mit noch weniger Nahrungsaufnahme war Flynn an einem Nachmittag eingedöst, während er am Bett saß. Er wurde geweckt von Gables Hand an seinem Gesicht. Als Flynn aufsah, war er zunächst nicht sicher, ob er es nur geträumt hatte, denn Gable sah aus, als würde er immer noch schlafen, aber dann bewegten sich seine Finger wieder.

„Gable, Liebling, würdest du deine Augen für mich öffnen?", bat Flynn sanft. Zunächst reagierte Gable nicht, aber dann begann seine Beatmungsmaschine zu piepen. Vor drei Wochen hätte dieses Geräusch Flynn in Panik versetzt, aber er war inzwischen viel ruhiger, da dieses Geräusch nicht so ungewöhnlich war und er es schon vorher gehört hatte. Aber dann begann Gable, zu husten und zerrte an seinen festgebundenen Händen.

„Gable, beruhige dich. Du bist im Krankenhaus." Flynn wiederholte die Worte, die er die Krankenschwestern mehr als einmal hatte sagen hören. „Lass die Maschine für dich atmen."

Dieses Mal schienen die Worte keine Wirkung auf Gable zu haben und als die Maschine immer lauter wurde, kamen zwei Krankenschwestern in den Raum gelaufen. Sie änderten einige Einstellungen an der Beatmungsmaschine und wiederholten Flynns Worte, während er einen Schritt zurücktrat. Es fühlte sich hilflos als er sah, wie Gable gegen die Fesseln und gegen die Beatmungsmaschine kämpfte und er wollte einfach nur, dass die Quälerei ein Ende hatte. Als der Alarm immer weiterging, kam auch Dr. Isaacs in den Raum gelaufen.

„Ich denke, es wäre besser, wenn Sie draußen warten, Flynn. Ich verspreche, dass wir uns gut um ihn kümmern werden." Dr. Isaacs nickte in Richtung Flur, aber Flynn zögerte zu gehen. Er hatte Angst, dass irgendetwas Schlimmes passiert war und Gables Zustand sich verschlechtert hatte. „Es geht ihm gut. Ich werde Sie holen, sobald er wieder ruhiger ist."

Flynn hatte keine andere Wahl, als das Zimmer zu verlassen. Er wollte Gables Hand halten und ihm sagen, dass alles wieder gut werden würde, aber er wusste, dass er nur im Weg stehen würde, daher lief er in Richtung des Wartebereichs am Eingang der Intensivstation und traf dort auf Calley.

„Du siehst aus, als hättest du einen Geist gesehen, Flynn. Ist alles in Ordnung?"

Flynn nickte. „Ich denke, er wacht auf, aber er hat gekämpft und versucht, sich loszureißen."

„Dafür sind die Manschetten da. Er würde sich böse verletzen, wenn sie nicht da wären."

„Ich weiß", murmelte Flynn. Er war froh, dass Calley da war, so wie sie es fast jeden Tag gewesen war. Sie sorgte dafür, dass er aß und hatte ihn immer wieder ermutigt, selbst in den dunkelsten Zeiten. Er war dankbar, dass er sich jetzt nicht alleine hinsetzen und auf Neuigkeiten warten musste. Während sie sich aus dem Automaten im Wartebereich einen Kaffee holten, wurde Flynn bewusst, dass er, trotz all der Zeit, die sie in den letzten drei Wochen zusammen verbracht hatten, immer noch nicht wusste, ob an Calleys Beziehung zu Gable mehr dran war, als dass sie ihnen mit Waren aus ihrem Laden versorgte. Er konnte gar nicht glauben, wie egoistisch er gewesen war, immer nur über Gable zu reden und nie echtes Interesse an Calley zu zeigen.

„Du kennst Gable ziemlich gut, nicht wahr?", fragte Flynn Calley. als er die Tasse Kaffee von ihr entgegennahm.

„Oh, die Geschichten, die ich erzählen könnte!" Calley lachte. „Aber das werde ich nicht tun. Ich erzähle nicht die Geheimnisse anderer Leute. Eines Tages wird Gable sie dir erzählen wollen."

„Er ist nicht wirklich ein gesprächiger Mensch", erinnerte Flynn sie.

„Ich weiß", stimmte Calley ihm zu. „Aber ich bin mir ganz sicher, eines Tages wird er dir mehr erzählen. Er braucht nur sehr lange, um jemandem genug zu vertrauen, um sich zu öffnen. Aber er hat dir doch von Grant erzählt, oder?"

Flynn nickte schweigend.

„Er wird dir mehr erzählen. Vielleicht sogar darüber, was wir getan haben, als wir noch jünger waren."

Flynn fand, dass sie in dem Augenblick geradezu spitzbübisch aussah und wollte unbedingt mehr Details wissen, aber er hatte den Eindruck, dass sie rätselhaft bleiben und keine weiteren Geheimnisse enthüllen wollte. Er hoffte, dass er die Chance bekommen würde, Gable dabei zuzuhören, wie er mehr von sich erzählte.

In diesem Moment betrat Dr. Isaacs den Warteraum, wobei sein weißer Kittel hinter ihm her flatterte. „Ich denke, Sie können jetzt wieder reingehen, aber nicht lange. Es tut mir leid, Ihnen sagen zu müssen, dass Sie ab sofort Ihre Besuche eher kürzer halten müssen. Gable ist immer noch sehr schwach und er braucht seine Ruhe, aber ich habe das Gefühl, dass er dafür sterben würde, Sie zu sehen. Bitte verzeihen Sie das Wortspiel."

Flynn sah Calley an und dann den Arzt. „Meinen Sie, er ist wach?"

Dr. Isaacs lächelte. „Ja, das ist er. Wir sind immer noch dabei, ihn von der Beatmungsmaschine abzukoppeln und das könnte ein bisschen dauern, nachdem er drei Wochen davon abhängig war, aber ja, er ist wach. Wir haben ihm etwas gegen die Schmerzen gegeben, aber er wird nicht mehr ruhiggestellt. Er kann nicht sprechen, was ihn vermutlich sehr frustriert, aber bitte versuchen Sie, ihn so ruhig wie möglich zu halten, okay? Er wird immer noch ziemlich benommen sein und wird von Zeit zu Zeit einfach einschlafen. Lassen Sie ihn. Er braucht die Ruhe. Und vielleicht geht immer nur einer von Ihnen?"

Flynn hatte den Eindruck, dass auch Dr. Isaacs über den Gang der Dinge erleichtert war und das gab ihm ein gutes Gefühl.

„Geh schon, Flynn, Dich möchte er sehen", trieb Calley ihn an.

Flynn war nicht ganz so zuversichtlich, obwohl er am liebsten zu Gables Zimmer gerannt und nicht gegangen wäre. „Ich weiß nicht, Calley. Wir haben uns wirklich ziemlich böse gestritten, bevor…"

Calleys schüttelte ihren Kopf. „Das ist lange vorbei. Geh schon."

Flynn folgte Dr. Isaacs den Korridor entlang und überholte ihn, kurz bevor sie Gables Zimmer erreichten. Als er eintrat, sah er Gable auf der Seite liegend, beide Hände auf der gleichen Bettseite angebunden. Seine Haltung war entspannt, seine Augen geschlossen. Er seufzte, der Knoten in seinem Magen hatte sich noch nicht aufgelöst, aber die Vorfreude darauf, seinen Geliebten wach anzutreffen, war etwas verflogen. Er erinnerte sich an die Worte des Arztes und versuchte nicht, Gable zu wecken.

Aber dann öffnete Gable seine Augen. Sie waren immer noch ein bisschen unkoordiniert und er schien Zeit zu brauchen, um zu erkennen, wen er da sah, aber dann reagierte er und versuchte zu sprechen, was die Beatmungsmaschine mit lautem Piepen quittierte.

„Schhhh", versuchte Flynn, Gable zu beruhigen. Er nahm Gables Hände in seine. „Du kannst noch nicht reden. Du hast einen Schlauch im Hals, der dir beim Atmen hilft und ganz viele Dioden am Körper, aber sie haben mir gesagt, dass sie den Schlauch bald entfernen können, wenn du ruhig bleibst und versuchst, dich zu erholen."

Gable versuchte wieder zu sprechen und diesmal piepte die Maschine noch lauter, als er würgte und an den Fesseln zerrte.

Flynn nahm Gables Gesicht in seine Hände und zwang ihn, ihn anzusehen. „Beruhige dich. Atme. Ein und aus. Ein und aus." Flynns Aufmerksamkeit wurde kurz von einer Krankenschwester abgelenkt, die jedoch in einiger Entfernung stehen blieb und damit Flynn die Erlaubnis gab, selbst zu versuchen, seinen Geliebten zu beruhigen. Mit anderen Worten: Er machte einen ganz passablen Job, was sich auch darin zeigte, dass die Maschine ihre nervigen Geräusche einstellte, als Gable versuchte, sich auf Flynns Einflüsterungen einzulassen.

Gable entspannte sich und döste wieder ein, während Flynn seine Wange streichelte. Die Krankenschwester verließ ihren Platz an der Tür. Es wurde für beide ein anstrengender

Abend, da Gable sich mit den Gegebenheiten anfreunden musste und Flynn jedes Mal aufsprang, wenn Gable aufwachte und wieder würgte. Aber ganz langsam gewöhnte sich Gable ein und Flynn musste nur noch seine Hand greifen und ihm zunicken, damit er sich daran erinnerte, was er zu tun hatte. Calley kam kurz vorbei, um Tschüss zu sagen und versprach, am nächsten Tag wiederzukommen. Flynn legte sich auf die Couch neben Gables Bett, bis man ihn höflich aufforderte, nach Hause zu gehen.

Flynn war früh am nächsten Morgen wieder da, nachdem er nur kurz ausgeritten war, um sicherzustellen, dass die Pferde auf den Weiden in Ordnung waren. Zu seiner Enttäuschung hatte Gable immer noch den Schlauch im Hals und es hatte sich nicht viel geändert, aber er war glücklich, einen Anflug von Erkennen in Gables verwirrten Augen zu sehen. Gable saß mehr oder weniger senkrecht und Flynn sah, dass sie den Bogen entfernt hatten, der direkt nach der Operation da gewesen war, um zu verhindern, dass die Decken auf Gables Beine drückten. Er wusste, dass es Gable sehr schwerfallen würde, sich mit der Amputation abzufinden und zog es vor, ihm davon zu erzählen, wenn er wieder reden und Fragen stellen konnte. Für den Augenblick konnten sie einfach ignorieren, was geschehen war, und Flynn war zufrieden damit, ruhig dazusitzen und zu lesen, während Gable sich erholte.

Gables Zimmer lag genau gegenüber dem Tresen der Krankenschwestern und nachdem Calley für einen kurzen Besuch vorbeigekommen war, setzte sich Flynn mit einem Buch hin, während Gable döste. Als Flynn das nächste Mal aufblickte, sah er einen großen Mann mit dunklem lockigem Haar mit dem Pfleger reden, der mit Gables Betreuung betraut war. Er schenkte ihm nicht allzu viel Aufmerksamkeit bis er sah, dass der Besucher Gable anstarrte, während der Pfleger ihm etwas erklärte. Flynn stand aus seinem Stuhl auf, um die Tür zu schließen, damit der aufdringliche Mann seinen Geliebten nicht anstarren konnte, als plötzlich die Beatmungsmaschine anfing, hektisch zu piepen und er die Panik in Gables Augen sah. Der Pfleger kam, um den Alarm abzustellen, aber bis dahin hatte Gable es geschafft, den Beatmungsschlauch rauszuziehen, obwohl er wie üblich festgebunden war.

Obwohl jeder, der jetzt herbeilief, eine ruhige professionelle Aura hatte, fühlte Flynn sein Herz wild schlagen. Er wollte an Gables Seite bleiben, war aber gleichzeitig mehr als neugierig, wer dieser dunkle Fremde war und warum er eine solche Wirkung auf seinen Geliebten hatte.

„Wir werden ihm die Chance geben, für eine Weile alleine zu atmen", informierte Dr. Isaacs Flynn. „Lassen Sie uns hoffen, dass er es gut genug tut, sodass wir den Schlauch nicht wieder einführen müssen."

Flynn nickte, bevor er sich zu Gable umdrehte, der eindeutig erschöpft aussah. Er strich ihm ein paar Haare aus der Stirn und küsste sie. „Wer war der Mann, Gable?"

„Grant", flüsterte Gable tonlos.

Flynn fühlte, wie die Wut in ihm aufstieg und er rannte auf den Flur, in der Hoffnung, dass er Gables Ex noch antreffen würde. Zu seiner Überraschung war Grant immer noch im Wartebereich und Calley sprach mit ihm.

„Grant, sind Sie das?", rief Flynn, um den größeren Mann dazu zu bringen, sich umzudrehen.

Als Grant nickte, trat Flynn vor und versenkte seine Faust im Kiefer des Mannes.

12

FLYNN WAR kein gewalttätiger Mann, aber er konnte einfach nicht glauben, dass nach allem, was Gable mit Grant durchgemacht hatte, er es wagen würde, an Gables Krankenbett aufzutauchen. Und als er sah, wie Calley fast freundschaftlich mit Grant sprach, sah er endgültig rot.

„Wie kannst du es wagen, hierher zu kommen!", schrie Flynn Grant an. Er drehte sich zu Calley und deutete mit dem Finger auf sie. „Und du bist keinen Deut besser!"

„Flynn, bitte", bat Calley und versuchte, Grant von einer Vergeltung abzuhalten und Flynn davor, nochmal zuzuschlagen. „Hör auf damit!"

„Du weißt ganz genau, wie viel Schaden dieser Mann bei Gable angerichtet hat", fuhr Flynn fort. „Wir haben dir vertraut, aber ich vermute mal, dass du ihm gesagt hast, was mit Gable los ist."

Calley schüttelte den Kopf.

„Sie hat mir nichts gesagt", antwortete Grant und rieb sich den Kiefer auf der Seite, wo Flynns Faust ihn getroffen hatte. Er war bei Weitem noch nicht ruhig, aber versuchte ganz offensichtlich, sein Temperament im Zaum zu halten.

„Warum bist du dann nach mehr als einem Jahr wieder hier?"

„Ich kam auf meinem Weg zu… einem neuen Job durch die Stadt und jemand erzählte mir, dass sie Gable mit einem Notarztwagen ins Krankenhaus gebracht haben. Ich wusste, dass es ernst sein musste und kam, um nach ihm zu schauen."

Das brachte Flynns Blut erneut zum Kochen. „Ich glaube dir nicht! Das letzte Mal als er verletzt wurde, warst du weder da, um den Notarzt zu rufen, noch hast du auf Wiedersehen gesagt, als Du wie ein Feigling weggelaufen bist. Warum soll ich dir glauben, dass du plötzlich ein Gewissen hast?"

Grant seufzte und sah geschlagen aus. „Du hast keine Ahnung wie es war."

Flynn warf ihm einen strengen Blick zu.

„Die Leute haben hinter unserem Rücken geredet. Ich hätte nirgendwo mehr Arbeit gefunden, wenn das so weitergegangen wäre."

Flynn biss sich auf die Innenseite seiner Wange, um zu verhindern, dass er erneut seinen Impulsen folgte. „Ein Macho wie du?", spottete er stattdessen. „Ich bin mir sicher, du hättest deine Männlichkeit auf die eine oder andere Art beweisen können." Er warf Calley einen giftigen Blick zu und drehte sich um. „Ich gehe jetzt dorthin zurück, wo ich gebraucht werde."

Flynn holte ein paarmal tief Luft und versuchte, sich auf dem Weg zu Gable zu beruhigen, aber er machte sich Sorgen darüber, welche Auswirkungen dieses Wiedersehen mit Grant auf Gable haben würde. Aber er wusste, dass er kein Feigling war. Er würde niemals davonlaufen, Gable niemals verlassen, solange dieser ihn brauchte. Wenn er ehrlich war, fand er es gut, dass er Grant endlich getroffen hatte. Es half, ein Bild des Mannes in seinem Kopf zu haben; er konnte jetzt die körperliche Anziehung verstehen, aber er konnte sich nicht vorstellen, dass Gable mit Grant so umgegangen war, wie er offenbar mit einem Mann umgehen wollte.

Er konnte sich nicht vorstellen, dass Gable Grant so hätte überwältigen können, wie er es mit ihm im Stall getan hatte und dann noch mal unter der Dusche. Grant war in jeder Hinsicht ein Alphatier, groß und stark, mit gut entwickelten Muskeln, die unter seiner Kleidung deutlich zu erkennen waren. Das in Kombination mit dem, was Gable ihm über Grants Widerstreben, sich mit seinem Schwulsein abzufinden, gesagt hatte, bereitete Flynn ein sehr ungutes Gefühl über ihre Beziehung. Vielleicht war es ja gut gewesen, dass seinerzeit Grant gegangen war. Flynn hoffte, dass der Mann einfach weiterziehen würde.

Als Flynn in Gables Zimmer ankam, schlief Gable. Er atmete ruhig und man hatte es ihm, nach dem vorherigen emotionalen Ausbruch, so bequem wie möglich gemacht.

„Es geht ihm gut", sagte der Pfleger, der hinter Flynn auftauchte, während Flynn auf seinen Geliebten blickte. „Es sieht so aus, als würde er ohne den Beatmungsschlauch auskommen."

„Ich hoffe es", antwortete Flynn. „Wir müssen über sehr viel reden."

MIT GABLE zu reden, stand in den nächsten paar Tagen nicht wirklich auf dem Plan. Obwohl die Pfleger und Dr. Isaacs darin übereinstimmten, dass er sich gut entwickelte und die Intensivstation bald verlassen könnte, schlief er fast die ganze Zeit und wenn er erwachte, dann musste Flynn ihm immer und immer wieder erklären, wo er war und wie er dorthin gekommen war. Obwohl der Pfleger, der sich hauptsächlich um Gable kümmerte, Flynn erzählt hatte, dass Gable gesehen hatte, was von seinem Bein übrig war, als er die Wunden versorgt hatte, hatten sie nicht wirklich darüber gesprochen.

Als Gable schließlich auf eine normale Krankenstation verlegt wurde, wusste Flynn, dass er das Thema endlich ansprechen musste. Aber er hatte noch keine Vorstellung, wie er das tun sollte. Gable wurde immer noch sehr schnell müde. Dann lehnte er sich zurück, schloss mitten im Gespräch die Augen und döste fast sofort ein. Es machte ihre Interaktionen eher einseitig und Flynn fühlte sich extrem einsam, vor allem, weil er nach wie vor nicht mit Calley sprach.

„Ich möchte nach Hause gehen", sagte Gable quasi aus dem Nichts.

Flynn hatte gar nicht mitbekommen, dass er wieder wach war, daher legte er sein Buch beiseite und schob sich näher an Gables Bett heran. „Das kannst du nicht. Es geht dir noch nicht gut genug."

„Aber alles, was ich tue, ist liegen und schlafen. Das kann ich genauso gut auch zu Hause tun."

Flynn seufzte. „Du brauchst immer noch die Dialyse. Die Ärzte denken, dass deine Nieren sich wieder erholen, aber bis sie das tun, wirst du drei Tage in der Woche im Krankenhaus sein." Sie hatten diese Diskussion schon ein paarmal gehabt und üblicherweise ließ Gable sich einfach abbringen. Aber nicht dieses Mal.

„Immerhin könnte ich zwischendurch zu Hause sein. Ich möchte nach Hause gehen, Flynn."

Flynn kaute auf seinen Lippen und versuchte, allen Mut zusammenzunehmen. „Du musst dir noch etwas Zeit geben, Gable. Du warst sehr krank."

Gable schüttelte den Kopf. „Die Wände hier schließen mich immer mehr ein."

„Du musst wieder lernen zu laufen." Flynn sah Gable nicht an, als er es sagte, aber die einzige Antwort, die er erhielt, war Schweigen. Für einen Moment dachte er, dass Gable wieder eingeschlafen war, aber als er es wagte, aufzuschauen, lächelte Gable.

„Ich werde wieder stärker." Um seine Aussage zu unterstreichen, hob Gable die Arme und zeigte, was von seinem Bizeps übrig war. „Ich weiß, ich bin immer müde, aber das wird sich bessern, sobald ich zu Hause bin, Zeit mit den Pferden verbringen und wieder in meinem eigenen Bett schlafen kann."

Flynn schluckte. „Du brauchst Physiotherapie für dein Bein, Gable."

„Es tut gar nicht mehr weh, Flynn. Die ganze Bettruhe hat immerhin etwas Gutes, weißt du."

„Gabe..." Flynns Stimme versagte. Gable wollte es nicht wahrhaben, trotz der Tatsache, dass jeder, der in den Raum kam, sehen konnte, dass da nur ein Fuß die Decke anhob. Gables anderes Bein endete irgendwie... im Nichts. Flynn hatte den Stumpf ein paarmal gesehen, während Gable noch im Koma gelegen hatte. Er hatte sich gezwungen, ihn anzusehen, denn er wusste, wenn es nach ihm ginge, würde er ihn noch sehr lange Zeit sehen. Beim ersten Mal musste er würgen, seine Gefühle überschlugen sich bei dem Gedanken, wie Gable reagieren würde. Inzwischen konnte er ihn ansehen und darüber nachdenken, ohne allzu heftig zu reagieren, aber im tiefsten Inneren beunruhigte ihn die Tatsache, dass Gable es überhaupt nicht wahrhaben wollte. „Gable", wiederholte er und legte seine Hand auf Gables Bein, oberhalb des Knies und weit weg von dem bandagierten Stumpf.

Als Flynn aufsah, füllten sich Gables Augen mit Tränen und er schüttelte seinen Kopf so unmerklich, dass Flynn es fast übersehen hätte.

„Ich kann hier nicht bleiben", murmelte Gable. „Dieses Krankenhaus macht mich krank."

„Ich rede mit dem Arzt und sehe, was ich tun kann, okay?", versicherte Flynn und rückte näher heran, sodass er seinen Arm um Gables Schulter legen konnte. Flynn wagte es nicht, weiterzugehen. Er wollte seinen Geliebten berühren, wollte ihm zeigen, dass er geliebt und begehrt wurde, aber seit dieser grauenvollen Nacht hatten sie sich noch nicht mal geküsst. Als Flynn sich zurücklehnte, griff Gable nach seiner Hand und hielt ihn zurück. Er sagte nichts, aber in Gables Augen stand eine Bitte, der Flynn nicht widerstehen konnte.

„Rück ein bisschen rüber", sagte er leise zu Gable, dann kletterte er auf das enge Bett neben ihn und schmiegte sich an ihn. Er musste zugeben, dass es sich gut anfühlte, Gable in seinen Armen zu halten, obwohl es die Tatsache noch deutlicher machte, dass Gable nur noch aus Haut und Knochen bestand und das Bett für sie beide eigentlich zu schmal war. „Ich muss dich wieder ein bisschen aufpäppeln", sagte er zu Gable und legte seine Hand vorsichtig auf Gables eingefallenen Bauch.

„Ich vermisse deine Kochkünste", antwortete Gable leise, bevor er in Flynns Armen schwer wurde und einschlief.

Flynn sprach mit Gables Arzt und der Mann war höflich genug, ihm nicht direkt ins Gesicht zu lachen. Stattdessen erklärte er Flynn, warum es sehr schwierig wäre, Gable zu Hause zu betreuen. Keines der Argumente kam unerwartet. Gable war bisher kaum aus dem Bett aufgestanden. Die Pfleger setzten ihn jeden Tag in einen bequemen Stuhl, aber nach kaum einer Stunde war er erschöpft. Er konnte noch nicht einmal auf seinem guten Bein stehen, geschweige denn sich mit einem Rollstuhl oder gar Krücken im Haus bewegen. Dann war da die Dialyse und die Physiotherapie, die er brauchte, um wieder stärker zu werden, sodass ihm eine Prothese angepasst werden konnte. All diese Dinge konnten im Krankenhaus viel einfacher erledigt werden, es sei denn, Flynn wäre in der Lage, eine Pflege rund um die Uhr zu organisieren.

Da er sich der finanziellen Situation bewusst war, in der sich Gable befand, wusste Flynn, dass die Pflege rund um die Uhr auf seinen Schultern liegen würde und er hatte weder die Erfahrung noch die Kraft, das zu tun und gleichzeitig die Ranch am Laufen zu halten. Die Krankenhausrechnungen stapelten sich bereits und obwohl Flynn einige Ideen hatte, wie er an Geld kommen konnte, brauchte er dazu Calleys Mitarbeit, da sie Gables Vollmachten hatte. Rechtlich betrachtet war Flynn nicht mehr als ein temporärer Hilfsarbeiter auf der Ranch und obwohl Calley sichergestellt hatte, dass Flynn für seine Arbeit bezahlt wurde, konnte er keine Pferde verkaufen oder Vorräte für die Ranch kaufen, ohne dass sie zustimmte.

Das bedeutete, dass Flynn zu Calleys Laden fahren musste, um mit ihr zu reden. Sie hatten keinen wirklichen Kontakt mehr gehabt, seit er gesehen hatte, wie sie mit Grant gesprochen hatte. Er wusste, dass er hinter sich lassen musste, was auch immer ihn daran störte, denn im Augenblick stand Gable an erster Stelle. Was nicht hieß, dass er sich darauf freute.

Nachdem Gable nun außer Gefahr war, fuhr Flynn zu Calleys Laden im Ort, bevor er ins Krankenhaus ging.

„Nun sieh mal an, wen wir da haben", spottete Calley statt eines Willkommens. „Was führt dich nach all der Zeit her?"

„Ich denke, wir sollten über die Ranch sprechen", sagte Flynn, zu nervös, um sich mit Smalltalk aufzuhalten. „Und natürlich über Geld."

„Es ist genug da, um dein Gehalt zu zahlen", sagte Calley nüchtern, während sie damit fortfuhr, Äpfel zu stapeln.

Flynn schüttelte seinen Kopf und kämpfte gegen das Bedürfnis an, einfach wieder zu gehen. Er konnte nicht glauben, dass Calley nach all dieser Zeit immer noch dachte, er täte es für Geld. „Ich habe wochenlang für nichts gearbeitet, bevor die Pferde verkauft wurden, Calley. Ich denke, ich vertraue dir und Gable genug, um zu wissen, dass ich bezahlt werde."

Calley lächelte und sah beiseite. „Ich weiß das, Flynn", sagte sie leise. „Es ist nur … ich habe nicht damit gerechnet, dass du für irgendetwas anderes kommst, als Geld für die Ranch. Das ist scheinbar das Einzige, wofür du mich im Augenblick brauchst."

„Wir müssen über die Ranch reden", begann Flynn, aber eigentlich wollte er auch über die anderen Dinge reden: Ob sie ihn dabei unterstützen würde, die Arbeitsweise der Ranch zu ändern und was sie sich dabei gedacht hatte, mit Grant zu reden, als wäre er ein Freund der Familie … Aber er wagte es nicht. Stattdessen begann er, ihr die Orangen aus einer Kiste zu reichen, die neben seinen Füßen stand.

„Ist das dein Finanzplan?", fragte Calley leichthin. Sie lachte, als Flynn die Augenbrauen hob. „Bist du auf der Suche nach einem Job hier im Laden?"

„Nein danke. Mit der Ranch und Gable habe ich wirklich alle Hände voll zu tun."

Calley lachte wieder. „Der Meinung bin ich wohl auch! Übrigens, wie geht es unserem Gable?"

„Er will es nicht wahrhaben", antwortete Flynn traurig. Er zuckte mit den Schultern. „Es geht ihm langsam besser. Seine Nieren erholen sich wieder und sie sprechen darüber, dass es ihm bald gut genug geht, um mit der Reha zu starten, aber er will sich einfach nicht eingestehen, dass die Operation stattgefunden hat. Jedes Mal, wenn ich damit anfange, wechselt er entweder das Thema oder gibt vor einzuschlafen."

Calley hörte damit auf, Orangen zu stapeln. „Er war schon immer stur wie ein Maultier."

„Er sagt mir immer wieder, dass er nach Hause gehen will, aber niemand außer ihm denkt, dass er bereit dafür ist." Flynn verlagerte sein Gewicht von einem Fuß auf den anderen und dann zurück. Er wollte Calley bitten, ihm dabei zu helfen, Gable zu überzeugen, aber er wusste nicht wie.

„Ich denke Gable überschlägt in seinem Kopf die Kosten für all das", schlug Calley vor, während sie die letzten beiden Orangen aus Flynns Händen nahm, sie auf den Stapel legte und die jetzt leere Kiste hochhob. „Er weiß, dass die Ranch geradeso überlebt und hat wohl eine ziemlich gute Vorstellung davon, was für ein großes Loch sein Krankenhausaufenthalt in sein ohnehin schon knappes Budget schlägt. Und daher denkt er, wenn er nach Hause geht, dann wird es schon irgendwie passen. Nach dem ersten Unfall war es nicht anders. Bill sah mich kaum noch in den ersten Wochen, nachdem Gable nach Hause gekommen war. Mit dem Laden und der Unterstützung für Gable …"

Sie beendete den Satz nicht, aber Flynn wusste, was sie meinte. „Es geht nicht darum, dass ich mich nicht um Gable kümmern möchte, Calley, aber …"

„Ich weiß", antwortete Calley und sah Flynn voller Mitgefühl an. „Du bist das genaue Gegenteil von Grant und das macht mich mehr als glücklich."

„Du hattest kein Problem damit, bei seinem Überraschungsbesuch nett zu ihm zu sein. Trotz allem, was er Gable angetan hat", konfrontierte Flynn sie.

Calley holte tief Luft, bevor sie antwortete. „Was zwischen Gable und Grant passiert ist, geht mich nichts an, Flynn. Ich weiß, dass Grant Gable verletzt hat, aber ich werde keine Partei ergreifen. Das musst du verstehen."

„Ich weiß, dass Grant gegangen ist, ohne jemals auf Wiedersehen zu sagen. Wie ein Feigling! Und du bist ein Feigling, wenn du dich da raushältst!" Flynn fühlte wieder die gleiche Wut in sich aufsteigen wie zu dem Zeitpunkt, als er Gables Ex gesehen hatte.

„Vielleicht war Grant nicht der richtige Mann für Gable und er wusste das. Flynn, es war nicht Grants Schuld, dass Gable den Unfall hatte. Ich weiß nicht, was Gable dir erzählt hat, aber ihre Beziehung hatte keinerlei Ähnlichkeit mit der, die du mit Gable hast und Grant ist ein Macho. Er hat der Sache damals ein Ende gemacht, aber das bedeutet nicht, dass ich nicht mehr mit ihm reden kann!"

Flynn kochte vor Wut. Er hörte Calley gar nicht bis zum Ende zu, sondern stapfte nach draußen und warf die Tür hinter sich zu. Wie konnte sie Grant nur so beschützen? Flynn lief auf dem Parkplatz hin und her und versuchte, sich zu beruhigen. Er brauchte Calley. Jedes Mal, wenn er Geld für Vorräte brauchte, sagte Gable, dass er mit Calley sprechen musste, daher konnte er diese Angelegenheit nicht ohne ihre Hilfe regeln. Aber im Augenblick brachte sie ihn einfach auf die Palme.

„Ich weiß, dass du ihn liebst, Flynn."

Flynn hörte Calleys Stimme hinter sich, aber er drehte sich nicht um. Sie klang ruhig und freundlich, aber er war sich unsicher, ob er sich genug in der Gewalt hatte, um nicht Dinge zu sagen, die er später bereuen würde. Darum sah er weiterhin die fast leere Straße entlang.

„Du liebst ihn wahrscheinlich mehr, als er jemals zuvor geliebt wurde, daher ist es so schwer für dich, zu verstehen, dass jemand anders etwas anderes für Gable empfinden könnte. Grant hat Gable nie so geliebt wie du es tust, Flynn."

Flynn seufzte. Calley hatte recht. Er kannte Grants Typ nur zu gut. Für sie ging es nur um Sex und sobald Verantwortung ins Spiel kam waren sie weg. Aber so war Flynn nicht gebaut. Klar, er hatte auch gelegentliche Stelldicheins gehabt, aber Flynn hatte immer mehr gewollt. Er wollte alles. Flynn wollte das Haus und den Gartenzaun und eine Beziehung, auf die er sich verlassen konnte.

Er drehte sich um und blickte Calley an. „Du hast recht. Und vielleicht ist es das, wovor auch Gable zurückschreckt? Vielleicht bin ich ihm zu viel."

Calley trat vorsichtig auf ihn zu. „Ich glaube, er fühlt sich unglaublich stark von dir angezogen und weiß, dass er dir vertrauen kann, aber gleichzeitig weiß er nicht, wie er damit umgehen soll."

Flynn nickte. „Hat er …?"

„Mit mir über dich gesprochen?", unterbrach Calley. „Nicht mit so vielen Worten, aber er hat genug Hinweise fallen lassen, dass ich weiß, wie wichtig du ihm bist."

Flynn dachte, dass sie etwas selbstzufrieden aussah, aber es war immer noch die Calley, die er kannte, immer etwas geheimnisvoll und rätselhaft.

„Er bekommt immer einen ganz speziellen Blick, wenn er über dich spricht", ergänzte Calley. „Jedes Mal, wenn dein Name fällt, wird er wieder zu einem Teenager. Es ist wirklich süß."

Flynn wusste nicht so richtig, wie er damit umgehen sollte, wenn Calley Gable als süß bezeichnete. Aber er war auch nicht mehr wütend auf sie. „Müssen wir damit rechnen, dass Grant demnächst wieder auftaucht?"

Sie schüttelte den Kopf. „Er hat ziemlich in der Nähe einen Job gefunden, aber ich habe ihm gesagt, dass es nicht besonders geschickt wäre, dir noch mal unter die Augen zu kommen. Er sagte, er wäre froh, dass Gable jemanden gefunden hat, der auf seiner Seite steht."

„Ja, das kann ich mir gut vorstellen", erwiderte Flynn trocken. Er hatte plötzlich das unkontrollierbare Bedürfnis, in sein Auto zu steigen und ins Krankenhaus zu fahren, um Gable zu sehen.

Zu Flynns Überraschung war Gable nicht in seinem Zimmer, als er dort ankam. Eine kurze Rückfrage bei den Schwestern ergab auch keine Auskunft, daher ging er zurück in Gables Zimmer, wo er einen Fremden in weißer Uniform antraf, der am Türpfosten lehnte.

„Craig", sagte der Fremde und streckte seine Hand aus. „Gable ist auf dem Rückweg. Er ist wild entschlossen, so schnell wie möglich nach Hause zu gehen, daher kommt er jetzt alleine vom Fahrstuhl her."

„Laufend?", fragte Flynn, seine Augenbrauen fast bis zur Haaransatz hochgezogen.

Craig schmunzelte. „Natürlich nicht. Wir arbeiten daran, ihn erst mal mit dem Rollstuhl etwas mobiler zu machen, aber er hat mir erzählt, dass er in seinem Haus auch eine enge Treppe bewältigen muss?"

Flynn nickte. „Ganz zu schweigen von den vier Stufen auf die Veranda und einer nicht besonders ebenen Auffahrt, um überhaupt dorthin zu kommen. Ich habe ihm gesagt, dass er noch nicht bereit ist, nach Hause zu gehen."

Craig lächelte mitfühlend. „Er ist an der Stelle etwas stur."

Flynn lachte. „Wem sagst du das …"

Als Flynn den Flur entlangschaute, sah er, dass Gable mit seinem Rollstuhl etwa auf der Hälfte des Korridors saß, seine Ellbogen auf den Armstützen und den Kopf zwischen seinen Schultern hängend. Er wollte zu ihm gehen, aber Craig hielt ihn zurück. „Lass ihn. Ich möchte, dass ihm bewusst wird, wie viel Kraft die kleinsten Dinge ihn kosten. Es ist die einzige Möglichkeit, ihn zu überzeugen, dass es zu früh ist, um nach Hause zu gehen."

Obwohl Flynn wusste, wie stur Gable war und bezweifelte, dass Craig gewinnen würde, sah er ein, dass das, was der Therapeut ihm sagte, Sinn machte. Das machte es allerdings kein Stück einfacher für Flynn, Gables Kampf um jeden Zentimeter Fortschritt entlang des Korridors zu beobachten. Schließlich trat Flynn in das Zimmer, um dort zu warten und war froh, als Gable endlich durch die Tür kam. Er hielt sich zurück und sah zu, wie Craig Gable dabei half, auf seinem guten Bein zu stehen und ihm dann ins Bett half, wo er sich vollkommen erschöpft hinlegte.

„Es ist noch viel zu tun, mein Freund", sagte Craig zu Gable und tätschelte sein Knie. „Ruh dich jetzt aus."

Gable nickte und sah zu, wie er ging und wandte sich dann an Flynn. „Du bist spät dran. Ich hatte gehofft, du würdest mit mir zur Therapie kommen, damit du sehen kannst, wie gut ich vorankomme."

Flynn ging zum Bett und nahm Gables Hand. „Es tut ihr leid, dass ich es verpasst habe. Ich habe mich wieder mit Calley vertragen." Gable sagte nichts und die Stille war etwas unangenehm.

„Craig sagt, dass ich bald nach Hause gehen kann."

Flynn schüttelte den Kopf. „Craig sagt, Du musst Geduld haben. Es gibt immer noch sehr viel zu tun, zum Beispiel die Prothese anzupassen."

Gable schloss die Augen und Flynn wusste, dass er Schmerzen hatte. Gable antwortete ihm nicht und ignorierte erneut Flynns Bitte zu reden. „Ich kann hier nicht länger bleiben, Flynn. Ich muss in meinem eigenen Haus sein und ich muss die Pferde sehen und dann wird alles wieder gut, das verspreche ich."

„Aber du bist vollkommen erschöpft, nachdem du den Rollstuhl gerade mal hundert Meter vom Aufzug den Flur entlangbewegt hast", argumentierte Flynn.

Gable zog ihn näher an sich. „Aber zu Hause weiß ich, wo alles ist. Es ist mein Haus. Bitte, Flynn." Er rutschte etwas weiter rüber und schaffte damit Platz für Flynn.

Flynn krabbelte in Gables Bett, wie er es in den vergangenen Wochen so oft getan hatte, und kuschelte sich in seine Arme. Er wusste, dass Gable einschlafen würde, sobald sie es sich bequem gemacht hatten, aber er mochte es, dass Gable sich gut fühlte. Es verstärkte ihre Verbindung. Er hatte erwartet, dass Gable wütend auf ihn sein würde, weil er die Erlaubnis zur Operation gegeben hatte, obwohl es Calley gewesen war, die die Papiere unterschrieben hatte. Doch Gable war überraschend liebevoll gewesen und Flynn genoss seine Aufmerksamkeit. Es würde einfach seine Zeit brauchen. „Bist du noch wach?"

„Mmmh", murmelte Gable.

„Gib mir noch ein paar Tage und ich bring dich nach Hause."

13

FLYNN HOLTE Gable aus dem Krankenhaus ab und fuhr ihn zurück zur Ranch. Gable war nervös. Er hatte verzweifelt darauf gewartet, sein Haus wiederzusehen, er wollte auf der Veranda sitzen, über die Weiden blicken und die frische saubere Luft einatmen, aber es würde nicht leicht werden. Er freute sich überhaupt nicht darauf, die Stufen zum Schlafzimmer hochzuklettern und er hasste den Gedanken an die vielen Stunden, in denen er darauf warten würde, dass Flynn mit seiner Arbeit auf der Ranch fertig wurde. Doch alles war besser, als in diesem kalten weißen Krankenhauszimmer zu liegen. Er war überrascht, den vielen Schnee zu sehen und musste sich klarmachen, dass er einige Wochen seines Lebens in diesem Krankenhauszimmer verloren hatte; Zeit, die nie wieder zurückkommen würde.

Gable wusste, dass er Flynn eine große Last aufbürdete, indem er ihn bat, ihn nach Hause zu holen, aber er hatte keine andere Wahl. Er war nicht der Typ, der lange in vier Wänden eingesperrt sein konnte, war es nie gewesen und würde es nie sein. Daher lag die einzige Chance, das alles zu überstehen, auf seiner Ranch. Er wünschte nur, es gäbe einen Weg, es ohne Flynn zu tun. Gable wusste, dass er Flynn im Moment brauchte, damit er sich um ihn kümmerte und all die Dinge erledigte, die er selbst nicht tun konnte. Er war dankbar für alles, was Flynn auf der Ranch getan hatte, aber er hatte auch das Gefühl, dass er den Jungen nicht fest binden sollte. Als er ihn angestellt hatte, hatte er gewusst, dass Flynn rastlos war und früher oder später weiter ziehen würde. Was gab es schon, um ihn zu halten?

Ungeachtet der Tatsache, dass ihn schon der Weg zum Auto ermüdet hatte, genoss Gable die Fahrt über die Landstraßen und den Blick auf die bekannten Bäume und Kurven entlang der Strecke. Er wusste, dass auch Flynn nervös war, weil er besonders langsam fuhr und nicht sprach. Andererseits gab es auch nicht viel zu sagen. Flynn hatte ihn über die Ranch auf dem Laufenden gehalten, während er im Krankenhaus war, daher war das Thema abgehandelt. Er konnte Flynn nicht auffordern zu gehen, denn er wusste, dass er nicht alleine klarkommen würde und er konnte ihn nicht bitten zu bleiben, denn er hatte dem Jungen nichts anzubieten.

„Wir müssen nur kurz bei Calley anhalten, um Lebensmittel mitzunehmen und danach fahren wir nach Hause", kündigte Flynn an.

Gable grummelte. Er war nicht bereit dafür, dass Calley und vielleicht auch Bill um ihn herumsprangen und er wollte wirklich so schnell wie möglich nach Hause.

„Sie hat schon alles für uns zusammengepackt" sagte Flynn. „Wir müssen es nur in den Wagen laden. Und natürlich möchte sie dich kurz sehen. Entweder so oder ich hätte sie bitten müssen, es vorbeizubringen und dann wäre sie sicherlich länger geblieben. Immerhin können wir jetzt gehen, wenn wir es wollen."

Gable schenkte Flynn ein halbes Lächeln. Er hatte recht. So sehr er Calley auch liebte, auf diese Art würden sie nur ein paar Minuten in der Auffahrt stehen und das wäre es dann. Er seufzte, als sie auf den kleinen Parkplatz vor Calleys Laden fuhren, der über und über mit Weihnachtslichtern dekoriert war, und Calley herausgelaufen kam, bevor der Truck angehalten hatte. Sie hatte sich noch nicht einmal damit aufgehalten, ihren dicken Wintermantel anzuziehen.

„Komm her und lass mich einen Blick auf dich werfen!", begrüßte Calley Gable, nachdem sie geduldig gewartet hatte, bis er sein Fenster heruntergelassen hatte. „Bist du in Ordnung? Flynn hat mich auf dem aktuellen Stand gehalten, aber mit dem Laden und deinem Bedürfnis nach Ruhe habe ich in den letzten Wochen nicht sehr viel von dir gesehen." Sie streichelte ihm liebevoll über die Wangen.

Gable nickte. „Es geht mir gut. Es wird gut sein, wieder zu Hause zu sein."

Calley warf Flynn einen besorgten Blick zu und sah dann wieder Gable an. „Lass zu, dass Flynn dir hilft, okay? Und Flynn? Wenn er dir Ärger macht, dann denk dran, dass ich Erfahrung mit ihm habe, wenn er krank ist." Flynn nickte Gable zu und ließ ihn los, um auszusteigen und die Kiste mit den Vorräten zu holen.

Gable war dankbar, als sie reingingen und ihn allein ließen. Er lehnte den Kopf zurück und schloss seine Augen bis er hörte, wie Flynn die Kiste auf die Ladefläche lud.

„Okay, wir sind dann wieder weg", kündigte Flynn an, als er den Truck startete. „Wie klingt Braten mit Kartoffeln und glasierten Mohrrüben?"

Gables Magen knurrte. „Klingt großartig", antwortete er leise.

„Gut", antwortete Flynn, legte seine Hand auf Gables Knie und drückte. „Ich habe es ernst gemeint, als ich sagte, dass ich dich wieder ein bisschen aufpäppeln muss."

Als Flynn ihn ansah, konnte Gable seinem Blick nicht standhalten. Er hatte zu viel Angst, Flynns Erwartungen in dessen großen braunen Augen zu sehen, daher sah er in den Fußraum des Trucks und dann aus dem Fenster, bis Flynn seine Hand wegnahm, um die scharfe Kurve zur Ranch einzuschlagen.

Obwohl das nervöse Gefühl noch größer wurde, als sie sich dem Haus näherten, sprang Gables Herz fast aus seiner Brust, als er sein Heim endlich wiedersah, erst vollständig mit Bridget, die aus ihrem Versteck kam, um sie zu begrüßen. Das war sein Heim, der eine Ort, wo er sich sicher fühlte und wo er er selbst sein konnte und niemand seinen Lebensstil in Frage stellte. In seinem Herzen erinnerte er sich daran, wie gut es sich anfühlte, das mit Flynn zu teilen, aber sein Verstand sagte ihm immer wieder, dass jetzt alles anders sein würde. Flynn blieb nur aus Pflichtgefühl. Gable wusste, dass Flynn ihn verlassen würde, sobald er wieder in der Lage wäre, allein klarzukommen und dann wäre er in dem großen Haus alleine. Der Gedanke verursachte einen scharfen Schmerz in seiner Brust, aber das war nun mal der Lauf der Zeit. Er war den größten Teil seines Lebens allein gewesen, daher wusste er, dass er klarkommen würde.

Flynn hielt den Wagen mit der Beifahrerseite so nah wie möglich an der Veranda an und stieg aus, während Gable noch versuchte, seinen Mut zusammenzunehmen. Bridget sprang an der Tür hoch und leckte voller Aufregung das Fenster, aber Flynn lockte sie ins Haus und versicherte ihr, dass sie etwas später ihre Zeit mit Gable bekommen würde.

„Okay, lass es uns versuchen", sagte Flynn, öffnete Gables Tür und stellte ihm die Krücken hin, deren Gebrauch Craig ihm beigebracht hatte. Gables Arme hatten noch nicht ihre volle Stärke zurückgewonnen und erschienen zu schmal für die massiv aussehenden, aber leichten Metallkrücken, die unter seine Achseln passten.

Gable schwang seine Beine aus dem Auto und nahm die Krücken entgegen, verlagerte langsam Gewicht auf sein Bein und versuchte, seine Balance zu finden, während Flynn um ihn herum lief. Gable sah, dass Flynn versucht hatte, die Auffahrt und die Stufen zur Veranda vom Schnee zu befreien, sodass er nicht ausrutschen würde und er musste zugeben, dass er dankbar dafür war.

„Ich komm schon klar", sagte er Flynn sehr deutlich. „Lass mich einfach einen Augenblick in Ruhe."

„Aber …", protestierte Flynn.

Gable schüttelte den Kopf. „Nimm mein Koffer mit rein, öffne die Tür, hol die Einkäufe rein. Tu, was du willst, aber komm mir nicht in den Weg", unterbrach er, mit Irritation in der Stimme. Er wusste, dass Flynn diese Tirade nicht verdiente, aber er bedrängte ihn und es würde schwer genug sein, ohne dass Flynn sah, wie er kämpfte. Daher ließ Gable sich auf den Sitz zurücksinken und wartete darauf, dass Flynn verschwand.

Sein Frust wurde größer, als Gable bewusst wurde, wie viel Kraft ihn jede einzelne Bewegung kostete. Alles, woran er denken konnte war, dass er sich hinlegen wollte, aber sein Bett war oben und er hatte Angst, dass er es nicht die vier Stufen zur Veranda hoch schaffen würde, geschweige denn bis ins Schlafzimmer. Die Couch würde für den Augenblick reichen müssen und er erinnerte sich an Craigs Worte: Mach einen Schritt nach dem anderen. Er hatte keine andere Wahl. Als er sich langsam die Verandatreppen hocharbeitete, sah Gable, dass Flynn sich an der Tür herumdrückte. Er gab vor, etwas zu tun zu haben, behielt ihn aber dabei immer im Auge. Es war gleichzeitig beruhigend und nervtötend, aber immerhin tat Flynn, worum Gable ihn gebeten hatte und ließ ihm etwas Raum.

Die Stufen waren schwierig, aber Gable schaffte es bis nach oben, ohne zu stürzen. Er musste allerdings anhalten, um zu Atem zu kommen und als er zur Tür sah, ertappte er Flynn dabei, wie er ihn beobachtete. Gable sah weg und versuchte sich abzulenken, indem er den Rücken durchdrückte und einen weiteren Schritt ging. Als er wieder zur Tür sah, war Flynn verschwunden, aber sobald Gable über die Schwelle trat, war Flynn wieder direkt neben ihm und schloss die Tür hinter ihm.

„Du musst erschöpft sein. Wir haben ein …" Flynn verstummte mitten im Satz als Gable schwankte, als er das Bett im Wohnzimmer sah. Es war ein spartanisch anmutendes Einzelbett, ordentlich hergerichtet mit unbekannten Bettbezügen und es stand direkt an der Wand unter dem Fenster, das auf die Weiden und den Stall hinausblickte. Bridget saß daneben, als hätte man ihr gesagt, dass es wie auf einem Norman Rockwell Gemälde aussehen sollte, aber ihr Schwanz verriet ihre Aufregung.

„Ich hatte Sorge, dass du in den ersten Tagen zu müde sein würdest, um hochzugehen und falls nicht, dann kannst du es tagsüber für ein Schläfchen benutzen oder einfach nur, um dich auszuruhen", sprudelte es aus Flynn heraus. „Es gehört Calley und sie leiht es uns, solange wir es brauchen. Solange du es brauchst", korrigierte sich Flynn.

Gable nickte. Er ärgerte sich, dass seine Behinderung ihm so um die Ohren gehauen wurde. Andererseits sah das Bett gerade sehr einladend aus, daher humpelte er dorthin und sank mit einem lauten Seufzen darauf nieder. Er sah auf, als Flynn ihm die Krücken abnahm, sie gegen die Wand lehnte und dann nach einigen Kissen griff, die er um Gable arrangierte.

„Flynn, bitte", bat er und griff nach Flynns Hand, um den Jungen davon abzuhalten, um ihn herumzuwuseln. „Es geht mir gut. Das Bett ist gut. Gibt mir einfach ein bisschen Zeit, mich zu erholen. Hast du da draußen nicht noch etwas zu tun?" Gable deutete auf den Stall.

„Das habe ich alles schon heute Morgen gemacht", antwortete Flynn, der unsicher herumstand und schließlich entschied, Gables Schuhe auszuziehen.

„Dafür musst du ja schon bei Morgengrauen aufgestanden sein!"

Flynn lächelte. „Tatsächlich war es noch dunkel."

Gable, der immer noch Flynns Handgelenk hielt, zog Flynn heran, sodass diesem nichts anderes übrig blieb, als sich neben ihm auf das Bett zu setzen. „Dann denke ich, dass du auch etwas Erholung gebrauchen könntest."

Flynn zögerte und schmiegte sich dann an ihn, sodass Gable keine andere Wahl hatte; als einen Arm um ihn zu legen. „Ich wollte, dass du dich hier wohlfühlst."

„Das tue ich", flüsterte Gable, sein Gesicht halb in Flynns Locken vergraben, die, wie Gable jetzt auffiel, inzwischen ziemlich lang waren, als wären sie monatelang nicht geschnitten worden. Er atmete Flynns Geruch ein und schloss die Augen, erfreute sich an ihrer Nähe ohne das Risiko, von einem Pfleger oder einem Doktor gestört zu werden, der den Krankenhauskorridor entlangging. Er war extrem müde und fühlte, wie er langsam in den Schlaf glitt.

„Ich fang besser mal mit dem Essen an, dann kannst du dich ausruhen", sagte Flynn und unterbrach damit Gables leichten Schlaf.

„Aber es ist schön, dich bei mir zu haben", versuchte Gable, doch Flynn hatte sich schon aus Gables Umarmung gelöst und stand vom Bett auf.

„Nur schön?", fragte Flynn neckend. Er ging in Richtung Küche und drehte sich dann noch mal um. „Du wirst eingeschlafen sein, bevor ich den Raum verlassen habe. Leg dich hin und ruh dich aus."

Gable konnte nur nicken, denn er wusste, dass Flynn recht hatte. Er hatte kaum seine Beine auf das Bett geschwungen, als Bridget auch schon ihren Kopf neben ihn legte. Er streichelte ihr weiches Fell und fühlte, wie seine Augenlider schwer wurden.

Als er wieder erwachte, bedeckte ihn eine Decke und sein Kopf lag auf einem Kissen. Er war steif und angespannt, aber nicht mehr als üblich nach einem Schläfchen und aus der Küche kamen sehr leckere Gerüche. „Flynn?"

„Bin gleich da", rief Flynn von weiter weg.

Gable ließ seinen Kopf auf das Kissen zurückfallen und lächelte. Er war zu Hause. „Ich bin zu Hause", flüsterte er sich selber zu und horchte, wie Flynn in der Küche herumkramte und stellte fest, dass er das Gefühl so sehr genoss, dass es ihn emotional machte. Er schüttelte den Kopf und streckte sich ein bisschen, bevor er sich im Bett aufsetzte und seine Beine über die Bettkante schwang. In dem Augenblick bemerkte er, dass er nicht an seine Krücken herankam, die Flynn passenderweise so weit vom Bett weggestellt hatte, dass sie ihm nichts nützten. Davon wollte er sich allerdings nicht aufhalten lassen. Sich am Bett festhaltend, zog er sich hoch und drehte sich herum, während er auf seinem guten Bein balancierte. Irgendwie fühlte sich das alles vertraut an; in der bekannten Umgebung erinnerte sich sein Körper daran, was beim letzten Mal zu tun gewesen war, als er sein schlimmes Bein nicht hatte benutzen können. Während er sich weiter am Bett festhielt, hüpfte er in Richtung der Krücken, aber er unterschätzte seine eigene Schwäche und fühlte, wie sein Knie nachgab. Es reichte aus, um ihn die Balance verlieren zu lassen und er schrie, als seine Hüfte auf dem harten Holzfußboden aufkam.

Innerhalb weniger Sekunden beugte sich Flynn über ihn. „Gable! Bist du okay? Kannst du dich bewegen? Ich sagte doch, es wäre nur noch eine Minute! Das Essen ist fast fertig und ich wollte es nicht anbrennen lassen. Ich dachte ..."

„Was dachtest du?", stieß Gable hervor. Seine Seite tat weh und er hatte kaum die Kraft, sich zu bewegen, geschweige denn sich vom Boden hochzuziehen, daher blieb er einfach unten. „Lass uns den Krüppel ein bisschen bemuttern? Damit er sich noch hilfloser fühlt, als er sowieso schon ist? Lass uns die Krücken auf die andere Seite des Raums stellen, damit er gar nicht versucht, auch nur einen Finger zu krümmen, wenn ich nicht da bin?"

Flynn beugte sich vor, um Gable aufzuhelfen, aber Gable schlug seine Hand beiseite. „Geh einfach!"

„Aber du brauchst Hilfe ..."

„Ja", stieß Gable hervor. „Vielen Dank dafür, dass du mir das ständig unter die Nase reibt. Fühlst du dich toll, wenn ich dich für alles brauche? Dass ich noch nicht mal zum Essen gehen kann, ohne dich um Hilfe zu bitten? Fühlst du dich jetzt wie ein wahrer Mann, weil du mich herumschubsen kannst?"

Gable fühlte, wie die ganze Wut aus ihm herausbrach. Flynn stand über ihn gebeugt und er konnte nicht aufstehen. Flynn hielt immer noch seine Hand ausgestreckt und Gable hätte einfach nur danach greifen müssen, damit ihm geholfen wurde, aber er würde lieber die nächsten Stunden auf dem Boden liegen, als wieder gezeigt zu bekommen, wie hilflos er war. „Hau endlich ab!", brüllte er Flynn an, wobei dieser stimmliche Ausbruch ihn seine letzte Stärke kostete und er danach komplett auf den Boden zurücksank.

Flynn zögerte. Er atmete schwer, trat einen Schritt zurück und richtete sich auf, dann drehte er sich um und ging hinaus.

14

FLYNN LIEF auf der Veranda auf und ab, da er sich nicht traute, weiter weg zu gehen. Er hatte Tränen in den Augen und Knoten im Magen, die zehn Mal schlimmer waren als die, die er heute Morgen gehabt hatte, als er Gable nach Hause geholt hatte. Er hatte gewusst, dass es nicht einfach werden würde, aber er hatte niemals erwartet, dass Gable ihn derart anschreien und von sich stoßen würde. Nicht so bald. Alles was er wollte, war Gable zu helfen und ihn glücklich zu machen, weil er wieder zu Hause war und ja, er hatte Hintergedanken, denn er hoffte, dass es Gable schnell besser gehen würde, damit sie den Rest ihres gemeinsamen Lebens beginnen konnten.

Allerdings hatte die Oberschwester der Station, auf der Gable gelegen hatte, Flynn vor diesem Verhalten gewarnt. Als wäre es nicht schlimm genug, dass Flynn sich extrem schuldig fühlte, weil er Anteil an der Entscheidung hatte, die Zustimmung für die Operation zu unterschreiben, war es nur eine Frage der Zeit, bevor Gable ihm das vorwerfen würde und vielleicht war diese Zeit nun gekommen. Hatte er erwartet, dass es einfacher werden würde? Hatte er die Mauern unterschätzt, die Gable in all den Jahren um sich herum errichtet hatte? Eine Mauer, die durch seine Verletzung nur noch stärker geworden war und durch das, was Grant ihm angetan hatte? Flynn wusste nicht, was er denken sollte. Sein Entschluss zu bleiben kam ins Wanken. Allerdings konnte er jetzt noch nicht gehen. Er würde sich niemals verzeihen, wenn er Gable in diesem Zustand sich selbst überließ.

Flynn verstand auch das Hin und Her nicht. In einem Moment war Gable liebevoll und hilfsbedürftig. Sie kuschelten miteinander und gingen zärtlich miteinander um, auch wenn es nie weiterging. Sie hatten sich seit der Nacht des Streits immer noch nicht richtig geküsst, so wie Liebhaber es taten - auf den Mund. Sie hatten die Art Küsse ausgetauscht, die ein Elternteil einem Kind gibt – auf die Wange, die Schläfe, das Haar – aber es war immer eher liebevoll als leidenschaftlich. Flynn vermisste die Küsse des Geliebten, aber er war geduldig und hoffte, dass sie sich eines Tages, wenn Gable sich wieder besser fühlte, auch wieder küssen würden. Momentan waren ihm die Zärtlichkeiten, die sie austauschten, genug.

Aber was er nicht verstehen konnte, war, wie Gable sich hinterher immer gegen ihn wendete. Im Krankenhaus hatte Gable häufig vorgegeben zu schlafen und sich damit von Flynn abgegrenzt, aber er hatte Flynn noch nie zuvor angeschrien.

Als er fühlte, dass er wieder etwas ruhiger war, setzte sich Flynn auf die oberste Stufe der Veranda, wo er immer gesessen hatte, bevor er und Gable intim miteinander geworden waren. Er sah hinter sich zu dem Stuhl und dem Fußbänkchen, wo Gable immer gesessen hatte, aber er war leer. Während der langen Tage, als Gable im Krankenhaus um sein Leben gekämpft hatte, war Flynn mitten in der Nacht nach Hause gekommen und hatte ein paar Minuten auf der Veranda gesessen und sich gesagt, dass er die richtige Entscheidung getroffen hatte. Immer, wenn er den leeren Stuhl sah, stiegen Tränen in ihm auf. Er konnte nicht noch einmal einen Geliebten verlieren. Das war seine Motivation gewesen und selbst jetzt noch verkrampfte sich Flynns Herz bei dem Gedanken, dass Gable sterben könnte, obwohl er inzwischen auf dem Weg zur kompletten Genesung war. Sich zu trennen war die eine Sache, aber er konnte den Gedanken nicht ertragen, dass Gable hätte sterben können.

Was Flynn wirklich tun wollte war, ins Haus zurückgehen, Gable vom Boden hochholen und ihm ganz genau sagen, wie sehr er ihn liebte. Doch wenn er eine Sache gelernt hatte, dann, dass Gable sich von der Liebe, die er ihm zeigte, erdrückt fühlte. Calley hatte ihm das deutlich gemacht; Gable wusste nicht, wie es war, so sehr geliebt zu werden und konnte damit nicht umgehen, daher würde Flynn weiterhin tun müssen, was er jetzt tat: Gable zeigen, dass er ihn liebte, statt es ihm zu sagen. Auf Abstand gehen, obwohl er Gable am liebsten 24 Stunden am Tag, sieben Tage die Woche umsorgen würde. Und der einzige Weg, der ihm dazu einfiel war, für ihn zu sorgen, für sein Haus und seine Ranch und für ihn zu kochen und zu putzen und sicherzustellen, dass er alles hatte, was er brauchte. Meine Güte, er klang wie eine gute kleine Hausfrau. War es das, was er war?

Flynn stand schnell auf, als er die Dielen knarren hörte und er sah Gable auf seinen Krücken in der Tür erscheinen. „Brauchst du irgendwas?", fragte Flynn. Erst als er sah, wie Gable die Augenbrauen hob, wischte er sich mit der Hand über das Gesicht und sah, dass sie anschließend ziemlich nass war. Flynn schniefte. „Tut mir leid. Habe zu viel nachgedacht."

„Das Essen wird kalt und das ist eine Schande", antwortete Gable. „Es roch wirklich gut, als du es gekocht hast."

Flynn nickte und ging an Gable vorbei in die Küche. Er war sicher, dass er einiges retten konnte, damit sie immer noch eine anständige Mahlzeit hätten.

Gable folgte ihm langsam, aber Flynn verkniff es sich, ihm zu helfen. Es war nicht einfach, aber er schaffte es, Gables Stuhl nicht zurückzuziehen oder Bridget nicht davon abzuhalten, vor ihm herumzuspringen und er sah ihn fast nicht an.

Während des Essens herrschte Schweigen, das erst von Gable unterbrochen wurde, als er sich zurücklehnte und seinen Teller von sich schob. „Das war ein großartiges Essen, Flynn. Ich kann mich nicht erinnern, dass Essen jemals so gut geschmeckt hat."

Flynn nickte, nahm das Kompliment schweigend entgegen und stand vom Tisch auf, um abzuwaschen. Bridget saß wieder mal sehr damenhaft neben ihm, in der Hoffnung, dass einige Essensreste den Weg zu ihr finden würden, aber dieses Mal gab Flynn ihr nichts. „Geh zu Gable", sagte er ihr, woraufhin sie widerstrebend abdrehte.

Flynn wusste nicht, was er tun sollte und er machte sich immer mehr Sorgen darüber, was die Nacht bringen würde. Er hasste diese Spannung, dieses Laufen wie auf Eierschalen, die ständige Ungewissheit, wann er Gable Zuneigung und Liebe gab, die er brauchte oder ihn damit einengte. Er musste mit ihm darüber sprechen und hoffte, dass Gable mitziehen würde.

Nachdem er den Tisch und die Arbeitsflächen abgewischt hatte, gesellte Flynn sich zu Gable ins Wohnzimmer, wo dieser in einem Polstersessel vor sich hin döste. Vielleicht war das keine gute Zeit, um wieder Staub aufzuwirbeln und Gable erneut wütend zu machen. Sie waren beide müde und sie hatten noch nicht entschieden, wo Gable schlafen würde, daher zog sich Flynn einen Stuhl heran und berührte Gables Hand.

„Zeit um ins Bett zu gehen, Liebling."

Gable öffnete langsam seine Augen und zu Flynns Erleichterung lächelte er ein bisschen. „Ich wollte dir Danke sagen, dass du mich nach Hause gebracht hast und die ganze Zeit für mich da warst … im Krankenhaus. Und dass du dich um die Ranch gekümmert hast."

Flynn zuckte mit den Schultern. „Das ist doch nichts. Es ist einfach das, was man tut, wenn …"

„Es ist das was *du* tust, ja", unterbrach ihn Gable. Er änderte die Position ihrer Hände und drückte Flynns. „Ich weiß, ich bin nicht sehr gut darin …"

Flynn schüttelte den Kopf, eher in einer beruhigenden als einer verneinenden Geste. „Lass uns die schwierigen Gespräche für morgen aufsparen, okay? Es war ein sehr anstrengender Tag."

Gable nickte. „Ich würde gerne oben schlafen. Es wird mich allerdings eine Weile kosten, dorthin zu kommen."

„Ich kann …" Flynn wollte sagen, dass er helfen konnte, aber Gable warf ihm einen warnenden Blick zu, daher schloss er den Mund und lächelte entschuldigend. „Dann gehe ich einfach schon hoch und sehe zu, dass dort alles bereit ist." Er wurde mit einem Lächeln von Gable belohnt.

Es war nicht einfach für Flynn, oben zu sitzen und darauf zu warten, dass Gable sich die enge Treppe hochquälte. Craig hatte Gable beigebracht, dass, solange seine Arme nicht stark genug für kurze Krücken waren, der einfachste Weg darin bestand, sich hinzusetzen und sich eine Stufe nach der anderen hochzustützen. Aber Flynn hatte den Eindruck, dass es ewig dauerte. Er hatte bereits zweimal einen kurzen Blick auf Gables Fortschritt geworfen, nachdem er sich gewaschen und seinen Pyjama angezogen hatte. Er hatte Gables Krücken mit nach oben genommen, sodass er sie dort ebenfalls benutzen konnte und Flynn sah sie an, wie sie zwischen dem Nachttisch und dem Bett standen als Gable, auf einem Fuß balancierend, in der Tür erschien.

„Die wären jetzt echt hilfreich, wenn es dir nichts ausmacht?"

Flynn sprang auf, um sie Gable zu bringen und trat dann zurück, um ihn vorbeizulassen. „Dein Pyjama ist schön warm. Ich hab ihn auf die Heizung gelegt, als ich hochkam."

Gable nickte nur und ein amüsiertes Lächeln spielte um seine Lippen. Flynn war dankbar dafür, dass er ihn nicht wieder anfuhr, denn als er so darüber nachdachte, wurde ihm klar, dass er doch sehr viel von einer Glucke hatte. Da er es nun mal einfach nicht lassen konnte, entschuldigte er sich und verließ das Zimmer, sobald Gable sicher auf dem Bettrand saß, um Gable Raum zu geben, damit er sich selbst ausziehen konnte.

Als er zurückkehrte, lag Gable schon unter den Decken.

„Ich dachte, du wärst ins Bett gegangen?"

Flynn nickte schweigend. „Ich denke, ich sollte hier schlafen, falls du während der Nacht irgendetwas brauchst."

Gable warf Flynn wieder einen warnenden Blick zu, sodass Flynn fortfuhr. „Gable, bitte! Ich kann in dem anderen Zimmer nicht schlafen, wenn ich mir die ganze Nacht Gedanken über dich mache. Was ist, wenn du stürzt und nicht wieder aufstehen kannst?"

„Dann ruf ich nach dir."

„Aber vielleicht höre ich dich nicht. Bitte lass mich das tun, mir zuliebe, okay? Ich verspreche, dass du alles tun kannst, was du möchtest."

Gable seufzte und stimmte dann zu, sodass Flynn mit in das große Bett krabbeln konnte.

„Ich bleibe auf meiner Seite und du auf deiner", scherzte Flynn und zog eine unsichtbare Linie zwischen ihnen, was wiederum ein Schmunzeln von Gable hervorrief. Flynn lag auf der Seite, als Gable das Licht ausschaltete. Er wusste, dass sie beide müde waren, aber er dachte, dass er nicht in der Lage wäre einzuschlafen, bis Gables Atmung sich so weit beruhigt hatte, dass Flynn annehmen konnte, er würde schlafen. Deshalb lagen sie beide noch einige Zeit wach. Dann fühlte Flynn, wie Gables Hand näher kam bis sie seine ergriff. Er drückte ebenfalls zu und zufrieden mit Gables Berührung schlief er ein.

Flynn erwachte einige Zeit später, als er Bewegung spürte. Er öffnete seine Augen und nach einigen Momenten der Orientierung hörte er, wie Gable aufstand, aus dem Raum hoppelte und dann wieder zurückkehrte. „Ist alles in Ordnung?", fragte er.

Gable nickte und antwortet dann. „Musste auf die Toilette. Konnte nicht schlafen."

Flynn wartete, bis Gable wieder unter der Decke lag und schob sich dann etwas dichter heran. „Ich könnte dich so festhalten, wie ich es im Krankenhaus getan habe. Falls du magst. Es hat dich immer einschlafen lassen, erinnerst du dich?"

Nach kurzem Zögern schob Gable sich näher heran und Flynn hielt ihn fest, bis er in seinen Armen schwer wurde. Sie beide wachten in dieser Nacht noch ein paar Mal auf und obwohl es nicht in jeder Hinsicht erholsam war, fand Flynn, dass ihre erste Nacht zu Hause ein Erfolg war.

Am nächsten Morgen kamen sie beide früh nach unten und nahmen ein recht schweigsames Frühstück ein, was sich nicht sehr von denen vor Gables Operation unterschied. Flynn ging danach raus, um sich um die Pferde zu kümmern, und obwohl er der Meinung war, dass es richtig war, Gable allein zu lassen, damit er selbst klarkommen musste, war seine Aufmerksamkeit nicht wirklich bei der Arbeit. Es gab zu viel, das zwischen ihnen ungesagt geblieben war und das machte Flynn nervös und unsicher. Die Tatsache, dass Gable ihn in der letzten Nacht nicht in seinem Bett hatte haben wollen, bereitete ihm immer noch Herzschmerzen. Ihm war klar, dass an Liebesspiele noch für einige Zeit nicht zu denken sein würde, zumindest bis Gable wieder ein bisschen mehr Kraft erlangt hatte. Die Tatsache jedoch, dass Gable nicht mal auf die Idee kam, dass Flynn sein Bett auch ohne Sex teilen wollte, machte Flynn Sorgen. Wo stand er damit? Was waren Gables Gefühle ihm gegenüber im Augenblick?

Während er zum Haupthaus zurückging, entschied Flynn, dass er versuchen würde, das Thema bei Gable anzusprechen, obwohl er keine Ahnung hatte, wo er anfangen sollte. Als er durch die Tür trat, stand Gable nah am Fenster und lächelte breit. „Es ist ein langer Morgen, wenn man hier alleine rumsitzt."

Flynn schloss die Tür. „Ich bin den ganzen Nachmittag für dich da, wenn du möchtest. Ich muss nur irgendwann das Abendessen vorbereiten, aber selbst das kann bis nach dem Mittagessen warten." Er dachte, dass Gable aussah, als wäre er in guter Stimmung. „Warum setzt du dich nicht hin und ich mache uns ein paar Sandwiches. Ich würde dich ja auf die Veranda locken, aber es ist noch ein bisschen zu kalt, um schon draußen zu essen." Er lächelte und erinnerte sich an die vielen Wochen, die sie diesen Sommer dort verbracht und schweigend ihr Mittagessen verzehrt hatten, bevor sie weitergearbeitet hatten.

Als er zurückkehrte, war Flynn nicht überrascht, dass er Gable wieder wecken musste. „Hey, Schlafmütze", sagte er und berührte Gables Hand.

Gable lächelte ihn an und schob Bridget auf die andere Seite, damit Flynn sich setzen konnte. Dann nahm er Flynn seinen Teller ab.

Flynn hoffte, dass Gables gute Laune es einfacher machen würde, das schwierige Gespräch zu beginnen. „Wir müssen reden, Gable."

„Okay", antwortete Gable und nahm einen großen Bissen von seinem Sandwich. „Das ist gut!"

Wie konnte er Gable erklären, was er empfand, ohne seine Gefühle zu verletzen? Er seufzte tief und holte dann noch tiefer Luft. „Ich will ehrlich zu dir sein, Gable."

Gables Lächeln verschwand und er blickte auf seinen Teller herunter. „Ich weiß, dass du gehen willst, und das ist okay."

Flynn wollte seinen Ohren nicht trauen. Wollte Gable vielleicht, dass er ging? Bevor Flynn eine Antwort formulieren konnte, stellte Gable seinen Teller beiseite und machte Anstalten, vom Sofa aufzustehen. „Sorry, ich muss auf die Toilette", sagte er als Entschuldigung. Flynn trat zurück und hielt die Krücken, sodass Gable sich darauf konzentrieren konnte, auf einem Bein seine Balance zu finden. Dann entriss Gable sie Flynn mit so viel Kraft, dass er fast vornüber gestürzt wäre. Er schaffte es, gerade so aufrecht stehen zu bleiben und machte sich schnell auf den Weg ins Hausinnere. Flynn hörte ihn fluchen und Dinge umwerfen, aber er ging nicht näher heran bis er sah, wie eine Krücke in den Flur geworfen wurde.

„Gable?"

Keine Antwort, nur ein lautes Krachen, das so klang, als wäre eine Tür zugeworfen worden. Bridget brachte sich unter dem Gästebett in Sicherheit.

Flynn ging vorsichtig auf das Badezimmer zu, das tatsächlich nur ein langer enger Schlauch mit einer Toilette am hinteren Ende und einem Waschbecken in der Nähe der Tür war und sah, dass die Tür immer noch etwas offen stand. Er drückte sie langsam etwas weiter auf.

„HAU AB! VERSCHWINDE VON HIER!"

Flynn war überrascht über die Lautstärke und den Kommandoton in Gables üblicherweise sehr ruhiger und zurückhaltender Stimme.

„Gable, ich möchte nicht gehen. Ich bin für dich da." Flynn versuchte, seine Stimme ruhig zu halten, war dabei aber nur teilweise erfolgreich.

Plötzlich wurde Flynn die Tür aus der Hand gerissen und Gable erschien, lehnte sich auf die eine Krücke und hielt sich für die Balance an der Tür fest. Seine Augen blickten wild, er hatte ein rotes Gesicht und atmete schwer. „Warum verschwindest du nicht gleich? Ich bin mir sicher, du kannst für eine Nacht bei Calley bleiben. Es war nie ein Problem für dich, irgendwo eine Unterkunft für die Nacht zu finden, nicht wahr?"

„Gable, ich …"

„Du was?", stieß Gable hervor und musste dann innehalten, um zu Atem zu kommen. „Fühlst du dich schon schuldig? Ich war schon mit meinem kaputten Fuß nicht gut genug für dich, nicht wahr? Nun, jetzt ist es noch schlimmer. Du und Calley, ihr habt euren Willen bekommen und jetzt habt ihr mich da, wo ihr mich haben wolltet. Aber ich werde mich von euch nicht einspannen lassen. Es ist schon schlimm genug, dass sie jeden Mann um den Finger wickeln kann. Ich hätte nicht gedacht, dass sie dich dazu bringen könnte, ihr zu helfen."

Flynn konnte Gables Gedankengang nicht wirklich folgen; tatsächlich hatte er den Eindruck, dass seine Worte überhaupt keinen Sinn mehr ergaben. „Gable, bitte beruhige dich doch."

„Verschwinde einfach", verlangte Gable. „Sei ein guter Junge, geh hoch und hol den ranzigen Rucksack, mit dem du gekommen bist, und schließ die Tür hinter dir, wenn du gehst. Du kannst den alten Truck nehmen, da ich ihn wohl in absehbarer Zeit sowieso nicht fahren werde." Er versuchte, die Tür zu schließen, aber dafür hätte er zurücktreten müssen und das gelang ihm nicht wirklich. „Verdammte Scheiße!" In seinem Frust schlug Gable seine Faust in die Wand, an der allerdings ein Spiegel hing. Die Scheibe fiel auf den Boden und zerbarst in eine Million Teile.

Flynn wollte hineingehen, um Gable aus den Scherben rauszuhelfen, doch Gable schloss die Tür mit einem lauten Knall und sperrte Flynn damit aus.

„Gable, du wirst dir wehtun."

„*Hau ab*. Ich will dich nie wieder sehen."Gables Worte verletzten Flynn. Selbst wenn er gewollt hätte, er konnte nicht gehen, er konnte es einfach nicht. „Gable ..."

„*Hau ab!*"

Flynn sank zu Boden und wagte es nicht, Gables Namen zu wiederholen. Er wusste, dass Gable sich beruhigen musste, und dass er früher oder später zur Besinnung kommen würde. Er konnte nur hoffen, dass Gable sich nicht vorher verletzen würde.

15

FLYNN WUSSTE nicht, wie lange er dort auf dem Boden vor dem Badezimmer saß, während er auf Geräusche von innen lauschte. Er hörte Gable fluchen und gegen Dinge stoßen und mit sich selbst reden und dann wieder fluchen. Dann hörten die Geräusche auf, was ihm noch mehr Angst machte.

Schließlich klopfte er an die Tür.

Als Gable nicht antwortete, öffnete Flynn sie langsam und sah hinein. Es war schummrig, der Raum wurde nur von dem Licht erleuchtet, das aus dem Flur kam, und er sah Gable, der vom anderen Ende des Raumes zu ihm aufsah. Das zerbrochene Glas knirschte unter Flynns Schuhen und er war dankbar dafür, dass er dieses eine Mal nicht durch den Vorraum ins Haus gekommen war, wo er seine Stiefel ausgezogen hätte.

„Darf ich reinkommen?"

Gable sah benommen und verwirrt aus und antwortete nicht.

Als Flynn näher kam, sah er das Blut an Gables Hand, doch als er versuchte, das Licht einzuschalten, bemerkte er, dass die Glühbirne ebenfalls zerbrochen war. Flynn befeuchtete schnell einen Waschlappen und ging langsam auf Gable zu. Als Gable nicht reagierte, setzte er sich neben ihn, hielt jedoch einen minimalen Abstand, sodass ihre Körper sich nicht berührten.

„Kann ich deine Hand sauber machen?", fragte Flynn behutsam. „Darf ich schauen, ob sie okay ist?"

Gable nickte nicht, aber er streckte seine verletzte Hand aus und ließ zu, dass Flynn vorsichtig das getrocknete Blut abwischte. Von ein paar oberflächlichen Schnitten abgesehen, sah es in Flynns Augen nicht allzu schlimm aus und er hielt Gables Hand fest. Gables Position war ziemlich unbequem. Sein schlimmes Bein war unter ihm gefaltet und mit der Seite lehnte er an der Wand. Flynn wollte versuchen, ihn vom Boden hoch und ins Wohnzimmer zu bekommen, wo es auch wärmer wäre.

„Fühlst du dich jetzt ein bisschen besser?"

„Warum bist du noch hier?", fragte Gable. Obwohl die Frage schroff klang, schwang in Gables Stimme keine Schuldzuweisung mehr mit. Er klang eher, als erwarte er lediglich die Antwort auf eine weniger bedeutsame Frage.

„Weil ich dich nicht verlassen kann. Nicht als du krank warst und ganz sicher nicht jetzt", antwortete Flynn ehrlich. „Ich will, dass wir zusammen sind, Gable, und ich denke, du weißt, dass es klappen könnte. Tief in dir drinnen weißt du es." Flynn war nicht ganz so überzeugt wie er klang, aber er wollte sicherstellen, dass Gable verstand, dass er sich darüber schon vor langer Zeit klar geworden war.

„Du hättest mich sterben lassen sollen."

Flynn schloss für einen kurzen Moment die Augen und versuchte, sich nicht von den Emotionen überwältigen zu lassen, die Gables flach ausgesprochene Worte in ihm weckten. „Das hätte ich nicht tun können." Er rieb seinen Daumen über den fleischigen Teil von Gables Handfläche. „Ich hätte nicht mehr mit mir selbst leben können."

„Nun, ich kann hiermit nicht leben."

Obwohl Gable die Worte nicht wirklich ausgesprochen hatte, wusste Flynn, dass er zum ersten Mal die Amputation anerkannt hatte. „Ich weiß, dass es jetzt noch schwer ist, aber es wird besser werden. Sobald du wieder stärker bist und gelernt hast, mit der Prothese zu laufen, gibt es keinen Grund, warum du nicht wieder reiten solltest und auf der Ranch arbeiten und mit dem Truck in die Stadt fahren, um Lebensmittel zu besorgen und all diese Dinge. Es wird harte Arbeit sein, aber davor hattest du doch noch nie Angst, Gabe. Sieh es als Herausforderung. Etwas, das du überwinden musst, nachdem du schon so viel überwunden hast. Es ist einfach nur eine weitere Hürde."

Gables Gesicht war immer noch leer, aber immerhin sprachen sie miteinander. Flynn legte leicht seine Hand auf Gables Schenkel und wurde nicht weggestoßen, was ihn weiter beruhigte. „Lass uns von diesem kalten Boden aufstehen und ins Wohnzimmer gehen, damit ich dieses Chaos hier aufräumen kann, okay?"

Es bedurfte einigen Ziehens und Schiebens, aber schließlich hatte Flynn Gable zum Gästebett im Wohnzimmer gebracht, indem er Gable auf der einen Krücke balancieren ließ und sich den zweiten Arm über seine Schulter legte. Bridget kam aus ihrem Versteck hervor und gesellte sich neben dem Bett zu ihnen.

„Und was denkst du, mein Mädchen?", fragte Flynn Bridget. Ihre Ohren stellten sich sofort auf. „Bleibst Du bei Gable, während ich das Badezimmer aufräume?"

Es dauerte nicht lange bis Flynn zurückkam. Zu seiner Überraschung war Gable immer noch wach, daher setzte er sich neben ihn.

„Weißt du, du bist für mich lebend einfach viel wertvoller als tot. Kann ich dir eine Geschichte erzählen?"

Gable nickte nur kurz.

„Ich hatte erzählt, dass ich ziemlich jung von zu Hause weg bin, richtig? Ich habe alle möglichen Jobs auf anderen Ranches angenommen, aber mein Dad fand Mittel und Wege, meinen Arbeitgebern zu sagen, dass sie mich nicht anstellen sollten, daher musste ich immer weiter weg gehen und endete schließlich in der Stadt. Ich fand einen Job als Koch in einem Imbiss und es war schön, auf eigenen Füßen zu stehen, weg von meiner Familie. Dort traf ich Lee. Er war Chinese, aus einer sehr konservativen chinesischen Familie ..."

„Wolken und Regen", unterbrach ihn Gable.

Flynn nickte. „Ja, Lee erzählte mir von Wolken und Regen."

„Und er zeigte sie dir auch?"

„Ja, er hat sie mir auch gezeigt", gestand Flynn mit einem Lächeln. „Seine Eltern wollten, dass er ein nettes chinesisches Mädchen heiratet, aber das machte uns nichts aus. Wir waren glücklich zusammen und das war alles, was zählte. Das dachten wir zumindest."

Flynn sank neben Gable auf das Bett und versuchte, eine Position zu finden, die bequem war, ohne Gable zu sehr zu bedrängen. Das war auf einem Einzelbett gar nicht so einfach.

„Was ist passiert? Haben seine Eltern es rausgefunden?"

„Oh, sie wussten es. Lee hatte ihnen erzählt, dass ich mit ihm zusammenlebte."

„Das ist nicht ganz das Gleiche, oder?"

Flynn drehte sich ein bisschen, sodass er Gables Gesichtsausdruck sehen konnte. „Nein, ist es nicht. Sie verkuppelten ihn trotzdem immer wieder mit netten chinesischen Mädchen."

Gable legte seine Hand auf Flynns Hüfte und zog ihn näher heran, sodass Flynn sich in Gables warmer Umarmung vergrub. „Er wurde krank. Leukämie. Es ging alles sehr schnell und wir hatten nicht viel Zeit zu reden. Er wusste, dass er eine aufwändige

Chemotherapie brauchen würde und dass er für eine Weile im Krankenhaus bleiben müsste und in dem Augenblick übernahm seine Mutter. Sie ließ nicht zu, dass ich ihn besuchte und ich ließ es geschehen. Ich dachte, wir hätten Zeit. Dass er nach Hause kommen würde, wenn es ihm besser ginge und dass wir dann wieder zusammen sein würden, aber er wurde immer kränker." Flynn sah zu Gable auf. „Ich erfuhr erst, dass er gestorben war, als sein Vater mich aus der Wohnung warf."

Gable zog ihn in eine enge Umarmung und wiegte ihn hin und her.

„Du siehst also, ich musste bei dir bleiben, Gable. Ich konnte das nicht noch mal durchstehen. Ich musste um dich kämpfen, weil ich nicht um Lee gekämpft hatte."

Gable liebkoste ihn und als Flynn aufsah, spürte er, wie Gables Lippen sanft die seinen berührten. Flynn wollte das so sehr, wollte wieder von Gable geliebt werden. Er küsste ihn zurück, zuerst sanft und vorsichtig, aber sehr bald wurde ihr Kuss leidenschaftlicher und Flynns Hände streiften überall über Gable, bis sich Gable plötzlich zurückzog.

„Ich kann nicht, es tut mir leid."

Flynn streichelte Gables Gesicht. „Schon in Ordnung, ich verstehe, wenn das alles ein bisschen zu schnell geht. Du musst immer noch zu Kräften kommen." Gable rollte sich auf den Rücken, so gut es auf dem schmalen Bett ging und bedeckte seine Augen mit der Hand. Flynn versuchte, geduldig zu sein, aber Gables Schweigen verunsicherte ihn und er hatte Angst, dass Gable sich wieder in sein Schneckenhaus zurückziehen würde.

„Es ist mehr als nur die Kraft", sagte Gable schließlich.

„Du willst nichts mehr mit mir zu tun haben?", fragte Flynn und räusperte sich, als er merkte, wie zittrig seine Stimme klang.

Gable holte tief Luft. „Ich will nichts mehr, als mit dir schlafen, Flynn. Ich träume in der Nacht sogar davon, aber … Ich vermute, es ist für den, der unten liegt, nicht so wichtig …", Gable zuckte mit den Schultern.

Es war eine Erleichterung, dass Gable ihn immer noch wollte, aber Gables Zögern, ihm zu sagen, wo das Problem lag, verunsicherte Flynn. Andererseits war Reden über die wirklich wichtigen Dinge noch nie Gables Stärke gewesen.

Aber dann dämmerte es Flynn und er verstand auch, warum es ein schwieriges Thema war. „Du meinst, du kannst nicht …?" Er gestikulierte vage in Richtung von Gables Unterleib.

„Ich kann nicht", antwortete Gable ruhig. „Funktioniert nicht mehr."

„Gabe…" Flynn wusste nicht, wie er reagieren sollte. Gable sah traurig aus, aber nicht am Boden zerstört, was der Zustand wäre, in dem Flynn sich befinden würde, wenn es ihn beträfe. „Ich weiß nicht, was ich sagen soll."

Gable zuckte mit den Schultern, aber Flynn konnte sehen, wie sehr er versuchte zu verstecken, wie es ihn schmerzte.

„Es macht mir nichts aus, Gable."

„Aber es macht mir etwas aus, Flynn", erwiderte Gable leise. „Wenn ich dich nicht so dringend bräuchte, würde ich dich rausschmeißen."

„Wenn ich mich recht entsinne, hast du das getan und ich habe abgelehnt", antwortete Flynn, ohne nachzudenken. Natürlich war es die Wahrheit, aber als er sich selbst die Worte aussprechen hörte, dachte er, dass es vielleicht keine so gute Idee war, Gable an seinen Zusammenbruch zu erinnern. „Lass es mich anders formulieren." Er versuchte, Gables Kopf zu heben, um ihn anzusehen, aber Gable verweigerte sich. „Es machte mir nichts aus. Weil ich es hasse zu sehen, dass du unglücklich bist und ja, ich kann mir nicht vorstellen, den Rest meines Lebens ohne Sex zu verbringen, aber dazu gehört noch mehr, Gable. Du warst wirklich sehr krank. Dein Körper braucht Zeit, um zu heilen und Sex hat im Augenblick wirklich keine hohe Priorität."

Gable zuckte wieder mit den Schultern und Flynn schreckte zurück, als er ihn so niedergeschlagen sah.

„Wir sollten uns darauf konzentrieren, dass es dir besser geht. Kämpfe darum, fit zu werden und zu laufen und dann können wir wieder reiten gehen und du weißt, dass du dich dann besser fühlen wirst."

Gable nickte und Flynn zog ihn wieder näher an sich.

„Ich werde für dich da sein. Das solltest du inzwischen wissen", flüsterte Flynn und küsste Gables Schläfe.

„Aber was ist, wenn es niemals …"

„Damit gehen wir um, wenn es soweit ist", antwortete Flynn entschieden. Er musste sich eingestehen, dass der Gedanke ihm auch Angst machte und er war sich nicht ganz sicher, ob er mit einem Mann zusammenleben konnte, ohne die Intimitäten einer Beziehung zu teilen. „Wenn es eine Sache gibt, die das Leben mir beigebracht hat, dann die, dass wir nicht in die Zukunft sehen können und nie wissen, was geschehen wird. Lass uns einfach im Hier und Jetzt leben, okay?

Gable stimmte zu, aber Flynn sah, dass es nicht mit ganzem Herzen geschah.

Aber immerhin stieß Gable ihn nicht wieder weg.

„Aber ich will dich nicht zurückhalten."

Flynn warf Gable einen teilnahmsvollen Blick zu. „Ich bin ein erwachsener Mann. Ich kann gehen, wenn ich das will."

Flynn wusste, dass Gable erschöpft war, daher lagen sie eine Weile zusammen bis Gable einschlief. Es bedurfte einiger vorsichtiger Manöver, aber schließlich gelang es Flynn, vom Bett aufzustehen, ohne Gable zu wecken, und nachdem er ihm eine Decke übergeworfen hatte, um ihn warm zu halten, bereitete Flynn alles für das Abendessen vor, bevor er zu den Ställen zurückkehrte.

Er mistete TCs Stall aus, wie er es am Morgen auch mit Brenners getan hatte, und sattelte anschließend das gescheckte Pferd für einen Austritt entlang der Grenzen, um die Zäune zu prüfen. Diese Arbeite hatte er in den letzten Wochen zu sehr vernachlässigt. Nach drei Vierteln des Weges entdeckte Flynn einen Teil des Zauns, der aussah, als wäre er erst kürzlich repariert worden. Er versuchte, sich zu erinnern, ob das etwas gewesen war, dass Gable noch getan hatte, bevor er krank wurde und zuckte mit den Schultern. Das Einzige, was er wusste war, dass er es nicht getan hatte, aber es sah ziemlich stabil aus, und das war alles, was zählte. Fast am Ende des Austritts lenkte er TC zu dem Unterstand, wo die Pferde sich während eines Sturms in Sicherheit brachten und auch dort sah er, dass ein Loch an der Seite mit einem nicht passenden Brett und ein paar Nägeln gestopft worden war. Es sah nicht nach viel aus, aber es machte die Wand eindeutig stabiler und weniger durchlässig für den Wind, daher erfüllte es seinen Zweck. Die letzte Sache, die ihm auffiel, war ein glänzendes neues Schnappschloss an einem Tor zwischen Gables und Hunters Ranch. Auf dem Rückweg überlegte Flynn, ob er sein Pferd gegen den Truck austauschen sollte, um einen kurzen Ausflug zum Laden zu machen und Calley zu fragen, ob sie Bill geschickt hatte, um auszuhelfen. Schlussendlich entschied er, dass sie es vermutlich abstreiten würde, selbst wenn es wahr wäre, daher ging er auf geradem Weg zum Haus zurück.

Zu Flynns Überraschung war Gable wach, aber er lag immer noch auf dem Gästebett und starrte ins Nichts. Flynn zog seine Stiefel aus und ließ sie im Vorraum stehen, bevor er sich neben Gable setzte.

„Hast du gut geschlafen?" Gable nickte abwesend.

„Ich gehe und mache das Abendessen." Flynn tätschelte Gables Schenkel und stand vom Bett auf.

„Ich habe keinen Hunger."

Flynn drehte sich um und setzte sich wieder hin. „Du hast schon kein Mittag gegessen und heute Nachmittag eine ganze Menge Energie verbraucht. Ich mache Spaghetti, so wie du sie magst, mit viel Fleisch und frischen Tomaten aus Calleys Laden."

Gable nickte, aber Flynn hatte den Eindruck, dass er nur zustimmte, damit Flynn ihn in Ruhe ließ. Es gab allerdings nicht viel, dass er dagegen tun konnte. Er gab sich selbst einen kleinen Tritt in den mentalen Hintern und ging in die Küche, um die Spaghetti zu machen. Das war scheinbar alles, was er tun konnte; weiterhin positiv in die Zukunft schauen und darauf hoffen, dass alles bald in Ordnung käme. Allerdings hatte er das Geschrei nicht vergessen und auch nicht die Überzeugung in Gables Stimme, als dieser ihm gesagt hatte, dass er ihn nie wieder sehen wollte. Vielleicht bildete er sich nur ein, dass Gable ihn liebte und vielleicht war es gar nicht so. Was wäre, wenn er einfach nur eine nette Affäre gewesen war?

Flynn fluchte, als er sich schnitt und fühlte, wie die Säure der Tomate in die Wunde lief. Als er seine verletzte Hand unter das fließende Wasser hielt beschloss er, im Augenblick keine weitreichenden Entscheidung zu treffen. Er arbeitete gerne auf der Ranch und auch die Arbeit im Haus machte ihm nichts aus. Sich um Gable zu kümmern, gab ihm das Gefühl, gebraucht zu werden und für den Augenblick musste das eben genügen. Gable erschien ihm deutlich ruhiger und wenn das bedeutete, dass er Flynn nicht mehr anschreien würde, war das schon mal eine gute Sache. Vielleicht würde die Liebe, die er für Gable empfand, irgendwann in der Zukunft wieder zurückkehren und wenn nicht, dann würde er noch genug Zeit haben, Gable zu verlassen, wenn es ihm besser ging. Immerhin würde die Zeit bis dahin einige der emotionalen Wunden geheilt haben.

Als die Soße vor sich hin köchelte, ging Flynn in den Lagerraum im hinteren Teil des Hauses und holte einen Betttisch hervor, von dem Calley ihm erzählt hatte. Er musste gründlich gereinigt werden, würde sich aber als nützlich erweisen.

Als Flynn mit den beiden Tellern und dem Betttisch im Wohnzimmer erschien, lag Gable auf seiner Seite im Gästebett. Er war wach, aber so tief in Gedanken, dass er Flynn nicht bemerkte.

„Ich weiß, dass du gesagt hast, dass du kein Hunger hast, aber ich hätte gerne Gesellschaft während ich esse, okay?"

Gable setzte sich im Bett auf. „Okay."

Flynn war etwas überrascht, als Gable sich nicht gegen den Betttisch aussprach oder dagegen, dass Flynn einen Teller mit Essen vor ihn hinstellte. Flynn versuchte, guten Mutes zu bleiben, lehnte sich mit dem Rücken an die Wand neben Gable und aß von seinem Schoß. Es entging ihm nicht, dass Gable im Essen nur herumstocherte und sehr wenig aß, aber er wollte ihn nicht zu sehr triezen, nachdem sie gerade erst einen Waffenstillstand erreicht hatten. Als Flynn sich noch einen Nachschlag holte, ertappte er Gable dabei, dass er nach ihm Ausschau hielt, als er aus der Küche zurückkam und das machte ihn glücklich. Er würde sich eine Weile an diesen kleinen Dingen erfreuen müssen.

Die nächsten Tage vergingen ziemlich ähnlich. Flynn ließ Gable jeden Morgen und Teile des Nachmittages allein, um auf der Ranch zu arbeiten und jedes Mal, wenn er zurückkam, fand er Gable wieder mit starrem Blick auf die Wand vor. Es beunruhigte ihn, Gable so traurig zu sehen, aber er wusste, dass Gable Zeit brauchte, um sich anzupassen.

Gable konnte sich im Haus schon recht gut bewegen und kam abends auch besser die Treppen nach oben.

An einem Nachmittag, nachdem Calley ihre Wochenration an Lebensmitteln dagelassen hatte, setzte sich Flynn zu Gable. „Ich weiß, dass du mich für eine Glucke hältst, aber ich würde dir gern dabei helfen, eine Dusche zu nehmen, wenn du magst."

„Willst du mir damit sagen, dass ich stinke?", fragte Gable, wobei seine Augen das erste Mal seit Wochen eher verschmitzt als traurig dreinschauten.

„Nein", antwortete Flynn. „Ich will damit sagen, dass es sich gut anfühlen würde, unter der Dusche zu stehen, aber ich weiß, dass es dich wahrscheinlich sehr anstrengen wird, daher wollte ich dir eine helfende Hand anbieten ..."

„Ich krieg das schon hin", antwortete Gable. Auf seinem Gesicht lag immer noch ein leichtes Lächeln und Flynn drückte Gables Schenkel, bevor er mit einem deutlich breiteren Grinsen in seinem eigenen Gesicht in die Küche ging.

Kurze Zeit später hörte Flynn, wie die Bank draußen über den Asphalt gezogen wurde und dann Wasser, das auf den Boden klatschte. Er holte schnell ein frisches Badelaken aus dem Flurschrank und legte es in den Ofen, um es anzuwärmen. Als die Dusche abgedreht wurde, brauchte er nur wenige Momente, um das warme Handtuch nach draußen zu tragen.

Als Flynn Gable sah, saß dieser auf der Bank und sah aus wie ein begossener Pudel. Er bedeckte sich schnell mit dem Handtuch, das er selbst mit rausgenommen hatte, und stellte sicher, dass besonders sein verletztes Bein bedeckt war. Flynn warf das warme Handtuch über Gables Schultern und rubbelte ihn trocken. „Ich dachte, das könnte dir gefallen."

„Sehr angenehm. Danke", antwortete Gable leise und klang, als wäre er bei etwas ertappt worden, dass er nicht tun sollte.

Flynn zitterte in der kühlen Abendluft und konnte nur erahnen, wie kalt Gable war. „Ich hätte wohl eher nicht die Außendusche empfohlen ..."

„Ja, ich weiß. Mir war nicht klar, wie kalt es ist, bis ich meine Sachen ausgezogen hatte." Gable schmunzelte, als er Flynn kurz an und dann wieder wegsah.

„Kommst du allein wieder rein? Vielleicht solltest du sogar reinkommen, um dich abzutrocknen und anzuziehen. Es ist wirklich eiskalt draußen!"

Gable nickte und widerstrebend ließ Flynn ihn draußen alleine. Ein paar Minuten später hörte Flynn das inzwischen bekannte Tick-Tock-Schritt-Geräusch von Gables Krücken und wartete, so lange er konnte in der Küche, bevor er ins Wohnzimmer zurückging. Bis dahin war Gable bereits halb angezogen und obwohl er es unauffällig tat, konnte Flynn nicht umhin zu bemerken, wie er das Bein seiner Hose über den Stumpf zog, als er Flynn sah.

„Weißt du, es macht mir nichts aus, es zu sehen. Dein Bein", ergänzte Flynn, als er sich neben Gable auf das Bett setzte.

„Naja, mir schon", erwiderte Gable kurz.

„Ich denke, ich hatte einfach mehr Zeit, mich daran zu gewöhnen." Flynn zuckte mit den Schultern und versuchte, die Situation herunterzuspielen. „Ich habe es direkt nach der Operation gesehen und während es heilte ..."

Gable schob sich auf dem Bett etwas weiter nach oben, weg von Flynn, aber Flynn legte seine Hand auf den Stumpf, der nun mit Stoff bedeckt war. Er sah Gable ganz bewusst nicht an, denn er wusste, dass er irgendetwas zwischen Überraschung und Widerwillen sehen würde. Doch als Gable nicht zurückzog, schob Flynn seine Hand in das Hosenbein und sah Gable ins Gesicht. Den Stumpf zu fühlen war seltsam, aber er hoffte, dass er alle Gefühle aus seinem Gesicht heraushalten konnte.

„Es ist ein Teil von dir, Gable."

Gables Augen füllten sich mit Tränen und er sah beiseite. „Nun, ich kann mit diesem Teil von mir gerade nicht umgehen."

„Willst du denn nicht wieder laufen? Endlich in der Lage sein, diese sperrigen Krücken hinter dir zu lassen?"

Gable antwortete nicht.

„Wir müssen Craig bald Bescheid sagen, denn je länger du wartest, desto schwerer wird es."

Gable nickte und Flynn wusste, dass er mit seinen Gefühlen haderte.

„Du musst das nicht alleine durchstehen, Gable. Ich bin für dich da." Flynn ließ Gables Bein los und schob sich auf dem Bett nach oben, sodass er seine Arme um Gable legen konnte. Obwohl es ihn zu jeder anderen Zeit erdrückt hätte, genoss Flynn das Gefühl, als Gable sich nun an ihn klammerte.

16

AM NÄCHSTEN Morgen gab Gable vor, noch zu schlafen. Wie üblich stand Flynn früh auf, um mit der Arbeit zu beginnen und sehr häufig in diesen Tagen leistete ihm Gable beim Frühstück Gesellschaft, aber heute war Gable nicht bereit für die Begegnung.

Es war ein emotionaler Abend gewesen und eigentlich wollte er nicht über das nachdenken, was passiert war, aber er konnte es auch nicht aus seinem Kopf verbannen. Flynns Enthüllung, dass er einen Fehler seiner Jugend wiedergutmachte, indem er sich jetzt um ihn kümmerte, war keine einfache Neuigkeit gewesen, aber Gable musste zugeben, dass Flynns Pflege so ziemlich der einzige Grund gewesen war, der ihn davon abgehalten hatte, sich selbst umzubringen.

Flynn war bei ihm geblieben, hielt ihn eng an seiner Brust und Gable hatte sich langsam soweit beruhigt, dass sie reden konnten. Es war eindeutig, dass sie die wirklich wichtigen Themen vermieden hatten. Sie sprachen über die Ranch und darüber, wie alles lief, und dass Flynn nun, nachdem der Winter beinahe vorbei war, noch mehr würde arbeiten müssen, um die Ranch am Laufen zu halten. Später, nachdem Flynn ihm die Treppen hochgeholfen hatte und sie ins Bett gegangen waren hatte Flynn ihn erneut an sich gezogen, dieses Mal mit dem Ziel, ihn zu überreden, Craig anzurufen. Aber Gable war noch nicht bereit dazu. Er hatte Flynn recht gegeben, nur damit dieser ihn in Ruhe ließ, aber sein Bein tat immer noch zu weh, um wieder gehen zu lernen. Es war für ihn in Ordnung, mit den Krücken unterwegs zu sein; er hatte es nach dem ersten Unfall wochenlang getan und nachdem er nun spürte, wie die Kraft in seine Muskeln zurückkehrte, wurde es noch einfacher.

Aber die Morgenstunden waren lang und am Fenster zu sitzen und zu versuchen, immer mal einen Blick auf Flynn zu erhaschen und auf das, was er in der Nähe des Stalls und der unteren Weide tat, hielt ihn nur für eine gewisse Zeit beschäftigt. Er wusste, dass er mit seinen Krücken in der Scheune nutzlos wäre, aber er hatte Sehnsucht danach, Brenner und TC wiederzusehen und Stallduft zu schnuppern. Der Schnee war geschmolzen und er schätzte, dass er es bis in den Stall schaffen würde. Dort könnte er eine Weile ausruhen, bevor er wieder zurücklaufen würde. Es war immer noch ziemlich kalt draußen, daher zog Gable seine dicke Regenjacke an und machte sich auf den Weg zur Scheune. Trotz seines anfänglichen Muts, musste er auf halbem Wege anhalten, um zu Atem zu kommen. Er wollte jedoch nicht aufgeben, vor allem nicht, als es begann zu regnen. Gable schaute in den dunklen Himmel und sah, dass er von Blitzen zerrissen wurde, daher holte er tief Luft und beschleunigte seine humpelnden Schritte in Richtung des warmen und trockenen Stalls.

Gable bereute es nicht, hierhergekommen zu sein. Der Geruch der Pferde, das Heu, das an der Seite aufgestapelt war, alles zusammen gab ihm das Gefühl von Heimat. Nach einem besonders lauten Donnerknall hörte er Brenner wiehern, daher machte er sich auf den Weg zur Box seines Pferdes.

„Hier, mein Junge, es ist alles in Ordnung."

Das Pferd kam näher, erkannte seinen Besitzer und schnupperte an seiner Hand. „Tut mir leid, mein Junge, ich hab dir keine Mohrrüben oder Äpfel mitgebracht", entschuldigte sich Gable. Er streichelte die weichen Nüstern des Tieres. „Hat Flynn sich gut um dich gekümmert?" Brenner kam als Antwort noch ein bisschen näher auf ihn zu. „Ich kann dich momentan nicht reiten, mein Junge."

Plötzlich sah Gable zum Stalltor, als er draußen Lärm hörte, und sah eine klitschnasse Figur auf TCs Rücken in den Stall stürmen. Sie trug keinerlei Regenkleidung und Gable konnte nur dass Karomuster von Flynns Vliesjacke ausmachen.

Als Flynn abstieg und das Regenwasser aus seinen langen Locken schüttelte, blickte er auf und erschrak, als er noch jemanden im Stall stehen sah.

Gable lächelte, als er Flynns scheinbar übertriebene Reaktion sah. „Hast du was getan, was du nicht tun solltest?"

Flynns Augen waren immer noch geschlossen, weil er versuchte, seinen Herzschlag zu beruhigen. „Ich habe nur nicht erwartet, hier jemanden zu sehen", antwortete er, als er Gable verlegen ansah.

„Ist verständlich", antwortete Gable neckend.

„Der Regen hat mich draußen erwischt", fuhr Flynn fort, in dem Versuch, das Thema zu wechseln. „Damit hatte ich nicht gerechnet."

„Du solltest inzwischen wissen, dass das Wetter hier etwas unberechenbar ist", sagte Gable und drehte sich um, bis er vor einem Heuballen stand, auf den er sich setzen konnte.

„Der Wetterfrosch hat fünf Prozent Wahrscheinlichkeit für Regen vorhergesagt und der Himmel war klar und blau, als ich losgeritten bin."

Gable schmunzelte. „Den Wetterfrosch, der dieses Wetter vorhersagen kann, würde ich wirklich gerne treffen."

Flynn setzte sich neben ihn und zog seine klitschnasse Jacke aus. „Und was machst du hier?"

Gable zuckte mit den Schultern. „Ich war es leid, drinnen zu sitzen und dachte mir, dass ich mal den Stall besuche."

„Gut", lächelte Flynn zurück. „Willst du reiten gehen, wenn der Regen aufhört?"

Gables Gesicht verdunkelte sich und er schüttelte den Kopf.

„Brenner vermisst dich", versuchte Flynn es weiter. „Aber vielleicht solltest du beim ersten Ausritt besser TC nehmen, weil er einfacher zu reiten ist?"

Gable schüttelte wieder seinen Kopf.

Flynn legte seine Hand auf Gables Knie. „Du bist ein erfahrener Reiter. Du brauchst die Steigbügel doch gar nicht. Wir können sie abnehmen oder sie hoch binden, damit sie dich nicht stören. Ich bin mir sicher, dass du es schaffen kannst."

„Flynn, ich muss überhaupt erst auf das Pferd raufkommen."

„Ah, da habe ich mir schon was überlegt!", rief Flynn, als er von seinem Platz aufstand und eine Handvoll Stroh nahm, das er in einem Ball zusammenknüllte. Er ging zu TC hinüber, der etwas unruhig war, da immer noch das Regenwasser von ihm herabtropfte, und begann damit, das Wasser vom Fell des Pferdes abzureiben. „Wir holen uns zwei Heuballen und stellen uns drauf und dann kann ich dich hochheben."

Gable dachte darüber nach. „Ich weiß nicht, Flynn."

„Wir müssen es ja nicht heute tun, aber vielleicht morgen? Ich kann eine Seite des Verandageländers abbauen und TC hinbringen und dann kannst du direkt am Haus aufsteigen", schlug Flynn vor. „Ich denke, die Veranda hätte genau die richtige Höhe."

„Du hast dir wirklich schon ein paar Gedanken darüber gemacht, nicht wahr?"

Flynn nickte. „Ich habe eine Menge Zeit nachzudenken, wenn ich arbeite. Außerdem würde mir das die Chance geben, Brenner mehr zu reiten. Er braucht die Bewegung genauso wie TC es tut, aber ich ertappe mich dabei, dass ich meistens TC sattle, weil er einfach das bessere Arbeitspferd ist. Brenner langweilt sich schnell, wenn wir den Zaun prüfen, und dann fallen ihm immer alle möglichen Dummheiten ein." Flynn nahm den Sattel von TCs Rücken und brachte ihn an seinen Platz an der Seitenwand. Dann fuhr er damit fort, TC trockenzureiben.

Während er Flynn zusah, konnte Gable nachdenken. Er wollte nichts mehr, als wieder zu reiten, aber könnte er es? Er wusste, dass er ohne Steigbügel reiten konnte; er war TC vor dem ersten Unfall mehr als einmal ohne Sattel geritten und sogar noch danach, aber er musste immer noch auf das Pferd drauf und er konnte sich noch erinnern, wie schwer ihm das gefallen war, nachdem er seinen Fuß das erste Mal verletzt hatte. Und viel wichtiger war die Frage, konnte er vor Flynn versagen?

Flynn führte das Pferd in seine Box und schloss die Halbtür, bevor er dahin zurückkam, wo Gable saß. Mit einem tiefen Seufzer ließ er sich neben ihn fallen.

„Bist du mit der Arbeit fertig?", fragte Gable und schob sich ein bisschen näher an Flynn heran.

Flynn schüttelte den Kopf. „Ich sollte das Leder einschmieren. Ich habe einen Steigbügel von einem der Trainingssättel abgerissen und sollte das reparieren. Ich fürchte, ich habe die Reparaturarbeiten ein bisschen vernachlässigt", ergänzte er leise.

„Und das, nachdem du die Ranch erst wieder auf Kurs gebracht hast", beruhigte ihn Gable, voller Anerkennung dafür, wie abgehalftert alles gewesen war, bevor Flynn gekommen war und vieles wieder in Schuss gebracht hatte. Gable hob seinen Arm und legte ihn um Flynns Schultern. „Ich kann mich um die Reparatur der Sättel kümmern. Das sind alles Dinge, die man im Sitzen tun kann." Dann wurde ihm etwas bewusst. „Ich weiß, das bedeutet, dass du all die Beinarbeit machen musst, aber momentan ist das mein bestes Angebot."

Flynn nickte und lächelte sogar ein bisschen.

Gable war froh, dass Flynn den Anruf bei Craig oder das Laufenlernen nicht wieder ansprach. Er wusste, die Themen waren unvermeidlich, aber sein innerer Schweinehund hielt ihn im Augenblick davon ab.

„Du bist nass", sagte Gable und strubbelte spielerisch durch Flynns Haare.

Flynn kuschelte sich enger in Gables Umarmung. „Das bist du auch. Ich bin froh, dass es hier drinnen warm ist, denn draußen schüttet es immer noch wie aus Eimern."

Flynn drehte sein Gesicht in Gables Richtung und Gable lehnte sich vor, sodass ihre Lippen sich berührten. Er wagte es nicht, den Druck zu erhöhen, da er wusste, wie schnell aus diesen harmlosen Anfängen immer mehr wurde. Und das war etwas, das er Flynn jetzt noch nicht geben konnte. Zunächst vertiefte auch Flynn den Kuss nicht, aber Gable spürte, wie er plötzlich seinen Mund öffnete und hineinstieß. Gable wollte es auch, aber er zog sich trotzdem zurück. Um die Geste etwas abzumildern, drückte er Flynn enger in seine Arme.

„Es tut mir leid."

Flynn zuckte mit den Schultern und befeuchtete seine Lippen. „Ist schon okay."

„Warum stehen zwei der Stuten im Stall, Flynn?", fragte Gable in der Hoffnung, die angespannte Situation zu zerstreuen. „Es sind Pferde, die immer draußen sind. Sie sind das schlechte Wetter gewöhnt. Es ist nicht notwendig, sie zu verhätscheln."

Flynn sah beiseite. „Ich weiß."

„Also warum sind sie hier? Sind sie lahm? Krank? Müssen wir Bill anrufen, damit er sie sich ansieht?"

Flynn schüttelte den Kopf. „Bill hat sie bereits angesehen und er hat vorgeschlagen, sie drinnen zu lassen, solange es so kalt ist."

Gable wurde ein bisschen misstrauisch, denn er hatte den Eindruck, dass Flynn es vermied, seine Frage zu beantworten. „Da draußen sind mehr als 50 Pferde. Warum sind diese beiden anders?"

„Sie sind trächtig."

„Wie ist ein Hengst in die Nähe der Stuten gelangt?" Gable begann sich etwas unwohl zu fühlen.

Flynn seufzte. Er entzog sich aus Gables Umarmung und lehnte seine Ellbogen auf seine Knie. „Hör zu, ich weiß, dass du gesagt hast, dass du keine Pferde züchten möchtest, aber Hunter wollte ein Fohlen von Brenner und ich dachte, wir könnten es einfach versuchen."

„Brenner ist der Vater dieser Fohlen?"

Flynn nickte. „Ich weiß, ich hätte fragen sollen ..."

„Ich habe eindeutig gesagt, dass ich keine Pferde züchten möchte", unterbrach ihn Gable. „Das ist nicht deine Ranch, Flynn!"

Flynn stand auf, um etwas Abstand zwischen sie zu bringen. „Ich weiß, aber ich war der Einzige, der hier Entscheidungen getroffen hat. Und es gab kein Geld, um neue Pferde zu kaufen und ich konnte die, die wir hatten, nicht alleine für die Auktionen fertigmachen."

„Aber ich weiß nichts über Pferdezucht, Flynn", antwortete Gable aufgebracht. „Und wir haben auch kein Geld für die Tierarztrechnungen, so wie es steht."

Flynn drehte sich um. „Aber ich kenne mich aus. Ich bin auf einer Zuchtfarm aufgewachsen."

„Du hast gesagt, du durftest nicht auf der Ranch mitarbeiten!"

„Nichts hätte mich fernhalten können, Gable. Und meinen Brüdern hat es nichts ausgemacht, wenn ich ihre Aufgaben übernommen habe. Was denkst du, wie ich darin so gut geworden bin? Sie haben lieber Zeit mit ihren Freundinnen auf dem Heuschober verbracht, während ich die Ställe ausgemistet habe. Und Bill tut dir damit einen Gefallen. Es sind nur zwei Pferde, Gabe. Es ist ein Experiment."

Flynn setzte sich wieder neben Gable und Gable gab nach. Als Flynn seine Hand nahm, seufzte Gable und lehnte sich dichter an Flynn. „Es tut mir leid. Das war nicht fair."

„Natürlich was es das", antwortete Flynn leise. „Du hast ja recht: Du hattest gesagt, dass du keine Pferde züchten willst und ich bin mit meiner Idee einfach weiter gestürmt. Ich hätte dich zuerst fragen sollen."

„Dann hätte ich wahrscheinlich nein gesagt."

„Ich weiß", gab Flynn zu. „Und ich wollte nicht, dass du dir Gedanken über das Geld machst."

„Wie schlimm ist es?", fragte Gable, obwohl er die Antwort nicht wirklich hören wollte.

Flynn zuckte unbestimmt mit den Schultern und schüttelte den Kopf. „Ich denke, du solltest besser Calley danach fragen."

„Flynn ...", wies Gable ihn zurecht. „Was hast du mir verschwiegen?"

Flynn zögerte und entschied dann, dass es keinen Sinn machte, weiter um den heißen Brei herumzureden. „Deine Krankenhausrechnungen waren ziemlich hoch."

„Willst du mir sagen, dass wir bankrott sind?"

Flynn schüttelte den Kopf. „Nein, aber wir schulden Calley und Bill eine ganz nette Summe und diese Fohlen gehören Hunter."

„Damit ist er ein großes Risiko eingegangen."

Flynn nickte. „Es hat auch etwas Überredung gekostet. Ich musste ihn bequatschen, aber sollten wir die Ranch verlieren, wollte ich sicher sein, dass ich alles getan habe, um es zu verhindern. Ja, das bedeutet, dass wir für Geld arbeiten, das bereits ausgegeben ist, aber die Bank hatte gedroht, uns zu zwingen, alle Pferde zu verkaufen und das konnte ich nicht zulassen. Einige dieser Pferde werden nächstes Jahr auf den Auktionen gutes Geld bringen und einige brauchen noch etwas mehr Zeit, aber wenn wir sie jetzt einfach so verkaufen müssten, dann wären sie nur Teil einer großen Gruppe und wir würden noch nicht mal die Hälfte von dem bekommen, was sie wert sind!"

Gable konnte sehen, wie Flynn sich ereiferte und es wärmte sein Herz. Er sprach über eine Zukunft, darüber, auch nächstes Jahr zusammenzuarbeiten und vielleicht noch länger, und er schien gar nicht mehr darüber nachzudenken, wegzugehen. Zum ersten Mal hatte Gable das Gefühl, dass Flynn die Dinge nicht nur sagte, um sich um ihn zu kümmern; die Leidenschaft, mit der Flynn seine Entscheidungen verteidigte, machte deutlich, dass er das auch für sich tat.

„Dann magst du es hier wohl wirklich, oder?", fragte Gable leise.

„Natürlich tue ich das", antwortete Flynn ohne Zögern. „Du hast keine Ahnung, was mir das alles bedeutet, Gabe. Ich liebe es, hier zu arbeiten. Ich liebe die Pferde und die Tatsache, dass die meiste Arbeit draußen stattfindet …"

„… im strömenden Regen", unterbrach ihn Gable mit einem Grinsen.

„Der Regen macht mir nichts aus. Ich mag es natürlich auch lieber, wenn ich in etwa so gekleidet bin wie du, aber wenn es so kalt ist wie jetzt und du sattelst ein Pferd und reitest hoch auf die Weide und siehst sie alle dort stehen, zusammengedrängt für etwas Wärme, dann ist das einfach großartig."

„Ja, ich weiß", stimmte Gable ihm leise zu.

Flynn lehnte sich näher heran und drehte sich, bis er Gable küssen konnte. Wiederum war es ein eher unschuldiger Kuss, voller Zärtlichkeit, und Gable ließ seine Hände an Flynns Schultern hinabwandern, bis sie schließlich auf seinem Kreuz zu liegen kamen. Es fühlte sich gut an, Flynn so nah zu haben, seinen leichten Moschusgeruch wahrzunehmen, obwohl auch ein bisschen „nasser Hund" dabei war, da er aus dem Regen hereingekommen war. Aus irgendeinem Grund brachte dieser Gedanke Gable zum Lächeln und Flynn zog sich zurück und schaute etwas verwirrt.

„Ich dachte nur gerade, dass sich das gut anfühlt", erklärte Gable etwas schüchtern.

Flynn lächelte ihn an und Gable konnte sehen, wie seine Augen leuchteten.

„Ich würde alles dafür tun, dich zum Lächeln zu bringen", flüsterte er und kuschelte sich an Gable.

„Tu das nicht", antwortete Gable. Um die Unsicherheit in Flynns Gesicht zu vertreiben, fuhr er fort. „Du bist ein eigenständiger Mensch. Ich möchte nicht, dass dein Glück von mir abhängt. Ich bin zu weiten Teilen ein übellauniger Hurensohn, Flynn."

„Und trotzdem liebe ich dich", antwortete Flynn. „Da soll mal einer schlau draus werden."

Gable seufzte. „Es tut mir leid, dass ich mich über die trächtigen Stuten so aufgeregt habe."

„Es tut mir leid, dass ich dich nicht gefragt habe." Flynn begann plötzlich, heftig zu zittern.

„Du bist ganz kalt." Gable öffnete seine Regenjacke und schloss Flynn darin ein, zog ihn näher an sich und genoss das Gefühl von Flynns Armen, die sich darunter schlängelten und ihn umfassten.

Flynn atmete tief ein. „Ich könnte mich daran gewöhnen, aber ich habe Hunger. Ich denke, wir sollten rübergehen."

Der Moment war zu kurz. Flynn zog sich von Gable zurück, sodass Gable die Kälte spürte. In diesem Moment hörten sie Bridgets Pfoten auf dem Scheunenboden und dann, wie sie ihr Fell ausschüttelte.

„Hallo, mein Mädchen, bist du gekommen, um uns zu holen?", fragte Flynn sie. Er kraulte ihren Kopf. „Du bist fast trocken. Hat es aufgehört zu regnen?" Sie legte ihren Kopf auf die Seite, als wollte sie sagen: „Natürlich hat es das. Würde ich herkommen, wenn es draußen nass wäre?"

Flynn kam wieder näher und gab Gable einen schnellen Kuss. „Du, wir sollten wahrscheinlich die Tatsache ausnutzen, dass es aufgehört hat zu regnen und zurück ins Haus gehen. Ganz zu schweigen davon, dass ich dir was zu essen machen muss." Er knuffte Gable in die Rippen. „Du bist immer noch viel zu dünn."

Nachdem sich Flynn wieder von ihm losgemacht hatte, stand Gable auf und bekam seine Krücken gereicht. Gerade als Flynn sich umdrehte, um zu gehen, musste Gable noch etwas sagen. „Flynn." Er zögerte, vor allem als Flynn sich zu ihm umdrehte, immer noch lächelnd, während er Bridget streichelte. „Was hält dich hier?"

„Gable!", sagte Flynn, als wäre die Antwort so einfach.

„Es tut mir leid, aber ich muss es wissen."

„Ich bleibe, weil es das ist, was ich immer gewollt habe." Flynn trat einen Schritt auf ihn zu und blieb dann stehen. „Eine Ranch mit Pferden, die klein genug ist, dass wir sie zu zweit bewältigen können. Wir arbeiten hart, aber letztendlich ist es das wert, richtig? Gable, ich möchte hier alt werden. Wenn ich ein langes Leben lebe und sie mich am Ende in dieser Erde vergraben, dann wird es ein großartiges Leben gewesen sein."

Gable sah auf das Stroh auf dem Boden.

„Aber die eine Sache, die mich hier hält, bist du, Gable. Die Tatsache, dass ich das mit dir teilen kann. Und ich weiß, dass es anmaßend ist. Das ist deine Ranch und es wird immer deine Ranch sein, aber ich hoffe, dass du mir erlaubst, sie mit dir gemeinsam zu führen."

„Du machst sowieso all die Arbeit." Gable konnte Flynn noch immer nicht ansehen. Er war nicht bereit, diesen Blick in Flynns Augen zu sehen. Dieser Blick, der ihm sagte, wie sehr Flynn ihn liebte. Er konnte nicht aufschauen, weil er sich dann schuldig fühlte. Denn er wusste nur zu gut, wie wenig er Flynn zurückgab.

„Du weißt, dass mir das nichts ausmacht. Ich weiß, dass es nicht immer so sein wird. Eines Tages wird es dir gut genug gehen, dass du wieder mit mir zusammenarbeiten kannst."

Gable schluckte, um seine Emotionen zurückzuhalten, aber Flynn stand zu dicht bei ihm. Er konnte ihn riechen und die Wärme spüren, die von ihm ausging und dann fühlte er Flynns Lippen an seiner Stirn.

Flynn brachte ihn zum Schweigen und küsste ihn noch mal. „Lass uns reingehen, bevor die Pforten des Himmels sich wieder öffnen, okay?" Flynn trat zurück und ging in Richtung Stalltor. „Ich liebe dich, Gable. Das ist alles, was zählt." Und damit verschwand er um die Ecke, nahm Bridget mit sich und ließ Gable allein in der Scheune zurück.

Gable wartete einen Moment und sprach dann mit den Pferden. „Jungs, habt ihr das gehört? Er liebt mich. Er muss verrückt sein, aber hey, ich nehme es, wie's kommt."

17

FLYNN GING mit zügigen Schritten und einem deutlich leichteren Herz zurück zum Haus. Es fühlte sich gut an, zu wissen, dass Gable ganz genau wusste, wo sie standen und Flynn wusste auch, dass er durch das Aussprechen der Worte selbst noch mehr an sie glaubte. Ja, er liebte Gable von ganzem Herzen. Sie waren durch die Hölle gegangen und es mussten noch viele Wunden heilen, aber immerhin hatte Gable sich nicht zurückgezogen oder Flynns Gefühle abgestritten und er war nur halb so sauer über das Pferdezuchtexperiment gewesen, wie Flynn befürchtet hatte.

Bridget sprang um ihn herum, weil sie seine gute Laune spürte. Erst in diesem Moment wurde ihm bewusst, wie zurückhaltend die Hündin in den letzten Wochen gewesen war. „Bist du glücklich, mein Mädchen?" Die Hündin sprang an ihm hoch und er nahm ihren Kopf zwischen seine Hände und kraulte sie hinter den Ohren. „Denkst du, dass Gable auch glücklich ist?" Sie versuchte, ihn abzulecken. „Ja, ich denke, ab jetzt wird er auch glücklich sein."

Sie gingen ins Haus und Flynn entschied sich für eine schnelle Dusche, bevor er mit dem Abendessen beginnen würde. Als er wieder nach unten kam, bekleidet mit sauberer, warmer und vor allem trockener Kleidung, saß Gable am Küchentisch und kümmerte sich um Bridgets Futter. Flynn konnte gar nicht aufhören zu lächeln, als ihm bewusst wurde, welchen Unterschied er in Gable sah. War es der Ausflug zu den Pferden gewesen oder seine Liebeserklärung, die diesen Wandel hervorgebracht hatte? In jedem Fall war Flynn froh darüber zu sehen, dass Gable die Initiative ergriff, andere Dinge zu tun als in seinem Bett zu sitzen und ins Nichts zu starren.

„Du wirst ein Fünf-Sterne-Abendessen bekommen, mein Mädchen", sagte Flynn zu Bridget, die neben Gable saß, mit hängender Zunge und einem erwartungsvollen Blick auf ihr Herrchen. Sie wendete den Blick kaum von dem Fleisch ab, das Gable für sie abschnitt, um Flynns Worte zu quittieren, aber Flynn sah sie ja auch nicht an. Er sah Gable an, der lächelte. Flynn konnte der Versuchung nicht widerstehen, hinter ihn zu treten und seine Hand auf Gables Schulter zu legen.

„Ich fange mit dem Abendessen an, okay?" Flynn sagte es eher, als dass er Gable fragte.

„Die Kartoffeln sind schon geschält", sagte Gable, als wäre das die natürlichste Sache der Welt.

„Ich danke dir", antwortete Flynn leise, unfähig, eine eloquentere Antwort zu geben. Er ging zum Herd, wo er den Topf mit den Kartoffeln sah und war froh, dass Gable zu sehr mit Bridgets Futter beschäftigt war, um den Mix von Emotionen auf seinem Gesicht zu sehen. Flynn konnte sich nicht erklären, was diesen Wandel in seinem Geliebten bewirkt hatte, aber er war sehr glücklich darüber. Es bedeutete, dass Gable sich endlich vorwärts bewegte, statt immer nur über der Vergangenheit zu brüten und das war in jedem Fall eine gute Sache. Vielleicht würde das Vorspiel in der Scheune auch dazu führen, dass Flynns verstohlene Berührungen in Zukunft erwidert würden. Er hasste es zwar, es sich selbst einzugestehen, aber er brauchte mehr von Gable, als Gable ihm in der letzten Zeit gegeben hatte und Sex war nur ein kleiner Teil davon. Er wagte allerdings nicht, es anzusprechen, aus

Angst, dass Gable sich dann wieder in sein Schneckenhaus zurückziehen würde. Er würde ihn auf anderem Wege dazu bewegen müssen.

Als Flynn so vor den brodelnden Töpfen stand, begann seine Nase zu kribbeln und zu laufen, daher putzte er sie sich mit einem Küchentuch.

„Bekommst du eine Erkältung?", fragte Gable und schaute besorgt.

„Ach was." Flynn zuckte mit den Schultern. „Ich bin in Ordnung."

Gable lächelte ihn an und Flynn wusste, dass das alles besser machen würde, obwohl das Herumlaufen mit nassen Klamotten an einem kalten Tag sicherlich die Ursache war.

Das Abendessen ging schnell vorbei und sie sprachen über nichts Wichtiges, sondern tauschten einfach nur Ideen über die Ranch aus, sprachen über das Geld, das sie schuldeten und Flynn genoss die Offenheit und die positive Haltung, die er jetzt spürte. Nachdem das Geschirr abgeräumt war, ging Flynn noch mal in den Stall, um sicherzustellen, dass die Pferde für die Nacht versorgt waren.

Auf dem Weg nach draußen, nachdem er das Licht im Stall abgeschaltet hatte, stolperte er über einen Eimer, von dem er sich nicht erinnern konnte, ihn dort gelassen zu haben und fühlte sich sofort unbehaglich. Einen unbekannten Wohltäter zu haben, der ein Tor reparierte und einen Unterstand, das war eine Sache. Es könnte einfach einer der Nachbarn gewesen sein, der von Gables Krankheit wusste und entschieden hatte auszuhelfen. Aber Dinge an falscher Stelle im Stall vorzufinden, so dicht bei ihren trächtigen Stuten und so dicht am Haus, fühlte sich für Flynn nicht gut an. Solange er es nicht besser wusste, konnte dieser Fremde böse Absichten haben und obwohl bisher nichts fehlte, wünschte Flynn sich, dass es einen besseren Weg gebe, das Haus und die Tiere zu schützen. Andererseits gab es für Gables Haus noch nicht einmal einen Schlüssel, um die Haustür abzuschließen, daher wäre es vermutlich übertrieben, den Stall abzuschließen.

Flynn stellte den Eimer dort ab, wo er hingehörte und schloss die Tür zum Stall, bevor er zum Haus zurückging.

„Stimmt irgendwas nicht mit den Pferden?", fragte Gable vom Bett, als Flynn das Haus betrat.

„Nein, sie sind in Ordnung. Warum?"

„Du siehst besorgt aus."

Flynn setzte sich neben Gable und legte eine Hand auf sein Knie. „Ich hoffe einfach, dass nichts passiert. Diese Fohlen sind eine Menge Geld wert."

„Ich bin sicher, es wird alles gutgehen", antwortete Gable und legte beruhigend seinen Arm um Flynns Schultern.

Flynn drehte sich in der Umarmung und küsste Gable zögernd. Zu seiner Überraschung wurde der Kuss nicht nur erwidert, sondern sofort vertieft. Flynn überließ Gable gerne die Führung. Es fühlte sich wie eine natürliche Fortsetzung dessen an, was sie zuvor im Stall getan hatten und Flynn musste sich wirklich zurückhalten, um es nicht weiter voranzutreiben. Nach so langer Zeit, in der er Gables Berührungen nicht gespürt hatte, verlangte Flynns Körper nach mehr und Gable schien das zu spüren. Die Hitze stieg zu schnell an, sodass Flynn sich zurückzog.

„Mach langsam, Gable."

Gable zog ihn enger an sich. „Warum gehen wir nicht nach oben? Oder ist es noch zu früh fürs Bett?"

Flynn verstand die Doppeldeutigkeit, entschied aber, den Ball für den Augenblick flach zu halten. „Es ist dunkel draußen, daher wüsste ich nicht, warum es zu früh sein sollte."

Gable lächelte, stand auf und brauchte zur Treppe natürlich etwas länger als Flynn. Flynn wartete auf ihn und räumte währenddessen den Raum auf, damit es nicht zu offensichtlich war. Gable konnte die Treppe inzwischen recht gut mit seinen Krücken bewältigen, daher dauerte es nicht lange.

Aber die Anspannung war immer noch da, die gleiche Spannung, die jede Nacht da war, wenn sie ins Bett gingen. Sie hatte nach den Malen, bei denen Gable Flynn davon abgehalten hatte, ihm in der Nacht näherzukommen, etwas nachgelassen. Inzwischen schlief jeder einfach auf seiner Seite des Bettes und sie berührten sich kaum noch, aber Flynn hoffte, dass sich das jetzt ändern würde. Er beschloss, das Ganze ein bisschen voranzutreiben, indem er nur mit seinen Boxershorts durch das Schlafzimmer lief, während er seine Kleidung wegräumte. Er musste Gable nicht ansehen, um zu wissen, dass die Augen seines Liebhabers ihm folgten, als Gable seine langen Pyjamahosen anzog, die er seit der Operation trug.

Da Gable keine Anstalten machte, ihn einzuladen, hatte Flynn keine andere Wahl, als auf seiner Seite ins Bett zu krabbeln. Allerdings zitterte er fast vor Erwartung.

„Möchtest du …?", fragte Flynn zögernd.

„Ja", antwortete Gable so schnell und mit so viel Überzeugung, dass sie sich quasi aufeinander warfen, ohne sich darum zu kümmern, welche Auswirkungen dieser Aufprall hätte. Ihre Küsse waren von Anfang an leidenschaftlich, intensiv, mit offenem Mund und Flynn konnte nicht verhindern, dass seine Hände wanderten. Als er Gables Hintern umfasste, ihn an sich zog und ihre Körper aneinanderrieb, zog Gable sich zurück.

„Es tut mir leid. Ich habe mich hinreißen lassen", entschuldigte sich Flynn und lockerte sofort sein Griff.

Gable lehnte seine Stirn gegen Flynns. Er atmete schwer. „Entschuldige dich nicht. Ich will das du mich fickst." Sofort begann Gable, Flynn wieder zu küssen, als ob er Flynn davon abhalten wollte zu protestieren, aber jetzt war es an Flynn, sich zurückzuziehen.

„Gabe?" Flynn versuchte, Gable in die Augen zu schauen, aber Gable wandte seinen Blick ab. Es war ja nicht so, dass er nicht mit Gable schlafen wollte; tatsächlich war er unglaublich erregt und wusste, dass sein Körper auch alle Anzeichen dafür zeigte. Aber Flynn sah bei Gable nicht die gleichen Reaktionen und das ließ ihn stutzen, warum Gable ihn darum gebeten hatte.

„Flynn, bitte. Lass mich nicht darum betteln. Ich muss dich spüren", murmelte Gable, bevor er Flynn erneut küsste.

Flynn ließ sich nicht zweimal bitten. Er wollte Gable ebenfalls spüren, wollte diese eine Nacht wiedererwecken, in der sie sich körperlich wirklich verbunden gefühlt hatten. Es war in diesem Bett gewesen und Flynn erinnerte sich lebhaft daran, trotz der Tatsache, dass es schon Monate her und umgeben von zwei nicht so gelungenen Liebesakten war.

Die Enthaltsamkeit der letzten Wochen ließ seinen Widerstand gegenüber Gable schwinden und Gables Hände auf ihm ließen das quälende Gefühl verstummen, dass Gable das nur tat, um ihm einen Gefallen zu tun.

„Okay", flüsterte Flynn schließlich, weil er auch die Dringlichkeit seines Körpers spürte.

Gable drehte sich um und legte sich auf die Seite, mit seinem Rücken zu Flynn. Auch wenn es nicht Flynns bevorzugte Position war, so entsprach sie doch der, in der sie auch beim letzten Mal hier Liebe gemacht hatten, daher nahm Flynn die Gleitcreme aus der Nachttischschublade und schmiegte sich an Gables Rücken. Er küsste seinen Nacken und fühlte, wie Gable seine Pyjamahosen nach unten zog.

„Du weißt, dass ich nicht viel Vorbereitung brauche. Tu es einfach, bitte."

Gables Hand zwischen ihren Körpern machte es Flynn sehr deutlich, dass er es verzweifelt wollte und Flynn wollte nicht mehr protestieren. Er verteilte die Gleitcreme auf seiner Erektion und rieb sie über Gables Öffnung.

„Ja, genau so", stöhnte Gable.

Es war keine Überraschung für Flynn, dass er einfach eindringen konnte. Er versuchte verzweifelt, seinen Körper zurückzuhalten, der verlangte, dass er tiefer hineinstieß. Gable drehte seinen Oberkörper zu Flynn, küsste ihn und fachte das Feuer damit noch mehr an. Flynn ließ seine Hand über Gables Brust zu seinem Bauch wandern, wurde dann aber weggeschoben.

„Nein", flüsterte Gable, seine Stimme irgendwie gepresst, während er gleichzeitig seinen Hintern nach hinten drückte, um Flynn anzutreiben.

Ihre Stellung war ein bisschen unbequem, aber machte sie besser für Flynn, der in dieser Stellung sonst immer die Möglichkeit zum Küssen vermisste.

Gable schob sein oberes Bein weiter nach vorne. „Komm schon, Flynn. Zeig mir, was du hast."

Flynn stieß ein paarmal zu. Gable stöhnte als Antwort und Flynn gab seine Zurückhaltung auf. Sein Körper verlangte nach irgendeiner Erlösung, aber als Gable erneut seine Hand wegschob, begann Flynn, sich wie bei einem One-Night- Stand zu fühlen. Er horchte in seinen Körper hinein, wusste aber bereits, dass dieser Höhepunkt ihn nicht befriedigen würde. Er war allerdings über den Punkt hinaus, an dem er hätte aufhören können und hoffte, dass er es wenigstens für Gable gut machen konnte. Wenn Gable ihn nur lassen würde.

„Bitte sag mir, dass du auch kurz davor bist?", murmelte Flynn, als sie sich aus ihrem Kuss lösten, um nach Luft zu schnappen.

Gable antwortete nicht sofort, aber Flynn konnte seinem Gesichtsausdruck entnehmen, dass die Antwort Nein lautete. Trotzdem zog Gable ihn näher an sich und Flynn war bereits zu erregt, um den Höhepunkt noch aufhalten zu können. Als seine Hüften reflexartig ein paarmal vorstießen, fühlte er, wie sich die bekannte Anspannung in seinem Inneren aufbaute und obwohl es sich selbstsüchtig anfühlte, kam er zum Höhepunkt.

Wie Flynn es vorhergesehen hatte, war es nicht sehr befriedigend. Er keuchte von der Anstrengung, aber war weit entfernt davon, auf der wohligen Wolke zu schweben, die er angepeilt hatte. Als er den eher traurigen und niedergeschlagenen Ausdruck in Gables Gesicht sah, vervollständigte das nur das Bild und plötzlich schien alle Luft aus dem Raum hinausgesaugt worden zu sein. Flynn konnte nicht atmen. Alles was er tun konnte, war sich zurückziehen und laufen. Raus hier.

Flynn sprang aus dem Bett und griff sich einige Klamotten vom Stuhl. Er lief aus dem Zimmer und die Treppen runter und dann aus der Haustür hinaus. Es war kalt draußen und dunkel, aber das machte ihm nichts aus. Er brauchte Luft und er brauchte die Einsamkeit.

„FLYNN, KOMM wieder rein. Du hast schon eine Erkältung und ich will nicht, dass du krank wirst."

„Geh wieder hoch. Mir geht es gut."

„Ich bin extra runtergekommen und ich werde jetzt nicht wieder hochklettern, ohne mich zu entschuldigen. Aber ich will, dass du zuerst reinkommst."

„Gib mir nur eine Minute. Ich brauche ein bisschen Zeit zum Nachdenken." Flynn nieste, was ihm verdeutlichte, dass Gable recht hatte und er auf ihn hören sollte. Er war nach unten gegangen, um von Gable wegzukommen, weil er gedacht hatte, dass Gable sich nicht extra mit den Krücken die enge Treppe herunterquälen würde, aber er hatte sich geirrt. Allerdings war es verdammt kalt und er zitterte, was nicht überraschend war, da er quasi nichts anhatte.

Die Tür hinter ihm öffnete sich wieder.

„Kommst du rein, wenn ich wieder hochgehe?"

Flynn wendete sich Gable zu und nickte. „Aber bleib hier. Wir müssen reden."

Gable schaute besorgt und Flynn wusste, dass seine Worte das nur verstärken würden, aber er hatte keine Wahl. Zu viel war ungesagt geblieben und diese Nacht war ein weiteres wunderbares Beispiel dafür. Er ging nach drinnen, während Gable ihm die Tür aufhielt, so gut er eben konnte, während er auf seinen Krücken lehnte. Als Flynn die warme Luft im Haus spürte, zitterte er heftig. Er wollte sich in Gables Arme werfen, aber abgesehen davon, dass das nicht sehr praktikabel war, würde es außerdem den Zweck verfehlen. Sie mussten reden und das bedeutete, dass sie besser nicht zu eng beieinander sitzen sollten.

Erst als er an Gable vorbeiging, bemerkte Flynn, dass Gable seinen Regenmantel in der Hand hatte. Er warf Gable einen kurzen dankbaren Blick zu und nahm ihn, bevor er ihn anzog und nach drinnen ging.

„Ich dachte mir, weil deiner noch trocknet …", sagte Gable mit deutlichem Zögern in der Stimme. „Wir sollten dir wirklich auch einen kaufen. Der Regen perlt wirklich gut ab und sie sind sehr warm."

Flynn kuschelte sich in den Mantel und setzte sich auf den Stuhl neben dem Bett während er spürte, wie die Wärme in ihn eindrang. Es schadete auch nicht, dass die Jacke nach Gable roch.

„Sie sind ziemlich teuer", antwortete Flynn, der wusste, dass er nur nach etwas suchte, was er sagen könnte, dass nicht so bedeutsam war wie das, worüber er mit Gable sprechen musste.

Gable zuckte mit den Schultern, als er sich auf das Bett setzte, aber Flynn erkannte, dass er nervös war und alles versuchte, um das nicht zu zeigen. Dann änderte sich Gables Gesichtsausdruck.

„Du hast geweint."

Flynn schüttelte den Kopf und wischte sich das Gesicht mit der Hand übers Gesicht. „Es ist einfach tierisch kalt draußen", antwortete er, im vollen Bewusstsein, dass er log und dass Gable recht hatte.

„Es tut mir leid, dass ich dich zum Weinen gebracht habe."

Nun war es an Flynn, mit den Schultern zu zucken. Er konnte Gable allerdings nicht in die Augen schauen, auch nicht als Gable sich etwas näher zu ihm schob. Flynn wusste, dass es Gable schwerfallen würde, die Balance zu halten, wenn er sich vom Bett zu ihm rüber lehnte, um ihn zu berühren. Schließlich hatte er nur ein Bein, das ihn davon abhielt, nach vorn zu fallen. Flynn erlaubte Gable, seine Hand zu nehmen, aber er drückte sie nicht.

„Es tut mir leid, dass ich dich dazu gebracht habe, etwas zu tun, das du nicht tun wolltest."

Flynn schüttelte den Kopf. „Ich wollte es so sehr, Gable. Ich wollte so gerne mit dir zusammen sein, aber ich wollte, dass es auch für dich gut ist. Nicht so. Nicht so wie es eben war." Er deutete vage nach oben.

Gable zog ihre vereinten Hände zu sich und zuerst wehrte sich Flynn, aber das konnte er nicht lange aufrechterhalten. Er wollte, dass Gable ihn in den Arm nahm und ihm sagte, dass alles gut werden würde, selbst wenn er wusste, dass es nicht wahr war. Er erlaubte, dass

Gable ihn auf die Füße und neben sich auf das enge Bett zog. Er ließ auch zu, dass Gable ihn küsste, keine leidenschaftlich hungrigen Küsse, die oben zur Katastrophe geführt hatten, sondern langsame, zärtliche und unschuldige Küsse.

„Ich wünschte, ich hätte dir mehr geben können, aber ich wollte es auch. Ich wollte dich in mir spüren, habe gehofft, dass es irgendwas da unten aufwecken würde, aber das tat es nicht. Die Ärzte haben mir gesagt, dass es sich vielleicht erholt, aber sie haben mich auch davor gewarnt, dass es vielleicht nicht klappt."

Als Flynn schließlich wagte, Gable in die Augen zu schauen, sah er, dass sie ebenfalls nass waren. Er fuhr mit seiner Hand über Gables Wangen, obwohl noch keine Tränen heruntergekullert waren.

„Ich stehe zu dem, was ich gesagt habe, Gabe. Ich werde dich nicht verlassen."

„Aber du verdienst einen richtigen Mann", protestierte Gable.

„Du bist ein richtiger Mann", erwiderte Flynn eindeutig. „Wir werden einen Weg finden, damit es funktioniert."

„Du hast etwas Besseres verdient."

„Nein, das habe ich nicht." Flynn schüttelte entschieden den Kopf. „Ich kann ohne Sex leben, Gable, aber ich kann nicht ohne das hier leben. Ich muss dir nah sein dürfen. Ich muss dich halten dürfen und dich berühren und dich küssen, ohne das Gefühl, dass du es gar nicht abwarten kannst, von mir wegzukommen. Und ich brauche auch die kleinen Dinge, die kleinen Gesten zwischen Geliebten. Ich brauche es, dass du mich berührst. Ich brauche das Gefühl, dass du mich berühren willst und dass ich nicht den Eindruck bekomme, dass du es nur tust aus irgendeinem …" Flynn fand nicht sofort die richtigen Worte.

„Ich brauche das auch, Flynn."

„Ich weiß", nickte Flynn und küsste Gable erneut. „Denkst du, ich habe die vielen Male nicht bemerkt, wo du mitten in der Nacht meine Hand gegriffen hast, wenn du dachtest, ich schlafe?"

Es war eine Erleichterung, sich einfach an der Intimität zu erfreuen und nicht die Spannung zu spüren, die durch ihre gegenseitige sexuelle Frustration entstanden war. Gable hatte seine Arme unter den schweren Mantel geschoben, den Flynn immer noch trug, und Flynn liebkoste Gables nackten Rücken unter dem T-Shirt, das Gable hastig übergeworfen hatte, bevor er runtergekommen war. Das war genau das, was Flynn mehr brauchte als Sex. Trotzdem war er überrascht, dass er wieder hart wurde. Aber er konnte jetzt nicht zurückziehen. Nicht nachdem er Gable gestanden hatte, dass ihn das am meisten verletzt hatte. Darum blieb er einfach liegen und versuchte, die Bedürfnisse seines Körpers zu ignorieren.

Natürlich bemerkte es auch Gable.

Sie mussten Luft schnappen, unterbrachen ihren Kuss, aber bewegten sich nicht voneinander weg.

„Darf ich mich darum kümmern?", flüsterte Gable gegen Flynns Schläfe, als er seine Hand zwischen Flynns Beine wandern ließ.

„Nein, es ist schon in Ordnung. Es geht auch wieder weg." Flynn zog Gables Hand sanft weg.

„Ich will es, Flynn. Nimm mir das nicht auch noch weg."

Flynn blickte in Gables Augen und sah keinen Grund zu glauben, dass Gable nicht meinte, was er sagte. Seine widerstreitenden Gefühle kehrten zurück, weil er in der Lage sein wollte, Gable etwas zurückzugeben, aber dann wurde ihm bewusst, dass Gable vielleicht das Gleiche fühlte. Vielleicht wollte auch Gable Flynn ganz selbstlos etwas geben?

Sobald Flynn den Widerstand aufgab, unterbrach Gable den Augenkontakt, zog Flynns T-Shirt nach oben und begann damit, sich küssend nach unten vorzuarbeiten. Nachdem Gable Flynns Nippel geleckt hatte, bis diese sich aufstellten, und sich dann weiter nach unten zum Bauchnabel und Hüftknochen bewegt hatte, war Flynn steinhart und musste sich sehr zurückhalten, um Gables Kopf nicht in Richtung seines bereits nassen Penis zu lenken. Er hatte versucht, sich einfach zurückzulehnen und das Gefühl zu genießen, als Gable ihn verwöhnte. Doch er konnte nicht anders als zuzusehen, was Gable mit seinem Körper tat, als Gables schließlich Flynns Boxershorts nach unten zog. Flynn war glücklich, Gable lächeln zu sehen, kurz bevor er seinen Schwanz in den Mund nahm und konnte ein Stöhnen nicht unterdrücken, als Gable an ihm zu saugen begann. Gables eindeutige Freude an dem, was er tat, steigerte nur noch Flynns Vergnügen und erstickte schließlich das Gefühl, dass er selbstsüchtig war, wenn er Gable erlaubte, ihn auf diesem Wege zu befriedigen. Gable wusste eindeutig, was er tat und Flynn war sich ganz sicher, dass er nicht lange durchhalten würde. Flynn spreizte instinktiv seine Beine ein bisschen weiter und Gable nutzte das aus, indem er seine Hoden in die Hand nahm und dann langsam die empfindsame Haut hinter Flynns Sack massierte. Flynn vergrub seine Finger in der Matratze, seine Knöchel weiß von der Kraft, die er aufwendete. Er wusste, dass er ziemlich viel Krach machte, aber es war ihm egal. Das fühlte sich so gut an, er hatte keine Absicht, das alles in sich aufzustauen. Als Gables Finger sich schließlich in seinen Eingang schob, schrie Flynn und bäumte sich auf, unfähig, dem Bedürfnis zu widerstehen, in Gables Mund zu stoßen und heftig zu kommen.

Das Nächste, woran Flynn sich erinnern konnte, war die Schwere von Gables Körper neben seinem und eine Decke, die über ihn gebreitet wurde. Als er sich instinktiv in die warme Umarmung hineindrängte, wurde sein Mund von Gables eingefangen und er konnte den Geschmack seiner Gabe in Gables Mund schmecken.

„Ich glaube nicht, dass es mir jemals zuvor gelungen ist, dass ein Liebhaber bewusstlos wurde."

Flynn öffnete seine Augen ein bisschen und sah direkt in Gables selbstsicheres Grinsen.

„Ich war nicht bewusstlos", verteidigte Flynn sich selbst. „Es war nur einfach … sehr intensiv."

Gable zog Flynn näher an sich und Flynn fühlte, wie sich die Wärme von Gables Liebe in ihm ausbreitete. Er wäre gern für alle Ewigkeit so zusammen geblieben.

„Ich danke dir", murmelte er.

„Wofür? Denk ja nicht, dass ich nicht auch meinen Spaß dabei hatte."

Obwohl Flynn nicht ganz sicher war, ob er Gable das glauben sollte, war er müde und es war mitten in der Nacht, daher kuschelte er sich noch enger in Gables warme Umarmung und gestattete sich einzuschlafen.

18

"DU SOLLTEST hier bleiben, Flynn", sagte Gable, nachdem Flynn zum vierten Mal geniest hatte, seitdem sie sich in der Küche zum Frühstück hingesetzt hatten.

„Nein, es geht mir gut", antwortete Flynn, wobei seine Nase wirklich verstopft klang. „Es ist nur eine Erkältung. Die Pferde brauchen mich."

Gable hob die Augenbrauen, aber sagte nichts mehr. Er wusste, dass er nicht gewinnen konnte, wenn Flynn sich etwas in den Kopf gesetzt hatte. Wenn Flynn wirklich so krank war, wie seine roten Augen es vermuten ließen, dann würde er wieder im Haus sein, sobald die nötigsten Arbeiten erledigt waren und er sich vergewissert hatte, dass es den Pferden auf der Weide gut ging. Und was sprach schon dagegen? Es waren keine verwöhnten Reitpferde, sondern robuste Arbeitstiere für draußen. „Würdest du dann wenigstens meine Regenjacke anziehen? Sie ist deutlich wärmer als dein Mantel und da es schon wieder regnet ..." Gable führte seinen Satz nicht zu Ende.

„Okay", lenkte Flynn ein.

Gable lächelte. Wenn Flynn aus dem Haus war, dann hatte das auch sein Gutes. Er versuchte, etwas Kraft aufzubauen, bevor er Graig anrufen würde, weil er wusste, dass der Physiotherapeut ihn rundmachen würde, weil er mit dem Anruf so lange gewartet hatte. Er fühlte sich endlich bereit, den nächsten Schritt zu tun, aber er wusste, dass er ihn nicht alleine würde tun können. Er wollte nur, dass Flynn sich keine zu großen Hoffnungen machte. Zumindest jetzt noch nicht.

„Ich kann den Abwasch machen", bot Gable an, als Flynn fast aufgegessen hatte.

„Bist du sicher?", fragte Flynn skeptisch.

„Klar", Gable zuckte mit den Schultern und versuchte, überzeugend zu klingen. „Du weißt doch, dass ich mich inzwischen ganz gut mit den Krücken bewegen kann. Wenn ich damit bis zur Scheune laufen kann, dann kann ich auch in der Küche herumräumen."

Flynn sah aus, als wäre er immer noch nicht ganz überzeugt, stand aber trotzdem auf und zog Gables Regenjacke an, bevor er nach draußen ging. Gable stand auf, sobald Flynn die Tür hinter sich geschlossen hatte und beobachtete ihn, bis er im Stall verschwand. Dann stellte er sich zwischen den Küchentisch und das Waschbecken und begann mit dem Abwasch.

Er brauchte etwas länger als vor der Operation, da Flynn einige Dinge umgeräumt hatte, wie zum Beispiel das Spülmittel und die frischen Handtücher, aber trotzdem benötigte Gable nicht allzu lange. Nach einem weiteren kurzen Blick nach draußen, um sich zu vergewissern, dass Flynn nicht in der Nähe des Hauses war, legte sich Gable auf das Bett und begann damit, Bauchpressen und Situps zu machen. Er hatte vor einigen Tagen damit angefangen und es wurde jeden Tag einfacher. Gable machte außerdem Liegestütze, um seinen Rücken und seine Arme zu kräftigen, und fand auch dafür langsam die richtige Balance. Er war sich sicher, dass Craig im diesbezüglich noch ein paar Hinweise geben könnte, wenn er ihn später anrufen würde.

Am ersten Tag, als er mit den Übungen begonnen hatte, hatte Bridget ihn angesehen, als wäre sie von seinen seltsamen Aktionen verwundert, aber inzwischen sah sie nur noch kurz auf, wenn er anfing, und legte dann ihren Kopf wieder auf die Vorderpfoten.

Nachdem er nun endlich die Entscheidung getroffen hatte, mit dem Leben weiterzumachen, konnte es Gable gar nicht schnell genug gehen. Er wollte wieder draußen arbeiten, auf einem Pferd reiten und Zeit auf den Weiden mit der Herde verbringen. Außerdem wollte er Flynn dabei helfen, die Pferde zu trainieren. Er wusste, dass es Zeit brauchen würde, bis er alle seine Fähigkeiten wieder hätte, bis er wieder fähig war, sich auf ein schreckhaftes, nervöses, junges Pferd zu setzen und es allein durch seine eigene Körperbeherrschung und innere Ruhe dazu zu bringen, ihn auf seinem Rücken zu akzeptieren. Bis er das wieder tun konnte, wollte er draußen bei Flynn sein, und ihm bei allem helfen, was sonst noch getan werden musste. Gable hoffte, dass Flynn Ratschläge von ihm annehmen würde. Immerhin war er der Ältere und hatte Pferde ausgebildet, seit er alt genug zum Reiten war, was, in reinen Jahren ausgedrückt, deutlich länger war als Flynn.

Gables plötzliche Ungeduld wurde allerdings nicht belohnt. Als er Craig anrief, lachte der Therapeut ihn aus und machte Späße, dass es ja Zeit wäre, dass er zur Besinnung kam. Er bestand darauf, dass Gable in die Stadt kam, damit die temporäre Prothese angepasst werden konnte, bevor er mit der Reha beginnen konnte. Es gab keine Möglichkeit, dass Craig das alles auf der Ranch machen konnte. Das Problem war, dass Gable es Flynn noch nicht erzählen wollte.

Gable musste also einen Weg finden, Flynn von der Ranch wegzubekommen, sodass er Calley bitten konnte, ihn in die Stadt zu fahren. Er mochte es nicht, dass er jemanden um Hilfe bitten musste, aber für den Augenblick würde er seinen Stolz runterschlucken müssen.

GABLE HATTE bereits Vorbereitungen für das Abendessen getroffen, als Flynn schließlich zurück ins Haus kam. Gable sah ihn vom Stall herüberlaufen. Wasser lief von seiner Hutkrempe herunter und tropfte von der Unterseite des Mantels und Gable ging, um ihn im Vorraum zu treffen. Als Gable die Tür öffnete, sah er, dass Flynn zitterte.

„Komm rein. Der Kamin ist an, aber du springst wohl besser unter die heiße Dusche, bevor du noch kränker wirst als du es sowieso schon bist", ermahnte Gable ihn.

Flynn nieste, bevor er antworten konnte, daher schüttelte Gable den Kopf und ließ ihn zurück, um die nassen Klamotten auszuziehen und reinzukommen.

„Es riecht lecker hier drinnen", bemerkte Flynn, als er Gable in der Küche Gesellschaft leistete.

„Ich kann Kartoffeln schälen und sie kochen. Das Gleiche gilt für Gemüse. Ich kann ein Steak braten, aber so leid es mir tut, du wirst die leckeren Soßen beisteuern müssen", sagte Gable lächelnd. Er nahm einen schnellen Kuss von Flynn entgegen. „Nun geh schon hoch und wärm dich auf. Du bist ja völlig durchgefroren."

Als Flynn zehn Minuten später zurückkam, trug er trockene Sachen und seine nassen Locken ringelten sich in alle Richtungen. Er sah außerdem etwas erhitzt aus. Gable war sich nicht sicher, ob das etwas damit zu tun hatte, dass er eine heiße Dusche genommen hatte oder ob Flynn die Gelegenheit auch dazu genutzt hatte, ein gewisses Bedürfnis zu befriedigen. Obwohl Gable versucht war, darüber einen Scherz zu machen, tat er es nicht. Im Stillen hoffte er, dass das Wetter bald wärmer werden würde, sodass Flynn seine Dusche unten nehmen und er zusehen konnte. Andererseits wäre es vielleicht eine bessere Idee für ihn, mobiler zu werden, damit er Flynn nach oben folgen konnte sobald er hörte, dass die Dusche angestellt wurde.

Flynn stellte sich hinter Gable und zog ihn dicht an sich. „Tu ein bisschen Salz und Pfeffer dazu", schlug er vor und blickte über Gables Schulter auf den Kohl, der in einer Pfanne schmorte. „Ich hole ein bisschen Zitronensaft."

„Nein, bleib noch", bat Gable spielerisch und griff nach Flynns Händen an seiner Taille, um ihn festzuhalten.

Zuerst gab Flynn nach, dann drückte er Gable noch ein bisschen enger an sich, bevor er ihn losließ. „Ich komme ja zurück. Ich mag deinen Kochstil."

Flynn griff sich eine Zitrone aus dem Kühlschrank und schnitt sie, mit der Leichtigkeit einer Person, die damit schon ihren Lebensunterhalt verdient hatte, in zwei Hälften. Er presste sie dann über dem Kohl aus, während er eine Hand darunterhielt, um Kerne aufzufangen, die vielleicht aus der Frucht fielen. Die Pfanne dampfte und spritzte, aber das Aroma war großartig. Flynn nahm außerdem eine Knoblauchzehe und begann damit, sie aufzuschneiden.

„Weißt du, bevor du kamst, gab es in meiner Küche nicht so viel verrücktes Zeug", bemerkte Gable.

Flynn grinste. „Ich erinnere mich recht gut daran, wie die Küche an dem Tag aussah, als ich hier ankam." Er schüttelte sich theatralisch. „Das war kein Ort, an dem ich Essen zubereiten wollte. Ich bin immer noch überrascht, dass du es nicht geschafft hast, dich selbst zu vergiften."

„Nun, das ist nicht die einzige Sache, die du in meinem Leben geändert hast", sagte Gable und drehte sich zu Flynn.

Flynn sah ihm in die Augen und schob sich in Gables unmittelbare Nähe. Gable dachte, dass er einen Kuss bekommen würde, aber Flynn schien zu zögern. „Ich mache schon noch eine gute Ehefrau aus dir."

Gable hob eine Augenbraue und lehnte sich zurück, ohne einen Schritt zu machen. „Soll heißen?"

Flynn lächelte, unfähig ein ernstes Gesicht zu machen. „Immerhin kochst du schon. Bald putzt du noch und machst die Wäsche."

„Ich hab schon immer die Wäsche gemacht", verteidigte Gable sich.

„Okay, damit hast du recht", gestand Flynn ein. „Also fehlt nur noch das Putzen?", neckte er.

Gable grummelte und ließ eine seiner Krücken los, um Flynns Hinterkopf zu umfassen und ihn zu küssen.

„Mmmh, ich liebe es, wenn du dich aufregst", gab Flynn mit einem Stöhnen zu, als Gable ihn wieder losließ. „So muss ich es also anfangen, wenn ich will, dass du mich dominierst?"

Für einen Moment war Gable befremdet, insbesondere als er an das Fiasko der letzten Nacht zurückdachte, aber Flynn zuckte nicht mal, daher setzte auch er ein neutrales Gesicht auf. „Wer muss schon dominieren wenn er dich hat?", sagte er schnippisch.

Flynn schmiegte sich an Gable. „Manchmal habe ich nichts dagegen, wenn die Rollen vertauscht sind."

„Das werde ich mir merken", antwortete Gable und lehnte sich zu Flynn, um ihn wieder zu küssen.

Plötzlich unterbrach Flynn den Kuss. Er stieß Gable beiseite und brachte ihn dabei fast zu Fall.

„Verdammt, wir haben den Kohl ruiniert. Ich wusste, dass das passieren würde." Er lachte, nahm die angebrannte Pfanne vom Herd und warf sie ins Waschbecken, während er den Wasserhahn aufdrehte, um sie abzukühlen.

„Wir können immer noch eine Dose Bohnen aufmachen", schlug Gable vor.

„Wir sind hoffnungslos, nicht wahr?", erwiderte Flynn.

Gable schob sich näher zu ihm und war glücklich, ein breites Lächeln auf seinem Gesicht zu sehen. „Vielleicht sind wir das, aber immerhin sind wir gemeinsam hoffnungslos?"

Flynn nickte. „Ja, immerhin sind wir zusammen."

AUFGRUND DES kleinen Missgeschicks in der Küche passte das Abendessen dieses Mal eindeutig in eine Junggesellenbude, aber es machte ihnen nichts aus.

„Ich habe mit Hunter gesprochen", sagte Gable beiläufig und biss in einen schönes Stück Steak. „Er hat einen Cowboy zu wenig, um eine große Pferdegruppe zu sortieren. Ich denke, er will einige verkaufen und ich habe vorgeschlagen, dass er dich fragt. Es sei denn natürlich, du bist zu krank."

„Ich bin nicht zu krank", antwortete Flynn schnell. „Diese Erkältung wird in ein oder zwei Tagen verschwunden sein. Ich kann arbeiten. Wann braucht er mich denn?"

Gable war froh, dass Flynn so eifrig schien. Er versuchte allerdings, nicht allzu erfreut zu auszusehen. „Übermorgen. Er wird dich den größten Teil des Tages brauchen. Er hat vorgeschlagen, dass er eine seiner Aushilfen rüberschickt, um dir zu helfen, aber ich habe gesagt, dass wir schon klarkommen. Im Moment ist sowieso nicht viel zu tun. Außerdem werden wir seine Aushilfen vermutlich später mal brauchen. Er wird dich für die Arbeit natürlich auch bezahlen." Gable sah Flynn von der Seite an, um die Reaktion seines Liebhabers zu beobachten, aber Flynn hatte nichts gemerkt. Natürlich hatte er Hunter angerufen und ihn gefragt, ob er ihm einen Gefallen tun könnte. Er wusste, dass Hunter auf seiner großen Ranch immer zu wenige fähige Hände hatte und nachdem der Winter fast vorbei war und sie ihre Herden auf höher gelegene Weiden trieben, war es besonders eng. Es war eine kleine Notlüge, aber Gable wollte sein Geheimnis noch eine Weile länger behalten

ZWEI TAGE später rief Gable Calley an, sobald Flynn gegangen war. Es war der eine Tag in der Woche, an dem sie Hilfe im Laden hatte und sich für ein paar Stunden loseisen konnte.

„Ich bin froh, dass du wieder im Land der Lebenden bist", bemerkte Calley, als sie in die Stadt fuhren. „Immerhin siehst du gut aus. Flynn kümmert sich gut um dich."

„Ich kann mich um mich selbst kümmern, vielen Dank", antwortete Gable schnell. Dann wurde ihm bewusst, dass das recht grob klang. „Es geht uns gut", versicherte er Calley. „Er kümmert sich wirklich gut um mich, aber jetzt ist die Zeit gekommen, wo ich damit anfangen muss, mich wieder um mich selbst zu kümmern."

Calley hob eine Augenbraue und sah Gable von der Seite an, konzentrierte sich dann jedoch wieder auf die Straße. Sie verfielen wieder in das übliche Schweigen, während Gable die Straße entlangschaute. Die Fahrt dauerte einige Zeit, aber keiner von ihnen hatte das Bedürfnis, die Zeit mit Smalltalk zu füllen.

„Ich komme schon klar", behauptete Gable, als Calley ihn am Eingang des Krankenhauses absetzte. „Ich bin mir sicher, dass du lieber einkaufen gehst oder irgendwas anderes tust, statt hier auf mich zu warten." Diese Aussage wäre für die meisten Frauen korrekt gewesen, aber Gable wusste, dass Calley nicht zu ihnen gehörte; trotzdem wusste er, dass sie nicht mit ihm streiten würde. „Holst du mich einfach in zwei Stunden ab?"

Sie warf ihm einen missmutigen Blick zu, aber nickte und fuhr dann fort. Gable wusste, dass er sie irgendwie dafür entschädigen würde müssen, aber sie würde es ihm nicht lange vorhalten. Dafür kannten sie sich schon zu lange.

Sobald Calleys Auto außer Sichtweite war, drehte sich Gable um und ging ins Krankenhaus. Es war ein ziemlich großes Gebäude und er musste bald anhalten, um zu Atem zu kommen und um den Schmerz in seinem Bein abklingen zu lassen. Er fluchte leise, wie er es immer tat, wenn ihm die Grenzen seiner körperlichen Leistungsfähigkeit bewusst wurden und als ihm klar wurde, dass er irgendwo in dem großen Labyrinth eine falsche Abbiegung genommen hatte, gab er auf und setzte sich in einem der Wartebereiche für einen Moment hin. Er war für seinen Termin mit Craig bereits zu spät dran, aber er brauchte tatsächlich ein paar Augenblicke, um sich zu erholen. Von der anderen Seite des Raums lächelte ihn ein ausgemergeltes Kind in einem Rollstuhl an, dem die Haare fehlten und seine Laune bessert sich. Warum fühlte er sich schlecht? Er hatte einen Fuß verloren und würde wieder lernen müssen, zu gehen, aber ansonsten war er ziemlich gesund. Dieses Kind starb vermutlich an einer wirklich schlimmen Krankheit und würde vielleicht nie wieder aus diesem Krankenhaus herauskommen und trotzdem lächelte es und suchte Kontakt mit einem Fremden. Gable lächelte zurück und die Augen des Mädchens begannen zu strahlen. Er winkte ihr zu und sie zupfte am Arm ihrer Mutter, um ihr von dem fremden Mann zu erzählen, der ihr von der anderen Seite des Raums zuwinkte.

Gable stand wieder auf und zwinkerte ihr zu. Er humpelte zum Empfangstresen und bat um eine Wegbeschreibung zur Reha-Abteilung, nur um festzustellen, dass sie direkt um die Ecke war.

CRAIG FREUTE sich, ihn zu sehen, aber wie Gable vorhergesehen hatte, bekam er erst mal eine Gardinenpredigt darüber zu hören, warum er früher hätte kommen sollen.

„Deine Muskeln verschwinden, Mann", wies Craig ihn zurecht. „Hat dein Freund sich noch nicht beschwert? Ich wette, dein schön symmetrischer Hintern ist im Eimer."

Gable verdrehte die Augen, aber reagierte ansonsten nicht. Craig war schon immer ziemlich direkt gewesen, aber er war ein guter Therapeut und wusste genau, wie er ihn wütend genug machen konnte, um seinen Ehrgeiz anzustacheln. Außerdem stand Gable in dem Augenblick zwischen zwei Stangen und Craig stand hinter ihm und drückte ihn an allen angemessenen und einigen nicht so angemessenen Stellen.

„Aber du hast schon trainiert, oder?", fragte Craig, als er wieder vor Gable stand. Er wackelte mit den Augenbrauen und Gable rollte mit den Augen.

„Ja", antwortete Gable und konnte nicht verbergen, wie sehr er sich darüber freute, dass Craig es bemerkt hatte. Obwohl er vollständig bekleidet war, fühlte sich Gable sehr unsicher, als Craig seinen Körper so gründlich betrachtete. Es führte außerdem dazu, dass er sich des Physiotherapeuten seltsam bewusst wurde. Er schüttelte den Kopf. Der Mann war noch nicht mal sein Typ. In seinen wilden Jahren, als er in die Stadt gefahren war, um eine gute Zeit und Sex zu haben, hätte er einen Typen wie Craig vielleicht mitgenommen. Aber jetzt würde er das nicht tun, selbst wenn sein Körper schon wieder vollständig funktionieren würde.

„Du musst härter arbeiten", sagte Craig mit ausdruckslosem Gesicht und holte Gable wieder auf den Boden der Tatsachen zurück. „Lass uns den Abdruck machen, damit wir dir eine temporäre Prothese bauen können und dann werden wir einen Zeitplan für deine Übungen aufstellen."

Gable nickte. Er hatte nicht wirklich Lust darauf, aber er war nicht der Typ, der sich vor den harten Realitäten des Lebens versteckte. Zumindest nicht, wenn er sich einmal entschieden hatte, alles Notwendige zu tun.

GABLE KEHRTE erst am späten Nachmittag nach Hause zurück. Er hatte Calley zum Essen ausgeführt, um ihre Freundschaft ein bisschen wiederzubeleben und um seinen Kopf von den Ereignissen des Morgens abzulenken. Die Erstellung des Abdrucks war eine einzige große Konfrontation gewesen. Craig hatte den Stumpf sorgfältig untersucht und hatte Gable dazu gebracht, ihn zusammen mit ihm anzusehen. Danach hatte er ihm erklärt, wonach er Ausschau halten musste, sobald er die Prothese trug. Er hatte ihn darauf eingeschworen, es nicht zu übertreiben, und die Amputationsstelle immer wieder auf kleine Wunden zu untersuchen, um sicherzustellen, dass sein Bein so beweglich wie möglich blieb. Obwohl Craig sehr zufrieden damit war, wie alles verheilt war, tat sich Gable sehr schwer damit anzusehen, was von seinem Unterschenkel übrig geblieben war. Er hatte Flynn und Calley schon lange vergeben, dass sie der Operation zugestimmt hatten, aber das bedeutete nicht, dass es dadurch leichter war, mit dem Ergebnis konfrontiert zu werden.

Als er wieder zu Hause war, wurde ihm bewusst, wie ausgelaugt er war. Er wusste, dass er mit dem Abendessen beginnen sollte, denn Flynn würde ebenfalls ziemlich müde nach Hause kommen, aber er hatte einfach keine Energie, daher legte er sich aufs Bett und döste bald ein.

Als ihn Geräusche aufschreckten, wurde es draußen bereits dunkel und er wischte sich den Schlaf aus den Augen, als Flynn aus dem Vorraum reinkam. Er sah nicht aus, als hätte er gute Laune.

„Ist alles in Ordnung?", fragte Gable vorsichtig.

„Ja, alles klar", antwortete Flynn flach. „Was gibt's zum Abendessen?" Er wartete nicht auf eine Antwort und lief nach oben. Gable dachte sich, dass er eine Dusche nehmen würde, daher stand er vom Bett auf und humpelte mit seinen Krücken in die Küche.

Als Flynn die Treppe wieder herunterkam, lagen die restlichen Kartoffeln vom Vortag zum Braten in der Pfanne und Gable fügte gerade etwas Gemüse hinzu und wollte noch ein paar Eier dazugeben. „Ist Omelette okay für dich?", fragte er Flynn, der nickte. „Dann kümmerst du dich am besten um die Gewürze", ergänzte Gable, der versuchte, besser drauf zu sein als Flynn aussah.

Flynn lächelte immer noch nicht, aber er stellte sich neben Gable an den Herd. Gable sah ihn an, während er Salz und Pfeffer und außerdem noch ein bisschen Cayennepfeffer hinzufügte, aber entweder ignorierte ihn Flynn oder seine Gedanken waren meilenweit weg.

„Wie war's bei Hunter?"

Flynn warf ihm einen finsteren Blick zu.

„War es schön, mal wieder auf einer großen Ranch zu arbeiten?", fragte Gable und versuchte Flynn damit aufzulockern.

Flynn seufzte und wandte sich dann Gable zu. „Warum hast du mich hingeschickt?"

Gable schüttelte den Kopf, als hätte er keine Ahnung, was Flynn meinte. Tief im Inneren machte er sich jedoch Sorgen, dass Flynn etwas wusste.

„Sie haben mich angesehen, als wären sie überrascht, mich zu sehen. Sie mussten sich wirklich Mühe geben, Arbeit für mich zu finden, als wäre ich nur irgendein Hilfsarbeiter, den Hunter an einer Ampel aufgelesen hat. Wir haben ein paar Pferde hin und her getrieben, ich habe ein paar Zaumzeuge repariert und Ställe ausgemistet. Bist du jetzt glücklich?"

Gable konnte nicht anders, als die Wut in Flynns Worten zu spüren. Verdammter Hunter! Andererseits konnte er Hunter dafür keinen Vorwurf machen. Er würde die Sache mit Flynn in Ordnung bringen müssen.

"Es tut mir leid, ich …"

"Warum wolltest du mich von der Ranch weghaben, Gable?", unterbrach Flynn ihn. "Ich bin dein Partner, Gable. Immerhin dachte ich das, nach allem, was wir zusammen durchgemacht haben. Was ist los? Holst du dir jetzt Grant zurück?"

Gable war vollkommen entgeistert. "Wovon sprichst du? Was hat Grant damit zu tun?"

"Grant arbeitet auf Hunters Ranch!", stieß Flynn aus. Gable konnte sehen, dass Flynn langsam die Kontrolle verlor, daher trat er näher zu ihm. "Er arbeitet manchmal auch hier, obwohl ich ihn bisher noch nicht direkt ertappt habe. Nun ja, ich hatte viel Zeit zum Nachdenken, während ich bei Hunter ausgemistet habe und ich habe mir überlegt, dass das der Grund sein könnte, warum du mich weghaben wolltest. Grant war hier, oder nicht?"

"Flynn?", rief Gable ihm nach, aber Flynn war schon zur Tür hinaus, bevor er reagieren konnte.

"Ich habe Grant nicht gesehen, seitdem er mich verlassen hat, Flynn", sagte Gable, der in der Tür stand und Flynn ansah, der auf der Veranda stand. Flynns Haar waren immer noch feucht von der Dusche und es war kalt draußen. "Komm zum Reden rein, bevor du wieder krank wirst."

Flynn bewegte sich nicht.

"Ich weiß, dass er im Krankenhaus war, weil du es mir erzählt hast, aber ich kann mich nicht erinnern. Ich habe ihn seither nicht gesehen."

Flynn schluckte, schien aber bereits ruhiger. Gable hoffte, dass er bald wieder reinkommen würde.

"Warum sollte ich heute nicht auf der Ranch sein?"

Flynns Stimme war ruhig, aber er sah immer noch direkt auf den Stall.

Gable wusste, dass er Flynn die Wahrheit sagen und seine kleine Notlüge aufdecken musste. "Ich war heute im Krankenhaus."

"Warum?", fragte Flynn und drehte sich um, um Gable anzusehen. Plötzlich war sein Gesicht voller Sorge. "Ist alles in Ordnung?" Flynn trat näher und musterte Gable einmal von oben nach unten.

"Es ist alles in Ordnung. Ich musste Craig für die Physiotherapie treffen."

Flynns Gesicht begann zu leuchten und ein sanftes Lächeln erschien. "Und er wird dir eine Prothese für deinen Fuß machen? Damit du wieder laufen kannst?"

Gable nickte.

"Warum hast du mir das nicht gesagt? Ich hätte dich hinfahren können und …" Flynns Lächeln verschwand. "Ich bin dein Partner, Gable. Warum konntest du es mir nicht sagen?"

Gable musste zugeben, dass er es nicht wusste. Flynn hatte recht. Er hätte es mit ihm teilen sollen. "Ich weiß es nicht", gab er leise zu. "Du hattest jedes Recht der Welt, es zu wissen. Ich dachte nur …"

"Was?", fragte Flynn, als Gable ein bisschen zu lange zögerte.

Gable sah zur Seite. "Ich wollte dich überraschen."

"Zu hören, wie du mir sagst, dass du zurück ins Krankenhaus gehst, wäre Überraschung genug gewesen, Gable. Ich bin froh, dass du weitermachst. Ich würde mir nur wünschen, dass du mich von Zeit zu Zeit in deine Pläne einweihst. Ich wollte das mit dir teilen, Gable. Das ist es, was Partner tun."

Zu diesem Zeitpunkt stand Flynn schon sehr dicht bei Gable und es war keine wirkliche Überraschung, als Flynns Lippen sich sanft auf Gables legten.

„Lass uns wieder reingehen, okay?" Flynn schubste Gable vorsichtig.

Als sie ins Haus traten, begrüßte sie der Geruch nach Verbranntem.

„So viel dazu", seufzte Flynn und warf das verbrannte Omelette in den Müll. „Ich esse nicht wieder Bohnen. Wir fahren in die Stadt zum Chinesen."

19

GANZ DICHT neben Gable aufzuwachen war immer ein besonderes Vergnügen. Da war etwas so männliches in seinem Geruch, das, in Verbindung mit den feinen Haaren, die den größten Teil seines Körpers bedeckten, und den sehnigen Muskeln eines Mannes, der harte Arbeit gewöhnt war, immer dazu führte, dass er hart wurde. Monatelang hatte sich Flynn dieser körperlichen Reaktion fast geschämt, hatte Angst gehabt, dass es Gables Unzulänglichkeit in diesem Bereich verhöhnen würde. Flynn hatte sich daran gewöhnt, sich unter der Dusche Erleichterung zu verschaffen, an dem einen Ort, wo er genug Privatsphäre hatte, aber das bedeutete nicht, dass er ganz ohne Gables Berührungen auskommen konnte.

Langsam entdeckten sie sich wieder gegenseitig. In den letzten Tagen hatten sie sich angewöhnt, eng beieinander zu schlafen, etwas, was sie noch nicht einmal am Anfang ihrer Beziehung getan hatten. Trotzdem hatte es Gable etwas Zeit gekostet, Flynn davon zu überzeugen, dass auch er den Sex brauchte, die Intimität, die Zärtlichkeit, obwohl er nicht hart werden konnte und keinen Höhepunkt erreichte. Flynn hatte manchmal Angst, die Frustration in Gables Augen zu sehen, daher versuchte er es mit vielen Küssen und Liebkosungen zu kompensieren. Wenn er sah, dass Gable sich entspannte und sich in seiner Umarmung wohlfühlte, dann war das im Augenblick Belohnung genug. Flynn überließ es weiterhin Gable, die meisten ihrer intimen Momente zu beginnen, aber er hörte damit auf, sich für seine eigene Erregung schuldig zu fühlen und begann, die Blowjobs zu genießen, die er von seinem Geliebten bekam, wohl wissend, dass auch Gable seinen Spaß daran hatte.

Im Gegenzug versuchte Flynn, alle erogenen Zonen bei Gable zu finden. Seine Nippel und die Innenseiten seiner Schenkel waren noch recht offensichtlich. Die Grübchen direkt über seinem Hintern und eine spezielle Stelle zwischen seine Schulterblättern waren weniger eindeutig, aber Flynns bevorzugter Ort war Gables Nacken. Er liebte es, hinter ihm zu liegen, Gable enger an sich zu ziehen und die Stelle, wo Gables Schultermuskeln sich mit denen am oberen Ende seiner Wirbelsäule verbanden, zu küssen und zu lecken, genau da, wo der Haaransatz aufhörte. Flynn liebte seinen Geruch dort und war fasziniert von der Art und Weise, in der Gable versuchte, ihm immer noch näher zu kommen, wenn er es tat.

In der letzten Nacht war Flynn dadurch zum Höhepunkt gekommen: Sein schmerzender Schwanz erhielt die notwendige Reibung zwischen Gables Arschbacken, während sich Gable zurückdrängte, und Flynn ihn im Gegenzug küsste und mit seinen Nippeln spielte. Gable stöhnte und war sich vollkommen bewusst, was er Flynn antat. Einen Moment lang dachte Flynn, dass Gable seine Reaktion übertrieb, weil er wusste, dass es ihn weiter erregen würde. Doch dann brach sein Höhepunkt so heftig über ihn hinein, dass jeder zusammenhängende Gedanke sein Gehirn verließ und in Bereiche mit mehr Action abwanderte. Sie waren dann auch so eingeschlafen: eng zusammen, Flynn schwebend auf befriedigtem Glück und Gable mit einem stolzen Lächeln im Gesicht.

Nun ließ Flynn langsam die frühe Morgensonne in sein Bewusstsein eindringen. Gable lag immer noch in seinen Armen, sein Rücken gegen Flynns Brust gepresst und atmete gleichmäßig. Flynn wollte diesen Moment für immer festhalten, aber sobald er sich bewegte, erwachte Gable ebenfalls.

„Mmmh", murmelte Gable und bewegte seine Hand nach hinten um Flynns nackte Haut zu berühren. „Zeit zum Aufstehen?"

„Gib uns einfach noch ein oder zwei Minuten." Flynn schmiegte sich enger an ihn und war sich bewusst, dass sein Morgenlatte gegen Gables Hintern stieß.

„Fick mich!"

„Was?", fragte Flynn, nun völlig wach.

„Fick mich, mach Liebe mit mir", antwortete Gable, seine Augen immer noch geschlossen, als er sich zurücklehnte. „Du bist steinhart. Das solltest du nicht verkommen lassen." Er griff hinter sich, um Flynn enger an sich zu ziehen, sodass er ihn küssen konnte.

„Das hat beim letzten Mal nicht so gut geklappt, erinnerst du dich?", wandte Flynn ein.

Gable drehte seine Schulter, sodass er seinen Arm um Flynn legen konnte. Erst dann öffnete er die Augen. „Ich weiß, dass es für dich nicht so gut war, aber ich mochte es, Flynn. Es fühlte sich gut an, dich wieder in mir zu spüren. Und letzte Nacht, als wir uns geliebt haben und du zum Höhepunkt kamst, während du dich an mir gerieben hast, konnte ich nur daran denken, dass ich wollte, dass du in mir kommst."

„Aber ... das muss für dich doch frustrierend sein", antwortete Flynn leise.

Gable küsste ihn wieder. „Ich habe diesmal nicht die gleichen Erwartungen wie beim letzten Mal. Vielleicht kommt es niemals wieder, Flynn, aber ich möchte nicht damit aufhören, mit dir zu schlafen. Es sei denn natürlich, du willst das."

Die Unsicherheit, die Flynn an Gable wahrnahm, ließ ihn einlenken. „Ich möchte nichts lieber als das, aber es fühlt sich immer so an, als würde ich dich ausnutzen. Selbst letzte Nacht ..."

„Sssh", unterbrach ihn Gable. „Wirst du mich das beurteilen lassen?"

„Aber ich weiß, du ... liebst mich", sagte Flynn zögernd. „Und das bedeutet, dass du bereit wärst, es zu ertragen, weil es mir ... Vergnügen bereitet."

Gable drehte sich nun vollständig herum, sodass er Flynn ansehen konnte. „So sehr liebe ich dich nun auch wieder nicht."

Die Strenge von Gables Worten ließ Flynn schließlich den Augenkontakt suchen und er bemerkte, dass Gables Gesicht nicht zu seinen Worten passte. Sein Blick war sanft und liebevoll, wenn auch ein bisschen spöttisch.

„Es ist beängstigend, Flynn", fuhr Gable fort. „Warum solltest du bei mir bleiben wollen, wenn ich nie mehr ...?" Gable beendete den Satz nicht. Sie wussten beide, was er meinte, und die Worte auszusprechen, würde sie im Augenblick zu real machen. „Aber ich würde dich nicht bitten, mich zu nehmen, wenn ich es nicht wollte. Ich weiß, dass du dich ... in der Dusche selbst befriedigst." Gable legte den Kopf auf die Seite und wandte den Blick ab. „Aber ich fände es viel schöner, wenn du dir vor mir einen runterholen würdest."

„Gable!"

„Aber es ist so", gestand Gable. „Warum es verstecken? Es ist etwas, worüber ich manchmal fantasiere, also warum solltest du nicht?"

„Weil es peinlich ist!", schmunzelte Flynn.

„Selbstbefriedigung?"

„Ja", gab Flynn zu.

Gable versuchte Flynn dazu zu bringen, ihn wieder anzusehen. „Nur weil ich es selber nicht tun kann, heißt nicht, dass es mich nicht erregt. Wenn ich dir zusehen könnte, wie du dich selbst befriedigst, wäre das deutlich weniger frustrierend als zu wissen, dass du es kaum erwarten kannst, in die Dusche zu springen, damit du's dort tun kannst."

Gable griff in Richtung des Nachttischs und holte die Gleitcreme aus der Schublade. Er öffnete den Deckel und bot an, etwas davon auf Flynns Hand zu geben.

Flynn zögerte, bevor er die Hand ausstreckte. Es war eine ungewöhnliche Idee, sich vor seinem Geliebten selbst zu befriedigen. Sex war die eine Sache, aber sich selbst Vergnügen bereiten? Das fühlte sich wieder an wie in der Schule. Flynn erinnerte sich mit heißen Ohren daran, wie er damals nach Erledigung seiner Aufgaben ganze Nachmittage mit seinem besten Freund Davy auf dem Heuboden verbracht hatte. Sie hatten masturbiert und einen Wettbewerb daraus gemacht, wie schnell sie kommen und wie weit sie spritzen könnten. Schon damals wollte er Davys Schwanz halten und verzehrte sich danach, dass Davy seinen berührte, aber er tat es nie. Sie küssten sich noch nicht mal. Das Letzte, was er von seinem Freund gehört hatte, war, dass er verheiratet war und einen ganzen Haufen Kinder hatte. Es war eben so gewesen. Kinderzeug. Nichts, was man mit einem Liebhaber tun würde.

Gable nickte ihm ermutigend zu. „Los, versuch es. Wenn es dir keinen Spaß macht, dann werden wir es nicht wieder tun."

Flynn nahm das klare Gel entgegen und rieb seine Finger aneinander, um es anzuwärmen. Dann umfasste er mit der Hand seinen halb harten Schwanz und rieb ihn sanft. Er musste zugeben, dass es sich gut anfühlte, und obwohl er sich an seine Hand inzwischen ziemlich gewöhnt hatte, verlieh die Tatsache, dass Gables Augen auf ihm ruhten, der Sache ein seltsamen Kick. Als er gerade begann, zu sehr darüber nachzudenken, lehnte sich Gable dichter zu ihm und küsste ihn zärtlich, neckte ihn.

„Du siehst gut aus, wenn du dich so selbst berührst", murmelte Gable gegen Flynns Lippen und ermutigte ihn. „Lass dir Zeit. Zeig mir, was du magst."

„Du weißt, was ich mag", antwortete Flynn.

„Mmmh", stimmte Gable ihm zu. „Trotzdem ist eine Demonstration viel praktischer."

Flynn schloss die Augen und versuchte, das, was er tat zu genießen, ohne die ganze Zeit mit Gables Blicken konfrontiert zu werden. Das war momentan zu viel Ablenkung, obwohl er Gables Mund permanent auf sich spürte, ebenso wie seinen Atem, der über Flynns Haut strich. Dann hörte Flynn, wie der Deckel der Gleitcreme aufging. Als er es schließlich wagte, seine Augen zu öffnen, sah er, dass Gable seine Hand hinter sich hatte.

„Bereitest du dich für mich vor?", fragte Flynn zögernd.

„Ich hab dir gesagt, dass ich möchte, dass du mich fickst. Nur weil ich nicht mehr … du weißt schon … bedeutet nicht, dass ich nicht erregt bin und zuzusehen, wie du dich selber berührst, macht mich so sehr an."

Flynns Atem ging schneller. Meine Güte, natürlich wollte er Gable ficken! Das war doch klar. Immer. Er hatte sich nach dem letzten Desaster zurückgehalten, aber als Gable ihn nun so direkt darum bat, ließ sein Widerstand schnell nach. Er fuhr damit fort, seinen Schwanz zu streicheln, während er Gable zu verstehen gab, dass er sich auf den Rücken legen sollte.

Gable änderte sofort die Position seiner Hand und spreizte seine Knie, damit Flynn zwischen ihnen liegen konnte. „Tu es einfach. Komm einfach in mich hinein. Ich bin bereit für dich."

Flynn versuchte, Gables schlaffen Penis zu ignorieren und entschied stattdessen, sich auf die schwere Atmung und die ermunternden Worte seines Liebhabers zu konzentrieren.

„Ich will dich in mir spüren. Ich bin bereit für dich, Flynn. Bitte?"

Zu hören, wie Gable darum bettelte, brach Flynns letzten Widerstand. Er positionierte seinen Schwanz an Gables Eingang und stieß ganz einfach in die enge Hitze.

„Nnnguh", stöhnte Gable. „Verdammt, ja, das fühlt sich … so gut an!"

Flynn nickte und beugte sich nach unten, um Gable zu küssen, während er begann, sich langsam vor und zurück zu bewegen. Es fühlte sich gut an, sich so nah zu sein, sich zu umarmen, einander anzusehen und sich zu küssen, wenn sie sich liebten. Er fühlte sich geborgen und sicher und Gables rhythmisches Stöhnen und seine ermutigenden Worte vertrieben das Gefühl, ihn einfach nur auszunutzen.

„Das fühlt sich so gut an", murmelte Gable. „Ich bin so dicht dran. Hör nicht auf."

Diese Worte zu hören, ließ Flynn trotzdem innehalten. „Was?" Er stützte sich auf und sah zwischen ihren Körpern herab.

Gable umschlang seinen Hals und zog ihn wieder nach unten. „Hör bloß nicht auf. Fick mich härter. Mach das … ich … Bitte!"

Gable küsste ihn fast gewalttätig und Flynn konnte nicht anders als zu gehorchen. Zu hören, wie Gable ihn so darum bat, trieb seine Lust sehr schnell nach oben und er musste einfach nur seinem Körper folgen und immer wieder wie ein Verrückter in Gable eindringen. Er hatte keine Vorstellung, wie lange er durchhalten würde, aber es fühlte sich gut an, die letzte Kontrolle aufzugeben. Plötzlich verzerrte sich Gables Gesicht und sein Rücken bog sich mit erstaunlicher Kraft vom Bett hoch. Flynn spürte Gables Erguss klebrig zwischen ihren Körpern und konnte es nicht anders, als zu schauen.

„Du bist gekommen?"

Gable war zu sehr außer Atem, um zu antworten, aber er nickte.

„Aber du bist noch nicht mal hart."

Gable schüttelte langsam den Kopf. „Aber es hat sich trotzdem großartig angefüllt."

Als Flynn sich vorsichtig zurückzog, hielt Gable den Atem an und sein Geschlecht zuckte immer noch. „Du bist noch nicht gekommen?"

Flynn schüttelte den Kopf und mit einem neckenden Lächeln nahm noch etwas mehr Gleitcreme auf die Hand und krabbelte an Gables Körper hoch, bis er schließlich rittlings auf ihm saß. „Du hast mich irgendwie überrascht und außerdem dachte ich, dass du mich gebeten hast, mir vor dir einen runterzuholen. Möchtest du das immer noch?"

„Ja, klar", antwortete Gable mit offensichtlichem Vergnügen in der Stimme.

Flynn begann, seine steinharte Erektion zu streicheln. Es war üblicherweise nicht sein Stil, sich in dieser Form zu präsentieren. Doch wie Gable sich auf die Lippen biss, während er Flynn zusah und das Vergnügen nicht verbarg, das es ihm bereitete; all das wurde Teil des Zurückgebens und Flynn war sogar versucht, es noch ein bisschen weiter hinauszuzögern. Es wurde immer schwieriger, es langsam anzugehen. Er rollte mit den Hüften und fickte dadurch quasi seine eigene Faust und dann umfasste Gable seinen Hintern und begann, ihn passend zu Flynns Bewegungen zu massieren. Flynn spürte, wie er die Kontrolle verlor. Er wollte verzweifelt kommen, also erhöhte er das Tempo noch ein bisschen, als er das Prickeln am unteren Ende seiner Wirbelsäule spürte. Er spannte die Muskeln in seinem Unterleib an, bis die Welle über ihm zusammenschlug und er in Gables Armen zusammenbrach.

Flynn wusste nicht, wie lange sie so zusammen lagen. Flynn rang nach Luft und Gable beruhigte und wiegte ihn. Er bekam am Rande mit, dass Gable sie säuberte, aber Flynn fühlte sich so sicher und warm, dass er schließlich einschlief. Als er wieder erwachte, stahl sich schon das helle Sonnenlicht um die Vorhänge herum und er blickte in Gables strahlend blaue Augen.

„Hey, Schlafmütze."

„Es tut mir leid", entschuldigte sich Flynn.

„Warum? Wir haben eine ganz großartige Erfahrung gemacht, dann bist du eingeschlafen und ich auch und jetzt sind wir wieder wach."

„Wie spät ist es?", fragte Flynn, mit etwas Angst vor der Antwort, obwohl es keine wirkliche Rolle spielte. Sie mussten in jedem Fall aufstehen und er wollte ihren sicheren Kokon einfach noch nicht verlassen.

„Oh, so gegen 11:00 Uhr?", antwortete Gable beiläufig.

„Was?", rief Flynn aus und war plötzlich hellwach. Er sprang aus dem Bett und begann, in seinen Klamotten zu wühlen. „Verdammte Scheiße, wir müssen aufstehen und arbeiten!"

Gable ließ sich nicht aus der Ruhe bringen. Er saß im Bett mit einem breiten Grinsen auf seinem Gesicht und sah zu, wie Flynn sich aufregte. „Komm zurück ins Bett, Flynn."

„Da sind Pferde, um die wir uns kümmern müssen und Ställe, die ausgemistet werden müssen und Leder, das geölt werden muss und Zäune, die repariert werden müssen und … und …"

Gable schmunzelte. „Den Pferden ist die Zeit egal, mein Schatz. Es kümmert sie nicht, wann du kommst. Und solange sie Wasser und saftiges Gras haben, ist es ihnen sogar egal, ob du überhaupt kommst." Er lehnte sich aus dem Bett und griff nach Flynns Hand, um ihn näher zu sich zu ziehen. „Ich jedoch …"

Flynn ließ sich widerstrebend zurück ins Bett ziehen. Gables gnadenloser Kuss brach seinen Widerstand.

„Ich habe irgendwas in dir losgetreten, oder?", fragte Flynn, sobald sie nach Luft schnappten.

„Oh, ich weiß nicht", antwortete Gable unschuldig. „Ich hatte gehofft, dass du es nach ein bisschen Ruhe einfach nochmal tun könntest?"

Flynn rollte die Augen und lächelte, bevor er das T-Shirt, das er sich hastig gegriffen hatte, beiseite warf und wieder unter die Decken krabbelte.

20

"Wenn ich gewusst hätte, dass es so einfach ist, dann hätte ich dich schon vor Wochen angerufen", schmunzelte Gable, als er mit kurzen Krücken in beiden Händen auf der Veranda stand und auf Craig heruntersah.

„Nun gib nicht so an. Du legst ja fast kein Gewicht auf die Prothese", antwortete der Therapeut aus seiner gebückten Position und richtete Gables Füße aus.

„Ich … verdammt noch mal!"

„Habe ich doch gesagt." Craig konnte sich ein Schmunzeln nicht verkneifen. „Du wirst es langsam angehen müssen. Jetzt beug dein Knie ein bisschen."

„Wie soll ich das denn anstellen?", fragte Gable mürrisch.

„Befiehl deinem Bein, sich zu entspannen und dann ziehst du dein Knie ein bisschen an."

Gable wackelte etwas und hatte alle Hände voll zu tun, seine Balance zu halten.

„Komm schon, Gable", trieb Craig ihn an. „Konzentrier dich. Du bist jetzt inzwischen seit Monaten mit den Krücken unterwegs. Das kann nicht so viel schwieriger sein."

In diesem Augenblick sah Gable auf, weil er ein Geräusch hörte, und sah Flynn auf das Haus zulaufen.

„Ist alles … in Ordnung?"

Flynn stürzte an ihm vorbei ins Haus. Nur wenige Augenblicke später kam er wieder heraus und hatte Gables Gewehr in der Hand.

Bevor einer der Männer auf der Veranda reagieren konnten, lief Flynn auch schon wieder zurück zum Stall.

„Was zum Teufel?", murmelte Gable, bevor er ihm nachsetzte, hoppelnderweise mit seinen neuen Krücken.

„Hey!", rief Craig. „Sei vorsichtig mit deinem Bein!" Schnell wurde er die dritte Person, die sich zügig die Auffahrt entlangbewegte.

„Flynn?", rief Gable, sobald er keuchend in der Scheune ankam. „Flynn?"

„Hier hinten", sagte Flynn mit flacher Stimme.

Gable trat hinter die letzte Box, wo sich die Leiter zum Heuboden befand und sah, dass Flynn das Gewehr auf zwei bekannte Männer richtete, die wie in einem Western mit erhobenen Händen dastanden.

„Hunter." Gable nickte. „Grant", sagte er mit einem durchaus anderen Ton in der Stimme. „Würde es euch etwas ausmachen, zu erklären, was ihr hier macht?"

„Kannst du ihn erst mal dazu bringen, dass er das Gewehr runternimmt?", fragte Hunter an Gable gewandt, während er auf Flynn deutete.

„Ihr befindet euch widerrechtlich hier", antwortete Gable und klang dabei immer noch sehr ruhig.

„Hör zu, ich kann das erklären, sag ihm nur, dass er …"

„Ich kann ihm nicht befehlen, irgendwas zu tun", unterbrach ihn Gable mit einer gewissen Belustigung in der Stimme.

„Er ist dein Stallbursche, natürlich kannst Du das", mischte sich Grant ein.

„Oh, er ist viel mehr als nur mein Stallbursche, Grant. Du solltest das wohl am besten verstehen."

Gable konnte sehen, dass Grant zu kochen begann, aber er stellte fest, dass es ihm nichts mehr ausmachte.

„Hört zu", sagte Hunter und übernahm wieder, indem er Grant kurz zunickte. „Flynn, wir sind unbewaffnet, deshalb hör bitte auf, mit diesem Ding auf uns zu zielen. Dann werde ich versuchen, es zu erklären."

Flynn warf Gable einen kurzen Blick zu, dann sicherte er das Gewehr und nahm es runter. Er sah allerdings immer noch nicht sehr entspannt aus.

Hunter und Grant ließen die Hände sinken. Gable hatte nach wie vor Mühe, nicht über die Situation zu lachen und tat sein Bestes, um ernst zu bleiben.

„Also erkläre", sagte Gable und versuchte, streng zu klingen.

„Wir sind nur hier, um unsere Investition zu schützen. Hunters Investition", korrigierte Grant sich selbst.

„Warum schickst du nicht deinen Stallburschen zum Wagen oder was auch immer du als Transportmittel benutzt hast, Hunter?", ermahnte Gable. Aus dem Augenwinkel sah er Grant die Stirn runzeln. Es bereitete ihm ein perverses Vergnügen.

„Grant ist nicht mein …" Hunter brach mitten im Satz ab und wechselte dann das Thema. „Wir … ich wollte nur sichergehen, dass die Stuten und ihre ungeborenen Fohlen in Ordnung sind."

„Ach, komm schon, Hunter", sagte Gable und versuchte, die Angelegenheit zu klären. „Du hättest einfach anrufen und danach fragen können, sie zu sehen. Obwohl ich für deine Investition dankbar bin, sind das im Augenblick immer noch meine Stuten und sie befinden sich auf meinem Gelände und in meinem Stall und fressen mein Gras und mein Heu und mein Getreide. Ich dachte, alles worüber du und Flynn euch geeinigt hattet war, dass die Fohlen dir gehören würden? Nachdem sie geboren sind."

Hunter nickte.

„Nun, dann werden wir uns für den Augenblick weiter um sie kümmern und ich verspreche, dass ich dich anrufe, sobald eines von ihnen seine unmittelbare Ankunft ankündigt."

Hunter tippte sich mit der Hand an den Hut und bedeutete Grant, ihm aus dem Stall zu folgen.

Zum ersten Mal an diesem Nachmittag stahl sich ein Lächeln auf Flynns Gesicht. Er und Gable tauschten einen Blick aus, aber Flynn war eindeutig nicht dazu bereit, mehr zu erklären, solange Craig dabei war.

„Ich denke, ich mache dann mal weiter mit meinen Übungen", schlug Gable vor.

„Ja, ich habe auch noch zu tun", stimmte Flynn zu, wobei immer noch ein Hauch von Übermut auf seinem Gesicht lag. „Kannst du das Gewehr mitnehmen?"

Gable hob die Krücken an und warf Flynn einen entschuldigenden Blick zu.

„Craig?"

„Oh, nein", antwortete der Therapeut und winkte mit seinen Händen ab. „Ich bin ein Stadtjunge. Ich fasse das nicht an."

Flynn schmunzelte und legte sich das Gewehr in einer Position über die Schulter, die James Dean zu Ehren gereicht hätte. „Ja nun, ich bin damit aufgewachsen, Hasen zu erschießen. Zwei wilde Jungs wären mir gerade recht gekommen."

Gable schmunzelte und schüttelte den Kopf. „Lass uns gehen, Craig, bevor Dirty Harry hier noch auf irgendwelche komischen Ideen kommt."

Als sie den Stall verließen, trat ziemlich schnell wieder Craigs professionelle Haltung in den Vordergrund. „Leg etwas mehr Gewicht auf dein Bein, Gable."

Gable setzte vorsichtig den Fuß ab und schlug hart auf dem Boden auf, sodass er ihn wieder anhob. „Es ist schwer zu sagen, wo mein Fuß ist. Ich habe Angst, dass ich darüber stolpere."

Craig legte eine beruhigende Hand auf Gables Schulter. „Das kommt mit der Zeit. Es dauert eine Weile, um sich daran zu gewöhnen, Gable. Du musst ganz neu lernen, es zu fühlen. Im Moment fühlt es sich an, als wenn alle Nervenenden falsch verdrahtet sind, weil du so lange kein Gewicht mehr auf das Bein gelegt hast. Aber das wird sich mit der Zeit legen."

Gable war sich da nicht so sicher, aber er wollte nicht streiten. Stattdessen ging er mit zügigen Schritten zurück zum Haus und versuchte, so wie Craig ihn gebeten hatte, den Fuß zumindest auf den Boden zu bringen. Es fühlte sich immer noch fremd an, als wäre es nicht sein Bein, aber tatsächlich war es das ja auch nicht.

Später am Abend, nachdem sie ins Bett gegangen waren, schlief Flynn quasi unmittelbar ein. Gable dagegen lag noch immer wach. Endlich einmal wälzte er keine Probleme, denn heute Abend taten ihm einfach die Muskeln weh. Der Muskel am Hintern fühlte sich an, als wäre er überanstrengt und auch Reiben half nicht. Vielleicht hatte Craig recht und er hatte zu lange gewartet. Aber der Therapeut war sich ganz sicher gewesen, dass er sich wieder erholen würde. Es würde nur etwas länger dauern als bei einem durchschnittlichen Amputationsfall. Er musste alle Muskeln wieder aufbauen.

Gable drehte sich auf die Seite, vorsichtig, um Flynn nicht aufzuwecken. Das fühlte sich für seinen Rücken und seinen Hintern besser an, führte aber dazu, dass sein schlechtes Bein zwickte. Er verzog sein Gesicht und versuchte, nicht dem unkontrollierbaren Verlangen nachzugeben, es zu schütteln, um dieses Kitzeln an der Fußsohle loszuwerden - einer Fußsohle, die er nicht länger kratzen konnte.

„Ist alles in Ordnung, Liebling?", fragte Flynn.

Gable zuckte die Schultern. „Ich wollte dich nicht wecken. Du hast hart gearbeitet. Du bist müde."

Flynn schmiegte sich dichter an ihn. „Das macht nichts." Er schlang seine Arme um Gable und Gable nahm es dankbar an. „Tut dein Bein weh?"

Gable zuckte die Schultern.

„Ist es denn so hart, das zuzugeben?"

Gable zuckte erneut mit den Schultern. Natürlich war es schwer, das zuzugeben.

„Treibt Craig dich zu sehr an?"

Gable schüttelte den Kopf. „Wenn überhaupt, dann versucht er mich zurückzuhalten. Sagt mir, dass ich die Dinge langsam angehen soll."

„Ja, aber langsam ist nicht so dein Ding, nicht wahr?" Flynn strich die Haare aus Gables Gesicht. „An der Art und Weise, wie du mich verführt hast, war auch nichts Langsames." Er schmunzelte.

„Ich verdiene dich einfach nicht." Gable konnte Flynn nicht direkt ansehen. Er konnte noch nicht einmal zugeben, wie sehr er seinen Geliebten im Augenblick brauchte.

„Nun fang nicht wieder damit an. Ich denke, wir haben inzwischen festgestellt, dass wir uns absolut gegenseitig verdienen."

Gable ließ sich wieder auf den Rücken rollen und starrte an die Decke. Zu seiner Überraschung warf Flynn die Decke zurück und schaltete das Licht an.

„Darf ich mir dein Bein ansehen?"

Gable setzte einen gequälten Gesichtsausdruck auf und schüttelte den Kopf.

111

„Gable", begann Flynn, und machte dabei ein Gesicht wie ein Lehrerin aus Gables Kindheit. Jedes Mal wenn sie ihn so angesehen hatte, hatte er um sein Leben gefürchtet und obwohl er wusste, dass er von Flynn nichts zu befürchten hatte, wusste er auch, dass Protest nichts bringen würde.

Flynn setzte sich im Bett auf und ließ seine Hand an Gables schlimmem Bein herunter bis zum Stumpf wandern. Als er die Socke auszog, sah der Stumpf rot aus und es gab eine kleine Abschürfung auf der Seite in der Nähe der Operationswunde. „Das ist es", erklärte Flynn. Er stand aus dem Bett auf und holte den Erste-Hilfe- Kasten aus dem Badezimmer. Dann setzte er sich wieder hin und begann, die kleine Wunde mit einem Antiseptikum zu behandeln.

Gable lehnte sich zurück und machte noch nicht mal ein Geräusch, als Flynn die Abschürfung mit der kalten Flüssigkeit abtupfte. Er sah auch nicht auf, als Flynn aus dem Badezimmer zurückkam, nachdem er den Erste-Hilfe-Kasten weggeräumt hatte. Flynn brachte eine Handcreme mit, die er im Schrank gefunden hatte.

Flynn gab vor, es nicht zu bemerken. Er erwärmte einfach nur die Creme in seinen Händen und begann dann, Gables Knie und den Stumpf damit einzureiben, immer darauf bedacht, von der kleinen Wunde wegzubleiben. Ganz langsam begann Gable, sich zu entspannen. Flynn sprach nicht. Er ließ seine Hände höher wandern, massierte Gables Schenkel und stahl sich unter Gables Boxershorts, um auch seinen Hintern zu reiben. Als er fertig war, zog er die elastische Socke wieder über Gables Stumpf, krabbelte ins Bett und wickelte die Decken um sie, bevor er das Licht löschte und Gable wieder in seine Arme zog.

„Du bist so starrköpfig wie ein Maultier. Das weißt du auch, nicht wahr?", fragte Flynn.

Gable antwortete nicht.

„Du musst dich nicht bedanken. Ich bin dein Geliebter, das gehört dazu", neckte ihn Flynn.

„Ich danke dir", murmelte Gable, fast unhörbar. „Woher wusstest du es?"

„Ich hab mir den Knöchel gebrochen, kurz nachdem ich die Ranch meines Vaters verlassen hatte. Konnte eine Weile nicht darauf laufen und als ich es schließlich konnte, hat mein Hintern am ersten Tag wirklich böse weh getan. Außerdem schlafe ich jetzt seit ein paar Monaten neben dir, Gabe. Ich kenne deine Schmerzen, auch wenn du behauptest, dass alles prima ist."

„Ich bin einfach nicht gut darin …"

„Ja, ich weiß", sagte Flynn und rieb Gables Rücken. „Denkst du, dass du jetzt schlafen kannst?"

„Willst du mir noch von heute Nachmittag erzählen?", fragte Gable, statt auf Flynns Frage zu antworten.

„Heute Nachmittag? Oh, du meinst, wie ich Hunter und Grant dabei erwischt habe, wie sie vom Heuboden runtergeklettert sind?"

„Vom Heuboden runter …?" Gable entzog sich Flynns Umarmung und setzte sich auf. „Was haben sie denn da oben gemacht?"

Flynn schmunzelte. „Keine Ahnung, aber sie waren ziemlich aufgelöst und ich denke nicht, dass das viel damit zu tun hatte, dass ich eine Waffe auf sie gerichtet hatte."

„Was meinst du?", fragte Gable, als Flynn ihn wieder aufs Bett zog.

„Ich denke, sie haben etwas mehr getan, als nur nach ihrer Investition zu schauen." Flynn machte eine effektvolle Pause. „Ich denke, sie taten, was zwei Leute eben auf einem Heuboden tun und ich rede nicht über das Stapeln von Heuballen."

„Aber das ist lächerlich", sagte Gable und verwarf Flynns Andeutung. „Grant würde niemals zugeben, dass er mit Männern schläft und Hunter ist nicht schwul."

„Da wär ich mir nicht so sicher."

„Flynn, Hunter ist vielleicht der einzige Mann auf einer Ranch voll mit Frauen, da seine Mutter und seine drei Schwestern immer noch dort leben, aber das bedeutet lediglich, dass er schon genug Frauen um sich herum hat, denen er es recht machen muss, ohne dass er auch noch eine Ehefrau hinzufügt. Es bedeutet nicht, dass er schwul ist."

Flynn sah seinen Geliebten an, seine Augen hatten sich inzwischen gut genug an die Dunkelheit angepasst, um sein Gesicht zu sehen. „Warum erwarte ich jetzt fast, dass du mir sagst, dass du das aus erster Hand weißt?"

„Ich weiß es einfach."

„Ja, klar", antwortete Flynn. „Dann erkläre mir das mal. Grant hat eine Klappe, die groß genug ist, um auch noch für Hunter zu reden und Hunter, der eigentlich sein Chef ist, lässt es ihm durchgehen. Sie kommunizieren schweigend, mit Blicken und Gesten. Wir können das auch, Gabe, aber mir fällt kein anderer Rancher ein, der das mit einem Angestellten kann, den er kaum kennt."

„Wenn du Pferde oder Vieh zusammentreibst, dann gestikulierst du ständig miteinander. Man lernt sich während der Arbeit schon ziemlich gut kennen. Was denkst du denn, wie Grant und ich … na, du weißt schon …? Da Grant nie zugeben würde, dass er gerne mit Männern schläft, war er sicherlich nicht derjenige, der mich angemacht hat, zumindest nicht direkt. Aber sag mal, warum würden sie denn herkommen, um …?"

Flynn wartete, dass Gable den Satz vervollständigte, aber die Tatsache, dass Grant involviert war, machte es für ihn sicherlich nicht einfach. „Ich weiß es nicht. Vielleicht fanden sie die Vorstellung spannend, dass sie erwischt werden könnten?"

„Die Chancen dafür stünden wohl auf Hunters Ranch besser und dann wäre es der Chef und einer seiner Angestellten, die rummachen", schlug Gable vor. „Ganz zu schweigen von den Frauen, die ihre Augen überall haben."

„Ich gebe es auf", kicherte Flynn.

21

GABLES LAUFEN verbesserte sich stetig bis zu dem Punkt, wo er jeden Tag mit nur einer Krücke als Unterstützung den Weg bis zur Scheune gehen konnte. Obwohl er immer mehr Arbeiten übernahm, vom Reinigen und Reparieren der Sättel und Zaumzeuge bis zum Ausmisten der Ställe und dem Fegen der Böden, hatte er bisher noch nicht wieder auf einem Pferd gesessen.

Von Zeit zu Zeit schlug Flynn vor, es zu probieren, aber Gable fand immer wieder Ausreden, um es nicht zu tun. Als der Sommer dem Ende zuging und das Wetter wieder schlechter wurde, wusste Flynn, dass es besser wäre, die Pferde auf die unteren Weiden zu treiben, wo es wärmer war. Aber das konnte er nicht alleine tun. Auch wenn ihre Herde viel kleiner war als die von Hunter oder die der Nachbarn, so brauchte man doch mindestens zwei Personen, um mehr als ein paar Pferde zu treiben.

„Also soll ich Hunter wegen eines Cowboys fragen, der mir helfen kann oder wirst du es tun?", fragte Flynn eines Morgens beim Frühstück.

„Es ist noch zu früh", antwortete Gable. „Wir haben nicht genug Heu zum Zufüttern und auf den höheren Weiden gibt es immer noch gutes Gras."

Flynn wusste, dass es nur wieder eine neue Ausrede war, aber er argumentierte nicht. Er hatte unter Schmerzen gelernt, dass er Gable nur bis zu einem bestimmten Punkt bedrängen konnte, bevor er aufhörte, mit ihm zu reden und da eigentlich gerade alles sehr gut lief, ließ er das Thema kurz vor Gables Rückzugspunkt ruhen.

Am nächsten Morgen wachte Flynn alleine auf und bemerkte sofort, dass irgendetwas Ungewöhnliches vorging. Er beeilte sich, sich anzuziehen und rannte die Stufen nach unten. Der Küchentisch war leer und es stand auch kein Geschirr in der Spüle, daher dachte er sich, dass Gable, wo auch immer er jetzt war, kein Frühstück gegessen hatte. Das Haus war extrem ruhig. Ein schneller Blick aus dem Fenster bestätigte Flynn, dass der Truck immer noch vor der Tür stand. Also hatte Gable die Ranch nicht verlassen. Er war auch nirgendwo im Haus, also schmierte Flynn schnell ein Paar Sandwiches und machte sich dann auf den Weg zum Stall.

Die Sättel waren alle da, wo sie hingehörten, aber TCs Zaumzeug fehlte, genauso wie TC selbst. Ein Paar Heuballen waren an der Seite aufgestapelt und direkt vor ihnen lehnte Gables Prothese. Flynn konnte nicht anders, als bei dem Blick auf das verwaiste Körperteil zu schmunzeln. Er lächelte, als er Brenner sattelte, packte die Sandwiches in die Satteltasche und schnallte die Prothese hinter den Sattel, bevor er losritt.

Es war immer noch früh und schon ganz schön kalt für die Jahreszeit und ein niedriger Nebel hing über den Weiden. Alles, was Flynn sehen konnte, waren Pferderücken ohne Beine, die aus einer grauen Nebeldecke herausragten. Dann und wann würde ein Kopf hochkommen, nur um sich dann wieder zu senken, aber eines der Pferde hatte einen Reiter. Flynn ließ Brenner langsam zu der Stelle hinüberlaufen, wo er Gable auf dem Rücken des Schecken sah. Das Bild erinnerte ihn an den Moment, in dem er sich in Gable verliebt hatte: Als der Mann sich langsam in der Herde bewegt hatte und die Pferde sich um ihn drängten, als würden sie einen verloren geglaubten Sohn willkommen heißen. Gable begrüßte jedes Pferd mit einem sanften Klopfen auf den Rücken, einem Streicheln über die Flanke und einem Schnalzen mit der Zunge. Einige der Pferde kamen heran, um an Gable zu schnuppern, als wenn sie sich wieder mit ihm vertraut machen mussten, und Flynn blieb zurück, um die Szene zu beobachten und ihnen Zeit zu geben, um genau das zu tun.

Plötzlich entdeckte Gable Flynn und lächelte. Flynn fühlte, wie ihm ganz warm wurde. *Er ist zurück im Sattel, sprichwörtlich aber auch tatsächlich,* dachte er.

„Also wolltest du ausprobieren, ob du mir dabei helfen kannst, die Pferde auf die untere Weide zu bringen?", fragte Flynn.

„Ich hatte doch gesagt, dass wir noch Zeit haben, sie haben hier oben mehr Gras als unten", antwortete Gable. „Lass uns noch ein paar Tage warten."

Flynn wusste, dass Gable nicht um ein paar mehr Tage bat, damit das Wetter kälter wurde; er brauchte ein paar Tage mehr, um sich wieder daran zu gewöhnen, im Sattel zu sitzen. Flynn stimmte zu, während er Brenner so lenkte, dass er neben TC stand. Er legte seine Hand auf Gables Rücken. „Es muss sich gut anfühlen, wieder im Sattel zu sitzen, sozusagen?" Er grinste, denn Gable ritt TC ohne Sattel.

Gable nickte nur und sein Blick wanderte über die Felder. „Es fühlt sich seltsam an, aber ich bin mir sicher, dass ich mich wieder daran gewöhnen werde." Er sah auf seine Hände hinunter, die die Zügel hielten und dann zu Flynn. Flynn benutzte seine Knie, um Brenner noch etwas näher heranzulenken, sodass er sich zu Gable lehnen konnte, um ihn zu küssen. Gable erwiderte den Kuss, aber gerade als ihre Lippen sich berührten, wurde Brenner plötzlich zappelig und schob Flynn nach vorne.

„Du Bastard", schimpfte Flynn mit Brenner, was nur dazu führte, dass sich das Pferd noch störrischer verhielt.

Gable schmunzelte. „Hey, das ist mein Pferd, mit dem du da sprichst. Er ist sehr empfindlich!"

„Ich denke, er ist ein eifersüchtiger Bastard", antwortete Flynn, nur halb im Scherz, als er Brenner wieder an TCs Seite lenkte.

„Naja, wenn du ein bisschen netter zu ihm wärst, dann wäre er vielleicht auch ein bisschen netter zu dir", nickte Gable. Dieses Mal blieben beide Pferde ruhig und die Männer konnten sich ihren Guten-Morgen-Kuss geben.

„Warum hast du das mitgebracht?", fragte Gable, als er sah, dass das künstliche Bein hinter Flynns Sattel festgebunden war.

„Ich dachte, das wäre vielleicht ganz praktisch. Ich habe außerdem Frühstück mitgebracht."

„Mmmh." Gable legte den Kopf schief. „Als ich heute Morgen wach wurde, hatte ich das dringende Bedürfnis, hierher zu kommen und einen Blick auf die Pferde zu werfen. Ich denke, wenn mein Magen protestiert hätte, dann hätte ich wohl bemerkt, dass ich noch gar nichts gegessen hatte, aber zu dem Zeitpunkt war es noch nicht mal hell."

Flynn schüttelte den Kopf, lächelte aber trotzdem weiter. Tatsächlich war er über Gables plötzliche Bedürfnisse durchaus glücklich.

Langsam lichtete sich der Nebel und die Pferde begannen zu grasen.

„Also protestiert dein Magen immer noch nicht?"

Gable zog ein Gesicht, als würde er in seinen Bauch hineinhören und nachfragen, nur um sicherzugehen. „Ein Sandwich könnte ich mir wahrscheinlich gefallen lassen."

Sie fanden eine Stelle in der Nähe des Zauns, wo der Boden etwas anstieg und es ein paar Bäume gab, gegen die sie sich lehnen konnten. Flynn stieg ab und ließ Brenner frei, sodass er herumlaufen konnte, und hielt dann TC am Zaumzeug, damit Gable ebenfalls absteigen konnte. Nicht dass das notwendig gewesen wäre. Wie Flynn bereits vor langer

Zeit vorhergesagt hatte, war TC sich der Tatsache sehr bewusst, dass er einen etwas eingeschränkten Reiter an Bord hatte, und war extrem ruhig und geduldig. Als Gable absaß, sah sein Pferd sich sogar um, um zu schauen, ob er okay war. Gable landete auf seinem guten Bein und hielt sich noch einen Moment an TC fest, um seine Balance zu finden. Dann hüpfte er zu Flynn hinüber.

„Ich würde die jetzt nicht anlegen, es sei denn du möchtest einen Spaziergang machen?", sagte Gable und deutete auf die Prothese, die Flynn gerade vom Sattel löste.

„Vielleicht später", antwortete Flynn, der Gables Unsicherheit spürte.

Sie setzten sich auf den etwas feuchten Boden und teilten sich schweigend das Frühstück.

„Es fühlt sich immer noch nicht an, als wenn sie zu mir gehört", bemerkte Gable schließlich.

„Aber das wird es mit der Zeit", antwortete Flynn und machte damit deutlich, dass er wusste, worüber Gable sprach. „Wenn du erst mal damit laufen kannst, ohne darüber nachzudenken, dann wird es so sein, als wenn du niemals ohne gelebt hättest."

Gable warf Flynn einen fragenden Blick zu, biss dann aber in sein Sandwich und sagte nichts. Nach einer langen Pause sprach er wieder. „Es macht dir wirklich nichts aus?"

„Nein", sagte Flynn bestimmt. „Es ist ein Teil von dir, Gable. Genauso wie dein ruinierter Knöchel am Anfang, nur dass ich mir damals Sorgen gemacht habe, dass du nicht auf dich aufpassen würdest."

„Tja, ich denke, dass du das weiterhin für mich tun musst", antwortete Gable und bezog sich damit auf die vielen Male, als Flynn sich am Abend um seinen wunden Stumpf gekümmert hatte, wenn er mal wieder die Zeit überschritten hatte, die Craig ihm vorgegeben hatte.

„Es macht mir nichts aus." Flynn zuckte mit den Schultern.

„Also findest du es schön, wenn ich so bedürftig bin?"

Flynn sah ihn von der Seite an. „Nein, aber ich finde es schön, gebraucht und gewollt zu werden. Das ist ein Unterschied."

Gable spannte den Kiefer an. „Ja, das ist es wohl." Er lehnte sich zurück, zog seinen Hut über die Augen und streckte die Arme hoch, sodass er seinen Kopf auf seinen Händen ablegen konnte.

„Hey", protestierte Flynn. „Nun gibst du mir das Gefühl, so gar nicht gewollt zu werden!" Er legte den letzten Rest seines Sandwiches beiseite und bewegte sich nach vorne, sodass er sich rittlings auf Gables Schenkel setzen konnte, während er seine Hände unter Gables warmen Mantel schob. Als er sie etwas weiter hochschob, konnte er spüren, wie Gables Bauchmuskeln sich anspannten und dann sah er, wie der Hut sich bewegte, als Gable versuchte, nicht zu lachen.

Schließlich hob Gable den Hut an, um sein breites Grinsen zu zeigen. „Es hat doch geklappt, oder nicht?" Gable ließ Flynn nicht antworten. Stattdessen zog er ihn nach vorne und küsste ihn leidenschaftlich. Als sie schließlich nach Luft schnappten, stand Verwunderung in Flynns Gesicht geschrieben, als er die Beule in seiner Hose gegen Gables Unterleib rieb. „Du bist hart, Gable. Ich kann es fühlen."

Gable nickte fast unmerklich. „Ich bin heute Morgen schon hart aufgewacht."

„Und warum hast du mich nicht geweckt?"

„Es war um 4:00 Uhr nachts, Flynn."

„Meine Güte, dafür kannst du mich jederzeit aufwecken! Und das meine ich wörtlich."

Gable schien zurückzuweichen. „Ich hatte keine Ahnung, wie lange es anhalten würde. Ob es anhalten *würde*."

Flynn küsste ihn wieder. „Das ist mir egal. Ich werde es auf jeden Fall nicht verkommen lassen."

„Flynn, wir sind draußen, auf einem Feld."

Flynn kicherte. „Wir können kaum weit genug sehen, um unsere Pferde zu entdecken. Selbst wenn auf Hunters Seite des Zauns jemand vorbeikommen würde, dann müssten wir schon sehr viel Lärm machen, um bemerkt zu werden."

Gable gab nach, weil er keine Wahl hatte. Flynn würde sich von nichts und niemandem stoppen lassen, während er Gables Reißverschluss öffnete und seinen eindeutig erregten Schwanz freilegte. „Lassen wir dem Vogel mal ein bisschen Luft zukommen, okay?"

Bevor Gable sich wehren konnte, nahm Flynn ihn in den Mund, leckte und saugte, als wenn er die einzige Wasserquelle in der Wüste wäre. Gable konnte nichts tun, sondern es nur geschehen lassen. Der beharrliche Zweifel in seinem Hinterkopf – dass es nicht anhalten würde und er vor dem Höhepunkt wahrscheinlich wieder erschlaffen würde – verhinderte, dass er es in vollen Zügen genoss. Andererseits war das Gefühl eines steifen Schwanzes etwas, an das er sich fast nicht mehr erinnern konnte, daher schloss er seine Augen und versuchte, an schöne Dinge zu denken. Flynns heißer Mund fühlte sich gut an und was sollte schon passieren, wenn er seine Erektion wieder verlor? In den letzten Wochen war er sehr häufig zum Höhepunkt gekommen, ohne überhaupt eine Erektion zu haben.

Plötzlich hörten die Liebkosungen auf und Gable fühlte die Kälte. Als er seine Augen öffnete, stand Flynn gerade auf und versuchte eilig, seine Jeans loszuwerden. Er zog sie zusammen mit den Stiefeln aus, bevor er sich wieder auf Gable setzte.

„Lässt Du mich bitte? Nur dieses eine Mal?", bat Flynn und atmete dabei schwer.

Gable war zunächst nicht ganz klar, was Flynn meinte, bis er sah, wie Flynn auf seine Finger spuckte und zwischen seine Beine griff, um sich dann mit einem tiefen Seufzer auf Gables aufgerichteten Penis zu setzen. Flynn fühlte sich unglaublich eng an, was nicht sehr überraschend war, und der etwas schmerzverzerrte Gesichtsausdruck gab Gable Anlass zur Sorge. Er verwarf den Gedanken aber bald wieder, als Flynn damit begann, ihn zu reiten und sein Gesicht sich von angespannt zu glücklich wandelte. Gable hielt Flynns Hüften fest, um ihn zu stabilisieren und spürte Flynns vollen Penis jedes Mal gegen seinen Bauch schlagen, wenn er unten ankam, nur um sich wieder nach oben zu heben, wenn Flynn es tat. Flynns Bewegungen wurden flüssiger und Gable wagte es, mit einer Hand loszulassen, um stattdessen Flynns Schwanz zu umfassen.

„Oh Gott, ja", seufzte Flynn. „Es ist so lange her."

Obwohl es sich großartig anfühlte, auf diese Art geritten zu werden, während Flynns enge Passage seinen Schwanz mit jeder Bewegung massierte, war es trotzdem seltsam, dass ihre Stellungen so vertauscht waren. Gable hatte sich noch nie vorgestellt, Flynn zu dominieren – noch nicht einmal in der Position, in der sie sich gerade befanden – und er hätte sich ganz sicher nicht vorstellen können, dass Flynn so viel Spaß haben würde. Auf der anderen Seite mochte auch Gable genau diese Position, daher war es keine totale Überraschung.

„Verdammt, du bringst mich gleich zum Höhepunkt, Gable", keuchte Flynn, der sich zwischen Gables Schwanz und seiner Hand bewegte.

Gable begann zusätzlich, nach oben zu stoßen, und Flynn beendete seine Bewegungen und schob Gables Hand beiseite, um seinen eigenen Schwanz zu streicheln.

„Ich muss kommen! Das fühlt sich so gut an."

Flynn warf seinen Kopf zurück, als er sich mit seiner Hand wichste und die kleinen glänzenden Perlen, die sich auf der Spitze gesammelt hatten, verwandelten sich in dicke weiße Streifen, die sich über Gables Regenmantel verteilten. Gable fühlte, wie sich Flynns Kanal um ihn zusammenzog und dann brach Flynn auf ihm zusammen. Er keuchte und alles was Gable tun konnte war, seine Arme um ihn zu legen, um ihn warm zu halten.

Es schien eine Ewigkeit zu dauern, bevor Flynn wieder zu ihm aufsah. Er konnte sich ein Lächeln nicht verkneifen und biss sich auf die Unterlippe. „Du bist immer noch hart, du Hengst."

Gable schmunzelte. „Und dein Hintern wird kalt."

Trotzdem bewegte Flynn sich nicht. Wenn überhaupt, schmiegte er sich nur noch enger an ihn. Dann wurde ihm etwas bewusst. „Du hattest noch gar keinen Höhepunkt, oder?"

Gable schüttelte ruhig mit dem Kopf. Er kam so gut wie nie vom Rein und Raus, was auch der Grund war, warum er in einer Beziehung oder auch bei One- Night-Stands selten oben war.

„Dagegen müssen wir aber was tun", sagte Flynn, als er langsam aufstand und Gable aus seinem Körper gleiten ließ.

Obwohl Gable sehen konnte, dass Flynns Penis immer noch auf Halbmast stand, konnte er sich nicht vorstellen, dass er gleich wieder bereit wäre, ihn zu ficken.

Aber Flynn hatte eine andere Idee. „Komm schon, zieh sie aus", sagte er mit einem Zwinkern und deutete auf Gables Jeans.

Gable öffnete seinen Gürtel und hob seinen Hintern vom Boden, als Flynn seine Jeans nach unten zog.

Flynn leckte seine Finger, lächelte Gable an und schob sie dann zwischen Gables Beine, was ihn ein bisschen zusammenzucken ließ. „Du? Bist du etwa empfindlich, wenn ich deinen bevorzugten Körperteilen nahe komme? Was habe ich nur mit dir gemacht?"

Gable seufzte und zog Flynn zu sich herunter, sodass er ihn küssen konnte. „Hör ja nicht auf", flüsterte er gegen Flynns Mund. Er schnappte nach Luft, als Flynns Finger in ihn eindrangen. „Wirst du mich ficken?", bat er.

Flynn lächelte während ihre Lippen nur einen Atemzug getrennt waren. „Ich hasse es, das zuzugeben, aber das kann ich gerade nicht. Das bedeutet nicht, dass ich es nicht trotzdem versuchen werde." Er verdrehte seine Finger und Gable keuchte wieder. „Genau da? Diese Stelle, die du so magst?" Gable konnte nur nicken, als er die Bewegung wiederholte. „Natürlich weiß ich ganz genau, wo deine Stelle ist." Gables Atmung beschleunigte sich zusammen mit Flynns Bemühungen, bis sich alle Muskeln in seinem Körper verkrampften und er sich über den Rand seines hochgeschobenen Mantels ergoss.

„ICH LIEBE dich", sagte Gable als sie sich langsam wieder auf den Weg zum Haus machten. Sie saßen beide auf TCs Rücken, während Brenner hinter ihnen herlief. Gables Prothese war immer noch an Brenners Sattel festgebunden.

„Ich weiß", antwortete Flynn, drückte Gables Brust und zog ihn noch etwas enger an sich. „Ich liebe dich auch", flüsterte er. „Wollen wir hochgehen und …"

„Rummachen?", antwortete Gable und schmunzelte.

Flynn rollte mit den Augen. „Manchmal bist du ein solches Kind."

22

"DU BIST wieder wie ein Kind und dadurch fühle ich mich alt", schmollte Flynn, obwohl er es natürlich nicht so meinte.

Gable zog ihn an sich und sie küssten sich wieder, so wie sie es den ganzen Nachmittag getan hatten. Sie waren am Morgen ausgeritten, hatten die Pferde ausgesucht, die für das Training bereit waren und hatten sie von der Herde getrennt, aber nach dem Mittagessen landeten sie aus ungeklärten Gründen wieder in ihrem Schlafzimmer. Flynn vermutete, dass Gable es die ganze Zeit so geplant hatte, aber er würde sich nicht beschweren. Immerhin mussten sie verlorene Zeit aufholen.

„Also genießt du unseren Jahrestag?"

„Jahrestag?", fragte Flynn, tatsächlich verwirrt. Er kramte in seinem Gedächtnis, zuerst, um sich zu erinnern, welcher Tag gerade war, danach, um herauszufinden, was ihn so besonders machte.

„Genau vor einem Jahr kamst du in meinen Stall und fragtest nach einem Job."

„Es fühlt sich gar nicht so lange an. Es erscheint …"

„Länger?"

Flynn schmunzelte. „Es fühlt sich an, als hätte ich dich erst gestern getroffen. Ich kann mich nicht erinnern, ob du in dieser ersten Woche ein einziges Mal gelächelt hast."

Aber Gable lächelte jetzt. „Ich hatte mich so sehr daran gewöhnt, alleine zu sein und ganz ehrlich, nach Grant dachte ich, dass ich mein Leben so verbringen würde."

„Aber jetzt kommst du mit Grant klar?"

Gable zuckte mit den Schultern. „Ich denke, dass ich ihm verziehen habe. Und Hunter ist ein guter Freund. Wenn du recht hast, mit dem was du neulich gesagt hast, dann werde ich in Zukunft öfter mit Grant zu tun haben. Zu dumm, dass ich das mit Hunter nicht früher gewusst habe. Ich glaube, ich hätte …"

Flynn knuffte ihn in die Brust. Hart. „Deshalb habe ich dir das nicht erzählt!" Gable fiel mit einem Lachanfall zurück auf das Bett. Jedes Mal, wenn er Flynns ernstes Gesicht ansah, musste er nur noch mehr lachen, bis Flynn sich irgendwann auch nicht mehr zurückhalten konnte.

„Du willst ja nur wieder mit Grant anbandeln", neckte ihn Flynn.

Da wurde Gable ernst. „Nein, das will ich nicht. Grant ist Vergangenheit. Wenn er und Hunter zusammen glücklich sind, dann kann ich damit gut leben, aber ich vertraue ihm nicht genug, um ihn zurück haben zu wollen."

„Gut", antwortete Flynn und schmiegte sich dichter an ihn. Er ließ seine Hand an Gables Brust hinabgleiten und versuchte herauszufinden, ob sein Geliebter für eine nächste Runde bereit war. Er lächelte, als er entdeckte, dass Gable es war.

„Wenn ich gewusst hätte, dass all die Enthaltsamkeit diese Resultate ans Licht bringen würde …" Er beendete den Satz nicht, sondern küsste Gable stattdessen leidenschaftlich. Sein Körper reagierte entsprechend und innerhalb kürzester Zeit war er wieder hart und bereit für eine neue Runde.

Gable stöhnte bereits unter Flynns Liebkosungen, als sie hörten, wie die Haustür zugeschlagen wurde.

Flynn blickte sofort auf. „Haben wir sie offen gelassen?"

„Bridget würde bellen, wenn es Eindringlinge wären", sagte Gable, der gleichermaßen besorgt war.

„Aber sie würde nicht bellen, wenn es Calley wäre", bemerkte Flynn.

„Verdammt!", fluchte Gable. „Sie darf uns auf keinen Fall mitten am Tag im Bett erwischen. Das würde sie uns immer und immer wieder aufs Brot schmieren!" Er sprang aus dem Bett, bevor er bemerkte, dass ihm ein Bein fehlte und setzte sich wieder hin, um seine Prothese anzulegen. Als er seine Jeans hochzog, stellte er fest, dass es nicht ganz einfach war, sich darin unterzubringen.

Flynn schmunzelte, denn er hatte die gleichen Probleme, aber seine Jeans waren noch deutlich enger als Gables, der noch nicht wieder das Gewicht erreicht hatte, dass er vor der Operation gehabt hatte.

Gable war inzwischenziemlichgutdarin, schnell die Treppe runterzukommen, indem er sich auf dem Geländer abstützte und sich dann quasi hinuntergleiten ließ, anstatt zu laufen. Flynn war dicht hinter ihm. Sie fanden Calley in der Küche mit Bridget neben ihr. Die Hündin wedelte so enthusiastisch mit dem Schwanz, dass ihre Hinterbeine gerade noch auf dem Boden blieben.

„Hey Calley. Oh, wunderbar, frisches Gemüse!" Gable begrüßte Calley mit einem schnellen Kuss auf die Wange und tauchte dann direkt in ihre Kiste mit Lebensmitteln ab, wobei er ihren neugierigen und etwas amüsierten Blick verpasste.

Flynn dagegen verpasste ihn nicht. „Wir waren oben und … haben Möbel geräumt."

„… haben Vorhänge aufgehängt", sagte Gable fast im gleichen Atemzug.

„Naja, ich würde mir wünschen, dass Bill mir auch öfters Vorhänge aufhängen würde. Ihr beide solltet ihm bei Gelegenheit erklären, wie man das macht", antwortete Calley und half Gable dabei, die Dinge wegzuräumen, um sich selbst vom Lachen abzuhalten. „Nun, tatsächlich hängt er nie Vorhänge für mich auf", ergänzte sie, um deutlich zu machen, wie dumm die beiden Männer waren, dass sie dachten, sie könnten sie hinters Licht führen.

Flynn sah Gable an und Gable musste wegschauen. Er wurde rot.

„Wie geht es Bill?", fragte Gable halb ernst. „Wir sehen ihn kaum noch."

„Im Frühling sind es die Lämmer und Kälber, im Sommer sind es die Fohlen. Es hört einfach nie auf. Aber der Storch hat unsere Adresse leider immer noch nicht. Das oder ich habe ihn verjagt." Sie schien plötzlich ernst, ihre übliche lebhafte Stimmung verschwunden.

Gable nahm ihre Hand und drückte sie und das schien ihr Lächeln zurückzubringen. „Ach, na ja." Sie seufzte. „Wir wissen, dass es nicht sein soll. Ich muss wieder los, meine Lieben." Sie gab Flynn einen kurzen Schmatzer auf die Wange und drehte sich dann zu Gable um. Sie versuchte, dasselbe bei ihm zu machen, aber er ließ es nicht zu. Stattdessen zog er sie in eine enge Umarmung und hielt sie einen Moment lang fest. Sie ließ es zu und hielt sich an ihm fest. Als sie sich schließlich zurückzog, standen Tränen in ihren Augen, aber trotzdem lächelte sie. „Ich geh mal besser, bevor ich ganz zusammenbreche und nicht mehr aufhören kann. Es wird schon wieder, Gable. Danke." Sie drückte seine Hand und nahm dann die leere Kiste mit raus zu ihrem Auto.

Gable und Flynn traten auf die Veranda, um ihr hinterher zu winken und sicherzustellen, dass Bridget ihr nicht zu weit die Auffahrt entlang folgte.

„Ich will ja nicht neugierig sein und vermutlich geht es mich auch nichts an, aber …" Flynn wartete und hoffte, dass Gable seine Frage erahnen würde. Stattdessen zog Gable Flynn in eine Umarmung und hielt ihn fest, so wie er es zuvor mit Calley getan hatte.

„Es ist schon in Ordnung, ich bin nicht eifersüchtig auf Calley", sagte Flynn, als Gable seine Umarmung löste.

„Ich weiß", antwortete Gable leise.

Flynn konnte sehen, dass auch Gable mit seinen Gefühlen kämpfte und er drängte ihn nicht, mehr zu sagen. Das hieß jedoch nicht, dass er nicht neugierig war. Seitdem er Calley zum ersten Mal getroffen hatte, hatte er das Gefühl gehabt, dass an ihrer Freundschaft mehr dran war, insbesondere nachdem er herausgefunden hatte, dass da auch ein Gefühl von Betrug mitspielte, dessen Tiefe er jedoch immer noch nicht kannte. Wie schon damals im Krankenhaus hatte er nicht das Gefühl, dass jetzt ein guter Moment wäre, um der Sache auf den Grund zu gehen.

Gable blieb auch während des Essens in sich gekehrt. Nachdem der Abwasch erledigt war, saßen sie das erste Mal in diesem Herbst draußen auf der Terrasse. Flynn bemerkte, dass Gable immer noch seinen Fuß auf der Fußbank ablegte. Der einzelne Stuhl hingegen war von einer Holzbank ersetzt worden, an deren Wiederherstellung Gable fast den ganzen Sommer gearbeitet hatte. Auf diese Art und Weise konnte Flynn neben Gable sitzen und sie saßen eng beieinander und sahen zu, wie die Sonne versank.

„Calley und Bill versuchen schon seit mindestens zehn Jahren, Kinder zu bekommen", sagte Gable ganz unvermittelt. „Es ist eine lange Geschichte."

„Ich habe Zeit", ermutigte ihn Flynn. Er schmiegte sich näher an ihn und stellte seinen Fuß auf die Seite der Bank, während er sich mit dem Rücken an Gable lehnte.

„Es ist wirklich eine lange Geschichte. Vielleicht erzähle ich sie dir eines Tages."

„Wenn es solch ein tiefes dunkles Geheimnis ist, dann will ich es vielleicht gar nicht wissen", antwortete Flynn und sah von der Seite zu Gable.

„Ja, vielleicht ist das am besten", antwortete Gable sehr zu Flynns Enttäuschung.

Flynn war gar nicht glücklich damit, wie sehr Calleys Besuch Gables gute Laune in etwas verändert hatte, das an seine Haltung vor der Operation erinnerte: grob, schwierig und launenhaft. Dieses Mal schien der Schmerz, den er spürte, jedoch eher emotionaler Natur zu sein. Vielleicht waren da doch versteckte Gefühle im Spiel? Warum fiel es Gable so schwer, ihm davon zu erzählen? Er fühlte sich außen vor und auch wenn es ihn nichts anging – oder gerade, weil es ihn nichts anging – konnte er den Stachel der Eifersucht spüren. Gable noch weiter damit zu nerven, wäre sinnlos, aber auch dieses Wissen ließ das Gefühl nicht verschwinden. Er konnte nur darauf hoffen, dass Gable mit der Zeit einige Dinge erklären würde.

IN DEN nächsten Tagen schien sich Gables Stimmung wieder aufzuhellen, während sie damit begannen, die älteren Pferde auszubilden. Gables Reitkünste hatten sich in den letzten Wochen verbessert, sodass er mittlerweile sowohl mit Sattel als auch mit Prothese ritt. Er war auch ein paar Mal mit Brenner draußen gewesen und da dieses Pferd viele Schenkelhilfen brauchte, war Flynn im Stillen sehr stolz auf seinen Geliebten.

Die meisten Pferde, die sie ausgewählt hatten, waren bereits eingeritten, entweder noch von Gable vor seiner Operation oder danach von Flynn, und sie mussten lediglich daran gewöhnt werden, regelmäßig zu arbeiten. Das bedeutete, dass sie immer wieder geritten werden mussten, damit zuverlässige Arbeitspferde aus ihnen wurden, die ihren Reitern nicht allzu viele Schwierigkeiten bereiteten. Das Ganze hielt sie mehrere Wochen sehr gut beschäftigt, wobei sie ungefähr jede Stunde zurückkehrten, um die Pferde zu wechseln, mit denen sie dann die Zäune abritten oder die Unterstände prüften, die über die Ranch verteilt waren.

Gelegentlich trafen sie einen von Hunters Cowboys am gemeinsamen Zaun. Einmal sahen sie auch Hunter und Grant zusammen reiten, ebenfalls bei der Prüfung der Zäune. Sie hielten nicht an, sondern tippten sich nur grüßend an den Hut und kümmerten sich dann wieder um ihre eigenen Angelegenheiten. Flynn konnte nicht anders, als Gable einen „Habe ich dir doch gesagt"-Blick zuzuwerfen, aber Gable schüttelte nur den Kopf. Allerdings lächelte er und Flynn war sich relativ sicher, dass Gable Flynns Eindruck über die beiden Männer nicht mehr komplett von der Hand wies.

Eines Abends, als die Nächte bereits kälter wurden, ging Flynn in den Stall, um einmal mehr nach dem Rechten zu sehen, bevor er ihn für die Nacht schloss. Er wusste, dass die Stuten jetzt kurz davor waren, ihre Fohlen zur Welt zu bringen und wollte sicherstellen, dass es ihnen gut ging. Er hoffte, dass Hunter mit den neuen Pferden glücklich sein würde. Obwohl sie nur so lange auf ihrer Ranch bleiben würden, bis sie von den Müttern entwöhnt waren, freute sich Flynn schon auf die Kleinen. Er war auf der Ranch seines Vaters mit Fohlen aufgewachsen und obwohl sein Vater ihn immer dafür ermahnt hatte, konnte er sich nie von ihnen fernhalten. Er hatte dabei geholfen, ein paar von ihnen mit der Flasche aufzuziehen und hatte seinen Brüdern dabei geholfen, die Fohlen daran zu gewöhnen, von Menschen berührt zu werden. Er konnte es kaum erwarten.

Heute Abend wurde deutlich, dass er nicht sehr viel länger warten musste. „Gable!", rief er. „Ruf Bill an! Eine der Stuten bekommt ihr Fohlen!"

23

BILL SAH müde aus, als er ankam.

Flynn wusste, dass er einer der erfahrensten Tierärzte im Landkreis war und daher von den meisten großen Pferderanches in der Gegend beschäftigt wurde. Gelegentlich half er sogar auf den kleineren Viehranches aus. Flynn konnte sich sehr gut vorstellen, dass Calley den Laden fast für sich alleine hatte. Und vermutlich auch ihr Haus.

„Weshalb denkst du, dass sie bereit ist, abzufohlen?", fragte Bill Flynn etwas mürrisch.

„Die Milch schießt ein", antwortete Flynn, sehr stolz auf sich. „Da sie zum ersten Mal Mama wird, habe ich ihre Zitzen mit warmem Wasser gewaschen, damit sie sich daran gewöhnt, dass sie berührt werden und sie haben sich in den letzten Tagen ausgefüllt. Und als ich dann heute Abend noch mal nach ihr gesehen habe, war sie rastlos und angespannt."

„Du hast also mit ihren Nippeln gespielt?", fragte Bill amüsiert. „Das hätte ich nicht von dir gedacht."

Flynn ignorierte die Anspielung. „Ich habe genug trächtige Stuten gesehen, um das zu wissen."

„Dann solltest du außerdem wissen, dass die meisten Stuten ihre Fohlen ohne Schwierigkeiten zur Welt bringen."

Flynn nickte. „Aber es ist für beide das erste Mal und die Fohlen sind sehr wertvoll. Wir wissen noch nicht, wie sie mit der Geburt umgehen und wir können es uns nicht leisten, auch nur ein Tier davon zu verlieren."

Bill stimmte ihm zu. „Ich denke, du hast recht." Er seufzte tief und ging dann in die Box, um sich die Stute genauer anzusehen.

In diesem Moment richtete sich Flynns Aufmerksamkeit auf das Stalltor, denn dieses wurde von starken Händen aufgedrückt. Gable betrat als Erster den Stall, gefolgt von Hunter und schließlich erschien der Eigentümer der Hände: Grant. Sofort stieg die Spannung an.

„Ist das Fohlen schon da?", fragte Hunter nervös.

„Du klingst beinahe so, als wäre es dein erstes, Hunter." Gable lächelte. „Und ich weiß aus sicherer Quelle, dass die Geburt deines ersten Fohlens mehr als 20 Jahre her ist, weil ich dir, direkt an unserem äußeren Zaun, dabei geholfen habe, es auf die Welt zu bringen."

Flynn dachte, dass er sehen könnte, wie Hunter rot wurde, wenn es im Stall nur etwas mehr Licht gäbe. Stattdessen konnte er nur hören, wie der große Mann leise schmunzelte.

„Du weißt, dass ich es bevorzuge, die Kontrolle zu haben", antwortete Hunter.

Gable sah kurz zu Grant und dann zu Flynn, wandte den Blick dann jedoch sofort wieder ab und verkniff sich ein Lachen.

„Sieht so aus, als wenn der Junge recht hat", unterbrach Bill. „Sie wird ihr Fohlen bekommen, also geben wir ihr ein bisschen Privatsphäre." Er scheuchte die Männer zurück zum Eingang des Stalls. „Nachdem ich nun sowieso schon da bin, behalte ich sie im Auge, für den Fall, dass sie nicht alleine klarkommt."

„Auf keinen Fall", sagte Hunter schnell. „Das ist mein Fohlen und ich will sehen, wie es geboren wird."

„Und das ist meine Stute, mein Hengst ist der Vater und daher wirst du mich auch nicht abhalten", sagte Gable und stellte sich neben Hunter.

Grant blieb verdächtig ruhig. Er tauschte Blicke mit Hunter aus, aber sprach nicht und blieb im Hintergrund, während Hunter und Gable sich über die Seite der Box lehnten, um die ruhelose Stute zu beobachten.

Flynn wusste, was zu tun war, und er dachte sich, dass drei neugierige Männer mehr als genug für die junge Mutter waren. Er hatte die Heizung an der Hinterseite des Stalls hochgedreht, sodass sie warmes Wasser hatten und er hatte eine Fohlbox zusammengestellt, sobald er wusste, dass die Stuten trächtig waren. Er hatte einige antiseptische Mittel darin und Angelsehne, die er benutzen würde, falls die Geburt zu schnell ging und die Nabelschnur vor der Zeit riss. Er hatte ein scharfes Messer, um die Fruchtblase zu öffnen, falls sie die Vorderläufe fassen mussten, um bei der Geburt zu helfen, und ein Stück weichen sauberen Stoff, um das schlüpfrige Fohlen besser zu greifen. Mit etwas Glück würden sie nichts davon brauchen.

Flynn schaffte es, sich von der Stute fernzuhalten, bis er hörte, wie Hunter sagte, dass das Pferd sich hinlegte und er sehen könne, dass das Fruchtwasser herauskam. Gerade als er sich zwischen all den breitschultrigen Männern hindurchquetschen wollte, öffnete sich das Stalltor erneut und Calley kam mit einer großen Thermoskanne Kaffee herein.

„Wie geht's, Jungs?" Sie warf einen kurzen Blick in die Box und stellte sich dann an die Seite, wo Bill gegen die Wand gelehnt stand.

„Es dauert nicht mehr lange. Sie macht das sehr gut", brachte Bill sie auf den neuesten Stand.

„Ich dachte, ihr könntet alle einen Kaffee gebrauchen. Aber dann warten wir damit bis zur Feier danach, okay?", schlug Calley vor.

In diesem Moment tauchte ein erster wohlgeformter Huf auf.

„Verdammt", fluchte Bill. „Das ist eine Steißlage. Nichts, was wir bei einer ersten Geburt brauchen."

Hunter wurde nervös und Flynn sah die flüchtige, aber trotzdem beruhigende Berührung, die Grant Hunter schenkte. Und er verpasste auch nicht Hunters dankbaren Blick.

Flynn legte seinen Arm um Gables Taille und ließ seine Hand besitzergreifend auf Gables Hüfte liegen, direkt in Grants Blicklinie. „Es wird alles gut werden", versicherte Flynn den anderen. Er musste allerdings zugeben, dass er um Bills Anwesenheit froh war, da dieser eingreifen konnte, wenn etwas nicht nach Plan verlief. Er hatte schon vorher Steißlagen gesehen, sowohl welche, die auf natürlichem Wege abgelaufen waren als auch einige, die Unterstützung gebraucht hatten. Er wusste, dass eine ruhige Stute in diesen Situationen ein Gottesgeschenk war. Für den Augenblick machte die kleine Lady ihren Job ganz großartig.

„Wir können nichts sehen", sagte Hunter. „Können wir von der anderen Seite gucken?"

„Auf keinen Fall", winkte Bill ab. „Wir können uns nicht aussuchen, wie sie sich hinlegt und wir werden sie auf *keinen* Fall bewegen. Gebt ihr ein bisschen Raum, Jungs. Man soll eine Lady nicht bedrängen, aber ich kann euch wohl keinen Vorwurf machen, wenn ihr das alle nicht wisst."

Gable lächelte, aber weder Hunter noch Grant taten es ihm gleich. Die Anspannung im Stall war groß genug, dass man sie mit einem Messer schneiden konnte und niemand sprach. Die Stute grunzte von Zeit zu Zeit, lag aber ziemlich ruhig auf dem frischen Stroh, das Flynn in ihre Box getan hatte.

„Es dauert zu lange", sagte Bill plötzlich und ging nach draußen, um seine Tasche aus dem Auto zu holen. Er kam fast sofort zurück und ging nach hinten, um sich die Hände zu waschen. Danach ging er in die Box, wobei er die Halbtür hinter sich schloss und damit alle anderen effektiv ausschloss.

„Kann ich etwas tun?", wagte Flynn zu fragen.

„Jetzt nicht", blaffte Bill. „Du würdest nur im Weg stehen."

Flynn war unruhig, widerstand aber dem Drang, reinzugehen und „im Weg zu stehen".

Sie sahen zu, wie Bill die Fruchtblase weiter aufschnitt und seine Hand mit etwas Fruchtwasser befeuchtete, bevor er sie in das Pferd schob, um den anderen Huf rauszuziehen. „Tuch?", fragte er kurz und Calley war am dichtesten dran, um es ihm zu geben. Er wickelte es um die Hufe, um einen besseren Griff zu bekommen und begann, vorsichtig zu ziehen. Das Fohlen bewegte sich nicht. Bill murmelte etwas, das nach „verdammt" klang und zog dann wieder.

Dieses Mal bat Flynn nicht um Erlaubnis. Er öffnete die Stalltür und trat ein, kauerte sich neben Bill und benutzte sein eigenes Tuch, um eines der Beine zu fassen.

„Wir müssen den Winkel etwas ändern. Könntest du vorsichtig ziehen, während ich versuche, zu ertasten, wo es klemmt?", fragte Bill.

Flynn nickte nur und hielt die Spannung auf den Hinterbeinen des Fohlens, während Bill den Winkel anpasste und in der Stute herumtastete. Plötzlich schien etwas nachzugeben und Flynn fiel ins Stroh zurück, als die Spannung nachließ. Die Stute wieherte und das Fohlen wurde zum Teil herausgepresst. Bill wartete einen Moment, um zu sehen, ob der Rest der Geburt natürlich ablaufen würde. Schließlich half er doch noch etwas nach bis das Fohlen ganz draußen war und er die Fruchtblase wegziehen konnte.

Keines der Pferde bewegte sich und jeder schien den Atem anzuhalten. Flynn griff sich etwas Stroh und begann, das nasse Fohlen sanft damit abzureiben.

„Sei ganz vorsichtig", wies ihn Bill in einer sehr viel sanfteren Stimme als zuvor an. „Gib ihm Zeit." Er trat zurück und beobachtete die neue Mutter und ihr vollkommen stilles Fohlen intensiv, bevor er sich über die Halbtür lehnte.

„Es ist ein großer Junge", sagte Bill zu Gable.

„Komm schon, mein Junge, atme", sagte Flynn in einer beruhigenden Stimme. „Zeig uns, voraus du gemacht bist."

Nach ein paar angespannten Minuten zitterte das Fohlen plötzlich und hob dann den Kopf.

„Meine Güte!", rief Hunter. „Ich dachte, er würde diesen ersten Atemzug gar nicht mehr nehmen."

Auch Grant lächelte und Flynn konnte nicht anders, als sich etwas dichter zu Gable zu stellen, als die Stute aufstand und die Nachgeburt aus ihr herausfiel. Sie alle wussten, dass sie der Stute Raum geben mussten, damit sie ihr Fohlen annehmen konnte.

„Eins geschafft, noch eins vor uns", sagte Flynn zu Gable. „Die andere Stute zeigt allerdings noch keine Anzeichen, daher kann es noch ein paar Wochen dauern."

Gable zog Flynn über die Halbtür in eine Umarmung und küsste ihn auf die Stirn. „Wir bezahlen den Tierarzt sowieso nicht", sagte er mit einem Schmunzeln.

„Erinnere mich bloß nicht", unterbrach Bill. „Calley", rief er, als er die Box verließ. „Gib mir einen Kaffee."

„Du stehst doch direkt daneben", wies Grant ihn hin. Das waren die ersten Worte, die er an diesem Abend sagte.

Bill warf ihm einen gemeinen Blick zu. „Falls du irgendwann eine Frau findest, dann verstehst du vielleicht, was es bedeutet, wenn gut für dich gesorgt wird." Ein Lächeln brach auf Bills Gesicht aus, als er Hunter ansah. Flynn war sich sicher, dass Bill sehr gerne noch etwas deutlicher geworden wäre, aber er war froh, dass er dann doch den Mund hielt.

„Lasst uns alle eine Tasse trinken, oder?", griff Flynn ein.

Als Grant wieder sprach, wusste Flynn, dass die Dinge aus dem Ruder laufen würden. „Das ist keine Art und Weise, mit Calley zu sprechen, Bill. Sie hat es nicht verdient, so rumkommandiert zu werden."

Bevor irgendeiner der anderen Männer reagieren konnte, hatte Bill seine Faust in das Gesicht des viel größeren und breiteren Cowboys gerammt. Grant wankte, aber stürzte nicht. Er wurde von Hunter gestützt, gewann sein Gleichgewicht zurück und erwiderte den Schlag.

Es brauchte ein deutliches und erstaunlich lautes „HÖRT AUF!" von Calley, um die Männer auf ihrer Mission zu stoppen. „Das war's dann", fasste sie zusammen. „Seid ihr fertig? Dann tut eure Dinger wieder in die Hose und hört auf." Danach ging sie mit schnellen Schritten raus, gefolgt von Bill, der seinen wunden Kiefer rieb.

„Was war denn da los?", fragte Flynn Gable, aber Gable verweigerte die Antwort mit einem kurzen Kopfschütteln, um Flynn mitzuteilen, dass er es ihm hier und jetzt nicht erklären konnte.

Grant saß auf einem der Heuballen und schlug Hunters Hand beiseite, als dieser prüfen wollte, ob Grants aufgeplatzte Lippe nur genau das und nichts anderes verletzt war.

Gable ging zu ihnen hinüber. „Ganz schön angespannter Abend."

Hunter streckte den Rücken durch, als wäre er bei etwas ertappt worden, das er nicht tun sollte, und sah Gable an. „Ja das war es wohl. Hör zu, wir machen uns dann mal auf den Weg. Vielen Dank für den Anruf. Wir werden immer mal zu Besuch kommen, wenn das für dich in Ordnung ist. Und natürlich wäre es nett, wenn du bei der zweiten Stute auch anrufen würdest." Er blickte in die andere Box und sein Gesicht erhellte sich. „Ich denke, du wirst uns nicht noch mal anrufen müssen!"

Sofort stürmten alle zur anderen Stalltür und versuchten, einen Blick zu erhaschen.

„Soll ich Bill zurückrufen?", fragte Gable langsam, als würde er einen Unfall in Zeitlupe beobachten.

„Nein", antwortete Hunter. „Das Mädchen macht es wunderbar."

Die Stute machte so ziemlich die gleichen Geräusche wie die erste, aber sie war sehr viel ruheloser und sah immer wieder hoch. Sie hatte sich mit ihrem Hintern direkt zur Stalltür niedergelassen, sodass sie für das zweite Wunder des Tages Plätze in der ersten Reihe hatten. Dieses Mal gab es keine nervöse Spannung und nicht das Schieben und Ziehen der ersten Geburt.

Zuerst erschien ein kleiner Huf und dann ein zweiter, immer noch bedeckt von der silbrigen Fruchtblase. Ein paar Momente später erschien auch eine Nase, die sich für einen Augenblick zurück zog und dann stöhnte die Stute und Flynn konnte tatsächlich sehen, wie sie den Rest des Fohlens herauspresste. Es erschien so natürlich, dass er beinahe vergaß, wie schwierig die Geburt des kleinen Hengstfohlens in der Nachbarbox gewesen war.

Flynn tat einen Schritt in die Box, um die Fruchtblase vom Gesicht des Fohlens zu ziehen, sodass es seinen ersten Atemzug nehmen konnte. Beide Pferde brauchten etwas Zeit, um sich zu erholen, aber ziemlich bald stand die frisch gebackene Mama auf, um ihr Baby zu untersuchen und das Fohlen stand ebenfalls schnell auf. In den ersten paar Minuten war es zwar sehr wackelig, machte sich aber bereits auf die Suche nach der Muttermilch.

Als Gable seinen Arm um Flynn legte und ihn dicht heranzog, sodass er an seinem Hals knabbern konnte, blickte Flynn zur Seite und sah, dass Grant fast das Gleiche mit Hunter tat. Ihre Umarmung hatte etwas sehr männliches und trotzdem zeigte Grant eine besondere Zärtlichkeit, die er in dem großen Mann noch nie zuvor gesehen oder auch nur erwartet hatte. Es war ganz offensichtlich ein unbewachter Moment für das andere Paar und etwas, das sie normalerweise nicht vor Publikum taten. Gerade als Flynn Gable diskret auf das Schauspiel aufmerksam machen wollte, erinnerte sich Grant daran, dass sie nicht allein waren und ließ Hunter sofort los.

„Hey, vor uns braucht ihr euch nicht zu verstecken, Jungs" sagte Gable. „Wir wussten das mit euch beiden schon eine ganze Weile."

Grant und Hunter sahen sich an, aber konnten den intimen Moment nicht wieder aufnehmen, was die Sache noch etwas peinlicher machte. Um die Aussage zu unterstreichen, zog Gable Flynn noch etwas enger an seine Brust.

24

"MÜDE?", FRAGTE Flynn, als sie zum Haus zurückgingen. Er hatte bemerkt, dass Gables Humpeln ausgeprägter war, daher legte er Gables Arm auf seine Schultern und stützte ihn, als sie unter dem Sternenhimmel entlangliefen. Gable nickte. „Bin ich froh, dass du so romantisch bist", feixte er. „Aber es war ein langer Tag."

Sie hatten gewartet, bis die beiden Hengstfohlen zufrieden saugten und waren erleichtert, dass die Mütter sich gut um sie kümmerten, bevor sie sich von Grant und Hunter verabschiedeten und das Stalltor schlossen.

„Sie sehen aus wie gute kleine Pferde", fuhr Gable fort, als sie die Verandastufen hochgingen, ohne einander loszulassen. „Das zweite Fohlen sieht genauso aus wie Brenner, als er klein war."

„Zu schade, dass wir sie Hunter geben müssen."

„Hunter wird sich auf jeden Fall gut um sie kümmern", antwortete Gable, als sie mit etwas mehr Schwierigkeiten als üblich nach oben gingen.

Als sie oben waren, holte Flynn den Erste-Hilfe-Kasten und die Handcreme aus dem Badezimmer. Als er ins Schlafzimmer kam, lag Gable flach auf dem Rücken auf dem Bett, immer noch vollständig bekleidet.

„Komm her", neckte ihn Flynn, zog Gables Stiefel aus und öffnete seinen Gürtel.

„Dafür bin ich zu müde, Flynn", seufzte Gable.

„Aber doch wohl nicht zu müde für ein paar Streicheleinheiten, hoffe ich?"

Gable sah auf und lächelte Flynn an. „Vielleicht ein paar."

Flynn wusste, dass Gable todmüde war, denn normalerweise protestierte er, wenn er seinen Stumpf anschauen wollte.

„Dein Bein sieht gut aus. Ich hatte erwartet, dass es etwas abgeschürft wäre, aber es ist nur ein bisschen rot."

Gable grunzte als Antwort und ließ Flynn etwas Creme in seine Haut einmassieren. „Das fühlt sich gut an, Liebling."

Flynn lächelte nur und freute sich darüber, dass Gable inzwischen recht selbstverständlich mit seinem Bein umging. Er beendete die Behandlung und machte sich auch fertig fürs Bett, wobei er seine Klamotten im Wäschekorb an der Schlafzimmertür zurückließ.

„Und kannst du mir jetzt sagen, was los war?", fragte Flynn, als er sich in Gables Arme kuschelte.

„Nichts ist los", behauptete Gable.

„Warum hat Bill Grant eine reingehauen?"

Gable atmete ein und seufzte dann tief. „Es ist wirklich eine lange Geschichte und wir müssen früh aufstehen, um uns um die Fohlen zu kümmern."

„Dann gib mir die kurze Version", verlangte Flynn.

Gable grummelte, aber dann schob er sich etwas hoch, sodass er sich gegen das Kopfende lehnen konnte. „Bill und Grant verstehen sich einfach nicht."

„Hat das etwas mit dem zu tun, was er dir angetan hat?"

Gable schüttelte den Kopf. „Nein, das hat mit Calley zu tun."

„Oh?"

„Ich hab dir gesagt, dass es eine lange Geschichte ist."

Flynn setzte sich ebenfalls auf. „Aber ich will es immer noch wissen. War es was Anrüchiges?"

Gable schmunzelte. „Nicht wirklich." Gable spannte den Kiefer an und seufzte noch mal, bevor er fortfuhr. „Calley und Bill haben versucht, ein Kind zu bekommen seit sie verheiratet sind."

„Deshalb auch Calleys Tränen neulich nach dem Kommentar über den Storch?"

Gable nickte. „Sie waren schon bei verschiedenen Ärzten und haben versucht herauszufinden, warum sie nicht schwanger wird, aber außer der Tatsache, dass Bills Spermien nicht unbedingt die höchste Qualität haben, scheint es keinen Grund zu geben. Zumindest hat Calley mir das so gesagt. Also hat sie mich vor ungefähr vier Jahren gefragt, ob ich eine Samenspende in Betracht ziehen würde."

Flynn nickte, wollte Gables Gedankengang nicht unterbrechen, nachdem er ihn endlich zum Reden gebracht hatte. Es beantwortete ein paar von Flynns Fragen, insbesondere, warum er immer den Eindruck gehabt hatte, dass es eine Geschichte zwischen Gable und Calley gab.

„Ich lehnte ab, habe aber versucht, es wirklich nett zu sagen", gab Gable zu. „Es ist nicht so, dass ich nicht schon mal darüber nachgedacht hätte, Vater zu werden oder dass ich dachte, Calley wäre keine gute Mutter. Aber ich muss zugeben, dass, wenn ich schon dabei helfen würde, ein Kind zu bekommen, ich auch der Vater sein wollte und nicht nur der Spender."

„Das kann ich verstehen", nickte Flynn.

„Ich wollte ihr helfen und hätte alles getan, damit sie Mutter werden kann, aber nicht das."

Flynn kuschelte sich wieder in Gables Arme. „Ich bin mir sicher, das hat sie verstanden, oder?"

„Das hat sie. Aber dann kam Grant ins Bild. Ich hatte immer gewusst, dass er auch mit Frauen schlief. Er ging Samstagsabends in den Ort zum Tanzen oder in die Stadt in die Clubs und ich wusste, dass er mir nicht treu war."

Es war immer noch Schmerz in Gables Stimme, aber bei weitem nicht mehr so viel wie bei früheren Gesprächen über Grant, was Flynn beruhigte.

„Was ich nie erwartet hätte war, dass er sich mit Calley einließ."

Das überraschte auch Flynn. „Grant und Calley?"

„Zu der Zeit lebten Calley und Bill quasi getrennt. Calley hat mir erzählt, der Stress der Arztbesuche und die Hormone, die sie nehmen musste, wurden irgendwann zu viel und Bill war in seine Praxis im Ort gezogen."

„Haben sie sich geliebt? Calley und Grant?"

„Oh, nein", antwortete Gable. „Calley war einsam und sie dachte, dass es ein netter Nebeneffekt wäre, wenn sie schwanger würde. Bei Grant war ich mir nicht so sicher. Ich denke, er empfindet immer noch sehr viel für sie."

„Und das geschah alles direkt vor deinen Augen?"

„Nicht direkt", sagte Gable. „Ich bin mir sicher, dass es so war und vielleicht wollte ich es nicht sehen, aber in meiner Gegenwart waren sie immer sehr diskret. Ich denke, dass vor allem Calley sich sehr schuldig fühlte. Ich weiß, dass sie mich eine Zeit lang gemieden hat."

„Aber auch Grant hat es nicht geschafft, dass sie schwanger wurde?" Gable lächelte, aber ohne Freude. „Tatsächlich hat er es geschafft."

129

„Aber Calley ..."

„Calleys Wehen begannen zu früh und ihr Baby war eine Totgeburt. Zu dem Zeitpunkt hat sie mir alles gestanden. Sie hat es scheinbar auch Bill erzählt, aber das kam erst viel später."

„Oh, mein Gott, arme Calley."

„Nun weißt du, weshalb sie eine Geschichte mit Grant hat und warum Grant Bill auf die Palme bringt. Ich kann mir vorstellen, dass es für Bill nicht einfach ist, zu wissen, dass der ehemalige Geliebte seiner Frau sich immer noch hier rumtreibt."

Flynn stimmte zu. „Und wir können davon ausgehen, dass er noch eine lange Zeit hier sein wird. Mit Hunter scheint er es ernst zu meinen."

„Oh, ja", seufzte Gable.

„Bist du eifersüchtig?", fragte Flynn nur halb im Spaß.

„Eifersüchtig? Ich?", protestierte Gable schnell. „Nein. Grant und ich waren nicht gut füreinander. Außerdem habe ich ja jetzt dich."

Flynn knuffte ihn. „Das ist hoffentlich klar."

„Aber ich bin immer noch überrascht über Hunter."

„Ich kann einfach nicht glauben, dass du nicht wusstest, dass Hunter schwul ist", kicherte Flynn.

„Ach, komm schon, Flynn. Es steht ihm nicht auf der Stirn geschrieben", antwortete Gable. „Ich wusste, dass er nie eine feste Freundin gehabt hatte, aber ich dachte, er wäre einfach nur zu beschäftigt auf der Ranch. Außerdem könnte ich mir vorstellen, dass du bei drei Schwestern und einer Mutter im Haus kein Interesse daran hast, ein armes ahnungsloses Mädchen da reinzubringen."

„Oder einen Typen."

„Ganz sicher keinen Typen", stimmte Gable zu. „Ich bezweifle doch sehr, dass Hunters Mutter und seine Schwestern über Grant Bescheid wissen. Sie sind nette Mädchen, aber ich denke, sie wären ziemlich enttäuscht."

„Würden sie ihn rausschmeißen?", fragte Flynn und hatte Mitleid mit Hunter.

Gable lächelte. „Er ist immer noch der Mann im Haus. Sie arbeiten alle auf der Ranch, aber er ist der Chef und obwohl er nie die Schule beendet hat, hat er einen wirklich guten Kopf für Zahlen. Er führt die Ranch sogar noch besser als sein Vater es tat."

„Du kennst ihn ziemlich gut, nicht wahr?"

Gable nickte. „Wir waren schon immer Nachbarn. Mein Vater und sein Vater schlossen ein Abkommen, dass er meinen Vater nicht aufkaufen würde, wie er es mit den anderen kleinen Ranchern in der Gegend getan hatte. Hunter ist natürlich ein bisschen jünger als ich, aber ich sah, wie er aufwuchs. Und dann starb sein Vater, als er vierzehn war und er musste übernehmen."

„Das war bestimmt nicht einfach für ihn", überlegte Flynn.

„Nein, ganz sicher nicht. Unsere Väter starben im gleichen Jahr. Natürlich war ich älter und sowieso schon weitgehend für unsere Ranch verantwortlich, aber Hunter war noch ein Kind. Er verbrachte einige Nächte in meinem Stall und heulte sich die Augen aus, weil er die Verantwortung nicht übernehmen wollte."

„Also warst du so was wie ein großer Bruder für ihn?"

„Ich denke schon", antwortete Gable leise.

„Vielleicht tust du dich deshalb so schwer damit, zu glauben, dass er schwul ist?"

Gable zuckte mit den Schultern.

„Oder hast du ihn mal angemacht und er hat dich weggeschickt?"

130

„Auf keinen Fall! Er war ein Freund und außerdem war er viel zu jung!"

Flynn schmunzelte über die Art und Weise, wie Gable sich so vehement verteidigte.

„Aber du hast es getan?"

„Was?"

„Du hattest eine Schwäche für Hunter?"

Gable lächelte scheu. „Das weißt du doch."

„Auch schon, als er vierzehn war?"

„Sechzehn", gab Gable zu. „Immer noch viel zu jung, um ihn anzusprechen und außerdem hatte er nie Interesse an mir signalisiert und ich war damals auch noch nicht so offensiv."

„Also habt ihr nie …?"

„Flynn!", warnte Gable.

Flynn kuschelte sich zurück in Gables Arme. „Ich hör schon auf."

„Schlaf jetzt."

„Ja, Papa."

„Hör auf damit", antwortete Gable, unfähig ein Grinsen zu unterdrücken. „Ich bin nicht dein Vater und werde es auch nie sein."

„Es hätte mir nichts ausgemacht, wenn Hunter deinen Heuboden von dir kennen würde statt von Grant."

„Ich weiß", sagte Gable leise. „Das würde es allerdings noch ein bisschen seltsamer machen. Wo doch Hunter und Grant jetzt zusammen sind."

„Ich bin gespannt, was seine Mutter und seine Schwestern sagen werden", sagte Flynn schläfrig.

„Ich bezweifle, dass er es ihnen bald sagen wird. Andererseits sieht es aus, als wäre es ihm ernst damit, daher ist es wohl nur noch eine Frage der Zeit, bevor sie es mit ihren eigenen Augen sehen. Ich bin mir nicht sicher, ob es für ihn besser ist, sich selbst zu outen, bevor das passiert oder nicht."

„Hast du es deinen Eltern jemals gesagt?", fragte Flynn wieder etwas wacher.

„Nein", antwortete Gable leise. „Dad war derjenige, der mich aufwachsen sah und er starb, bevor ich etwas sagen konnte. Ich weiß nicht, ob ich es getan hätte, aber ich denke, er wusste, dass ich mit Mädchen nicht viel anfangen konnte. Allerdings war es nichts, worüber wir sprachen. Ich wusste, dass er etwas enttäuscht war, dass Bill Calley vor mir bekommen hatte, aber ansonsten … Lass uns schlafen, okay?"

Flynn drehte sich um und zog Gables Arme eng um sich, sodass sie in Löffelstellung dalagen. Innerhalb weniger Minuten waren sie eingeschlafen.

25

ES WAR ein kalter Frühlingsmorgen, als Calley bei Gable anrief.

„Darling, kann ich heute Mittag vorbeikommen, damit wir reden? Privat?"

Gable nickte. „Klar, es ist sowieso der Tag, an dem du die Lebensmittel vorbeibringst, oder?"

„Ja", antwortete sie etwas zögernd. „Aber ich möchte mit dir alleine reden. Ich weiß, dass das komisch klingt, aber ich denke, es ist besser, wenn Flynn das nicht hört."

Gable spannte den Kiefer an. Er hatte keine Ahnung, worüber Calley mit ihm reden wollte, aber er vertraute ihr. Er musste nur einen netten Weg finden, Flynn mitzuteilen, dass er sich für ein oder zwei Stunden rar machen sollte.

„Ich überleg mir was", versicherte er ihr. „Bleibst du zum Essen?"

„Ja, klar", antwortete sie.

Gable legte das Telefon auf und starrte darauf.

„Gibt's Ärger?", fragte Flynn, der in die Küche kam und direkt zum Kühlschrank lief, um sich ein kaltes Getränk zu herauszunehmen.

Gable dachte einen Moment darüber nach und entschied dann, Flynn einfach die Wahrheit zu sagen. „Calley kommt zum Essen und sie möchte mit mir alleine sprechen."

Flynn hob die Augenbrauen. „Ich hoffe, es geht ihr gut?"

Gable zuckte mit den Schultern. „Ich denke, sie wird es mir schon sagen. Ist es okay für dich, wenn du uns alleine reden lässt?"

Flynn lächelte. „Natürlich. Sie wird dir wahrscheinlich nicht sagen, dass sie Bill für dich verlassen wird, oder?"

Gable schmunzelte. „Wenn sie es tut, dann braucht sie einen Psychiater."

ALS DIE beiden Männer zum Haus zurückkamen, war Calley schon da und machte Sandwiches.

„Hey, du bist unser Gast, du musst dir kein Essen machen!", schimpfte Flynn mit ihr, während er sie breit anlächelte. Er stieß sie mit seiner Hüfte vom Waschbecken weg, damit er sich die Hände waschen konnte. „Ich kann uns allen Sandwiches machen."

Calley küsste ihn auf die Wange. „Ich war etwas früher dran und ihr wart gerade noch beim Aufräumen, daher dachte ich, dass ich schon mal anfange. Ich hab nicht so viel Zeit und wollte nicht einfach nur rumsitzen und warten."

Als sie sich umdrehte, endete sie direkt in Gables Armen.

„Ganz langsam, mein Mädchen", schmunzelte Gable und drückte sie dicht an sich, bevor er sie wieder losließ.

„Jedenfalls ...", sagte Flynn und lehnte sich über die Essensplatte, mit der Calley schon angefangen hatte, „... nehme ich mir zwei von denen und Bridget und gehe nach draußen unter den Baum. Dann könnt ihr beide reden."

Er gab ihnen keine Chance zu antworten, sondern nahm einfach zwei von den großzügig belegten Sandwiches, wickelte sie in ein Küchentuch und rief nach Bridget, die angesprungen kam, nur um Flynn dann sofort nach draußen zu folgen.

„Du hast gesagt, dass ich ihn nicht hier haben will?", fragte Calley.

„Nicht mit diesen Worten, aber ja. Ich habe ihm gesagt, dass du mit mir alleine sprechen willst."

Calley nickte, nahm zwei Teller aus dem Schrank und stellte sie auf den Tisch.

„Und das hat ihm nichts ausgemacht?"

Gable lachte. „Nein, warum sollte es? Er weiß, dass wir uns schon lange kennen und ganz ehrlich, du bist keine Bedrohung für ihn."

Obwohl sie zustimmend nickte, konnte Gable sehen, dass sie immer noch verschlossen war und sie hatte seine Neugier schon geweckt, als sie ihn vorhin angerufen hatte. Jetzt konnte er sich kaum zurückhalten, sie zu fragen. Aber er wusste, dass sie eine eher geradlinige Frau war, daher war er sich ziemlich sicher, dass er es schnell herausfinden würde.

„Kaffee?", bot er an

Nachdem sie zehn Minuten gegessen und über das geredet hatten, was alles im Ort und auf den benachbarten Ranches geschehen war, hatte Calley immer noch kein Wort darüber verloren, warum sie eigentlich da war.

Gable war kurz davor zu platzen. Er schenkte ihr eine weitere Tasse ein. „Bist du nun langsam bereit, mir zu sagen, warum wir Flynn zum Essen unter den Baum verbannt haben?"

„Aber das haben wir nicht …!", seufzte Calley. „Es tut mir leid, aber das ist nicht so einfach."

Gable nickte geduldig.

„Erinnerst du dich, als ich vor einigen Jahren danach fragte, ob du … Samen spenden würdest."

Gable schmunzelte. „Lustig, dass du das ansprichst, weil ich Flynn gerade letzte Nacht davon erzählt habe."

„Das hast du getan?" Ihre Augen wurden groß und sie lächelte. „Wie hat er es aufgenommen?"

Gable wedelte ihr mit der Hand zu. „Wechsel nicht das Thema. Sag es mir endlich!"

Calley biss sich auf die Lippe. „Ich weiß, dass du Nein gesagt hast, aber ich habe mich gefragt, ob du noch mal darüber nachdenken würdest."

Gable sagte diesmal nicht sofort Nein. Ein Teil von ihm wollte es, aber er konnte die Hoffnung in Calleys Augen sehen und brachte es nicht übers Herz. Er würde allerdings auch nicht einfach so Ja sagen.

„Wollen Bill und du es noch mal versuchen?"

„Ich will es, ja", antwortete sie.

Gable zog die Augenbrauen zusammen. „Bill und du, ihr trennt euch?"

Sie lächelte vage. „Nein, das tun wir nicht. Es war nicht einfach in der letzten Zeit, aber ich liebe ihn immer noch und ich bin mir ganz sicher, dass er mich auch noch liebt. Wir haben nur einen weiteren Rückschlag erlitten und uns wurde gesagt, dass wir nie Kinder zusammen haben würden."

Gable schob sich näher zu Calley und nahm ihre Hand. „Es tut mir leid, das zu hören."

„Die Ärzte haben herausgefunden, dass es eine genetische Sache ist, sodass meine einzige Chance in einer Samenspende bestünde. Ich hatte einige sehr schwierige Gespräche mit Bill und deshalb bin ich hier. Bill möchte nicht, dass irgendein Fremder der Vater unseres Kindes ist, aber auf der anderen Seite will er auch nicht wissen, wer der Vater ist. Er möchte die Details in einem Umschlag verwahren für den Fall, dass wir sie aus irgendeinem Grund mal brauchen, falls das Kind krank wird oder eine Niere braucht oder so was in der Art."

„Damit ihr wisst, wem ihr die Schuld geben könnt?", schmunzelte Gable, um seine Unsicherheit zu verbergen.

„Das klingt doof, Gable. Nein, aber wenn das Kind fragt, wer sein Vater ist, nachdem es erwachsen ist, möchte ich ihm nicht sagen müssen, dass wir vom Arzt irgendeine Spende bekommen haben und nicht wissen, wer der Vater ist."

„Stattdessen möchtest du ihm dann sagen, dass ich der Vater bin?"

Calley seufzte. „Da Bill sowieso nicht wissen will, wer es ist, brauche ich mehr Möglichkeiten, daher habe ich auch Hunter und Grant gefragt. Und da Flynn es sowieso schon weiß, kann ich ihn vielleicht auch fragen? Auf diese Art und Weise gäbe es vier Möglichkeiten?"

Gable schmunzelte und schüttelte den Kopf. „Du und Bill, ihr seid beide blond. Das heißt, wenn du eine der drei anderen Optionen wählst, wirst du ein Kind mit dunklen Haaren bekommen. Ich bin deine einzige Option für ein Kind mit hellen Haaren, Calley. Zumindest wenn ich mich an meine Biologiestunden in der Schule richtig erinnere. Es ist eine Weile her, ich könnte mich irren."

Calley nickte. „Wir würden es dem Zufall überlassen. Und wenn wir ein Kind mit dunklen lockigen Haaren bekommen, dann würden wir es immer noch bis zum Umfallen lieben."

Gable legte Calley seinen Arm um die Schulter. „Lass mich mit Flynn darüber reden, okay?"

Calley nickte. „Bill hat zugestimmt, dass ihr alle das Baby von Anfang an kennenlernen sollt. Das heißt, wenn es es irgendwann wissen will, dann wird es euch gut genug kennen, um einfach zu euch zu gehen und mit euch zu sprechen."

Gable zwickte sie spielerisch. „Du willst doch nur kostenlose Babysitter."

Calley lächelte. „Ich bin mir sicher, Bill hat das auch mit in die Überlegungen einbezogen, ja."

„Falls es mein Sperma wird, dann wirst du auf jeden Fall einen Jungen bekommen. In meiner ganzen Familie gibt es keine Frauen."

„Aber deine Mutter war eine Frau!", neckte ihn Calley.

„Ja, das war sie. Aber sie war das einzige Mädchen, mit sechs Brüdern und mein Vater hatte vier Brüder und keine Schwester. Also, vergiss die Sache mit dem Mädchen."

Calley stand auf und drückte Gable eng an sich. „Ich danke dir", flüsterte sie ihm ins Ohr. „Ich ruf dich später an."

Sie gingen zusammen raus, Calley zu ihrem Auto und Gable in Richtung des Baums, wo Bridget ihn begrüßte.

„Also, wo brennt's?", fragte Flynn und streichelte Bridget, sodass Gable sich neben ihn setzen konnte.

„Sie und Bill können keine Kinder bekommen. Anscheinend sind sie genetisch nicht kompatibel."

„Und sie will, dass du Samenspender wirst?"

Gable sah Flynn sehr intensiv an. „Woher weißt du das?"

„Du hast mir erzählt, dass sie dich schon mal gefragt hat."

„Und damals habe ich Nein gesagt. Das habe ich dir auch erzählt."

Flynn nickte. „Hast du diesmal Ja gesagt?"

„Ich habe ihr gesagt, dass ich zuerst mit dir reden muss."

Flynn umarmte Bridget ganz fest und sie ließ ihn auch für einen Augenblick, dann rollte sie sich auf den Rücken und bat Flynn darum, ihren Bauch zu kraulen. „Ich denke, du solltest es tun. Wenn du willst. Sie ist deine beste Freundin, Gabe. Du liebst sie ohne Ende."

„Das tue ich", konnte Gable ohne Probleme zugeben. „Sie hat mich auch gebeten, dich zu fragen."

„Was du gerade getan hast."

„Dich zu fragen, ob du auch Samenspender wirst", führte Gable aus. „Sie will es dem Zufall überlassen. Außerdem möchte Bill nicht wissen, wer seine Kinder gezeugt hat, daher hat sie jetzt vier Optionen."

„Vier?"

Gable nickte. „Sie hat außerdem noch Hunter und Grant gefragt."

„Bill wird es trotzdem wissen. Wenn es nicht gerade ein Kind mit lockigem schwarzem Haar wird, dann kann es entweder von Grant oder von mir sein. Wenn es blonde Haare hat, dann ist es von dir und wenn es glatte braune Haare hat, dann ist es von Hunter. Und wenn ich so recht darüber nachdenke … wenn es ein großes Kind mit dunklen Locken wird, dann wäre es Grants und wenn es eher nicht so groß ist, dann wäre es von mir."

„Ich weiß", Gable zuckte mit den Schultern. „Genau das habe ich Calley auch gesagt."

„Es würde mir nichts ausmachen", überlegte Flynn. „Es ist sehr unwahrscheinlich, dass ich Kinder haben werde und auf diese Art und Weise würde wenigstens ein kleiner Teil von mir immer noch herumlaufen, wenn ich nicht mehr bin."

„Auch wenn du nicht der Vater sein kannst?"

Flynn zuckte mit den Schultern. „Bill wird das bestimmt sehr gut machen."

Gable strubbelte durch Flynns Haare. „Warum bin ich nicht überzeugt?"

„Weil du etwas projizierst, Gable", antwortete Flynn. „Ich bin nicht derjenige, der Probleme mit dem Elternsein hat."

„Denkst du, dass du keine guten Vorbilder hattest und deshalb ein schlechter Vater wärst?"

Flynn schluckte. „Vielleicht."

Gable konnte Flynns Antwort fast nicht hören und deshalb zog er seinen Geliebten enger an seine Brust. „Nur damit das klar ist, ich denke, du wärst ein großartiger Dad."

Als wollte sie seine Aussage bestätigen, legte Bridget ihren Kopf auf Flynns Oberschenkel und bat um mehr Streicheleinheiten.

„Mach dir keine Sorgen, meine Süße", beruhigte Flynn sie und kraulte hinter ihren Ohren. „Du wirst immer mein Baby sein."

26

EIN PAAR Wochen später trafen sie Hunter und Grant in einer Klinik, die etwa eine Stunde Fahrt von ihren jeweiligen Ranches entfernt war. Gable konnte erkennen, dass sowohl Hunter als auch Grant nervös waren, obwohl er vermutete, dass sie es aus unterschiedlichen Gründen waren. Gable wusste, dass Hunter keine Krankenhäuser mochte. Er hatte gesehen, wie sein Vater innerhalb weniger Tage dahingesiecht war. Er bevorzugte es daher, sie gar nicht mehr zu betreten. Der Grund, aus dem Grant nervös war, war wahrscheinlich derselbe, weshalb er selbst nicht ganz entspannt war.

Grant stand auf, unfähig noch länger still zu sitzen. „Ich werde mal schauen, ob ich Kaffee auftreiben kann", kündigte er an. „Ich komme mit", antwortete Hunter schnell und ließ Gable und Flynn alleine im Warteraum zurück.

Gable beobachtete, wie sie gingen. Grant und er hatten seit ihrer Trennung keine Zeit mehr zusammen im gleichen Raum verbracht, wenn man die Nacht im Stall, als die beiden Fohlen geboren worden waren, nicht mitzählte. Es war eindeutig, dass Grant ihn mied, aber das machte Gable nichts aus. Nun würden sie voraussichtlich aufhören müssen, sich gegenseitig die kalte Schulter zu zeigen. Auch das war für Gable in Ordnung. Er würde irgendwann wieder mit ihm reden müssen. Grant und Hunter sahen inzwischen wie ein festes Paar aus und er wollte Hunter nicht als Freund verlieren. Außerdem würde ein netterer Umgang mit Grant auch Flynn zeigen, dass er über die Sache hinweg war und hoffentlich würde Flynn verstehen, dass er der Grund für diese neuen Gefühle war. Gable glaubte nicht, dass er das letzte Jahr ohne Flynn überlebt hätte, aber außer ihm das zu sagen, gab es keine Möglichkeit für Gable, seinem Geliebten das zu zeigen. Vielleicht wenn Flynn sah, dass er ganz normal mit Grant umgehen konnte, würde Flynn es als das erkennen, was es war: ein Beweis ihrer Liebe und der Zuneigung, die sie teilten.

„Was ist so lustig?", fragte Flynn und riss Gable damit aus seinen Gedanken.

Gable bemerkte, dass er breit grinste. „Nun, ich dachte nur gerade, dass wir Zeit mit Hunter und Grant verbringen könnten. Vielleicht können wir nachher zusammen zu Abend essen?"

Flynn schnaufte. „Nur wenn Calley bezahlt!"

„Ich denke, es wäre eine gute Idee. Es würde uns die Möglichkeit geben, die Dinge zwischen uns ein bisschen auszubügeln. Immerhin sind wir Nachbarn und Hunter war in den letzten Jahren immer sehr hilfsbereit. Ich kann ihm keinen Vorwurf machen, dass er sich in Grant verliebt hat."

Flynn warf ihm einen fragenden Blick zu. „Bist du eifersüchtig?"

Gable schmunzelte. „Überhaupt nicht. Ich hab dir schon mal gesagt, dass es okay ist, wenn Grant jetzt zu Hunter gehört. Ich denke nur, dass wir normal miteinander umgehen sollten. Grant ist kein schlechter Kerl. Vielleicht können wir sogar Freunde sein." Flynns Stirn kräuselte sich noch etwas mehr. „Vielleicht", ergänzte Gable, um seinen Geliebten zu beruhigen. Gable sah sich in dem leeren Warteraum um und zog Flynn dann näher an sich, um sein weiches, lockiges Haar zu küssen. „Ich liebe dich von ganzem Herzen. Vertrau mir, ich habe nur anständige Absichten mit Grant."

Obwohl Flynn sich zurückzog, lächelte er wieder und das war alles, was Gable wollte. Als er aufsah, wurde ihm klar, warum sich Flynn zurückgezogen hatte. Hunter und Grant liefen auf sie zu, jeder von ihnen trug zwei Tassen dampfenden Kaffee.

„Ich wusste nicht, ob du Milch in den Kaffee nimmst", sagte Hunter und reichte Gable und Flynn jeweils eine Tasse, bevor er seine eigene von Grant nahm.

„Aber immerhin habe ich uns eine Menge Zucker mitgebracht", ergänzte Grant, steckte seine Hand in die Jacke und brachte jede Menge Zuckerpäckchen zum Vorschein, die er auf den Tisch vor ihnen fallen ließ.

Gable lächelte Grant an. „Du kennst den Weg zum Herzen eines Mannes. Flynn ist tatsächlich ein ziemlich Süßer." Er nahm drei Päckchen und Flynn hielt ihm seine Tasse hin, sodass Gable den Zucker in die schwarze Flüssigkeit streuen konnte.

„Es schmeckt irgendwie gruselig ohne das", stimmte Flynn zu, nahm einen Schluck und streckte Gable seine Tasse entgegen, damit er noch ein bisschen mehr hinzufügen konnte.

Grant lächelte und Gable entspannte sich. Er konnte das. Es war gar nicht so schwer.

„Mr. Jarreau? Mr. Tomlinson?", rief eine Schwester.

Grant stand auf und Gable konnte nicht umhin, das kurze Händedrücken zwischen Hunter und Grant zu beobachten, als der lockige Mann seinen Partner zurückließ, um der Schwester zu folgen. Gable hatte die kleinen Gesten der Zuneigung schon vorher gesehen, aber bemerkte erst jetzt, dass er sie gut fand. Er freute sich für Hunter und wenn er ehrlich mit sich war, freute er sich auch für Grant. Als er zu Flynn hinübersah, bemerkte er ein Grinsen auf Flynns Gesicht.

„Du hast Grant nachgestarrt", sagte Flynn neckend, als er ebenfalls von seinem Sitz aufstand.

Gable zuckte mit den Schultern und warf Flynn einen „und wenn schon"- Blick zu. Zu seiner Überraschung grinste Flynn breit, was dazu führte, dass Gable Schmetterlinge im Bauch bekam. Er sah zu, wie sein Geliebter den Wartebereich verließ und Grant folgte.

„Und, denkst du, wir sind die nächsten?", fragte Hunter und wechselte den Sitz, um sich neben Gable niederzulassen.

„Das klingt ja, als würde man ein Lamm zur Schlachtbank führen", schnaufte Gable.

„Na ja, so schlimm ist es nun auch wieder nicht, aber die Vorstellung sich einen runterzuholen in so einen Becher, erscheint mir irgendwie …" Hunter beendete seinen Satz nicht.

„Denk einfach an das große Ganze. Wir tun das für Calley. Und wenn man es noch ein bisschen weiter fasst, dann denke ich, wir tun es auch für Bill."

Hunter spitzte seine Lippen. „Ja, ich denke schon."

„Und was sind es? Fünf Minuten deiner Zeit?"

„Hey!" Hunter stieß ihn mit der Schulter an. „Schließ nicht von dir auf andere!"

„Und du bist jung", ergänzte Gable. „Wenn du nach Hause fährst und Grant noch ein paar gute Einfälle hat, dann bekommst du ihn auch noch mal hoch. Ich auf der anderen Seite …"

Hunter warf Gable einen besorgten Blick zu, aber das neckende Lächeln auf Gables Gesicht ließ diesen Ausdruck fast genauso schnell verschwinden, wie er erschienen war.

„Flynn hält mich jung", gab Gable zu, deutlich leiser als vorher.

„Gut", antwortete Hunter. „Ich bin froh. Ich weiß wie es ist, jemanden zu lieben. Vorher dachte ich nur, dass ich es weiß, aber jetzt tue ich es wirklich." Er blickte in die Richtung, in die Grant verschwunden war.

Gable sah ihn von der Seite an. „Dann bin ich auch froh." Er tätschelte Hunters Knie, aber zog seine Hand schnell wieder zurück, um keine Aufmerksamkeit auf sich zu ziehen. „Als ihr unterwegs wart, um den Kaffee zu holen, haben Flynn und ich überlegt, ob wir zusammen zum Abendessen fahren sollten, wenn wir hier fertig sind."

„Bist du sicher? Ich meine …"

„Du meinst Grant und ich im gleichen Raum, während wir versuchen, höfliche Konversation zu treiben?"

Hunter nickte.

„Ich denke, ich kriege das hin. Wenn es für Grant okay ist, dann ist es das auch für mich."

Hunter sah Gable sehr intensiv an und versuchte herauszufinden, ob Gable lediglich eine coole Fassade vorschob. „Ich bin mir sicher, dass es Grant nichts ausmacht. Ich muss es natürlich mit ihm klären, aber ich denke, er macht sich mehr Sorgen über deine Reaktion als über seine eigene. Warum hast du deine Meinung geändert?"

Gable schmunzelte. „Es geht mir wie dir. Ich dachte, ich wüsste, wie es wäre, in jemanden verliebt zu sein. Jetzt bin ich mir sicher."

Hunter klopfte Gable auf die Schulter. „Wo sollen wir hingehen?"

Gable kam nicht mehr zum Antworten, da Flynn mit einem triumphierenden Gesichtsausdruck in den Warteraum zurückkam.

„Bin ich der Erste?"

„Jawohl", antwortete Gable. „Grant ist noch nicht wieder da. Ich dachte immer, dass du mehr Ausdauer hättest." Er zwinkerte Flynn zu.

„Ich habe sie, wenn es darauf ankommt", antwortete Flynn selbstzufrieden. „Hier war das Ziel … etwas zu produzieren und ich denke immer an das gewünschte Endprodukt!"

Grant kam wenig später zurück, gefolgt von der Schwester. „Mr. Sutton? Mr. Krause?"

„Jetzt sind wir dran", sagte Hunter, als er aufstand.

Gable folgte ihm einen steril aussehenden Gang hinunter, wo sie an einem Tresen ein Formular unterschreiben mussten, um dann einen Plastikbecher und eine Raumnummer zu erhalten. Gable betrachtete den Becher misstrauisch und betrat den kleinen Raum. Es gab einen Sessel, der halbwegs komfortabel aussah und ein Fenster mit bunten Gardinen. Auf einem kleinen Schrank stand ein Fernseher und eine der Schubladen war offen. Er schaute hinein und sah, dass sie voll mit Pornos war. Sowohl DVDs als auch Magazine. Er zuckte die Schultern, als er all die nackten Brüste sah, aber als er ein bisschen herumkramte, war er überrascht, auch eine DVD zu finden, die sich eindeutig an schwule Männer richtete. Er entschied sich jedoch dagegen, sie in den DVD-Player einzulegen, da er dachte, dass er in der Lage wäre, sich genug Bilder vor sein geistiges Auge zu holen, um zum Höhepunkt zu kommen. Er war sich allerdings sicher, dass er nicht in der Lage sein würde, Flynns Rekord zu unterbieten.

Auf dem Tisch neben dem Sessel stand eine Box mit Papiertüchern und Gable stellte den Plastikbehälter daneben, bevor er sich umdrehte, um sich die Hände zu waschen, wie die Schwester es ihnen sehr geschäftsmäßig erklärt hatte.

Gable sah sich selbst im Spiegel über dem Waschbecken an. Er hatte ein paar mehr Fältchen um die Augen herum, als er es gewohnt war und er war trotz Flynns exzellenten Kochkünsten immer noch ziemlich dünn. Was ihm jedoch am meisten auffiel, war, dass sein Haar, das immer schmutzig blond gewesen war, inzwischen mit viel Grau durchsetzt war. Er schüttelte den Kopf, während seine Hände an einem Papiertuch abtrocknete. Er hatte keine Ahnung, warum ein lebenslustiger junger Mann wie Flynn sich einen alten Cowboy wie ihn wählen sollte, aber mittlerweile stellte er das nicht mehr zu sehr in Frage. Dafür fühlte sich Flynns Liebe einfach zu gut an.

Gable öffnete seine Hose, ließ sich in den Sessel fallen und nahm seinen schlaffen Penis heraus. Ihm wurde bewusst, dass ihn das Thema immer noch nervös machte. Monate der Impotenz, nachdem er dem Tod von der Schippe gesprungen war, hatten Spuren hinterlassen. Er war inzwischen weitestgehend geheilt, obwohl er sich immer noch nicht vollständig an sein verletztes Bein oder gar die Prothese gewöhnt hatte. Er begann, sich selbst zu streicheln und versuchte, ein Bild von Flynn vor sein inneres Auge zu holen. Flynn fand immer Wege, ihn abzulenken und zu entspannen. Es waren seine unendliche Geduld und seine Fürsorge gewesen, die Gables Glauben in seine eigenen Fähigkeiten wiederhergestellt und schließlich ein intensives Sexleben hervorgebracht hatten. Er zweifelte auch nicht mehr daran, dass Flynn ebenfalls seinen Spaß hatte. Er musste sich nur ein Bild von Flynn vorstellen, der sich über ihn lehnte und in ihn hineinstieß - die Entschlossenheit und die Ekstase in seinem Gesicht, als er hart und präzise zustieß - und Gable fühlte, wie sein Penis anschwoll. Ja, so sollte es sein.

Das Bild wechselte schnell zu dem, wenn Gable auf Flynn saß und ihn ritt. Gable mochte es, die Kontrolle zu haben. Tatsächlich mochte er es manchmal ein bisschen zu sehr, aber er hatte gelernt, auch Flynn von Zeit zu Zeit die Initiative zu überlassen und seither ließ Flynn ihn die Arbeit tun. Er würde dort liegen, zu ihm hochlächeln und mit seinen Händen über Gables schlanke Schenkel streichen. Flynn würde ihn ermutigen und erst dann anfangen zu stoßen, wenn Gable fast verzweifelt nach dem Höhepunkt suchte und quasi darum bat. Verdammt, der Mann machte ihn heiß.

Trotzdem war Gable noch weit von einem Höhepunkt entfernt. Er hörte mit den Bemühungen auf und seufzte tief. Er war noch nicht einmal vollständig hart. Das funktionierte so nicht. Einen Moment lang überlegte Gable, ob er den Schwulenporno einlegen sollte, aber er dachte sich, dass ihn das zumindest in der Zeit noch weiter zurückwerfen würde.

In diesem Moment wurde die Tür aufgerissen und Gables erste Reaktion bestand darin, sich zu bedecken und aufzustehen. Es brauchte einen Moment, um zu registrieren, wer eingetreten war.

„Sieht aus, als könntest du eine … helfende Hand gebrauchen?", sagte Flynn neckend.

Gable ließ sich wieder in den Sessel fallen.

„Hunter ist schon seit einer Ewigkeit fertig!"

Gable schmunzelte. „Amateure."

Flynn kam näher, setzte sich auf Gables Schenkel und strich mit seiner Hand durch Gables langes Haar. „Ich meine es ernst. Die Schwester sagte, es wäre okay, dass ich dir helfe, wenn du das brauchst."

„Die Schwester sagte … was?"

Flynn lachte. „Dein Gesicht ist unbezahlbar. Ich habe es ihr nicht gesagt, Liebling. Ich habe mich hier reingestohlen, als sie gerade nicht geschaut hat."

„Woher wusstest du, wo ich bin?"

„Es ist die einzige Tür, an der immer noch ‚besetzt' steht."

Gable wollte gar nicht daran denken, was passiert wäre, wenn es zwei gegeben hätte. Er zog Flynns Kopf näher, um ihn zu küssen und fühlte den bekannten Anflug von Lust. „Ich denke, du hast recht. Du weißt immer, was ich brauche."

Flynn lehnte sich zurück und biss sich auf die Lippe. „Ich dachte an dich, als ich hier drin war. Ich dachte an deinen engen kleinen Hintern und deinen wunderschönen Schwanz und wie eng du dich anfühlst, wenn ich in dich eindringe." Er blickte auf Gables Unterleib und Gable fühlte sofort, wie sein Blut sich dort unten sammelte. Gable nahm seinen Schwanz in die Hand und begann sich langsam zu massieren.

Flynn sah ihn verführerisch an. „Vielleicht solltest du deine Jeans und die Boxershorts ausziehen und dann könnte ich deinen Hintern mit dem Finger ficken. Würdest du das wollen?"

„Fuck", seufzte Gable. „Ja, natürlich würde ich das wollen." Er konnte beinahe zusehen, wie er größer wurde.

„Das Problem ist, ich hätte keine Hand frei, um den Becher zu halten und du bist zu abgelenkt, wenn du einen Finger dort drin hast, um daran zu denken, zu zielen." Er schmunzelte amüsiert, als er den Becher nahm und den Deckel abschraubte. „Also musst du es doch selber tun und dann, wenn du mir die Belohnung bringst, werde ich sie auffangen. Wie klingt das?"

Gable nickte und seine Atmung beschleunigte sich bereits, weil er in Fahrt kam.

„Denk einfach an das Geschenk, das du Calley machen wirst", fuhr Flynn mit tiefer Stimme fort.

Gable hielt inne „Du weißt auf jeden Fall, wie man eine gute Stimmung zunichtemacht."

„Wieso?", fragte Flynn unschuldig.

„Als wäre es schon immer das Ziel meines Lebens gewesen, eine wunderschöne Blondine zu schwängern."

Flynn schmunzelte und lehnte sich über Gable, um ihn zu küssen. „Tut mir leid. Du mochtest Blondinen noch nie?"

Gable wusste, wann er geneckt wurde. „Nein, ich bevorzuge meine Männer eher dunkel. Mit lockigen Haaren."

„Soll ich dann besser Grant für dich holen?"

Gable zog Flynn zu sich herunter und küsste ihn fast brutal. „Ich will nur dich", sagte er keuchend, als er Flynn losließ.

Flynn blickte auf den mittlerweile fast lilafarbenen Schwanz herunter, den Gable inzwischen sehr schnell wichste. „Ich denke, ich werde dich lang und hart rannehmen müssen, wenn wir nach Hause kommen." Flynn schaffte es gerade noch, den Plastikbecher zu positionieren, als Gables Schwanz auch schon explodierte und Streifen aus Ejakulat aus dem Schlitz schossen. „Guter Junge", sagte er, als würde er mit einem der Pferde reden. Flynn stellte den Becher auf den Beistelltisch und küsste Gable leidenschaftlich, als dieser von seinem Höhepunkt herunterkam.

„Ich habe Hunter und Grant eingeladen, mit uns zu Abend zu essen", brachte Gable schließlich hervor.

„Also muss ich warten?"

Gable nickte gemächlich.

Flynn schmiegte sich enger an ihn. „Was ist, wenn du derjenige bist, der Calleys Baby zeugt?"

Gable zuckte mit den Schultern und erfreute sich daran, wie Flynn seine immer noch bekleidete Brust streichelte. „Ich sehe da kein Problem."

„Du hast gesagt, wenn du Vater würdest, dann wolltest du mehr sein als nur ein Samenspender."

„Wie werden sehen, wie Calley damit umgeht, aber ich denke nicht, dass ich sehr viel Vater sein werde. Zum einen denke ich nicht, dass Bill das zulassen wird. Zum anderen wird es ihr Kind sein. Darauf haben wir uns geeinigt, als wir ja gesagt haben."

Gable sah Flynn an und versuchte, den Grund für Flynns Frage herauszufinden. Wollte Flynn auch ein Kind? Er wagte nicht, ihn zu fragen, obwohl er sicher war, dass es eines Tages auf die Tagesordnung kommen würde. Er musste nur daran zurückdenken, wie beschützend Flynn sich um die Stuten und Fohlen gekümmert hatte und sehen, wie gut er für Bridget sorgte und wie gluckenhaft er sich während seiner Krankheit aufgeführt hatte, um zu wissen, dass Flynn ein großartiger Vater wäre.

Plötzlich zog sich Flynn aus Gables Umarmung zurück und stand vom Stuhl auf. „Wir bringen der Schwester besser die Probe und gehen zu Hunter und Grant zurück oder sie werden denken, dass wir das Gebäude durch die Hintertür verlassen haben!"

„Wenn die Schwester uns zusammen aus diesem Raum kommen sieht, dann wird sie denken, dass wir hier drinnen so richtig Sex hatten", antwortete Gable, während er sich selbst wieder in seine Jeans sortierte, nachdem er sich mit einem Papiertuch gereinigt hatte.

„Wäre das ein Problem?", fragte Flynn herausfordernd.

„Nein", Gable lachte. „Lass uns gehen und etwas zu essen finden."

27

ZU SAGEN, das Abendessen begann etwas angespannt, wäre die Untertreibung des Jahrhunderts. Hunter hatte ein typisches Familienlokal ausgewählt, mit robusten Holzmöbeln, rotweißkarierten Tischdecken und Steaks, die kaum auf die sowieso schon übergroßen Teller passten. Die Tische standen dicht zusammen und die meisten Leute hatten die Familie dabei, sodass die ganze Zeit Kinder herumliefen.

Flynn beäugte sie etwas unbehaglich, da er nicht wirklich an Kinder gewöhnt war und er ertappte sich dabei, bedeutsame Blicke mit Gable auszutauschen. Sie mussten gar nichts sagen. Flynn konnte Gable wie ein Buch lesen.

„Und du bist dir sicher, dass du für die Kinder, die du gezeugt hast, auch ein Vater sein willst?", fragte Flynn leise und hob die Augenbrauen, als ein kleiner Junge an ihnen vorbeirannte, der mit seiner Gabel wie mit einer Waffe herumfuchtelte, während er seiner größeren Schwester hinterherlief.

„Auf keinen Fall", war deutlich aus Grants Lächeln und seinem Kopfschütteln zu entnehmen, als sie sich um den Tisch setzten. Flynn versuchte, so viel Abstand wie möglich zwischen Grant und Gable herzustellen, aber da sie einen runden Tisch hatten, bedeutete das zuerst, dass Gable direkt gegenüber von Grant saß und die Spannung stieg in dem Moment merklich an, als sie bemerkten, dass sie sich während des gesamten Essens anstarren würden.

„Lass uns tauschen", schlug Flynn Gable vor. „Dann hast du mehr Raum für deinen Fuß", erklärte er so beiläufig wie möglich. Glücklicherweise verstand Gable sofort und stand auf. Damit saß Gable zwar direkt neben Grant, aber es machte es ihm leichter, Grant zu ignorieren, während er gegenüber von Hunter und neben Flynn saß.

Während sie die Karte studierten, wurde Flynn bewusst, dass sowohl Grant als auch Hunter mit den herumstreunenden Kindern recht entspannt umgingen. Eine müde und überarbeitet aussehende Mutter rief „Jackson!" quer durch das Restaurant, als ein Junge, der eindeutig Unsinn im Kopf hatte, an ihrem Tisch vorbeilief. Hunter war schnell dabei, ihn mit seinem kräftigen Arm aufzufangen und sein Fortkommen damit abrupt zu stoppen. Er hob den Jungen hoch und setzte ihn vor Grant, der seine Karte beiseitegelegt hatte.

„Bist du Jackson?", fragte Grant mit einem breiten Lächeln, das zu der Unternehmungslust des kleinen Jungen passte.

Das Kind nickte.

Grant verwuschelte seine Haare. „Denkst du nicht, dass du auf deine Mutter hören solltest, wenn sie nach dir ruft?"

„Aber sie schreit mich ständig an, Sir", antwortete das Kind.

„Vielleicht weil du nicht zuhörst?", entgegnete Hunter und tauschte einen wissenden Blick mit Grant.

„Geh schon, geh zu ihr und sag ihr, dass es dir leid tut, dass du weggelaufen bist. Vielleicht, wenn du artig bist, lässt sie dich zum Ponyreiten auf die Blue River Ranch kommen?"

„Ich bin groß genug für ein Pferd!", protestierte Jackson.

„Wir haben wirklich sehr große Pferde auf unserer Ranch, weißt du", ergänzte Hunter Grants Einladung.

„Danke euch, Jungs", sagte die Mutter, als sie bei ihnen ankam. „Aber bringt ihn nicht auf dumme Gedanken. Er ist so schon pferdefanatisch genug."

Hunter stand auf und schüttelte die Hand der Frau. „Nun ja, mein Partner hier hat recht. Wir bieten jeden Samstagvormittag Ponyreiten an und wir zeigen Kindern in seinem Alter, was man wissen muss, um ein Pferd zu versorgen. In anderen Worten, sie lernen Ställe ausmisten genauso wie reiten. Und wir passen gut auf sie auf. Sie können mitkommen, wenn Sie möchten."

Sie musterte ihn von oben bis unten und sah dann prüfend die anderen Personen am Tisch an. Dabei war ihr Blick eher interessiert als misstrauisch.

Hunter holte etwas aus seiner Tasche. „Hier ist unsere Karte. Meine kleine Schwester ist großartig mit Kindern und sie ist die Reitlehrerin. Warum rufen Sie sie nicht einfach an?"

„Können wir, Mama?", fragte Jacksons ungeduldig.

„Wir werden sehen, Jack", antwortete seine Mutter. „Nochmal danke. Er ist ein Wirbelwind", sagte sie und wandte sich wieder an Hunter.

Flynn beobachtete die Interaktion und blickte dann zu Gable. Er war froh, seinen Geliebten weniger angespannt zu sehen, aber noch mehr überraschte ihn, dass Grant so entspannt war. Er hätte niemals erwartet, dass Grant so gut mit Kindern umgehen konnte.

„Also bietet ihr Ponyreiten auf der Ranch an?", fragte Gable, nachdem die Bedienung ihre Bestellungen aufgenommen hatte.

Hunter nickte. „Bernie bringt den Kindern das Reiten bei und sie hat sich überlegt, dass sie ein bisschen zusätzliches Geld verdienen könnte, indem sie die Kinder aus dem Ort ebenfalls im Reiten unterrichtet. Du weißt schon, Klassenkameraden von Danny. Sie möchte zu einigen dreitägigen Veranstaltungen fahren, aber braucht dazu noch etwas Geld. Wir haben ihr ein gutes Pferd gekauft, aber die ganze Ausstattung und die Reisekosten sind ganz schön teuer."

„Ach, deshalb hast du all die kleineren Pferde gekauft", sagte Gable, als wenn ihm das erst in diesem Moment bewusst wurde.

„Ja", sagte Hunter schlicht. Flynn bemerkte den Blick, den er Grant zuwarf und er wurde das Gefühl nicht los, dass sie etwas verbargen. Andererseits war die Stimmung zwischen ihnen nicht entspannt genug, als dass er den Eindruck gehabt hätte, nachfragen zu können. Daher war er sich relativ sicher, dass er mit seinen aufgestauten Fragen würde leben müssen.

„Die Ranch entwickelt sich gut?", fragte Gable.

„Ziemlich gut", antwortete Hunter. „Wir haben während des Sommers einige Fohlen verloren. Und haben auch noch nicht herausgefunden, ob es Pferdediebe waren oder ein Panther, aber so oder so wird er früher oder später gefasst werden."

„Danke für die Warnung" sagte Gable. „Ich werde die Kleinen einfach dicht am Haus halten."

Die Bedienung brachte ihre Steaks und sie aßen fast schweigend. Von Zeit zu Zeit sprachen Hunter und Gable übers Geschäft und Flynn war froh, dass Grant sich aus der Konversation heraushielt, da Gable inzwischen recht entspannt wirkte. Außerdem gab es Flynn Zeit, seine Gesellschaft beim Abendessen zu beobachten. Er musste zugeben, dass Grant ein attraktiver Mann war. Nicht sein Typ, aber er hatte das Gefühl, dass sie Freunde sein könnten, wenn es da nicht die Geschichte zwischen Gable und ihm gegeben hätte. Hunter war ebenfalls ein Hingucker. Flynn hatte das schon beim ersten Mal bemerkt, als er ihn gesehen hatte, als Hunter zur Ranch gekommen war, um Pferde zu kaufen. Die durchdringenden Augen waren wahrscheinlich sein größtes Plus, aber Flynn mochte auch sein Lächeln. Es war warm und verbindlich und nicht nur, wenn er Grant ansah. Dieses Lächeln galt jedem: der Aushilfe, die die Teller abräumte, der Bedienung, die ihnen die Dessertkarte anbot und sogar Gable kam in den Genuss dieses Lächel Nur einen Moment lang fühlte Flynn einen Funken Eifersucht. Hunter und Gable hatten offensichtlich eine lange Geschichte und Gable hatte zugegeben, dass er auf den jüngeren Hunter gestanden hatte, aber würde er jemals ein Konkurrent sein, nun wo Gable sicher wusste, dass Hunter schwul war?

Flynn wurde von Gables warmer Hand auf seinem Schenkel zurück ins Hier und Jetzt geholt. „Bin gleich wieder da", sagte Gable, bevor er aufstand und in Richtung der Toiletten verschwand.

„Ja, da müsste ich auch mal hin", sagte Grant und folgte in die gleiche Richtung.

Hunter hatte scheinbar Flynns panischen Ausdruck gesehen. „Es wird schon gut gehen", versicherte Hunter ihm, aber Flynn konnte sehen, dass er auch nicht hundertprozentig überzeugt war. „Grant ist inzwischen viel ruhiger geworden. Ich denke, er möchte einfach nur mal einen Moment mit Gable alleine reden."

„Naja, das hoffe ich mal", sagte Flynn, wendete seinen Blick von der Toilettentür ab und richtete ihn auf die laminierte Karte in seinen Händen. Aber er konnte die Karte nicht lesen. Er machte sich zu große Sorgen darüber, was auf der anderen Seite des Restaurants gesagt oder getan wurde. Er wusste, dass er Gable nicht retten konnte. Er musste seinem Geliebten seine Würde lassen und den Eindruck vermeiden, dass er ein übereifriger oder eifersüchtiger Liebhaber war. Aber trotzdem verlangsamte sich sein Herzschlag erst wieder, als Gable zum Tisch zurückkehrte.

Gables Lächeln entspannte Flynn. „Bestellst du noch was?"

Flynn zuckte mit den Schultern. „Wahrscheinlich nicht."

„Ich nehme die Eiscreme", sagte Hunter, der offensichtlich auch noch nicht ganz überzeugt war.

„Ja, ich auch", stimmte Gable zu. „Irgendeine Idee, was Grant will? Denn ich sehe, dass die Bedienung in unsere Richtung unterwegs ist. Er mag Nüsse und Karamell", sagte Gable so beiläufig, dass sowohl Flynn als auch Hunter ihn anstarrten, obwohl Gable nicht erkennen ließ, ob ihm das bewusst war.

Hunter bestellte für Grant und sich und Gable orderte nur seinen eigenen Nachtisch, nachdem Flynn nochmal abgelehnt hatte.

„Was hast du für mich bestellt?", fragte Grant, als er an den Tisch zurückkam.

„Vanilleeiscreme mit Karamellstücken und Nüssen", sagte Hunter.

„Oh, super", erwiderte Grant, rieb sich die Hände und lächelte Gable an.

„Grant hat mir erzählt, dass ihr beide darüber nachdenkt, ein weiteres Haus zu bauen?", fragte Gable beiläufig.

„Ja", antwortete Hunter und warf Grant einen kurzen Blick zu, bevor er wieder Gable ansah. „Wir haben uns überlegt, dass es einfacher wäre, unser eigenes Haus zu haben, nachdem es im Haupthaus doch ziemlich … voll ist." Gable schmunzelte, während Flynn den Austausch mit Erstaunen beobachtete.

„Wir wollten dich und Flynn fragen, ob ihr uns gelegentlich unterstützen würdet."

Gable warf Grant wieder einen fragenden Blick zu und drehte sich zu Flynn, bevor er antwortete. „Ich denke schon, dass wir das können, natürlich immer erst, wenn die Aufgaben auf der Ranch erledigt sind. Es ist das Mindeste, das wir für euch tun können, nach all der Hilfe, die wir von euch beiden bekommen haben."

Flynn nickte beinahe automatisch, aber er wusste nicht, wie er die plötzlich so einfache Interaktion zwischen Gable und Grant bewerten sollte. Es gab keine Chance,

Gable zu fragen, bis sie wieder in ihrem Truck und auf dem Weg nach Hause waren. Da das Autofahren nach der Amputation für Gable noch relativ ungewohnt war, wollte er ihn nicht mit so tiefgründigen Fragen belasten und biss sich auf die Zunge.

„Du bist furchtbar still", sagte Gable schließlich. Sie waren auf dem letzten Stück vor der Ranch.

„Es war nur seltsam, dich in einem Moment so angespannt zu sehen und dann im nächsten so locker. Als du von der Toilette zurückkamst ... als ich sah, dass Grant dir folgte, dachte ich ... Selbst Hunter sah besorgt aus, Gable", stammelte Flynn. Er versuchte, all seine Gefühle in die Worte zu legen, hatte aber nicht den Eindruck, dass er erfolgreich war.

„Es ist alles gut, Flynn", versicherte Gable ihm. „Ich gestehe, dass ich zuerst auch nicht wusste, was ich tun sollte, als ich sah, dass er mir folgte, aber er wollte nur reden."

Flynn rollte seine Augen, denn er fühlte die Tränen aufsteigen und wollte nicht weinen. Er hoffte, dass er seine Emotionen unter Kontrolle halten konnte bis sie zu Hause waren, daher war er gar nicht glücklich, als Gable den Wagen auf dem Seitenstreifen zum Stehen brachte und den Motor abstellte.

„Wir behindern den Verkehr, Gable."

Gable lachte. „Das ist unsere Straße. Niemand kommt hierher." Er nahm Flynns Hand. „Er hat sich entschuldigt, Flynn. Er sagte, dass er nicht gewusst hätte, was mir zugestoßen war. Er entschuldigte sich auch für all die Lügen und die Verdrängung. Er gab zu, dass er schwul ist", sagte Gable mit einem Grinsen. „Ich denke, Hunter ist wirklich der Richtige für ihn."

„Ja, sie passen gut zueinander", sagte Flynn, drückte Gables Hand als Antwort und fühlte sich wieder etwas ruhiger.

„Das tun wir auch."

Flynn lächelte und fühlte, wie er sich bei Gables liebevollen Worten vollständig entspannte. „Heißt das, du verzeihst Grant?"

„Es gibt keinen Grund, nachtragend zu sein. Es ist eine Verschwendung von Energie. Ich würde diese Energie lieber auf etwas anderes verwenden. Auf jemand anderen."

Gable entwand seine Hand, umfasste Flynns Hinterkopf und zog ihn sanft in einen Kuss. Als sie sich wieder trennten, griff Gable nach dem Schlüssel, um den Truck wieder zu starten, aber Flynn stoppte ihn.

„Können wir einfach noch ein bisschen hier stehen bleiben?"

„Klar", antwortete Gable, legte seinen Arm um Flynns Schultern und zog ihnen enger an sich.

„Wer ist Danny?"

„Danny? Oh, Danny ist Hughs Sohn. Hugh ist Hunters Vorarbeiter und mit Lisa verheiratet, die Hunters älteste Schwester ist, daher denke ich, dass Danny Hunters Neffe ist. Oh, und sein Patenkind auch noch, glaube ich."

„Hat Danny Brüder oder Schwestern?"

„Ich glaube nicht." Gable warf Flynn einen fragenden Blick zu. „Warum?"

„Als Hunter davon sprach, dass Bernie den Kindern beibringt, zu reiten, sprach er definitiv im Plural. Kinder. Mehr als eins. Hat Hunter noch mehr Neffen?"

Gable schüttelte den Kopf. „Nicht, soweit ich weiß. Er hat drei Schwestern, aber nur Lisa hat einen Sohn. Bernie ist die Jüngste. Sie ist gerade aus der Oberstufe raus. Die mittlere Schwester ist Izzie, sie arbeitet mit auf der Ranch. Alles liebe Mädchen, obwohl Izzie ein bisschen ein Wildfang ist. Nimm bloß nie eine Herausforderung von ihr zum

Armdrücken an. Ich hab noch keinen Mann getroffen, der nicht mit schmerzendem Arm und ramponiertem Ego weggegangen wäre."

„Dich eingeschlossen?"

Gable biss sich auf die Lippe. „Sie hat mir fast den Bizeps zerrissen und war zu der Zeit gerade mal zwölf."

„Weichei", sagte Flynn und knuffte Gable in die Rippen. „Was denkst du also, wer die anderen Kinder sind?"

Gable zuckte mit den Schultern. „Vermutlich Klassenkameraden von Danny. Kinder aus dem Ort. Es gibt viele dort, die ein Pferd noch nie aus der Nähe gesehen haben."

Flynn war sich nicht sicher, ob Gable recht hatte. Er war sich sicher, dass Hunter sich verplappert und dann versucht hatte, es zu überspielen, indem er den Kommentar über Dannys Schulfreunde nachgeschoben hatte. Schließlich schüttelte er den Kopf und entschied, dass es nicht lohnte, länger darüber nachzudenken.

Als Flynn zitterte, zog Gable seinen Arm zurück und startete den Wagen. „Lass uns nach Hause fahren. Ich glaube, du hast mir etwas versprochen?"

„Versprochen?", wiederholte Flynn.

„Irgendwas darüber, das zu beenden, was wir in dem Samenspenderraum im Krankenhaus begonnen haben?"

„Aaah", sagte Flynn mit einem verwegenen Lächeln. „Nun, das ist natürlich ein unwiderstehliches Angebot."

28

DAS ABENDESSEN mit Hunter und Grant war mehr als nur ein guter Start. Mindestens einmal in der Woche schien Hunter eine Ausrede zu finden, um die Nachbar-Ranch zu besuchen und üblicherweise begleitete Grant ihn. Es begann damit, dass die beiden die heranwachsenden Fohlen besuchten und endete unweigerlich damit, dass sie über das Geschäft redeten. Schließlich ging es so weit, dass Hunter Gable in seine Einkäufe von Heu und Getreide einschloss, sodass Gable von den besseren Preisen profitieren konnte, die Hunter aufgrund der schieren Menge, die er abnahm, heraushandeln konnte.

Für Gable war es schön, wieder einen Freund zu haben. Erst als Hunter und Grant eines Abends zum Essen dablieben, wurde ihm bewusst, wie sehr er es vermisst hatte, Zeit mit Freunden zu verbringen.

„Das hat Spaß gemacht", sagte Flynn, während sie das Wohnzimmer aufräumten, nachdem die beiden Männer gegangen waren. „Inzwischen ist mit Grant wirklich wieder alles okay, oder?"

Gable lächelte nachdenklich. „Weißt du, ich denke, ich mag ihn jetzt mehr, als zu der Zeit, als er hier lebte. Damals haben wir uns irgendwie toleriert, aber jetzt …"

„Du brauchst dich nicht zu entschuldigen, Gable. Ich weiß, dass es nur Freundschaft ist."

Gable hob eine Augenbraue. „Ich entschuldige mich gar nicht. Mir wird nur gerade eben bewusst, dass ich Grant wirklich mag, aber er ist nicht derselbe Grant, den ich kannte."

„Er hat sich so sehr geändert?" Flynn setzte sich auf die Couch und zog Gable neben sich herunter, was Gable dazu zwang, den letzten Teller abzustellen, den er in die Küche bringen wollte.

„Ich habe ihn begehrt, aber ich habe ihn nicht geliebt."

„Das hast du mir schon mal erzählt."

„Ich mochte ihn noch nicht mal, Flynn."

„Aber du brauchtest ihn damals?"

Gable nickte voller Bedauern. „Ich fürchte schon."

„Ich bin mir sicher, wir alle haben schon Dinge aus den falschen Gründen getan", sagte Flynn philosophisch. „Ich hab mich auch nicht gleich auf den ersten Blick in dich verliebt, weißt du."

„Hast du nicht?", erwiderte Gable. „Du meinst, mein unwiderstehlicher Charme hat dich nicht schon in der ersten Woche in den Bann gezogen?"

Flynn lächelte schief. „Nein, die Tatsache, dass du eine Herausforderung warst, war viel anziehender. Ich denke, es ist wahr: Ich liebe die Jagd."

Gable legte seinen Arm um Flynns Schultern und zog ihn an sich, bis sie sich nah genug waren für einen Kuss. Aber er verharrte und überbrückte den letzten Zwischenraum nicht. „Ich bin froh, dass du hartnäckig genug warst, denn wenn es nach mir gegangen wäre, hätte ich dich nach sechs Wochen gehen lassen und dann hätten wir nicht das hier."

„Dann magst du das also?", fragte Flynn neckend, während er seine Lippen über Gables streichen ließ.

Gable lehnte seine Stirn gegen Flynns. „Ich kann mir ein Leben ohne dich nicht mehr vorstellen."

„Gut, denn ich habe auch nicht vor, ohne dich zu leben."

Flynn schmiegte sich enger an ihn und zog seine Knie hoch, sodass er seine Beine über Gables legen konnte.

„Denkst du, dass Hunter und Grant das auch haben?", fragte Gable.

„Du meinst das Kuscheln und das romantische Zeug?", schmunzelte Flynn.

„Grant ist, glaube ich, nicht der Typ dafür."

„Und wenn du mich fragst, passt es auch nicht zu Hunter", stimmte Flynn zu.

„Vielleicht hat sich auch das bei Grant geändert?"

„Ich bin mir ganz sicher, dass sie viel verrückten Affensex haben", sagte Flynn ganz nüchtern.

Gable verschluckte sich fast. „Verrückten Affensex?"

„Du weißt schon. Ficken. Hart und wild. Rein und raus. Schnell und schmutzig. Außerdem mögen sie exotische Orte, wie zum Beispiel deinen Heuboden."

„Ich bin sicher, das war eher eine Notwendigkeit. Ich wette, sie haben das auch", sagte Gable und liebkoste den spärlichen Haarwuchs auf Flynn Kinn, bevor er seinen Liebhaber zärtlich küsste.

„Mmmh, ich wette, dass sie das haben. In der Privatsphäre ihrer eigenen Räume. Ich wette, es ist schwierig, verrückten Affensex zu haben, während eine Horde Schwestern nebenan und die Mutter den Gang herunter wohnt."

„Ich wette, das ist es", stimmte Gable zu und küsste Flynn noch mal. Inzwischen hatte er seine Hand unter Flynns Pullover geschoben und streichelte Flynns flachen Bauch.

„Sie verdienen ein Haus nur für sich. Ich wette, Hunter ist ein echter Schreihals, wenn er gründlich rangenommen wird und man kann das natürlich nur dann wirklich rauslassen, wenn niemand zuhört."

Gable zog sich zurück, um Flynn in die Augen zu sehen. „Du hast eine ganz schön wilde Fantasie, mein Junge."

„Sag mir nicht, dass du dir noch nie vorgestellt hast, wie die beiden zusammen aussehen?"

„Ich versuche, nicht darüber nachzudenken", gab Gable zu.

„Ich schon. Auf jeden Fall, nachdem ich sie auf deinem Heuboden erwischt habe."

„Unserem Heuboden", korrigierte Gable.

Flynn lächelte nur. „Also werden wir ihnen helfen, ihr Haus zu bauen?"

„Das ist das Mindeste, was wir tun können", stimmte Gable zu. „Dank Hunter bin ich nicht pleite gegangen und er scheint einen guten Einfluss auf Grant zu haben."

„Gib zu, dass du Grant magst."

Gable sah Flynn misstrauisch an.

„Du weißt, dass es mir nichts ausmacht."

Gable stieß einen langen Seufzer aus und öffnete den Mund, um zu sprechen, aber dann besann er sich eines Besseren und biss sich auf die Lippe.

„Gable, er ist dein Ex. Das klingt jetzt vielleicht ein bisschen arrogant, aber ich glaube nicht, dass ich irgendetwas zu befürchten habe. Du hast kaum eine glückliche Erinnerung zusammen mit Grant und auch wenn seit diesem ersten Abendessen die Spannung verflogen ist, die immer da war, wenn ihr zwei zusammen in einem Raum wart, bin ich mir ziemlich sicher, dass er keine Ahnung hat, dass deine Augen blau sind."

„Das heißt?", fragte Gable und beäugte Flynn misstrauisch.

„Grant hat genauso viel Angst davor, dir in die Augen zu sehen, wie du es hast, Gable."

Gable konnte nicht anders als Lächeln. Die ganze Zeit über war er mit seinen Gefühlen gegenüber Grant und Flynns Gefühlen gegenüber Grant beschäftigt gewesen und nicht ein einziges Mal hatte er sich gefragt, wie Grant über ihn dachte. Nicht einmal hatte er sich selbst gefragt, warum Grant in seiner Nähe immer so wütend und unbehaglich wirkte. Vielleicht war das einfach nur Grants Reaktion darauf, dass er nicht wusste, wie er mit der Situation umgehen sollte.

„Ich hasse ihn nicht mehr", sagte Gable schließlich. „Das habe ich eine Weile getan. Ich fühlte mich verletzt und zurückgewiesen, denke ich, aber er wusste gar nicht, dass ich den Unfall hatte, als er wegging."

Flynn umarmte Gable noch etwas fester und legte sein Kinn auf Gables Schulter. „Ich weiß."

„Ich denke, es ist gut, dass Grant und ich lernen, Zeit ohne all diese Beklemmung miteinander zu verbringen, wenn wir ihnen dann helfen, ihr Haus zu bauen."

„Das denke ich auch."

„Grant hat im Restaurant den ersten Schritt gemacht. Ich denke, jetzt ist es an mir, ihm zu zeigen, dass ich ihm wirklich nicht mehr böse bin."

GABLE LEGTE seinen Kopf gegen Flynns. Er dankte seinem Schutzengel, dass er jemanden getroffen hatte, der so versöhnlich und geduldig war wie Flynn. Seine momentane Beziehung zu Grant war der beste Beweis dafür, dass er nicht gut darin war, seine Gefühle zu kommunizieren. Die Tatsache, dass er und Flynn hatten, was sie hatten, machte ihm den Aufwand bewusst, den Flynn in diese gemeinsame Beziehung steckte.

Flynn gähnte und kuschelte sich noch etwas näher.

„Ich denke, ich bringe dich besser ins Bett."

„Der Erste, der oben ist, liegt unten", erwiderte Flynn und sprang von der Couch auf. Gable zog ihn wieder zurück. „Hey, das ist nicht fair. Ich bin ein Krüppel."

„Bist du das?", fragte Flynn. „Ist mir gar nicht aufgefallen." Er zog Gable auf seine Füße und Richtung Treppe. „Okay, wir ändern es in: Der Erste, der oben ist, kann wählen, wer unten liegt."

Gable lächelte, denn er wusste, dass er genau das bekommen würde, was er wollte.

EINIGE MONATE später kam Calley vorbei, um die Lebensmittel zu bringen, während Flynn gerade im Stall arbeitete. Als Gables sah, wie sie sich aus dem Truck quälte, lief er los, um ihr zu helfen.

„Ich hoffe, du hast Hilfe im Laden, Calley, denn du tust dich schon sehr schwer", sagte Gable mitfühlend.

„Wem sagst du das", seufzte Calley. „Ich kriege zwar nicht mehr jedes Mal eine Krise, wenn der Arzt mir zeigt, dass da zwei drin sind und ich sehe inzwischen den Vorteil daran, es in einem Anlauf hinter mich zu bringen, aber ich fühle mich schon jetzt wie ein gestrandeter Wal und habe immer noch drei Monate vor mir."

„Hilft Bill dir?", fragte Gable, während er die volle Kiste von der Ladefläche nahm. Calley schnaubte. „Die Lammsaison hat begonnen. Ich bin schon glücklich, wenn er nachts neben mir schläft."

Gable sah sie eindringlich an, aber sie ignorierte ihn und sie gingen zum Haus. „Du musst dir Hilfe im Laden holen, Calley. Nicht erst, wenn du die Babys hast, sondern auch jetzt schon, damit du die Füße hochlegen kannst." Gable sah die Traurigkeit in ihrem Gesicht, während er die Kiste auf dem Küchentisch abstellte. Er zog einen Stuhl heraus und brachte Calley dazu sich hinzusetzen, während er alles auspackte, was sie mitgebracht hatte.

„Ich habe das Letzte nicht verloren, weil ich zu hart gearbeitet habe, Gable."

Gable legte seine Hand auf ihre Schulter und drückte sie. „Ich weiß, ich sag ja nur … Du musst auf dich aufpassen. Diese Babys sind wertvoll und nicht nur, weil ich an der Empfängnis beteiligt war. Du bist auch wertvoll, das weißt du."

Calley legte ihre Hand über Gables und zog daran, sodass er sich neben sie setzen musste. Sie legte seine Hand auf ihren Bauch und zog ihn in eine Umrahmung, die seinen Kopf nahe an ihren brachte. „Es geht ihnen gut, Gable." Wie auf Stichwort begannen die Babys zu strampeln und Gable zog seine Hand weg, aber sie griff wieder danach. „Sie lieben die Aufmerksamkeit."

„Aber es ist Bills Berührung, die sie fühlen sollten, nicht meine." Trotzdem zog Gable seine Hand nicht wieder weg.

„Bill tut sich mit alldem immer noch sehr schwer."

Gable war voller Mitgefühl für Calley. Er wusste, wie hart es Bill getroffen hatte, dass er seiner Frau nicht die Kinder geben konnte, die sie so sehr wollte. Ihm war auch klar, dass es deshalb in ihrer Ehe immer wieder zu Konflikten gekommen war, aber er hatte gehofft, dass diese Themen sich mit der Schwangerschaft gelöst hätten. Offensichtlich war das nicht ganz so einfach.

„Bill liebt dich, Calley", sagte Gable und küsste ihre Schläfe. „Ich bin ganz sicher, sobald er diese Kinder sieht und jeder seinen Rücken für diese gut gelöste Aufgabe klopft, wird er eine neue Melodie anstimmen." So saßen sie eine Weile beieinander; die Köpfe dicht zusammen, während sich ihre Hände auf Calleys Bauch berührten. Von Zeit zu Zeit trat eines der Babys und Gable lächelte. Er hatte eine Menge Höhen und Tiefen mit Calley geteilt und betrachtete sich als wahren Freund. Er hielt sie fest, weil sie es brauchte, aber er war auch überrascht über seine eigenen Gefühle gegenüber den Babys. Er hatte Gedanken an eigenen Nachwuchs nie zugelassen, weil er schon sehr früh gewusst hatte, dass er niemals eine Frau heiraten und eine Familie haben würde. Er hatte seine väterlichen Gefühle immer in seine Hunde und seine Pferde investiert, aber nun wurde ihm bewusst, dass er diese Kinder aufwachsen sehen wollte. Bis jetzt hatte er immer ganz rational argumentiert, dass er Calley nur half und dass er ihr vertraute, sich gut um seine Kinder zu kümmern. Sie würden nicht wirklich seine sein, denn niemand außer den sechs Beteiligten würde je wissen, dass Bill nicht der Vater war. Was hatte sich also geändert?

Gable hatte keine Chance, weiter darüber nachzudenken, denn sein intimer Moment mit Calley und ihren Babys wurde unterbrochen, als die Vordertür aufschwang und Flynn eintrat. Gable sah den Schwung in Flynns Schritten, als er in die Küche gelaufen kam und dann die Veränderung in seinem Gesichtsausdruck, als er bemerkte, wie nah sein Geliebter Calley war.

Erst in diesem Augenblick dachte Gable wieder daran, seine Hand von Calleys Bauch zu nehmen.

29

FLYNN FÜHLTE sich, als wäre er in etwas hineingelaufen, was er nicht sehen sollte. Er sah, wie Gable seine Hand von Calleys Bauch wegzog und bemerkte das Erstaunen auf Calleys Gesicht. Bevor er auch nur daran denken konnte, Gable um eine Erklärung zu bitten, hatten seine Füße ihn schon wieder nach draußen in den strahlenden Frühlingssonnenschein und die kalte Morgenluft getragen.

Bridget kam mit wedelndem Schwanz auf ihn zu. „Lass uns gehen, mein Mädchen. Zurück in den Stall."

Alles, woran er denken konnte, als er TC sattelte war, dass sein erster Eindruck richtig gewesen war. Da gab es etwas zwischen Gable und Calley, von dem Gable ihm bisher nichts erzählt hatte. Alles, was er sehen konnte, war sein Geliebter, der dicht neben Calley saß, und sie festhielt: Sein Kopf dicht an ihrem, als hätten sie sich gerade geküsst und seine Hand auf ihrem Bauch, die Kinder beschützend, die darin heranwuchsen. Seine Kinder, Gables Kinder. Die Kinder, von denen Gable immer behauptet hatte, dass er sie nicht wollte. Die Kinder, von denen Gable immer gesagt hatte, dass er bei der Zeugung nicht helfen würde, weil es ihm dann nicht erlaubt wäre, ein Vater für sie zu sein. Und dann hatte er seine Meinung plötzlich geändert.

Oh, Gott! Er würde einen Arm und ein Bein dafür geben, wenn diese Kinder seine wären. Er hatte sich selbst immer gesagt, dass es besser wäre, wenn sie es nicht waren, denn er würde sie selbst aufziehen wollen und er würde das vermutlich genauso versauen wie er alles andere auch versaut hatte.

Als er in den Sattel stieg, wusste er, dass er weg musste, ein bisschen Abstand zwischen sich und die Ranch bringen musste, obwohl er sie im Augenblick nicht mit gutem Gewissen verlassen konnte. Er wusste, dass er vernünftig sein musste. Er musste zurückkehren und mit Gable darüber reden, aber gerade im Augenblick konnte er das nicht. Er würde auf jeden Fall Dinge sagen, die er später bereuen würde.

Nachdem er TC eine Weile hatte galoppieren lassen, verlangsamte er das Tempo, denn er wusste, dass Bridget versuchen würde, ihm zu folgen. Er ging im Schritt, als sie hechelnd zu ihm aufschloss. Daher stieg er neben einem Wassertrog ab und rief sie zu sich. Das Tauwetter hatte eingesetzt und es gab nur noch eine dünne Schicht Eis auf dem Wasser, daher durchbrach er es und ließ Bridget und das Pferd trinken. Danach suchte er sich eine Stelle im hohen Gras in der Nähe des Zauns, wo fast der ganze Schnee geschmolzen war und setzte sich hin.

Bridget legte sich halb in seinen Schoß.

„Du weißt immer, wenn ich etwas mitgenommen bin, nicht wahr, mein Mädchen?"

Bridget sah zu ihm auf und legte dann ihren Kopf auf seinen Schenkel. Er streichelte ihren Kopf und ihre Flanke und fühlte, wie er sich langsam entspannte. Selbst wenn Gable ein Geheimnis vor ihm hatte, dann würden sie ganz erwachsen darüber reden, denn das war, was man in einer Beziehung tat. Zumindest stellte er sich das so vor. Es war ja nicht so, dass er jemals zuvor eine erwachsene Beziehung hätte beobachten können. Es war nur so schwer zu begreifen, dass es immer wieder Unsicherheiten geben würde; dass er sich niemals hundertprozentig darüber sicher sein könnte, was er mit Gable teilte. In diesen letzten Monaten waren sie sich so nah gekommen und trotzdem hatte er das nicht kommen sehen.

Flynns Gedanken wurden von Hufgeklapper unterbrochen. Er wusste, es war Brenner; er konnte das nervöse Trampeln des großen Hengstes jedes Mal zielsicher heraushören. Als Gable sich näherte, hatte er das Pferd durchpariert und schien ruhig, als er ein paar Schritte entfernt abstieg.

„Bist du okay?"

„Klar", antwortete Flynn und versuchte, locker zu klingen.

„Du hast noch nicht mal Hallo zu Calley gesagt."

Flynn zuckte mit den Schultern. „Ich wollte euch nicht stören."

„Das hast du nicht", sagte Gable kurz. „Sie hat die Lebensmittel vorbeigebracht. Ich musste ihr helfen, denn langsam wird es wirklich ungemütlich für sie."

„Oh, du hast ihr wunderbar geholfen", sagte Flynn und klopfte auf Bridgets Seite, sodass sie sich bewegte und er aufstehen konnte.

Gable blieb neben Brenner stehen und Flynn dachte, das allein wäre schon Zeichen genug, dass irgendetwas nicht in Ordnung war. Er ging zu TC und nahm die Zügel, aber Gable hielt ihn auf.

„Was ist los, Flynn?"

„Das fragst du noch?", sagte Flynn und drehte sich von Gable weg. Dieses Mal legte Gable seine Hand auf Flynns Schulter, um ihn aufzuhalten. „Du und Calley? Ich wusste, dass es da Sachen gab, die du mir nicht erzählt hast. Jetzt wünschte ich, du hättest es getan."

„Ich habe dir alles erzählt, was du wissen musstest", sagte Gable zögernd.

„Dann vertraust du mir wohl nicht genug." Flynn versuchte erneut aufzusteigen und dieses Mal hielt Gable ihn nicht zurück. Sobald er den Sattel unter sich spürte und TC begann, von einem Bein aufs andere zu treten, bereit loszulaufen, sah er Gables geschlagenen Blick und stieg wieder ab.

Gable sagt nichts.

„Was genau ist deine Beziehung mit Calley?", stieß Flynn hervor.

„Das habe ich dir gesagt. Wir sind Freunde. Wir haben in den vergangenen Jahren eine Menge zusammen durchgemacht. Vieles davon schlecht."

„Ein Bett?", fragte Flynn, der immer noch fühlte, wie die Wut in ihm brodelte.

„Nein, das nicht", sagte Gable ruhig. „Du weißt, dass ich nicht mit Frauen schlafe, Flynn."

„Du hingst komplett über ihr." Sobald er die Worte ausgesprochen hatte, wurde Flynn bewusst, dass er klang, als wäre er immer noch in der Oberschule.

„Ich habe mich um sie gekümmert. Bill ist nie da und sie ist hormonell durcheinander. Sie fühlt sich einsam und unwohl und unsicher und sie ist müde und ausgelaugt. Ich war nie mehr als ein Freund für sie, Flynn. Ich gestehe, dass ich versuche, ein guter Freund für sie zu sein, aber es gibt nichts, womit ich mich jemals für all das revanchieren kann, das sie über die Jahre für mich getan hat."

„Du hast ihr deine Kinder gegeben. Das sollte genug sein." Inzwischen fühlte Flynn Tränen in sich aufsteigen. Er versuchte, sie herunterzuschlucken, aber seine Kehle war eng und trocken.

„Es sind nicht meine Kinder", wiederholte Gable zum hundertsten Mal. „Es sind ihre und Bills. Die einzigen Menschen, die wissen, dass sie von mir sind, sind Hunter und Grant, du und ich und natürlich Bill und Calley."

„Aber es sind deine", sagte Flynn kaum lauter als ein Flüstern, als er sich unter dem Vorwand, etwas am Sattel zu richten, umdrehte. „Ich möchte, dass es deine sind."

Flynn schloss die Augen, als er erneut Gables Hand auf seiner Schulter fühlte und ihm bewusst wurde, wie gut es sich anfühlte.

„Es tut mir leid, dass du nicht der Spender sein konntest, Flynn. Du weißt das, nicht wahr? Wenn es möglich gewesen wäre, dann hätte ich gewollt, dass du diese Kinder zeugst."

Flynn konnte die Tränen nicht mehr zurückhalten. Er drehte sich um und warf sich in Gables Arme, wobei er sein Gesicht in seiner Halsbeuge versteckte. Gable schlang seine Arme um ihn, drückte ihn und wiegte ihn langsam hin und her.

„Ich wünschte, durch irgendeine Laune der Natur wäre es mir möglich gewesen, dir diese Kinder zu geben, Gable", sagte Flynn, als er wieder sprechen konnte.

„Ich wollte sie nie, Flynn. Ich habe es nie vermisst, Kinder zu haben." Dann wurde ihm etwas bewusst. „Aber du wolltest das, oder?"

Flynn hob seinen Kopf, aber wagte nicht, Gable in die Augen zu schauen. „Ganz schön ironisch, dass du Calley wahrscheinlich schon schwängern könntest, wenn du neben ihr sitzt, während ich nur Platzpatronen verschieße."

Gable strich die Haare aus Flynns Gesicht, aber Flynn sah über Gables Schulter in die Ferne. Er war nicht bereit für das, was er in Gables Augen lesen würde.

„Ich hätte nie gedacht, dass die Testergebnisse so schwer für dich wären, Flynn", sagt Gable leise. „Es tut mir leid, dass ich nicht verstanden habe, wie wichtig das für dich war. Ich dachte, es ginge dir wie mir, dass du automatisch mit dem Thema Kinder abgeschlossen hattest, weil du ja auch niemals eine Frau heiraten würdest."

„Ich denke, dass ich wohl nie die Hoffnung aufgegeben habe, dass ich einen Weg finden würde", gestand Flynn. „Frag mich nicht, wie ich es anstellen wollte, aber als dieser Arzt mir sagte, dass ich zeugungsunfähig bin, brach für mich eine Welt zusammen." Gable drückte ihn ganz fest und Flynn musste zugeben, dass es sich gut anfühlte. „Der einzige Lichtblick war, als du dann zugestimmt hast, der Spender zu sein. Immerhin werde ich jetzt deine Kinder aufwachsen sehen, wenn auch nur aus der Ferne."

„Ich kann Calley bitten, es mit dir zu teilen, Flynn. Ich denke, wenn ich es ihr erkläre, dann wäre sie gerne bereit dazu."

Flynn schüttelte den Kopf.

„Ich denke, sie braucht dringend jemanden, um diese Gefühle zu teilen. Sie hat solche Angst, glücklich zu sein. Sie hat Angst, dass wieder alles schief geht und Bill fühlt sich noch nicht als Vater, deshalb ignoriert er es auch", fuhr Gable fort. „Es ist komisch zu spüren, wie die Babys sich in ihr bewegen. Es ist so echt. Ich denke, ich habe einen Fuß gefühlt, als eines von ihnen trat, einen winzigen kleinen Fuß, genauso wie du manchmal einen Huf in einem Stutenbauch fühlen kannst, wenn das Fohlen kurz vor der Geburt steht. Ich weiß, dass du das schon gefühlt hast, Flynn. Ich habe gesehen, wie du die Stuten mehr als einmal gestreichelt hast, kurz bevor die Fohlen kamen."

Flynn nickte, zum einen um zu bestätigen, was Gable gesagt hatte, zum anderem, um ihm recht zu geben. Er wollte Calleys Babyfreude mit ihr teilen. Seine Traurigkeit löste sich langsam auf, als ihm bewusst wurde, dass Gable ihn verstand. Es gab aber noch eine Sache, die er klarstellen wollte.

„Ich bin nicht eifersüchtig, dass du ihr biologischer Vater bist, Gable", er hakte seinen Arm bei Gable ein, sie drehten sich um und liefen los, mit einem Pferd an jeder Seite.

„Oh?"

„Ich würde es vermutlich auch versauen. Ich hatte nicht wirklich geeignete Vorbilder, wenn es um das Verhalten eines Vaters geht."

„Ich habe keinen Zweifel, dass du ein ganz großartiger Vater wärst, Flynn."

Flynn sah Gable misstrauisch an und konzentrierte sich dann wieder auf den Pfad, dem sie folgten. „Ich hoffe nur, dass wir mehr als den gelegentlichen Blick auf sie bekommen, wenn sie groß werden. Ich freue mich schon darauf zu beobachten, ob ich dich in ihnen erkennen kann." In diesem Moment drängelte sich Bridget zwischen sie.

„Geh schon mal nach Hause, mein Mädchen", sagte Gable und klopfte auf ihren Hintern. „Und hör damit auf, dich zwischen mich und meinen Mann zu drängeln", ergänzte er mit einem Lachen.

Bridget lief vor, aber nicht weit. Sie stellte immer wieder sicher, dass sie noch in Sichtweite waren.

„Sie ist dein Baby, nicht wahr?"

Gable nickte. „Und vorher war es ihre Mutter."

„Jemals darüber nachgedacht, sie Babys bekommen zu lassen?"

Gable lächelte. „Habe ich versucht. Hat nicht geklappt. Sie und der Rüde haben sich nicht wirklich verstanden und obwohl er ein paar Mal mit ihr zusammen war, sind keine Babys für Bridget dabei rausgekommen. Sie ist inzwischen auch ein bisschen zu alt."

„Aber sie ist glücklich."

„Sie hat ihre zwei Väter. Das sollte sie sein", entschied Gable. „Fühlst dich jetzt etwas besser?

Flynn nickte. „Danke."

AM NÄCHSTEN Samstag fuhren sie, nachdem die morgendlichen Pflichten erfüllt waren, zu Hunters Ranch und fanden den Grundriss des neuen Hauses bereits abgesteckt vor. Als sie aus dem Truck stiegen, sprang Hunter ihnen entgegen wie ein junger Hund.

„Am Donnerstag wurde eine ganze Menge Holz angeliefert und wir haben die Fahnen aufgestellt, als alles noch mit Schnee bedeckt war", sagte Hunter eifrig. „Was denkst du? Sieht es gut aus?"

Gable sah zu den kurzen Pfählen, die aus dem Boden ragten, und den rot- weißen Bändern dazwischen. Er hob die Augenbrauen, als er feststellte, dass das neue Haus größer würde, als sein eigenes Ranchhaus.

„Bist du sicher, dass wir das zu viert bauen können?"

Hunter lächelte. „Tim und Hugh werden auch noch helfen, genauso wie ein paar Aushilfen von der Ranch, die froh sind, sich etwas zusätzliches Geld zu verdienen. Und wir sind nicht wirklich in Eile. Wir haben ja ein Dach über dem Kopf."

„Sprich nur für dich selbst, Cowboy", unterbrach Grant und schlug Hunter den Hut vom Kopf. „Ich kann es nicht erwarten, dass wir unsere eigenen vier Wände haben."

Hunter schlug nach Grant, versuchte seinen Hut zurückzubekommen und hätte wohl versucht, ihn umzuwerfen, wenn Grant nicht so einen festen Stand gehabt hätte. Während Hunter ihm noch halb am Hals hing, blickte Grant zu Gable und lächelte. „Vielen Dank für eure Hilfe."

Gable tippte sich an den Hut. „Gern geschehen." Er sah zu, wie Hunter sich drehte und damit begannen, Grant zu kitzeln.

„Es gibt Kaffee und Limonade und belegte Brote unter dem Zeltdach dort", sagte Hunter, während er und Grant losliefen, um eine weitere Gruppe von Helfern zu begrüßen.

„Danke", antwortete Gable.

„Hab dir doch gesagt, dass es ihm gut geht", sagte Flynn, nachdem die anderen außer Hörweite waren.

Flynn umarmte Gable von hinten und obwohl Gables erste Reaktion darin bestand zu versteinern, versuchte er, das zu ignorieren. Ja, sie waren in der Öffentlichkeit, aber er kannte die Leute und war sich recht sicher, dass sie über ihn und seine Beziehung zu Flynn Bescheid wussten. Auch Grant und Hunter waren nicht scheu im Umgang miteinander.

„Entspann dich", flüsterte Flynn.

Gable nickte, als sie gemeinsam auf das Zelt zugingen, das sich gegen den Holzschuppen lehnte. Dort liefen Kinder und Hunde herum.

„Wir hätten Bridget mitbringen können", bemerkte Flynn.

„Ach nee, lass das alte Mädchen zu Hause. Die vielen Kinder hätten sie verrückt gemacht."

Flynn schenkte Gable etwas Kaffee ein und reichte ihm die Tasse. „Sie könnte sich schon mal daran gewöhnen, von Zeit zu Zeit Kinder im Haus zu haben."

Gable sah die Hoffnung in Flynn Augen und hatte nicht das Herz, sie zu zerstören. Trotzdem mussten sie sich der Realität stellen. „Es sind Bill und Calleys Babys, Flynn."

„Ich weiß", sagte Flynn leise. „Aber du hast gehört, was Calley gesagt hat. Sie weiß, dass wir ein Teil ihres Lebens sein wollen und sie sagt, dass Bill scheinbar auch einverstanden damit ist."

Gable nickte, aber sagte nichts dazu. Der Tag hatte so gut angefangen und er wollte die gute Stimmung nicht trüben. Sie hatten diese Unterhaltung jetzt bereits einige Male geführt, aber er sah sie beide nicht ein Kind aufziehen; schon gar nicht Kinder, die sie selbst gezeugt hatten. Letztendlich müssten sie wahrscheinlich schon dankbar sein, wenn sie bei Calleys Kindern Babysitter spielen dürften. Flynn würde sich darauf beschränken müssen, der Vater für all die Fohlen zu sein, die er noch züchten wollte.

„Lass uns mit der Arbeit beginnen, okay?". sagte Gable stattdessen. Flynn nickte, wenn auch zögerlich.

Obwohl es für Frühling noch ziemlich kalt war, hatten sie sich bis zum Mittag gut warm gearbeitet. Gable freute sich immer über ein gutes Tagewerk und als sie sich nach einer kurzen Wäsche im Regenfass zum Essen hinsetzten, bemerkte er, dass sein Bein ihm den ganzen Vormittag keine Probleme bereitet hatte. Sie hatten eine ganze Menge Holz bewegt und damit begonnen, das Fundament auszuheben, was ihm einen schmerzenden Rücken beschert hatte, aber sein Bein fühlte sich besser als im ganzen Jahr davor.

Während sie ihre Brote aßen und Kaffee tranken, kam Izzie mit ihrem neuen Baby aus dem Haus und innerhalb kürzester Zeit hatte Flynn das Neugeborene auf seinem Arm.

„Komm schon, Izzie, gib ihm bloß nicht das Baby. Er wird es dir nie wieder zurückgeben", sagte Gable, nur halb im Scherz. Flynn warf ihm einen missmutigen Blick zu, aber das Lächeln kehrte in sein Gesicht zurück, als das kleine Mädchen zu glucksen begann.

Izzie setzte sich neben Flynn und küsste sein Haar. „Das ist schon okay. Ich weiß, dass er sich gut um sie kümmern wird." Dann drehte sich sie sich Gable zu. „Calley kommt heute Nachmittag mit mehr Lebensmitteln. Das heißt, wenn sie es schafft. Sie sieht aus, als wäre sie kurz davor zu platzen. Der Arzt sagt, die Babys werden wohl etwas zu früh kommen."

Gable nickte und fühlte, wie Sorge in ihm aufstieg. „Aber sie ist in Ordnung, oder?"

„Oh ja", nickte Izzie. „Sie hat inzwischen Hilfe im Laden und macht sowieso nur noch vormittags auf. Da ist eine Frau, die kommt, um zu helfen und sie bringt ihren Sohn mit, um die Kisten zu schleppen, sodass die schwereren Packarbeiten gemacht sind, wenn die Schule anfängt und er los muss. Voraussichtlich wird sie den Laden auch offen halten, während Calley sich von der Geburt erholt."

„Gut", antwortete Gable, der sich immer noch nicht vollkommen beruhigt fühlte. Er wusste, dass er sich besser fühlen würde, sobald er Calley sah.

Hugh gesellte sich zu ihnen und klopfte Gable auf den Rücken. „Genug herumgefaulenzt. Lasst uns wieder loslegen, Jungs."

Gable drehte sich zu Hunter um. „Was denkt er, wer er ist? Der Vormann?" Beide lachten, als sie aufgestanden waren und dorthin gingen, wo das Fundament ausgehoben wurde. Die schweren Grabungsarbeiten wurden mit einer Maschine gemacht, aber es gab überall Kanten, die begradigt werden mussten und Erde, die beiseite geschafft werden musste.

Gerade als sie alle eine kurze Pause machten, um etwas Wasser zu trinken, sah Gable Calleys Truck in der Auffahrt und lief zu dem Platz, wo sie geparkt hatte.

„Du siehst aus, als könntest du ein bisschen Hilfe gebrauchen, Mama", sagte Gable und streckte ihr seine Hand entgegen, sobald sie die Tür geöffnet hatte. Sie nahm sie würdevoll und dankbar an und schaffte es, aus dem Truck auszusteigen. Erst dann bemerkte Gable, dass sie nicht alleine war.

„Ryan? Kannst du das Essen bitte dort in das Zelt stellen?"

Ein Junge, der ungefähr zehn war, stieg auf der Beifahrerseite aus und ging zur Rückseite des Trucks. Gable war hin und her gerissen, ob er dem Jungen helfen oder sicherstellen sollte, dass Calley es in einem Stück auf einen Stuhl schaffte. Er entschied sich dafür, bei Calley zu bleiben.

„Flynn, kannst du mal bitte helfen?"

Flynn lief auf sie zu. „Was? Sie kann nicht mehr laufen?" Flynn zwinkerte Calley zu, um ihr zu zeigen, dass er nur scherzte.

Gable deutete auf den Truck. „Würdest du dem Jungen mit dem Essen helfen, bitte? Diese Kisten sehen schwer aus und ich möchte nicht, dass er sich wehtut."

„Oh, ihm geht es gut", sagte Calley laut, sodass Flynn sie hören konnte. „Ich weiß, es ist Kinderarbeit, aber ich bezahle ihn gut und er schleppt im Laden noch schwerere Sachen." Dann drehte sie sich zu Gable um und sagte verschwörerisch, „Seine Mutter wollte, dass ich ihn einen Nachmittag lang mitnehme. Ich weiß nicht, warum. Im Laden ist er ein Engel. Du hörst ihn fast nicht und er arbeitet hart. Er ist wirklich stark für seine dreizehn Jahre."

„Er ist dreizehn? Er sieht aus wie zehn", sagte Gable und sah Flynn nach, der versuchte, den Jungen aufzulockern, während sie das Essen ins Zelt schleppten.

Gable musste über den Gegensatz zwischen Flynns glücklichem Gehabe und dem Jungen, der aussah als hätte ihm jemand das Mittagessen gestohlen, lächeln. Plötzlich sah Gable ein kleines Lächeln auf dem Gesicht des Jungen.

„Ich glaube nicht, dass ich das vorher schon gesehen habe", kommentierte Calley mit leiser Stimme. „Dein Mann hat nicht nur ein gutes Händchen mit Tieren, oder?"

Gable lächelte und sagte nichts.

30

DEN EINZIGEN Samstag, den Gable und Flynn in diesem Frühsommer nicht damit verbrachten, an Hunter und Grants Haus zu arbeiten, verbrachten sie auf der Entbindungsstation des Krankenhauses oder vielmehr im Warteraum davor.

Flynn hatte Gables leichte Sorge bemerkt, dass Calley sie vor Bill angerufen hatte, als ihre Fruchtblase vier Wochen vor dem errechneten Termin platzte. Jeder wusste, dass sie eine bessere Chance hatte, es bis ins Krankenhaus zu schaffen, wenn sie sie fuhren, als wenn sie darauf warten müsste, dass Bill erschien. Doch Flynn spürte Gables Enttäuschung darüber, dass Calley selbst jetzt nicht darauf vertrauen konnte, dass Bill da wäre, wenn sie ihn brauchte. Sie hofften beide, dass Bill sich ändern würde, wenn er seine Kinder sah, aber sicher waren sie sich nicht.

Zu ihrer großen Überraschung war Bill fast gleichzeitig mit ihnen in der Notaufnahme und Gable trat würdevoll einen Schritt zurück, um Bill seinen Moment der Freude zu geben.

Nach zwei angespannten Stunden kam Bill in den Warteraum und sah aus, als hätte er die Babys selbst zur Welt gebracht.

„Ein Junge und ein Mädchen, Freunde", verkündete Bill voller Freude und klopfte beiden Männern auf den Rücken, als sie aufstanden, um ihn zu fragen, ob alles in Ordnung war. „Es ist der Traum eines jeden Mannes. Es geht ihnen großartig."

„Und Calley?", fragte Gable trocken.

„Oh, es geht ihr gut. Sie ist okay Das Mädchen kann alles überleben."

Gable sah Flynn an und Flynn erwiderte den Blick mit erhobenen Augenbrauen. Sie mussten nichts sagen, um zu wissen, was der andere dachte. Gable war noch nie Bills größter Fan gewesen, aber Bill war ein sehr guter Tierarzt und er hatte seine Dienste während ihrer schlimmen Notlage mehr als einmal kostenfrei zur Verfügung gestellt. Trotzdem wusste Flynn, dass Gable ihn als Mann nicht mochte und ihn außerhalb des beruflichen Umfelds nur Calley zuliebe tolerierte. Als er nun hörte, wie gefühllos er ihr gegenüber war, sah Flynn, wie die Wut in Gable aufstieg und wusste, dass Gable hart an sich hielt, damit sein Temperament nicht mit ihm durchging.

„Können wir sie sehen?", fragte Gable, der ruhig aussah, aber nur an der Oberfläche.

„Sie ruht sich aus, mein Freund", sagte Bill und schlug Gable auf den Arm. „Vielen Dank, dass ihr sie hergebracht habt. War keinen Moment zu früh." Bill ging an ihnen vorbei in Richtung Ausgang.

„Wo gehst du hin?", fragte Gable Bill.

„Ich habe Arbeit zu tun. Sie rief mich an, als ich gerade einen Kaiserschnitt bei einer Kuh machen wollte. Ich denke, da war ein anderer Kaiserschnitt erst mal wichtiger."

Bills spöttisches Lächeln ließ Gable rot sehen. „Ich denke, deine Frau könnte dich trotzdem dringender brauchen als diese Kuh, Bill."

„Ach nein", antwortete Bill mit dem gleichen Lächeln auf seinem Gesicht. „Sie ist müde; sie will mich nicht um sich haben."

Gable drückte Bill gegen die Wand und Flynn konnte geradeso verhindern, dass er den größeren Mann schlug. Flynn legte seine Hand auf Gables Schulter, was Gable zu helfen schien, sich zu beherrschen. Allerdings spürte Flynn, wie Gable sich wieder anspannte, als Bill sich, immer noch lächelnd, aufmachte, um zu gehen.

„Ich komme später wieder, Jungs."

Gable trat zurück und sie sahen zu, wie Bill ging.

„Ich kann es nicht glauben! Dieser Bastard!", fluchte Gable, drehte sich um und lehnte sich gegen die Wand.

„Gable", warnte Flynn ihn. Er legte seine Hand auf Gables Arm, aber Gable entzog sich ihm.

„Nach allem, was sie durchgemacht haben, um diese Kinder zu bekommen, geht er einfach wieder zur Arbeit?"

Obwohl Gable nur selten die Fassung verlor, wusste Flynn, dass es jetzt an ihm war, die Ruhe zu bewahren. Ansonsten würde Gable sich in seiner Wut verlieren. „Setzt dich eine Minute hin."

Widerstrebend gehorchte Gable.

„Wie gut kennst du Bill?", fragte Flynn in der Hoffnung, dass Gable sich durch das Reden beruhigen würde.

„Ich kenne ihn schon eine Ewigkeit", gab Gable zu. „Er war schon immer der Tierarzt hier in der Gegend, aber er ist nicht der einzige Tierarzt. Ich habe keinen Zweifel, dass die Rancher verstehen würden, wenn er ein paar Tage Urlaub nähme, nachdem seine Frau gerade Zwillinge bekommen hat, Flynn."

Flynn nahm Gables Hand in seine und drückte sie. „Ich weiß, dass Calley deinen Beschützerinstinkt weckt, aber du kannst nicht ihre Entscheidungen treffen. Sie hat sich dafür entschieden, bei Bill zu bleiben, trotz all der Dinge, die sie zusammen durchgemacht haben. Dafür muss es einen Grund geben, denn sie ist nicht das abhängige Hausmütterchen, deshalb denke ich, dass sie ihn liebt. Trotz all seiner Fehler liebt sie ihn immer noch. Und damit kenne ich mich aus."

Gable sah Flynn in die Augen, als wollte er herausfinden, ob Flynn scherzte.

„Du bist auch lange nicht perfekt, Gable, aber trotzdem liebe ich dich. Frag mich nicht warum, aber ich tue es. Calley kann ihre Gefühle für ihren Ehemann wahrscheinlich auch nicht erklären, aber ich habe keinen Zweifel, dass sie sehr ähnlich sind."

Gables Gesicht entspannte sich und Flynn fühlte, wie Wärme seinen Körper durchströmte. Er liebte diesen Mann wirklich und war in den guten wie in den schlechten Zeiten bei ihm geblieben, genauso wie Calley bei Bill geblieben war. Flynn sah, wie Gable sich umschaute und ihn dann in eine Umarmung zog.

„Du weißt, dass ich dich auch liebe, richtig?"

Flynn lächelte.

„Lass uns schauen, wie es Calley und den Babys geht."

„Gable, wir können da nicht einfach reinstürmen."

„Klar können wir das. Bist du denn nicht ein bisschen neugierig?"

Flynn musste zugeben, dass er es war. Er wollte wissen, wie Gables Kinder aussahen. „Du weißt, dass ich das bin." Genau in diesem Moment kam ein Arzt durch die Türen und sie schlossen sich nicht sofort wieder. Sie gingen langsam zu, als Gable aufstand und Flynn hinter sich her zog. „Dann lass uns gehen." Sie schlüpften hindurch, bevor sich die Türen wieder schlossen. Es machte Flynn ein wenig nervös, sich hinter diesen Türen zu befinden, aber es amüsierte ihn auch, diese andere Seite seines Liebhabers zu sehen. Sie gingen an der verlassenen Schwesternstation vorbei und Gable deutete auf die weiße Tafel. „Calley Haines. Zimmer zwölf." Er zwinkerte Flynn zu.

Es war nicht schwer, das Zimmer zu finden. Gable klopfte und öffnete langsam die Tür. Der Raum war abgedunkelt und es sah aus, als würde Calley schlafen, daher zog Flynn ihn zurück. „Weck sie nicht auf, Gable."

„Ich bin wach." Calleys Stimme klang schläfrig.

„Hallo, mein Mädchen. Ist alles in Ordnung?", fragte Gable mit einer Stimme, die Flynn von ihm bisher nur gegenüber Bridget gehört hatte.

Calley lächelte. „Hey, Jungs. Habt ihr die Babys gesehen?"

Gable schüttelte den Kopf. „Wir wollten zunächst sehen, ob es der Mama gut geht."

Calleys Augen füllten sich mit Tränen. „Ich kann es immer noch nicht glauben. Die Hebamme sagt, dass es ihnen beiden gut geht, aber da sie ja nun etwas früher geboren sind, wollen sie sie noch eine Weile beobachten. Oh, und sie wollten mir noch etwas Erholung gönnen, nachdem ich in der nächsten Zeit die Hände voll haben werde."

„Wir haben Bill auf dem Weg getroffen", sagte Gable. Flynn bemerkte, dass er sich sehr darum bemühte, seine Stimme neutral zu halten.

„Er musste eine Kuh treffen", erwiderte Calley flach. „Ich weiß nicht, ob das eine Umschreibung für Freundin oder ein tatsächliches Tier ist, aber hey …" Dann schien sie sich zu fangen. „Ich weiß, dass er mit dem Kopf bei der Arbeit ist, daher habe ich ihm gesagt, er solle gehen."

Zu Flynns Überraschung schmunzelte Gable. „Du kennst Bill eben."

„Traurigerweise tue ich das", sagte Calley. Aber dann schien sie aufzublühen. „Lasst mich die Hebamme rufen und sie bitten, die Babys zu bringen. Ich möchte, dass ihr sie seht." Flynn war froh, dass sie sie beide angesprochen hatte, obwohl er sicher war, dass sie eigentlich nur Gable meinte. „Falls beide anfangen zu weinen, seid ihr auf jeden Fall zu zweit", sagte sie sehr sachlich.

Ein paar Minuten später kam die Hebamme mit einem Rollbettchen, in dem zwei verpackte Säuglinge lagen und Flynn konnte sich kaum noch zurückhalten. Aber er wusste, dass er geduldig sein musste. Er war der Letzte in der Reihe, wenn es darum ging, die Kinder zu halten und als er sah, wie winzig sie waren, war er sich auch gar nicht mehr sicher, ob er das tatsächlich wollte. Die Babys sahen ziemlich zufrieden und warm aus. Sie trugen jeweils eine rosafarbene beziehungsweise blaue Mütze auf dem Kopf, das kleine Mädchen schlief fest und der Junge lag mit offenen, suchenden Augen da.

Gable sah in das Bettchen und lächelte, daher trat Flynn hinter ihn und schlang seine Arme um Gables Taille, sodass er über die Schulter seines Geliebten schauen konnte. „Er ist wach", bemerkte Flynn.

„Du kannst ihn rausnehmen, wenn du willst, Flynn."

Flynn blickte zu Calley, die trotz ihrer tiefen Augenringe wundervoll aussah.

„Ich kann nicht. Er ist so klein. Was, wenn ich … ich weiß nicht, ihn fallen lasse?"

Calley lachte, hörte aber fast sofort wieder damit auf und hielt sich stattdessen ihren Bauch. „Wenn es irgendjemanden gibt, dem ich ihn anvertrauen würde, dann bist du das, Liebling. Ich hab dich mit den Fohlen gesehen. Du bist so vorsichtig mit allem, ich bin mir sicher, du schaffst das. Hilf ihm, Gable."

„Sie sind ein bisschen hilfloser als ein Fohlen, Calley", antwortete Flynn. Aber er konnte seine Augen nicht von Gable nehmen, als dieser ganz vorsichtig den kleinen Jungen aus der Krippe hob und ihn an Flynn gab. Dann machte er den Weg frei, sodass Flynn sich auf dem Stuhl neben Calleys Bett hinsetzen konnte. Flynn saß gerade, als er hörte, wie das andere Baby schrie, aber er konnte seine Augen nicht von dem Kind in seinen Armen abwenden. Der Junge sah zu ihm auf, seine Augen immer noch ein bisschen ziellos, aber trotzdem suchend.

„Hey, Baby", sagte Flynn und fühlte sich ein bisschen albern. Als er die Wange des Jungen berührte, drehte sich das Baby zu seinem Finger und versuchte, daran zu saugen. „Hast du Hunger?" Flynn hatte das Gefühl, dass das Baby seine Stimme mochte, daher fuhr er fort leise, aber munter zu reden. „Ich bin mir sicher, dass Mami dich bald füttert. Aber du weinst nicht, also kann es nicht so schlimm sein, richtig? Du bist schön warm, hast eine saubere Windel und du magst es, wenn wir mit dir reden, nicht wahr?"

Das Baby schien einzuschlafen und Flynn sah zu Calley. Seine Augen wanderten weiter zu Gable, der auf dem Bett neben Calleys saß und das kleine Mädchen hielt. Sie schlief ganz ruhig auf Gables Schulter. Zu sehen, wie Gable dort saß und recht problemlos dieses Baby hielt, machte ihm wieder bewusst, wie sehr er es bereute, keine Kinder mit seinem Geliebten haben zu können. Aber sie hatten dieses Thema abgeschlossen. Dies war ihre einzige Chance und wenn Calley ihr Wort hielt, dann würden sie die Möglichkeit haben zu babysitten und zu sehen, wie sie aufwuchsen. Er sah wieder den kleinen Jungen an und versuchte, Gable in ihm zu sehen. Er erkannte den Beginn eines Grübchens am Kinn, genauso wie Gables eines hatte, aber abgesehen davon sah er Gable nicht wirklich ähnlich, dachte Flynn.

„Wie wirst du sie nennen, Calley?", fragte Gable.

„Da unsere beiden Väter einen Namen gemeinsam hatten, dachte ich, dass ich den Jungen Andrew nenne", sagte Calley. „Und das Mädchen sieht aus wie eine Vicky."

„Calley, das musst du nicht tun", flüsterte Gable.

Flynn sah zu seinem Geliebten auf, dessen Gesicht voller Emotionen war und dann zu Calley, die mitfühlend lächelte.

„Ich mag den Namen", sagte Calley selbstzufrieden. „Und ich denke, er passt zu ihr."

Gable sah weiterhin auf das kleine Mädchen, seine schwieligen Finger streichelten ihre Augenbraue. Flynn sah von Gable zu dem kleinen Jungen in seinen eigenen Armen und hoffte inständig, dass sie sehen würden, wie diese Kinder groß wurden.

Gable stand auf. „Ist bei dir alles in Ordnung, Calley? Ich denke, es ist Zeit für uns zu gehen."

Calley nickte und lächelte. Gable küsste sie auf die Stirn, nachdem er ihre Tochter zurück in die Krippe gelegt hatte und Flynn sah, wie sie ihm etwas zuflüsterte, das ihn lächeln ließ. Als Flynn den Jungen neben seine Schwester legte, sah er, dass sie so eng nebeneinander in der Krippe sehr zufrieden aussahen. Er küsste Calley auf die Wange und verließ dann mit Gable das Zimmer.

„Vicky war der Name deiner Mutter?", fragte Flynn, als sie im Korridor waren.

„Ja", nickte Gable, sagte jedoch nichts weiter.

„Das war sehr aufmerksam von ihr", fuhr Flynn fort und hoffte herauszufinden, warum Gable mit Calleys Namenswahl nicht glücklich schien.

Auf dem Weg nach Hause blieb Gable still, als wenn er Zeit brauchte, um alles für sich selbst zu verarbeiten. Obwohl Flynn wirklich reden wollte, wusste er, dass es besser wäre, Gable etwas Raum zu geben. Er hatte gehofft, dass Gable froh sein würde, die Babys zu sehen, aber er verstand, dass es auch gemischte Gefühle waren. Gable hatte niemals einfach nur der Spender sein wollen und nun war es doch so gekommen. Flynns einzige Hoffnung bestand darin, dass er das Schweigen durchbrechen konnte, bevor sie ins Bett gingen und Gable vielleicht ermutigen konnte, über seine Gefühle zu sprechen, bevor sie einschliefen.

Aber Gable strapazierte Flynns Geduld. Als Flynn aus dem Bad kam, schien Gable bereits zu schlafen, sodass Flynn einfach nur leise unter die Decken krabbelte und ebenfalls versuchte einzuschlafen. Aber in seinem Kopf rasten die Gedanken.

„Gable? Gable?"

Mit einem leisen Stöhnen gab Gable zu erkennen, dass er wach war.

„Ist alles in Ordnung?"

„Warum sollte es das nicht sein?", fragte Gable mürrisch. Als er sich umdrehte, um Flynn anzusehen, sah er allerdings eher verletzt als wütend aus.

„Ich habe mir nur überlegt, dass es ein wirklich emotionaler Tag war und dass du vielleicht darüber reden möchtest."

Obwohl es im Raum ziemlich dunkel war, konnte Flynn das kurze Nicken erkennen. Er wartete darauf, dass Gable etwas sagen würde, aber es kam nichts.

„Andrew sieht aus wie du", sagte Flynn leise und hoffte, Gable damit aufzulockern.

„Wie kannst du das sagen?"

Von Gables Worten ermutigt schob sich Flynn etwas näher an ihn heran und ganz automatisch hob Gable seinen Arm, um ihn um Flynns Schultern zu legen.

„Er hat dieses Grübchen im Kinn, das du auch hast", sagte Flynn und fuhr mit seinem Finger über die Einbuchtung. „Und deine blauen Augen."

„Alle Babys haben blaue Augen", erwiderte Gable tonlos.

„Allerdings hat er Calleys helles Haar."

Gable schmunzelte. „Ich hatte als Kind fast weiße Haare. Zusammen mit der gebräunten Haut sah es aus wie in den alten Werbungen für Sonnencreme."

„Ich hoffe, er sieht aus wie du, wenn er groß wird", fuhr Flynn fort.

Darauf antwortete Gable nicht. Sie lagen lange Zeit schweigend nebeneinander. Keiner von ihnen schlief ein, sie genossen einfach die ruhige Zeit miteinander. Flynn dachte, dass sie das unangenehme Schweigen seiner ersten Wochen auf der Ranch erfolgreich hinter sich gelassen hatten.

„Es ist das Beste, was ich tun kann, Flynn, und es tut mir leid", sagt Gable plötzlich. Daraufhin seufzte er, als würde es sich gut anfühlen, es endlich auszusprechen. „Ich weiß, du wolltest Vater werden und die Pferde sind nur ein Ersatz, selbst die Kleinen. Ich weiß das."

Flynn sah zu Gable auf. Und dann dämmerte es ihm plötzlich. „Ich dachte der Grund, dass du deine Meinung über die Samenspende geändert hast, war Calley zu helfen? Weil Calley Kinder mit hellen Haaren haben wollte. Ich wusste, dass wir die ganze Scharade mit uns Vieren in der Klinik nur Bill zuliebe durchgezogen haben, aber ich habe nicht verstanden, dass du noch andere Gründe hattest."

„Sei nicht böse, Flynn", sagte Gable leise. „Ich wusste, du würdest Kinder für uns wollen und als du die schlechte Nachricht erhieltest, dass es dir nicht möglich sein würde … Ich weiß, dass es nur ein billiger Ersatz ist."

„Ich wäre nur gerne dazu befragt worden", antwortete Flynn leise und bemühte sich sehr darum, nicht gekränkt zu klingen. Allerdings war er tief im Inneren sehr glücklich über Gables Motive.

„Calley wollte wirklich, dass ich es tue, denn es würde einfach mehr Sinn machen, blonde Kinder zu bekommen und ihr hattet alle dunkles Haar. Ich habe sie gefragt, ob sie in Erwägung ziehen würde, dich als Spender zu nutzen. Ich wusste, dass du Kinder haben willst und mir war's ziemlich egal, aber ich hätte gerne gesehen, wie deine Kinder aussehen würden. Du siehst also, ich verstehe es."

Flynn schmiegte sich dichter an Gable, denn er musste ihn unbedingt spüren. Wie sehr er diesen Mann liebte! Flynn drehte seinen Kopf, sodass ihre Lippen sich berührten und platzierte einen züchtigen Kuss auf Gables Mund, der sich intimer anfühlte als die intensiven Küsse, die sie teilten, wenn sie sich liebten. „Ich bin froh, dass du es warst." Flynn schloss seine Augen und wollte einfach nur das Gefühl der Nähe genießen. Ein Hochgefühl begann, die vorherige Melancholie zu ersetzen und Flynn lächelte. „Und wenn Calley oder Bill sie nicht mit uns teilen wollen, dann kidnappen wir sie und bringen sie erst zurück, wenn sie zu sehr schreien."

Gable lachte. „Ich denke, das ist ein großer Vorteil. Wir können sie immer wieder zurückgeben."

Flynn nickte und drückte sich noch enger an Gable, um in den Armen des Mannes einzuschlafen, den er liebte.

Epilog

SIE HATTEN einige der Stuten, die nach Gables dramatischem Winter noch übrig waren, behalten. Es dauerte jedoch ein paar Jahre bis Gable verstand, dass es dafür noch einen weiteren Grund gab, außer dass Flynn Pferde züchten und aufziehen wollte.

Nach den ersten zwei Fohlen, die Hunter gehört hatten noch bevor sie überhaupt geboren waren, stellte Flynn sicher, dass sie jedes Jahr in etwa fünf oder sechs Kleine hatten und ganz langsam konnten sie die Ranch entschulden. Es war immer noch harte Arbeit, aber das machte ihnen nichts aus. Die Pferde, die von Gable zugeritten und trainiert wurden, waren immer noch sehr gut nachgefragt, vor allem von den benachbarten Ranchern, die zuverlässige Reitpferde für ihre Cowboys brauchten. Doch auch die Pferde, die auf den Auktionen verkauft wurden, brachten gutes Geld ein. Flynn war nicht wirklich überrascht, dass Gable den Ruf hatte, exzellente Pferde auszubilden und das wirkte sich letztendlich positiv auf den Preis aus.

„Wie würdest du darüber denken, wenn ein paar mehr Kinder hier herumlaufen würden?", fragte Gable Flynn an einem angenehmen Abend, als sie auf der Veranda saßen und den Sonnenuntergang beobachteten.

„Was hast du angestellt?", fragte Flynn und setzte sich auf, sodass er Gable einen spöttischen Blick zuwerfen konnte.

Gable lächelte. „Du weißt, dass Craig sich eine Ärztin geangelt hat, richtig?"

Flynn schnaubte. „Ja. Ich weiß nicht, wer überraschter darüber war, dass es ein Mädchen ist: du oder er."

Gable schmunzelte. „Na ja, sie arbeitet mit behinderten Kindern und interessiert sich für Therapeutisches Reiten, wo Kinder auf Pferden reiten können, um ihre Balance und ihr Selbstvertrauen zu verbessern und solche Sachen."

„Und du denkst, wir sollten das hier machen?"

Gable zuckte mit den Schultern. „Ich wüsste nicht, was dagegen spricht. Wir haben die Zuchtstuten, die brav genug sind, um mit einem Kind auf dem Rücken im Kreis zu laufen und dann sind da noch die älteren Wallache. Sie sind vollständig ausgebildet, aber da sie immer ein bisschen faul wirken, sind sie für die Auktionen nicht so gut geeignet. Wir wissen aber beide, dass sie sehr rittig sind."

„Ja, ich denke, faule Pferde sind dafür perfekt. Neben Mally könntest du eine Kanone abfeuern und er würde sich trotzdem nicht rühren", schmunzelte Flynn.

„Ich weiß, wir haben nicht viel Zeit, aber es wäre nur ein Nachmittag in der Woche und ich dachte …"

„Ich denke, es ist eine großartige Idee", unterbrach ihn Flynn. „Ich meine, Hunter und Grant sind inzwischen in ihr Haus eingezogen, daher haben wir mehr Zeit."

„Du hast recht", stimmte Gable zu. „Erinnere mich bitte daran, dass wir beim nächsten Mal, wenn Hunter mit so einer brillanten Idee vorbeikommt, ablehnen, okay?"

„Naja, es begann mit der Ausrede, dass er sein eigenes Haus haben wollte, ohne seiner Mutter zu sagen, dass er Grant bei sich einziehen lassen würde."

Gable lächelte breit. „Weißt du, es ist wirklich schön, dass wir uns alle so gut verstehen. Ich mag sogar den neuen Grant."

„Hey", sagte Flynn und stieß Gable mit dem Ellbogen in die Rippen. „Komm mir ja nicht auf irgendwelche Ideen!"

„Worüber?"

„Grant", antwortete Flynn. „Er mag sich zwar in einen netten Typen verwandelt haben, aber ich denke, wenn du Anstalten machen würdest, ihn Hunter wegzunehmen, dann würde Hunter dich aus dem Verkehr ziehen. Natürlich nur, wenn ich dich nicht zuerst umbringe."

Gable griff nach Flynn, zog ihn dicht an seine Brust und biss ihm spielerisch in den Hals. „Das würde ich nicht wagen. Hunter kann ihn haben. Außerdem brauche ich niemanden außer dir."

„Ist das so?", fragte Flynn und drehte sich um, damit er Gable leidenschaftlich küssen konnte.

„Oh, das habe ich fast vergessen", sagte Gable und unterbrach ihren Kuss. „Wir haben die Zwillinge nächstes Wochenende. Calley möchte ein paar Tage Erholung und hat gefragt, ob wir Babysitten können."

„Oh, großartig", seufzte Flynn. „Kein Sex nächstes Wochenende." Er rollte dramatisch mit den Augen, aber Gable wusste, dass er in diese Kinder vernarrt war.

„Ich mache es wieder gut", neckte Gable ihn. „Und ich fange gleich damit an."

„Oh?", stieß Flynn aus und flatterte mit den Wimpern.

„Das Wasser hatte den ganzen Tag Zeit, um warm zu werden. Wollen wir zusammen unter die Dusche gehen?"

Flynn gab vor, darüber nachzudenken, aber Gable konnte quasi zusehen, wie Flynns Jeans vor seinen Augen eng wurden.

„Der Letzte in der Dusche liegt später unten", sagte Gable, stand auf und streckte seine Hand aus, um Flynn hochzuziehen.

Nur wenige Minuten später standen sie unter dem Strahl des sonnenerhitzten Wassers aus ihrem extra großen Wassertank. Flynn lehnte sich gegen das Haus, während Gable vor ihm kniete und seine talentierten Mund zum Einsatz brachte, bis Flynn ihn dazu brachte, aufzuhören.

„Komm her", winkte Flynn und zog Gable auf seine Füße, um ihn in einen sengenden Kuss zu ziehen.

„Wie willst du es machen?"

Gable hob seine Augenbrauen. „Solange ich dich irgendwie in mir spüre, ist es mir egal."

„Willst du mich reiten, Cowboy?"

„Hat das Pony Lust zu bocken?", antwortete Gable, als er das Wasser abdrehte.

Die Position, die Flynn zu Beginn ihrer Beziehung so sehr gehasst hatte, war inzwischen eine ihrer bevorzugten geworden. Flynn konnte nie genug davon bekommen zu sehen, wie sein Schwanz in Gables engem Körper verschwand und zuerst die Zurückhaltung und dann die totaler Hingabe zu beobachten, mit der Gable ihn ritt. Der einzige Unterschied zu früher bestand darin, dass Gable sich nach den eher wilden Bewegungen hinunterbeugen würde, um Flynn zu küssen, während sie wieder zu Atem kamen. Dann übernahm Flynn und stieß nach oben, während Gable sich über Flynns Körper hielt. Es ging mehr darum, etwas zu teilen, als zum Höhepunkt zu kommen, mehr darum, sich gegenseitig Freude zu bereiten, als selber Freude zu empfinden.

Wenn sie dann müde wurden, würde Flynn Gables Hintern kneten, während Gable seine Erektion gegen Flynns Bauch rieb.

„Das Pony ist heute eine Menge rumgelaufen und wird etwas müde", murmelte Flynn gegen Gables Mund.

„Der Cowboy hat einen schlimmes Bein und alte Knie", antwortete Gable und lächelte, ohne den Kontakt zu Flynns Lippen zu verlieren.

„Wollen wir tauschen?"

Gable nickte und zog sich zögernd zurück. Er hüpfte wieder zur Dusche und drehte das Wasser auf, während er sich am Geländer festhielt, das sie vor einiger Zeit dort angebaut hatten, sodass Gable die äußere Dusche wieder nutzen konnte.

Flynn folgte ihm auf dem Fuße und stellte sich hinter Gable, strich mit seinen Händen durch die nassen Haare auf Gables Brust, wo es zwischen den dunklen Haaren inzwischen auch graue gab. Als Gable seinen Kopf unter den Wasserstrahl hielt, wischte Flynn mit einer Hand über Gables Schädel und Gable drehte sich um, sodass er das Gleiche für Flynn tun konnte. Sie standen dicht beieinander, als Gable nach dem Shampoo griff, um Flynns Haare zu waschen.

„Du scheinst gar nicht so eifrig fortzusetzen, was wir gerade angefangen haben?", fragte Flynn.

„Ich habe keinen Zweifel, dass wir das werden", sagte Gable mit einem neckenden Ausdruck im Gesicht. „Aber ich mag es, den Schmerz, ääh, die Ekstase ein bisschen hinauszuzögern."

Flynn warf ihm einen gespielt ärgerlichen Blick zu, aber zeigte dann seine Freude an dem was Gable tat, indem er ihn küsste und seine Bewegungen spiegelte. Langsam wurde das Streicheln ihrer Hände über ihre Körper wieder sexuell und Flynn nahm ihre Erektionen in die Hand und rieb sie gegeneinander, womit er sie zurück zu voller Härte brachte.

„Willst du mich hier ficken?", schlug Gable vor.

„Mmmh", stimmte Flynn zu. „Ich glaube nicht, dass wir es nach oben schaffen."

Gable drehte sich um und rieb seinen Hintern gegen Flynns Erektion. Sie waren beide glitschig vom Wasser, dem Shampoo und der Seife, daher glitt Flynn ohne große Mühe in Gables Körper hinein. Sie brauchten ein paar Momente, um sich miteinander zu arrangieren. Letztendlich stützte Gable sein Knie auf der Bank ab, die gerade die richtige Höhe hatte, bevor Flynn damit begann, ernsthaft zuzustoßen.

„Verdammt, das fühlt sich gut an", stöhnte Gable.

„Das sagst du immer", antwortete Flynn.

„Weil es immer so ist."

Jedes Mal wenn sie sich liebten, egal in welcher Position, war es immer wieder erstaunlich für Gable, wie gut sie zusammenpassten. Es war nicht wichtig, wie viele Fehlstarts sie gehabt hatten, wie viele Hürden sie hatten überwinden müssen; es war all das wert für diese Augenblicke, wenn die Welt um sie herum stehen blieb und sie es noch nicht einmal bemerken. Es war in Momenten wie diesen, wenn Gable sich daran erinnerte, wie Flynn zu ihm gestanden hatte, selbst als er dachte, dass er niemals wieder Sex haben würde oder als Gable dachte, dass er nie wieder glücklich sein könnte mit oder ohne Flynn. Da gab es eine Konstante in seinem Leben und das war dieser Mann, den es auf seine Ranch verschlagen hatte und der ihn nach einem Job gefragt hatte, den er auf einem gekritzelten Stück Papier in der Post gefunden hatte. Als Gable spürte, wie sein Höhepunkt sich langsam aufbaute, dankte er den Sternen am Himmel ein weiteres Mal, dass er damals ja gesagt hatte. Dann explodierten alle diese Sterne gleichzeitig, während Flynn in sein Ohr schrie. Er fühlte die Hitze von Flynns Ausbruch in seinem Unterleib und wie es aus seinem Körper lief, als er ebenfalls mit mehreren Spritzern kam.

Sie standen unter dem Wasserstrahl und sahen zu, wie ihre kombinierten Körperflüssigkeiten zusammen mit dem Wasser davon flossen. Beide rangen nach Luft, aber wollten sich nicht bewegen, als wenn das Aufgeben der Verbindung irgendeinen Schaden an ihrer wahren Verbindung bedeuten würde.

„Ich liebe dich so sehr", flüsterte Flynn in Gables Ohr.

„Das wusste ich gar nicht", lachte Gable.

„Ich wäre fast nicht hierhergekommen, aber ich habe mir so verzweifelt gewünscht, wieder auf einer Ranch zu arbeiten."

„Und ich hätte fast nicht ja gesagt, denn ich war ein mürrischer Bastard, der sich zu alt fühlte, obwohl ich mich vom ersten Moment an von dir angezogen gefühlt habe."

Flynn kicherte, seine Arme immer noch um Gables Brust geschlungen, sein Kinn auf Gables Schulter. „Was meinst du damit, du warst?"

„Du bist der Bastard", erwiderte Gable.

„Ja, aber du liebst mich trotzdem."

Gable wurde ernst und ließ seinen Kopf nach hinten fallen. „Mehr als das Leben selbst."

In diesem Moment durchbrach ein Blitz den warmen Abendhimmel und beinahe sofort danach ließ ein lauter Donner sie zusammenzucken.

„Ich denke, wir haben Mutter Erde aufgeweckt", kicherte Flynn.

„Mmmh, ich denke, sie will einfach nur ihre eigenen Wolken und Regen."

Earth and Sky
– Ein Neubeginn für Hunter

Für Nikki und Emmet,
mein Yin und Yang,
meine weiblichen und männlichen Wortakrobaten,
die für die richtige Balance sorgen.

1

„ICH SAGE dir, es sind Pferde verschwunden", erklärte Hugh seinem Chef. „Nicht viele, aber ich habe Tim letzte Woche einmal durchzählen lassen, weil uns eins fehlte, und diese Woche haben wir wieder eins verloren."

Hugh und Hunter ritten die Zäune der Ranch ab, um sie auf Schäden zu überprüfen. Auf einer großen Ranch wie Hunters nahm diese Aufgabe einen ganzen Tag in Anspruch, vor allem, da sie von Zeit zu Zeit absteigen mussten, um etwas in Augenschein zu nehmen oder kleinere Reparaturen durchzuführen. Normalerweise war dies ein Job für zwei Arbeiter, doch aufgrund von Hughs Befürchtungen hatte der Vorarbeiter seinen Chef gebeten, ihn an diesem kühlen Frühlingsmorgen zu begleiten.

Beide Männer waren groß und muskulös und waren praktisch im Sattel zur Welt gekommen. Hugh war der älteste Sohn eines Ranchvorarbeiters, der zuerst für Hunters Vater und später für Hunter gearbeitet hatte. Nachdem Hughs Vater sich zur Ruhe gesetzt hatte, war Hugh Hunters Vormann geworden. Hugh hatte außerdem einen jüngeren Bruder, Tim, der ebenfalls auf der Ranch arbeitete, und einen mittleren Bruder namens Jack, der Pferdezahnarzt war. Alle drei lebten für die Pferde.

Auch Hunter war das Rancherleben in die Wiege gelegt. Sein Vater war Rancher gewesen, der während einer Rezession viele Ranches der Umgebung aufgekauft hatte – einschließlich der, die Hughs Vater gehört hatte. Er war bis zu seinem überraschenden Tod ziemlich erfolgreich gewesen. Hunter war damals erst vierzehn gewesen und ohne die Hilfe von Hughs Vater hätte er es nicht geschafft, die Ranch über Wasser zu halten. Mittlerweile war Hugh mit Hunters älterer Schwester Lisa verheiratet und gehörte damit praktisch zur Familie. Wie sich herausstellte, war Hunter ein noch besserer Geschäftsmann als sein Vater: Auf der Blue River Ranch wurden mehr Fohlen denn je geboren, die auf Auktionen versteigert oder an andere Ranches überall in den Vereinigten Staaten verkauft wurden. Er arbeitete hart und war sich nicht zu schade, sich die Hände schmutzig zu machen, wenn er sich nicht gerade mit Papierkram und Verhandlungen herumschlug.

Trotz Hughs Befürchtungen wegen der verschwundenen Pferde war ein Tag, den Hunter auf dem Pferderücken verbringen durfte, ein besonderes Vergnügen. Manchmal wünschte er sich, nur auf der Ranch zu arbeiten – ohne die restlichen Verpflichtungen, die er als Eigentümer eines erfolgreichen Unternehmens hatte. Der heutige Tag kam ihm wie Urlaub vor, etwas, das selten geworden war in Hunters Leben. Er konnte sich nicht erinnern, wann er das letzte Mal für etwas anderes als eine Konferenz oder Auktion die Ranch verlassen hatte. Das machte ihm jedoch nichts aus, denn selbst, wenn er mal verreisen musste, vermisste er sein Zuhause, sobald er die Bezirksgrenze überschritten hatte. Dies war sein Land, und wenn es nach ihm ging, würde er hier begraben werden, genau wie sein Vater. Er hoffte, dass dies nach einem langen und erfüllten Leben geschehen würde – nicht so wie bei seinem Vater, der mitten aus dem Leben gerissen worden war –, doch davon abgesehen konnte er sich nicht vorstellen, je von hier wegzugehen.

„Also, was denkst du: Dass jemand unsere Pferde stiehlt oder dass wir es mit einem Raubtier zu tun haben?", fragte Hunter seinen Vorarbeiter nach einem langen Schweigen. Er hatte seine eigene Theorie, aber er wollte Hughs Meinung hören, da dieser nicht die meiste Zeit mit seiner Nase in Papierkram steckte.

„Ich würde auf einen Puma oder Berglöwen tippen, eventuell mit Jungen, aber in jedem Fall hungrig", antwortete Hugh ruhig. „Was wir bisher noch nicht gefunden haben, ist ein Kadaver. Das würde eher auf einen Dieb hindeuten. Aber ein Dieb würde doch bestimmt bereits eingerittene Pferde stehlen und nicht einjährige Fohlen."

Hunter seufzte. Das hatte ihnen gerade noch gefehlt. Erst vor zwei Wochen hatten sie die Pferde auf die höher gelegenen Weiden getrieben, damit sie dort das frische Gras, das den ganzen Winter gewachsen war, fressen konnten. Es waren trächtige Stuten in der Herde, die später im Jahr abfohlen würden. Im Moment waren sie noch schnell genug, um einem Raubtier entkommen zu können. Doch wenn Hugh recht hatte, mussten sie die Pferde aus Sicherheitsgründen wieder näher ans Haus holen und dann entginge den Stuten das nahrhafte Gras, durch das ihre Fohlen gesund und kräftig würden. Hunter gefiel das überhaupt nicht. Andererseits gefiel es ihm noch weniger, Pferde zu verlieren, und zwar nicht nur, weil es einen geringeren Profit bedeutete.

Hunter war immer noch in Gedanken vertieft, als er sah, wie Hugh sein Pferd zu einer Anhöhe lenkte, wo er abstieg.

„Ich denke, wir haben es mit einem neugierigen Puma zu tun", sagte Hugh schroff. „Lass uns hoffen, sie ist nur hier, um Nahrung für ihre Jungen zu finden, bis sich ihre natürlichen Beutetiere nach dem Winter wieder erholt haben. Denn wenn sie aus irgendeinem Grund aus ihrem natürlichen Lebensraum vertrieben wurde, haben wir ein echtes Problem."

„Bist du sicher?", fragte Hunter vom Pferderücken aus.

Hugh kniete neben einem schlammigen Areal auf dem kleinen Hügel. „Oh ja, hier hat ein Puma gestanden und die Umgebung beobachtet. Ohne einen Tierkadaver können wir nicht sicher sein, dass der Puma auch Beute gerissen hat, aber er ist definitiv nach dem Regen hier gewesen. Also innerhalb der letzten zwei Tage."

Hunter ließ seine Hand unbewusst zu dem Gewehr wandern, das sich in seiner Satteltasche befand. Das Letzte, was er wollte, war, dass Mama Puma aus ihrem Versteck sprang und ein leckeres Mahl aus seinem Vorarbeiter machte. Obwohl Berglöwen für gewöhnlich den Menschen mieden, schien es, als wäre dieser recht dreist. Es war schwer zu sagen, was ein verzweifelter Puma für Futter alles tun würde.

„Hat Tim gesagt, was für Pferde wir verloren haben?", fragte Hunter.

Hugh erhob sich und nickte. „Wir sind uns nicht sicher, was es diese Woche war. Aber letzte Woche war es eines der Fohlen vom letzten Oktober."

„Verdammt!", fluchte Hunter. Er würde schnell eine Entscheidung treffen müssen. Er konnte es sich nicht leisten, Fohlen zu verlieren. Sie waren die Einkommensgrundlage der Ranch und jedes Fohlen, das sie verloren, würde in den Büchern auftauchen. Er hatte keine Wahl. Sie würden die Herde wieder zurück treiben müssen.

„Haben wir genügend Cowboys, um die Herde wieder nach unten zu treiben?", fragte Hunter.

Hugh stieg wieder auf sein Pferd. „In einem Wort: Nein. Nachdem wir die Fühler ausgestreckt haben, konnten wir einen Herumtreiber einstellen, den ich für die Stallarbeit eingeteilt habe. Er ist kein schlechter Arbeiter, aber ich glaube nicht, dass er sich als Cowboy eignet. Hab ihn noch nicht reiten sehen, obwohl Tim meint, er schlägt sich ganz gut. Ich vermute, dass wir ihm eine Chance geben könnten, wenn wir wirklich Leute brauchen. Aber dann fehlen uns immer noch zwei Leute. Wenn du mich fragst, sollten wir die Herde in kleinen Gruppen bewegen. So, wie wir es gemacht haben, als wir sie hier hinauf getrieben haben. Auf diese Art und Weise sollte es klappen. Meinst du, Gable ist vielleicht auf wundersame Weise genesen? Wir könnten wirklich seine Hilfe brauchen."

Hunter seufzte. „So wie sein Bein nach dem Unfall im letzten Jahr aussieht, ist wohl eher er es, der unsere Hilfe braucht. Obwohl, ich glaube, gehört zu haben, dass er einen Ranch-Helfer gefunden hat." Hunter hätte gern gewusst, wie Gable, der seine Ranch im Alleingang und mehr schlecht als recht über Wasser hielt, es geschafft hatte, einen fähigen Helfer zu finden, während sie gut bezahlen konnten und trotzdem niemanden fanden, den sie hätten einstellen können. Er verkniff sich die Frage. Gable hatte es schwer genug, seine Ranch überhaupt am Laufen zu halten. Da konnte Hunter es ihm nicht verübeln, dass er jemanden gefunden hatte, der mit anpacken konnte.

Sie trabten an den Zäunen entlang, während sie sich über die Ranch unterhielten und die Augen offen hielten, falls etwas ungewöhnlich erschien. Es hatte begonnen zu nieseln, und Hunter stellte den Kragen seiner Regenjacke auf und schloss den Reißverschluss in der Hoffnung, trocken zu bleiben. Er wusste, es würde vergeblich sein, versuchte es aber dennoch. Nach einer Weile mussten beide Männer absitzen, als sie ein Loch in einem Stück Stacheldraht entdeckten. Das Loch war mit Hilfe einer Drahtschere schnell repariert, doch Hugh deutete auf ein Stück flachgedrücktes Gras hinter dem Zaun. Sie banden ihre Pferde an und Hunter nahm sein Gewehr, bevor sie den Zaun überquerten. Sie ließen sich Zeit, suchten nach Spuren im Matsch und an den Büschen, fanden jedoch keinen Hinweis auf ihre verschwundenen Pferde.

Der Regen wurde stärker und die Männer packten zusammen, um zum Hof zurückzukehren. Dort, wo sie ihre Pferde angebunden hatten, konnten sie die Stuten mit den Fohlen vom letzten Jahr beim Grasen beobachten. Hunter wusste, dass sie sie nicht viel länger dort lassen konnten, wenn ein hungriges Raubtier die Gegend unsicher machte.

„DU DENKST, eine Puma frisst unsere Pferde?", fragte ein neugieriger Danny, während er das Roastbeef mit Stampfkartoffeln und Erbsen verputzte, das es zu Mittag gab.

„Müssen wir das beim Essen besprechen?", ermahnte Lisa ihren Sohn.

„Er findet es sowieso raus, Lisa", mischte sich Hunter ein. „Das ist nur natürlich. Je eher er Bescheid weiß, desto besser." Er wandte sich an den Neunjährigen: „Am Samstag kannst du helfen, die Herde in Sicherheit zu bringen."

„Und mehr möchte ich dazu am Tisch nicht hören", warnte Lisa noch einmal. „Wir essen kein Pferdefleisch und wir unterhalten uns an diesem Tisch auch über nichts, das Pferdefleisch isst."

Danny kicherte, hörte aber sofort auf, als seine Großmutter, die offensichtlich der gleichen Meinung war wie seine Mutter, ihm einen strengen Blick zuwarf.

Selbst Hunters Miene wurde ernst. Denn obwohl er seine Mutter liebte, war mit ihr nicht zu spaßen.

„Also bringt ihr die Herde wieder herunter?", fragte Beth Krause ihren Sohn.

„Ja, Ma'am", antwortete Hunter. „Wir können es uns nicht leisten, noch mehr Fohlen zu verlieren. Oder etwas anderes, von dem der Puma meint, wir hätten mehr als genug davon. Und obwohl das Gras auf den oberen Weiden hervorragend ist, können wir keine Rund-um-die-Uhr Überwachung gewährleisten, um zu verhindern, dass die Pferde ein Festmahl für Raubtiere werden. Wir haben gerade genug Personal, um sie wieder herunterzubringen."

„Auf jeden Fall wirst du nicht Danny mitnehmen, wenn dort oben eine Wildkatze ihr Unwesen treibt", erklärte Lisa.

„Mom!", protestierte Danny.

„Komm schon, Schwesterlein", bat Hunter. „Er ist mittlerweile groß genug, um etwas Anderes als ein Pony zu reiten. Sollte es nötig werden, kann er schnell verschwinden. Auf dem Hof hat er in letzter Zeit Belle geritten und du weißt genau, wie umgänglich sie ist. Wir haben sie von Gable gekauft, also kann man ihr vertrauen, selbst wenn ein Knirps wie Danny auf ihr sitzt." Hunter verwuschelte Danny das Haar, um zu zeigen, dass seine Worte nicht böse gemeint waren. „Du weißt, dass wir zu wenige Leute haben. Er könnte an den Zäunen arbeiten. Es wäre immer jemand in der Nähe, um zu helfen. Und Hugh und ich werden gut auf ihn achtgeben, stimmt's?"

Hunter sah Hugh über den Tisch hinweg an. Der Vormann war bisher still gewesen, wie immer, wenn seine Frau und Schwiegermutter zugegen waren. Protestieren hatte wenig Sinn, wenn man ohnehin keine Hoffnung hatte, eine Auseinandersetzung zu gewinnen. Also zuckte er nur mit den Schultern.

„Wir werden sehen", lenkte Lisa ein, während sie wortlos nach Hunters Teller verlangte, um ihm einen Nachschlag aufzutragen.

DER SAMSTAG begann früh, denn sie sattelten schon im Morgengrauen die Pferde. Der Nieselregen, der in den letzten Tagen alles durchnässt hatte, hatte endlich aufgehört, und die Sonne leuchtete hell, als sie am Horizont erschien.

„Ein perfekter Tag, um die Herde auf eine andere Weide zu treiben", meinte Hunter, als er die Stallgasse betrat und auf Davenports Box zuhielt, seinen temperamentvollen Wallach, der auch nach der Kastration nichts von seinem Pepp eingebüßt hatte. Hunter liebte es, ihn zu reiten. Pferd und Reiter versuchten jeweils, ihren Willen durchzusetzen, und Hugh schüttelte jedes Mal lachend den Kopf, wenn er sah, was sich Hunter alles gefallen ließ, wenn es um dieses Pferd ging.

„Er ist fast fertig", erscholl eine unbekannte Stimme hinter dem braunen Wallach.

Hunter tätschelte Davenports Hals, als er um das Pferd herumging. „Und du bist … Grant? Was machst du hier?"

Der große und auffallend gut aussehende Cowboy drehte sich zu Hunter um. „Hugh hat mich gestern eingestellt. Ich habe gehört, es gäbe hier im Moment zu wenige Leute, und da ich ohnehin in der Gegend war, dachte ich, dass ich aushelfen könnte."

„Hugh hat dich eingestellt?"

Hunter wartete Grants Antwort nicht ab. Stattdessen ging er zielstrebig in die Richtung, in der er Hugh vermutete: Beim Satteln seines eigenen Pferdes.

„Warum zum Teufel hast du Grant Jarreau eingestellt?", donnerte er los, ohne sich darum zu scheren, ob jemand in der Nähe war, der sie hören könnte.

Hugh, wie immer ruhig und gefasst, setzte zunächst den Huf seines Pferdes ab und richtete sich dann auf. „Wir suchen seit über einem Jahr nach neuen Leuten und alles, was wir bisher gefunden haben, ist ein halbwegs brauchbarer Stalljunge. Grant ist gestern Abend hier aufgetaucht. Er war auf der Suche nach einem Job, also habe ich ihn eingestellt."

„Und wie lange wird er bleiben?", fragte Hunter, während er versuchte, seinen Ärger vorm Überkochen zu bewahren.

Hugh zuckte mit den Schultern. „Genau so lange wie jeder andere Cowboy: Bis er etwas Besseres gefunden hat, was in dieser Gegend wohl nicht so schnell passieren wird. Also denke ich, so lange, bis er bereit ist, weiterzuziehen."

„Er wird sich mitten in der Nacht wegschleichen, wie nach Gables Unfall. Verdammt, er könnte den Unfall auch verursacht haben. Ich traue ihm nicht über den Weg."

Hugh sah Hunter ruhig an. „Alles, was ich weiß, ist, dass er ein verdammt guter Cowboy ist, der sich nicht zu schade für harte Arbeit ist. Er ist genau wie wir, Hunter. Er ist mit seinem Pferd praktisch verwachsen. Er kennt ihre Sprache und kann sie dazu bringen, alles Mögliche zu tun. Außerdem macht es ihm nichts aus, Ställe auszumisten und Pferde für andere Reiter zu satteln. Wenn er geht, geht er eben. Bis dahin haben wir einen guten Arbeiter, der einen Teil der Last tragen kann. Wenn er am Freitag nicht auftauchen sollte, um seinen Lohnscheck einzusammeln, geb' ich einen aus." Hugh lächelte verhalten. „Außerdem traut sich nicht mal Davenport, ihm dumm zu kommen. Das war sein Test. Ich hab ihn gestern Abend dein Pferd putzen lassen und der Mistkerl hat nicht mal mit der Wimper gezuckt. Ich dachte mir, wenn Grant gut genug für unseren Prinzen ist, dann ist er auch gut genug für dich."

Hunter warf Hugh einen argwöhnischen Blick zu, gab dann aber nach. „Na gut! Aber ich muss ihn nicht mögen. Der Typ bedeutet Ärger. Ich kann nicht vergessen, was er Gable angetan hat. Und damit auch uns. Wegen ihm mussten wir uns um fünfzig zusätzliche Pferde kümmern."

„Ja ja", erwiderte Hugh mit einem Lächeln. „Es macht dir doch nichts aus, Gable zu helfen, also war es kein großes Opfer."

Hunter kniff die Augen zusammen und stürmte dann ohne ein weiteres Wort aus der Box. Er verlangsamte seinen Schritt, als er sich seinem eigenen Pferd näherte. Grant stand mit dem Rücken zu ihm. Er hatte sich vornüber gebeugt und besah sich offensichtlich Davenports Huf. Hunters Augen wanderten von dem langen, schmalen Rücken zu dem Punkt, wo ein rotkariertes Hemd in ein paar eng anliegende, leicht abgetragene Jeans gesteckt war, die einen hübsch gerundeten Hintern vermuten ließen. Hunter fühlte sein Blut nach unten schießen. Er schloss seine Augen und wich in die Box aus, um zu verhindern, dass er mit Grant zusammenstieß.

Er konnte das nicht. Er durfte diese Gefühle nicht haben. Nicht jetzt, und ganz bestimmt nicht in Bezug auf Grant. Er nahm ein paar tiefe Atemzüge und zwang sich dazu, sich zu beruhigen. Diese Gedanken würden auch wieder verschwinden. Das taten sie immer. Er würde heute Nacht in die Stadt fahren und sich austoben. Er war durchaus beliebt und konnte darauf zählen, dass ihm Aufmerksamkeit zuteil wurde. Und wenn das alles nichts half, konnte er immer noch darauf vertrauen, dass Miranda mit ihm schlafen würde, weil sie vergessen hatte, dass er sie unzählige Male abgewiesen hatte. Danach würde er sich besser fühlen. Darin war Miranda gut.

Noch ein tiefer Atemzug und Hunter war bereit, die Box zu verlassen. Diesmal sah er Grant nicht an, obwohl er sich bewusst war, dass Grant vom Pferd weggetreten war. Stattdessen nahm er Davenports Zügel, stieg auf und wendete das nervöse Pferd. „Grant, du kannst Raven reiten. Ich denke, du erinnerst dich an ihn, schließlich hab ich ihn von Gable gekauft. Ich treffe dich, Danny und Hugh am ersten Gatter." Und mit diesen Worten war er verschwunden.

Nun, da Hunter damit beschäftigt war, seinen überschwänglichen Wallach unter Kontrolle zu halten, beruhigte er sich langsam wieder. Damit konnte er umgehen: Er konnte den ganzen Tag hart arbeiten, seine Zeit draußen verbringen, ein paar Pferde von einer Weide auf die andere treiben, darauf achten, dass die Herde ruhig blieb. Und er konnte all das mit den Männern tun, die praktisch seine Familie waren. Es würde keine Probleme geben, nicht mal, wenn Grant dabei war. Hunter wusste, dass Hugh recht hatte. Grant war

173

ein guter Arbeiter, der wusste, was er tat. Hunter würde sich nicht von seiner Abneigung beeinflussen lassen und mit Grant zusammenarbeiten wie mit allen anderen Cowboys. Es spielte keine Rolle, dass er vermutete, dass Grant schwul war. Die anderen Männer wussten nicht Bescheid und Grant war immer diskret gewesen, also machte es keinen Unterschied.

Hunter schüttelte den Kopf und konzentrierte sich auf den Weg. Auf Davenport konnte man sich nicht immer verlassen, wenn der Wallach darauf brannte, loszustürmen. Mehr als einmal war Hunter abgeworfen worden, weil Davenport meinte, einen Zaun oder einen Busch überspringen zu müssen. Er nahm die Zügel auf und brachte den Wallach vor dem ersten Gatter zum Stehen. Er wendete sein Pferd und sah die anderen gemächlich auf ihn zu traben: Hugh und sein Bruder Tim hatten Danny in die Mitte genommen. Neben ihnen saß Grant auf dem dunklen Pferd, das Hunter ihm zugewiesen hatte. Selbst aus dieser Entfernung konnte er erkennen, wie gut Grant im Sattel saß. Er sah fast majestätisch aus, was wohl auch an seinem offensichtlichen Selbstbewusstsein und seiner schlanken Figur mit dem langen, schmalen Rücken und den breiten Schultern lag. Hunter wendete sein Pferd, um nicht länger den neuen Cowboy anzustarren zu müssen. Stattdessen öffnete er das Gatter und ritt auf die unteren Weiden zu.

Das Zusammentreiben der Tiere klappte problemlos. Die vier erfahrenen Reiter trieben die Pferde zusammen und der kleine Danny öffnete und schloss Gatter. Danny gab sich ganz besondere Mühe. Er rannte hinter verängstigten Fohlen und unerzogenen Jährlingen her, um den Männern zu zeigen, dass sie recht daran getan hatten, ihn mitzunehmen. Die Stute, die Danny ritt, gab gut auf ihren jungen Jockey acht, eine Tatsache, die Hunter kaum überraschte. Schließlich war dies der Grund gewesen, warum er das Pferd vor zwei Jahren von Gable gekauft hatte. Hunters Vater hatte ihm sein erstes Großpferd zu seinem siebten Geburtstag gekauft. Also hatte er seinem Patenkind Danny zu seinem siebten Geburtstag ebenfalls ein Pferd gekauft. Obwohl sie anfangs ein wenig groß für ein siebenjähriges Kind gewesen war, hatte sich Belle als exzellente Wahl für einen jungen Reiter erwiesen.

Nach getaner Arbeit, als Hunter sicher sein konnte, dass die Herde auf den näher gelegenen Weiden in Sicherheit war, stiegen die Männer ab und rieben ihre Pferde trocken. Obwohl es Stalljungen gab, die natürlich in der Lage waren, die Pferde zu versorgen und abzusatteln, war es die Regel, dass sich jeder um sein eigenes Pferd kümmerte, wenn es die Zeit erlaubte.

Da Hugh und Tim Danny halfen, fand sich Hunter auf der anderen Seite der Stallgasse bei Grant wieder. Hunter ging an Grant vorbei, als er Davenports Sattel abnahm.

„Heißt das, ich kann bleiben?", fragte Grant mit einem Lächeln.

Hunter sah ihn kurz an, bevor er weiterging. Als er zurückkam, wartete Grant immer noch auf eine Antwort.

„Du bist ein guter Cowboy", antwortete Hunter emotionslos. „Und uns fehlen Leute, also werde ich dich nicht rausschmeißen. Aber sei dir darüber im Klaren, dass ich dir nicht vertraue. Ich werde nicht vergessen, was du Gable angetan hast." Mit diesen Worten drehte Hunter sich um und begann, Davenport trockenzureiben.

Grant trat ihm entgegen. „Du kennst nicht die ganze Geschichte."

Hunter seufzte und vermied es, Grant in die Augen zu blicken. „Alles, was ich weiß, ist, dass du an dem Tag verschwunden bist, an dem er den Unfall hatte. Hätte irgendetwas in seinem Haus gefehlt, hätte der Sheriff dich polizeilich suchen lassen. Es hat nichts gefehlt, aber die Gerüchte sind trotzdem da." Hunter ging nicht weiter ins Detail und Grant bot keine Erklärung an.

Nach einer gefühlten Ewigkeit, in der beide Männer sich schweigend um ihre Pferde kümmerten, ergriff Grant wieder das Wort. „Ich würde nicht auf die Gerüchte hören. Hast du dir je die Mühe gemacht, Gable zu fragen?"

Hunter gab ihm keine Antwort und Grant wartete auch nicht auf eine. Beide wussten, woran sie waren.

2

AM SONNTAG wachte Hunter im Morgengrauen mit einem Kater auf.

Am Abend zuvor waren sie nach der Arbeit auf ein paar Bier in die Stadt gefahren und Hunter war dankbar gewesen, dass Grant sich ihnen nicht angeschlossen hatte. Er hatte sich entspannen wollen, und das fiel ihm ehrlich gesagt leichter, wenn nur die üblichen Verdächtigen dabei waren. Ihre Stammkneipe, The Barrel Run, war ziemlich gut besucht gewesen und das Bier war in Strömen geflossen. Jack, Hughs mittlerer Bruder, trat an diesem Abend mit seiner Band auf, und das bedeutete, dass sein normalerweise so ruhiger Vorarbeiter ausnahmsweise die Sau rauslassen und seinen Bruder bei ein paar Songs auf der Bühne unterstützen würde.

Die Band hatte gerade eine Pause angekündigt, als sich Miranda zu Hunter an den Tisch setzte. Ihr rotblondes Haar hing ihr in Wellen über die Schultern und sie hatte eine bestickte Bluse zu einer engen Hüftjeans getragen. „Du solltest öfter hierher kommen, Hunter", hatte sie gesäuselt, während sie ihre Hand besitzergreifend auf seinen Oberschenkel legte.

Hunter machte die Aufmerksamkeit nichts aus. Miranda arbeitete an der örtlichen Grundschule und war seit zwei Jahren Dannys Lehrerin. Sie war vermutlich so nah daran, seine Freundin zu sein, wie es noch keiner anderen gelungen war. Allerdings sahen sie sich alles andere als regelmäßig. Tatsächlich war es eher so, dass sie eigentlich nur in der Bar übereinander stolperten, denn das war so ziemlich die einzige Gelegenheit, zu der Hunter in die Stadt kam. Obwohl die Klamotten, die sie in der Bar trug, um einiges aufreizender waren als die züchtigen Röcke und Blusen, die sie in der Schule trug, zeigte sie nicht zu viel Haut. Es schien, als würde sie sich zurückhalten, weil ihr bewusst war, dass die Menschen dieser Stadt ihr ihre kleinen Kinder anvertraut hatten.

In der Art, wie sie mit Hunter flirtete, fand sich allerdings keinerlei Zurückhaltung. Zum Glück drängte sie ihn nie, wenn er ablehnte – was mehr als einmal passiert war. In dem Fall hätte Hunter vermutet, dass sie hinter seinem Geld her war, doch es schien, als wolle sie nie mehr als seine Aufmerksamkeit.

Nachdem die Band ihr zweites Set beendet und sie ein paar Drinks gehabt hatten, lud Miranda Hunter – wie immer – zu einem Schlummertrunk bei sich zu Hause sein. Wann immer er akzeptierte, landeten sie im Bett. Dort zeigte Miranda ihr wahres Gesicht. Hunter war dankbar, dass sie in einem freistehenden Haus lebte, denn sie war im Bett eine ziemlich heiße Nummer, die ihre Lust gern herausschrie. Das schmeichelte seinem Ego, aber er blieb nie zum Frühstück und zog es stattdessen vor, in seinem eigenen Bett zu schlafen.

Hunter wachte einige Stunden später auf und war heilfroh, allein zu sein. Obwohl Mirandas Zuwendungen einen Teil seiner Anspannung abgebaut hatten, war er steif, und das trotz seiner rasenden Kopfschmerzen. Die Träume, die dafür verantwortlich waren, hatten wie immer ziemlich wenig mit der rothaarigen Lehrerin zu tun. Hunter ließ seine Hand zwischen seine Beine wandern und umfasste seine Erektion. Probeweise ließ er seiner Hand freien Lauf. Die Reibung fühlte sich gut an und er vergrub sein Gesicht im Kopfkissen. Als er seine Augen schloss, brachte das die Bilder aus seinem Traum zurück, doch er widerstand der Versuchung, sich ihnen hinzugeben. Er wollte nicht daran erinnert werden, was ihn so erregte, wollte nicht dieses Bild eines nackten Grant in seinem Kopf haben. Obwohl er Grant am vergangenen Tag natürlich nur angezogen gesehen hatte, wusste er, wie dieser starke, attraktive Mann nackt aussah. Er hatte ihn vor ein paar Jahren in seiner ganzen Pracht auf Gables Ranch gesehen, als er an der Rückseite von Gables Haus eine Dusche genommen hatte. Grant hatte ihn schließlich entdeckt, allerdings erst, nachdem er Hunter eine ziemliche Show geboten hatte. Erst als Grant deutlich zu verstehen gegeben hatte, dass er wusste, dass sich Hunter in den Büschen versteckte, war Hunter geflüchtet. Sie hatten nie darüber gesprochen, und wenn es nach Hunter ging, würden sie das auch nie tun. Doch Hunter war einer der wenigen Menschen, die wussten, dass Grant mehr gewesen war als Gables Angestellter. Auch das war nichts, worüber man offen sprach, nicht einmal im Scherz. Aber es bedeutete auch, dass es noch schwerer war, seine eigenen Fantasien unter Kontrolle zu halten, jetzt, da Grant wieder in seinem Leben aufgetaucht war.

Bisher hatte Hunter dieser Versuchung nicht nachgegeben und er hatte sich geschworen, dass dies auch so bleiben würde. Hier, in der Zurückgezogenheit seines Junggesellenbetts, erlaubte er sich, den Bildern in seinem Kopf Raum zu geben. Er griff fester nach seinem Schwanz und presste seine Finger in die empfindliche Haut hinter seinen Eiern. Er schob seine Erektion in seine andere Hand, mit der er sich praktisch selbst vögelte, und biss ins Kissen, um einen Schrei zu unterdrücken. Als er kam, war das nicht zu vergleichen mit dem Orgasmus, den er letzte Nacht mit Miranda gehabt hatte. Während er langsam von seinem Hoch herunterkam, drehte er sich auf den Rücken, um wieder zu Atem zu kommen. Er rang nach Luft.

Warum? Warum hatte er diese Gefühle? Obwohl sie Grants Hilfe gut gebrauchen konnten, musste Hunter wohl mit Hugh reden, damit sie so viel Distanz wie möglich zwischen Grant und Hunter legen konnten. Die Frage war nur: Wie sollte er das seinem Schwager erklären?

WÄHREND DER Rest der Familie in der Kirche war, suchte Hunter nach einer anderen Art von Ablenkung und ging daher zielstrebig in Richtung Stall, um Davenports Box auszumisten. Das Pferd, dem Hunters schlechte Laune nicht entging, protestierte gegen jeden Handschlag, den dieser unternahm. Schließlich stellte Hunter den Wallach in die Führanlage, nur damit der Gaul ihn nicht weiter nerven konnte.

Hunter widmete sich mit Inbrunst dem Ausmisten, denn er wusste, dass harte Arbeit dafür sorgen würde, dass er nicht ins Grübeln kam. Er kam gut voran, bis er eine bekannte Stimme hörte.

„Was hat dein Pferd angestellt, dass es an einem Sonntag in die Führanlage muss?"

Hunter wusste, auch ohne aufzusehen, dass es Grant war. Tatsächlich wollte er nicht mal aufsehen.

„Seine Box musste mal ordentlich ausgemistet werden", antwortete Hunter. „Er ist einfach sehr unruhig und hasst es, draußen angebunden zu sein. Also kann er sich auf diese Weise ein bisschen abreagieren."

„Sieht so aus, als hättet ihr euch beide verdient."

Hunter drehte sich um und stützte sich auf seine Mistgabel. „Soll heißen …?"

„Na ja, augenscheinlich musstest du dich auch ein bisschen abreagieren."

Hunter fand, dass Grant viel zu selbstgefällig aussah. Ein Teil von ihm wollte sich umdrehen und sich wieder seiner Arbeit widmen. Er könnte Grants Stichelei einfach ignorieren, doch er war noch nie jemand gewesen, der einer Herausforderung auswich. „Und wenn dem so wäre?"

„Hab gehört, du hättest letzte Nacht nicht viel Schlaf bekommen."

„Und seit wann geht dich das was an?", erwiderte Hunter schroff.

Grant hob abwehrend die Hände. „Hab mich nur gefragt, ob du vielleicht Hilfe gebrauchen könntest." Er zuckte mit den Schultern. „Und ich versuche nur, Small Talk zu machen, um meinen neuen Boss besser kennenzulernen."

Diesmal drehte Hunter ihm den Rücken zu. „Soweit es mich betrifft, ist Hugh dein Boss." Er harkte mit langen, schwungvollen Bewegungen Stroh zusammen und hoffte, Grant würde ihn endlich in Ruhe lassen. Mit Grant zu plaudern, war wirklich das Letzte, was er wollte. Er mochte weder den Mann noch dessen Moralvorstellungen, und je weniger er mit ihm zu tun hatte, desto besser.

Hunter arbeitete so hart, dass er eine Dusche nehmen musste, bevor er zum Sonntagsessen erscheinen konnte. Die Haare noch nass, aber in seinem Sonntagshemd und einer neuen Jeans, stieß er auf der Treppe mit seiner jüngsten Schwester zusammen.

„Du warst nicht in der Kirche", zog sie ihn auf. „Harte Nacht gehabt?"

Hunter murrte vor sich hin, aber er konnte Bernie nie wirklich böse sein. „Ein bisschen kurz, aber davon abgesehen ..."

Als sie die Küche betraten, reichte ihm Bernie eine Tasse Kaffee, bevor sie sich selbst eine nahm. „Ich sehe, Hughs Männergeschmack hat sich verbessert."

Hunter hustete, als er sich an seinem Kaffee verschluckte.

„Ist das nicht der Typ, der mal für Gable gearbeitet hat?" Mit der Tasse in der Hand gestikulierte sie in Richtung Fenster.

Hunter folgte ihrer Geste und sah, wie Grant die Auffahrt überquerte und aufs Haus zuhielt.

„Ja, er ist derjenige, der Gable nach seinem Unfall hat hängenlassen", antwortete Hunter, während er verzweifelt darauf hoffte, dass Grant nur auf das Haus zuging, um etwas zu fragen, und nicht, um einzutreten.

Bernie zuckte die Schultern. „Süß ist er trotzdem."

„Er ist zu alt für dich, Bernice", seufzte Hunter, der sie aufziehen wollte, indem er ihren vollen Namen benutzte. Sie reagierte jedoch nicht und Hunter sah wieder hinaus, unfähig, seine Augen von Grant zu lassen.

Bernie stieß ihn an. „Dann hör auf, ihn anzustarren. Außerdem ist er gar nicht so alt. Männer in meinem Alter wollen immer nur das Eine. Kein Interesse."

Hunter hoffte, Männer in Bernies Alter würden die Finger von ihr lassen, denn sie wären kaum volljährig, aber er verkniff sich einen Kommentar. „Ich bin sicher, er ist nicht anders. Er hat einen gewissen Ruf, also halt dich lieber fern."

Bernie hob eine Augenbraue, sagte aber nichts weiter. Stattdessen verließ sie die Küche, weil es an der Eingangstür klopfte.

Hunter war versucht, ihr zu folgen, wollte aber verhindern, dass Grant ihn sah. Also öffnete er den Kühlschrank und stibitzte etwas von dem kalten Aufschnitt, den sie zum Mittag essen wollten.

„Du solltest es doch besser wissen", rügte ihn seine Mutter. Wie gewöhnlich war sie in der Küche aufgetaucht, ohne dass er es bemerkt hatte. „Nimm das Essen raus und stell es auf den Tisch. Es wäre höflich, mit den anderen zu essen, anstatt sich heimlich zu bedienen."

Nur seine Mutter schaffte es, dass er sich derart ertappt fühlte. Er nahm die mit Frischhaltefolie abgedeckten Platten aus dem Kühlschrank und stellte sie auf dem

Küchentresen ab, während er versuchte, möglichst unauffällig zu kauen. Als er sich umdrehte, bedachte ihn seine Mutter mit einem Blick, bei dem er sich vorkam, als wäre er wieder acht und ein laufender Meter. Und das, obwohl er über einen Kopf größer war als seine zierliche Mutter.

„Du warst nicht in der Kirche."

Hunter seufzte entnervt. „Was ist das heute? Erst Bernie und jetzt du. Ich gehe nicht jeden Sonntag in die Kirche. Das ist nichts Neues."

„Also wenn du nach einer Nacht in der Stadt in einer solchen Stimmung bist, solltest du nächstes Wochenende lieber zu Hause bleiben."

Mit diesen Worten ließ sie ihn in der Küche zurück, brodelnd vor Wut.

Hunter ging zum Fenster hinüber und dann wieder zurück. Ja, er war in einer miesen Stimmung, und das war für das Sonntagsessen, das normalerweise eine gut gelaunte und entspannte Angelegenheit war, überhaupt nicht angemessen. Normalerweise unterhielt er sich mit Hugh und Izzie über die Ranch, denn sie war schließlich diejenige seiner Schwestern, die am meisten auf der Ranch mitarbeitete. Wenn ihr Freund vorbeikam, brachte auch er sich ein, aber das würde heute nicht der Fall sein, denn er arbeitete beim Rodeo. Sie würden zu Mittag essen und sich dann auf der Veranda niederlassen, während die anderen Frauen das Geschirr abräumten und abwuschen. Alles in allem eine sehr zwanglose Sache.

Warum also war er so angespannt? Lag es daran, dass er nicht wusste, ob Grant auch dabei sein würde? Er musste aufhören, sich so viele Gedanken über den Mann zu machen. Hugh hatte ihn eingestellt und Hunter hinterfragte selten Hughs Urteilsvermögen.

„Kommst du?", fragte Bernie, die den Kopf durch die Küchentür steckte. „Wir warten auf dich. Und auf das Fleisch natürlich", fügte sie schelmisch hinzu, während sie auf die Platten auf dem Tisch zeigte.

„Was wollte Grant?"

„Er wollte den Tag frei haben. Ich hab Hugh gerufen, damit er ihm eine Antwort gibt."

„Er hat erst gestern hier angefangen", antwortete Hunter, der die Fleischplatten hinter Bernie hertrug. „Der hat ganz schön Nerven."

„Hey!", rief Bernie ihm zu. „Ich bin hier nur das Nesthäkchen. Sprich mit Hugh darüber."

Hunter stellte die Platten auf dem Tisch im Esszimmer ab. Doch als er sah, dass sich Grant dort mit Hugh unterhielt, flüchtete er sofort nach draußen.

Hunter hielt geradewegs auf Davenports Paddock zu, wo der Wallach friedlich graste. Er pfiff nach dem Pferd, das sich ihm nur zögerlich näherte, und brachte es zum Stall zurück, um es zu satteln. Dann verließ er die Ranch in die entgegengesetzte Richtung. Er war eine halbe Stunde unterwegs, als Izzie ihn auf ihrem zuverlässigen goldbraunen Wallach einholte. Hunter musste lächeln, als ihm klar wurde, dass Izzie ihn immer finden würde, egal, wohin er ritt.

Er parierte Davenport durch, so dass Izzie neben ihm reiten konnte. Sie sagte zunächst nichts, als wüsste sie, dass Hunter nicht in der Stimmung war. Als sie sich einer bewaldeten Gegend näherten, holte sie ein paar in Papier eingeschlagene Sandwiches aus ihrer Satteltasche.

„Ich dachte mir, dass du bestimmt hungrig bist, nachdem du das Mittagessen hast ausfallen lassen", meinte sie beiläufig. „Ich vermute mal, gefrühstückt hast du auch nicht. Warum setzen wir uns nicht da rüber?" Sie zeigte auf ein schattiges Plätzchen in der Nähe eines umgedrehten Trogs.

Sie ließen die Pferde grasen und ließen sich nebeneinander in der Nähe des angerosteten Wassertrogs nieder.

Izzie war Hunters Lieblingsschwester. Nicht nur, weil sie mehr als ihren Teil zur Arbeit auf der Ranch beitrug, sondern auch, weil sie wusste, wann es besser war, die Klappe zu halten. Zumindest meistens.

„Also, welche Laus ist dir über die Leber gelaufen?", fragte sie beiläufig, als sie ihm ein reichlich belegtes Sandwich reichte.

Hunter zuckte die Schultern.

„Ist es Grant? Ich hab gehört, dass er hart arbeiten kann."

„Erinnerst du dich, dass Grant früher bei Gable gearbeitet hat?"

Izzie nickte und biss in ihr eigenes Sandwich. „Und ich erinnere mich auch, dass er das Weite gesucht hat, als Gable sich das Bein ramponiert hat. Ist es das, was dich beschäftigt?"

„Schon möglich", antwortete Hunter und hob die Augenbrauen.

„Oder ist es eher die Tatsache, dass Grant mehr war als Gables Aushilfe?"

Hunter antwortete nicht sofort. So sehr er Izzie auch liebte, hasste er die Tatsache, dass sie immer wusste, was er dachte. „Ich hasse solche Typen nicht. Das weißt du, Izzie. Ich hab Gable seine Entscheidung nie vorgehalten."

„Es ist aber nicht wirklich eine Entscheidung, oder?", antwortete Izzie. Wie immer sah sie Hunter weder an, noch drängte sie ihn zu einer Antwort. Stattdessen kaute sie weiterhin auf ihrem Essen herum.

Obwohl sich Hunter in Izzies Gegenwart immer wohlfühlte, hatte er die Befürchtung, dass sie sowohl seine offensichtlichen als auch geheimsten Gedanken erraten konnte. Jetzt war das nicht anders. Ahnte Izzie den wahren Grund, warum er Grant aus dem Weg ging?

„Ich hab einfach kein Vertrauen zu einem Mann, der sich sofort aus dem Staub macht, wenn es kompliziert wird", sagte Hunter nach einem langen Schweigen. „Ich meine, wie schwer wäre es gewesen, zumindest so lange zu bleiben und die Ranch am Laufen zu halten, bis Gable wieder auf den Beinen war? Grant hätte danach immer noch gehen können."

„Glaubst du, Grant hatte etwas mit Gables Unfall zu tun?" Izzie zog die Augenbrauen hoch.

„Nicht unbedingt", antwortete Hunter ehrlich. „Ich kann nur niemandem vertrauen, der so mit einem … Freund umgeht."

„Liebhaber", korrigierte Izzie.

„L…" Hunter konnte sich nicht überwinden, das Wort auszusprechen. „Wie auch immer."

„Wir wissen nicht, was passiert ist. Vielleicht haben sie sich vor dem Unfall gestritten. Vielleicht hatten sie sich schon getrennt, bevor es passiert ist. Gable war danach nicht gerade gesprächig."

Hunter musste zugeben, dass er wohl vorschnell urteilte. Vielleicht hatte Izzie ja recht. Vielleicht kannten sie nicht die ganze Geschichte. „Vielleicht wusste Grant gar nicht, was passiert war, und hatte die Ranch längst verlassen?"

„Ja, vielleicht", antwortete Izzie und stieß Hunter mit der Schulter an. „Er ist nicht zum Essen geblieben. Er war nur gekommen, um Hugh zu überzeugen, ihm morgen freizugeben. Irgendein Notfall. Hugh hat ihm den Tag gewährt, unbezahlt natürlich." Izzie wartete kurz, um Hunters Reaktion einzuschätzen. „Wenigstens hat er gefragt, anstatt einfach zu ‚vergessen', morgen aufzutauchen."

„Stimmt", musste Hunter zugeben. In Gedanken gab er Grant einen Pluspunkt. „Aber was, wenn Gable herausfindet, dass ich Grant eingestellt habe?"

Izzie rollte die Augen. „Ich weiß, Gable ist dein Freund. Aber hier geht's ums Geschäft. Er weiß auch, wie schwer es ist, gute Arbeiter zu finden. Und gerade er sollte wissen, was für eine große Hilfe Grant ist. Wenn Grant hier arbeiten will, warum solltest du ablehnen?"

„Vielleicht weil es das wäre, was ein Freund tun würde", wandte Hunter ein.

„Außerdem hat Gable einen neuen Angestellten gefunden. Ein junger Kerl, ziemlich süß", spottete Izzie. „Natürlich hab ich keine Chance. Jedenfalls nicht, wenn er für Gable ‚arbeitet'."

„Du hast die schmutzigste Fantasie, die mir je bei einem Mädchen untergekommen ist", meinte Hunter und schüttelte den Kopf.

„Dann hast du wohl noch nicht mit Miranda gesprochen", gab Izzie zurück. „Oh, ich vergaß! Du bumst sie nur."

„Izzie!", rief Hunter, während er so tat, als würde er sie würgen. Er widersprach jedoch nicht. Er mochte diese Art von Anspielung viel mehr, als wenn Izzie leise andeutete, dass er eine Schwäche für Gable hatte. Izzie lachte laut und Hunter merkte, wie ihn die Anspannung langsam verließ.

3

SCHON NACH kurzer Zeit hatte sich Grant auf der Ranch unentbehrlich gemacht. Er arbeitete viel und fand immer etwas zu tun, auch wenn Hugh ihm nichts Besonderes auftrug. Die anderen Cowboys schienen gut mit ihm klarzukommen und auch die Stallburschen verstanden sich gut mit ihm. Und da Hunter ihm immer noch nicht vertraute, war es Hugh mehr als recht, Grants Boss zu sein.

Zum Glück für alle Beteiligten hatte sich die Spannung zwischen Hunter und Grant etwas gelegt. Zwar gingen sie sich immer noch aus dem Weg, sie taten dies jedoch so beiläufig, dass sie damit niemanden störten.

In dieser Hinsicht hatte Izzie Hunter sehr geholfen, denn sie hatte es übernommen, Grant zu zeigen, wie die Ranch funktionierte. Man konnte die zwei oft dabei beobachten, wie sie miteinander lachten und sich amüsierten, während sie gleichzeitig ihrer Arbeit nachgingen. Die Tatsache, dass die beiden sich gut verstanden, war mittlerweile über die Blue River Ranch hinaus bekannt.

Eines Abends, nach einem langen Tag – dem ersten heißen Sommertag des Jahres – spritzten die Cowboys ihre Pferde ab. Natürlich entglitt Grant ganz zufällig der Schlauch und er spritzte Izzie nass, die sich sofort revanchierte, wie es sich für ein Mädchen gehörte, das auf einer Ranch voller harter Cowboys aufgewachsen war. Sie warf sich auf ihn und schmiss ihn in den Wassertrog.

Die meisten der Cowboys und Stallburschen amüsierten sich und feuerten Izzie an, doch ein verbissener junger Mann stimmte nicht mit in das Gelächter ein.

„Nehmt eure dreckigen Hände von meiner Verlobten", rief er.

„Delco?", erwiderte Izzie. „Was zum Teufel …?"

John Delco war Izzies Freund, nicht ihr Verlobter, wie sie jedes Mal aufs Neue betonte, wenn er diese Behauptung aufstellte. Er arbeitete beim Rodeo und verdiente nicht schlecht dabei, allerdings war er deswegen auch fast nie zu Hause, von der Winterpause mal abgesehen. Er war kein besonders großer Mann, jedenfalls nicht wie Hunter und Grant oder wenigstens Hugh, aber er wurde schnell eifersüchtig, wenn jemand Izzie falsch ansah. Sie hatten schon mehrmals darüber gestritten, weil Izzie keine Angst vor ihm hatte und betonte, keinen Wachhund zu brauchen – schon gar keinen, der kaum da war –, doch Delco verteidigte Izzie weiterhin gegen alles, was er als eine mögliche Bedrohung empfand.

In diesem Moment warf sich Delco auf Grant, der immer noch dabei war, aus dem Trog zu krabbeln, und zog ihn an seinem Hemd heraus.

„Hört auf damit!", schrie Izzie, die genau wusste, dass Delco nicht fair kämpfte, schon gar nicht gegen größere und stärkere Männer. Außerdem wusste sie nicht, wie Grant reagieren würde, und das Letzte, was sie wollte, war, dass er wegen Körperverletzung angeklagt wurde. Es wäre nicht das erste Mal, dass Delco den Sheriff rief, nachdem er einen Kampf verloren hatte.

Zum Glück wehrte Grant sich nicht. Delco machte sich lächerlich, als er in Boxstellung ging und die Fäuste gegen Grant erhob, während dieser nur den Kopf schüttelte und Wasser aus seinem Hemd wrang, bevor er einfach davonging.

Nach einem kurzen Zögern, und nachdem er bemerkte, dass niemand der Umstehenden ihm zu Hilfe kommen würde, folgte Delco Grant in den Stall.

Während sich seine Augen noch an die Dunkelheit im Stall gewöhnten, drehte Grant sich zu Delco um. „Hör zu, Izzie und ich arbeiten zusammen. Ich habe nicht vor, in dein Revier einzudringen. Versteh mich nicht falsch: Sie ist ein tolles Mädchen, aber nicht mein Typ." Er drehte sich um, um ein Handtuch aus seinem Spind zu nehmen, doch Delco rammte ihm einen Finger in den Rücken.

„Was bist du? Eine Schwuchtel? Sie ist eine wunderschöne Frau! Jeder Mann hätte Schwierigkeiten, die Finger von ihr zu lassen, und deshalb braucht sie mich."

„Vertrau mir, sie kann selbst auf sich aufpassen."

„Aber du willst sie, oder?" Delco, mit all seiner Angeberei, sah aus wie ein Hahn vor einem Kampf, denn er tänzelte hin und her und lockerte seine Schultern. „Hey, ich wette, du willst sie flachlegen. Aber stell dir vor: Das kannst du nicht, denn sie gehört mir."

Und wieder schüttelte Grant den Kopf und ließ Delco einfach stehen, um ihn in seinem eigenen Saft schmoren zu lassen. Grant lief energisch auf das Mannschaftshaus zu, um sich trockene Kleidung zu holen und sich zu beruhigen. Delco war es nicht wert, in einen Kampf zu geraten, obwohl er versucht war, den kleinen Wicht in den Boden zu rammen. Es stimmte, dass er Izzie mochte. Sie war ein nettes Mädchen, das arbeiten konnte wie ein Mann, und das trotz ihrer langen braunen Mähne und ihrer offensichtlichen Weiblichkeit. Sie hatte einen beißenden Humor, was Grant sehr sympathisch fand, und sie war sich für keinen Spaß zu schade. Aber er war nicht scharf auf sie. Wenn er auf jemanden hier scharf war, dann auf ihren Bruder, aber es war klar, dass der ihn nicht ausstehen konnte. Diese Tatsache musste Grant wohl akzeptieren. Er war sowieso nicht auf der Suche nach einem Partner. Er war nur hier, um sich seinen Lebensunterhalt zu verdienen.

In seinem kleinen Zimmer entledigte sich Grant seines nassen Hemdes und seiner Jeans und nahm trockene Sachen aus dem Schrank. Er hielt sich nicht lange damit auf, denn einerseits musste er zurück an die Arbeit und andererseits wollte er sich nicht zu viel Zeit zum Nachdenken geben. Er würde später noch mehr als genug Zeit dafür haben, wenn er darauf wartete, dass er endlich einschlafen könnte. Im Moment musste er nach anderen Wegen suchen, um sich abzulenken.

„Hör zu, Grant. Ich muss mich für Delco entschuldigen."

Grant zuckte die Schultern. „Schon gut, er ist harmlos."

Izzie schüttelte den Kopf. „Ist er nicht. Er kämpft nicht fair, und wenn er nicht gewinnen kann, findet er andere Wege, um die Oberhand zu erlangen."

„Wie zum Beispiel?", fragte Grant, etwas besorgt, worauf Izzie hinauswollte.

„Er verbreitet Gerüchte. Letztes Jahr hat er es geschafft, dass einer der Cowboys auf der Hope Ranch gefeuert wurde", antwortete Izzie zögerlich. Die Hope Ranch war eine der großen Ranches im angrenzenden Bezirk und vermutlich Hunters größte Konkurrenz in der Gegend. „Der Besitzer ist ein großer Rodeo-Fan. Delco hat behauptet, einer der Cowboys hätte mich angebaggert, und mehr war gar nicht nötig."

Grant seufzte. „O Mann, warum gibst du dich mit so einem ab, Izzie?"

Izzie zuckte die Schultern. „Ein Freund ist besser als kein Freund, oder?"

Grant legte seinen Arm um ihre schmalen Schultern. „Du hast etwas Besseres verdient."

Izzie lächelte schüchtern. „Ich glaube, wenn Hugh damals nicht Lisa geschwängert hätte, wären alle Krauses noch unverheiratet."

„Faktisch bist du doch Single, schließlich ist Delco zehn Monate im Jahr unterwegs", sagte Grant. Er schloss die Tür hinter sich und sie gingen zurück zu den Ställen.

Izzie grinste. „Richtig, und genau so ist es mir auch am liebsten!" Sie wandte sich an Grant. „Kannst du dir vorstellen, für den Rest deines Lebens mit einer Person zusammenzuleben?"

Grant machte ein skeptisches Gesicht. „Ich habe noch niemanden getroffen, mit dem ich überhaupt zusammenleben wollte. Geschweige denn mein ganzes Leben lang."

„Gable?", fragte sie leise.

„Nicht wirklich", antwortete Grant wahrheitsgemäß. „Ich denke, in manchen Sachen waren wir kompatibel, in anderen dagegen … Es ist nicht gerade einfach, mit ihm zu leben. Natürlich bin ich auch nicht unbedingt der Hauptgewinn, also ist das kein Argument. Aber um deine Frage zu beantworten: Nein, ich glaube nicht an die ewige Liebe." Grant schritt zügig aus, denn es war ihm unangenehm, über seine Privatleben zu sprechen, und dann auch noch mit einer Frau. Zwar fühlte es sich gut an, mit ihr über Gable zu reden, andererseits war er nicht ganz sicher, ob er ihr wirklich vertrauen konnte. Immerhin arbeitete er für ihre Familie und sie konnte dafür sorgen, dass er entlassen wurde. Allerdings war er sich ziemlich sicher, dass sie über seine sexuelle Ausrichtung Bescheid wusste. Er hatte schon seit einer Weile keinen festen Job mehr gehabt und brauchte das regelmäßige Einkommen, also wollte er dies nicht gefährden.

Sie waren schon fast wieder am Stall angekommen, als Izzie Grants Hand nahm und sie kurz drückte. „Danke, dass du bei Delco auf meiner Seite warst."

„Ich war auf niemandes Seite", antwortete Grant. „Ich gebe mich nur nicht mit Typen ab, die solch ein leicht aufgeblasenes Ego haben."

„Leicht?" Izzie schnaubte ziemlich undamenhaft. „Du hast recht, weißt du. Ich sollte mich von ihm trennen. Aber ich mag es, Männern eine zweite Chance zu geben." Sie kam ein wenig näher. „Und danke, dass du nicht die Nerven verloren hast. Hugh hat das in der Vergangenheit nicht immer geschafft und dann wurde alles immer nur noch schlimmer."

„Hugh hat die Nerven verloren?", fragte Grant, obwohl er nun aus eigener Anschauung wusste, dass man ziemliche Selbstbeherrschung brauchte, um bei Delco nicht auszurasten.

Izzie nickte amüsiert.

Sie nahmen ihre Arbeit mit den Pferden wieder auf, und als diese wieder im Stall standen, trennte sich die Gruppe. Die Krauses gingen zum Haupthaus und die Cowboys und Stallburschen, die auf der Ranch lebten, begaben sich in ihre eigenen Quartiere, wo eine deftige, von Lisa und Beth zubereitete Mahlzeit und ein freier Abend auf sie warteten.

Obwohl die meisten Männer nach dem Abendessen im Wohnzimmer vor dem Fernseher endeten, zog es Grant vor, für sich zu bleiben. Er passte nicht so richtig in die Gruppe, die offensichtlich schon lange zusammenlebte, und er konnte auch gut auf all die Fragen verzichten, die ihm als dem Neuen unweigerlich gestellt wurden.

Die anderen Männer hatten versucht, mehr über Grant herauszufinden, aber entweder hatte er ihre Fragen ignoriert oder pampige Antworten gegeben, vor allem, wenn sie mehr über sein Privatleben wissen wollten – zum Beispiel, ob er verheiratet war oder Kinder hatte. Er fand nicht, dass er die Antworten auf diese Fragen mit Menschen teilen musste, die er kaum kannte. Und einige seiner Antworten wären wohl auch nicht auf viel Zuspruch getroffen, also zog er es vor, vage zu bleiben.

Das Gebäude, in dem sich die Mannschaftsquartiere befanden, ähnelte einem großen Ranchhaus, mit Küche, Duschen und einer umlaufenden Veranda. Grant saß gern auf der

184

Rückseite, wo er zwar den Sonnenuntergang verpasste, aber wo er in Ruhe sein Buch lesen konnte. Über die Ebene zu blicken und zu sehen, wo Himmel und Erde aufeinandertrafen, bedeutete ihm mehr, als die Abendsonne zu beobachten. Der schöne Ausblick war eine Sache, doch manchmal konnte er auch einen Blick auf Hunter erhaschen, der mit seinem unerzogenen Pferd ausritt. Er wusste, dass er sich von dem Anblick eines Hunter hoch zu Ross nicht beeindrucken lassen sollte, und doch konnte er nicht verhindern, dass er von seinem Buch aufsah, wann immer er hörte, wie Hunter leise grummelte und mit seinem Pferd schimpfte.

Wenn er und Hunter ein besseres Verhältnis hätten, würde er anbieten, Davenport mal zu zeigen, wer der Boss war. Doch wie die Dinge im Moment zwischen ihnen standen, würde das wohl nicht sehr wohlwollend aufgenommen werden. Er konnte sich nicht vorstellen, warum sich Hunter ihm gegenüber so abweisend benahm. So hatte er sich jedenfalls nicht benommen, wenn er Gables Ranch besucht hatte. Wann immer er vorbeigekommen war, um Pferde zu kaufen, war er herzlich und freundlich gewesen, nicht zu vergleichen mit dem mürrischen Mistkerl, der er jetzt zu sein schien.

Als das Licht nachließ, schloss Grant sein Buch und stand von dem alten, wettergegerbten Stuhl auf, auf dem er für gewöhnlich saß. Er würde in aller Frühe aufstehen müssen, um wenigstens einen Teil seiner Arbeit vor der Sommerhitze zu schaffen. Er hoffte nur, dass er müde genug war, um schnell einzuschlafen, und dass seine Träume ihn nicht frustriert zurücklassen würden.

4

DAS NÄCHSTE Mal, als sich die Männer der Blue River Ranch entschlossen, die Stadt unsicher zu machen, schloss Grant sich ihnen an, nachdem Tim und Hugh es auf sich genommen hatten, ihn zu überreden. Letztendlich hatte aber doch Hunter den Ausschlag gegeben.

„Komm mit", hatte Hunter gesagt. „Es ist ein Riesenspaß, Hugh dabei zuzusehen, wie er hinter dem Mikrofon einen Narren aus sich macht."

Im Stillen dachte Hunter, es wäre gut für Grant, Miranda zu sehen, damit er aufhörte, ihn ständig anzustarren. Sie arbeiteten nicht oft zusammen – dafür sorgte Izzie –, doch es war irgendwie schwierig, sich nicht über den Weg zu laufen – schließlich standen ihre Pferde in benachbarten Boxen. Hunter hatte sich zumindest selbst davon überzeugen können, dass es übertrieben wäre, Raven eine Box am anderen Ende des Stalls zu geben, nur damit er noch weniger von dem markanten Cowboy sah. Und obwohl Hunter klargemacht hatte, dass er nicht Grants Boss war, gehörte ihm die Ranch und er konnte dafür sorgen, dass Grant gefeuert wurde. Hunter war klug genug, einen guten Angestellten zu erkennen, wenn er vor ihm stand, also hatte er nicht vor, Grant tatsächlich rauszuschmeißen, und das, obwohl Grant alle paar Wochen nach unbezahltem Urlaub fragte, was schon etwas seltsam war.

An der Bar trank Grant friedlich sein Bier, während er versuchte, nicht weiter aufzufallen.

Hunter würde es normalerweise genauso machen, doch nun konnte er nicht so nah bei der Bar bleiben, da er fürchten musste, dann mit Grant reden zu müssen. Also machte er sich auf die Suche nach Miranda. Als er sie nicht finden konnte, fragte er eine ihrer Freundinnen, wann sie wohl eintreffen würde.

„Miranda ist in die Stadt gefahren", antwortete eine zierliche Blondine. „Ich glaube, sie sagte, sie wolle einen Freund treffen."

Hunter konnte sich des Eindrucks nicht erwehren, dass die Blondine mit ihm flirtete. Für einen Moment dachte er darüber nach, auf ihr Angebot einzugehen, doch dann entschied er sich dagegen, weil anzunehmen war, dass sie Miranda alles brühwarm erzählen würde, sobald sie wieder zu Hause war. Also nickte er ihr zum Dank zu und überließ sie dann ihren Freundinnen.

„Ist das Mädchen nicht interessiert?", fragte Grant, als Hunter an die Bar zurückkehrte.

„Sie sind Freundinnen von Miranda", antwortete er. „Sie ist meine Freundin, mehr oder weniger."

„Aha." Grant nickte. „Mehr oder weniger?"

„Wir sind nicht verlobt oder so", antwortete Hunter. Er fand nicht, dass er weiter ins Detail gehen sollte, schon gar nicht, wenn das hieß, dass er ausgerechnet Grant sagen musste, dass ihn mit Miranda zwar Sex verband, aber eben nichts sonst. Er wollte nicht, dass Miranda einen schlechten Ruf bekam.

„Hast du Jack mal bei einem Auftritt erlebt?", fragte Hunter Grant in der Hoffnung, das Thema zu wechseln.

„Bisher habe ich ihn nur mit einer Hand im Pferdehals erlebt", meinte Grant mit einem Grinsen. „Wenn er als Sänger so gut ist wie als Pferdezahnarzt, dann sollte das eine gute Show werden."

Hunter nickte und grüßte mit seiner Bierflasche einen Mann am anderen Ende der Bar. „Die beste Show in der Stadt. Wir können dankbar sein, dass er überhaupt noch regelmäßig hierher kommt, denn er ist mit seiner Band fast jeden Freitag und Samstag auf der Bühne. Ich glaube, jetzt, da er auch in anderen Bezirken spielt, macht er damit fast so viel Geld wie mit seiner eigentlichen Arbeit."

In diesem Moment betrat Izzie die Kneipe.

„Hallo, Schwesterherz", grüßte Hunter sie.

„Hunter", sagte sie. „Grant."

Die Art, wie sie Grants Namen sagte, mit diesem neckenden, amüsierten Lächeln, beunruhigte Hunter, vor allem, nachdem jede Unterhaltung, die er in letzter Zeit mit Izzie geführt hatte, voller Anspielungen gewesen war. Dachte Izzie etwa, dass er mit Grant hier war?

„Ich hab gehört, Miranda ist in die Stadt gefahren, um die Chippendales zu sehen", erzählte sie Hunter. „Sieht so aus, als könntest du morgen in aller Frühe aufstehen."

Hunter gab ihr einen Klaps. „Hey, pass auf, was du sagst", verlangte er, wobei er durchblicken ließ, dass es ihm nicht ernst war. Aber er wollte durchaus, dass sie nicht weitersprach. Hunter wusste, dass sie Grant gegenüber sehr offen war und er wollte verhindern, dass sie etwas sagte, was den Eindruck vermitteln könnte, er wäre an Grant interessiert.

Anstatt weiter mit ihm zu scherzen, wurde Izzies Gesicht plötzlich ernst. „Oh, verdammt", murmelte sie.

„Was ist los?", fragte Hunter.

Izzie zeigte an der Bar entlang auf den Eingang. „Ich hab mich gerade von Delco getrennt. Ich hatte gehofft, er würde einfach in seinen Truck steigen und davonfahren, aber scheinbar hat er noch ein Hühnchen mit mir zu rupfen."

Die beiden Männer sahen, wie Delco sich umsah und sich dann weit genug von Izzie weg setzte, so dass diese nicht in seinem direkten Blickfeld war.

„Möchtest du, dass ich dich nach Hause bringe?", fragte Hunter.

Izzie schüttelte den Kopf. „Ich hab mir vorgenommen, mich heute Abend zu amüsieren. Ich habe endlich meinen Mut zusammengenommen und diese Plage aus meinem Leben verabschiedet. Ich werde nicht zulassen, dass er mir den Abend ruiniert."

Hunter konnte die Entschlossenheit in ihrem Gesicht sehen, aber er sah auch, dass sie Delco nicht aus den Augen ließ. Er konnte es ihr nicht verübeln.

„Wir beschützen dich, Schwesterherz", ermutigte er sie.

„Ja", stimmte Grant zu. „Komm, stell dich zwischen uns. Ein kleiner Wicht wie er wird sich nicht an dich ran trauen, wenn du zwischen zwei harten Kerlen wie uns stehst."

Izzie kicherte und stieß Grants Hüfte mit ihrem Hintern an, während sie sich zwischen die beiden Männer drängte. „Du hast recht", sagte sie und flirtete dabei mehr als gewöhnlich mit Grant. „Vielleicht ist es an der Zeit, dass wir ihn nur ein ganz kleines bisschen ärgern."

Die Band war mit ihren Vorbereitungen fertig und Jack ergriff das Mikrofon. „Guten Abend, meine Damen und Herren. Besonders natürlich die Damen, die heute Abend anwesend sind! Wir beginnen mit einem Song, der euch hoffentlich auf die Tanzfläche zieht. Er heißt ‚Shake a Tail Feather'."

Jack und seine Band begannen, einen Country Rock Song zu spielen, und die Tanzfläche füllte sich augenblicklich. Die meisten Gäste kannten Jack und die Band, also war die Stimmung von Anfang an gut. Izzie, Hunter und Grant schauten von der Bar aus zu und verloren damit Delco aus den Augen.

Erst als Hunter Hugh die Tanzfläche überqueren und auf sie zukommen sah, fiel ihm auf, dass Delco nicht mehr dort war, wo er ihn zuletzt gesehen hatte. Er schaute seine beiden Begleiter an, die beide wie gefesselt auf die Bühne starrten, während Grant sich mit dem Arm auf der Bar hinter Izzie abstützte, ohne sie zu berühren. Hunter hatte keine Zeit zu reagieren, als plötzlich eine Faust an ihm vorbeiflog und genau auf Grants Kinn landete.

Der große Mann schwankte kurz, erholte sich dann aber wieder. Auf seinem Gesicht lag ein Ausdruck der Überraschung.

„Delco!", schrie Izzie.

Delco zögerte, da er sich nicht erklären konnte, warum Grant sich nicht revanchierte, doch dann wandte er sich an Izzie. „Du Hure. Du konntest es nicht erwarten, mich los zu sein, damit du dich ihm an den Hals werfen kannst. Tja, ich geh nicht so einfach." Er zeigte auf Grant, der sich zwar das Kinn rieb, ansonsten aber der Inbegriff der Ruhe war.

Hunter wusste, dass er eingreifen sollte. „Wenn du denkst, dass sie so eine Hure ist, solltest du sie vielleicht einfach in Ruhe lassen."

„Niemand nennt Izzie eine Hure", mischte sich Hugh ein, der Delco an der Schulter packte und ihn dann umdrehte, um ihm eine zu verpassen. Hugh, der fast einen Kopf größer war als Delco, hatte eine fiese Linke und Delco fiel gegen Izzie und Grant, die ihn sofort wieder aufrichteten, so dass Hugh ihn beim Kragen packen und nach draußen zerren konnte.

Nicht alle in der Bar verfolgten die Auseinandersetzung, aber die, denen sie auffiel, konnten sehen, wie Hugh nach draußen ging, während die meisten der Cowboys von der Blue River Ranch ihm folgten. Einmal draußen, brauchte es drei Männer, um Hugh von Delco wegzuziehen. Da blutete aber schon dessen Nase und seine Lippe war aufgeplatzt.

Einer der Männer, die ihnen zum Parkplatz gefolgt waren, war der Bezirkssheriff. „Lasst es gut sein, Jungs. Es reicht."

„Verhaften Sie ihn, Sheriff", rief Delco. „Er ist ein Schläger. Schauen Sie sich nur mein Gesicht an!"

„Er hat angefangen", wandte Grant ruhig ein und zeigte auf Delco. „Er hat mir zuerst eine reingehauen."

Der Sheriff schätzte die Situation ab und kam offensichtlich zu dem Ergebnis, dass er es mit einem Haufen Männer zu tun hatte, die jederzeit handgreiflich werden könnten, um Izzies Ehre zu verteidigen. Er versuchte, die Lage zu entspannen. „Lasst uns zurück zur Polizeistation gehen und die Sache dort klären. Hunter, ich vertraue darauf, dass du die Männer, die hier dabei waren, mitbringst. Ich nehme den hier mit."

Hunter nickte.

Etwa eine Stunde später, auf der Polizeistation, befand sich Delco in einem Raum, Izzie und Hugh in einem anderen, und Hunter und Grant saßen draußen im Wartezimmer.

„Du bist sehr gut darin, ruhig zu bleiben", seufzte Hunter.

Grant zuckte mit den Schultern. „Er ist ein kleines Licht. Noch vor zehn Jahren hätte ich mich wohl provozieren lassen, aber ich bin seitdem ein anderer geworden. Vor zehn Jahren hätte ich fast jemanden umgebracht. Das passiert mir nicht noch einmal."

„Du hast fast jemanden umgebracht?", wiederholte Hunter.

Grant nickte. „Lange Geschichte."

Hunter lächelte. Die Sache ging ihn nichts an. Dass Grant so ruhig geblieben war, gefiel ihm allerdings. Wenn er wie Hugh reagiert hätte, wären sie jetzt wohl alle in ziemlichen Schwierigkeiten.

Grant lehnte sich nach vorn und starrte die gegenüberliegende Wand an. „Izzie hat mir erzählt, dass das nicht das erste Mal war, dass Hugh sie gegen Delco verteidigt hat."

„Delco hat sie nie ordentlich behandelt", antwortete Hunter. „Er hat immer so getan, als wäre sie sein Eigentum und niemand dürfe sie ansehen, geschweige denn anfassen. Hugh ist durch und durch ein Gentleman. Er glaubt, dass man eine Frau auf Händen tragen sollte."

„Damit hat er wohl nicht unrecht", stimmte Grant zu. „Besonders Izzie. Sie hat alles, was ein Mann sich nur wünschen kann. Weiß, wie man ein Pferd sattelt, wie man einen Stall ausmistet und sieht trotzdem toll aus, wenn sie abends mal ausgeht."

Hunter schmunzelte und schüttelte den Kopf. Er fühlte sich jetzt viel entspannter in Grants Gegenwart, was ihn überraschte. „Also hast du ein Auge auf Izzie geworfen?"

Grant schüttelte den Kopf. „Nee, sie ist ein tolles Mädchen und eine gute Freundin. Aber du kennst mich. Sie braucht einen Mann, der sie um ihrer selbst willen liebt. Das kann ich ihr nicht geben."

Hunter sah Grant an, wandte jedoch sofort den Blick ab, als Grant ihm in die Augen schaute. Grants Worte brachten die Spannung zwischen ihnen zurück.

Dann betraten der Sheriff und Hugh den Wartebereich. „Grant, kann ich jetzt mit Ihnen sprechen?"

Hugh nahm Grants Platz ein.

„Geht`s dir gut?", fragte Hunter.

Hugh stützte sich mit den Ellbogen auf seinen Knien ab und seufzte. „Ich kann so nicht weitermachen, Hunter."

„Weitermachen womit?" Hunter fühlte sich plötzlich unwohl. Er hatte keine Ahnung, was er jetzt zu erwarten hatte, und mochte das Gefühl überhaupt nicht.

„Lisa und ich lassen uns scheiden."

„Ihr *was*?"

Hugh sah Hunter an und dieser wusste, dass sein Schwager nicht scherzte.

„Und das nur wegen einer Kneipenschlägerei?"

Hugh rollte die Augen und lächelte unsicher. „Wir haben schon eine Weile drüber nachgedacht und wollten eigentlich warten, bis Danny etwas älter ist, aber ich kann so nicht weitermachen."

Hunter war sprachlos. Er sah Hugh an und dann die Tür, durch die Grant verschwunden war. Dann schaute er wieder Hugh an.

„Du weißt, dass ich Lisa nur geheiratet habe, weil sie schwanger war, oder?"

Hunter nickte. „Schon, aber ich dachte, du liebst sie?"

Hugh schüttelte den Kopf. „Das Mädchen, in das ich verliebt war, war Izzie. Nur war sie viel zu jung. Sie war damals vierzehn, also kam das nicht in Frage. Und als sie dann achtzehn war, hatte sie andere Freunde und Lisa hatte ein Auge auf mich geworfen. Ich nahm an, Izzie hätte kein Interesse an mir, also habe ich das genommen, was ich kriegen konnte. Ich habe Lisa nie geliebt, aber ich schwöre, ich hab's versucht."

Die beiden Männer saßen nebeneinander und sprachen für einige lange, angespannte Momente kein Wort.

„Als wir vorhin in dem anderen Raum gesessen haben, hab ich Izzie gesagt, dass ich sie liebe."

„Willst du damit sagen, sie hat es nicht gewusst?"

„Natürlich nicht!", antwortete Hugh. „Ich war zehn Jahre lang mit ihrer großen Schwester verheiratet."

„Und wie hat sie reagiert?"

Hugh zuckte mit den Schultern. „Sie hat es gut aufgenommen. Aber sie hat deutlich gemacht, dass sie nicht glaubt, dass wir eine Zukunft zusammen haben."

Hunter senkte verständnisvoll den Kopf.

„Du siehst, ich kann nicht bleiben. Tut mir leid, Mann, aber du wirst dir einen neuen Vormann suchen müssen. Sprich mit Grant, er ist kein schlechter Kerl."

Hunter wusste nicht, was er sagen sollte. Klar, sie waren immer zu wenige Leute und es würde ihm fehlen, jemanden für die täglich anfallenden Aufgaben auf der Ranch zu haben, dem er blind vertraute. Aber es war mehr als das. Wenn Hugh ging, bedeutete das, dass Danny seinen Vater vermissen und dass Hunter seinen besten Freund verlieren würde. Hunter und Hugh hatten sich seit der Grundschule so nahe gestanden, wie das bei zwei Männern möglich war, und doch hatte Hunter nichts von Hughs Gefühlen für Izzie gewusst.

Sie saßen schweigend nebeneinander, bis der Sheriff mit Izzie und Grant das Wartezimmer betrat.

„Okay, ich denke, alles ist geregelt. Delco wollte Hugh anzeigen, aber Izzie hat damit gedroht, ihn in diesem Fall ebenfalls anzuzeigen. Schließlich gab es genügend Zeugen, die gesehen haben, dass Delco Grant geschlagen hat, ohne provoziert worden zu sein. Also bleiben ihm nicht viele Möglichkeiten. Ich traue ihm zu, dass er auf anderem Wege versucht, euch zu schaden, also seht euch vor. Ich kann ihn nicht festhalten, aber wir alle wissen, dass er schon früher Probleme gemacht hat. Ich befürchte, wir werden ihn nicht so einfach los."

Alle nickten einvernehmlich, als der Sheriff sie nach draußen begleitete.

„Da ich die einzige bin, die heute Abend nicht einen Drink hatte, vermute ich mal, ich fahre", stellte Izzie fest, während sie Hunter die Hand hinhielt, damit er ihr die Autoschlüssel gab. „Also, springt rein, Jungs!"

5

HUNTER FÜHLTE sich unwohl im Haus, jetzt, da Hugh seine Sachen gepackt hatte und ausgezogen war. Er wünschte sich oft, dass seine Schwestern mehr wie andere Frauen wären und sich von Zeit zu Zeit einfach mal richtig ausheulten, aber das passierte nie. Stattdessen kommandierte Lisa alle herum und seine Mutter schien verlernt zu haben, wie man lächelte. Nicht, dass sie ansonsten eine besonders herzliche Frau gewesen wäre, aber im Moment hielt es Hunter kaum in einem Raum mit seiner Mutter und Schwester aus. Izzie schien es ähnlich zu gehen, denn sie fand immer neue Ausreden, um nicht mit dem Rest der Familie zu essen. Dafür teilten sich Hunter und Izzie fast eine Woche lang nachts in der Küche die Reste vom Essen.

Es stimmte, dass sie viel zu tun hatten. Izzie hatte viele von Hughs Aufgaben als Vorarbeiter übernommen, und auch Hunter musste sich viel öfter als früher die Hände schmutzig machen. Die Lücke, die Hugh hinterlassen hatte, war schwer zu füllen, aber sie wussten beide, dass alles besser war, als im Haus herumzuhängen.

Sie versuchten auch, Danny zu beschäftigen. Er schien der Einzige zu sein, der von Zeit zu Zeit eine Träne vergoss. Sie wussten beide, dass er seinen Vater fürchterlich vermisste, und diese Lücke zu füllen, war schier unmöglich.

Um das Maß voll zu machen, war ein weiteres Fohlen verschwunden, und der Regen, der Tag für Tag den Boden durchnässte, hatte jegliche Spuren verwischt. Hunter und Grant hatten die Zäune auf den niederen Weiden kontrolliert und dabei eine versteckte Ecke gefunden, in der der Zaun plattgedrückt war. Das sprach für ihre Puma-Theorie, doch hatten sie noch immer kein halb aufgefressenes Pferd gefunden. Sie reparierten den Zaun und diskutieren darüber, in der Nacht Posten aufzustellen, verwarfen die Idee jedoch bald wieder, weil ihnen dafür schlicht die Männer fehlten.

Jetzt, da Hunter gezwungen war, mehr mit Grant zusammenzuarbeiten, gelang es ihm eher, sich in dessen Gegenwart zu entspannen. Grant hatte keine Anstalten gemacht, sich an ihn heranzumachen, und Hunter musste sich eingestehen, dass er den Mann ziemlich mochte. Natürlich konnte Izzie es sich nicht verkneifen, ihn damit aufzuziehen, aber es machte das Leben ein bisschen einfacher.

Eines Abends nahm Hunter sich Davenport vor, um mit ihm zu arbeiten, und das störrische Biest warf ihn ab. Als er aufstand und sich den Dreck von den Jeans klopfte, bemerkte er, dass Grant auf der Veranda des Mannschaftshauses saß. Er hatte ein Buch in der Hand und lächelte, als er Hunter ansah.

„Was ist so witzig?", fragte Hunter, als er auf die Veranda zuging.

„Mein Buch", log Grant.

„Du lachst, weil ich vom Pferd gefallen bin."

„Das würde ich nicht wagen." Grant lachte unverholen. „Aber du musst zugeben, für einen Mann, der praktisch im Sattel geboren wurde, reitet dieses Pferd mit dir aus und du hast kein Mitspracherecht, wohin es geht."

Hunter zuckte mit den Schultern.

„Ich denke, er ist genauso stur wie sein Reiter", fügte Grant hinzu.

„Ja, damit könntest du recht haben", gab Hunter zögernd zu, während er sich mit dem Rücken zu Grant auf der obersten Verandastufe niederließ.

„Schönes Wetter heute Abend", sagte Grant.

„Hm", stimmte Hunter zu. „Aber es wird wieder anfangen zu regnen. Schau dir nur diese Wolken da drüben an." Er zeigte in Richtung einer Baumreihe.

„Könnte auch nur die beginnende Dunkelheit sein", antwortete Grant.

„Nein, das ist Regen", erwiderte Hunter im Brustton der Überzeugung. „Ich mag allerdings den Ausblick von hier. Ist einer der besten Plätze, um zu sehen, wo sich Himmel und Erde berühren."

Als sich Hunter zur Seite drehte, konnte er sehen, dass Grant ihm einen neugierigen Blick zuwarf, den er nicht wirklich deuten konnte. „Na ja, meistens verstellen einem Berge oder Bäume die Aussicht, aber von hier aus kann man bis zum Horizont schauen."

„Ja, das ist mir auch schon aufgefallen", sagte Grant leise.

Hunter hatte keine Ahnung, in welche Richtung diese Unterhaltung führen würde, aber er musste zugeben, dass er sie genoss. Er hatte viele solcher Unterhaltungen mit Hugh geführt, wenn sie über den Tag gesprochen hatten. Er vermisste diese sinnlosen Plaudereien über Pferde und das Wetter fast genauso sehr, wie er Hughs Anwesenheit vermisste. Vielleicht sollte er eine Freundschaft mit Grant in Erwägung ziehen. Immerhin konnte es auch für Grant nicht leicht sein, als der Neue zu gelten und seine wahre Natur verheimlichen zu müssen. Außer natürlich vor Hunter und Izzie. Zwar hatten sie nie darüber gesprochen, aber Hunter war sich ziemlich sicher, dass Grant wusste, dass er und Izzie über seine sexuelle Neigung Bescheid wussten und es ihnen nichts ausmachte.

Vielleicht sollten sie Freunde werden?

„Ich fang besser Davenport ein und bring ihn in den Stall, bevor er durchnässt ist und ich doppelt so viel Arbeit mit ihm habe", sagte Hunter, als er von der Verandastufe aufstand.

„Viel Glück dabei", sagte Grant und ein schelmisches Lächeln umspielte seine Mundwinkel. „Ich werde die Show genießen!" Er schwieg für einen Moment und fügte dann hinzu: „Wenn ich so drüber nachdenke, sollte ich dir vielleicht besser helfen. Das Mistvieh läuft sicher davon und in dem Fall haben wir zu zweit mehr Chancen."

Sie gingen auf das hohe Gras zu, wo Davenport friedlich graste. Doch sobald sie sich ihm näherten, ergriff er die Flucht.

„Pst, lauf ihm nicht nach. Er wird denken, dass es ein Spiel ist", sagte Grant leise. „Warte mal."

Hunter hielt inne und sah zu, wie Grant im großen Bogen um das Pferd herumging. Dann drehte er sich um und bückte sich, als suche er nach etwas am Boden. Er stand auf und wiederholte das Ganze noch etwas weiter weg.

Aus den Augenwinkeln konnte Hunter sehen, dass Davenport den Kopf hob und Grant beobachtete. Er stellte die Ohren auf und tat einen vorsichtigen Schritt auf Grant zu, hielt jedoch inne, sobald Grant aufstand und sich weiter weg bewegte. Als sich Grant diesmal bückte, ging Davenport noch ein paar Schritte auf ihn zu. Offensichtlich war das Pferd neugierig, was Grant wohl am Boden suchte. Es dauerte eine Weile, doch schließlich war das Pferd so nah an Grant herangekommen, dass Grant nur noch nach Davenports Halfter greifen musste, als der Wallach den Kopf senkte, um den Boden zu untersuchen.

„Bingo", rief Grant triumphierend, während er Davenport dorthin führte, wo Hunter stand.

„Du bist gut", sagte Hunter in der Hoffnung, dass das als Kompliment ausreichte.

„Nee, Gable ist der eigentliche Könner. Er hätte Davenport viel schneller eingefangen, aber er hat mir ein paar Tricks beigebracht."

„Ich denke, er hat uns allen ein paar Tricks beigebracht", gab Hunter zu. „Ohne seine Unterstützung würde es diese Ranch nicht mehr geben."

Sie gingen auf die Ställe zu.

„Er hat mir davon erzählt, wie dein Vater gestorben ist", bemerkte Grant vorsichtig.

Hunter seufzte. „Ich war zu jung, um die Verantwortung zu übernehmen, aber meine Mutter hatte mit der Ranch nie wirklich was zu tun gehabt. Sie war Hausfrau und Mutter und hatte mit uns schon genug am Hals. Bernie war noch ein Baby, und auch wenn Izzie und ich gute Reiter waren, hatten wir keine Ahnung von der geschäftlichen Seite der Ranch. Lisa war eher wie Mom, sie konnte kaum unterscheiden, wo bei einem Pferd vorn und hinten war. Alles, was sie wollte, war, mit der Schule fertig zu werden und zu heiraten. Hughs Vater war ein guter Vormann, aber er hatte überhaupt kein Auge für Zahlen. Deshalb haben wir Verluste gemacht, als er die Zügel in der Hand hielt. Wenn mich nicht Gable unter seine Fittiche genommen und mir gezeigt hätte, wie man kauft und verkauft, dann würde es diese Ranch nicht mehr geben. Wir wären noch vor meinem achtzehnten Geburtstag pleite gewesen."

Es fühlte sich gut an, mit jemandem darüber zu sprechen, besonders mit jemandem, der Gable kannte.

„Aber jetzt bist du der Chef", antwortete Grant. „Dir gehört diese große, erfolgreiche Ranch."

Hunter seufzte. „Gable war nie aufs große Geschäft aus. Es ging ihm nie darum, reich zu werden. Alles, was er wollte, waren perfekt ausgebildete Pferde, die gut zu reiten waren. Deshalb hat er auch nie selbst gezüchtet."

„Keine Geduld, zwei Jahre zu warten, bis er sie ausbilden konnte", schmunzelte Grant und Hunter lachte mit ihm.

„Aber er hatte ein Talent dafür, die besten Fohlen auszuwählen."

„Oh ja", stimmte Grant zu.

Sie hatten den Stall fast erreicht, als der Himmel mit einem riesigen Blitz und lautem Donner seine Schleusen öffnete und es wie aus Kannen zu gießen begann. Ein erschrockener Davenport rannte schnurstracks in den Stall und beide Männer folgten ihm in der Hoffnung, dem Regen zu entgehen. Aber es war sinnlos. Als sich Hunter zu Grant umdrehte, konnte er sehen, wie diesem bereits das Hemd an der Brust klebte. Der Anblick überließ nichts der Fantasie.

„Meinst du, der Regen hört so schnell auf, wie er angefangen hat?", fragte Grant, als er sich umdrehte, um hinauszusehen.

„Glaub ich nicht", antwortete Hunter, der seine Augen nicht von den nassen Jeans abwenden konnte, die sich um Grants Hintern und seine langen Beine schmiegten. Er riss sich von dem Anblick los und nahm Davenports Sattel, bevor er ihn auf dem Sattelbock ablegte, um ihn trockenzuwischen.

„Ich reib ihn trocken", schlug Grant vor. Er führte Davenport in seine Box und nahm das Zaumzeug ab.

Hunter war überrascht, wie wenig Davenport bei Grant herumzickte. Grant ging die Arbeit sehr sachlich an, wobei er trotzdem behutsam und flink war, und so war er in Rekordzeit fertig.

„Ich sollte mich wohl besser beeilen", sagte Grant zum Abschied, bevor er aus dem Stall rannte.

SPÄTER AM Abend, Hunter wollte gerade ins Bett gehen, hörte er ein Klopfen, das laut genug war, dass man es über den Sturm hinweg hören konnte. Als er die Haustür öffnete, sah er Tim auf der Veranda stehen, der vollkommen durchnässt war, obwohl er Regenkleidung trug.

„Grant hat mich geschickt, um dich zu holen. Danny ist in Schwierigkeiten!", rief Tim. „Davenport ist in diesem Wetter eh zu nichts zu gebrauchen, deshalb hab ich dir Raven mitgebracht. Wir müssen sofort los."

Hunter lief in den Vorraum, um sein Ölzeug und seinen Hut zu holen, und folgte dann Tim nach draußen.

Es war stockdunkel und ziemlich kalt für diese Jahreszeit, außerdem war der Boden völlig durchweicht. Anfangs kamen sie gut voran, weil sie die Pferde galoppieren lassen konnten, doch bald musste Hunter anhalten, als sie zu einem umgestürzten Zaun kamen.

„Dafür haben wir jetzt keine Zeit", rief ihm Tim zu. „Wir müssen Grant diese Seile bringen. Wir können später wiederkommen, um den Zaun zu reparieren."

Hunter nickte und gab Raven die Sporen, um zu Tim aufzuschließen, der sich seinen Weg durchs Gebüsch bahnte. Alle paar Schritte rutschten die Pferde aus und Hunter war froh, dass Tim nicht Davenport gesattelt hatte. Raven machte keinerlei Probleme und war völlig unbeeindruckt vom glitschigen Untergrund und der Tatsache, dass er ständig mit den Hufen im Matsch einsank. Von Zeit zu Zeit zog Tim sein GPS-Gerät aus der Tasche, um nachzusehen, wo sie sich befanden. Hunter war froh, dass sie diese kleinen Spielzeuge vor ein paar Monaten angeschafft hatten, obwohl er bis jetzt nicht wirklich von ihrer Nützlichkeit überzeugt gewesen war.

„Wir sind fast da", versicherte Tim.

Hunter konnte den Fluss hören, doch selbst über das Prasseln des Regens hinweg konnte er erkennen, dass der Fluss lauter rauschte, als für diese Jahreszeit normal war. Im Frühjahr ließ Schmelzwasser aus den Bergen den Fluss anschwellen, aber in der jetzigen Jahreszeit war er eigentlich ein ruhiger Flusslauf – nur klang das gar nicht danach.

Sie erreichten eine Lichtung und Hunter sah sofort, was das Problem war. Der angeschwollene Fluss hatte sich ein neues Bett gesucht, wodurch sich in der Mitte der reißenden Fluten eine kleine Insel gebildet hatte. Auf dieser Insel befand sich eine große bernsteinfarbene Stute mit einem verängstigten kleinen Jungen auf dem Rücken.

Grant stand am Flussufer und rief Danny zu, dass er ruhig bleiben solle. Hilfe sei auf dem Weg.

Jetzt verstand Hunter auch, warum an beiden Sätteln Seile befestigt waren. Sie würden sie brauchen, um sein Patenkind zu retten.

„Bin ich froh, dich zu sehen", sagte Grant, als Hunter näher kam. „Auf der anderen Seite befindet sich ein Baum, der ziemlich stabil aussieht." Er zeigte auf die Insel. „Wir befestigen ein Seil hier an diesem Baum und ich wate auf Raven über den Fluss. Dann schlinge ich das Seil um den Baum dort und bringe Danny zurück."

Hunter nickte, dankbar für die Selbstsicherheit, die Grant ausstrahlte. „Ich gehe."

„Bist du verrückt? Das ist gefährlich. Ich gehe", erwiderte Grant ernst.

„Er ist mein Patenkind", protestierte Hunter.

„Und sein Vater ist im Moment nicht hier, also braucht er dich. Ich gehe, Ende der Diskussion."

Grant nahm das Seil von Hunter, band ein Ende um den Westernsattel und das andere Ende um den Baum und nahm dann Hunters Platz auf Raven ein. Er lenkte das Pferd auf den Fluss zu, und obwohl es einige Zeit dauerte, bis sich Raven überzeugen ließ, ins Wasser zu gehen, kamen sie letztendlich doch voran.

Hunter hatte den Atem angehalten. Er hatte fast so viel Angst, dass Grant etwas passieren könnte, wie er sich um Danny sorgte. Auf dieser Seite der Insel war der Fluss nicht sehr breit oder tief, aber das Wasser floss schnell, und mehr als einmal machte Raven einen Fehltritt, was fast dazu führte, dass Grant das Gleichgewicht verlor. Tim war damit beschäftigt, das Seil zu halten, doch alles, was Hunter tun konnte, war zusehen.

Schließlich schaffte Grant es auf die andere Seite. Raven kletterte aus dem schnell fließenden Fluss, bevor Grant Danny von seinem Pferd herunterhalf. Hunter konnte sehen, dass Grant zunächst sicherstellte, dass der Junge unverletzt war, bevor er ihn losließ, um das Seil an dem anderen Baum zu befestigen. Grant schlang dann ein Seil um Danny, das er wiederum am Führseil befestigte, und half ihm dann, auf das dunkle Pferd zu steigen. Er nahm Belles Zügel und stieg dann vor Danny auf. Er knotete sich das Seil um die Taille und lenkte Raven zurück in den Fluss. Grant musste auf seine Balance achtgeben, denn er musste gleichzeitig beide Pferde kontrollieren und sicherstellen, dass Danny sich gut an ihm festhielt, doch er schien alles perfekt unter Kontrolle zu haben.

Hunter zählte jeden Schritt, den Raven tat. Er zog scharf die Luft ein, wenn das Pferd stolperte und atmete tief durch, wenn seine Schritte sicherer wurden. Nach und nach kamen sie immer näher ans Ufer und schafften es schließlich auf festeren Boden. Grant löste die Seile und entließ Danny in Hunters wartende Arme.

Hunter wusste, dass er sich auch nicht besser fühlen könnte, wenn Danny sein eigener Sohn wäre. Er hätte sich nie verziehen, wenn dem Jungen etwas passiert wäre, und er nickte Grant und Tim dankbar zu.

Grant klopfte Hunter auf den Rücken. „Na los, reite auf Belle zurück und bring Danny zu seiner Mutter. Tim und ich werden versuchen, den Zaun zu reparieren, und dann kann Tim Belle am Haus übernehmen. Wir werden uns um die Pferde kümmern."

Hunter versuchte, den beiden anderen Männern seine Dankbarkeit zu zeigen, als diese Danny halfen, hinter ihm aufzusteigen. Und dann trieb er die Stute an, damit sie sie sicher nach Hause brachte.

6

Es REGNETE immer noch, als Hunter eine Stunde später den Duschtrakt betrat. Er pellte sich aus dem nassen Ölzeug und nahm den Hut ab, von dem ebenfalls Wasser rann. Er war so nervös, dass er kaum Luft bekam, doch er musste das hier tun. So wie jetzt hatte er sich früher gefühlt, wenn er in der Schule eine schlechte Note bekommen hatte und seine Mutter ihn im Vorraum darauf warten ließ, dass Dad von der Ranch hereinkam. Nur erwartete ihn jetzt keine Schelte. Er wollte sich einfach bei Grant bedanken, das war alles. Ja, das Wissen, dass der Cowboy sich den Regen von der Haut wusch und splitterfasernackt unter der Dusche stand, sorgte bei Hunter für schweißnasse Hände. Ein Teil von ihm hoffte, dass Grant die Tür nicht ganz geschlossen hatte, so dass er einen kurzen Blick erhaschen und seine Augen über diese breiten Schultern und schmalen Hüften wandern lassen konnte. Doch andererseits wusste er: Sollte er wirklich das Glück haben, würde er den Anblick nie wieder aus dem Kopf bekommen.

Also ging er, den unaufhörlich tropfenden Hut in den Händen, im Flur auf und ab, bis er hörte, wie die Dusche abgestellt wurde. Er wusste, dass Grant durch diesen Flur musste, wenn er zum Haus wollte, also musste er einfach nur geduldig sein. Still stehen konnte Hunter allerdings nicht, deshalb lief er auf und ab. Er war gerade dabei, sich umzudrehen, als er Grants Stimme hinter sich hörte.

„Hunter. Was für eine unerwartete Überraschung."

Hunter straffte die Schultern und drehte sich zu Grant um. „Grant", nickte er. Hunter konnte ihm nicht in die Augen sehen, zu sehr fürchtete er, seine Bewunderung für die langen Glieder, die leicht raue, immer noch feuchte Haut und die Tatsache, dass Grant nichts außer einem Handtuch trug, nicht verbergen zu können. Plötzlich war er dankbar, dass Grant seine nassen Sachen in den Händen hielt, denn ansonsten hätte er auch einen Anflug von Brusthaar und den Waschbrettbauch gesehen, von dem er wusste, dass Grant ihn besaß. Verdammt, es gab einen Grund, warum Hunter niemals in den Duschtrakt ging: Das würde nur Gefühle wecken, die er täglich zu unterdrücken versuchte.

Grant sah ihn immer noch an. Offensichtlich erwartete er, dass Hunter etwas sagte.

„Ich wollte ... Ich wollte Danke sagen."

„Gern geschehen", nickte Grant. „Ich muss zugeben, ich hab nicht wirklich drüber nachgedacht. Ich hab gesehen, wie Danny davongeritten ist, und dachte mir, dass er in Schwierigkeiten geraten könnte, also bin ich ihm gefolgt. Er ist zu jung, um in diesem Wetter allein draußen unterwegs zu sein, noch dazu auf einem Pferd, das er in seinem Alter kaum bändigen kann. Also war klar, dass er sich ohne Erlaubnis auf den Weg gemacht hat. Ich wusste, du würdest ihn nie so gehen lassen."

„Dass sein Dad weg ist, hat ihn sehr mitgenommen", meinte Hunter in dem Versuch, Dannys Verhalten zu rechtfertigen. „Er schien sich damit abgefunden zu haben, aber ich schätze, er vermisst ihn."

„Ja, das tun wir alle", meinte Grant nachdenklich. „Aber ihm geht's gut?"

„Ja", sagte Hunter, der Grant immer noch nicht direkt ansah. „Er zittert wie verrückt vor Kälte und er wird sich von Lisa eine Standpauke anhören müssen, sobald sie sich davon überzeugt hat, dass er's überleben wird. Aber außer einer Erkältung und der Schimpftirade wird er nichts zurückbehalten."

„Das freut mich", antwortete Grant. „Er ist ein guter Junge."

„Ja, das ist er", stimmte Hunter zu, der an seinem Hut herumzupfte. „Also, was ist mit dem Zaun passiert?" Ihm war klar, dass er Grant eigentlich seiner Wege gehen lassen sollte, aber irgendwie fiel es ihm schwer, das Gespräch zu beenden.

„Der Sturm hat das Gatter ausgehebelt. Es sah ziemlich schlimm aus und wir konnten es nicht reparieren, also haben wir es festgebunden. Wir müssen uns morgen daran machen, es in Ordnung zu bringen."

Hunter nickte und erhaschte von Zeit zu Zeit einen Blick, wagte es jedoch nicht, sich mehr zu gönnen. „Hör zu, ich lass dich besser nach oben gehen, so dass du dich anziehen kannst. Ansonsten bin ich dafür verantwortlich, dass du auch eine Erkältung bekommst."

Grant lächelte, also drehte sich Hunter um, um zu gehen.

„Und da dachte ich, es macht dir nichts aus, mich nackt zu sehen", bemerkte Grant, als Hunter gerade durch die Tür gehen wollte.

Hunter hielt kurz inne. Er musste sich beherrschen, um sich nicht umzudrehen und Grant an den Kopf zu werfen, dass er ein unverschämter Scheißkerl war, also ging er einfach weiter. Mit jedem Schritt, den er sich vom Mannschaftsquartier entfernte, wurde er schneller. Mit jedem Schritt wurde ihm auch klarer, dass es gut war, dass er Grant nicht angeschrien hatte, denn die Worte hätten Grant nur abgestoßen. Er hoffte jedoch, dass Grant das Unvermeidliche verhindern und *ihn* wegstoßen würde, sollte er einmal in seinem Entschluss, Grant zu küssen, nicht zögern.

Und damit war es raus. Er hatte sich selbst eingestanden, dass er den Mann küssen wollte, dass er seinen Körper an Grants schmiegen und dessen harte Muskeln unter seinen Händen spüren wollte.

Es regnete immer noch, als Hunter den Vorraum des Haupthauses erreichte, aber er trat nicht ein. Stattdessen schlug er seine Faust gegen das verwitterte Holz. Es gab keinen Grund anzunehmen, dass Grant ihn abweisen würde, wenn er zum Mannschaftshaus zurückkehrte. Er hatte schließlich gesehen, wie Grant ihn anschaute. Er hatte die unverhohlene Lust in seinen Augen gesehen, hatte die heimlichen Berührungen gespürt und bemerkt, wie Grant immer wieder seine Nähe suchte – und das, obwohl er ihn nicht gerade mit offenen Armen empfangen hatte. Doch erst jetzt erlaubte er sich, all diese Gesten richtig zu deuten. Sein Adrenalinspiegel sank nach Dannys erfolgreicher Rettung langsam wieder, doch sein Herz schlug immer noch wie verrückt. Er war müde und nass bis auf die Knochen, aber alles, woran er denken konnte war, dass er diese Anspannung loswerden musste. Seine eigene Hand würde dafür nicht genug sein. Nicht mehr.

Hunter machte auf dem Absatz kehrt und kehrte ins Mannschaftshaus zurück. Er musste es hinter sich bringen, musste wenigstens einmal von der verbotenen Frucht kosten, und wenn es nur dazu gut war, sich nie wieder fragen zu müssen: „Was wäre, wenn ...?"

Hunter betrat das Haus durch dieselbe Tür, durch die er es verlassen hatte und rannte fast die Treppe hinauf. Erst da fiel ihm auf, dass er nicht wusste, welches Zimmer Grant gehörte. Also hatte er keine andere Wahl, als seinen Namen zu rufen. Er hoffte nur, dass die anderen Männer entweder seine Stimme nicht erkannten oder dachten, er würde Grant wegen irgendetwas die Hölle heiß machen.

Am Ende des Flurs öffnete sich eine Tür und Grant steckte den Kopf hinaus. Sobald er Hunter sah, bedeutete er ihm, ins Zimmer zu kommen.

„Du bist schnell zurück", sagte Grant, als er die Tür hinter Hunter geschlossen hatte. Seine Stimme klang gedämpft, als wüsste er, dass das Haus hellhörig war.

Hunter antwortete nicht. Was hätte er auch sagen können?

„Schätze, ich brauch' dich nicht zu fragen, ob es noch regnet."

Hunter sah auf und blickte direkt in Grants dunkle Augen. Grants Lächeln war verschmitzt und verführerisch und er musste den Blick wieder abwenden, als er sah, dass das Handtuch, das sich nur gerade so auf Grants Hüften gehalten hatte, von einem Paar Boxershorts und sonst nichts ersetzt worden war.

„Warum ziehst du nicht den Mantel aus?", schlug Grant vor. „Du tropfst auf meinen Fußboden."

Hunter zögerte und Grant ging zum Schrank hinüber, um eine Flasche Whiskey herauszunehmen.

„Was zu trinken?", bot Grant an.

Hunter nickte und legte seinen Mantel über einen an der Wand stehenden Stuhl, während Grant zwei Gläser herausnahm und in jedes zwei Fingerbreit von dem bernsteinfarbenen Gebräu goss.

„Hier", sagte er und bot Hunter einen der Whiskeyschwenker an. „Das wird dich aufwärmen, denn mittlerweile wirst du wohl total durchgefroren sein, und wir können es uns nicht leisten, dass der Chef eine Erkältung bekommt. Schließlich sind wir unterbesetzt."

Hunter nahm das Glas und leerte es in einem Zug. Das Getränk brannte, aber Hunter begrüßte das Gefühl. Er gab Grant gerade genug Zeit, einmal an seinem Glas zu nippen, bevor er einen Schritt auf ihn zukam.

GRANT BEMERKTE den Annäherungsversuch und stellte sein Glas auf dem Tisch ab. Er lächelte immer noch, als er nach Hunters Glas griff, und konnte es gerade noch in Sicherheit bringen, bevor Hunter sich ihm entgegen warf. Grant wurde unsanft gegen das Fenster gedrückt, und als er seine Beine leicht spreizte, drängte Hunter noch näher. Hunters Kuss war stürmisch und aggressiv, doch Grant hielt mit Leichtigkeit stand, selbst als sein Hintern auf der Fensterbank landete. Er rutschte so weit wie möglich zurück und zog Hunter zu sich heran. Hunter konnte nicht widerstehen, also stieß er seine Hüfte gegen Grants, so dass dieser seine Erregung spüren konnte und in ihren Kuss hineinlächelte.

„Was ist so witzig?", murmelte Hunter.

„Du", antwortete Grant, als er seine Hand in Hunters Nacken legte, um ihn zu einem weiteren Kuss heranzuziehen. Diesmal übernahm Grant die Führung und stieß seine Zunge in Hunters Mund. Grant ließ Hunters Hüfte los, um sich stattdessen einen Weg in dessen Jeans zu bahnen. Während des Kusses stritten sie um die Vorherrschaft, bis Grant sein Ziel gefunden hatte. Er öffnete den Reißverschluss von Hunters Jeans, steckte eine Hand in dessen Boxershorts und umfasste seinen angeschwollenen Schwanz.

Hunter zog sich etwas zurück, hielt dann jedoch inne. Er hörte auf, gegen Grant anzukämpfen, und verlor die Kontrolle über seine Bewegungen, die nun wie von selbst kamen. Die Art, wie Hunter in Grants Mund stöhnte, machte Grant so an, dass auch er steif wurde. Er widerstand dem Drang, sich selbst zu berühren, denn er wollte Hunter nicht abschrecken. Stattdessen rieb er den Schaft in seinen Händen, während Hunter zustieß, um mehr Reibung zu spüren. Plötzlich und ohne Vorwarnung kam Hunter mit einem lauten Stöhnen und wich daraufhin zu Grants Überraschung sofort zurück. Eilig schloss er den Reißverschluss seiner nassen Jeans, schnappte sich Mantel und Hut und flüchtete, ohne

198

Grant anzublicken, aus dem Zimmer. Er nahm sich nicht einmal die Zeit, seine Sachen überzuziehen.

Grant blieb auf dem Fensterbrett sitzend zurück, hart und unbefriedigt. Schließlich stand er auf, schloss die Tür und wusch sich die klebrige Hand in dem kleinen Waschbecken in seinem Zimmer. Sein Unterleib brannte und er nahm seinen Schwanz in die Hand, um sich selbst Erleichterung zu verschaffen, doch viel mehr war es auch nicht. Er ließ sich aufs Bett fallen und kämmte sich mit den Fingern durch sein kurzes, lockiges Haar, in der Hoffnung, über seine Frustration hinwegzukommen. Warum hatte Hunter das getan? Warum hatte sich Hunter nicht revanchiert? Grant fiel keine befriedigende Antwort ein. Er hatte sich unter anderem nicht offen an Hunter herangemacht, weil er wusste, dass Hunter einer der wenigen Menschen war, die über seine sexuelle Orientierung Bescheid wussten. Er hatte angenommen, dass er sich nicht anbieten müsste. Wenn Hunter ihn wollte, konnte er einfach zu ihm kommen. Doch jetzt, da er genau das getan hatte, war Grant nur noch verwirrter.

Der andere Grund war gewesen, dass er den Job brauchte. Er war schon für viel weniger seines Wegs geschickt worden als dafür, dass er den Chef angegraben hatte. Für manche Vorarbeiter war nur das Wissen, dass Grant schwul war, genug gewesen. Und Nachrichten verbreiteten sich schnell. Also hatte er sich sein ganzes Leben lang angepasst: Entweder war er vage geblieben, wenn es um Sex ging, oder, wenn er sich in einer Gruppe befand, wo gern angegeben wurde, prahlte er mit den Eroberungen, die er samstagnachts machte. Es war überraschend einfach, eine Lüge darüber zu erzählen, wie man eine großbusige Kneipenschönheit aufgerissen hatte. Immerhin hatte er in seinem Leben reichlich Frauen gehabt, nur eben nicht in letzter Zeit. In den letzten Jahren hatte er nur mit Männern geschlafen und die meisten waren namenlose, gesichtslose One-Night-Stands gewesen. Mit einer Ausnahme: Gable.

Grant hatte es auf Gables Ranch verschlagen, weil er auf der Suche nach einem Job gewesen war. Obwohl die Bezahlung viel niedriger war als das, was Hunter ihm jetzt zahlte, hatte Grant den Job angenommen. Er hatte nicht lange gebraucht, um zu begreifen, nach welcher Art Partner Gable suchte, und dass er unglaublich einsam war. Der Übergang zu Bettpartnern war praktisch nahtlos vonstatten gegangen und trotzdem war Grant immer überzeugt gewesen, dass Gable etwas von sich zurückhielt, dass er sich nicht ganz öffnete. Irgendwie war nie mehr aus ihnen geworden als zufällige Bettgenossen. Grant hatte nicht einmal das Gefühl, dass sie Freunde waren, also war er trotzdem um die Häuser gezogen und war oft in die Stadt gefahren, um seinen Kummer zu ertränken.

Grant drehte sich auf die Seite und versuchte, es sich in seinem Bett gemütlich zu machen. Er musste seine Dämonen loswerden, wenn er hoffen wollte, heute Nacht noch ein Auge zuzumachen. Morgen war ein Arbeitstag und ohne Hugh bedeutete das, dass er wieder mit Hunter zusammenarbeiten musste. Ein Teil von ihm hoffte, dass Hunter einfach ignorieren würde, was heute Nacht passiert war, doch auf der anderen Seite wollte Grant ein paar Antworten. In jedem Fall wollte er seinen Job behalten, also musste er Hunter einen Grund geben, ihn weiter zu beschäftigen.

Grant leckte sich über die Lippen in der Hoffnung, Hunter noch schmecken zu können, doch das war ihm nicht vergönnt.

7

ALS HUNTER aufwachte, schüttete es immer noch wie aus Eimern. Es hatte jedoch keinen Sinn, sich darüber aufzuregen. Sie hatten das Gatter gestern Nacht festgebunden, doch wenn sie es wieder benutzen wollten, brauchte es eine umfangreiche Reparatur, und es machte keinen Sinn, das weiter aufzuschieben.

Als Hunter im Büro ankam, erkannte er, dass er die Arbeit selbst in die Hand nehmen musste. Bei dem Sturm waren mehrere Bäume umgestürzt und die Männer waren bereits aufgebrochen, um die Bäume zu beseitigen und Löcher in den Zäunen zu stopfen.

„Hast du sie raus geschickt?", fragte Hunter Grant, der offensichtlich vor ihm aufgestanden war.

„Eigentlich war es Izzie, obwohl sie deutlich gemacht hat, dass sie lieber sterben würde, als der neue Vormann ... frau ... was auch immer ... zu sein." Grant grinste.

„Schätze, dann sind wohl nur wir zwei übrig, um das Gatter zu reparieren", antwortete Hunter. An jedem anderen Tag hätte er wohl mit Grant gelacht, aber im Moment war er nicht sicher, wie er sich in Gegenwart des anderen Mannes benehmen sollte. Er hatte schließlich noch lebhaft in Erinnerung, was letzte Nacht geschehen war. Er wusste, dass er mehrere Grenzen überschritten hatte, und er wollte Grant nicht das Gefühl geben, dass das gleich wieder passieren würde.

„Wenn es dir lieber ist, kann ich mir erst was anderes zu tun suchen und dann jemanden finden, der mir heute Nachmittag hilft. Ich bin sicher, der Sturm hat keine größeren Schaden angerichtet."

Hunter sah Grant an, um dessen Gesichtsausdruck abzuschätzen, aber er konnte ihn nicht deuten. Wollte Grant nicht mit ihm arbeiten? Oder spürte Grant sein Unbehagen und wollte ihm einen Ausweg offenhalten? „Hugh hat mir erzählt, dass du recht geschickt bist, also warum bringen wir es dann nicht hinter uns? Dann müssen die Männer nicht so einen langen Umweg machen, wenn sie zurückkommen."

„Klar", antwortete Grant ausweichend. Damit blieben Hunters Fragen unbeantwortet. „Ich hol das Werkzeug, du kannst das Schnappschloss besorgen."

Hunter nickte und sah zu, wie Grant losging.

Nur zehn Minuten später saßen sie auf ihren Pferden und waren auf dem Weg zum kaputten Gatter. Der Boden war völlig durchweicht, und obwohl sich Raven nicht daran zu stören schien, machte es Davenport noch schreckhafter als gewöhnlich.

„Du weißt, es geht mich nichts an", begann Grant zögerlich, „aber ich hätte dieses Pferd schon vor Ewigkeiten aufgegeben. Er ist ein störrisches, nerviges Tier mit einer völlig falschen Einstellung und er lässt dich schlecht aussehen."

Hunter warf Grant einen Seitenblick zu, sagte aber nichts.

„Wie gesagt, es geht mich nichts an", fügte Grant mit einem Schulterzucken hinzu.

„Es gibt keine Pferde, die sich schlecht benehmen, nur Reiter, die nicht wissen, wie sie mit ihnen umgehen sollen", flüsterte Hunter.

„Das lässt dich allerdings noch schlechter aussehen", lachte Grant. „Und du hörst dich an wie Gable."

Hunter lächelte, als ihm aufging, dass Grant recht hatte. „Ich weiß, aber er war das erste Pferd, das ich für mich selbst bei einer Auktion gekauft habe. Deshalb kann ich ihn nicht aufgeben."

Grant zog eine Augenbraue hoch, als Davenport auf dem nassen Boden ausrutschte und wieherte, woraufhin Hunter es schwer hatte, das Pferd wieder unter Kontrolle zu bringen. „Du musst ihn ja nicht verkaufen. Stell ihn einfach für eine Weile zur Herde. Die Pferde werden ihm schon den Kopf gerade rücken. Ich kann ihn ein paar Mal für dich reiten. Wir werden aber streng mit ihm sein müssen."

Hunter seufzte. Er wusste, dass Grant recht hatte, wollte es aber nicht zugeben. Das wäre einer Niederlage gleichgekommen und die Befriedigung wollte er niemandem geben, schon gar nicht Grant. „Ich schätze, ich könnte ein anderes Pferd von Gable kaufen. Als Back-up."

„Klar", erwiderte Grant, während er ein Schmunzeln unterdrückte, „nur als Back-up."

Obwohl er natürlich bemerkte, dass Grant sich über ihn lustig machte, war Hunter innerlich froh über die Neckerei. Es schien Grant nichts auszumachen, was letzte Nacht passiert war, und das machte es einfacher für Hunter, sich in seiner Gegenwart zu entspannen. Vielleicht könnte das funktionieren. Vielleicht könnten sie einfach nur zusammenarbeiten und Freunde werden.

Grant stieg ab und Wasser spritzte an seinen Stiefeln hoch, als er im Matsch landete. Erst jetzt, im Tageslicht, war ersichtlich, wie beschädigt das Gatter wirklich war. Auch Hunter stieg ab und band die beiden Pferde an, während sich Grant das Holz besah, mit dem sie in der vorigen Nacht eilig das Loch geflickt hatten.

„Sieht so aus, als bräuchten wir einen neuen Pfosten, dieser hier ist schon ziemlich verrottet", war Grants Einschätzung. „Das Schloss ist gebrochen – das wussten wir – und der obere Balken muss auch ersetzt werden."

„Wir können Maß nehmen und das passende Holz mit dem Truck herbringen, wenn die Arbeiter ihn heute Nachmittag zurückbringen", stimmte Hunter zu. „Du bist gut in so was", fügte er überrascht hinzu, als er zusah, wie Grant begann, das Gatter auszumessen.

Grant zuckte mit den Schultern. „Ich hab nicht mein ganzes Leben auf Ranches gearbeitet. Als ich noch in der Stadt gelebt habe, war ich Möbeltischler. Die Schule war nie so meine Sache. Ich wollte in die Welt hinausgehen und Geld verdienen. Aber wenn man gerade so die Highschool geschafft hat, sind die Möglichkeiten begrenzt. Ich konnte entweder Kleinkrimineller oder Tischlergeselle werden. Zu meinem Glück klang die zweite Option attraktiver."

Hunter war mehr als überrascht darüber, Grant von sich selbst reden zu hören. Das war das Meiste, was er bisher von ihm erfahren hatte. „Auf jeden Fall weißt du, mit deinen Händen umzugehen."

Grant warf Hunter einen anzüglichen Blick zu, der diesen erröten ließ.

Hunter wünschte, dass er die Worte zurücknehmen könnte oder sie zumindest weniger zweideutig wären. Zum Glück sagte Grant nichts, aber es bestand kein Zweifel darüber, was er dachte. Hunter dachte genau das Gleiche: Dass Grant mehr als bewiesen hatte, wie geschickt er mit seinen Händen war, als er Hunter letzte Nacht zum Höhepunkt gebracht hatte. Hunters Hosen fühlten sich schon eng an, wenn er nur an diese Hände dachte.

Grant zerstreute die Spannung zwischen ihnen, indem er Hunter absichtlich anrempelte und ihm das eine Ende des Zollstocks gab. „Halt hier fest, damit wir genaue Maße bekommen."

Obwohl Hunter normalerweise der war, der gut organisiert war, war er nun froh, dass auch Grant wusste, was er tat.

Grant zog Papier und Bleistift aus der Tasche und notierte einige Zahlen. „Ich glaube, ich hab Holz im Schuppen gesehen, das sich hierfür sehr gut eignen würde."

Hunter schüttelte den Kopf, um sich aus seinen Tagträumen zu reißen, und sah Grant an. „Könnte sein. Du bist der Experte, ich verlass mich auf deine Einschätzung." Er würde sich zusammenreißen und möglichst bald wieder wie der Chef benehmen müssen, bevor Grant die Situation ausnutzte. Im Moment warf ihm der andere Mann einen verständnisvollen Blick zu und das war in Ordnung, aber Grant war immer noch ein Angestellter.

Hunter war klar, dass er wegen des neuen Vorarbeiters bald eine Entscheidung treffen musste. Obwohl Grant erst seit Kurzem bei ihnen war, wusste Hunter, dass er alles hatte, worauf es bei einem Vormann ankam. Das Problem war nur, dass er der Letzte war, der eingestellt worden war, und die anderen Cowboys könnten sich übergangen fühlen. Und dann war da natürlich noch die Tatsache, dass er sich von ihm angezogen fühlte. Beeinflussten diese Gefühle, die Hunter für Grant hegte, sein Urteilsvermögen? Ganz zu schweigen von der Tatsache, dass sie sehr eng zusammenarbeiten mussten. Mit Hugh war das nie ein Problem gewesen. Hugh war sein Schwager und einer seiner besten Freunde seit Kindertagen. Sie konnten praktisch die Gedanken des jeweils anderen lesen. Aber jetzt, da Hugh weg war, war Grant wirklich die beste Wahl?

„Okay, ich bin fertig. Müssen wir noch irgendwo anders hin reiten, bevor wir das Holz besorgen?"

Hunter schüttelte den Kopf. Grant lächelte ihn an und Hunter fühlte, wie seine Knie weich wurden. Er musste wirklich damit aufhören, sich wie ein Mädchen zu benehmen.

„Na gut, dann können wir aufbrechen. Lass uns ein Wettrennen veranstalten. Wer zuerst zu Hause ist …"

Hunter drehte sich um, in der Hoffnung, einen wartenden Davenport vorzufinden, doch das einzige friedlich grasende Pferd in der Nähe war Grants.

„Schätze, du musst nach Hause laufen!", lachte Grant, als er aufstieg und sein Pferd wendete. „Ich schau mal nach, wo er ist."

Hunter lehnte sich gegen den Pfosten, der am wenigsten verrottet war und wartete, während er den Kopf schüttelte. Er musste dafür sorgen, dass Davenport ihn nicht weiter blamierte.

Weil Grant so lange wegblieb, setzte Hunter sich schließlich mit dem Rücken an einen Baumstamm gelehnt hin. „Ich vermute, er hat's dir nicht leicht gemacht?", begrüßte er Grant, als dieser endlich wieder auftauchte.

Grant nickte und zuckte dann mit den Schultern. „Ich denke immer noch, dass er lernen muss, wer der Boss ist – er nämlich nicht."

„Na ja, du kannst es ja zu deinem ganz persönlichen Projekt machen. Ich nehme von jetzt an Hughs Pferd, beginnend mit dem heutigen Nachmittag."

Grant grinste. „Die beste Entscheidung, die du heute getroffen hast, wenn du mich fragst."

Sie ritten zum Haus zurück, übergaben den Stallburschen die Pferde und gingen zum Schuppen, um das Holz zusammenzusuchen. Wie Grant vorhergesagt hatte, fanden sie, was sie brauchten, und Hunter fühlte sich wie ein Hilfsarbeiter, als er Grants Anweisungen folgte, was er wie wo zu halten hatte. Grant schmiss die riesige Kreissäge an, um einen Balken zu sägen. Trotz des Sturms in der letzten Nacht wurde es draußen wieder sehr heiß. Das, gepaart mit der hohen Luftfeuchtigkeit, sorgte dafür, dass sie bald beide schwitzten.

Nachdem sie die großen Teile zurechtgesägt hatten, benutzte Grant eine Handsäge, um einige kleine Balken zuzuschneiden. Da er keine Hilfe zu brauchen schien, ging Hunter nach draußen, um ihnen etwas Wasser zu besorgen. Als er wiederkam, hatte Grant sein Hemd ausgezogen, und Hunter hatte plötzlich einen Kloß im Hals bei dem Anblick, der sich ihm bot.

„Das sieht himmlisch aus", sagte Grant, als er seinen Rücken streckte und nach dem Glas griff, das Hunter ihm hinhielt. Hunter gab es ihm und sah zu, wie Grant das Wasser hinunterstürzte. Sein Adamsapfel hüpfte auf und ab, während er schluckte. Wie schon in der letzten Nacht nahm Begehren Besitz von Hunter und er erkannte, dass er gern Grants Nacken küssen würde. Er konnte es jedoch nicht. Nicht noch einmal.

„Trinkst du auch was? Denn das kühle Wasser ist wirklich angenehm", meinte Grant und zeigte auf das andere Glas. Als Hunter nicht gleich antwortete, kam Grant näher. „Oder soll ich mit dir darum ringen?"

Hunter musste schwer schlucken, als er sah, wie Grant auf ihn zukam. Obwohl ihm sein Instinkt sagte, dass er das Weite suchen sollte, verweigerten ihm seine Füße den Dienst. Als Grant ihm immer näher kam, konnte er seinen Schweiß riechen, und zu seiner Überraschung erregte ihn das nur noch mehr.

„Du solltest das wirklich trinken. Wir wollen schließlich nicht, dass du dehydrierst."

Hunters Atmung beschleunigte sich. Grant trieb ihn nicht in die Enge. Er konnte einfach einen Schritt zur Seite machen und hinausgehen, wenn er das wollte. Nur wollte er das nicht. Er wollte, dass Grant noch näher kam.

„Ich schätze, das sollte ich", konnte Hunter nur mit Mühe hervorbringen.

Grant nickte. Er ergriff Hunters Handgelenk und hob es hoch. „Dann trink." Als Hunter zögerte, nahm Grant das Glas aus Hunters Hand und hob es an dessen Lippen.

Ihre Blicke trafen sich und Hunter schluckte die kühle Flüssigkeit, bis Grant ihm das Wasser zu schnell einflößte und es an seinem Kinn hinunterlief. Bevor Hunter reagieren konnte, leckte Grant die Tropfen ab, und Hunter stöhnte, als Grants heißer Mund auf seine noch heißere Haut traf. Das Glas fiel zu Boden, als Grant Hunters Kopf mit seinen Händen umschloss. Er presste seinen Mund auf Hunters Lippen und verschlang ihn mit dieser einen Bewegung.

Hunter konnte nicht anders, als sich der Berührung hinzugeben. Trotz all seiner Zurückhaltung fühlte sich das so gut und so richtig an, dass er wagte, seine Hände über Grants langen Rücken und breite Schultern wandern zu lassen. Er hielt sich zurück, traute sich fast nicht, Grant tatsächlich zu berühren. Als Grant ihn gegen einen Stützbalken drückte, fühlte Hunter eine zunehmende Härte gegen seinen Unterleib drängen, und er begriff, dass er nicht der Einzige war, der in diesem Moment Lust empfand. Ihr Zusammenspiel fühlte sich noch leidenschaftlicher an als in der vergangenen Nacht, doch diesmal wollte Hunter sich revanchieren. Er griff in den Bund von Grants Jeans und zog ihn näher zu sich, während er seine Hüften an Grants rieb und dem anderen Mann damit ein Stöhnen entlockte.

Grant ließ seine Lippen an Hunters Schläfe ruhen, während er nach Atem rang.

„Wir sollten das nicht tun", seufzte Hunter, sobald ihr Kuss endete.

„Ich weiß", antwortete Grant. „Aber ich soll verdammt sein, wenn ich es nicht trotzdem will." Sie gaben ihre Nähe jedoch nicht auf, obwohl Hunter sah, dass seine eigenen Befürchtungen sich in Grants Gesicht widerspiegelten.

Plötzlich hörten sie, wie die große Eingangstür aufschwang, und sofort ließen sie voneinander ab.

„Legt die kleineren Äste dort ab und nehmt den Hänger für die großen Baumstämme. Hier ist genug Platz, um alles zu lagern. Das Holz können wir immer gebrauchen."

Die Stimme gehörte Izzie, die den Arbeitern Anweisungen gab, was sie mit dem Holz machen sollten, das sie bei ihren Aufräumarbeiten gesammelt hatten. Sie hielt inne, als sie die beiden Männer entdeckte.

„Wir haben Holz zusammengesucht, um den Zaun zu reparieren", erklärte Grant ihr. Sie ließ ihren Blick bewundernd über Grants nackten Oberkörper wandern und lächelte wissend.

„Grant hat den Zaun ausgemessen und wir haben gefunden, was wir brauchen. Wir mussten es nur zurecht sägen", fügte Hunter eher für die Arbeiter hinzu, denn er hatte keinen Zweifel daran, dass Izzie längst begriffen hatte, dass sie mehr getan hatten, als nur Bretter zurecht zu sägen.

Izzies Blick fiel auf Hunter, und obwohl seine Augen nicht länger Begierde reflektierten, fühlte sich Hunter definitiv ertappt.

„Also braucht ihr den Truck, um die Balken und Pfosten zu transportieren?"

Beide Männer nickten.

„Ich vermute, ihr braucht keine weiteren Helfer?"

„Nein", antwortete Grant schnell. „Wir kommen schon zurecht."

„Hm, das dachte ich mir", sagte sie, bevor sie auf dem Absatz kehrtmachte und den Schuppen verließ. Hunter hätte schwören können, dass er sie kichern hörte.

„Das Letzte, was wir gebrauchen können, ist, dass sie Bescheid weiß", flüsterte Hunter Grant zu. „Sie darf es nicht herausfinden."

„Ich glaube, dafür ist es zu spät", erwiderte Grant.

Hunter sah Grant von der Seite an. „Wie auch immer. Wenn sie dich fragt: Wir haben nur Holz zugeschnitten!"

„Klar doch, Boss", antwortete Grant, während er sich an seinen nicht vorhandenen Hut tippte.

8

GRANT MOCHTE die Tischlerarbeiten, die auf der Ranch anfielen, und hoffte insgeheim, dass es mehr davon gäbe. Leider war Hunter immer noch launenhaft ihm gegenüber – mal schien er mehr zu wollen, mal zeigte er ihm die kalte Schulter. Im einen Moment schien er seine Gesellschaft zu suchen und im nächsten war er nirgends zu finden. Grant konnte sich des Eindrucks nicht erwehren, dass Hunter ihm aus dem Weg ging, wann immer es ihm möglich war. Wenn die Umstände sie allerdings zusammenbrachten und keine anderen Cowboys und Arbeiter in der Nähe waren, dann knisterte es eindeutig zwischen ihnen. Die Art, wie dieser Mann küsste, ließ keinen Zweifel: Hunter wollte es.

Es streichelte Grants Ego, dass Hunter ihn begehrte, und er war auch nicht abgeneigt, weiterzugehen, doch hatte er Angst, den nächsten Schritt zu tun. Hunter behagte die Anziehungskraft zwischen ihnen offensichtlich nicht gänzlich und Grant konnte es sich nicht leisten, dass Hunters Stimmung ins Negative kippte. Das war der bestbezahlte Job, den er seit langem gehabt hatte, und er hatte sich selbst versprochen, alles zu tun, um ihn zu behalten. Wenn das hieß, seinen Schwanz im Zaum zu halten, dann war das eben so. Außer natürlich, Hunter wollte das Gegenteil.

Grant packte sein Werkzeug zusammen und lächelte, als er überprüfte, ob die Stalltür so schloss, wie sie sollte. Er verbrachte viel zu viel Zeit damit, über seinen Chef nachzudenken.

„Hast du Zeit, um dir mit mir ein Gatter anzuschauen, das repariert werden muss?"

Grant drehte sich um und sah Hunter direkt ins Gesicht. Als sich ihre Blicke trafen, machte das Hunter nervös.

„Ein Pfosten ist verrottet, wie bei dem Gatter, das wir letzte Woche repariert haben. Ich hab alles ausgemessen, so wie du es gemacht hast, also dachte ich mir, wir könnten das Holz zuschneiden und hinfahren. Dann müssten wir den Weg nicht zweimal machen. Es ist an der Grenze zu Gables Ranch."

Grant ließ Hunter schwafeln und versuchte, sich ein Lächeln zu verkneifen, damit Hunter nicht dachte, er mache sich über ihn lustig. „Lässt du mich mal deine Skizze sehen?"

Hunter übergab ihm ein zerknittertes Blatt Papier.

„Ich denke, wir haben im Schuppen etwas, das passen könnte."

„Ich hol den Truck, damit wir das Holz aufladen können", antwortete Hunter, der auf dem Absatz kehrtmachte und davonging.

Grant schüttelte den Kopf und ging zum Schuppen hinüber. Wie er vermutet hatte, gab es hier einen Balken, der ziemlich genau die Größe hatte, die Hunter notiert hatte, und es würde kaum Arbeit bedeuten, ihn auf die richtige Länge zuzusägen. Vorausgesetzt, die Maße, die Hunter notiert hatte, stimmten. Obwohl: Wie konnte er annehmen, dass der detailverliebte Hunter sich in so einer Sache irren könnte?

Er bückte sich so weit, dass er den Balken umfassen und anheben konnte. Er war eigentlich zu schwer für nur einen Mann, aber da Hunter noch nicht hier war, versuchte er schon einmal, das Holz näher zur Tür zu bekommen.

Er hatte es fast geschafft, als er hörte, wie draußen ein Motor abgestellt wurde. Noch ein paar Schritte und dann … Die Tür öffnete sich und Grant stolperte, als er unter dem Gewicht des Balkens zu Boden ging.

„Whoa!", rief Hunter. „Du wirst dir noch wehtun." Er packte Grant an den Schultern, um zu verhindern, dass er umkippte. Dadurch wurde der Balken zwischen ihnen eingeklemmt. Sobald Grant wieder auf sicheren Füßen stand, ließ Hunter los und packte stattdessen den Balken. „Lass uns dieses Ding auf den Truck laden. Je eher das Gatter in Ordnung gebracht wird, desto besser."

Sie luden den Balken auf die Ladefläche des Pickup und stiegen vorn ein. Hunter setzte sich hinters Steuer. Der Boden war vom vielen Regen immer noch aufgeweicht und Hunter musste einigen Löchern in der nicht asphaltierten Straße ausweichen, um zu verhindern, dass der Truck völlig mit Schlamm besprizt wurde. Sie unterhielten sich nicht, und obwohl Grant ohnehin nicht besonders redselig war, wusste er, dass sie wegen der Spannung zwischen ihnen nicht sprachen. Er fragte sich, warum Hunter ihm nicht einfach gesagt hatte, wo das Gatter war, um ihn dann mit einem der Arbeiter loszuschicken. Hunter hatte bestimmt genug zu tun, auch ohne dass er Grant dabei half, ein Gatter zu reparieren.

Hunter hielt in einer der abgelegensten Ecken der Ranch, wo die Straße so schlecht wurde, dass man sie selbst mit dem robusten Pickup nicht mehr befahren konnte. Grant folgte Hunter nach draußen und betrachtete die unheilvollen Wolken am Himmel. Es sah so aus, als würden sie nass werden, noch bevor sie mit ihrer Arbeit fertig waren, aber er sagte nichts dazu. Nicht, wenn Hunter so offensichtlich nicht in der Stimmung war, zu reden.

Sie luden den Balken ab und Grant warf sich seine Werkzeugtasche über die Schulter, bevor sie sich auf den Weg zum Gatter machten, den Balken immer zwischen ihnen. Grant erkannte das Gatter als eines, das die Blue River Ranch von Gables Land abgrenzte. Das Schloss war auf der anderen Seite angebracht, deshalb wunderte sich Grant, warum sie Gables Zaun reparierten. Er wollte jedoch nicht auf eine Tatsache hinweisen, die auch Hunter bewusst sein musste, also warf er dem jüngeren Mann nur einen Blick zu und machte sich dann an die Arbeit.

Die Maße, die Hunter genommen hatte, stimmten ziemlich genau, und wie Grant vorhergesagt hatte, musste er kaum etwas absägen, um den Balken auf die richtige Länge zu bekommen. Sie arbeiteten gut zusammen. Gesprochen wurde nur, wenn Grant Hunter bat, ihm ein bestimmtes Werkzeug zu reichen oder das Gatter festzuhalten, so dass er Bolzen in den neuen Balken schrauben konnte. Sie waren gerade einen Schritt zurückgetreten, um auszuprobieren, ob das Gatter leicht ins Schloss fiel, als über ihnen die Hölle losbrach und es zu schütten begann. Der Truck war ein ganzes Stück weg, aber in der näheren Umgebung gab es keinen anderen Unterschlupf. Sie brauchten sich nur anzusehen, um wortlos übereinzukommen, zum Truck zu rennen, und sie mussten lachen, als sie in ihrer Eile die Autotür nicht beim ersten Versuch öffnen konnten. Als sie sich endlich in die abgewetzten Sitze fallen lassen konnten, waren sie nass bis auf die Knochen.

„Ich hätte wissen sollen, dass das passieren würde", keuchte Hunter, immer noch lachend.

„Es regnet schon seit Wochen und als wir angekommen sind, waren die Wolken ziemlich dunkel", stimmte Grant zu.

„Ja, aber heute war es wärmer, deshalb hatte ich gehofft, dass wir wenigstens einen trockenen Tag hätten", sagte Hunter, der jetzt schon angespannter klang.

Grant versuchte, die Weiden draußen zu erkennen, aber die Autoscheiben waren beschlagen. Als er Hunter ansah, ertappte er ihn dabei, wie dieser ihn anstarrte.

„Es wird ewig dauern, diese Klamotten trocken zu bekommen." Grant wischte Wasser von seinem Hemd, was nur dazu führte, dass es sich noch mehr an seinen Oberkörper schmiegte.

„Außer, wir ziehen sie aus", sagte Hunter fast unhörbar. Zögernd lehnte sich Hunter zu Grant hinüber, als wolle er ihn küssen, aber er kam nicht nah genug. Grant wusste, dass er die verbleibenden Zentimeter überbrücken musste, darum beugte er sich vor, bis sich ihre Lippen berührten. Als er die Hände hob, um Hunters Nacken zu umfassen, konnte er dessen rasenden Pulsschlag spüren.

„Ist schon okay", sagte Grant, um den anderen Mann zu beruhigen. Der Kuss, der zunächst noch zögerlich gewesen war, wurde nun leidenschaftlicher, als ihre Zungen ins Spiel kamen, die von Lippen und Mund des jeweils anderen kosteten. Eine von Hunters Händen kam auf Grants Oberschenkel zu liegen, und Grant fühlte die Hitze, die davon ausging, direkt in seinen Unterleib wandern. Seine Jeans wurden ihm plötzlich zu eng.

„Ich bin nicht schwul", sagte Hunter, ohne Grant anzusehen, als sie eine Pause einlegten, um zu Atem zu kommen. „Ich hab noch nie einen Mann geküsst, geschweige denn …" Er beendete den Satz nicht.

Grant wollte auf das, was Hunter gesagt hatte, nichts erwidern. Er selbst hatte es sich jahrelang nicht eingestehen können, auch nicht, nachdem er bereits mit einem Mann geschlafen hatte. Selbst, als er mit Gable zusammen gelebt hatte, hatte er sich eingeredet, er wäre nicht schwul und Frauen interessierten ihn noch; dass er nur gern Sex hätte und zwar mit allem, was nicht bei drei auf den Bäumen war. Aber tief drinnen hatte er es gewusst. Auch Hunter würde es eines Tages wissen, wenn er bereit dazu war. Bis dahin würde Grant Hunters Küsse genießen und ihn das dadurch wissen lassen, dass er sie erwiderte. Sie bewegten sich aufeinander zu, kamen einander näher, soweit es der begrenzte Platz im Truck es zuließ, und ihre Küsse wurden leidenschaftlicher. Hunter schob sein Knie zwischen Grants Beine, so dass Grant sie weiter öffnen musste. Dadurch kam Hunters gut ausgefüllter Schritt in greifbare Nähe und als Grant seine Hand darauf ruhen ließ, stöhnte Hunter auf. Er rieb sich an Grants Hand und dieser tat ihm den Gefallen und drückte sanft.

„Lehn dich zurück", sagte Grant sanft, als sie ihren Kuss unterbrachen.

Etwas überrascht kam Hunter der Bitte nach und lehnte sich im Fahrersitz zurück. Seine Augen wurden groß, als Grant sich ihm zuwandte und die Knöpfe seiner Levi's öffnete.

„Grant", seufzte Hunter.

Grant sah mit einem neckenden Lächeln zu Hunter auf. „Willst du, dass ich aufhöre?"

9

HUNTER BRAUCHTE auf diese Frage nicht zu antworten und Grant hörte auch nicht auf. Stattdessen legte er die Hand um die Wölbung, die sich unter den Boxershorts abzeichnete, die Hunter immer noch trug. Hunters Stöhnen wurde lauter. „Ich denke, wir müssen das Vögelchen aus dem Käfig lassen, oder?" Er zog die Boxershorts nach unten, woraufhin Hunters eindrucksvoller Schwanz zum Vorschein kam. Er umfasste ihn und seine Hand widmete sich so lange der Vorhaut, bis ein erster Tropfen Sperma am Schlitz erschien. „Ich wette, du willst, dass ich das ablecke?" Grant Stimme klang sowohl neckend als auch verführerisch. Wieder wartete er nicht auf Hunters Zustimmung, sondern beugte sich nach unten und leckte die Spitze von Hunters Schwanz.

Ein lautes Stöhnen entfuhr Hunter. Es war ihm schier unmöglich, seine Hände auf dem Autositz zu lassen, also gab er schließlich dem Impuls nach und legte sie auf Grants Hinterkopf. Dadurch konnte er fühlen, wie dieser sich auf und nieder bewegte und das vertiefte nur noch das Gefühl von Grants Mund, der sich um seine Erektion schloss. Natürlich war er schon früher in den Genuss von Blowjobs gekommen, aber das hier fühlte sich anders an. Grant wusste, was er tat – er nahm Hunters Schwanz bis tief in den Rachen und schluckte, zog sich dann zurück und ließ seine Zunge über die Ader an der Unterseite gleiten, bis zum Ansatz. Grants Zunge spielte mit der empfindlichen Unterseite bis hinauf zum Schlitz und Hunter konnte leicht glauben, dass das Grant wirklich Spaß machte. Er musste außerdem zugeben, dass es der beste Blowjob seines Lebens war, und dabei war er noch nicht mal gekommen.

Hunter stöhnte, er konnte es einfach nicht verhindern. Seine Hand an Grants Hinterkopf führte dessen Bewegungen und er versuchte, das Tempo etwas zu erhöhen, je mehr sich sein Unterleib vor Erregung zusammenzog. Frustriert von Grants neckenden Zuwendungen begann er, seine Hüften zu bewegen, um seinen Schwanz für noch mehr Reibung tiefer in Grants Mund zu stoßen. Grants Hand war in Hunters Jeans verschwunden und es fühlte sich so gut an, seine Eier daran zu reiben, dass er nicht sicher war, wo er was zuerst fühlen wollte. Verlangen flutete seine Sinne. Er wollte unbedingt kommen, doch war er noch nicht ganz bereit. Grant nahm seine Hoden in die Hand, presste die Finger hinter seine Eier und übte leichten Druck aus. Ein Stromschlag durchfuhr Hunter und er konnte gerade noch „Ich komme!" rufen. Aus Reflex stieß er tiefer in Grants Mund und übte mit seiner Hand Druck aus, so dass Grant ihn noch tiefer aufnehmen musste. Er fühlte, wie sein Orgasmus ihn mitriss, stärker als jemand zuvor.

Immer noch bebend und überempfindlich gegenüber jeder Berührung sackte Hunter im abgewetzten Autositz zusammen. Als er die Augen öffnete, sah er geradewegs in Grants Augen, die dunkel vor Lust waren. Grant gab ihm kaum Zeit, wieder zu Atem zu kommen. Stattdessen küsste er ihn leidenschaftlich und der Geschmack von Grants Mund war seltsam salzig und scharf. Da begriff Hunter, dass er sich selbst in Grants Mund schmeckte. Wäre er auch nur eines klaren Gedankens fähig gewesen, hätte er sich vielleicht zurückgezogen, aber er tat es nicht. Er hatte sich noch nie so akzeptiert gefühlt. Er hatte in Grants Mund kommen dürfen und dieser hatte es nicht ausgespuckt. Dann wurde ihm klar, dass er Grant nicht gerade eine Wahl gelassen hatte. Er wich zurück.

„Das war ein bisschen knapp, ich hab dich zu spät gewarnt", meinte Hunter entschuldigend.

Grant grinste breit. „Und selbst wenn – ich hätte dich trotzdem kosten wollen."

„Wirklich?"

Grant nickte. „Ja. Ich mag das. Ich mag, wenn du dich mir hingibst."

Hunter musste schlucken. Grant saß wieder auf seiner Seite des Trucks und Hunters Blick wanderte an Grant hinab zu der deutlichen Beule in seinen nassen Jeans, die an seinen Schenkeln klebten. Konnte er das? Konnte er Grant geben, was dieser ihm gegeben hatte? Konnte er Grant in den Mund nehmen und ihn zum Höhepunkt bringen?

„Ich hab nie …", begann Hunter. „Du weißt schon …"

„Jemandem einen geblasen?", half Grant aus.

Hunter seufzte und nickte widerstrebend.

„Du musst es nicht tun." Grant zuckte mit den Schultern und setzte sich im Sitz zurecht.

„Aber es würde dich nicht stören?"

Grant lachte. „Ich glaube nicht, dass ich jemals einen Mann getroffen habe, der einen Blowjob ablehnen abgelehnt hätte. Und ich schätze, ich muss dir nicht erklären, wie gut es sich anfühlt."

„Ich wüsste nicht, wo ich anfangen soll", gab Hunter zu.

„Tu einfach das, wovon du weißt, dass es sich gut anfühlt", schlug Grant vor. „Du bist ein Mann. Du weißt, wie die Ausstattung funktioniert, und letztendlich haben wir alle die gleiche Ausstattung. In der Hinsicht sind Männer viel leichter zu durchschauen als Frauen."

Hunter konnte seinen Blick nicht von Grants Unterleib abwenden. Was konnte schon schiefgehen? Er wusste, was sich gut anfühlte, und als kleine Gedankenstütze hatte Grant ihm das gerade noch einmal demonstriert. Warum also fühlte er sich so unsicher, als er den Reißverschluss von Grants Jeans öffnete? Er kam sich ungeschickt vor, trotzdem wollte er es.

Sobald Grants Hosen offen waren, wölbte sich seine Unterhose nach vorn, denn sein Schwanz war viel zu lange vom Stoff im Zaum gehalten worden war. Grant stöhnte, als sein Schwanz nicht mehr eingezwängt war. Er bewegte die Hüften, um eine bequemere Position zu finden, während Hunter mit den Fingern den Furchen auf Grants hartem Schwanz erkundete, die er durch den gespannten Stoff hindurch spürte. Es wäre leicht, den Stoff so weit hinunterzuziehen, dass Grants Schwanz zu sehen war, doch Hunter zögerte, war er doch hin und hergerissen zwischen dem Wunsch, es zu tun, und der Angst, den erfahreneren Mann zu enttäuschen. Neugier siegte letztlich über Scheu. Er legte seine Hand auf Grants Schwanz und wiegte ihn hin und her, bis er sich schwer anfühlte. Bisher wusste er nur, wie sich sein eigener Schwanz anfühlte, und obwohl er schätzte, dass sie beide ungefähr gleich groß waren, fühlte sich Grants doch ganz anders an. Als er begann, seine Hand auf und ab zu bewegen, konnte er die Vibrationen von Grants schnellem Herzschlag spüren.

„Fühlt sich gut an, Hunter", seufzte Grant, während seine Augen weiterhin darauf gerichtet waren, was Hunter tat. „Fühlt sich wirklich gut an. Hör nicht auf."

Mehr als Grants Worte brauchte es nicht, um Hunter zu ermutigen. Er sehnte sich danach, ihn zu berühren, wollte mit den Fingern durch Grants dunkles, lockiges Schamhaar fahren und die Spur von Haaren küssen, die zu seinem Bauchnabel hinaufführte. Hunter schob Grants nasses Hemd nach oben und liebkoste mit dem Mund die zarte Haut von Grants Hüfte. Dabei fuhr seine Hand fort, Grants Erektion zu streicheln.

Niemals hätte Hunter geglaubt, dass, wenn er erst einmal in dieser Situation wäre, ihn ein Mann tatsächlich anmachen würde. Insgeheim hatte er natürlich gewusst, dass er Männer attraktiv fand, aber er hatte sich immer eingeredet, dass, sollte er je die Chance bekommen, die Dinge zu tun, von denen er immer geträumt hatte, sie sich so falsch und unnatürlich anfühlen würden, dass letztlich nichts passieren würde. Er hätte sich nie vorstellen können, dass dieser Moschusgeruch und der straffe, muskulöse Körper dafür sorgen würden, dass er schon Minuten nach seinem Orgasmus wieder steif war. Dass es ihn mutig genug machen würde, mehr zu wollen und dementsprechend zu handeln. Niemals hätte er sich vorstellen können, dass es sich so richtig anfühlen würde.

Er sah zu Grant auf, der ihn aufmunternd anlächelte. Grant berührte Hunters Haar und nickte zustimmend, als dieser seinen Mund gerade genug öffnete, um die Spitze von Grants Schwanz aufzunehmen. Der Geschmack ließ sich mit nichts vergleichen, was er kannte, doch er fühlte sich weich und geschmeidig auf seiner Zunge an. Überraschenderweise schien er auch in seinen Mund zu passen, und so ließ Hunter ihn ein wenig tiefer gleiten.

Er wünschte, dass er aufblicken und Grants Reaktion sehen könnte, aber die Enge des Trucks machte das unmöglich.

Grant ließ den Kopf zurückfallen. „Weißt du", sagte er mit Anstrengung in der Stimme, „für eine Jungfrau machst du das toll. Nur ein bisschen weniger Zähne, bitte."

„'tschuldigung", sagte Hunter und hielt inne.

Grant sah ihn an und strich ihm nochmals über die kurzen Haare. „Mach weiter, du machst das großartig." Er fasste Hunter am Kinn, so dass er ihn zu sich heranziehen und küssen konnte. „Hör nicht auf."

Hunter lächelte. Er fühlte sich immer noch nicht ganz wohl bei dem, was er hier tat, und versuchte, nicht daran zu denken, dass er nie geahnt hätte, wie zärtlich Grant sein konnte. Seine anfängliche Abneigung, die auf Grants Vergangenheit mit Gable beruhte, hätte beinahe verhindert, dass sich etwas zwischen ihnen entwickeln konnte.

Während er seine Hand an Grants Schwanz auf und ab gleiten ließ, machte Hunter da weiter, wo er aufgehört hatte – er nahm die Spitze von Grants Schwanz in den Mund. Er hatte nicht das Gefühl, dass er Grant so vollständig in den Mund nehmen konnte wie dieser es getan hatte, doch er erinnerte sich, wie fantastisch es sich angefühlt hatte, als Grant geschluckt hatte, also versuchte er, Grants Penis etwas tiefer in seinen Mund gleiten zu lassen. Er hatte reichlich Spucke und dadurch fühlte sich Grants Schwanz glatt und geschmeidig an, als er an Hunters Rachen stieß. Plötzlich drehte sich ihm der Magen um und er musste würgen, also zog er sich zurück, um dem Brechreiz zu entgehen, den Grants Schwanz an seinem Rachen ausgelöst hatte.

„Wow, sachte", versuchte ihn Grant zu beruhigen, während er ihm mit den Fingern über die Wange fuhr. „Dafür braucht man Übung und die hast du noch nicht. Du musst es nicht gleich so weit treiben, dein Mund fühlt sich auch gut an, wenn du nur an der Spitze bleibst."

Hunter nickte. Er schluckte die Spucke runter und versuchte, seinen wilden Herzschlag zu beruhigen. Er wischte sich die Tränen ab, die ihm in die Augen geschossen waren, und versuchte, die Geste vor Grant zu verstecken, weil er sich wie ein Weichei vorkam.

Grant beugte sich zu ihm hinab und gab ihm einen sanften Kuss. „Ist schon okay, vielleicht ist das genug für heute. Du kannst es mir auch mit der Hand besorgen, wenn dir das lieber ist."

Hunter schüttelte den Kopf. „Was du gemacht hast, war fantastisch. Ich möchte auch, dass du in meinem Mund kommst."

Grant musste lächeln. „Das ist kein Wettbewerb." Er hörte nicht auf, Hunter zu küssen, und legte ihm besitzergreifend die Hände an den Hinterkopf, womit er verhinderte, dass sich Hunter wieder hinunterbeugen konnte.

Hunter konnte nicht anders, er rieb seine Hüften an Grants Bein. Grants Schwanz in seiner Hand fühlte sich schwer an und es war ein Leichtes, sich vorzustellen, wie sich seine Liebkosungen für Grant anfühlten. Er hatte es bei sich selbst schließlich schon oft genug gemacht. Und obwohl sich der Winkel etwas seltsam anfühlte, versuchte er, sein Handgelenk in einer Art zu drehen, von der er wusste, dass es sich gut anfühlte. Er wurde mit einem Stöhnen von Grant belohnt, der seine Erektion in Hunters Hand stieß. Hunter versuchte klar zu denken, doch Grants Küsse raubten ihm den Verstand. Ganz davon abgesehen fühlte er sich nicht, als wäre er gerade gekommen – nein, er wollte immer noch mehr. Würden sie weiter gehen? Würde Grant ihm erlauben, ihn zu vögeln? Oder würde Grant ihn vögeln wollen?

Hunter hielt inne, sein Atem ging schwer. Grant ließ seinen Kopf gegen die Kopfstütze fallen. Seine Hand verschwand in seinen Jeans und umschloss seine Eier, während Hunter sich weiterhin seinem Schwanz widmete.

„Deine Hand fühlt sich gut an", flüsterte Grant. „Hab dir doch gesagt, dass es einfach ist. Nicht mehr lange …" Seinem Instinkt folgend, rollte er mit den Hüften.

Hunter leckte sich die Lippen. Er wollte Grant schmecken, sein Verlangen und sein Begehren auf der Zunge spüren. Die Reibung, die dadurch entstand, dass er seinen Schwanz gegen Grants nasse, raue Jeans presste, war jedoch auch nicht zu verachten, und er wusste, er würde Grants Erektion in den Mund nehmen müssen. Dann erinnerte er sich an Grants Beichte, dass er gewollt hatte, dass Hunter in seinem Mund kommt, und plötzlich erschien ihm der Tropfen Sperma, der sich bereits auf Grants Schwanz angesammelt hatte, unwiderstehlich. Er fuhr damit fort, ihn mit der Hand zu befriedigen, während er den Kopf senkte und an Grants Schwanz leckte.

Grant stöhnte auf und stieß unkontrolliert nach oben, tiefer in Hunters Mund. Diesmal musste er nicht würgen. Er zog sich nur reflexartig zurück, als er merkte, wie eine heiße, salzige Flüssigkeit seinen Mund füllte. Allerdings ließ er nicht lange von Grant ab und schluckte bald um dessen dicken Schwanz herum. Diesmal wollte er nicht aufgeben. Es schmeckte anders als das, was er in Grants Mund gekostet hatte, und war nicht unangenehm, aber er konnte nicht sagen, dass er sofort davon begeistert war. Vielleicht musste man erst auf den Geschmack kommen. Er wollte es jedoch nicht ausspucken, so wie Miranda es einmal getan hatte, als er in ihrem Mund gekommen war. Vielleicht bedeutete es ihm etwas? Zu fühlen, wie Grant die Kontrolle verlor, wie er kam, nur durch Hunters Mund an seinem Schwanz – das war genug, um Hunter ein Gefühl von Macht und Stolz zu verleihen.

Hunter leckte den letzten Tropfen Sperma von Grants Schwanz und grinste selbstzufrieden, als er sah, wie sich Grant mit einem Ausdruck von Glückseligkeit auf dem Gesicht zurücklehnte. Er musste nicht lange darauf warten, dass Grant die Augen öffnete, um ihn anzusehen.

„Komm her", lud ihn Grant mit einer Geste ein. Seine Stimme war immer noch etwas unsicher.

Hunter machte den Rücken gerade, so dass sein Körper mit Grants eine Linie bilden konnte.

„Ich kann nicht glauben, dass du schon wieder steif bist", sagte Grant. Er grinste Hunters sichtbare Erektion an und schüttelte den Kopf. „Nur, dass du's weißt, das ist ein eindeutiges

Zeichen." Er zog Hunters Kopf näher zu sich, so dass sie sich küssen konnten, und ließ seine Hand über Hunters nasses Hemd hinunter wandern, bis sie in dessen Jeans verschwand.

„Ein eindeutiges Zeichen wofür?", fragte Hunter unschuldig.

„Dass du so begierig darauf bist, so hungrig", antwortete Grant, während er Hunters Mund mit flüchtigen Küssen übersäte. „Und du bist noch nie richtig von einem Mann gevögelt worden."

Hunter stockte der Atem, als er merkte, wie Grants Finger zwischen seinen Pobacken seine Öffnung erfühlten. Dadurch wurde es ihm unmöglich, Grant mit einer geistreichen Erwiderung zu verblüffen. Er erwiderte Grants Kuss und musste darum nicht zugeben, dass er sich dafür noch nicht bereit fühlte. Vielleicht wäre er es nie. Und doch fühlte es sich gut an, den anderen Mann zu küssen und sich an seinem harten Körper zu reiben. Und was Grant mit seinem Finger anstellte, fühlte sich auch gut an, und obwohl Hunter kaum geradeaus denken konnte, erkannte er, dass er das nicht erwartet hatte. Grant schob seinen Finger an den straffen Muskeln an Hunters Öffnung vorbei und brachte ihn damit noch einmal zum Höhepunkt. Der plötzliche Ansturm eines zweiten Orgasmus' stellte Hunters Welt auf den Kopf, denn alle Fantasien, die er sich bisher erlaubt hatte, hatten sich darum gedreht, wie er es einem Mann besorgte – nicht andersherum. Diese Fantasien waren zu ungenau, zu sehr reine Wichsvorlage, und wurden viel zu schnell von einem übermächtigen Orgasmus hinweggefegt – doch Hunter war dabei immer oben. Jetzt allerdings konnte er an nichts anderes denken als daran, dass Grant in ihn eindrang. Obwohl Grant definitiv Hunters Typ war, hatte er sich nie in den Armen eines Mannes gesehen, dessen Hand ihm sachte über den Rücken strich und dessen Lippen ihn bedächtig küssten, während er von seinem Hochgefühl herunterkam. Und doch war er hier. Grants Liebkosungen fühlten sich gut an und es fiel Hunter schwer, sich den liebevollen Berührungen zu entziehen.

Als sich Hunter wieder hinters Steuer setzte, breitete sich Schweigen zwischen ihnen aus.

„Was wird jetzt also passieren?", fragte Grant nach einigen angespannten Momenten.

„Wir sind hier fertig", antwortete Hunter ausdruckslos. „Bis wir wieder auf dem Hof sind, ist es Zeit fürs Abendbrot."

Grant nickte und Hunter sah die Bewegung aus dem Augenwinkel heraus. Allerdings konnte er Grant nicht ansehen. Er durfte sich nicht hinreißen lassen, auch wenn es sich noch so gut angefühlt hatte. Er hatte heute sowieso schon viel zu sehr auf seinen Schwanz gehört. Schlussendlich musste er aber nach Hause fahren und seiner Familie ins Gesicht sehen. Wenn sie je herausfänden, was er hier mit Grant getan hatte, würden sie vielleicht nie wieder mit ihm sprechen.

Er konnte nur hoffen, dass Grant ihn verstehen würde. Es war nicht so, dass er ihn darum bitten konnte.

Hunter startete den Motor und Grant beugte sich nach vorn, um die beschlagene Scheibe mit der Hand frei zu wischen. Es hatte aufgehört zu regnen und mit einem letzten Blick auf das reparierte Gatter wendete Hunter den Truck und fuhr nach Hause.

10

Der endlose Regen hatte endlich aufgehört und einer überraschend warmen Sommersonne Platz gemacht, die dafür sorgte, dass sämtliche Pfützen und Schlammlöcher schnell wieder verschwanden.

Grants hitzige Begegnung mit Hunter war nur eine Erinnerung. Eine, von der er hoffte, dass er die Chance bekommen würde, sie zu wiederholen, doch seine Hoffnung wurde dadurch zunichte gemacht, dass Hunter nie um eine Entschuldigung verlegen war, um ihm aus dem Weg gehen zu können. Anfangs hatte Grant gedacht, Hugh stünde zwischen ihm und Hunter, doch jetzt, da Hugh fort war, musste er sich wohl eine andere Erklärung suchen. Er musste sich eingestehen, dass Hunter ihn nicht sehen wollte.

Er versuchte, Hunter nicht zu sehr hinterher zu schmachten. Immerhin war Hunter sein Chef und da Grant eigentlich nur hier war, um zu arbeiten und Geld zu verdienen, war es ohnehin eine schlechte Idee, mit dem Chef zu schlafen.

Bei der Arbeit lief es allerdings gut für ihn. Obwohl Blue River eine gut geführte Ranch war, war nicht zu übersehen, dass die Instandhaltung der Infrastruktur – von den Ställen über die Zäune und Gatter bis hin zu Teilen des Hauses – schon seit langem keine Priorität hatte. Als Grant auf der Ranch angefangen hatte, hatte Hugh ihm erzählt, dass er manchmal einen Zimmermann aus der Stadt dafür bezahlte, einige Reparaturen durchzuführen. Dieser war jedoch zu beschäftigt, um wegen Kleinigkeiten wie einer tropfenden Regenrinne oder einer zu ersetzenden Treppenstufe vorbeizukommen. Da er sich zwischen den anderen Cowboys ohnehin wie das fünfte Rad am Wagen fühlte, hatte Grant angeboten, diese Arbeiten zu übernehmen. Mittlerweile schien es so, als würde jeder mit seinen zu erledigenden Schreinerarbeiten zu ihm kommen. Grant machte das nichts aus. Es führte dazu, dass man ihm Respekt entgegenbrachte – vor allem die Frauen auf der Ranch waren beeindruckt – und er saß trotzdem immer noch oft genug im Sattel, was er für nichts auf der Welt aufgegeben hätte. Tatsächlich war es das perfekte Gleichgewicht, und Grant fing langsam an, sich auf der Ranch zu Hause zu fühlen.

Hunter hatte immer noch keinen neuen Vormann ernannt, aber Grant und Izzie teilten sich größtenteils die Extrapflichten, die Hugh sonst übernommen hatte. In ihrer zwanglosen Art wandte Izzie sich an Grant, wenn sie etwas mit ihm bereden musste oder seinen Rat brauchte, und meistens verstanden sie sich mit einem halben Satz oder einem kurzen Blick. Das Ergebnis davon war, dass Gerüchte die Runde machten, Grant hätte Delco in Izzies Bett abgelöst, doch keiner von beiden ließ sich zu einem Kommentar herab. Grant vermutete schon seit langem, dass Izzie wusste, wie er gepolt war, und dass das ein Grund dafür war, warum sie sich so gut verstanden.

„Magst du ein Pferd satteln und ein Wettrennen entlang der äußeren Zäune veranstalten?", fragte Izzie, die um die Ecke des Schuppens bog, gerade als Grant seine Werkzeugkiste hineinbrachte.

„Klar", antwortete Grant. „Gib mir ein paar Minuten."

Letztendlich brauchte er ungefähr zwanzig, da er einen etwas verloren wirkenden Davenport inmitten der Herde von Arbeitspferden vorfand und beschloss, seine Theorie zu testen. Vielleicht konnte er das starrköpfige Tier ja doch noch in ein ordentliches Reitpferd verwandeln.

Izzie grinste ihn schelmisch an, als sie ihn hinüberreiten sah. „Du gierst geradezu nach Bestrafung. Genau wie Hunter", schnaubte sie, als sie ihren eigenen ungeduldigen Braunen herumdrehte und sich nach Grant umschaute, ihr Gesichtsausdruck eine einzige Provokation.

Grant gab Davenport die Sporen und zu seiner Überraschung schien das Pferd in der Stimmung zu sein, seinem Reiter zumindest eine Chance zu geben, Izzie einzuholen. Izzie gab sich allerdings nicht leicht geschlagen. Als Grant zu ihr aufgeschlossen hatte, stieß sie ihrem Wallach die Fersen in die Rippen und stob davon. Grant blieb nichts anderes übrig, als ihr zu folgen. Nachdem er ungefähr zwanzig Minuten damit zugebracht hatte, ihr zu folgen und über niedrige Zäune zu springen, parierte Izzie ihr Pferd durch und drehte es um. Sie war zwar außer Atem, schien aber in bester Stimmung zu sein.

„Wow, ich glaube, das hab ich schon seit mindestens drei Jahren nicht mehr gemacht! Hunter und ich haben früher manchmal Rennen veranstaltet, aber er ist irgendwie zur Spaßbremse mutiert und mit den anderen Jungs ist es einfach nicht dasselbe."

Grant grinste. „Aber ich bin gut genug?"

„Du siehst aus, als könntest du auch mal ein bisschen Spaß gebrauchen", antwortet Izzie süffisant. „Ich hätte nie gedacht, dass Davenport das Zeug dazu hat, aber Hugh hatte wohl recht. Du scheinst mit diesem Mistvieh auf einer Wellenlänge zu sein."

„Ich denke, er ist nur stur und passt so überhaupt nicht zu Hunter."

Izzie warf ihm einen spöttischen Blick zu. „Hunter scheint im Moment mit überhaupt niemandem zusammenzupassen. Für eine Weile dachte ich, ihr beide würdet euch gut verstehen, aber mittlerweile sehe ich euch kaum noch zusammen. Stattdessen ist Hunter wieder sein übliches mürrisches Selbst." Izzie stieg ab und ließ ihr Pferd ein wenig grasen. „Habt ihr euch gestritten?"

Obwohl ihre Frage ihn etwas überraschte, folgte er ihrem Beispiel und kam, mit einem ungewöhnlich braven Davenport im Schlepptau, auf sie zu. „Wie kommst du darauf?", fragte er vorsichtig, um die Lage zu checken.

„Ach, ich weiß nicht. Eine Zeit lang schient ihr euch nicht zu verstehen, aber nach dem Streit in der Bar und Hughs Abschied wart ihr ständig zusammen. Und dann, ganz plötzlich, ist die Liebe wieder abgekühlt."

Grant kannte Izzie gut genug, um zu wissen, dass sie gern schäkerte. Sie machte jedoch ein ernstes Gesicht, und dass sie das Wort „Liebe" in Bezug auf ihn und ihren Bruder benutzte, ließ Grant vorsichtig werden. Waren er und Hunter so offensichtlich gewesen oder war das Izzies Art, ihn aus der Reserve zu locken?

„Ich hab keine Ahnung, wovon du sprichst", antwortete Grant, der neben ihr lief und seinen Blick über die endlose, grasbewachsene Ebene schweifen ließ, damit Izzie seinen Gesichtsausdruck nicht sehen konnte.

Izzie blieb stehen, so dass Grant sich zu ihr umdrehen musste, als er feststellte, dass sie nicht länger neben ihm ging. „Was?"

Izzie schüttelte den Kopf. „Ich vergesse immer wieder, wie schwer von Begriff Männer sind. Man sollte denken, dass ich es mittlerweile besser wüsste." Sie sah ihn wissend an, als er sich nicht von ihren Worten ködern ließ. „Hunter macht mit Miranda rum", erklärte sie, „und trotzdem hatte er nie eine Freundin. Ich glaube, er hatte in seinem ganzen Leben noch nicht mal eine Verabredung. Zumindest keine, bei der man ein Mädchen zum Essen ausführt und sich dann tatsächlich mit ihr unterhält."

„Na und?", antwortete Grant und hoffte, dass sie das Thema wechseln würde.

Izzie seufzte. „Nur zwischen uns … Ich weiß, was zwischen dir und Gable gelaufen ist. Ich weiß, dass er nicht nur dein Chef und du nicht nur sein Angestellter warst. Ich weiß das, Grant, und es macht keinen Unterschied." Es breitete sich eine unangenehme Stille zwischen ihnen aus. „Ich denke, Hunter möchte, dass es zwischen dir und ihm auch so ist."

„Und wie kommst du darauf …" Grant konnte den Satz nicht beenden. Er wusste, was Izzie meinte, aber es tatsächlich laut auszusprechen, war etwas ganz anderes. Ganz besonders, weil Izzie über eine Sache sprach, bei der er sich selbst noch nicht ganz sicher war. Und wenn er auch nur das Geringste über Hunter gelernt hatte, dann, dass es ihm genauso ging.

„… dass Hunter schwul ist?", vollendete sie den Satz für Grant. „Ich bin seine Schwester und Schwestern wissen so was. Natürlich würde er das uns gegenüber niemals zugeben."

„Ich denke, er kann sich das nicht mal selbst eingestehen", erwiderte Grant nachdenklich. „Wenn es denn stimmt", fügte er schnell hinzu, in der Hoffnung, nicht zu viel preisgegeben zu haben.

Izzie sah ihn auf eine Weise von der Seite an, die sehr deutlich machte, für wie begriffsstutzig sie ihn hielt. Dann seufzte sie erneut. „Hör zu, mir ist egal, ob Hunter schwul oder hetero ist, solange er glücklich ist und aufhört, so mürrisch zu sein. Ich glaube, Lisa und Mom und Bernie sind froh darüber, dass er so selten mit ihnen frühstückt und zu Mittag isst, denn so müssen sie seine Launen nur beim Abendbrot ertragen."

„Ich hab gehört, du isst auch nur noch selten mit ihnen", wandte Grant ein, weil er hoffte, das Gespräch wenigstens für eine Weile von Hunters sexuellen Vorlieben abzulenken.

Izzie zuckte die Schultern. „Ich mag die Spannung nicht, die entsteht, wenn wir alle zusammen sind. Ich gebe vor, wegen all der Arbeit auf der Ranch zu spät zum Essen zu kommen, damit ich hinterher allein in der Küche essen kann. Das ist viel friedlicher."

„Du bist herzlich eingeladen, im Mannschaftshaus zu essen", schlug Grant vor. „Wir sind ein recht freundlicher Haufen."

„Vielleicht sollte ich das machen", antwortete Izzie. „Aber ich würde es vorziehen, wenn Hunter glücklicher wäre. Ich wünschte, ihr beide würdet euch die Hand geben und euch wieder vertragen. Sozusagen."

Grant lächelte. Auf der einen Seite wollte er sich Izzie anvertrauen, andererseits wusste er, dass Hunter es ihm nie verzeihen würde, wenn er das wirklich tat. „Das ist nicht so einfach, Izzie."

Izzie legte Grant einen Arm um die Schultern und drückte ihn leicht. Sie sagte jedoch nichts und Grant war dankbar dafür.

„Also bist du über Delco hinweg?", fragte Grant in der Hoffnung, dass sie ihr vorheriges Thema nun endlich ruhen lassen konnten.

„Du kannst dir nicht vorstellen, wie glücklich ich bin, ihn los zu sein", gab Izzie zu. „Ich wusste immer, dass er Ärger bedeutete, aber wenn wir allein waren, war er wirklich nett. Sogar fürsorglich."

Grant sah sie ungläubig an, was Izzie natürlich bemerkte.

„Ehrlich!"

„Er ist ein Irrer, Izzie."

Sie hob die Schultern. „Ich weiß. Ich bin einfach froh, dass er mich im Moment in Ruhe lässt." Sie spazierten zwischen den Pferden dahin, und Izzie ließ ihren Kopf auf Grants Schulter ruhen. „Hughs Beichte war allerdings ein Schock."

„Das ist noch untertrieben", stimmte Grant zu. „Ich fand, er und Lisa gaben ein gutes Paar ab."

Izzie ließ von Grants Schulter ab und hakte sich stattdessen bei ihm ein. „Ich wusste, dass es nicht immer eitel Sonnenschein war. Lisa schrie ihn oft an, und du weißt ja, wie Hugh ist. Ich glaube nicht, dass er, bevor er Delco zur Rede gestellt hat, schon jemals die Stimme erhoben hat. Und bestimmt hat er nie Lisa angeschrien."

„Das würde ich mich auch nicht trauen", witzelte Grant.

Izzie musste lachen, doch sie wurde schnell wieder ernst. „Hugh hat Besseres verdient."

„Du magst ihn, oder?"

Izzie seufzte. „Ich sollte ihn nicht mögen, Grant. Jedenfalls nicht auf diese Art. Er ist mein Schwager. Er ist Dannys Dad und ich bin Dannys Tante. Lisa und Mom würden mich aus dem Haus werfen, wenn ich mich auf Hughs Seite stelle."

„Zu blöd, dass wir eine Seite wählen müssen, oder?" Grant sah eine Parallele zwischen Izzie und Hunter. Sie hatten mehr Gemeinsamkeiten als nur die Tatsache, dass sie Bruder und Schwester waren.

Sie stiegen wieder auf ihre Pferde und ritten zurück zum Hof. Keiner von beiden erwähnte, dass sie ja eigentlich die Zäune kontrollieren wollten. Grant nahm an, dass das sowieso nur ein Vorwand gewesen war, weil Izzie mit ihm reden wollte. Er wiederum wollte mit Hunter reden, und sei es nur, um ihn vorzuwarnen, dass Izzie Bescheid wusste. Er hatte jedoch keine Ahnung, wie er das anstellen sollte.

NICHT MAL eine Woche nach seinem Gespräch mit Izzie ergab sich eine Gelegenheit. Tatsächlich war es Hunter, der auf ihn zukam.

„Ich will rüber zu Gables Ranch, um ein paar Pferde zu kaufen", erzählte Hunter Grant eines Abends im Stall. Eins der Pferde ging lahm und Grant hatte angeboten, es sich mal anzusehen, bevor sie den Tierarzt riefen.

„Wirst du auch einen Ersatz für Davenport kaufen?", fragte Grant, ohne von dem Huf aufzusehen, den er gerade untersuchte.

„Vielleicht", antwortete Hunter ausweichend. „Ich würde dich ja einladen, mitzukommen, aber ich denke, es ist keine gute Idee, dich und Gable zusammenzubringen."

Grant sah auf und sah die Unsicherheit in Hunters Gesicht. „Sehr aufmerksam von dir. Weiß er, dass ich hier arbeite?"

Hunter schüttelte den Kopf. „Ich würde aber gern deine Meinung zu den Pferden hören, wenn wir sie abladen."

„Okay, kein Problem", versicherte Grant. „Nimmst du Tim mit?"

„Ja, vermutlich", antwortete Hunter.

Grant nickte. „Er hat einen guten Blick dafür, genau wie sein großer Bruder." Es war offensichtlich, wie sehr Hunter Hugh immer noch vermisste.

Hunter blieb eine Weile, während Grant sich den Hinterlauf des Pferdes besah, und verließ dann den Stall. Gerade als er durch das Stalltor ging, rief Grant ihm hinterher. „Hunter?"

„Ja?"

Grant stand neben dem Pferd und sah Hunter an, hinter dem die Mittagssonne herunterbrannte. Einen Moment lang sagte er nichts, sondern genoss einfach den Anblick eines engelhaft aussehenden Hunter, dann erwachte er jedoch aus seiner Träumerei. „Ich wollte sagen, grüß Gable von mir. Aber wahrscheinlich solltest du das lieber nicht tun. Lass mich einfach wissen, wie es ihm geht, okay?"

Hunter tippte sich an den Hut, bevor er hinausging.

11

HUNTER BESUCHTE gern Gables Ranch. Sie war so anders als seine, dass es sich anfühlte, als wäre er in einer anderen Welt. Während Hunter Pferde unterschiedlichen Alters besaß, von neugeborenen Fohlen bis zu Pferden im Rentenalter, waren Gables Pferde alle zwischen zwei und vier Jahre alt. Normalerweise kaufte Gable sie auf Auktionen, kurz nachdem sie von ihren Müttern getrennt worden waren, und bildete sie dann innerhalb von zwei Jahren zu guten, zuverlässigen Reitpferden aus, mit denen auch der unerfahrenste Reiter umgehen konnte.

Gable hatte keine ausgefallenen Pferde, keine Vollblüter und keine launenhaften Ponys. Hauptsächlich kaufte er Quarter Horses. Von Zeit zu Zeit konnte er es sich nicht verkneifen, ein Appaloosa oder Paint Horse zu kaufen, aber jedes Pferd, das durch seine Hände ging, wurde ein zuverlässiger Partner für einen Rancher oder Cowboy.

Gables Ranch war eine Zwei-Mann-Angelegenheit, doch Hunter wusste, wie schwer es war, gute Leute zu finden. In der Vergangenheit hatte das Grundstück etwas heruntergekommen ausgesehen, wann immer Gable ohne Aushilfe war. Die Pferde waren immer gut versorgt, aber der Stall konnte etwas Farbe gebrauchen und vor dem Ranchhaus wuchs das Unkraut.

Im Moment war das nicht der Fall. Hunter hatte gehört, dass Gable eine helfende Hand gefunden hatte. Das waren gute Neuigkeiten, denn Gable hatte sich letztes Jahr schwer am Bein verletzt. Für eine Weile hatte Hunter ein paar seiner Männer rübergeschickt, um bei Gable auszuhelfen, während er wieder zu Kräften kam, aber das war nicht lange so gegangen. Gable hinkte immer noch ziemlich schlimm, aber er hatte bald jegliche Hilfe abgelehnt.

Nun half offenbar ein junger Mann, der sich als Flynn vorstellte, tatkräftig bei der Arbeit auf der Ranch. Im Stall war alles ordentlich an seinem Platz und auch das Haus sah aus, als bekäme es regelmäßige Pflege. Sogar Gables alter Truck schien gewaschen worden zu sein.

„Ist Gable da?", fragte Hunter Flynn.

„Ja, er wird bald hier sein. Er ist auf den Weiden unterwegs. Kann ich helfen?"

Hunter lächelte den feschen jungen Mann an und ihm kam der Gedanke, dass Gable ihn nicht nur wegen seines Pferdeverstands eingestellt hatte. „Ich habe einen Termin mit ihm, weil ich ein paar seiner Pferde kaufen will, aber ich bin sicher, du kannst mich ebenso gut rumführen?"

Flynn lächelte und er musste die Augen zusammenkneifen, weil ihn die Sonne blendete. „Gable ist sicher bald zurück. Ich arbeite nur hier. Er kümmert sich um den Verkauf der Pferde."

Hunter sah zu, wie Flynn sich einen Eimer nahm und ihn mit Wasser aus dem Gartenschlauch füllte. Obwohl Flynn nicht sein Typ war, erwischte er sich dabei, wie er seinen Hintern musterte, der in einer Jeans steckte. „Gable ist ein guter Freund von mir", sagte Hunter in dem Versuch, das Gespräch am Laufen zu halten. „Wir kennen uns schon ewig. Ich bin sicher, es würde ihm nichts ausmachen, wenn ich mich ein wenig umsehe."

Flynn sah auf. „Mir wäre es lieber, wenn du hier warten würdest. Gable wird gleich zurück sein und dann kann er dich rumführen."

Wie auf Kommando kam ein Pferd auf sie zu und hielt neben ihnen. Gable sprang herunter und zuckte für einen Moment zusammen, als würde der Sprung seinem verletzten Bein schmerzen. Er ging zu Hunter hinüber und gab ihm die Hand. „Hey, Kumpel! Wie geht's dir? Bist du hier, um dir ein paar Pferde anzusehen?" Er drehte sich zu Flynn um. „Kannst du TJ satteln, so dass Hunter mit mir reiten kann?"

Hunter konnte sehen, dass Flynn nicht wirklich glücklich über Gables Bitte war, aber Gable war gerade dabei, Hunter zum Haus zu zerren, also sagte er nichts.

„Also, wonach suchst du?", fragte Gable, der guter Laune zu sein schien.

„Ich brauche ein paar Pferde, die ich weiter verkaufen kann, und ein paar, die ich behalten will. Und dann brauche ich noch ein Pferd für mich", antwortete Hunter, der seinen Hut abnahm, sobald sie die Küche betraten. Gable bot ihm mit einer Geste an, sich zu setzen, und goss beiden eine Tasse Kaffee ein. Er stellte ohne viel Aufhebens die Zuckerdose vor Hunter auf den Tisch, während dieser seinen Blick durch die normalerweise unordentliche Küche schweifen ließ. Jetzt war sie allerdings blitzblank.

„Hast du endlich beschlossen, diesem Bastard von einem Pferd den Laufpass zu geben?" Gable grinste von einem Ohr zum anderen.

„Ja, ja", antwortete Hunter in einem Ton, der klarmachte, dass er all die endlosen Neckereien gründlich satt hatte.

„Du musst zugeben, das war wohl der schlechteste Kauf, den du je getätigt hast."

„Nur, weil ich ihn nicht von dir gekauft habe", gab Hunter zurück.

„Ich hätte dir nie so ein Tier verkauft. Tatsächlich hätte ich selbst nie so ein Tier gekauft. Er ist für nichts zu gebrauchen, außer vielleicht für eine Klebstofffabrik."

„Gable!", rief Hunter mit offensichtlicher Abscheu in der Stimme, womit er Gable zum Lachen brachte. Hunter genoss die freundschaftliche Plauderei. Er und Gable waren seit seinem vierzehnten Lebensjahr befreundet und es machte nichts, dass Gable mehr als zehn Jahre älter war als er. Gable hatte seinen Vater im selben Jahr verloren, als Hunters Vater überraschend gestorben war, und sie hatten danach beide die Führung übernehmen müssen. Gable war eine große Stütze gewesen, da Hunter viel zu jung für eine solche Verantwortung gewesen war. Mittlerweile machte jeder von ihnen sein eigenes Ding, aber Gables Ranch war immer noch sein erster Anlaufpunkt, wenn Hunter auf der Suche nach neuen Pferden war.

„Also möchtest du auch ein Pferd für dich selbst?"

Hunter nickte.

„Stute, Hengst oder Wallach?"

Hunter zuckte mit den Schultern. „Etwas, das tut, was ich sage."

Gable nahm einen großen Schluck aus seiner Kaffeetasse. „Dafür wirst du dir wohl eine Frau suchen müssen."

„Nein, danke", antwortete Hunter und dachte insgeheim daran, wie wahr sich diese Worte im Moment anfühlten. Er konnte Grant nicht erwähnen, da er annahm, das würde Gable zu hart treffen. Stattdessen machte er eine Kopfbewegung hinüber zur Vorderseite des Hauses.

„Sieht so aus, als hättest du eine gefunden."

Gable verschluckte sich fast an seinem Kaffee. „Du meinst Flynn? Er ist eine große Hilfe auf der Ranch. Und er ist ein verdammt guter Koch."

„So wie ich dich kenne, ist er mehr als das, oder?"

Gable warf ihm einen spöttischen Blick zu, der Hunters Vermutungen weder bestätigte noch abstritt. „Lass uns ein paar Pferde ansehen, okay?"

Sie ritten zu den oberen Weiden und Gable zeigte auf Pferde, die bereit zum Verkauf waren. Hunter besah sie sich flüchtig. Die meisten sahen gut genug aus, um sie Probe zu reiten. Darum markierte Gable sie mit einem gelben Band und sie kamen überein, dass Hunter am Nachmittag mit zwei weiteren Leuten wiederkommen würde, damit sie die Pferde zusammentreiben konnten.

Mit Tim und Flynns Hilfe konnten sie ungefähr zwanzig Pferde zusammentreiben, die sie in einen kleinen Pferch neben dem Paddock sperrten. Hunter konnte nicht widerstehen, zu beobachten, wie Gable und Flynn miteinander umgingen. Obwohl ihr Verhältnis heute Morgen angespannt gewirkt hatte, schienen sich die Wogen geglättet zu haben und sie gingen sehr ungezwungen miteinander um. Hunter fand sogar, dass sie miteinander flirteten und sich Blicke zuwarfen. Sah er hier, wie es auch sein konnte? Manchmal wünschte Hunter, dass er eine Ranch wie Gables hätte – wo selten andere Menschen waren und er seine Privatsphäre hätte. Zu Hause verfolgten nicht nur seine Mutter und seine Schwestern jede seiner Bewegungen, er musste sich auch dem Druck stellen, Chef von einer ganze Reihe Menschen zu sein. Dort würde er nie mit Grant flirten können.

„Flynn wird die Pferde präsentieren, wenn das für dich in Ordnung ist", sagte Gable, der zu Hunter aufschloss und ihn damit aus seinen Tagträumen riss. „So können wir hinter seinem Rücken über ihn reden", fügte er mit einem Zwinkern hinzu.

Hunter lächelte. Vermutlich würde er nie ein deutlicheres Eingeständnis von Gable darüber bekommen, was er tatsächlich für Flynn empfand. Er hoffte, dass er Gable irgendwann gestehen konnte, dass er Grant eingestellt hatte. Ihm allerdings zu offenbaren, dass er auf seinen Ex stand – daran wollte er nicht einmal denken. Auf der anderen Seite hatte er sich auch Grant gegenüber nicht geoutet. „Klingt nach einem guten Plan", sagte Hunter schließlich, weil er meinte, Gable noch eine Antwort schuldig zu sein.

Fast jedes Pferd, das Flynn ihnen zeigte, fand Hunters Zustimmung. Eigentlich brauchte er keine zwanzig Pferde, aber er wusste, dass er sie guten Gewissens weiter verkaufen konnte, weil Gable sie ausgebildet hatte. Er wusste auch, dass er Gable einen großen finanziellen Gefallen tat. Beide konnten also nur gewinnen.

„Die Kleine sieht aus, als könntest du mit ihr zurechtkommen", scherzte Gable und stieß Hunter mit der Schulter an.

Hunter schüttelte den Kopf, um sich von seinen Träumereien zu befreien. Er musste wirklich aufmerksamer sein. Schon zum zweiten Mal antwortete er erst verspätet auf Gables Stichelei. „Ich wurde im Sattel geboren, Gable. Ich kann mit jedem Pferd umgehen."

„Mit jedem Pferd, das *ich* für dich aussuche. Du selbst bist sehr schlecht darin, Pferde einzuschätzen, wenn ich das sagen darf."

Gable war wahrscheinlich der Einzige, der sich Hunter gegenüber solch einen Spott erlauben durfte, und die Art wie Tim die beiden Männer anstarrte, war ein guter Beweis dafür, dass er zustimmte. Hunter wusste, dass er nicht gewinnen konnte.

„Was also macht dieses Pferd so besonders?"

„Sie ist freundlich, lammfromm und das erste Pferd, das ich nach meinem Unfall eingeritten habe. Sie hat überhaupt keine Probleme gemacht und war sehr darauf bedacht, es mir recht zu machen. Nachdem ich dich auf Davenport gesehen habe, glaube ich, dass sie genau das ist, was du jetzt brauchst."

„Sie sieht aus wie ein Pony für ein kleines Mädchen", warf Tim ein. „Aber du bist der Boss."

Hunter sah von Tim zu Gable, der den Kopf neigte. „Sie ist nicht reinrassig. Deshalb ist sie etwas kleiner als der Rest, aber sie ist ausdauernd und entschlossen, ohne eigensinnig zu sein."

„Stimmt schon, du könntest was ohne Eigensinn gebrauchen", lenkte Tim ein.

Hunter riss sich den Hut vom Kopf und gab Tim damit einen Klaps, so dass dieser von dem Zaun sprang, auf dem sie alle saßen. Insgeheim musste er den beiden Männern allerdings beipflichten: Es war an der Zeit, dass er ein vernünftiges Pferd bekam. „Kann ich sie reiten?"

Gable hob in einer einladenden Geste die Arme. „Tu dir keinen Zwang an."

Flynn stieg ab und hielt das Pferd, so dass Hunter aufsteigen konnte. Die Stute war kleiner, als er es gewohnt war, aber sie konnte sein Gewicht ohne weiteres tragen, ohne dass ihre eigene Beweglichkeit darunter litt. Hunter ließ sie ein wenig traben und gab dann Flynn ein Zeichen, dass dieser den Pferch öffnen sollte, damit Hunter mehr Platz hatte, um sie galoppieren zu lassen. Wie Gable versprochen hatte, war sie angenehm zu reiten. Es war eine reine Freude, seinen Gedanken freien Lauf zu lassen, während sie mit überraschender Geschwindigkeit über das Grasland ritten.

„Gekauft", informierte er Gable, nachdem er zum Pferch zurückgekehrt war.

„Sie heißt übrigens Honeybee", informierte ihn Gable, nachdem sie den Kauf per Handschlag besiegelt hatten. Hunter konnte nicht umhin zu bemerken, dass Gable versuchte, sich ein Lachen zu verkneifen. Flynn und Tim hingegen hatten keine Hemmungen.

12

„WIE GEHT es Gable?", fragte Grant. Er hielt seinen Hut in der Hand und zupfte an ihm herum, als wäre er nervös.

„Scheint ihm gut zu gehen", antwortete Hunter, während er die brave honigfarbene Stute tätschelte, die er gerade vom Truck ablud. „Ich denke, sein Bein macht ihm immer noch ziemliche Probleme, aber die Ranch sieht toll aus. Der Junge, den er eingestellt hat, heißt Flynn. Scheint zwei rechte Hände zu haben."

„Sind sie …?" Grant beendete den Satz nicht.

„Ich weiß es nicht, Grant", antwortete Hunter streng. Nach einer angespannten Pause seufzte er. Er wusste, wonach Grant fragte, und es machte ihn eifersüchtig. Nicht nur Grants Worte, sondern seine Haltung: Die Art, wie dieser große Mann plötzlich klein aussah, wie seine Schultern herunterhingen und sein Blick zu seinen Füßen wanderte, mit denen er ein paar Halme Stroh hin und her schob. Er wusste, er konnte ihm das nicht vorhalten, also lächelte er, mehr für sich selbst als für jemand anderen. „Hab eine hübsche kleine Stute von ihm gekauft." Er drehte sich zu Grant um. „Darf ich vorstellen: Honeybee."

Grant verkniff sich ein Grinsen, musste dann aber doch loslachen. „'tschuldigung", meinte Grant und seine Stimmung schien sich sichtbar gebessert zu haben. „Das ist der Ersatz für Davenport?"

„Was stimmt daran nicht?", fragte Hunter, der nicht bereit war, sich einzugestehen, dass er wusste, dass sie ein lustiges Pärchen abgaben.

„Ich hatte vorgeschlagen, dass du dir ein gefügigeres Pferd suchst, nicht ein Pony für kleine Mädchen", antwortete Grant, der immer noch lachte.

„Sie ist kein Pony!", erwiderte Hunter.

„Nein, ist sie nicht", antwortete Grant, immer noch schmunzelnd. „Aber ich wette, du berührst mit den Füßen fast den Boden, wenn du im Sattel sitzt."

Für einen Moment wusste er nicht, was er mit Grants Kommentar anfangen sollte. Er sah in Grants spöttisches Gesicht, betrachtete dann das friedfertige Tier mit den langen Augenbrauen neben sich und beschloss, dass er jetzt genug hatte. Also nahm er seinen Hut ab und schlug damit nach Grant. Er verfehlte ihn nur minimal, weil Grant nach hinten auswich. Hunter musste nur einen Schritt nach vorn machen, um Grant in eine Ecke des Stalls zu drängen. Sie bemerkten beide, dass sie hier für sich waren und Grants Gesicht wurde ernst. Es brauchte nur ein fast unsichtbares Nicken von Grant und Hunter schnellte nach vorn, um Grant zu küssen.

Hunter fühlte, wie er die Kontrolle verlor, als Grant seinen Kuss erwiderte und mit seiner Hand Hunters Hinterkopf umfasste. Seine Begierde wuchs, als er feststellte, dass auch die Beule in Grants Jeans immer größer wurde. Er wollte gerade eine Hand in Grants Hose gleiten lassen, als das Geräusch von Schritten ihn aus seiner Glücksseligkeit riss. Sie hörten auf, sich zu küssen, wagten es aber nicht, sich zu bewegen. Stattdessen schauten sie über die halb geöffnete Boxentür, was im Stall vor sich ging. Sie sahen einen der Stallburschen, der sich umschaute, als hätte er etwas verloren. Er bemerkte die offene Tür, schloss sie mit einem Fußtritt und verließ dann den Stall wieder, ohne sie gesehen zu haben. Erst als seine Schritte verklungen waren, atmeten sie beide hörbar aus.

„Das war verdammt knapp", sagte Hunter und suchte dabei Grants Nähe.

Grant gab ihm einen flüchtigen Kuss und verstrubbelte ihm das Haar. „Was wäre passiert, wenn er uns tatsächlich entdeckt hätte?"

„Darüber will ich gar nicht nachdenken", antwortete Hunter ernst, als er sich Grant wieder entzog.

„Wäre es wirklich so schrecklich?"

„Fragt der Typ, der niemals öffentlich zugegeben hat, schwul zu sein", fügte Hunter hinzu.

„Du bist auch nicht gerade ein bekennender Schwuler."

„Weil ich nicht …" Hunter beendete den Satz nicht, denn plötzlich konnte er es nicht mehr abstreiten, zumindest nicht Grant gegenüber. Er drehte sich um und fummelte an Honeybees Halfter herum, einfach nur, damit seine Hände etwas zu tun hatten. Er wusste, dass das, was er mit Grant machte, Beweis genug dafür war, dass er schwul war – wobei das weniger mit den Handlungen selbst als mit den Gefühlen zu tun hatte, die sie auslösten. Er hatte sich schon immer von Männern angezogen gefühlt, er hatte sich nur nie davon leiten lassen, denn Sex mit Frauen war einfacher. Er musste sich nicht verstecken und da er gut aussah und noch dazu Besitzer einer gut gehenden Ranch war, warfen sich ihm die Frauen praktisch an den Hals. Erst bei Grant war ihm klar geworden, dass er seine Fantasien verwirklichen konnte, ohne dass es ihm zuwider war. Im Gegenteil. Immer, wenn sie im selben Raum waren, knisterte es zwischen ihnen, und Hunter ging Grant aus dem Weg, weil er befürchtete, dass jeder es sehen könnte. Nach ein paar Tagen wurde es aber immer unerträglich und er suchte Grants Nähe.

„Ich hab auch Beziehungen mit Frauen gehabt, Hunter", gab Grant zu. „Das macht die ganze Sache verwirrend, aber trotzdem weiß ich, was ich eigentlich will."

Hunter musste schlucken. War es wirklich so einfach? Himmel, sie hatten noch nicht einmal miteinander geschlafen. Alles, was sie bisher getan hatten, war ein bisschen Küssen und Fummeln – und natürlich, wie könnte er die Blowjobs im Truck während des Regengusses vergessen? Einerseits war er froh, dass Grant ihn nicht drängte und ihm die Zeit gab, diese neuen Gefühle zu erkunden, doch andererseits wollte er mehr.

„Wir können nirgends hin. Ich kann dich nicht mit ins Haus nehmen. Nicht bei vier Frauen, die dort leben. Ich könnte schwören, sie haben Augen im Hinterkopf und bessere Ohren als Fledermäuse! Und wir können nicht ins Mannschaftshaus gehen, weil ich der Chef bin und schon deshalb gar nicht dort auftauchen sollte. Wenn mich einer der Männer dort entdeckt, könnte ich nicht erklären, was ich auf ihrem Gebiet mache."

Grants Hände schlängelten sich um Hunters Hüften und seinen Bauch entlang. Hunter gab sich der Berührung hin. Er konnte fühlen, wie Grants Kinn auf seiner Schulter ruhte und wie sein heißer Atem sein Ohr kitzelte. Zwischen Grants starkem Körper und dem warmen Pferdeleib fühlte er sich warm und beschützt. Es fühlte sich so gut an, dass er die Umarmung nie aufgeben wollte.

„Wir könnten in den nächsten Bezirk fahren und uns dort ein Hotelzimmer nehmen", schlug Grant vor.

„Wir müssten fast bis zur nächsten großen Stadt fahren, damit man mich nicht erkennt. Meine Familie lebt schon seit Generationen in dieser Gegend."

„Dann komm doch das nächste Mal mit mir in die Stadt."

„Ich kann nicht", sagte Hunter und machte einen schwachen Versuch, sich aus Grants Umarmung zu befreien, doch Grant ließ ihn nicht. Er hielt ihn nur noch fester und zog Hunter näher zu sich.

„Du kannst nicht oder du willst nicht?"

„Ich kann nicht", flüsterte Hunter und hoffte, Grant würde verstehen, was er meinte: Dass er unbedingt wünschte, er könnte.

Grants Hand wanderte nach unten und Hunter zog den Bauch ein, damit sie an seinem Gürtel vorbei passte. Grant konnte kaum mehr tun, als ein wenig zu reiben, also machte Hunter seinen Gürtel weiter und öffnete den obersten Knopf seiner Jeans.

„Verdammt, du bist steif", brummte Grant in Hunters Ohr. „Scheint so, als würdest du mich wirklich wollen."

Hunter konnte nur nicken, denn nun hatte sich Grants Hand fest um seinen Schwanz geschlossen, und er war gerade so in der Lage, sich aufrecht zu halten, indem er sich auf die brave Stute vor sich stützte. Grant rieb seinen Schritt an Hunters Hintern und Hunter war überzeugt, dass es nicht nur seine Einbildung war, dass Grants Erektion perfekt zwischen seine Hinterbacken passte. Mit einer Hand ließ er Honeybee los, um seinen Gürtel noch weiter zu lösen und seine Jeans zu öffnen, so dass Grant seinen Schwanz herausholen konnte. Sobald er die kühle Luft fühlte, griff er nach hinten, um Grant berühren zu können.

„Fick mich", hörte Hunter sich selbst sagen. Er konnte kaum glauben, was er da sagte, doch dann erkannte er, dass er im Moment alles tun würde, worum Grant ihn bat, und dass beinhaltete auch, sich von Grant vögeln zu lassen.

Grant ließ von Hunters Erektion ab, um seine eigene Hose zu öffnen und Hunters runter zu ziehen, damit er seinen Hintern freilegen konnte. Zärtlich streichelte er die Rundung von Hunters Po und säuselte ein anerkennendes „Nett".

Hunter hatte keine Ahnung, wo das hinführen würde, aber er vertraute auf Grants Führung. Er versuchte, seine Beine etwas mehr zu spreizen, musste aber feststellen, dass das nicht ging, weil seine Jeans noch auf seinen Oberschenkeln hingen. Er versuchte, sie weiter nach unten zu ziehen, doch Grant stoppte ihn.

„Schon okay. Falls wir einen schnellen Rückzug antreten müssen."

Hunter schluckte schwer, hin und hergerissen zwischen dem Wunsch, es hier und jetzt zu beenden, weil er Angst hatte, entdeckt zu werden, und dem Wunsch weiterzumachen, weil das alles war, woran er denken konnte. Grant nahm ihm die Entscheidung ab, indem er seine Erektion zwischen Hunters Schenkel gleiten ließ.

„Verdammt, ist das eng", stöhnte Grant. Hunter versuchte noch einmal, seine Beine zu spreizen. „Nicht. Fühlt sich gut an", versicherte ihm Grant, als er nach vorn stieß.

Hunter fühlte ein Kribbeln in seinem Unterleib. Es war ein seltsames Gefühl, wenn Grants Schwanz gegen seine Eier stieß und über die empfindliche Stelle dahinter rieb, so wie Grant es getan hatte, als er ihm im Truck einen geblasen hatte. Grant wog Hunters Eier in der Hand und Hunter konnte nicht anders, als seinen eigenen Schwanz in die Hand zu nehmen. Grant erhöhte das Tempo und Hunter verlor so schnell die Kontrolle, dass ihm davon schwindelig wurde. Er wollte mehr, wollte, dass Grant ihn wirklich nahm, doch Grant stieß so unermüdlich zu, dass er Hunter so gegen Honeybee schob, dass das Tier zur Seite wich. Zum Glück erschrak sie nicht leicht, denn Grant ließ nicht ab, bis er laut stöhnte. Hunter fühlte heiße, klebrige Flüssigkeit zwischen seinen Beinen, als Grant kam. Er atmete stoßweise und es brauchte nicht mehr als Grants Hand an seinem Schwanz, damit auch er kam.

„Du hast mich nicht gefickt", sagte Hunter, als er endlich wieder zu Atem kam.

Grant hielt ihn immer noch fest, während auch er stoßweise atmete. „Wir hatten weder ein Kondom noch Gleitgel, und ich hab nicht vor, dir bei deinem ersten Mal wehzutun."

„Das hätte mir nichts ausgemacht", sagte Hunter.

„Vertrau mir, bei deinem ersten Mal willst du ungestört sein. Und du willst Zeit und reichlich Gleitmittel haben."

Nur zögerlich ließ Grant Hunter los. Hunter wiederum ließ Honeybee los, nicht ohne sie vorher noch dankbar zu tätscheln. Er musste nicht nur sich selbst, sondern auch die Flanke des Pferdes säubern, denn dort war der größte Teil seines Spermas gelandet. Er war immer noch etwas unsicher auf den Beinen, wollte aber den unangenehmen Moment, in dem er von Grant abließ und sich wieder seiner Arbeit widmete, damit überbrücken, dass er seinen Händen etwas zu tun gab.

Sie wuschen sich beide in dem Waschbecken, das im hinteren Teil des Stalls lag, die Hände. Grant zog sich die Hose wieder hoch und rieb sich die Hände an den Jeans trocken, während Hunter eine etwas größere Wäsche nötig hatte.

„Das Angebot, irgendwohin zu fahren, steht, so lange wie du willst", erklärte Grant. Er ließ einen letzten Blick über Hunters noch halbnackten Körper wandern, setzte dann seinen Hut auf und ging hinaus.

Hunter wusch sich eilig, da er Angst hatte, sprichwörtlich mit heruntergelassener Hose erwischt zu werden. Er wusste, dass Grant ihm den Ball zugespielt hatte. Er war jetzt am Zug und es war an ihm, einen Ort für sie beide zu finden, wo sie für sich sein konnten. Er würde seine Familie und vermutlich auch einige seiner Angestellten anlügen müssen. War es das wert? Sollte er lügen, nur für ein paar Momente der Ekstase? Für sexuelle Befriedigung?

Während er Honeybees Flanke abrieb, kam ihm ein anderer Gedanke. Er war sicher, dass, wenn er die Scharade weiterführen wollte, Miranda ihn heiraten und seine Kinder bekommen würde. War es das, was er wollte? Eine Vernunftehe ohne Liebe? Das Einzige, worin sie gut waren, war Sex – und selbst dafür musste er sich gewöhnlich erst Mut antrinken. Wann immer Miranda versuchte, mit ihm zu reden, endete es damit, dass sie wegen sinnloser Kleinigkeiten aneinander gerieten. Vielleicht hieß das, dass sie nicht füreinander bestimmt waren. Auf der anderen Seite sah es auch nicht so aus, als befänden sich Grant und er auf dem Weg zu einem Happy End. Wenn überhaupt waren sie Freunde, doch Hunter wusste praktisch nichts über Grant, außer dass er Gables Liebhaber gewesen war und ihn nach seinem Unfall verlassen hatte. Er hatte keine Ahnung, was für eine Art Mann Grant war – er konnte genauso gut ein Serienmörder sein. Mehrmals hatte er um einige freie Tage gebeten, ohne jemandem einen Grund zu nennen. Er verschwand für mehrere Tage, und wenn er dann wieder zur Arbeit erschien, sah er müde und abgekämpft aus. Hunter hatte keine Ahnung, wie Grant diese Wochenenden verbrachte, und er traute sich nicht zu fragen. Er wollte nicht einen seiner besten Cowboys verärgern, geschweige denn den Mann, der ihm Lust bereitete, wann immer er ihn berührte. Andererseits wollte er nicht alles, was ihm wichtig war, aufgeben für einen Mann, den er kaum kannte. Er würde geduldig sein und es darauf ankommen lassen müssen.

Zufrieden, dass er den Stall, sein neues Pferd und sich selbst in Ordnung gebracht hatte, ging Hunter hinaus in die Nachmittagssonne.

13

„ICH WERDE sehen, was ich tun kann, und geb' dann Bescheid", sagte Grant, bevor er das Gespräch beendete und das Handy wegsteckte. Er seufzte und machte sich auf den Weg zum Haupthaus. Sie hatten auf der Ranch ziemlich viel zu tun, weil sie die Pferde für die jährliche Wurmkur zusammentrieben, aber manchmal ging das Privatleben eben vor und dies war ein solcher Moment.

Er wollte gerade klingeln, als Bernie aus dem Haus kam. „Hi! Willst du zu Hunter?", fragte sie in jugendlichem Eifer.

Grant nickte.

„Er ist hinten. Warum kommst du nicht mit mir? Möchtest du eine Limonade? Ich hab eben einen Krug angesetzt."

Grant war kein großer Fan von Limonade, aber Bernice war ein Schatz und er wollte ihr nichts abschlagen. „Klar doch. Klingt gut." Er ging um die Ecke, während sie in der Küche verschwand, und fand Hunter auf einer Bank sitzend, den Kopf über einem Haufen Blätter, die voller Zahlen waren.

„Ärger mit der Buchhaltung?"

Hunter lächelte und sah auf, als er Grants Stimme hörte. „Geht so. Die Zeiten sind hart, aber irgendwie halten wir den Kopf über Wasser."

„Das ist das gute Management", sagte Grant und setzte sich neben Hunter. „Obwohl es sicher schwer ist ohne Hugh."

„Ja, es war um einiges einfacher, als ich mich nur um meine eigene Arbeit kümmern musste. Aber du und Izzie, ihr übernehmt den Großteil von Hughs Aufgaben. Vielen Dank dafür."

„Ich schätze, es war einfacher mit Hugh zusammenzuarbeiten."

„Ja, das geb' ich zu. Nach all den Jahren brauchten wir nie viel zu diskutieren. Wir waren uns wortlos einig. Jetzt muss ich mich daran erinnern, dass ich mich mehr mit dir und Izzie absprechen muss. Außerdem muss ich mich entscheiden, ob ich einen meiner Männer zum Vorarbeiter befördere oder ob ich jemand Neues dazu hole. Wobei ich diese Option nicht wirklich mag."

Grant hatte gehört, dass das Gerücht umging, Hunter würde ihn zum Vormann befördern, und es schien, dass es Unterstützer und Gegner dieser Idee gab. Er war sich ziemlich sicher, dass er den Job machen konnte, egal, wie schwer es wäre, in Hughs Fußstapfen zu treten. Doch im Hinblick auf das, worum er Hunter gleich bitten müsste, wusste er, dass er keinen Anspruch auf die Position hatte. Das Geld käme ihm natürlich gelegen, aber er konnte wegen seines Privatlebens im Moment keine derartigen Verpflichtungen eingehen. Ganz davon abgesehen, dass er bei den Männern jegliche Glaubwürdigkeit verlieren würde, wenn bekannt würde, welche Art von Beziehung sich gerade zwischen ihm und Hunter anbahnte. Er wollte Hunters Entscheidung jedoch nicht beeinflussen und stattdessen einfach abwarten.

Hunter kritzelte auf seinen Blättern herum und Grants Blick fiel auf Hunters Limonadenglas. „Von Bernie?"

Hunter musste sich eine Grimasse verkneifen. „Ja, und sie ist viel zu süß. Du hast hoffentlich nicht auch ja gesagt?"

Grant musste Schmunzeln. „Konnte nicht widerstehen."

„Konntest was nicht widerstehen?", fragte Bernie und reichte ihm ein großes Glas mit einer gelben Flüssigkeit.

„Ich konnte deinem Angebot leckerer Limonade nicht widerstehen", antwortete Grant wie aus der Pistole geschossen, nahm das Glas von Bernie und stürzte die Hälfte des Inhalts in einem Zug hinunter. In dem Moment, als der saure Geschmack auf seine Zunge traf, schossen ihm Tränen in die Augen, doch er schluckte trotzdem in der Hoffnung, dass der Geschmack sich bald verflüchtigen würde.

„Es muss mehr Zucker rein, oder?", fragte Bernie unsicher.

„Vielleicht ein bisschen", antwortete Grant. „Aber es schmeckt gut!"

„Findest du?", fragte Bernie mit großen Augen.

„Klar, Süße", versicherte Grant.

Sie lächelte breit und wirbelte herum. „Dann lass ich euch mal in Ruhe übers Geschäft reden." Mit diesen Worten hüpfte sie zurück ins Haus.

„Danke, dass du so nett zu ihr bist", sagte Hunter mit einem abwesenden Lächeln, während er weiterhin über seinem Papierkram brütete.

„Danke für die Warnung", erwiderte Grant und stupste Hunter mit der Schulter an. „Zu süß? Das verdammte Zeug war sauer genug, um Metall zu verätzen. Ich hab's bis hinunter in den Magen gespürt."

Hunter lachte. „Tut mir leid. Sie kann überhaupt nicht kochen, aber Mom erzählt ihr immer wieder, dass sie nie einen Mann finden wird, wenn sie nicht lernt, eine gute Hausfrau zu werden."

„Sie ähnelt wahrscheinlich dir und Izzie. Auf der Ranch kennt sie sich besser aus als in der Küche."

Hunter nickte. „Schon, aber Izzie war schon immer ein Wildfang. Bernie dagegen ist durch und durch Mädchen. Sie reitet gut, aber sie würde lieber ihrem Pferd die Mähne flechten, als sich die Hände schmutzig zu machen."

„Naja, vielleicht lernt sie ja irgendwann einen Springreiter kennen und geht dann auf Turniere?"

„Vielleicht", sagte Hunter und klang dabei plötzlich melancholisch.

Grant fragte sich, ob das der passende Moment war, um Hunter um ein paar freie Tage zu bitten. Vermutlich nicht. Vielleicht sollte er etwas mehr Einfühlungsvermögen für Hunter aufbringen. „Klingt, als hättest du auch schon daran gedacht, einfach zu verschwinden."

Hunter sah ihn argwöhnisch an, doch sein schüchternes Lächeln kehrte zurück. „Das ist mein Land. Ich möchte einmal hier begraben werden, genau wie mein Vater und der Vater meines Vaters. Ich bekomme schon Heimweh, wenn ich in den nächsten Bezirk fahre."

Grant nickte. Er war ein Rumtreiber und hatte noch nie ein wirkliches Heimatgefühl empfunden, aber theoretisch konnte er Hunter verstehen.

„Aber ich hätte gern einen Ort nur für mich", sagte Hunter nach einer langen Pause. „Ich meine, es ist schon toll, nach Hause zu kommen und einfach die Füße unter einen Tisch voller Essen zu stecken. Aber trotzdem hätte ich gern etwas für mich, wo nicht vier Augenpaare jede meiner Bewegungen beobachten."

Grant nickte verständnisvoll und beobachtete, wie Hunters Hand scheinbar zufällig seinen Oberschenkel streifte. Die Berührung ließ ihn erschauern und seinen Schwanz anschwellen. Er wusste, hier würden sie das nicht weiterführen können. Nicht, wenn Bernie und ganz sicher auch Hunters Mutter und Schwester irgendwo im Haus waren. Genauso beiläufig stützte Hunter seine Hand auf Grants Knie ab, als er sich hinunterbeugte, um ein großes zusammengerolltes Dokument aufzuheben.

„Ich hab mir immer gewünscht, mein eigenes Haus zu bauen", sagte Hunter und rollte das Dokument aus, auf dem sich ein Plan für etwas befand, das aussah, wie eine bescheidene Version des großen Ranchhauses, vor dem sie saßen.

Hunter hatte offensichtlich nicht erst seit ihrem Gespräch darüber nachgedacht. Grant ließ seinen Blick über den Plan schweifen. „Wo willst du das bauen?"

„Genau da", sagte Hunter und zeigte auf ein Stück Land vor ihnen.

Grant drehte die Blaupause. „Dann würde ich vorschlagen, dass das Schlafzimmer vom Haupthaus weg zeigt. Dann können sie von dort aus nicht alles sehen."

Hunter schenkte ihm ein amüsiertes Lächeln. „Da ist was dran. Ich werde die Pläne ändern lassen."

Als er sah, dass sich Hunters Laune besserte, traute sich Grant, sein Anliegen vorzubringen. „Eigentlich bin ich hergekommen, um dich um ein paar freie Tage zu bitten. Beginnend morgen."

Das Lächeln auf Hunters Gesicht verschwand. „Das ist die falsche Zeit im Jahr für so eine Bitte. Wir brauchen dich hier."

„Ich weiß", seufzte Grant. „Ich würde dich nicht fragen, wenn es nicht wichtig wäre."

„Kannst du mir sagen, was an diesem Wochenende so wichtig ist? Kann es nicht warten?"

Grant starrte auf das weite Land hinaus, das sich vor ihm auftat. „Wie ich schon gesagt habe, wenn es irgendwie anders ginge …" Er konnte Hunter nicht sagen, was er zu erledigen hatte. Nicht ohne eine ausführliche Erklärung.

Hunter biss sich auf die Lippe. Grant konnte sehen, dass er versuchte, zu einer Entscheidung zu gelangen. „Wann wirst du zurück sein?"

„Spätestens Dienstag."

Hunter nickte und gab damit seine Zustimmung, die allerdings nicht ganz von Herzen kam.

Grant stand auf. Er wusste, dass er im Moment bei Hunter nicht gerade einen Stein im Brett hatte, da er ihn schon wieder um einen Gefallen gebeten hatte. Nach einem kurzen Zögern machte er sich auf den Weg.

„Eines Tages möchte ich wissen, was du an diesen freien Tagen machst, Grant."

Hunters Stimme klang laut auf der verlassenen Veranda und Grant sah sich um, um sicherzugehen, dass niemand sonst sie gehört hatte. Doch vielleicht war gerade das der Punkt? Vielleicht hatte Hunter den Eindruck, zu leicht nachgegeben zu haben und wollte nun den Chef raushängen lassen, indem er eine Erklärung verlangte.

„Ich werde es dir sagen", sagte Grant, bevor er die Veranda hinunterging. Und er meinte es ernst. Eines Tages, wenn er und Hunter etwas weiter in ihrer Beziehung waren, würde er ihm erklären, was er machte. Er hoffte nur, dass Hunter es verstehen würde.

14

Es schüttete wie aus Eimern, als sie zum Stall zurückkehrten. Izzie sah erschöpft aus und Tim war auch recht schweigsam, als sie sich um ihre Pferde kümmerten und sie von Schlamm und Dreck befreiten. Danny war auch draußen gewesen, um ihnen zu helfen, und Hunter fühlte sich verpflichtet, ihn sofort nach drinnen und in ein heißes Bad zu verfrachten, bevor seine Mutter eine Szene machte.

„Ich kümmere mich um Belle und Honeybee", bot Izzie an.

„Vielleicht solltest du Danny reinbringen?", schlug Hunter vor.

„Auf gar keinen Fall", erwiderte Izzie mit einem Schmunzeln. „Ich mag eine Frau sein, aber ich miste lieber den ganzen Stall aus, als dass ich mit Lisa darüber diskutiere, warum wir ihren heißgeliebten Jungen mit hinaus in dieses Sauwetter genommen haben."

„Sie weiß, dass uns ein Mann fehlt. Tatsächlich fehlen uns ja sogar zwei." Hunter gab Izzie die Zügel seiner Stute und entdeckte Danny, der in der Tür stand und etwas verloren wirkte. Ihm wurde schlagartig klar, dass er ihr Gespräch mitbekommen hatte.

„Komm her, Cowboy", sagte er, als er seinen Arm um den Jungen legte und mit ihm zur Tür ging. „Lass uns reingehen und deiner Mom erzählen, wer der neue Vormann wird."

Dannys Augen begannen zu leuchten. „Wer? Wird Grant der neue Vormann?"

„Ich glaube eher, ich sollte dir den Job geben", sagte Hunter und drückte den Kleinen, als sie sich auf den Weg zum Haus machten.

„Ich bin zu klein", erwiderte Danny traurig.

„Das bist du jetzt, aber du wirst wachsen. Und du hast dich heute wirklich gut geschlagen. Ich werde deiner Mutter sagen, wie stolz ich auf dich bin."

Danny lächelte. „Meinst du wirklich, dass ich Honeybee behalten kann? Sie ist echt lieb und bei ihr hab ich keine Angst, runterzufallen. Belle ist irgendwie groß", gab er zu.

„Ich kann ja Belle nehmen, bis du etwas größer bist und bis dahin kannst du diese kleine Stute reiten. Sie ist ziemlich flott, oder?"

Danny nickte begeistert. „Meinst du, ich könnte mit ihr Tonnenreiten?"

„Weißt du, ich glaube, dafür würde sie sich prima eignen."

Als sie zum Haus gingen, lächelte Hunter. Nachdem Grant ihn wegen Honeybees Größe aufgezogen hatte, hatte Hunter sie gegenüber Danny wiederholt gelobt. Er wusste, dass Danny versuchte, sich nichts anmerken zu lassen, wann immer er Belle ritt. Doch sie war eine riesige Stute, sogar für einen ausgewachsenen Reiter. Also hatte er vorgeschlagen, die Pferde zu tauschen. Danny war sofort auf den Vorschlag eingegangen und Hunter hatte den ganzen Morgen beobachtet, wie Danny auf Honeybee ritt. Die beiden gaben ein gutes Paar ab und es entging Hunter auch nicht, dass Danny schnell lernte und die Stute antrieb und scharf wendete, wann immer eines der Pferde, die sie zusammentrieben, aus der Herde ausbrach. Er konnte sich gut vorstellen, dass die beiden beim Juniorwettbewerb im Tonnenreiten mitmachten, wenn das Rodeo in der Stadt war. Er musste auch zugeben, dass ihm Belle lag. Sie war ein ruhiges, leicht zu führendes Pferd, das sich sehr an seinem Reiter orientierte. Hunter konnte sie leicht nur mit den Schenkeln reiten – eine Sache, von der er wusste, dass Gable sie allen seinen Pferden beibrachte –, wodurch er die Hände frei hatte. Alles in allem war es ein sehr guter Tausch.

„Du weißt, dass Mom dich runterputzen wird, oder?", fragte Danny vorwitzig, gerade als Hunter die Tür zum Vorraum öffnete.

„Wir sollten uns beeilen und dich in die Wanne stecken, bevor sie dich sieht."

Danny zog sich schnell die Stiefel aus und hängte sein verdrecktes Ölzeug auf.

„Trotzdem, mir hat's heute richtig Spaß gemacht."

Hunter zwinkerte ihm zu. „Dann vergiss nicht, ihr das auch zu sagen!"

Sie rannten die Treppe hinauf und Danny verschwand im Schlafzimmer, während Hunter Wasser in die Badewanne ließ. Danny war gerade in die Wanne gestiegen, als Lisa die Treppe hochkam.

„Alles in Ordnung?", fragte sie schroff.

„Ihm geht's gut", antwortete Hunter. „Wir konnten alle Pferde zusammentreiben und Danny hat mitgearbeitet wie ein Erwachsener."

„Genau das habe ich befürchtet", sagte Lisa mit ernstem Gesicht. „Er ist ein Kind, Hunter. Du kannst ihn nicht so hart arbeiten lassen, nur weil sein Vater uns im Stich gelassen hat."

Hunter warf ihr einen warnenden Blick zu und schloss die Badezimmertür hinter sich, so dass sie im Flur reden konnten.

„Hör zu, ich weiß, dass Hugh dich verletzt hat, aber lass das nicht an Danny aus. Er ist ein toller Junge und er hatte heute viel Spaß. Er kommt gut mit den Pferden klar und er mag die Arbeit. Es ist ja nicht so, als wäre ich ein Sklaventreiber."

„Er sollte nicht arbeiten. Er sollte mit seinen Freunden spielen."

Hunter seufzte. „Alles, worum ich dich bitte, ist ein Tag in der Woche. Als ich in seinem Alter war, habe ich jeden Tag nach der Schule auf der Ranch mitgearbeitet und das hat mir doch auch nicht geschadet, oder? Tatsächlich war ich froh darüber, denn nachdem Dad gestorben war, musste ja jemand die Führung übernehmen."

Lisa lächelte nicht. Sie bedachte Hunter aber auch nicht mit einem ihrer wütenden Blicke. Hunter wollte sich gerade umdrehen und an der Badezimmertür klopfen, als er sah, dass Lisa ansetzte, etwas zu sagen. Doch dann zögerte sie.

„Was ist los, Schwesterlein?"

„Könntest du … Kommst du heute Abend mit ins Barrel Run?"

Hunter dachte darüber nach. Ihm war nicht danach, auszugehen und auf Miranda zu treffen. Und da Samstag war, wäre sie sicher dort. „Hab noch nicht drüber nachgedacht", gab Hunter zu. „Ehrlich gesagt, hatte ich es nicht vor."

Jetzt lächelte Lisa endlich. „Ich gehe, und ich hab mich gefragt, ob du auf Danny aufpassen könntest. Dann könnte ich vorher noch mit meinen Freunden essen gehen."

Obwohl Hunter sich etwas über die neue Einstellung seiner Schwester wunderte, freute er sich doch, dass sie sich nicht auf der Ranch verkroch. Sie hatte sich ab und zu etwas Spaß verdient. Da sie eigentlich nur zu Hause gehockt hatte, seit sie Hugh geheiratet hatte, war er nicht sicher, wo sie so plötzlich Freunde gefunden hatte, doch er sah den Vorteil darin, auf seinen Neffen aufzupassen. Es war eine gute Entschuldigung, um erst später auszugehen, in der Hoffnung, dass Miranda dann schon aufgegeben hätte, auf ihn zu warten.

„Du kannst auf mich zählen, Schwesterlein", sagte er mit einem Lächeln. Auch Lisa lächelte nun, und zum ersten Mal seit Jahren sah Hunter wieder die schüchterne, aber lebenslustige Schwester, mit der er aufgewachsen war. „Ich wünsch' dir viel Spaß heute Abend!"

Sie nickte und Hunter ging zurück ins Badezimmer, wo er Danny bis zu den Ohren in Badeschaum vorfand, der schon außen an der Wanne herunterlief.

„Du hast es mit dem Badeschaum wohl etwas übertrieben", sagte er fröhlich.

Danny nickte zufrieden. „Zuerst wollte es nicht so richtig schäumen, deshalb hab ich noch mehr dazugetan."

„Du wirst wie ein Mädchen riechen", neckte ihn Hunter. Er hielt die Flasche hoch, auf der „Fliederduft" stand.

„Oh nein!", rief Danny und schickte sich an, sofort aus der Wanne zu steigen.

Hunter lachte. „Jetzt kannst du auch genauso gut drin bleiben. Du bekommst den Duft sowieso nicht weg."

Danny begann, mit dem Schaum zu spielen, und versuchte, die Blasen zum Platzen zu bringen. Hunter half mit und schlug spielerisch auf die Blasen ein. Letztendlich gaben sie auf und Hunter hielt die Shampooflasche hoch mit der Frage, ob er Danny die Haare waschen sollte.

„Wirst du Grant fragen, ob er Vorarbeiter wird?", fragte Danny, der sich wieder in der Wanne zurücklehnte und es sichtlich genoss, von Hunter verwöhnt zu werden.

„Ich weiß nicht. Was meinst du?", fragte Hunter, der Wert auf Dannys Meinung legte. Eigentlich wollte er sogar mehr als das. Er wollte von Danny wissen, was er von Grant als Mann hielt. Ihm war klar, dass er vor Danny nicht ausbreiten konnte, welcher Natur seine Beziehung zu Grant war, doch er wollte trotzdem seine Zustimmung.

Danny zuckte die Schultern. „Ich mag ihn. Er ist nett."

„‚Nett' ist nicht gerade eine Eigenschaft, auf die ich bei einem Vorarbeiter Wert lege", sagte Hunter, obwohl er insgeheim froh war, dass Danny ihn mochte. „Meinst du, er wäre für die Arbeit geeignet?"

„Was für eine Arbeit ist das genau?"

Hunter nahm die Brause, um das Shampoo aus Dannys Haaren zu waschen. „Du weißt schon, das, was dein Dad gemacht hat."

Danny wurde still. „Er kommt nie wieder zurück, oder?"

Hunter strich Wasser von Dannys Haaren und legte ihm die Hand auf die Schulter. „Ich weiß es nicht, Danny. Ich hätte auch gern, dass er zurückkommt, aber ich glaube nicht, dass er wieder mit deiner Mom zusammenleben kann."

Danny nickte. Er sah traurig aus, doch Hunter hatte den Eindruck, dass er verstand.

„Aber ich glaube, wenn jemand das machen kann, was Dad gemacht hat, dann ist das Grant", sagte Danny plötzlich. Hunter drückte Dannys Schulter als stillen Dank. „Ich werde mit Grant reden, sobald er wieder da ist."

„Wo ist er überhaupt?", fragte Danny.

Hunter zuckte mit den Schultern. „Er hat gesagt, er bräuchte etwas Zeit und dass er am Dienstag zurück wäre."

Zu Hunters Überraschung nahm Danny seine Hand und drückte sie. „Du vermisst ihn, oder?"

Hunter fühlte sich ertappt und fragte sich, ob er so durchschaubar war, dass ein Neunjähriger sehen konnte, was zwischen ihm und Grant vorging. Er zuckte nur mit den Schultern, weil er ohnehin nicht wusste, was er sagen sollte.

„Ich vermisse auch meine Schulfreunde, wenn keine Schule ist. Sie leben alle am anderen Ende der Stadt und das ist zu weit, um mit dem Fahrrad hinzufahren. Mom lässt mich sowieso nicht allein so weit weg, also hab ich keine Freunde, wenn ich nicht in der Schule bin. Du bestimmst auch nicht, schließlich gehst du nicht mehr zur Schule."

Hunter musste über Dannys einfache Art, die Dinge zu sehen, lächeln. Es war auch eine Erleichterung, Dannys Erklärung zu hören. „Du hast recht, Cowboy. Grant ist mein

Freund und ich vermisse ihn, wenn er nicht da ist." Das war sehr nah an der Wahrheit und Hunter war glücklich, dass er Danny so offen sagen konnte, was er empfand.

„Ich mag Grant auch. Er kennt sich gut mit Pferden aus und er hat mir versprochen, mir ein Hundehaus zu machen, wenn ich Mom überreden kann, mir einen Hund zu kaufen."

Hunter lächelte verschwörerisch. „Ich denke, du hast dir einen Hund verdient. Du bist alt genug, um dich um einen zu kümmern."

„Glaubst du?"

Hunter nickte. „Du hilfst uns wirklich sehr auf der Ranch und dafür hast du dir eine Belohnung verdient."

Danny machte jedoch wieder ein trauriges Gesicht. „Mom erlaubt es nicht. Sie sagt, Hunde sollten nicht im Haus leben. Sie sollten draußen leben und mit den Pferden arbeiten, anstatt mit uns zu leben und Bakterien zu verbreiten." Er sagte das, als wisse er nicht so recht, was das Wort bedeutete, und als wiederhole er deshalb nur, was seine Mutter gesagt hatte.

„Warum überlässt du deine Mutter nicht mir?", schlug Hunter entschlossen vor und zwinkerte Danny zu. „Aber wir sollten dich erst mal aus der Wanne holen und abtrocknen, bevor du wie eine Pflaume verschrumpelst. Danach können wir runter zum Essen gehen." Er hielt ein großes Badehandtuch hoch und drehte sich weg, als Danny aus der Wanne stieg, weil er sich erinnerte, wie peinlich es ihm damals immer gewesen war, wenn jemand seinen dürren Körper angestarrt hatte. Nachdem er das Handtuch um Danny gewickelt und ihn noch einmal gedrückt hatte, ließ er ihn los. „Kommst du klar? Trockne dich auch hinter den Ohren und zwischen den Zehen ab, okay?"

Danny lächelte und nickte. „Ja, Dad", sagte er und rollte dann mit den Augen.

Als Hunter das Badezimmer verließ, überkam ihn plötzlich Traurigkeit, weil ihm klar wurde, dass er vermutlich nie selbst Kinder haben würde. Er und Danny hatten sich immer nahe gestanden, doch solange Hugh da gewesen war, war er auch in erster Linie sein Sohn gewesen. Doch jetzt, da Hugh weg war, erkannte Hunter, dass Danny sich erhoffte, dass er die Vaterrolle übernehmen würde, und auch wenn er nicht glaubte, in Hughs Fußstapfen treten zu können, so kümmerte er sich doch gern um den Jungen.

Immer noch tief in Gedanken, lief er um eine Ecke und stieß prompt mit Izzie zusammen.

„Hey, Großer. Pass auf, wo du läufst!"

Hunter sah seine Schwester an. Ihr dunkles Haar war zu einem langen Zopf geflochten, der ihr bis auf den Rücken hing. Einige Strähnen hatten sich gelöst und klebten an ihrem Kopf, was ihm sagte, dass sie immer noch tropfnass war. Erst jetzt bemerkte er, dass auch er immer noch nass war.

„Danny ist im Bad, aber er ist fast fertig. Warum gehst du nicht als nächstes und ich geh rüber zu den Duschen ins Mannschaftshaus? Auf diese Weise sollten wir beide bis zum Abendbrot fertig sein."

Izzie sah ihn neugierig an. „Grant hat gesagt, er würde nicht vor Dienstag zurück sein."

Hunter sah sie scharf an. „Das weiß ich. Ich dachte nur, dass wir nie rechtzeitig fertig werden, wenn wir aufeinander warten müssen, und du weißt, wie Mom es hasst, wenn wir zum Essen nicht pünktlich sind."

„Oh, ja", erwiderte Izzie mit einem spöttischen Gesicht.

„Wenn du lieber zum Duschen rübergehen möchtest, soll mir das auch recht sein."

„Nö", antwortete Izzie. „Deine Idee ist schon in Ordnung." Sie stupste ihn mit der Schulter an. „Sei nicht böse mit mir, nur weil ich Grant erwähnt habe. Ich weiß, du hasst es, wenn er fast ohne Vorwarnung und ohne Grund verschwindet, aber das ist nicht meine Schuld. Wir wissen beide, dass du ihn ansonsten gleich nach Hughs Abreise zum Vorarbeiter gemacht hättest."

Hunter schüttelte den Kopf. „Es ist nicht so einfach, den Job einem praktisch Fremden zu geben und dabei Tim und andere zu übergehen."

„Sie wissen alle, dass Grant am besten geeignet ist. Er ist eben vielseitig. Kann gut mit Pferden, hat zwei rechte Hände, wenn es um Holz geht, und er hat eine angenehme Art, mit den anderen Cowboys und Stallburschen umzugehen. Ich bin sicher, dass er, wenn du ihm den Job gibst, auch streng mit ihnen sein kann. Niemand würde versuchen, ihm blöd zu kommen. Und ich glaube, wenn du mit Tim sprichst, wird er dir sagen, dass er mehr als zufrieden ist mit dem Job, den er hat, und dass er eigentlich nicht mehr Verantwortung übernehmen will." Sie zwinkerte ihm zu, als sie das sagte und forderte ihn damit auf, das Geheimnis zu bewahren.

Hunter freute sich über Izzies Zustimmung, doch er wusste, dass es um mehr ging. Zum Beispiel darum, in welcher Beziehung Grant zu ihm als seinem Chef stand. „Aber was ist mit …"

„Was ist mit eurer Beziehung?"

Hunter nickte fast unmerklich.

„Solange ihr es nicht von den Dächern schreit, glaube ich nicht, dass es einen Unterschied macht."

Hunter mochte Izzies vernünftige Einstellung, doch er wusste, dass nicht alle so verständnisvoll sein würden.

Sie gab ihm ihr mitfühlendstes Lächeln. „Weißt du, solange ihr diskret seid, wird es niemand bemerken. Es steht dir schließlich nicht auf die Stirn geschrieben."

Hunter biss sich auf die Lippe. „Du bist sehr schnell dahinter gekommen."

„Keiner von den Kerlen hat auf dem College mit zwei Mitbewohnern zusammengelebt, die die Hände nicht voneinander lassen konnten", erwiderte Izzie trocken.

„Du hast …?"

Izzie nickte und ihre Belustigung stand ihr ins Gesicht geschrieben.

„Diese beiden Typen, die dir beim Auszug geholfen haben, als ich dich nach dem Abschluss abgeholt hab?"

Izzie nickte wieder und ihr Lächeln wurde noch breiter.

„Ich hätte nie gedacht …"

„Du hast nicht mit ihnen zusammengelebt. In Gegenwart von Fremden erschienen sie wie typische Hetero-Verbindungsjungs. Aber wenn nur ich da war …" Sie lächelte in Erinnerung an bessere Zeiten.

„Mom hat nichts davon gewusst, oder?", konnte Hunter sich nicht verkneifen zu fragen.

„Machst du Witze? Sie hätte mich so schnell da raus geschleift, dass mir der Kopf geschwirrt hätte. Es hatte schon seinen Grund, warum ich froh war, dass sie nicht gern verreist, und es war mir sehr recht, dass du und Hugh mir beim Auszug geholfen habt. Mom und Lisa wären ausgerastet, wenn sie gewusst hätten, dass mein Mitbewohner männlich war. Und schwul noch dazu."

Izzie strich Hunter liebevoll über die Wange. „Du wirst es ihnen schonend beibringen müssen."

Hunter schüttelte entschlossen den Kopf. „Ich werde es ihnen nie sagen."

Sie legte ihre Hand an Hunters Wange. „Du kannst das nicht verstecken, Hunter, es ist ein Teil von dir. Wie deine geheimnisvollen, bernsteinfarbenen Augen und diese Narbe über deiner Augenbraue. Es ist naturgegeben."

„Da bin ich nicht so sicher", antwortete Hunter, in dessen Stimme die Gefühle mitschwangen, die er verzweifelt versuchte, unter Kontrolle zu halten.

Izzie stellte sich auf die Zehenspitzen, um ihren Bruder liebevoll zu küssen. „Ich hab überhaupt kein Problem damit, einen schwulen Bruder zu haben, und ich bin sicher, auch Mom und Lisa werden sich irgendwann damit abfinden. Bernie sollte kein Problem darstellen. Ich bin mir sicher, dass sie es toll finden wird, dass Grant hier bleibt."

„Ich weiß nicht, ob das tatsächlich stimmt", antwortete Hunter.

„Bernie ist süß und naiv, das weißt du. Sie betet den Boden unter deinen Füßen an und sie verehrt Grant, der bei jeder Gelegenheit mit ihr flirtet, aber eindeutig klargemacht hat, dass es nie weiter führen wird."

„Ich weiß nicht, ob Grant wirklich hier bleiben wird", stellte Hunter klar.

„Und du machst dir Sorgen darüber, was Gable denken wird." Es war keine Frage.

Hunter nickte. „Grant hat Gable nach seinem Unfall verlassen. Ist spurlos verschwunden."

„Hast du ihn gefragt, was passiert ist?"

„Nein", gab Hunter zu. „Aber immer, wenn wir auf das Thema kommen, macht Grant dicht. Er will es mir nicht erklären."

„Gib ihm Zeit. Er hat wahrscheinlich Schuldgefühle. Ich weiß, ich hätte welche."

„Aber wer würde denn seinen …"

„Liebhaber verlassen?", half Izzie aus.

„Ja … Was für eine Art Mann würde das einem geliebten Menschen antun, der einen Unfall hatte?"

„Wir wissen nicht, was vor dem Unfall zwischen ihnen vorgefallen ist, Hunter."

„In zehn Minuten gibt es Abendbrot!", kam Lisas Stimme von unten und unterbrach damit ihr ernstes Gespräch.

„Ich beeil mich mal besser mit dem Duschen", sagte Hunter.

Izzie nickte. „Ja, ich auch." Sie sah ihn durchdringend an. „Denk drüber nach, Hunter. Warte nicht darauf, dass Grant den ersten Schritt macht. Rede mit ihm."

Sie gab Hunter keine Chance zu widersprechen, als sie auf dem Absatz kehrtmachte und in ihrem Zimmer verschwand. Hunter schnappte sich schnell ein Handtuch und Seife und holte eine saubere Jeans und ein Hemd aus seinem Zimmer, bevor er zum Mannschaftshaus hinüberrannte. Er war froh, dass die Duschen verlassen waren, da die meisten Männer gerade aßen, und er zog sich schnell aus, um sich unter das heiße Wasser zu stellen. Er wusste, dass er nicht viel Zeit hatte, also seifte er sich ein und ließ seine Hände über seine nasse Haut wandern, um den Dreck loszuwerden.

Es fühlte sich gut an, endlich wieder sauber zu sein, doch der Gedanke daran, wie Grant ausgesehen hatte, kurz bevor sie sich geküsst hatten, ging ihm nicht aus dem Kopf. Hunter versuchte, seinen Schwanz zu ignorieren, der begann, sich schwer anzufühlen, doch die Erinnerung an Grant – nur mit einem Handtuch bekleidet erst in den Duschen und dann oben in seinem Zimmer – machte ihn verdammt scharf. Hunter legte eine Hand um seine Erektion und drückte ein paar Mal zu. Er wusste, dass er eigentlich Grants Hand auf sich spüren wollte, seinen Mund auf seinem Schwanz, an ihm lutschend und mit der Zunge neckend. Er fuhr mit der freien Hand über seinen Hintern und ließ einen Finger zwischen seine Pobacken gleiten. Er musste schlucken, als er seinen Finger um seine Öffnung kreisen ließ und der Muskel sich automatisch anspannte. Konnte er Grant hier Einlass gewähren? Er schob einen Finger gegen den zusammengepressten Muskel und spürte Widerstand. Ganz sicher wäre Grant viel zu groß. Hunter hatte schon genug Probleme gehabt, Grants eindrucksvolle Erektion in den Mund zu nehmen. Auf keinen Fall könnte Hunter Grant auf diese Weise in sich aufnehmen. Aber warum sehnte er sich dann plötzlich danach? Warum hatte er das Gefühl, dass er einem Versuch zustimmen würde, wenn Grant es das nächste Mal vorschlug?

Dann erinnerte er sich an ihre Begegnung im Stall und wie geil und begierig er gewesen war. Er hatte Grant gebeten, ihn zu ficken, und er hatte es ernst gemeint. Nur wenn er allein war, bekam er Zweifel, ob er es wirklich tun konnte. Grant hatte gesagt, sie würden es tun, wenn sie genug Zeit und Privatsphäre hatten. Izzie hatte recht. Hunter würde den ersten Schritt tun müssen: Er würde eine Möglichkeit für sie organisieren müssen, wo sie allein sein konnten, weit weg von den neugierigen Augen seiner Familie und den Ranchmitarbeitern.

Hunter fühlte Hitze in sich aufsteigen, als er sich selbst einen runterholte. Die Vorstellung, Grant in sich aufzunehmen, hatte seinen Schwanz steif werden lassen. Er sah nach oben und ließ sich das heiße Wasser über das Gesicht laufen, während er sich vorstellte, Grant an seinem Rücken zu spüren; wie er gegen ihn stieß, in ihn hinein, wie er weiter ging als bei ihrem letzten Zusammensein. Gerade als ihm klar wurde, dass er sich nicht länger zurückhalten konnte und grelle Lichter hinter seinen Augenlidern flackerten, glitt sein Finger am Schließmuskel vorbei und er stieß in seine Hand, woraufhin weiße Streifen Spermas gegen die Wand spritzten.

Da er fühlte, dass er sich kaum auf den Beinen halten konnte, lehnte er seinen Kopf an die Trennwand, um dort Halt zu finden. Keuchend versuchte er, wieder zu Atem zu kommen, und kam zu der Erkenntnis, dass er es nicht abstreiten konnte. Er konnte sagen, dass er nicht schwul war – zumindest *fühlte* er sich nicht schwul, – aber er konnte nicht sagen, dass er nicht auf Grant scharf war, dass er beim Gedanken an Grants Hände auf seiner nackten Haut nicht hart wurde. Er konnte es nicht abstreiten. Und Izzie verstand das.

„SORRY, DASS ich zu spät komme", entschuldigte sich Hunter, als er sich an den Abendbrottisch setzte. Sein Haar war immer noch nass und zerzaust, da er vergessen hatte, einen Kamm einzustecken. Lisa und seine Mutter bedachten ihn mit einem strengen Blick, doch Bernie und Izzie lächelten wie immer. Hunter lächelte zurück und reichte seiner Mutter seinen Teller, damit sie ihn mit Essen füllen konnte. So lief das in diesem Haushalt: Die Mutter war der Chef.

Hunter schwebte immer noch im siebten Himmel und er hoffte, dass seine Mutter und Schwestern nicht errieten, warum genau er so guter Laune war. Er musste sich sogar zurückhalten, nicht gleich hinauszuposaunen, dass er demnächst ein Wochenende freinehmen würde. Natürlich konnte er ihnen nicht sagen, dass er es mit Grant verbringen würde, aber er war entschlossen, sich etwas einfallen zu lassen. Sobald Grant zurück war, würde er mit ihm reden und nach einem Ort suchen, wo sie miteinander allein sein konnten.

15

GRANT SAß auf der Bank und versuchte, wach zu bleiben. Er war die ganze Nacht und den Großteil des Tages mit dem Motorrad unterwegs gewesen, um hierher zu kommen, und nun blieb die Tür, die er anstarrte, verschlossen. Nicht, dass das außergewöhnlich gewesen wäre, doch er war praktisch sofort aufgebrochen und fühlte sich nun betrogen. Er sah zum Fenster hinauf. Dort brannte Licht und die Vorhänge waren zurückgezogen, aber trotzdem konnte er nicht sehen, was im Inneren vorging.

Es war Zeit fürs Abendbrot, also würden sie wohl das Essen vorbereiten und dann alle zusammen um den großen Tisch herum sitzen. Grants Magen knurrte. Er ignorierte jedoch seinen Hunger, denn noch konnte er nicht gehen. Nicht, wenn noch die Chance bestand, dass sich die Tür öffnete, um ihn einzulassen. Einfach nur, um Hallo zu sagen. Er hatte vor langer Zeit aufgehört, mehr zu erwarten, doch keinesfalls würde er diese Chance vergeuden. Noch ein paar Stunden und dann wäre es für heute zu spät. Am nächsten Tag würde er frühmorgens wieder da sein und auf der Bank sitzen. So konnte man ihn vom Haus aus nicht sehen, aber er konnte jede Bewegung im Inneren wahrnehmen oder sehen, wenn jemand das Haus verließ.

Er zog seinen Mantel enger um sich, um sich warmzuhalten und hoffte darauf, sie sehen zu können. Er konnte allerdings nicht sicher sein, dass er diesmal die Möglichkeit dazu haben würde.

Die Nächte, die er in einem billigen Motel verbrachte, waren unruhig, denn er sehnte sich nicht nur nach dem, wofür er hergekommen war, sondern er sehnte sich auch nach Hunter. Er hatte noch nie einen Mann getroffen, der ihm ebenbürtig war: groß und stark und ziemlich selbstbewusst. Obwohl er wusste, dass Hunter immer noch voller Selbstzweifel war, was er in einem Partner suchte, war er sich sicher, dass Hunter in seine Gefühle hineinwachsen würde. Ihm war es nach Jahren voller Unsicherheit nicht anders gegangen. Grant wusste, dass er vor allem Gable dafür danken musste, dass er damals zu einem Entschluss gekommen war. Nicht, dass Gable die Liebe seines Lebens gewesen wäre. Gable war zu ruhig, zu introvertiert und viel zu verschlossen für Grants Geschmack, aber sie hatten gut zusammengearbeitet, und obwohl ihre Beziehung nicht perfekt gewesen war, konnte er sich zum ersten Mal in seinem Leben vorstellen, ein Leben mit einem anderen Mann aufzubauen. Wenn er etwas von Gable gelernt hatte, dann, dass das möglich war – und zwar kompromisslos.

Nach einem Wochenende voller vertaner Chancen machte Grant sich auf den Rückweg zu Hunters Ranch. Nach einigen Stunden Fahrt machte er eine Pause, um zu tanken, und sah dabei, dass jemand versucht hatte, ihn auf seinem Handy anzurufen. Nachdem er zurückgerufen hatte, wusste er, dass Hunter wohl noch etwas länger auf seine Rückkehr warten musste.

Es war kein großer Umweg, tatsächlich lag sein Ziel sogar auf dem Weg. Er hasste Krankenhäuser, hasste sie von ganzem Herzen, seit er sich im zarten Alter von acht Jahren von seiner Mutter hatte verabschieden müssen. Darüber, dass er zur Waise geworden war, nachdem ihm seine Mutter versprochen hatte, ihn nicht zu verlassen, war er nie hinweggekommen. Dieser Hass auf Krankenhäuser hatte ihn einen Geliebten gekostet. Als er von Gables Unfall erfahren hatte, war er nicht in der Lage gewesen, über die weißen Wände und den Geruch hinwegzukommen. Also hatte er die Stadt verlassen, anstatt für Gable da zu sein. Er hatte sich eingeredet, dass Gable nach ein paar Tagen nach Hause könnte. Doch als das nicht passierte und Gable sich nicht erholte, schämte sich Grant so sehr, dass er gegangen war. Erst viel später hatte er von Calley die Wahrheit über Gables Verletzung erfahren und darüber, wie hart es war, das Überleben von Gables Ranch zu sichern.

Jetzt bot sich ihm die Chance, es wiedergutzumachen. Ihm war klar, dass Gable ihn nicht sehen wollen würde, und das konnte er ihm nicht verdenken, doch er war wieder im Krankenhaus und Calley hatte ihm erzählt, dass er noch nicht über den Berg war.

Mit schweißnassen Händen und vor irrationaler Angst zitternd betrat er das grellweiße Gebäude. Er musste nach dem Weg fragen und schließlich fand er das Wartezimmer vor der Intensivstation, auf der Gable lag. Es war leer und auf einem Schild davor stand zu lesen, dass die Besuchszeiten kurz waren und erst in einer Weile beginnen würden. Er atmete tief durch, um seine Nerven zu beruhigen, und sah sich im Wartezimmer um. Obwohl er normalerweise sehr aufmerksam war, brauchte er ein paar Sekunden, bis er die große, schlanke Frau erkannte, die in einer Ecke saß.

„Calley?"

Sie sah zu ihm auf und ihr Gesicht begann zu strahlen. Trotzdem sah sie müde aus, als hätte sie kaum geschlafen.

„Grant, Schatz." Sie stand von dem unbequem aussehenden Plastikstuhl auf und kam auf ihn zu. Sie umarmte ihn, bevor er auch nur die Chance hatte zu reagieren. Ihre Geste beruhigte ihn und zu Grants Überraschung flatterten seine Nerven nun nicht mehr ganz so heftig.

„Wie schlimm ist es?"

Ihr Lächeln verschwand. „Sie sind sich noch nicht sicher, ob er durchkommt. Flynn und ich mussten die Entscheidung treffen, den Fuß amputieren zu lassen, und jetzt wissen wir nicht, ob es das überhaupt wert war. Zum Glück weiß er es noch nicht."

„Er ist nicht wach?", fragte Grant. Trotz allem, was passiert war, sorgte er sich immer noch um Gable.

Sie schüttelte den Kopf. „Er hatte eine Blutvergiftung und seine Organe haben versagt. Er wird künstlich beatmet, und obwohl sie versuchen, ihn von der Maschine zu nehmen, ist das nicht so einfach, weil er schon so lange auf sie angewiesen ist."

Grant seufzte. Er musste Gable sehen, obwohl er wusste, dass er nicht willkommen war. „Ist … Flynn bei ihm?"

„Ja", bestätigte Calley. „Sie erlauben ihm, so lange zu bleiben, wie er möchte."

„Sie wissen, dass er Gables Partner ist?"

Calley lächelte ein wenig. „Flynn ist nicht der Typ, so etwas zu verstecken. Er ist ziemlich geradeheraus."

„Gut", sagte Grant. Er hielt immer noch ihre Hand und klammerte sich daran wie an einen Rettungsanker. „Ich bin froh, dass Gable jemanden wie Flynn hat. Das hat er verdient."

Calley drückte seine Hand. „Mach dich nicht klein, Grant. Du hast nur eine falsche Entscheidung getroffen."

„Eine Entscheidung, für die mich alle gern verdammen möchten."

Calley neigte den Kopf. „Denen, die nicht die ganze Geschichte kennen, kann ich das nicht vorwerfen. Aber ich weiß, was passiert ist, und ich verdamme dich nicht."

Grant lächelte. „Du bist leicht zu überzeugen. Du warst schon immer auf meiner Seite." Er sah sich um, um sicherzugehen, dass sie allein waren, und zog sie dann in eine enge Umarmung. Sie wehrte sich nicht und so standen sie eine Weile eng umschlungen da. Als sie einander losließen, war Calley leicht errötet.

„Warum gehe ich nicht und besorge uns was zu trinken?", schlug sie vor.

„Das kann ich doch machen."

Sie schüttelte den Kopf. „Ich brauche einen Spaziergang. Ich hab viel zu lange hier gesessen."

Sie ließ Grant im Wartezimmer zurück, also setzte er sich hin. Auf einem Tisch in der Nähe lagen ein paar Magazine, doch da sie wie Frauenzeitschriften aussahen und er ohnehin nicht glaubte, sich genug konzentrieren zu können, um zu lesen, saß er einfach nur ruhig da und starrte den fleckigen Boden an. Eine Tür an der Seite öffnete sich und als er sah, dass sie zur Station führte, hielt er sie fest, bevor sie sich wieder schließen konnte. Er wusste, Gable war hier irgendwo, und er wollte ihn noch einmal sehen, bevor es vielleicht zu spät war.

Niemand achtete auf ihn, als er den Flur entlanglief und durch die Fenster schaute, die vom Boden bis zur Decke reichten und die Zimmer voneinander trennten.

„Kann ich Ihnen helfen?", fragte ein junger Mann in einem weißen Krankenhauskittel. Grant vermutete, dass er ein Krankenpfleger war. „Ich suche nach Gable Sutton."

„Gehören Sie zur Familie?"

Grant zuckte die Schultern. „Irgendwie. Wir sind allerdings nicht blutsverwandt."

„Verstehe", sagte der Mann mit einem verständnisvollen Lächeln. „Ich werde seinen Freund fragen müssen." Er zeigte auf eines der Zimmer und Grant sah einen jungen Mann mit kurzen, lockigen Haaren auf einem Stuhl neben einem Krankenbett sitzen. Er hielt die Hand des Mannes, der in dem Bett lag. Seine Augen waren offen und plötzlich wurde Grant klar, dass der hager und ausgezehrt aussehende Mann in dem Bett Gable war. Er hätte ihn fast nicht erkannt. Aus dem Augenwinkel sah er, dass der junge Mann mit einem verärgerten Gesichtsausdruck aufstand, doch Grants Blick war auf Gable geheftet, als er sah, dass Gable ihn erkannte. In seinem Gesicht spiegelte sich blanke Panik und die Geräte um Gables Bett schlugen Alarm.

Grant fühlte, wie sein Herz zu rasen begann, und er wusste, dass er von hier weg musste. Er drehte sich um und ging den Flur zurück zu der Tür, durch die er gekommen war. Er konnte sie jedoch nicht öffnen, also trat er dagegen. Dann entdeckte er einen großen Tastschalter an der Wand und als er ihn betätigte, öffnete sich endlich die Tür. Er stürzte ins Wartezimmer.

„Ich konnte dich nicht finden", sagte Calley, in deren Stimme Sorge mitschwang. „Ich dachte, du wärst gegangen. Also hab ich versucht, dich auf dem Handy anzurufen, aber ich habe angenommen, es wäre noch ausgeschaltet, weil du ja im Krankenhaus warst."

„Ich war … ich hab Gable gesehen", unterbrach Grant ihren Redefluss.

Sie streichelte ihm über den Arm, um ihn zu beruhigen. „Er sieht nicht gut aus."

„Ich weiß. Und er hat mich gesehen und ist in Panik geraten."

Die Furche auf ihrer Stirn wurde tiefer. „Ihr beide müsst euch aussprechen, Grant."

„Das ist im Moment nicht sehr wahrscheinlich, oder? Gable ist dafür viel zu krank und ich weiß nicht, ob ich mich noch einmal Flynns Zorn aussetzen sollte."

„Ja, er nimmt ihn sehr in Schutz", stimmte Calley zu. In diesem Moment öffnete sich die Tür, die zur Intensivstation führte, und Flynn stürmte ins Wartezimmer.

„Grant, nehme ich an?"

Grant hatte keine Zeit zu reagieren. Obwohl Flynn kleiner war als er, hatte er eine sehr kräftige Rechte, und Grant fühlte etwas nachgeben, als Flynn ihm eine verpasste. Er taumelte zurück und konnte sich nur gerade so auf den Beinen halten.

Flynns Augen brannten vor Zorn. „Ich will dich nie wieder in Gables Nähe sehen."
Grant schüttelte den Kopf. „Ich wollte ihn nicht aufregen. Ich wollte nur ..." Er beendete den Satz nicht. Stattdessen rieb er sich das Kinn und fühlte mit seiner Zunge im Mund herum, weil er Blut schmeckte.

Flynn schien sich etwas zu beruhigen, während er sich die Fingerknöchel rieb. Er entdeckte Calley. „Ihm geht's gut", sagte er zu Calley. „Er atmet jetzt allein."

„Es tut mir leid", entschuldigte Grant sich noch einmal.

Flynn wandte sich wieder Grant zu. „Gable ist noch nicht so weit, dich zu sehen, Grant. Vielleicht wird er es nie sein. Bitte versuch das nicht noch einmal. Wenigstens nicht, bis er selbst entscheiden kann, ob er dich sehen will oder nicht."

„Das ist nur fair", stimmte Grant zu. „Falls er mich irgendwann sehen will, ich arbeite auf Hunters Ranch. Ich kann aber auch verstehen, wenn er es nicht will."

Flynn nickte. „Ich muss wieder zurück", sagte er mehr zu Calley als zu Grant.

„Kümmer dich um ihn, Schatz", sagte Calley, als sie zusah, wie Flynn das Zimmer verließ.

Grant nahm einen tiefen Atemzug und fühlte, wie der Adrenalinschub nachließ. „Er ist ein besserer Mann als ich es je sein werde."

„Ich hab dir doch gesagt, Gable hat den Hauptgewinn gezogen." Calley sah ihn mit einem besorgten Gesicht an. „Also arbeitest du für Hunter?"

Grant nickte. „Hunter und ich sind ..." Er hielt inne, weil er nicht glauben konnte, dass er dabei war, Calley sein bestgehütetes Geheimnis anzuvertrauen.

„Ich hab gar nicht gewusst, dass Hunter schwul ist", sagte Calley zwar leise, aber in ihrer gewohnt kompromisslosen Art.

„Er ist im Moment dabei, das herauszufinden", erwiderte Grant. „Aber erzähl es niemandem, okay? Bis jetzt weiß noch keiner Bescheid."

Sie zwinkerte ihm zu. „Ich hab vielleicht den Ruf, eine Klatschtante zu sein, weil mein Laden ein Treffpunkt für so viele Menschen ist, aber ich weiß, wie man ein Geheimnis bewahrt."

Grant nickte. Er wusste das. Calley hatte in der Vergangenheit mehr als eines seiner Geheimnisse für sich behalten. Vielleicht war er deshalb so begierig darauf, ihr auch dieses anzuvertrauen. Es fühlte sich gut an, mit jemandem darüber zu sprechen. Dadurch wurde es irgendwie realer, obwohl er sich immer noch nicht sicher war, ob Hunter nicht doch noch das Weite suchen würde.

„Wir sind nicht ... Es ist noch nichts Festes oder Verbindliches. Hunter ist noch dabei, sich an die Vorstellung zu gewöhnen", meinte Grant.

„Scheint so, als fiele es mittlerweile auch dir leichter zuzugeben, dass du auf Männer stehst."

Grant nickte. „War immer dumm, das abzustreiten, nehme ich an. Ich konnte mir nur nie vorstellen, mit einem Mann eine richtige Beziehung zu haben. Nicht mal, als ich bei Gable gelebt habe. Das war keine echte Beziehung."

Sie drückte seinen Arm und nickte. „Ich weiß."

„Aber bei Hunter möchte ich einfach mehr als nur ..."

„Sex?"

Grant musste bei der Leichtigkeit, mit der ihr das Wort über die Lippen kam, lächeln. Er schüttelte den Kopf darüber, wie unangenehm es ihm immer noch war, es laut auszusprechen. Jahre voller Vorurteile ließen sich nicht so einfach abschütteln. „Natürlich musste es so kommen. Wenn ich endlich einen Mann getroffen habe, mit dem ich den Rest meines Lebens verbringen will, kann sich genau dieser Mann so etwas überhaupt nicht vorstellen."

Calley drückte Grants Arm ein weiteres Mal. „Er wird sich schon an den Gedanken gewöhnen, du musst nur geduldig sein."

16

HUNTER MACHTE Überstunden. Obwohl er die Arbeit auf der Ranch genoss, wusste er auch, dass noch ein ganzer Haufen Papierkram in seinem Büro auf ihn wartete, wenn Grant nicht da war. Da er es hasste, ganze Tage dort zuzubringen, zog er es vor, nach einem Tag im Sattel noch etwas Büroarbeit zu erledigen, so dass sie ihm nicht über den Kopf wuchs.

Das Büro war im Erdgeschoss des großen Hauses, gleich neben dem Vorraum, und Hunter musste seine Schreibtischlampe einschalten, damit er überhaupt sah, was er tat. Im Haus war bereits Ruhe eingekehrt, also erschrak er, als es eindringlich an der Tür klopfte.

„Herein", antwortete er nach einer kurzen Pause, in der er versuchte herauszufinden, ob er das Klopfen nicht vielleicht nur geträumt hatte.

„Hallo", grüßte ihn Grant.

Hunter konnte ein Lächeln nicht unterdrücken. Grant sah todmüde aus, doch er war immer noch ein beeindruckender Anblick. „Du bist früh zurück."

„Ich dachte, ich melde mich gleich bei dir zurück, bevor ich mich aufs Ohr haue. Kann ich gleich morgen in der Frühe mit der Arbeit beginnen?"

Hunter nickte und stand von seinem Schreibtisch auf. Er versuchte, Zeit zu gewinnen in der Hoffnung, dass ihm ein Weg einfiel, Grant noch etwas länger hier zu behalten. Doch eigentlich erschien ihm das egoistisch, denn er konnte die dunklen Ringe unter Grants Augen sehen. Er sollte ihn wirklich zu Bett gehen lassen. Dann fiel Hunter etwas ein.

„Uns fehlt schon wieder ein Pferd. Ich wollte eigentlich morgen mit Tim die Zäune überprüfen und dabei nach Anzeichen für einen Puma Ausschau halten. Aber da er ziemlich viel zu tun hat, weil die Stuten rossig sind, hab ich mir gedacht, dass du mich vielleicht begleiten könntest."

Grant kam etwas näher, als sich Hunter auf die Kante seines Schreibtisches setzte. „Klar. Klingt, als könnte es Spaß machen."

„Und wie lief es bei dir?"

„Es war ermüdend. Ich leg mich lieber hin. Ich nehme an, wir brechen früh auf?"

Hunter nickte langsam und Grant trödelte ein wenig herum, weil er nicht so recht gehen wollte.

„Ich habe mit Danny das Pferd getauscht", sagte Hunter in einem Versuch, Grant dazubehalten. „Am Samstag ist Danny Honeybee geritten und ich Belle."

Grant kam noch einen Schritt auf Hunter zu. „Belle passt von der Größe her viel besser zu dir als Honeybee. Danny hat es nichts ausgemacht?"

Hunter entging nicht, dass Grants Stimme sanfter wurde, verführerischer, und das, obwohl ihr Gesprächsthema ziemlich unverfänglich war. „Nein, ich glaube, er war glücklich mit dem Tausch. Er sah auf dem kleineren Pferd viel entspannter aus." Hunter musste sich zwingen, sich nicht zu Grant hinüberzubeugen, denn dieser war mittlerweile so nah, dass er den moschusartigen, leicht verschwitzten Geruch eines Mannes wahrnehmen konnte, der tagelang unterwegs gewesen war. Seine Jeans fühlten sich plötzlich zu eng an. Er wollte Grant an sich ziehen, wollte ihn küssen und seinen kräftigen Körper unter seinen Händen spüren. Er wollte den anderen Mann verschlingen, doch da er das nicht wagte, sah er ihm stattdessen nur in die dunklen Augen.

240

Grant legte seine Hände auf Hunters Oberschenkel, und fast ohne nachzudenken, zog Hunter sie auf seine Hüften. Er spreizte seine Beine etwas, so dass Grant dazwischen passte. Grant zog ihn zu sich und in dem Moment, in dem Hunter zu ihm aufsah, wurden auch schon seine Lippen mit einem Kuss verschlossen. Hunter dachte nicht einmal darüber nach, er erwiderte einfach Grants Kuss und hoffte, ihm damit zeigen zu können, dass er ihn vermisst hatte. Ihr Kuss wurde schnell leidenschaftlicher und Grant rieb seine Hüften an Hunters und stöhnte.

„Verdammt, du fühlst dich gut an", seufzte Grant, als sie den Kuss unterbrachen, um zu Atem zu kommen.

„Ich hab dich vermisst", erwiderte Hunter.

Grants Stirn berührte Hunters. Er würdigte Hunters Worte mit einem verlangenden Stöhnen und einem kurzen Kuss.

„Lass uns nächstes Wochenende wegfahren", schlug Hunter vor. „In irgendein Hotel. Irgendwohin, wo uns niemand kennt."

Grant nickte und küsste Hunter erneut. Hunter war überrascht, mit welcher Zärtlichkeit und Behutsamkeit Grant ihm begegnete und für einen Moment wollte er nur seine Nähe spüren – die Hände besitzergreifend auf seinen Hüften und den Mund fordernd auf seinem. Doch dann ließ Grant seine Hand auf der Wölbung in Hunters Hose ruhen. Er berührte Hunters Erektion und schon war die Lust mit Gewalt zurück. Immer, wenn sie nahe dran waren, fühlte Hunter eine rot glühende Hitze in sich, wie er sie noch nie bei jemandem empfunden hatte – schon gar nicht bei einer Frau. Sein Verstand konnte einfach nicht begreifen, was an Grant seine Knie weich werden ließ und sein Herz zum Rasen brachte. Sicherlich hatte es etwas mit Grants geschickten Händen und seiner energischen Art bei ihren gemeinsamen Treffen zu tun, doch Hunter konnte sich keinen Reim darauf machen, warum er bei Grant so bereitwillig die Kontrolle aufgab, wo er doch immer gedacht hatte, er wäre selbst ziemlich dominant.

„Ich möchte, dass du mich fickst", flüsterte Hunter, der das Gefühl hatte, die Kontrolle doch nicht ganz aufgeben zu können.

„Hab dir doch gesagt, ich möchte es richtig machen, weil es dein erstes Mal sein wird. Das sollten wir nicht überstürzen, Hunter."

Hunter wusste, dass Grant es nur gut meinte, doch er sehnte sich nach Körperkontakt, sehnte sich danach, ihre Beziehung zu zementieren. Er mochte es nicht, Dinge hinauszuzögern, besonders, wenn es sich um etwas handelte, wovor er sich fürchtete. Er wusste, dass es schmerzhaft sein würde, und daher wollte er es so schnell wie möglich hinter sich bringen. So geil wie er im Moment war, wusste er, dass er es tun könnte.

„Was, wenn uns jemand erwischt?", fragte Grant. Er zog sich gerade so weit zurück, dass er Hunter in die Augen sehen konnte.

„Wir können es nicht hier machen", sagte Hunter mit Bestimmtheit. „Das ist ein altes Haus und ziemlich hellhörig."

„Ich möchte dich gemütlich in einem Bett, nicht vornübergebeugt über deinem Schreibtisch", stimmte Grant zu. „Das Mannschaftshaus ist auch nicht viel besser. Da sind die Wände auch hauchdünn."

Doch dann lächelte Grant, als ihm plötzlich eine Idee kam. Er ließ von Hunter ab, nahm seine Hand und zog ihn auf die Füße. „Vertraust du mir?"

Hunter nickte und folgte Grant nach draußen, während sich seine Jeans ziemlich unbequem anfühlten, da sie sich über seiner Erektion spannten.

„Schlüssel?", fragte Grant, als sie zu Hunters Truck gingen. Hunter warf sie ihm zu und Grant fing sie mit Leichtigkeit auf, bevor er sich hinters Steuer setzte.

„Wo fahren wir hin?"

Grant antwortete nicht, als er neben dem Mannschaftshaus anhielt. „Bin gleich wieder da."

Als Grant kurz darauf wiederkam, hatte er zwei Decken und eine Plastiktüte in der Hand. Hunter wagte nicht zu fragen, was sich darin befand, doch er hatte eine ziemlich gute Vorstellung, was es sein könnte.

„Es ist ein bisschen kalt, um draußen zu schlafen", protestierte Hunter halbherzig.

„Wir werden nicht draußen bleiben", stellte Grant knapp fest.

Hunter brauchte nicht lange, um dahinterzukommen, dass sie in die Richtung von Gables Ranch fuhren. „Man wird uns auch da erwischen."

Grant lächelte. „Sie sind nicht zu Hause." Grant parkte das Auto unter einem Baum, der vom Haupthaus aus nicht zu sehen war, und stieg aus. Hunter vermutete, dass er ihm folgen sollte, also tat er das.

„Hier hinauf", sagte Grant, als er auf eine Leiter in der dunklen Scheune deutete.

Hunter konnte Pferde in ihren Boxen und das Scharren von Hufen hören, doch davon abgesehen gab es keine Geräusche. „Ein guter alter Heuschober?"

Grant nickte verschmitzt. „Er liegt abgeschieden und es gibt dort reichlich Stroh, so dass man bequem liegen kann. Und ich weiß, dass du nicht allergisch bist."

Für eine Sekunde packte ihn die Eifersucht, als ihm klar wurde, *woher* Grant wusste, dass das so ein guter Platz zum Vögeln war, aber nach ein paar Momenten gewann die Leidenschaft wieder die Oberhand. Er hatte hiervon geträumt, hatte sich vorgestellt, was wie passieren würde. Und da sie beide Reiter waren, war dieser Ort irgendwie passend.

Keiner von beiden legte Wert auf Förmlichkeiten, also zog Hunter sich aus, als Grant die Decken auf dem Stroh ausbreitete. Obwohl seine Erektion auf der Fahrt hierher etwas eingeschlafen war, stand Klein-Hunter sofort wieder Gewehr bei Fuß, als auch Grant sich mit einem spitzbübischen Lächeln auszog.

Hunter blieb keine Zeit zu reagieren, als Grant vor ihm auf die Knie fiel. „Verdammt, du siehst zum Anbeißen aus." Grant wartete nicht länger, sondern nahm Hunters Erektion in den Mund und schluckte sie ganz.

Hunter kam praktisch sofort. „Verdammt! Grant!", rief er. „Ich will noch nicht kommen."

Grant ließ sich nicht abschrecken. Er setzte einfach seine Bemühungen fort und leckte Hunters steinharte Erektion mit der Leidenschaft eines verhungernden Mannes. Hunter konnte diesen verlockenden Anblick nicht länger ertragen, also machte er einen vorsichtigen Schritt rückwärts, bis er sich an einem Stützbalken anlehnen konnte.

„Spreiz deine Beine", bat Grant, der wusste, dass Hunter seiner Bitte nachkommen würde.

Der Halt, den der Balken ihm gab, machte es ihm möglich, Grants Wunsch zu erfüllen. Dieser unterbrach seinen Blowjob gerade so lange, wie er brauchte, um seine Finger mit Spucke zu befeuchten. Dann fuhr er fort, Hunter einen zu blasen, während er mit seinen Eiern spielte und seine Finger bis zu Hunters Öffnung gleiten ließ. Die Berührung ließ Hunter kurz zusammenzucken, doch dann erinnerte er sich daran, wie hart er gekommen war, als er das in der Mannschaftsdusche an sich selbst ausprobiert hatte. Das half ihm, sich zu entspannen. Er konnte Grants Erfahrung spüren und hatte sich mehr in der Gewalt, als er spürte, wie Grants Finger in ihn eindrang.

„Eng wie eine Jungfrau", sagte Grant mit einem verführerischen Lächeln.

„Lach nicht", brachte Hunter nur mit Anstrengung hervor.

„Ich lache nicht. Ich stelle mir nur vor, wie ich es genießen werde, deine enge, vibrierende Hitze um meinen Schwanz zu fühlen, während ich es dir in unserem improvisierten Bett besorge." Grants unzweideutige Worte wurden begleitet von seinem Finger, der tiefer in Hunter eindrang und seinen geheimen Punkt fand.

„Oh, verdammt! Was zum Teufel war das?"

Grant lächelte nur, bevor er dafür sorgte, dass Hunter ein weiteres Mal vor Lust erbebte, als er denselben Punkt noch einmal streifte. Hunter hatte das Gefühl, sich nicht länger auf den Beinen halten zu können. Er war kurz davor zu kommen und hatte das Gefühl, sein Orgasmus lauerte schon eine Weile auf ihn, doch irgendetwas hielt ihn zurück. War es vielleicht die seltsame Empfindung, die Grant in ihm auslöste, indem er ihn in seinem Innersten berührte? Auf jeden Fall kannte er das Gefühl nicht und jedes Mal, wenn Grant seinen Finger bewegte, hatte er den Eindruck, gleich zu kommen. Und doch hielt ihn etwas davon ab. Dann plötzlich fühlte Hunter sich leer, als Grant seinen Finger zurückzog. Fast hätte er „Nein" gerufen, doch er konnte sich gerade noch beherrschen und stöhnte stattdessen aus Protest laut auf. In der Hoffnung, dass ihm Grant wieder einen blasen würde, schob er die Hüften vor, so dass sein Schwanz vor Grants Gesicht herumwedelte.

„Versuchst du, mir damit ein Auge auszustechen?", neckte ihn Grant. „Oder möchtest du meinen Mund ficken?"

„Oh ja!", murmelte Hunter. Es war mehr eine generelle Zustandsbeschreibung als eine Antwort auf Grants Frage. Er nahm nicht an, dass Grant wollte, dass er seinen Schwanz in seinen Rachen stieß, und er glaubte auch nicht, dass er im Moment genügend Selbstbeherrschung hätte, um vorsichtig zu sein. Grant verstand seine Worte trotzdem als Aufforderung und schloss seine Lippen um Hunters Erektion.

Grant trieb Hunter in den Wahnsinn, doch er konnte nichts sagen. Sein Verstand schaffte es nicht, seinem Mund zu befehlen, Worte zu formen. Als Hunter sich nicht bewegte, ließ Grant sanft zwei Finger in seine Öffnung gleiten, und obwohl es sich gut anfühlte, brannte es auch. Hunters Muskeln spannten sich automatisch an, um die Eindringlinge loszuwerden.

„Entspann dich", beruhigte ihn Grant, der für einen Moment von Hunters Schwanz abließ. „Lass die Hüften kreisen und fick meinen Mund. Das wird dich von meinen Fingern ablenken."

„Ich will mich aber nicht … von deinen Fingern … ablenken."

Grant folterte ihn, indem er seinen Mund um Hunters Erektion öffnete, ohne tatsächlich an ihr zu lutschen, wodurch er Hunter dazu zwang, nach vorn zu stoßen.

„Oh, ja!", feuerte Grant ihn an. Er bewegte seine Finger im Rhythmus von Hunters Bewegungen und öffnete ihn damit, während Hunter all seine Beherrschung brauchte, um nicht einfach seinen Schwanz in Grants Mund zu rammen. Für etwas mehr Halt legte er seine Hand auf Grants Kopf. Als Grant lächelte, Hunters Schwanz immer noch in seinem Mund, vergrub Hunter seine Finger in Grants Haar und stieß seinen Schwanz tiefer in Grants Mund, was ihm ein Stöhnen entlockte. Hunter konnte sehen, wie Grant sich selbst in die Hand nahm und sich im Rhythmus von Hunters Stößen einen runterholte. Beim nächsten Mal, als Grant seine Finger in Hunter krümmte, erschauerte dieser und kam mit einer so plötzlichen Heftigkeit, dass er Grant nicht einmal mehr warnen konnte.

Grant schien das nichts auszumachen. Er schluckte einfach ein paar Mal, was Hunter noch heftiger erbeben ließ. Grants Hände umfassten nun wieder Hunters Hüften, um ihm Halt zu geben, und erst da bemerkte Hunter die plötzliche Leere.

„Ich wollte noch nicht kommen." Hunter seufzte die Worte mehr, als dass er sie sprach und Grant half ihm, sich hinzulegen.

„Ich wollte es aber", erwiderte Grant und strich ihm liebevoll das Haar aus der Stirn. „Wenn du mich immer noch in dir spüren willst, ist es so einfacher, weil du entspannter bist."

Hunter nickte, unfähig etwas zu sagen, da er sich in Grants Umarmung so entspannt fühlte. Auf der Decke, die auf ihrem behelfsmäßigem Bett lag, schmiegte sich Grant enger an ihn.

„Du bist ganz schön laut", flüsterte Grant. „Ich bin froh, dass wir hier allein sein können. Das werde ich wohl bedenken müssen, wenn ich für das nächste Wochenende nach einem Hotelzimmer für uns suche."

„Das wollte ich doch machen", erwiderte Hunter. „Ich hatte dich gefragt, ob du mit mir irgendwohin fährst."

„Na, musst du schon wieder das letzte Wort haben?", neckte ihn Grant.

„Ich bin schließlich dein Chef", antwortete Hunter nüchtern.

„Nicht heute Nacht. Du hast mich heute nicht bezahlt, vergiss das nicht."

Hunter hatte sich genug ausgeruht, also ließ er seine Hand an Grant Schwanz auf und ab wandern.

Grant küsste ihn und erforschte dabei seinen Mund. „Wann hast du beschlossen, dass du willst, dass ich mit dir schlafe?"

„Irgendwann zwischen dem, was wir im Truck während des Sturms gemacht haben, und einer ziemlich heißen Dusche im Mannschaftshaus", antwortete Hunter.

„Du hast im Mannschaftshaus geduscht? Sollte ich eifersüchtig sein und fragen, mit wem?"

Hunter konnte eine Mischung aus Selbstgefälligkeit und leichter Sorge auf Grants Gesicht sehen. „Nur ich und meine Hand", sagte er schüchtern. „Izzie hat im Haupthaus geduscht. Ich war von der Arbeit im Regen klatschnass und in zehn Minuten mussten wir fertig zum Abendbrot sein."

„Und auf keinen Fall durftest du zu spät kommen."

„Unnötig zu erwähnen, dass ich *natürlich* zu spät gekommen bin."

„Oh, ich brenne darauf, mehr davon zu hören."

Hunter konnte Grants Lächeln nie widerstehen, obwohl es ihn auch immer wachsam werden ließ. Doch er wollte es ihm erzählen, wollte ihm sagen, was in der Mannschaftsdusche mit ihm passiert war. „Jedes Mal, wenn ich dort bin, erinnere ich mich daran, wie du mir damals in der Nacht einen runtergeholt hast. Ich werde hart, wenn ich nur an dich denke, und ich stelle mir vor, was du wohl machen würdest, wenn du mich unter der Dusche erwischst, mit meiner Hand um meinen Schwanz."

„Und du dachtest dir, ich würde mir deinen kleinen Jungfrauenhintern nehmen?"

„Ich konnte mir nicht vorstellen, dass du mich an deinen Hintern lässt. Also, ja."

Grant schenkte ihm eines seiner neckenden Lachen. „Spiel deine Karten richtig aus und vielleicht lass ich dich." Abgesehen von Hunters überraschtem Gesichtsausdruck wartete Grant nicht auf eine Antwort und küsste ihn stattdessen leidenschaftlich. Die Lust zwischen ihnen begann zu brodeln und Hunter fühlte, wie er wieder steif wurde. Sicherlich trug auch Grants Hand zwischen seinen Beinen ihren Teil dazu bei und Hunter spreizte schamlos die Beine, damit Grant ihn besser erreichen konnte. Plötzlich zog sich Grant zurück und Hunter fühlte die kühle Nachtluft. Grant blieb nicht lange weg. Einen Moment später schmiegte er sich wieder an Hunter, Gleitgel und ein Kondom in der Hand, das er sich über die Erektion zog und dann mit dem Gel einrieb.

„Leg dich auf die Seite", wies ihn Grant an.

„Aber ich möchte dich ansehen", wandte Hunter ein.

„Ich weiß. Nächstes Mal." Grant küsste sanft Hunters Schulter. „Auf diese Weise tut es weniger weh, und wenn es sich gut anfühlt, können wir immer noch die Stellung wechseln."

Hunter nickte und fühlte sich in diesem Moment unglaublich nervös. Er war daran gewöhnt, im Bett der aktive Part zu sein, der, der die Führung übernahm. Es war nicht so, dass er Grant nicht vertraute, aber es war nicht einfach, plötzlich passiv sein zu müssen. Vor allem, da er davon ausging, dass es ziemlich unangenehm werden würde.

„Entspann dich", murmelte ihm Grant ins Ohr. „Du stehst ja geradezu unter Hochspannung, und das ist im Moment nicht das, was wir wollen."

Grant liebkoste Hunters Bauch, doch anstatt sich zu entspannen, fühlte er, wie Wellen der Vorfreude seinen Körper erzittern ließen. Es würde endlich passieren. Er würde endlich herausfinden, wie es sich anfühlte, gevögelt zu werden. Allerdings fiel es Hunter schwer, sich zu konzentrieren. Grants Hände spielten mit seinen Brustwarzen – die plötzlich viel empfindlicher waren, als er je gedacht hätte – und Grants Stimme flüsterte beruhigende Worte in sein Ohr. Das, zusammen mit Grants feuchter Zunge, die an seinem Ohrläppchen leckte, sorgte fast dafür, dass er ignorieren konnte, dass etwas Kaltes und Glattes an seiner Öffnung rieb. Den Druck fühlte er trotzdem.

„Schieb dich nach hinten", wies ihn Grant an. „Dann dringe ich automatisch in dich ein."

Hunter tat wie geheißen und fühlte ein Brennen. Er wich etwas zurück.

„Genau so. Beweg dich ein wenig vor und zurück."

Hunter gehorchte. Er nahm seine schwindende Erektion in die Hand. Er fürchtete, dass Grant zu groß für ihn war, also versuchte er, nicht daran zu denken, wie groß und schwer sich Grants Schwanz in seiner Hand angefühlt hatte. Er versuchte, sich auf das Gefühl von vorhin zu konzentrieren, als Grant diesen Punkt in ihm berührt hatte, der sich wie ein Stromschlag angefühlt hatte. Es würde sich so gut anfühlen, wenn er diesen Punkt nun mit seinem Schwanz berührte. Hunter bewegte ein weiteres Mal die Hüften und diesmal konnte er fühlen, dass etwas nachgab.

„Ja, so. Ganz vorsichtig. Gewöhn' dich erst mal daran, wie es sich anfühlt, wenn ich in dir bin. Konzentrier' dich darauf, wie gut es sich anfühlt, meinen Schwanz in dir zu fühlen."

Hunter stöhnte, nicht so sehr wegen des brennenden Schmerzes, sondern eher, weil er sich so ausgefüllt fühlte. Es war ein fremdartiges Gefühl, und gleichzeitig fühlte es sich absolut richtig an. Grant war in ihm und das Brennen ließ langsam nach. Er wollte noch einmal diesen Stromstoß spüren.

„Beweg dich", brachte Hunter schließlich hervor.

„Bist du sicher? Warum übernimmst du nicht erst mal die Führung, um zu sehen, wie es sich anfühlt?"

„Ich werde bestimmt nicht die ganze Arbeit machen", zischte Hunter mit zusammengebissenen Zähnen. Es sollte eigentlich nicht so hart klingen, aber jetzt war es zu spät, um die Worte zurückzunehmen.

Grant zog Hunters Kopf zurück und küsste ihn. „Ich dachte, du magst es, wenn du im Bett das Sagen hast?"

Hunter war froh, dass Grant ihm seine Worte nicht übelnahm, also lächelte er. „Stimmt", musste er kleinlaut zugeben.

„Wir wär's, wenn wir uns in der Mitte treffen?"

Grant stieß tiefer in Hunter und Hunters Hüften kamen ihm entgegen. Das machte das Brennen etwas besser, aber ein angenehmes Gefühl war es trotzdem noch nicht. Sie brauchten jedoch nicht lange, bis sie einen gemeinsamen Rhythmus fanden. Grants Hand umschloss Hunters, so dass sie beide dessen Schwanz streicheln konnten, der sich langsam wieder mit Leben füllte.

„Fühlt es sich schon besser an?"

Hunter nickte und Grant stieß ein wenig kräftiger zu, was Hunter ein Wimmern entlockte. Eine Stimme in seinem Hinterkopf versuchte, ihm einzureden, dass er lächerlich klang, wie ein Mädchen, doch es war ihm egal. Allerdings tat er gut daran, seiner Stimme nicht ganz zu vertrauen. Jedes Mal, wenn Grant zustieß, fühlte es sich an, als würde er Luft durch Hunters Stimmbänder pressen, was ihn zum Stöhnen brachte. Das war nichts, was Hunter kontrollieren konnte, gerade jetzt, da es anfing, sich gut anzufühlen. Das Gefühl von Grants glühend heißem Schwanz in ihm ließ sich mit nichts vergleichen und er wollte nicht, dass es aufhörte. Seine Hand war bereits feucht und glitschig von dem Sperma, das aus seinem Schwanz tropfte. Das war Hinweis genug, dass alles bald vorüber sein würde.

„Du bist so eng, Baby", keuchte ihm Grant ins Ohr. „Fühlt sich so gut an. Genießt du es auch?"

Anstatt zu antworten, drückte Hunter den Rücken durch und drehte den Kopf, so dass er Grant küssen konnte. Das veränderte den Winkel von Grants Stößen und plötzlich fühlte Hunter, wie ein Kribbeln seine Wirbelsäule hinauf wanderte. Er stöhnte laut auf, was Grant dazu brachte, innezuhalten.

„Alles in Ordnung?", fragte Grant besorgt.

„Hör nicht auf. Hör verdammt noch mal nicht mit dem auf, was du gerade machst", ächzte Hunter.

Grant nahm seinen Rhythmus wieder auf und Hunter begann, synchron dazu zu stöhnen. Er fand es unglaublich, wie dieses seltsame Gefühl ihn so nahe an einen Orgasmus bringen konnte, nachdem er vor kaum einer halben Stunde bereits gekommen war. Doch er wusste, dass es jeden Moment so weit sein würde, wenn Grant diesen Rhythmus beibehielt.

„Lass mich kommen", wiederholte Hunter wieder und wieder. „Ich bin so verdammt nah dran. Fick mich, Grant."

Grant brauchte keine weitere Aufforderung. Er versuchte, den Punkt zu treffen, der Hunter das lauteste Stöhnen entlockte, und beschleunigte die Bewegungen seiner Hand auf Hunters Schwanz. Hunter hatte es längst aufgegeben, sich mit irgendeiner Art von Rhythmus einen runterzuholen und ließ sich stattdessen von seinen Sinneseindrücken forttragen. Schließlich packte er Grants Hüfte, zog sie näher zu sich und schrie dann auf. Dicke, weiße Fäden ergossen sich aus Hunters Schwanz und rannen durch Grants Finger auf seinen Bauch. Das Zucken von Hunters Öffnung war jedoch auch für Grant zu viel.

Nach ein paar Momenten heftigen Atmens griff Grant zwischen ihre schweißgebadeten Körper, um das Kondom festzuhalten, als er sich aus Hunter zurückzog.

„Nicht!", rief Hunter mit all seiner verbliebenen Kraft und sein erschöpfter Körper spannte sich an.

Grant beruhigte ihn. „Was ist los? Ich werde vorsichtig sein. Ich werd dir nicht wehtun, vertrau mir."

Hunter stöhnte auf, da er sich des Eindrucks nicht erwehren konnte, dass Grant sich über ihn lustig machte. Also vergrub er das Gesicht in der Decke.

Grants Lippen formten ein Lächeln an Hunters Nacken. „Keine Sorge, ich geh nirgendwohin." Er schnappte sich ein T-Shirt und säuberte damit Hunters Bauch. „Ich mach uns nur ein bisschen sauber und hol uns eine Decke, damit wir nicht frieren."

Hunter sah auf und erzitterte, sowohl aufgrund der kühlen Nachtluft auf seiner feuchten Haut als auch aufgrund der Leere, die Grant in ihm hinterließ. Obwohl es nicht schmerzfrei gewesen war, wollte er es sofort wiederholen, sobald Grant bereit dazu war. Verlangte er zu viel? Wäre das zu viel und zu schnell? Er ließ sich auf den Rücken fallen und versuchte, Grant nicht zu erwartungsvoll anzusehen.

Grant kam zu ihrem provisorischen Bett zurück und legte sich neben Hunter. Er deckte sie beide mit einer dicken Fleece-Decke zu.

Hunter fühlte sich müde und erschöpft, doch als Grant ihn liebevoll küsste, wurde ihm klar, dass das ein Meilenstein war. Er ließ seine Hände genüsslich über Grants schlanken Körper wandern und griff ihm an den Hintern. Er hätte sich nie vorstellen können, wie richtig sich das anfühlte.

„Also, war es so schlimm wie du befürchtet hast?", wollte Grant wissen.

„Es war überhaupt nicht so, wie ich es mir vorgestellt habe", antwortete Hunter. „Es hat ein bisschen wehgetan, aber es hat sich trotzdem so gut angefühlt."

„Das habe ich bemerkt", schmunzelte Grant.

„Können wir es noch mal machen?"

Grant lachte. „Ich habe ein Monster erschaffen, oder?"

Hunter sah in Grants dunkle Augen und nickte ernst. „Ich hätte nie gedacht …" Er sah auf und brach den Blickkontakt ab. „Ich hab mich schon immer zu Männern hingezogen gefühlt, aber ich hab nie verstanden, wie der Sex funktioniert. Ich konnte nicht verstehen, dass sie sich wirklich in den Arsch ficken lassen wollten. Und da ich schon immer auf die wirklich maskulinen Kerle stand, bin ich nie weiter gegangen aus Angst, dass sie mich dann ficken wollen."

„Aber mir hast du es erlaubt."

Hunter nickte und wagte es, Grant wieder anzusehen, wenn auch nur flüchtig. „Ich wollte dich nicht verlieren."

„Und du hast gedacht, ich hätte mich nicht weiter darauf eingelassen, wenn du abgelehnt hättest?"

Hunter zuckte die Schultern. „Ich weiß nicht. Was hätten wir denn tun sollen, wenn keiner von uns diesen Part hätte übernehmen wollen?"

„Na ja, für den richtigen Typen würde ich das schon mal machen", erwiderte Grant und sah plötzlich nicht mehr so süffisant aus. „Nicht, dass ich bisher viele ‚richtige Typen' getroffen hätte, aber für dich wäre ich bereit, vielseitiger zu sein, als ich es normalerweise bin."

„Ich glaube, ich mag es, wenn du mit mir schläfst", gab Hunter zu und dieses Mal hielt er Grants Blick stand.

Grant knurrte spielerisch und legte sich auf Hunter. „Gut, denn es würde mir wirklich schwerfallen, die Hände von dir zu lassen, Baby."

„Nenn mich nur bitte nicht Baby, okay? Ich unterschreibe immer noch deinen Lohnstreifen, vergiss das nicht."

Grant lachte. „Oh, erinnere mich nicht daran!"

17

Es MACHTE Grant nichts aus, hinter seinem Chef zu reiten – vor allem, weil besagter Chef Schwierigkeiten hatte, es sich im Sattel bequem zu machen. Er machte eine gute Figur auf der großen braunen Stute namens Belle, und Grant musste immer noch schmunzeln, wenn er sich Hunter auf Honeybee vorstellte, der zierlichen Stute, die er vor einigen Wochen von Gable gekauft hatte.

Sie waren unterwegs, um nach Löchern in den Zäunen und nach Zeichen für einen Puma Ausschau zu halten, denn sie hatten schon wieder ein Fohlen verloren. Dieses war etwas älter gewesen als die anderen beiden.

Falls der Anblick von Hunter auf dem Pferderücken, die Beine gespreizt und der Hintern angespannt, wann immer er seinem Pferd ein Kommando gab, nicht ausreichte, um seine Schwanz aufzuwecken, dann doch wohl die Erinnerung an die Nacht, die sie gemeinsam auf Gables Heuboden verbracht hatten.

Sie hatten eine Weile geschlafen, da sie beide erschöpft gewesen waren, doch noch vor dem Morgengrauen hatte Hunter Grant für eine zweite Runde geweckt. Dieses Mal hatten sie sich angeschaut, als sie miteinander schliefen. Es war noch besser gewesen als das erste Mal, das wegen Hunters Unerfahrenheit nicht so glatt gelaufen war. Wieder waren sie eng umschlungen eingeschlafen und wurden von den Pferden geweckt, die mit Anbruch des Morgens in ihren Boxen unruhig wurden. Weil sie Angst hatten, von Flynn erwischt zu werden, der jederzeit in den Stall kommen konnte, um die Pferde zu füttern, zogen sie sich schnell an und fuhren zum Mannschaftshaus auf Hunters Ranch, wo sie sich voneinander verabschiedeten. Beide fürchteten, erwischt zu werden, und trotzdem konnten sie die Hände nicht voneinander lassen.

Es würde definitiv eine Herausforderung werden, ihre Beziehung geheim zu halten, und das, obwohl Grant ohnehin nicht der Typ war, der seine Gefühle von den Dächern rief. Obwohl das, was er für Hunter empfand, auch für ihn noch neu war, war er diskret. Schließlich konnte er sich noch gut daran erinnern, wie es war, sein Interesse an Männern verbergen zu müssen. Tatsächlich war er nie gut darin gewesen, über sich selbst zu sprechen. Die meisten Cowboys auf der Ranch wussten immer noch nichts von seinen sexuellen Vorlieben, und wenn es nach ihm ging, durfte das gern so bleiben. Zumindest bis Hunter bereit war, es seiner Familie zu sagen.

Grant lenkte sein Pferd an Belles Seite. „Wund?", fragte er beiläufig.

Hunter sah ihn von der Seite an, antwortete aber nicht.

„Es wird nach einer Weile besser. Mit ein bisschen Übung", sagte Grant, dem es schwerfiel, nicht den Humor in der Situation zu sehen.

„Und woher willst du das wissen?", fragte Hunter schroff.

Grant legte eine Hand auf Belles Kruppe, woraufhin die Stute langsamer wurde. „Na gut, ich weiß es nicht gerade aus eigener Erfahrung, aber Gable …" Er beendete den Satz nicht, als er den Ausdruck auf Hunters Gesicht bemerkte, der eindeutig besagte, dass er jetzt besser die Klappe halten sollte. Das tat er dann auch.

„Was war mit Gable?", fragte Hunter, als Grant keine Anstalten machte, weiter zu sprechen.

„Du willst wahrscheinlich nicht, dass ich von ihm rede, also sag ich lieber nichts. Ich verstehe das." Plötzlich fühlte er sich unbehaglich. Es war nicht richtig, von seiner Beziehung mit Gable zu sprechen. Schon gar nicht gegenüber seinem neuen Liebhaber, der noch dazu Gables Freund war.

Hunter parierte sein Pferd durch und drehte es herum. „Ist schon in Ordnung. Ich würde mich gern über Gable unterhalten."

„Würdest du?"

Hunter nickte entschlossen. „Das ist die eine Sache, die ich nicht verstehe." Er seufzte und das machte Grant nur noch nervöser. „Bevor du hergekommen bist, hab ich dich eigentlich nicht gekannt. Dann, als ich gehört habe, dass du Gable nach seinem Unfall verlassen hast, konnte ich dich nicht ausstehen. Tatsächlich wollte ich nicht, dass Hugh dich einstellt, und wenn wir auch nur annähernd genügend Leute gehabt hätten, hätte ich dich schon am ersten Morgen rausgeschmissen. Aber uns fehlten Leute, also hat Hugh mich überredet, dich zu behalten. Mittlerweile bin ich froh darüber, denn so konnte ich dich besser kennenlernen", sagte Hunter mit einem abwesenden Lächeln. Dann sah er Grant mit seinen hellbraunen Augen direkt an und Grant fühlte diesen Blick bis in die Zehenspitzen. „Es fällt mir schwer, den Grant, von dem ich gehört habe, mit dem Grant, den ich kenne, unter einen Hut zu bringen."

„Wer hat denn was von Hüten gesagt?", versuchte Grant zu scherzen, da er wirklich nicht wusste, wie er auf Hunters Frage reagieren sollte.

„Grant", sagte Hunter mit einem Flehen in der Stimme.

Grant seufzte und gab es auf, ihre Unterhaltung ins Lustige ziehen zu wollen. „Ich war damals nicht der Mann, der ich heute bin", war das Beste, was ihm einfiel.

Hunter dirigierte Belle an Ravens Seite, so dass er neben Grant reiten konnte. Er legte eine Hand auf Grants Oberschenkel. „Damit kann ich leben. Ich hoffe aber, du wirst mir erzählen, was dich verändert hat. Irgendwann mal."

Grant nickte. Es gab so vieles, was er Hunter noch erzählen musste, aber das würde warten müssen, bis ihre Beziehung etwas gefestigter war. Im Moment war alles neu und aufregend, aber er wusste aus Erfahrung, dass die Möglichkeit bestand, dass aus dieser Sache nie etwas Dauerhaftes würde. Deshalb wollte er nicht gleich alle Karten auf den Tisch legen.

Hunter wendete Belle und gab ihr die Sporen, um sie anzutreiben. Sie waren in einem sehr gemütlichen Tempo unterwegs, hauptsächlich, weil Hunter bei jeder plötzlichen Bewegung zusammenzuckte. Doch sie wussten beide, dass sie trotz ihres Wunsches, Zeit miteinander zu verbringen, auch hier waren, um zu arbeiten. Wenn sie den ganzen Tag brauchten, um diesen Zaun abzureiten, würde das verdächtig aussehen.

Für eine Weile ritten sie schweigend nebeneinander her. Manchmal stiegen sie ab, um etwas in Augenschein zu nehmen, doch erst, als sie ein offensichtliches Loch im Zaun entdeckten und es wieder stopften, fand Grant den Mut, ihr Gespräch wiederaufzunehmen.

„Letztes Wochenende hab ich Gable im Krankenhaus besucht."

„Ach …" Hunter versuchte, seine Reaktion möglichst beiläufig klingen zu lassen.

„Ich hatte eine Nachricht auf meinem Handy, dass er wieder eingeliefert wurde und es ihm sehr schlecht geht, also musste ich ihn sehen. Ich wollte sichergehen, dass er nicht stirbt oder so." Sie sahen einander nicht an und Grant wagte es nicht aufzublicken, aus Angst vor Hunters Reaktion.

„Da warst du also vier Tange lang?"

„Nein", sagte Grant mit Bestimmtheit. „Ich bin auf dem Heimweg dort vorbei gefahren. Auf meinem Weg hierher", korrigierte er sich. Er hatte noch kein Recht, Hunters Ranch als Heim zu bezeichnen. Das wäre viel zu voreilig.

„Ich habe von Flynn gehört, dass Gable wieder ins Krankenhaus eingeliefert wurde, aber das ist schon eine Weile her. Wie geht es ihm?"

Grant zuckte die Schultern. „Er ist immer noch auf der Intensivstation."

„Oh Mann", erwiderte Hunter, der seinen Hut abnahm und sich am Kopf kratzte. „Wir haben ein Auge auf seine Pferde, aber ich hatte keine Ahnung, dass es ihm so schlecht geht."

„Ich glaube, Flynn geht davon aus, dass er es schaffen wird, aber er macht sich trotzdem große Sorgen."

„Du hast mit ihm gesprochen?", fragte Hunter, der so überrascht war, dass er innehielt, um Grant anzustarren.

„Erst, nachdem er mir seine Faust ins Gesicht gerammt hat. Kann nicht behaupten, dass ich ihm das verübele", sagte Grant mit ernstem Gesicht und rieb sich in Erinnerung daran das Kinn. „Ich schätze, Gable hat ihm ein paar Horrorstorys über mich erzählt."

Hunter holte eine Thermoskanne Kaffee aus seiner Satteltasche. Er setzte sich auf einen Baumstumpf und goss sich einen Becher ein. Mit einer Geste lud er Grant ein, ihm Gesellschaft zu leisten. „Also, was ist eigentlich zwischen dir und Gable vorgefallen?", fragte Hunter etwas zögerlich.

Grant zuckte die Schultern. „Es ist nicht so, dass wir eine heiße Liebesaffäre gehabt hätten, Hunter."

„Das weiß ich", erwiderte Hunter.

„Wir waren beide einsam und natürlich ging es auch um Sex, aber wir waren nicht ineinander verliebt. Zumindest dachte ich das. Offensichtlich habe ich mich da in ihm getäuscht."

„So schlecht wie es ihm ging, nachdem du ihn verlassen hattest, denke ich, dass er dich geliebt hat", sagte Hunter leise.

Grant bemerkte, dass keine Anklage in Hunters Stimme mitschwang und dafür war er dankbar. „Er war sehr verschlossen, hat nie über seine Gefühle gesprochen. Ich schwöre, dass ich keine Ahnung hatte, was er für mich empfand. Ich hab nie gewusst, dass es mehr als Lust war."

Hunter reichte Grant einen Becher Kaffee und legte dann seine warme Hand auf Grants Oberschenkel. Die Berührung sollte Trost spenden, daher sagte Hunter nichts. Sie saßen einfach nur da und tranken ihren Kaffee. Schweigen breitete sich zwischen ihnen aus und Grant musste zugeben, dass die Stille zwischen ihnen nicht unangenehm war.

Nachdem sie ihren Kaffee ausgetrunken hatten, stand Hunter auf. „Ich schätze, wir Jungs vom Lande sind nicht gut darin, über unsere Gefühle zu reden, oder?"

Grant sah Hunter an und ließ seinen Blick dann über ihre Umgebung schweifen. Als er sicher war, dass sie völlig allein waren und niemand sie sehen konnte, machte er einen Schritt auf Hunter zu. Als dieser nicht zurückwich, legte er ihm die Hände in den Nacken und zog ihn für einen Kuss zu sich. Der Austausch war alles andere als zurückhaltend. Als sie sich schließlich trennten, war Grant so erregt, dass er Hunter am liebsten das Hemd vom Leib gerissen hätte. Tatsächlich musste er feststellen, dass er schon einen Hemdzipfel aus Hunters Jeans gezogen hatte, darum zeigte er darauf und lächelte.

Hunter erwiderte das Lächeln und steckte sich das Hemd wieder in die Hose.

„Wir müssen dieses Wochenende wirklich irgendwohin fahren", sagte Grant leise.

250

„Das würde mir gefallen", gab Hunter zu. Dann drehte er sich widerstrebend um und stieg wieder auf sein Pferd.

Sie ritten zurück, ohne weitere Worte zu wechseln, und nachdem sie sich um ihre Pferde gekümmert hatten, gingen sie beide ihrer Wege. Hunter musste sich um den Papierkram kümmern und Grant musste dabei helfen, das Heu reinzubringen, mit dem sie im Winter die Pferde füttern wollten.

Er sah Hunter erst am Freitag wieder, als alle ihre Lohnzettel in Empfang nahmen. Er hatte sich die ganze Woche in Erwartung auf das Wochenende auf Freitag gefreut, da Hunter versprochen hatte, am Samstag mit ihm irgendwohin zu fahren. Als er ihm nun gegenüberstand, sagte sein Chef jedoch keinen Ton, also trödelte er noch eine Weile im Büro herum.

„Müssen wir noch die Arbeit vom Samstag erledigen, bevor wir aufbrechen oder übernimmt das jemand anders?", fragte Grant mit gedämpfter Stimme, als alle anderen Männer bereits gegangen waren.

„Ja, ich befürchte, wir müssen morgen noch mit anpacken, denn das sieht unverdächtiger aus. Aber ich glaube, wir können gegen zwei aufbrechen", antwortete Hunter mit einem Lächeln.

Grant fühlte, wie sein Herz schneller schlug. „Ich weiß einen Ort, wo wir hingehen können. Können wir deinen Truck nehmen? Mein Motorrad ist etwas …"

Hunter grinste. „Ich werde bestimmt nicht auf dieses Motorrad steigen und mich wie ein Mädchen an dir festklammern, vielen Dank auch."

Grant legte den Kopf schief und lächelte. „Es sind auch wieder Schauer angesagt, also sind wir mit einer Art Dach über dem Kopf sowieso besser dran."

Hunter nickte zustimmend und Grant meinte, auch in Hunters Gesicht Vorfreude zu sehen. Vielleicht war es auch die Erinnerung an das letzte Mal, als sie während eines Regengusses zusammen in einem Truck gesessen hatten. Verdammt, die Erinnerung daran ließ ihn steif werden. Er trat einen Schritt auf Hunter zu, doch dieser wich ihm aus.

„Morgen", sagte Hunter leise.

„Ja", stimmte Grant zu. Er war ein wenig enttäuscht, dass er nach ein paar Tagen der Trennung nicht mal einen Kuss bekam, aber auch ihn schüchterte es ein, im Haupthaus zu sein, also wollte er nicht darauf bestehen. Morgen würden sie irgendwo in einem Motel sein, wo ihnen niemand über die Schulter sah und niemand die Geräusche hörte, die sie machten. Sie würden endlich die Zeit haben, ihre Leidenschaften auszuleben, und hätten auch endlich die Gelegenheit, sich ungestört zu unterhalten.

Auf seinem Weg nach draußen traf Grant auf einen sehr aufgeregten Tim. „Muss mit Hunter reden."

„Er ist im Büro", sagte Grant und zeigte auf die offene Tür. Beunruhigt darüber, was Tim so aufgeregt haben könnte, folgte er ihm hinein.

„Diesmal sind es zwei Pferde. Ein Fohlen vom letzten Frühjahr und eines, das ein Jahr älter ist."

„Irgendein Anzeichen auf einen Puma?", fragte Hunter, während er von seinem Schreibtisch aufstand.

Tim schüttelte den Kopf. „Dave meint, gestern einen gesehen zu haben, aber er ist sich nicht sicher."

„Irgendein Anzeichen auf einen Kampf in der Nähe der Weiden?", fragte Hunter.

Grant konnte die Sorge in Hunters Gesicht sehen, doch er blieb trotz Tims Aufregung ruhig. Es war offensichtlich, dass er zunächst alle Möglichkeiten in Betracht zog, um dann eine Entscheidung zu treffen.

„Ich reite raus, um mir das anzusehen", erwiderte Tim. „Ich dachte nur, du solltest zuerst Bescheid wissen."

Hunter klopfte dem jüngeren Cowboy auf die Schulter. „Ich komme mit."

„Ich auch", sagte Grant. Er sah, wie beide Männer den Blick auf ihn richteten. „Wenn wir es wirklich mit einem hungrigen Puma zu tun haben, dann sind wir in einer Gruppe sicherer."

Tim rannte zum Stall und Hunter und Grant folgten ihm etwas langsamer.

„Du glaubst wirklich, dass es ein Puma ist?", fragte Grant.

Hunter schüttelte den Kopf. „Wenn es wirklich nur ein oder zwei Fohlen gewesen wären, dann hätte ich auf ein hungriges Weibchen mit Jungen getippt. Aber zwei Fohlen gleichzeitig? Und ein einjähriges Pferd? Pumas sind zwar große Tiere, aber ich kann mir nicht vorstellen, dass sie ein fast ausgewachsenes Pferd angreifen *und* es in den Wald zerren. Allerdings, wenn wir einen halb gefressenen Kadaver finden, dann lasse ich mich überzeugen."

Grant nickte zustimmend, als sie auf den Stall zugingen, in dem Raven und Belle untergebracht waren. Sie sattelten ihre Pferde in Rekordzeit und ritten dann in Richtung der südlichen Weiden. In Hunters Satteltasche steckte ein Gewehr.

Grant wusste, dass ihr gemeinsames Wochenende in Gefahr war, wenn sie nicht entweder Anzeichen für einen Puma oder für Pferdediebe fanden.

18

NACH EINER ergebnislosen Suche ließ sich Hunter auf sein Bett fallen. Es war bereits nach Mitternacht und er war hundemüde. Er hatte seit seiner im wörtlichen Sinne schlaflosen Nacht im Heuschober kaum geschlafen und das war der Grund für seine extreme Müdigkeit, doch trotzdem musste er immer noch lächeln, wenn er daran dachte, warum er die ganze Nacht aufgeblieben war. Es bedurfte keiner großen Anstrengung, sich Grants raue, schwielige Hände auf seinem Körper vorzustellen, Grants Bart, wie er über seinen Nacken kratzte, den heißen, feuchten Mund, der sich um seine Brustwarzen schloss, seinen Bauch, seinen Schwanz und seine Eier. Als er unter die Decke kroch, konnte er nicht anders, als sich selbst zu berühren. Er nahm seine Erektion in die Hand und stellte sich vor, dass es Grant war, der ihn berührte.

Verdammt! Wer hätte gedacht, dass Dinge, deren Vorstellung ihn schon immer erregt hatten und die er sich nie richtig hatte erklären können, noch besser waren, wenn er sie tatsächlich erlebte? Jetzt, da er Zeit gehabt hatte, über die Ereignisse der letzten Tage nachzudenken, waren ihm einige Dinge klar geworden. Die paar Freundinnen, die Hunter gehabt hatte, waren alle klein und zierlich gewesen. Selbst Miranda war, obwohl eine ziemlich heiße Nummer im Bett, letztlich ein typisches Mädchen aus dem Mittelwesten. Nichts Besonderes, aber eben vor allem … sehr mädchenhaft. Sie waren das genaue Gegenteil von dem, was Hunter anmachte, und von dem er sich wenn möglich fernhielt. Er war immer davon überzeugt gewesen, dass er geächtet und gedemütigt würde, sollte er diesen Bedürfnissen nachgeben. Das hatte sich erst mit Grant geändert.

Jetzt brachte ihn schon die Erinnerung daran fast zum Orgasmus: Wie er den straffen Körper berührte, wie er die Muskeln unter seinen Händen fühlte, als er den Schweiß von Grants Haut leckte, wie Grants großartiger Schwanz in ihn hineinstieß. Oh, warum musste es sich so gut anfühlen? Warum konnte es nicht mehr wehtun oder unangenehmer sein? Hunter wusste, dass es jetzt kein Zurück mehr gab. Als er am Nachmittag die Lohnzettel ausgestellt hatte, hatte er versucht, sich an heiße Momente mit Miranda zu erinnern. Und er war kläglich gescheitert. Alles, woran er sich erinnern konnte war, dass er nie ein Problem damit gehabt hatte, einen hochzubekommen. Andererseits hatte er sich auch immer Mut angetrunken, bevor er mit einer Frau im Bett gelandet war. Bei seinem ersten Mal mit Grant war er stocknüchtern gewesen und er erinnerte sich an jede Minute. Es war so anders gewesen als seine erste sexuelle Erfahrung.

Hunter hatte seine Jungfräulichkeit bei einer Prostituierten verloren. Zu seinem achtzehnten Geburtstag hatte ihn Hughs Vater – damals der Vormann der Ranch – mit zur Bunny Ranch genommen, einem Puff ungefähr zwanzig Meilen von der Bezirksgrenze entfernt. Hunter hatte aus verschiedenen Mädchen auswählen dürfen und hatte sich für eine engelsgleiche Blondine entschieden, die ihre unschuldige Schulmädchennummer bis zum Ende durchgezogen hatte. Er war passiv und schüchtern gewesen und sie hatte ihm eine Flasche billigen Fusel zugesteckt, nachdem er ihr versprochen hatte, keinem ein Sterbenswörtchen davon zu erzählen. Die Sache an sich war vorbei gewesen, fast bevor sie richtig angefangen hatten, doch zumindest war Hunter nun ein „richtiger Mann".

Alle seine Eroberungen waren vom Typ her Mädchen wie dieses erste gewesen. Nett, schlicht und passabel aussehende kleine Mädchen, die ihn verführten und ihn oftmals betrunken machten, bevor sie mit ihm ins Bett gingen. Das hatte vielleicht seinen Appetit befriedigt, aber nicht seinen Hunger gestillt. Sie waren eine gute Alternative zum Handbetrieb gewesen, mehr aber auch nicht.

Jetzt brachte ihm seine Hand Erinnerungen an Grants Berührungen, doch sein Verstand wanderte noch weiter in der Vergangenheit zurück.

Hunter erinnerte sich daran, wie er bei der Berührung eines Mannes zum ersten Mal steif geworden war. Er war erst vierzehn gewesen und in der Trauer um seinen plötzlich verstorbenen Vater gefangen. Er war in Gables Scheune geflüchtet, um vor der Verantwortung zu fliehen, die nach der Beerdigung auf seinen Schultern lastete. Er war jetzt der Mann im Haus und würde Entscheidungen treffen müssen, um die 2000 Morgen großen Pferderanch über Wasser zu halten. Er war zu jung dafür und wusste das auch, also hatte er an dem einen Ort Schutz gesucht, an dem er sich immer sicher gefühlt hatte.

Gable war damals doppelt so alt gewesen wie er, aber Hunter wusste, dass er sich auf ihn verlassen konnte. Gable war auf der Beerdigung gewesen und hatte ihm, seiner Mutter und seinen Schwestern seine stille und tröstende Unterstützung zuteil werden lassen. Hunter wusste, dass Gable und sein Vater befreundet gewesen waren – genauso wie Gables Vater und sein Vater befreundet gewesen waren, bevor der alte Sutton früher im Jahr gestorben war. In dieser Nacht, in der er in Gables Scheune geflüchtet war, hatte Gable ihn in die Arme genommen und ihm über die Haare gestrichen, während er sich ausgeweint hatte. Bis dahin hatte er versucht, sich nichts anmerken zu lassen, doch in dieser Nacht war er zusammengebrochen und hatte Gable sein Herz ausgeschüttet. Dieser war einfach nur für ihn dagewesen, ohne einfache Lösungen zu versprechen oder ihn mit Platituden zu vertrösten. Er hatte ihm schlicht versichert, dass sich am Ende alles zum Guten fügen würde.

Hunter hatte ihm geglaubt, hatte ihm glauben wollen, und von diesem starken, kräftigen Mann in den Arm genommen zu werden, hatte ihn tatsächlich beruhigt. Die starken Arme um seine Schultern, der weiche Stoff von Gables Hemd an seiner Wange und auf seinem Haar und der Geruch nach Leder, Schweiß und Pferden hatten auch noch einen anderen Effekt auf Hunter. Als die Panik und die Trauer langsam nachließen, bemerkte er, wie sein Körper auf diese seltsame Mischung aus Stärke und Zärtlichkeit reagierte. Als er merkte, wie seine Hosen eng wurden, ergriff ihn eine andere Art der Panik. Er fühlte sich betrogen – betrogen von seinem eigenen Körper. Obwohl er nicht wirklich verstand, was gerade passierte, wusste er doch, dass er diese Gefühle nicht haben durfte. Nicht jetzt und nicht in Gegenwart eines anderen Mannes. Er zog sich aus Gables Umarmung zurück, als würden Gables Hände ihn verbrennen, und war gegangen, ohne dass Gable einen Versuch unternommen hätte, ihn zurückzuhalten.

Mit vierzehn hatte Hunter noch nichts von Gables sexueller Orientierung gewusst. Über solche Dinge sprach man nicht, aber sie waren in Kontakt geblieben, denn Gable war für Hunter eine Vaterfigur, und er wandte sich oft an den älteren Mann, wenn er Rat brauchte. Ihm entgingen nicht die immer wieder wechselnden Angestellten, die Gable einstellte, und er bemerkte auch, dass Gable einige davon anders behandelte. Doch erst als Grant angefangen hatte, auf Gables Ranch zu arbeiten, bestätigten sich Hunters Vermutungen. Als er einmal unangemeldet auf der Ranch erschienen war, hatte er gesehen, wie die beiden sich aus einer Umarmung lösten. Ein andermal hatte er beobachtet, wie sie sich unter Gables Außendusche vergnügten. Damals waren die Büsche um die Dusche neu angepflanzt worden und boten noch nicht so viel Sichtschutz wie heute. Er war viel zu verlegen gewesen, um zuzuschauen, aber zumindest wusste er nun, dass Gable schwul und Grant sein Liebhaber war. Eine Zeit lang fühlte er sich in Gables und Grants Gegenwart befangen, doch dann begriff er, dass Gable immer noch derselbe Mann war, der er immer gewesen war.

Und jetzt war Grant Hunters Liebhaber.

Hunter rollte sich auf den Rücken. Er war immer noch steif und konnte nicht aufhören, darüber nachzudenken, was er für Grant empfand. Mehr als ein Jahr war er sauer auf Grant gewesen, weil er Gable zu einer Zeit verlassen hatte, als dieser nichts mehr als einen Partner gebraucht hätte. Selbst jetzt fand er, dass Grant Schuld auf sich geladen hatte. Grants lahme Entschuldigung, dass er und Gable Bettgenossen, aber niemals Liebhaber gewesen waren, schmeckte ihm nicht besonders. Selbst wenn sie sich kurz vor dem Unfall getrennt hätten, hatte er den Eindruck, dass Grant vor seiner Verantwortung davongelaufen war. Und die wäre gewesen, sich um die Ranch zu kümmern. Er hätte Gable genauso gut verlassen können, nachdem dieser aus dem Krankenhaus nach Hause gekommen war.

Er legte sich auf die Seite und griff mit der Hand zwischen seine Beine, um sich selbst zu berühren. Es ging ihm mehr darum, die Sehnsucht zu stillen als wirklich Befriedigung zu finden, doch er hatte keinen Erfolg. „Verdammt!", fluchte er im Stillen. In dieser Nacht war er noch nicht einmal in der Lage, sich selbst einen runterzuholen. Warum war es so einfach, Grant zu lieben, wenn sie im selben Raum waren? Was machte den Cowboy so unwiderstehlich? Hunter fand darauf keine Antwort, denn jedes Mal, wenn er allein war, kehrten die Zweifel zurück. Vielleicht sollten sie morgen nicht wegfahren? Vielleicht sollten sie lieber zu Hause bleiben, falls wieder ein Pferd verschwand. Dann würde er sich seinen Zweifeln nicht stellen müssen. Auf der anderen Seite wusste er, dass er Grant von der Ranch weg und auf neutralen Boden locken musste. Nur so konnte er auf Antworten hoffen. Selbst wenn das hieß, dass sich Grant dann von ihm abwandte, weil er darauf bestand, endlich Antworten zu bekommen. Wenigstens das schuldete er Gable.

19

Es MACHTE Grant nichts aus, früh aufzustehen. Die Sonne aufgehen zu sehen war fast so magisch, wie sie untergehen zu sehen. Ein Sonnenaufgang war auch viel leichter zu ertragen, wenn man niemanden hatte, mit dem man ihn teilen konnte. Außerdem mochte er die Stille des Morgens, die noch nicht vom lauten Schwatzen der Stallburschen unterbrochen wurde. Das einzige Geräusch war ein vereinzeltes Pferdeschnauben. Das und ein bisschen Arbeit am Morgen halfen ihm immer, einen klaren Kopf zu bekommen.

Als Hunter den Stall betrat, war die meiste Arbeit bereits erledigt. Grants Herz schlug schneller, als er sah, wie Hunter auf Davenports Box zuschlenderte.

„Meinst du, er hat seine Lektion gelernt?", fragte Grant von seiner Position bei Ravens Box.

Hunter erschrak kurz und drehte sich dann mit einem Lächeln um. „Schlägst du etwa vor, dass ich ihn wieder reiten soll?"

Grant zuckte die Achseln. „Er scheint umgänglicher geworden zu sein. Tim reitet ihn von Zeit zu Zeit und er sagt, er benimmt sich fast tadellos."

„Schon, aber Tim hat ein Händchen für Pferde, genau wie sein Bruder Hugh."

Grant lächelte. Diese Diskussion konnte er nicht gewinnen. „Wie auch immer, es ist gut, dass Davenport von Zeit zu Zeit bewegt und nicht immer nur in die Führanlage gestellt wird."

Hunter nickte.

Grant konnte sich des Eindrucks nicht erwehren, dass etwas nicht stimmte. Gestern noch war Hunter leidenschaftlich und ungeduldig gewesen, heute jedoch war er ablehnend und kühl. Niemand sonst war im Stall, trotzdem war es klug, vorsichtig zu sein, damit niemand ihre persönlichen Gespräche mitbekam. „Hast du es dir anders überlegt?"

Hunter schüttelte den Kopf. „Nein, aber vielleicht sollten wir es auf eine andere Woche verschieben. Was, wenn wieder ein Pferd verschwindet, wenn ich weg bin?"

„Hunter, du bist nicht unersetzlich. Ich weiß, du bist der Chef, der Herr des Hauses und so, aber Izzie ist durchaus in der Lage, für eine Nacht das Kommando zu übernehmen. Du hast dir einen kleinen Urlaub verdient. Es ist ja nicht so, als würdest du eine Woche in Las Vegas planen. Es wird auch nichts anderes sein, als wenn du zu einer Auktion oder einer Messe fahren würdest." Grant schwieg, um Hunters Reaktion abzuschätzen, doch dessen Gesicht blieb ausdruckslos. „Außer natürlich, du möchtest keine Zeit mit mir verbringen?"

Ein unsicheres Lächeln erschien auf Hunters Gesicht und es schien, als käme ihm ein Gedanke. „Ich komme mit. Unter einer Bedingung."

„Schieß los", sagte Grant, obwohl er seine Bedenken hatte.

„Ich möchte ein paar Antworten."

„Klar." Grant zuckte die Schultern. „Was möchtest du denn wissen?"

„Ich möchte wissen, was an dem Tag passiert ist, als Gable seinen Unfall hatte und du ihn verlassen hast. Und diesmal möchte ich die Wahrheit hören."

„Du denkst, ich hätte dich angelogen?"

Hunter schüttelte den Kopf und hob die Schultern. „Ich weiß es nicht. Ich weiß einfach nicht, ob ich mit jemandem zusammen sein kann, der seinen Partner verlässt, sobald es brenzlig wird. Was wäre, wenn mir etwas zustieße? Was, wenn ich von einem Traktor falle oder wenn mich ein Pferd abwirft und ich auf einem der Wassertröge lande? Was, wenn es mir so schlecht ginge, dass ich jemanden bräuchte, der sich um mich kümmert. Könntest du dieser jemand sein?"

Grant fühlte Wut in sich aufsteigen. Er hatte versucht, es Hunter zu erklären, aber augenscheinlich war das nicht genug gewesen. Wie konnte er erklären, was passiert war, wenn er es nicht einmal selbst wusste?

„Du vertraust mir nicht? Nun ja, ich kann dich schließlich nicht dazu zwingen", erwiderte Grant und hob die Hände in einer Geste, die eine Niederlage andeuten sollte. Er musste Abstand zu Hunter gewinnen, bevor es ihm unmöglich wurde, seine Wut zu unterdrücken, also ging er nach draußen in die Herbstsonne. Am Himmel zogen sich Wolken zusammen und Grant fürchtete, dass noch Gewitterwolken ganz anderer Art aufzogen.

Er hatte sich darauf gefreut, weit weg von der Ranch Zeit mit Hunter zu verbringen. Nicht nur war es recht schwierig, mit dem Chef zu schlafen, wenn dieser ständig den Chef raushängen ließ. Auch das ewige Verstecken ging ihm an die Nieren. Diskret zu sein war das Eine, aber nicht einmal einen Ort zu haben, an dem man für sich sein konnte, war schwerer als er erwartet hatte.

Als er vor dem Stall stand, kam er sich plötzlich verloren vor. Seine Arbeit hatte er erledigt und mit einem der Pferde auszureiten, war keine Option, da alle im Stall waren, und er wollte Hunter jetzt wirklich nicht sehen. Seine zweite Option war der Holzschuppen. Er könnte endlich mit dem anfangen, was er sich schon so lange vorgenommen hatte: Das herumliegende Holz in nützliche und unnütze Stapel zu sortieren.

Normalerweise bekam er bei harter körperlicher Arbeit einen klaren Kopf, aber diesmal funktionierte es nicht. War es an der Zeit, weiterzuziehen und sich eine andere Arbeit zu suchen? Vielleicht könnte er etwas näher an seinen Heimatort ziehen, so dass er nicht alle paar Wochen die Nacht durchfahren müsste. Dann bekäme er zumindest mehr Schlaf und könnte sicherlich auch öfters auf einen Besuch vorbeischauen.

Grant wischte sich den Schweiß von der Stirn und zog sich den Pullover aus.

„Brauchst du Hilfe?"

Grant sah auf und bemerkte Hunter, der in der Tür stand. Hunter sah unsicher aus und Grant schaute auf seine Armbanduhr, um nicht den Mann ansehen zu müssen, von dem er wusste, dass er ihn liebte. Er war überrascht, als er feststellte, dass mehr als eine Stunde vergangen war.

„Oder würdest du lieber erst frühstücken?"

Grant lächelte. Hunter hatte recht. Er hatte einen Bärenhunger, was nicht verwunderlich war, denn er hatte vier Stunden ununterbrochen gearbeitet.

„Gib mir ein paar Minuten, um mich zu waschen, und ich lad dich zu Barnaby's ein."

Für das Lächeln, das sich auf Hunters Gesicht ausbreitete, hatte er den Vorschlag gemacht. Grant würde alles für dieses Lächeln tun. Er hob seinen Pullover auf und ging um Hunter herum, dessen Lächeln sogar noch breiter wurde, als er zusah, wie Grant zum Mannschaftshaus hinüberging.

Er hatte keine Zeit zu duschen, aber nachdem er seine schmutzigen Klamotten ausgezogen hatte, blieb ihm zumindest genügend Zeit, sich das Gesicht, die Achseln und den Hals zu waschen, bevor er eine Jeans und ein sauberes T-Shirt anzog. Auf sonstige Details wollte er keine Zeit verschwenden, weil er Hunter keine Gelegenheit geben wollte, es sich nochmals anders zu überlegen.

Als er wieder draußen war, wartete Hunter an den Truck gelehnt auf ihn, einen verträumten Ausdruck im Gesicht. „Ich hab Bernie erzählt, dass ich mir ein paar Zuchtstuten in Billings ansehen will und dass ich noch nicht weiß, ob ich bis morgen zurück bin."

Grant grinste breit. „Ich hätte wohl Wechselsachen einpacken sollen."

Hunter kam ihm sehr nahe, als Grant an ihm vorbeiging. „Es ist nicht geplant, dass du diese Klamotten lange anhast, darum werden sie wohl auch morgen noch in Ordnung sein."

Grant hob die Augenbrauen. „Ich hab Hunger."

Hunters Lächeln wurde breiter. „Dann schlägst du dir besser beim Frühstück den Magen voll. Sollten wir Barnaby's vorwarnen, bevor wir kommen, damit sie wissen, dass sie Nachschub bestellen müssen?"

„Wenn wir bis nach Billings fahren, sollten wir wohl was zum Mitnehmen bestellen."

Ein Glitzern trat in Hunters Augen. „Mir gefällt, wie du denkst. Aber ich hab es ernst gemeint, als ich sagte, dass wir ein vernünftiges Frühstück brauchen."

Grant hielt sich an der Autotür fest, als Hunter aufs Gas trat und der Truck Sand aufwirbelte, als sie aus der Auffahrt fuhren.

Eine Stunde und ein reichhaltiges Frühstück später, erkannte Grant, dass sie nicht in die Richtung von Billings, Montana, fuhren. Es war ihm allerdings egal. Wohin sie fuhren, war nicht wirklich wichtig.

Sie brauchten nicht lange, um in ein Motel außerhalb von Montana Falls einzuchecken. Grant war steif, seit Hunter ihn auf der Toilette des Restaurants heftig geküsst hatte, und es fiel ihm schwer, mit der Schlüsselkarte die Zimmertür zu öffnen.

„Verdammt!", fluchte er lauthals.

„Gib mal her", bot Hunter an, der Grant von hinten umarmte, um an die Karte zu kommen. Gleichzeitig sorgte die Bewegung dafür, dass Grant zwischen Hunter und der Tür gefangen war.

„Und du meinst, das wird besser funktionieren?", fragte Grant. „Himmel, ich kann deinen Schwanz durch die Jeans fühlen." Er legte beide Hände auf die Tür. „Du kannst mich nicht hier draußen nehmen, Cowboy. Lass uns wenigstens erst reingehen." Grant sah nach unten und zog die Schlüsselkarte aus Hunters Händen. Es fiel ihm zwar schwer, zu ignorieren, wie sich Hunter an ihm rieb, doch beim dritten Versuch schaffte er es, die Tür zu öffnen und sie stürzten ins Zimmer.

„Darf ich dich hier vögeln?", fragte Hunter, der Grant immer noch umarmte, als sie das Zimmer betraten.

Grant ließ seinen Kopf auf Hunters Schulter fallen, als dieser seinen Nacken küsste. Er hatte sich schon seit Ewigkeiten nicht mehr einem anderen Mann auf diese Weise hingegeben. Tatsächlich konnte er sich nicht mehr wirklich erinnern, wie es sich anfühlte, von einem anderen Mann genommen zu werden. Er wusste jedoch, dass er nicht nein sagen würde, wenn Hunter darauf bestand. Für den Moment machte er einfach ein unverbindliches Geräusch, ohne ihm eine wirkliche Antwort zu geben. Stattdessen genoss er einfach Hunters Mund auf seiner Haut und den stahlharten Griff, mit dem Hunter ihn gepackt hatte. Er beschloss, dass er es mochte, wenn Hunter so resolut war. Schließlich war er ein Mann, der ein erfolgreiches Unternehmen führte, der sich von niemandem die Butter vom Brot nehmen ließ und der sich nichts sagen ließ. Er war die Art Mann, die es ihm nicht leicht machen würde.

Grant knöpfte seine Jeans auf und half Hunter, der versuchte, Grant an die Wäsche zu gehen, ohne seinen Kuss zu unterbrechen.

„Verdammt, du bist hart", murmelte Hunter.

„Du auch, das sollte dich also nicht überraschen", antwortete Grant.

„Fühlt sich gut an", sagte Hunter. Er massierte sanft Grants Eier und nahm dann Grants Schwanz in die Hand. „Sag mir, dass ich dich ficken darf. Ich möchte dir zurückgeben, was du mir geschenkt hast."

Grant nickte. Damals mit Gable war die Frage nie aufgekommen, aber es überraschte ihn nicht, dass Hunter beides wollte: den aktiven und den passiven Part übernehmen. Und wenn er wirklich ehrlich mit sich war, musste er zugeben, dass er sich darauf freute, mal Hunter ans Steuer zu lassen.

„Hast du was dabei?", fragte Grant, dem plötzlich einfiel, dass er nichts eingepackt hatte. Und es war schließlich nicht so, dass er immer mit Gleitgel und Kondomen in der Tasche herumlief.

Hunter hielt lange genug inne, um eine Plastiktüte aus seiner Jackentasche zu ziehen. „Damit sollten wir bis morgen hinkommen."

Hunter schüttete den Inhalt der Tüte auf dem Bett aus und Grant entdeckte mindestens zehn Kondome und eine Tube Gleitcreme. Er konnte sich ein Lachen nicht verkneifen. „Bitte sag jetzt nicht, dass Calley Astroglide verkauft!"

„Bei Calley gibt es noch nicht einmal Kondome", antwortete Hunter.

„Klar doch", erwiderte Grant unter weiterem Lachen. „Aber du musst schon danach fragen. Sie hat sie unterm Ladentisch."

Hunter unterbrach den Kuss, um Grants Gesichtsausdruck zu studieren. Er drehte ihn herum, so dass sie sich von Angesicht zu Angesicht gegenüberstanden.

„Sie hat ein paar, weil einige ihrer Kunden kein Internet haben und deshalb nicht online bestellen können. Sie sagt, sie müssen noch nicht mal danach fragen, weil ihre hochroten Gesichter schon Hinweis genug sind."

Hunter sah ihn amüsiert an. „Und du weißt das, weil …?"

„ … weil man manchmal eben schnell Kondome braucht", antwortete Grant geheimnisvoll.

„Ich wusste gar nicht, dass du Calley so gut kennst."

Grant zuckte die Schultern. „Wir kennen uns schon ewig." Ihm war nicht danach, weiter ins Detail zu gehen. Calley und ihr kleiner Lebensmittelladen – der einzige im Umkreis von mehreren Meilen – war eines dieser kleinen Geheimnisse, die er gern noch eine Weile für sich behalten wollte. Er wusste genau, dass Hunter weiter bohren würde, und er wusste auch, dass sie eines Tages darüber reden würden. Doch im Moment war er allein mit Hunter in einem Motelzimmer und seine Hände sehnten sich danach, den anderen Mann zu berühren. Also zog er Hunters Kopf näher heran und umschloss seine Lippen mit einem leidenschaftlichen Kuss. Gleichzeitig zog er Hunters Flanellhemd nach oben, um seine nackte Haut berühren zu können. Als er auf nur noch mehr Stoff traf, zog er auch das T-Shirt aus Hunters Jeans.

Ihre Versuche, den jeweils anderen von seiner Kleidung zu befreien, waren unkoordiniert, hektisch und unbeholfen. Hunter gelang es, eine Hand in Grants Hose zu stecken und massierte nun Grants Pobacken, während beide so nah beieinander standen, dass sie ihre Hüften aneinander reiben konnten. Obwohl sich das himmlisch anfühlte, verkomplizierte es den Plan, sich auszuziehen, denn so schaffte Grant es nicht, Hunter das Hemd von den Schultern zu ziehen. Stattdessen konzentrierte er sich darauf, unter dem Shirt, das Hunter unter seinem Hemd trug, seine Hand über Hunters Rücken wandern zu lassen. Mit der anderen Hand hielt er Hunters Kopf in Position, während ihre Zungen in einem wilden Kuss um die Vorherrschaft rangen.

Schließlich unterbrach Hunter den Kuss – seine Lippen waren bereits rot und geschwollen –, um sich das Hemd vom Leib zu reißen und das T-Shirt über den Kopf zu ziehen. Grant tat es ihm gleich und ihm gelang es auch, seine Jeans zusammen mit seiner engen Unterwäsche loszuwerden. Grant erwischte Hunter dabei, wie er ihn genüsslich musterte.

„Was ist?", fragte er Hunter.

„Ich dachte, heutzutage trägt jeder Boxershorts?"

Grant zuckte verlegen die Schultern. „Viel zu viel Freiheit." Er grinste, um die Spannung zu lösen. Als Hunter wieder näher kam, fühlte er, wie er sich wieder entspannte. „Das ist nicht das erste Mal, dass du zusiehst, wie ich mir die Hosen ausziehe."

„Stimmt", murmelte Hunter. „Ich hab mir nur nie erlaubt, dich anzusehen."

Sie küssten sich wieder. Diesmal war ihr Kuss langsamer, aber keineswegs weniger leidenschaftlich.

„Hast du es ernst gemeint, als du gesagt hast, ich könnte dich ficken?"

Grant nickte. „Ist allerdings 'ne Weile her. Du wirst mich gut vorbereiten müssen."

Hunter gab Grant einen sanften Stoß in Richtung Bett, ohne den Kuss zu unterbrechen. Sobald Grant die Matratze hinter sich spürte, drehte er sich um und lehnte sich nach vorn, so dass er sich mit den Händen auf dem Bett abstützen konnte.

„Verdammt, du siehst heiß aus", entfuhr es Hunter.

Grant blickte sich um und sah Hunter hinter sich, der leicht den Kopf geneigt hatte. Seine Jeans waren aufgeknöpft und er berührte sich selbst. Wäre er nicht schon längst steif gewesen, hätte spätestens dieser Anblick dafür gesorgt, dass sein Schwanz aus dem Tiefschlaf erwachte. Ihm wurde klar, dass es ihm gefiel, wenn Hunters Blick einmal keine Unsicherheit ausstrahlte, denn die färbte dann gewöhnlich auf ihn ab. Jetzt jedoch spiegelte sich einfach nur Lust in Hunters Augen und auch das übertrug sich auf Grant.

„Hör auf zu starren und fang einfach an, bevor du da festwächst", erwiderte Grant mit einem neckenden Lächeln. Er nahm das Gleitgel und warf es Hunter zu.

Der fing es gerade so auf und näherte sich Grant dann etwas unsicher.

„Tu es einfach, Cowboy", drängte Grant und benutzte dabei den neuen Kosenamen, der Hunter viel besser zu gefallen schien als der alte. „Ich will dich, genau jetzt." Grant genoss, wie leicht er mit ein paar sorgfältig ausgewählten Worten Hunters Stimmung beeinflussen konnte. Die Tatsache, dass sie auch wahr waren, war natürlich das Sahnehäubchen.

Grant sog scharf die Luft ein, als Hunter mit glitschigen Fingern über seine Öffnung rieb.

„Tut mir leid", entschuldigte sich Hunter. „Ich hätte das Gel vorher anwärmen sollen."

Grant streckte einen Arm nach Hunter aus. „Hör nur nicht auf. Ich brauch' dich, Cowboy." Er wusste, dass er es ein bisschen übertrieb, um Hunters Selbstbewusstsein zu stärken, aber er wollte es wirklich – jetzt, da er sich selbst überredet hatte.

Hunter setzte seine Bemühungen, obwohl noch verbesserungswürdig, fort und Grant versuchte, sich zu entspannen und Hunters Finger zu tolerieren. „Erinnerst du dich, wie ich dich vorbereitet habe?", flüsterte er. „Jetzt hast du die Chance. Mach mich schön offen und entspannt für dich und wenn du dann in mich hineinstößt, wirst du trotzdem überrascht sein, wie eng ich mich um deinen Schwanz schmiege."

Hunter stieß ein unerwartet anzügliches Grunzen aus und Grant stieß die Hüften zurück, um Hunters Finger tiefer hineinzutreiben. Hunter bog den Finger und berührte mit der Spitze Grants Prostata. Das entlockte Grant ein Stöhnen.

„Oh, verdammt. Das ist so ein gutes Gefühl. Lass mich nicht zu lange warten."

„Du bist noch lange nicht bereit. Du bist so eng, da pass ich niemals rein", sagte Hunter und Grant konnte Belustigung, vermutlich gepaart mit etwas Sorge, in seiner Stimme hören.

„Jetzt schmeichel dir nicht zu sehr, Cowboy", erwiderte Grant. Seine Stimme klang etwas angespannt, als Hunter einen weiteren Finger in ihn schob. Grant genoss das Brennen, das allerdings schnell nachließ, als Hunter das Tempo erhöhte. Grant stellte überrascht fest, dass er doch immer noch Gefallen daran fand. Er konnte es gar nicht erwarten zu fühlen, wie Hunters Schwanz in ihn hineinstieß. Er konnte sich gut die Geräusche vorstellen, die Hunter machen würde, wenn er in diese enge Hitze vordrang. Der Gedanke daran machte ihn nur noch mehr an. Plötzlich wurde ihm klar, dass die Geräusche, die er sich vorgestellt hatte, nicht nur in seinem Kopf existierten. Sie kamen aus seinem eigenen Mund und Hunter war näher gekommen, um ihm etwas ins Ohr zu säuseln.

„Himmel, ich liebe die Art, wie du stöhnst."

„Tu es einfach. Zieh ein Kondom auf und fick mich, Cowboy." Grant war steinhart. Er musste sich nicht zwischen die Beine fassen, um das zu wissen. Alle seine Sinne waren auf seinen Unterleib und auf den Punkt an seiner Hüfte, an dem Hunter seine Erektion rieb, konzentriert. Mit einer fahrigen Bewegung schob er die Kondome in Hunters Richtung in der Hoffnung, er würde den Wink verstehen.

Zu seiner Enttäuschung entzog Hunter ihm seine Finger, um sich das Kondom überzuziehen. Grant konnte sehen, dass Hunter nervös war, denn er musste ein bisschen herumfummeln, bis es klappte. Doch als er es endlich geschafft hatte und das Kondom mit Gleitgel einrieb, konnte Grant es kaum noch erwarten und er lehnte sich über die Ecke des Bettes. „Tu es einfach, Cowboy."

Ohne weitere Vorwarnung griff Hunter nach Grants Hüften und stieß seinen Schwanz gegen Grants Öffnung. Der Schließmuskel gab fast sofort nach und das starke Brennen ließ Grant stöhnen.

Hunter zog sich fast sofort zurück. „Tut mir leid, hab die Kontrolle verloren."

„Halt …", stieß Grant hervor. „Halt einfach für einen Moment still." Wenn er Hunter Gelegenheit gab, sich komplett zurückzuziehen, wusste er, dass er wohl nie wieder die Nerven für einen zweiten Versuch haben würde. Schließlich wusste er, dass es dann mindestens genauso sehr brennen würde. Er brauchte bloß ein paar Sekunden, um sich an das Gefühl zu gewöhnen.

„Fühlt sich an, als würdest du mich hineinziehen", meinte Hunter. Die Anstrengung, die es ihn kostete, still zu halten, ließ seine Worte abgehackt klingen. „Du bist so verdammt eng."

„Ja", war alles, was Grant erwidern konnte, als er sich langsam vor und zurück bewegte. Das Brennen ließ endlich nach. An dessen Stelle trat ein unglaubliches Gefühl des Ausgefülltseins, das er schon lange nicht mehr erlebt hatte. „Beweg dich", forderte er Hunter auf. „Sachte", fügte er schnell hinzu.

Hunter konnte ein Lachen nicht unterdrücken und Grant fühlte es in seinem ganzen Körper. Ihre Verbindung wuchs nicht nur in körperlicher Hinsicht, vor allem, als Hunter sich über ihn lehnte und seine Arme um Grants Oberkörper legte.

Ihr Zusammenspiel wurde auch leidenschaftlicher.

„Bei dir alles gut?", fragte Hunter. „Ich kann mich nicht mehr länger zurückhalten."

„Musst du nicht", erwiderte Grant. „Du fühlst dich gut an."

Mit einem leisen Stöhnen begann Hunter, zuzustoßen. „Du bist so eng, so heiß. Kann gar nicht aufhören", presste Hunter zwischen seinen Stößen hervor.

Mittlerweile fiel es Grant leichter, Hunter in sich aufzunehmen, und er musste zugeben, dass es ihm fast so viel Vergnügen bereitete, als wenn er selbst derjenige war, der seinen Schwanz in dieser heißen Enge versenkte. Je härter Hunter zustieß, desto weiter öffneten sich Grants Knie, und als sein Schwanz das raue Bettlaken streifte, bemerkte er, dass er nicht einmal das Bedürfnis hatte, sich selbst zu berühren. Hunters Stöße gewannen zunehmend an Intensität und jedes Mal, wenn er zustieß, durchfuhr Grant eine Art Stromstoß, weil Hunter seine Prostata traf. Er würde nicht mehr lange durchhalten, so viel war klar, und als auch Hunters Rhythmus stockte, wusste Grant, dass auch er nahe dran war.

„Fick mich, Cowboy", feuerte er Hunter an. „Halt dich nicht zurück, mach weiter."

Hunter leckte seinen Nacken und dann hinter seinem Ohr und Grant schob sich der Berührung entgegen. Dadurch veränderte sich der Winkel, in dem Hunter ihn nahm, und plötzlich wurde Grant klar, dass er seinen Orgasmus nicht länger aufhalten konnte.

„Verdammt. Hör nicht auf, Cowboy." Er wollte sich unbedingt berühren, um sich selbst zum Höhepunkt zu bringen, doch er konnte es nicht. Hunters kraftvolle Bewegungen ließen nicht zu, dass er aufhörte, sich auf dem Bett abzustützen. Also ließ er sich stattdessen etwas tiefer in die Matratze sinken und von seinem Orgasmus überrollen. Sein Körper zuckte immer noch vor Erregung, als Hunter auf ihm zu liegen kam.

„Verdammt, das war unglaublich. Fast so gut, wie wenn du mich fickst." Hunter war immer noch dabei, wieder zu Atem zu kommen und kletterte von Grant herunter. Er hielt das Kondom fest, als er seine schwindende Erektion aus Grants Körper zog und stand auf, um das Kondom wegzuwerfen.

Grants Atem kam immer noch stoßweise, als er sich auf den Rücken drehte. Als er zusah, wie Hunter, dem die Jeans noch auf den Hüften hing, ins Badezimmer ging, wurde ihm klar, wie verrückt er nach dem Kerl war. Seinem Cowboy.

Als Hunter aus dem Badezimmer kam, war Grant bereits unter die Decke gekrabbelt.

Hunter lächelte, als er Grant im Bett liegen sah. „Es ist mitten am Tag", stellte er nüchtern fest.

„Ich weiß", erwiderte Grant. „Zieh einfach deine Jeans aus und komm her." Er sagte nichts weiter, sondern zog einfach die Decke zurück.

Hunter zog langsam Jeans und Boxershorts aus und legte sich dann ins Bett, wobei er sich an Grant schmiegte.

„Hast du ein schlechtes Gewissen, weil du um diese Uhrzeit im Bett liegst?"

Hunter zuckte die Schultern. „Hab's einfach noch nie gemacht. Fühlt sich komisch an." Er schmiegte sich näher an Grant und sah ihm direkt ins Gesicht. „Danke, dass ich dich …"

„Ficken durfte?" Grant beendete den Satz, weil Hunter keine Anstalten machte.

Hunter nickte. „Obwohl ich jetzt nicht weiß, was mir besser gefällt."

Grant musste lachen. „Mir macht es nichts aus, beides zu tun."

20

SIE BLIEBEN im Bett, küssten und kuschelten, leckten und bissen sich spielerisch – kurzum, sie genossen die Gegenwart des anderen für ein paar weitere Stunden und standen dann auf und zogen sich an, um im örtlichen Diner etwas zu essen.

Hunter war überrascht, wie leicht es war und wie gut es sich anfühlte, einfach Zeit mit Grant zu verbringen. Das zerstreute einige seiner Zweifel. Er würde einen Weg finden, um Antworten auf die Fragen zu finden, die ihm immer noch Kopfzerbrechen bereiteten, aber im Moment war ihm klar, dass er sich mit noch keinem Liebhaber wohler gefühlt hatte.

Er konnte sich nicht verkneifen, sich von Zeit zu Zeit im Diner umzusehen, um sicherzugehen, dass die anderen Gäste sie nicht schräg ansahen, denn er fürchtete, dass man ihnen an der Nasenspitze ansehen konnte, dass sie erst vor Kurzem wie die Karnickel gevögelt hatten. Doch niemand sah sie auch nur schief an. Einerseits hoffte er, dass die anderen Gäste sie einfach wie zwei Cowboys behandelten, die zusammen aßen. Doch auf der anderen Seite wollte er, dass die Leute es sahen. Trotzdem würde er nie der Typ sein, der es von den Dächern schrie. Seine Liebe für Grant würde immer eine sehr private Sache bleiben.

Plötzlich fühlte Hunter, wie ihn ein Schuh am Bein berührte.

„Was ist los?", fragte Grant.

Hunter zuckte die Achseln. „Nichts."

Grant sah ihn zweifelnd an. „Du grübelst."

Grants Fuß wanderte Hunters Bein hinauf und seine Hose fühlte sich schlagartig viel zu eng an.

Hunter seufzte. Plötzlich hätte er gern etwas Privatsphäre gehabt, um mit Grant allein sein und reden zu können. Vielleicht könnten sie auch ein paar andere Sachen tun. War das nicht, weshalb sie die Ranch verlassen hatten? „Willst du noch ein Dessert? Ich würde gern von hier verschwinden."

„Wir können ein paar Stückchen Kuchen mitnehmen", schlug Grant vor.

„Klingt gut."

Auf dem Rückweg zum Motel fing es an zu regnen. Hunter wollte zurück in ihr Zimmer, um Grant zu vernaschen, doch er wusste, dass seine trübe Stimmung wiederkommen würde, sobald er Zeit hatte, darüber nachzudenken. Zuerst musste er mit Grant reden, doch da er wusste, dass ihm das in ihrem Zimmer unmöglich wäre, bog er von der Straße ab und stellte das Auto auf einem verlassenen Parkplatz in der Nähe eines Aussichtspunktes ab. Von hier aus konnte man auf die Felder sehen und auf den Regen, der auf sie niederging. Aus irgendeinem Grund beruhigte ihn dieser Anblick, also stellte er den Motor ab und wandte sich Grant zu. Er musste keine Gedanken lesen können, um zu sehen, dass Grant nicht ganz sicher war, was vor sich ging.

Nach ein paar Momenten des Schweigens seufzte Hunter. „Ich wollte ein paar Dinge klarstellen."

Grant hielt immer noch den Karton mit dem Kuchen in der Hand. Sein Blick wanderte zu der verregneten Landschaft außerhalb des Autos, doch er sagte kein Wort.

Hunter merkte, wie ihm das Herz in die Hose rutschte, doch er konnte jetzt keinen Rückzieher machen. Er legte eine Hand auf Grants Oberschenkel. „Heute Morgen war ich sauer auf dich, weil ich den Eindruck hatte, dass du zu viele Geheimnisse vor mir hast. Du könntest ein Serienmörder sein und ich hätte keine Ahnung."

Grant warf ihm einen kurzen Blick zu, doch dann sah er wieder aus dem Autofenster.

„Für mich ist das ein Sprung ins kalte Wasser. Ich habe mich so weit hinausgewagt, dass es mir Angst macht, aber gleichzeitig weiß ich endlich, wer ich wirklich bin." Er drückte Grants Schenkel. „Du hast mir die Augen geöffnet und ich kann nicht abstreiten, dass ich mehr will. Ich fühle mich so gierig." Er hielt einen Moment inne, um seine Gedanken zu ordnen. „Als wir zusammengekommen sind, war das einzige, woran ich anfangs denken konnte, dass wir es geheim halten müssen. Aber mittlerweile überlege ich mir, wie ich es meinen Schwestern und meiner Mutter sagen könnte, weil ich unmöglich für den Rest meines Lebens mit einer Lüge leben kann. Das weiß ich jetzt."

Als Grant sich diesmal zu ihm umdrehte, waren seinen Augen dunkel und traurig. Der Anblick zerbrach etwas in Hunter und er kam näher, um seine Arme um Grants breite Schultern zu legen. Er hörte, wie die Kuchenschachtel auf dem Boden landete, als Grant die Umarmung erwiderte und sein Gesicht in Hunters Halsbeuge vergrub.

„Was willst du wissen?", fragte Grant ruhig, als sie schließlich voneinander abließen.

Der Regen trommelte auf das Autodach und das Geräusch machte es Hunter schwer, einen klaren Gedanken zu fassen. Es gab so viele Dinge, die er wissen wollte. Doch seine Fragen hatten schon früher einen Keil zwischen sie getrieben, also musste er seine Worte mit Bedacht wählen.

„Ich habe dich schon einmal gefragt, wo du hingehst, wenn du um ein paar freie Tage bittest. Du hast mir damals nicht geantwortet, also werde ich nicht noch einmal fragen. Aber bitte sag mir eins." Hunter hielt inne und atmete tief durch. „Gibt es da noch jemanden in deinem Leben?"

Grant seufzte. „Wenn du wissen willst, ob ich noch einen Liebhaber habe, dann ist die Antwort nein. Seit Gable bin ich mit niemandem zusammen gewesen."

Obwohl es nur ein Teil einer Antwort war und er darauf brannte zu erfahren, warum zum Teufel Grant so viele freie Wochenenden brauchte, wusste Hunter, dass er nicht weiter bohren sollte. Er mochte seine Ohren und legte keinen gesteigerten Wert darauf, dass Grant sie ihm langzog.

„Hat es sich am Anfang mit Gable auch so angefühlt?" In dem Moment, als die Frage seine Lippen verließ und Grant Luft holte, um zu antworten, hielt Hunter eine Hand hoch. „Ich kann nicht glauben, dass ich dich das gerade gefragt hab. Ich klinge wie Miranda. Sie wollte immer wissen, ob sie besser als soundso war."

Grant lächelte schüchtern. „Schon okay. Ich hab dir gesagt, dass wir nicht verliebt waren. Es war nur Sex. Und vielleicht Kameradschaft. Es kann auf so einer kleinen Ranch ziemlich einsam werden und bevor ich aufgetaucht bin, war Gable lange Zeit allein gewesen. Ich schätze, er brauchte einfach die Hand eines anderen. Wir haben nicht miteinander gesprochen, nicht so, wie wir es tun. Wann immer wir uns unterhalten haben, ging es um Arbeiten am Haus oder mit den Pferden. Außerhalb seines Bettes war ich nur ein Angestellter."

Hunter nickte, um zu zeigen, dass er verstand. Trotzdem wollte er mehr wissen.

„Wir hatten uns gestritten und ich bin weggefahren. Ich hab gedacht, ich würde nie zurückkommen."

„Worum ging es bei dem Streit?"

Grant zuckte die Schultern. „Ich kann mich nicht mal mehr erinnern. Vermutlich irgendwas Banales. Wir haben nie über wichtige Dinge gestritten. Wahrscheinlich, weil wir uns auch nie über wichtige Dinge unterhalten haben."

„Also hast du von dem Unfall nichts gewusst?"

Grant schüttelte den Kopf. „Nach einer Woche hat mich Calley endlich an die Strippe bekommen, um es mir zu erzählen. Sie hat mir auch von den Gerüchten erzählt, die kursierten: Dass ich etwas mit dem Unfall zu tun gehabt hätte und deshalb abgehauen wäre. Also konnte ich schlecht zurückkommen, wenn ich nicht Gefahr laufen wollte, am nächsten Baum aufgeknüpft zu werden."

Hunter bekam große Augen. „Das hat sie gesagt?"

„Nein", grinste Grant. „Das war das Bild, das sich vor meinem inneren Auge aufbaute. Jedenfalls hab ich versucht, ihn im Krankenhaus zu besuchen. Aber ich hasse Krankenhäuser so sehr, dass es mir die Kehle zugeschnürt hat. Also bin ich geradewegs wieder raus marschiert. Erst als mir Calley erzählt hat, dass es Gable wieder gut geht, hab ich mich getraut, wieder hier aufzutauchen."

„Trotzdem hast du ihn besucht, als er diesmal eingeliefert wurde?"

Grant nickte. „Schätze, ich schulde Gable noch was." Sie saßen für eine Weile still da. „Ich hab ziemlich schlechte Erinnerungen an Krankenhäuser, weißt du", fuhr Grant fort. „Meine Mutter hat die letzten sechs Monate ihres Lebens immer wieder im Krankenhaus gelegen."

„Tut mir leid", sagte Hunter und drückte Grants Oberschenkel, um ihn zu trösten.

„Weißt du, wir haben etwas gemeinsam. Sie ist gestorben, als ich acht war, und sie war alles, was ich hatte. Sie hat meinen Stiefvater verlassen, weil er mir öfters eine geknallt hat. Wir hatten kein Geld und kein Dach über dem Kopf, aber sie hat drei Jobs angenommen, um uns aus dieser Misere zu holen. Und als wir uns endlich wieder aufgerappelt hatten, wurde sie krank. Die Ärzte haben eine Weile gebraucht, bis sie wussten, was sie hat, aber sie ist trotzdem gestorben. Bis ich fünfzehn war, war ich bei verschiedenen Pflegefamilien, aber das war Mist, und so bin ich schließlich weggelaufen. Immer, wenn ich ein Krankenhaus betrete, werde ich nervös und mir bricht der kalte Schweiß aus, denn alles, woran ich denken kann ist, dass Mom in einem Krankenhaus gestorben ist und ich danach bei Fremden leben musste."

„Du stehst auf eigenen Füßen, seit du fünfzehn bist?"

„Ja, so ziemlich", gab Grant zu. „Eine Weile hab ich auf der Straße gelebt, aber das ist ziemlich hart. Dann hab ich einen Freund meiner Mutter getroffen, der mir beigebracht hat, mit Holz zu arbeiten und Möbel herzustellen. Er hat mich auch in seinem Gästezimmer schlafen lassen, also war ich nicht völlig auf mich allein gestellt."

„Und wie hast du Calley kennengelernt?", fragte Hunter nach kurzem Zögern. Zwar hatte er den Eindruck, dass es gerade gut lief, doch er hatte trotzdem Angst, die falschen Fragen zu stellen. Grant lächelte jedoch, und Hunter machte sich gleich viel weniger Sorgen.

„Drei Jahre lang bin ich Lieferwagen gefahren und hab Obst und Lebensmittel für ihren Laden angeliefert. Eines Tages erwähnte ich ihr gegenüber, dass ich gern wieder auf einer Ranch arbeiten würde, so wie ich es getan hatte, als ich aus der Stadt weggezogen war. Sie schlug vor, dass ich mal mit Gable rede, denn er könne Hilfe gebrauchen."

„Du hast wirklich schon alles Mögliche gemacht, oder?"

„Schätze schon", antwortete Grant. „Ich denke, ich langweile mich schnell. Aber ich liebe es, auf einer Ranch zu arbeiten, da kommt nie Langeweile auf. Es gibt immer was zu tun und kein Tag ist wie der andere."

„Du kennst dich ziemlich gut mit Pferden aus und von Holz verstehst du auch was. Das spricht wirklich für dich", stimmte Hunter zu. Er war froh, dass sie sich jetzt auch entspannt über Alltägliches unterhalten konnten. Er hatte einiges über Grants Vergangenheit erfahren, und auch wenn er nicht annahm, dass Grant ihm alle seine Geheimnisse verraten hatte, so fühlte er sich doch jetzt wohler. Er kam etwas näher, so dass er Grant küssen konnte, als dieser den Kopf drehte. So blieben sie eine Weile, denn beide wollten den Kuss weder intensivieren noch abbrechen. Es fühlte sich sehr intim und liebevoll an.

„Es ist dunkel", stellte Grant fest, als er sich vorbeugte, um über die beschlagenen Autoscheiben zu wischen.

„Vermutlich sollten wir uns langsam auf den Nachhauseweg machen."

„Nach Hause?", fragte Grant und klang dabei überrascht.

„Na ja, unser momentanes Zuhause. Morgen fahren wir nach Hause zur Ranch, aber heute Nacht will ich dich ganz für mich allein haben."

Grant lächelte und zog Hunter näher zu sich.

Plötzlich klopfte jemand an die Seitenscheibe und beide erschraken. Hunter setzte sich wieder ordentlich auf seinen Sitz und Grant rückte sein Hemd zurecht, bevor er die Scheibe runter kurbelte.

„Officer." Hunter nickte dem Polizisten grüßend zu, der in Regenkleidung neben dem Wagen stand.

„Kein Herumlungern, Sir. Ich sollte Ihnen ein Ordnungsgeld verpassen, schließlich gibt es extra ein Schild."

Grant öffnete die Autotür und stieg aus. Das erschreckte den Polizisten so sehr, dass er seine Waffe zog. „Hab ich gesagt, dass Sie aussteigen sollen?"

Grant hob die Arme und bewegte sich von dem Polizisten weg. „Ganz ruhig, ich wollte nur reden. Ich wollte es nicht noch schlimmer machen."

„Drehen Sie sich um und legen Sie die Hände aufs Autodach", befahl der nervöse Polizist.

Grant gehorchte und spreizte sogar noch die Beine. Obwohl die Situation angespannt war, konnte sich Hunter ein Lächeln nicht verkneifen. Grant zu sehen, wie er dort stand, erinnerte ihn daran, wie Grant ausgesehen hatte, kurz bevor er ihn an diesem Nachmittag gefickt hatte. Seine Hosen schienen ihm plötzlich viel zu eng zu sein. Er sah den Cop an und bemerkte, dass die Komik an ihm total vorbeiging. Aber das war auch in Ordnung. Es ging schließlich nicht an, beim Knutschen in der Öffentlichkeit erwischt zu werden.

„Hör'n Sie zu, Mann", sagte Grant mit überraschend ruhiger Stimme. „Der Typ hinter dem Lenkrad ist mein Chef. Wir sind hier rausgefahren, um zu reden, und ich glaube, er wird mir sagen, dass ich gefeuert bin. Also tun Sie mir bitte einen Gefallen und verpassen Sie ihm kein Bußgeld. Ich war gerade dabei, ihn zu überzeugen, mich nicht rauszuschmeißen, aber wenn Sie ihm jetzt ein Bußgeld ausstellen, bin ich ganz sicher ohne Job. Also drücken Sie bitte ein Auge zu."

Der Polizist schien darüber nachzudenken. Er sah kurz Hunter an und dann wieder Grant. „Na gut, von mir aus. Aber ich muss Sie trotzdem bitten, sofort von hier zu verschwinden."

Grant dehnte den Rücken, als er sich aufrichtete. Er salutierte dem Cop. „Ich schulde Ihnen was. Vielen Dank, Mann." Zögerlich stieg er in den Truck, als Hunter den Motor anließ. „Lass uns von hier verschwinden", flüsterte er Hunter zu.

Schon als sie vom Parkplatz fuhren, mussten sie lauthals lachen.

„Oh bitte, Sir. Der wird mich feuern, Sir, wenn Sie ihm jetzt ein Bußgeld ausstellen!",
ahmte Hunter Grants Stimme nach.

Grant gab ihm einen Stoß in die Rippen. „Ich musste ja schließlich irgendwas sagen.
Dass die Scheiben beschlagen waren, weil mein Freund so heiß ist, dass wir die Finger nicht
voneinander lassen konnten, wäre wohl nicht so gut angekommen."

„Freund?", wiederholte Hunter, der immer noch lachte.

„Würdest du Liebhaber vorziehen?"

Hunter prustete los. „Mir wär's lieber, du würdest mich gar nicht irgendwie nennen.
Zumindest nicht, wenn du gerade versuchst, einen Polizisten davon abzuhalten, uns ein
Bußgeld zu verpassen."

Grant lehnte sich zu Hunter hinüber, damit er ihm ins Ohr flüstern konnte. „Und wie
soll ich dich nennen, wenn wir allein sind?"

Hunter lächelte verschmitzt. „Irgendwie mag ich es, wenn du mich Cowboy nennst."

Grant lächelte, als er eine Hand in Hunters Schoß legte.

„Wirst du mit mir schlafen, wenn wir zurück im Hotel sind?", fragte Hunter, ohne
mit der Wimper zu zucken. „Ich möchte dich in mir spüren." Er ahmte Grants Geste nach
und legte seine Hand in Grants Schritt. Hunter konnte Grants steifen Schwanz durch dessen
Jeans spüren.

„Fühlt es sich so an, als könnte ich bis dahin warten?"

Hunter lachte. „Besser wär's, denn ich möchte nicht noch mal ein Bußgeld riskieren,
weil wir es am Straßenrand treiben. Außerdem will ich dich nackt und ausgestreckt auf
einem Bett, damit ich dich reiten kann, wie es sich für einen richtigen Cowboy gehört."

„Verdammt, Hunter", rief Grant, der immer noch lachte. „Ich hätte wissen sollen,
dass du immer die Führung übernehmen willst, selbst wenn eigentlich ich die ganze Arbeit
machen müsste."

21

AM MONTAGMORGEN betrat Hunter beschwingten Schrittes das Büro. Nach dem Wochenende fühlte er sich so wund an gewissen Stellen, dass er nicht darauf brannte, bei der nächsten Gelegenheit auf ein Pferd zu steigen. Er war müde, aber gleichzeitig immer noch berauscht von ihrem Wochenendtrip. Es würde ihm nichts ausmachen, sich für ein paar Stunden in seinem Büro einzuschließen, um die Bestandslisten durchzugehen und ein paar Futterbestellungen zu tätigen.

„Hallo, Brüderlein", grüßte Izzie, als sie das Büro betrat, ohne sich die Mühe zu machen zu klopfen. Wie die meisten Menschen, die den Raum betraten, war sie in voller Arbeitsmontur: Öljacke, Jeans, Chaps, Stiefel und Hut.

„Regnet es immer noch?"

„Jau." Sie nickte. „Die Pferde drängen sich alle auf den verbliebenen trockenen Flecken zusammen. Der Boden ist total durchgeweicht. Also, wie war das Wochenende?"

Der abrupte Themenwechsel brachte Hunter nicht aus der Ruhe. Er sah Izzie an, dass sie ohnehin wusste, wie er das Wochenende verbracht hatte. Na gut, vielleicht fehlten ihr die Details. Hoffte er zumindest.

„War gut", antwortete er ausweichend. Er erwartete, dass sie weiter nachhaken und ihn damit aufziehen würde, dass er ihr die Ranch überlassen hatte, doch sie sagte nichts. Sie drehte sich einfach zur Pinnwand um, wo jeder kleine Notizen für Hunter hinterlassen konnte, so dass er wusste, was so vor sich ging und welche Dinge nachbestellt werden mussten.

Hunter erhob sich von seinem Schreibtisch und stellte sich neben sie. „Scheint so, als wäre ich nicht der Einzige, der heute Morgen gute Laune hat."

„Scheint so, oder?", antwortete sie. Er bemerkte ihren geheimnisvollen Gesichtsausdruck und fand, er hatte viel mit seiner mittleren Schwestern gemeinsam.

„Hast du dieses Wochenende auch das große Los gezogen?", fragte er und freute sich insgeheim, dass er nicht mehr der Mittelpunkt des Gesprächs war.

„Könnte man so sagen", antwortete sie.

Hunter griff nach der Tür, um sie zu schließen. Damit niemand unerwartet eintreten konnte, lehnte er sich von innen dagegen. „Komm schon, schieß los!"

Ihr Lächeln war ungewöhnlich schüchtern. „Lass uns einfach festhalten, dass ich am Samstag nicht zu Hause geschlafen habe."

„Dann sind wir schon zwei", beichtete Hunter. Nicht, dass es da viel zu beichten gab. Allerdings ging es natürlich nicht nur darum, dass er nicht in seinem eigenen Bett geschlafen hatte. Er hatte Izzie gebeten, für ihn einzuspringen, und hatte ihr deshalb sagen müssen, dass er wegfahren würde. Sie hatte keine Fragen gestellt, was ihm sehr recht war. Er hätte ihr sowieso keine wahrheitsgemäße Antwort geben können. Heute jedoch wollte er es jemandem erzählen und Izzie war vermutlich die Einzige, der er die Neuigkeit anvertrauen konnte. Schließlich hatte sie ohnehin schon ihre Vermutungen.

„Ich weiß", antwortete sie leise. Sie kam ein wenig näher und er legte seinen Arm brüderlich um ihre Schultern, ohne dass ihn ihre nassen Klamotten abgehalten hätten.

Plötzlich sah sie zu ihm auf. „War es schön? Mit … Grant?" Sie zögerte, nicht sicher, ob sie so deutlich werden durfte, doch Hunter lächelte sie an.

„Es war mehr, als ich mir je erhofft hatte."

Izzie lächelte ihn mit einem warmherzigen Gesichtsausdruck an. „Ich freu mich so für dich."

„Du siehst aber aus, als sollte ich mich auch für dich freuen. Hast du jemanden kennengelernt?"

Sie zuckte die Schultern, aber ihr Lächeln blieb und ihre Augen glänzten. „Es war wohl eher ein Wiederholungstäter."

„Jetzt sag nicht, es war Delco."

Sie lachte. „Gott, nein! Je weiter dieser Typ von mir weg ist, desto besser!

Hunter atmete erleichtert aus. „Da bin ich aber froh."

Sie wurde ernst. „Ich kann dir noch nicht sagen, wer es ist, also frag bitte nicht. Aber er macht mich sehr glücklich."

Hunter nickte verständnisvoll. „Ich hoffe, du kannst ihn eines Tages mal mitbringen."

Sie zuckte die Achseln. „Na ja, entweder wir Vier brennen allesamt durch oder wir müssen irgendwann die Katze aus dem Sack lassen."

„Das hängt davon ab", scherzte Hunter.

„Wovon?"

„Ob ich mich mit ihm verstehe."

Sie befreite sich aus seiner Umarmung und schubste ihn von der Tür weg. „Oh, du wirst ihn schon mögen." Und mit diesen Worten verließ sie das Büro, während Hunter darüber nachgrübelte, was sie wohl gemeint haben könnte.

Er hatte jedoch keine Zeit, weiter darüber nachzudenken, denn sein Handy klingelte. Hunter erkannte Calleys Nummer. „Hi, Calley."

„Hier ist … Flynn", antwortete eine zögerliche Männerstimme. „Von Gables Ranch?"

„Natürlich", erwiderte Hunter, der einen Moment brauchte, um seine Gedanken zu ordnen. Was machte Flynn bei Calley? Und warum rief er an? „Wie geht es Gable?", fragte er. Er hätte fast „Grant hat erzählt, es ginge ihm besser" hinzugefügt, doch im letzten Moment biss er sich auf die Zunge. In Gables – und wohl auch Flynns – Gegenwart war es sicher besser, Grants Namen nicht zu erwähnen. Er erinnerte sich düster, dass Grant erwähnt hatte, Bekanntschaft mit Flynns Faust gemacht zu haben, und das beantwortete auch die Frage, ob Gable Flynn viel von seiner Beziehung zu Grant erzählt hatte.

„Er ist …" Flynn seufzte. „Hör zu, ich kann das nicht am Telefon besprechen. Kann ich vielleicht vorbeikommen?"

„Klar", antwortete Hunter. „Du kennst den Weg?"

„Ja, Calley hat mir eine Wegbeschreibung gegeben."

Flynns zögerliche Stimme beunruhigte Hunter. Ging es Gable schlechter und war es Flynn zugefallen, seine Freunde zu informieren?

„Ist alles in Ordnung, Flynn?"

„Ja und nein", antwortete Flynn. „Ich werde es erklären, wenn ich da bin."

Mit diesen Worten legte Flynn auf und Hunter blieb mit einem unguten Gefühl im Magen zurück. Flynn hatte gesagt, dass er gleich vorbeikommen würde, also würde er bald Bescheid wissen. Und doch war er besorgt. Was, wenn Gable etwas zugestoßen war? Was er gerade mit Grant erlebte, hatte ihm wenig Zeit gegeben, sich um andere Dinge zu sorgen, und plötzlich fühlte er sich schuldig, weil er sich nicht einmal die Zeit genommen hatte, Gable im Krankenhaus zu besuchen. Zu was für einer Art Freund machte ihn das?

„Ich hätte gedacht, du hättest gute Laune. Stattdessen finde ich dich hier grübelnd vor."

Hunter blickte auf und sah Grant in der Tür stehen. Das zauberte ihm sofort wieder ein Lächeln aufs Gesicht. Er stand auf und ging zu Grant hinüber. Gleichzeitig schloss er die Tür und drängte Grant an die Wand, um ihn wild zu küssen.

„Dir auch einen guten Morgen, Cowboy", sagte Grant, als sie ihren Kuss beendeten.

Hunter holte hörbar Luft, um Grants Geruch einzuatmen. „Ich hab dich vermisst und wünschte, wir hätten mehr Zeit, aber ich muss dich leider bitten, zu gehen."

„Das trifft mich", erwiderte Grant mit gespielter Entrüstung.

Hunter lächelte schüchtern, während sein Körper Grant immer noch gegen die Wand drückte. „Flynn kommt gleich vorbei. Er hat sich nicht gut angehört. Ich fürchte, er hat schlechte Neuigkeiten, also ist es vielleicht keine gute Idee, wenn du hier bist."

Grant vergrub seine Finger in Hunters Haar und gab ihm einen flüchtigen Kuss, bevor er sich von der Wand abstieß. „Da hast du vermutlich recht." Plötzlich machte er selbst einen mitgenommenen Eindruck, als hätte auch er schlechte Nachrichten. „Du hältst mich auf dem Laufenden, okay?"

Hunter nickte. „Natürlich. Sobald er weg ist, mach ich mich auf die Suche nach dir."

Grant lächelte. „Ich werde im Holzschuppen sein und das beenden, was ich am Samstag angefangen hab. Ich war gerade dabei, dort klar Schiff zu machen, als du mich in dieses Motel verschleppt hast – und das, obwohl ich mich mit Händen und Füßen gewehrt habe."

„Für so einen kräftigen Kerl hast du nicht sehr viel Gegenwehr geleistet", neckte Hunter, der Grant noch einmal küsste, bevor dieser sich verabschiedete.

Als Grant die Tür öffnete, um hinauszugehen, stand Flynn auf der anderen Seite. Hunter konnte sein überraschtes Gesicht sehen, doch Grant nickte Flynn nur grüßend zu, tippte sich mit den Fingern an seinen nicht vorhandenen Hut und ging dann um ihn herum hinaus.

„Komm herein." Hunter lud Flynn mit einer Geste ein, in der Hoffnung, die Situation zu entspannen. „Kann ich dir was zu trinken anbieten?"

„Nein, danke", antwortete Flynn. „Ich werd dir auch nicht viel von deiner Zeit stehlen."

„Setz dich", sagte Hunter und widerstand dem Drang, sich selbst eine Tasse Kaffee aus der Kaffeemaschine einzugießen, die in seinem Büro stand. Er wusste nicht, wie er Flynn dazu bekommen sollte, schnell mit der Sprache herauszurücken. Allerdings war ihm klar, dass es ihn Nerven kosten würde, wenn Flynn die Sache hinauszögerte. Er konnte sich nicht hinter seinem Schreibtisch verstecken, darum setzte er sich einfach auf die Kante des Tisches. „Also, warum wolltest du mich sprechen?"

Flynn atmete tief ein. „Ich möchte dir ein Geschäft vorschlagen."

Hunter hob die Augenbrauen. Ein Geschäft? „Sprich weiter."

„Gable hat mir erzählt, dass du schon immer ein Auge auf seinen Hengst Brenner geworfen hast."

Hunter lächelte. „Er ist ein wunderschönes Tier und noch dazu sehr umgänglich. Eine seltene Kombination."

Flynn nickte, lächelte jedoch nicht. Es schien ihm schwerzufallen, die richtigen Worte zu finden.

„Du bietest mir an, ihn mir zu verkaufen?", vermutete Hunter.

„Oh nein!", antwortete Flynn schnell. „Gable würde mir bei lebendigem Leibe die Haut abziehen, wenn ich das täte."

„Ganz davon abgesehen, dass du auch keine Handlungsvollmacht hast, oder?"

Flynn schüttelte den Kopf. „Mein Vorschlag geht in eine etwas andere Richtung."

Hunter nickte und musste sich zurückhalten, Flynn nicht zu drängen, endlich zum Punkt zu kommen.

„Wir haben ein paar junge Stuten und ich habe mir überlegt, einige von ihnen von Brenner decken zu lassen."

Hunter entging nicht, dass Flynn ihn nicht ansah, als fürchte er seine Reaktion.

„Und du möchtest mir Brenners Fohlen verkaufen?"

Flynn nickte.

„Wie kann ich sicher sein, dass Brenner seine guten Eigenschaften an sie vererbt?", fragte Hunter. Nicht, dass er Flynns Angebot rundheraus ablehnte, aber er war in erster Linie ein vorsichtiger Geschäftsmann und versuchte, sich nicht von Gefühlen leiten zu lassen. Wenn er ehrlich war, würde er über Leichen gehen, um Brenner zu besitzen. Doch da das natürlich keine Option war, könnte er auch die Alternative nehmen: Brenners Nachkommen.

„Es gibt keine Garantie", antwortete Flynn ehrlich. „Ich kann nur sagen, dass die Stuten fleißig, gelehrig und fügsam sind und dass ich dir die Fohlen für jeweils fünfzehntausend verkaufen würde."

Hunter lachte. Das war eine Menge Geld, doch er ging nicht davon aus, dass Flynn sich persönlich bereichern wollte. „Gables Ranch ist kein Zuchtbetrieb, Flynn. Gable meinte immer, es sei viel zu viel Aufwand bei ungewissem Ausgang. Und dann sind da noch die Tierarztrechnungen, die gern in die Höhe schnellen, wenn es irgendein Problem gibt."

„Bill, Calleys Mann, ist unser Tierarzt und er hat mir versichert, dass wir uns in einem Notfall immer an ihn wenden können. Er sagte, das sei seine Art, Gable unter die Arme zu greifen."

Hunter dachte einen Moment darüber nach. War das der Moment, in dem sie alle ihren Teil dazu beitragen würden, Gable auszuhelfen, so wie sie es damals nach seinem ersten Unfall getan hatten? Damals hatte seine Ranch kurz vor dem finanziellen Ruin gestanden und er wusste, dass Calley und Bill ihm geholfen hatten. Sie alle hatten das. Jeden Tag hatte Hunter einen seiner Angestellten rüber geschickt, damit er sich um die Pferde kümmerte. Diesmal hatte er das nicht getan, weil er davon ausgegangen war, dass Flynn schon zurechtkäme. Allerdings war Gable damals auch nicht so lange im Krankenhaus geblieben. Jetzt schien es so, als würde es ihm viel schlechter gehen.

„Gable braucht das Geld?", fragte Hunter. „Natürlich tut er das", beantwortete er seine eigene Frage.

Flynn hob den Kopf und setzte sich gerade hin. „Ich bin nicht hier, um zu betteln. Ich bin hier, um etwas zu verkaufen."

„Du bittest um ein Darlehen und bietest die Fohlen als Sicherheit an."

Flynn schüttelte den Kopf. „Es ist wahr, dass wir das Geld jetzt brauchen. Aber wenn du es mir gibst, gehören die Fohlen dir. Ohne wenn und aber. Es ist ein Verkauf, kein Darlehen."

„Von meiner Warte aus ist es ein sehr riskantes Darlehen: Ich weiß nicht, ob du mich nächstes Jahr bezahlen kannst. Und wenn du es kannst, weiß ich trotzdem nicht, ob die Bezahlung das ist, was ich mir erhofft hatte."

Flynn seufzte und erhob sich aus seinem Stuhl. „Hör zu, vergiss es einfach." Er drehte sich um, doch Hunter war schneller und hielt ihn am Arm fest.

„Bleib hier, Flynn." Hunter ließ sofort los, als klar wurde, dass Flynn seiner Bitte nachkam. „Ich bin natürlich bereit zu helfen. Finanziell oder logistisch oder beides. Ich würde dir das Geld auch ohne Sicherheit geben, aber …"

„Aber Gable würde niemals Almosen annehmen", unterbrach ihn Flynn.

„Genau", stimmte Hunter zu. Er lächelte Flynn an, als er erkannte, dass sie auf derselben Wellenlänge waren. „Ich bin bereit, dass Risiko einzugehen, wenn es das ist, was nötig ist, damit Gable das Geld akzeptiert."

„Er weiß nichts davon", gab Flynn zu. „Calley und ich haben beschlossen, ihm nicht zu sagen, wie hoch er verschuldet ist."

Hunter hob eine Augenbraue.

„Ich hätte ihn fast verloren, Hunter. Es geht ihm immer noch nicht gut und die Ärzte sind sich nicht sicher, ob er völlig genesen wird. Die Ranch ist sein Leben. Selbst, wenn er nie wieder arbeiten kann, möchte ich, dass die Ranch überlebt."

Hunter sah Flynn einen Moment lang an. „Das ist ein ziemlich großes Opfer, das du da bringst, indem du dich so an die Ranch bindest." Hunter wusste mehr oder weniger, wie lange Flynn für Gable arbeitete, und es waren nicht einmal sechs Monate. Hatte diese kurze Zeit ausgereicht, dass sich Flynn derart um Gable sorgte? Hunter hatte zwischen zwei Männern noch nie eine solche Hingabe gesehen. Andererseits hatte er bis vor kurzem auch nicht wirklich auf diese Dinge geachtet. Schließlich hatte er eher versucht, die Dinge nicht so zu sehen.

„Ich gebe dir fünfzigtausend", sagte Hunter unerwartet.

Flynn sah ihn überrascht an. „Das ist …"

„Das sind dreißig für die beiden Fohlen und zwanzig, um sie unterzubringen."

„Sie sind noch nicht einmal geboren und wir füttern die Stuten ja ohnehin", protestierte Flynn schwach.

„Die Stuten brauchen eine Extraration Hafer und Pellets, wenn sie gedeckt sind. Und natürlich Impfungen", instruierte Hunter.

„Sie sind schon gedeckt. Brenner ist ausgebüxt. Bill hat bestätigt, dass zwei von den drei Stuten, mit denen Brenner sich gepaart hat, trächtig sind", beichtete Flynn.

Hunter lächelte. „Das hätte ich gern gesehen."

Flynn warf ihm einen Blick zu, als wolle er ihn gleich einen Perversling schimpfen, doch er sagte nichts. Stattdessen nickte er nur.

„Ich werde einen Vertrag vorbereiten. Kannst du Gable dazu bringen, ihn zu unterschreiben?"

Flynn schüttelte den Kopf. „Nein, aber Calley kann ihn unterschreiben. Sie hat eine Generalvollmacht."

Hunter nickte sein Einverständnis. „Gut, ich werde mich dann bei Calley melden. Sie weiß hoffentlich Bescheid?"

„Ja", gab Flynn zu. „Tatsächlich ist es zum Teil ihre Idee." Flynn wandte sich zur Tür.

„Wird dir das Geld reichen, um über den Winter zu kommen? Ich weiß, dass ihr keine Zeit hattet, weitere Pferde auszubilden, und da ich einen Großteil gekauft habe, habt ihr jetzt nichts mehr zu verkaufen."

„Wir haben auch keine neuen Pferde gekauft, also ist die Herde kleiner. Ich denke, es wird schon gehen."

Hunter sah zu, wie Flynn das Büro verließ. „Wenn du irgendwas brauchst, helfe ich gern. Lass es mich nur wissen."

Flynn nickte Hunter zu und ging dann hinaus.

Ein paar Minuten später verließ auch Hunter das Büro und machte sich auf die Suche nach Grant.

22

GENAU WIE Izzie prophezeit hatte, regnete es immer noch, obwohl es mittlerweile eher nieselte. Hunter wollte mit Grant reden – am besten allein – und obwohl er nicht darauf brannte, in den Sattel zu steigen, war es die sicherste Möglichkeit, allein mit Grant reden zu können.

Nachdem er Raven und Belle gesattelt hatte, ging er hinüber zum Holzschuppen. Er stieg ab, band die Pferde an und konnte es sich dann nicht verkneifen, sich an den Türrahmen zu lehnen, um die Aussicht zu genießen.

Im Holzschuppen tanzten Staubkörner in der Luft und Tageslicht fiel nur über ein Dachfenster hinein. Auf der einen Seite lagen zersägte Bretter und auf der anderen ganze Holzstümpfe. Überall fanden sich kleine Berge Sägemehl und kleinere, übrig gebliebene Bretter. Und inmitten des Ganzen stand Grant, nur in Jeans und Stiefeln, aber ohne Hemd oder Hut. In seinem Haar waren Sägespäne und auch seine Haut hatte von dem Sägemehl einen gelblichen Schimmer angenommen.

Der Schuppen, wie ein paar andere Orte auf der Ranch, erinnerte ihn an lustvolle Augenblicke. Das, in Kombination mit Grants Anblick, ließ ihn sofort steif werden. Er wusste jedoch, dass er sich unter Kontrolle halten musste. „Also, bist du so weit fertig?"

Grant sah auf und lächelte ihn an. „Sieht doch schon besser aus, oder?"

Hunter sah nicht wirklich einen Unterschied. Es sah immer noch nach einem wilden Durcheinander aus, doch andererseits war es ein Ort, an dem gearbeitet wurde. Er musste nicht ordentlich und aufgeräumt aussehen. „Lust auf einen Ausritt?"

Grant kratzte sich am Kopf. „Ich fürchte, hier ist immer noch einiges zu tun."

Hunter sah die Haare unter Grants Achseln, als dieser den Arm hob, und fing fast an zu sabbern. Es war unglaublich, wie sehr ihm seine Selbstkontrolle abhanden kam, wenn er in Gesellschaft dieses Mannes war. „Mach später weiter. Ich bin extra vorbeikommen, um dich vor einer Staublunge zu bewahren." Grant ließ sich nicht sofort umstimmen, obwohl er so aussah, als dächte er darüber nach. „Ich hab Raven für dich gesattelt."

Grant lächelte und schien sich endlich überreden zu lassen. „Na gut, aber ich will mich erst ein bisschen waschen. Ich werde mich sonst ganz wundscheuern, mit all diesen Sägespänen."

Hunter wollte einwenden, dass er es begrüßen würde, wenn Grant sich wundscheuerte, weil Hunter ihn gegen einen Baum gelehnt nahm. Er biss sich im letzten Moment auf die Zunge, was nur gut war, denn Tim kam in den Schuppen. Er war auf der Suche nach Grant.

„Hey, Grant, hast du ein Brett in ungefähr dieser Länge übrig, mit dem wir einen der Unterstände auf der nördlichen Weide reparieren können?" Mit seinen Händen zeigte er eine Länge von ungefähr einem halben Meter. „Ich wollte am Nachmittag hin reiten, um ihn zu reparieren. Einer der Querbalken ist verrottet und in diesem Wetter haben die Pferde dort oben nicht genügend Schutz."

Grant sah kurz Hunter an und dann wieder Tim. „Hunter und ich wollten sowieso in die Richtung. Wir können das Brett und ein paar Nägel mitnehmen und uns darum kümmern."

Obwohl Hunter Tims Gesichtsausdruck nicht sehen konnte, war er ziemlich sicher, dass es ein verblüffter war, denn Grant fügte hinzu: „Wir wollten nach dem Puma Ausschau halten. Hattest du nicht gesagt, dass Dave letzte Woche einen dort oben gesehen hat?"

Tim nickte.

„Dann nehmen wir ein Gewehr mit und sehen uns die Sache mal an. Stattdessen kannst du mit Dave in Richtung Westen reiten, um zu sehen, ob die Pferde dort noch trockenes Gras haben. Wenn nicht, setzt ihr sie um."

„Geht klar, Chef", sagte Tim. Er tippte grüßend an seinen Hut und wollte sich gerade umdrehen, als er feststellte, dass sein eigentlicher Chef ja auch zugegen war. „Natürlich nur, wenn du einverstanden bist, Hunter."

Hunter lächelte. „Solange er keinen Unsinn redet, bin ich einverstanden. Wir kümmern uns um den Unterstand auf dem Weg zu den nördlichen Weiden."

Hunter wartete, bis Tim gegangen war, und ging dann zu Grant hinüber. Er wartete noch einen Moment, um sicherzugehen, dass Tim sie nicht mehr hören konnte. „Mir gefällt, wie du denkst. Vielleicht sollte ich dich zum Vorarbeiter machen. Die Männer jedenfalls behandeln dich ohnehin schon so."

„'tschuldigung. Ich wollte nicht …"

Hunter legte ihm eine Hand in den Nacken, um ihn näher zu sich zu ziehen. Im letzten Moment entschied er sich jedoch, Grant nicht zu küssen. „Du brauchst dich nicht zu entschuldigen." Er ließ von Grant ab. „Wir treffen uns in zehn Minuten vor dem Mannschaftshaus."

Es nieselte immer noch, als sie los ritten, doch das störte keinen von beiden. Nachdem sie zwanzig Minuten lang mit Höchstgeschwindigkeit vorangekommen waren, parierte Hunter sein Pferd durch und wartete darauf, dass Grant zu ihm aufschloss.

„Also, wie lief dein Gespräch mit Flynn?"

Hunter lachte. „Du hast dir wirklich lange auf die Zunge gebissen, bevor du endlich gefragt hast."

Grant lächelte verschmitzt. „Ich habe daran gedacht, während ich gearbeitet habe. Doch dann bist du in den Schuppen gekommen und das hat mich erfolgreich abgelenkt."

Sie ließen ihre Pferde nebeneinander laufen.

„Gable muss horrende Arztrechnungen bezahlen und Calley und Flynn suchen nach einem Weg, um die Ranch am Laufen zu halten."

Grant nickte nachdenklich.

„Gable würde keine Almosen annehmen und sie haben keine weiteren Pferde, die sie noch verkaufen können. Es ist also nicht leicht."

„Und sie werden Hafer und Heu für den Winter brauchen", fügte Grant hinzu. „Gable hat nicht genug Land, um die Pferde den ganzen Winter über grasen zu lassen. Ich schätze, du könntest ihm anbieten, seine Pferde auf deinem Land grasen zu lassen und ihm etwas von deinem Heu abgeben."

„Oder ich könnte zwei Fohlen von Brenner kaufen", sagte Hunter kess.

„Brenner? Fohlen?", fragte Grant. Er musste seine Stimme erheben, da der Regen plötzlich derartig auf die Erde trommelte, dass man kaum noch sein eigenes Wort verstand. Sie sprangen von ihren Pferden und rannten zu einem nahen Unterstand, der daraufhin noch überfüllter war. Zum Glück waren die Pferde gut erzogen. Sie rückten ein Stück zusammen, so dass die Männer mitsamt Belle und Raven auch noch Platz fanden.

Hunter nahm seinen Hut ab und wischte sich das Wasser aus dem Gesicht. „Brenner hat sich wohl selbstständig gemacht und seine Manneskraft bewiesen. Zwei Stuten sind trächtig."

Grant lachte. „Willst du damit sagen, auf Gables Land gibt es tatsächlich ein heterosexuelles männliches Wesen?"

„Scheint so", stimmte Hunter zu.

„Gable züchtet keine Pferde, Hunter", wandte Grant mit ernster Stimme ein. „Weiß er, dass sein geliebter Brenner Papa wird?"

Sie setzten sich auf einen Ballen Heu, den Tim dagelassen hatte, als er den Schaden am Unterstand bemerkt hatte. Als eines der Pferde Hunter beschnüffelte, weil er das Futter mit Beschlag belegte, zogen Grant und Hunter ein wenig Heu aus dem Ballen, um es dem Pferd anzubieten. Das Tier kaute zufrieden darauf herum.

„Nein, Calley und Flynn haben beschlossen, Gable nichts von seiner ernsten finanziellen Lage zu erzählen."

„Das ist keine gute Idee", sagte Grant. „Er wird an die Decke gehen, wenn er herausfindet, dass sie nicht ehrlich mit ihm waren."

Hunter nickte zustimmend. Eine Weile saßen sie schweigend da. Sie beobachteten die Pferde und hörten dem Regen zu, der immer noch auf die Erde prasselte.

„Wie geht es Gable überhaupt? Hat Flynn etwas gesagt?", fragte Grant schließlich.

Hunter fand, dass Grant unsicher klang, also nahm er seine Hand und drückte sie, um Grant wissen zu lassen, dass es ihm nichts ausmachte, dass Grant Bescheid wissen wollte. „Er meinte, die Ärzte seien nicht sicher, ob er völlig genesen wird. Flynn schien sich ziemlich sicher, dass er überleben wird, aber er konnte nicht sagen, ob Gable je wieder auf der Ranch arbeiten kann."

„Oh verdammt", murmelte Grant. „Es würde ihn umbringen, wenn er nicht mehr mit Pferden arbeiten könnte."

Hunter spürte Eifersucht in sich aufsteigen, doch er versicherte sich, dass Grants Beziehung zu Gable vorbei war. Und selbst wenn Grant Gable zurück wollte, stand dem immer noch Flynn im Weg.

„Flynn sagte, er möchte unbedingt verhindern, dass die Ranch in die Insolvenz geht. Also selbst wenn Gable nicht mehr arbeiten kann, hat er trotzdem noch die Pferde."

Grant rückte näher an Hunter heran. „Ich bin froh, dass Gable Flynn hat."

„Ja, sie scheinen ziemlich verliebt zu sein."

Grant zuckte die Schultern und setzte sich auf. „Das hängt davon an, wie du Liebe definierst."

Hunter hob eine Augenbraue und sah Grant an, doch Grant starrte geradeaus auf die Weide – jedenfalls auf das Stück, das er von seiner Position zwischen den Pferden aus sehen konnte. Hunter konnte Grants Ausdruck nicht deuten, und wenn er es nicht besser wüsste, würde er denken, dass er immer noch etwas für Gable empfand. Die Eifersucht kehrte mit Macht zurück und drehte ihm den Magen um.

Grant stand auf. „Lass uns diesen Unterstand reparieren, damit wir wieder nach Hause kommen", forderte er Hunter auf.

Hunter beschloss, diese unangenehmen Gefühle abzuschütteln und Grant zu helfen. Zumindest wusste er, dass sie gut zusammenarbeiteten. Grant sprach kaum und zeigte Hunter stattdessen die kalte Schulter. Nachdem sie alle losen Bretter mit dem neuen Holz verbunden hatten, das Grant mitgebracht hatte, ritten sie in vollem Galopp nach Hause, ohne darauf zu warten, dass der Regen nachließ.

Nachdem sie ihre Pferde abgerieben und sichergestellt hatten, dass sie Futter und Wasser hatten, machten sie sich jeweils zu ihrer eigenen Unterkunft auf: Hunter ging ins Haupthaus und Grant ins Mannschaftshaus.

Hunter versteckte sich in seinem Büro und hoffte, dass wenigstens seine Familie ihn dort in Ruhe lassen würde. Hätte er gewusst, dass sein Liebhaber so eine Laune bekam, wenn er über Gable redete, hätte er gar nicht erst davon angefangen. Jetzt war es dafür zu spät.

Liebhaber.

Hunter ließ sich das Wort auf der Zunge zergehen. Er flüsterte es sogar, um den Klang zu hören. Das Wochenende war wundervoll gewesen, besser, als er zu hoffen gewagt hatte. Mit Grant zu schlafen, fühlte sich an, als wäre er nach langer Zeit nach Hause gekommen. Er sehnte sich nach Grants Berührung, nach seinen Händen, seinem Mund, seinen Lippen. Hunters Schwanz regte sich schon, wenn er nur daran dachte, was er mit Grant machen würde, wenn sie das nächste Mal miteinander allein waren. Könnte er nächstes Wochenende verschwinden? Es gab nur eine begrenzte Anzahl Auktionen und Pferdeveranstaltungen, die man in einem Jahr besuchen konnte, und irgendwann würde auffallen, dass sie gar nicht dort gewesen waren.

Hunter schüttelte den Kopf. Er durfte die Dinge nicht übereilen. Wie konnte er darüber nachdenken, sich seiner Mutter und Schwester zu offenbaren, wenn er nicht einmal wusste, ob diese Sache mit Grant der Zeit standhalten könnte. Was, wenn Grant in ihm nur ein kurzes Abenteuer sah? Nur etwas, um die Zeit totzuschlagen? Etwas, mit dem er seine Bedürfnisse befriedigen konnte, bevor er weiterzog? Hatte Grant nicht zugegeben, dass seine Beziehung zu Gable nur auf Sex gefußt hatte? Was, wenn das alles war, was Grant wollte?

Nein, das konnte nicht sein. Nicht nach dem letzten Wochenende. Grant hatte ihn sogar als seinen Freund bezeichnet, wobei das im Spaß gewesen war.

„Abendbrot ist fertig!", rief Bernie von oben.

Hunter sah sich im leeren Büro um, setzte ein Lächeln auf und ging nach oben, um den Frauen Gesellschaft zu leisten.

23

GRANT SCHAUFELTE sich Stampfkartoffeln und ein paar Rippchen auf einen Teller und ließ sich vor den Fernseher fallen, um zu essen. Es lief Football. Das Letzte, was er im Moment wollte, war höfliche Konversation am Esstisch, also stellte er seinen Teller in die Spüle der Gemeinschaftsküche, sobald er fertig war, und ging nach oben in sein Zimmer.

Es war ein seltsamer Tag gewesen. Er war aufgewacht und hatte Hunter vermisst. Also war er zu ihm ins Büro gegangen, nachdem er mit seiner morgendlichen Arbeit fertig war. Sie hatten nicht miteinander geschlafen – nicht, weil sie nicht wollten, sondern weil sie auf der Ranch keinen Ort hatten, an dem sie für sich sein konnten. Und doch, sobald er Hunter sah, wollten seine Hände ihn berühren.

Diese Gefühle waren ihm fremd. Er hatte noch nie für einen anderen Mann empfunden, was er für Hunter fühlte. Bei ihm stimmte einfach alles. Nicht nur war der Sex fantastisch, sondern sie hatten auch anregende Gespräche und teilten die Leidenschaft für gutes Essen, Pferde, Motorräder und Football. Was wollte er mehr?

Grant wusste, dass er Hunter nicht verdiente. Warum sollte sich ein erfolgreicher Geschäftsmann – und wohlhabend war er auch noch – mit einem Herumtreiber wie ihm abgeben? Alles, was Grant besaß, konnte er problemlos auf sein Motorrad laden. Tatsächlich war dieses Motorrad das einzig Wertvolle, das er besaß. Wenn er es verkaufte, könnte er vielleicht fünfhundert Dollar sein Eigen nennen. Himmel, er hatte nicht einmal ein Konto oder eine Kreditkarte. Alles, was er hatte, war Geld, das er in einer Socke aufbewahrte. Ein paar Hundert für schlechte Tage oder um die Zeit zu überbrücken, wenn er nach einem neuen Job suchte.

Selbst wenn Hunter beschloss, es seiner Familie zu sagen, und Grant als seinen Freund vorstellte, würden sie denken, dass er nur hinter Hunters Geld her war. Ganz davon abgesehen, dass sie ihn beschuldigen würden, ihren einzigen Sohn verdorben zu haben. Ihren insgeheim schwulen Sohn, der doch bis dahin immer auf Mädchen gestanden hatte.

Sollte er die Sache beenden?

Grant ließ sich aufs Bett fallen. Als er auf dem Rücken lag und die Decke anstarrte, konnte er nur an die zwei Tage und die Nacht denken, die sie zusammen im Bett verbracht hatten. In dieser Zeit hatte sich Hunter von einem schüchternen und unsicheren Partner zu einem unglaublichen Liebhaber gewandelt. Grant hatte sich sogar von ihm ficken lassen. Seit er begonnen hatte, Sex mit anderen Männern zu probieren, hatte er seinen Arsch keinem Typen mehr angeboten. Es tat zwar immer noch weh, doch das war es wert gewesen. Es erinnerte ihn daran, warum Gable sich so gern ficken ließ und warum Hunter, obwohl er es ihm besorgt hatte, bis er vor Lust geschrien hatte, ansonsten lieber die passive Rolle übernahm. Wie könnte er das aufgeben? Wie könnte er Hunter jemals nicht wollen?

Auch jetzt sorgte sein Nachgrübeln über Hunter nur dafür, dass er steif wurde. Er öffnete seinen Gürtel und zog ihn aus der Jeans, bevor er eilig begann, sich selbst zu streicheln. Doch das reichte nicht aus. Was er wirklich wollte, war, Hunters Hände auf seiner Erektion zu spüren. Und vielleicht seinen Mund. Ja, das wäre großartig. Für jemanden mit so wenig Erfahrung gab er ziemlich gute Blowjobs. Was ihm an Technik fehlte, machte er mit seinem Enthusiasmus wieder wett.

Grant drehte sich auf den Rücken und rang verzweifelt nach Luft. Sein Orgasmus lockte, blieb aber unerreichbar. Dachte er zu viel nach? War er beunruhigt? Verdammt. Er ließ seinen Schwanz los und krabbelte aus dem Bett. Er zog seine klammen Jeans und seine Unterwäsche aus und kniete sich auf allen Vieren aufs Bett. Dann machte er einen neuen Versuch und nahm seinen Schwanz in die Hand. Die Erinnerung daran, wie Hunter ihn genommen hatte, war allgegenwärtig und seine Hand bewegte sich schneller. Doch dann ging ihm auf, dass noch etwas fehlte. Er stützte sich mit den Schultern auf dem Bett auf und streckte dadurch seinen Hintern in die Höhe. Grant leckte an seinen Fingern und berührte damit seine Öffnung. Der Muskel fühlte sich noch wund an, doch als er seine Finger dagegen drückte, war das so ein fantastisches Gefühl, dass sich seine Eier zusammenzogen. Es war nicht schwer, sich vorzustellen, dass es Hunters Finger oder Hunters Schwanz war. Er wollte, dass er es wäre – sein Mann, sein Cowboy. „Verdammt, Hunter." Seine Finger kreisten einige Male um seine Öffnung und drangen dann ein. Unwillkürlich stieß er nach vorn in seine andere Hand und Sperma ergoss sich über den Bettrahmen.

Als er so dalag, immer noch schwer atmend nach seinem Orgasmus, wusste er es endlich mit Sicherheit. Er würde Hunter nicht so verlassen können wie er es mit Gable und unzähligen anderen gemacht hatte. Das hier war mehr. Und es machte ihm verdammt viel Angst.

24

IHRE SUCHE nach einem Puma war immer noch nicht von Erfolg gekrönt. Wann immer ein Fohlen verschwand, gab es sichtbare Löcher im Zaun. Allerdings sahen sie nicht aus, als hätten Menschen sie verursacht, also blieb die ganze Sache rätselhaft.

Als ein paar Wochen vergangen waren, ohne dass ein Pferd verschwunden war, begannen die Männer, die Pferde abwechselnd auf die Weiden und näher an den Hof zu bringen, wo sie den Winter verbringen würden. Hier war es einfacher, Heu zuzufüttern. Außerdem war es im Tal wärmer und daher die Gefahr geringer, dass die Tränken in den kalten Nächten zufroren.

In der letzten Zeit waren sie vom Regen verschont geblieben. Daher war es endlich möglich, Heu zu machen, und alle waren damit beschäftigt, Gras zu mähen, es zu trocknen und dann im Heuschober zu verstauen.

Hunter und Grant hatten ihre Beziehung vor allen außer Izzie geheim gehalten, die sie bei jeder sich bietenden Gelegenheit damit aufzog. Hunter war oft versucht, es ihr mit gleicher Münze heimzuzahlen und sie mit ihrem geheimen Liebhaber necken. Allerdings war es ihm immer noch nicht gelungen herauszufinden, wer der geheimnisvolle Mann war, also hielt er lieber die Klappe.

Von Zeit zu Zeit gelang es Hunter und Grant, sich wegzuschleichen, doch meistens mussten sie sich mit verlassenen Scheunen auf der Ranch oder Gables Heuschober zufriedengeben, wenn es regnete und sie sicher sein konnten, dass Bridget, Gables Hund, nicht draußen war, um sie zu verbellen. Es war alles andere als perfekt, aber sie arrangierten sich, so gut es ging, und es nahm Hunter den Druck, sich vor seiner Familien outen zu müssen.

Grant hatte den ganzen Tag im Holzschuppen gearbeitet und Hindernisse für Bernie zurecht gesägt, die mit ihrem Pferd Springen üben wollte. Er und Hunter waren sich immer einig gewesen, dass Bernie nicht fürs Rodeo gemacht war. Ihr lagen mehr die gesitteten Formen des Reitens und so war sie bei der Vielseitigkeit gelandet. Hunter hatte ihr ein Pferd gekauft, das sich für alle drei Disziplinen – Dressur, Gelände und Springen – eignete, und seitdem übte sie jeden Tag nach der Schule.

Die Arbeit gab Grant Gelegenheit, nachzudenken und seinen Mut zusammenzunehmen, um Hunter wieder um ein paar freie Tage zu bitten. Er war schon viel zu lange nicht zu Hause gewesen und obwohl er Hunter nicht um etwas bitten wollte, das er nicht erklären konnte, wusste er, dass er es nicht länger aufschieben konnte.

Nachdem er die Stangen für die Hindernisse fertig zugesägt hatte, lud er sie auf den Pickup und fuhr damit zu dem Reitplatz, der für Bernie hergerichtet worden war. Sie hatten schon Markierungen hinterlassen, wo die Hindernisse stehen sollten, also lud Grant dort ab, wo die Stangen gebraucht wurden. Die Arbeit war hart, aber Grant war ein kräftiger Kerl, also kam er gut voran. Den Parcours jedoch würde er nicht allein aufbauen können. Dafür brauchte er die Hilfe von einem der Männer.

„Brauchst du damit vielleicht Hilfe?", fragte Hunter.

„Ich dachte, ich frage später einen der Cowboys", antwortete Grant. Er wollte sein Anliegen nicht hier vorbringen, weil er wusste, dass es ein schwieriges Gespräch werden würde. Sein Plan war gewesen, mit Hunter in seinem Büro zu sprechen. Dadurch würde niemand in aller Öffentlichkeit die Beherrschung verlieren oder Dinge sagen, die nicht für die Ohren anderer gedacht waren.

„Ich kann doch helfen", sagte Hunter fröhlich. „Ich bin mit meiner Arbeit fast fertig und da es Freitag ist, dachte ich, wir könnten darüber reden, was wir dieses Wochenende machen."

Grant sah sich um, um sich zu vergewissern, dass niemand in Hörweite war. Obwohl niemand in der Nähe war, hatte Grant das Gefühl, dass Hunter unvorsichtig wurde.

„Jack und seine Band spielen morgen beim Tonnenreiten und heute Abend gibt es ein großes Footballspiel. Ich hab gehört, wie ein paar der Männer meinten, sie würden sich alle zusammen das Spiel bei Dave ansehen. Das heißt, wir hätten das Mannschaftshaus für zwei Abende in Folge für uns allein", sagte Hunter und wackelte anzüglich mit den Augenbrauen.

„Hör zu, Hunter", begann Grant, der den Rücken durchstreckte und sich zu seiner vollen Größe aufrichtete. „Ich wollte um ein paar freie Tage bitten. Vermutlich Montag und Dienstag, und ich müsste heute los. Ich bin zurück, sobald ich kann." Grant wusste, dass sie nur selten das Mannschaftshaus für sich hatten. Das bedeutete, dass sie Zeit in Grants Zimmer verbringen konnten, ohne sich Gedanken machen zu müssen, wer sie sehen oder hören könnte. Er war versucht, seine Pläne abzusagen, doch Hunter hatte für jedes Wochenende verlockende Ideen und Grant wusste, dass er diesmal standhaft bleiben musste. Sogar wenn das hieß, die Enttäuschung im Gesicht seines Cowboys zu sehen. „Tut mir leid, Hunter."

„Immer noch keine Erklärung, wie ich sehe."

Grant schüttelte den Kopf. „Aber du kannst mir glauben, wenn ich dir sage, dass ich nichts tue, was dir nicht passen würde."

Hunter schürzte die Lippen. „Es fällt mir schwer, dir zu vertrauen, wenn du ohne Vorwarnung verschwindest, weil du wichtigere Dinge zu tun hast als Zeit mit deinem *Liebhaber* zu verbringen." Hunter flüsterte dieses Wort, als wolle er sichergehen, dass nur Grant es hören konnte.

Bevor Grant reagieren konnte, hatte Hunter auf dem Absatz kehrtgemacht und war dabei, den Platz zu verlassen.

Grant war versucht, ihm zu folgen, seinen Arm zu nehmen und ihn zurückzuziehen. Doch außer ihm zu sagen, wohin er fuhr und warum, glaubte Grant nicht, dass er Hunter überzeugen konnte, seine Sicht der Dinge zu verstehen. Mit einem tiefen Seufzer und einem unguten Gefühl in der Magengegend ließ er seinen Cowboy ziehen.

Er hatte für Bernies Springparcours getan, was er konnte, und als er seinen Blick über den Platz schweifen ließ, hoffte er, dass ihr das Ergebnis gefallen würde. Er ging in Richtung des Mannschaftshauses davon und hoffte, Hunter auf dem Weg zu begegnen, doch sein Cowboy war nirgends zu sehen.

Nach einer schnellen Dusche und nachdem er sich in seine Lederkluft geworfen hatte, packte er ein paar Wechselsachen in seine Reisetasche, verstaute sie auf dem Motorrad und gab Gas. Er würde unterwegs irgendwo anhalten, um etwas zu essen, bevor er seinen Weg nach Portland fortsetzte. Im Moment wollte er einfach nur so viele Kilometer wie möglich zwischen sich und Hunters Ranch bringen. Hoffentlich war das Ziel seiner Reise den Aufwand wert. Hoffentlich bekäme er dort die Chance, nachzudenken und das meiste aus der Zeit herauszuholen.

Die Fahrt war endlos und langweilig. Er war die Strecke schon so oft gefahren, dass er sich kaum auf die Straße konzentrieren musste. Er hielt unterwegs an, um einen Burger zu essen, hielt sich aber nicht lange auf. Wenn er gut vorankam, würde er bei Tagesanbruch die Außenbezirke von Portland erreichen. Er könnte dort ein Nickerchen machen, bevor er sich zu seinem Ziel aufmachte. Es war noch nicht besonders kalt und trocken war es auch, also konnte er problemlos für ein paar Stunden unter freiem Himmel schlafen.

Nach ungefähr sechs Stunden Fahrt verließ Grant die Interstate, weil er sich müde und abgeschlagen fühlte. Außerdem musste er pinkeln, also beschloss er, eine Pause zu machen, als er ein Hinweisschild für eine Kneipe gleich an der Straße sah. Er wusste, dass er nur ein Bier trinken konnte, damit er gefahrlos weiterfahren konnte. Er wusste jedoch auch, dass die Pause ihm helfen würde, für den Rest der Strecke wacher und aufmerksamer zu sein.

Obwohl er die Strecke schon oft gefahren war, hatte er noch nie an dieser Kneipe angehalten. Drinnen fand sich die übliche Freitagabend-Klientel: ein paar bierbäuchige Trinker in mittleren Jahren, die an der Bar rumhingen, ein älterer Typ mit einer jungen Frau, die an einem der Ecktische saßen, und ein paar junge Leute, die sich mit den Pinball-Automaten amüsierten. Grant ging zuerst aufs Klo und bestellte sich dann ein Bier. Er ertappte sich dabei, wie er den Hintern des langhaarigen und stark tätowierten Barkeepers anstarrte. Dann wurde er selbst von einer Kneipengängerin angesprochen.

„Hallo, Fremder."

„N'Abend", erwiderte Grant höflich. Er vermied es jedoch, sie zu ermuntern. Auf der einen Seite schien sie ihm noch minderjährig zu sein, auf der anderen sah sie wie eine schwere Trinkerin aus, die in den letzten zwei Jahren keinen nüchternen Tag erlebt hatte. Grant befürchtete, dass sie ihn drängen würde, ihr Geld zu geben.

Als der gut aussehende Barkeeper Grant sein Bier hinstellte, beäugte er das Mädchen kritisch. „Ich glaube, du hattest genug, Jewel."

„Ach, komm schon, Stevie!" Sie legte einen Arm um Grant. „Ich bin sicher, dieser nette Herr hier wird mir ein Gläschen oder zwei spendieren."

Grant warf Stevie einen Blick zu, der klarmachte, dass er nichts dergleichen tun würde, und zu seiner Überraschung verstand der Barkeeper den Wink.

„Komm schon, Jewel. Ich ruf deinen alten Herrn an, um dich abzuholen."

„Nein, Stevie! Tu das bitte nicht. Ich will nicht nach Hause gehen. Al tut nichts außer fernsehen und heute Abend läuft Football", klagte sie.

„Na gut", lenkte Stevie ein. „Aber dann setzt du dich dort in die Ecke und lässt die zahlende Kundschaft in Ruhe."

Sie machte sich aus dem Staub, und als Grant einen Schluck von seinem Bier nahm, nickte er Stevie dankend zu.

Die junge Frau, die mit dem älteren Mann am Tisch gesessen hatte, stellte sich neben Grant an die Bar.

„Noch eine Runde für uns, Stevie", ließ sie den Barkeeper wissen. Ihr Blick heftete sich auf Grant. „Typen wie du kommen nicht oft hierher."

Grant sah sie an und lächelte. Sie war eine gut aussehende, elegant gekleidete Mittdreißigerin, schätzte er. Vielleicht ein bisschen viel Make-up und Schmuck für seinen Geschmack, aber sie war trotzdem kein übler Anblick.

„Und was bin ich für ein Typ?", fragte Grant vorsichtig. Einen Moment lang fürchtete er, dass die Frau vielleicht eine besonders gute Antenne für schwule Männer hatte.

Sie lächelte verführerisch. „Gut aussehende Fremde."

„Ah", erwiderte Grant. „Ich hätte gedacht, dass es reichlich gut aussehende Männer hier gibt."

„Das schon", sagte sie gedehnt. „Aber es sind immer *dieselben* Männer. Du bist nicht aus der Gegend, oder?"

„Nö", antwortete Grant, als er noch einen Schluck von seinem Bier nahm. Er wollte ihr wirklich nicht mehr Informationen geben. Wenn er sich von ihr verführen lassen wollte, wäre er sicherlich offener gewesen, aber er wollte nur schnell was trinken. Das Letzte, was er wollte, war irgendeine intime Geschichte. Schon gar nicht mit einer Frau, aber so nahe, wie sie ihm kam, war sie wohl genau darauf aus.

Grant sah sich um, um die Reaktion ihres früheren Verehrers abzuschätzen, doch der war in seiner Ecke eingeschlafen. Dabei entging ihm das allzu bekannte Gesicht, das ihn aus einer der schwach beleuchteten Nischen beobachtete.

25

HUNTER GEFIEL gar nicht, wie Grant an der Bar saß und mit dieser Frau flirtete. Sie schienen sich gut zu verstehen, obwohl er nicht den Eindruck hatte, dass sie und Grant sich kannten. Und doch schenkte er ihr ein neckendes und verführerisches Lächeln.

Sie lehnte sich über die Bar und zwinkerte dem Barkeeper zu, als sie sich eine volle Schale Erdnüsse stibitzte. Sie bot sie Grant an, der ein paar nahm und losfutterte, während er sich mit ihr unterhielt.

Hunter war versucht, hinüberzugehen und besitzergreifend einen Arm um Grant zu legen, um die Frau unmissverständlich wissen zu lassen, dass er kein Freiwild war. Das Problem war nur, dass das zwei Effekte hätte, auf die er nicht scharf war: Es würde bedeuten, sowohl sich selbst als auch Grant zu outen, und das auch noch vor lauter Fremden in einer Kneipe mitten im Nirgendwo. Und natürlich hieße es auch, vor Grant zugeben zu müssen, dass er ihm von der Ranch hierher gefolgt war.

HUNTER HATTE zugesehen, wie Grant den Platz verlassen und zum Mannschaftshaus hinübergegangen war. Er hatte darauf gewartet, dass er wieder hinauskam, mit dem festen Plan, Grant zu folgen, um herauszufinden, wo er seine freien Tage verbrachte. Als er sah, wie Grant sein Motorrad fertig machte, war Hunter in seinen Truck gesprungen und von der Ranch gefahren. Er hatte an der Ecke der Einbahnstraße gewartet, die Grant nehmen musste, um zur Interstate zu kommen. Als er gesehen hatte, wie er die Auffahrt hinunterfuhr, war er ihm gefolgt.

Es war nicht einfach gewesen. War wenig Verkehr, musste er viel Abstand zu Grant halten, damit dieser ihn nicht bemerkte. Wenn mehr Verkehr war, konnte Grant mit seinem Motorrad problemlos die Spur wechseln. Dadurch konnte Hunter ihm nicht so leicht folgen, da er mit dem Truck eingeschränkter war. Ein paar Mal hatte er gedacht, Grant verloren zu haben, doch irgendwie hatte er seine Spur immer wieder gefunden. Hunter hatte gesehen, wie Grant die Interstate verlassen hatte, doch er hätte fast die Kneipe verpasst. Erst als er schon daran vorbei war und bemerkte, dass sich auf der Straße vor ihm kein Motorrad mehr befand, drehte er um und sah Grants Motorrad vor der Kneipe.

Hunter hatte sich hineingeschlichen und in einer dunklen Ecke versteckt in der Hoffnung, dass weder Grant noch der Barkeeper ihn bemerken würden.

War das, was Grant hier tat? In eine Kneipe gehen und Frauen aufreißen? Hunter fühlte Wut in sich aufsteigen. Wut und Eifersucht. Er konnte die Vorstellung von Grant mit einer Frau nicht mit den Momenten in Einklang bringen, die sie zusammen im Bett verbracht hatten. War sie für Grant vielleicht nur eine Möglichkeit gewesen, sich die Zeit zu vertreiben und seine Bedürfnisse zu befriedigen, bevor er sich wieder nach einer Frau sehnte?

Hunter wusste, wie es sich anfühlte, eine Frau in den Armen zu halten. Er wusste auch, dass er nun, nachdem er erfahren hatte, wie es sich mit einem Mann anfühlte, nie zur holden Weiblichkeit zurückkehren würde. Was er mit Grant erlebt hatte, hatte ihm die Augen geöffnet. Es hatte sich angefühlt, als wäre er endlich nach Hause gekommen. Herauszufinden, dass Grant nicht genauso empfand, war ein böses Erwachen.

Gerade als Hunter sich selbst überredet hatte, dass er sich wieder hinausschleichen und nach Hause fahren sollte, machte sich Grant von der Frau los, warf ein paar Münzen auf den Tresen und verließ die Kneipe.

Hunter musste mit Grant reden. Zur Hölle damit, dass Grant dann herausfinden würde, dass Hunter ihm gefolgt war. Hunter wollte, dass sie endlich mit offenen Karten spielten. Und wenn Grant das nicht recht war, brauchte er nicht zur Ranch zurückzukommen.

Es war dunkel, als er die Kneipe verließ, und er sah gerade noch, wie Grant den Parkplatz verließ, um seine Reise fortzusetzen. Hunter sprang in seinen Truck und fuhr ihm nach. Diesmal war es ihm egal, ob er unbemerkt blieb. Er hängte sich so dicht wie möglich an Grant, um ihn nicht noch einmal zu verlieren.

Grant schien zu bemerken, dass etwas nicht stimmte. Er beschleunigte sein Motorrad, bis er die Geschwindigkeitsbegrenzung überschritten hatte, und Hunter musste das Gaspedal seines Trucks durchdrücken, um an ihm dranzubleiben. Hunter wusste, dass sie das nicht lange durchhalten konnten, also nutzte er die Chance und setzte den Truck auf einer geraden Strecke neben Grants Motorrad. Grant fuhr eher in der Mitte der Straße, wo der Asphalt ebener war. Zunächst ignorierte er Hunter, doch dann warf er Hunters Truck einen wütenden Blick zu. Hunter konnte die Überraschung in Grants Blick sehen, als er ihm in die Augen blickte. Der Moment wurde von einer lauten Hupe unterbrochen und beider Blicke richteten sich nach vorn auf einen entgegenkommenden Truck.

Alles passierte in Sekundenschnelle und doch schien sich der Moment endlos in die Länge zu ziehen. Grants Motorrad schwankte und der Truck touchierte ihn leicht, wodurch Grant über die Motorhaube von Hunters Truck geschleudert wurde. Hunter ging sofort auf die Bremse und lenkte den Wagen zur Seite. Der entgegenkommende Truck hielt überhaupt nicht an, doch Hunter war schon aus seinem Pickup gesprungen, bevor er überhaupt den Motor abstellen konnte. Er rannte dorthin, wo er Grant vermutete, und suchte die dunkle Straße nach ihm ab. Schließlich hörte er, wie jemand mühsam nach Atem rang.

„Oh verdammt, Grant. Es tut mir so leid", sagte Hunter und kniete sich im Straßengraben neben Grant. Es war so dunkel, dass er weder Grants Gesichtsausdruck erkennen noch sehen konnte, ob er verletzt war. Alles, was er tun konnte, war seine Hände panisch über Grants Körper wandern zu lassen, auf der Suche nach Blut oder gebrochenen Knochen. Von Zeit zu Zeit schrie Grant auf, wenn Hunter einen Arm oder ein Bein drückte.

„Bitte sag mir, dass es dir gut geht!", versuchte Hunter, Grant zum Sprechen zu bewegen.

Grant stöhnte nur und schluckte dann schwer.

„Oh bitte, Grant. Bitte, Liebster, geht es dir gut?"

Da Grant immer noch nicht antwortete, zog Hunter ihm den Helm vom Kopf und bemerkte dunkle Flecken neben Grants geschlossenen Augen. Ohne nachzudenken, nahm er Grants leblosen Körper in die Arme.

„Sprich mit mir, Liebster. Bitte sag mir, dass es dir gut geht!" Er wiegte sie beide hin und her und versuchte, Grants Körper zu stabilisieren. Hunter küsste Grants Gesicht, ohne auf all das Blut zu achten. Es war ihm egal. Er wollte nur, dass Grant am Leben war und nicht so schwer verletzt, dass er sterben müsste. Er konnte Grant nicht sterben lassen.

„Alles in Ordnung, Mann?"

Hunter sah auf und direkt in das Licht einer Taschenlampe.

„Wir haben den Truck am Straßenrand gesehen und dann sie beide." Ein junger Mann zeigte auf Grant und leuchtete mit der Taschenlampe dann auf Hunter. „Verdammte Scheiße, Sandy, ruf sofort den Notarzt!"

Hunter fühlte sich benommen, sowohl von den Ereignissen als auch, weil ihn die Taschenlampe blendete.

„Kein Notarzt", murmelte Grant und Hunter sah zu ihm hinunter. „Kein Krankenhaus, Cowboy."

Hunter sah sich nicht in der Lage, Grant zu überstimmen. Einerseits wollte er auf Grant hören, doch andererseits wusste er, dass Grant schwer verletzt war und einen Arzt brauchte. Er konnte nicht klar denken und wusste nicht, was er tun sollte.

Alles geschah wie in einem Traum. Es dauerte ewig, bis der Krankenwagen kam und die Rettungssanitäter Grant auf eine Bahre legten, diese in den Wagen schoben und mit Blaulicht davon sausten. Hunter konnte sich vage erinnern, dass ein Polizist ihn gefragt hatte, ob der Truck ihm gehöre. Dann hatte er ihn gebeten, auf der Beifahrerseite einzusteigen. Der Polizist hingegen setzte sich hinters Steuer.

Als sie endlich im Krankenhaus ankamen, erklärte der Polizist einer Krankenschwester, dass er nicht glaube, dass Hunter an dem Unfall beteiligt gewesen sei. Er sei jedoch sehr durcheinander und sie sollten sich auch um ihn kümmern.

Hunter hatte keine Ahnung, wie viel Zeit vergangen war, doch er fand sich plötzlich in einem Wartezimmer wieder, in das ihn eine zierliche Frau in weißer Uniform geführt hatte. Sie bot ihm einen Becher Kaffee an.

„Der Arzt sagt, Ihnen geht es gut", sagte sie, während sie sich neben ihn setzte. „Aber Sie machen sich Sorgen um ihren Freund, oder? Haben Sie gesehen, wie es passiert ist?"

„Liebhaber", erwiderte Hunter, ohne auf ihre Frage einzugehen.

„Der Mann, der eingeliefert wurde, ist ihr Liebhaber?"

Hunter nickte zustimmend.

„Einen Moment", sagte sie.

Hunter sah zu, wie sie fortging und nach einer Weile mit einem Klemmbrett wieder auftauchte.

„Dann können Sie mir vielleicht einige seiner Daten geben?"

Hunter wurde plötzlich klar, dass er sich gerade gegenüber einer völlig Fremden geoutet hatte. Und die hatte nicht einmal mit der Wimper gezuckt.

„Wie heißt er?"

„Grant Jarreau", antwortete Hunter.

„Geburtstag?"

Hunter lächelte, immer noch ziemlich verwirrt. „Ich weiß nicht." Er wusste es wirklich nicht. Wie verrückt war das? Grant war sein Partner und er wusste nicht mal, wann er Geburtstag hatte. Hugh hatte ihn eingestellt und sich um den Papierkram gekümmert.

Die Schwester schien nicht beunruhigt zu sein. „Ich geb Ihnen einfach das Klemmbrett und Sie füllen aus, was Sie können. Wäre das für Sie in Ordnung?"

Hunter nickte.

Sie drückte kurz seinen Arm. „Ich werde schauen, ob die Ärzte mit ihm fertig sind. Dann können Sie reingehen und ihn sehen."

Hunters Herz machte einen Sprung. Ja, er wollte Grant sehen. Eine Millisekunde später wurde ihm klar, dass Grant vielleicht ihn nicht sehen wollte. Schließlich war er für Grants Unfall verantwortlich. Wenn er nicht versucht hätte, neben Grant her zu fahren, wäre Grant nicht abgelenkt gewesen und hätte den riesigen Truck rechtzeitig bemerkt.

Hunter stand auf und ließ das Klemmbrett auf dem kleinen Tischchen zurück.

Die Schwester kam mit einem weiteren Becher Kaffee zurück.

„Wissen Sie, ob Mr Jarreau versichert ist?"

„Ja", antwortete Hunter fast automatisch. „Na ja, eigentlich nicht. Ich schätze, er ist nicht versichert, aber ich werde die Rechnung bezahlen."

Sie bekam große Augen.

„Er arbeitet für mich. Mir gehört eine große Pferderanch außerhalb von St. Anthony, Idaho, und er ist einer meiner besten Männer. Ich wollte ihn zum Vorarbeiter machen, wenn er zurückkommt." Die Schwester schenkte ihm ein mitfühlendes Lächeln und Hunter begriff, dass sie all diese Details nicht wissen musste. Andererseits hatte er ihr schon mehr erzählt als jedem anderen Menschen, folglich war es vielleicht nicht ganz so schlimm.

„Ich bin sicher, Mr Jarreau wird beruhigt sein, zu wissen, dass das bereits geklärt ist."

Hunter nickte. „Kann ich ihn jetzt sehen?"

„Der Arzt wird gleich bei Ihnen sein, um mit Ihnen zu sprechen."

Hunter sah die Schwester an, doch sie vermied es, seinen Blick zu erwidern. Sein Magen zog sich zusammen. Bevor sie gegangen war, hatte sie davon gesprochen, dass er Grant sehen könnte, und jetzt sollte er mit einem Arzt sprechen? Das konnte nichts Gutes bedeuten.

Sie drückte noch einmal seinen Arm und ließ ihn dann allein.

Hunters Kopf fühlte sich nicht mehr so schummerig an, doch dafür wuchs nun seine Sorge. Er lief im Wartezimmer auf und ab, froh darüber, dass niemand zugegen war, der seine Nervosität sehen konnte. Als die Krankenschwester gegangen war, hatte er einen Blick auf ein anderes Wartezimmer erhascht, in dem mehr Menschen saßen. Einige von ihnen sahen krank oder verletzt aus. Warum hatte sie ihn stattdessen hierher geführt?

Hunter blieb nicht viel Zeit, um über diese Fragen nachzudenken, denn bald darauf schwang die Tür wieder auf und ein rothaariger Mann mit weißem Kittel betrat den Raum. „Mr Krause? Sie sind mit Mr Jarreau hier?"

„Ja", antwortete Hunter. Er versuchte, seiner Stimme die Unruhe nicht anmerken zu lassen, scheiterte jedoch kläglich.

„Es tut mir leid, dass wir Sie so lange haben warten lassen, aber Mr Jarreau hat einiges abbekommen und wir wollten zunächst sichergehen, dass keine Lebensgefahr besteht."

„Geht es ihm gut?"

Der Mann lächelte. „Er ist ziemlich stark angeschlagen und wir werden ihn für ein oder zwei Nächte hier behalten, um ihn zu beobachten. Es scheint jedoch, dass er den Unfall mit verhältnismäßig leichten Verletzungen überstanden hat."

„Leicht …?"

„Er hat eine leichte Blutung nahe der Milz, weswegen wir ihn gern zur Beobachtung hier behalten möchten. Im Moment ist es jedoch noch nicht ernst genug, um zu operieren. Und er hat ein paar kleine Knochenfissuren im Becken und drei gebrochene Rippen. Davon abgesehen, dass er sich die nächste Zeit ziemlich zerschlagen fühlen wird, sieht es aus, als würde er es überleben."

„Kann ich ihn sehen?", fragte Hunter ruhig.

„Ihr Name ist Hunter? Er hat nach Ihnen gefragt. Mehrmals."

Hunter schluckte seine Angst hinunter.

„Ich sollte Sie vorwarnen, dass er ziemlich schlimm aussieht, aber ich versichere Ihnen, dass wir ihn komplett durchgecheckt haben. Er wird für den Rest der Nacht auf die Intensivstation verlegt. Oder eher für den Tag, schließlich ist es bereits Morgen. Warum bringe ich Sie nicht zu ihm?"

Hunter nickte und befürchtete, dass er sich gleich würde übergeben müssen.

26

HUNTER HATTE gehofft, dass sich seine Nervosität legen würde, sobald er Grants Zimmer betrat, doch es wurde nur noch schlimmer, als er seinen Geliebten sah.

Grant lag mit geschlossenen Augen auf dem Rücken. Wo man versucht hatte, ihm das Blut aus den kurzen, schwarzen Haaren zu waschen, stand es jetzt vom Kopf ab. Auf einer Gesichtshälfte hatte er eine Prellung und seine Augen waren so zugeschwollen, dass Hunter ihn fast nicht erkannte. Ein Arm steckte in einem Gips, in den anderen Arm führten lauter Schläuche. Sein Oberkörper war nackt und ebenfalls grün und blau. Noch mehr Drähte waren auf seiner Brust festgeklebt und er war an ein paar Maschinen angeschlossen. Eine davon machte ein leises, allerdings trotzdem nervtötendes Geräusch, das merklich langsamer war als Hunters eigener Herzschlag.

Als Hunter sich umsah, stellte er fest, dass der Arzt ihn im Zimmer allein gelassen hatte. Er wusste nicht, was er jetzt tun sollte. Er wollte Grant nicht erschrecken, also stand er für eine halbe Ewigkeit am Fußende des Bettes, bis es Grant gelang, ein Auge zu öffnen.

„Kommst du herüber und setzt dich zu mir? Du machst mich nervös, wenn du da so an meinem Bett wachst wie ein Todesengel."

„Der Arzt sagt, du wärst noch nicht tot", antwortete Hunter, der spürte, wie die Angst ihn verließ, jetzt wo er Grants Stimme hörte. „Allerdings siehst du beschissen aus."

„Ja", sagte Grant leise. Er nahm einen tiefen und ziemlich zittrigen Atemzug. „Was hast du so weit weg von zu Hause auf dieser Straße gemacht, Hunter?"

Hunter konnte Grant nicht in die Augen sehen, doch er bemerkte, wie Grant seine Hand umdrehte, so dass die Handfläche nach oben zeigte. Zögerlich nahm Hunter die Einladung an und legte seine Hand in Grants. Dieser schloss seine Finger und drückte Hunters Hand liebevoll. Hunter fühlte, wie ihm Tränen in die Augen schossen. Er schniefte und wischte sich übers Gesicht.

„Als ich dich im Graben hab liegen sehen, dachte ich, ich hätte dich verloren."

„So leicht wirst du mich nicht los."

Als Grants Worte in seinem Bewusstsein ankamen fühlte er, wie die Wärme in seinen Körper zurückkehrte. Er hob Grants Hand an seine Lippen, drückte sie und küsste sacht die geschwollenen Knöchel.

Der innige Moment wurde unterbrochen, als eine Krankenschwester hereinkam, um Grants Werte zu checken. Hunter ließ Grants Hand erst los, als die Schwester mit einer Lampe in seine Augen leuchtete. Es schien sie jedoch nicht zu stören, dass die beiden Männer Händchen hielten.

„Ich besorge Ihnen einen bequemeren Stuhl", sagte sie, bevor sie sie wieder allein ließ.

„Wir könnten beide etwas Schlaf gebrauchen", sagte Grant, nachdem sie gegangen war.

„Bist du müde?", fragte Hunter.

„Du nicht?"

Hunter nickte. „Uns fehlt eine Nacht."

Nachdem die Krankenschwester mit dem Stuhl wiedergekommen war und Hunter es sich bequem gemacht hatte, nahm er wieder Grants Hand in seine.

„Was ist passiert, Cowboy?", fragte Grant plötzlich.

„Du erinnerst dich nicht?"

Grant schüttelte langsam den Kopf. „Ich bin Richtung Westen gefahren und das Nächste, woran ich mich erinnere, ist, dass ich aufwache und mir alles wehtut."

Hunter schluckte. Dass sich Grant an nichts erinnerte, hieß, dass er sich überlegen musste, welche Version der Wahrheit er ihm erzählen würde. Sollte er ihm offenbaren, dass er ihn verfolgt hatte? Sollte er Grant sagen, dass er der Grund für den Unfall war?

„Ich bin dir gefolgt", begann Hunter. „Ich wollte wissen, wo du hinfährst, wenn du für ein paar Tage verschwindest." Er wartete, um Grants Reaktion zu sehen, doch er konnte in Grants Gesicht nichts lesen. „Ich hab dein Motorrad vor dieser Kneipe gesehen und bin dir hinein gefolgt."

„Ich erinnere mich an die Kneipe. Da war eine Frau, die einfach kein Nein akzeptieren konnte. Ich wär noch länger geblieben, wenn sie nicht gewesen wäre."

Hunter sah Grant ins Gesicht, doch es war so geschwollen, dass er nichts darin lesen konnte.

„Du warst da?", fragte Grant. „Dann hast du ja gesehen, was für ein Ärgernis sie war. Ich wette, sie war eine Professionelle. Oder eine sehr gelangweilte Hausfrau. Ihr Ehemann, oder ihr Date – wer weiß das schon –, war an seinem Tisch eingeschlafen."

Hunter lächelte. Grant war also nicht in die Kneipe gegangen, um eine Frau aufzureißen. Zumindest das war eine Erleichterung. Es klang jedoch, als könne Grant sich nicht an den Unfall direkt erinnern, also war es vielleicht eine gute Idee, vage zu bleiben.

„Na ja, ich hab gesehen, wie du gegangen und dann davongefahren bist. Ich bin dir wieder gefolgt und hab gesehen, wie dich dieser riesige Truck von der Straße gefegt hat. Du bist vom Motorrad geflogen und im Straßengraben gelandet. Da dachte ich, ich hätte dich verloren."

Grant lächelte, so weit das mit seinem geschwollenen Gesicht möglich war. „Diese überlangen Trucks sind mörderisch." Er atmete aus und lag dann still. Das beunruhigte Hunter, bis er feststellte, dass die Maschine immer noch in ungefähr demselben Rhythmus wie sein Herz piepte. Also vermutete er, dass Grant einfach eingeschlafen war.

Als Hunter hochschreckte, wurde ihm klar, dass auch er eingeschlafen war. Da er im Stuhl sitzend eingenickt war, taten ihm alle Knochen weh. Grant schlief immer noch und eine andere Schwester stand an seinem Bett, um seine Vitalfunktionen zu überprüfen.

„Alles in Ordnung?"

Sie nickte. „Er ruht sich aus. Das ist genau das, was er im Moment braucht. Wenn Sie wollen, können Sie sich was zu essen besorgen oder ein bisschen rumlaufen. Falls er aufwacht, sag ich ihm, dass Sie in ein paar Stunden wieder da sind. Durch die Schmerzmittel, die wir ihm geben, wird er sowieso das meiste davon verschlafen."

Hunter nickte und streckte seine müden Glieder. Ihr Vorschlag klang plausibel. Er war hungrig und ein wenig frische Luft würde ihm auch guttun. Es widerstrebte ihm, Grant allein zu lassen, doch es war, wie die Schwester gesagt hatte. Man kümmerte sich hier gut um ihn und da er fest entschlossen war, Grant nach seiner Entlassung mit nach Hause zu nehmen, sollte er besser ausgeruht sein, wenn er sich um ihn kümmern wollte.

Hunter drückte Grants Hand. „Ich komme später wieder."

Er verließ die Intensivstation, ohne einen Blick zurück zu werfen, und versuchte, sich in dem Krankenhaus zu orientieren. Er fand die Cafeteria, in der man Sandwiches und Kaffee kaufen konnte. Danach ging er nach draußen, um sich die Nachmittagssonne ins Gesicht scheinen zu lassen. Er war sowieso ein Mensch, der sich eher in der Natur wohlfühlte. Als er draußen saß und sein Sandwich aß, wurde ihm klar, dass er zu Hause anrufen musste, um die Mädchen wissen zu lassen, dass es ihm gut ging. Er war gestern verschwunden, ohne jemandem zu sagen, was los war, und mittlerweile war seine Abwesenheit sicherlich aufgefallen.

Es war am sichersten, Izzie anzurufen. Ihr zumindest konnte er die Wahrheit sagen.

„Du verdammter Idiot!", schrie Izzie, als sie ans Telefon ging. „Wo zum Henker bist du?"

„Hallo, Schwesterherz", antwortete Hunter ungewöhnlich ruhig.

„Bitte sag mir, dass du wenigstens gestern so richtig flachgelegt wurdest."

Hunter musste grinsen, als ihm klar wurde, dass sie nicht sauer auf ihn war. „Leider nein. Der Grund für mein Verschwinden ist allerdings tatsächlich Grant."

„Ist alles in Ordnung, Hunter?", fragte sie.

Hunter konnte die Sorge in ihrer Stimme hören. „Ja und nein. Grant hatte gestern Nacht einen Unfall. Er ist im Krankenhaus."

„Verdammt! Was ist passiert?"

Hunter seufzte. Wie viel sollte er Izzie erzählen? Er musste es irgendjemandem erzählen und er vertraute ihr. „Er hat wieder nach ein paar freien Tagen gefragt, wollte aber nicht sagen, wofür er sie braucht. Ich schätze, ich war eifersüchtig." Er zuckte zusammen, als er sich selbst das Wort aussprechen hörte. „Also bin ich ihm gefolgt, sechs anstrengende Stunden lang."

„Oh Mann! Und ich weiß, dass er mit diesem Motorrad sehr schnell fährt. Was hast du also rausgefunden?"

Hunter seufzte. „Nichts. Nur, dass er lange Reisen unternimmt. Er wurde von einem Truck erwischt und ist mit angeknackstem Becken und gebrochenen Rippen im Straßengraben gelandet. Er sieht ziemlich übel zugerichtet aus."

„Oh Süßer", tröstete Izzie mit Betroffenheit in ihrer Stimme. „Er kommt aber wieder in Ordnung, oder?"

„Ja, die Ärzte denken, dass er morgen oder übermorgen nach Hause kann."

Izzie musste schmunzeln. „Na ja, dafür hast du das Chaos hier verpasst."

„Ach so?", antwortete Hunter.

„Ich erzähl's dir, wenn du wieder da bist. Bis dahin halte ich hier die Stellung. Oh, und kümmere dich um Grant, okay? Wir werden ihn hier brauchen. Ganz zu schweigen davon, dass du ihn brauchen wirst, stimmt's?"

„Stimmt, ich brauche ihn wirklich", sagte Hunter.

„Also kümmere dich um ihn und komm zurück, wann immer du kannst. Die Ranch wird dann immer noch hier sein."

Izzie hatte aufgelegt und Hunter überlegte, ob sie wohl dachte, er und Grant wären wieder irgendwo untergetaucht wie beim letzten Mal, als sie für ihn einspringen sollte. Dann schüttelte er den Kopf. Izzie würde nie glauben, dass er sich so eine komplizierte Lüge ausdenken würde.

Dass zu Hause das Chaos herrschte, machte ihm jedoch Sorgen. Izzie klang allerdings nicht allzu beunruhigt und Hunter wusste, dass ein Haus voller Frauen immer hieß, dass das Zusammenleben in Hysterie enden konnte. Das Einzige, was ihm einfiel, war, das Bernie durchgebrannt sein könnte. Allerdings hatte sie nie Interesse an Jungs in ihrem Alter gezeigt und sich stattdessen immer auf ihren Reitsport konzentriert. Was könnte ansonsten auf der Blue River Ranch für Probleme sorgen? Er würde wohl einfach seine Neugierde zügeln müssen, bis es Grant gut genug ging, um nach Hause fahren zu können.

Als Hunter zurück in Grants Zimmer kam, war dieser nicht nur wach, sondern saß in dem Stuhl, in dem Hunter geschlafen hatte. Er schien sich nicht wirklich wohlzufühlen, doch zumindest war die Schwellung in seinem Gesicht so weit zurückgegangen, dass er die Augen öffnen konnte.

„Die Schwester hat mir gesagt, dass du einen Spaziergang machen wolltest."

Hunter lächelte. „Du kennst mich doch. Wenn ich zu lange drinnen sitzen muss, werd ich unruhig."

„Wenn ich ohne Probleme eine Weile sitzen kann, verlegen sie mich in ein normales Zimmer. Vielleicht kann ich dann morgen nach Hause."

Grants Gesicht war sanft und einladend und trotz der Schwellung spielte ein Lächeln um seine Lippen. Hunter fühlte Schmetterlinge in seinem Bauch tanzen und das unbedingte Bedürfnis, Grant in den Arm zu nehmen, überkam ihn.

„Ich würde dich gerne mit nach Hause nehmen", sagte Hunter stattdessen.

Es VERGINGEN zwei weitere Tage, bevor Hunter Grant endlich mit nach Hause nehmen durfte. Hunter hatte die Überbleibsel von Grants Motorrad auf seinem Truck verzurrt und war mit Izzie in Kontakt geblieben, um zu hören, was auf der Ranch vor sich ging, und sie wissen zu lassen, wann sie ungefähr zurück sein würden. Sie war weiterhin vage geblieben und hatte ihm versprochen, ihn auf den neuesten Stand zu bringen, sobald er zurück war. Das beunruhigte Hunter nur für einen kurzen Moment. Seine ganze Aufmerksamkeit galt Grant, dessen Gesicht endlich wieder anfing, normal auszusehen. Die Ärzte rechneten nicht mehr mit Komplikationen und so durfte er nach Hause gehen, obwohl er kaum laufen konnte und immer noch starke Schmerzen hatte. Natürlich versuchte er, sich so wenig wie möglich anmerken zu lassen.

„Mach nicht so ein Aufheben, okay?", bat Grant, als Hunter versuchte, ihm aus dem obligatorischen Rollstuhl zu helfen, in dem jeder das Krankenhaus verlassen musste. Er klang genervt und auch seine Körpersprache drückte Unmut aus, doch Hunter konnte nicht anders. Er sah, wie anstrengend jede Bewegung für Grant war, und wollte es ihm nur einfacher machen. Natürlich hatte er dabei nicht bedacht, dass Grant daran gewöhnt war, sich selbst zu helfen. Kein Liebhaber würde ihm diese Lebenseinstellung noch austreiben können.

Sogar Hunters besorgter Blick, als er den Motor startete, wurde fast mit einem Knurren beantwortet. Da wurde Hunter klar, dass es eine lange Fahrt werden würde.

Hunter hatte kaum das Krankenhausgelände verlassen, da bat ihn Grant anzuhalten.

„Ist alles in Ordnung? Brauchst du was gegen die Schmerzen?"

Grant schüttelte den Kopf. „Kann ich dich um einen Gefallen bitten?"

Hunter lächelte. „Natürlich. Alles, was du willst."

„Können wir uns darauf einigen, dass es mir gut geht, solange ich dir nicht etwas anderes sage?"

Hunter nickte. „Unter einer Bedingung."

Grant hob die Augenbrauen.

„Dass du es mir wirklich sagst und nicht stattdessen deine Schmerzen runterschluckst. Ich bin es, Grant – der Typ, den du, wann immer möglich, flachlegst. Du musst mir nichts vorspielen. Das hast du nicht getan, als ich dir meinen Schwanz in den Hintern gerammt habe. Und jetzt brauche ich das genauso wenig."

Grants Augenbrauen verschwanden fast in seinem Haaransatz, was Hunter unglaublich komisch fand, da Grants Gesicht so farbenfroh war, dass selbst ein Indianerhäuptling neidisch geworden wäre.

„Wenn du mir versprichst, dass du mir sagst, wenn du was brauchst, verspreche ich dir im Gegenzug, dass ich nicht alle fünf Meilen frage, ob es dir gut geht."

„Abgemacht", antwortete Grant mit einem amüsierten Gesichtsausdruck. Dann wurde er ernst. „Ich muss dich um noch einen Gefallen bitten."

„Schieß los", sagte Hunter. Er schaute über seine Schulter, um feststellen, ob er sich wieder in den Verkehr einreihen konnte.

Grant legte Hunter eine Hand auf den Arm. „Bleib hier für einen Moment stehen."

Hunter entspannte sich und wandte sich Grant zu, um ihn ansehen zu können.

„Ich war auf dem Weg zu einem bestimmten Ort und ich würde immer noch gern dorthin, wenn du mich fährst."

Hunter fühlte sich plötzlich beklommen. Er wusste jedoch nicht, ob er sich davor fürchtete, was Grant ihm nun zeigen würde, oder ob er erleichtert war, weil er endlich Grants großes, dunkles Geheimnis erfahren würde.

„Das wären noch mal fünf Stunden Fahrt. Das hieße, wir müssten dort übernachten und könnten erst morgen zur Ranch zurückfahren."

Hunter nahm Grants Hand. „Ich werde Izzie anrufen müssen, um ihr zu sagen, dass sich unsere Pläne geändert haben. Davon abgesehen, lass es uns tun."

27

HUNTER ZU bitten, ihn nach Portland zu fahren, war keine spontane Entscheidung gewesen. Grant hatte sich tagelang Gedanken darüber gemacht. Er hatte angerufen, als Hunter seinen Spaziergang gemacht hatte, und dabei erfahren, dass die Gelegenheit noch nicht verstrichen war. Also hieß es, jetzt oder nie. Er hatte sehr die Zähne zusammenbeißen müssen, um seinen Arzt zu überzeugen, dass er bereit war, nach Hause zu gehen, denn dieser fand, es ginge ihm noch nicht gut genug. Man hatte ihm ein Rezept für Schmerzmittel ausgestellt, also fand er, dass er durchaus bereit war zum Aufbruch. Er hatte schon Schlimmeres durchgemacht. Das letzte Mal, als er in einem so schlechten Zustand gewesen war, war er zusammengeschlagen worden. Und damals hatte er niemanden gehabt, der sich um ihn kümmern konnte. Auch damals war er klargekommen.

„Also, was ist in Portland?"

Grant zuckte die Schultern, musste aber feststellen, dass das nicht schmerzfrei möglich war. „Du wirst schon sehen. Ist ein bisschen schwer zu erklären, aber viel einfacher zu zeigen." Er hoffte, Hunter würde das verstehen. Nur wenige Menschen wussten, was Portland ihm bedeutete. Er glaubte, dass er bereit war, Hunter einzuweihen, allerdings wusste er nicht recht, wie er das anstellen sollte. Er hatte nicht gelogen, als er gesagt hatte, es wäre einfacher zu zeigen.

Der Truck fuhr durch ein Schlagloch und Grant stöhnte vor Schmerzen auf.

Hunter sah ihn von der Seite an und Grant war froh, dass es nur ein besorgter Blick war. „Mir geht's gut. Ich spür nur jede Bodenwelle. Ich kann erst gegen Mittag die nächste Schmerztablette nehmen, also fahr vorsichtig, okay?"

Hunter nickte und schenkte ihm ein liebevolles Lächeln, bei dem Grant errötete. Er war plötzlich dankbar für die Kriegsbemalung in seinem Gesicht. Zumindest verdeckte die seine wahren Gefühle.

„Was ist überhaupt mit dem Truck passiert?", fragte Grant, um das Thema zu wechseln. „Sieht aus, als wärst du auch in einen Unfall verwickelt gewesen."

Hunter konzentrierte sich auf die Straße und antwortete nicht gleich.

„War ich auch", sagte er schließlich. Er nahm einen tiefen Atemzug und atmete dann langsam aus. „Ich bin neben dir gefahren, als der Truck dich erwischt hat. Du hast mich angesehen und im nächsten Moment wurdest du gegen meinen Truck geschleudert und bist dann im Straßengraben gelandet."

Grant konnte Tränen in Hunters Augen sehen. „Fahr rechts ran."

Hunter fuhr weiter.

„Fahr sofort rechts ran!"

Mit quietschenden Reifen brachte Hunter den Truck auf dem Seitenstreifen zum Stehen. Sie wurden von ein paar Autos angehupt, doch die konnten mit Leichtigkeit vorbeifahren, also war es Grant egal.

„Mir ist klar, dass du wütend auf mich bist. Es war meine Schuld, dass du den Unfall hattest."

Grant versuchte einzuschätzen, wie ernst Hunter es meinte. „Es gab gar keinen anderen Truck? Das ist der Truck, der mich erwischt hat?"

„Nein!", antwortete Hunter sofort. „Es *gab* einen anderen Truck. Einen dieser überlangen LKW mit Anhänger. Aber du wusstest nicht, dass ich dir gefolgt war. Nachdem du die Kneipe verlassen hattest, bist du so schnell gefahren, dass ich mir Sorgen gemacht habe. Ich wusste nicht, wie viel du getrunken hattest und ob du vielleicht dich über- oder deine Geschwindigkeit unterschätzt. Du warst mit ungefähr 80 Meilen unterwegs, also habe ich die Chance genutzt und hab mich neben dich gesetzt, in der Hoffnung, dass du dann rechts ran fahren würdest. Und dann hast du mich gesehen, aber den Truck nicht und dann …"

Grant unterbrach Hunters Redefluss, indem er seine Hand drückte. „Ist schon in Ordnung, Cowboy."

„Es ist nicht in Ordnung. Wäre ich nicht gewesen, wärst du nicht verletzt worden."

Grant schüttelte den Kopf. „Die Ärzte meinten, es hätte mich gerettet, dass ich so schnell ins Krankenhaus gekommen bin. Hätte ich länger im Straßengraben gelegen, wäre ich vielleicht gestorben. Dass du da warst, um den Notarzt zu rufen, hat mich gerettet. Du hast mich gerettet." *In mehr als einer Hinsicht*, wollte Grant hinzufügen.

„Ich hab dich abgelenkt."

„Du sagtest, ich wär zu schnell gewesen. Vielleicht hatte ich den Unfall einfach deswegen. Wegen meiner Geschwindigkeit und der des entgegenkommenden Trucks, beide zu schnell unterwegs. Es war eine verlassene Straße mitten in der Nacht. Was hatte dieser große LKW überhaupt da zu suchen? Er hat vermutlich nicht mal bemerkt, dass er mich erwischt hat. Vielleicht hat mich schon der Fahrtwind allein gegen deinen Truck geschleudert."

„Aber das weißt du nicht."

„Vermutlich werden wir es nie wissen. Alles, was ich weiß, ist, dass ich froh bin, dass du da warst. Und nur darauf kommt es an."

Hunter nickte, aber Grant machte sich Sorgen, dass er seinen Cowboy noch nicht ganz überzeugt hatte. Für eine ganze Weile saßen sie einfach schweigend nebeneinander und hielten sich an den Händen.

„Was denkst du, bist du in der Lage zu fahren?"

Hunter ließ den Motor an und fuhr schweigend los. Er manövrierte den Truck so gut wie möglich um alle Schlaglöcher herum, bis sie wieder auf der Interstate waren. Während der ganzen Fahrt ließ Grant seine Hand auf Hunters Oberschenkel liegen. Sie sprachen erst wieder, als Grant Hunter gegen Ende der Reise den Weg beschreiben musste.

Hunter fuhr in eine gewöhnlich aussehende Vorortsiedlung mit lauter gleich aussehenden Häusern mit Vorgärten und Bäumen. Bei einem Haus, vor dem drei Kinder spielten, bat Grant ihn anzuhalten. Eines der Kinder harkte Laub auf und die anderen beiden verstauten das Laub in Säcken. Sie taten es jedoch so verspielt, dass sie mehr Unordnung machten als das andere Kind beseitigen konnte. Der älteste Junge war zunehmend genervt von der ganzen Sache.

Grant lächelte nur, obwohl Hunter ihn fragend ansah.

„Sind das deine Kinder?", fragte Hunter schließlich mit leiser Stimme.

„Ja", antwortete Grant ruhig. „Nicht vor dem Gesetz und sie sehen mich wohl auch nicht als ihren Vater an. Aber biologisch, ja. Abgesehen vom Ältesten, aber er hält mich für seinen Vater. Es ist kompliziert."

Als Grant zur Seite blickte, konnte er Hunters Verwirrung sehen. Eine Frau kam in den Vorgarten, um die Kinder zu schelten, weil sie so eine Unordnung veranstalteten. Sie schickte die beiden Jüngsten nach drinnen. Sie nahm die Laubharke von dem Ältesten und gab ihm Anweisungen. Sie brauchten nicht lange, um mit der Arbeit fertig zu werden, doch bevor sie wieder hineingingen, sah die Frau Grant direkt an.

„Ist das deine Frau?", fragte Hunter sanft.

„Nein", antwortete Hunter. „Ich hab dir erzählt, dass ich keine Frau habe, und das hab ich auch so gemeint. Sie war nie meine Frau, aber wir waren befreundet."

„Aber du hast Kinder mit ihr?"

Grant seufzte. Er wusste, es war nicht einfach zu erklären. Er wusste auch, dass er es versuchen musste, wenn er je hoffen wollte, dass ihre Beziehung eine Chance hatte.

„Ich hab Christy vor etwa zehn Jahren kennengelernt. Ich bin Lieferwagen gefahren und sie hat in der Stadt in einem Laden gearbeitet. Sie war eine alleinerziehende Mutter mit einem kleinen Jungen und kam kaum über die Runden. Sie ging zu einem zweiten Job, nachdem der Lebensmittelladen geschlossen hatte, und ich passte auf ihren Jungen auf, damit sie zur Arbeit gehen konnte. Ich hatte Beziehungen zu Frauen und obwohl ich mir damals noch nicht eingestehen konnte, dass ich schwul bin, hab ich mich nicht an sie rangemacht. Sie war eine gute Freundin und ich war noch nie in der Lage gewesen, Freundschaften aufrechtzuerhalten, wenn Sex ins Spiel kam. Sie sagte mir einmal, dass sie es schätzte, dass ich nicht versuchte, bei ihr zu landen. Sie war vermutlich die erste Person, vor der ich jemals zugab, schwul zu sein."

Die beiden jüngeren Kinder kamen wieder zum Spielen heraus.

„Wie kommt es dann, dass du der biologische Vater von diesen zweien bist?"

Grant sah kurz Hunter an. Er erwartete Schuldzuweisungen, fand aber nur echtes Interesse und ein wenig Sorge in Hunters Blick.

„Kurz nachdem sie begriffen hatte, dass es mit uns nichts werden würde, lernte sie jemand anderen kennen. Er ist in meinem Alter und fährt einen dieser überlangen LKW." Grant lächelte und Hunter schloss sich ihm an. „Er ist oft tagelang unterwegs und fährt von einem Ende des Landes zum anderen. Ich konnte ihn noch nie leiden. Als wir uns das erste Mal getroffen haben, hat er ein paar unhöfliche Bemerkungen gemacht, und seitdem versucht Christy, uns auf Abstand zu halten. Aber sie hat ihn geliebt und bald darauf waren sie verheiratet und sie ist nach Westen gegangen und bei ihm eingezogen."

„In dieses Haus?"

„Ja." Grant nickte. „Ihr Sohn hat oft nach mir gefragt, also hat sie mir erlaubt, Zeit mit ihm zu verbringen, wann immer Frank unterwegs war. Dann erzählte sie mir, dass sie und Frank versuchten, ein Kind zu bekommen. Es schien nicht zu funktionieren, also bat sie mich, ihr auszuhelfen."

Hunter hob die Augenbrauen. „Ihr auszuhelfen?"

„Sie sagte, sie wollte unbedingt noch ein Kind. Aber Frank wollte nicht zum Arzt gehen, also war sie allein gegangen und man hatte ihr gesagt, dass es keinen Grund gäbe, warum sie nicht schwanger wurde. Sie hatte kein Geld für so etwas wie eine künstliche Befruchtung, also haben wir es auf die altmodische Art gemacht."

„Du hast sie gevögelt?", fragte Hunter verblüfft.

Grant schloss die Augen. „Das ist eine sehr derbe Bezeichnung für das, was wir getan haben."

„Na gut", fügte Hunter gereizt hinzu. „Du hast Liebe mit ihr gemacht."

Grant seufzte. Er hatte gehofft, dass Hunter es verstehen würde. „Auf eine Art habe ich sie geliebt, Hunter. Sie ist eine tolle Frau. Es war nicht viel nötig. Beim ersten Mal ist sie nach den ersten drei oder vier Versuchen schwanger geworden. Beim zweiten Mal haben wir nur zweimal miteinander geschlafen. Es mit einer Frau zu tun ist so schwer nun auch wieder nicht. Es war eben nur nie das, was ich für den Rest meines Lebens wollte."

„Ich weiß", antwortete Hunter und jegliche Kränkung war aus seiner Stimme verschwunden. „Aber wissen diese Kinder, dass du ihr Vater bist?"

„Nein", antwortete Hunter. „Aber sie kennen mich. Von Zeit zu Zeit rufe ich an und manchmal sagt sie mir, dass Frank unterwegs ist. Dann fahre ich hin, um Zeit mit ihr und den Kindern zu verbringen. Sie denken, ich wäre einfach ein Freund ihrer Mutter. Und ihnen ist klar, dass das niemand wissen darf. Die Kinder spielen da ziemlich gut mit, Frank ist nur einmal dahinter gekommen."

„Und was ist dann passiert?"

„Er hat sie geschlagen. Sie sagt, es wäre nur einmal passiert. Aber manchmal scheint sie traurig und ich glaubte dann, dass ihm wieder die Hand ausgerutscht ist. Allerdings gibt sie es nie zu. Also komme ich gelaufen, wenn sie ruft. Ich hab immer Angst, dass sie eines Tages Hilfe brauchen wird, um von ihm wegzukommen, aber vielleicht sehe ich ja auch Gespenster. Das eine Mal hatte er sie grün und blau geschlagen. Sonst habe ich nie blaue Flecken an ihr gesehen, also vielleicht hat er sich damals wirklich vergessen und behandelt sie ansonsten mit Respekt. Zumindest sorgt er finanziell für sie und die Kinder, also muss sie nicht arbeiten. Sie haben Essen und Klamotten und lauter nette Sachen."

„Als er sie geschlagen hat, war das um die Zeit herum, als Gable seinen Unfall hatte und du ihn verlassen hast?"

Verdammt, dieser Mann war nicht auf den Kopf gefallen. Grant schloss die Augen, eigentlich hatte er sowieso schon fast alles gebeichtet. „Ja. Wir hatten uns gestritten, weil ich los wollte. Christy hatte am Telefon ziemlich aufgelöst geklungen und ich hatte nicht die Zeit, es ihm zu erklären. Er hat nichts von ihr gewusst und es hätte Stunden gedauert, ihn aufzuklären. Als ich ihm keine befriedigende Erklärung geben konnte, ist er fuchsteufelswild geworden. Ich hab angenommen, ein Ausritt würde ihn schon beruhigen. Ich schwöre, ich hab nicht gewusst, dass er einen Unfall hatte."

„Ich weiß", sagte Hunter. „Ich weiß." Er rückte näher heran und legte einen Arm um Grant. Er fuhr ihm mit den Fingern durchs Haar und die Geste fühlte sich so liebevoll und innig an, dass Grant sich zu ihm beugte.

„Es tut mir leid, dass ich dich falsch eingeschätzt habe, aber ich kannte nicht die ganze Geschichte", sagte Hunter, als er Grants Schläfe küsste. „Es tut mir leid, dass ich angenommen habe, du hättest Gable nicht gut behandelt und wärst kalt und mies zu ihm gewesen."

„Ich weiß, wie es ausgesehen hat, aber ich konnte mich nicht verteidigen, ohne mit allem herauszurücken. Natürlich wohnen sie weit weg, aber das Letzte, was ich wollte, war, dass Frank herausfindet, dass ich der Vater seiner Kinder bin. Ich wollte nicht, dass er es an ihr und den Kindern auslässt."

Hunter nickte. „Möchtest du hineingehen und Hallo sagen?"

„Nein", sagte Grant. „Christy hat mich gesehen. Sie weiß, dass ich in der Nähe bin. Ich werde sie heute Abend anrufen und fragen, ob es möglich ist, dass ich sie sehen kann. Andererseits laufen sie vielleicht schreiend weg, wenn sie sehen, wie ich aussehe."

Hunter zog Grant näher zu sich und Grant fühlte, wie ihm der Schmerz durch die Glieder schoss. Außerdem fühlte er sich unglaublich müde. „Meinst du, wir könnten irgendwo unterkommen, wo wir etwas schlafen können? Ich glaube, ich brauche eine ordentliche Dosis Schmerzmittel und ein vernünftiges Bett."

„Klar doch", erwiderte Hunter sanft. Er ließ Grant los, um stattdessen den Motor anzulassen.

28

HUNTER GING zu viel im Kopf herum, als dass er hätte schlafen können. Grant hingegen lag neben ihm im Bett und schnarchte leise vor sich hin, nachdem er seine Medikamente genommen hatte. Hunter betrachtete Grants Gesicht, das immer noch geschwollen und verfärbt war. Es war das Gesicht des Mannes, den er liebte. Die Geschichte, die Grant ihm erzählt hatte, hatte seine letzten Zweifel zerstreut. Er wusste jetzt, was er die ganze Zeit schon gefühlt hatte: dass Grant ein guter Mann war, der es wert war, geliebt zu werden. Je mehr er darüber nachdachte, desto mehr bewunderte er Grant. Er hatte wiederholt selbstlose Dinge getan, die oberflächlich betrachtet jedoch überhaupt nicht altruistisch gewirkt hatten. Er hatte riskiert, als unzuverlässig zu gelten, weil er ständig freie Tage brauchte. Tatsächlich jedoch brauchte er diese für kleine Kinder, die nicht einmal wussten, dass er ihr Vater war. Er hatte einer Frau selbstlos die Kinder geschenkt, nach denen sie sich so gesehnt hatte, ohne dass er eine Gegenleistung erwartete. Hunter war sich ziemlich sicher, dass Grant einen fantastischen Vater abgeben würde, wenn er je die Chance dazu bekäme. Doch er beschied sich damit, als ein Freund ihrer Mutter zu gelten.

Grant regte sich im Schlaf und schrak dann hoch. Er drehte sich auf den Rücken und rang nach Atem.

Hunter legte sacht eine Hand auf Grants Brustkorb. „Sshh, ist schon okay. Ich bin ja da."

Grant sah ihn mit großen Augen an und schien dann erst zu bemerken, wo er war. „Hunter", bestätigte er und sein Blick wurde sanft.

„Ich hol dir was zu trinken", sagte Hunter, als er sah, dass Grant schwer schluckte. „Brauchst du noch mehr Schmerzmittel?"

Grant schüttelte den Kopf. „Zu früh. Aber ich wünschte, ich dürfte."

Als Hunter mit einem Glas kaltem Wasser wiederkam, saß Grant auf der Bettkante und atmete kontrolliert ein und aus.

„Hier, bitte." Hunter bot ihm das Glas mit Wasser an.

Grant nahm einen tiefen Schluck und machte dann eine Pause, um zu Atem zu kommen. „Danke, Cowboy."

Hunter konnte sehen, dass es Grant schon Schmerzen bereitete, nur aufrecht zu sitzen. Zwar wollte Grant es nicht zugeben, doch Hunter hatte die Prellungen an Grants Hüften gesehen und er wusste, dass sie Grant Probleme machen mussten. Dass er stundenlang im Truck gesessen hatte, als sie zu Christy gefahren waren, hatte sicherlich ein Übriges getan.

„Warum legst du dich nicht wieder hin?", schlug Hunter vor.

Grant schüttelte den Kopf. „Ich kann keine Position finden, die … bequem ist."

Hunter wollte ihm nicht sagen, dass es in Ordnung war, Schmerzen zuzugeben. Es gab keinen Grund, warum Grants Stolz genauso angeschlagen sein sollte wie sein Körper. Er nahm die Kissen vom anderen Bett und drapierte sie um Grant herum, der ihn mit amüsiertem Gesicht beobachtete. Im Zimmer war es ziemlich dunkel, doch das Licht vom Badezimmer erlaubte Hunter einen Blick in Grants Gesicht.

„Was ist so lustig?", fragte Hunter, als er Grant half, sich vorsichtig auf die Kissen zu legen.

„Du würdest eine gute Krankenschwester abgeben. Obwohl ich Krankenhäuser hasse, könnte ich mir dich gut in einer dieser weißen Uniformen vorstellen."

Hunter musste lachen und er griff nach dem letzten Kissen. „Kannst du die Beine spreizen?"

„Das ist sehr schmeichelhaft, aber ich glaube nicht …", erwiderte Grant etwas zögerlich. „Woher wusstest du, wie du das machen musst?", fragte er, nachdem die Spannung in seinem Körper sofort nachließ, als Hunter das letzte Kissen zwischen seine Beine stopfte.

Hunter lächelte nur. Er deckte Grant zu, bevor er um das Bett herumging, um sich hinter Grant zu legen. Als er seine Arme um Grants Schultern legte und ihn sanft näher zu sich zog, stöhnte Grant leise auf.

„Wie fühlt sich das an?", fragte Hunter besorgt.

„Als wäre ich gestorben und im Himmel", antwortete Grant. „Allerdings hast du im Bad das Licht angelassen."

Hunter grinste und machte sich daran, aufzustehen.

„Wage es nicht, aus dem Bett aufzustehen, um das Licht auszuschalten!", befahl Grant. „Seit mich dieser Truck erwischt hat, hab ich mich nicht mehr so behaglich gefühlt. Kannst du so schlafen?"

Hunter küsste liebevoll Grants Haare. „Ich könnte für den Rest meines Lebens so schlafen." Es fühlte sich so verdammt gut an, Grant in den Armen zu halten, und es dämmerte Hunter, dass er seinen Geliebten fast verloren hätte. „Wenn wir zurück auf der Ranch sind, werde ich es meiner Mutter und den Mädels erzählen."

„Bist du sicher?", fragte Grant leise.

„Ja, bin ich. Aber ich schätze, ich kann warten, falls du es nicht willst. Ich hab dieses Versteckspiel nur so satt."

Grant nickte. „Sie werden wahrscheinlich nicht so gut wie Izzie auf die Neuigkeit reagieren."

„Ich weiß." Hunter seufzte. Er musste zugeben, dass er sich vor der Reaktion seiner Mutter fürchtete. Und vor Lisas. Izzie wusste Bescheid und er nahm an, dass Bernie es einigermaßen gut aufnehmen würde. Doch die beiden älteren Frauen waren schwerer einzuschätzen und das machte ihn unsicher. „Ich möchte einfach, dass wieder Alltag einkehrt und ich nicht ständig auf der Hut sein muss, wie ich dich ansehe, wenn sie in der Nähe sind."

„Und dann sind da immer noch die Männer."

„Ich unterschreibe ihre Lohnzettel. Wenn sie nicht für einen schwulen Chef arbeiten wollen, ist das ihr Problem."

„Arbeiter sind nicht so leicht zu finden", erwiderte Grant.

„Du möchtest nicht, dass das die Runde macht, oder?"

Grant seufzte. „Cowboy, das ist für mich genauso neu wie für dich. Als ich für Gable gearbeitet habe, gab es viele Gerüchte, einfach weil die meisten Leute über ihn Bescheid wissen."

„Aber du hast es damals immer abgestritten."

„Es ist beängstigend, Hunter."

Es entging Hunter nicht, dass Grant seinen richtigen Namen anstatt des Kosenamens benutzte. „Warum erzählen wir es nicht meiner Familie und lassen die Männer erst mal im Dunkeln? Auf diese Weise können wir uns daran gewöhnen und ihnen gibt es auch mehr Zeit. Außerdem muss ich ihnen immer noch schmackhaft machen, dass ich dich zum Vorarbeiter befördern will, und das ist einfacher, wenn sie nicht denken, ich würde meinem Liebhaber den Posten zuschanzen."

Grant nickte. „Bist du sicher?"

„Dass ich dich zum Vorarbeiter machen will? Du machst die Arbeit doch sowieso schon und ich vertraue dir. Das ist es, was ich hauptsächlich brauche. Jemandem, dem ich blind vertrauen kann." Hunter liebkoste sanft Grants Brust und küsste seine Stirn. Als Grant sich ihm leicht zuwandte, küsste er auch seine Schläfe und sein Kinn. „Außerdem hat mir Izzie schon gesagt, dass sie den Job nicht will, und Tim ist zufrieden mit dem, was er gerade tut, und keine zusätzliche Verantwortung möchte. Und da er Single ist, braucht er auch das Geld nicht dringend."

Grant nickte.

Sie schliefen in dieser Position ein und genau so wachte Hunter einige Stunden später wieder auf. Ihm tat alles weh, weil er sich die ganze Nacht nicht bewegt hatte, und auch jetzt wagte er es nicht, da Grant immer noch schlief. Sein leises Schnarchen beruhigte Hunter, weil er so wusste, dass Grant immer noch gleichmäßig atmete.

„Ich liebe dich, du wundervoller Mann. Ich liebe dich so sehr und trotzdem kann ich es dir nicht ins Gesicht sagen."

„Hm?", murmelte Grant, der aufzuwachen schien. „Was hast du gesagt?"

„Nichts", antwortete Hunter. „Schlaf weiter." Er nutzte die Gelegenheit und zog seinen Arm unter Grant hervor, so dass er sich auf die Bettkante setzen und seine Muskeln lockern konnte. Ihn überlief ein Schauer, als er merkte, wie Grants Finger über seinen Rücken wanderten. „Alles in Ordnung?", fragte er mit einem Blick über seine Schulter.

„Ja", antwortete Grant. „Mir tut zwar alles weh, aber ich habe geschlafen wie ein Stein. Jetzt muss ich allerdings aufs Klo."

Hunter ging ums Bett herum, um Grant beim Aufstehen zu helfen. In dem Moment, in dem Grant auf den Beinen war, konnte Hunter sich nicht beherrschen. Er küsste ihn. Er war immer wieder überrascht, wie gut sie zusammenpassten: Sie waren fast gleich groß und von ähnlichem Körperbau, wobei Grant etwas breiter war. Hunter musste lächeln, als er fühlte, wie sich Grants Erektion in seine Hüfte bohrte. Da er wusste, dass Grants Rippen angeschlagen waren, konnte er kaum mehr tun, als kurz Grants Hintern zu massieren.

„Wir sollten uns lieber bewegen, wenn du nicht willst, dass gleich ein Unglück passiert", scherzte Grant, als er sich aus der Umarmung löste.

Hunter legte sich Grants guten Arm um die Schulter, so dass er ihn stützen konnte, während sie ins Badezimmer gingen. Dort hielt er ihn aufrecht, als sich Grant über die Toilette lehnte.

Grant schüttelte den Kopf.

„Schüchterne Blase?", neckte ihn Hunter. Er steckte seine Arme unter Grants hindurch, so dass er ihn von hinten umarmen konnte.

Grant ließ seinen Kopf auf Hunters Schulter fallen. „Normalerweise nicht. Aber ich könnte ein wenig Privatsphäre gebrauchen, damit mein Steifer sich beruhigen kann."

Hunter küsste genüsslich Grants Nacken, bis dieser verzweifelt aufstöhnte. Dann zog er sich zurück und überließ Grant sich selbst.

„Du Mistkerl", rief ihm Grant hinterher und dann hörte Hunter Wasser laufen.

Eine Stunde später machten sie sich auf den Weg zum Frühstück. Als Grant Christy angerufen hatte, hatte sie ihnen ein Diner empfohlen. Hunter konnte sehen, dass Grant nervös war.

„Wollte sie die Kinder mitbringen?", fragte Hunter.

Grant nickte. „Es ist gleich bei ihrer Schule, also glaube ich nicht, dass wir viel Zeit miteinander verbringen können. Aber zumindest kann ich Hallo sagen. Es ist immer gut, sie zu sehen."

„Du verbringst wohl viel Zeit damit, auf der gegenüberliegenden Straßenseite von Christys Haus zu warten, wenn du hier bist?"

„Ja", antwortete Grant und seine Stimme war nicht frei von Emotionen. Um seine Unterstützung zu zeigen, nahm Hunter Grants Hand und drückte sie, bevor er auf den Parkplatz einbog.

Christy war mit den Kindern gekommen und Hunter und Grant erspähten sie sofort. Hunter war froh, einen Parkplatz gleich vor dem Diner zu finden, vor dem Christy schon wartete.

Sobald Grant die Autotür öffnete, kamen die drei Kinder auf ihn zu gerannt.

Christy folgte ihnen schnell. „Seid vorsichtig. Grant hatte einen Unfall, also tut ihm nicht weh."

Die Kinder hielten inne, als sie die Stimme ihrer Mutter hörten. Hunter ging um den Truck herum und sah, wie Grants Augen feucht wurden, als er in das traurige Gesicht eines kleinen Mädchens blickte. Unter einigen Anstrengungen gelang es Grant, die Beine aus dem Auto baumeln zu lassen, doch er blieb trotzdem sitzen.

„Komm her, Prinzessin." Grant lud die Kleine mit einer Geste ein, näher zu kommen. Sie zögerte und sah ihre Mutter an. Hunter konnte nicht aufhören, Grant anzusehen.

„Schon okay", sagte Christy.

Hunter machte einen Schritt nach vorn und kniete sich neben das Mädchen. „Er sieht im Moment ein bisschen komisch aus, aber er würde dich wirklich gern in den Arm nehmen."

Sie sah ihn mit großen Augen an und sprang dann praktisch in Grants Schoß. Hunter konnte sehen, wie Grant kurz zusammenzuckte, doch sie hing wie ein Äffchen an ihm und umarmte ihn stürmisch. Die beiden Jungs schlossen sich ihr an, wenn auch nicht ganz so eifrig. Grant sah ganz wie ein stolzer Vater aus, als er dem älteren Jungen väterlich auf die Schulter klopfte und dem jüngeren mit den Händen durch die unordentlichen Haare fuhr. Hunter konnte definitiv eine Ähnlichkeit erkennen.

„Lass uns reingehen und schnell etwas frühstücken, denn die Schule fängt gleich an", sagte Christy und unterbrach damit die Familienzusammenführung.

Sie gingen hinein und fanden eine Nische, die allen Platz bot. Grant und die beiden Jungs quetschten sich auf der einen Seite zusammen und Christy und ihre Tochter setzten sich zu Hunter. Alle bestellten Pfannkuchen und die Jungs legten bald ihre anfängliche Scheu ab und erzählten Grant von der Schule und der Baseball-Mannschaft, in der sie spielten. Hunter konnte seine Augen nicht von Grant abwenden, der lächelte und offensichtlich die Gesellschaft seiner Kinder genoss. Er umarmte sie immer wieder und fuhr ihnen mit den Händen durch die Haare, bis Lindy, sein kleines Mädchen, ihren Teller wegschob und unter den Tisch hindurch kroch, um es sich in Grants Schoß gemütlich zu machen.

Hunter wünschte, er hätte eine Kamera mitgebracht, damit er Fotos von der Familie machen konnte, obwohl er sich nicht sicher war, ob Grant daran erinnert werden wollte, wie grün und blau er aussah. Immerhin schien er vergessen zu haben, dass ihm alles wehtat.

Christy stand plötzlich vom Tisch auf. „Tut mir leid, das hier abbrechen zu müssen, aber ihr müsst zur Schule."

„Aber Mom!", jammerte Lewis, der ältere Junge.

„Keine Beschwerden", erwiderte sie mit strengem Gesicht. „Ich hab euch gesagt, dass wir Grant sehen können, aber dass ihr dafür nicht die Schule schwänzen dürft."

„Wann kommst du wieder?", fragte der Jüngste leise.

Grant zog ihn in eine Umarmung. „Ich weiß nicht, Robby. Vielleicht in ein paar Wochen."

Robby nickte.

„Warum bringe ich sie nicht zur Schule?", schlug Hunter vor. „Ich muss sie ja nur über die Straße bringen, oder? Dann könnt ihr das nächste Treffen besprechen."

Hunter sah erst Christy und dann Grant an. Ihm entging nicht Grants dankbarer Blick.

„Klar, wenn es dir nichts ausmacht", stimmte Christy zaghaft zu.

Hunter half den Kindern, ihre Jacken anzuziehen und ihre Schultaschen auf den Rücken zu nehmen. Er fühlte sich ziemlich fehl am Platz. Er hatte so etwas noch nie gemacht, nicht einmal, als seine kleine Schwester in dem Alter gewesen war, doch er wollte Grant ein wenig Zeit mit Christy verschaffen, also gab er sein Bestes.

Wie schwer konnte es schließlich sein? Die Kinder schienen sehr artig zu sein und man konnte den Eingang zur Schule praktisch von hier aus sehen.

29

GRANT VERSUCHTE, es sich in der Sitznische bequem zu machen, und nippte an seinem lauwarmen Kaffee in der Hoffnung, er würde ihm helfen, sich zu entspannen. Er war dankbar, dass Hunter ihm die Möglichkeit verschafft hatte, allein mit Christy zu sprechen, denn er konnte einen blauen Fleck auf ihrem Arm sehen. Obwohl es ihm unangenehm war, Christy darauf anzusprechen, fand er, dass es seine Pflicht war.

Christy saß ihm gegenüber und versuchte, seinem prüfenden Blick zu entgehen.

„Ist alles in Ordnung, Chris?"

Sie nickte und starrte die Tischplatte an, auf der noch die übriggebliebenen Pfannkuchen standen. Die Kellnerin kam, um abzuräumen und ihnen mehr Kaffee anzubieten, doch nachdem sie gegangen war, wusste Grant, dass er es nicht weiter hinauszögern konnte. Er berührte sie am Arm und schob ihren Ärmel hoch, wodurch die Prellung sichtbar wurde.

„War er das?"

Sie zuckte die Achseln.

„Christy", seufzte Grant. „Es macht mir Angst, wenn ich dich so sehe."

„Es tut nicht weh."

„Chris." Grant seufzte. „Es ist schlimm genug, dass ich zu weit weg bin, um dich und die Kinder vor ihm zu beschützen."

„Du musst mich nicht beschützen."

„Dann hör auf, ihn zu schützen." Grant seufzte erneut. Ihm war nicht aufgefallen, wie laut seine Stimme geworden war, bis er sie anschrie. Das war nicht hilfreich. Leute starrten sie an und Grant versuchte, sich selbst zu beruhigen. Und um alles nur noch schlimmer zu machen, ließ die Wirkung der Schmerzmittel nach und das Atmen begann, ihm Schmerzen zu bereiten.

„Er macht nie etwas, wenn die Kinder in der Nähe sind. Es passiert immer nur, wenn er spät nachts nach Hause kommt. Dann ist er müde, weil er tagelang gefahren ist. Die Kinder sind dann immer schon im Bett."

Grant versuchte, seine Wut herunterzuschlucken. „Gott sei Dank tut er den Kindern nicht weh. Aber was ist, wenn er die Beherrschung verliert und dich so verletzt, dass du dich nicht mehr um sie kümmern kannst?" Was er dachte, aber nicht laut aussprechen wollte, war: *Was, wenn er dich umbringt, Christy?* „Komm mit mir, Chris. Schnapp dir die Kinder und komm mit mir."

Sie schüttelte den Kopf. „Ich kann nicht. Er fühlt sich immer so schuldig, wenn es passiert. Das ist nur, wenn er müde ist. Wenn er sich dann ausgeschlafen hat, ist er immer sehr süß zu mir und den Kindern. Er macht Ausflüge mit uns und er kauft ihnen Sachen und spielt Fangen mit ihnen. Ich schwöre, er rührt sie nicht an."

Ihr flehender Blick nahm Grant den Wind aus den Segeln, denn er wusste, dass es nichts gab, was er tun konnte.

Christy zog den Ärmel wieder herunter, so dass die Prellung bedeckt war, und legte dann ihre Hand auf Grants. „Ist er dein ...?" Sie zeigte nach draußen.

„Ja", erwiderte Grant leise.

„Das freut mich", sagte sie. „Er ist süß."

301

Grant brachte ein schiefes Lächeln zustande. Obwohl ihm die Situation, in der sich Christy und die Kinder befanden, immer noch nicht behagte, war er doch froh, sich wieder seiner alten Freundin gegenüber zu sehen. „Ich bezweifle, dass ihm gefallen würde, als süß bezeichnet zu werden, aber er ist etwas Besonderes."

Sie drückte seine Hand. „Ich weiß. Ich sehe ja schließlich, wie er dich ansieht und wie du ihn ansiehst. Man müsste schon blind sein, um das nicht mitzubekommen."

„Ich wusste nicht, dass es so offensichtlich ist."

Christy lächelte. „Ich freue mich so, dass du jemanden gefunden hast. Lebt ihr zusammen?"

Grant zuckte die Schultern. „Eigentlich arbeite ich für ihn. Er besitzt eine riesige Ranch im Süden von Idaho."

„Vor einer Weile hast du doch schon mal in Idaho gelebt, oder?"

„Andere Ranch, anderer Mann", räumte Grant ein.

„Also hat er Geld?"

„Schätze schon", erwiderte Grant. „Die Ranch gehört der Familie, also ist das nicht wirklich wichtig."

„Er hat Familie?"

„Jeder hat eine Familie, Christy", antwortete Grant mit einem Lächeln.

„Du und ich, wir haben keine."

„Wie wahr", stimmte Grant zu. „Wir haben nur uns. Und du hast die Kinder."

„Hab ich. Und sie sind das Allerwichtigste auf der Welt für mich. Das weißt du, oder?"

Grant nickte. Das hatte er nie bezweifelt. „Pass einfach auf sie auf, okay? Und falls du irgendwas brauchst: Ich arbeite auf der Blue River Ranch in Idaho, das ist in der Nähe von St. Anthony. Jeder in der Stadt kennt die Ranch und Hunters Familie."

„Du denkst also darüber nach, dort zu bleiben?", fragte sie und es schwang eine gewisse Belustigung in ihrer Stimme mit.

„Wenn es nach mir ginge, ja. Hunter hängt sehr an dem Ort. Die Ranch hat seinem Vater gehört und jetzt führt er sie zusammen mit seinen Schwestern und seiner Mutter."

„Klingt, als könnten sie noch einen Mann im Haushalt gebrauchen."

Grant musste schmunzeln, was ihn schmerzhaft an seine verletzten Rippen erinnerte. „Ich denke, sie kommen auch ohne meine Hilfe ganz gut klar."

„Braucht er dich? Hunter?"

Grant nickte. „Ich glaube schon. Ich jedenfalls brauche ihn, besonders jetzt."

„Es ist ziemlich offensichtlich, dass er sich sehr um dich sorgt", sagte Christy mit einem wissenden Lächeln.

Grant sah auf, als Hunter wieder das Diner betrat. Er musste Hunter einfach anstarren, dessen lange Beine in Jeans steckten und dessen breite Schultern eine Schaffelljacke wärmte. Das war der Mann, den er liebte. „Er sagt, er liebt mich", sagte Grant so leise, dass es eigentlich nur für seine eigenen Ohren gedacht war. Doch Christy verstand sehr wohl, was er sagte, und hieß Hunter mit einem warmen Lächeln willkommen, als er wieder an ihren Tisch trat.

„Die Kinder sind in der Schule. Sie waren gerade noch pünktlich." Grant fiel auf, dass Hunter sich nicht setzte und stattdessen etwas unschlüssig neben ihrem Tisch stand.

„Gut", sagte Christy und drückte Hunter mit einem Kopfnicken ihren Dank aus.

„Habt ihr ausgemacht, wann wir wieder herkommen?", fragte Hunter.

Grant entging nicht das „wir" in dem Satz. „Wir sind noch nicht dazu gekommen. Wann *können* wir denn wieder hier sein?"

Hunter zuckte die Schultern. „Wenn wir es vorher wissen, ist es kein Problem, ein paar Tage frei zu nehmen. Und mit dem Truck zu fahren ist viel bequemer, als die Tour auf dem Motorrad machen zu müssen."

„Das Motorrad ist sowieso hinüber", wandte Grant ein, der Christy erwartungsvoll ansah, als er versuchte, mit minimalem Körpereinsatz aus der Nische zu kommen.

„Ich wünschte, ich könnte langfristig planen, aber du weißt, dass das nicht geht. Ich werde dich anrufen, Grant", fügte sie hinzu.

Grant umarmte sie zum Abschied und gab dabei auf seine Rippen acht. Hunter wollte Christy die Hand geben, doch sie zog auch ihn in eine Umarmung. „Pass für mich auf ihn auf, Hunter", flüsterte sie Hunter ins Ohr, bevor sie ihn wieder losließ.

Grant betrachtete sie amüsiert und sie gab ihm einen freundschaftlichen Klaps. „Du weißt, ich mag große Männer. Mach nicht mehr daraus, als es ist."

„Pass auf dich auf, Christy", sagte Hunter. Als er zu Grant hinüberblickte, fühlte der, wie sein Herzschlag für einen Moment aussetzte.

Nachdem sie sich verabschiedet hatten, entging Grant nicht, dass Hunter immer in seiner Nähe blieb, und der Grund dafür war nicht nur seine Sorge um Grants Wohlergehen. Grant kam es so vor, als würde Hunter vor lauter Fragen bald platzen. Grant war jedoch nicht danach, ihm Antworten zu liefern, und so war er dankbar, dass es Hunter schwerfiel, seine Fragen in Worte zu fassen.

Als sie wieder im Auto saßen und in Richtung Highway fuhren, brauchte Hunter fast eine halbe Stunde, bis er das Thema endlich anschnitt.

„Du und Christy, ihr steht euch ziemlich nahe."

Grant nickte. „Ich hätte keine Kinder mit ihr gezeugt, wenn dem nicht so wäre."

„Warum bist du nicht hier in der Gegend geblieben?"

„Das ist eine lange Geschichte", erwiderte Grant abwehrend. Doch dann wurde ihm klar, dass Hunter vermutlich auf eine Erklärung aus war, und er fand, dass er auch eine verdient hatte.

„Christy hat, genau wie ich, keine Familie. Als wir uns kennengelernt haben, war sie ganz allein auf der Welt, wenn man mal von ihrem kleinen Jungen absah. Sie hat mir nie erzählt, wer sein Vater war, und ich hab es nie wissen wollen, denn offensichtlich wollte sie mit dem Typen nichts zu tun haben. Als ich ihr klargemacht hatte, dass ich nie mehr als ein Freund für sie sein würde, war das für sie in Ordnung. Für eine Weile hab ich für Lewis den Vater gespielt, doch dann hat sie Frank kennengelernt und ich war erst mal abgemeldet. Anfangs hatte sie sogar Angst, sich mit mir zu treffen. Sie sagte, Frank glaube nicht daran, dass ein Mann und eine Frau befreundet sein könnten. Sie erzählte mir, er wäre eifersüchtig. Also haben wir uns heimlich getroffen, wann immer Frank auf Tour war."

„Das klingt nicht, als hätte sich seither viel verändert", seufzte Hunter, die Augen auf die Straße gerichtet.

„Ich habe versucht, hier in der Nähe Arbeit zu finden, doch immer, wenn Frank mich in der Stadt sah, bekam er einen Tobsuchtsanfall. Also hab ich beschlossen, mehr Abstand zwischen uns zu bringen."

„Du denkst, er hat sie verprügelt, wann immer du zu nahe kamst?"

„Ich weiß nicht", antwortete Grant ehrlich. „Ich glaub schon."

„Also wartest du auf ihren Anruf und lässt dann alles stehen und liegen, um die Nacht durchzufahren und Kopf und Kragen zu riskieren, damit du ein paar Stunden mit deinen Kindern verbringen kannst?"

Grant nickte. „So wie du das beschreibst, hört es sich wirklich dumm an."

Hunter legte eine Hand auf Grants Knie und dieser konnte Hunters Körperwärme durch den Stoff seiner Hose spüren. Die Berührung beruhigte ihn, und je länger Hunter seine Hand dort ließ, desto mehr floss die Wärme auch in den Rest von Grants Körper. Das entspannte ihn und machte es einfacher, mit den Schmerzen umzugehen.

„Es ist nicht dumm, wenn du gerannt kommst, wenn sie ruft. Du machst dir Sorgen um sie und die Kinder. Es ist allerdings ein bisschen albern, dass du so weit weg bist."

Grant legte seine Hand auf Hunters. „Na ja, im Moment ist da dieser Typ. Er hängt ziemlich an seinem Grund und Boden, wohl weil sein Vater und seine Großeltern darauf beerdigt sind", sagte Grant mit übertriebenem Südstaatenakzent. „Und manchmal muss ein Mann eben auch an sich selbst denken."

„Vielleicht ließe sich dieser Mann ja überreden umzuziehen?"

„Nicht im Traum würde ich daran denken, ihm das vorzuschlagen. Sein Beruf ist nicht etwas, das man auch an jedem beliebigen Ort machen könnte."

Hunter drückte Grants Hand und der fühlte, wie es ihm die Kehle zuschnürte. Verdammt, die Schmerzen machten ihn offensichtlich weich. Er schluckte seine Tränen runter und wagte es nicht, den Mann neben sich anzusehen, weil er befürchtete, dann völlig die Beherrschung zu verlieren.

So saßen sie eine ganze Weile da und Hunter ließ Grants Hand nur los, um die Gänge zu wechseln, was nicht oft vorkam, da nicht viel Verkehr war. Von Zeit zu Zeit fuhr Hunter rechts ran, damit Grant sich strecken konnte. Die Autositze waren jedoch eine Tortur und Grant zweifelte mehr als einmal an seinem gesunden Menschenverstand. Vielleicht hätte er doch noch etwas länger im Krankenhaus bleiben sollen, aber er konnte Hunter nicht länger als unbedingt nötig von seiner Ranch fernhalten. Also ertrug Grant die Schmerzen und hoffte, dass sie bald zu Hause sein würden.

Zu Hause.

Hunters Ranch.

Würde es jemals auch sein eigenes Zuhause sein?

„Warum hältst du an? Wir sind fast da. Die zehn Minuten halte ich es auch noch aus." Grant sah Hunter an, als dieser am Straßenrand anhielt.

Hunter schaltete in den Leerlauf und wandte sich Grant zu. Er legte eine Hand um Grants Hinterkopf und zog ihn sanft zu sich, um ihn liebevoll zu küssen. Er sah traurig aus, als er den Kuss beendete, und Grant dämmerte etwas.

„Ich komme in meinem Zimmer im Mannschaftshaus schon klar. Das Letzte, was ich will, ist zwischen dich und deine Familie zu kommen."

„Du bist wohl nicht ganz bei Trost", meinte Hunter mit einem liebevollen Lächeln. „Letzte Nacht konntest du ohne meine Hilfe noch nicht mal eine angenehme Schlafposition finden."

„Ich muss zugeben, deine Hilfe hat Wunder gewirkt." Grant konnte sich ein Lächeln nicht verkneifen. „Aber du kannst nicht nach fünf Tagen plötzlich auftauchen und sie mit deinem kleinen, schmutzigen Geheimnis konfrontieren. Setz mich am Mannschaftshaus ab und dann kannst du es ihnen sagen, wenn sich eine gute Gelegenheit ergibt."

Hunter schüttelte den Kopf und nahm wieder Grants Hand. „Ich behaupte ja nicht, dass es mir keine Angst macht. Aber Grant, wenn ich noch länger damit warte, es ihnen zu sagen, dann bringe ich vielleicht nie den Mut auf. Ich werde dich nicht mehr verstecken. Ich werde dich nicht allein in einem Zimmer lassen. Außer es ist mein Zimmer."

„Hauptsache, deine Mutter schmeißt uns nicht beide aus dem Haus."

„Und wenn sie's tut, ziehe ich halt bei dir im Mannschaftshaus ein."

„Hunter …"

„Willst du mir etwa erzählen, dass du mich nicht bei dir haben willst? Bin ich nur ein Gelegenheitsfick für dich?" Mit einem Stirnrunzeln zog Hunter seine Hand zurück.

„Komm schon, Cowboy."

Hunter hob eine Augenbraue. „Und da ist wieder dieser Kosename."

„Magst du ihn nicht?"

„Ich liebe ihn, aber du weichst meiner Frage aus, Grant. Als du im Krankenhaus warst, bin ich zu einer Entscheidung gelangt. Für mich gibt es nur eine Antwort: Ich möchte ehrlich mit meiner Familie sein und ihnen erklären, dass ich dich liebe und dass ich möchte, dass sie dich wie meinen Partner behandeln, ganz so, als hätte ich ein Mädchen nach Hause gebracht."

Grant seufzte. Wenn es nur so einfach wäre. „Das ist nicht wirklich das Gleiche, oder?"

„Doch, das ist es. Mom mag Miranda nicht besonders, aber wenn ich sie mit nach Hause gebracht und erklärt hätte, dass ich sie heiraten will, dann hätte Mom sich mit dieser Entscheidung abgefunden und sie wie eine Tochter behandelt."

„Klar", antwortete Grant mit einem ungläubigen Schnauben. „Aber Miranda hätte deiner Mutter ein paar andere Sachen gegeben, die ihr sicher gefallen hätten. So was wie eine große Hochzeit und eine Handvoll Enkel."

„Wenn wir schon dabei sind, hast du Fotos von Christys Kindern? Ich bin sicher, Mom wird es freuen zu hören, dass du Familie hast."

„Ich meine es ernst, Hunter."

„Ich auch. Grant, wenn du nicht mit mir zusammen sein willst, muss ich das jetzt sagen, denn ich kann meine Familie nicht länger anlügen. Ich kann mich nicht länger verstecken. Ich möchte dich nachts in meinem Bett und nicht nur im Truck, wenn wir Zäune reparieren oder auf Gables Heuboden. Ganz besonders jetzt, wo es dir nicht gut geht. Ich sehe dich in naher Zukunft nicht da rauf klettern."

Grant fühlte, wie ihm die Brust eng wurde. Egal, wie sehr er Hunter liebte, er wusste nicht, ob er ebenso offen mit seiner Sexualität umgehen konnte. „Ich bin nicht der Typ, der es von allen Dächern schreit."

„Das bin ich auch nicht, aber ich kann nicht die Menschen anlügen, die mir wichtig sind. Deshalb bitte ich dich, ehrlich mit mir zu sein, so dass ich ehrlich mit ihnen sein kann."

„Du willst es also nur deiner Mutter und deinen Schwestern erzählen?"

Hunter nickte. „Ich denke, das ist mehr als genug für eine Nacht."

„Gut."

„Izzie weiß Bescheid, also wird sie auf unserer Seite sein. Bernie wird es auch in Ordnung finden, sie mag dich. Lisa und Mom werden vermutlich nicht viel sagen, solange du dabei bist, aber ich denke, sie werden sich mit dem Gedanken anfreunden, wenn sie erst Zeit hatten, darüber nachzudenken."

„Sie möchten, dass du glücklich bist."

„Und sie werden sehen, dass ich mit dir glücklich bin. Izzie meint, das wäre kaum zu übersehen. Christy findet das auch."

Hunter drückte noch einmal Grants Hand und lehnte sich dann rüber, um ihn zu küssen. Obwohl Grant den Kuss genoss, hielt ihn seine Besorgnis darüber, was passieren würde, wenn sie das Haus erreichten, davon ab, den Kuss zu erwidern. Grant konnte die Enttäuschung in Hunters Augen sehen, als er sich in seinem Sitz zurücklehnte und seinen Blick über die Straße wandern ließ, die vor ihnen lag.

„Vielleicht solltest du allein mit deiner Mutter reden."

Hunter schüttelte den Kopf. „Ich möchte dich dabei haben. Ich möchte, dass sie weiß, dass ich es ernst meine. Wenn du nicht dabei bist, wird ihr das nur die Möglichkeit geben, alles abzustreiten. Es wäre nicht real. Aber mit dir dabei ..." Er sah Grant an. „Dann kann sie nicht ..." Er zuckte die Schultern, als fehlten ihm die richtigen Worte.

Grant lächelte. Er verstand. „Na gut, ich werde dabei sein." Er vermutete, dass es nicht nötig war, Hunter zu erklären, wie viel Angst er hatte. Er würde da durch müssen, während Hunters Mutter ihn mit dem Wissen anstarrte, dass er Sex mit ihrem Sohn hatte.

Hunter drückte Grants Hand fest, um seine Unterstützung zum Ausdruck zu bringen. Dann legte er einen Gang ein und lenkte den Truck auf die Straße, die zu seiner Ranch führte.

30

HUNTER ZITTERTE wie Espenlaub, nachdem er den Truck neben dem Haus abgestellt hatte. Er schüttelte seine Hände aus und trocknete sie an seiner Jeans ab, bevor er um den Truck herumging, damit er Grant beim Aussteigen helfen konnte. Er wusste, dass er sich besser fühlen würde, wenn er sich beschäftigte. *Benimm dich einfach ganz normal*, sagte er sich. *Tu einfach so, als wäre es absolut normal, dass du einen Mann mit auf dein Zimmer nimmst. Ach ja, und falls du auf dem Weg nach oben deiner Mutter begegnest, musst du dich ihr gegenüber outen. Sag deiner Mutter, dass ihr einziger Sohn keine Schwiegertochter mit nach Hause bringen wird. Erklär ihr, dass du Grant liebst und dich um ihn kümmern wirst, bis er wieder gesund ist. Und du wirst dich von ihr nicht einschüchtern lassen. Du wirst ihr auch nicht erlauben, Grant aus dem Haus zu werfen, sobald es ihm wieder gut geht.*

Hunter nahm Grants kleine Reisetasche aus dem Truck und erkannte, dass er sich vor der großen Aussprache noch duschen und umziehen sollte. Er war vor fünf Tagen überstürzt und ohne Gepäck aufgebrochen, und obwohl er irgendwann zwischendurch geduscht hatte, wusste er, dass seine Klamotten mittlerweile ziemlich müffelten. Er sah auf die Uhr und stellte fest, dass er noch genügend Zeit hatte, sich vor dem Abendessen frisch zu machen.

Er war so in Gedanken und darauf konzentriert, einem ziemlich steifbeinigen Grant aus dem Truck zu helfen, dass ihm das fremde Auto in der Auffahrt gar nicht auffiel. Sie waren auf dem Weg zur Haustür, als Lisa, eine kleine Tasche in der Hand, herausgestürmt kam. Ihr folgte ein Typ, der eine größere Tasche trug. Hunter brauchte ein paar Sekunden, um in ihm Jack zu erkennen, Hughs mittleren Bruder, der an den Wochenenden in der Kneipe mit seiner Band auftrat. Soweit er wusste, war Jack bisher nur in seiner Funktion als Pferdezahnarzt auf der Ranch gewesen, also war Hunter etwas überrascht, ihn jetzt in Lisas Kielwasser zu sehen.

„Jack? Was zum Teufel …? Lisa? Was geht hier vor?" Hunter war mehr als verwirrt. Allerdings antworteten ihm weder Lisa noch Jack. Sie luden einfach ihre Sachen ins Auto und fuhren davon.

Hunter sah Grant an, der mit den Schultern zuckte, bevor er die Stufen zur Veranda hinaufging. Als sie im Haus waren, liefen sie Izzie und Danny in die Arme.

„Ich bin für ein paar Tage nicht da und sofort bricht das Chaos aus!", bemerkte Hunter amüsiert. „Was ist denn mit Lisa los? Sie sah aus, als würde sie ausziehen."

Izzie zog Danny in den Flur und Hunter konnte sehen, dass der Junge geweint hatte. „Danny, Junge, was ist denn los?"

„Onkel Hunter!", rief der Junge, bevor er sich ihm mit solcher Wucht in die Arme warf, dass Hunter Grant loslassen musste, der sich zum Glück an der Wand festhalten konnte. Hunter umarmte Danny fest und warf Izzie dabei einen fragenden Blick zu.

„Bernie!", rief Izzie nach oben. „Bringst du bitte Danny in sein Zimmer?"

Fast sofort hörten sie jemanden die Treppe hinunterlaufen und sahen kurz darauf Bernie, die wie immer ziemlich selbstzufrieden aussah. „Klar, Schwesterchen. Komm mit, Danny."

Danny sah Hunter flehend an, weil er bleiben wollte. Also rubbelte ihm Hunter mit der Hand durchs Haar. „Ich bin grad erst nach Hause gekommen, Kleiner. Warum läufst du nicht nach oben, so dass ich erst mit Oma und Izzie reden kann. Danach komme ich zu dir, okay?"

Das schien Danny zu beruhigen. Er ließ Hunter los, folgte seiner Tante Bernie aber nur sehr zögerlich nach oben.

Hunter wartete, bis Danny außer Sichtweite war. „Also, was ist hier los?"

Izzie sah Hunter jedoch gar nicht an. „Himmel, Grant. Bist du etwa auch zusammengeschlagen worden?" In ihren Augen spiegelte sich Sorge.

Grant schüttelte den Kopf und erlaubte Izzie, ihn zu berühren, damit sie sich überzeugen konnte, dass es ihm gut ging. „Mir geht's gut. Ein paar gebrochene Rippen und ein angeknackstes Becken. Ein riesiger Truck hat mich von meinem Motorrad gefegt."

„Hunter hat mir von dem Unfall erzählt." Nun sah Izzie Hunter an. „Du hast mir nicht gesagt, dass er so schlimm aussieht!"

Hunter zuckte die Schultern. Er war noch nicht bereit, ihr die ganze Wahrheit zu erzählen, jedenfalls jetzt noch nicht. „Mach dir mal keine Sorgen um Grant", sagte er zu seiner Schwester. „Was ist passiert, während ich weg war?"

Izzie zog Hunter ins Wohnzimmer. Hunter sah sich um, um sicherzugehen, dass Grant ihnen folgte. Er half ihm, es sich auf der Couch bequem zu machen, während Izzie die Tür schloss und die beiden Männer dann verschwörerisch anlächelte. Daran konnte Hunter erkennen, dass sie nicht nur schlechte Neuigkeiten hatte.

„Jack und seine Band haben einen Plattenvertrag bei einem Country und Western Label in Tennessee ergattert. Es scheint, als wäre Lisa heimlich mit ihm zusammen, und jetzt brennen sie durch."

Hunter war sprachlos. „Mein letzter Stand ist, dass sie noch mit Hugh verheiratet ist." Izzie lächelte triumphierend.

„Und du freust dich, weil Lisa aus dem Weg ist und dann kannst du … Izzie! Unsere Schwester hat ihren Sohn zurückgelassen, um mit seinem Onkel abzuhauen?"

Hunter rutschte das Herz in die Hose, als er sah, wie Izzies gute Laune sich in Luft auflöste. „Und seine Tante schläft mit seinem Vater. Ja, ich weiß. Klingt wie eine Seifenoper."

Hunter kratzte sich am Kopf. „Also Lisa und Jack und du und Hugh? Es passiert nie was, wenn ich daheim bin, aber ich bin für ein Wochenende weg und …"

Izzies gute Laune kehrte zurück. „Das mit Hugh geht schon länger als du mit Grant zusammen bist. Bernies Aussagen kann man nicht unbedingt trauen und sie meinte, du hättest es noch nicht bemerkt. Ich hab ihr nicht geglaubt."

„Na ja, du hast gesagt, dass du Hugh magst, aber das nicht weiter verfolgen kannst, weil er mit Lisa verheiratet ist. Das ist alles, was ich wusste!"

„Ich hab versucht, es dir zu sagen. Aber ich schätze, weil du ein Mann bist, hätte ich deutlicher werden müssen."

Hunter nahm seine Schwester in die Arme, hob sie hoch und wirbelte sie herum. Er ließ sie auch nicht los, als er sie wieder auf dem Boden absetzte. Stattdessen umarmte er sie heftig. „Ich freue mich so für dich, Schwesterherz. Bist du glücklich?"

„Wenn es bedeutet, dass man von dir mehr Umarmungen bekommt, wenn du schwul bist, dann hättest du das viel früher machen sollen!", kicherte sie.

„Das ist nicht, was ich meinte", sagte Hunter, der einen hochroten Kopf bekam, was ihm ziemlich peinlich war.

„Ich weiß", sagte sie ruhig. „Ja, ich bin sehr glücklich. Und mach dir keine Sorgen wegen Danny. Er hat geweint, als Lisa praktisch ohne Vorwarnung ihre Sachen gepackt hat.

Aber ich hab Hugh angerufen und er ist schon auf dem Weg hierher. Ich bin sicher, dass es ihm besser geht, wenn er seinen Dad sieht."

„Also zieht Hugh wieder hier ein?"

Izzie biss sich auf die Lippe. „Ich hab noch nicht mit Mom darüber gesprochen. Ich möchte, dass er hier ist, wenn ich mit ihr rede. Ich hab das Gefühl, dass sie ausrasten wird, also hätte ich gern so viel Unterstützung wie möglich. Ich bin wirklich froh, dass du es auch noch hergeschafft hast."

Hunter sah Grant an, der bisher still auf der Couch gesessen und die Geschehnisse beobachtet hatte. „Wir hätten da auch noch eine Neuigkeit, über die sie sich wohl kaum freuen wird."

„Oh Gott!", rief Izzie. „Du wirst dich vor Mom outen?" Sie schlug die Hand vor den Mund.

„Grant braucht jemanden, der sich während seiner Genesung um ihn kümmert, und ich werde ihn nicht alleine im Mannschaftshaus schlafen lassen. Es ist nur fair Mom gegenüber, ihr zu erklären, warum Grant in meinem Zimmer wohnt."

„Du Schelm", neckte ihn Izzie. „Ich weiß nicht so recht, ob ich dich bitten soll, erst mal nichts zu sagen oder ob du einfach gleich losschießen solltest, weil das dann meine Beichte viel weniger schlimm aussehen lässt."

„Wo ist Mom überhaupt?"

„Wo sie immer ist, schätze ich. In der Küche."

Sie hatten keine weitere Möglichkeit, ihre Strategie zu planen, denn die selten benutzte Klingel ertönte.

„Hugh?", fragte Hunter.

„Niemals." Izzie schüttelte den Kopf. „Er weiß, dass die Tür nicht verschlossen ist."

„Wer dann …?" Hunter verstummte, als er die Stimme seiner Mutter im Flur hörte.

„Miranda, was für eine nette Überraschung!"

Izzie sah Hunter an, der ihren Blick erwiderte und dann Grant ansah. „Oh verdammt, das hat uns gerade noch gefehlt."

„Lass uns ins Wohnzimmer gehen."

„Mist", murmelte Izzie just in dem Moment, als sich die Tür zum Flur öffnete. Sie konnten die Überraschung im Gesicht ihrer Mutter sehen, als sie feststellte, dass sich bereits Menschen im Zimmer befanden.

„Hunter", grüßte ihn seine Mutter. „Du bist zurück."

Hunter nickte seiner Mutter zu, konnte seine Augen aber nicht von Miranda abwenden, die sehr nervös zu sein schien, seinen Blick aber nicht erwiderte. Er hatte keine Ahnung, was sie hier wollte, aber es konnte nichts Gutes sein. Ein Bauchgefühl sagte ihm, dass er sich besser vorsah.

„Izzie, Schatz, könntest du uns wohl Tee machen?", bat Beth ihre Tochter in ihrer ruhigen Art, mit der sie sofort die Führung des Gesprächs übernahm. „Und bring die Kekse mit, die ich gestern gebacken habe." Ihr Blick blieb für einen Moment an Hunter und Grant hängen und es war offensichtlich, dass sie sich fragte, was der Cowboy in ihrem Wohnzimmer machte, doch schon einen Moment später bedachte sie wieder Miranda mit einem höflichen Lächeln.

Hunter war bewusst, dass seine Mutter einfach eine perfekte Gastgeberin war, deshalb bedeutete ihr aufgesetztes Lächeln auch nicht, dass sie Miranda sympathisch fand. Mehr als einmal hatte sie sich am Abendbrottisch alles andere als wohlwollend über Hunters Ex geäußert, deshalb bezweifelte Hunter nicht, dass er wusste, was sie wirklich dachte. Das war einer der Gründe, warum er Miranda nie mit nach Hause gebracht hatte – der andere war gewesen, dass er ohnehin nie vorgehabt hatte, sie zu heiraten.

„Also, meine Liebe", begann seine Mutter. „Was führt dich her?"

Hunter warf Grant einen Blick zu, bevor er sich auf Mirandas Antwort konzentrierte, die ihn mit einer dunklen Vorahnung erfüllte. Grant schien völlig ruhig, allerdings wusste er auch nicht, was ihn erwarten würde. Doch obwohl er ein Heißsporn war, hatte Hunter ihn nie als jemanden kennengelernt, der sich über Dinge Gedanken machte, die er ohnehin nicht beeinflussen konnte.

„Eigentlich bin ich gekommen, um mit Hunter zu sprechen", antwortete Miranda leise. Hunter entging nicht das Beben in ihrer Stimme. Ihm entging auch nicht, wie sie sich an den Bauch fasste, bevor sie ihn ansah. Seine Kehle wurde trocken.

„Hunter und ich werden ein Baby bekommen."

In diesem Moment kam Izzie ins Wohnzimmer und ließ fast das Tablett mit dem Teegeschirr fallen. Hunter, hoch erfreut über die Ablenkung, sprang auf, um ihr zu helfen. Er nahm Izzie das Tablett ab und stellte es auf den Tisch. Sorgfältig stellte er die Tassen wieder richtig hin.

Niemand sagte etwas und Hunter wagte es nicht, Grant anzusehen. Seiner Mutter war jegliche Farbe aus dem Gesicht gewichen und zu Hunters Überraschung war ihr auch das Lächeln entglitten, das sie für Gäste bereithielt. Miranda starrte auf ihre verschränkten Hände und Izzies Mund stand ziemlich undamenhaft weit offen. Hunter bemerkte, dass Izzie Grant ansah, doch er wagte nicht, ihrem Blick zu folgen.

Die Stille schien sich endlos hinzuziehen, bis schließlich Izzie das Wort ergriff. „Wann ist es denn soweit? Ich werde im März entbinden", sagte sie ruhig, als handele es sich um eine zivilisierte Teegesellschaft unter Bekannten.

„Februar", antwortete Miranda, die nicht verbergen konnte, wie sehr Izzies Aussage sie überraschte. Schließlich lebten sie in einer kleinen Stadt und Neuigkeiten verbreiteten sich schnell. Jeder wusste, dass Izzie ihrem Rodeo-Freund vor Monaten den Laufpass gegeben hatte.

„Du bist schwanger?", fragte ihre Mutter mit unsicherer Stimme. Sie sah ihre Tochter an, nicht Miranda.

„Ja, Mutter", antwortete Izzie mit überraschender Gemütsruhe.

Die Worte hatten kaum ihren Mund verlassen, da knallte die Haustür. Kurz darauf öffnete sich die Wohnzimmertür und Hugh stürzte herein. „Geht es Danny gut?" Er sah sich im Zimmer um und hob die Augenbrauen, als ihm die ungewöhnliche Gesellschaft auffiel. „Izzie hat mich angerufen, um mir zu sagen, dass Danny mich braucht", sagte er entschuldigend. „Mir war nicht klar …"

Hugh beendete den Satz nicht, denn Hunters Mutter rang nach Luft und sackte dann in ihrem Stuhl zusammen. Izzie eilte sofort an ihre Seite und sah sehr besorgt aus. „Mom, geht es dir gut?"

Aus dem Augenwinkel konnte Hunter das Nicken seiner Mutter sehen. Das war die Frau, die nicht eine Träne vergossen hatte, als man ihr gesagt hatte, dass ihr Mann gestorben war. Hunter hatte sie nie mitfühlend oder liebevoll erlebt, schon gar nicht gegenüber ihren eigenen Kindern, daher war er sehr überrascht, jetzt zu sehen, dass sie einer Ohnmacht nahe war. Er hatte jedoch keine Zeit, weiter darüber nachzudenken.

„Ich sollte besser gehen", meinte Miranda. „Ich rufe dich später an, Hunter."

Hunter dachte gar nicht daran zu widersprechen. Es gab Dinge, über die sie reden mussten, und trotz Mirandas Bekanntmachung, war sie kein Teil dieser Familie. Je eher sie ging, desto eher konnten sie reinen Tisch machen. Er begleitete sie nach draußen. „Du hast meine Telefonnummer."

Sie nickte und Hunter brachte sie zu ihrem Auto, in dem eine ältere Frau saß. Er nickte ihr grüßend zu, und sah zu, wie die beiden losfuhren.

Hunter blieb auf der Veranda, bis Mirandas Auto außer Sichtweite war. Sie hatte gerade eine ziemliche Bombe platzen lassen, und auch wenn er sich nicht auf das nächste Gespräch mit ihr freute, musste er sich zunächst dem naheliegenderen Problem stellen. Er war nicht besonders scharf darauf, ins Wohnzimmer zurückzukehren, weil nicht abzusehen war, was er dort vorfinden würde. Doch Grant war noch da, also musste er wieder hineingehen. Es wurde langsam dunkel und er war hungrig, doch was ihm am meisten zusetzte, war, dass er sich um die Menschen im Haus Sorgen machte. Denn sie alle waren Menschen, die er liebte.

31

GRANT SASS still auf der Couch und beobachtete, wie um ihn herum das Chaos ausbrach. Außer der Tatsache, dass er im Moment nicht schnell flüchten konnte, war er auch noch kein Teil dieser Familie. Allerdings fühlte er sich Izzie verbunden und er kannte Hugh, der mehr als anständig gewesen war und ihn eingestellt hatte, obwohl er wusste, dass Hunter dagegen sein würde. Obwohl es den anderen noch nicht bewusst war, würde Grant noch seinen Teil zum Chaos beitragen, sobald Hunter eine Gelegenheit fand, seine Bekanntmachung loszuwerden.

Sobald Hunter und Miranda das Zimmer verlassen hatten, schien es Hunters Mutter besser zu gehen. Bald saß sie wieder aufrecht auf ihrem Stuhl, auch wenn Izzie immer noch um sie herumwuselte. Hugh hingegen setzte sich neben Grant und nickte ihm grüßend zu.

„Du siehst aus, als wärst du von einem Laster überrollt worden."

Grant musste grinsen und ein stechender Schmerz fuhr ihm sofort durch die Brust. „Witzig, dass dir das auffällt. War 'ne enge Kiste und ich kann froh sein, noch am Leben zu sein. Wäre mir Hunter am Freitag nicht gefolgt, würde ich jetzt wohl tot im Straßengraben der US-26 liegen."

Hugh schenkte ihm einen mitfühlenden Blick und lehnte sich dann zu ihm hinüber. „Izzie hat mir von dir und Hunter erzählt." Er flüsterte und zum Glück saßen sie weit genug von Izzie und ihrer Mutter weg, als dass diese sie hätten hören können. „Muss gestehen, dass ich ein bisschen überrascht war."

„Ach?", erwiderte Grant zurückhaltend.

„Na ja, ich weiß über dich Bescheid. Wegen dir und Gable ..."

Grant nickte, um zu zeigen, dass Hugh den Satz nicht beenden musste.

„Aber ich hab Hunter immer für einen Frauenhelden gehalten. Nicht nur wegen Miranda. Alle Frauen in der Bar haben Schlange gestanden und ich weiß mit Sicherheit, dass er nicht alle abgewiesen hat."

Grant schürzte die Lippen, antwortete aber nicht. Was konnte er auch sagen? Das Letzte, was er wollte, war, dass er beschuldigt wurde, Hunter umgedreht zu haben.

Hugh klopfte ihm sacht auf die Schulter. „Na ja, solange ihr beiden glücklich seid. Und Izzie sagt, das seid ihr, wer bin ich also, mich einzumischen? Ich bin auch kein Heiliger, wie du wohl mittlerweile weißt."

Grant nickte. „Meinen Glückwunsch übrigens. Izzie sagte, ihr erwartet ein Kind."

Hugh lächelte und Grant konnte erkennen, dass er stolz war, auch wenn er sich noch nicht recht traute, es zu zeigen. „Ich liebe Izzie schon so lange. Sie ist ein tolles Mädchen." Er räusperte sich. „Eine tolle Frau. Und ich könnte nicht stolzer sein, dass sie ein Kind von mir bekommen will. Danny hat ein Brüderchen oder Schwesterchen verdient. Doch so wie ich das verstanden habe, wird er wohl auch mit einer kleinen Nichte oder einem kleinen Neffen spielen können."

„Ja, das war ein ziemlicher Schock", gab Grant zu.

Hugh klopfte ihm noch einmal auf die Schulter und lächelte ihn aufmunternd an. „Ich bin sicher, es wird sich alles irgendwie klären, auch wenn es manchmal etwas Geduld erfordert. In dieser Familie ist es nie einfach."

„Das ist mir auch schon aufgefallen."

Hugh stand von der Couch auf. „Ich sehe mal lieber nach Danny. Mom scheint es ja besser zu gehen." Er neigte den Kopf in Richtung seiner Schwiegermutter und Izzie. „Aber ich bin wegen ihm hier. Hab meinen Jungen schon eine ganze Weile nicht mehr gesehen."

Grant wusste nur zu gut, wie sich das anfühlte. „Er war ziemlich unglücklich, als ich ihn vorhin gesehen hab. Er ist oben mit Bernie."

Hugh nickte dankbar und verließ dann leise das Zimmer, gerade als Hunter wieder eintrat. Hunters Anblick sorgte dafür, dass sich Grants Atmung beschleunigte, doch anstatt zu ihm auf die Couch zu kommen, ging Hunter zu seiner Mutter.

„Geht's dir gut, Mom?"

„Nun, Hunter?", seufzte sie. „Was könnte schon sein? Du verschwindest ohne ein Wort und tauchst fünf Tage später ohne eine Erklärung wieder auf."

„Es ist ja nicht so, als hätte ich bisher Gelegenheit gehabt, mich zu erklären", antwortete Hunter ruhig, doch sein Ton ließ darauf schließen, dass ihn die Anschuldigung seiner Mutter ärgerte.

„Dann finde heraus, wer diese kleine Hure geschwängert hat!"

„Mutter!" Hunter und Izzie unterbrachen sie gleichzeitig mit erhobener Stimme.

„Wenn ich diese Worte gebraucht hätte, hättest du mich gezwungen, mir den Mund mit Seife auszuwaschen", fuhr Hunter mit amüsierter Stimme fort.

„Nun ja, in der Stadt ist sie nicht gerade für ihre Tugend bekannt, obwohl sie kleine Kinder unterrichtet und sich die meiste Zeit wie eine Nonne kleidet. Man sagte mir, dass sie sich in der Bar nicht so anzieht."

„Mutter, du magst es doch nicht, wenn Leute Gerüchte verbreiten. Und jetzt tust du selbst genau das", sagte Izzie mit einem Lächeln.

„Ich versuche nur, mich daran zu gewöhnen, dass sie zukünftig ein Teil dieser Familie sein wird. Das ist alles."

„Mom, sie wird kein Teil dieser Familie werden", sagte Hunter, als er sich neben Grant auf die Couch setzte. Er sah seinen Geliebten jedoch nicht an.

Grant schluckte schwer in der Hoffnung, seine Nerven zu beruhigen. War das der Moment, in dem er sich outen müsste? War das der Moment, über den sie im Auto auf ihrem Weg hierher gesprochen hatten?

„Aber wenn sie von dir schwanger ist, wirst du dich deiner Verantwortung stellen müssen."

„Und das werde ich auch", sagte Hunter mit so viel Bestimmtheit, dass Grant vor Stolz die Brust schwoll. „Sollte das Baby von mir sein – und davon bin ich momentan noch nicht gänzlich überzeugt –, werde ich dafür sorgen, dass sie abgesichert sind. Ich werde mich nicht vor meinen väterlichen Pflichten drücken, aber ich werde Miranda nicht heiraten."

„Warum denn nicht?"

Hunter nahm einen tiefen Atemzug. „Ich liebe sie nicht und werde nicht mit einer Lüge leben, Mutter."

„Aber sie ist die Mutter deines Kindes und du streitest nicht ab, eine Beziehung mit ihr zu haben."

Hunter lehnte sich nach vorn und stützte die Ellbogen auf seinen Knien ab. Grant musste sich davon abhalten, eine Hand nach ihm auszustrecken, um ihn seiner Unterstützung zu versichern. Selbst wenn Hunters Mutter nicht zugegen gewesen wäre, war ihm klar, dass Hunter diese Art der Unterstützung im Moment nicht willkommen heißen würde, selbst wenn er sich innerlich nach ihr sehnte.

„Ich *hatte* eine Beziehung zu ihr. Eine sehr lockere."

„Ich bin erwachsen, Hunter. Du kannst ruhig zugeben, dass es nur um Sex ging", stellte Beth sachlich fest, während Izzie Grant mit großen Augen anstarrte.

„Ja, das tat es", stimmte Hunter zu. „Es ist schon seit einer ganzen Weile vorbei, und ich habe nicht vor, es wiederaufleben zu lassen."

Es brauchte keinen Gedankenleser, um zu erkennen, dass Hunters Mutter alles andere als glücklich mit der Situation war. „Ich mag das Mädchen vielleicht nicht, aber das muss noch lange nicht heißen, dass du ihr den Rücken zukehren solltest. Wenn mich das altmodisch macht, dann ist das so. Ich denke, ihr jungen Leute nehmt Sex nicht wichtig genug. Ihr wollt einfach …" Sie gestikulierte mit den Händen, als könne sie unmöglich ihre Ansichten in Worte fassen.

„Ich werde mich nicht von ihr abwenden. *Falls* das mein Kind ist, und die Betonung liegt auf *falls*, dann werde ich sie unterstützen. Aber ich werde nicht in dieselbe Falle tappen wie Lisa und Hugh. Lisa war verknallt in Hugh und er hat den Fehler gemacht, einmal mit ihr zu schlafen und sie gleich zu schwängern. Er hat sie nie geliebt, nicht so, wie sie es verdient hätte, und das weißt du genau. Es hat sie beide unglücklich gemacht und Danny noch dazu."

Als Hughs Name fiel, setzte sich Izzie aufrecht hin und sie lächelte Grant schüchtern an, als Hunter weitersprach.

„Ich bin sicher, Hugh hätte sich seiner Verantwortung auch gestellt, wenn sie nicht geheiratet hätten, denn er ist eine ehrliche Haut. Ich hätte kein Problem damit gehabt, ihn einzustellen, damit er in der Nähe seines Sohnes sein kann. Es hätte viel mehr Sinn gemacht, Lisa zu erlauben, das Leben zu leben, das sie sich vorgestellt hat, anstatt sich in dem Leben einrichten zu müssen, das du für sie vorgesehen hattest."

„Aber sie wollte Hugh heiraten!"

„Hast du je einen Gedanken darauf verwendet, Hugh zu fragen, ob er das auch wollte?"

Diesmal erwiderte seine Mutter nichts. Sie schien sich das Gesagte durch den Kopf gehen zu lassen und die Spannung im Raum war mit Händen zu greifen.

Grant wurde klar, dass es sich für ihn vermutlich anders anfühlte als für die anderen Anwesenden – mit Ausnahme vielleicht von Hunter. Grant hatte keine Ahnung, ob Hunter immer noch vorhatte, seiner Mutter zu offenbaren, dass er schwul war. Grants Herz jedenfalls hatte, seit er das Haus betreten hatte, noch keine Chance gehabt, sich zu beruhigen, und das schien schon Stunden her zu sein. Müdigkeit überkam ihn, außerdem war er hungrig und er brauchte verzweifelt eine Pille gegen die Schmerzen. Er konnte es nicht erwarten, dass die Tortur endlich vorüber war.

„Willst du mir damit sagen, dass ich keine Rücksicht auf deine Gefühle nehme?", fragte Hunters Mutter ruhig.

„Ja, das ist genau, was ich sagen will."

Als Grant hörte, wie gefasst Hunter auf die Frage seiner Mutter antwortete, wurde ihm klar, woher Hunter seine Stärke nahm. Ihm war nie aufgefallen, wie ähnlich sich die beiden waren, und aus irgendeinem Grund beruhigte ihn das.

„Ich denke immer noch, dass du dich vor deinen Pflichten drückst."

Hunter atmete hörbar aus. „Ganz im Gegenteil", erwiderte er. „Denn ich bin der Person verpflichtet, die ich liebe, und das ist nicht Miranda."

Grants Herz schlug ihm bis zum Halse. Der Moment der Wahrheit war gekommen.

„Es gibt jemand anderen in deinem Leben?" Sie schien verwirrt und völlig ahnungslos, was ihren Sohn betraf.

„Ja, Mutter, gibt es. Und was ich für ihn empfinde, habe ich noch nie in meinem ganzen Leben für einen anderen Menschen empfunden."

RUMS.

Hunters Mutter reagierte nicht sofort, doch Grant musste nicht erst Izzie ansehen, um zu bemerken, dass sich das geschlechtsneutrale Gespräch über Liebe zu etwas gewandelt hatte, das man nicht mehr missverstehen konnte.

„Ihn?", fragte Hunters Mutter schließlich. Ihre Stimme war ruhig und sie sagte das Wort, als würde sie es sich auf der Zunge zergehen lassen.

Ohne aufzusehen, griff Hunter nach Grants Hand und dieser nahm sie, ohne zu zögern. „Ja, Mutter, ihn. Grant."

Zum ersten Mal seit einer gefühlten Ewigkeit suchte Hunter Grants Blick. In diesem Moment wusste Grant, was auch immer passierte, wie schrecklich die Reaktion von Hunters Mutter auch immer sein mochte, Hunter liebte ihn. Von all den Blicken, die Hunter ihm in den letzten Wochen geschenkt hatte, hoffte Grant, dass er diesen nie vergessen würde.

„Ich bin ihm am Freitag hinterher gefahren, ohne dass er es wusste, weil ich ihn nicht gehen lassen wollte. An diesem Wochenende haben wir endlich die Zeit gefunden, uns auszusprechen."

„Du versetzt diese ganze Familie in Aufruhr wegen etwas, das du innerhalb eines Wochenendes entschieden hast?"

„Nein, Mutter. Das war nichts, was ich entschieden habe. Ich habe es schon mein ganzes Leben lang gewusst, mir aber nie erlaubt, es auch zu akzeptieren. Schon seit ein paar Wochen versuchen Grant und ich, uns über einige Dinge klar zu werden, doch es blieben zu viele Fragen offen. An diesem Wochenende haben wir sie alle beantwortet."

Plötzlich stand Hunters Mutter von ihrem Stuhl auf. „Ich weiß nicht, wie es euch geht, aber ich habe Hunger. Die Zeit fürs Abendbrot ist längst vorbei und oben gibt es einen sehr traurigen Jungen, der noch wächst und deshalb eine gute Mahlzeit braucht."

Mit diesen Worten ließ sie sie sprachlos vor Überraschung im Wohnzimmer zurück.

32

„WAS IST gerade passiert?" Izzie war die Erste, die ihre Stimme wiederfand. Sie sah zwischen ihrem Bruder und dessen Liebhaber hin und her.

„Wenigstens hat sie mich nicht rausgeworfen", sagte Grant mit einem Lachen, bei dem er sich sofort an die Rippen fasste.

„Oh, das würde sie nie tun", erwiderte Hunter. „Zuallererst ist sie eine perfekte Gastgeberin. Sie kennt dich noch nicht gut genug, um dich rauszuwerfen. Ich hingegen bin froh, noch ein Dach über dem Kopf zu haben."

„Für dich spricht, dass du derjenige bist, der die Ranch führt", stellte Izzie nüchtern fest.

„Vielleicht war es einfach ein bisschen viel für sie?", vermutete Grant. „Ich meine, wie oft wird einem schon gesagt, dass man nicht nur einfache, sondern zweifache Großmutter wird, dass der einzige Sohne schwul ist und dass die älteste Tochter ihren Sohn zurücklässt, um mit ihrem Schwager durchzubrennen und dass die mittlere Tochter in den Mann ihrer Schwester verliebt ist?"

Je länger Grant redete, desto mehr musste Hunter lachen und Izzie schloss sich ihm an. Hunter konnte sich nicht beruhigen. Der Irrwitz der ganzen Situation machte es ihm unmöglich, ernst zu bleiben. „Izzie, ich hab dir doch gesagt, wenn das in einer der Seifenopern passieren würde, die Mom so liebt, würde sie sich beschweren, dass es unglaubwürdig ist."

Izzie hielt sich vor Lachen die Seiten, doch es gelang ihr, aufzustehen und sich neben Hunter zu setzen. Sie schlang einen Arm um seine breiten Schultern. „Ich bin trotzdem froh, dass jetzt alles raus ist. Diese Geheimniskrämerei war sehr anstrengend."

Hunter legte ihr eine Hand auf den Bauch. „Meine kleine Schwester ist schwanger. Ich kann es gar nicht glauben."

„Ich schätze, unsere Kinder werden zusammen aufwachsen", fügte Izzie schon ruhiger hinzu.

„Das hängt von Miranda ab. Ich werde sie nicht heiraten, also wird sie sich vielleicht an mir rächen wollen, besonders, wenn sie erst von Grant erfahren hat." Hunter schenkte Grant einen liebevollen Blick, der ausdrücken sollte, dass er auf keinen Fall seine Meinung ändern würde.

„Stimmt. Sie weiß noch nichts von dir!"

Hunter sah förmlich, wie es hinter Izzies Stirn arbeitete, deshalb bremste er ihren Enthusiasmus. „Und *ich* werde es ihr selbst sagen. Ich hab ihr gesagt, dass ich sie anrufen würde. Ich werde mich irgendwo privat mit ihr treffen und es ihr dann erzählen." Izzie lächelte. „Wenn du mit ihr Freundschaft schließen willst, um dich über Babys zu unterhalten, dann ist das für mich in Ordnung. Aber erst, nachdem ich mit ihr geredet habe." Hunter legte einen Arm um Izzies schmale Schultern und drückte sie. Erst da bemerkte er, wie erledigt Grant aussah. Er legte seine andere Hand auf Grants Knie. „Aber zuerst werde ich den hier ins Bett bringen, damit er sich ausruhen kann."

Grant schenkte ihm ein dankbares Lächeln.

„Ich bringe euch nachher was zu essen hoch", schlug Izzie vor. Sie stand von der Couch auf und seufzte. „Schätze, jetzt, wo Lisa weg ist, muss ich Mom in der Küche helfen." Izzie schmollte demonstrativ, um zu zeigen, wie sehr ihr diese Vorstellung missfiel.

„Ich bin gleich wieder unten", sagte Hunter, als auch er aufstand. Er hielt Grant die Hand entgegen, um ihm aufzuhelfen, und führte ihn dann den Flur hinunter.

„Denkst du, du schaffst es die Treppe hinauf?", fragte Hunter sanft.

Grant nickte und arbeitete sich Stufe für Stufe hinauf. Als er im zweiten Stock angekommen war, wollte er sich nur noch aufs Bett fallen lassen und nie wieder aufstehen. Hunter schob ihn in Richtung eines Zimmers am Ende des Flurs. Als sie eintraten, sah er, dass das Bett ungemacht war und überall Klamotten rumlagen.

„Tut mir leid wegen der Unordnung." Hunter begann, seine Sachen zusammenzusuchen, um sie alle auf einem Stuhl zu deponieren. Dann griff er nach dem Bettlaken, um es gerade zu ziehen, doch Grant unterbrach Hunters Bemühungen einfach, indem er sich auf das Bett setzte und Hunters Handgelenk ergriff.

„Mach dir keinen Stress, Cowboy. Ich bin sowieso zu müde, als dass es mir was ausmachen würde, und ansonsten … ich bin noch nie in deinem Zimmer gewesen."

Hunter lächelte ihn schüchtern an. „Hätte ich gewusst …" Er zuckte die Schultern.

„Du bist also unordentlich. Damit kann ich leben. Du im Gegenzug wirst vielleicht genervt sein, weil ich ständig aufräume. Ich bin es gewohnt, nur aus dem Koffer zu leben und mit begrenztem Platz auszukommen. Da zahlt es sich aus, wenn man gut organisiert ist."

Hunter stellte sein geschäftiges Treiben ein und schaute Grant an. Hatte er gerade Pläne für eine gemeinsame Zukunft gemacht? Hunter wollte es nicht beschreien, also verkniff er sich, Grant darauf hinzuweisen. Stattdessen setzte er sich einfach so nah neben ihn, dass sich ihre Schultern berührten.

„Brauchst du Hilfe? Ich kann dir helfen, dich bequem hinzulegen. Genau wie letzte Nacht."

Grant nickte. Es war offensichtlich, dass er zu müde war, um zu protestieren, obwohl er eigentlich eher der unabhängige Typ war.

„Ich hol dir ein T-Shirt und Boxershorts, in denen du schlafen kannst." Hunter stand auf und ging zum Kleiderschrank hinüber, in dem noch größere Unordnung herrschte als im Zimmer. Er nahm ein T-Shirt heraus und schnüffelte daran.

„Es ist sauber", fügte er hinzu, in der Hoffnung, Grant zu beruhigen.

Grant lächelte und beobachtete Hunter, der sich vor ihn hinstellte. Hunter half ihm, sich die Fleecejacke über den Kopf zu ziehen. Er nutzte die Chance, um eine Hand über Grants geprellte Rippen gleiten zu lassen. Die Haut war grün und blau und Mitgefühl spiegelte sich auf seinem Gesicht, als Grant Hunters Hände wegzog und versuchte, sie mit den eigenen zu bedecken.

„Es tut weh, oder? Ich hol dir deine Schmerztabletten."

„Ja", erwiderte Grant wortkarg. „Hör mal, ich komm hier schon klar. Warum gehst du nicht runter und redest mit deiner Mutter?"

Hunter reichte ihm die Pillen zusammen mit einem Glas Wasser. „Ich möchte nur erst sichergehen, dass du es bequem hast. Dann gehe ich runter und besorg uns was zu essen."

Grant schüttelte den Kopf. „Rede mit ihr, Hunter. Ihr müsst das ausdiskutieren."

Hunter nickte wortlos, als er Grant ins T-Shirt hinein- und aus den Stiefeln und Jeans heraushalf.

„Und nimm eine Dusche", fügte Grant scherzhaft hinzu. „Du riechst, als wärst du fünf Tage unterwegs gewesen. Sie wird denken, du würdest das für mich tun."

„Warum sollte sie …?" Hunter brach ab, als er erkannte, dass Grant ihn nur aufzog. „Na gut", lenkte Hunter ein, der insgeheim glücklich war, dass sie über etwas so Intimes scherzen konnten. Er half Grant, sich hinzulegen, und drapierte das Bettzeug so, dass Grant bequem lag. Er holte sogar noch ein Kissen aus dem Gästezimmer, bevor er ins Badezimmer ging, um zu duschen.

Als er zehn Minuten später wieder ins Zimmer kam, schlief Grant tief und fest. Selbst, als Hunter ihm liebevoll durch die kurzen, dunklen Locken fuhr, weckte ihn das nicht auf.

Als er, jetzt in sauberen Klamotten, aber noch mit nassen Haaren, die Treppe hinunterging, merkte er, wie seine Nervosität zurückkehrte. Im Zimmer mit Grant war er vollkommen ruhig gewesen, doch jetzt musste er sich wieder seiner Mutter stellen. Ihre Reaktion – oder eher das Fehlen einer solchen – verwirrte ihn immer noch. Als er ins Wohnzimmer kam, war Izzie gerade dabei, den Tisch zu decken. Sie sagte nichts und zeigte stattdessen einfach in Richtung Küche.

Hunter nickte und öffnete die Tür. Seine Mutter stand am Herd und passierte gerade Bratensaft. Sie trug eine Schürze und reagierte nicht, als Hunter eintrat.

„Mom." Hunters Stimme war leise, als er sich neben sie stellte.

„Hunter", entgegnete sie ebenso leise.

„Kann ich helfen?"

„Könntest du das Fleisch schneiden?"

Hunter nickte. Das Fleisch zu schneiden war in der Regel die Aufgabe des Hausherrn und er war froh, dass sie ihn immer noch in dieser Rolle sah. Das ließ ihn hoffen, dass sie ihn nicht nach dem Abendessen aus dem Haus werfen würde.

„Nicht zu viel, Schatz", sagte sie. „Wir sind nur zu siebt."

Hunter zählte in Gedanken nach. Mom und Bernie, Izzie und Hugh und Danny, er und … Grant. Er lächelte, als ihm klar wurde, dass sie damit rechnete, dass Grant zum Essen kam.

„Grant schläft, Mom, also sind wir nur zu sechst."

Darauf antwortete sie nicht sofort und gab stattdessen vor, damit beschäftigt zu sein, das Lorbeerblatt aus der Soße zu fischen. „Schneid trotzdem etwas für ihn ab. Du kannst es ihm aufwärmen, wenn er aufwacht."

Hunter betrachtete seine Mutter. Ihr Gesichtsausdruck war immer noch kühl, wie immer, wenn es um Gefühle ging.

„Er wurde ziemlich schwer verletzt und hat immer noch große Schmerzen." Sobald die Worte seinen Mund verlassen hatten, bekam er das Gefühl, dass er sich gerade für Grant entschuldigte. Warum meinte er, das tun zu müssen? Sie waren schließlich alle erwachsen.

„Hast du ihn im Gästezimmer einquartiert?", fragte sie beiläufig, während sie den Kartoffelbrei auf den Tellern verteilte.

„Nein, Mutter. Er schläft in meinem Zimmer." Hunter konnte den Ärger über ihre Frage nicht ganz aus seiner Stimme verbannen.

„Dann schätze ich, wirst du im Gästezimmer bleiben müssen, bis es ihm gut genug geht, dass er wieder im Mannschaftshaus wohnen kann."

Hunter fiel auf, dass sie es nicht einmal als Frage formuliert hatte.

„Er ist mein …" Er wollte Liebhaber sagen, aber da er wusste, was seine Mutter von vorehelichem Sex hielt, verkniff er sich das Wort. „ … Partner, Mom."

Für einen Moment wurden ihre Augen groß, doch dann wandte sie sich ab und konzentrierte sich wieder auf das Abendessen. Hunter wusste nicht, was er sagen sollte oder wann er den Druck nicht mehr ertragen könnte. Er war allerdings noch nicht bereit, den Kampf aufzugeben. Er liebte seine Mutter, doch er liebte auch Grant. Er war zu alt, um sie dem Mann, mit dem er den Rest seines Lebens verbringen wollte, vorzuziehen.

Sie ächzte vor Anstrengung, als sie den schweren Topf mit dem Braten aus dem Ofen nahm und auf den Küchentisch stellte. Hunter eilte zu ihr, um zu helfen. Leider vergaß er, wie heiß Kupfer werden konnte, und so und verbrannte er sich die Finger. Sie ließ den Topf los, nahm Hunters Hand und zog ihn hinüber zur Spüle, um die Hand mit Wasser zu kühlen. Hunter keuchte auf, als ein brennender Schmerz seine Hand durchzuckte.

„Izzie und Hugh teilen sich in meinem Haus auch kein Bett, Hunter", sagte sie schließlich.

„Sie ist von ihm schwanger, Mom. Ich denke, das ist ausreichend Beweis dafür, dass du nicht verhindern kannst, dass sie miteinander schlafen."

Sie wandte sich von ihm ab und warf ihm einen scharfen Blick zu. „Ich habe keinen Einfluss darauf, was sie außerhalb dieses Hauses tun. Aber unter meinem eigenen Dach dulde ich so etwas nicht. Was soll denn Danny denken?"

„Ich habe keinen Zweifel, dass Danny glücklich ist, seinen Vater wiederzuhaben. Du weißt, wie nahe sich die beiden stehen."

Sie nickte knapp.

„Ich glaube nicht, dass Danny darüber nachdenkt. Wir wissen, dass er Izzie vergöttert, und er liebt seinen Vater, also weiß ich nicht, was das damit zu tun haben soll, dass die beiden sich ein Zimmer teilen." *Oder mit Grant und mir*, wollte Hunter hinzufügen. Er wusste, dass sie *dieses* Thema gekonnt umschifften.

„Hugh ist immer noch mit Lisa verheiratet!"

Hunter war überrascht, dass sie die Stimme erhoben hatte. „Sie waren unglücklich, kaum dass die erste Woche ihrer Ehe vorbei war. Und das weißt du auch. Jetzt hat Lisa jemand anderen gefunden, genau wie Hugh. Ich weiß, wie lange er schon in Izzie verliebt ist, deshalb bin ich froh, dass sie endlich zusammen sind. Außerdem wissen wir beide, dass Izzie, seit sie ein Teenager war, nur Augen für Hugh hatte."

Als wäre ihre erhobene Stimme nicht genug gewesen, traten nun Tränen in die Augen seiner Mutter und das verstärkte nur noch Hunters unbehagliches Gefühl. Das war die Frau, die bei der Beerdigung ihres Mannes keine einzige Träne vergossen hatte. „Was habe ich meinen Kindern angetan? Warum können sie nicht glücklich sein?"

Hunter zog sie in seine Arme. „Izzie *ist* glücklich, Mom. Und ich bin es auch."

Er sah ihr ins Gesicht. „Grant macht mich glücklich, Mom. Glücklicher, als mich je ein Mädchen gemacht hat. Oder machen könnte."

Ihr Gesichtsausdruck war eine seltsame Mischung aus Ekel und Sorge.

„Ich habe mich schon vor Wochen in ihn verliebt, war mir aber nicht sicher. Letztes Wochenende habe ich erkannt, was für eine Art Mann er ist, und das hat dann den Ausschlag gegeben. Auch wenn ich es versuchen würde, ich könnte nicht aufhören, ihn zu lieben."

Einen Moment lang hatte er das Gefühl, dass sie weich wurde, doch dann schüttelte sie den Kopf. „Ich würde es trotzdem begrüßen, wenn du im Gästezimmer schläfst, Hunter."

Hunter wusste, dass er diese Schlacht nicht gewinnen konnte, also sagte er nichts weiter. Stattdessen zog er sie für eine Umarmung zu sich. Als sie sich endlich aus Hunters festem Griff befreien konnte, wischte sie sich über die Augen und machte sich dann daran, das Essen fertig vorzubereiten. Sie nahm zwei Teller aus dem Schrank und richtete von allem ein bisschen darauf an.

„Nimm das mit hoch und iss dort mit Grant. Und wenn du oben bist, sag Bernie und Danny, dass sie aus ihrem Versteck kommen können. Ich bin sicher, Izzie weiß, wo Hugh ist."

Hunter nickte. „Hugh ist oben mit Danny. Ich werde sie bitten, herunterzukommen."

Sie nickte, drückte den Rücken durch und hob den Kopf. Ihr Stolz war zurück.

„Ich werde nachher noch im Gästezimmer nach dir sehen."

Hunter lächelte, als er die Teller nahm. „Oh nein, das wirst du nicht! Ich bin nicht mehr sechzehn, Mom. Ich bin ein erwachsener Mann."

Er wartete nicht auf ihre Antwort, sondern verließ die Küche. Sobald er die Tür hinter sich geschlossen hatte, fühlte er, wie seine Anspannung nachließ. Im Wohnzimmer traf er auf Izzie, die zwischen dem Tisch und dem Schrank mit Hugh herumknutschte. Danny saß auf der Couch und war völlig in sein Nintendo-Spiel vertieft.

„Ich hab gehört, du wurdest auch ins Gästezimmer verbannt", sagte Hunter zu Hugh. Hugh drehte sich um und lächelte verlegen. „Du auch?"

„Ja", antwortete Hunter. „Seid lieber vorsichtig. Sie ist auf dem Kriegspfad und unglaublich beunruhigt, dass ihr Danny schockieren könntet."

Izzie sah zu Danny hinüber und zuckte die Schultern. „Ich bin sicher, er wird es überleben." Sie sah auf die beiden Teller in Hunters Händen, nahm zwei Mal Besteck vom Tisch und steckte es unter Hunters Arm. „Du gehst besser und fütterst deinen Mann."

Hunter wurde fast rot. Er war es noch nicht gewohnt, dass er in seiner neuen Rolle akzeptiert wurde. Hughs Augenzwinkern verstärkte dieses Gefühl noch, also nickte er nur und ging dann nach oben. Es war gar nicht so einfach, alles gleichzeitig zu balancieren, doch irgendwann schaffte er es, leise in sein Zimmer zu schlüpfen und Teller und Besteck auf dem Nachtschränkchen abzustellen. Grant schlief immer noch und Hunter beobachtete ihn für eine Weile. Ein Teil von ihm wollte einfach hier sitzen und Grants sagenhafte Schultern und Arme betrachten. Allerdings war seine Mutter eine exzellente Köchin und es wäre eine Schande, das Essen kalt werden zu lassen, vor allem, weil er fürchterlich hungrig war. Grant ging es sicher genauso.

„Hey, Stud Muffin", flüsterte er, als er mit den Händen durch Grants Haare fuhr.

„Ach, das ist jetzt also mein Spitzname?", fragte Grant, ohne die Augen zu öffnen.

„Passt doch", grinste Hunter. „Ich hab uns was zu essen mitgebracht."

„Hm." Grant seufzte dankbar und nahm ein paar vorsichtige Atemzüge, bevor er versuchte, sich im Bett aufzusetzen. Hunter war sofort zur Stelle, um zu helfen, doch Grant stieß ihn zur Seite.

„'tschuldigung, ich wollte nicht ..." Grant stöhnte auf. „Es ist nur einfacher, wenn ich es alleine mache."

Hunter machte sich zu viele Sorgen, um sich beleidigt zu fühlen. „Vielleicht sollte ich den Arzt anrufen, damit er mal einen Blick auf dich wirft?"

„Vielleicht solltest du den Tierarzt anrufen, damit er mich einschläfert."

Hunter warf ihm einen abweisenden Blick zu.

„Für deinen Lieblingshund oder dein Pferd würdest du das tun."

„Wenn mein Pferd meinen Hund tritt und er könnte nicht mehr laufen, würde ich mich um ihn kümmern, bis es ihm wieder gut geht", sagte Hunter ruhig, obwohl er langsam mit seiner Geduld am Ende war. Er liebte Grant, doch in Grants Worten steckte so viel Selbstmitleid, dass er das gar nicht mit dem Mann vereinbaren konnte, für den er Grant hielt. Deshalb hielt er es für nötig, dem entgegenzuwirken. „Also lass uns essen. Danach kannst du deine Pillen nehmen und ich werde dir beim Einschlafen helfen." Er zog den Nachttisch vorsichtig zu Grant heran und holte sich einen Stuhl, so dass er ihm gegenüber sitzen konnte.

„Tut mir leid, aber ich hasse es, mich wie ein Invalide zu fühlen."

„Sieh es einfach so: Jetzt weiß ich, was für ein griesgrämiges Aas du sein kannst, wenn es dir nicht gut geht. Ich schätze, das zeigt mir, wie du sein wirst, wenn du alt bist." Hunter schnitt sein Fleisch, und obwohl er Grant nicht direkt ins Gesicht sah, konnte er sehen, wie Grant seinen geschienten Arm vor seinen Körper hielt. „Soll ich das für dich schneiden?"

„Ich bin noch nicht alt", erwiderte Grant mürrisch.

„Nein, aber du hast Schmerzen und bist ziemlich eingeschränkt. Ich biet's dir nur an. Wenn du es dir selbst schwer machen willst, tu dir keinen Zwang an."

Grant seufzte, legte seine Gabel hin und schob seinen Teller in Hunters Richtung. Hunter erwartete nicht, dass Grant ihn tatsächlich bitten würde, doch ihm schien, dass er Grant für einen Abend genug bedrängt hatte. Also schnitt er ihm wortlos mit seinem eigenen Besteck etwas von dem Fleisch ab. Obwohl er Grant gern mit seinem Macho-Gehabe aufziehen wollte, vermutete er, dass er damit mehr Erfolg haben würde, wenn es Grant besser ging. Und wenn er ehrlich mit sich war, wusste er, dass es dann auch witziger sein würde, denn dann wären sie beide auf dem gleichen Level.

Grant war während des Essens ziemlich wortkarg, also versuchte Hunter, ein lockeres Gespräch am Laufen zu halten. Er klärte Grant über Izzies und Hughs Vergangenheit auf und darüber, dass Izzie nie gedacht hätte, dass sie dem Mann, den sie seit Jahren liebte, nahekommen könnte.

Hunter war völlig ausgehungert und sein Teller war leer, als Grant noch nicht mal die Hälfte seiner Mahlzeit vertilgt hatte.

„Das Essen ist fantastisch, wirklich", sagte Grant entschuldigend. „Wenn du es in den Kühlschrank stellst, hält es sich bis morgen. Wenn deine Mutter auch nur die geringste Ähnlichkeit mit meiner hat, dann hasst sie es, wenn Essen weggeworfen wird."

Hunter drückte Grants Hand. „Ich räum nur kurz auf und dann komm ich und bring dich ins Bett."

Als Hunter aus der Küche wiederkam, wo er die Teller abgestellt hatte, fand er Grant immer noch auf der Bettkante sitzend vor, so als hätte er sich überhaupt nicht bewegt. Hunter stellte den Nachttisch und den Stuhl wieder an ihre angestammten Plätze und kniete sich dann vor seinen Geliebten.

„Entweder bringe ich dich ins Badezimmer für ein schönes, heißes Bad oder ich helfe dir, es dir im Bett bequem zu machen, damit du schlafen kannst. Was ist dir lieber?"

„Würdest du schlecht von mir denken, wenn ich das Bad ausschlage?", fragte Grant zögerlich.

Hunter drückte Grants Knie. „Ich mag verschwitzte Männer."

Grant warf ihm einen angewiderten Blick zu.

„Ich werd's überleben."

„Heißt das, du bleibst heute Nacht hier?"

„Ich werde nicht meine Mutter bestimmen lassen, ob ich mit meinem Partner schlafe. Außerdem könnte es sein, dass du in der Nacht meine Hilfe brauchst."

Wie in der vorherigen Nacht brauchten sie eine Weile, bis sie eine gemütliche Position gefunden hatten. Letztendlich lagen sie ungefähr wieder so wie im Motel, indem Hunter Grant von hinten umarmte.

„Deine Mutter wollte nicht, dass du heute Nacht hier schläfst?"

„Nein", antwortete Hunter mit einem Schulterzucken. „Sie möchte auch nicht, dass Hugh bei Izzie schläft. Aber ich wette darauf, dass auch Hugh nicht im Gästezimmer schläft."

„Himmeldonnerwetter, Izzie ist schließlich von ihm schwanger!", entfuhr es Grant etwas lauter als nötig.

Hunter beruhigte ihn, indem er seinen Nacken küsste. „Wir müssen ja nicht gleich dem ganzen Bezirk verkünden, dass wir ihren Wünschen nicht nachkommen."

„Verdammt, du machst mich geil, wenn du das tust", sagte Grant nun schon viel leiser.

„Was?", fragte Hunter, obwohl er genau wusste, was Grant meinte.

„Wenn du in meinen Nacken säuselst. Selbst, wenn wir nichts weiter tun können."

„Das denkst du", neckte ihn Hunter. Er nahm Grant anschwellenden Schwanz in die Hand und rieb seinen eigenen an Grants Hintern. Innerhalb von Sekunden wand sich Grant vor Erregung und Hunter musste ihn daran erinnern, leise zu sein. Hunter war jedoch gnadenlos, denn er wusste, dass außer einem heißen Bad ein heftiger Orgasmus genau das Richtige war, um zu entspannen.

Mit einem Stöhnen vergrub Grant sein Gesicht im Kissen und kam in Hunters Hand. Grant griff hinter sich, um Hunter eine helfende Hand zukommen zu lassen. Dessen Orgasmus war zwar nicht so explosionsartig, aber dafür nicht weniger befriedigend. Nachdem Hunter schnell im Bad verschwunden war, um sich zu säubern, schliefen sie zufrieden ein.

33

ZU GRANTS Überraschung gewöhnte er sich an die Schmerzen, die ihm seine Rippen verursachten. Er wusste, dass er nicht zu tief atmen und nicht lachen durfte, und so lange er sich daran hielt, ging es ihm gut. Das geprellte Becken war jedoch eine ganz andere Geschichte. Er konnte sich ohne Probleme bewegen und dann schoss plötzlich ein Schmerz durch sein Becken und er konnte sich überhaupt nicht mehr bewegen. Obwohl Hunter sich bemühte, ihn nicht zu behandeln, als wäre er hilflos, war er eine ziemliche Glucke und Grant fiel langsam die Decke auf den Kopf.

Jeden Morgen stand Hunter früh auf, um ein paar Stunden zu arbeiten, bevor er zum Haus zurückkam, um Grant beim Duschen und Anziehen zu helfen. Meistens nahm Grant dann seine Medikamente und schlief gleich wieder ein. Doch am Samstag, eine Woche, nachdem sie zur Ranch zurückgekehrt waren, hatte Hunter sich mit Miranda verabredet, also musste Grant allein zurechtkommen. Er machte sich Sorgen, was bei dem Gespräch der beiden wohl herauskommen mochte, doch er hatte sich vorgenommen, sich nicht einzumischen. Das führte allerdings nur dazu, dass er sich noch hilfloser vorkam. Er hatte das dringende Bedürfnis, etwas zu finden, womit er seinen Verstand beschäftigen konnte.

Ein Grund, warum Grant gern auf einer Ranch arbeitete, war, dass er gern Zeit draußen verbrachte. Jetzt jedoch war er seit fast zwei Wochen im Haus eingesperrt, wenn man die Fahrt vom Krankenhaus hierher nicht mitzählte. Er musste einfach versuchen, die Treppe hinunterzugehen und es bis zur Veranda zu schaffen, damit er eine Weile an der frischen Luft verbringen konnte.

Nachdem er geduscht und sich unter Anstrengung wieder angezogen hatte, musste er sich zunächst ein paar Minuten auf dem Bett ausruhen, bevor er die Treppe in Angriff nehmen konnte. Er hatte die Schmerzmittel reduziert, damit er nicht so viel schlief, doch das hieß auch, dass er alles andere als schmerzfrei war. Als er am Fuß der Treppe angekommen war, musste er einsehen, dass er es nie in einem Rutsch bis auf die Veranda schaffen würde. Also machte er einen Zwischenstopp in der Küche und setzte sich dort auf einen Stuhl. Erst als er schon saß, fiel ihm auf, dass sich auch Hunters Mutter in der Küche befand. Sie bereitete gerade das Essen vor.

„Ma'am", grüßte er, als sie ihn genau musterte.

„Grant." Sie würdigte seine Anwesenheit mit vollkommen neutraler Stimme und fuhr fort, Lauch zu putzen.

Grant wusste nicht, was er sagen sollte. Bisher hatte er nur mit ihr zu tun gehabt, wenn auch andere Menschen zugegen waren, und dann hatte Hunter als Puffer fungiert. Doch jetzt war er völlig auf sich gestellt. Sie schien auch keine besonders gesprächige Person zu sein. Grant fragte sich, warum Izzie und Bernie offenbar immer etwas zu bereden hatten, und kam dann zu dem Schluss, dass sie wohl nach ihrem Vater kamen.

„Kann ich Ihnen irgendwie helfen?", war alles, was Grant zu fragen einfiel.

Sie schaute auf und sah ihn durchdringend an, als ob sie sicherstellen wollte, dass er nicht nur scherzte. „Du bist Gast in diesem Haus", stellte sie fest und widmete sich dann wieder ihrer Arbeit.

„Ja, Ma'am", stimmte Grant mit leiser Stimme zu. Er wollte ihr antworten, dass es ihre Einstellung war, die dazu führte, dass er sich wie ein unwillkommener Fremder vorkam, doch er wollte sie nicht noch mehr verärgern. Obwohl seine Mutter sehr früh gestorben war, hatte sie ihm beigebracht, höflich zu sein und die ältere Generation mit Respekt zu behandeln. Hunters Mutter hatte allerdings recht. Sie betrachtete ihn als Gast, und wenn das hieß, dass sie höflich zu ihm war, konnte er nur dankbar dafür sein, denn er konnte sich des Eindrucks nicht erwehren, dass sie nur ihre eigene gute Erziehung davon abhielt, ihn hochkant rauszuwerfen.

Da er keine Ambitionen hatte, Hunter von der Ranch wegzulocken, und ihm auch klar war, dass Hunters Mutter bis zu ihrem Tode hier leben würde, hieß das, dass er sich irgendwie mit ihr arrangieren musste, wenn er den Rest seines Lebens mit Hunter verbringen wollte. Nur war es leider so schwer, offen über seine Gefühle zu sprechen. Er war sich sicher, dass sie Hunters Wahl eines Partners nie gutheißen würde, aber er musste sie zumindest so weit bekommen, dass sie ihn auf der Ranch tolerierte.

„Deine blauen Flecken scheinen blasser zu werden, aber Hunter meint, du hättest immer noch Schmerzen."

Grant sah sie an. Sie stand an demselben Tisch, an dem er saß, und schnitt den Lauch mit einem gefährlich aussehenden Messer.

„Es wird langsam besser. Der Arzt meinte, es würde einige Zeit dauern, aber ich denke, es wird langsam. Ich hoffe, ich kann bald wieder arbeiten, denn diese Faulenzerei geht mir auf die Nerven."

Das schien ihr zu gefallen. Vielleicht bildete Grant es sich auch nur ein, aber er glaubte, den Anschein eines Lächelns auf ihrem Gesicht zu erkennen. „Izzie sagt, du seist einer der besten Cowboys, die wir je eingestellt haben."

Grant zuckte die Schultern. „Ich arbeite gern mit Pferden. Ich bin gern draußen. Ich arbeite auch gern mit Holz."

„Gut", sagte sie und drehte sich nach einer Schüssel für das Gemüse um. „Ich hoffe, du leistest uns heute beim Abendessen Gesellschaft?"

Sie drehte sich bei ihrer Frage nicht um, also erlaubte sich Grant ein kleines triumphierendes Lächeln, weil er sich fühlte, als hätte er gerade einen kleinen Sieg errungen.

„Ja, Ma'am, das würde ich gern. Ich wollte ein bisschen draußen auf der Veranda sitzen, um frische Luft zu schnappen."

Gerade, als er sich wieder auf die Beine kämpfte, sagte sie: „Zieh dir einen warmen Mantel an. Es ist ein bisschen kalt draußen. Und nimm eine Tasse Kaffee und ein paar Sandwiches mit, für den Fall, dass du Hunger bekommst."

Grant bekam den Eindruck, dass dies ihre Art war, ihn zu bemuttern. Hunter hatte ihm erzählt, dass sie nie groß darin gewesen war, ihre Liebe durch Berührungen oder Umarmungen zu zeigen. Doch auf ihre eigene Art zeigte sie ihm immer, dass sie ihn liebte. Vielleicht hatte sich diese Liebe gerade ein kleines bisschen auf Grant übertragen.

Ungefähr zwei Stunden später – die Hälfte des Essens war noch auf dem Teller, aber der Kaffee war längst ausgetrunken – sah Grant Hunters Truck die Auffahrt hinauffahren. Er war in seinen warmen Wintermantel eingepackt, aber seine Füße waren eiskalt. Grants Augen folgten Hunter, als er den Truck an der Seite des Hauses parkte und auf ihn zukam. Sorgenfalten hatten sich um seine Augen und auf seiner Stirn gebildet und Grant befürchtete das Schlimmste.

Sobald Hunter jedoch Grant auf der Veranda entdeckte, leuchteten seine Augen auf. „Hey, Stud Muffin."

„Pst", sagte Grant und schüttelte den Kopf. „Deine Mutter ist drinnen."

„Ich weiß", sagte Hunter, der sich neben Grant auf die lange Bank setzte, die an der Außenwand stand. Er legte ihm einen Arm um die Schultern, knabberte an seinem Ohr und sog seinen Geruch ein. „Aber ich bin so froh, wieder zu Hause und in deiner Nähe zu sein."

„So schlimm?", fragte Grant, der etwas Abstand zwischen sie brachte, damit er Hunter genauer betrachten konnte.

Hunter zuckte mit den Schultern, ohne Grant loszulassen.

Grant war sich nicht sicher, ob er Hunter drängen sollte, mehr zu erzählen. Sie waren nicht gut darin, sich auszutauschen, schon gar nicht, wenn es um Gefühle ging. Doch das hier war wichtig und Grant wollte Hunter seiner Unterstützung versichern. Er fuhr mit der Nase über Hunters Augenbrauen und küsste seine Stirn. „Willst du darüber reden?"

Hunter zuckte noch einmal mit den Schultern. „Sie ist wirklich sauer geworden. Hat gemeint, ich wäre pervers."

„Na ja, sie hat natürlich recht", witzelte Grant, ohne eine Mine zu verziehen.

Hunter sah überrascht auf, fing sich dann jedoch wieder. „Womit? Dass sie sauer auf mich ist oder dass ich pervers bin?"

„Beides", erwiderte Grant, der versuchte, ein ernstes Gesicht zu machen.

Hunter gab ihm einen Klaps auf die Schulter.

„Aua!", beschwerte sich Grant. „Ich bin schwer verletzt, verdammt."

„'tschuldigung."

„Also, was hat sie dir noch an den Kopf geworfen?", fragte Grant vorsichtig.

„Sie hat mir versichert, dass es mein Baby ist. Dass sie mit niemand anderem zusammen gewesen ist. Sie ist tatsächlich davon ausgegangen, dass ich sie heiraten würde, aber ich bin standhaft geblieben."

„Meinst du, sie ist absichtlich schwanger geworden?"

„Wer weiß?", seufzte Hunter.

„Ich kann ihr nicht vorwerfen, dass sie ausgerastet ist, Cowboy. Es ist schließlich nicht so, dass sie das hätte vorhersehen können."

Hunter musste schmunzeln. „Himmel, nicht mal ich hätte das vorhersehen können."

„Bedauerst du es?"

„Überhaupt nicht. Ich hätte das schon vor Ewigkeiten tun sollen."

Die Überzeugung in Hunters Stimme beruhigte Grant. Er wünschte nur, dass er sich auch so sicher wäre. Nicht, dass er an Hunters Liebe zweifelte, und er wusste mit Sicherheit, dass er seinen Cowboy auch liebte. Doch das war alles ein ziemlicher Sprung und es brauchte seine Zeit, sich daran zu gewöhnen. Er dachte immer noch darüber nach, als er bemerkte, wie Hunters Hand unter seinem Schafwollmantel verschwand. Er konnte die Wärme von Hunters Hand durch den Pullover hindurch fühlen, den er trug. Langsam drehte er Hunter den Kopf zu.

„Was tust du da?", flüsterte Grant.

„Meine Hand ist kalt."

„Nein, ist sie nicht. Ich fühle doch, wie warm sie ist", antwortete Grant mit einem angedeuteten Lächeln.

„Du trägst meinen Mantel", behauptete Hunter frech.

„Wechsel nicht das Thema. Wir sitzen auf der Veranda deines Hauses, für so ziemlich jeden sichtbar, und du begrabschst mich?"

Hunter starrte ihn mit gespielter Ernsthaftigkeit an. „Wenn ich dich begrabschen wollte, wäre das die völlig falsche Richtung."

„Kommt drauf an, wo du hin willst", erwiderte Grant, der zusammenzuckte, als Hunters Hand eine Brustwarze fand.

„Du trägst nicht viele Sachen unter meinem Mantel."

Grant legte den Kopf schief. „Ich habe allein geduscht und es ist immer noch sehr anstrengend, mich selbst anzuziehen."

„Werden die Schmerzen langsam besser?"

„Manchmal", sagte Grant. „Im Moment lenkst du mich ziemlich gut davon ab." Ihre Gesichter waren sich sehr nah, aber sie küssten sich nicht. Grant hatte jedoch den Eindruck, dass nicht viel fehlte. Vielleicht hielt sich Hunter aus demselben Grund zurück wie er: Hunters Mutter und Schwester waren im Haus und außerdem konnte jeder Angestellte, der zufällig zum Haus hinübersah, sie dort sitzen sehen.

Plötzlich öffnete sich die Haustür und Hunter rückte etwas von Grant ab. Zu Grants Überraschung blieb Hunters Hand jedoch weiterhin unter dem Mantel.

„Hunter? Ich dachte, ich hätte dein Auto gehört", sagte Hunters Mutter. „Wie lief dein Treffen mit Miranda?"

„Ich war gerade dabei, Grant davon zu erzählen", antwortete Hunter, als führten sie ein ganz normales Gespräch. „Ich habe ihr zu verstehen gegeben, dass ich sie in allen ihren Entscheidungen unterstütze, aber dass ich sie nicht heiraten werde. Niemals."

Seine Mutter machte ein ernstes Gesicht und nickte. „Wie auch immer deine Pläne aussehen, du musst Verantwortung übernehmen."

„Und das werde ich auch."

Sie ließ die beiden allein, ohne Grant auch nur einmal angesehen zu haben.

Grant legte seine Hand über Hunters, die sich immer noch unter dem Mantel befand. „Ich habe den Eindruck, unsere Nähe war ihr unangenehm, Cowboy."

„Ihr oder dir?", fragte Hunter, der keinen Hehl aus seiner Verärgerung machte. Er zog seine Hand zurück und setzte sich aufrecht hin, wodurch er Raum zwischen sich und Grant schaffte.

„Ich mag es, dir nahe zu sein, doch wir teilen das Haus mit deiner Mutter, und sie zu provozieren macht es nicht besser." Grant setzte sich langsam auf und legte eine Hand auf Hunters Rücken.

„Dann lass uns ausziehen. Lass uns in dein Zimmer im Mannschaftshaus ziehen. Ich möchte mit dir schlafen, ohne mir Gedanken darüber machen zu müssen, dass sie uns hören könnte."

Grant hob die Augenbrauen. „Im Mannschaftshaus haben wir auch Publikum. Die Wände dort sind sogar noch dünner."

Hunter seufzte laut auf. „Erinnerst du dich, wie ich dir erzählt habe, was ich mit diesem Stück Land machen will?" Er zeigte auf eine große freie Fläche zwischen dem Haupthaus und den Ställen.

Grant nickte.

„Lass uns dieses Haus bauen."

Grant musste schmunzeln und griff sich gleich darauf an die Rippen. „Hunter, das wird mindestens ein Jahr dauern. Was sollen wir bis dahin machen?"

Hunter lehnte sich an Grant und machte es sich gemütlich. „Ich hatte gehofft, dass es einfacher sein würde, wenn wir es allen erzählen. Ich hatte gehofft, dann müssten wir uns nicht mehr verstecken und die Heimlichtuerei hätte ein Ende."

„Ich dachte, du magst Heimlichtuerei."

Hunter lächelte. „Das wird schnell alt. Himmel, du bist genug Aufregung für mich."

„Ich weiß, Cowboy. Mir geht's genauso." Wie sollte er Hunter sagen, dass er sich zum ersten Mal in seinem Leben darauf freute, einfach nur mit jemandem zusammen zu sein? Wie sollte er ihm erklären, dass er auf ihn stand, und von einer zufälligen Berührung dieses warme Gefühl in der Magengegend bekam? Oder von einem Blick, den Hunter ihm zuwarf. Und wie sollte er das sagen, ohne wie ein Mädchen zu klingen?

„Was heißt ‚nein'?", fragte Hunter.

„Hab ich nein gesagt?"

„Du hast den Kopf geschüttelt."

Grant zuckte die Schultern. „Hab zu viel nachgedacht. Also, erzählst du mir, was Miranda gesagt hat, dass dich so beunruhigt?"

„Irgendwas darüber, das sie schon immer gewusst habe, dass ich schwul bin, weil ich ihre Titten nicht mochte."

„Hey, du magst meine", witzelte Grant.

„Ich mag deine Brustwarzen, weil du es magst, wenn ich sie lecke." Hunter hatte kein Problem damit, das zuzugeben.

„Und jetzt rate mal, wer mir das beigebracht hat!"

Hunter suchte noch mehr Grants Nähe und Grant liebkoste Hunters Schläfe.

„Sie will dich nur provozieren, Cowboy. Wenn ich mich recht entsinne, ist sie auch nicht besonders üppig ausgestattet."

„Jetzt schon. Mittlerweile hat sie einen riesigen Vorbau", meinte Hunter, schon besser gelaunt.

„Wirst du etwa wieder hetero?", fragte Grant, der allerdings nicht wirklich besorgt war.

„Nee", versicherte ihm Hunter. „Aber du hast mit Frauen geschlafen, oder?"

„Ja", erwiderte Grant wenig enthusiastisch.

„Gab es nach Christy noch andere Frauen?"

Grant musste lächeln. Seit wann war Hunter so interessiert daran, mit welchen Frauen er geschlafen hatte? „Ja", antwortete er vorsichtig.

„Ich bin nicht neugierig, ich würde es nur gern wissen."

„Ich hab mit Calley geschlafen", sagte Grant kaum hörbar.

Hunter befreite sich aus Grants Umarmung, um ihm ins Gesicht zu sehen. „Kenne ich eine Calley? Warte mal. Nicht die Calley, die mit unserem Tierarzt verheiratet ist und ein Lebensmittelgeschäft führt?"

„Genau die Calley."

„Du schlauer Fuchs. Eine verheiratete Frau?"

Grant zuckte mit den Schultern. „Lange Geschichte."

„Das sind deine Geschichten immer", lachte Hunter, der sich wieder vorsichtig an Grant anlehnte, um ihm nicht wehzutun.

Grant verzog keine Miene. „Das ist die gute Seite."

Hunter schmiegte sich enger an ihn und machte ein Zeichen, dass er verstanden hatte, was Grant mit seiner Aussage meinte. „Komm schon, spuck's aus", sagte Hunter ruhig, ohne Grant anzusehen.

Grant nahm einen etwas tieferen Atemzug. Es tat nicht mehr so weh wie noch vor zwei Wochen. „Sie war einsam und unglücklich. Bill hatte sie seit Ewigkeiten nicht mehr angefasst, weil sie all diese Kinderwunschbehandlungen gemacht hatten und ihn Sex auf Kommando völlig abtörnte. Er wohnte praktisch in seinem Auto. Meistens kam er abends nicht einmal nach Hause mit der Entschuldigung, dass es Frühjahr war und er zu allen möglichen Geburten gerufen wurde. Ich ging Gable aus dem Weg, obwohl ich zu dem Zeitpunkt bei ihm wohnte, und beschwerte mich bei ihr über die Fahrerei, wenn ich Christy sehen wollte. Irgendwann erzählte ich ihr dann, was ich für Christy getan hatte, und sie kam auf die Idee, dass ich dasselbe doch auch für sie tun könnte. Sie dachte, ich könnte sie schwängern und sie könnte dann Bill erzählen, es wäre doch noch ein Wunder geschehen. Dabei würde sie natürlich nicht erwähnen, dass das Kind gar nicht von ihm war. Wir sind ein paar Mal für eine künstliche Befruchtung in die Stadt gefahren, aber das hat nicht funktioniert. Sie konnte Bill schlecht erklären, wofür sie das Geld ausgegeben hatte, und so haben wir nach dem zweiten Versuch aufgegeben."

„Und dann hast du mit ihr geschlafen?" Hunter sah Grant an.

„Ein Jahr zu Weihnachten war ich mit den ganzen Geschenken für meine Kinder in ihrem Haus. Ich hatte eine Nachricht von Christy erhalten, dass ich nicht kommen sollte, weil Frank überraschend ein paar Tage frei bekommen hatte. Also war ich ziemlich am Boden. Calley war ziemlich beschwipst, weil Bill offiziell beschlossen hatte, auszuziehen. Eins führte zum anderen. Ich weiß nicht, wer wen verführt hat. Ich hatte ein paar Gläser Wein mit ihr, also bin ich wohl genauso schuld. Ich dachte vermutlich, dass ich mich selbst besser fühlen würde, wenn ich ihr helfen könnte."

Hunter musste schmunzeln, aber er lachte nicht. „Aber es hat nicht geklappt?"

„Doch, hat es", gab Grant zu. „Wir brauchten ziemlich viele Versuche. Tatsächlich habe ich fast ein Jahr gebraucht, bis sie schwanger wurde. Sie hat das Baby im fünften Monat verloren. Ich weiß nicht, ob Bill wusste, dass es meins war, denn zu der Zeit war ich schon bei Gable ausgezogen."

Hunter setzte sich auf und lächelte ihn an. „Du bist wirklich ein Hengst."

Grant musste grinsen. „Deswegen fühl ich mich auf einer Zuchtfarm auch so zu Hause."

Hunter lehnte sich wieder an ihn. „Ich möchte nur mit dir zusammenleben und ein Schlafzimmer teilen wie jedes andere Paar auch. Ist das zu viel verlangt?"

„Wir teilen uns ja ein Schlafzimmer", stellte Grant das Offensichtliche fest. „Ich mag es, neben dir einzuschlafen und aufzuwachen." Da. Er hatte es gesagt. Das war so nah an einer Liebeserklärung, wie er im Moment kommen konnte. Vielleicht würde er eines Tages mutig genug sein, die Worte tatsächlich auszusprechen.

„Ich möchte das für den Rest unseres Lebens, Grant", sagte Hunter so leise, dass Grant einen Moment lang überlegte, ob er sich die Worte nur eingebildet hatte.

34

GRANTS BLAUE Flecken waren verblasst und er fing wieder an, auf der Ranch mitzuarbeiten. Allerdings hatte er noch nicht wieder auf einem Pferd gesessen und Hunter wusste, woran das lag. Manchmal sah er, wie Grant zusammenzuckte. Das passierte immer, wenn er nicht aufpasste und sich ohne nachzudenken bewegte. Dann hielt er urplötzlich inne und humpelte zu einem Zaun oder einem Baum, um sich dort anzulehnen oder hinzusetzen.

„Wir sollten deine Hüfte einem Arzt zeigen", sagte Hunter eines Morgens, als sie ans andere Ende der Ranch, ganz in der Nähe zu Gables Land, gefahren waren, um dort eine kaputte Verdrahtung zu reparieren.

„Klar", antwortete Grant. „Warum fährst du nicht morgen mit ihr hin, während ich die Sättel einöle?"

Hunter brauchte einen Moment, um zu verstehen, dass Grant ihn wörtlich genommen hatte, darum kam sein Lachen etwas verspätet. „Ich meinte ..."

„Ich weiß, Cowboy." Grant nahm seine Sorge auf die leichte Schulter. „Es wird besser. Passiert schon viel weniger oft als noch vor einer Weile." Um seine Worte zu unterstreichen stand er auf und ging ein paar Schritte auf Hunter zu. „Siehst du?"

Hunter sah ihn argwöhnisch an und Grant überbrückte die Entfernung zwischen ihnen mit überraschender Schnelligkeit, um diesen Ausdruck aus Hunters Gesicht zu vertreiben. Sobald Hunter wieder lächelte, zog Grant seinen Kopf zu sich, um ihn zu küssen. Er verlor sich nur kurz in dem Kuss, doch dann drehte er sich um und hob den Draht auf, als wäre nichts gewesen.

Hunter atmete hörbar aus, denn seine Hosen waren ihm plötzlich zu eng geworden. Und dass Grant ihm auch noch seinen Hintern präsentierte, der in einer engen Jeans steckte, trug wenig dazu bei, dass seine Erregung abebbte. Er sah zu, wie Grant sich aufrichtete und umdrehte. Er hatte den Eindruck, alles liefe in Zeitlupe ab; ihm fiel nicht einmal auf, dass er sich auf Grant zu bewegte, bis er Grants muskulöse Brust an seiner fühlte, seine Hand an Grants Hinterkopf legte und seinen Mund auf Grants presste. In den vergangenen Wochen hatten sie sich oft geküsst. Von ein paar Ausnahmen abgesehen, war Küssen das Einzige, was sie getan hatten.

„Ich brauche dich", flüsterte Hunter, sein Mund nah an Grants Lippen. „Ich will deine Hände auf mir spüren. Will dich in mir."

Grant grinste. „Du wirst laut sein. Wir können nirgends hin, außer vielleicht zurück zum Truck."

„Wir sind näher an Gables Stall als an irgendwas sonst", schlug Hunter vor und löste seine Lippen dabei nur so lange von Grants, wie er brauchte, um seinen Satz zu vollenden. Grant bekam erst eine Chance zu antworten, als Hunter innehielt, um zu Atem zu kommen.

„Der Heuschober?", fragte Grant mit amüsiertem Unterton.

„Wenn du meinst, dass du es da rauf schaffst? Die Leiter ist ziemlich klapprig."

Grant rieb sein Becken gegen Hunters. Wenn sie nicht bald aufhörten, würde Hunter in seine Jeans kommen.

Grant stöhnte auf. „Für dich würd ich alles tun", flüsterte er.

Unwillig trennten sie sich, um zurück zum Truck zu gehen. Hunter fuhr durch das Gatter des Zauns, den sie vor ein paar Wochen repariert hatten. Er parkte an der Hinterseite der Scheune, denn dort würden Bäume den Blick auf den Truck versperren. Sie sprachen kein Wort. Es war schwierig genug, die Augen – geschweige denn die Hände – voneinander zu lassen. Sie mussten sich jedoch möglichst leise bewegen, um nicht erwischt zu werden.

„Zur Not können wir immer noch sagen, wir wollten nur einen Blick auf die trächtigen Stuten werfen", sagte Grant, als hätte er Hunters Gedanken gelesen. „Du weißt schon, um uns unsere Investition anzusehen."

„Sie werden uns nicht erwischen", erwiderte Hunter. Er zeigte auf die Futtertröge. „Die Pferde wurden gefüttert und Wasser haben sie auch."

„Und Bridget ist zum Glück kein besonders guter Wachhund."

Hunter nickte und kam dann näher, um Grant zu küssen. Seine Finger spielten mit Grants Haaren. „Dein Haar wird immer länger."

„Ich dachte, du magst es", antwortete Grant mit einem verlegenen Lächeln.

Hunter fuhr noch einmal mit den Händen durch Grants Haare. „Tu ich auch. Da kommen mir schmutzige Ideen."

„Ach?", fragte Grant.

„Kletter rauf und ich zeig's dir." Hunter wartete, um sicherzugehen, dass Grant die Leiter hinaufkam. Grant hatte jedoch keine Probleme. Der Heuboden sah immer noch so aus, wie sie ihn das letzte Mal hinterlassen hatten. Tatsächlich sah es so aus, als wäre seitdem niemand hier oben gewesen. Hunter beeilte sich, Grant dabei zu helfen, die Decke auszuschütteln, die sie beim letzten Mal unordentlich zurückgelassen hatten. Sie breiteten die Decke auf dem Heu aus und Grant kramte in seiner Hosentasche.

„Verdammt."

„Was ist los?"

„Wochenlang bin ich mit Kondomen und Gleitgel in meiner Tasche herumgelaufen." Grant grinste. „Und heute Morgen hab ich ein paar frisch gewaschene Jeans angezogen und vergessen, die Sachen wieder einzustecken."

„Wir lassen uns was einfallen", sagte Hunter, der sich vor Grant stellte. „Mir macht es nichts aus. Ich will dich trotzdem."

Grant hakte seine Finger in Hunters Gürtel ein und zog ihn enger zu sich.

„Dein Arm ist auch verheilt?", fragte Hunter.

„Du weißt genau, welche Teile von mir immer noch wehtun, Cowboy. Wir teilen seit Wochen ein Bett. Und sind dabei ganz brav, alles nur für Mutti."

„Wenigstens starrt sie uns nicht mehr an, als hätten wir zwei Köpfe."

Grant musste grinsen. „Ich finde, sie fängt an, mich zu mögen."

Hunter rieb seine Lenden an Grants. „Sie liebt dich heiß und innig. Auf ihre ganz eigene Weise. Aber können wir jetzt bitte aufhören, über meine Mutter zu reden?"

„Klar doch, Cowboy", sagte Grant und zog Hunter mit sich nach unten.

Obwohl sich Hunter so sehr nach Grant sehnte, dass er den Eindruck hatte, vor Verlangen platzen zu müssen, ging Grant es langsam an. Er liebkoste Hunters Rücken und knetete seine Pobacken, machte aber keine Anstalten, Hunter auszuziehen. Selbst zu Hause in Hunters Bett waren sie weiter gekommen. Oftmals hatten sie sich abends vor dem Einschlafen zum Höhepunkt gebracht und manchmal, wenn Grant in dem Moment aufwachte, in dem Hunter aufstand, hatte er ihn für ein paar heftige Küsse zurück ins Bett gezogen. Alles musste jedoch sehr leise vonstatten gehen. Sie wussten, dass sie entgegen der Wünsche von Hunters Mutter in einem Bett schliefen, und wollten ihr keinen Vorwand geben, um einzuschreiten. Obwohl Hunter mittlerweile das Gefühl von Grants Hand über seinem Mund mochte, wenn er seine Schreie unterdrückte, genoss er das Wissen, dass er sich nun gehenlassen konnte. Ihr Publikum heute Nacht bestand nur aus einem Stall voller Pferde. Die einzigen Menschen in der Nähe waren genauso verschossen ineinander wie Hunter und Grant es waren. Und einer von ihnen war Grants Ex.

Hunter hielt inne und unterbrach den Kuss.

„Was ist los?"

Hunter schüttelte den Kopf. „Hast du je hier mit …"

Grant umfasste Hunters Kinn und zwang ihn, ihn anzusehen. „Tu das nicht. Ich habe dir doch gesagt, dass das, was wir haben, überhaupt nicht mit dem zu vergleichen ist, was ich mit Gable hatte."

Hunter nickte. Grant hatte ihm das tatsächlich gesagt. Grants Beziehung zu Gable war rein sexueller Natur gewesen. Was Grant und er jedoch teilten war mehr, viel mehr. Hunter wusste das. Nur manchmal, da hatte er den Eindruck, dass er für Gable nicht genug war.

„Komm her, Cowboy. Mach dein Ding."

„Mein Ding?", fragte Hunter erstaunt.

Grant zog Hunter das Hemd aus der Hose und schob seine Hand hinein. Er ließ seine Finger so lange sacht über Hunters flachen Bauch wandern, bis er fühlte, wie sich Hunters Muskeln automatisch anspannten. Schon bevor Grant seine Hand in Hunters Jeans geschoben hatte, war dieser steif gewesen. Grants Küsse hatten dafür gesorgt, dass sein Blut südwärts gewandert war. Die Vorfreude darauf, was gleich passieren würde, zusammen mit der Erinnerung daran, wie er an diesem Ort seine Jungfräulichkeit verloren hatte, ließ ihn vergessen, dass sie nichts dabei hatten und es deswegen keine Wiederholung dieser Nacht geben würde.

„Tut mir leid", sagte Hunter leise.

„Was?", fragte Grant und unterbrach seine neckenden Berührungen.

„Ich hätte daran denken können, Kondome und Gleitgel mitzubringen. Verdammt, ich hätte auch was hier verstecken können. Schließlich ist das unser heimliches Versteck."

Grant lächelte und dann schien ihm etwas einzufallen. Er stand auf und Hunter folgte ihm mit den Augen. Grant ging zum Ende des Heubodens, wo das Dach sich nach unten neigte. Dort lag ein Haufen alter Pferdedecken und Grant griff mit einem triumphierenden Lächeln nach etwas, das sich darunter befand.

„Tada!", rief er.

Hunter nahm die kleine Flasche Gleitgel in die Hand und versuchte, in dem schummrigen Licht die Beschriftung zu lesen.

Grants gute Stimmung bekam einen Dämpfer. „Ich befürchte, die sind schon längst abgelaufen. Normalerweise haben wir immer was mitgebracht und die Sachen waren nicht mehr neu, als ich sie hier deponiert hab." Grant warf die Kondome zur Seite.

„Das hier ist auch nicht besser", sagte Hunter und schüttelte die Flasche. „Die ist fast leer und was noch drin ist, ist eingetrocknet."

Grant lachte. „Ich bin keine große Hilfe, oder?"

„Wir können die Kondome auch einfach sein lassen. Ich vertraue dir", sagte Hunter ruhig.

Grant schüttelte den Kopf. „Ja, aber ich vertraue mir nicht. Ich weiß, dass ich nicht immer vorsichtig war. Ich hab Typen in Bars aufgerissen, wenn ich ein Bierchen zu viel hatte."

„Du und Gable …?"

331

„Nein, wir haben keine Kondome benutzt. Mit ihm war es immer irgendwie spontan." „Aber du und Calley, ihr müsst doch ..." Wieder beendete Hunter den Satz nicht. Grant fand das so lustig, dass er lachen musste. „Ich hab mich zwar für Calley testen lassen, aber seitdem hab ich ja nicht gerade wie ein Mönch gelebt, Cowboy." Er beugte sich über Hunter und zwang ihn so dazu, sich hinzulegen, während er ihn leidenschaftlich küsste. „Ich werde mich wieder testen lassen und dann können wir es ohne machen. Bis dahin müssen wir einfach ein bisschen kreativer sein. Ich werde dich bestimmt nicht für ein Techtelmechtel von fünf Minuten im Heu in Gefahr bringen."

Hunter sah zu Grant auf, dessen längere, dunkle Strähnen um sein Gesicht fielen. „Ich hatte auf ein wenig mehr als nur fünf Minuten gehofft."

Grant packte Hunters Hüften und kitzelte ihm die Seiten, bis sich Hunter vor Lachen zusammenkrümmte. Im Nu lag Hunter halb auf Grant und sie küssten sich wieder, während sie ihre Körper aneinander rieben.

„Trotzdem möchte ich deine Haut fühlen", murmelte Hunter, als er versuchte, Grant weiter auszuziehen.

Grant war ihm behilflich, indem er erlaubte, dass Hunter ihm das Hemd über die Schultern schob. Dann schüttelte er die Hände, damit die Ärmel darüber fielen. Während Hunter weiterhin den Körper seines Liebhabers liebkoste und ihn leidenschaftlich küsste, zwängte Grant seine Hand wieder in Hunters Hose und umschloss damit Hunters Erektion, bis dieser ihn beiseite stieß.

„Ich will mehr", stöhnte Hunter. Der Ausdruck auf Grants Gesicht machte deutlich, dass er nach einer Erklärung für Hunters Verhalten suchte. „Du kannst mir jede Nacht einen runterholen, aber heute will ich mehr." Er stand auf und zog sich in einem Rutsch Hosen und Unterwäsche aus.

„Hör auf", forderte Grant, als Hunter nur in seinem offenen Hemd vor ihm stand. Er saß auf der Decke und zog Hunters Hüften näher zu sich, so dass Hunters Erektion genau vor seinem Gesicht war. Er sagte nichts weiter, sondern nahm einfach Hunters Schwanz in den Mund. Hunter stöhnte auf und konnte nicht verhindern, dass er sich Grant entgegenschob. Dieser jedoch ließ sich nicht aus der Ruhe bringen und seine Lippen um Hunters Schwanz verzogen sich zu einem süffisanten Lächeln. Als sie einen Rhythmus gefunden hatten, nahm Grant seine rechte Hand von Hunters Hüfte und zog seinen eigenen steifen Schwanz aus der Hose.

„Oh Mann, das sieht gut aus", stöhnte Hunter, dessen Sicht jedes Mal versperrt wurde, wenn er in Grants Mund stieß. „Ich will ..."

„Nein, willst du nicht", unterbrach ihn Grant, als er von Hunter abließ. Er legte seine Hand wieder auf Hunters Hüfte, um zu verhindern, dass sich wieder hinsetzte. „Für dich hab ich andere Pläne."

Hunter schluckte schwer, als er beobachtete, wie Grant sich die Finger leckte, um sie mit Speichel zu tränken.

„Spreiz ein wenig die Beine", bat Grant in einem Ton, dass Hunter nicht einmal auf die Idee kam, nicht zu gehorchen.

Grant lächelte, als er seine Hand zwischen Hunters Beine schob und damit keinen Zweifel daran ließ, was sein Ziel war. Hunter kreiste mit den Hüften, um Grants Fingern die Richtung zu weisen, doch das hatte Grant gar nicht nötig. Er ließ seine Finger hinter Hunters Eier gleiten und presste sie dann gegen die dahinterliegende Haut. Hunter beugte sich nach vorn und Grant kam in Kontakt mit dem Schließmuskel, der sich wie eine Blume für ihn öffnete.

„Da ist wohl jemand mehr als bereit, oder?", neckte ihn Grant.

„Verdammt, es ist viel zu lange her", keuchte Hunter, der immer noch die Hüften kreiste, um Grant dazu zu bekommen, seinen Finger in ihn zu stoßen. Er musste nicht lange warten. Beide Fingerspitzen schlüpften hinein, und auch wenn es brannte, konnte er nicht genug bekommen. Als Grant wieder seine Erektion in den Mund nahm, glaubte Hunter, jetzt sofort kommen zu müssen, doch er wollte nicht, dass es schon zu Ende war. Er warf den Kopf zurück in der Hoffnung, dass er sich zurückhalten könnte, wenn wenigstens der visuelle Stimulus ausgeblendet war. Grant stieß tiefer in ihn hinein und Hunter sah plötzlich Blitze vor seinen geschlossenen Augenlidern. Aus Reflex zog er sich etwas zurück und bereute es sofort, obwohl er wusste, dass er nur dadurch nicht völlig die Kontrolle verlor. Er beugte sich vor, um Grants verlockenden Mund zu küssen und lenkte ihn damit so lange ab, bis es ihm möglich war, sich auf Grants Schoß zu setzen.

„Ich will mehr. Will dich in mir spüren", sagte Hunter sanft, nachdem er Grant geküsst hatte. „Ich mein's ernst", fügte er noch hinzu.

„Ich weiß. Leg dich hin."

Hunter kletterte von Grant herunter und machte es sich auf der Decke bequem. Sein aufgeknöpftes Hemd überließ nichts der Fantasie. Grant schob es ihm über die Schultern, machte ansonsten jedoch keine Anstalten, Hunter weiter auszuziehen. Stattdessen liebkoste er Hunters Brust, indem er mal an einer Brustwarze leckte oder an Hunters unbehaarter Haut knabberte. Dabei bewegte er sich langsam abwärts und leckte sich die Finger, bevor er sie wieder einführte. Hunter bäumte sich auf vor Lust. Er wollte mehr, wollte, dass Grants wundervoller Schwanz ihn ausfüllte. Er konnte kaum noch einen klaren Gedanken fassen, doch er wusste, dass er Grant dazu nicht würde überreden können. Zunächst lutschte Grant noch ein bisschen an Hunters Schwanz, doch dann gab er das auf, um Hunter stattdessen zu küssen, während er ihn immer noch mit seinen Fingern fickte.

„Nimm dich selbst in die Hand", befahl Grant und auch seine eigene Stimme war längst nicht mehr ruhig.

„Ich möchte dich berühren", antwortete Hunter.

„Später. Zeig mir erst, wie du dich selbst berührst", wiederholte Grant seine Aufforderung.

Und Hunter tat es, obwohl es schwer war, sich überhaupt noch zu konzentrieren. Er war so nah davor zu kommen, dass seine Bewegungen alles andere als koordiniert waren. Er hatte sich gerade noch so weit unter Kontrolle, dass er seinen Orgasmus zurückhalten konnte. Grants Bewegungen dagegen waren koordiniert und präzise und so traf er Hunters Prostata wieder und immer wieder. Hunter streichelte seinen Schwanz, doch er wollte mehr, vor allem wollte er Grant so berühren, wie er sich selbst berührte. Aber jedes Mal, wenn er es versuchte, schlug Grant seine Hand weg und so gab er es schließlich auf.

„Besorg's dir", drängte Grant. „Bring dich zum Höhepunkt. Schrei es heraus. Zeig mir, wie sehr du es willst."

Grants Worte waren genug, dass er sich schließlich nicht länger beherrschen konnte. Eine weitere Drehung seiner Hand und Grants Finger in ihm, die ihn immer wieder an diesem speziellen Punkt berührten, reichten aus, dass er seinen Orgasmus lauter herausschrie, als er es je zuvor gewagt hatte. Mehrmals bäumte er sich auf und sein Sperma landete sowohl auf seiner als auch Grants Brust. Grant beugte sich über ihn, um ihn zu küssen.

Hunter atmete immer noch schwer, als er sich daran erinnerte, dass er ja eigentlich Grant das gleiche Vergnügen bereiten wollte. Er gab Grant einen leichten Schubs, so dass dieser auf der Decke zu liegen kam, und küsste ihn leidenschaftlich, damit auch keine Zweifel aufkamen, dass er nun die Führung übernehmen würde.

„Ich bin dran."

Grant musste lachen. „Ich denke, du warst gerade dran."

Hunter schüttelte den Kopf. „Ich bin dran, dir so einen fantastischen Orgasmus zu bescheren, dass du Sterne siehst."

Grant entspannte sich unter Hunters Berührungen, und auch wenn Hunter nach seinem eigenen unglaublichen Höhepunkt eher nach Kuscheln als nach noch mehr Sex zumute war, wusste er, dass er Grant was schuldete. Er nahm Grants Schwanz in die Hand und umfasste dabei auch seine Eier, um die empfindliche Haut darunter freizulegen. Als sich Hunter hinunterbeugte, spreizte Grant die Beine, und Hunter ergriff die Chance, mit seiner Zunge Grants Öffnung zu liebkosen.

„Oh, verdammt!", rief Grant aus und zog seine Beine näher an die Brust.

Grants starker, maskuliner Geruch stieg Hunter in die Nase und er merkte, wie sein eigener Schwanz wieder erwachte, obwohl er doch gerade erst gekommen war. Er konnte sich nicht entscheiden, was er zuerst in seinem Mund schmecken wollte. Sollte er ihn weiter mit dem Mund befriedigen? Seine Eier in den Mund nehmen? Ihm einen blasen? Schlussendlich entschied er sich dafür, Grants Eier in den Mund zu nehmen und mit der Hand seinen Steifen zu massieren. Als er den Punkt hinter Grants Eiern liebkoste, konnte er Grants Anspannung und seinen vergeblichen Versuch, sich zu entspannen, spüren. Seiner Zunge wurde der Eintritt verwehrt, als er mit ihr gegen Grants Schließmuskel stieß, also verfolgte er diesen Plan nicht weiter. Er krabbelte wieder an Grants Körper hinauf, ohne dessen Schwanz loszulassen, und beugte sich über Grant, indem er sich auf seinen freien Arm aufstützte. Er vergrub sein Gesicht in Grants Halsbeuge in der Hoffnung, dass Grant die Augen öffnen würde. Dann küsste er ihn.

„Du bist eng wie eine Jungfrau."

Grant lächelte neckisch. „Nicht immer und das weißt du, weil du mich gefickt hast."

„Einmal", stellte Hunter überflüssigerweise fest, auch wenn keinerlei Vorwurf in seiner Stimme war.

„Das ist einmal mehr, als die meisten anderen Männer, mit denen ich geschlafen habe."

„Ich war nicht dein Erster?"

Grant schüttelte den Kopf. „Vor Jahren hatte ich einen älteren Liebhaber, der nicht im Traum daran gedacht hätte, sich ficken zu lassen. Davon abgesehen …"

„Davon abgesehen warst du immer das Alphatier, der Chef im Bett, der große Macho", unterbrach ihn Hunter mit einem Grinsen.

„Ich bin nicht der Chef, wenn wir Sex haben. Du kannst es dir nie verkneifen, die Führung zu übernehmen."

Hunter küsste ihn heftig. „Und du genießt jede Sekunde!"

„Ja, das tue ich", antwortete Grant und sah Hunter dabei direkt in die Augen.

„Dann komm für mich."

Grant warf den Kopf zurück, als Hunter die Hand um seinen Schwanz schneller bewegte. Dann griff er nach Hunters Kopf, um ihn zu küssen. Er schob sein Becken Hunters Hand entgegen. Daraufhin hielt dieser still und ließ Grant einfach seine Hand vögeln. Schließlich brach Grant den Kuss ab, stöhnte laut auf und ergoss sich über Hunters Hand und Bauch.

Hunter wischte sich die Hand am Oberschenkel ab, bevor er Grant in eine Umarmung zog.

„Wir brauchen wirklich einen Ort, wo wir allein sein können", beschwerte sich Hunter. „Ich möchte deinen Namen herausschreien können, wenn du mich zum Höhepunkt bringst. Ich möchte so laut schreien und rufen und stöhnen, wie ich will, und auf niemanden Rücksicht nehmen müssen."

Grant nickte nur, während er versuchte, wieder zu Atem zu kommen. Ihre Körper waren so eng aneinander geschmiegt, wie es überhaupt menschenmöglich war.

Ihre Herzen schlugen immer noch schnell, als sie von unten Geräusche hörten.

„Warte hier, Mädchen."

„Flynn?" Hunters Mund formte die Worte lautlos.

Grant nickte.

Hunter sah, wie Grants Augen plötzlich groß wurden, denn sie konnten hören, wie unten ein Gewehr geladen wurde.

35

NACHDEM SIE auf Gables Heuboden erwischt worden waren, hatte Grant sich wochenlang unwohl gefühlt. Er hatte gedacht, sein Unbehagen hätte sich langsam gelegt, als sie eine Einladung zu einem Essen bei Calley und Bill erhielten, bei dem auch Gable und Flynn zugegen sein würden.

Er konnte sich genau an Flynns strenges Gesicht erinnern, als zunächst Hunter und dann er die Leiter heruntergeklettert waren. Dann war auch Gable aufgetaucht und hatte sie mit einem ziemlich amüsierten Grinsen bedacht. Grant war sich sicher, dass Gable genau wusste, was zwischen ihm und Hunter vorgefallen war. Da er Gables seltsamen Sinn für Humor kannte, hatte er eine ungefähre Vorstellung davon, wie komisch Gable es finden würde, dass er und Hunter es in seinem Heuschober getrieben hatten.

Er empfand nichts mehr für Gable, warum also fühlte er sich in dessen Gegenwart immer noch unwohl? Fühlte er sich derart schuldig? Wenn er alles noch einmal machen könnte, würde er ganz genauso handeln. Er würde immer noch seine Kinder seinem Liebhaber vorziehen, auch wenn die Entscheidung ihm jetzt, da er mit Hunter zusammenlebte, schwerer fallen würde als damals mit Gable. Dass Hunter über Christy und die Kinder Bescheid wusste, hieß hoffentlich, dass Grant nie wieder vor dieser Entscheidung stehen würde. Er war sich ziemlich sicher, dass Hunter verstehen würde, wie mächtig die Liebe zum eigenen Kind war, wenn Miranda erst sein Baby geboren hatte.

Dieses Gefühl von Verantwortungsbewusstsein hielt auch während des Essens mit Calley und Bill an.

Calley und Bill waren freundliche Gastgeber, auch wenn Grant und Bill bei der Geburt von Brenners Fohlen eine heftige Auseinandersetzung gehabt hatten, als Grant Calleys Ehre verteidigt und Bill das anscheinend in den falschen Hals gekriegt hatte. Danach hatten sie sich ausgesprochen, und auch wenn sie niemals beste Freunde werden würden, machte es Grant mittlerweile nichts mehr aus, im selben Raum wie Bill zu sein. Allerdings gab es zwischen ihnen immer noch Spannungen. Er konnte die Vergangenheit und seine Affäre mit Calley nicht ungeschehen machen, also war es unwahrscheinlich, dass Bill und er jemals beste Freunde werden würden. Aber sie hatten ein Patt erreicht und konnten zumindest höflich miteinander umgehen.

Calley war im Vorfeld nicht mit der Sprache rausgerückt, was der Grund für die Einladung war. Hunter und Grant waren noch nie bei ihnen zum Essen eingeladen gewesen, und schon gar nicht mit Flynn und Gable als weiteren Gästen. Calley, die schon immer sehr geradlinig gewesen war, ließ die Bombe während der Vorspeise platzen: Sie wollte noch einmal versuchen, schwanger zu werden. Obwohl Bill offensichtlich Bescheid wusste, sagte er nichts. Die anderen vier Männer starrten sich einfach nur an. Es dauerte eine Weile, bis sie Calleys Worte verkraftet hatten.

Grant war der Erste, der das Wort ergriff. Die Idee, Samenspender zu sein, war schließlich nichts Neues für ihn.

„Eigentlich brauchst du doch nur einen von uns, Calley", sagte er zu Calley, als diese den Salat auf ihrem Teller hin und herschob.

„Ich weiß", sagte sie mit einem kleinen Lächeln und ergriff Bills Hand. „Aber ich habe lange gebraucht, um Bill zu überreden, und er möchte nicht wissen, wer der Vater ist. Deswegen ist das der Kompromiss, auf den wir uns einigen konnten."

„Es ist ja nicht so, als gebe es keine anonymen Samenspender", wandte Flynn ein. „Ich bin sicher, dass man dir da im Krankenhaus weiterhelfen könnte."

Calley nickte. „Darüber haben wir auch gesprochen, aber Bill findet, wir sollten in der Lage sein, ihm irgendwann sagen zu können, wer sein richtiger Vater ist."

„Oder ihr", unterbrach Hunter.

„Oder ihr", wiederholte Calley. „Man kann nie wissen, ob es nicht mal nötig werden wird, Bescheid zu wissen."

Grant sah den Mann neben Bill an, der ebenfalls nichts sagte. Gables Blick war meilenweit weg und Grant wusste, was das bedeutete: Er dachte darüber nach und ließ sich Zeit dabei. Grant sah auch, wie Flynn Gable einen liebevollen Blick zuwarf, obwohl es diesem gar nicht auffiel.

Als Calley das Geschirr zusammenräumte, stand Grant auf, um ihr zu helfen, und folgte ihr in die Küche.

„Nun ja, ich denke, mehr konnte ich nicht erwarten", sagte Calley. Als sie etwas Abstand zwischen sich und den Rest der Gäste gebracht hatten, nahm Calley Grant die Teller ab.

„Das ist eine ziemlich große Sache, um die du da bittest." Grant legte ihr die Hand ins Kreuz und zog sie beiseite, als sich die Tür öffnete. Bill trat ein, nahm sich eine Flasche Wein und verschwand dann wieder.

„Ich weiß", erwiderte Calley, sobald Bill weg war. „Wie stehen meine Chancen, dass du noch einmal spendest?"

Grant seufzte. „Tut mir leid, Calley. Du hättest die ganze Schwangerschaft hindurch Angst."

„Wer sagt denn, dass die Fehlgeburt nicht an mir lag? Ich werde sowieso Angst haben. Es könnte wieder passieren."

„Ich weiß." Grant legte ihr beruhigend eine Hand auf den Arm, wagte aber nicht, ihr noch näher zu kommen für den Fall, dass Bill sie noch einmal unterbrach. „Aber ich denke, ich habe genug Nachwuchs. Wenn niemand anders helfen will, werd ich es machen. Ich werde dich nicht im Stich lassen. Aber lass uns erst abwarten, wie die anderen sich entscheiden, okay?"

Sie nickte. „Wie sieht's mit Hunter aus?"

„Da wirst du wohl selbst mit ihm reden müssen, fürchte ich." Grant atmete tief durch. „Aber im Moment hat er mit Miranda alle Hände voll zu tun."

„Und ich schätze, dass bereits ein Baby unterwegs ist, reicht ihm völlig", sagte Calley und beendete damit Grants Satz. „Das verstehe ich."

„Vielleicht wird Gable dieses Mal ja sagen?"

Calley lächelte traurig. „Die Argumente, die er das letzte Mal vorgebracht hat, waren ziemlich überzeugend. Er möchte seinem Kind ein Vater sein. Das kann ich ihm nicht geben."

„Er hat noch nicht nein gesagt. Er hat drüber nachgedacht, Calley."

Calley drehte sich zu Grant um und umarmte ihn fest. „Danke, dass du mir Hoffnung machst." Sie ließ ihn los und gab ihm ein paar Ofenhandschuhe. „Bringst du den Braten rein? Ich bin sicher, Bill wird ihn schneiden."

Der Rest des Essens war köstlich und sie verbrachten den Abend damit, sich darüber zu unterhalten, was auf den umliegenden Ranches und in der Stadt passierte. Es war, als hätte der Abend nicht mit so einer schwerwiegenden Frage begonnen.

Kurz vor Mitternacht fuhr Hunter sie nach Hause. Beiden war während der Fahrt kaum nach Reden zumute.

„Sie ist wirklich verzweifelt, oder?", meinte Hunter schließlich, als sie die Auffahrt hinauffuhren.

„Ja. Das ist sie schon seit langem. Ich bin bloß froh, dass Bill endlich zugestimmt hat, dass sie sich Hilfe von außen suchen."

„Das muss sehr schwer für ihn sein. Weiß er von deinen Kindern?"

Grant zuckte die Schulter. „Vermutlich. Ich bin sicher, Calley hat es ihm erzählt."

„Und sie wissen, dass ich Miranda geschwängert hab."

„Schätze, wir haben beide unsere Fortpflanzungsfähigkeit unter Beweis gestellt."

Hunter musste grinsen, als er das Auto parkte. Er stieg allerdings nicht sofort aus, sondern wandte sich Grant zu. „Ich möchte ihr wirklich helfen, aber ich kann nicht. Ich werde schon Vater, Grant. Das ist mehr als genug Stress im Moment."

„Ich weiß, Cowboy. Ich hab ihr schon gesagt, dass du vermutlich nein sagen wirst."

Hunter lehnte sich zu ihm hinüber und legte seinen Kopf gegen Grants. „Wenn Miranda nicht wäre, hätte ich vielleicht drüber nachgedacht, da ansonsten die Chance auf eigene Kinder mehr als dürftig gewesen wäre. Aber so …"

„Sie versteht das, Cowboy." Grant drehte den Kopf und küsste Hunter. Hunter reagierte wie erwartet, indem er die Liebkosung erwiderte, ohne mehr zu wollen.

„Lass uns heute im Mannschaftshaus schlafen", schlug Hunter vor. „Es ist Samstag. Die meisten der Jungs werden in der Kneipe sein. Hast du Kondome da?"

„Ist der Papst katholisch?"

Hunter ließ den Wagen wieder an und fuhr weiter zu dem anderen großen Haus auf dem Grundstück. Wie sie vermutet hatten, war es in Dunkelheit gehüllt: In keinem der Fenster brannte Licht. Grant wusste, dass nur der alte Mackenzie noch im Haus sein würde, doch der war längst im Bett. Er war einer der Arbeiter auf der Ranch, und obwohl er uralt war, war er immer noch jeden Tag bei Sonnenaufgang auf den Beinen; selbst sonntags. Zum Glück befand sich sein Zimmer im Erdgeschoss und noch dazu auf der anderen Seite vom Gebäude. Wenn sie Krach machten, würde ihn das nicht stören.

Sie hielten sich nicht lange auf, sondern beeilten sich, die Treppe hinauf und in Grants Zimmer zu kommen. In Rekordzeit hatten sie sich all ihrer Kleider entledigt und ihr Liebesspiel war hektisch. Sie waren es gewöhnt, die Geräusche, die sie machten, zu unterdrücken, doch ihre Bewegungen waren um einiges leidenschaftlicher als gewöhnlich.

„Wirst du mir ein Haus bauen?", flüsterte Hunter in Grants Ohr, sobald er wieder genug zu Atem gekommen war, um zu sprechen. Ihre Körper waren immer noch ineinander verschlungen. Hunter lag hinter Grant und hatte seine Arme eng um den älteren Mann geschlungen.

„Liebend gern, aber du wirst mir helfen müssen. Besonders, wenn du auf dicke, stabile Wände Wert legst, die keine Geräusche durchlassen."

„Mir ist noch was anderes eingefallen", fuhr Hunter in noch leiserem Ton fort. „Calley sagte, wir müssten uns für die Spende testen lassen. Nur, um weiterhin den Anschein zu erwecken, dass wir immer noch dabei sind."

Grant nickte.

„Das heißt auch, wir werden beide wissen, ob bei uns alles klar ist."

Grant wurde klar, worauf Hunter hinauswollte, und ihm wurde warm ums Herz. „Du möchtest die Kondome loswerden."

„Ich werde nicht wieder zur holden Weiblichkeit zurückkehren und es ist ja nicht so, als würde ich in dieser Gegend noch einen anderen Typen treffen können."

Grant musste schmunzeln. „Also bist du aus Mangel an Möglichkeiten mit mir zusammen?"

Hunter küsste seinen Nacken und Grant schmiegte sich noch enger an seinen Geliebten. Grant erwartete fast, dass Hunter sich entweder zurückzog oder zornig wurde, doch das tat er nicht. „Ich bin mir dir zusammen, weil ich dich liebe. Weil ich noch nie für jemanden empfunden habe, was ich für dich empfinde. Weil ich niemals mit jemand anderem zusammen sein will."

Grant schluckte schwer. Die Wärme, die sich in ihm ausgebreitet hatte, verwandelte sich in einen riesigen Knoten in seiner Magengegend. Hunter hatte das L-Wort gesagt. Noch nie hatte ein Mann das zu ihm gesagt und es auch gemeint. Er hatte keine Ahnung, wie er reagieren sollte. Es auch zu sagen, würde kitschig und billig klingen. Es nicht zu sagen, würde ihn kalt und distanziert wirken lassen. Nach ein paar Momenten des Nachdenkens drehte er sich in Hunters Umarmung um, umfasste sein Gesicht mit den Händen und versuchte alles, was er empfand, mit einem Kuss auszudrücken.

So schliefen sie schließlich ein; küssend und kuschelnd. Am Morgen würden sie nicht früh aufstehen müssen, denn Old Mac würde dafür sorgen, dass die Reitpferde gefüttert und getränkt wurden.

Es war draußen immer noch dunkel, als ein lautes Hämmern an der Tür sie weckte. Grant brauchte einen Moment, um aufzuwachen und sich aus Hunters Umarmung zu befreien.

„Schon gut!", rief er. „Lass die Tür ganz!" Er zog sich die Cordhose an, die er neben der Tür liegengelassen hatte, und stellte sicher, dass Hunter möglichst zugedeckt war, bevor er die Tür einen Spalt breit öffnete. Er blinzelte gegen das helle Licht des Flurs an und konnte gerade so Hugh erkennen. „Was ist los?"

Hugh biss sich auf die Lippe, bevor er antwortete. „Kennst du eine Frau namens Christy?"

„Ja", gab Grant zu, der jedoch noch nicht in der Lage war, einen Zusammenhang herzustellen.

„Dann kommst du besser rüber zum Haus", sagte Hugh knapp und drehte sich um. Einen Moment später kam er jedoch noch einmal zu Grants Tür zurück. „Und bring Hunter mit. Er sollte dabei sein."

Grant bekam nicht die Chance, Fragen zu stellen. Hugh hatte schon seinen Hut wieder aufgesetzt und war auf dem Treppenabsatz angelangt, bevor Grant auch nur einen Finger gerührt hatte.

„Was ist los? War das Hugh? Wie spät ist es?"

Obwohl Grant fand, dass Hunter hinreißend aussah, wie er so zwischen den zerwühlten Laken saß, sich die Brust kratzte und ihm die Haare in alle Richtungen abstanden, nahm Grant sich nicht die Zeit, den Anblick zu genießen.

„Es ist irgendwas mit Christy."

Das weckte Hunter vollends auf. „Bist du sicher?"

„Hugh sah beunruhigt aus." Er warf Hunters Hemd aufs Bett. „Zieh dich an. Er möchte, dass wir zum Haus kommen."

Nicht einmal zehn Minuten später waren sie auf der Veranda. Obwohl es vier Uhr am Morgen war, war das Erdgeschoss hell erleuchtet und Grant konnte Izzie sehen, die vom Wohnzimmer in den Flur lief. Ihr kugelrunder Bauch bezeugte ihre baldige Mutterschaft und ihre langen dunklen Haare trug sie in einem geflochtenen Zopf, der ihr über die Schulter hing. Sie öffnete die Tür, sobald die Männer davorstanden.

Grant konnte kaum seine Nerven zügeln. Wenn Christy etwas zugestoßen war, dann vielleicht auch den Kindern. Er hoffte, dass es nichts Ernstes war. Andererseits hatte sie sich wohl nicht mitten in der Nacht und über zwei Staatsgrenzen hinweg bei ihm gemeldet, um ihm mitzuteilen, dass eines der Kinder ein gutes Zeugnis bekommen hatte.

„Kommt rein, Jungs. Es ist saukalt draußen", sagte Izzie, als sie die Tür öffnete.

Grant war das nicht einmal aufgefallen. Alles, was er sah, war Izzies besorgtes Gesicht.

„Sie ist im Wohnzimmer."

Grant ging um Izzie herum und ließ sie und Hunter im Flur zurück. Als er Christy zusammen mit allen drei Kindern auf der Couch sitzen sah, atmete er so hörbar aus, dass ihm erst jetzt bewusst wurde, dass er die Luft angehalten hatte. Drei verängstigte Augenpaare sahen ihn an, und als er nickte, stürzten sich die Kinder auf ihn. Er ging zu Boden und versuchte, alle irgendwie gleichzeitig zu umarmen.

„Ist schon gut. Ihr seid sicher. Ihr seid ja jetzt hier." Nach einer Weile fiel ihm auf, wie die anderen, besonders Hunters Mutter, ihn beobachteten. „Kommt, wir setzen uns auf die Couch", schlug Grant den Kindern vor. „Da ist es viel gemütlicher."

Die Kinder wollten ihn nicht loslassen, doch es gelang ihm, sie alle irgendwie zwischen sich und Christy auf der Couch zu platzieren. Es war offensichtlich, dass die Kinder erschöpft waren, aber versuchten, wach zu bleiben. Er zog sich Lindy auf den Schoß und ließ die beiden Jungs neben sich sitzen. Dies schien alles zu sein, was sie wollten, denn innerhalb von Minuten waren sie eingeschlafen.

„Wir sollten sie nach oben bringen, damit sie in einem ordentlichen Bett schlafen können", sagte Hunters Mutter. Ihr Blick war streng, doch Grant konnte ehrliche Sorge in ihrer Stimme hören.

„Nur ein Weilchen, Ma'am", sagte Grant. „Dann tragen wir sie hoch."

„Warum machen wir nicht ihre Betten fertig, Mom?", schlug Hugh vor. „Ich bin sicher, Christy und Grant haben einiges zu besprechen."

Hunters Mutter sah von Christy zu Grant, zu den Kindern und dann zu Hunter. Dort verweilte ihr Blick so lange, dass es Hunter unangenehm wurde.

„Ich helfe gleich, sie hoch zu tragen, Mom", sagte Hunter in dem offensichtlichen Versuch, sie aus dem Zimmer zu bekommen. „Geh du ruhig ins Bett. Wir reden morgen früh."

Hugh legte Izzie einen Arm um die Hüften und alle drei verließen das Wohnzimmer.

Es war still, bis sie sicher sein konnten, dass die drei sich außer Hörweite befanden. Grant nutzte diese Zeit, um sich Christy genauer anzusehen. Er konnte erkennen, dass sie geweint hatte. Ziemlich viel. Und um ihre Augen und den Mund waren blasse Linien, die wie alte Prellungen aussahen. „Hat er dich wieder geschlagen?"

Sie nickte wortlos, die Augen auf den Boden gerichtet.

„Vor den Kindern?"

Sie antwortete nicht. Grant sah Hunter an, der ihm einen besorgten Blick zuwarf.

„Sie haben Angst, Chris. Und so wie es aussieht, haben sie schon seit langer Zeit Angst."

Christy hob den Blick. „Ich konnte nicht weg, bevor er wieder zur Arbeit ist. Sobald er gegangen war, hab ich gepackt und bin hierher gekommen. Grant, du musst dich für mich um sie kümmern. Wenigstens für eine Weile. Bis ich wieder auf eigenen Füßen stehe. Bis ich ein wenig Geld gespart habe und mich um sie kümmern kann."

„Oder bis er dich gefunden hat und dir verspricht, dass nächstes Mal alles besser wird."
Sie schüttelte den Kopf. „Es wird kein nächstes Mal geben."

„Das hast du auch früher schon gesagt." Wut stieg in Grant auf, doch er wusste, dass er sie nicht anschreien durfte. Er wollte auf gar keinen Fall die Kinder aufwecken. Sie hatten genug durchgemacht. Er betrachtete sie. Robby bewegte sich im Schlaf, doch er wurde bald wieder ruhig. „Und wo willst du hin?", fragte er sie und versuchte dabei, seine Stimme möglichst ruhig klingen zu lassen.

„Ich hab eine Freundin, die in einem großen Hotel in Vegas arbeitet. Sie sagt, sie kann mich dort als Zimmermädchen unterbringen."

Grant seufzte, doch er legte seine Hand auf ihre, um ihr seine wortlose Unterstützung zu zeigen. Er wusste nicht, was er sagen sollte. Christy hatte das nicht verdient.

„Sie meint, das Trinkgeld wäre gut und es gebe dort auch eine bezahlbare Unterkunft. Aber ich kann das nicht mit den Kindern im Schlepptau machen." Sie sah ihre Kinder an, die alle irgendwie auf oder neben Grant lagen. „Ich müsste zunächst zu den unmöglichsten Zeiten arbeiten, und da Lindy noch nicht zur Schule geht, müsste ich dann eine Tagesbetreuung für sie organisieren. Ich glaube nicht, dass ich mir das leisten kann."

„Ich werde mich um sie kümmern, Chris", sagte Grant sanft. „*Wir* werden das tun." Grant sah zu Hunter hinüber und dieser nickte, ohne zu zögern. Das entlockte Grant ein kleines Lächeln. Zu wissen, dass Hunter ihn in allem unterstützen würde, war Gold wert. „Lass mich nur wissen, wo du bist. Und sag ihnen, was du vorhast." Er blickte zu den Kindern hinüber. „Sie müssen wissen, dass du sie nicht verlassen hast."

„Sie wissen, dass ich gehen muss. Ich hab ihnen gesagt, dass sie bei dir bleiben würden, und das war das erste Mal seit langem, dass ich sie habe lächeln sehen." Ihr Blick strahlte gleichzeitig Hoffnung und Verzweiflung aus.

Grant wollte ihr sagen, dass sich alles wieder einrenken würde, doch gleichzeitig war er so unglaublich glücklich, dass sie ihrem gewalttätigen Mann entkommen war und die Kinder zu ihm gebracht hatte. Er hoffte, dass die Kinder hier sicher sein würden, und freute sich schon darauf, Vater zu spielen und ihnen beizubringen, dass nicht alle Männer Schläger waren. Er wusste, dass er wahrscheinlich viel zu weit in die Zukunft dachte, doch er machte schon Pläne, was er mit ihnen unternehmen wollte, um sie zum Lachen zu bringen und ihre Sorgen vergessen zu lassen.

Als er eine Hand auf seinem Knie spürte, sah er in Hunters braune Augen.

„Lass uns die Kinder ins Bett bringen und dann selbst etwas schlafen. Es war ein langer Tag."

Grant nickte und sah Christy an.

„Soll ich ihn tragen?", schlug Hunter vor und zeigte auf Robby, der zwischen Grant und Christy lag. Er wartete gar nicht erst auf eine Antwort, sondern hob Robby einfach auf.

„Du siehst aus, als hättest du das schon mal gemacht", sagte Christy liebevoll.

„Vielleicht ein oder zweimal, aber auf jeden Fall ist es einfacher, als einen Hund zu tragen", erwiderte Hunter mit einem Grinsen. Das weckte Robby auf, doch er tat nichts weiter als Hunter kurz anzusehen und dann seinen Arm um Hunters Hals zu legen. Dann schmiegte er seinen Kopf an Hunters Schulter. „Zumindest wehrt er sich nicht."

„Ich nehme Lindy", schlug Christy vor.

Jeder von ihnen hatte ein Kind auf dem Arm, als sie die Treppe hinaufgingen, wo sie auf Hugh trafen. Er hatte zwei Kissen in den Händen. „Mom hat eindeutige Anweisungen hinterlassen. Die beiden Jungs in Dannys Zimmer, Christy und Lindy ins hintere Gästezimmer und …" Er seufzte theatralisch und imitierte seine Schwiegermutter ziemlich überzeugend. „Ich schätze, ich werde wohl tolerieren müssen, dass Grant in Hunters Zimmer übernachtet."

Grant bekam große Augen, als er von Hugh zu Hunter schaute. „Oh, welch Ungemach!"

„Das dachte ich mir", antwortete Hugh mit einem Grinsen. Er zeigte auf das Zimmer seines Sohnes. „Danny ist wach. Wir haben zwei Gästeliegen dort aufgebaut und ihm gesagt, er soll sie nicht aufwecken. Christy? Izzie ist da drin und macht das Gästezimmer fertig. Sie wird dir helfen, Lindy zu Bett zu bringen. Wir haben auch eure Taschen aus dem Auto geholt."

„Danke", sagte Christy. Sie gab beiden Jungs einen Kuss auf den Scheitel und ging dann ins Gästezimmer.

Hunter und Grant brauchten nicht lange, um Robby und Lewis in ihre provisorischen Betten zu bringen. Nachdem sie Danny eine gute Nacht gewünscht hatten, zogen sie sich in Hunters Zimmer zurück. Während sich Grant auszog, ging Hunter ins Badezimmer. Als er zurückkehrte, lag Grant mit dem Gesicht nach unten auf dem Bett.

„Bist du noch wach?", fragte Hunter leise.

Grant nickte und drehte sich gerade noch rechtzeitig um, um zu sehen, wie Hunter unter die Decke schlüpfte. Er trug nur seine Boxershorts und Grant genoss den Moment, als Hunter sich näher an ihn schmiegte.

„Alles in Ordnung?"

Grant nickte noch einmal. Wieder wusste er nicht, was er sagen sollte. Er liebte diesen Mann so sehr, doch ihn mit den Problemen seines eigenen Lebens zu belasten, und das auch noch an diesem Punkt in ihrer Beziehung, würde nicht einfach sein.

„Es tut mir leid", murmelte Grant.

„Hast du dich gerade entschuldigt? Wofür?"

„Das ist nicht das, was du dir vorgestellt hast."

Hunter lag auf der Seite und war so nah wie möglich an Grant herangerückt. Doch nun kam er noch näher, indem er sein Kinn auf Grants Schulter abstützte.

Grant konnte Hunters Körperwärme und seinen Atem am Ohr spüren.

„Hey, ich bin derjenige, der seine Ex-Freundin geschwängert hat, du erinnerst dich? Dein Freund wird Vater. Ich schätze nicht, dass du das hast kommen sehen."

„Das ist wohl wahr", gab Grant zu.

„Komm her." Hunter lud ihn mit einer Geste ein. Er legte seine Arme um Grant und zog ihn nah zu sich. „Es ist schon fast Morgen und obwohl Sonntag ist, habe ich das Gefühl, dass wir nicht die Chance bekommen werden auszuschlafen."

Grant küsste Hunters Schläfe. „Aber dir ist schon klar, dass wir mit der Erlaubnis deiner Mutter in einem Zimmer schlafen, oder?"

Hunter schnaubte. „Als hätte das jemals einen Unterschied gemacht."

„Für mich macht es einen", gab Grant zu. „Ich meine, wir müssen immer noch leise sein. Aber jetzt kann sie sich nicht mehr einreden, dass wir nur Freunde sind."

„Schlaf", befahl Hunter und unterstrich seine Worte mit einem herzhaften Gähnen.

36

HUNTER HATTE vielleicht eine Stunde geschlafen. Die ersten Strahlen der aufgehenden Sonne krochen gerade über den Horizont, doch irgendetwas hatte Hunter geweckt, und so lag er nun im Bett und lauschte den Geräuschen eines kalten Morgens auf der Ranch. So nah bei Grant zu liegen, war immer ein Vergnügen. Grant schnarchte ein bisschen, jedoch nicht laut genug, dass es Hunter aufweckte. Er genoss einfach die Wärme und Nähe dieses großen, gut gebauten Mannes in seinen Armen. Er war ein Morgenmensch und in der Regel vor Grant wach, obwohl auch dieser kein Langschläfer war. Er mochte diese ruhigen Minuten, denn sie gaben ihm Zeit nachzudenken. Manchmal auch zu viel Zeit. Bevor Grant sein Bettgenosse geworden war, hatte er nie herumgetrödelt. Sobald seine Augen auch nur halb geöffnet waren, war er auch schon aus dem Bett und auf dem Weg zum Badezimmer. Es würde ihn höchstens zehn Minuten kosten, fertig für die Morgenarbeit zu sein, und manchmal war in dieser Zeit schon inbegriffen, dass er sein Bett machte.

Jetzt jedoch gefiel es ihm, noch ein bisschen zu verweilen. Er mochte es, mit Grant aufzuwachen und ihn zu einem Morgenquickie zu verführen, bevor sie sich an die Arbeit machten. Sie machten jeden Morgen das Bett, denn es hatte sie ziemlich nervös gemacht, als eines Tages jemand anders das Bett für sie gemacht hatte. Hunter war sich jedoch sicher, dass es den meisten Leuten im Haushalt nichts ausmachte, dass er mit Grant zusammen war. Er war sich sogar ziemlich sicher, dass selbst seine Mutter sich mit der Zeit daran gewöhnen würde. Trotzdem wusste er, dass es ihm besser gehen würde, wenn er erst einen Ort für sich hätte.

Letzte Nacht hatten Christy und die Kinder allerdings ihre Welt ziemlich auf den Kopf gestellt. Was würde nun geschehen? Würde sie für eine Weile hier bleiben? Wie würde es Grant verändern, wenn er seine Kinder ständig um sich hätte? Hunter hoffte, dass ihnen Gutes bevorstand, doch er wusste auch, dass vermutlich nicht alles glatt gehen würde. Für die Kinder war Grant nicht ihr Vater. Ihr Vater war ein Tyrann, der seine Frau schlug.

Hunter schreckte aus seinem Tagtraum hoch, als er ein leises Klopfen an der Tür hörte. Er horchte, ob ein weiteres Mal geklopft wurde, doch stattdessen rief ihn eine leise Stimme. „Hunter?"

Es war seine Schwester Bernice. „Bernie? Ich bin gleich da." Hunter versuchte, sich von Grant zu lösen, ohne ihn aufzuwecken, doch das gelang ihm nur zum Teil.

„Beeil dich. Ich hör ein Kind weinen."

Hunter ging auf, dass sie einen Großteil der Aufregung der vergangenen Nacht verpasst hatte. Er schlüpfte in seine Jeans und eilte zur Tür.

„Was ist los?", fragte Hunter seine Schwester. Bernie stand noch im Nachthemd im Flur und hatte ihr Haar in Rattenschwänzen, obwohl sie schon siebzehn war. Als sie nicht antwortete und Hunter sah, wie ihr Blick an ihm vorbei ins Zimmer wanderte, wurde ihm plötzlich bewusst, dass er nicht darauf geachtet hatte, ob Grants nackter Körper bedeckt war. Er drehte sich schnell um und zog die Decke über Grant.

„Also, wo ist dieses weinende Kind?"

Sie zeigte in Richtung des Gästezimmers, doch ihr Blick war immer noch auf Grant gerichtet. Hunter schnippte vor ihrem Gesicht mit den Fingern. „Weinendes Kind?"

Bernie kicherte schüchtern. „Er ist einfach umwerfend, Hunter. Sogar ohne Klamotten."

Hunter nickte und wurde feuerrot, doch er würde seiner kleinen Schwester nicht gestatten, seinen Liebhaber mit Blicken zu verschlingen. Bernie ging schließlich mit ihm zum anderen Endes Flurs, wo er sich etwas beruhigen konnte. Das Weinen wurde lauter und Hunter machte sich langsam Sorgen. Das konnte nur Lindy sein, aber eigentlich sollte sich Christy mit ihr in diesem Zimmer befinden. Und dann würde sie sie doch beruhigen, oder? Vielleicht war sie im Bad oder unter der Dusche.

Hunter öffnete vorsichtig die Tür und fand, was er erwartet hatte. Lindy saß auf dem großen Bett und weinte sich die Augen aus. Er hatte keine Übung darin, kleine Kinder zu beruhigen, also setzte er sich zu ihr aufs Bett und hielt ihr die Hand hin. Zunächst führte das nur dazu, dass sie noch heftiger weinte.

„Tu doch was, Hunter", verlangte Bernie.

Hunter warf ihr einen verzweifelten Blick zu. „Sehe ich so aus, als wüsste ich, was zu tun ist?"

„Nimm sie in den Arm oder so was. Das hast du bei mir gemacht, wenn ich geweint hab, als ich noch klein war."

Lindy schluchzte immer noch und Hunter dachte sich, dass es wohl nicht viel schlimmer werden konnte. Er würde sie einfach auf den Arm nehmen und zu Grant bringen. Sie wog fast nichts, als er sie vom Bett hob. Zu seiner Überraschung schlang sie ihm die Arme so fest um den Hals, dass er befürchtete, zu ersticken.

„Rede mit ihr oder so", schlug Bernie vor.

„Ssch, ist ja gut, Lindy", beruhigte sie Hunter und strich ihr sanft über ihre langen, lockigen Haare. Ihm fiel auf, dass ihr Haar sich genau wie Grants anfühlte, weich und seidig. Ihr Schluchzen ließ nach, obwohl sie nun einen Schluckauf bekam. „Ist schon gut", wiederholte Hunter.

„Du siehst gut aus, Daddy."

Hunter blickte auf und sah Grant in der Tür stehen. „Sie war verstört und ich wusste nicht, wo Christy ist."

Grant knipste die Nachttischlampe an und setzte sich zu Hunter und Lindy, wobei er ignorierte, wie Bernie seinen nackten Oberkörper anstarrte.

„Sie ist weg", meinte Grant niedergeschlagen. Er hielt eine handgeschriebene Notiz hoch, die auf dem Nachttisch gelegen hatte.

„*Von diesem Tag an gebe ich Mr Grant Jarreau die Erlaubnis, alle nötigen Entscheidungen zum Wohle der Kinder Lewis, Robert und Lindy Marshall zu treffen*", las Grant vor. „Es ist mit ‚Christy Marshall' unterschrieben."

„Ich bin sicher, das ist nicht legal."

Grant sah Hunter an. „Das ist mir egal. Ich werde mich trotzdem darauf berufen."

„Wenn ihr Mann sich auf die Suche nach den Kindern macht, bin ich sicher, dass das vor Gericht keinen Bestand haben wird."

„Denkst du, das weiß ich nicht? *Sein* Name steht auf den Geburtsurkunden *meiner* Kinder. Selbst wenn ich es drauf ankommen lasse, sprechen sie mir die beiden Jüngsten nach einem Vaterschaftstest vielleicht zu. Aber sie werden mir nicht Lewis geben. Und er ist einfach Teil der Familie."

„Beruhige dich", sagte Hunter. Er verstand, warum sein Partner aufgebracht war. Sie hatten das schon diskutiert. Lindy war praktisch in seinen Armen eingeschlafen, also konnte er sich nicht bewegen, doch er wollte Grant berühren, um ihm zu zeigen, dass er nicht allein war. „Grant, setz dich zu mir. Wir werden am Montag mit unserem Anwalt darüber sprechen. Aber im Moment müssen wir uns um diese Kinder kümmern, ihnen zeigen, dass sie nicht allein sind, und ihnen klarmachen, dass ihre Mutter sich nicht von ihnen abgewandt hat. Sie müssen begreifen, dass sie wiederkommen wird."

Hunters Worte schienen Grant zu beruhigen und Hunter war dankbar dafür. Hunter ließ Lindy so weit los, dass er Grant eine Hand in den Nacken legen konnte. Er zog ihn näher zu sich, bis sie sich an der Stirn berührten. „Ich liebe dich. Wir werden das schaffen."

Grant küsste ihn, bis Bernies Kichern sie daran erinnerte, dass sie sich immer noch im Raum befand.

„Ihr beiden seid echt süß zusammen", sagte sie mit einem amüsierten Grinsen.

Hunter ließ von Grant ab und warf ihr einen gespielt drohenden Blick zu. „Ach, werde erwachsen, Bernie."

„Ich mein's ernst", sagte sie und wippte mit den Füßen. „Ihr seid wirklich süß zusammen. Ich hab keine Ahnung, warum Mom das nicht erkennen kann."

Hunter schüttelte den Kopf und rollte mit den Augen. Bernie war nicht allzu schlimm. Er wollte sie nächstes Jahr aufs College schicken, damit sie etwas erwachsener wurde, doch er wusste, dass es ihr das Herz brechen würde, von ihren Pferden getrennt zu sein. Außerdem würde er dann eine seiner wichtigsten Unterstützerinnen verlieren. „Geh nach unten und mach uns Kaffee, Bernie. Wir sind auch gleich da."

„Tut nichts, was ihr später bereuen könntet. Lindy sieht aus, als hätte sie einen leichten Schlaf, und sie ist noch klein. Ein bisschen zu klein für eure Mätzchen, denke ich."

Hunter kniff die Augen zusammen. „Aber du würdest gern bleiben und zusehen, hab ich recht? Keine Chance, liebste Schwester. Weißt du, wir sind in der Lage, uns zu beherrschen."

Kichernd verließ sie das Zimmer.

„Lass uns nachsehen, ob die anderen schon auf sind", schlug Hunter vor.

UNGEFÄHR EINE Stunde später saßen fast alle Mitglieder des Haushalts in der großen Küche. Grant trug Jeans und ein kariertes Hemd und wendete Pfannkuchen auf dem großen gusseisernen Herd, der fast die ganze Länge der Wand einnahm. Izzie saß mit Hunter am Tisch und versuchte, die Kinder unter Kontrolle zu halten, während Hugh den Tisch für das Frühstück deckte. Bernie umschwirrte Grant, als schließlich Hunters Mutter auftauchte.

Sie wurde mit einem kollektiven „Guten Morgen" begrüßt, als sie überprüfte, was Grant da auf „ihrem" Herd fabrizierte. „Sieht gut aus", gab sie schließlich zu.

Grant war sich nicht ganz sicher, aber er meinte, mehrere erleichterte Seufzer zu hören.

„Und es riecht sogar noch besser!", rief Bernie, enthusiastisch wie immer.

„Ich hoffe, es macht Ihnen nichts aus, Ma'am", entschuldigte sich Grant bei der Matriarchin. „Bernie hat mir gezeigt, wo alles ist, und ich dachte mir, Pfannkuchen wären ein gutes Frühstück für einen Sonntagmorgen."

„Brauchst du Hilfe?", fragte Beth in ihrer stoischen Art.

Grant konnte sich ein Lächeln nicht verkneifen. Obwohl ihre Worte keine ausdrückliche Anerkennung waren, waren sie genug für Grant, denn sie hatte ihn nicht vom Herd verscheucht oder das Zimmer verlassen.

„Nein, danke", antwortete Grant zwanglos. „Schinken und Eier sind fast fertig und ich hab schon einen Berg Pfannkuchen im Ofen, um sie warm zu halten. Wir können also essen."

„Bernie, hol bitte den Sirup aus der Vorratskammer. Lasst uns diesen Kindern zeigen, wie sich ein Familienfrühstück anfühlt."

Als Grant sich umsah, lächelten Hugh und Izzie ihm aufmunternd zu und auf Hunters Gesicht spiegelte sich etwas, das für Grant wie Stolz aussah. Offensichtlich fühlten sie alle das gleiche. Es schien, als hätte sie ihn gerade in die Familie aufgenommen.

Anfangs war die Stimmung bei dem Frühstück etwas angespannt, denn die Erwachsenen tauschten über den Tisch hinweg Blicke aus und die Kinder verhielten sich schüchtern und still. Hunter war froh, dass Hugh wieder da war, und jetzt, da es Grant gut genug ging, um sich wieder der Gruppe anzuschließen, fand er, dass es aufwärts ging. Nachdem sie sich alle die Bäuche vollgeschlagen hatten und Hunters Mutter sich ins Wohnzimmer zurückgezogen hatte, schickten die Erwachsenen die Kinder nach draußen zum Spielen.

„Izzie hat mir erzählt, dass Christy verschwunden ist", sagte Hugh beiläufig, als er einen letzten Schluck aus seiner Kaffeetasse nahm.

„Ja", antwortete Grant. Er ging nicht weiter ins Detail und Hunter war nicht sicher, wie viel Grant Hugh und Izzie erzählen wollte.

„Ich denke, wenn sie sich erst mal ein neues Leben aufgebaut hat, wird sie zurückkommen", sagte Hunter schließlich, nachdem er vergeblich versucht hatte, Grants Blick einzufangen. „Sie sagte etwas davon, einen Job in Las Vegas zu finden, oder, Grant?"

Grant nickte, doch seine Gedanken waren immer noch meilenweit weg.

„Bis dahin versuchen wir einfach, ihnen zu vermitteln, dass sie hier willkommen sind. Wir werden die beiden Gästezimmer in Kinderzimmer umwandeln müssen, damit Danny sein Zimmer wiederhaben kann", fügte Hunter hinzu. „Und dann, sobald mein Haus steht, können wir alle umziehen."

„Haus?", fragte Izzie und verschluckte sich dabei fast an ihrem Kaffee.

Hunter sah Grant an, doch statt Zustimmung von ihm zu bekommen, starrte er immer noch auf die Reste seines Frühstücks.

„Wir wissen nicht, wie lange sie hier sein werden", sagte Grant nachdenklich.

Unter dem Tisch legte Hunter Grant eine Hand auf den Oberschenkel. „Auch, wenn Christy kommt, um sie abzuholen, werden wir sicherstellen, dass sie hier ein Zimmer haben. So können sie ihre Ferien hier verbringen."

Grant nickte.

„Du baust also ein Haus?", fragte Hugh, offensichtlich, weil Izzie ihm einen Stoß in die Rippen versetzt hatte.

„Ja", erwiderte Hunter. „Ich denke schon eine ganze Weile darüber nach. Die Pläne haben sich ein paarmal geändert. Zum Beispiel hätte ich nie gedacht, dass ich so viele Schlafzimmer brauchen würde, aber wenn ich auf dem Stück Land zwischen dem Haupthaus und dem Stall baue, haben wir unsere Unabhängigkeit, ohne wegziehen zu müssen. Es wäre schließlich kaum praktikabel, wenn ich außerhalb meines eigenen Landes wohnen würde."

„Und dieses Haus ist langsam etwas überfüllt", stimmte ihm Hugh zu. „Na ja, ich bin kein besonders guter Zimmermann, aber wenn du noch ein paar Hände brauchst, helfe ich natürlich gern."

Izzie gab Hugh einen freundschaftlichen Stoß. „Wir sind noch nicht einmal verheiratet und schon versuchst du, von mir wegzukommen?"

Hugh schlang die Arme um sie und zog sie an sich, wobei er sanft ihren Bauch streichelte.

Obwohl Hunter sich für seine Schwester und seinen besten Freund freute, war er doch auch eifersüchtig. Hugh würde sein Kind aufwachsen sehen; Hunter dagegen wusste nicht, ob er jemals diese Chance erhalten würde. Nicht, dass er seine Entscheidung in Bezug auf Miranda ändern würde, doch es machte ihm bewusst, dass diese Entscheidung Konsequenzen hatte. Nicht nur für ihn, sondern auch für sein ungeborenes Kind. Er sah Grant an, der immer noch grübelte, und erkannte dann, dass er keine Wahl hatte. Seine Hand lag immer noch auf Grants Oberschenkel und genau da gehörte sie hin.

Gerade, als er sich zu Grant hinüber lehnen wollte, um ihm ein leises „Ich liebe dich" ins Ohr zu flüstern, fühlte er, wie jemand an seinem Ärmel zog. Er wandte den Blick von Grant ab und sah Lindy neben sich stehen. Sie sah unglaublich schüchtern aus, als hätte sie Angst davor, wie er darauf reagieren würde, dass sie seine Aufmerksamkeit auf sich zog.

Hunter lächelte sie an und beugte sich zu ihr hinunter. „Was ist los, Süße?"

„Die Jungs sind gemein, darf ich mich zu dir setzen?"

„Natürlich, Schätzchen", antwortete Hunter und zog sie zu sich auf den Schoß. Sie machte es sich bequem, indem sie sich gegen seine Brust lehnte und sich an ihn schmiegte. Grant sah sie an, und zum ersten Mal seit Christys Weggang sah Hunter seinen Geliebten lächeln. Grant fuhr mit den Fingern durch Lindys Locken und lächelte sie an. „Da hast du wohl einen neuen Kuschelbären gefunden, oder?"

Lindy sah zu Hunter auf und dann zu Grant hinüber. Sie nickte heftig und drückte Hunter, so fest sie konnte.

Es dauerte keine zwei Minuten, da war Lindy in Hunters Schoß eingeschlafen.

„Sie haben letzte Nacht nicht viel geschlafen", sagte Grant. „Vielleicht sollten wir sie wieder ins Bett bringen."

„Damit sie in allein und in einem fremden Zimmer aufwacht, genau wie heute Morgen?" Hunter schüttelte den Kopf. „Ich sitze bequem. Von mir aus kann sie eine Weile so schlafen."

37

GRANT KONNTE ihnen stundenlang zuschauen.

Lindy klebte an Hunter wie Kaugummi an einem Schuh. Seit einer Weile gingen die Jungs mit Danny zur Schule und da Lindy allein zurückblieb, war Hunter dazu übergangen, sie früh mit in den Stall zu nehmen, wo sie helfen konnte, die Pferde zu tränken und die Boxen auszumisten. Anfangs hatten die großen Tiere ihr Angst gemacht, doch Hunter hatte ihr erklärt, was sie in ihrer Nähe tun und vor allem nicht tun durfte. Seither hatte sich herausgestellt, dass sie ein Naturtalent war. Grant blieb jedes Mal fast das Herz stehen, wenn er sah, wie sie in den Boxen herumwuselte, doch ihm war auch aufgefallen, dass die Pferde sehr vorsichtig mit ihr umgingen und genau aufpassten, wo sie gerade stand.

Grant hatte den Stiel einer Harke abgesägt, damit sie helfen konnte, ohne irgendjemandem ein Auge auszustechen, und obwohl es ein komischer Anblick war, einer Vierjährigen beim Ausmisten zuzusehen, gab sie sich die allergrößte Mühe. Was ihr an Kraft fehlte, machte sie mit Einsatz wieder wett. Allerdings brachte es Grant jedes Mal aufs Neue zum Lachen, wenn er sah, wie sie sich mit gerümpfter Nase über einen Haufen Pferdeäpfel beugte.

Obwohl es Grant glücklich machte zu sehen, dass Hunter so gut mit den Kindern klarkam, war er doch irgendwie überrascht, dass ihm selbst das Vatersein auch so viel Spaß machte, obwohl er sich mehr zu den Jungs hingezogen fühlte. Keines der Kinder war daran gewöhnt, auf dem Land zu leben, doch sie alle blühten auf und Grant war insgeheim froh, dass sie so wenig von Christy hörten. Er bezweifelte nicht, dass sie ihre Kinder vermisste, und nachts, nachdem sie sie ins Bett gebracht hatten, verzweifelte er manchmal bei dem Gedanken, dass sie eines Tages wiederkommen und sie mitnehmen würde.

„Worüber denkst du nach?", fragte Hunter und setzte sich neben ihn aufs Bett. Hunters Hand lag besitzergreifend auf Grants Oberschenkel und dieser genoss die Wärme.

„Ich habe mich gefragt, ob deine Mutter mit Christy zusammenarbeiten könnte."

Hunter hob die Augenbrauen, antwortete jedoch nicht.

„Ich weiß, dass es ein dreister Vorschlag ist, aber jetzt, da Lisa weg ist, muss deine Mutter ganz allein für die Crew kochen und ich weiß, dass das eine Menge Arbeit ist. Sie ist nicht mehr so jung, wie sie denkt, also habe ich überlegt, ob wir nicht Christy finden und ihr den Job als Köchin anbieten könnten. Auf diese Weise könnte sie hier bei uns und den Kindern sein."

„Du machst dir Sorgen, dass sie wiederkommt und dir die Kinder wegnimmt", meinte Hunter mitfühlend.

„Ich weiß, du würdest sie auch vermissen", sagte Grant.

Hunter nickte. „Sehr."

„Also, was denkst du?"

„Na ja, ich müsste erst mit Mom darüber reden und du weißt, wie sie ist, wenn es darum geht, dass Fremde in ihrer Küche arbeiten."

Grant seufzte. „Wir könnten die Küche der Crew tauglich fürs 21. Jahrhundert machen. Dann hätte Christy ihr eigenes Reich."

Als Grant seine Hand über Hunters legte, drehte dieser sie um und nahm Grants Hand in seine. „Wir müssen es ihr nur erklären. Den richtigen Moment finden. Weißt du, wo Christy ist?"

Grant schüttelte den Kopf. „Aber wir haben die Postkarte, die sie uns geschickt hat, und den Namen ihrer Freundin. Das sind zwei Anhaltspunkte, die uns weiterhelfen könnten. Wir müssten allerdings ein Wochenende oder so in Las Vegas verbringen."

„Und die Kinder bleiben hier? Nur du und ich?"

Grant nickte. Er konnte sehen, dass Hunter sich für die Idee erwärmte.

„Wir sollten zuerst mit Mom reden. Wir brauchen nicht nach Vegas zu fahren, wenn sie es für eine schlechte Idee hält."

Grant sah an Hunters Lächeln, dass er glaubte, seine Mutter überreden zu können. Er wusste auch, dass Hunter die Idee gefiel, ein paar Tage in einem Hotelzimmer ohne Familie und Kinder zu verbringen. Deshalb war davon auszugehen, dass Hunter versuchen würde, so schnell wie möglich mit seiner Mutter zu sprechen.

WIE HUNTER vorhergesehen hatte, brauchte es all seine Überredungskünste, damit seine Mutter einwilligte, und sie hatte Bedingungen. Letztendlich sah sie jedoch ein, dass alles nur zum Wohle der Kinder geschah, die auch sie liebgewonnen hatte. Also packten Hunter und Grant eine Reisetasche und fuhren mit dem Truck nach Las Vegas.

Sie beschlossen, eher zu klotzen als zu kleckern, und leisteten sich ein Zimmer im Bellagio. Von dort war Christys Postkarte gekommen und sie hofften, dass sie sie dort vielleicht bei der Arbeit antreffen würden. Nachdem sie eingecheckt hatten, erkundeten sie das Hotel und fragten alle Zimmermädchen, die sie trafen, ob sie Christy oder deren Freundin Danielle kannten. Das Glück war ihnen leider nicht hold und so landeten sie nach einigen Stunden ergebnisloser Suche in einer Sportkneipe, wo sie zu Abend essen wollten.

Ihre Bedienung war ein durchtrainierter, sportlicher, junger Mann und Grant erfasste die Eifersucht, als er sah, wie Hunter den Hintern des Typen musterte. Hunter musste es bemerkt haben, denn als sie beide die Karte studierten, fühlte Grant, wie ein Stiefel sein Bein hinauf wanderte. Plötzlich stoppte er.

„Dreh dich nicht um, aber Delco ist hier."

Obwohl es ihm schwerfiel, nicht hinzusehen, rückte er näher an Hunter heran, damit niemand ihr Gespräch mithörte. „Izzies Delco? Der kleine Wicht mit dem großen Ego?"

„Genau der", antwortete Hunter. „Er steht mit ein paar Freunden an der Bar und so, wie es aussieht, hat er ein paar beeindruckende Geschichten zu erzählen."

„Kannst du hören, was er sagt?"

Hunter schüttelte den Kopf.

Grant stand von seinem Stuhl auf. „Bestell mir ein Steak, halb-durch und mit allem Drum und Dran."

Hunter fasste ihn am Handgelenk. „Was tust du? Er weiß, wie du aussiehst, weißt du nicht mehr?"

Grant legte den Kopf schief. „Ich weiß. Ich werd vorsichtig sein. Ich bin nur neugierig."

Grant wusste, dass er Hunter nervös machte. Aber er hatte mit dem Kerl noch eine Rechnung offen, und obwohl er hoffte, dass es nicht zu einer Konfrontation kam, sehnte sich seine Faust danach, Delco zu beweisen, dass er kein Schwächling war. Vielleicht bekam er seine Chance, vielleicht auch nicht. Er ging unauffällig an ihnen vorbei, um sicherzustellen, dass Delco gerade dabei war, vor seinen Freunden anzugeben. Grant gab vor, die Karte zu studieren, während er sich am anderen Ende der Bar herumdrückte, in Hörweite von Delco und seinen Freunden.

Es dauerte nicht lange, bis er alles Wichtige gehört hatte, und er machte einen Umweg durch die Bar, um wieder an ihren Tisch zurückzukehren, wo Hunter auf ihn wartete.

„Tu das bloß nie wieder", knurrte Hunter.

„Hast du für uns bestellt?"

„Ja, hab ich. Aber ich mein's ernst. Mir ist fast eine Ader geplatzt, als ich gesehen hab, wie nah du an ihm vorbeigegangen bist. Was, wenn er in dem Moment aufgesehen hätte?"

Grant musste lächeln. „Er hat damit angegeben, dass er Pferde stiehlt. Hat seinen Kumpels erklärt, wie man das anstellt."

„Er stiehlt Pferde?", fragte Hunter und er zog seine Augenbrauen so weit hoch, dass sie fast an seinen Haaransatz stießen.

„Genau", erwiderte Grant ruhig. „Er sagte, der Trick sei, es nach einem Puma aussehen zu lassen. Dazu zerschneidet man nicht den Zaun, sondern legt eine Decke drüber, um ihn dann runterzudrücken. Und er sprach auch davon, einen Truck mit abgenutzten Reifen zu benutzen, um keine Spuren zu hinterlassen."

„Wir haben seit dem Frühling Zäune repariert, die solche Schäden aufwiesen", sagte Hunter. Es fiel ihm schwer, nicht seine Stimme zu erheben. „Der hat Nerven."

„Ganz genau. Er hat seinen Freunden erzählt, dass die Rancher davon irritiert seien, dass junge, untrainierte Pferde verschwinden. Aber Delco hat einen Käufer. Und dadurch wird es einfacher, es nach einem Raubtier aussehen zu lassen. Ich bin dafür, Delco zu folgen, ihn in eine dunkle Gasse zu zerren und ihn ordentlich zu vermöbeln."

„Grant!", wies ihn Hunter zurecht. „Du kannst nicht einfach losgehen und Leute zusammenschlagen!"

„Hast du eine bessere Idee?"

„Wir müssen ihn in flagranti erwischen. Klang es, als hätte er einen neuen Coup geplant?"

„Oh, ja", erwiderte Grant selbstsicher. „Er sagte, es sei so leicht, dass er ohne weiteres davon leben könnte. Und es ist weniger Arbeit, als beim Rodeo zu arbeiten."

„Dann lass uns Christy finden und nach Hause fahren, um ihm eine Falle zu stellen."

Sie schliefen kaum in ihrem luxuriösen Hotelzimmer, einerseits, weil sie zum ersten Mal seit Wochen allein waren, und andererseits, weil sie aufgeregt Pläne schmiedeten, wie sie Delco beim Pferdestehlen erwischen könnten. Nachdem sie zweimal miteinander geschlafen hatten – einmal überstürzt und einmal mit mehr Genuss – schliefen sie eng umschlungen ein, genauso, wie sie in den vergangenen Monaten geschlafen hatten. Obwohl ihre Nacht kurz gewesen war, standen sie aus Gewohnheit bei Morgengrauen auf.

Sie versuchten es noch einmal bei den Zimmermädchen, doch als das wieder nichts brachte, entschieden sie, ihr Glück in anderen Hotels am Strip zu versuchen. Zufällig fiel Grants Blick auf das Bild einer Stripperin in einem der eher zwielichtigen Hotels und er erkannte sie als Danielle. Er rief die Nummer auf dem Poster an und sie wurden zu einem kleinen Club abseits des Strip weitergeleitet.

Als Danielle sie eintreten sah, erkannte sie Grant sofort. „Grant, es ist schön, dich zu sehen!"

Grant nickte. Er konnte sehen, dass Danielle nicht völlig entspannt war, obwohl sie ihnen ihr einladendstes Lächeln schenkte. „Eigentlich sind wir auf der Suche nach Christy. Wir hatten gehofft, du wüsstest, wo sie ist. Sie sagte, du könntest ihr einen Job als Zimmermädchen in einem der großen Hotels beschaffen." Grant beschloss, dass sie am weitesten kämen, wenn sie sich einfach dumm stellten.

„Ich werde ihr sagen, dass du nach ihr gefragt hast", sagte Danielle abweisend, sobald ihr klar wurde, dass die Männer nicht wegen ihrer Dienste hier waren.

„Danielle, wir sind elf Stunden gefahren, um sie zu sehen", hielt Grant dagegen. „Wenn du weißt, wo sie ist, musst du uns das sagen."

Sie nahm einen Untersetzer von der Bar. „Schreibt euer Hotel und eure Zimmernummer hier drauf und ich sag ihr, dass sie euch anrufen soll."

Grant wollte protestieren, doch Hunter hielt ihn davon ab. „Wenn sie bis heute Abend nicht angerufen hat, kommen wir wieder, Danielle. Wir sind hergekommen, um Christy zu sehen, und wir werden nicht verschwinden, bevor wir nicht wenigstens mit ihr gesprochen haben."

Danielle nickte, sah ihnen jedoch nicht in die Augen. Hunter kannte Danielle nicht, doch er war sich sicher, dass sie Christy anrufen würde, sobald sie gegangen waren, also drängte er Grant aus dem Club.

„Cowboy, ich wollte, dass sie sie anruft, während wir dabei sind", sagte Grant auf dem Weg zu ihrem Hotel.

„Das hätte sie nicht getan", erwiderte Hunter. „Sie sind befreundet, Danielle nimmt sie offensichtlich in Schutz."

„Du denkst, Christy strippt auch?"

Hunter seufzte. „Möglich wäre es", sagte er vorsichtig.

Grant schüttelte den Kopf. „Das würde sie nicht tun. Sie würde ihren Körper nicht verkaufen. Sie ist ein typisches Kleinstadtmädchen."

Obwohl sie immer noch mitten auf dem Strip waren, nahm Hunter Grants Hand in die seine. „Wenn man verzweifelt ist, tut man eben manchmal verzweifelte Dinge."

„Ich weiß", sagte Grant kaum hörbar. Sein Verstand sperrte sich gegen die Vorstellung, aber zumindest war er dankbar, dass Hunter ihn eher betroffen als mitleidig oder gar eifersüchtig ansah. Sicher, er hegte Gefühle für Christy. Es hatte eine Zeit gegeben, da waren sie zwei verlorene Seelen gewesen, die einander Trost gespendet hatten. Die Gewissheit, dass da immer jemand sein würde, der einem den Rücken stärkt, hatte ihnen immer Kraft gegeben. Jetzt jedoch hatte Grant das Gefühl, seine Freundin im Stich gelassen zu haben.

In ihrem Hotelzimmer angekommen, sank Grant aufs Bett und Hunter setzte sich zu ihm. „Alles wird gut werden, Grant. Sie wird anrufen", sagte er und legte Grant eine beruhigende Hand auf den Oberschenkel.

„Ich hab sie im Stich gelassen, Cowboy. Ich hätte sie besser beschützen müssen."

Hunter schüttelte den Kopf. „Sie ist erwachsen. Und als Erwachsene treffen wir unsere eigenen Entscheidungen. Manche sind rückblickend vielleicht nicht die klügsten, aber wir haben sie getroffen und müssen dann auch mit ihnen leben."

Grant schmiegte sich gerade in Hunters beruhigende Umarmung, als sie ein Klopfen an der Tür hörten.

Hunter stand auf, um die Tür zu öffnen, und über seine Schulter hinweg konnte Grant sehen, dass es Christy war. Zu Grants Erleichterung sah sie noch genauso aus wie damals, als sie Hunters Haus verlassen hatte. Sie trug auch immer noch einfache, unauffällige Kleidung. Er hatte Angst gehabt, dass sie plötzlich wie ein Showgirl aussehen würde.

Sobald sie einen Schritt ins Zimmer getan hatte, umarmte Grant sie fest.

„Hey, lass mich los, Schmusebär", sagte Christy nach einer Weile. „Mir geht's gut."

Obwohl er und Hunter beschlossen hatten, sie behutsam zu überreden, konnte Grant sich nicht beherrschen. „Komm mit uns nach Hause, Chris. Bleib nicht hier. Es ist nicht gut für dich, wenn du so weit von den Kindern weg bist. Sie brauchen dich."

LETZTENDLICH WAR es nicht schwer für Hunter und Grant, Christy zu überreden, mit ihnen zurück nach Idaho zu kommen. Ihr Job im Hotel brachte gerade genug Geld ein, um ein Einzimmerappartement zu bezahlen. Als sie jedoch versucht hatte, es Danielle gleichzutun und zu strippen, hatte sie feststellen müssen, dass sie es einfach nicht tun konnte. Das Angebot, auf der Ranch als Köchin zu arbeiten, war ein Geschenk des Himmels. Und natürlich vermisste sie auch ihre Kinder, wie sie zugeben musste.

Die Fahrt nach Hause dauerte lange, doch Hunter und Grant vertrieben sich die Zeit damit, dass sie Pläne schmiedeten, wie sie Delco eine Falle stellen könnten. Gleich am nächsten Morgen fuhren sie ins Büro des Sheriffs, um sich seiner Unterstützung zu versichern, da sie hofften, Delco auf frischer Tat zu ertappen, so dass der Sheriff ihn gleich verhaften könnte.

Da sie Angst hatten, Delco könnte noch Helfer auf der Ranch haben, erarbeiteten sie einen Überwachungsplan mit nur einer Handvoll Leuten, die in die ganze Sache eingeweiht waren. Diese Personen waren Hugh, Tim und natürlich Hunter und Grant. Hugh hatte beschlossen, Izzie nicht einzubeziehen, da sich ihre Schwangerschaft dem Ende zuneigte und sie sich in letzter Zeit leicht aufregte.

Trotz des Neuschnees brachten sie ein paar Pferde auf eine Weide, die etwas weiter weg vom Haus lag und über einen guten, stabilen Unterstand verfügte, in dem man sich verstecken und die umliegende Gegend beobachten konnte. Die Weide war abgelegen genug, um einen Pferdedieb in Versuchung zu führen, und sie hatten genügend junge Pferde zum Weiden dorthin gebracht, die als Köder dienen konnten. Jetzt konnten sie nur noch warten.

Nach ungefähr einer Woche unglaublich langweiliger und eiskalter Nächte wurden die Männer langsam unruhig. Sie hatten die Geschichte vom Puma weiterverbreitet, um vor den Cowboys, die ihnen manchmal Gesellschaft leisteten, einen Grund für ihren Beobachtungsposten abgeben zu können. Das gab ihnen auch eine Entschuldigung für die Gewehre, die sie trugen, falls Delco nicht allein agierte. Die Puma-Geschichte sorgte auch dafür, dass alle besonders aufmerksam waren, denn die Männer wussten, was so ein Tier einem Mann antun konnte, wenn es sich in die Enge gedrängt fühlte.

Grant und Hunter übernahmen in der Regel die Nachtschicht, denn es gab ihnen einen Vorwand, um miteinander allein zu sein. Da Christy sich nun um die Kinder kümmern konnte, war es ihnen möglich, länger weg zu sein. Außerdem nahmen sie an, dass sie nachts die besten Chancen hatten, Delco zu erwischen.

Sie hatten dem Sheriff gerade über Funk eine gute Nacht gewünscht, als sie Motorengeräusche hörten. In der kalten Nachtluft und der Dunkelheit des Neumonds wurden die Pferde schnell unruhig und Hunter beruhigte sie, während Grant kurz nach draußen ging in der Hoffnung, etwas zu sehen. Nach einer Weile kam er zurück und blies warme Luft in seine Hände.

„Oh, er ist es." Grant grinste von einem Ohr zum anderen. „Und er ist nicht allein. Da ist noch ein anderer Typ bei ihm."

„Wer?", fragte Hunter leise.

„Erinnerst du dich an Rory? Den Rumtreiber, den Hugh einige Wochen vor meiner Ankunft eingestellt hatte und der irgendwann einfach nicht mehr aufgetaucht ist? Ich denke, das ist er."

„Verdammt, du denkst also, Delco hat das schon gemacht, als er noch mit Izzie zusammen war?"

„Na ja, es sind schon Pferde verschwunden, bevor er hier angefangen hat zu arbeiten, oder?"

Hunter nickte. „Mistkerl", fluchte er. „Wir müssen sie festnageln. Ich möchte, dass dieser Rodeoreiter mit dem erbsengroßen Hirn für eine lange Zeit hinter Gittern verschwindet."

„Selbst wenn wir ihn schnappen, kann es passieren, dass er bald wieder draußen ist", antwortete Grant pragmatisch.

„Ich weiß." Hunter seufzte. „Also, wie wollen wir es machen?"

„Ruf den Sheriff zurück und sag ihm, er soll herkommen. Du bleibst hier und ich geh außen rum, um mich von hinten heranzupirschen."

„Nein", protestierte Hunter entschieden. „Ich geh außen rum."

„Cowboy, das ist nicht die beste Gelegenheit, um unsere erste große Meinungsverschiedenheit zu haben", flüsterte Grant, der sehr nah an Hunter herankam. Er gab Hunter einen leisen Schmatzer auf den Mund. „Du sprichst mit dem Sheriff, es sind schließlich deine Pferde."

Hunter gab nach und nickte Grant zu. „Na gut."

Grant nahm sich eins der Gewehre, doch bevor er den Unterstand verlassen konnte, hielt Hunter ihn an seinem Mantel fest.

„Um Himmels Willen, sei bloß vorsichtig da draußen, okay?"

Grant nickte. „Du auch. Pass auf, dass er dich hier nicht in eine Ecke drängt." Er verlor keine weitere Zeit, denn er wusste sehr wohl, dass er den Unterstand eigentlich nicht verlassen wollte; außer im Tausch für ein warmes Bett. Allerdings wollte er das hier endlich hinter sich bringen, damit Hunter aufhören konnte, sich um seine Pferde Sorgen zu machen.

Er entfernte sich von den Truck, aus dem er Delco hatte aussteigen sehen. Er umrundete den Unterstand und hielt auf eine Baumgruppe zu in der Hoffnung, dass sie ihm genügend Deckung geben würde, während er sich den Männern näherte, die zum Unterstand liefen. Als er sich ins Gebüsch duckte, sah er, wie die Männer eine Decke über den Zaun warfen und ihn niederdrückten. Danach holte Delco ein paar Seile und ein provisorisches Halfter aus dem Truck und sie gingen hinüber zum Unterstand. Grant konnte sehen, dass sie Ausschau hielten, ob sie jemand beobachtete, doch langsamer wurden sie deshalb nicht. Grant hoffte, dass Hunter in der Lage gewesen war, den Sheriff zu überreden, mitten in der Nacht hier heraus zu fahren. Es war nebensächlich, dass sowohl er als auch Hunter Delco um einen Kopf überragten. Er wollte sich nicht vorstellen, was passieren könnte, wenn einer der Diebe eine Waffe trug und sich unter Druck gesetzt fühlte.

Grant passte sich ihren Bewegungen an und lief, wann immer sie liefen. Er versuchte, sie im Auge zu behalten, während er selbst sich außerhalb ihres Blickfeldes bewegte. Sie sahen sich ein weiteres Mal um, bevor sie im Unterstand verschwanden.

Grants Herz setzte aus. Was, wenn sie Hunter entdeckten? Sein Cowboy hatte keine Möglichkeit, zu verschwinden! Er blieb still und betete, dass Hunter sich zwischen den ungefähr zwanzig jungen Pferden verstecken konnte, die sich im Unterstand drängten. Dann hörte er lautes Rufen. Die Pferde rannten nach draußen, doch keiner der Männer folgte ihnen. Grant stand auf und war unschlüssig, was er nun tun sollte: Sollte er seine Deckung aufgeben und zum Unterstand laufen oder lieber warten und hoffen, dass die Männer ohne Hunter wieder auftauchten?

38

HUNTER WUSSTE, dass es nur eine Frage der Zeit war: Der Sheriff war auf dem Weg und Grant gab ihm Rückendeckung. Trotzdem hatten sie ihn in eine Ecke gedrängt. Delco und sein Kumpan würden den Unterstand betreten müssen, um die Pferde herauszulocken, und wenn sie ihn dann entdeckten, würden sie sich bestimmt nicht ohne Widerstand geschlagen geben.

Hunter atmete ein paar Mal tief durch, um seine Nerven zu beruhigen. Er musste einen kühlen Kopf bewahren, denn es ging hier nicht nur um sein eigenes Wohlergehen, sondern auch um Grants. Und das seiner Pferde. Er konnte sie nicht aufs Spiel setzen, indem er irrational oder aus Angst handelte. Nein, er musste Ruhe bewahren und bis zum letzten Moment im wahrsten Sinne des Wortes den Kopf unten halten.

Sie hatten darüber gesprochen, wie sie Delco stellen wollten. Sie mussten ihn erwischen, wenn klar war, dass er mindestens ein Pferd stehlen wollte. Im besten Fall würde das Pferd schon eine Art Halfter tragen, damit eindeutig ersichtlich war, dass Delco es wegführen wollte.

Hunter drückte sich in eine dunkle Ecke und fühlte sich durch die Anwesenheit der Pferde beruhigt. Er würde einfach abwarten müssen. Doch für wie lange? Er lauschte, ob er Fußtritte hören konnte, doch obwohl er bei Grants Weggehen das Knirschen von Schnee gehört hatte, konnte er jetzt keinen Laut vernehmen.

Plötzlich wurden die Pferde am Eingang des Unterstands unruhig und rannten hinaus. Die restlichen Tiere folgten sofort. Die Kälte von draußen schlug ihm entgegen und Hunter zitterte, als sein Adrenalinspiegel stieg. Als er einen Mann sah, der mit wild wedelnden Armen in seine Richtung rannte, versuchte er, mit der Holzwand hinter sich zu verschmelzen, obwohl er ahnte, dass es hoffnungslos war. Er atmete erst wieder, als der Mann den Pferden hinterher lief, offensichtlich ohne Hunter entdeckt zu haben.

Er atmete heftig und musste sich zurückhalten, um nicht auch nach draußen zu laufen. Er musste Delco genug Zeit geben, um eines der jungen Pferde einzufangen, ihm ein Halfter umzulegen und es zum Pferdehänger zu führen. Wie lange würde das wohl dauern? Eine Minute? Fünf? Bestimmt würde Grant eine Möglichkeit finden, ihm ein Signal zu geben. Verdammt! Hunter wünschte sich, dass sie die Nächte im Unterstand dazu genutzt hätten, einen genaueren Plan zu schmieden, anstatt immer neue Wege zu finden, um sich gegenseitig warmzuhalten. Sie hatten nur diese eine Chance.

Dann wurde ein Gewehr abgefeuert und Hunter rannte so schnell aus dem Unterstand, dass ihm der Kopf schwirrte. Fast automatisch entsicherte er sein eigenes Gewehr und zielte damit auf alles, was sich bewegte, doch außerhalb des Unterstands herrschte Chaos. Die Pferde rannten über die kleine Weide in dem Versuch, einen Ausgang zu finden, und drei Männer taten es ihnen gleich.

Grant schrie sie an, stehen zu bleiben, und plötzlich ging einer der Männer zu Boden. Es war zu dunkel, um zu sehen, ob Blut floss, doch Hunter schickte trotzdem ein Stoßgebet gen Himmel. Immerhin war es nicht Grant, denn der schrie Delcos Namen. Ein weiterer Schuss fiel und die Pferde stoben auseinander. Diesmal kam der Knall vom anderen Ende der Weide und alle erstarrten. Sogar Delco hielt inne, und aus dem Augenwinkel konnte Hunter sehen, wie Grant sich auf den Rodeoreiter warf, bis er schließlich auf ihm saß. Als Hunters Beine ihm wieder gehorchten, ging er vorsichtig auf den anderen Mann zu, das Gewehr immer noch im Anschlag.

„Sieht so aus, als hättet ihr hier alles unter Kontrolle", sagte der Sheriff in seiner gewohnt lässigen Art. Er ging zu Grant und Delco hinüber. „Du schon wieder! Hab ich dir nicht gesagt, dass du gefälligst aus meinem Bezirk verschwinden sollst? Du bist verhaftet, du Witzbold."

Grant ließ von Delco ab und stand auf, so dass der Sheriff ihn an seiner Jacke auf die Füße ziehen konnte. „Das sieht nicht gut aus, Delco", fuhr der Sheriff fort. „Auf frischer Tat ertappt bei dem Versuch, Pferde zu stehlen. Und du hast noch nicht einmal deine Masche geändert, damit bist du wohl für alle anderen gestohlenen Pferde auf dieser Ranch ebenfalls verantwortlich. Hätte sicher auch geholfen, wenn du noch woanders geklaut hättest, aber so muss ich auch noch von Stalking ausgehen. Du hast dir diese Ranch ausgesucht, um dich an den Leuten hier zu rächen. Richtig?"

„Niemals!", rief Delco. „Ich hab auch andere Ranches beklaut!"

„Hast du?", fragte der Sheriff. „Wo?"

„Die Hope Ranch", entfuhr es Delco.

„Ist das so?"

„Denen ist nicht mal aufgefallen, dass Pferde fehlten, denn sie haben so viele davon!"

Der Sheriff schüttelte den Kopf und drehte sich zu Hunter um. „Ich nehm sie fest, du hilfst mir hoffentlich, sie zurück zum Revier zu bringen. Ich muss auch eure Aussagen aufnehmen, aber das kann bis morgen warten, damit wir alle vorher eine Mütze Schlaf bekommen."

Grant ging zu dem Rumtreiber hinüber, der immer noch mit dem Gesicht nach unten im Schnee lag. Er half ihm auf und der Mann folgte ihm, ohne sich zu wehren. So konnten Hunter und Grant ihn leicht zum Wagen des Sheriffs hinüberbringen.

Am nächsten Morgen kam der Sheriff wieder, um Fotos von Delcos Truck und der Decke zu machen, mit der er den Maschendrahtzaun flachgedrückt hatte. Im Haupthaus nahm er dann Hunters und Grants Aussagen auf, während sie alle eine Tasse Kaffee tranken.

„Was wollte der Sheriff hier?", fragte Izzie, die ihnen im Flur über den Weg lief, als sie den Sheriff gerade zur Tür gebracht hatten. Grant entging nicht, dass sie langsam wie ein gestrandeter Wal aussah. Es schien fast so, als wäre sie mit mehr als einem Baby schwanger.

„Lass uns reingehen und ich erklär es dir", sagte Hunter. Er legte ihr einen Arm um die Schultern und führte sie zurück ins Wohnzimmer.

Er setzte sie auf die Couch, brachte ihr ein Kissen für ihren Rücken und reichte ihr eine Tasse Tee, bevor er sich neben sie setzte. Zu diesem Zeitpunkt war sie schon fast außer sich vor Aufregung.

„Es geht nicht um Hugh, oder? Sag nicht, Lisa will uns das Leben schwermachen. Ich glaube nicht, dass ich das ertragen könnte. Sie hat versprochen, die Papiere zu unterzeichnen, bevor ich mein Baby bekomme!"

„Schon gut, Schwesterherz", sagte Hunter und streichelte ihren Oberschenkel. „Darum geht es nicht. Wir haben den Pferdedieb erwischt."

„Habt ihr?" Diese Neuigkeit schien ihre Laune zu verbessern.

„Ja, und er kennt sich ziemlich gut hier aus."

„Wer ist es? Jemand, der mal hier gearbeitet hat?"

„Ja, Rory, sein Mittäter, hat mal hier gearbeitet, aber er ist nicht derjenige, der die Strippen gezogen hat."

„Ach kommt schon, Jungs. Das hier ist doch kein Ratespiel", beschwerte sich Izzie ungeduldig.

„Izzie, es ist Delco", sagte Hunter ruhig.

„Del…? Dieser Mistkerl!" In einer ungewöhnlich fließenden Bewegung war sie auf den Beinen und hatte die Hände zu Fäusten geballt. „Was zum Henker? Wie kommt der dazu, uns das anzutun?"

Hunter zog sie in Richtung Couch, doch sie setzte sich nicht hin. „Ganz ruhig, Schwesterherz. Der Sheriff hat ihn verhaftet und sie versuchen, den Käufer für die Pferde zu ermitteln, damit sie ihn auch drankriegen können. Es sieht so aus, als hätte er es speziell auf uns abgesehen. Aber wenn an seiner Angeberei etwas dran ist, dann hat er auch auf der Hope Ranch Pferde gestohlen. Nur haben die sich nie bei der Polizei gemeldet."

„Geht's dir gut, Schatz?", fragte Hugh, der zur Tür hereinkam und sofort auf Izzie zuging. „Ich hab dich schreien gehört. Ist alles in Ordnung?"

„Ja, mir geht's gut." Izzie gestikulierte Hugh, dass alles in Ordnung war. „Es ist nur dieser verflixte Delco. Ich wünschte, der Kerl wäre mir nie über den Weg gelaufen. Ich kann nicht glauben, dass ich mal gedacht habe, der könnte ein Teil meines Lebens sein." Hugh legte ihr einen Arm um die Schultern und das schien Izzie zu besänftigen. „Ich bin so froh, dich zu haben."

Es fiel Grant schwer, nicht in ein herzhaftes Lachen auszubrechen, als er die Achterbahn der Gefühle sah, die Izzie heimsuchte. Hunter war einfach nur glücklich, dass sie Hugh hatte und sich nicht an seiner Schulter ausweinen würde. Erst als sich Grant neben ihn setzte und ihm eine Hand aufs Knie legte, wurde Hunter bewusst, wie glücklich er darüber war, Grant bei dieser Sache an seiner Seite zu haben. Wenigstens war die Anspannung wegen der verschwundenen Pferde nun vorüber und der Übeltäter gefunden. Hunter war froh, dass es letztendlich doch kein Puma gewesen war, denn er hasste es, sie zu erschießen. Um seine Ranch zu schützen, hätte er es jedoch getan.

Hunter gähnte und lehnte sich bei Grant an, als sie beobachteten, wie Hugh Izzie beruhigte.

„Hey, schlaf nicht ein", flüsterte Grant.

„Hab letzte Nacht nicht viel Schlaf bekommen. Hatten Nachtwache. Und dann ist uns ein Pferdedieb in die Falle gegangen", sagte Hunter in einem übertriebenen John-Wayne-Akzent.

Grant musste schmunzeln. „Und danach warst du ja auch ziemlich aufgeregt."

Hunter nickte. Als sie es endlich ins Bett geschafft hatten, hatte er nicht einschlafen können. Grant hatte gemeint, Hunter wäre wohl noch nicht erschöpft genug, also hatten sie Sex in ihrem – in Hunters – Zimmer gehabt. Hunter hatte sein Gesicht im Kissen vergraben müssen, weil er nicht aufhören konnte zu stöhnen.

„Wir brauchen wirklich unser eigenes Haus", sagte Hunter leise.

„Warum besorgen wir uns nicht ein bisschen Holz und stecken schon mal den Umriss ab? Du hast doch die Pläne, oder?", schlug Grant vor.

„Draußen liegt Schnee", stellte Hunter fest.

„Aber das würde uns etwas geben, worauf wir uns freuen können."

Hunter musste zugeben, dass das verlockend klang. Jetzt, da die Tiere in Sicherheit waren, hatte er Muße, an andere Dinge zu denken, und das Haus stand ganz oben auf seiner Liste. „Ich werde Holz bestellen müssen, wenn wir mit dem Bauen anfangen wollen, sobald das Wetter es zulässt."

„Außerdem werden wir Hilfe brauchen. Wir können das nicht allein schultern."

Hunter nickte. „Ja, ich weiß. Flynn und Gable haben ihre Hilfe angeboten, ebenso wie Tim und Hugh. Ich schätze, Hugh sucht einfach nur nach einer Ausrede, um das Haus verlassen zu können, damit er nicht ständig Izzie betutteln muss."

Grant lachte. „Sie fängt tatsächlich an auszusehen wie ein gestrandeter Wal."

„Ja, sie fühlt sich vermutlich auch wie einer."

Grant bemerkte, wie angespannt Hunter war. „Denkst du an Miranda?"

Hunter zuckte die Achseln. Er gab es gegenüber Grant ungern zu, aber er dachte tatsächlich an Miranda und daran, wie schuldig er sich fühlte, dass er nicht für sie da war. „Sie wird mein Baby bekommen, Grant. Und sie hat niemanden, der sie unterstützt." Seine Augen wanderten hinüber zu Izzie, die sich zu Hugh auf die Couch gesetzt hatte.

„Dann solltest du sie vielleicht besuchen", schlug Grant ohne zu zögern vor.

Hunter setzte sich auf, um Grant ins Gesicht zu sehen, nur um festzustellen, dass Grant keine Scherze machte.

„Ich mein's ernst, Cowboy. Du nützt mir nichts, wenn du schlecht gelaunt und mürrisch bist. Fahr zu ihr und rede mit ihr. Je besser du dich mit ihr verstehst, desto besser für das Kind. Außer natürlich, du möchtest im Leben deines Kindes keine Rolle spielen."

„Natürlich möchte ich das!", antwortete Hunter wie aus der Pistole geschossen. „Es gibt nichts, was ich mehr möchte. Ich wünschte, es könnte hier auf der Ranch aufwachsen, so wie deine Kinder. Eine große, glückliche Familie. Aber Miranda geht noch nicht einmal als Telefon."

Zu Hunters Überraschung stand Grant auf und ging in den Flur, um ihre Mäntel zu holen. „Lass uns gehen."

„Wohin …?"

„Ich fahr dich in die Stadt, damit du Miranda besuchen kannst."

„Grant, ich glaube nicht …"

„Sag einfach nichts. Wenn der Berg nicht zum Propheten kommt, muss der Prophet eben zum Berg kommen. Oder so ähnlich."

Hunter hatte keine Einwände. Er war allerdings unglaublich nervös. Würde er das können? Er sah Grant an, der ihm bedeutete, endlich seinen Mantel anzuziehen.

„Ich würde lieber das Haus überwachen", witzelte Hunter. Als er sah, wie Grant die Augen rollte und den Kopf schüttelte, gab er seine Gegenwehr jedoch auf. Grant hatte recht, er konnte das nicht länger hinausschieben.

Als sie in die Stadt fuhren, war Hunter froh, dass Grant hinterm Steuer saß. Er selbst konnte keinen klaren Gedanken fassen und schon gar nicht hätte er sie von A nach B chauffieren können, ohne irgendetwas zu rammen. Seine Hoffnungen verflüchtigten sich, als er Mirandas Haus sah. Die Vorhänge waren zugezogen und der Briefkasten quoll über.

„Verdammt", fluchte Grant und sah Hunter mitfühlend an. Ihnen wurde klar, dass Miranda wohl nicht ans Telefon gegangen war, weil sie schon lange nicht mehr zu Hause gewesen war.

„Ihre Mutter lebt am anderen Ende der Stadt", sagte Hunter, der sich düster erinnerte, dass Miranda das einmal erwähnt hatte.

SIE BRAUCHTEN zwei Stunden und mussten sich durchfragen, bis sie endlich das Haus gefunden hatten, in dem Mirandas Mutter lebte. Als sie aus dem Truck ausstiegen, wurden sie von einer griesgrämig aussehenden Frau begrüßt.

„Sie sind Hunter?", fragte sie.

Hunter nickte.

„Sie will sie nicht sehen."

„Geht es ihr gut?", fragte Grant, da Hunter nichts sagte.

„Den Umständen entsprechend, schätze ich."

„Den Umständen entsprechend?", fragte Grant.

„Und wer sind Sie?", fragte die Frau.

„Ich bin Grant, Hunters … Freund."

Die Frau antwortete nicht. Stattdessen wandte sie sich an Hunter. „Sie können reinkommen." Dann wieder an Grant gewandt: „Sie bleiben hier draußen."

Hunter sah Grant an, um sich seiner Zustimmung zu versichern, bevor er hineinging, doch Grant wagte es kaum, ihm zuzuzwinkern.

39

GRANT WARTETE eine gefühlte Ewigkeit. Er lief auf dem Gehweg neben dem Truck auf und ab und stieg dann ein, um auf das Armaturenbrett einzutrommeln. Dann stieg er wieder aus und starrte die Tür an, durch die Hunter verschwunden war. Verdammt! Er wollte mit ihm da drinnen sein, mit seinem Geliebten. Er hasste die Tatsache, dass man ihn nie als Hunters Partner akzeptieren würde. Er würde immer nur ein „Freund" sein, nichts weiter.

Gerade, als Grant dem Vorderreifen des Trucks einen Fußtritt verpasste, kam Hunter aus dem Haus. Grant konnte seinen Gesichtsausdruck nicht deuten. Er schien aufgeregt zu sein, sah aber nicht glücklich aus. Das war kein gutes Zeichen.

„Und?", fragte Grant, als sie beide wieder im Truck saßen.

„Lass den Motor an."

„Nicht, bevor du mir nicht gesagt hast, was da drinnen passiert ist", sagte Grant, der sich von Minute zu Minute unwohler fühlte.

„Könntest du mich bitte einfach nur ins Mercy Hospital fahren?"

Grant ließ den Wagen an. „Das ist eine ziemlich lange Fahrt."

„Fahr einfach los, Grant."

Grant parkte aus und fuhr in Richtung Interstate. An der letzten Ampel vor der Ausfahrt ergriff Hunter endlich das Wort.

„Ich bin Vater, Grant. Ich habe einen Sohn."

Grant lächelte und sah zu seinem Geliebten hinüber. „Meinen herzlichen Glücklich, Cowboy. Aber es ist nicht alles eitel Sonnenschein, oder?"

Sie wurden von den Autos hinter ihnen angehupt, bevor Hunter antworten konnte.

„Warte einen Moment", sagte Grant. Er fuhr über die Ampel und suchte sich vor der Auffahrt einen Platz, wo er parken konnte. „Du wirst es mir sagen müssen, bevor wir weiterfahren. Wenn du mich mit solchen Sachen überraschst, übernehme ich nicht die Verantwortung für die Konsequenzen."

Hunter ergriff Grants Hand und drückte sie. „Miranda war im Haus. Sie sagt, sie möchte das Kind nicht sehen."

Grant fiel praktisch die Kinnlade herunter. „Sie möchte ihren eigenen Sohn nicht sehen?"

„Sie sagt, sie kann mit einem kranken Kind nicht umgehen. Also fahr mich einfach dahin, damit ich ihn mir selbst ansehen kann."

„Was hat er denn?"

„*Grant!*"

„Schon gut, schon gut." Grant fädelte sich wieder in den Verkehr ein. Er würde all seine Konzentration brauchen, um sie sicher zum Krankenhaus zu bringen, aber er wollte auch wissen, was Miranda Hunter erzählt hatte. Was hatte sie mit „ein krankes Kind" gemeint? War er eine Frühgeburt und konnte immer noch sterben? Oder war es etwas noch Ernsteres?

Auf dem ganzen Weg sagte Hunter keinen Ton und selbst, als sie auf den Parkplatz des Krankenhauses einbogen, blieb er still. Grant befürchtete das Schlimmste.

Allerdings wusste Hunter scheinbar, was zu tun war. Er hatte den Namen einer Ärztin, und als sie nach ihr fragten, wurden sie auf die Kinderintensivstation verwiesen.

„Mr Krause? Miss Bocanovic hat mir gesagt, Sie würden irgendwann hier auftauchen."

Grant wollte Hunter gegen die unausgesprochene Anklage in der Stimme der Ärztin verteidigen, doch er biss sich auf die Zunge. Hunter war alt genug, um seine eigenen Schlachten zu schlagen.

Hunter war überraschend ruhig. „Ich habe gerade erst erfahren, dass ich einen Sohn habe. Ich würde ihn gern sehen."

Das schien die Ärztin zu besänftigen. „Nun gut. Was hat Ihnen Miss Bocanovic erzählt?"

„Sie sagte, er hätte irgendeine Missbildung und müsste operiert werden."

Sie nickte. „Sie hat die Einverständniserklärung unterschrieben, doch ihr fehlt das Geld für die Operationen."

„Er braucht mehr als eine?"

Grant legte Hunter eine Hand auf Hunters Rücken und hoffte, dass die Geste nicht zu auffällig war. Hunter reagierte nicht.

„Er hat eine Spina Bifida", fuhr die Ärztin in professionellem Ton fort.

„Was bedeutet das?", fragte Hunter.

„Es bedeutet, dass er unten an der Wirbelsäule eine Missbildung, einen sogenannten Offenen Rücken, hat. Wir müssen operieren, um das zu schließen und den Schaden zu minimieren. Außerdem müssen wir in seinem Gehirn einen Shunt legen, damit Flüssigkeit ablaufen kann."

Grant konnte sehen, dass die Erklärungen der Ärztin Hunter nur noch weiter verwirrten, also griff er ein. „Was bedeutet das für das Baby? Wird er behindert sein?"

„Das ist sehr wahrscheinlich", antwortete die Ärztin sachlich. „Es ist schwer vorherzusagen, doch die meisten Kinder mit Spina Bifida haben erhebliche Probleme beim Laufen und der Kontrolle der Blase. Einige haben auch Entwicklungsdefizite." Sie entzog sich weiteren Fragen. „Ich werde nachsehen, ob er stabil genug ist, so dass Sie ihn sehen können, Mr Krause."

„Wir wollen ihn beide sehen", antwortete Hunter sehr zu Grants Überraschung. Sie sah Grant an und nickte ihm zu. Offensichtlich war sie mit der Situation nicht ganz glücklich, konnte sie jedoch nicht ändern.

Nachdem sie gegangen war, blieben Hunter und Grant allein im Wartezimmer zurück und Hunter ließ sich von Grant umarmen, der ihn fest in die Arme schloss. „Alles wird gut, Cowboy", sagte er leise. „Alles wird sich zum Guten wenden." Grant hasste diese leeren Floskeln, besonders, da er nicht wusste, ob sie der Wahrheit entsprachen, doch er wollte unbedingt etwas sagen, um Hunter zu trösten.

„Ich weiß", sagte Hunter. Er befreite sich aus Grants Umarmung und rieb sich mit der Hand übers Gesicht.

Grant wusste, dass die Sorgenfalten auf Hunters Gesicht nicht so bald wieder verschwinden würden. Er dankte dem Himmel, dass er mit perfekten Kindern gesegnet war, und verstand Hunters Sorge trotzdem nur zu gut. Die Jahre, in denen er ums Haus geschlichen war, nur um einen kurzen Blick auf seine Kinder zu erhaschen, waren ihm noch deutlich im Gedächtnis.

Eine Krankenschwester erschien in der Tür. Ihr Lächeln war viel einladender als das der Ärztin und sie bat sie, ihr zu folgen. Nachdem sie sich die Hände geschrubbt und weiße Kittel übergezogen hatten, führte sie sie zu einem Brutkasten. In dem Brutkasten lag ein winziges Kind. Es hatte eine viel zu große Mütze auf und war von kleinen Schläuchen umgeben.

„Er kam einen Monat zu früh auf die Welt, also ist er ziemlich klein, aber er entwickelt sich überraschend gut. Sie können Ihre Hand durch dieses Loch stecken, um ihn zu berühren", sagte sie mit einem mitfühlenden Lächeln. „Machen Sie sich nicht so viele Gedanken über all die Geräusche und das Piepen. Darum kümmern wir uns. Wenn Sie etwas brauchen, lassen Sie es mich einfach wissen."

Sie ließ die Männer allein und so standen sie da und starrten das kleine Kerlchen an.

„Setz dich hin", sagte Grant schließlich. „Tu, was sie vorgeschlagen hat. Steck deine Hand da durch und berühr ihn vorsichtig."

Zögerlich setzte Hunter sich hin und tat, was Grant ihm vorgeschlagen hatte. Grant legte ihm eine Hand auf die Schulter und Hunter entspannte sich langsam.

„Er ist so winzig."

Grant drückte Hunters Schulter. „Das sind sie alle kurz nach der Geburt. Er wird wachsen. Bevor du dich versiehst, wirst du ihm das Reiten beibringen."

„Da bin ich mir nicht so sicher", erwiderte Hunter. „Die Ärztin meinte, dass er vielleicht nicht einmal laufen können wird."

Grant sah sich um und entdeckte einen Hocker, den er sich heranzog, so dass er sich neben Hunter setzen konnte. „Damit können wir umgehen, oder? Wir werden einen Weg finden."

„Ich kann nicht glauben, dass Miranda ihn nicht sehen will." Hunter streichelte sanft die Finger des Babys und der kleine Junge gähnte. Er sah zufrieden aus.

„Vielleicht fühlt sie sich schuldig oder so", vermutete Grant.

„Sie ist seine Mutter", zischte Hunter. „Er braucht sie."

„Ich denke, du solltest einen Namen für ihn aussuchen", sagte Grant in der Hoffnung, dass das Hunter ablenken würde.

„Wieso meinst du, dass er noch keinen hat?"

Grant zuckte die Achseln und zeigte auf ein Kärtchen, das am Brutkasten angebracht war. Auf der Karte war ein Bär abgebildet und die Worte „Bocanovic, Junge" standen darauf. „Hat Miranda einen Namen erwähnt?"

Hunter schüttelte den Kopf.

„Dann schätze ich, dass du wählen kannst."

Für eine lange Zeit sagte Hunter gar nichts, doch dann atmete er plötzlich tief durch. „Meinst du, sie wird mir erlauben, ihn nach meinem Vater zu nennen?"

„Warum nicht?", sagte Grant mit einem breiten Lächeln. „Ich denke, dass sich auch dein Vater darüber gefreut hätte."

„Es ist ja nicht so, als wäre das sein erster Enkel. Danny war der Erste."

Grant nickte und streichelte sanft Hunters Rücken. „Schon, aber das hier ist der Sohn seines Sohnes. Und obwohl ich glaube, dass er auf Danny stolz gewesen wäre, denke ich, dass er auf Matthew ganz besonders stolz gewesen wäre, weil er ein Krause ist."

„Matthew Krause. Das klingt gut."

NACHDEM SICH Matthew von den zwei Operationen erholt hatte, brachten sie ihn an einem wunderschönen Frühlingstag nach Hause. Sie machten einen Umweg zum Haus von Mirandas Mutter. Miranda erklärte sich bereit, ihren Sohn zu sehen, doch halten wollten sie ihn nicht. Also fuhren sie schließlich nach Hause, mit Matthew friedlich schlafend in seinem neuen Kindersitz.

Auf der Ranch angekommen, stellte Hunter Matthew seiner Großmutter, seinen Tanten und seinem Cousin vor und ging dann mit ihm nach draußen. Grant sah, wie Hunter zur Rückseite des Hauses lief und konnte nicht anders, als ihm zu folgen. Unter einer großen Eiche befand sich der kleine Familienfriedhof, auf dem Hunters Vater begraben war, sowie einige andere Verwandte, die Grant nicht kannte. Grant musste lächeln, als er erkannte, was Hunter tat. Er blieb auf Abstand, da er Hunters Privatsphäre respektieren wollte, konnte allerdings seine Stimme hören.

„Hallo Dad. Schau mal, wen ich mitgebracht habe. Ich hätte nie gedacht, dass es wieder einen Krause auf dieser Ranch geben würde, aber hier ist er. Das ist Matthew. Gefällt dir der Name? Ich weiß, dass du vermutlich denkst, es war unnötig, ihn nach dir zu benennen, aber es gab einfach keinen passenderen Namen. Ich bin so stolz auf ihn, Dad. Er ist ein Kämpfer, genau wie du. Und da er vermutlich mein einziger Sohn bleiben wird, sollte ich das hier nicht vergeigen. Ich werde mein Bestes geben, Dad, so wie du es mir beigebracht hast. Mehr kann ich nicht tun."

Als Hunter in Schweigen verfiel, kam Grant näher und setzte sich neben seinen Geliebten auf die Bank. „Dein Dad wäre sehr stolz auf dich."

„Das weiß ich", sagte Hunter mit einem abwesenden Lächeln. „Ich wünschte nur, er könnte hier sein, um seinen Enkel kennenzulernen. Andererseits hat er hier die beste Aussicht der Welt." Er ließ seinen Blick über die majestätischen Felder vor ihnen schweifen. Die Felder wurden von Bäumen begrenzt und am Horizont weideten Pferde. So weit man sehen konnte war der Ausblick einzigartig.

„Bis dahin, wo der Himmel die Erde berührt", meinte Grant nachdenklich.

„Es gibt keinen schöneren Platz auf Erden", stimmte Hunter zu.

40

ALS HUNTER und Grant ihr neues Haus mit einer Feier einweihten, färbten sich die Blätter an den Bäumen bereits bunt. Obwohl es in letzter Minute noch einige Änderungen an den Plänen gegeben hatte und das Haus etwas kleiner war als das Haupthaus, in dem die restliche Familie wohnte, war es ein beeindruckender Anblick. Hunters Mutter blieb mit Izzie, Hugh und ihrer kleinen Tochter, Danny und Bernie im alten Haus. Auch Christy hatte sich entschieden, mit den Kindern dort zu bleiben. Für sie war das leichter, da sie in der großen Küche arbeitete, und Grant sah die Kinder ohnehin jeden Tag. Christy kümmerte sich auch um Matthew, wenn die Männer arbeiteten, doch nachts hatte das Baby sein eigenes Zimmer im Haus seines Vaters.

Sie hatten die Terrasse mit einer Rampe versehen und die meisten Zimmer befanden sich im Erdgeschoss – nur um auf der sicheren Seite zu sein, sollte das für Matthew notwendig werden. Doch davon abgesehen sah es aus wie alle anderen Ranchhäuser im Bezirk.

Hunter strahlte vor Stolz, jetzt, da sie mit der Arbeit fertig waren.

Ihre Gäste kamen gegen Mittag und brachten sowohl Stühle als auch Essen mit. Calley brachte ihre Zwillinge mit und meinte, Bill hätte zu viel zu tun, um auch zu kommen. Die Zwillinge verbrachten allerdings mehr Zeit auf Flynns Schoß als in ihren Körbchen. Zusammen mit Izzies Tochter und Matthew brachte das die Anzahl der Babys auf vier. Danny spielte mit den älteren Kindern und Hunters Mutter beobachtete alles mit dem Stolz einer Großmutter.

Alle, die beim Bau geholfen hatten, waren nun gekommen, um mit ihnen den Einzug zu feiern, und Hunter spürte die Zuneigung seiner Gäste. Er hätte nie gedacht, dass die Menschen, die ihm am meisten bedeuteten, den Mann in seinem Leben so leicht akzeptieren würden. Der, über den er sich am meisten Sorgen gemacht hatte, war Gable.

Gable war immer für Hunter da gewesen. Er war jahrelang Hunters bester Freund gewesen und Hunter war im Gegenzug immer zur Stelle gewesen, wenn Gable seine Hilfe gebraucht hatte. Allerdings war Grant Gables Ex und sie hatten sich nicht gerade einvernehmlich getrennt. Lange Zeit hatte Hunter befürchtet, dass seine Liebe zu Grant ihn seinen besten Freund kosten könnte.

Gable und Grant hatten Frieden geschlossen. Sie hatten es geschafft, einander zu vergeben, und so konnte Gable ihm jetzt das wortlose Verständnis entgegenbringen, nach dem er sich immer gesehnt hatte. Gable war kein Mann vieler Worte, doch er hatte ihnen eifrig beim Hausbau geholfen. Manchmal hatte Hunter sogar beobachtet, wie Grant und Gable gemeinsam über etwas lachten, und das war mehr, als er je zu hoffen gewagt hatte.

Während des Baus war auch Hunters Respekt für Flynn gewachsen. Er war ein guter Handwerker und hatte keine Angst vor Höhen, also hatten er und Grant die meisten Arbeiten auf dem Dach erledigt. Hunter fand, dass er sich weiter als auf einen Pferderücken nicht vom Erdboden weg bewegen musste, und Gable konnte mit seinem Bein keine Leiter erklimmen. So war es ihnen zugefallen, den beiden Dachdeckern das Material heranzuschaffen.

Die Art, wie sich Gable und Flynn in der Öffentlichkeit verhielten, war Beweis genug für Hunter, dass man zeigen konnte, dass man sich liebte, ohne gleich die eigene Mutter in Verlegenheit zu bringen. Auch hier hatte sich viel getan. Hunters Mutter war langsam aufgetaut und mittlerweile behandelte sie Grant genau wie Hugh, ihren anderen Schwiegersohn. Sie verlangte von beiden, dass sie hart arbeiteten und ihre bessere Hälfte fürstlich behandelten. Sie verlangte von Grant genau das Gleiche wie von Hugh und Hunter konnte sich nichts Besseres wünschen.

Eine große Überraschung war jedoch Lisas Ankunft. Hunter hatte sich umgehört, um herauszufinden, wo sie steckte, und um sie nach Hause einzuladen. Doch er hatte nichts von ihr gehört, daher war ihr Auftauchen eine wirkliche Überraschung.

Sie und Jack fuhren in seinem alten Truck vor und Hunter machte sich Sorgen, dass das Musikgeschäft wohl doch nicht so golden war, wie Lisa es sich ausgemalt hatte. Sie sah jedoch glücklich aus und obwohl ihr Wiedersehen mit Hugh ein bisschen peinlich war, begrüßte sie Danny mit Küssen und Umarmungen. Lisa zeigte stolz ihren Babybauch vor, also gratulierte Hugh scherzhaft seinem Bruder dazu, seine Exfrau geschwängert zu haben.

Alle blieben bis Sonnenuntergang und dann wurde es Zeit, die Kinder ins Bett zu bringen.

Obwohl es nicht so geplant gewesen war, hatten einige Arbeiten in letzter Minute dazu geführt, dass der Abend der Einweihungsfeier auch ihre erste Nacht im neuen Haus sein würde. Alles roch immer noch neu, und obwohl sie reichlich gelüftet hatten, damit sich der Malergeruch verflüchtigte, war nicht zu übersehen, dass alles noch brandneu war.

Während Hunter nach seinem schlafenden Sohn sah, schloss Grant die schwere Eingangstür und verbannte damit den Rest der Welt nach draußen. Hunter fand ihn, als er gerade seine Finger über die Schnitzereien gleiten ließ, die er an dem Tag begonnen hatte, als sie die Grundrisse auf dem noch schneebedeckten Boden abgesteckt hatten.

„Das ist auf jeden Fall die bestaussehende Tür auf dieser Seite der Rockies", scherzte Hunter.

„Und du bist der bestaussehende Mann auf dieser Seite der Rockies", antwortete Grant, als er sich umdrehte, um Hunter in den Arm zu nehmen.

„Du meinst, auf der anderen Seite gibt es einen Mann, der besser aussieht?"

Grant stieß Hunter einen Finger in die Rippen. „Es gibt viele Männer, die besser aussehen, aber ich will nur diesen hier."

„Freut mich, das zu hören", flüsterte Hunter, der Grants Ohr küsste.

„Schläft Mattie?", fragte Grant.

„Wie ein Stein", lächelte Hunter.

Grant grinste. „Er kommt nach seinem Vater. Gib ihm was Ordentliches zu essen und halt ihn warm und er ist eingeschlafen, bevor du Gute Nacht sagen kannst."

Nun war es an Hunter, Grant einen Finger in die Rippen zu stoßen, was nicht so einfach war, da Grant ihn fest umarmte. „Wir haben hart gearbeitet. Du liegst schließlich auch nicht lange wach."

Grants Gesicht wurde ernst. „Also, was denkst du? Kannst du lange genug wach bleiben, um dieses Haus einzuweihen?"

Hunter schob Grant gegen die Tür und verschlang ihn mit einem Kuss. Dann ließ er von ihm ab. „Solange wir das in der Waagerechten erledigen können."

Obwohl Hunter auf dem Weg zu Matthews Zimmer durch den Flur gekommen war, war er nicht in ihrem Schlafzimmer gewesen. Sie hatten am Morgen schnell das Bett gemacht, weil sie gewusst hatten, dass sie später keine Energie mehr dazu haben würden. Doch danach waren sie nicht mehr in dem Zimmer gewesen.

Sie hatten noch keine Vorhänge, doch an der Gardinenstange war ein großes Plakat befestigt: „Genießt den Rest eures gemeinsamen Lebens", stand darauf. In kleineren Buchstaben war darunter geschrieben: „Wir jedenfalls werden die Ruhe genießen."

„Christy", sagte Grant, gerade als Hunter meinte: „Izzie."

In der Mitte des Betts stand ein riesiger Obstkorb. Um ihn herum waren Rosenblüten verstreut worden.

Hunter prustete los. „Ich frage mich, ob das was bedeuten soll. Obst?"

Grant brach in Gelächter aus, bevor er plötzlich Hunter zu sich zog, um ihm den Nacken zu küssen. Gerührt von der Geste, beugte Hunter den Kopf nach hinten in der Hoffnung, seinem Geliebten noch näher zu kommen. Doch dann fühlte er plötzlich, wie sich Zähne in sein Fleisch gruben. „Oh verdammt, bist du plötzlich zum Vampir mutiert?"

Grant hielt ihn fest. „Nein, aber du bist meine Frucht und du siehst so lecker aus, dass ich unbedingt in dich rein beißen will."

Sie umarmten sich immer noch, als sie zum Bett hinübergingen, wo Hunter sich umdrehte und hinsetzte. Er zog Grant zwischen seine Beine. „Ich werde dir zeigen, dass du zum Anbeißen bist." Er sah zu Grant auf, als er zunächst Grants und dann seine Jeans aufknöpfte. Grants Augen folgten ihm und ein Lächeln breitete sich auf seinem Gesicht aus, bis Hunter seinen halbsteifen Schwanz in den Mund nahm.

„Oh Mann, ich werd mich nie daran gewöhnen, welchen Effekt du auf mich hast", sagte Grant. Sein Satz endete in einem Stöhnen.

Mit seiner freien Hand versuchte Hunter, Grants Hose weiter herunterzuziehen, doch da Grant es mochte, wenn seine Klamotten eng saßen, war das nicht einfach. „Ich übernehme meine, wenn du deine übernimmst", stieß Grant schließlich hervor. Hunter ließ widerstrebend von ihm ab und Grant zog seine Jeans nach unten, während er beobachtete, wie Hunter das Gleiche tat.

Hunter stellte den Obstkorb in eine Ecke und zog mit Schwung die Tagesdecke vom Bett, so dass es im Zimmer Rosenblüten regnete.

Als sie nackt waren, stürzte sich Grant auf Hunter, bis sie eng umschlungen auf dem Bett lagen. Hunter blickte nach unten und kämmte mit seinen Fingern durch Grants dunkle Locken. „Himmel, ich liebe dich."

Zunächst erwiderte Grant nichts darauf, doch dann breitete sich langsam ein Lächeln auf seinem Gesicht aus. „Weißt du, du sagst diese Dinge und ich hab keine Ahnung, wie ich reagieren soll. Wenn ich mit ‚Ich liebe dich' antworte, klingt es, als würde ich es nur sagen, weil du es grad gesagt hast. Aber wenn ich es nicht sage, denkst du, ich würde dich nicht lieben. Dabei weißt du, dass ich das tue. Du weißt, dass ich nie für jemanden empfunden habe, was ich für dich empfinde."

„Außer vielleicht für deine Kinder?", fragte Hunter. Plötzlich begann sein Herz zu rasen und er wusste nicht einmal, warum. Die anderthalb Jahre ihrer Beziehung waren nicht einfach gewesen, hauptsächlich, weil sie so schlecht darin waren, über die wirklich wichtigen Dinge zu sprechen. Aber Vieles war besser geworden. Sie lagen jetzt in ihrem eigenen Bett, das in ihrem eigenen Haus stand. Alle, die ihnen wichtig waren, wussten von ihrer Beziehung. Sie waren nackt, was immer zu Sex führte. Hungriger, leidenschaftlicher, rückhaltloser, explosiver Sex. Also warum begann Grant gerade jetzt eine ernste Diskussion?

„Was ich für meine Kinder empfinde, ist etwas anderes. Ich bin für sie verantwortlich. Ich muss dafür sorgen, dass sie glücklich aufwachsen und dass sie sich über die harten Seiten des Lebens keine Gedanken machen müssen, bis sie auf ihren eigenen Füßen stehen."

„Und ich muss nicht glücklich sein?", fragte Hunter. Sobald die Worte seinen Mund verlassen hatten, fand er, dass sie ziemlich armselig klangen, gerade so wie Miranda immer geklungen hatte, wenn sie gejammert hatte.

Grant lächelte Hunter an und schüttelte den Kopf. „Das ist genau der Unterschied. Ich bin nicht für dein Glück verantwortlich."

„Da liegst du falsch", meinte Hunter ernst. „Ich war ein mürrischer, übellauniger Mistkerl, bevor du aufgetaucht bist." Er kuschelte sich noch enger in Grants Umarmung.

„Du warst auch ziemlich übellaunig, als ich schon hier war", stellte Grant klar.

„Du hast das geändert und darüber bin ich froh. Mir war gar nicht klar gewesen, wie unglücklich ich war, bis du mir gezeigt hast, dass es auch anders sein kann."

Grant liebkoste Hunters Kinn, so dass dieser ihn ansehen musste. „Ziemlich beeindruckend, wenn man bedenkt, dass es mir genauso unangenehm war zuzugeben, dass ich eigentlich auf Männer stehe."

Hunter beugte sich über Grant und küsste ihn sanft. Er streichelte Grants Oberkörper und fuhr mit den Fingern durch sein Brusthaar, das genauso lockig war wie die Haare auf seinem Kopf. Sie lagen Haut an Haut, kein Stoff trennte sie voneinander, und es fühlte sich eher intim als sexuell an, obwohl Hunter nicht bezweifelte, dass sie letztendlich miteinander schlafen würden. Ein Teil von ihm fühlte sich wie ein Weichei, weil er es so genoss, den Mann, mit dem er seit einem Jahr schlief, auf diese langsame Art zu erkunden. Er dachte daran, wie Miranda sich immer über seine Rein-Raus-Und-Tschüs Mentalität beim Sex beschwert hatte. Er hatte sie nie verstanden – bis jetzt. In den vergangenen achtzehn Monaten hatte er gelernt, mit Grant in einem Bett zu schlafen und den warmen, starken Körper neben sich zu genießen. Er hatte sich an die kleinen Liebesbeweise gewöhnt, die ihm zuteil wurden, wenn er aufwachte und Grant bereits aufgestanden war. Und er war jedes Mal aufs Neue überrascht, dass er diesen Mann, den er tagein und tagaus sah, immer noch so sehr begehrte. Er hoffte, dass das noch lange so bleiben würde.

Während sie genüsslich Küsse austauschten, wuchs langsam ihr Begehren. Es war, als hätten sie plötzlich erkannt, dass sie Zeit – und einen eigenen Ort – hatten, um ihr Beisammensein zu genießen. Als wären sie beide zu der Erkenntnis gekommen, dass Sex kein Sprint, sondern ein Marathon war. Es ging nicht darum, möglichst schnell zu kommen, sondern darum, dem anderen Freude zu bereiten. Es war wichtiger, welche Gefühle man in dem anderen weckte als was man selbst fühlte, denn Lust zu schenken bedeutete, dass man daraus wieder Lust ziehen konnte.

Mehr als einmal bemerkte Hunter, dass Grant ihn ansah und versuchte, seinen Blick einzufangen. Das machte Hunter langsam nervös, denn einerseits verstand er nicht, was sich plötzlich zwischen ihnen geändert hatte, und andererseits fürchtete er, dass Grant Zweifel hatte, weil ihre Beziehung nun so öffentlich war.

Als Grant von ihm abließ und sich mit einem frustrierten Seufzer aufs Bett fallen ließ, verstärkte das Hunters Unbehagen nur.

Weil er Angst hatte, in ein Wespennest zu stechen, sagte Hunter nichts, sondern sah stattdessen in die andere Richtung. Der Mond schien durch das Plakat, das an der Gardinenstange befestigt war, daher war es im Zimmer recht hell.

„Was ist los?", fragte Grant, der sich im Bett aufsetzte.

„Nichts ist los."

Grant schnaubte verächtlich. „Ja, klar."

„Es ist nur …" Hunter seufzte und beendete seinen Satz nicht. Wie konnte er Grant seine Unsicherheiten gestehen? Wie konnte er riskieren, dass Grant diese Unsicherheiten anerkannte und vielleicht zugab, selbst Zweifel zu haben? Was, wenn seine Ängste plötzlich wahr wurden und sich diese weiße, flauschige Wolke, in der sie während des Hausbaus gelebt hatten, in eine dunkle, bedrohliche Regenwolke verwandelte? Was, wenn Grant beschloss, wieder auf Wanderschaft zu gehen?

„Cowboy, wenn wir wollen, dass das hier funktioniert, dann müssen wir lernen, miteinander zu reden", sagte Grant leise.

Hunter wagte nicht, Grant anzusehen. Wann war er so ängstlich geworden? Er hatte keine Sekunde gezögert und seinen Sohn mit nach Hause genommen, nachdem Miranda ihn verstoßen hatte. Jetzt jedoch war er zu Tode verängstigt. Aber warum?

Hunter stand auf und ging zum Fenster hinüber. Er zog das Plakat zur Seite und setzte sich auf das breite Fensterbrett. Von dort konnte er über das Feld bis zu den Bäumen blicken, die die unteren Weiden einrahmten. Nach einer Weile fühlte Hunter eine zögerliche Hand auf seiner Schulter.

„Bitte rede mit mir, Cowboy. Schließ mich nicht aus."

Hunter legte seine Hand über Grants. Er schluckte und nahm einen tiefen Atemzug, bevor er antwortete. „Ich möchte … ich muss wissen, ob du hier bleiben wirst."

Grant brauchte ein paar Momente, um zu antworten, und Hunter bemerkte, dass er die Luft anhielt. „Denkst du wirklich, dass ich dieses Haus mit meinen eigenen Händen gebaut habe, nur um wieder zu gehen? Außer natürlich, du möchtest …"

„Nein!", wandte Hunter ein. Er drehte sich zu Grant um und umarmte ihn. Er legte sein Ohr an Grants Brust, sog seinen Duft ein und fühlte, wie Grants Brusthaar seine Wange kitzelte. Nachdem er für ein paar Momente den starken Körper in seinen Armen an sich gedrückt hatte, ließ er Grant los und sah ihn an. „Ich hatte gehofft, das hier wäre das ‚Und sie lebten glücklich bis an ihr Lebensende'. Ich weiß, du bist unstet, und du hast mir mal gesagt, dass du nie lange an einem Ort bleiben kannst, ohne kribbelig zu werden. Aber ich hatte gehofft, dass du diesmal eine Ausnahme machen könntest. Grant, ich brauche dich."

Grant lächelte und Hunter liebte die Art, wie ein spitzbübischer Zug um seine Augen erschien.

„Grant, ich bin ein altmodischer Typ."

Grant befreite sich aus Hunters Umarmung und sank auf seine Knie. Er kicherte, als diese bei der Bewegung mit einem Knacken protestierten. Er lächelte immer noch, als er Hunters Hände in seine nahm. „Also was willst du mir damit sagen? Dass du mir einen Ring an den Finger stecken willst?"

Hunter zuckte die Achseln. „Ich weiß, dass wir nicht legal heiraten können, aber ich brauche irgendetwas Verbindliches."

„Und da hab ich gedacht, dir ein Haus zu bauen würde dir zeigen, dass ich es erst meine."

Hunter fuhr mit den Fingern durch Grants Locken und versuchte abzuschätzen, ob er scherzte. Obwohl er lächelte, hatte Hunter den Eindruck, dass Grant meinte, was er sagte. „Du möchtest dich hier niederlassen? Mit mir?"

Grant nickte. „Im besten Fall mit dir, ja." Da war es wieder, Grants neckendes Lächeln. „Keine deiner Schwestern ist mein Typ und deine Mutter ist nun wirklich zu alt für mich, obwohl sie viel besser kocht als du. Ich hab's mit dem Typen nebenan versucht, aber das hat nicht funktioniert, und obwohl er einen ziemlich gut aussehenden Angestellten hat, möchte ich mich nicht mit Gable um ihn streiten."

Hunter boxte Grant in die Schulter. „Lass das."

Das Lächeln verschwand aus Grants Gesicht. „Ich mein's ernst, Cowboy. Das hier ist eine tolle Ranch, aber es ist nicht die einzige tolle Ranch. Ich bin hier, weil ich den Besitzer mag und irgendwie hab ich den Eindruck, dass er mich auch mag."

„Idiot", beschwerte sich Hunter, bevor er Grants Gesicht mit seinen Händen einrahmte und ihn küsste. Als sie sich schließlich trennten, war ihnen beiden die Hitze zu Kopf gestiegen.

Grant legte seine Hände auf Hunters Schenkel und stemmte sich hoch. „Zum Sitzen ist dieser Fußboden verdammt hart."

„Hey, du hast ihn gebaut!"

Grant hielt Hunter eine Hand hin und zog ihn auf die Füße. Dann küsste er ihn noch einmal. „Jetzt komm ins Bett, denn Mattie wird in ein paar Stunden wach."

Hunter sah zu, wie Grant sich in ihr brandneues Bett legte, machte aber zunächst keine Anstalten, ihm zu folgen. Stattdessen verschwand er im Badezimmer. Als er gleich darauf wieder auftauchte, ging er vor Grant auf die Knie, der ihn argwöhnisch beobachtete.

„Gib mir deine Hand."

Grant hielt ihm seine rechte Hand hin, sah aber immer noch so aus, als wäre er nicht ganz sicher, was gerade vor sich ging.

Hunter steckte ihm einen getragenen, goldglänzenden Ring an den Finger. Er passte perfekt.

„Was ist das?"

„Der hat meinem Vater gehört", erwiderte Hunter. „Als ich noch ein Kind war, bin ich oft auf seinen Schoß geklettert und hab mit seinem Ring gespielt. Ich hab ihn einmal gefragt, warum er einen Ring trägt, denn ich hatte ansonsten nie einen Mann mit einem Ring gesehen, und er sagte, meine Mutter wäre es wert, einen zu tragen. Denn er zeige allen, dass er ihr gehörte. Er hat ihn nie abgenommen, nicht einmal bei der Arbeit oder wenn er sich gewaschen hat. Als er gestorben ist, hatten wir Schwierigkeiten, den Ring abzubekommen. Doch als wir das geschafft hatten, hat meine Mutter ihn mir gegeben."

„Ich glaube nicht, dass sie geplant hatte, dass du ihn einem Typen schenkst, Hunter. Ich schätze, sie wollte, dass du ihn trägst."

Hunter schüttelte den Kopf. „Das ist meine Entscheidung und ich hätte gern, dass du ihn trägst."

„Um zu zeigen, dass ich dir gehöre?"

Hunter legte den Kopf schief. „Na ja, natürlich nicht wie ein Sklave oder so … Ich bin einfach stolz auf das, was wir haben. Ich bin stolz auf uns. Wenn du dich dann besser fühlst, besorg ich mir auch einen und dann gehören wir einander."

Grant berührte den Ring. „Er passt perfekt."

Hunter nickte. „Du hast seine Hände. Das war das Erste, was mir an dir aufgefallen ist. Ich liebe deine Hände. Sie sind groß und stark, aber auch irgendwie elegant."

Grant ergriff Hunters Hand und zog ihn näher zu sich. „Komm her, bevor du noch total rührselig wirst."

Hunter krabbelte unter die Bettdecke und legte sich neben Grant.

„Verdammt, bist du kalt, Cowboy!"

Sie kuschelten sich aneinander und küssten sich. Jetzt, nach ihrer kleinen Aussprache, war Hunter viel ruhiger. Grant hatte vor zu bleiben und Hunter hatte getan, wovon er geträumt hatte: Er hatte Grant den Ring gegeben. Es fühlte sich an, als wären sie verheiratet. Und jetzt, da sie ihr eigenes Haus hatten, konnten sie endlich ihr gemeinsames Leben beginnen.

AM NÄCHSTEN Morgen, nach dem Frühstück, betrat Grant die Küche des Haupthauses. Hunter, mit Mattie auf dem Arm, war gleich hinter ihm, und Grant ging zur Küchentheke, um ihnen Kaffee einzuschenken. Hugh frühstückte und hatte seine Tochter auf dem Schoß, während Izzie am Herd stand und Eier briet.

„Du trägst Daddys Ring", bemerkte Izzie, als Grant die Hand nach den Kaffeetassen ausstreckte.

Hunter fiel auf, dass seine Mutter aufhörte zu essen, doch es war ihm unmöglich, ihren Gesichtsausdruck zu deuten.

„Hunter hat ihn mir letzte Nacht gegeben", sagte Grant.

Izzie lächelte. „Er steht dir. Wurde auch Zeit, dass er wieder getragen wird."

Hunter wünschte sich irgendeine Art Zustimmung von seiner Mutter, doch sie fing wieder an zu essen, ohne ihn oder Grant anzusehen. Hugh lächelte ihn aufmunternd an, doch Hunter konnte sehen, dass auch ihm die plötzliche Spannung im Raum aufgefallen war.

„Wirst du uns eine Hochzeitsfeier schmeißen?", fragte Hugh in einem Versuch, die Lage zu entspannen.

„Ungefähr so wie bei eurer Party?", schoss Hunter zurück. „Mit einem großen Essen und einem Fass Bier?"

„Hey", warf Izzie ein. „Ich hab ausgesehen wie ein gestrandeter Wal. Ich hatte schon befürchtet, ich würde am Tag meiner Hochzeit entbinden." Sie stellte sich hinter Hunter, legte ihm eine Hand auf die Schulter und stellte einen Teller mit Eiern und Schinken auf den Tisch. „Wir hatten unsere Party gestern Abend", sagte sie zu Hunter. „Außerdem möchtest du es vielleicht eines Tages auch vor dem Gesetz offiziell machen und dann haben wir wirklich etwas zu feiern."

Matthew wurde unruhig und Hunter stand auf, um ihn ins Wohnzimmer zu bringen, wo die Körbchen beider Babys standen, damit sie am Tag schlafen konnten. Er hatte Matthew gerade zugedeckt, als er hörte, wie die Tür hinter ihm geöffnet und dann wieder geschlossen wurde.

„Du hast Grant den Ehering deines Vaters gegeben."

Hunter drehte sich um, um seine Mutter ansehen zu können. „Ja."

„Ich hoffe, er passt gut darauf auf."

„Das wird er", versicherte Hunter.

„Ich hoffe, er passt auch gut auf dich auf."

„Wir werden aufeinander aufpassen. Und zusammen werden wir uns um Mattie kümmern." Hunter hasste den kalten und beherrschten Gesichtsausdruck seiner Mutter und wünschte sich, dass sie mehr Gefühle zeigen könnte. Er konnte sich düster daran erinnern, wie sie gewesen war, als sein Vater noch lebte. Sie war nie die zärtlichste Mutter der Welt gewesen, aber damals hatte sie zumindest mehr gelächelt.

„Wie eine richtige Familie?"

Hunter nickte und versuchte, nicht zu zeigen, wie er sich über diese Bemerkung ärgerte. „Wir *sind* eine richtige Familie, Mutter. Nur weil ich keine Frau habe, heißt das nicht, dass wir Mattie nicht großziehen können. Hättest du es lieber gesehen, wenn ich Miranda geheiratet hätte? Zumindest habe ich mit Grant einen Partner, der mich liebt und der mir helfen wird, mich um meinen Jungen zu kümmern. *Sie* will ja nichts mit ihrem Sohn zu tun haben."

„Doch, will sie. Aber ich habe ihr gesagt, sie soll nicht herkommen."

Hunter glaubte, sich verhört zu haben. „Du hast mit ihr gesprochen?"

„Sie hat sich von meinem Enkel abgewandt. Sie verdient es nicht, seine Mutter zu sein."

Hunter blickte von seiner Mutter, deren abschätzigen Blick er ignorierte, zu Mattie, der sich immer noch nicht beruhigt hatte. Auch wenn er alles andere als glücklich darüber war, dass Miranda sich nicht um ihren Sohn kümmerte, wollte er Mattie nicht eines Tages erklären müssen, dass er nicht alles Menschenmögliche versucht hatte, damit er eine Beziehung zu seiner Mutter aufbauen konnte.

Hunter wickelte seinen Sohn in eine Decke, hob ihn aus dem Bettchen und ging zurück in die Küche.

„Grant, kannst du uns zum Haus von Mirandas Mutter fahren?"

Grant sah ihn fragend an, und auch Hugh und Izzie sahen überrascht aus. Grant stellte jedoch keine Fragen, sondern nahm die Autoschlüssel vom Küchentresen und ging voraus.

„Also, was ist los?", fragte Grant, als sie auf dem Weg in die Stadt waren.

„Offensichtlich hat meine Mutter Miranda nahegelegt, nicht zum Haus zu kommen."

„Miranda wollte Mattie sehen?", fragte Grant, der Hunter ansah.

„Pass auf die Straße auf", meinte Hunter streng. Er seufzte. „Ich bin auch nicht Mirandas größter Fan, vor allem nicht, nachdem sie Mattie im Krankenhaus allein gelassen hat, aber ich tu das nicht für sie. Ich tu es für ihn. Vielleicht will er eines Tages wissen, wer seine Mutter ist, und dann möchte ich ihm nicht sagen müssen, dass sie gleich die Straße runter wohnt, wir aber nicht wollten, dass er das weiß. Wenn sie bereit ist, ihn anzuerkennen, werde ich eine Möglichkeit finden, ihm zu erklären, warum er von zwei Männern großgezogen wird und nicht von seiner Mutter."

Grant hielt am Straßenrand an und stellte den Motor ab. Er legte Hunter eine Hand auf den Oberschenkel. „Was, wenn sie möchte, dass er bei ihr aufwächst?"

Hunter ließ seinen Kopf gegen die Kopfstütze sinken. Er konnte Matties Atem und seinen schnellen Herzschlag durch den Stoff seines Hemdes spüren. Ihm stiegen Tränen in die Augen, als er an all die schlaflosen Nächte dachte, in denen er versucht hatte, seinen Sohn zu beruhigen. Als er seinen Sohn ansah, fiel eine Träne auf das weiche Haar des Babys und er wischte sie fort.

„Sie hat ihn mir anvertraut, Grant. Ohne sie hätte ich gar keinen Sohn. Ich bin sein gesetzlicher Vormund und ich habe fest vor, ihn großzuziehen. Sie hat seit einem Jahr nicht mehr gearbeitet und lebt bei ihrer Mutter. Sie hat gar nicht die finanziellen Möglichkeiten, sich um ihn zu kümmern."

Grant legte den Kopf schief. „Ich fürchte, das interessiert das Gericht nicht unbedingt. Falls sie sich entscheidet, das Sorgerecht zu beantragen, geben sie es ihr vielleicht einfach nur aufgrund der Tatsache, dass sie seine Mutter ist."

„Und ich bin sein Vater. Ich habe genau das gleiche Recht. Ich bin derjenige, der ihn aus dem Krankenhaus nach Hause geholt hat. Ginge es nach ihr, wäre er immer noch dort."

Grant nickte, ließ den Motor an und fuhr wieder auf die Straße.

Hunter wusste, dass Grant recht hatte. Tief in seinem Herzen wusste er, dass er Matthew die Chance geben musste, seine Mutter kennenzulernen, aber wusste auch, dass das ein Risiko war. Wenn Miranda begriff, dass Mattie trotz seiner Behinderung ein glückliches Kind war und dass es nicht so schwer war, sich um ihn zu kümmern, wie sie befürchtet hatte, dann käme sie vielleicht auf die Idee, mehr zu wollen als nur hin und wieder einen Besuch. Hunter konnte den Gedanken nicht ertragen, dass er vielleicht seinen Sohn verlieren würde.

Der Truck hielt an und Hunter sah seinen Geliebten an, als Grant ihm eine Hand aufs Knie legte.

„Bist du sicher, dass du das willst?"

Hunter nickte. „Aber bleib bei mir, okay? Ich möchte, dass sie uns beide mit Mattie sieht."

Grant stimmte widerstrebend zu.

Hunter wusste, dass ihr Besuch völlig überraschend kam, also stellte er sich auf Ablehnung ein. Zu seiner Überraschung öffnete Miranda selbst die Tür. Sie sah noch kleiner aus, als Hunter in Erinnerung hatte. Zumindest trug sie ein helles Sommerkleid und sah gesünder aus als das letzte Mal, als Hunter sie gesehen hatte – kurz bevor er seinen Sohn zum ersten Mal besucht hatte.

„Hallo Miranda", sagte Hunter leise.

Sie lächelte schüchtern und nickte den Männern grüßend zu. „Hunter, Grant. Kommt doch herein. Was führt euch her?" Ihre Augen fielen auf das Kind in Hunters Armen und verweilten dort, selbst als Hunter und Grant ins Wohnzimmer gegangen waren und es sich auf der Couch bequem gemacht hatten.

„Ich fand, es wäre an der Zeit, dass du Matthew kennenlernst", sagte Hunter ruhig.

Ihr Blick ruhte immer noch auf Matthew. „Du willst ihn nicht mehr?"

„Um Himmels Willen, er ist doch kein Hundewelpe", warf Grant ein, was ihm einen strengen Blick von Hunter einbrachte.

„Nein, Miranda", meinte Hunter. „Ganz im Gegenteil, ich werde immer da sein, um mich um ihn zu kümmern, genauso wie Grant." Hunter sah wieder Grant an, der immer noch ein besorgtes Gesicht machte. „Aber ich finde, Mattie sollte die Chance bekommen, seine Mutter kennenzulernen. Besonders, wenn sie in der Nähe wohnt. Also dachte ich, ich stelle euch beide vor und lade dich ein, ihn auf der Ranch zu besuchen, wann immer du willst."

„Deine Mutter möchte nicht, dass ich dort vorbeikomme", sagte Miranda so leise, dass Hunter sie kaum verstehen konnte.

„Sie kann bestimmen, wer ihr Haus betritt, aber ich führe die Ranch und kann daher entscheiden, wer das Grundstück betreten darf. Davon abgesehen, bist du in *unserem* Haus herzlich willkommen." Hunter sah Grant an in der Hoffnung, auf Zustimmung zu treffen, doch Grants Lippen waren ein schmaler Strich und er blieb still. Hunter wusste, dass Grant ihm nicht widersprechen würde, aber er hatte auf ein wenig mehr Unterstützung gehofft.

„Ich hab gehört, dass ihr euer eigenes Haus gebaut habt", sagte Miranda.

In diesem Moment regte sich Matthew und Hunter zog die Decke ein wenig zurück. „Ist dir warm, kleiner Mann?" Grant half Hunter, das Baby von der Decke zu befreien. Matthew lächelte erst Hunter an und dann Grant, als dieser ihm die Wange streichelte. Bei dem Ausdruck auf Grants Gesicht ging Hunter das Herz auf. Hunter hatte keinerlei Zweifel, dass sie gute Eltern abgeben würden. Doch das war nicht, weswegen sie hier waren, also stand er auf und setzte sich neben Miranda.

„Miranda, darf ich vorstellen: Matthew. Mattie, das ist deine Mutter. Möchtest du ihn mal halten?"

Miranda schüttelte schnell den Kopf.

„Er fremdelt auch nicht", sagte Hunter, um sie zu ermutigen. „Zu Hause hat er so viele Bezugspersonen, dass er daran gewöhnt ist. Alle vergöttern ihn."

Matthew lächelte strahlend, als Hunter ihn hochhob und Miranda hinhielt. Sein Lächeln verschwand jedoch, als Miranda ihn auf den Arm nahm. Hunter glaubte nicht, dass er anfangen würde zu weinen, doch seine Unterlippe fing an zu zittern, deshalb strich er über Matties Haare. „Siehst du, ihm geht's gut."

Miranda nickte, doch es war offensichtlich, dass sie völlig verschreckt war. Erst als sie sich entspannte, entspannte sich auch Mattie.

„Gleich wird er dich anlächeln und ich verspreche dir, dann bist du ihm verfallen." Sobald die Worte seinen Mund verlassen hatten, fühlte er, wie Grant ihn anstarrte. Grant schloss verzweifelt die Augen. Hunter konnte ihn fast fragen hören, ob er etwa wollte, dass sein Sohn bei Miranda blieb.

Zu Hunters Überraschung schob Miranda Matthew wieder zurück in seine Hände. „Ich kann das nicht, Hunter. Nicht damals, und nicht heute."

Hunter griff instinktiv nach seinem Sohn und wiegte ihn in seinen Armen. Matthew würde sich an diesen Tag nicht erinnern, aber wenn die Frage je aufkam, konnte Hunter ihm sagen, dass er es versucht hatte.

„Wir gehen jetzt besser, Hunter", sagte Grant, der ihm Matties Decke reichte.

Hunter sah Miranda an, die auch aufgestanden war. „Mein Angebot steht. Du darfst Mattie gern auf der Ranch besuchen. Und wenn du lieber nicht vorbeikommen möchtest, kannst du auch anrufen und wir besuchen dich."

Miranda brachte sie zur Tür, doch bevor er hinaustrat, hielt sie Hunter zurück. „Warum, Hunter?"

„Warum was? Miranda, ich wollte nie Vater werden. Ich hatte nie das Gefühl, etwas zu verpassen, aber jetzt kann ich mir nicht mehr vorstellen, nicht sein Vater zu sein. Und Mattie sollte auch eine Mutter haben."

„Er hat Grant", sagte Miranda tonlos.

„Ich habe Grant", berichtigte Hunter. „Und ja, Grant ist Matties anderer Vater, aber eines Tages wird er mich fragen, wer seine Mutter ist, und ich möchte ihm nicht sagen müssen, dass ich nicht wollte, dass ich nicht wollte, dass er sie kennenlernt."

Als Hunter mit Matthew auf dem Arm in den Truck einstieg, sah er, dass Miranda weinte. Er wusste, dass es sinnlos war, zurückzugehen und sie zu trösten. Das würde sie ihm nicht erlauben. Auch die Stimmung im Truck war angespannt. Grant fuhr, als wäre er Teil einer Verfolgungsjagd, und als sie die ruhigeren Landstraßen erreicht hatten, hatte Hunter genug.

„Halt mal an."

„Wir sind fast zu Hause", sagte Grant knapp.

„Halt trotzdem an", sagte Hunter und gab sich Mühe, nicht die Stimme zu erheben.

Grant fuhr an den Straßenrand, gegenüber von dem Ort, wo sie auf der Hinfahrt angehalten hatten.

„Ich weiß, du bist nicht meiner Meinung, aber ich musste das tun."

„Du hast geklungen, als würdest du ihn gleich dort lassen, wenn sie dich nur darum bittet."

Hunter schüttelte den Kopf und seufzte niedergeschlagen. „Er ist mein Sohn und ich möchte das, was für ihn am besten ist. Wenn das bedeutet, dass seine Mutter Teil seines Leben ist, dann ist das so. Ich dachte, gerade du würdest das verstehen."

„Ich dachte, ich hätte klargemacht, dass ich das tue. Er ist auch mein Junge oder hast du vergessen, was du mir ganz am Anfang gesagt hast, als wir ihn nach Hause gebracht haben? Ich hatte nicht die Gelegenheit, meine Kinder aufwachsen zu sehen. Ich möchte nicht, dass sich das mit Mattie wiederholt. Ich fände es schrecklich, wenn sie ihn uns wegnähme."

Hunter rückte näher an Grant heran und knabberte an seinem Ohr.

„Tut mir leid. Ich weiß, du wolltest nicht, dass ich das tue, und ich hatte Angst, dass du mich vielleicht aufhalten würdest." Hunter küsste Grants Wange in der Hoffnung, ihn dazu verführen zu können nachzugeben. Man konnte Grant eigentlich recht einfach überreden und der heutige Tag stellte keine Ausnahme dar, obwohl Hunter länger dafür arbeiten musste als gewöhnlich. Sie küssten sich immer noch, als Hunter hörte, wie ein Gang eingelegt wurde.

372

„Was machst du da?", fragte Hunter.

„Ich bring dich nach Hause. Wir bringen Mattie zu Christy und dann nehm ich dich mit in unser Haus."

Hunters Augenbrauen schossen in die Höhe. „Es ist mitten am Tag."

Grant lächelte nur und trat aufs Gas.

41

GRANT LIEBTE Versöhnungssex. Manchmal fragte er sich, warum er und Hunter sich nicht öfter stritten, denn schließlich hatte es sich bisher immer als gewinnbringend erwiesen, seinen Stolz herunterzuschlucken und sich von Hunter zum Nachgeben verführen zu lassen.

Sie gaben Matthew mit der Begründung, dass sie spät dran für die Arbeit waren, bei Christy ab. Anstatt zu den Ställen zu gehen, beeilten sie sich jedoch, in ihr eigenes Haus zu kommen, wo sie kaum warteten, bis sich die Haustür hinter ihnen schloss. Sobald sie allein waren, spürte Grant Hunters Mund überall auf seinem Körper, während Hunters Hand nach einem Weg in seine Hose suchte.

„Darf ich dich ficken?", fragte Hunter atemlos.

„Nur, wenn wir laut stöhnen und fluchen und schreien können."

„Ist das der Grund, weshalb ich dich seit dem Hotel in Idaho Falls nicht mehr nehmen durfte?"

Hunter bewegte seine Hand und Grant hatte das Gefühl, gleich platzen zu müssen. „Verdammt, Cowboy. Ich kann nicht in mein Kissen beißen, so wie du das tust. Wenn ich so einen großen, wohlgeformten Schwanz wie deinen in mir hab, will ich einfach nicht leise sein."

Hunter knurrte und biss dann in Grants Unterlippe. „Oh Mann, das wird so schmutzig klingen."

„Denk dran, ich will dich auch hören."

„Keine Angst, das wirst du", sagte Hunter. Er zog seine Hand aus Grants Hose und ging davon. Grant blieb an die Tür gelehnt zurück, mit steifem Schwanz und heiß auf mehr. Grant betrachtete es als eine Art Kampfansage. Er würde sich Hunters Willen beugen müssen, doch er würde es nicht ohne Widerstand tun, einfach weil Hunter die Herausforderung liebte. Trotz der offenen Jeans und des heraushängenden Hemdes, und trotz der Schwere zwischen seinen Beinen schaffte er es vor Hunter die Treppe hinauf und beeilte sich, den Eingang zu ihrem Schlafzimmer zu versperren.

„Was?", fragte Hunter ausgelassen. „Brauche ich ein Passwort, um in mein eigenes Schlafzimmer zu kommen?"

Grant nickte herausfordernd. Hunter kam auf Grant zu und ließ seine Finger über dessen Bauchmuskeln gleiten.

Grant versuchte, so lange wie möglich auszuharren, doch es kitzelte und seine Reaktion verriet ihn. Als Hunter ihn auch noch küsste, ließ er den Türrahmen los und sie stürzten ins Schlafzimmer. Grant hielt sich an Hunter fest, um das Gleichgewicht zu halten, und sie landeten beide auf dem Bett, wobei Hunter halb auf Grant zu liegen kam.

Hunter hielt inne und sah auf Grant hinunter.

„Was?", fragte Grant, den Hunters plötzliche Zurückhaltung verwirrte.

„Es ist irgendwie unanständig, mitten am Tag und noch dazu an einem Arbeitstag, Sex zu haben", meinte Hunter.

Grant hob eine Augenbraue. „Wir könnten auch einfach arbeiten gehen."

„Zur Hölle, nein. Du hast mir ein Versprechen gegeben und das würde ich jetzt gern einlösen." Hunter rieb seine Hüften an Grants Erektion. „Ich möchte, dass du in spätestens drei Minuten um Gnade bettelst."

„Ich soll betteln?", fragte Grant selbstsicher. „Ich bettele nicht. Schon gar nicht für etwas, das ich sowieso bekommen werde."

„Wir werden sehen", erwiderte Hunter gleichermaßen großspurig, während er vom Bett aufstand und sich auszog.

Vom Bett aus beobachtete ihn Grant, den Kopf auf eine Hand gestützt, und genoss, was ihm da geboten wurde. Hunter war groß und muskulös und man konnte leicht an seinem Körper ablesen, dass er einen Großteil seines Lebens mit körperlicher Arbeit zugebracht hatte. Außerdem hatte er den festen Hintern und die kräftigen Oberschenkel eines Reiters. Nichts hätte Grant mehr anmachen können. Nach einer kurzen Pause zog er sich die Jeans aus. Als er versuchte, sich auch das Hemd auszuziehen, wurde er von Hunter davon abgehalten.

„Lass mich das machen."

Hunter setzte sich rittlings auf Grant und schob seine Hände unter Grants Hemd, um dessen Brustmuskeln zu streicheln.

Unter der Liebkosung zogen sich Grants Muskeln zusammen und ihm blieb nichts anderes übrig, als seinen Liebhaber zu necken. „Hast du es dir anders überlegt? Willst du mich vielleicht reiten, Cowboy?"

Hunter schüttelte langsam den Kopf und seine Zungenspitze erschien zwischen seinen Lippen. Er kreiste die Hüften und trieb Grant damit schier in den Wahnsinn, also ließ Grant im Gegenzug seine Hände über Hunters behaarte Oberschenkel gleiten.

„Wenn hier jemand reitet, dann du. Aber ich hab an was anderes gedacht."

Grant hob den Oberkörper, um Hunter zu küssen, doch der zierte sich. Er stand wieder vom Bett auf und bedeutete ihm mit einem gekrümmten Zeigefinger, ihm zu folgen. Sie waren ungefähr gleich groß, und als Grant aufstand, stahl er von Hunter einen Kuss.

„Hör auf, es hinauszuzögern", sagte Hunter mit einem breiten Lächeln, „und zeig mir deinen herrlichen Hintern."

Grant wusste, dass es keine Punkte bringen würde, sich weiter zu wehren. Er wusste, was ihn erwartete und wollte es unbedingt. Je mehr er also protestierte, desto länger würde er warten müssen. Das hier jedoch überstieg seine Geduld. Normalerweise war Hunter derjenige, der immer bereit war nachzugeben, wenn Grant den Macho raushängen ließ. Dass Hunter nun ihre Rollen vertauscht hatte, machte Grant unglaublich an.

„Was, wenn ich dich nicht an meinen Hintern heranlassen will?", protestierte Grant schwach.

„Dann würde ich sagen, dass du lügst", erwiderte Hunter und stieß Grant zurück zum Bett.

Grant ließ sich auf den Rücken fallen und ein Teil von ihm hatte immer noch das Bedürfnis, sich noch ein Weilchen zu wehren. Er konnte das Begehren in Hunters Augen sehen, die noch dunkler als gewöhnlich waren, und lächelte, als Hunter sich auf ihn legte. Er schluckte schwer und unterdrückte ein Stöhnen, als Hunter sein Hemd zur Seite schob und sich auf seine Brustwarzen stürzte.

Grant erkannte, dass sie sich sonst nie so viel Zeit nahmen. Ja, sie hatten den Körper des jeweils anderen erforscht, doch nie so ausgiebig, wie Hunter es nun praktizierte. Sie hatten immer im Hinterkopf gehabt, dass sie leise sein mussten, um Hunters Mutter oder seine Schwestern nicht zu stören, die am anderen Ende des Flurs schliefen. Die Kinder schliefen in der Regel ziemlich fest. Trotzdem, sie hatten sich im Bett nie richtig gehen lassen können. Jetzt jedoch brauchte er das Stöhnen nicht zu unterdrücken, das ihm auf den Lippen lag, als Hunters Mund südwärts wanderte und seine Schamhaare und den Bereich um seinen schon fast schmerzhaft erregten Schwanz erkundete.

Fast automatisch spreizte er die Beine, um sich Hunter darzubieten, und dieser enttäuschte ihn nicht. Als Hunters Finger begannen, mit seinen Eiern und der Haut hinter seinen Hoden zu spielen, beschleunigte sich Grants Atem.

„Ich will dich hören", murmelte Hunter.

Grant öffnete die Augen und sah auf das Gesicht seines Geliebten hinunter, das sich genau über seinem aufgerichteten Schwanz befand. Er wollte das Grinsen von Hunters Gesicht wischen und ihm befehlen, endlich seinen Schwanz in den Mund zu nehmen, doch er tat es nicht. Stattdessen beschloss er, diese Seite von Hunter zu erkunden, die er nicht so oft sah. Es war seine dominante Seite, die Seite eines Mannes, der eine erfolgreiche Ranch führte und für den Nein ein Fremdwort war. War er der Einzige, der Hunters sanftere Seite sah? Wahrscheinlich. Andererseits, wie viele Menschen wussten wohl, dass er einen im Bett auch ziemlich herumkommandieren konnte?

„Was hast du vor?", fragte Grant und hoffte gleichzeitig, dass Hunter schon ein paar gute Ideen hatte.

„Sag ich dir nicht", neckte Hunter. „Kannst es wohl nicht ertragen, dass du nicht weißt, was passieren wird?"

Verdammt, sein Cowboy kannte ihn zu gut. „Du weißt, was ich mag", antwortete Grant, wobei er nicht so selbstsicher – oder ungezwungen – klang, wie er es gern gehabt hätte. Grant fand, dass Hunters Lächeln viel zu selbstsicher war, aber er sagte sich, dass Hunter nie etwas tun würde, womit Grant nicht einverstanden war. Allerdings, es gab nicht viel, womit Grant nicht einverstanden war.

Hunter fing Grants Blick ein, als er begann, einen Finger um Grants Öffnung kreisen zu lassen. Daraufhin ging Grants Atem noch schwerer.

„Ich will dich hören", verlangte Hunter ein weiteres Mal.

Grant stöhnte laut und wurde dann wieder still. Er biss sich auf die Innenseite seiner Wange.

„Ach, komm schon", protestierte Hunter. „Da bekomme ich ja das Gefühl, dass das, was ich tue, überhaupt keinen Effekt hat."

„Du weißt, welchen Effekt du auf mich hast", antwortete Grant. Er hielt sich so sehr zurück, dass seine Stimme bebte.

„Ich will dich hören", wiederholte Hunter.

„Was? Du willst, dass ich dir schmutzige Sachen sage?", fragte Grant. Er versuchte, seine Stimme kräftiger klingen zu lassen, scheiterte jedoch kläglich, als Hunter seine Finger zurückzog. Er fiel schlaff auf das Bett zurück und rollte die Augen. Warum zog sich Hunter von ihm zurück? Was hatte er falsch gemacht? Er sah auf. „Hör nicht auf, Cowboy! Bitte!", versuchte es Grant. Hunter *hatte* ihm schließlich gesagt, dass er ihn Betteln hören wollte.

Hunter kam wieder näher. Er schüttelte den Kopf und lächelte. „Hab nur das Gleitgel geholt. Dachte mir, es wäre besser, dich erst ein bisschen vorzubereiten."

Grant musste über seine eigene Unsicherheit lachen. Konnte Hunter nicht verstehen, dass auch Grant mit ihrer Situation überfordert war? Er legte eine Hand auf seinen Schwanz und umschloss dann mit der anderen seine Eier, denn er brauchte definitiv mehr, als er im Moment bekam.

Das Gel fühlte sich einen Moment lang kalt an, doch als Hunters Finger wieder ihren Weg in seinen Körper fanden, wärmte ihn das schnellstens auf. Grant spreizte seine Beine noch etwas weiter.

„Ich hör immer noch nichts", sagte Hunter. Er hatte eine Augenbraue angehoben und ein verführerisches Lächeln umspielte seine Lippen.

„Ich fühl aber was", antwortete Grant. Er stöhnte, um das deutlich zu machen.

Hunter stieß mit den Fingern weiter nach vorn und fand fast sofort Grants Prostata.

„Oh, verdammt", stöhnte Grant leise, als er fühlte, wie sich wohlige Wärme in seinem Unterleib ausbreitete. Er rieb wieder an seiner Erektion, denn es fühlte sich gut an, endlich das Bedürfnis nach noch mehr Berührung zu erfüllen.

„Hör auf, dich selbst anzufassen", befahl Hunter.

„Mann, Cowboy, dann komm endlich in die Hufe", beschwerte sich Grant. „Es ist mitten am Tag. Irgendwann wird man sich wundern, wo wir abgeblieben sind."

„Wohl wahr", stimmte Hunter zu. „Aber niemand wird es wagen, ins Haus zu kommen. Sie werden sich nur wundern, was wir treiben."

„Dann fick mich endlich."

Hunter musste schmunzeln. „Werd ich. Wenn du brav bist."

„Verdammt!", rief Grant. Er ignorierte Hunters Befehl und nahm sich wieder selbst in die Hand, einfach um sein Verlangen zu stillen. Außerdem bewegte er seinen Hintern in die Richtung von Hunters Hand.

Hunter fuhr mit den Fingern ein weiteres Mal über Grants Prostata. „Jetzt hör auf, dich selbst zu berühren, oder ich mach das nicht noch mal."

„Dann hör auf, mich so zu quälen", protestierte Grant. Er hob trotzdem seine Hände über den Kopf und sah sehnsüchtig auf seinen angeschwollenen Schwanz. „Komm schon, Cowboy", sagte Grant atemlos. „Entweder du fickst mich jetzt mit deinen Fingern oder mit deinem Schwanz."

Hunter bewegte seine Finger hin und her und reizte dabei jedes Mal Grants Prostata.

„Oh ja. Oh, das ist gut, Cowboy. Genau da." Grant spreizte seine Beine noch weiter, zog die Knie an und verpasste dabei Hunters nächste Aktion. Als er fühlte, wie Hunters Zunge seine Finger umspielte und den Muskel stimulierte, den er eigentlich entspannen wollte, stöhnte Grant laut auf. Diesmal hielt er sich nicht zurück, obwohl seine Stimme laut in dem ansonsten ruhigen Schlafzimmer widerhallte. Es war schließlich niemand da, der sie hören konnte. „Uh ... ohh, Mann!" Hunters Mund umschloss jetzt Grants Schwanz, während seine Finger immer weiterarbeiteten. Grants Rücken begann zu kribbeln und er konnte kaum einen klaren Gedanken fassen, geschweige denn ein Wort oder einen ganzen Satz, der Sinn machen würde. Er ließ ein Bein aufs Bett fallen und versuchte, Hunter zu beobachten, der sich selbst einen runterholte. Zu sehen, wie sehr das auch Hunter anmachte, verdoppelte Grants Begehren nur noch.

„Wenn du mich nicht ... jetzt fickst ... ist es ..." Grant kam nicht mehr dazu, den Satz zu beenden, denn sein ganzer Körper erschauerte, als er sich in Hunters Mund ergoss.

Als Hunter von seinem Schwanz abließ, zuckte er immer noch. Jedes Mal, wenn Hunter ihn auf seinem Weg nach oben berührte, erzitterte Grant. „Fick mich", brachte Grant hervor, doch seine Stimme hatte all ihre Kraft verloren.

Hunter schüttelte den Kopf und küsste ihn sanft. „Du siehst aus, als würdest du zerbrechen, wenn ich auch nur versuchen würde, dich zu berühren."

Grant zuckte unwillkürlich zusammen, als Hunter ihm die Hand auf die Brust legte.

„Siehst du?", flüsterte Hunter, als er sich liebevoll an Grant schmiegte.

„Ich möchte dich in mir spüren. Ich möchte spüren, wie du in mir kommst."

Hunter schüttelte den Kopf. „Es geht nicht darum zu kommen, Grant. Es geht um das hier. Ums Kuscheln und ums Zusammensein. Ich habe es genossen, dich stöhnen zu hören und zu wissen, dass ich der Grund dafür bin. Aber was ich wirklich liebe ist, neben dir einzuschlafen und zu wissen, dass du noch hier sein wirst, wenn ich wieder aufwache."

Grant musste zugeben, dass auch nach mehr als einem Jahr davon – dem Einschlafen und dem Aufwachen – es erst die Tatsache war, dass Hunter es laut aussprach, was es beängstigend real erscheinen ließ.

„Komm schon, Cowboy", sagte Grant in dem Versuch, dieses Gefühl herunterzuspielen. Er drehte sich zu Hunter um und legte ihm einen Arm um die Schulter, um ihn näher zu sich heranzuziehen. „Ich kann nicht glauben, dass du nicht kommen willst."

Hunter wehrte sich nicht, als Grant ihn auf sich zog und die Beine spreizte. Grant war immer noch entspannt, also bedurfte es fast keiner Anstrengung, als Hunter in ihn eindrang. Grant packte Hunters Hinterbacken mit beiden Händen, was Hunter so weit anfeuerte, dass er in schier verzweifeltem Tempo in Grant hineinstieß. Wie Grant erwartet hatte, dauerte es nicht lange, bis Hunter laut aufstöhnend kam. Er vergrub sein Gesicht in Grants Halsbeuge, während Grant ihn liebevoll umarmte. Einen Moment lang dachte Grant, Hunter wäre eingeschlafen, denn obwohl sie nach dem Sex immer etwas schläfrig waren, unterhielten sie sich in der Regel noch etwas, bevor sie schließlich einschliefen. Dann erkannte er jedoch, dass Hunter nur vor dem drohenden Gespräch flüchtete.

„Ich hab's schon wieder vergeigt, oder?", fragte Grant. Er küsste Hunters Scheitel in einer entschuldigenden Geste.

„Nein, hast du nicht", antwortete Hunter knapp.

„Doch, hab ich. Du wirst romantisch und sofort krieg ich Panik." Grant seufzte. Er war nicht gut darin, über seine Gefühle zu sprechen, doch es hieß, jetzt oder nie. „Ich liebe dich, Hunter. Du bist *der* Mann für mich. Ich habe mich noch nie mit jemandem so wohlgefühlt und schon das allein macht mir Angst. Ich habe Angst davor, all das zu verlieren. Ich hatte in meinem ganzen Leben noch nie so viel zu verlieren."

„Du wirst nichts verlieren", sagte Hunter und sah Grant an. Sein Blick war so traurig und mitfühlend, dass Grant am liebsten mit den Augen gerollt hätte. „Du hast uns ein Haus gebaut. Unser Haus. Für dich und mich und Mattie."

„Hey, du hast auch geholfen", meinte Grant mit einem Lächeln.

„Schon, genau wie Gable und Flynn und Hugh und Izzie und Tim und all die Angestellten. Aber du hast das Haus mit deinen eigenen Händen gebaut. Du hast dem Architekten gesagt, was du geändert haben möchtest, und wusstest, was getan werden musste. Es ist unser Haus und du hast es für uns gebaut."

Grant küsste Hunters Schläfe. „Ich bin froh, dass es dich glücklich macht."

„Und ich hoffe, es bedeutet, dass du mich nicht verlassen wirst."

„Natürlich nicht, Cowboy. Darüber haben wir doch schon gesprochen, oder? Wie könnte ich gehen und dich Mattie allein großziehen lassen?"

Sie blieben so lange im Bett, wie sie sich trauten. Dann standen sie auf, duschten und gingen draußen an die Arbeit. Sie hatten das Mittagessen verpasst und Izzie zog sie damit auf, doch Grant brauchte bloß Hunter anzusehen und wurde rot, was ihn gleichzeitig irgendwie stolz machte. Er konnte sich daran gewöhnen: eine große, nervtötende Familie, auf die keiner von ihnen verzichten wollte.

NACHWORT

„DAS MUSS der beste Ausblick im ganzen Staat sein", meinte Flynn, als er sich neben Hunter auf die Bank setzte. Grant spielte mit Matthew im Gras und zeigte ihm, wie man eine Rolle machte. Das Baby kicherte gut gelaunt.

„Bis dorthin, wo der Himmel die Erde berührt", stimmte Gable zu. Er setzte sich auf Hunters andere Seite und schaute auf den wunderschönen Grabstein von Hunters Vater hinab.

„Was führt euch beide hierher?", fragte Hunter seine Besucher. Hunter sah Flynn an, doch der zeigte auf Gable, also drehte Hunter den Kopf.

„Wir sind heute morgen in die Stadt gefahren", begann Gable. „Über die Straße, die von Westen rein führt."

„An Mirandas Haus vorbei", fuhr Flynn fort, als wolle auch er die Geschichte erzählen.

„Das Haus war unbewohnt", fügte Gable hinzu.

Hunter nickte. „Miranda ist schon vor Matties Geburt bei ihrer Mutter eingezogen." Hunter entging nicht der Blick, den Flynn und Gable austauschten.

„Wir sind auch am Haus ihrer Mutter vorbeigefahren", seufzte Gable.

„Es ist leer und im Vorgarten steht ein ‚Zu Verkaufen'-Schild", sagte Flynn.

Hunter schluckte schwer und Grant unterbrach sein Spiel mit Mattie. Matthew gefiel das gar nicht, also begann er zu weinen.

„Calley meint, sie haben die Stadt verlassen", sagte Gable.

Hunter stand auf und nahm Gable seinen Sohn ab. Er wiegte ihn in den Armen, bis er sich beruhigt hatte. „Wusste Calley mehr?", fragte Hunter Gable nach einer angespannten Pause.

Gable sah wieder Flynn an, bevor er weitersprach. „Calley hat gehört, dass Miranda einen Job als Lehrerin in Montana gefunden hat."

Hunter trat mit seinem Sohn aus dem Schatten der großen Eiche, so dass sie beide in der Sonne standen. „Schau, Mattie. All das wird eines Tages dir gehören. Bis dorthin, wo der Himmel die Erde berührt."

FLOODS AND DROUGHT –
EINE ZWEITE CHANCE FÜR RORY

Für all jene, die schon einmal in einer Situation waren, in denen ihr Kopf ihnen sagte, dass eine Sache schiefgehen würde, die aber trotzdem weitergemacht haben, weil ihr Herz ihnen dazu riet.

Und für alle, die den Mut hatten, sich das Desaster anzuschauen – wenn auch nur, um hinterher zu helfen, die Scherben aufzusammeln.

1

GRANT JEARREAU erklomm die Verandastufen des größten Hauses auf der Blue River Ranch mit Matthew auf dem Arm. Der Junge lachte ausgelassen, da er von dem großen Cowboy ziemlich unsanft hin und her geschwungen wurde und beschwerte sich erst, als Grant ihn auf den Küchenboden setzte.

„Mehr!", rief Matthew, doch Grant ignorierte sein Betteln. Stattdessen strich er ihm durch die Haare, bevor er sich an den Frühstückstisch setzte und seinen Geliebten küsste.

„Weißt du, wenn du ihn weiter so umherwirbelst, wird er das von uns allen erwarten," bemerkte Hunter Krause. „Du verwöhnst ihn."

Grant drückte Hunters Schulter. „Das liegt daran, dass ich weiß, wie du es genießt, verwöhnt zu werden. Warum sollte das bei deinem Sohn anders sein?"

Er zwinkerte und Hunter musste lachen.

In diesem Moment öffnete sich die Küchentür und eine ganze Horde Kinder stürmte herein. Christy Marshall, die Mutter der meisten von ihnen, folgte.

„Beruhigt euch endlich!" Sie erhob die Stimme. „Seid still, setzt euch hin und esst euer Frühstück!"

Hunter hatte bereits Brot, Käse und Aufschnitt auf den Tisch gestellt und schmierte Brote, die die Kinder mit zur Schule nehmen sollten. Vor drei Jahren hatten er und Grant ihr eigenes Haus auf dem Grundstück gebaut, doch gefrühstückt wurde meistens im großen Haus, weil sie auf diese Weise Grants drei Kinder sehen konnten, bevor diese zur Schule mussten. Sie hatten alle eine feste Morgenroutine, was auch Christy entlastete, die darüberhinaus noch für die Arbeiter auf der Ranch kochte.

In Grants Augen glich die Küche eher einem Kindergarten als einem Ranchhaus – schließlich tummelten sich darin nicht nur seine und Christys Kinder, sondern auch die zwei Mädchen, die mit Matty spielten, und die die Kinder von Hunters Schwester Izzie und Hugh Conroy waren, dem Vormann der Ranch. Danny, Hughs Sohn aus der Ehe mit seiner ersten Frau Lisa – ebenfalls Hunters Schwester – vervollständigte das Bild. Er war mittlerweile alt genug, um bei den Erwachsenen zu sitzen, und half gerade Hunter dabei, die Brote zu schmieren, als das Telefon klingelte.

Grant stand auf, um ans Telefon zu gehen. „Blue River Ranch." Die Kinder machten einen ziemlichen Radau, weshalb er sich das andere Ohr zuhielt. Trotzdem konnte er die leise Stimme am anderen Ende der Leitung nicht verstehen. Gerade, als er sich im Flur ein ruhigeres Plätzchen gesucht hatte, legte der Anrufer auf.

„Wer war das?", fragte Hunter, als Grant sich wieder neben ihn setzte.

„Keine Ahnung", antwortete dieser. „Wer auch immer das war, er hat nicht darauf gewartet, dass ich mir einen ruhigeren Ort zum Telefonieren suchen konnte."

Hunter zuckte die Schultern. „Die rufen bestimmt noch mal an. Sie haben vermutlich gedacht, sie hätten die falsche Nummer gewählt und wären aus Versehen beim Zoo gelandet."

„Na ja, es klingt schon irgendwie wie in einem Zoo hier drinnen. Die Lehrer, die dieses Grüppchen am Morgen unterrichten müssen, tun mir leid", erwiderte Grant mit einem Lächeln.

„Los geht's, Kinder! Packt euer Essen und eure Bücher ins Auto. Zeit, zur Schule zu fahren", rief Hunter, während Izzie dafür sorgte, dass die Kinder auch alles beisammen hatten. Die restlichen Erwachsenen halfen dabei, die vier ältesten Kinder aus der Tür zu kriegen.

Als Hugh und Izzie die Veranda herunter kamen, rannte Tim – einer der Cowboys und Hughs jüngster Bruder – auf das Haus zu.

„Kann ich mit dir reden, Hugh?", fragte er und kam noch etwas näher. „Unter vier Augen."

Hugh kannte seinen Bruder gut genug, um zu wissen, dass das nicht warten konnte. Er tauschte einen Blick mit seiner Frau und sie nahm ihm die Autoschlüssel ab.

„Klar, lass uns ins Büro gehen."

Tim folgte Hugh ins Büro, das sich im unteren Stockwerk neben dem Vorraum befand. Normalerweise führte Hunter hier die Bücher und machte Bestellungen, doch da er noch in der Küche war, wusste Hugh, dass sie hier allein wären.

„Schieß los", sagte Hugh, als er die Tür hinter Tim schloss.

Tim zögerte und fingerte an der Krempe seines Huts herum. „Erinnerst du dich an Rory?"

Hugh kniff die Augen zusammen und schüttelte den Kopf. „Rory?"

„Ein Rumtreiber, der vor ein paar Jahren hier nach einem Job gefragt hat. Er ist für drei Wochen geblieben und dann verschwunden, nachdem er am Freitag seinen Scheck bekommen hatte", klärte Tim auf.

„Du erwartest nicht wirklich von mir, dass ich mich an jeden Ranchhelfer erinnere, oder?"

Tim schüttelte den Kopf. „Aber du solltest dich an diesen erinnern. Er hat damals Delco geholfen, die Fohlen zu stehlen."

„Ach so. Der Rory. Was ist mit ihm?"

Tim holte tief Luft und sah seinen Bruder an. „Ich muss dich um einen Gefallen bitten."

„Kommst du endlich zum Punkt?", fragte Hugh ungeduldig. „Ich habe hier eine Ranch zu führen, und bei der Geschwindigkeit, die du an den Tag legst, komme ich vor dem Mittagessen nicht mehr dazu."

„Ich möchte, dass du ihm seinen alten Job wiedergibst", sagte Tim mit fester Stimme.

Hugh lachte auf. „Du machst Witze."

„Keineswegs", erwiderte Tim ruhig. „Er braucht einen Job und einen festen Wohnsitz, sonst wird er nicht auf Bewährung entlassen."

Hugh lehnte sich an den Schreibtisch. „Nur, damit ich das richtig verstehe. Er hat drei Wochen hier gearbeitet, um Insiderinformationen zu bekommen. Dann ist er klammheimlich verschwunden, nur um mit Delco wieder aufzutauchen und uns sieben Fohlen zu stehlen. Und du möchtest, dass ich ihn wieder einstelle?"

Er stieß sich vom Schreibtisch ab, streckte den Rücken durch und verschränkte die Arme vor der Brust, um größer zu erscheinen, was kein Problem für ihn war, da er über 1,80m groß war und Tim um wenigstens fünf Zentimeter überragte. „Selbst du musst einsehen, dass ich nicht so leichtgläubig bin."

„Er ist kein kriminelles Genie, Hugh", antwortete Tim. „Er ist nur ein Typ, dem das Leben übel mitgespielt hat. Der Pferdediebstahl war Delcos Idee, nicht seine. Rory hatte schlicht kein Geld für einen vernünftigen Anwalt und deshalb hat er vier Jahre gekriegt, während Delco nach elf Monaten wieder draußen war."

„Denkst du nicht auch, dass sein endloses Vorstrafenregister etwas mit der Entscheidung des Richters zu tun gehabt haben könnte?" Hugh schüttelte den Kopf. „Der Typ ist ein Berufsganove. Er ist leicht davongekommen, wenn du mich fragst. In anderen Bundesstaaten gibt es ein Three-Strikes-Gesetz. So ziemlich überall außer in Idaho wäre er beim dritten Vergehen lebenslänglich hinter Gittern gelandet." Hugh beugte sich zu seinem Bruder hinüber. „Tim, ich weiß, dass du gern Streuner mit nach Hause bringst. Aber Hunter zieht mir bei lebendigem Leibe die Haut ab, wenn ich den Typen wieder einstelle."

„Ich dachte, du könntest vielleicht mit Hunter reden", bat Tim. „Rory hat sich im Gefängnis vorbildlich benommen. Er kommt wegen guter Führung früher raus und ist fest entschlossen, sich diesmal nichts zuschulden kommen zu lassen. Bitte, Hugh!"

„Woher weißt du das alles?", fragte Hugh, jetzt schon etwas nachsichtiger. „Hast du ihn im Knast besucht?"

Tim schüttelte den Kopf. „Ich bin mit einem der Wärter dort zur Schule gegangen. Er hat mich auf dem Laufenden gehalten."

Hunter nickte. „Na, gut. Ich werde zusehen, dass ich Hunter in einem Moment erwische, wo er mir nicht gleich den Kopf abreißt. Erwarte nicht, dass er ja sagt. Wenn er's doch tut, werde ich vorschlagen, dass du für Rory verantwortlich sein wirst. Wenn irgendetwas gestohlen wird oder wenn wir – das möge der Himmel verhindern – wieder Pferde verlieren, dann wird es nur einen geben, den wir dafür verantwortlich machen und das wird Rory sein. Ich hoffe, das ist dir klar. Du wirst sein Kindermädchen sein und im Ernstfall werden wir erst schießen, bevor wir Fragen stellen." Hugh seufzte mit dramatischer Geste. „Wir hatten hier immer eine sichere Ranch. Niemand schließt seine Tür ab und ich möchte nicht, dass sich das ändert. Dieser Typ hätte es an einem Ort, wo man ihn nicht kennt, viel leichter. Unsere langjährigen Mitarbeiter sind alle nette Kerle, aber ich kann nicht garantieren, dass sie sich auch benehmen, wenn sie mit einem verurteilten Verbrecher zusammenarbeiten müssen. Und vielleicht wollen sie das auch gar nicht, was dann?"

„Ich werde mit Rory arbeiten", sagte Tim mit fester Stimme.

„Du bist Cowboy, und wenn ich mich recht entsinne, kann er nicht mal reiten. Wie wollt ihr also zusammenarbeiten? Wir können nicht auf dich verzichten. Vor allem jetzt nicht, wo die Fohlen geboren werden. Außerdem müssen die Stuten gedeckt werden."

Ein Lächeln breitete sich auf Tims Gesicht aus. „Ich dachte immer, dafür hätten wir Hengste."

Hugh rollte die Augen und gab Tim einen spielerischen Klaps auf den Hinterkopf. „Du bist mein Bruder, Tim. Wir haben unser ganzes Leben auf dieser Ranch gelebt und gearbeitet. Ich möchte nicht, dass das zerstört wird."

„Wird es nicht", versicherte Tim seinem Bruder. „Ich möchte Rory nur eine Chance bieten."

Hugh seufzte. „Ich weiß." Er legte Tim einen Arm um die Schultern und führte ihn nach draußen ins helle Licht des Herbsttages. „Lass uns an die Arbeit gehen, okay?"

HUGH DACHTE den ganzen Tag über Tims Bitte nach. Tim hatte ein großes Herz, das wusste jeder. Die beiden Hunde, die die Ställe bewachten, waren als Welpen am Straßenrand ausgesetzt worden. Tim hatte sie gefunden und gerettet. Er hatte sich immer um sie gekümmert, und auch wenn es gutmütige Tiere waren, hörten sie eigentlich nur auf Tim, der sie mit einem Pfeifen und einem Schnalzen zu sich rufen konnte.

Der nicht-so-kleine Gefallen, um den Tim ihn gebeten hatte, fiel aus Hughs Sicht definitiv in die Kategorie Tim-hat-ein-zu-großes-Herz. Er versuchte, sich an die Details des Pferdediebstahls zu erinnern. Delcos Strafregister war ohne Fehl und Tadel gewesen, doch dieser Rory hatte ein paar Vorstrafen gehabt. Nichts Großes, erinnerte sich Hugh – ein einfacher Diebstahl und ein „geborgtes" Auto kamen ihm in den Sinn –, aber er war zweimal im Gefängnis gewesen, darum hatte der Richter das mögliche Höchstmaß verhängt. Er fand, da waren Hopfen und Malz verloren. Rory war ein Berufskrimineller, der überall Schwierigkeiten hätte, einen Job zu finden. Genau das zog Tim vermutlich an. Hugh hätte seinen kleinen Bruder gern beschützt, doch er war kein Teenager mehr. Auf der Ranch trug er eine große Verantwortung, vor allem, wenn die Fohlen geboren wurden, da er sich um die trächtigen Stuten kümmerte. Bei schweren Geburten hatte er mehrere Fohlen durch seine ruhige Ausstrahlung und schnelle Entschlusskraft gerettet. Hugh vertraute ihm blind, außer wenn es um sein viel zu großes Herz ging. Selbst nach all diesen Jahren wollte er Tim immer noch vor dem Bösen in der Welt bewahren. Und Hugh fühlte sich wie ein Feigling, als ihm aufging, dass er hoffte, Hunter den schwarzen Peter zuschieben zu können, indem er ihn die Entscheidung treffen ließ.

Aus diesem Grund brauchte er fast eine Woche, bis er Hunter darauf ansprach. Dabei war ihm klar, dass Tim mittlerweile nervös wurde und auf eine Antwort wartete.

„Hunter, können wir uns heute unter vier Augen unterhalten? Vielleicht nach dem Abendessen?", fragte Hugh seinen Schwager, als er ihm half, den Tisch für das Sonntagsessen zu decken.

„Klar. Geschäftlich oder privat?", fragte Hunter entspannt.

„Ich fürchte geschäftlich."

„Kann es dann nicht bis morgen warten?", wollte Hunter wissen.

Hugh seufzte. „Ich hätte dich eigentlich schon letzte Woche fragen sollen."

Hunter machte ein ernstes Gesicht und kam ein bisschen näher. „Du verlässt uns doch nicht wieder, oder? Wen hast du diesmal um den Finger gewickelt? Bernie?"

Hugh lachte. Der Spaß auf seine Kosten machte ihm nichts aus, denn es war offensichtlich, dass Hunter es nicht ernst meinte. Hunter liebte es, Hugh aufzuziehen, denn er hatte Hunters ältere Schwester Lisa für dessen mittlere Schwester Izzie verlassen. Bernie war seine jüngste Schwester und mittlerweile eine ziemlich erfolgreiche Vielseitigkeitsreiterin. Tatsächlich sah es sogar so aus, als würde sie mit einem Pferd, das Hunter ihr gekauft hatte, an den Olympischen Spielen teilnehmen.

„Izzie ist die Richtige für mich. War sie schon immer und wird sie auch immer bleiben", antwortete Hugh gut gelaunt. „Bernie wird sich eines Tages einen feschen Springreiter angeln."

„Also, was hast du auf dem Herzen?", fragte Hunter.

Hugh zuckte die Schultern.

„Ich habe gehört, dass Mom meinte, das Abendessen wäre in zwanzig Minuten fertig. Wir könnten derweil ins Büro gehen, um zu reden."

Nachdem sie Christy und ihrer Mutter gesagt hatten, wo sie sein würden, gingen Hunter und Hugh nach unten.

Hugh bekam eine ziemlich gute Vorstellung davon, wie Tim sich am Montag gefühlt haben musste, als er ins Büro gekommen war, um sein Anliegen vorzutragen. „Ich komme am besten gleich zum Punkt", begann Hugh. „Tim hat mich gefragt, ob wir uns vorstellen könnten, Rory McCown als Ranchhelfer einzustellen."

Hunters Kinnlade sackte nach unten. „Rory McCown? Der unsere Pferde gestohlen hat?"

„Genau der. Na ja, genau genommen einer der beiden."

„Und warum will Tim, dass wir ihn einstellen?"

„Weil er damals hart gearbeitet hat und weil er auf Bewährung rauskommt, wenn er ein Dach über dem Kopf und einen Job vorweisen kann." Hugh sah, wie Hunter den Kopf schüttelte, also sprach er weiter, bevor Hunter ihn unterbrechen konnte. „Außerdem war der Pferdediebstahl nicht Rorys Idee. Du weißt genauso gut wie ich, dass Delco der mit den Kontakten war, um die Pferde zu verkaufen. Er war es auch, der uns mit seinen Tricks weisgemacht hat, dass wir es nicht mit einem Dieb, sondern einem Puma zu tun haben."

„Schon, aber Delco war nicht derjenige mit einem Vorstrafenregister so lang wie mein Unterarm", warf Hunter ein.

„Nur, weil er nie geschnappt wurde. Wie viele Menschen kennst du, die daran interessiert sind, gestohlene Fohlen zu kaufen? Ich jedenfalls kenne keinen. Und ich wette, du auch nicht. Delco war der mit den Kontakten. Rory war nur dumm genug, sich erwischen zu lassen."

„Du willst mir also sagen, dass ich einen Arbeiter einstellen soll, weil er dumm ist?"

„Dreh mir nicht das Wort im Munde herum, Hunter", erwiderte Hugh.

„Und wird er dieses Mal länger als drei Wochen bleiben?"

„Ich denke, das ist eine Bedingung seiner Bewährung. Vermutlich darf er die Landesgrenze nicht überschreiten und darf seinen Job nicht verlieren. Nicht, dass es ihm sein Gefängnisaufenthalt leicht machen würde, eine Anstellung zu finden."

„Das glaube ich auch nicht", pflichtete ihm Hunter bei. „Woher weiß ich, dass er sich nicht wieder mit unseren Pferden davonmacht?"

„Weißt du nicht. Aber ich habe Tim gesagt, dass es seine Aufgabe sein würde, Rory im Auge zu behalten, solltest du zusagen."

„Dann tu's", meinte Hunter.

Hugh traute seinen Ohren kaum. „Aber du hast keine Garantie."

Hunter zuckte die Schultern. „Wir stellen so ziemlich jeden ein, der uns um einen Job bittet. Das lässt uns ziemlich verzweifelt aussehen, aber das sind wir ja auch irgendwie. Wir zahlen nicht schlecht und trotzdem ist es schwer, Leute zu finden. Besonders für die niederen Tätigkeiten. Niemand, der älter als sechzehn ist, will heute noch Ställe ausmisten. Wer bin ich also, nein zu sagen? Außerdem brauchen wir ihm nicht viel zu erklären, denn ich bin sicher, er erinnert sich an das Meiste. Wir können uns doch darauf verlassen, dass Tim ein Auge auf ihn hat?"

Hugh nickte zustimmend. Hunter hatte natürlich recht. Zumindest wussten sie bei Rory, woran sie waren. Das war mehr, als sie von den anderen Rumtreibern sagen konnten, die es auf die Ranch verschlug. Obwohl er seine Zweifel hatte, konnte Hugh es nicht erwarten, Tim die Neuigkeit zu erzählen, um seine Reaktion zu sehen.

2

TIM HÄTTE nie gedacht, dass Hunter ja sagen würde. Er hatte sich sogar schon überlegt, was er zu Hunter sagen würde, weil er fürchtete, Hugh würde kneifen und ihn nicht auf Rory ansprechen. Doch es waren zwei Wunder geschehen und nun konnte er den Pflichtverteidiger anrufen und ihm sagen, dass Rory einen Job und ein Dach über dem Kopf haben würde, sodass man ihn auf Bewährung entlassen konnte. Er hoffte nur, dass Rory zu schätzen wissen würde, wie er sich für ihn ins Zeug gelegt hatte.

Während er darauf wartete, dass die Anwälte und Gerichte ihre Arbeit taten, fing er an, sich Sorgen zu machen. Hatte er zu viel Verantwortung übernommen? Was, wenn Rory gegen die Bewährungsauflagen verstieß? Was, wenn Hugh recht behielt und Rory die zweite Chance nicht zu schätzen wusste, die ihm gewährt worden war?

Tim war versucht, Rory im Gefängnis zu besuchen, doch er verschob es immer wieder, da er Angst hatte, von Rory mit wenig Begeisterung empfangen zu werden. Doch plötzlich bekam er einen Anruf von dessen Anwalt, der ihn darum bat, dass jemand seinen Klienten abholte und zu seiner neuen Arbeitsstelle fuhr.

Rory würde in den nächsten 24 Stunden entlassen werden!

„Hugh!", rief Tim, als er die Treppe zur Veranda des großen Ranchhauses hinauf lief. „Hugh!", wiederholte er, als sein Bruder nicht sofort antwortete. Die Haustür war wie immer unverschlossen und Tim betrat den Flur.

„Wo brennt's denn?", fragte Hugh ruhig, als er mit seiner jüngsten Tochter auf dem Arm die Treppe herunterkam.

„Rory kommt morgen. Er ist entlassen worden."

Hugh hob eine Augenbraue und nickte. „Ich schätze, dann bereitest du besser sein Zimmer vor. Und auf dem Weg hierher kannst du ihm ein paar Regeln einbläuen. Die Ranchhelfer sollten gesehen, aber nicht gehört werden. Ich erwarte von ihm, dass er seine Arbeit macht und sich mit niemandem hier anlegt. Bei dem ersten Anzeichen von Schwierigkeiten fliegt er und ich werde nicht derjenige sein, der das seinem Bewährungshelfer erklärt. Diese Aufgabe wird dir zufallen." Hugh stieß seinen Zeigefinger in Tims Brust und warf ihm ein neckendes Lächeln zu. „Sieh zu, dass er das weiß."

„Ich kann ihn doch an seinem ersten Tag in Freiheit nicht damit unter Druck setzen", widersprach Tim.

„Er sollte froh sein, dass wir bereit sind, ihm eine Chance zu geben. Ich sehe niemanden sonst, der sich darum reißt", antwortete Hugh schroff. „Und beruhige dich. Ich weiß, dass du eine Schwäche für diesen Typen hast, aber das Leben geht trotzdem weiter. Lass ihm ein bisschen Luft zum Atmen, sodass ihr beide die Arbeit machen könnt, die von euch erwartet wird."

Tim nickte, als Hugh ihn im Flur zurückließ, um seine Tochter in die Küche zu bringen. Er fuhr mit den Fingern durch seine etwas ausgewachsenen braunen Haare und kratzte sich die Bartstoppeln, weil er hoffte, dass ihn das beruhigen würde. Hugh hatte recht. Es wartete Arbeit auf ihn und er musste heute besonders ranklotzen, um den morgigen Nachmittag rauszuarbeiten, an dem er Rory abholen würde.

Dann kamen ihm Hughs Worte wieder in den Sinn: „Ich weiß, dass du eine Schwäche für diesen Typen hast." Was hatte Hugh damit gemeint? Was interpretierte er da in Tims Verhalten hinein? Tim wusste selbst nicht, warum es ihn so nervös machte, dass er Rory bald wiedersehen würde. Lag es daran, dass er befürchtete, den Mann falsch eingeschätzt zu haben, mit dem er von Anfang an gut klargekommen war, als er ein paar Wochen hier gearbeitet hatte?

Tim hatte von weitem verfolgt, wie es Rory nach seiner Verhaftung ergangen war. Obwohl die ganze Ranch über Izzies Exfreund Delco gesprochen hatte und darüber, dass er derjenige gewesen war, der den Pferdediebstahl geplant hatte, hatte es Tim überrascht, von Rorys Beteiligung zu hören.

ALS HUGH Rory vor drei Jahren eingestellt hatte, hatte er ihn Tim vorgestellt, dessen Aufgabe es war, die immer wieder wechselnden Hilfsarbeiter zu organisieren. Tim war aufgefallen, dass Rory größer war als die meisten Rumtreiber, die die am schlechtesten bezahlten Jobs auf der Ranch übernahmen. Außerdem war er schlank, fast schon dürr. Seine Augen wurden von langem, geradem, braunem Haar verdeckt und sein Gesicht von einem kaum gepflegten Vollbart. Tim brauchte mehr als eine Woche, bis er mit Sicherheit sagen konnte, dass auch Rorys Augen braun waren.

Rory war recht wortkarg, doch er konnte Anweisungen befolgen und kam gut mit den Pferden klar, obwohl Tim schnell erkannte, dass Rory kein Landei war. Er lernte schnell, arbeitete hart und räumte immer hinter sich auf. Das war schon mehr, als Tim gewohnt war.

In Rorys dritter Woche machten es sich die meisten Arbeiter eines abends mit ihrem Essen vor dem Fernseher bequem, da ein Footballspiel lief.

Tim fiel auf, dass Rory allein am großen Esstisch saß.

„Macht es dir was aus, wenn ich mich dazusetze?"

Rory machte eine einladende Geste, was Tim als „Nur zu" interpretierte. Er nahm gegenüber von Rory Platz und sah zu, wie dieser mit Hingabe sein Rindergeschnetzeltes mit Kartoffeln verdrückte.

„Du schaust kein Football?", fragte Tim, der hoffte, Rory in ein Gespräch verwickeln zu können.

Rory zuckte die Schultern. „Bin kein großer Fan. Mir liegt eher Fußball."

„Da kenne ich mich nicht allzu gut aus", gab Tim zu.

„Wird auf den lokalen Fernsehsendern auch nicht übertragen", erwiderte Rory gleichgültig. „Niemand sonst hier schaut Fußball, also ist es auch egal."

Tim überlegte, ob er Hugh fragen könnte, auf dem Fernseher im großen Haus nachzuschauen, der einen Kabelanschluss hatte. Er wollte Rory jedoch keine falschen Versprechungen machen, also aß er einfach weiter.

„Das Essen ist gut", stellte Tim fest, weil er nicht wollte, dass das Gespräch abriss.

„Das Beste, was ich seit Ewigkeiten hatte. Ihr habt hier einen tollen Koch. Auf den meisten Ranches kochen die Arbeiter selbst und das Ergebnis ist kaum genießbar. Hier ist das anders."

„Ja, wir haben Glück", erwiderte Tim. Er starrte Rory unentwegt auf den Mund und seine fast perfekten Zähne. Er sah einen schiefen Zahn auf der linken Seite, als Rory von einem Stück Brot abbiss. Tim konnte sich nicht erklären, warum ihn das so faszinierte. Obwohl er wusste, dass er Männer anziehender fand als Frauen, war ihm der Mund eines anderen Mannes noch nie auf diese Weise aufgefallen.

„Also, was gibt's hier so am Wochenende?", fragte Rory. „Am Samstag waren alle plötzlich verschwunden, aber ich hab keine Ahnung, wohin."

Tim wurde klar, dass das die meisten Worten waren, die sie seit Rorys Ankunft gewechselt hatten. Er riss seinen Blick von Rorys Mund los und sah ihm in die Augen.

„Normalerweise gehen sie ins Barrel Run. Das ist eine Bar in der Stadt, wo samstags Bands aus der Gegend spielen. Ich gehe dort nur hin, wenn Jacks Band spielt. Jack ist mein Bruder."

„Dein Bruder spielt in einer Band?"

Da war wieder dieses Lächeln. Er musste wirklich aufhören, Rorys Mund anzustarren.

„Ja, die Teton Wranglers. Sie spielen Country Rock und sind auch richtig gut. Schreiben ihre eigene Musik und alles."

„Könntest du mir vielleicht Bescheid geben, wenn sie das nächste Mal auftreten?", fragte Rory zögerlich.

„Klar. Zufällig spielen sie dieses Wochenende. Ich kann dich gern mitnehmen."

Rory nickte ihm zum Dank zu und blieb am Tisch sitzen, bis Tim aufgegessen hatte. Ohne weitere Aufforderung nahm er seinen und Tims Teller und ging zur Spüle, um beides abzuwaschen. Wortlos gesellte Tim sich zu ihm, um ihm beim Abtrocknen und Wegräumen zu helfen. Keiner von beiden sprach und Tim fand, dass das auch gar nicht nötig war.

AM NÄCHSTEN Samstag fuhr Tim mit Rory auf dem Beifahrersitz ins Barrel Run. Im Moment wurden viele Fohlen geboren, weshalb beide Männer in der Woche hart gearbeitet hatten. Etwas Erholung würde ihnen guttun.

Als sie in der Bar angekommen waren, wusste Tim, was er zu erwarten hatte. Immer, wenn Jacks Band spielte, war der Laden voll bis unters Dach, und da er aus der Gegend kam, kannte ihn natürlich jeder. Jack hatte hier quasi Promistatus und da Tim sein Bruder war, färbte das auch auf ihn ab. Außerdem war er – wie seine Brüder – groß, dunkelhaarig und gut aussehend und lebte in einer Gegend, in der viele junge Männer weggezogen waren, um sich besser bezahlte Jobs in den Städten zu suchen. Die Frauen klebten an ihm wie die Fliegen, doch da er kein wirkliches Interesse an ihnen hatte, hatte er seine Taktik perfektioniert, sie sanft abblitzen zu lassen. Weil Rory mit ihm hergekommen war, wurde auch ihm viel Aufmerksamkeit zuteil. Es überraschte Tim zu sehen, wie der eher schüchterne Rory die Damen anlächelte, sie aber nach einem kurzen Wortwechsel ebenfalls abblitzen ließ.

Die meisten Männer, die Tim mit ins Barrel Run genommen hatte, verließen das Lokal schließlich mit einer Dame am Arm, doch Rory schien nicht interessiert zu sein. Wie Tim hielt er sich in der Nähe der Bar auf und vertrieb sich die Zeit damit, die Bühne und das Publikum zu beobachten. Jeder zahlte seine eigenen Drinks. Tim hatte sich ein paar Bier bestellt, doch Rory bestellte sich ein Bier mit Schnaps zum Nachspülen nach dem anderen und machte mit jeder Bestellung kurzen Prozess. Nach dem dritten Bier stieg Tim der Alkohol bereits zu Kopf, doch Rory, der viel mehr getrunken hatte als er, machte zwar einen entspannteren Eindruck, war aber keineswegs betrunken.

Als die Band Pause machte, kam Jack zu ihnen hinüber und begrüßte Tim, wie man eben seinen Bruder begrüßt. Tim stellte Rory vor und wurde dann Zeuge, wie Rory Jack ausquetschte, um zu erfahren, welche Gitarren er spielte und wie er Songs auswählte. Da Tim Rorys schweigsame Art kannte, überraschte es ihn zu sehen, dass Rory sich so ungezwungen mit einem fast Fremden unterhielt. Jack ließ sie bald allein, um noch mit anderen Gästen zu reden, und Tim sah, dass Rory seinem Bruder mit dem Blick folgte.

„Ich geh dann mal lieber", sagte Tim schließlich, weil er wusste, dass er am nächsten Morgen früh rausmusste. „Falls du eine Mitfahrgelegenheit zur Ranch brauchst, kannst du gern mitkommen. Ansonsten bist du auf dich allein gestellt."

Rory löste den Blick von Jack und sah Tim an. „Ja, klar. Ich komme mit."

Als sie im Truck saßen, lächelte Rory zwar noch, doch die Leichtigkeit, mit der er mit Jack gesprochen hatte, war wieder verflogen.

„Sieht aus, als hättest du heute Abend Spaß gehabt", stellte Tim fest.

„Ja", gab Rory zu. „Dein Bruder hat wirklich Talent. Gut aussehend ist er auch noch. Ich bin überrascht, dass er noch keinen Plattenvertrag hat. Bei all diesen Countryschnecken in Nashville käme er bestimmt prima an."

Tim bemerkte einen leichten Südstaatenakzent, der sich in Rorys Worte stahl. „Kommst du aus der Gegend?"

Rory schüttelte den Kopf. „Nein, ich bin eigentlich aus Georgia, habe aber eine Weile in Tennessee gelebt."

„Du klingst nicht, als wärst du aus dem Süden."

Rory zuckte die Schultern. „Ich bin viel rumgekommen. Es kann nützlich sein, so zu klingen, als käme man von überall und nirgendwo."

Tim nickte. Der Truck stand immer noch auf dem Parkplatz und war von unordentlich geparkten Fahrzeugen umgeben. Tim fragte sich, wie er jemals hier herauskommen sollte.

„Den Frauen scheinst du gefallen zu haben", sagte Tim, nur um ihr Gespräch nicht einschlafen zu lassen.

„Nicht nur ich. Sie haben mehr nach dir als nach mir gefragt." In dramatischer Geste ahmte er das Verhalten der Frauen nach: „Bist du mit Tim hergekommen? Meine Freundin würde gern mit Tim nach Hause gehen. Wenn wir uns zusammentun, vielleicht nimmt Tim dann sie mit. Was meinst du?"

Tim lächelte. „Sie sollten mittlerweile wissen, dass sie mich nicht überreden können."

„Mich auch nicht", sagte Rory.

Tim fühlte Rorys Blick auf sich ruhen und drehte sich in dem Moment um, als Rory näher zu ihm rückte. Bevor er reagieren konnte, spürte er Rorys fein geschwungenen Mund auf seinem. Sein Bart war überraschend weich. Fast automatisch umfasste er Rorys Hinterkopf, um den Kuss angemessen erwidern zu können. Rory presste seinen sehnigen Körper gegen Tims. Dieser fühlte, dass ihm seine Jeans plötzlich viel zu eng war. Seine eigene Hand tastete nach Rorys Hintern. Gleichzeitig fühlte er dessen Hände über seinen Körper wandern und stöhnte, als ein Oberschenkel gegen seinen Schritt rieb.

Plötzlich hörte Tim, wie eine Flasche gegen das Autofenster geworfen wurde. „Schwuchteln!"

Aus Reflex schob er Rory von sich und sah sich um. Es stand nur noch ein Typ auf dem Parkplatz. Er sah sehr betrunken aus und Tim erkannte in ihm einen Pferdepfleger von der Hope Ranch, die sich im nächsten Bezirk befand. Er hoffte, dass der Typ ihn nicht erkannt hatte. Dann öffnete sich die Beifahrertür und Rory stieg aus. Für einen Moment befürchtete Tim, dass Rory vorhatte, den Typen zur Rede zu stellen, doch Rory ging in die andere Richtung davon.

Tim wartete eine ganze Stunde auf dem Parkplatz, und hoffte, dass der Zwischenfall Rory nur nervös gemacht hatte und er zurückkommen würde, sobald die Wogen sich geglättet hatten. Doch ein Auto nach dem anderen verließ den Parkplatz und Rory war immer noch nicht wieder aufgetaucht. Schließlich fuhr Tim nach Hause.

DREI JAHRE später konnte Tim sich immer noch daran erinnern, wie es sich anfühlte, von Rory geküsst zu werden und seinen geschmeidigen Körper unter den Händen zu spüren.

3

RORY TAUSCHTE die Gefängniskluft gegen seine eigene Kleidung, die er vor nicht ganz drei Jahren ausgezogen hatte. Er musste seinen Gürtel etwas enger schnallen und die Jeans hing recht lose an ihm, aber es war ja nicht so, dass man ihn vor seiner Entlassung losgeschickt hätte, um neue Klamotten zu kaufen. Er hatte eine zweite Jeans in seiner Reisetasche, doch die war noch größer, und das Shirt, das er trug, hatte zumindest weniger Löcher als das zweite in der Tasche. Wenigstens war sein rot karierter Mantel ziemlich warm und er trug eine Mütze mit dem Logo einer Werkstatt, bei der er mal gearbeitet hatte.

Vor einem Tag hatte der Friseur seinen Bart gestutzt, doch die Haare hatte er ihm nicht geschnitten. Er mochte es ein bisschen länger. Er mochte den leicht heruntergekommenen Look, weil er ihm Anonymität schenkte.

In weniger als einer Stunde würde er den Ort verlassen, an dem er die letzten drei Jahre seines Lebens verbracht hatte. Er hatte den anderen Jungs auf Wiedersehen gesagt und ein paar Formulare unterschrieben. Jetzt war er auf dem Weg in eine andere Art von Gefängnis.

Sein Anwalt – natürlich bezahlt vom Staat, da Rory kein Geld hatte – hatte im Scherz gemeint, Rory solle es als eine Art gemeinnütziger Arbeit betrachten. Rory hatte Einspruch erhoben, doch sein Anwalt hatte ihm vor Augen geführt, dass das Rorys einzige Chance war und er dankbar dafür sein solle.

Ihm war schleierhaft, wie jemand, der im Vollbesitz seiner geistigen Kräfte war, auf die Idee kommen konnte, einem Pferdedieb eine Anstellung auf einer Pferderanch anzubieten. Doch das war einem weiteren Jahr im Gefängnis in jedem Fall vorzuziehen und Rory hatte kein Problem damit, den Ball flach zu halten. Für ein Jahr konnte er die Zähne zusammenbeißen und durchhalten.

Noch dreißig Minuten und dann würde ihn jemand abholen und zu dem Ort bringen, wo er zukünftig wohnen würde. Morgen würde er sich bei seinem Bewährungshelfer melden müssen. Er kannte das Spiel schon. Es war schließlich nicht das erste Mal, dass er die demütigende Prozedur über sich ergehen lassen und sich von einem Bewährungshelfer ins Gewissen reden lassen musste.

„McCown."

Rory drehte sich um und nahm seine Tasche und den braunen Umschlag, der ein paar persönliche Dinge enthielt.

„Na, dann los", sagte der Aufseher. „Ich werde nie verstehen, warum ihr Typen am Tag der Entlassung nicht die Tore einreißt, um endlich rauszukommen", murmelte er.

Rory erwiderte nichts. Er hatte nicht den Eindruck, dass der andere Mann eine Antwort erwartete.

Stattdessen lauschte er darauf, wie sich Schlösser entsperrten und Türen öffneten, während er hindurchging. Mit jeder Tür kam er der Freiheit näher. Oder jedenfalls der frischen Luft.

Vor der letzten Tür drehte sich der Oberaufseher zu ihm um. „Bau keinen Mist. Geh immer zur Arbeit. Und verpass nicht deine Termine beim Bewährungshelfer, beginnend morgen um neun. Du weißt genau, wie überfüllt es hier drinnen ist. Du warst ein vorbildlicher Insasse und ich möchte dich so schnell hier nicht wiedersehen. Ist das klar?"

Rory nickte. Er trat einen Schritt zurück und ließ den Aufseher die letzte Tür öffnen, die ihn noch von der Freiheit trennte.

Als er nach draußen trat, musste er blinzeln, weil die Sonne ihn blendete. Er wartete einen Moment ab, bis sich seine Augen an die tief stehende Sonne am Winterhimmel gewöhnt hatten. Auf der gegenüberliegenden Straßenseite parkte ein Truck und ein Mann mit Stetson-Hut auf dem Kopf lehnte an der Fahrertür. Rory schüttelte den Kopf, als er den gut aussehenden Cowboy mit dem widerspenstigen braunen Haar und den breiten Schultern erkannte.

Er musste gar nicht näher herangehen, um sich an die weit auseinanderstehenden Augen, die gebogenen Augenbrauen, das immerwährende Lächeln und diese großen, starken Hände zu erinnern.

Tim Conroy.

Das beantwortete immerhin einige der Fragen, die Rory sich gestellt hatte. Plötzlich war es gar keine große Überraschung mehr, dass ein Arbeitgeber genau in dem Moment aufgetaucht war, als er einen gebraucht hatte. Auf der anderen Seite hatte es Tim sicher einiges an Überredung gekostet, seinen Boss davon zu überzeugen, nicht nur einen verurteilten Straftäter einzustellen, sondern einen verurteilten Straftäter, der von genau der Ranch Pferde gestohlen hatte, auf der er jetzt arbeiten sollte.

Rory sank der Mut. Alle auf der Blue River Ranch kannten ihn. Die meisten Arbeiter waren schon lange dort gewesen und er nahm an, dass sie auch immer noch da arbeiteten. Der Rest gehörte zur Familie von Hunter – des Besitzers – oder Hugh – des Vorarbeiters. Tim gehörte in die zweite Kategorie, denn er war Hughs jüngster Bruder. Es war unwahrscheinlich, dass die Männer auf der Ranch ihn vergessen hatten und er glaubte nicht, dass es einen Unterschied machen würde, dass der Pferdediebstahl nicht seine Idee gewesen war. Er war soweit beteiligt gewesen, dass es für eine lange Freiheitsstrafe und eine weitere Kerbe auf seinem Vorstrafenregister gereicht hatte. Und da die meisten der Männer die Verhandlung verfolgt hatten, war es auch kein Geheimnis, dass sein Vorstrafenregister recht lang war. Zum Glück hatte er sich im Laufe der Zeit ein dickes Fell zugelegt.

Rory schwang sich seine Tasche über die Schulter, drehte sich etwas zur Seite, als ein vorbeifahrender LKW Staub aufwirbelte, und ging dann über die Straße und auf den wartenden Truck zu.

„Tim", begrüßte Rory seinen Chauffeur. Er versuchte, seine Stimme so neutral wie möglich klingen zu lassen.

„Rory", erwiderte Tim und tippte sich an den Hut.

Rory war sich nicht sicher, ob er sich das nur einbildete, aber er meinte, Sehnsucht in Tims sanfter Stimme zu hören. Andererseits hatte er schon immer eine sehr sexy Stimme für einen so toughen Cowboy gehabt.

„Lass uns gehen", sagte Tim. „Es wird eine lange Fahrt."

Rory warf seine Reisetasche auf die Rückbank des Trucks und stieg dann auf der Beifahrerseite ein. Tim schwieg, als er den Motor anließ und losfuhr. Auch Rory wusste nicht, was er sagen sollte, daher betrachtete er einfach die Landschaft und kaute auf seinem Daumennagel herum.

Es dauerte zwei Stunden, bis sich endlich ein Gespräch entspann.

„Hast du Hunger?", fragte Tim unvermittelt.

„Sicher", antwortete Rory.

„Ich wette, im Gefängnis gab es keine vernünftigen Burger, hab ich recht?", fragte Tim und sah Rory mit seinem allseits bekannten Lächeln an, als er auf den Parkplatz eines Diners fuhr.

„Keine wie bei Barnaby's", sagte Rory, der den Namen von dem Schild ablas, das über dem altmodischen Imbiss hing.

Es war gerade Happy Hour, darum war es ziemlich voll. Beide bestellten ein Early Bird Burger Special und ein Bier. Rory zog den Kopf ein, doch niemand erkannte ihn – weder die paar Leute, die Tim grüßten, noch die Kellnerin, die die riesigen Teller mit ihrem Essen brachte. Er fühlte sich zwischen all den einfachen Leuten und Farmern, die wegen eines günstigen Essens hierher gekommen waren, nicht einmal schlecht angezogen. Der einzige Unterschied zwischen ihrem Tisch und allen anderen war, dass an ihrem nicht gesprochen wurde. Von Zeit zu Zeit fühlte Rory, wie Tims Blick auf ihm ruhte, doch er erwiderte ihn nie, denn er wusste nicht, was er sagen sollte.

Als die Kellnerin die Rechnung brachte, schnappte Rory sie Tim vor der Nase weg und ging zur Kasse, um zu bezahlen.

„Rory", rief ihm Tim hinterher, doch dieser sah sich nicht nach ihm um. Er bezahlte mit dem Geld, das er im Knast verdient hatte, und ging dann hinaus zum Truck.

Tim holte zu ihm auf und schloss das Auto auf.

„Du hättest mein Essen nicht bezahlen müssen", sagte Tim. Er ließ den Wagen nicht an, sondern wandte sich stattdessen Rory zu.

„Du bist zwei Stunden gefahren, um mich abzuholen, und dann wieder zwei Stunden zurück. Wahrscheinlich ist dir dafür auch noch ein halber Tageslohn flöten gegangen", erwiderte Rory, während er aus dem Fenster sah. „Wie auch immer, wir hatten das Special und das war nicht so teuer."

„Das ist nicht mein Truck, also bezahlt die Ranch fürs Benzin. Und ich habe Überstunden gemacht, um mein Fehlen heute auszugleichen. Hunter vertraut mir, deshalb zählt er meine Arbeitsstunden nicht. Und solange ich meine Arbeit schaffe, macht auch Hugh kein Fass auf."

Tims Stimme klang ruhig und beherrscht, wohingegen Rory das unbezwingbare Bedürfnis hatte, aus dem Auto zu springen und davonzulaufen. Er war sich nicht sicher, woher dieses Gefühl kam, doch es kostete ihn Überwindung, still zu sitzen. Das wurde noch schwieriger, als Tim ihm eine Hand auf den Arm legte. Rory zuckte zurück, als wäre er von einer Tarantel gestochen worden.

„Bitte, Rory. Du bist viel zu angespannt. Ich wollte dir keine Angst einjagen …"

„Du hast mir keine Angst eingejagt", erwiderte Rory wie aus der Pistole geschossen.

„Sieh mich bitte an."

„Was willst du von mir?", fragte Rory mit zusammengebissenen Zähnen.

Tim ließ seine Hand auf der Zwischenkonsole liegen und Rory betrachtete sie misstrauisch.

„Ich möchte nichts", antwortete Tim. „Nein, ich gebe zu, das stimmt nicht."

Tims Worte sorgten dafür, dass Rory ihn ansah. Zum ersten Mal seit drei Jahren sah er in diese ungewöhnlich hellbraunen Augen, in denen es immer zu funkeln schien. Tim hielt Rorys Blick jedoch nicht lange stand. Also wollte Tim mehr? Rory konnte sich sehr gut an einen ähnlichen Truck erinnern und daran, wie er Tim darin geküsst hatte.

„Ich möchte dir eine Chance geben, Rory", fuhr Tim fort. „Ich weiß nicht, warum du dich so oft in deinem Leben auf der falschen Seite des Gesetzes wiedergefunden hast, aber es muss einen besseren Weg geben."

„Wer gibt dir das Recht, mir Vorträge zu halten?", fragte Rory mit kaum unterdrückter Wut in der Stimme. „Du wurdest auf dieser Ranch geboren. Du hast in deinem Leben wahrscheinlich noch nicht einmal ein Bußgeld wegen überhöhter Geschwindigkeit bekommen. Du musstest dir nie Gedanken darüber machen, wo deine nächste Mahlzeit herkommt."

„Ich weiß", meinte Tim, der immer noch ruhig klang. „Und darum habe ich das Gefühl, ich müsste mein Glück teilen. Das ging mir schon immer so. Die beiden Hunde, die unsere Ställe bewachen, habe ich gefunden. Menschen, die sie nicht mehr brauchten, hatten sie am Straßenrand angebunden. Ich hab sie mit nach Hause genommen, hab sie gefüttert und mich um sie gekümmert und jetzt sind sie glückliche Wachhunde. So habe ich auch Pferde gerettet."

„Ich bin kein Tier, das man retten müsste", meinte Rory protestierend, obwohl er sich schon ruhiger fühlte. Tims unbeschwerte Art und seine beruhigende Stimme verfehlten ihren Zweck nicht, obwohl er das niemals zugegeben hätte.

„Auch das weiß ich", sagte Tim mit einem Schmunzeln. „Ich will damit nur sagen, dass das Leben auf der Ranch gar nicht so schlecht ist, wenn du der Sache nur eine Chance gibst. Klar, die Arbeit ist manchmal hart. Aber die Jungs sind toll und die Pferde machen die Arbeit auch lohnenswert."

„Das einzige Problem ist, dass alle wissen, dass ich ein Pferdedieb bin. Ich habe ihre Pferde gestohlen, von denen einige sogar zu jung waren, um von ihren Müttern getrennt zu werden. Das ist grausam."

„Warum hast du es dann getan?"

Rory zuckte die Schultern. „Warum tut jemand etwas Verbotenes?"

„Geld", sagte Tim. Es war nicht einmal eine Frage.

„Geld", bestätigte Rory.

„Und wo ist dieses Geld jetzt?"

Rory biss sich auf die Zunge. „Alles weg. Ich hoffe, sie haben auch Delco drangekriegt, denn er hat das meiste davon eingestrichen. Ich war nur der Handlanger und hab bekommen, was übrig blieb."

„Ich weiß", sagte Tim.

„Was ich getan habe, war dumm", sagte Rory mit fast unhörbarer Stimme.

„Ja, auch das weiß ich, aber daran können wir nichts mehr ändern. Wir alle müssen mit den dummen Entscheidungen leben, die wir einmal getroffen haben."

Rory sah wieder Tim an. „Wann hast du jemals eine dumme Entscheidung getroffen?"

„Vielleicht werde ich dir das eines Tages erzählen", meinte Tim neckend.

„Diese hier könnte ja legendär werden", sagte Rory und die gute Laune war aus seiner Stimme verschwunden.

„Diese?"

„Dass du deinen Chef gefragt hast, ob er mir einen Job gibt."

„Das bezweifle ich."

„Was, wenn wieder ein Pferd verschwindet? Was, wenn irgendetwas anderes gestohlen wird? Natürlich werden alle mit dem Finger auf mich zeigen und dann wäre es gar nicht klug, sich auf meine Seite zu stellen. So was geht nie gut."

„Das ist eine selbsterfüllende Prophezeiung."

„Eine selbst… was auch immer. Wovon sprichst du?"

„Wenigstens sprechen wir", sagte Tim mit einem Lächeln und einem flüchtigen Blick zur Seite. „Ich hatte schon befürchtet, du hättest das Reden aufgegeben. Das Schweigen hat mich fertiggemacht."

„Ich war noch nie besonders redselig."

„Ich weiß", sagte Tim. „Dafür rede ich genug für uns beide."

„Daran kann ich mich erinnern."

„Aber mir ist es ernst, weißt du", fuhr Tim fort. „Wenn du dir immer wieder sagst, dass etwas schiefgehen wird, dann wird es auch so kommen. Du musst daran glauben, dass es besser wird."

Rory hatte für Tims Worte nur ein Schulterzucken übrig.

„Ich glaube fest daran, dass du die Dinge zum Besseren wenden kannst", sagte Tim und klang dabei sehr überzeugt.

Schweigen breitete sich wieder zwischen ihnen aus, doch diesmal machte es Rory nicht so viel aus. Es wurde langsam Nacht und der Parkplatz war immer noch gut gefüllt, wenn auch mit anderen Autos als zuvor. Er verfolgte ein Pärchen mit den Augen, das zwischen den Autos hindurch auf das Diner zuhielt.

„Zweite Frau", stellte Tim fest.

Rory fühlte sich ertappt, als ihm klar wurde, dass Tim aufgefallen war, wohin sein Blick gewandert war. „Kennst du diese Leute?"

„Nein", antwortete Tim, „aber sie ist mindestens zwanzig Jahre jünger als er und stellt ihre Oberweite zur Schau."

„Vielleicht sind sie noch nicht verheiratet. Vielleicht ist sie seine Geliebte", schlug Rory mit einem trockenen Grinsen vor.

„Oder die Freundin seiner Tochter."

„Das ist ekelhaft", meinte Rory und sah aus, als wäre ihm ein unangenehmer Geruch in die Nase gestiegen.

„Wenigstens habe ich dich zum Lächeln gebracht", sagte Tim mit einem Schulterzucken.

Rory hörte sofort damit auf. „Ich lächele ungefähr so viel wie ich rede."

„Okay, ich werde das als Herausforderung verstehen. Gleich, nachdem ich dich davon überzeugt habe, dass es sich auszahlt, rechtschaffen zu bleiben, werde ich dir beweisen, dass man mit einem Lächeln weiter kommt als mit einem finsteren Blick."

„Viel Glück dabei", sagte Rory, der sich ein Grinsen nicht verkneifen konnte.

4

„DIE DUSCHEN sind da drüben", sagte Tim und zeigte links den Flur entlang, an dessen Ende sich ein dunkler Raum befand, der feucht roch.

„Der Lichtschalter ist gleich um die Ecke. Allerdings schaltet sich das Licht nach fünfzehn Minuten von selbst ab, weil sonst keiner dran denkt, es auch wieder auszuschalten. Wenn du also die Dusche betrittst, betätigst du den Schalter – egal, ob das Licht schon brennt oder nicht. Auf diese Weise hast du die vollen fünfzehn Minuten, um zu duschen, und wer auch immer schon drin ist, bekommt ein wenig Extrazeit." Zum Beweis hämmerte er mit der Hand auf den Schalter und der Duschraum wurde in gleißendes Licht getaucht. „Bring dein eigenes Handtuch, Seife, Shampoo und was du sonst noch brauchst mit und nimm alles wieder mit auf dein Zimmer. Es stört sich hier eigentlich niemand an nackter Haut, wie du dich sicher erinnerst, aber häng dir trotzdem lieber ein Handtuch um die Hüften."

Oder auch nicht, dachte Tim. *Aber sorg dafür, dass ich in der Nähe bin, um es zu sehen.* Bei dem Gedanken musste er lächeln. Obwohl Rory damals nur drei Wochen auf der Ranch gewesen war, waren es drei Wochen mit fantastischem Wetter gewesen und sie hatten die meiste Zeit zusammengearbeitet. Wenn gegen Mittag die Hitze unerträglich wurde, hatten sie beide ihre Hemden ausgezogen und Tim durfte den Anblick von Rorys sehnigem Körper, seinen muskulösen Schultern und dem durchtrainierten Oberkörper genießen. Doch sein Blick war nie lange verweilt. Einen Boss zu haben, dessen Freund ein Mann war, war die eine Sache. Die Männer machten sich zwar hinter Hunters und Grants Rücken immer noch über sie lustig, doch von Angesicht zu Angesicht würden sie das nie wagen, denn Hunter unterschrieb ihre Gehaltsschecks. Tim ging nicht davon aus, dass er dasselbe Privileg genießen würde, sollte sein Geheimnis je ans Tageslicht kommen. Also zog er den Kopf ein und fuhr in die nächste Stadt, wenn er das Bedürfnis verspürte, fremde Hände auf seinem Körper zu spüren.

Und doch hatte er vom ersten Moment an etwas für Rory empfunden.

Beim letzten Mal waren seine Vermutungen nur zum Teil bestätigt worden, aber Tim hoffte, dass Rory diesmal entgegenkommender sein würde. Das Problem war, dass Rorys Nervosität anhielt, also würde es wohl Zeit brauchen, bis er sich in Tims Gegenwart wohlfühlte.

„Dein Zimmer liegt da drüben." Tim fuhr mit dem Rundgang fort und lief einen schwach beleuchteten Flur entlang, um schließlich vor einer Tür anzuhalten, die sich auf derselben Seite befand wie der Duschtrakt. Das Zimmer hinter der Tür war lang gezogen und mit einem Einzelbett, einem Schrank, einem kleinen Tisch und einem Stuhl spärlich möbliert. Tim wusste, wie die Zimmer der Ranchhelfer aussahen, doch es war ihm fast ein wenig peinlich, vor allem, weil sein eigenes Zimmer nicht nur viel wohnlicher aussah, sondern auch mindestens doppelt so groß war.

„Es ist nichts Besonderes, aber immerhin musst du es mit niemandem teilen", entschuldigte er sich.

„Das allein ist schon eine Verbesserung", sagte Rory mit einem schiefen Lächeln, als er an Tim vorbeiging und seine Tasche aufs Bett warf.

„Saubere Bettwäsche sollte im Schrank sein. Wenn du magst, kann ich dir helfen, das Bett zu beziehen." Tim wusste, dass er versuchte, Zeit zu schinden, aber er hatte Rory seit drei Jahren nicht gesehen und es war schließlich nicht so, als hätte er heute Nacht noch etwas anderes vor.

„Ich bin dran gewöhnt, mein Bett selbst zu beziehen. Ich komm schon klar, danke."

Tim nickte, wohl wissend, dass er entlassen war. „Ich fahr dich morgen in die Stadt", sagte er, als er schon in der Tür stand. „Halb neun?"

„Ja", antwortete Rory. „Bewährungshelfer. Nichts, worauf ich mich freuen würde."

„Der schlimmste Teil ist vorbei. Du hast ein Dach über dem Kopf und einen Job."

Rory nickte, als er den Reißverschluss seiner Tasche öffnete und begann auszupacken.

Gerade, als Tim das Zimmer verlassen wollte, ergriff Rory das Wort. „Danke für den heutigen Tag. Und für den Job."

Tim drehte sich um und schenkte Rory sein strahlendstes Lächeln. „Keine Ursache."

Rorys Gesichtszüge wurden weich und Tim wusste, dass er versucht wäre, ihn zu küssen, wenn er noch länger bliebe. Also nickte er ihm zum Gruß zu und ging.

Auf dem Weg nach oben fiel ihm ein, dass er vergessen hatte, Rory zu sagen, wo sein eigenes Zimmer war. Andererseits, was sollte Rory mit der Information anfangen? Sollte er sich mitten in der Nacht nach oben schleichen und Tim verführen? Wohl nur in seinen Träumen. Tim schob diese Gedanken beiseite und zog sich seine Arbeitssachen an. Körperliche Arbeit würde ihm sicherlich helfen, sich abzulenken.

AM NÄCHSTEN Morgen stand Tim vor Sonnenaufgang auf und arbeitete zwei Stunden, bevor er zum Haus zurückging, um zu frühstücken. Er hoffte, Rory im Gemeinschaftsraum anzutreffen, doch der war schon völlig verwaist, also nahm er sich ein Sandwich und einen Kaffee und ging zurück in den Flur. Als er um die Ecke bog, trat Rory, nur mit einem Handtuch bekleidet, aus dem Duschtrakt. Mit einem anderen Handtuch rubbelte er sich die Haare trocken und Wasser tropfte aus seinem Bart. Tims Kinnlade klappte herunter und er schloss schnell den Mund. Doch seine Augen konnte er nicht davon abhalten, über Rorys feingliedrigen Körper zu wandern und seine scheinbar zufällig gewählten Tattoos zu bestaunen. Möglichst nonchalant nahm er einen Schluck von seinem Kaffee und bewunderte dabei das Tribal, das sich um Rorys Oberarm wand, und die vereinzelten Haare, die von Rorys Brust zu seinem Bauchnabel bis dorthin führten, wo Tim sein Schamhaar vermutete. Er versuchte seinen Blick abzuwenden, doch zuvor stellte er sich vor, über eine der beiden kleinen Brustwarzen zu lecken.

Als Rory Tim entdeckte, rieb er sich mit dem Handtuch über das Gesicht und ließ es dann seinen Oberkörper hinuntergleiten. „Bin ich zu spät?"

Tim antwortete nicht sofort, weil er davon abgelenkt wurde, dass Rory ihn beim Starren erwischt hatte. „Nicht wirklich. Hast du schon gefrühstückt?"

Rory nickte und schien sich sehr über Tim zu amüsieren. Er ging an ihm vorbei und schnappte sich seinen Kaffeebecher. „Danke, dass du mir Kaffee mitgebracht hast." Er nahm einen großen Schluck. „Verdammt, du trinkst deinen Kaffee schwarz?" Rory schob Tim den Becher wieder in die Hand.

Tim lächelte. „Ja, tu ich. Du etwa nicht?"

Rory schüttelte den Kopf. „Das nächste Mal für mich bitte mit viel Zucker."

Er ließ den Kaffeebecher los und drehte sich um.

Tim sah zu, wie Rory in sein Zimmer ging, und hätte schwören können, dass er soeben mit ihm geflirtet hatte. Das war eine völlig neue Seite an Rory und er fragte sich, was sich seit gestern Abend verändert hatte. Er nahm einen Schluck von seinem Kaffee und fand, dass er genau richtig schmeckte. Er biss in sein Sandwich und ging zurück in die Küche, um Zucker in den Kaffee zu schütten und ihn noch einmal zu probieren. Er musste zugeben, dass er gesüßt auch nicht schlecht schmeckte.

Ein paar Minuten später tauchte Rory wieder auf. Er hatte sich die Haare ordentlich zurückgekämmt, trug allerdings so ziemlich die gleichen Klamotten wie am Tag zuvor.

„Fertig?", fragte Rory.

Tim stand auf und stellte seinen Kaffeebecher in die Spüle. „Auf geht's."

„Du weißt, du musst das nicht tun", sagte Rory, als Tim vom Hof fuhr.

„Doch, muss ich", sagte Tim. „Dein Bewährungshelfer muss hören, dass wir hinter dir stehen. Außerdem wäre es ein bisschen verfrüht, dir die Schlüssel für den Truck auszuhändigen."

„Ich hab eh keinen Führerschein", sagte Rory mit einem Schulterzucken. „Sie werden dich sowieso nicht mit ins Büro lassen, weißt du. Das Gespräch ist vertraulich."

„Dann warte ich eben draußen. Zumindest sieht er dann, dass jemand von der Ranch mitgekommen ist."

„Aber du müsstest eigentlich arbeiten."

Tim zuckte die Schultern. „Wie ich schon sagte, niemand zählt nach. Solange meine Arbeit erledigt wird, ist alles in Ordnung. Letzte Nacht habe ich im Stall das Zaumzeug eingefettet. Das musste auch mal gemacht werden." Er ließ unerwähnt, dass es eine perfekte Möglichkeit gewesen war, um nachzudenken.

Rory sah ihn an, doch Tim konzentrierte sich auf die Straße. Bis in die Stadt war es nicht weit und sie legten den Rest der Strecke schweigend zurück.

„Möchtest du, dass ich mit dir reingehe?"

Rory schüttelte den Kopf. „Es ist ja nicht so, als hätte ich das nicht schon mal gemacht."

„Mit diesem Bewährungshelfer?"

„Das letzte Mal habe ich ihn versetzt. Ich hab mich bei ihm gemeldet, als ich einen Job bekommen hab, habe mich aber zum nächsten Termin drei Wochen später nicht blicken lassen."

„Bist du deshalb ohne Vorwarnung verschwunden?"

„Er ist ein Idiot. Ich wollte nichts mit ihm zu tun haben, also hab ich den Termin sausen lassen und bin stattdessen John Delco in die Arme gelaufen, der annahm, ich könnte ihm Insiderinformationen beschaffen."

„Und wirst du das dieses Mal wieder tun?", fragte Tim angespannt.

Rory sah ihn nachdenklich an und schien sich seine nächsten Worte genau zu überlegen. „Niemand hat mir jemals eine zweite Chance gegeben, Tim. Du allerdings schon."

„Soll heißen?"

„Soll heißen, ich werde es versuchen."

„Dann streng dich mehr an", sagte Tim mit einem breiten Grinsen und vertraute darauf, dass Rory die Worte nicht missverstehen würde. Er beobachtete, wie Rory auf das heruntergekommen wirkende Büro zuging und sah dann durch die geöffnete Jalousie, wie er sich bei der Empfangsdame anmeldete. Er hoffte wirklich, dass Rory versuchen würde, sein Leben in Ordnung zu bringen.

ZWANZIG MINUTEN später tauchte Rory mit einem Anzugträger im Schlepptau wieder auf. Rory sah nicht besonders glücklich aus, daher ließ Tim das Wagenfenster herunter. Sofort wehte von draußen kalte Luft herein.

„Dieser Mann ist für mich verantwortlich, solange ich auf der Ranch arbeite", sagte Rory offensichtlich nur, weil ihm keine andere Wahl blieb.

Der Mann streckte Tim seine Hand durchs geöffnete Fenster entgegen. „Sie sind einer der Conroy-Brüder?"

„Ja, Sir", erwiderte Tim kurz angebunden. Er fand nicht, dass er weiter ins Detail gehen sollte, schließlich hatte sich der andere Mann noch nicht einmal vorgestellt.

„McCown hat schon in der Vergangenheit für Sie gearbeitet?"

„Für meinen Bruder, um genau zu sein. Er ist der Vorarbeiter, ich bin nur einer der Cowboys."

„Warum ist dann nicht Ihr Bruder hier?"

„Mir war nicht bewusst, dass das nötig sein würde", meinte Tim. Ihm war nicht ganz klar, worauf sein Gegenüber hinaus wollte. Er hoffte nur, dass er die richtigen Worte finden würde. Dieser Typ hatte Einfluss auf die Entscheidung des Richters und wenn er zu ihm etwas Falsches sagte, könnte Rory ganz schnell wieder im Gefängnis landen. „Hugh meinte, er hätte alle Dokumente unterschrieben zu Hause gehabt, bevor der Richter seine Entscheidung getroffen hat. Ich bin nur hier, weil Rory irgendwie in die Stadt kommen musste."

Der Mann starrte Tim so lange an, bis es diesem unangenehm wurde. Für einen Moment sah Tim zu Rory hinüber, der genervt schien.

„Okay", seufzte der Mann. „Ich erwarte, dass sie mich sofort informieren, wenn dieser Mann hier beschließt, nicht mehr zur Arbeit zu erscheinen." Bei diesen Worten zeigte er auf Rory. „Nicht so wie letztes Mal, als ich das allein rausfinden musste."

„Letztes Mal wusste mein Bruder nicht, dass Rory auf Bewährung draußen war."

Der Mann hob eine Augenbraue. „Nun ja, diesmal jedenfalls weiß er Bescheid."

Tim lächelte und hatte sofort das Gefühl, als wäre das zu viel des Guten. „Ich werde Sie sofort informieren, wenn es etwas gibt, das Sie über Rory wissen sollten", versicherte ihm Tim. „Jetzt muss ich ihn allerdings zurück zur Ranch fahren, damit er mit seiner Arbeit beginnen kann."

„Einverstanden", sagte der Mann. „Hier ist meine Visitenkarte."

Tim nahm sie und warf sie aufs Armaturenbrett, ohne sie eines weiteren Blickes zu würdigen.

„Einen schönen Tag noch, Sir."

Rory stieg in den Truck ein und Tim parkte umständlich den Wagen aus. Erst, als sie am Ende der Straße angekommen waren, drehte sich Rory zu Tim.

„Weißt du, ich hätte dich nie für einen Macho gehalten, aber ich glaube, ich muss meine Einschätzung überdenken."

„Ich bin kein Macho", sagte Tim mit ruhiger Stimme. War er auch nicht. Außer, die Situation verlangte danach.

„Wie würdest du dann das bezeichnen, was hier gerade passiert ist? Du hast den Kerl niedergestarrt. Und wie du seine Karte achtlos beiseite geworfen hast. Mann, das war klassisch."

„Er ist mir einfach nur auf die Nerven gegangen. Er hat dich wie Abschaum behandelt. Hat mich aufgefordert, über dich Bericht zu erstatten. Was denkt der eigentlich, wer er ist?"

„Na ja, rechtlich gesehen gehört ihm mein Arsch", sagte Rory mit einem Seufzen. „Allerdings wäre es mir lieber, wenn der dir gehören würde."

Völlig verblüfft von Rorys Worten, sah Tim ihn von der Seite an. Dass er nicht offen schwul war, führte vielleicht dazu, dass er anfing, Stimmen zu hören. Doch er hätte schwören können, dass Rory ihm gerade seinen Hintern angeboten hatte. Das war schon keine versteckte Anspielung mehr, das war eine offene Verführung, und er kannte Rory nicht gut genug, um mit Sicherheit sagen zu können, ob er wirklich so offen hatte sein wollen.

Hinter ihnen hupte jemand und Tim riss seinen Blick von Rorys lächelndem Gesicht los und wandte sich wieder der Straße zu.

„Du passt besser auf, wo du hinfährst", sagte Rory. „Können wir an einem Lebensmittelladen anhalten? Und kannst du mir fünfzig Dollar leihen, bis ich am Freitag meinen Lohn bekomme?"

„Sicher", antwortete Tim, ohne die Frage wirklich verstanden zu haben. Dann bemerkte er, dass er gerade zugestimmt hatte, einem verurteilten Straftäter mehr Geld auszuhändigen, als er an einem Tag verdiente. „Wir können bei Calley anhalten. Da kann ich anschreiben lassen." Er würde Rory einfach vertrauen müssen.

5

„HI JUNGS", begrüßte Calley sie.

Rory nickte ihr zu und verschwand dann im hinteren Teil des Ladens.

Als er außer Hörweite war, beugte sich Calley zu Tim hinüber.

„Wer ist der Rumtreiber? Eine neue Aushilfe?"

Tim sah sich um, um sicherzugehen, dass Rory nicht in der Nähe war. „So neu nun auch wieder nicht. Rory McCown."

Auf Calleys Stirn bildete sich eine Denkerfalte. „Der Name kommt mir bekannt vor, aber ich kann ihn nicht einordnen. Sein Gesicht habe ich jedenfalls noch nirgends gesehen."

„Er hat schon mal auf der Ranch gearbeitet. Vor drei Jahren." Tim machte eine Pause, damit Calley Zeit hatte, das Gesagte zu verarbeiten. Als der Groschen jedoch immer noch nicht fiel, löste Tim das Rätsel. „Er hat Delco geholfen, unsere Fohlen zu stehlen."

Calleys Mund formte ein perfektes O. „O. Mein. Gott. Hunter hat ihn wieder eingestellt?"

Tim biss sich auf die Unterlippe und nickte. „Sein Strafmaß war viel höher als Delcos, weil er vorbestraft war und Delco nicht. Aber er war nur der Handlanger." Tim flüsterte, obwohl er wusste, wie das in Rorys Augen aussehen musste, aber er konnte hinter seinem Rücken schlicht nicht lauter sprechen. „Er braucht einfach nur eine Chance, Calley."

Sie schenkte ihm ein Lächeln. „Also wirst du seinen Retter spielen. So wie bei den alten Pferden, die du auf dem herrenlosen Land gefunden hast und den Hunden, die an der Autobahn angebunden waren."

„Das kann man nicht vergleichen."

Sie hob eine Augenbraue.

„Na gut, vielleicht doch. Er ist gestern auf Bewährung rausgekommen und ich wollte, dass er die Chance bekommt, allen zu beweisen, dass er sich aus Schwierigkeiten raushalten und hart arbeiten kann. Vor drei Jahren jedenfalls war er ein guter Arbeiter."

„Für ganze drei Wochen, wenn ich mich richtig erinnere."

Tim seufzte entnervt. „Calley, es ist schon schwer genug, alle anderen zu überzeugen."

Sie lächelte ihm aufmunternd zu. „Nun ja, wenn es jemanden gibt, der die Welt verändern kann, dann bist du das, Tim Conroy."

„Calley, er meint, wir sollen das bei Tim anschreiben. Ist das in Ordnung?", rief Leah, Calleys Angestellte, durch den ganzen Laden.

„Ja, das ist okay", rief Tim zurück. Er nickte Calley zu, dass sie zum Ladentisch hinübergehen sollten. Calley folgte ihm. Rory stand an der Kasse und sah Tim unter seiner Mütze an. Seine Einkäufe waren bereits in eine braune Tüte verpackt. „Wie viel ist es?", fragte Tim, als sie näher kamen. „Er muss mir das Geld am Freitag wiedergeben. Von seinem ersten Lohn." Er lächelte Rory an, um ihm zu verstehen zu geben, dass das okay war und dass die Sachen kein Geschenk waren. Darauf zu vertrauen, dass er das Geld zurückzahlte, war die eine Sache. Es ihm zu geben, jedoch eine völlig andere.

„42 Dollar und 35 Cents", antwortete Leah. Sie schrieb den Betrag auf eine Rechnung und heftete sie an eine Tafel hinter der Ladentheke.

Tim wandte sich an Rory. „Wenn du hier fertig bist, sollten wir uns auf den Weg machen. Auf der Ranch wartet eine ganze Menge Arbeit auf uns."

Rory griff nach seiner Einkaufstüte und Tim hörte, wie Glas gegen Glas schlug. Er wollte Rory fragen, was er gekauft hatte und überlegte, wie viel von seinen zweiundvierzig Dollar in Alkohol umgesetzt worden waren, doch dann sah er davon ab. Rory war erwachsen und somit alt genug, verantwortungsvoll zu handeln. Er würde sicherstellen, dass Rory seine Arbeit machte, und mehr nicht.

TIM VERBRACHTE den Nachmittag damit, Rory alles zu erklären und ihm zu zeigen, wo er alle Gerätschaften fand. Obwohl Tim eigentlich als Cowboy arbeitete, war er auch dafür verantwortlich, dass die Ställe in einem guten Zustand waren. Dafür hatte er eine Handvoll Angestellte, die die eigentliche Arbeit machten. Sie hatten einen langjährigen Angestellten, der um die sechzig war und den alle Mackenzie nannten, obwohl niemand wusste, ob das sein Vor- oder Nachname war. Dieser Mackenzie hatte auf der Ranch nie etwas anderes als körperliche Arbeit geleistet. Ansonsten war es ein ständiges Kommen und Gehen, doch Tim hatte das Gefühl, dass es sich auszahlte, mit den neuen Gesichtern ein paar Stunden zu verbringen und sie einzuarbeiten.

Rory die Arbeit zu erklären, machte kaum Umstände, obwohl dieser höchstens nickte, um anzuzeigen, dass er verstanden hatte.

Schon an diesem ersten Nachmittag bewies Rory, dass er hart arbeiten konnte. Zusammen misteten sie die Boxen der Reitpferde aus und statteten dann eine Box für eine Geburt aus, obwohl dafür eigentlich keine Saison war.

„Also, meinst du, du schaffst das morgen allein?", fragte Tim, als sie auf ein paar Heuballen saßen und Wasser tranken.

„Klar, ist ja nicht gerade Quantenphysik."

„Kannst du reiten?", fragte Tim.

„Ich bin ein Stadtkind, so was hat sich nie ergeben", antwortete Rory mit einem Schulterzucken.

„Würdest du es gern lernen?", schlug Tim vor und sah Rory von der Seite an.

Rory sah ihn abschätzend an. „Dafür bin ich wohl ein bisschen zu alt."

„Niemand ist zu alt, um reiten zu lernen."

„Warum?"

„Warum ich dir das Reiten beibringen will?"

Rory nickte.

„Weil man als Cowboy besser bezahlt wird und wir immer zu wenig Leute haben. Und du kannst mit Pferden umgehen."

„Na ja, sie sind ziemlich groß und wenn man ihnen in die Quere kommt, treten sie einem auf den Fuß und das tut ziemlich weh. Es macht Sinn, das im Hinterkopf zu behalten."

Tim musste lachen. „So kann man das auch sehen. Aber ich sage dir, sie mögen dich. Und sie mögen nicht jeden, der ihre Box betritt, weißt du. Pferde sind da sehr sensibel. Sie bemerken Dinge, die einem Menschen nicht aufgefallen wären."

„Zum Beispiel?", fragte Rory besorgt.

„Zum Beispiel, wenn man einen schlechten Tag hat. Einige Pferde würden dir dann auf der Nase rumtanzen. Von Hunters Wallach Davenport jedenfalls sollte man sich fernhalten, wenn man nicht in absoluter Topform ist. Belle andererseits, eine Stute, die Hunter öfter reitet als Davenport, wird versuchen, dich zu trösten. Sie wird an dir knabbern und darum betteln, gestreichelt zu werden und wird überhaupt sehr anhänglich sein, wenn es dir mal nicht gut geht. Sie ist ein sehr liebes Pferd und wird im Nu dafür sorgen, dass du dich besser fühlst. Und wenn du dann wieder lächelst, wird sie dich weiterarbeiten lassen. Ich schwöre, manchmal kann sie Gedanken lesen."

Tim sah, wie ein Lächeln Rorys Mund umspielte, und das gab ihm ein gutes Gefühl. „Ich mag es, mit den Pferden zu arbeiten."

„Dann wird dir auch das Reiten gefallen. Außerdem bist du dann die ganze Zeit draußen und nicht hier drinnen, wo es nach Pferdeäpfeln stinkt."

Jetzt musste Rory wirklich lachen. „Stimmt, aber hier drinnen ist es viel wärmer als draußen."

„Du brauchst einen Mantel, um draußen zu arbeiten. Und Chaps. Außerdem regnet es ziemlich oft und du wirst nass werden. Trotzdem."

„Das hab ich alles nicht", erwiderte Rory und machte dabei ein resigniertes Gesicht.

Tim wusste, worauf Rory hinauswollte. Er hatte kein Geld und es war unwahrscheinlich, dass er sich so etwas wie Ölzeug von seinem geringen Lohn würde leisten können. Tim nahm sich vor, seine alten Sachen zu durchstöbern. Vielleicht könnte er irgendetwas davon an Rory weitergeben.

„Warum fangen wir nicht mit Reitstunden an? Während der Wintermonate habe ich Zeit, dich zu unterrichten, und im Frühjahr, wenn wir die Pferde auf die höher gelegenen Weiden treiben, kannst du ein paar praktische Erfahrungen sammeln."

„Klar", stimmte Rory zu, doch Tim konnte sich des Eindrucks nicht erwehren, dass Rory das nur sagte, damit er das Thema endlich beerdigte.

Sie saßen noch eine Weile schweigend beisammen, bis Tim endlich auf die Uhr sah. „Wir machen uns lieber auf den Weg, sonst müssen wir unser Abendessen noch mal aufwärmen."

Im Mannschaftshaus angekommen, ging jeder seiner eigenen Wege, um sich zu waschen. Als Tim zurückkam, saß Rory allein an einem Tisch und der Rest der Crew hatte sich am anderen Ende des Zimmers niedergelassen. Er füllte sich einen Teller mit Kartoffeln, grünen Bohnen und Schweinekotelett und beschloss dann, mit gutem Beispiel voranzugehen und sich zu Rory zu setzen. Die anderen Männer beäugten ihn argwöhnisch und indem einige aufstanden und gingen, machten sie deutlich, dass sie ein Problem damit hatten, dass Tim Rory unterstützte.

„Du solltest dich zu ihnen setzen", sagte Rory leise mit einem Kopfnicken in Richtung der Männer.

„Warum sollte ich?", erwiderte Tim selbstsicher.

„Es bringt doch nichts, wenn du auch ausgeschlossen wirst."

„Sie werden sich schon dran gewöhnen."

Rory schüttelte den Kopf. „Das ist dein Zuhause, Tim. Mach dir das Leben nicht so schwer."

„Stimmt", sagte Tim. „Das ist mein Zuhause. Ich bin quasi Teil des Mobiliars. Außerdem bin ich Cowboy, der Chef der Mannschaft und der Bruder des Vormanns, der zufälligerweise der Schwager des Besitzers ist. Sie können es sich nicht leisten, mir dumm zu kommen." Die letzten Worte sprach er so laut, dass die Männer am anderen Tisch sie hören mussten. Sie schnappten sich ihre Teller und verschwanden.

Rory wartete, bis sie gegangen waren. „Tu das nicht, Tim. Ich bin dankbar dafür, was du für mich getan hast, aber ich bin nicht dein Projekt. Ich kann auf mich selbst aufpassen.

Du lebst hier. Du wirst immer noch mit diesen Männern zusammenarbeiten müssen, wenn ich längst weg bin."

Tim beugte sich über den Tisch. „Und du meinst, es wird an einem anderen Ort anders sein? Wie lange wird es wohl dauern, bis die Männer herausfinden, dass du vorbestraft bist? Und dort wird es niemanden geben, der auf deiner Seite ist."

„Ich brauche niemanden auf meiner Seite. Ich kann meine eigenen Schlachten schlagen." Rory stand vom Tisch auf und griff nach dem halb leeren Teller.

„So, wie du es in den vergangenen zwanzig Jahren getan hast?", fragte Tim mit erhobener Stimme. „Indem du andere Menschen bestohlen hast?" Auch Tim stand auf. Er lief um den Tisch herum und auf Rory zu. „Immer auf der Flucht vor dem Gesetz und immer wieder im Gefängnis?"

Bevor er auch nur reagieren konnte, hatte Rory ihn mit überraschender Kraft gegen die Wand gestoßen. Er sah, dass sich Rorys Augen verdunkelt hatten und erkannte die Wut in ihnen. Für ein paar Momente standen sie so da und starrten einander an. Dann ging Rory einen Schritt zurück und beruhigte sich wieder.

„Wenn du mir wirklich eine Chance geben willst, dann lass mich meinen eigenen Weg finden", sagte Rory und atmete dabei sehr kontrolliert ein und aus. „Das Schoßhündchen vom Chef zu sein, macht die ganze Sache nur noch schwieriger."

Dem konnte Tim nichts entgegensetzen. Er hatte schon immer zwischen den Stühlen gesessen: Er war nicht nur einer der Angestellten, weil er Hughs Bruder war. Und er war auch nicht einer der Eigentümer, weil er eben Hughs Bruder war. Er hatte sein Privatleben nie an die große Glocke gehängt und hatte demnach keine wirklichen Freunde bei der Crew. Und auch wenn ihn ein freundschaftliches Verhältnis mit Hunters Schwester Izzie verband, weil sie zusammen aufgewachsen waren, so war dies eingeschlafen, als sie mit Hugh eine Familie gegründet hatte.

Obwohl Rory beim ersten Mal nur drei Wochen auf der Ranch verbracht hatte, hatte Tim danach das Gefühl gehabt, einen Freund verloren zu haben. Jetzt war er zwar wieder da, doch ihre Freundschaft schien sich nicht wiederbeleben zu lassen. Vielleicht musste er einfach akzeptieren, dass seine Gefühle nicht erwidert wurden. Er würde sich wohl damit zufriedengeben müssen, eine gute Tat vollbracht zu haben, und hoffen, dass Rory bis zum Ende seiner Bewährung durchhalten würde.

6

ES SCHIEN ununterbrochen zu regnen und Rory war ziemlich dankbar, dass er hauptsächlich drinnen arbeitete. Der einzige Mantel, den er besaß, saugte jeden Tropfen Wasser auf, bis Rory befürchtete, ihn nie wieder trocken zu bekommen, egal, wie lange er ihn vor die Heizung hängte. Er würde den ganzen Winter brauchen, bis er genug Geld verdient hatte, um sich einen wetterfesteren Mantel leisten zu können. Bis dahin eilte er zwischen Ställen und Scheunen hin und her, wann immer es trocken war, und blieb drinnen, wenn es regnete.

Nach drei Wochen auf der Ranch fing er langsam an, sich zu Hause zu fühlen, obwohl er sich vom Rest der Crew fernhielt, wann immer es ging. Die meisten der Männer begegneten ihm mittlerweile weniger feindselig und tolerierten ihn, solange er seine Arbeit tat. Rory fand, dass er mehr kaum erwarten konnte.

Seit ihrem Streit suchte Tim nicht länger seine Nähe und Rory vermutete, dass ihm das ganz recht geschah. Trotzdem freute er sich immer, wenn er Tim an den Ställen vorbei reiten sah oder ihn von weitem beobachten konnte, wie er auf den Weiden arbeitete.

Dann, an einem sonnigen, aber ziemlich kalten Tag, bog Rory um eine Ecke und stand plötzlich Tim gegenüber.

„Der alte Mac ist krank", begann Tim ohne Vorwarnung. „Wenn du Zeit hast, könntest du mir mit den Fohlenboxen helfen."

Rory sah in Tims hellbraune Augen und eine angenehme Wärme breitete sich in seinem Inneren aus. Gleichzeitig fingen seine Hände, die in Arbeitshandschuhen steckten, an zu schwitzen und er bemerkte, dass er nervös wurde.

„Klar", sagte Rory mit einem Nicken. „Gibt es etwas Bestimmtes, das ich tun soll? Du weißt schon, ist irgendetwas anders als bei den normalen Boxen?"

„Mac ist schon seit ein paar Tagen krank, daher hat er nur einen Teil der Arbeit erledigt. Ich werde dir helfen, damit du weißt, worauf es ankommt", bot Tim an, dessen stetes Lächeln etwas verblasste.

„Ich bin sicher, du hast Besseres zu tun. Sag mir einfach, worauf ich achten muss, dann komme ich schon klar," erwiderte Rory. Aus irgendeinem Grund konnte er nicht aufhören, Tim anzuschauen. „Ich werde vermutlich nicht heute damit fertig, aber gib mir ein paar Tage und die Boxen sehen aus wie neu."

„Rory, es tut mir leid."

„Was?"

„Die Dinge, die ich zu dir gesagt habe."

Rory zuckte mit den Schultern und ging an Tim vorbei zu den Ställen, in denen die Stuten und Fohlen untergebracht waren.

Tim folgte ihm. „Tu das nicht so ab. Wenn du mich nur ein bisschen kennen würdest, wüsstest du, dass es mir nicht ähnlich sieht, die Vergangenheit ans Tageslicht zu zerren, um jemanden bloßzustellen."

„Du hast mich nicht bloßgestellt", sagte Rory und versuchte dabei, möglichst emotionslos zu klingen. Er wusste, worauf Tim hinauswollte, aber es war sinnlos, sich wegen seiner Worte schlecht zu fühlen. Tim hatte recht. Es gab keinen Grund anzunehmen, dass ihm diesmal gelingen würde, was in der Vergangenheit nie geklappt hatte. „Du hast nur das Offensichtliche ausgesprochen."

„Dann nimm bitte meine Entschuldigung an."

Rory hielt inne und sah Tim ins Gesicht, um abzuschätzen, wie ernst es ihm war. Tim lächelte nicht einmal. „Na gut, können wir jetzt an die Arbeit gehen?"

Das entlockte Tim ein Lächeln und Rory musste den Blick abwenden, denn die Art, wie dieser kleine Mund ein Lächeln formte, das kleine Fältchen um Tims Augen erscheinen ließ, weckte Gefühle in ihm, die er in den letzten drei Jahren vergessen hatte.

Sie betraten den Stall, in dem die Zuchtstuten und ihre Fohlen während der kalten Wintermonate untergebracht waren. Weil es ein warmer, trockener Tag war, waren die meisten Pferde draußen auf dem angrenzenden Paddock, was den Männern genügend Raum zum Arbeiten gab. Weil der Fohlenstall beheizt war, kamen sie beide in weniger als einer Stunde ins Schwitzen und Tim war der Erste, der sein Hemd auszog. Obwohl Rory die Box neben Tims ausmistete, erhaschte er einen Blick auf nackte Haut und konnte sich nicht verkneifen, genauer hinzusehen. Tim bemerkte den Blick und lächelte wissend, als er Stroh auf die Schubkarre schaufelte. Da Rory mit seiner Box fertig war, nahm er sich als Nächstes eine Box gegenüber von Tim vor. Die Boxentüren waren geöffnet und so zog sich auch Rory das Hemd aus, um Tim eine Show zu bieten.

Rory konnte kaum den Blick von Tims breitem Oberkörper und den kleinen Rinnsalen von Schweiß abwenden, die von Zeit zu Zeit seinen Rücken hinunterliefen. Er wusste, dass er es mit Tims Körperbau nicht aufnehmen konnte, aber immerhin hatte ein Leben körperlicher Arbeit dazu geführt, dass er schlank und gut gebaut war. Ein Teil von ihm wollte die Distanz zwischen den Boxen überwinden und Tim zeigen, welchen Effekt seine kleine Show auf ihn hatte. Doch Rory wusste, dass er zu viel zu verlieren hatte.

Rory konnte sich noch gut daran erinnern, wie er das letzte Mal versucht hatte, Tim näherzukommen. Zuerst hatte Tim seinen Kuss erwidert, doch dann hatte er ihn beiseite gestoßen, als sie erwischt worden waren. In den letzten drei Wochen hatte sich kaum etwas verändert. Tims sexuelle Orientierung war offensichtlich auf der Ranch nicht bekannt, und Rory befürchtete, dass jeglicher Versuch einer Annäherung seinerseits nicht gut ankäme. Das hieß nicht, dass er Tims Verhalten nicht als Flirten erkannte. Ihm war allerdings klar, dass er sein Vergnügen wohl woanders finden musste.

Gegen Mittag waren die beiden mit dem Ausmisten fertig und nachdem sie die Stuten und Fohlen wieder reingebracht hatten, machten sie sich auf den Weg ins Mannschaftshaus. Zum Mittagessen schafften sie es, sich zu verpassen und so sahen sie sich erst wieder, als es für Rory an der Zeit war, seinen wöchentlichen Lohn abzuholen. Zu Rorys Überraschung war Hunter im Büro, als er eintrat, und Tim stand neben ihm.

„Mr Krause", begrüßte Rory Hunter. „Tim."

„Bitte nenn mich Hunter. Es geht hier nicht so formell zu."

„Hunter", wiederholte Rory, allerdings leiser als zuvor.

„Tim meint, du machst dich gut. Bist immer pünktlich und leistest gute Arbeit."

Rory sah zu Tim hinüber und wandte sich dann wieder Hunter zu. „Wenn Tim das so sagt, muss es wohl stimmen, Sir … Hunter."

„Er meint auch, du kämst gut mit den Pferden zurecht und würdest gern reiten lernen."

Der Blick, den Rory Tim diesmal zuwarf, weilte länger und war eine Mischung aus „Musstest du ihm das sagen?" und „Bist du sicher?". Er wandte sich Hunter jedoch schnell genug wieder zu, sodass diesem nichts auffiel.

Hunter schenkte Rory ein aufrichtiges Lächeln und Rory verstand, warum die Männer ihn mochten. „Ich hab Tim gesagt, dass ich das für eine gute Idee halte. Die Pferde können die Bewegung gut gebrauchen und auf diese Weise können wir ausprobieren, wie sie sich bei einem unerfahrenen Reiter verhalten. Und sollte sich herausstellen, dass du Talent hast … na ja, Cowboys fehlen uns genauso wie Ranchhelfer."

Rory nickte Hunter zu. „Wenn Tim die Zeit findet, hätte ich nichts dagegen, wenn er mir Unterricht gibt. Natürlich nur, wenn er will."

„Dann hätten wir das ja geklärt", sagte Hunter zuversichtlich. Er händigte Rory einen Umschlag aus. „Hugh hat mir erzählt, dass du kein Konto hast. Vielleicht solltest du mal drüber nachdenken, eins zu eröffnen. Das wäre sicherer, als dieses ganze Bargeld mit dir herumzutragen."

„Vielleicht", stimmte Rory ihm zu. „Danke", sagte er und nickte beiden Männern zu, bevor er das Büro verließ.

Als er draußen war, fühlte er sich ruhelos. Er ging vom Haupthaus zum Mannschaftshaus und stand für eine Weile auf der dunklen Veranda, um darüber nachzudenken, was er heute Abend unternehmen könnte. Er nahm einen kleinen Schluck Wodka aus seinem Flachmann, um sich warmzuhalten, und machte sich dann auf zu einer letzten Runde durch den Stall, um nach dem Rechten zu sehen und das Licht auszuschalten. Als er zu dem etwas kleineren Wohnhaus hinüberblickte, das Hunter gehörte, konnte er ihn auf der rückwärtigen Veranda erkennen, wie er seinen Blick über das in Dunkelheit getauchte Land schweifen ließ.

Hunter stützte sich auf das Geländer und stand still, bis ein anderer Mann zu ihm nach draußen kam. Rory hatte Hunter und seinen Liebhaber Grant bereits auf dem Gelände und auch draußen auf den Weiden gesehen, doch dort verhielten sie sich nie wie ein Liebespaar. Es war nicht so, dass sie ihre Beziehung versteckten und Rory hatte von den neueren Angestellten genügend spöttelnde Kommentare mitbekommen, um zu wissen, dass Hunter und Grant definitiv in einer festen Beziehung waren. Doch was Rory nun sah, war sicher nicht für die Augen von Fremden bestimmt.

Grant trocknete sich die Hände an einem Handtuch ab, das er sich daraufhin über die Schulter schwang, bevor er Hunter umarmte. Hunter kuschelte sich in die Umarmung und die beiden tauschten ein paar Worte aus, die Rory nicht verstand. Er war dankbar, dass er im Dunkeln stand, während die Veranda des anderen Hauses teilweise in Licht getaucht war, das vermutlich aus der Küche kam, denn er konnte seine Augen nicht von den beiden Männern und der Zärtlichkeit ihrer Berührungen abwenden. Natürlich wusste Rory, dass derlei Hingabe zwischen zwei Männern möglich war, doch hatte er sie bisher nie mit eigenen Augen gesehen, geschweige denn selbst erlebt. Bis zu diesem Moment war ihm nicht einmal klar gewesen, dass er sich danach sehnte. Diese beiden Männer lebten ein Leben, das Rory nur für möglich gehalten hätte, wenn er sich eine Ehefrau gesucht hätte. Und doch war hier der Gegenbeweis: Zwei große, breitschultrige Kerle, die auf einer erfolgreichen Ranch mitten auf dem Land arbeiteten und offen zusammenlebten.

Rory musste auch zugeben, dass er von den langjährigen Mitarbeitern nie die gleichen abfälligen Bemerkungen über ihre Chefs gehört hatte wie von den jüngeren. Sie schienen deren Entscheidung akzeptiert zu haben und legten den Jüngeren auch schon mal nahe, die Klappe zu halten, wenn die Kommentare zu sehr aus dem Ruder liefen.

Hunter drehte sich zu Grant um und die beiden Männer küssten sich. Es war ein inniger, leidenschaftlicher Kuss, der in einer weiteren Umarmung endete. Schließlich beobachteten die beiden, wie der letzte Streifen Tageslicht am Horizont verschwand. Das sah alles so normal aus. Fand er wirklich, dass es normal war? Zumindest ließen Hunter und Grant es danach aussehen.

Der Anblick machte Rory ruhelos. Er musste heute Nacht etwas unternehmen, konnte nicht den ganzen Abend in seinem Zimmer sitzen. Er machte einen Abstecher ins Mannschaftshaus, um seine Jacke zu holen, und wollte dann eine Mitfahrgelegenheit in die Stadt suchen. Es war viel zu lange her, dass er flachgelegt worden war.

7

WIE DIE meisten anderen Besucher auch, parkte Tim seinen Wagen an der Hinterseite der Handle Bar, sodass er von der Straße aus nicht zu sehen war. Auf den ersten Blick schien die Kneipe nichts Besonderes zu sein, doch man kam nur mit Ausweis rein und Fremde schafften es nur bis in einen Vorraum, wo sie etwas trinken konnten, sollten sie das unbedingt wollen. Wenn man ein männlicher Stammkunde war und so etwas sagte wie „Die Bar wurde mir von einem Freund empfohlen" oder „Man hat mir gesagt, hier gebe es Action", durfte man in die eigentliche Bar vordringen, die immer noch aussah wie jede andere Kneipe auch. Der einzige Unterschied bestand darin, dass es nirgendwo eine Frau gab und dass die meisten Männer den Weg ins Hinterzimmer kannten, das viel wichtiger war als die Tatsache, dass man an der Bar so ziemlich alles von billigem Bier bis zu verschiedenen Sorten Whisky, Wodka und Tequila bekommen konnte.

Da die Handle Bar ein ganzes Stück von der Ranch entfernt lag, kam Tim nicht jede Woche her, doch er war immerhin oft genug hier gewesen, dass der Türsteher ihn durchwinkte, ohne nach seinem Ausweis zu fragen. Natürlich half es auch, dass der Türsteher ihn nicht nur vom Einlass kannte. Der Typ war nicht die ganze Nacht im Dienst und er entspannte sich wie alle anderen auch. Im Hinterzimmer.

Tim ging zur Bar und bestellte bei dem in Leder gekleideten, glatzköpfigen und schwer tätowierten und gepiercten Barmann ein Bier und einen Tequila zum Nachspülen. Er trank eigentlich nicht viel, aber er wusste, dass ein wenig Alkohol ihm dabei helfen würde, sich zu entspannen und weniger nervös zu sein. Da er heute Nacht noch nach Hause fahren musste, würde er es bei noch einem oder zwei Bier belassen. Er wartete immer noch auf seine Bestellung, als neben ihm ein bekanntes Gesicht auftauchte.

„Hi Jimmy" begrüßte Tim den jungen Hüpfer neben sich, der sich über die Bar lehnte.

„Wir haben dich vermisst, Tim", erwiderte Jimmy und versuchte dabei, ihm einen verführerischen Blick zuzuwerfen.

Jimmy war nicht Tims Typ, aber immerhin war er eifrig und willig und hatte einen großartigen Mund und einen engen Hintern. Tim hatte beides im Hinterzimmer schon genießen dürfen und wenn sich kein besseres Angebot fand, konnte er sicher sein, dass Jimmy mehr als bereit sein würde, die Erfahrung zu wiederholen. Er bildete sich nicht ein, dass er in dieser Nacht der einzige Tanzpartner dieses Blondchens wäre, doch andererseits war er hier wohl kaum auf der Suche nach einer festen Beziehung. „Ich wette, das sagst du zu allen Männern", witzelte Tim.

Jimmy rückte etwas näher heran. „Welche anderen Männer?"

Tim grinste. „Du musst bei mir keine Show abziehen, Jimmy."

„Schon klar", sagte Jimmy und zog sich ein wenig zurück. „Aber du weißt, dass du bei mir an der richtigen Adressen bist, oder? Ich gebe dir alles, wonach du dich sehnst, Timmy. Und zwar gern." Er schob sich Tim entgegen und griff ihm in den Schritt. „Und Mann, hast du es nötig."

Dabei war Tim noch nicht einmal erregt. Obwohl bei Jimmys Berührung etwas in ihm erwachte, war ihm klar, dass Jimmy eigentlich ein wenig mehr Enthusiasmus gewöhnt war. „Warum lässt du deinen Charme nicht bei ein paar der anderen Jungs spielen und ich verspreche dir, ich komm noch mal bei dir vorbei, bevor ich gehe."

Jimmy schenkte ihm ein breites Grinsen. „Du wirst mich vielleicht nicht finden. Bis dahin könnte ich schon ein besseres Angebot bekommen haben und du weißt, dass ich einem schönen, großen Schwanz nicht widerstehen kann."

Bei der Art, wie Jimmy diese Worte betonte, musste Tim lächeln. „Ich weiß. Ich lass es einfach drauf ankommen."

Daraufhin entschwand Jimmy und Tim beobachtete, wie er förmlich durch die sich langsam füllende Bar schwebte. Es war gut zu wissen, dass er immer noch auf ihn zurückkommen konnte, sollte sich nichts Besseres ergeben.

Der Nächste, der sich neben ihn an die Bar setzte, war das ganze Gegenteil von Jimmy und viel eher Tims Typ. Er war schlank und dunkelhaarig, trug eine Lederjacke und Lederhose, schien jedoch sehr nervös zu sein. Der Barmann war bei den vielen neuen Gästen ziemlich beschäftigt und so musste der Neuankömmling zunächst warten, bis er bedient wurde. Nach einer Weile sah er Tim an und dieser lächelte ihm aufmunternd zu.

„Du kommst sicher bald dran", meinte er zu dem Typen, um ihn ein wenig zu beruhigen.

„Er scheint mich zu ignorieren", widersprach der Mann.

„Nein, er gehört nur zu der Sorte Mensch, die nichts aus der Ruhe bringen kann. Es ist einfacher für ihn, sich immer nur auf einen Gast zu konzentrieren, aber er arbeitet sich hierher vor." Das schien den Typen nicht zu besänftigen. „Was willst du bestellen? Er kennt mich. Vielleicht reagiert er schneller, wenn er sieht, dass ich etwas bestellen möchte."

„Danke", antworte der Mann. „Vielleicht ein Bier und einen Kurzen?"

„Gute Wahl", erwiderte Tim. „Übrigens, ich bin Tim." Er hielt ihm eine Hand hin.

Der Mann sah die Hand an und schien dann zu der Entscheidung zu gelangen, dass es sicher war, sie zu schütteln. „Bailey."

Tim erwiderte den Händedruck und bemerkte, wie klamm und verschwitzt die Hand des anderen war.

„'tschuldigung", sagte Bailey. Er zog seine Hand zurück und wischte sie an seinem weißen T-Shirt ab. „Schätze, ich bin nervös."

„Das erste Mal?"

Ein angespannter Zug erschien um Baileys Mundwinkel, doch dann nickte er leicht. „Keine Sorge, entspann dich einfach. Wir sitzen hier doch alle im selben Boot."

„Boot?" wiederholte Bailey.

„Nicht geoutet, aber auf der Suche nach ein bisschen Action."

„Ah", sagte Bailey. „Ich bin … nie … Normalerweise gehe ich nicht in Bars."

Tim klopfte ihm auf die Schulter und lächelte. „Es gibt für alles ein erstes Mal, schätze ich. Das hier ist kein schlechter Ort. Die meisten Männer hier wollen genau dasselbe wie du. Solange du auf deine Brieftasche aufpasst und nicht davon ausgehst, dass dein Gegenüber ein Kondom dabei hat, bist du auf der sicheren Seite."

Tim schaffte es, den Barmann heranzuwinken und bestellte für sie zwei Bier und einen Kurzen zum Nachspülen. Bailey zahlte. Er stürzte das Bier in einem Zug hinunter und der Schnaps folgte auf dem Fuße, während Tim das Schauspiel amüsiert beobachtete.

Bailey wischte sich mit dem Handrücken über den Mund und nahm einen tiefen Atemzug. „Möchtest du vielleicht …" Er zeigte in die Richtung des Hinterzimmers.

Tim sah ihn an und versuchte zu erraten, ob der Typ einfach keinen Alkohol vertrug oder ob die Nummer mit der unschuldigen Jungfrau zu seiner Taktik gehörte.

„Kommt drauf an, woran du gedacht hast", antwortete Tim schließlich.

Baileys Unsicherheit kam für einen Moment zurück und verschwand dann wieder. „Warum zeig ich's dir nicht?" Er rutschte von seinem Barhocker und machte ein paar Schritte rückwärts.

Tim blieb sitzen. „Ich wüsste gern vorher, was mich erwartet. Ich steh nicht so auf Überraschungen."

Baileys Blick verweilte auf Tims Schritt. „Davon würde ich gern mal kosten."

Tim lachte leise, antwortete jedoch nicht gleich. Bailey kam wieder näher. Er beugte sich zu Tim und flüsterte ihm ins Ohr. „Ich möchte die Sahne aus dir rauslutschen."

„Gut", sagte Tim mit einem Grinsen. Diesmal stand er auf, als Bailey zurücktrat. „Lass uns gehen."

Sie arbeiteten sich durch die Menge. Es überraschte Tim immer wieder, wie wenig die anderen sich für einen interessierten. Schließlich wusste jeder, was passierte, wenn man durch den schwarzen Samtvorhang ging. In dem dunklen Zimmer, das sich dahinter befand, drehten sich dann doch Köpfe nach ihnen um, denn dort lungerten immer Kerle herum, die die Hoffnung hatten, ein zweites oder drittes Mal das große Los zu ziehen. Hier hinten lief keine Musik, doch die Musik aus der Bar war noch zu hören. Die Geräusche klangen eher animalisch: Stöhnen und Knurren, Grunzen und Ächzen, das Geräusch von Haut, die auf Haut trifft, und manchmal auch ein Schlürfen oder Flüstern.

Tim war kein großer Fan von öffentlichem Sex, doch er nahm, was er kriegen konnte, und wenn das hieß, irgendwo eine Ecke zu finden, an die man sich lehnen konnte, dann war es ihm nur recht, wenn um ihn herum eine Sexorgie abging.

Es war noch nicht sehr voll, darum fiel es Tim leicht, ein einsames Plätzchen zu finden. Erst nachdem er Bailey hinter sich her gezogen hatte und der jüngere Mann vor ihm auf die Knie gegangen war, bemerkte er das Paar ihnen gegenüber. Der eine Mann stützte sich mit den Ellbogen auf die Rückenlehne einer Kunstledercouch. Seine Jeans waren bis zu den Knien hinuntergezogen und ein ziemlich großer Kerl nahm ihn gnadenlos von hinten. Der Bottom hielt den Kopf gesenkt, deshalb konnte Tim seinen Gesichtsausdruck nicht sehen, doch der Top schien den Austausch sehr zu genießen. Als Tim nach unten schaute, sah er, wie Bailey den Reißverschluss seiner Hose öffnete und seinen Schwanz herausholte. Ohne große Kunstfertigkeit begann Bailey, ihm einen zu blasen. Tim nahm an, dass Bailey Spaß hatte und die Art, wie er um Tims Schwanz herum stöhnte, fühlte sich durchaus gut an, doch was ihn steif werden ließ, war das Schauspiel gegenüber. Tim hörte die Unanständigkeiten, die der Top ununterbrochen von sich gab, und fand, dass er sich in einem Porno gut machen würde.

„Ich liebe deinen engen Arsch. Liebst du meinen großen, dicken Schwanz?"

Der andere Mann antwortete nicht, tatsächlich reagierte er überhaupt nicht. Andererseits brauchte er wohl all seine Kraft, um zu verhindern, dass er in die Couch gedrückt wurde.

„Du liebst es, oder? Du brauchst es so verzweifelt und ich geb's dir."

Die Geschmacklosigkeit der einseitigen Konversation ließ Tim mit den Augen rollen. Er beobachtete lieber weiterhin den Bottom, der – abgesehen von der heruntergelassenen Jeans – immer noch vollständig angezogen war.

„Na komm schon, zeig mir, wie sehr es dir gefällt."

„Komm einfach zur Sache", sagte eine überraschend tiefe, raue Stimme. Er hob nicht den Kopf, doch in Tims Ohren klang die Stimme irgendwie vertraut. Erst als der Top anfing zu stöhnen und mit mehr Vehemenz zuzustoßen, hob der Bottom den Kopf.

Rory.

Tim konnte keinen Muskel rühren. Bailey machte seine Sache gut und Tim fühlte seinen Orgasmus herannahen, doch er wollte jetzt nicht kommen. Er zog sich von Bailey zurück und versuchte, sich wieder anzuziehen, was gar nicht so einfach war. Tim hörte Baileys Protest, doch er ignorierte ihn. Rory brachte etwas Abstand zwischen sich und den verschwitzten Typen hinter sich, bevor er sich die Jeans wieder hochzog und davonging.

Tim glaubte nicht, dass Rory ihn gesehen hatte. Ein Teil von ihm wollte nicht, dass Rory wusste, dass er gesehen hatte, was passiert war. Doch Rory hatte nicht sehr glücklich ausgesehen und Tim wollte nichts mehr, als dass es ihm gut ging.

Tim folgte ihm aus dem dunklen Hinterzimmer hinaus und durch die Bar, doch dort verlor er ihn aus den Augen. Er ging nach draußen in die kalte Nacht und um eine Ecke zum Parkplatz, wo er Rory fast umrannte, der an der Hauswand lehnte.

„Du bist immer dabei, die Welt zu retten, oder?"

„Ich bin dir nicht gefolgt, Rory."

„Also sind wir nur zufällig in der gleichen Bar gelandet, die immerhin eine Stunde von der Ranch entfernt liegt?"

Tim seufzte. „Ich komme öfters hierher. Die kennen mich hier."

„Was du nichts sagst", schnaubte Rory. „Dieses kleine Blondchen hatte dich ja ziemlich mit Beschlag belegt."

„Das hast du gesehen? Du wusstest, dass ich hier bin?"

„Ja, das hab ich gesehen", sagte Rory mit erhobenen Augenbrauen.

Tim wusste nicht, wie er darauf reagieren sollte.

„Tim, ich weiß, dass du schwul bist."

„Ich weiß, dass du es weißt. Du hast mich geküsst, wie du dich vielleicht erinnerst."

„Ah, hast du dich die letzten dreieinhalb Jahre nach mir verzehrt? Das ist so süß."

Tim erkannte den Spott in Rorys Gesicht und das verletzte ihn, doch dann sah er noch etwas anderes. Der Gesichtsausdruck wurde sanfter, zärtlicher. Und als Tim einen Schritt näher kam, sah Rory zuerst auf seine Füße und dann Tim direkt ins Gesicht. Tim kam noch näher und erkannte dann, dass Rory ihn wollte. Er erkannte es daran, wie Rorys Augen weich wurden und sich sein Körper entspannte.

„Darf ich dich küssen?", flüsterte Tim, der Rory nun sehr nahe gekommen war.

„Immer der Gentleman", erwiderte Rory leise, ohne jedoch den verbleibenden Abstand zwischen ihnen zu überbrücken. „Weißt du, du solltest energischer vorgehen. Du hast den richtigen Körper dafür und Männer stehen auf so was."

„Du auch?"

„Kommt drauf an." Rory zuckte mit den Schultern. „Auf meine Stimmung."

„Und wie ist deine Stimmung heute Nacht so?"

Rory kam etwas näher, gerade genug, dass seine Barthaare Tims Lippen berührten. Das war einer dieser Momente, in denen Tim es hasste, kleiner zu sein als Rory, denn er musste sich strecken. Rory küsste ihn jedoch nicht, obwohl Tim sich danach sehnte, die Erinnerung an den überwältigenden Kuss von vor drei Jahren wiederzubeleben. Er konnte sich trotzdem nicht überwinden, näher zu kommen. Er wusste, wenn er das jetzt täte, gäbe es kein Zurück, und dieses Mal würde er Rory nicht wieder gehen lassen. Nur glaubte er nicht, dass Rory im Moment damit umgehen könnte.

„Komm schon, Timmy", flüsterte Rory.

„Du kannst gern auch ein bisschen Einsatz zeigen."

Rory zögerte einen Moment, dann zog er Tim zu sich und drehte ihn herum, bis Tim mit seinem Rücken gegen die Wand stieß. Tim erwartete, dass Rory sich auf ihn stürzen würde, doch stattdessen küsste er ihn langsam und zärtlich. Mit seinem Körper drückte er Tim gegen die Wand, doch sein Mund blieb weich und neckend, fast schon ein wenig zögerlich. Tim legte den Kopf zurück und genoss die Aufmerksamkeit, doch als Rory den Kuss nicht intensivierte, hatte Tims Verstand Zeit, sich darauf zu konzentrieren, wie Rorys Körper sich an seinen schmiegte.

„Dieser Typ hat dich nicht zum Höhepunkt gebracht."

Rory hob die Augenbrauen. „Dafür hätte er sich viel mehr anstrengen müssen. Daran war er gar nicht interessiert, wollte nur sein eigenes Vergnügen."

„Und du?"

„Ich dachte mir, ich könnte auch nach Hause fahren und mir einen runterholen. Dann könnte ich wenigstens sicher sein, dass es gut wäre. Ich verlass' mich nicht darauf, dass ein anderer es mir so besorgt, wie ich es will."

„Also bist du ein dominanter Bottom?"

Rory lachte leise. „Ich weiß, was mir gefällt. Wenn du das dann so bezeichnen willst, nur zu." Tiefe Linien zogen sich über Rorys Stirn, diesmal jedoch nicht aus Sorge, sondern weil ihn die Situation amüsierte. Mit erhobenen Augenbrauen fuhr er fort. „Mir ist aufgefallen, dass der Typ, der dir einen geblasen hat, dich auch nicht gerade zu Begeisterungsstürmen hingerissen hat."

„Deine Vorstellung war interessanter", gab Tim zu. „Ich verstehe nur nicht, was für dich dabei drin ist, wenn du dich von einem Typen so benutzen lässt, ohne wenigstens sicherzustellen, dass auch du was davon hast."

„Ach Timmy", sagte Rory spöttelnd. „Hast du jemals einen wirklich befriedigenden One-Night-Stand gehabt? Es ist nur Sex. Ich werde mich morgen an all den richtigen Stellen wund fühlen und mir dann vorstellen, dass es kein rücksichtsloses Arschloch gewesen ist, sondern jemand, dem tatsächlich etwas an mir liegt. Mit diesem Gedanken kann ich mir dann einen runterholen."

Seine Worte waren mehr als unsentimental, doch dass Rory sich immer noch an ihn presste, machte Tim Mut. Er schob eine Hand zwischen sie und fuhr mit den Fingerknöcheln über die Härte in Rorys Jeans.

Rory atmete hörbar aus und Tim fühlte die Wärme an seinem Gesicht.

„Ich wette, ich kann dafür sorgen, dass du dich gut fühlst", flüsterte Tim.

„Ich bin mir sicher, dass du das kannst", erwiderte Rory ebenso leise. Rory zog Tims Hand fort und schob seinen Schritt gegen Tims. „Verdammt, du bist genauso steif wie ich."

„Das ist nur deine Schuld."

Rory schüttelte den Kopf, ohne Tim anzusehen, und dann plötzlich küsste er Tim wirklich.

Tim fühlte sich schwindelig. Rorys Bart fühlte sich auf seiner Haut zwar überraschend weich an, doch sein Körper war hart und stieß immer wieder gegen ihn. Tim wollte es so; er wollte diesen harten Körper und die Lust, die Rory ausstrahlte. Tims Hände versuchten, so viel zu erspüren wie irgend möglich, und er griff nach Rorys Hüften, um ihn näher an sich zu ziehen. Tim war seinem Orgasmus mindestens so nahe wie vorhin im Hinterzimmer, doch diesmal wollte er kommen, wollte das Blut durch seine Adern rauschen fühlen und wollte fühlen, wie Rory mit ihm kam. Nur aus diesem Grund versuchte er, seinen Orgasmus hinauszuzögern. Rory kam zuerst. Immer. So war Tim einfach gepolt. Was sich seltsam anfühlte, war die Tatsache, dass Rory kaum einen Ton von sich gab. Seinem Körper war die Erregung anzusehen, die Lust und das Verlangen. Sein Atem kam keuchend, doch darüberhinaus hörte man kein Stöhnen oder sonstige Geräusche von ihm.

„O Gott, Rory. Was machst du nur mit mir?", krächzte Tim. Plötzlich erschauerte Rory neben ihm und Tim umarmte ihn fest, als ihn sein eigener Orgasmus forttrug. So standen sie eine Weile da, schwer atmend hielten sie sich umschlungen und stützten sich an der Wand ab. Rorys Geruch nach Schweiß und Erde stieg Tim in die Nase und er konnte nicht genug davon bekommen. Er vergrub sein Gesicht in Rorys Halsbeuge und wollte ihn nie wieder loslassen.

„Komm mit mir nach Hause."

Rory befreite sich aus Tims Umarmung. Seine Augen waren noch ein wenig abwesend, doch ansonsten hatte er sich schon wieder gut unter Kontrolle. „Eine Mitfahrgelegenheit zurück zur Ranch wäre nett. Ich hol nur meine Jacke von drinnen."

Tim blieb an die Wand gelehnt zurück. Erst jetzt fiel ihm auf, wie kalt es war. Jedes Mal, wenn er ausatmete, stiegen kleine Wolken aus seiner Nase auf. Er hatte seine Jacke im Wagen gelassen und war froh, dass Rory schnell zurückkam und wieder seine alte Jacke und das Werkstatt-Basecap trug.

„Wir sollten dir einen neuen Mantel besorgen", schlug Tim vor, als Rory auf ihn zu kam.

„Wenn ich noch ein paar Gehaltschecks bekommen habe, denke ich vielleicht mal drüber nach", meinte Rory vage.

Tim hatte den Eindruck, dass sie wieder genau da waren, wo sie angefangen hatten, und das gefiel ihm kein Bisschen.

8

AUF DEM Nachhauseweg sprachen sie kein Wort. Rory wusste auch gar nicht, was er hätte sagen sollen, und so starrte er einfach nur aus dem Fenster und dachte an ihren Zusammenstoß vor der Bar.

Rory wusste, dass er sich nicht auf Tim einlassen konnte. Es war einfach unmöglich, dass er ein Leben wie Hunter und Grant führen und offen mit Tim zusammenleben konnte. Wenn es das wäre, worauf Tim aus war, dann hätte er sich vor seinen Kollegen schon längst geoutet, doch das hatte er nicht. Sie könnten sich natürlich heimlich sehen, doch er glaubte, dass auch das nichts für Tim war. Er hatte seine Homosexualität zwar nicht publik gemacht, doch vermutlich nur, weil er keinen Freund hatte. Und wie würde es für alle anderen aussehen, wenn Tim ihnen erzählte, dass Rory sein Freund war? Das konnte er Tim nicht antun. Er hatte Besseres verdient als einen verurteilten Straftäter, der auf Bewährung draußen war.

Während der gesamten Fahrt versuchte Rory, sich über seine Gefühle für den harten Cowboy neben sich klar zu werden. Er hatte Männer begehrt, seit er wusste, was Begehren überhaupt war. Doch so schlimm wie bei Tim war es noch nie gewesen. Es war schon vor drei Jahren in diesem Truck vorm Barrel Run präsent gewesen, genauso wie heute Nacht. Und es ging ihm nicht nur um Sex, sondern auch ums Küssen. Darüber, seine Hände über Tims festen Körper, seine schmalen Hüften, breiten Schultern und fühlbaren Muskeln wandern zu lassen. Und als er für einen Moment die Augen schloss, wurde ihm klar, dass es ihm auch darum ging, neben Tim zu schlafen. Hatte Tim ihn nicht darum gebeten, mit ihm nach Hause zu kommen? Rory hatte auf die Worte reagiert, doch jetzt erst erfasste sein Verstand die Bedeutung hinter der Floskel. Hatte Tim ihn vielleicht tatsächlich gefragt, ob er zu ihm nach Hause kommen wollte? In sein Zimmer?

Rory konnte das nicht. Er musste Tim auf Abstand halten. Es würde alles nur verkomplizieren, wenn sich sein Verstand immer nur mit Tim beschäftigte.

Tim stellte den Wagen vor dem Mannschaftshaus ab. Sie hatten erwartet, alles ruhig und dunkel vorzufinden, doch zu ihrem Unglück standen fast alle Bewohner draußen und schauten auf das Haus.

„Was ist los?", fragte Tim Johnny, eine der Aushilfen.

„Es hat gebrannt. Wir vermuten, der alte Mackenzie ist mit einer brennenden Zigarette in der Hand eingeschlafen."

Tim rannte hinein und Rory folgte ihm. Obwohl nirgendwo Flammen zu sehen waren, lief überall Wasser über den Boden und es roch nach Rauch.

„Was ist passiert?", fragte Tim Grant, der gerade aus Rorys Zimmer kam.

„Old Mac ist tot. Der Gerichtsmediziner ist grad drin, aber er denkt, es handelt sich um eine Rauchvergiftung." Grant wandte sich an Rory. „Dein Zimmer hat einen Wasserschaden und ein Teil deiner Wand ist zerstört. Ich fürchte, deine Klamotten werden wohl auch nicht überlebt haben." Er sah wieder Tim an. „Tim, kannst du für Rory eine andere Unterkunft finden?"

„Er kann bei mir bleiben", schlug Tim ohne zu zögern vor. Er sah Rory an, doch der erwiderte seinen Blick nicht aus Angst, man könnte ihm ansehen, dass er Gefühle für Tim hegte. Und Grant wäre sicher in der Lage, in seinem Gesicht zu lesen.

„Es sind keine anderen Zimmer frei und meins ist das größte. Wir können eine Campingliege reinstellen", fuhr Tim fort und Rory erkannte seine Taktik: Er verwischte ihre Spuren. Die meisten der Männer hatten sie mitten in der Nacht zusammen ankommen sehen und wer konnte schon sagen, was sie in diese Situation hineininterpretieren würden. Rory war sich sicher, dass sie zum Stadtgespräch avancieren würden, während das Feuer schnell vergessen wäre.

„Die Statik des Hauses hat also nicht gelitten?", wollte Tim von Grant wissen.

„Nein, wir haben das Feuer sehr schnell bemerkt und da die Duschen gleich um die Ecke sind, hatten wir reichlich Wasser zur Verfügung. Als Hunter und ich hier ankamen, hatten die Männer das Feuer schon gelöscht. Wir haben nur die Polizei gerufen."

Tim nickte. „Tut mir leid, dass ich nicht da war", murmelte er.

Grant schlug ihm freundschaftlich auf die Schulter. „Mach dir darüber keine Gedanken. Es ist Freitagnacht. Ihr Junggesellen müsst euer sauer verdientes Geld schließlich irgendwie ausgeben, nicht wahr?"

Tim sah für einen Moment zu Rory und lächelte dann Grant an. „Ich bin sicher, du erinnerst dich an diese Zeit, alter Mann."

„Warte, bis du Kinder hast. Dann wirst du schnell begreifen, dass es besser ist durchzuschlafen als durchzufeiern."

Rory sah zu, wie das verbleibende Wasser aus der Tür schwappte und bebobachtet dann, wie die Mitarbeiter des Gerichtsmediziners eine Bahre mit einem Leichensack darauf aus Old Macs Zimmer schoben. Der Beamte versiegelte das Zimmer und nickte dann den Männern im Flur zu.

„Ich werde mal nachschauen, ob ich irgendetwas retten kann", sagte Rory zu Tim.

„Ich werde eine Campingliege aus dem Haupthaus holen und schon mal alles vorbereiten. Mein Zimmer ist im ersten Stock auf der linken Seite. Die erste Tür", fügte Tim hinzu. „Du kannst deine Sachen dort abladen, die Tür ist unverschlossen."

Rory nickte und sah zu, wie Tim davonging.

ZEHN MINUTEN später wurde Rory klar, dass er nicht einmal mehr saubere Unterwäsche hatte. Der Kleiderschrank stand an der Wand, die durch das Feuer den meisten Schaden genommen hatte, und ein riesiges, mit Klebeband notdürftig verschlossenes Loch prangte dort, wo einmal seine Wand gewesen war. Alles war entweder angesengt oder voller Wasser und Ruß. Was nicht zu schlimm aussah, hatte er in die Waschmaschine getan, doch er machte sich keine großen Hoffnungen, dass sich etwas davon retten ließ.

Rory ging die Treppe hinauf, klopfte an Tims Tür und trat ein, als niemand reagierte. Es war seltsam, Tims Bereich zu betreten, vor allem, da dieser nicht bei ihm war. Selbst unter dem kalten Licht der Deckenlampe konnte er erkennen, dass überall persönliche Dinge herumstanden. Er musste lächeln, als er erkannte, dass Tim kein sehr ordentlicher Mensch war, doch auf der anderen Seite musste er wahrscheinlich nicht allzu oft sein Zimmer mit jemand anderem teilen. Zumindest sah es nicht danach aus.

„Entschuldige die Unordnung", sagte Tim, der mit einer Luftmatratze unter dem Arm eintrat. „Johnny hat sich vor dir die Campingliege geschnappt. Er muss auch woanders schlafen. Sein Zimmer liegt über Macs und wurde wohl auch beschädigt."

„Kein Problem, ich hatte schon schlimmere Nachtlager."

„Du könntest mit in meinem Bett schlafen", schlug Tim ein wenig zögerlich vor. Er zeigte auf das riesige Bett, das den größten Teil des Zimmers einnahm. „Ich bin nicht dran gewöhnt, mit jemand anderem zu teilen, aber wir werden das schon hinkriegen."

Rory nahm Tim die Matratze ab. „Das wird reichen, mach dir keine Sorgen."

Tim machte ein enttäuschtes Gesicht und Rory tat so, als würde er es nicht bemerken. „Na ja, wenn du es dir anders überlegst, das Angebot steht." Er begann, den Platz neben dem Bett freizuräumen, damit Rory dort die Luftmatratze und den Schlafsack ausbreiten konnte.

„Ich geh mich waschen", meinte Rory plötzlich und sah Tim nicht an, als er praktisch die Flucht ergriff. Seine Unterhose fühlte sich mittlerweile wirklich unappetitlich an und da er keine saubere mehr hatte, würde er diese wohl mit der Hand waschen und hoffen müssen, dass sie bis zum Morgen trocken war. Er würde einen der Männer fragen müssen, ob er ihn in die Stadt fahren könnte, um neue Unterwäsche zu kaufen. Er würde auch mit der Jeans und dem Hemd auskommen müssen, die er anhatte, doch das würde er schon schaffen. Wenigstens hatte er diesmal ein Dach über dem Kopf und Essen auf dem Tisch.

Als Rory zurück ins Zimmer kam, wurde es von der Nachttischlampe beleuchtet und Tim lag lesend im Bett. Er trug ein T-Shirt und Boxershorts – das vermutete Rory zumindest – und hatte sich das Laken bis zur Nasenspitze gezogen.

„Wird es dir auch nicht zu kalt sein?", fragte Tim.

„Ach was", sagte Rory und schlüpfte mitsamt seiner Klamotten in den Schlafsack.

Tim sah für einen Moment verwirrt aus, doch dann schien ihm ein Licht aufzugehen. „Wie gedankenlos von mir." Er verließ das Bett und wühlte in seinem Kleiderschrank. „Du hast gar keine Sachen, in denen du schlafen könntest."

„Das macht nichts", sagte Rory. „Wenn man auf der Straße lebt, schläft man jeden Tag in seinen Klamotten."

Tim hielt ihm ein zusammengefaltetes, graues Kleidungsstück hin. „Aber du lebst nicht auf der Straße. Das ist vielleicht ein bisschen groß, aber wir besorgen dir morgen früh etwas in deiner Größe."

Tims erwartungsvoller Blick ließ Rory keine Wahl: Er musste das Angebot annehmen. Zum Dank erhellte ein Lächeln Tims Gesicht, also zog Rory sein Hemd aus und ein weiches Baumwollshirt an, das wie erwartet zu groß war. Aber es fühlte sich angenehm an und roch nach Weichspüler und Tim, was er sich aber vielleicht auch nur einbildete. Er beugte sich vor und, verdeckt durch das T-Shirt, zog seine Jeans aus, um sie durch die Schlafshorts zu ersetzen.

„Du trägst keine Unterwäsche?", fragte Tim und verriet damit, dass er Rory beobachtet hatte.

„Ich hab meine Unterwäsche von Hand gewaschen, weil ich ansonsten keine mehr habe und ja was für morgen brauche", antwortete Rory, der den Eindruck hatte, dass er fast entschuldigend klang. Tim hatte es sich auf seinem Bett gemütlich gemacht und stützte den Kopf auf seiner Hand auf. Es fiel Rory schwer, die Augen von ihm zu lassen, darum krabbelte er so schnell wie möglich in seinen Schlafsack. Er musste nicht einmal zur Seite schauen, um zu wissen, dass Tim ihn immer noch anstarrte.

„Es ist spät, vielleicht sollten wir schlafen", schlug Rory vor. Tim schaltete daraufhin die Nachttischlampe aus.

Das Zimmer war plötzlich stockdunkel und Rory fror. Er wollte zu Tim ins Bett kriechen, doch wenn er das tatsächlich tat, wäre an Schlaf nicht zu denken. Also zog er stattdessen den Schlafsack enger um sich und versuchte, sich zu entspannen.

„Wie lange hast du auf der Straße gelebt?", fragte Tim mit seiner weichen, verführerischen Stimme.

„Mit einigen Ausnahmen mein ganzes Leben lang", gab Rory zu. Dass er Tims Gesicht nicht sehen konnte, war gleichzeitig Fluch und Segen. So konnte Rory sich einreden, dass es Tim nicht interessierte und dass er nicht schockiert war. Auf der anderen Seite wollte er unbedingt Tims Lächeln sehen, weil es Beweis genug wäre, dass Tim ihn so akzeptierte, wie er war. Vermutlich lag die Wahrheit irgendwo dazwischen und es war wahrscheinlich besser, dass er Tims wirkliche Gefühle nicht kannte.

„Das kann nicht leicht gewesen sein. Ich kann mir nicht vorstellen, keinen warmen Ort zu haben, an dem ich schlafen kann."

Rory antwortete darauf nichts. Was hätte er auch sagen sollen.

„Du hattest recht, als du behauptet hast, ich würde ein privilegiertes Leben führen", fuhr Tim fort.

„Du bist nicht privilegiert, du hattest einfach nur Glück", widersprach Rory, der sich auf die Seite drehte, sodass er Tim das Gesicht zuwandte. Seine Augen gewöhnten sich langsam an die Dunkelheit, doch zum Glück konnte man immer noch kaum mehr als Schatten erkennen.

„Ich musste nie auf der Straße schlafen."

„Hast du dein ganzes Leben auf der Ranch verbracht?", fragte Rory, um von sich selbst abzulenken.

„Ja", sagte Tim in einem Tonfall, als wäre er nicht ganz glücklich mit dieser Tatsache. „Ich bin in diesem Haus aufgewachsen, bevor es zum Mannschaftshaus umfunktioniert wurde. Als meine Mutter starb, hat Hunters Mutter uns aufgenommen. Hugh und Hunter arbeiteten bereits auf der Ranch, Jack und ich gingen aber noch zur Schule. Jack wollte aufs College gehen und die Krauses haben dafür gesorgt, dass er das auch konnte."

„Du wolltest das nie?"

„Ich hab die Schule nie gemocht. Aus heutiger Sicht muss ich zugeben, dass ich wohl besser hätte aufpassen sollen, doch damals konnte ich es gar nicht erwarten, mit den Pferden arbeiten zu können. Wie war es bei dir?"

Bis hierhin war es Rory mehr als recht gewesen, Tim dabei zuzuhören, wie er über seine Kindheit sprach, doch er wollte Tim nicht mit seiner eigenen unglücklichen Geschichte belasten.

„Leben deine Eltern noch?"

Rory seufzte. „Ich hab keine Ahnung." Er lauschte der Stille, die den Worten folgte.

„Du weißt es nicht?"

„Nein, Tim. Ich weiß es nicht", antwortete Rory. In dem Moment, als er die Worte aussprach, wollte er sie schon zurücknehmen. Nicht wegen ihrer Bedeutung, sondern wegen des Tons, den er angeschlagen hatte. „Tut mir leid. Ich rede einfach nicht gern über sie."

„Okay, verstehe", gab Tim schließlich nach. „Du bleibst lieber ein Geheimnis."

„Das ist es nicht …" Rorys Protest erstarb, als er spürte, wie Tims Hand über seine Wange streichelte. Tims Hand verschwand wieder und Rory wünschte sie sich sofort zurück, doch er wagte es nicht, einen Ton zu sagen.

„Denkst du, du kannst jetzt schlafen?", fragte Tim zärtlich.

Was Rory eigentlich antworten wollte, war: „Ja, aber ich würde viel lieber in deinen Armen schlafen." Stattdessen vertrieb er diesen Gedanken und antwortete: „Denke schon. Müde genug bin ich jedenfalls." Es waren ohnehin dumme Gedanken.

9

ALS TIM am nächsten Morgen aufwachte, war Rory verschwunden. Die Luftmatratze lehnte an der Wand und der Schlafsack war darunter ordentlich zusammengefaltet worden. Tim konnte nirgendwo Klamotten erkennen, die nicht seine waren, und selbst der Schlafanzug, den er Rory geliehen hatte, war verschwunden. Er bereute sofort, so ungewöhnlich lange geschlafen zu haben.

Draußen schien die Sonne und nach einem schnellen Frühstück machte sich Tim auf die Suche nach seinem Zimmergenossen. Er fand ihn in der Nähe des Fohlenstalls.

„Morgen, Rory."

Rory erschrak, doch dann breitete sich ein Lächeln auf seinem Gesicht aus, das wie immer von seinem Basecap beschattet wurde. „Schätze, du hast gut geschlafen? Ich bin schon seit Ewigkeiten wach."

„Das sehe ich", sagte Tim mit einem Blick auf den ordentlich gefegten Stallboden. „Haben sich die Stuten und Fohlen benommen?"

„Nicht wirklich", erwiderte Rory. „Ich hoffe, du hast nichts dagegen, dass ich sie aufs Paddock gestellt habe. Es ist mindestens so warm wie gestern und die Fohlen sind wie wild herumgesprungen, als sie festgestellt haben, dass sie Platz zum Toben haben."

„Ist in Ordnung. Wenn es so kalt ist, lassen wir sie eigentlich nicht so früh raus, aber du hast recht: Sie genießen es sichtlich."

Rorys Lächeln verschwand und er begann wieder, den Boden zu fegen. Gleichzeitig verfluchte Tim sein loses Mundwerk. Er wusste, dass sich Rory wie ein Versager fühlte und er hatte ihn auch noch zurechtgewiesen, nur weil er seine Arbeit gemacht hatte.

„Rory", setzte er an, doch der wandte ihm den Rücken zu. Darum kam Tim näher und legte ihm eine Hand auf die Schulter. „Du hast nichts falsch gemacht."

Rory sah ihn an und zuckte die Schultern. „Mach dir keine Sorgen."

Tim wusste, dass er Rorys Gefühle verletzt hatte, aber er konnte in seiner Gegenwart nicht ständig jedes Wort auf die Goldwaage legen. Rory musste sich ein dickeres Fell zulegen. Andererseits konnte er ihn auch verstehen und hasste es zu sehen, wie er sich immer wieder in sich selbst zurückzog. Tim nahm sich eine Mistgabel und begann, das Stroh in die Schubkarre zu schaufeln, die am Stalleingang stand. Rory beobachtete ihn eine Weile, doch Tim gab vor, es nicht zu bemerken und arbeitete einfach weiter. Schließlich wandte sich auch Rory wieder seiner Arbeit zu. Er wendete das Stroh, lockerte es auf und entfernte, was nicht mehr benutzbar war. Wie am Tag zuvor schafften sie ihre Arbeit in Rekordzeit und nachdem sie noch einmal nach den Pferden gesehen hatten, beschlossen sie, die Stuten und Fohlen erst später am Tag wieder reinzuholen.

„Wie wäre es, wenn ich dir deine erste Reitstunde gebe?", schlug Tim vor, als sie die Schubkarre wegstellten. „Es ist ein schöner Tag und mir fallen auf Anhieb ein paar Pferde ein, die ein bisschen Bewegung gebrauchen könnten. Wir können uns zuerst auf den Reitplatz beschränken und wenn das gut klappt, könnten wir noch ein bisschen ausreiten. Nicht zu weit für den Anfang, wir können es ja gemütlich angehen." Tim wusste, dass er abschweifte, aber das tat er immer, wenn er nervös war. Er wollte einfach nicht, dass Rory ihm eine Abfuhr erteilte.

„Ich glaube nicht, dass ich dafür Talent habe", meinte Rory nüchtern. „Ich bin sicher, du hast Besseres zu tun."

Tim zuckte die Schultern. Rorys lauwarme Reaktion würde ihm nicht die Stimmung verderben. „Das kannst du nicht wissen, bevor du es nicht ausprobiert hast. Außerdem hast du Hunter gehört. Er möchte gern, dass du als Cowboy arbeitest, aber dafür musst du erst reiten lernen. Und er hat gesagt, es wäre okay, wenn ich es dir beibringe."

„Schätze, aus der Nummer komme ich nicht mehr raus", sagte Rory mit einem Grinsen.

„Nein."

Rory nickte und vergrub die Hände in den Taschen seiner fadenscheinigen Jeans. „Na gut, dann lass es uns hinter uns bringen."

Tim konnte sich ein Lächeln nicht verkneifen. „Und danach fahre ich mit dir in die Stadt, um ein paar Sachen für dich zu kaufen. Es wird noch kälter werden, weißt du."

„Stimmt wohl", stellte Rory kurz angebunden fest.

Tim wusste, dass er bei Rory wieder einen wunden Punkt getroffen hatte. Diesmal beschloss er, es zu ignorieren.

„Auf geht's. Ich werde dir zeigen, wie man ein Pferd sattelt."

Tim versuchte, gute Laune auszustrahlen und so wurde auch Rory bald wieder lockerer. Tim nahm ihn mit zu Chase, einem der älteren Pferde, und zeigte ihm, was man alles überprüfen musste, bevor man sich aufs Pferd setzen konnte. Der Wallach war über zwanzig Jahre alt und sah aus, als könne ihn nichts erschüttern – nicht einmal Tims endloser Redeschwall oder die Tatsache, dass zwei Männer um ihn herumliefen und ihn von allen Seiten begutachteten. Als er fertig gesattelt und getrenst war, führte Tim ihn zu dem Round Pen, in dem normalerweise die Pferde eingeritten wurden. Er wickelte beide Zügel um das Sattelhorn und stellte einen Fuß in den Steigbügel. Mit hart erarbeiteter Leichtigkeit stieg er auf.

„Siehst du: Du tust deinen Fuß hierher, legst deine Hände aufs Sattelhorn, ziehst dich hoch und schwingst dein Bein übers Pferd."

Rorys Augenbrauen küssten fast seinen Haaransatz. „Du machst das, seit du laufen kannst. Ich wette, so einfach ist das gar nicht."

Tim schwang sein Bein wieder übers Pferd und stieg ab. „Keiner sieht zu. Wenn es nicht klappt, bin ich der einzige Zeuge."

„Ja." Rory seufzte mehr, als dass er sprach, als er auf das Pferd zuging. Chase war kein besonders großes Pferd und Rory konnte problemlos mit den Händen das Sattelhorn erreichen. Er brauchte mehrere Anläufe, bis er den Fuß im Steigbügel hatte, und Tim konnte sehen, dass Rory langsam nervös wurde. Rory sah Tim an, der Chases Zügel hielt, obwohl das eigentlich gar nicht nötig war. Tim beobachtete, wie Rory mit beiden Händen das Sattelhorn ergriff, sich hochzog und versuchte, das Bein über den Pferderücken zu schwingen. Für Rory überraschend schwang der Steigbügel nach vorn und da Rory sein Gewicht nicht über seinem Fuß ausbalancieren konnte, ließ Tim das brave Pferd los, um ihm zu Hilfe zu eilen. Als Rory wieder auf dem Boden landete, stieß er mit Tim zusammen, der ihn aus Reflex umarmte, um zu verhindern, dass er umfiel. In dem Moment, als er Tim neben sich spürte, versuchte Rory auf fast aggressive Art, den Abstand zwischen ihnen zu vergrößern.

„Hey!", rief Tim, wobei er versuchte, keinen scharfen Ton anzuschlagen. „Macht doch nichts, das erste Mal ist immer ein bisschen schwierig."

„Vergiss es einfach", meinte Rory mit ausdrucksloser Stimme.

„Auf keinen Fall." Tim kam näher, um Rory eine Hand auf die Schulter zu legen, doch der größere Mann entzog sich ihm wie ein bockiges Kind. „Rory, komm schon. Ich helfe dir, es noch mal zu versuchen. Wenn du den Dreh erst mal raushast, wird es dir leichtfallen."

Rory drehte sich mit angespanntem Gesichtsausdruck um.

Tim lächelte ihn an. „Komm schon, Brummbär. Noch einmal."

„Brummbär?" Ein vorsichtiges Lächeln wischte die Anspannung von Rorys Gesicht.

„Du bist weder Hatschi, Schlafmütz oder Seppl. Und du bist zu dünn, um Chef zu sein. Pimpel könnte zu dir passen, aber das ist kein schöner Spitzname. Und wenn du gern Happy genannt werden möchtest, musst du mehr lächeln."

Jetzt grinste Rory übers ganze Gesicht und Tim kam wieder näher. Er erwartete fast, dass Rory sich erneut zurückzog, doch als er das nicht tat, machte Tim noch einen Schritt auf ihn zu. Rory sah ihn nicht direkt an, aber er lächelte immer noch. Also machte Tim sich lang und streifte mit seinen Lippen Rorys Bart. Rory überwand den verbleibenden Abstand zwischen ihnen und küsste Tim so sanft, dass er ein Stöhnen nicht unterdrücken konnte.

„Tut mir leid." Rory trat einen Schritt zurück.

„Warum?", fragte Tim. Ihr erster Kuss war sehr keusch gewesen, darum wartete Tim gar nicht erst auf eine Antwort. Er wollte richtig geküsst werden und bezweifelte nicht, dass Rory dasselbe wollte. Darum packte er ihn am Hemdkragen und zog ihn an sich, bevor er ihn leidenschaftlich küsste. Doch erst, als er Rorys zögerliche Hand an seinem Hinterkopf fühlte, konnte er den Kuss auch wirklich genießen.

Als dieser Kuss endete, blieben sie nah beieinander stehen.

„Du bist ganz schön laut", sagte Rory grinsend.

„Bin ich nicht."

„Doch, bist du. Ich denke, der Einzige, der dich in diesem und im nächsten Bezirk nicht gehört hat, ist der taube Kerl, der neben Calleys Laden wohnt."

„Mir hat es gefallen", gab Tim zu. „Und das ist eine Art, das zu zeigen. Ich kann gar nicht anders."

Plötzlich riss sich Rory von ihm los und Tim blickte sich suchend um, um zu sehen, was ihn so erschreckt hatte. Neben dem Platz saß Grant auf seiner schwarzen Stute Raven. Tim hatte den Eindruck, dass Grant ein wenig peinlich berührt war, weil er Zeuge ihrer Intimitäten geworden war.

„Grant?"

Diesmal sah Grant Tim direkt an. „Ich habe mich gefragt, ob du mit mir die Zäune abreiten willst."

„Ich bin gerade dabei, Rory Reitunterricht zu geben."

„Oh! Das sollte Reitunterricht sein, verstehe. In diesem Fall werde ich sehen, ob ich Hunter von seinem Papierkram losreißen kann. Ich denke, das wird ihm nichts ausmachen." Mit diesen Worten ließ er Raven kehrtmachen und ritt zurück zum Haupthaus.

„Verdammt", murmelte Rory.

Tim sah Rory an. „Es ist dir peinlich."

„Und dir nicht? Er hast uns beim Küssen erwischt!"

„Rory, sie wissen, dass ich schwul bin. Dass ich es nicht überall herumerzähle, heißt noch lange nicht, dass ich es geheim halte."

„Aber …"

„Vor allem Grant wird Verständnis haben. Er hatte auch nicht gerade den besten Ruf, als er mit Hunter angebandelt hat. Und sieh sie jetzt an. Sie haben ihr eigenes Haus. Sogar Mrs Krause behandelt ihn wie ihren eigenen Sohn."

„Ich wette, Grant hat keine Vorstrafen."

Tim legte einen Arm um Rory und gab ihm einen flüchtigen Kuss auf die Schläfe, bevor er zurück zu Chase ging. „Am besten, wir kriegen dich auf dieses Pferd, damit du lernst, wie leicht es ist, einen gut ausgebildeten Wallach zu reiten."

10

GRANT RITT zum Haupthaus zurück und hängte die Zügel über einen der Pfosten der Veranda. Er betrat das Haus durch den Vorraum und hielt sich nicht damit auf, seine Stiefel auszuziehen, weil er nur kurz den Kopf durch die Bürotür stecken wollte, um Hunter zu einem Ausritt zu überreden. In dem Moment jedoch, als er eintrat und Hunter auf der kleinen Couch sitzen sah, wusste er, dass sein Plan nicht funktionieren würde.

„Was ist los?", fragte Grant, als er sah, dass Hunter, mit dem Telefon in der Hand, ins Nichts starrte.

Hunter schüttelte den Kopf.

„Macht Matty seinen Mittagsschlaf?"

Hunter nickte.

„Natürlich macht er das", überlegte Grant laut, weil er hoffte, dass Hunter sich etwas entspannte. „Er ist da genau wie sein Vater. Du krabbelst ihm den Rücken, gibst ihm einen Kuss, flüsterst ihm Nichtigkeiten ins Ohr, und bevor sein Kopf auf dem Kissen zu liegen kommt, schnarcht er auch schon."

Hunter lächelte halbherzig. „Matty schnarcht nicht."

„Nein, aber sein Dad schon."

„Genau wie sein anderer Dad", konterte Hunter, allerdings ohne Nachdruck, wie Grant bemerkte.

Grant setzte sich neben Hunter auf die Armlehne der Couch und stieß ihn mit dem Ellbogen an. „Was ist los?", wiederholte er. Diesmal war seine Stimme weicher und mitfühlender als zuvor.

„Miranda ist in der Stadt."

Grant schürzte die Lippen und versuchte, sorglos zu klingen. „Wie geht es ihr?"

„Sie will Matty sehen", antwortete Hunter.

„Wann kommt sie vorbei?", fragte Grant und versuchte dabei so zu klingen, als hätte sie ihren Sohn nicht vor drei Jahren im Stich gelassen, um sich danach in Luft aufzulösen.

„Ich hab ihr gesagt, ich würde sie morgen anrufen. Ich fand nicht, dass ich ihren Forderungen sofort nachgeben sollte. Macht mich das zu einem bösartigen Menschen?"

Hunter vergrub sein Gesicht in Grants Umarmung und dieser wusste, was das bedeutete. Seine ansonsten durchschnittlich machohafte bessere Hälfte versuchte, richtig machohaft zu sein, um sich nicht anmerken zu lassen, wie sehr Mirandas Anruf ihn eingeschüchtert hatte. Grant legte eine Hand auf Hunters Kopf und dieser kuschelte sich enger an ihn. Grant umarmte seinen Geliebten fest und versuchte, ihn zu beruhigen, indem er mit kreisenden Bewegungen seine Schultern massierte. „Ist schon gut", hörte er sich selbst sagen. „Wir sind darauf vorbereitet. Wir haben die Briefe der Krankenschwestern und die von Mattys Ärzten, die bestätigen, dass sie sich geweigert hat, ihn mit nach Hause zu nehmen. Wir haben die Quittungen der Anzeigen, die wir geschaltet haben, um sie zu finden. Unser Anwalt hat uns versichert, dass das reicht, um zu beweisen, dass sie ihr Kind verlassen hat."

„Aber was, wenn es doch nicht reicht?", wollte Hunter nach langem Schweigen wissen. „Was, wenn ihr Arzt vor Gericht erzählt, dass sie damals nicht rational gehandelt hat, doch dass sie jetzt in Behandlung ist und sich wieder um ihren Sohn kümmern kann. Grant, ich kann Matty nicht verlieren. Er ist das Beste, was mir je passiert ist."

Sie führten dieses Gespräch nicht zum ersten Mal. Der rationale Teil dieses Gesprächs fand immer bei ihrem Anwalt statt, doch der emotionale Teil hier im Büro oder in ihrem Schlafzimmer. Normalerweise, nachdem sie gerade ihren Sohn ins Bett gebracht hatten.

Matthew war ein Sorgenkind. Das hatten sie von Anfang an gewusst, denn schon bevor sie ihn mit nach Hause nehmen konnten, war er zweimal operiert worden. Er war mit einer Rückenmarksschädigung geboren worden, darum hatte man in der ersten Operation versucht, seinen Rücken in Ordnung zu bringen, da die Nervenenden freilagen. In einer zweiten Operation hatte man ein Röhrchen in seinen Kopf eingeführt, damit Flüssigkeiten ablaufen konnten, die oft ein Nebeneffekt von Spina bifida waren. In seinem ersten Lebensjahr war er immer wieder im Krankenhaus gewesen. Jetzt, mit drei Jahren, konnte er immer noch nicht laufen und niemand wusste, ob er es je lernen würde. Das Positive daran war, dass Matthew ein echtes Sonnenscheinchen war. Damals, im Brutkasten auf der Kinderintensivstation, hatte er die Herzen der beiden Männer gewonnen und er erleuchtete immer noch jeden ihrer Tage. Er weinte nur sehr selten und lächelte immer, wenn man ihm nur die kleinste Aufmerksamkeit zuteilwerden ließ. Er war jedermanns Freund und das schloss den Arzt mit ein, der ihn untersuchte, und die Schwester, die ihm Spritzen gab, die er eigentlich gar nicht mochte.

Obwohl Matty nicht laufen konnte, hatte er kein Problem, sich fortzubewegen – sehr zu Christys Schrecken. Während die drei Kinder, die sie mit Grant hatte, in der Schule waren, passte sie auf Izzies Mädchen und Matty auf, damit alle anderen auf der Ranch arbeiten konnten. Sie hingegen kochte gleichzeitig das Essen für die Crew. Die Kinder hatten ihre eigene abgetrennte Spielecke in der riesigen Küche, wo sie miteinander spielen konnten, während Christy kochte. Matty allerdings war ein kleiner Houdini und er entwischte oft aus der abgetrennten Kinderecke, wenn Christy gerade nicht hinsah. Er hatte seine eigene Art zu krabbeln, indem er sich mit den Armen voranzog und auf einer Hüfte abstützte, und er hatte auch kreative Ideen, wie man in und unter Schränke kommen konnte. Er war noch nie wirklich in Schwierigkeiten geraten, aber nach Christys Meinung war das nur eine Frage der Zeit. Niemand konnte jedoch lange böse mit ihm sein und er war nicht nur Christys Liebling, sondern auch der seiner Großmutter. Als Christy eingezogen war, hatte Beth Krause aufgehört, für die Mannschaft zu kochen. Sie half jedoch immer noch dabei, das Essen für die Familie vorzubereiten, und oft nahm sie die Kinder mit ins Wohnzimmer, damit Christy ein wenig Zeit für sich hatte. Obwohl Matthew ein richtiger Junge war, bei dessen Spielen es auch gern mal rauer zuging, saß er mucksmäuschenstill auf der Wohnzimmercouch, wenn Beth Krause ihm Geschichten vorlas.

Trotz der Sorgen, die Matthew seinen zwei Vätern bereitete, konnten sie sich ihr Leben ohne ihn nicht mehr vorstellen. Matthew war ihr gemeinsames Kind und ihre gemeinsame Sorge. Obwohl er erst drei war und sie beide Daddy nannte, wusste Grant, dass das Kind zwischen ihnen keinen Unterschied machte, obwohl eigentlich Hunter sein biologischer Vater war.

Nachdem Matthew geboren worden war, hatte Hunter trotz Grants Bedenken versucht, Miranda einen Platz in Matthews Leben einzuräumen. Grant war immer der Ansicht gewesen, dass sie ihr Recht als Mutter verwirkt hatte, als sie Matthew im Krankenhaus zurückgelassen und Hunter nicht einmal mitgeteilt hatte, dass er einen Sohn hatte. Miranda hatte kein Anrecht darauf, über Matthews Leben auf dem Laufenden gehalten zu werden. In den letzten drei Jahren war seine Meinung jedoch weniger unversöhnlich geworden. Jetzt, da seine eigenen Kinder bei ihm wohnten, verstand er, welch enge Bindung man zu seinem eigen Fleisch und Blut einging und ihm war klar, dass es unglaublich schwer wäre, jemals wieder von ihnen getrennt zu sein. Er verstand nicht, wie Miranda ihr eigenes Kind hatte verlassen können, und jetzt, da sie wieder da war, war er genauso wütend und hilflos wie Hunter.

Er hasste die Tatsache, dass es so aussah, als müssten sie für ihren eigenen Sohn kämpfen.

„Hat sie gesagt, dass sie ihn wiederhaben will?"

Hunter sah auf und schüttelte den Kopf. Obwohl sein Gesicht trocken war, waren seine Augen blutunterlaufen und Grant wusste, dass er mit den Tränen kämpfte. „Sie hat nur darum gebeten, ihn sehen zu dürfen. Ich sehe keinen Weg, wie wir ihr das verwehren könnten. Schließlich habe ich ihr beim letzten Mal gesagt, dass sie ihn jederzeit besuchen dürfe."

„Dann erlauben wir es ihr eben. Wir müssen ihr nur unmissverständlich klarmachen, dass wir Mattys Eltern sind und sie nur eine Besucherin."

„Die zufällig seine Mutter ist."

„Ja", stimmte Grant zu. „Zufällig ist das so. Aber für Matty ist sie eine Fremde. Ihm fehlt keine Mutter. Er hat Christy und deine Mutter und Tante Izzie – reichlich weibliche Bezugspersonen."

„Schätze, das stimmt", gab Hunter zu. „Trotzdem mache ich mir Sorgen. Ich will wissen, was sie vorhat."

„Das wird die Zeit zeigen." Grant zog Hunter wieder näher an sich, bis dieser den Kopf hob.

„Aber was ist mit dir? Du hast ziemlich zufrieden ausgesehen, als du reingekommen bist."

Grant rollte die Augen. „Ich hab Tim und Rory beim Schmusen erwischt."

„Beim Schmusen?" Hunter hob eine Augenbraue.

„Du weißt schon: küssen, sich umarmen. Vermutlich habe ich die schlüpfrigen Momente verpasst, aber jedenfalls habe ich ihm nicht geglaubt, als er vorgab, Rory Reitunterricht zu geben."

„Du hast nur den Euphemismus nicht verstanden."

„Euphe…?

„Dass Rory Tim statt eines Pferdes reitet?", klärte Hunter ihn amüsiert auf.

Grant grinste. „Sie waren beide noch vollständig angezogen, aber ich verstehe, was du meinst. Perversling."

Hunter stieß seinen Mann mit der Schulter an. „Wir wissen beide, dass Tim schwul ist. Und ich hab dir gesagt, dass er Rory hinterhergeschmachtet hat, seit der verschwunden war. Damals, als die Pferde gestohlen wurden. Es freut mich, dass Rory Tims Gefühle erwidert. Er hat einen Freund verdient."

„Sogar, wenn dieser Freund ein verurteilter Verbrecher ist?"

„Denkst du, es war ein Fehler, ihn einzustellen?"

Grant zuckte die Schultern. „Rory arbeitet hart. Er hat praktisch Old Macs Aufgaben übernommen und erledigt noch seine eigene Arbeit, obwohl ich sicher bin, dass Tim ihm hilft. Ich sehe Tim öfter mit einer Mistgabel in der Hand, als mir lieb ist."

„Solange er seine eigene Arbeit schafft, möchte ich eigentlich nicht mit Hugh darüber reden. Ich kann Tim nicht vorwerfen, dass er Zeit mit Rory verbringen will."

Hunter sah Grant mit einem sanften Lächeln an und das erinnerte Grant daran, wie sehr er diesen Mann liebte. Also küsste er ihn mit all der Zärtlichkeit, die er aufbringen konnte.

„Vielleicht war es nicht die klügste Idee, Tim die Aufgabe zu übertragen, auf Rory aufzupassen, denn offensichtlich wird sein Urteilsvermögen eingeschränkt sein", setzte Hunter da ein, wo er aufgehört hatte, bevor ihr Austausch intimer geworden war. „Aber vielleicht hilft es ja auch. Wenn Rory Tims Gefühle erwidert, ist das vielleicht Ansporn für ihn, sich nichts zuschulden kommen zu lassen, damit Tim nicht für ihn geradestehen muss. Wenn Rory Tim jedoch nur benutzt …"

„Wenn du sie gesehen hättest, als sie dachten, sie wären allein – und dann, als sie sich ertappt fühlten –, hättest du keine Zweifel. Rory hat sofort von Tim abgelassen, als er bemerkte, dass ich da war. Dann hat er Tim angesehen, um abzuschätzen, ob er ihn in Schwierigkeiten gebracht hat. Er hat mich an mich selbst erinnert, als wir in dieser frühen Phase unserer Beziehung waren. Und ich habe damals gewusst, was ich für dich empfinde."

„Nur damals?", fragte Hunter mit einem neckenden Lächeln.

„Danach wurde es nur noch schlimmer", antwortete Grant. Ohne viel Aufhebens zog er Hunter zu sich und rubbelte ihm mit den Fingerknöcheln über den Kopf. „Also, lass uns rausgehen, um dir ein Pferd zu satteln. Ich brauche jemanden zum Reiten."

„Na ja, wenn du es so formulierst."

„WIR KÖNNEN am Platz vorbeireiten", schlug Grant vor. „Mit ein bisschen Glück erwischen wir sie noch mal und du kannst dir selbst ein Bild machen."

„Lieber nicht", meinte Hunter ernst. „Sie teilen sich zwar ein Zimmer im Mannschaftshaus, aber du erinnerst dich sicher, wie das war. Hauchdünne Wände, keine Privatsphäre und alle unterhalten sich hinter deinem Rücken über dich, als würden sie jede deiner Bewegungen kennen. Das Round Pen ist zwar draußen, aber aus gutem Grund etwas abgelegen. Wenigstens müssen sie sich dort keine Gedanken über neugierige Blicke machen."

„Ja, sie sollten wohl was Eigenes zum Wohnen finden."

Hunter stand auf und zog Grant auf die Füße. „Lass uns reiten gehen. Ich wäre ein bisschen Privatsphäre unter freiem Himmel auch nicht abgeneigt."

11

AN DIESEM Abend tat Rory alles weh, als er in Tims Zimmer in seinen Schlafsack krabbelte. Und es war nicht die gute Art Schmerz.

Letztendlich hatte er zugestimmt, noch einmal zu versuchen, aufs Pferd zu steigen, und mit Tims Hilfe hatte er sich schließlich mit der Anmut eines Nilpferdes in den Sattel gezogen. Zum Glück hatte Tim nicht gelacht, denn Rory fühlte sich fürchterlich beschämt.

Um seine Nerven zu beruhigen, hatte Tim die Steigbügel auf die Länge von Rorys Beinen eingestellt und dabei keine Möglichkeit vorbeiziehen lassen, um Rorys Oberschenkel, Waden und Taille zu streicheln, bis es Rory wegen der Enge in seiner Jeans recht ungemütlich wurde. Dabei erklärte Tim ihm, wie man richtig auf einem Pferd saß, und niemals hätte Rory ihn gestoppt, denn es fühlte sich einfach zu gut an. Selbst der gemütliche Trab um den Platz und die darauf folgende Schrittrunde durchs Gelände konnten seinem Steifen und seiner Libido nichts anhaben. Jedes Mal, wenn er Tim und sein strahlendes Lächeln ansah, stieg Begierde in ihm auf.

Es hatte ihn nicht viel Überredung gekostet, Tim für eine Wiederholung ihres Treibens hinter dem Club zu gewinnen. Nachdem die Pferde versorgt waren, hatten sie sich vor Chases Box gegenseitig zum Höhepunkt gebracht, ohne irgendwelche Kleidung abzulegen. Das hatte seine Anspannung etwas gelöst, doch wie ihm nach zwei Stunden angestrengten Ausmistens klar wurde, wollte er mehr. Er wollte Tim ganz, wollte seine Hände über Tims nackte Haut und seine ansehnlichen Muskeln wandern lassen. Er wollte, dass Tim ihn nahm, fickte und besaß.

Tim jedoch schien das anders zu sehen.

Als der ihr Zimmer betrat, war Rory schon in seinem Schlafsack. Tim benahm sich wie jede Nacht: Er zog sich ohne viel Federlesens aus und kroch dann unter seine Decke.

Rory biss sich in die Innenseite seiner Wange und wunderte sich, warum er dem Drang widerstanden hatte, sich in der Dusche einen runterzuholen. Dann hätte er jetzt wenigstens einschlafen können.

Als Tim das Licht ausschaltete, drehte sich Rory auf die andere Seite und versuchte, sich zu entspannen.

„Rory, bist du wach?"

Zuerst wollte Rory nicht antworten. Vielleicht sollte er einfach so tun, als würde er schon schlafen. Ihm war ohnehin nicht nach Reden zumute.

„Das ist doch lächerlich, Brummbär."

Als er seinen neuen Spitznamen hörte, musste er lächeln, und er war froh, dass es zu dunkel war, als dass Tim es hätte sehen können.

„Steh vom Boden auf und komm zu mir ins Bett. Es muss ja nichts passieren. Ich verspreche auch, ein perfekter Gentleman zu sein und dich nicht zu vernaschen, egal, wie gern ich das möchte."

„Wie meinst du das?", fragte Rory nach einer langen Pause.

Tims Antwort kam prompt. „Es fühlt sich irgendwie komisch an, wenn du auf dem Boden schläfst, obwohl mein Bett groß genug für uns beide ist. Ich bin mir sicher, dieses Bett ist bequemer und wärmer als der Fußboden."

Rory wollte es. Natürlich wollte er es. Aber Tim ging es nur ums Schlafen und Rory wusste nicht, ob er sich beherrschen könnte, wenn er Tims Wärme und seinen Geruch neben sich spürte.

„Hör auf, so viel darüber nachzudenken. Es ist nur ein warmer Ort zum Schlafen."

Rory hatte den Eindruck, dass Tim schon schläfrig klang. Vielleicht war das aber auch seine Art, verführerisch zu klingen. In jedem Fall verfehlte es nicht seine Wirkung.

Rory kroch aus seinem Schlafsack. Seine Augen hatten sich an die Dunkelheit gewöhnt, sodass er sehen konnte, wie Tim die Decke für ihn hochhielt, damit er ins Bett kriechen konnte. Als er lag, fühlte er, wie Tims Hand leicht über seinen Bauch strich, und trotz des dicken Baumwollshirts zogen sich seine Muskeln unter der Wärme von Tims Hand zusammen. Er schluckte schwer und konnte nicht aufhören, Tim anzustarren, während er versuchte, es sich im Bett bequem zu machen. Ein unmögliches Unterfangen, da Tim zurückstarrte und seine Hand über Rorys von Kleidung bedeckte Brust wandern ließ.

Keiner von beiden sprach und die Spannung zwischen ihnen war fast mit den Händen zu greifen. Dann kam Tim etwas näher, schmiegte sich an Rory und liebkoste seine Schläfe. Wieder musste Rory schwer schlucken, als er versuchte, den letzten Rest seiner Selbstkontrolle zu wahren.

„Tut mir leid", flüsterte Tim. „Ich weiß, ich habe versprochen, mich zu benehmen. Aber ich bin nicht sicher, ob ich dieses Versprechen halten kann."

„Das musst du nicht", antwortete Rory, ohne zu zögern. „Ich möchte nicht, dass du ein Gentleman bist." Er drehte sich zu Tim und gab ihm einen Kuss, der zeigen sollte, wie sehr er das hier wollte. Rory war sicher, dass die Botschaft klar und deutlich war. Er war so hart, dass es ihm unmöglich war, nicht die Nähe von Tims Körper zu suchen. Gleichzeitig wollte er Tims nackte Haut berühren, sie mit dem Mund kosten. Tims Verhalten in der Bar legte nahe, dass er es mochte, wenn man ihm einen blies, also schob er Tims T-Shirt hoch, löste seine Lippen von dessen Mund, beugte sich hinunter und leckte die freigelegte Haut.

Tim keuchte auf und Rory hörte sofort auf, als er begriff, dass man sie hören konnte.

„Was ist los?", fragte Tim. „Willst du aufhören?"

„Man wird uns hören. Alle werden wissen, was wir hier machen."

Tim lächelte. „Wir dürfen Besuch empfangen. Das hier ist schließlich kein Studentenwohnheim oder so." Als Rory darauf nichts erwiderte, fuhr Tim fort: „Die meisten der Männer bringen irgendwann am Wochenende Frauen mit aufs Zimmer. Bei manchen wohnt sogar fast durchgehend eine Frau. Du hast sie nachts gehört, oder?"

Rory nickte. „Aber normalerweise sind es die Frauen, die stöhnen."

„Die Männer stöhnen auch."

Rory wollte das Thema nicht vertiefen, ihm waren die Geräusche unangenehm. Sie führten dazu, dass er ans Gefängnis dachte und das Letzte, was er wollte, während er mit Tim im Bett lag, war, daran zurückzudenken. Also zog er sich das T-Shirt über den Kopf und umschloss Tims Schwanz mit dem Mund. Das brachte Tim zum Schweigen – bis er wieder anfing zu stöhnen. Es war eindeutig, dass er sich zurückhielt und versuchte, möglichst leise zu sein, und plötzlich schien das alles albern. Er intensivierte seine Bemühungen und rieb mit der Hand über Tims Glied, während er seine Zunge über die Spitze kreisen ließ. Mit der Zungenspitze kitzelte er am Schlitz, aus dem schon Flüssigkeit tropfte. Rory machte es gern mit dem Mund, er mochte den Geschmack und die Macht, die es ihm gab. Noch mehr, als wenn er sich von einem Mann nehmen ließ, hatte er hier die Lust des anderen in der Hand. Er genoss dieses Gefühl.

Plötzlich fühlte Rory Tims Hand auf seinem Kopf. Automatisch entzog er sich der Berührung aus Angst, Tim würde seinen Kopf nach unten drücken.

Als Rory aufblickte, lächelte Tim ihn an. „Ich wäre fast gekommen." Er brachte sich selbst in eine sitzende Position und zog sein T-Shirt aus. „Komm her." Einladend hielt er Rory seine Hand hin.

Rory kroch nach oben und gestattete Tim, dass er ihn näher an sich zog. Es fühlte sich sehr intim an, als Tim die Arme um ihn legte und ihn küsste. Tims freie Hand liebkoste Rorys nackte Haut, woraufhin dieser erschauerte. Tim zog die Decke enger um sie. „Kalt?"

Rory schüttelte den Kopf. Es fühlte sich ungewohnt an, sich in Tims liebevoller Umarmung wiederzufinden. Rory war so etwas nicht gewohnt. Er wusste nicht, wie er darauf reagieren sollte, also beugte er sich zu Tim und küsste ihn.

Als ihre Berührungen leidenschaftlicher wurden, zog sich Tim zurück. „Langsam, lass dir Zeit."

Rory schüttelte den Kopf. Er wollte Tim und kannte keinen Weg, wie er ihm das sonst begreiflich machen sollte. „Hast du Kondome?" Tim nickte. „Dann fick mich. Ich will, dass du es tust." Rory ertrug es nicht länger, Tim anzusehen, also erhob er sich auf alle Viere, zog seine Shorts hinunter und konzentrierte seinen Blick auf die altmodische Holzschnitzerei des Bettes. Zunächst rührte Tim sich nicht, doch dann hörte Rory, wie er die Schublade des Nachttisches aufzog, um etwas herauszunehmen. Es war zu dunkel, um zu sehen, was es war, aber Rory hatte eine ziemlich klare Vorstellung. Seit der Nacht in der Bar hatte Rory genau das gewollt: dass Tim ihn ficken würde. Jetzt endlich war es soweit. Er hoffte nur, dass er Tim danach noch in die Augen sehen konnte.

Das Gleitgel war kalt und Rory dachte, die Berührung würde oberflächlich und schnell vorbei sein. Stattdessen ließ Tim sich Zeit und Rory musste sich auf die Zunge beißen, um ihn nicht zu drängen, endlich zum Punkt zu kommen. Das war nicht nur nötige Vorbereitung, das war definitiv mehr. Das hier sollte Genuss verschaffen und Rory ließ den Kopf hängen, um die Gefühle zu verbergen, die sicherlich auf seinem Gesicht sichtbar waren. Das war auch eine gute Taktik, um jegliches Geräusch zu ersticken, das aus ihm herausbrechen wollte. Rory hatte nie Probleme gehabt, leise zu sein, doch das hier war anders. Wie zufällig fuhr Tims Finger über den empfindlichen Punkt tief in ihm und entlockte ihm fast ein Keuchen. Trotz seiner Selbstbeherrschung wusste er, dass sein Körper ihn verriet. Dass Tim die Berührung wiederholte, war Beweis genug dafür. Es war nur eine Frage der Zeit, bis er sich nicht mehr zurückhalten könnte.

„Bitte, Tim", bat Rory so leise wie möglich.

„Was?", fragte Tim mit fast normaler Stimme.

„Nimm mich endlich", flüsterte Rory. Er hörte, wie die Verpackung des Kondoms aufgerissen wurde und dann Tims Seufzen, als er es überstreifte. Er fühlte den Druck, als Tim gegen ihn stieß und kam ihm entgegen, bis er merkte, wie Tim in ihn eindrang. Fast gleichzeitig schlang Tim einen Arm um Rorys Oberkörper.

„Tut mir leid, ich konnte mich nicht beherrschen. Du fühlst dich so gut an."

Rory lächelte. „Du fühlst dich noch besser an", flüsterte er. „Komm schon, zeig mir, was du kannst."

Tims Bewegungen waren beherrscht, vorsichtig, vielleicht sogar ein wenig zögerlich. Als Rory erkannte, dass Tim nicht gleich aufs Ganze ging, griff er hinter sich, um Tim zu berühren und ihn anzuspornen. Tim schien die wortlose Bitte zu verstehen und erhöhte das Tempo.

Schon bald bewegten sie sich im gleichen Rhythmus und Rory versuchte, sich von den Geräuschen, die Tim machte, nicht irritieren zu lassen. Es war nicht so, dass er nicht hören wollte, wie Tim sein Stöhnen nicht zurückhalten konnte. Es rief nur Erinnerungen ans Gefängnis wach, an Männer, die es wie die Tiere miteinander trieben, und an Sex, der nicht immer einvernehmlich war. Er hatte gelernt, sich zu arrangieren. Schließlich mochte er das Gefühl eines anderen Mannes in sich. Damit war er besser dran als die Männer, die das nicht mochten, es aber trotzdem zuließen, um im Gegenzug den Schutz ihrer Gönner zu genießen. Rory schüttelte den Kopf, um die Erinnerungen zu verscheuchen. Er wollte sich nicht arrangieren. Er wollte es genießen. Diesmal war es Tims Schwanz, der sich in ihm bewegte. Der süße, liebevolle, fürsorgliche, lächelnde Tim, der sich an ihn klammerte und seine Schulter küsste und ihm so viel Vergnügen bereitete.

Als Tims Stöße kraftvoller wurden, packte Rory mit den Händen das Kopfende des Bettes und stieß seinerseits in Tims Richtung. Tim beugte sich immer noch über ihn. Er wärmte ihm den Rücken, keuchte in sein Ohr, atmete in seinen Nacken und nichts hatte Rory jemals so angemacht. Langsam zog er sich in seinen eigenen kleinen Kokon zurück, an den er so gewöhnt war, doch diesmal gehörte auch Tim zu diesem geheimen Ort und Rory hatte nicht vor, ihn auszuschließen. Tim traf wieder und wieder die richtigen Punkte und auch wenn er langsam den Rhythmus verlor, stieg Wärme in Rory hoch, bis er sich nicht länger zurückhalten konnte. Es brauchte nur eine flüchtige Berührung von Tims Hand an seinem Schwanz und es gab kein Zurück mehr. Er biss sich in die Hand, um sein Stöhnen zu unterdrücken, und verursachte fast eine blutende Wunde. Tim folgte ihm nur Sekunden später und sein tiefes Stöhnen signalisierte seinen Höhepunkt, noch bevor er auf Rory zusammenbrach und sie beide in die Matratze drückte.

Für ein paar Minuten lagen sie einfach nur da und versuchten, zu Atem zu kommen. Rory genoss es, Tims warme, schwere Gestalt auf sich zu spüren. Er fühlte sich sicher und geborgen. Nach einer Weile wurde es unbequem, auf Tims Hand zu liegen, und eine kleine Bewegung genügte, dass Tim aus ihm hinausglitt.

„Warte, ich hätte fast das Kondom verloren", murmelte Tim, der seine Hand zurückzog und dann zwischen sie fasste.

Als Tim vom Bett aufstand, konnte Rory erkennen, dass er sich nicht gerade sicher bewegte. Wenig später kam er mit einem Waschlappen wieder, den er im Waschbecken hinter dem Kleiderschrank nass gemacht hatte. Da saß Rory aber schon auf der Bettkante, um wieder in seinen Schlafsack zu krabbeln.

„Bleib hier", murmelte ihm Tim ins Ohr, als er sich neben ihn setzte und ihm den Waschlappen gab. „Mein Bett ist wärmer."

Rory wusste nicht, was er sagen sollte. Er war weder daran gewöhnt zu kuscheln, noch mit einer anderen Person in einem Bett zu schlafen. Ein Teil von ihm wollte es, doch ein anderer Teil wollte sich in seinem Schlafsack verstecken.

„Bitte, Rory."

Rory wagte es, Tim ins Gesicht zu sehen und das Wenige, was er in dem fahlen Licht, das durch die Vorhänge schien, erkennen konnte, versprach nur Gutes. Sein Gesichtsausdruck war weich und fürsorglich, sogar verführerisch. Er lehnte sich an ihn und küsste sein Ohr und Rory wurde ganz warm. So fremd wie die Vorstellung für ihn auch war: Tim wollte offensichtlich, dass Rory neben ihm schlief.

„Okay", stimmte Rory mit einem Krächzen in der Stimme zu. Sie krochen unter die Decke und Tim zögerte nicht, Rorys Arm um seine Schulter zu legen, sodass er sich an Rory kuscheln konnte. Rory war immer noch wach, als Tims sanfte Küsse auf seinen Schläfen längst verklungen und sein Atem im Schlaf schwerer geworden war. Er schlief erst ein, als es fast Morgen war, und konnte immer noch nicht glauben, was für Gefühle Tim in ihm geweckt hatte.

12

Rory wachte kurz vor dem Morgengrauen auf. Er hatte das Gefühl, überhaupt nicht geschlafen zu haben. Das machte jedoch nichts, denn jedes Mal, wenn er einatmete, stieg ihm Tims Geruch in die Nase. Sie lagen immer noch ineinander verschlungen da, so nackt wie am Tag ihrer Geburt, und verkrochen sich unter der warmen Decke. Tim schlief fest und schnarchte leise. Rory konnte ein Lächeln nicht unterdrücken. Das einzige Mal, dass er bei einem anderen Mann geschlafen hatte, war gewesen, um sich warmzuhalten, und da hatte das Schnarchen ihn genervt. Doch jetzt gab es ihm ein Gefühl der Zugehörigkeit. Das Zimmer war kalt, doch unter der Decke war es brütend heiß, darum machte es nichts, dass sie nackt waren. Rory wunderte sich darüber, dass er nie geahnt hatte, wie unglaublich es sich anfühlte, Haut an Haut zu liegen.

Das Glücksgefühl war nur von kurzer Dauer. Ein Blitz, der das ganze Zimmer erhellte, und von einem Donnergrollen abgelöst wurde, lenkte Rorys Aufmerksamkeit auf den Regen, der gegen die Fensterscheibe klopfte. Er lauschte für ein paar Momente und versuchte dann, sich aus Tims Umarmung zu befreien. Obwohl Tim immer noch fest schlief, ließ er Rory nicht los, und da dieser fürchtete, Tim aufzuwecken, kuschelte er sich wieder näher an ihn.

„Tim, wach auf", flüsterte Rory, als es an der Tür klopfte. Aus Angst, zu viel preiszugeben, traute er sich nicht, selbst zu öffnen.

Tim öffnete langsam die Augen, doch nur so weit, dass er Rory im Dämmerlicht ausmachen konnte.

Dann drang eine Stimme von draußen durch die Tür. „Wach auf, Tim. Ich weiß, ich kann neben deinem Bett eine Kanone abfeuern, aber da du nicht allein bist, möchte ich lieber nicht einfach reinstürmen."

„Hugh!", sagte Rory so leise wie möglich. Er schüttelte Tim, um seine Worte zu unterstreichen.

„Ist ja gut, ich bin gleich da", krächzte Tim, als er sich auf die Bettkante setzte. Er sah an seinem nackten Körper hinunter und seufzte. Dann wischte er sich den Schlaf aus den Augen und griff nach seiner Jeans, um sie sich anzuziehen. Rory bemerkte, dass Tim ihn kurz ansah – vermutlich, um sicherzugehen, dass er vorzeigbar war –, bevor er zur Tür ging und sie einen Spaltbreit öffnete. Rory krabbelte aus dem Bett, weil er fürchtete, von Hugh erwischt zu werden.

„Es schüttet wie aus Eimern, aber der Boden ist so ausgetrocknet, dass das Wasser den Berg hinunterläuft. Wir müssen ungefähr dreißig Pferde von der Weide im Tal holen, für den Fall, dass es eine Überschwemmung gibt", sagte Hugh.

Tim nickte und wollte gerade die Tür schließen, als Hughs Hand dazwischenging, um sie offen zu halten. „Weck auch Rory auf. Falls einige Pferde Probleme machen, brauchen wir jemanden, der sich um sie kümmern kann, während wir den Rest aus der Gefahrenzone bringen."

Sobald Tim die Tür geschlossen hatte, begann Rory, sich anzuziehen. Sie sprachen kein Wort, bis beide fertig angezogen und bereit waren, an die Arbeit zu gehen.

„Hugh weiß Bescheid", stellte Rory leise fest.

„Ihm ist es egal", erwiderte Tim schnell. „Wobei, das stimmt so nicht. Es ist ihm nicht egal, schließlich ist er mein Bruder. Es ist ihm aber nur nicht egal, weil er will, dass ich glücklich bin."

Rory hätte Tim gern gefragt, ob er glücklich war, traute sich jedoch nicht. Stattdessen rief er seinen Namen, woraufhin Tim ihn ansah. „Sei vorsichtig da draußen, okay? Das klingt nach einem ziemlich schlimmen Sturm."

Tim lächelte und Rory war wenigstens ein bisschen beruhigt. „Nichts, was wir nicht schon mal gehabt hätten. Ich hoffe nur, wir verlieren keine Pferde."

„Oder Cowboys", fügte Rory hinzu.

Tim zwinkerte ihm zu. „Solange uns die Aushilfen nicht in die Quere kommen, sind wir auf der sicheren Seite."

Rory wollte Tim umarmen, doch dieser hielt die Tür auf und so waren sie im Flur sichtbar, wo andere Männer ebenfalls dabei waren, sich bereitzumachen. Also warf Rory Tim nur ein Lächeln zu und lief an ihm vorbei zur Treppe.

Als sie draußen waren, wurde das ganze Ausmaß des Sturms sichtbar. Was gestern noch eine ruhige, sonnige Wiese gewesen war, war jetzt ein Feld voller abgerissener Äste. Blätter wurden von dem kalten Wind über die ungeschützte Ebene geblasen. Rory folgte den Cowboys in den Stall und half, die Pferde zu satteln. Schon bald hatte er Tim aus den Augen verloren, doch auch nachdem die Cowboys fort waren, gab es noch genug Arbeit.

Die meisten anderen Ranchhelfer begannen mit ihren regulären Arbeiten, doch Rory fand, dass es im Moment wichtigere Aufgaben gab. Als Tim Rory am ersten Tag herumgeführt hatte, hatte er ihm eine größtenteils leere Scheune gezeigt, in der nur Bernies Dressurutensilien aufbewahrt wurden. Der Boden bestand aus festgetrampelter Erde und es gab genug Licht, um Pferde zu untersuchen, sollten welche mit Verletzungen zurückkommen. Rory nahm an, dass die Scheune schon früher für solche Zwecke genutzt worden war, also holte er ein paar Strohballen. Coop Nelson sah, was er tat, und hielt es offensichtlich für eine gute Idee, denn er half ihm dabei, die Strohballen zu bewegen. Obwohl Coop in einem früheren Leben mal Anwalt gewesen war, war er ein Mann weniger Worte, was Rory nur recht war.

Sobald die Scheune hergerichtet war, rannte Rory durch den starken Wind hinüber zum Haupthaus und klopfte an die Tür zur Küche.

„Rory, komm rein!", rief Christy und bat ihn mit einer Geste hinein. „Das Wetter ist grauenhaft, du bist ja völlig durchnässt!"

„Ja, und das, obwohl ich hauptsächlich drinnen war, um die Scheune fertig zu machen. Für die Männer draußen muss es noch viel schlimmer sein."

„Setz dich hin", befahl sie und zog ihm einen Stuhl heraus. „Ich hol dir einen Kaffee."

Rory setzte sich nicht. Er bewegte sich auch nicht von der Fußmatte weg, auf der er stand, weil er nicht den ganzen Fußboden volltropfen wollte. Stattdessen nahm er seine Kappe ab und fuhr sich mit der Hand durch die nassen Haare. „Ich kann nicht, ich muss zurück an die Arbeit. Aber die Männer sind alle ohne Frühstück los und ich hab mich gefragt, ob Sie vielleicht Sandwichs und Kaffee machen könnten, damit sie was zu essen haben, wenn sie mit den Pferden zurückkommen."

Christy antwortete nicht gleich. Sie lächelte einfach nur geheimnisvoll, was Rory nervös machte. „Das ist sehr aufmerksam von dir, Rory", sagte sie schließlich.

Rory hatte das Gefühl, dass sie eigentlich etwas anderes hatte sagen wollen. Er wusste nicht, wie er reagieren sollte, also blieb er einfach neben der Tür stehen. Kurz darauf betrat Beth, Hunters Mutter, den Raum.

„Wie läuft es da draußen?", fragte Beth Rory.

„Keine Ahnung, Ma'am", antwortete Rory und senkte den Blick. „Ich hab die große Scheune vorbereitet, falls einige der Pferde versorgt werden müssen und einen Unterstand brauchen."

„Er hat vorgeschlagen, Sandwichs und Kaffee zu machen, damit die Männer frühstücken können, wenn sie zurück sind", fügte Christy hinzu.

„Gute Idee, Rory", erwiderte Beth. „Wir fangen gleich an. Wir sagen Bescheid, wenn wir fertig sind, dann kannst du ein paar Männer organisieren, die dir helfen, alles rüberzutragen." Sie wandte sich der Speisekammer zu und Christy lächelte Rory an.

Christy suchte Brot, Butter und Marmelade zusammen. „Tim hat immer gemeint, du wärst gut im Organisieren. Es wird den Jungs gefallen zu wissen, dass wir uns gut um sie kümmern."

Rory wusste nicht, wie er auf dieses Lob reagieren sollte, also starrte er einfach den Tisch an. „Ich geh dann besser", meinte er schließlich.

„Rory?"

Rory sah in Christys freundliches Gesicht. „Du hattest doch auch noch kein Frühstück, oder?" Sie wartete gar nicht erst auf eine Antwort, sondern schmierte eine dicke Schicht Marmelade auf ein Stück Brot, klappte eine weitere Scheibe darüber und reichte ihm das Marmeladenbrot. „Du kannst es auf dem Weg zur Scheune essen. Zumindest wirst du dann nicht vor Schwäche zusammenbrechen, wenn du dort ankommst."

„Danke, Ma'am", sagte Rory und nahm das Brot.

„Christy."

„Christy", wiederholte Rory mit einem schüchternen Lächeln. Er setzte sich das Basecap wieder auf, biss in sein Brot und nickte Christy zu, bevor er wieder nach draußen ging.

Rory rannte durch den strömenden Regen und versuchte, sein Sandwich trocken zu halten. Bis er angefangen hatte zu essen, war ihm gar nicht bewusst gewesen, wie ausgehungert er war. Als er beim Fohlenstall ankam, hatte er schon aufgegessen. Als er ungefähr dreißig Minuten später wieder zur Scheune zurückging, war Christy dort, und bereitete einen Tisch vor, um darauf das Essen abstellen zu können.

„Ich dachte, du wolltest mich rufen?" fragte er und besah sich, was sie alles in der kurzen Zeit auf die Beine gestellt hatte. Auf dem Tisch türmten sich Berge von Sandwichs mit Eiern und Käse und Schinken, und es gab Thermoskannen mit Kaffee und Tee sowie einen Korb mit Äpfeln, Orangen, Bananen und Schokoladenriegeln.

„Na los, nimm dir einen", sagte Christy und zeigte auf die Schokoriegel, während sie Rorys Frage geflissentlich ignorierte. Als Rory nicht gleich auf ihr Angebot einging, nahm sie einen Riegel mit dunkler Schokolade aus dem Korb und reichte ihn Rory. „Das ist Tims Lieblingssorte." Sie kramte sich durch den Rest. „Du scheinst mir aber eher der Nusstyp zu sein." Sie reichte ihm einen Riegel mit einem Nussmix. „Oder liege ich falsch?"

Rory lächelte. „Solange es süß ist und mir auf der Zunge zergeht, soll's mir recht sein."

Christy schenkte ihm ein warmes Lächeln. „Das muss ich mir merken!"

In diesem Moment ging das große Scheunentor auf und Coop kam mit zwei weiteren Männern herein. „Sie sind mit zwei Pferden und einem Fohlen hierher unterwegs, das sie aus einem Morast gerettet haben. Keine Ahnung, in welchem Zustand die Tiere sind."

Wenig später öffnete sich das Scheunentor ein weiteres mal und zwei ungesattelte Pferde stürmten herein und stoben in zwei unterschiedliche Richtungen auseinander. Coop und die anderen beiden Männer versuchten, sie in die Boxen zu dirigieren, die Rory aus

Strohballen gebaut hatte. Dann könnten die Männer sie trocken reiben und die Pferde hätten Gelegenheit, sich zu beruhigen.

Rory wartete auf das Fohlen, weil er wusste, dass Tim sich darum selbst kümmern würde. Er zog ein paar Halme Stroh aus dem Ballen und rollte sie zusammen, nur um etwas zu tun zu haben. Als sich das Tor wieder öffnete, erschienen Grant und Hugh. Rory sah sie erwartungsvoll an, als sie von ihren Pferden abstiegen.

„Den Pferden geht es gut?", fragte Rory Grant besorgt.

Grant antwortete nicht. „Tim ist noch nicht wieder da?"

„Vielleicht musste er das Fohlen tragen?", vermutete Hunter, der zu ihnen trat.

„Jungs", wandte Rory ein, „er ist zwar stark, aber auch er kann kein einjähriges Fohlen tragen."

„Es war kein Jahr alt, sondern ein Fohlen von diesem Jahr. Praktisch neugeboren. Ich hab keine Ahnung, wie es da draußen gelandet ist. Es hätte bei seiner Mutter sein sollen. Schließlich säugt es noch, um Himmels willen! Ich komme gerade von der völlig panischen Mutterstute im Fohlenstall."

Rorys Verstand arbeitete auf Hochtouren. Hatte er vergessen, die Stalltür zu schließen? Hatte er eine der Boxen offen gelassen? Er gab ja zu, dass er mit den Pferden der Cowboys etwas nachlässig war, weil die nie weglaufen würden. Aber bei den Fohlen war er vorsichtig, da die Mutterstuten sich leicht erschreckten und die Fohlen ihnen überallhin folgen würden. Und damit ging der Ärger dann los.

Rory sah die beiden tropfnassen Cowboys und ihren fast trockenen Chef an und wusste, dass er nach Tim suchen musste. Es war egal, dass er nur eine abgetragene Fleece-Jacke anhatte, die jeden Tropfen Wasser aufsaugte. Das Wetter war jetzt sogar noch schlimmer als vorhin, als er in die Scheune gekommen war. Der Wind fegte ihm Regenwasser ins Gesicht und er konnte kaum die Hand vor Augen erkennen. Obwohl es eigentlich schon Tag war, sah es eher nach Morgengrauen aus. Alles, woran er denken konnte war, dass Tim allein dort draußen war und dass er, Rory, vermutlich daran schuld war. Wäre er vorsichtiger gewesen, wäre Tim mit Hugh und Grant zurückgekommen.

Die Zeit schien still zu stehen, als Rory seine panische Suche nach Tim fortsetzte. Er hatte keine Ahnung, wo er suchen sollte, aber er wusste, dass er nicht aufgeben durfte. Es war purer Zufall, dass er eine dunkle Gestalt stolpern sah, als er um eine Ecke bog und der Wind kurzfristig nachließ. Er rannte auf die Person zu.

„Tim?"

Tim nickte und legte eine Hand auf Rorys Schulter, um sich an ihm hochzuziehen. Er sagte etwas, dass Rory nicht verstand, also zog Rory ihn hinter die Scheune, wo es windstiller war.

„Ich brauche eine Decke, ich kann das Fohlen nicht mehr tragen", wiederholte Tim. „Ich musste es zurücklassen."

„Es lebt noch?"

Tim nickte wieder und versuchte dabei, zu Atem zu kommen. „Aber wir müssen uns beeilen."

Rory legte sich Tims Arm um die Schultern und stützte ihn, während sie zurück zur großen Scheune gingen. Sie waren kaum eingetreten, da rannten auch schon Hugh und Grant auf sie zu.

„Das Fohlen?", fragte Hugh. Rory fand, dass er recht schroff klang.

„Am Leben, aber gerade so. Ich brauche eine Decke, um es zu transportieren. Es bewegt sich kaum, aber ich kann es nicht den ganzen Weg bis hierher tragen", sagte Tim, der sich immer wieder unterbrechen musste, um Luft zu holen.

„Grant und ich gehen. Wo ist es?", fragte Hugh.

„Unter dem großen Busch am Ende der nördlichen Weide, noch hinter der letzten Scheune. Es war ziemlich verstört. So verstört, dass es sich nicht mehr bewegt hat. Das gebrochene Bein war natürlich auch keine Hilfe."

Hugh nickte und zu Rorys Erleichterung schenkte er seinem Bruder ein Lächeln. „Wir kümmern uns drum. Rory? Sag Hunter, er soll den Tierarzt rufen und die Mutterstute herbringen. Sie wird ihr Fohlen sehen wollen."

„Sag ihm, er soll vorsichtig sein", fügte Grant hinzu. „Es klang so, als wäre sie ziemlich nervös."

„Ich hol sie", bot sich Rory an, doch Tims Hand hielt ihn zurück.

„Bleib hier, wir werden zwei Boxen für sie vorbereiten, sodass sie sich sehen können, aber noch nicht zusammen stehen. Das Fohlen muss seine Mutter sehen, aber beide zusammen zu lassen, könnte problematisch sein."

Rory nickte und war insgeheim froh, dass Tim ihn in der Nähe haben wollte. „Ich geh nur schnell Hunter Bescheid sagen."

Als Rory von seinem kurzen Gespräch mit Hunter zurückkam, fand er Tim auf einem Strohballen sitzend vor. Er sah völlig erschöpft aus. Er hatte seinen Mantel ausgezogen, aber sein Hemd war immer noch völlig durchnässt. Rory hatte ein paar Handtücher mitgebracht, die Hunter ihm gegeben hatte. Er reichte eins Tim und ging dann los, um Kaffee zu holen. Als er wieder zurück war, wollte er Tim an sich drücken und ihm sagen, wie froh er war, dass es ihm gut ging. Stattdessen entschied er sich dafür, sich vor ihn zu knien und ihm den Kaffee hinzuhalten.

„Den beiden Pferden scheint es gut zu gehen. Sie wurden trocken gerieben und Wasser haben sie auch bekommen. Geh dich erst mal um dich selber kümmern, bevor Hugh und Grant mit dem Fohlen wiederkommen."

Tim warf Rory einen fragenden Blick zu, doch der verwandelte sich schon bald in ein schwaches Lächeln. „Danke."

Rory lächelte zurück und rieb Tims Oberschenkel. In dem Moment, als Tim seine Hand über Rorys legte, zog dieser seine Hand zurück. Er wollte beichten, dass es seine Schuld war, dass das Fohlen entwischt war, doch er traute sich nicht. Er wollte nicht Tims Gesicht sehen, wenn diesem klar wurde, dass Rory sich einfach nicht für die Arbeit auf einer Ranch eignete. Rory bemerkte, dass Tim nach ihm greifen wollte, doch er sorgte dafür, dass seine Hand nur leere Luft erwischte. Zum Glück öffnete sich in diesem Moment das Scheunentor, Wind und Regen stoben herein, und schließlich traten Hugh und Grant ein, die ein beunruhigend bewegungsloses Fohlen zwischen sich auf einer Decke hereintrugen.

„Ist er noch …?", fragte Tim und sprang, plötzlich wieder wach, von seinem Platz auf.

Die Männer wussten, was er meinte. „Ja, er ist am Leben", antwortete Hugh. „Aber sehr kalt und starr vor Schmerzen. Ist Bill schon da?"

„Nein", antwortete Hunter, der aus der anderen Ecke der Scheune angerannt kam. „Er wurde woanders hin gerufen. Scheint so, als hätten auch andere Ranches Probleme."

„Ich werde das Bein schienen", schlug Tim vor. „Das sollte reichen, bis Bill Zeit hat, sich das Fohlen anzusehen. Es ist sowieso im Moment ruhig. Sobald es sich ein bisschen aufgewärmt hat, wird es versuchen aufzustehen, und wir müssen sichergehen, dass es sich dann nicht weiter verletzen kann."

Hugh nickte und klopfte seinem kleinen Bruder aufmunternd auf die Schulter. „Also, hast du eine Box für den Kleinen hier? Etwas, wo auch die Mutter noch reinpasst?"

„Hier entlang", antwortete Rory. „Es sind nur Strohballen, also können sie sich nicht verletzen. Sie werden sich sehen können, aber sie können nicht zueinander kommen."

„Gut mitgedacht, Rory", meinte Hugh. Er packte erneut die Decke und sah dann Grant an, damit sie ihre Bewegungen abstimmen konnten. Die Ermutigung von Hugh half Rory, seine Selbstzweifel für den Moment beiseitezuschieben und so folgte er den Männern in die Box und hatte dabei immer ein Auge auf Tim.

13

TIM WAR erschöpft, vollkommen durchnässt und er fror erbärmlich. Letzteres ließe sich sicher durch eine heiße Dusche kurieren, doch er wusste, dass noch Arbeit auf ihn wartete.

Die behelfsmäßige Box sah gut aus und Tim musste lächeln, als er daran dachte, dass Rory für die Vorbereitungen in der Scheune verantwortlich war. Er war ein guter Arbeiter und Tim war überzeugt, dass er auch einen guten Cowboy abgeben würde. Ob das hieß, dass Rory hier seine berufliche Zukunft sah und auch nach Ablauf seiner Bewährung bleiben würde, stand in den Sternen. Tim jedenfalls würde sich darüber erst Gedanken machen, wenn es so weit war. Es war sinnlos, sich über etwas zu sorgen, das so weit in der Zukunft lag; außerdem war er zum Nachdenken viel zu müde. Die Pferde auf der gefährdeten Weide waren in Sicherheit und sie hatten die drei Ausreißer gefunden, die aufgrund des Sturms ausgebrochen waren. Alles war also in Butter. Tim hatte allerdings keine Ahnung, wie spät es war. Er wusste nur, dass er am Verhungern war, doch er würde erst etwas essen können, wenn das Fohlen über den Berg war.

Als er die Box betrat, brachte Hunter gerade den Notfallkoffer, der enthielt, was Tim normalerweise im Fohlenstall brauchte. Grant und Hugh saßen neben dem Fohlen und rieben es mit sanften Strichen trocken. Dazu hatten sie Stroh in Stofffetzen eingewickelt, damit es weicher war. Das Fohlen zitterte nicht einmal mehr. Es lag völlig still und atmete kaum sichtbar.

„Wird es durchkommen?", flüsterte Rory, der hinter Tim stand.

„Ich weiß es nicht", erwiderte Tim ebenso leise. Er setzte sich neben das verletzte Bein des Fohlens und nahm es in die Hand. Dann tastete er das Bein ab und drückte immer wieder sanft, weil er hoffte, den Bruch zu finden. „Der Bruch geht durch die Wachstumsfuge."

„Ist das gut oder schlecht?", fragte Rory, der sich neben Tim hockte.

„Kommt drauf an. Wenn wir das Fohlen ruhig halten können und es sich genügend ausruht, sollte es heilen. Wenn es beim Aufwachen zu unruhig ist, könnte sich der Bruch verschieben. Weil die Wachstumsfuge beschädigt werden könnte, wird normalerweise nicht operiert, und das wiederum könnte zu einem verkürzten Bein führen. Dann müssten wir es wahrscheinlich einschläfern." Tim sah auf, als er Rorys Hand auf seiner Schulter fühlte und bemerkte, dass dieser ihn beunruhigt ansah. „Das wird die Zeit zeigen. Wir müssen ihn erst aufwärmen und hoffen, dass seine Lungen mitmachen. Das ist kein Wetter für ein drei Monate altes Fohlen."

„Was kann ich tun?", fragte Rory.

„Gib mir mal die Binde", sagte Tim und zeigte auf den Koffer.

„Du hättest Tierarzt werden sollen", stellte Rory fest, als er Tim die aufgerollte Binde reichte.

Tim zuckte mit den Schultern. „Ich bin kein Bücherwurm. Außerdem wollte ich nie so lange von der Ranch weg sein. Jack hat das Studieren für uns alle übernommen." Er sah Hugh an und der nickte.

„Hat Jack dir beigebracht, wie man das macht?", fragte Rory, während er das Bein hochhielt, damit Tim es verbinden konnte.

439

„Das habe ich mir bei Tierärzten abgeguckt. Das hier ist schließlich nicht das erste lahmende Fohlen, das uns unterkommt. Manchmal, wenn die Mutterstute unerfahren ist, wird sie nervös und verletzt das Fohlen aus Unachtsamkeit. Das kommt schon mal vor. Wenn das Fohlen zu schwer verletzt ist, müssen wir es absetzen, doch der Kleine hier ist dafür zu jung." Tim war mit seinem Verband fertig. Er sah auf, als Hunter die offensichtlich aufgeregte Mutterstute in die Nachbarbox führte.

„Bringen wir die Stute hier rein?"

„Erst, wenn es dem Fohlen besser geht. Wir werden sie vermutlich melken müssen", sagte Tim. „Möchtest du es versuchen?"

Rory sah ihn verblüfft an. „Nein, danke!"

Tim fuhr grinsend fort, das Fohlen trocken zu reiben. „Keine Sorge. Dafür braucht man ein bisschen Übung. Du übernimmst hier und ich melke dafür die Stute." Tim hörte, wie Hunter leise auf die Stute einredete, um sie zu beruhigen. Trotzdem schnaubte sie und tänzelte nervös. Obwohl das Fohlen bis jetzt ruhig geblieben war, reagierte es nun auf die Anwesenheit seiner Mutter. Es schien nach der Stute Ausschau zu halten und auch seine Ohren drehten sich mal in die eine, mal in die andere Richtung. „Versuch zu verhindern, dass er aufsteht", wies Tim Rory an. „Aber verletz' dich dabei nicht selbst."

Rory nahm Tims Platz ein und dieser ging zu Hunter hinüber, der versuchte, die Stute zu beruhigen. Als Tim mit den Melkutensilien die Box betrat, war die Stute ruhig, und zu seiner Überraschung stand Chase, der brave Wallach, auf dem er Rory das Reiten beigebracht hatte, neben ihr in der Box.

„Gute Idee", meinte Tim zu Hunter. „Wenn er nicht in der Lage ist, ein aufgeregtes Pferd zu beruhigen, dann schafft das niemand."

Hunter band beide Pferde an der Scheunenwand an. „Ich dachte mir, auf diese Weise würde sie dich wenigstens nicht treten, wenn du versuchst, sie zu melken."

Tim lächelte und hockte sich dorthin, wo man sich bei einem nervösen Pferd nie aufhalten sollte – in die Nähe der Hinterbeine. Zu seiner Überraschung ließ sie die Prozedur ohne Proteste über sich ergehen und als er ausreichend Milch hatte, stand er auf und nahm einen Ballen Stroh weg, sodass sie in die nächste Box schauen konnte. Er musste sich allerdings eingestehen, dass er das nur teilweise für die Stute tat. Eigentlich wollte er sichergehen, dass Rory mit dem Fohlen zurechtkam.

Als die Stute wieherte, hob das Fohlen den Kopf und da wusste Tim, dass es bereit zum Trinken war.

Es war zwar anfangs nicht einfach, das Fohlen dazu zu bringen, aus der Flasche zu trinken, doch als es den Dreh erst mal raushatte, trank es, bis es nicht mehr konnte.

„Das ist gut, oder?", fragte Rory vorsichtig. Er rieb dem Fohlen immer noch sanft den Bauch.

„Ja, aber ich sollte trotzdem Wache halten. Es kann noch einiges schiefgehen. Aber Mutti hat nebenan Gesellschaft und ich bleibe einfach hier beim Fohlen."

„Ich kann auch hier bleiben", sagte Rory.

„Du gehst lieber zum Mannschaftshaus und besorgst dir was zu essen."

Tim beobachtete, wie Rory sich zögerlich zurückzog. Das Fohlen schlief ruhig und Tim hoffte, dass die Muttermilch es kräftigen würde. Von Zeit zu Zeit schaute die Mutterstute über die Wand aus Strohballen und dann schnalzte er mit Zunge, um sie zu beruhigen. Bis jetzt hatte er gar nicht bemerkt, wie müde und hungrig er war. Er lehnte den Kopf gegen die Scheunenwand hinter sich.

„Mortadella oder Erdbeergelee?"

Tim öffnete die Augen und sah Rory vor sich stehen. In der Hand hielt er einen Pappteller mit Sandwichs. „Es gab nicht mehr so viel Auswahl und ich wollte Christy nicht bitten, sich noch mal in die Küche zu stellen. Sie hat heute schon so viel für die Cowboys getan."

Tim lächelte. „Also im Moment könnte ich so ziemlich alles essen." Er nahm das oberste Sandwich und biss ab. Als Rorys andere Hand hinter seinem Rücken hervorkam, hielt sie zu Tims Überraschung eine glänzende Thermoskanne.

„Es gibt auch Kaffee?"

Rory lächelte. „Ich dachte mir, du hättest Flüssigkeit genauso nötig wie das Fohlen." Er nahm den Becher von der Thermoskanne und füllte ihn. „Hier." Er reichte Tim den Becher und stellte den Pappteller in seinem Schoß ab.

„Und was ist mit dir?", fragte Tim.

„Ich hab nur zwei Hände. Für mein Essen muss ich noch mal zurückgehen."

„Nein, bleib hier, Rory. Wir können doch teilen." Er rutschte etwas näher an das Fohlen heran, sodass Rory sich zwischen Tim und die Strohballen setzen konnte. Tim war zu müde, um die Unsicherheit auf Rorys Gesicht zu interpretieren. Er wollte Rory einfach nur in seiner Nähe haben, wollte seine Wärme neben sich fühlen und seinen Geruch in der Nase spüren.

Als Rory sich setzte, lehnte er sich an Tim und dieser zog ihn enger an sich. „Also, Mortadella oder Gelee?"

„Du weißt doch, dass ich auf Süßes stehe", sagte Rory leise. Tim reichte ihm ein Sandwich, bei dem die Marmelade teilweise schon das Brot durchweicht hatte.

„Durstig?"

Rory nickte.

Tim bot ihm seinen Becher an. „Du kannst auch Zucker reintun, wenn du magst."

Rory nahm einen großen Schluck und gab den Becher dann zurück. „Ist schon okay. Das Brot ist ja süß genug."

Eine Weile saßen sie beisammen und aßen schweigend. Tim fühlte sich sehr entspannt mit dem schlafenden Fohlen auf seiner einen und Rory auf seiner anderen Seite. Irgendwann, nachdem sie mit dem Essen fertig waren, nahm Tim Rory die Kappe ab, küsste sein Haar und sog tief Rorys Duft nach Regen und Schweiß ein.

„Möchtest du hier bleiben und mit mir Wache halten?"

Rory antwortete nicht sofort.

„Mir würde das gefallen", flüsterte er, während er die Nase in Rorys Haar vergrub. „Wir können uns ein paar Decken und noch mehr Stroh besorgen."

„Jemand wird es bemerken, wenn wir hier einschlafen", sagte Rory, doch in Tims Ohren hörte es sich nicht so an, als wolle er ablehnen.

„Hunter und Grant werden sicher mal vorbeikommen. Vielleicht auch Hugh oder Izzie. Und sie wissen sowieso Bescheid." Tim küsste ein weiteres Mal Rorys Schläfe und diesmal beugte sich Rory zurück, um Tim seinen Mund anzubieten. Es war ein süßer Kuss und nicht nur, weil Rory nach Erdbeeren schmeckte.

„Und was, wenn es Johnny ist?"

Wenn sich jemals jemand über Hunter und Grants Beziehung lustig gemacht hatte, dann war das Johnny gewesen. Sollte er herausfinden, dass Tim und Rory miteinander schliefen, wäre das vermutlich noch schlimmer, denn sie unterschrieben nicht seinen Gehaltsscheck. Aber Tim würde sich nicht wegen Johnny verstecken. Er hatte seine sexuelle Orientierung nie hinausposaunt, auch nicht, nachdem sich abzeichnete, dass Hunter und

Grant ein Paar waren. Andererseits hatte er nie die Notwendigkeit dazu gesehen. Doch nun, da er Rory hatte, wollte er dieses Thema nicht mehr umschiffen. „Ich denke, mit Johnny werden wir fertig", sagte Tim schließlich. „Das Letzte, was man ihm auf dieser Ranch verzeihen würde, wäre Homophobie. Er hat das Recht auf seine eigene Meinung, aber er wird hier wenige finden, die sie teilen."

Rory nickte zwar, sagte jedoch nichts. Er brachte aber auch keinen Abstand zwischen sie, also verbuchte Tim das als einen kleinen Sieg.

14

NACH EINER kurzen Reitstunde waren Tim und Rory gerade dabei, ihre Pferde abzusatteln, als Hugh den Stall betrat.

„Wir brauchen euch zwei mal im Haus." Er war schon wieder weg, bevor sie fragen konnten, worum es überhaupt ging.

Rory sah Tim an und dieser zuckte mit den Schultern. „Sieh mich nicht so an. Ich hab nichts getan."

„Meinst du, sie haben uns gesehen? Zusammen?", fragte Rory.

Tim hob eine Augenbraue. „Schon möglich, dass sie uns gesehen haben, als wir uns um das Fohlen gekümmert haben, aber Grant und Hunter würden keine große Sache daraus machen. Ich könnte mir höchstens vorstellen, dass Hunter uns nahelegen würde, es in der Öffentlichkeit nicht so zur Schau zu stellen. Aber dass er uns dafür extra ins Haupthaus bestellt, halte ich für unwahrscheinlich." Tim konnte sehen, dass das Rory kaum beruhigte. Doch da er selbst auch nicht mehr wusste, konnte er nichts weiter tun, als annehmen, dass es schon nichts Schlimmes wäre. „Ich bin sicher, es ist nichts, Rory. Mach dir keine Sorgen."

Sie versorgten die Pferde, wuschen sich Hände und Gesicht und machten sich dann zum größten Haus auf dem Anwesen auf. Tim bemerkte Rorys Unsicherheit, denn er sah ihn alle paar Schritte an. Mehr, als ihn beruhigend an der Schulter zu berühren, konnte er allerdings nicht tun, während sie die Verandastufen hinaufstiegen.

Alle waren im Wohnzimmer, doch es war auch ein Mann zugegen, den Tim nicht kannte.

Hunter stand von seinem Stuhl auf. „Kommt rein, Jungs. Das ist Mr Emmanuel. Er hat sich mit Old Macs Nachlass beschäftigt. Offensichtlich hat Mac ein Testament gemacht."

„Ich wusste nicht einmal, dass er irgendetwas besaß", sagte Tim, als er zu dem Notar hinüberging, um ihm die Hand zu schütteln.

„Sie sind Mr McCown?", fragte Mr Emmanuel.

Tim schüttelte den Kopf. „Ich bin Tim Conroy." Er zeigte auf Rory. „Das ist Rory McCown."

„Genau die beiden Männer, die wir brauchten."

Tim und Rory nahmen auf dem Sofa Platz, doch keiner von beiden war entspannt genug, um sich zurückzulehnen.

„Wie bereits erwähnt wurde, hat Mr Mackenzie ein Testament hinterlassen. Tatsächlich gibt es sogar zwei, doch nur eines ist rechtskräftig. Er hat nicht viel besessen, allerdings befand sich eine Blockhütte in seinem Besitz, die auf Mr Krauses Land liegt. Das Stück Land, auf dem sich die Blockhütte befindet, gehörte natürlich ebenfalls Mr Mackenzie, doch das umgebende Land ist Mr Krauses. Zu der Blockhütte: Mr Krause hat in den Überbleibseln von Mr Mackenzies Besitztümern handschriftliche Notizen gefunden, dass die Blockhütte im Falle seines Ablebens zu gleichen Teilen an Mr Tim Conroy und Mr Rory McCown gehen soll."

Tim sah Rory mit großen Augen an. Rory schüttelte kaum merklich den Kopf.

„Allerdings ist dieses Dokument nicht rechtsgültig, da es nicht vor Zeugen unterschrieben worden ist. Mr Krause hat mich gebeten, nach einem richtigen Testament zu suchen, und wir haben eines im Verwaltungsamt gefunden. Es ist ungefähr fünfzehn Jahre alt und verfügt, dass die Blockhütte an Mr Conroy gehen soll. Es tut mir leid, Mr McCown."

Rory schüttelte jetzt deutlicher mit dem Kopf. „Ich wüsste ohnehin nicht, was ich damit anfangen soll."

Der Mann wandte sich an Tim. „Mit Ihrer Erlaubnis würde ich gerne die Papiere vorbereiten. Sie müssten sie dann nur noch vom Amt abholen und die Hütte gehört Ihnen."

„Äh, ja. Sicher."

Sie schüttelten sich die Hände und Hunter begleitete Mr Emmanuel nach draußen.

„Meinen Glückwunsch, Tim", sagte Grant. „Jetzt haben du und Rory ein eigenes Zuhause."

„Ja, ich schätze, das haben wir. Aber wenn ich mich recht erinnere, steht die Hütte kurz vor dem Einsturz."

Grant nickte. „Hunter und ich haben sie uns angesehen, nachdem wir Macs Notizen gefunden hatten. Es ist wirklich eine Hütte. Drei Zimmer und ein Plumpsklo – das ist auch schon alles. Kein fließendes Wasser und keine Heizung, abgesehen von einem Kamin im Wohnzimmer und einem in dem Zimmer, das ich für das Schlafzimmer halten würde."

„Klingt paradiesisch", seufzte Tim sarkastisch. „Ich denke, wir werden in nächster Zeit wohl nicht aus dem Mannschaftshaus auszuziehen."

Hunter gesellte sich wieder zu ihnen. „Stimmt schon, an der Hütte muss einiges gemacht werden, aber wir helfen gern." Er legte Grant eine Hand auf die Schulter. „Wir haben schließlich nicht vergessen, dass du auch geholfen hast, dieses Haus zu bauen. Wir beteiligen uns gern – zum Beispiel mit einer Pumpe, sodass ihr fließend Wasser habt. Und mit einem Boiler. Und einer Toilette statt eines Bretts mit Loch in der Mitte. Im hinteren Zimmer steht noch eine uralte Wanne, so eine auf kleinen Füßen. Die muss mal richtig gereinigt werden, aber ich bin sicher, sie ist noch benutzbar."

„Die Wände sind stabil", fuhr Grant fort. „Aber das Dach leckt wie ein Sieb und überall liegt Schutt herum."

„Ich schätze, wir könnten in unserer freien Zeit daran arbeiten", sagte Tim und sah dabei Rory an, der aber kaum eine Reaktion zeigte. „Es ist schließlich nicht so, als hätten wir kein Dach über dem Kopf. Es eilt also nicht." Das schien Rory etwas zu beruhigen und Tim fragte sich, ob ihn die Aussicht darauf, mit Tim zusammenzuleben, wirklich so aus dem Konzept brachte. Vielleicht war er ja auch zu voreilig. Schließlich lebten sie aus Notwendigkeit in einem Zimmer und hatten einmal miteinander geschlafen – es war nicht so, als wären sie kurz davor, ihre Hochzeit zu planen.

In diesem Moment klingelte es an der Tür. Da Tim und Rory sowieso gerade gehen wollten, befanden sie sich schon im Flur. Als Grant die Tür öffnete, sahen sie sich einem klatschnassen Mr Emmanuel gegenüber.

„Tut mir leid, Sie belästigen zu müssen, aber es fängt gerade an zu regnen und mein Auto will nicht anspringen."

„Ich rufe die Werkstatt an", schlug Hunter vor und bat den Mann herein, damit er nicht im Regen warten musste.

„Wenn Sie wollen, kann ich es mir gern mal ansehen", schlug Rory spontan vor. Sofort waren die Augen aller Anwesenden auf ihn gerichtet. „Es ist vielleicht nichts Großes, schließlich ist er heute Nachmittag ja mit diesem Auto hier heraus gefahren. Es ist viel günstiger, wenn er das Auto selbst in die Werkstatt fahren kann, anstatt es abschleppen zu lassen."

„Klar", erwiderte Hunter. „Du kennst dich mit Autos aus?"

Rory nickte. „Ich habe eine Weile in Georgia in einer Werkstatt gearbeitet, bevor es mich in diese Gegend verschlagen hat." Er zeigte auf sein Basecap. „Mir hat's Spaß gemacht."

„Dann lass uns mal schauen, was sich da machen lässt."

Da es wie aus Kübeln goss, blieben Hunter, Grant und Tim auf der Veranda, während Rory und Mr Emmanuel zum Auto hinübergingen. Rory brauchte nicht lange, um herauszufinden, dass die Zündkerzen nass geworden waren. Nachdem er sie mit einem Tuch trocken gewischt hatte, sprang das Auto anstandslos an.

„Lassen Sie trotzdem noch einmal Ihre Werkstatt draufschauen, Sir", riet Rory. „In Ihrem Verteilerdeckel ist ein kleiner Riss, der Ihnen bald Ärger machen wird."

„Vielen Dank, junger Mann", sagte Mr Emmanuel. Er zog sein Portemonnaie hervor und gab Rory zehn Dollar.

Rory nahm das Geld und steckte sich den Schein in die Gesäßtasche seiner Jeans. „Gern geschehen."

Vom Regen durchnässt, kehrte Rory auf die Veranda zurück. „Bleibt ihr zum Abendessen?"

Tim sah Rory an, der den Kopf schüttelte.

„Im Kabelfernsehen läuft Fußball. Hunter und ich werden uns das Spiel ansehen. Ihr könnt gern bleiben", fügte Grant hinzu.

Das schien Rory umzustimmen. „Ich möchte keine Last sein."

„Es ist genug zu essen da und du kannst uns später die Regeln des Spiels erklären", meinte Hunter direkt an Rory gewandt.

„Na ja, wenn es nicht zu viele Umstände macht …"

Tim sah Grant an und seine Lippen formten ein lautloses „Danke". Kurz nach Rorys Rückkehr hatte er Grant und Hunter gefragt, ob sie sich im Kabelfernsehen ein Fußballspiel ansehen könnten. Auf den normalen Sportsendern wurde kein Fußball übertragen und Rory hatte ihm erzählt, dass er Fan war. Jetzt könnte er endlich herausfinden, was es mit dieser Sportart auf sich hatte und vielleicht könnte er noch dazu Rory eine Freude machen.

Grant und Hunter gingen ins Haus, während Tim draußen bei Rory blieb. „Ich wusste gar nicht, dass du dich mit Autos auskennst."

„Das ist schon eine Ewigkeit her."

„Du solltest dich darum kümmern, deine Fahrerlaubnis zurückzubekommen. Wir könnten einen guten Mechaniker hier gebrauchen. Im Moment müssen wir jedes Mal den Mechaniker in der Stadt anrufen, wenn einer der Trucks Probleme macht."

„Ich bin kein guter Mechaniker. Ich weiß, wo bei einem Verbrennungsmotor vorn und hinten ist, aber das ist auch schon alles. Und es ist, wie gesagt, lange her. Autos haben sich seither weiterentwickelt."

Tim legte Rory einen Arm um die Schultern und ignorierte, dass dabei sein Hemd feucht wurde. „Macht doch nichts. Wie du schon sagtest: Wenn wir das Auto zum Laufen bringen, können wir es selbst in die Stadt fahren und müssen nicht den Abschleppwagen bezahlen. Außerdem kannst du ja auch während der Arbeit dein Wissen auffrischen. Und es würde dir den Respekt der anderen Arbeiter einbringen. Dann würden sie dich in einem besseren Licht sehen."

Rory nickte, doch Tim vermutete hinter der Geste nur den Wunsch, dass Tim aufhörte, davon zu reden. Er hatte gehofft, Rory damit aufzuheitern, doch scheinbar war das nicht der Fall. Während des Essens war Rory still, wobei Tim vermutete, dass das hauptsächlich an dem Aufruhr am Tisch lag – all die Kinder und die laut geführten Gespräche waren wohl zu ungewohnt für ihn.

Nach dem Essen, als sie nur mit Hunter und Grant im Wohnzimmer vor dem Fernseher saßen, schien Rory endlich aufzutauen, obwohl die Unterhaltung immer noch etwas bemüht war. Als das Spiel begann, besserte sich auch die Stimmung, und nicht einmal Hugh, der mit Bier auftauchte, änderte das. Dabei wusste Tim, dass Hugh nicht unbedingt Rorys größter Fan war.

„Also, wer spielt?", fragte Hugh und bot den Männern Bier an.

„Barcelona gegen Real", antwortete Rory.

„Nie von gehört. Sind die gut?"

„Die Besten. Die beiden Mannschaften kämpfen immer um die obersten Plätze in der Primera Division in Spanien."

„Ah, Spanien. Verstehe."

Tim warf seinem Bruder einen warnenden Blick zu.

„Was denn? Tut mir leid, dass ich beim spanischen Fußball nicht auf dem Laufenden bin."

„Hugh, lass es", warnte Tim.

Rory tat so, als bekäme er den Austausch nicht mit, und konzentrierte sich stattdessen auf den Bildschirm. Tim fand, dass das vermutlich ohnehin die sicherste Vorgehensweise war. Währenddessen war er sauer auf seinen Bruder, der zum Glück nicht lange blieb. Hugh zog sich in die Küche zurück und Tim folgte ihm.

„Was sollte das?", fuhr Tim seinen Bruder an, sobald die Küchentür geschlossen war.

„Was denn?", fragte Hugh mit Unschuldsmiene.

„Dein Tonfall. Und deine Einstellung."

Hugh öffnete den Kühlschrank, nahm ein Bier heraus und schloss die Kühlschranktür wieder. „Ich habe nur gefragt, was ihr euch anschaut. Es passiert schließlich nicht jeden Tag, dass man ins Wohnzimmer kommt und einen Haufen Männer vorfindet, die sich Sport im Fernsehen ansehen. Denn falls du es noch nicht mitbekommen hast: Das hier ist das Revier der Frauen."

„Was ich mitbekommen habe ist, dass du Rory nicht magst und wusstest, dass wir da drinnen wegen ihm ein Fußballspiel anschauen", erwiderte Tim, der mit den Händen die Kante der Arbeitsplatte umklammerte, um nicht die Beherrschung zu verlieren.

„Krieg dich wieder ein, Tim. Ich weiß, du bist der Retter der verlorenen Seelen und Rory passt genau in dieses Schema, aber ich hab nichts gegen ihn. Er arbeitet hart und solange er hier seinen Mann steht, ist mir völlig egal, wer es ihm besorgt."

Tim ging auf Hugh los, und obwohl dieser einen halben Kopf größer war, drängte Tim ihn mit Leichtigkeit gegen die Arbeitsplatte. „Sprich nicht so über ihn", presste er zwischen zusammengebissenen Zähnen hervor.

In diesem Moment betrat Hunter die Küche. Er stutzte, als er die beiden Brüder sah. „Was ist hier los?", fragte er vorsichtig.

Tim trat zurück, drehte sich von seinem Bruder weg und brachte mit einem Schulterzucken sein Hemd wieder in Ordnung. „Nichts", meinte er abweisend.

„Es ist fast Halbzeit. Warum gehen wir nicht zu uns rüber und schauen uns dort das Spiel zu Ende an? Wir haben Bier im Kühlschrank und wenn wir umziehen, können die Frauen ihr Haus wiederhaben." Tim entging nicht, dass Hunter sich zwar an Hugh wandte, seine Worte aber eigentlich für Tim gedacht waren, um die zwei Streithähne auseinanderzubringen.

Tim war dankbar, dass Hunter die Wogen etwas glättete. Er wusste, dass er mit Hugh würde reden müssen – weil er sein Bruder und sein Vorarbeiter war –, doch im Moment war er dafür zu aufgebracht. Er warf Hugh einen ernsten Blick zu und verließ dann die Küche. Hunter folgte ihm.

„Ist alles in Ordnung?", fragte Hunter, der Tim im Flur aufhielt.

„Ja, klar", erwiderte Tim. Er setzte sich auf die Bank unter der Garderobe.

Hunter setzte sich neben ihn. „Hugh will nur seinen kleinen Bruder beschützen."

„Das braucht er nicht. Ich bin alt genug, um selbst auf mich aufzupassen."

„Das weiß er."

„Warum legt er es dann so darauf an, Rory schlechtzumachen?"

Hunter lächelte. „Sogar Hugh muss zugeben, dass Rory seinen Job gut macht. Aber ich schätze, er kann nicht all die Pferde vergessen, die wir verloren haben."

Tim seufzte. „Und du? Es waren schließlich deine Pferde."

„Ich denke, im Gerichtsverfahren ist offensichtlich geworden, wer hinter der Sache steckte, und es war nicht Rory. Ich war der Meinung, dass wir Rory eine zweite Chance geben sollten und ich habe es noch nicht bereut. Obwohl er gern für sich bleibt, ist er ein Teil des Teams geworden. Das wurde deutlich, als wir die Pferde vor der Überschwemmung retten mussten. Dank Rory hatten wir eine Scheune, die genau so vorbereitet war, wie wir es in dem Moment brauchten. Christy meinte, er hätte sogar daran gedacht, dass wir Kaffee und was zu essen bekommen. Und dass er sich auch mit Autos auskennt, ist ebenfalls ein Pluspunkt. Ganz abgesehen davon, dass du Gefühle für ihn hegst, nicht wahr? Erwidert er sie nicht?"

„Das geht dich überhaupt nichts an!", brauste Tim auf. Dann wurde ihm klar, was er gerade gesagt hatte. Er und Hunter waren gemeinsam aufgewachsen, also standen sie sich durchaus nahe, aber Hunter war trotzdem sein Chef. Er beugte sich vor und stützte die Ellbogen auf den Knien auf. „'tschuldigung."

Hunter lächelte und kratzte sich am Kinn. „Ich möchte nur, dass du glücklich bist, Tim. Du warst immer der Typ, der das Glas halb voll gesehen hat. Sogar, als die Fohlen verschwunden sind, warst du der Ansicht, dass sich schon alles klären würde. Und jetzt höre ich von allen Seiten, dass du ständig grübelst. Dein Dad hat dich nicht grundlos seinen Sonnenschein genannt, aber in letzter Zeit scheinen Wolken an deinem Horizont aufzuziehen."

Tim wusste nicht, was er darauf sagen sollte. Ihm war gar nicht klar gewesen, dass er so leicht zu durchschauen war.

„Ich weiß, wie es ist, sich in den falschen Mann zu verlieben, Tim. Auch Grant war nicht gerade der Hauptgewinn, aber ich kann mir mein Leben nicht mehr ohne ihn vorstellen. Dein Umfeld wird sich schon dran gewöhnen."

„Dann muss ich ja nur noch Rory überzeugen", gab Tim zu.

„Also erwidert er deine Gefühle nicht?"

„Doch, tut er. Manchmal."

„Vielleicht solltest du ihn behandeln wie ein nervöses Fohlen, das es nicht gewohnt ist, angefasst zu werden. Erinnerst du dich an Rialtos Fohlen vom letzten Jahr? Als sie an einer Kolik gestorben ist, war der kleine Kerl völlig verloren. Er ließ niemanden an sich ran – nur dich. Du hast den ganzen Tag und die ganze Nacht in seiner Box verbracht, bis du ihn anfassen konntest. Dann hast du eine der anderen Zuchtstuten geholt, damit er von ihr säugen konnte, und danach ging es ihm prima."

„Ich denke, über diese Phase sind wir hinaus."

Hunter hob eine Augenbraue. „Also hat er dich schon an sich rangelassen?"

Tim warf ihm einen Seitenblick zu und sah Hunters neckenden Gesichtsausdruck. „Wir sind zwei ungebundene, schwule Männer, die sich ein Zimmer teilen. Was denkst du?"

Hunter lachte. „Ich denke, ihr solltet die Blockhütte renovieren. Und zwar bald!"

15

RORY SETZTE sich aufs Bett. Tims Bett. In seiner Vorstellung war es nicht ihr Bett, zumindest noch nicht. Vielleicht würde es das auch nie sein. Aber er sah Tim gern darin. In einem T-Shirt und Boxershorts oder nur in Boxershorts oder, nachdem sie Sex gehabt hatten, nur in seiner angenehm warmen, nackten Haut. Abgesehen vom ersten Mal, war Rory danach immer wieder in seinen Schlafsack zurückgekehrt. Tim in den Armen zu halten, während sein Atem über Rorys Haut strich, bis er Gänsehaut bekam, war einfach zu viel. Er konnte in Tims Bett nicht schlafen.

Er hatte bisher nur mit einem Mann geschlafen. Tatsächlich geschlafen, sogar mit ein wenig Kuscheln. Charlie hatte ihn angefleht, in seiner Offiziersunterkunft in ihrem Lager im Irak zu bleiben, nachdem sie in einem Hinterhalt zwei Männer ihrer Einheit verloren hatten. Es war die letzte Nacht ihres Irakeinsatzes gewesen und sie hatten nicht gewusst, ob sie einander jemals wiedersehen würden. Charlie würde zu seiner Familie nach Virginia zurückkehren und Rory hatte Anrecht auf ein wenig Erholung in Guam, bevor er in den Irak zurückkehren würde. Sie hatten es wie wild miteinander getrieben und gerade, als Rory in seine eigene Unterkunft zurückkehren wollte, bat Charlie ihn zu bleiben. Es war bereits nach dem Zapfenstreich, darum ging Rory davon aus, dass es bis zum nächsten Morgen niemandem auffallen würde. Sie teilten sich das schmale Bett, küssten und liebten sich, bevor Rory sich im Morgengrauen davonschlich.

„Woran denkst du?"

Rory sah auf und war überrascht, in Tims und nicht in Charlies Gesicht zu blicken.

„Charlie", sagte Rory in der Hoffnung, dass Ehrlichkeit ihm zumindest ein paar Pluspunkte einbringen würde.

„Dein Leutnant."

„Ja."

„Wo ist er jetzt?"

„In Virginia, verheiratet mit der Tochter des besten Freundes seines Vaters und selbst Vater einer Horde Kinder", sagte Rory und verbarg dabei nicht, wie er dazu stand. „Als wäre es nie passiert. Als wäre ich nie passiert."

„Aus welchem Grund hast du an ihn gedacht?"

„Weil ich hier auf dem Bett gesessen habe. Charlie ist der einzige Mann gewesen, mit dem ich je geschlafen habe … bis jetzt."

„Ich fühle mich geschmeichelt."

„Wir haben geschlafen. Ich meine …"

„Geschlafen. Nicht miteinander geschlafen. Schon verstanden."

Tim setzte sich neben ihn aufs Bett und zog sich die Socken aus. Rory hatte das überwältigende Gefühl, ihn in die Arme nehmen und drücken zu müssen. Er folgte diesem Impuls jedoch nicht. Stattdessen saß er einfach neben ihm und starrte auf den Bettvorleger. Er war schon fertig für die Nacht, in T-Shirt und Boxershorts, versuchte aber noch zu entscheiden, wo er schlafen sollte. Obwohl ihm kalt war, war er nicht mutig genug, unter Tims Bettdecke zu kriechen.

„Hey." Tim stieß ihn sacht an der Schulter an. „Vermisst du ihn noch? Charlie?"

Rory schüttelte den Kopf. „Das ist achtzehn Jahre her. Darüber bin ich hinweg."

„Aber du vermisst, wofür er steht? Seine Berührung? Was ihr miteinander geteilt habt?" Rory hatte plötzlich einen Frosch im Hals. Warum zum Teufel musste Tim so scharfsinnig sein? „Ja, ich schätze, das tue ich."

„Wir hatten Spaß, oder?"

Obwohl Rory nicht sicher war, ob Tim den Sex oder das Fußballspiel meinte, war er dankbar für den Themenwechsel. Er beschloss, auf Nummer sicher zu gehen. „Ja, Hunter und Grant sind toll. Es war wirklich nett von ihnen, dass sie mir erlaubt haben, in ihrem Haus das Spiel anzusehen."

„Irgendwann mal musst du mir die Regeln erklären. Mir ist schon klar, dass man den Ball in das gegnerische Tor schießen muss. Und man darf den Ball nicht mit den Händen berühren. Oder einen Gegner treten. So viel hab ich zumindest daraus abgeleitet, als der Schiedsrichter diese alberne rote Karte gezogen hat."

Rory konnte sich ein kleines Lächeln nicht verkneifen. „Du bist doch abgehauen. Ich hab es Grant erklärt und er hat's ziemlich schnell verstanden. Ich habe ihm die Abseitsregel und die verschiedenen Spielerpositionen erklärt."

„Ja, aber Grant ist ein Mann von Welt, so wie du. Hunter und ich sind nur zwei Hinterwäldler aus Idaho."

„Ihr seid keine Hinterwäldler", erwiderte Rory sanft. „Ihr müsst nur euren Horizont ein wenig erweitern, das ist alles."

„Müssen wir? Und das ist alles?" Tim drehte sich um, fasste Rory um die Taille und kitzelte ihn erbarmungslos. „Und wer soll uns helfen? Du und Grant?"

Bei der Attacke musste Rory kichern, doch lange konnte er sich nicht beherrschen, da Tim sie beide aufs Bett warf, sich auf ihn legte und ihn überall gleichzeitig zu berühren schien. Rory lachte unaufhörlich, selbst, als Tim aufhörte, ihn zu necken.

„Ich liebe dich, Rory McCown. Schon immer. Seit dem Tag, an dem du auf der Ranch aufgetaucht bist."

Rory lachte, bis sein Verstand den Sinn der Worte langsam entschlüsselte. Bis es so weit war, küsste Tim ihn. Lange und intensiv. Geradezu besitzergreifend. Tims Gewicht drückte ihn tiefer in die Matratze und er war vom vielen Lachen völlig entspannt. Sein Atem beschleunigte sich, erst recht, als Tims aufhörte, ihn zu küssen und sich stattdessen an Rorys Körper hinabbewegte, um ihn mit geübten Händen von seinem Schlafanzug zu befreien. Dann hielt Tim inne.

„Du bist unbeschnitten."

Rory entzog sich Tim und zog die Beine an, um zu verdecken, was ihn plötzlich beschämte. Die meisten Männer im Gefängnis hatten sich nicht für seinen Schwanz interessiert. Er war nur ein Loch, das man ficken konnte, mehr nicht. Außerhalb des Gefängnisses hatte er von den Männern, die auch auf seinen Schwanz Wert legten, unterschiedliche Reaktionen geerntet. Einige waren fasziniert gewesen, anderen war es kaum aufgefallen, aber die meisten hatte es abgestoßen. Rory war sich nicht sicher, zu welcher Kategorie Tim gehören würde, aber er hatte nicht vor, es herauszufinden. „Hör zu, lass es gut sein, okay?" Er stand vom Bett auf, doch Tim zog ihn wieder zurück.

„Was ist los?"

Rory schüttelte den Kopf.

„Es macht mir nichts aus, Rory. Ich hatte nur … ich hatte noch nie jemanden, der nicht beschnitten war."

Rory hatte den Eindruck, dass Tim ein wenig unbehaglich und ungewöhnlich unsicher aussah, doch er schien nicht angewidert zu sein, also setzte Rory sich wieder aufs Bett.

„Kann ich ihn noch mal sehen?", fragte Tim vorsichtig.

Rory schloss die Augen, denn er fühlte sich unglaublich befangen. Er hasste die Aufmerksamkeit, doch Tim sah so hinreißend unsicher aus, weshalb er den Blick einfach erwidern musste.

„Ich wollte dich nicht in Verlegenheit bringen", sagte Tim. Er legte Rory eine Hand auf den nackten Oberschenkel. „Es war nur unerwartet. Ich möchte immer noch … du weißt schon." Er ließ seine Hand langsam nach oben wandern und Rory fühlte, wie sein Schwanz erwachte.

Rory nickte fast unmerklich und ließ sich dann wieder aufs Bett sinken. Tim gab ihm einen flüchtigen Kuss, bevor er sich wieder an Rorys Körper entlangarbeitete. Und obwohl Rory immer noch nervös war, ließ er sich von Tims beruhigenden Berührungen einlullen. Er sagte sich immer wieder, dass Tim das hier wollte, dass er ihn zu nichts zwang und dass er nicht vor Scham im Boden versinken würde, wenn Tim sich von ihm zurückzog. Seine Befürchtungen konnten seinem Ständer nichts anhaben und seine Erektion schmiegte sich an seine Hüfte. Tim leckte über die gesamte Länge von Rorys Schwanz, bevor er ihn in den Mund nahm.

„Verdammt, Timmy." Rory hauchte die Worte mehr, als dass er sie sprach. Er konnte dem Drang nicht widerstehen, nach unten zu blicken, um zu beobachten, wie Tim ihm einen blies. Als er bemerkte, dass Tim so fasziniert von seiner Vorhaut war, dass seine Lippen mit ihr spielten, erregte ihn das nur noch mehr. Als Tim zu ihm aufsah, strich Rory ihm die wilden Locken aus dem Gesicht, um den Genuss in seinen Augen sehen zu können. Tim lächelte und Rorys Blick konnte diesem Lächeln nicht standhalten. Es fühlte sich zu intim an und seine Lust war viel zu intensiv, also ließ er seinen Kopf ins Kissen sinken und erlaubte den Schauern der Erregung, ihn fortzureißen. Er wollte noch nicht kommen, doch sein Lachen und das darauffolgende Gefühl, in jeder Hinsicht akzeptiert zu sein, hatten seinen Widerstand geschwächt. Er konnte sich nicht länger zurückhalten.

Als Rory die Augen öffnete, schaute Tim ihn verwundert an. „Du hast nicht etwa das Bewusstsein verloren, oder?"

„Nein. Fast", gab Rory zu. „Wirst du mich jetzt vögeln?"

„Ich kann nicht", gestand Tim. „Du warst so köstlich, dass ich auch gekommen bin. Aber gib mir ein bisschen Zeit … wer weiß."

Tim legte sich halb auf Rory, sodass ihre Gesichter nur Zentimeter voneinander entfernt waren, und zog die Decken enger um sie. „Außer, du möchtest schlafen?"

„Noch nicht", flüsterte Rory. „Später."

ALS RORY am nächsten Morgen erwachte, war Tim verschwunden. Er wusch sich in der Mannschaftsdusche, zog sich dann an und ging zum Frühstück in den Gemeinschaftsraum. Erst da bemerkte er, dass es schon recht spät war. Er versuchte, so schnell wie möglich zum Fohlenstall zu gehen, um nach dem Fohlen mit dem gebrochenen Bein zu sehen und die anderen Fohlen und ihre Mütter rauszulassen.

Während der Arbeit ertappte er sich immer wieder bei einem Lächeln. Er hatte einen tollen Abend und eine noch bessere Nacht gehabt. Er hatte schon seit Ewigkeiten kein Fußballspiel mehr gesehen und die Tatsache, dass er es in Gesellschaft von Typen getan hatte, die überhaupt keine Ahnung von dem Sport hatten, hatte seiner guten Laune keinen

Abbruch getan. In der Nacht war ihm dann klar geworden, dass er sich langsam sicher genug mit Tim fühlte, um tief und erholsam neben ihm zu schlafen. Offensichtlich entwickelte sich langsam Vertrauen zwischen ihnen, obwohl er sich nicht vorstellen konnte, sich so sicher in seiner Haut zu fühlen wie Tim. Wer hätte das gedacht? Andererseits war Tim ein Ausbund an guter Laune, wie konnte man ihn also nicht lieben?

Liebe?

Seit Charlie hatte Rory nie wieder so für einen anderen Menschen empfunden, und nach dessen Verrat hätte er nicht gedacht, dass er je wieder sein Herz an jemanden verlieren würde. Doch nun schien es, als wäre er definitiv verliebt. Dabei zog sich ihm gleichzeitig der Magen zusammen und seine Haut prickelte. Verdammt, er begann, sich an das Leben hier zu gewöhnen, und das konnte er nicht zulassen. Er konnte nicht all seine Hoffnung darauf setzen, dass alles so blieb, wie es war, und dass er den Rest seines Lebens hier mit Tim verbringen würde. Das Leben hatte die Eigenart, nicht so geradlinig und vorhersehbar zu verlaufen. Nicht bei ihm. Nicht, seit dieser Nacht in Georgia, als seine Mutter ihn an der Tankstelle anwies, sich auf dem Klo zu beeilen. Er hatte mit dem Reißverschluss seiner neuen Hose gekämpft und letztendlich so lange gebraucht, dass seine Mutter ohne ihn weitergefahren war. Natürlich war ihm bewusst, dass seine Mutter ihn nicht verlassen hatte, weil er zu lange auf der Toilette gebraucht hatte. Es hatte einen neuen Mann in ihrem Leben gegeben und dem hatte es nicht gefallen, dass Ellie May ein Balg hatte, also musste das Balg weg. Sie hatte sich für den Mann anstatt für ihr Kind entschieden und ihn zurückgelassen, damit die Behörden ihn finden und ins Heim stecken konnten.

Obwohl er sich keinen Illusionen von einem besseren Leben hingab, fragte er sich doch hin und wieder, wie es gewesen wäre, wenn seine Mutter ihn nicht verlassen hätte. Sie hätten vermutlich weiterhin gelebt wie in den ersten sechs Jahren seines Leben – in ihrem Auto, mit dem sie wo auch immer hinfuhren, wann immer sie Geld für Benzin hatte. Sie reiste von einem Mann zum anderen, bis sie ihrer müde wurden, und dann zogen sie weiter. Natürlich war das auch nicht perfekt gewesen, doch den meisten Männern war er völlig egal und sie kümmerten sich nicht um ihn, solange er sich still verhielt. Manchmal gaben sie ihm auch einen Burger aus. Jedenfalls musste er selten Hunger leiden, was auf jeden Fall besser war als jene Nächte, in denen seine Mutter von Truck zu Truck ging, um die Fahrer zu „unterhalten". Damals, mit sechs, hatte er nicht verstanden, was seine Mutter da tat – bis er zehn Jahre später auf genau dieselbe Art ein paar Scheine verdiente. Er hatte sogar ein Bild seiner Mutter in einer Fahrerkabine entdeckt und es mitgehen lassen, als der alte Trucker nicht hingesehen hatte. Es war das einzige Bild, das er von ihr besaß.

Rory fuhr mit dem Ausmisten fort und schüttelte den Kopf, um die Gedanken zu verscheuchen. Er hatte seine Mutter seit fast fünfunddreißig Jahren nicht mehr gesehen. Vielleicht war sie sogar tot – und wenn sie es nicht war, machte es auch keinen Unterschied. Sie hatte sicherlich längst vergessen, dass sie einen Sohn hatte.

Aus dem Augenwinkel nahm er eine Bewegung wahr, und bevor er sie einordnen konnte, wurde er auch schon gegen die Boxenwand gedrückt und geküsst. Er lächelte, als er Tim schmeckte, und entspannte sich.

„Weißt du, du hast Glück, dass ich nicht mehr so aufmerksam bin wie früher", sagte Rory, als Tim ihn zu Atem kommen ließ. „Immerhin bin ich ausgebildeter Soldat."

„Das ist Jahre her", zog Tim ihn auf. Sein Bauch berührte immer noch Rorys, um ihn weiterhin an Ort und Stelle festzuhalten.

„Ich habe hier eine Mistgabel. In den richtigen Händen eine hervorragende Waffe."

Tim hob eine Augenbraue, lächelte und nahm Rory die „Waffe" ab, um sie auf den Boden fallen zu lassen. „Ich habe dich soeben entwaffnet und das, obwohl ich nie einen Armeestützpunkt von innen gesehen habe."

Rory sah Tim in die Augen und dieser hörte auf zu lächeln. „Du hast so ernst ausgesehen."

„Immer, wenn ich arbeite", erwiderte Rory und hoffte, dass Tim ihn nicht fragen würde, woran er gedacht hatte. Tim strich ihm eine Haarsträhne aus dem Gesicht und Rory genoss die Berührung. Er sehnte sich nach dieser Art Wärme und Trost.

„Warum nehmen wir uns nicht den Nachmittag frei und setzen uns ins Auto? Nur du und ich."

„Ich hab zu tun. Und du auch", protestierte Rory, obwohl er nicht sehr überzeugend klang.

„Nur für eine Stunde oder so. Es ist ohnehin nicht so viel los und wir können die Arbeit nachher aufholen." Tim beugte sich zu Rory, um ihm ins Ohr zu flüstern: „Ich möchte dich nur für eine Weile ganz für mich allein haben."

Rorys Körper reagierte auf Tims Worte ebenso wie auf seine zärtlichen Berührungen und seine Beharrlichkeit. Er hatte schon immer Männer gemocht, die wussten, was sie wollten. „Wenn du dir sicher bist?"

Tim nickte und gab Rory einen schnellen Kuss, bevor er von ihm abließ. „Dann beeile ich mich mal lieber. Ich hole dich gegen drei vor dem Mannschaftshaus ab, okay?"

Rory nickte, hob seine Mistgabel auf und fuhr mit seiner Arbeit fort, die Tim unterbrochen hatte.

Er war unglaublich nervös. Als Tim den Truck vor dem Mannschaftshaus parkte, hatte Rory bereits geduscht und saubere Sachen angezogen.

„Ich brauche nur noch fünf Minuten, okay?"

Rory nickte und verschwand in der Küche, um noch einen Kaffee zu trinken. Um seine Nerven zu beruhigen, goss er einen großzügigen Schluck aus seinem Flachmann in die Tasse. Als der Alkohol Wirkung zeigte, fühlte er, wie er langsam wieder Herr seiner selbst wurde. Nachdem der Kaffee ausgetrunken war, nahm er noch ein paar Schlucke aus dem Flachmann und hoffte, dass Tim den Alkohol nicht schmecken würde, wenn er ihn küsste.

„Fertig?"

Rory lächelte Tim an. Er spülte seine Tasse ab und folgte Tim dann nach draußen zum Truck.

„Wohin fahren wir?", fragte Rory, nachdem sie ein paar Meilen gefahren waren und ihm klar wurde, dass sie in Richtung Stadt unterwegs waren.

„Ich fahre mit dir zum Klamotten kaufen."

„Shoppen?", fragte Rory ungläubig.

„Ja", erwiderte Tim ruhig. „Ich hab den Eindruck, du könntest ein paar neue Wranglers, ein oder zwei Hemden und neue Stiefel gebrauchen." Er legte Rory eine Hand aufs Knie. „Die Jeans, die du anhast, wird dir über kurz oder lang vom Hintern rutschen und so charmant wie diese Vorstellung für mich auch ist – andere auf der Ranch wären sicher weniger begeistert. Außer vielleicht Hunter und Grant."

Rory sah Tim argwöhnisch an. „Das kann ich mir nicht leisten."

Rorys Einwand konnte Tims Lächeln nichts anhaben. „Ist ein Geburtstagsgeschenk."

„Woher wusstest du …?"

Tim bog auf einen Parkplatz ein und Schotter knirschte, als die Räder zum Halten kamen. „Von Hugh. Dein Geburtstag steht in deiner Akte."

Verfluchter Mistkerl. „Dazu hatte er kein Recht."

„Rory", seufzte Tim. „Er dachte sich, dass ich vielleicht gern mit dir feiern würde."

„Ich steh nicht auf diesen ganzen sentimentalen Kram", stieß Rory hervor und sah aus dem Fenster, anstatt seinem Liebhaber ins Gesicht.

„Na ja, ich schon. Und ich weiß, du brauchst ein paar Sachen, also dachte ich, dass ich sie dir kaufen könnte. Das ist kein sentimentaler Kram, Rory. Ich habe nach einem Weg gesucht, wie ich dir helfen kann, und Hugh hat ihn mir netterweise geliefert. Tu mir den Gefallen. Wird ja nur einmal im Jahr vorkommen. Außer vielleicht noch zu Weihnachten."

Rory warf Tim einen vorsichtigen Blick zu und sah ihn aufrichtig lächeln. Er sah kein Mitleid in dessen Gesicht, nur diese Wärme, die auf alles in seinem Umfeld abstrahlte, und Rory bemerkte, wie sie auch ihn von innen erwärmte. Vielleicht hatte Tim ja recht und er machte grundlos einen Aufstand.

„Ich habe nicht gern Schulden bei jemandem."

„Es sind Geschenke. Ich hätte sie für dich kaufen können. Vermutlich könnte ich deine Größe schätzen, aber da dein Kleiderschrank nicht gerade überquillt, hatte ich den Eindruck, dass du vielleicht gern selbst aussuchen würdest, was du tragen willst. Außerdem würde ich dich gern in einer knallengen Jeans sehen, die deinen Hintern zur Geltung bringt."

Rory konnte sich das Lachen nicht verkneifen. „Perversling!" Er sah Tim nicht an, um seine Reaktion abzuschätzen.

„Ich weiß, dass alle anderen dir auch hinterherstarren werden, aber ich hab mit dem Teilen kein Problem, solange du nachts in meinem Bett landest."

Rory schloss die Augen, als er Tims Hand auf seinem Oberschenkel spürte. Er wollte sich der Wärme hingeben, wollte sich von ihr einhüllen lassen, doch er konnte es nicht. Allerdings waren sie praktisch in der Öffentlichkeit und jeder, der zufällig vorbeikam und ins Innere des Trucks schaute, konnte sie dort sitzen sehen. Und so legte er einfach seine Hand über Tims und drückte sie.

„Na gut. Wenn du dich dann besser fühlst, darfst du mir eine Jeans kaufen."

„Zwei. Und zwei Hemden und ein paar T-Shirts und Stiefel."

„Du solltest dein Glück nicht überstrapazieren", sagte Rory. Doch so sehr er es auch hasste, Almosen anzunehmen, er konnte seine Erheiterung nicht unterdrücken.

Sie stiegen aus dem Auto aus und betraten den Laden, der recht einfach und irgendwie unorganisiert aussah. Im Inneren wurden sie von einer gelangweilt aussehenden jungen Frau begrüßt, die wildes dunkles Haar hatte, das mit lila Strähnen durchzogen war. Sie trug eine Latzhose über einem sehr kurzen T-Shirt, das kaum bis über ihre kleinen Brüste reichte. Rory war überrascht, außerhalb der Großstadt auf eine solche Erscheinung zu treffen, denn alle, die er bisher auf der Ranch gesehen hatte, waren viel angepasster.

„Timmy!", entfuhr es ihr. Sie warf sich Tim in die Arme und klammerte sich an ihn wie ein Äffchen. Sie begann, ihn abzuküssen, als wäre er die verloren geglaubte Liebe ihres Lebens, und Rory hob eine Augenbraue. Es amüsierte ihn, dass Tim diese Behandlung ohne Gegenwehr über sich ergehen ließ, bis sie ihn losließ.

„Max, das ist Rory."

„Dein Freund?", fragte sie geradeheraus.

„Äh, ja", antwortete Tim nach kurzem Zögern.

„Süß", stellte sie fest. „Könnte einen Haarschnitt vertragen. Ich könnte das übernehmen, wenn du magst." Sie wandte sich an Rory. „Weißt du, ich hab mal als Friseurin in Boise gearbeitet, aber der Salon dort fand mich zu modern. Was wissen die schon?"

Rory lächelte. „Kann ich gar nicht nachvollziehen. Du siehst doch toll aus."

Sie drehte sich zu Tim um. „Bist du sicher, dass er schwul ist?"

„Maxie", warnte Tim.

Max verdrehte die Augen. „Na gut. Wenn er zu dir gehört, ist er schwul. Schon verstanden. Also, wie kann ich euch beiden helfen?"

„Einmal neu Einkleiden für ihn", sagte Tim und deutete auf Rory.

„Wir haben ziemlich abgefahrene Unterwäsche", witzelte sie.

„Übertreib's nicht, Max!"

Der Schlagabtausch zwischen Tim und der Verkäuferin sorgte dafür, dass Rory sich langsam entspannte. Er musste außerdem zugeben, dass er sie mochte, und dass es ihm noch nie so wenig ausgemacht hatte, mit einem Etikett versehen zu werden. Sie ähnelte den Großstadtmädchen, die er auf seinen Reisen kennengelernt hatte. Sie hoben sich gern von der Masse ab und umgaben sich mit Menschen, die ebenfalls „anders" waren. Sie hatten immer gewusst, wie Rory eigentlich gestrickt war, und es hatte ihnen nichts ausgemacht. Max erinnerte ihn sehr an diese Art Mädchen.

„Na, dann kleiden wir deinen Mann mal ein, okay?"

16

SIE WAREN noch nicht lange im Laden und trotzdem hatte Max schon alles außer der Küchenspüle angeschleppt, um Klamotten für Rory zu finden, in denen er sich wohlfühlte. Tim saß auf dem Verkaufstresen und zeigte auf dieses und jenes, während Max Rory T-Shirts, verschiedene Jeans und Hemden in Kreischfarben reichte.

„Na, dann lass mal sehen, Rory", schlug Tim vor, der wusste, dass Rory das unangenehm sein würde. „Es sind nur Max und ich hier, und sie kümmert es nicht. Stimmt's Max?"

Max schnaubte. „Ich hab ihn schließlich schon im Feinripp gesehen, Timmy."

Tim zwinkerte Max zu, als er vom Tresen sprang und zur Umkleide hinüberging. Rory erschrak, als Tim den Vorhang zurückzog. Er trug nur seine Unterwäsche und ein enges, schwarzes, ärmelloses T-Shirt und betrachtete sich im Spiegel. Der Anblick sorgte dafür, dass Tims Blut nach unten schoss. Nicht einmal die einfachen Tattoos auf Rorys Nacken – und von denen war Tim definitiv kein Fan – konnten daran etwas ändern.

„Steht dir gut", sagte Tim. Er stand hinter Rory und massierte sanft dessen muskulöse Schultern. „Ich kann's kaum erwarten, dass es Sommer wird, damit du das bei der Arbeit tragen kannst."

Rory zuckte mit den Schultern, um Tims Hände loszuwerden. „Es ist zu eng."

„Nein, ist es nicht." Um seine Worte zu unterstreichen, ließ Tim seine Hände sinken, um Rory über den Bauch zu streicheln, und diesmal schüttelte Rory ihn nicht ab. Tim legte sein Kinn auf Rorys Schulter und betrachtete ihr Spiegelbild in dem mannshohen Spiegel. „Du siehst darin unglaublich sexy aus. Selbst, wenn du es nicht bei der Arbeit tragen willst, kaufe ich es dir, damit du darin schlafen kannst. Du darfst aber nicht erwarten, dass ich dich dann tatsächlich schlafen lasse."

Rory errötete, doch zumindest entzog er sich nicht oder widersprach Tims Worten.

„Hast du auch die Jeans anprobiert?"

Rory nickte.

„Kann ich's sehen?"

„Tim", sagte Rory langsam. Die Schamesröte breitete sich auf Hals und Brust aus.

„Hey, ich kaufe dir das als Geburtstagsgeschenk und wüsste gern, wofür ich bezahle. Selbst, wenn ich dich auswählen lasse." Tim drehte leicht den Kopf, damit er Rory ins Ohr flüstern konnte: „Außerdem möchte ich sichergehen, dass die Jeans am Hintern auch gut sitzt." Tim fühlte, wie Rory sich verspannte. „Wenn sie zu eng ist, werden dich alle anstarren, und ich will nicht, dass dir jeder auf den Hintern starrt." Ein zaghaftes Lächeln umspielte Rorys Mund und Tim genoss es, es im Spiegel zu sehen. Ebenso wenig konnte er die Wölbung in Rorys enger, weißer Unterwäsche übersehen. Er zeigte jedoch keine Reaktion, sondern nahm die oberste Jeans vom Stapel.

Tim trat zurück, um Rory Platz zum Umziehen zu geben, und kam erst wieder näher, als Rory den Reißverschluss hochzog. „Gefällt mir."

„Die andere ist bequemer."

Tim reichte ihm eine andere Jeans. „Diese hier?"

Rory zog sich schnell um. Tim biss sich auf die Zunge, als er sah, wie die zweite Jeans Rorys schlanke Gestalt umschloss.

„Ich denke, auf die können wir uns einigen." Tim stand wieder hinter Rory und sein Becken berührte Rorys Hintern. Dass sie jetzt so gut zusammenpassten lag daran, dass Rory barfuß war, Tim aber noch seine Stiefel trug. Tims Hand wanderte zum Bund der Jeans. „Das einzige Problem ist, dass sie so eng sitzt, dass ich meine Hand nicht reinschieben kann." Stattdessen umschloss seine Hand die Wölbung. Auch Tim ließ der Anblick im Spiegel nicht unberührt. Während seine Hand sanft Rorys Erektion massierte, konnte er sehen, wie Rorys Blick sich verschleierte. „Darf ich mich um dich kümmern?", fragte er mit leiser Stimme.

„Aber wir sind in der Öffentlichkeit", protestierte Rory, auch wenn seine Stimme nicht gerade fest klang.

„Hier ist nur Max und sie wird uns warnen, sollte jemand anderes in den Laden kommen."

Tim bewegte weiterhin seine Hand und Rory ließ es geschehen. Er schloss die Augen, um das Gefühl besser genießen zu können.

„Sie weiß Bescheid?"

„Sie weiß Bescheid." Tim machte sich keine Sorgen darüber, dass man sie hören konnte. Wie üblich gab Rory keinen Laut von sich, doch seine Körpersprache war ein deutlicher Beweis für seine Erregung. In diesem Moment beschloss Tim, dass, sobald die Blockhütte renoviert wäre, in ihrem Schlafzimmer ein großer Spiegel stehen würde. „Es macht ihr nichts aus", fuhr Tim in beruhigendem Tonfall fort, während er Rorys Steifen massierte. „Vermutlich hätte sie nichts dagegen, wenn du laut würdest. Mir jedenfalls würde es gefallen."

Rory versteifte sich und öffnete die Augen.

Tim versuchte, ihn zu besänftigen. „Entspann dich. Du bist so leise wie immer. Nicht einmal ich kann dich hören."

Als Tim diesmal mit seinen Liebkosungen fortfuhr, schloss Rory nicht die Augen. Stattdessen starrte er geradewegs in den Spiegel und Tim fragte sich, ob es Trotz war, den er in Rorys Blick sah. Auf jeden Fall war das besser als die Schüchternheit und das Unbehagen, das jedes Mal aufkam, wenn sie sich näherkamen. Diesmal jedoch war es anders. Diesmal war Rory kein passiver Partner, sondern er rieb seinen Hintern an Tims Schritt bis der meinte, die Kombination aus der Reibung, ihrem Spiegelbild und Rorys Schwanz in seiner Hand würde jeden Moment dazu führen, dass er käme. Tim umfasste mit der linken Hand Rorys Brust, um ihm Halt zu geben, und bemerkte, wie Rory darauf reagierte, dass er seine Brustwarze streifte. „Gefällt dir das?"

Rory nickte. Sein Blick war immer noch auf Tims Spiegelbild gerichtet.

Tim liebkoste ein weiteres Mal Rorys Brustwarze durch den Stoff des schwarzen T-Shirts hindurch, während seine andere Hand Rorys Schwanz umfasste. Rory verlor die Kontrolle und ergab sich Tims Berührungen. Auch Tim war nahe daran, doch er hielt sich zurück, weil ihm klar wurde, dass Rory nur noch stand, weil er ihn aufrecht hielt. Für einen Moment verharrten sie so: Tim hielt Rory, bis dieser langsam seine Kraft zurückerlangte. Er drehte sich um und sank auf die Knie. Mit schnellen Bewegungen öffnete er den Reißverschluss von Tims Jeans und nahm ihn in den Mund. Tim kam fast im selben Moment. Er riss seinen Blick von Rory los und starrte stattdessen auf ihr Spiegelbild. Der Anblick ließ seine Knie weich werden und fast hätte er selbst das Gleichgewicht verloren.

Mit einem zufriedenen Lächeln erhob sich Rory und hielt Tim. So standen sie eine Weile da und umarmten sich, bis Tim soweit wieder zu Atem gekommen war, dass sie sich küssen konnten.

„Alles Gute zum Geburtstag, Brummbär", sagte Tim und fuhr ein letztes Mal mit den Lippen über Rorys Mund, bevor er sich von ihm trennte.

Rory lächelte.

„Also, darf ich dir diese Sachen kaufen?"

„Na gut", lenkte Rory ein. „Aber nur das, was ich wirklich brauche. Nicht mehr. Und keine Extras."

Tim schenkte ihm ein neckendes Lachen. Er ließ Rory in der Umkleidekabine alleine und kam wenig später mit einem Stetson auf dem Kopf zurück. „Die wirst du brauchen", sagte er und warf Rory eine Packung Baumwollunterhosen zu.

Während Rory noch damit beschäftigt war, nach unten zu schauen, um zu sehen, was Tim ihm zugeworfen hatte, nahm Tim den Hut ab und setzte ihn Rory auf den Kopf.

Rorys Reaktion kam prompt: „Das ist zu viel, Timmy. Ich würde mich damit unwohl fühlen." Er nahm den Stetson ab und vertauschte ihn mit seiner gewohnten Werkstattmütze.

„Na gut", gab Tim nach. „Aber ich kaufe dir die Unterwäsche, zwei Paar Jeans und du suchst dir besser zwei Hemden und ein paar T-Shirts aus." Er kam näher und ließ einen Finger unter das T-Shirt wandern, das Rory trug. „Das hier kommt auf jeden Fall mit."

Es war offensichtlich, dass Rory gern protestiert hätte, doch er tat es nicht. Also gab Tim ihm einen flüchtigen Kuss und ließ ihn dann allein. Als er zum Verkaufstresen hinüberging, empfing ihn Max mit einem wissenden Lächeln auf dem Gesicht.

„Sag nichts", warnte er sie im Flüsterton. „Ich bezahle für seinen Einkauf."

„Das war wohl ein ziemlich einzigartiger Blowjob." Das letzte Wort hauchte sie nur.

Tim kniff die Augen zusammen und warf ihr einen giftigen Blick zu, doch das konnte ihrem Lächeln nichts anhaben.

Sie zeigte auf den Stetson in Tims Hand. „Der auch?"

Tim sah sich nach der Umkleide um. „Nein, vielleicht nächstes Mal. Ich glaube, ich muss erst einen Cowboy aus ihm machen. Er braucht wohl eher ein paar vernünftige Winterschuhe."

Rory tauchte hinter ihm auf. Er trug seine alten Sachen und hatte die neue Jeans und das T-Shirt sowie die geöffnete Packung Unterwäsche in der Hand. Er legte alles auf den Tresen.

„Hast du noch eine von diesen Jeans, Max?", fragte Tim. „Und ein rotes und ein blaues Karohemd in seiner Größe?"

„Kein Rot", warf Rory ein.

„Grün?", schlug Max vor.

„Schwarz?", war Rorys Gegenfrage.

„Das hat dann keine Karos, aber du würdest toll darin aussehen." Rory sah Tim an und der zuckte mit den Schultern. „Ich hab doch gesagt: Was immer du willst."

Tim beglich die Rechnung. Mit jeweils zwei Tüten in der Hand verließen sie den Laden und deponierten ihre Einkäufe im Truck. „So, und jetzt führ' ich dich zum Essen aus."

Rory blieb stehen. „Nein, Tim. Das ist genug."

Tim lächelte in der Hoffnung, seinen Brummbär aufzuheitern. „Gewöhn' dich nicht dran. Ich mach das nur, weil du Geburtstag hast."

Als sie im Truck saßen, wandte Tim sich Rory zu. „Wie alt bist du eigentlich?"

„Du willst mir sagen, dass Hugh dir das nicht verraten hat?"

„Nö."

„Die große vier", seufzte Rory.

„Mann, bist du alt!" Er lachte, um Rory zu verstehen zu geben, dass er einen Witz gemacht hatte. „Ehrlich, darauf hätte ich nie getippt. Du siehst keinen Tag älter aus als ich."

„Komisch, dass du das erwähnst, wo du doch morgen Geburtstag hast", neckte ihn Rory.

„Und das hat dir Hugh gesteckt?"

„Nein, Izzie."

Rory lächelte und das machte Tim glücklich. Er hätte Rory gern geküsst, wusste jedoch, dass Rory das hier im Truck unangenehm wäre, weil sie mitten auf dem Parkplatz standen. Also entschied er sich stattdessen dafür, eine Hand auf Rorys Oberschenkel zu legen. „Lass uns ein leckeres, saftiges Steak essen gehen."

AM MORGEN nach Rorys Geburtstag wachte Tim wie immer mit dem ersten Hahnenschrei auf. Doch anstatt sofort aufzuspringen, kuschelte er sich enger an den Mann, mit dem er eingeschlafen war. Er hatte sich sehr schnell daran gewöhnt, so zu schlafen, und konnte sich nicht entscheiden, ob er Rory für einen Quickie wecken oder noch etwas länger schlafen lassen sollte. Er kuschelte sich näher an diesen langen, schlanken Rücken, vergrub sein Gesicht in Rorys wilden Locken und sog dessen Duft ein. Er dachte sich, dass es zumindest ein guter Start in seinen eigenen Geburtstag wäre, wenn er Rory jetzt wecken würde.

Doch Rory regte sich nicht, deshalb ließ Tim nach einer Weile seine Hand über Rorys glatte Brust, seinen muskulösen Bauch und durch sein üppiges Schamhaar wandern, bis seine Finger auf Rorys Schwanz trafen, der auf halbmast stand. Tim konnte der Versuchung nicht widerstehen, seine eigene Morgenlatte gegen Rorys Rückseite zu pressen.

„Denkst du auch mal an was anderes?", grummelte Rory.

Tims Hand schnellte zurück. „Sorry, Brummbär."

Dieses Mal brachte der Spitzname Rory nicht zum Lächeln. Tim wusste, dass Rory kein Morgenmensch war, doch für gewöhnlich konnte er ihn aufheitern. Diesmal schien das nicht zu funktionieren und so setzte sich Tim im Bett auf und starrte seine eigene Erektion an. Entweder würde er sich unter der Dusche selbst darum kümmern müssen oder warten, bis sie von selbst wieder verschwand.

„Schlaf nicht so lange, okay?", sagte Tim über seine Schulter. „Ich mach mich an die Arbeit."

17

HALB VIER am Nachmittag war Rory dann in besserer Stimmung, da er für heute mit der Arbeit fertig war und nun Tims Geburtstag feiern konnte.

„Das musst du nicht, Rory."

„Nachdem du mich gestern so mit Geschenken überhäuft hast, kann ich den heutigen Tag doch nicht einfach ignorieren, oder? Ich hab zwar nicht so viel Geld wie du, aber ich hab da eine Idee. Könntest du uns wohin fahren?"

Tim zuckte mit den Schultern. Warum nicht? Sie waren mit ihrer Arbeit fertig und er wusste, dass Hugh es ihm nicht übel nehmen würde, wenn er für eine Nacht verschwand, um seinen Geburtstag zu feiern. „Gib mir zehn Minuten, um zu duschen und mich umzuziehen. Dann schnapp ich mir die Schlüssel für den Truck."

„Nicht nötig. Die Dusche, meine ich. Die Schlüssel brauchen wir schon."

Zehn Minuten später saßen sie im Auto und Tim folgte Rorys Wegbeschreibung. Sie hielten an einem Motel, das ein wenig abseits der Hauptstraße lag.

„Es ist nichts Großartiges, aber ich dachte mir, dass es hier niemanden stört, was wir in unserem Zimmer so treiben. Es ist auf jeden Fall besser als der Versuch, im Mannschaftshaus leise zu sein", sagte Rory, als er die Tür zu ihrem Motelzimmer aufschloss.

Die Beleuchtung war alt und verbreitete ein kaltes Licht im Zimmer. Die Couch sah ziemlich unmodern aus, aber das Zimmer roch weder modrig noch muffig, der Teppich war größtenteils sauber, genauso wie das Bett. Rory stellte einen Plastikbeutel auf dem Tisch ab – das Einzige, was sie mitgebracht hatten – und zog seine Stiefel aus, während Tim die Tür schloss.

„Du hast uns zu meinem Geburtstag ein Motelzimmer besorgt?", fragte Tim und versuchte dabei, nicht so verwirrt zu klingen wie er sich fühlte.

„Nebenan ist ein ganz ordentliches Diner, falls du erst etwas essen willst." Rory klang jetzt weniger selbstsicher als vorhin beim Betreten des Zimmers. „Ich konnte den Tag nicht vorbeiziehen lassen, ohne dir etwas zu geben. Und da ich weiß, dass du mich gerne vögelst, dachte ich mir, ein bisschen mehr Privatsphäre und mehr Zeit wären ganz nett …"

Tim packte Rory beim Mantelkragen, drehte ihn herum und drängte ihn gegen die Tür. Immerhin war er geistesgegenwärtig genug, um mit der Hand Rorys Hinterkopf abzustützen, sodass dieser nicht gegen das harte Holz stieß. Rory machte ein ungläubiges Gesicht, als Tim ihn fordernd küsste. Tim schloss die Augen und genoss das Gefühl von Rorys geschwungenen Lippen und seinem weichen Bart. Er hatte sich nie für einen großartigen Küsser gehalten und hätte auch nie gedacht, dass er es genießen würde, einen Mann mit Vollbart zu küssen, doch er liebte es, Rorys Lippen auf seinen zu spüren. Mit einer Hand griff er in Rorys dichte Mähne und mit der anderen liebkoste er dessen Wange, während Rory den Mund für Tim öffnete. Tim genoss es, Rorys perfekte Zähne zu erkunden – und den einen schiefen, den er immer anstarrte, sobald Rory lächelte.

Eigentlich war Rory etwas größer als Tim, doch im Moment trug er keine Schuhe und so waren sie ungefähr gleich groß. Mit Leichtigkeit hielt Tim den schlankeren Rory an der Tür fest und rieb ihre Körper aneinander.

„Heißt das auch, dass ich dich diesmal hören werde, wenn ich mit dir schlafe?", fragte Tim, als sie versuchten, zu Atem zu kommen.

Rory zuckte die Schultern und schüttelte fast unmerklich den Kopf.

Tim lehnte sich an ihn und flüsterte ihm ins Ohr: „Ich möchte hören, wie du stöhnst, wenn ich in dich hineinstoße, und ich möchte dich schreien hören, wenn du kommst. Niemand, der dich hier hören könnte, interessiert sich dafür."

Als Tim aufsah, konnte er Unsicherheit in Rorys Gesicht erkennen, und das, obwohl er seine Erregung durch zwei Stoffschichten hindurch spüren konnte. „Das wünsche ich mir zum Geburtstag", schlug Tim vorsichtig vor. „Ich streite nicht ab, dass ich dich gern ficke, aber ohne oberflächlich klingen zu wollen: Ich möchte dich wirklich gern stöhnen hören und ich möchte hören, wie sich die Tonlage verändert, wenn ich diesen einen Punkt tief in dir treffe. Ich will nicht nur, dass du Sterne siehst, ich will auch hören, wenn es passiert."

„Tim, ich …"

Tim schob sich von Rory und der Tür weg. „Ich möchte nicht, dass du das tust, weil du das Gefühl hast, mir ein Geburtstagsgeschenk zu schulden. Wenn ich nur auf der Suche nach einem Stück Arsch wäre, um zu feiern, dass ich ein Jahr älter geworden bin, dann könnte ich auch einfach in die Stadt fahren und mich flachlegen lassen. Aber die Sache ist die: Ich will nicht nur ein Stück Arsch. Ich will dich. Und darum möchte ich, dass es dir auch Spaß macht. Ich möchte … ich muss dich hören. Nicht irgendein aufgesetztes Pornostöhnen, sondern was du wirklich empfindest. Die Art Geräusche, die man nicht zurückhalten kann. Und wenn ich dir das nicht geben kann, dann können wir auch gleich gehen und stattdessen nach Hause fahren."

Für eine kleine Ewigkeit schien Rory wie erstarrt. Er sah nicht einmal zu Tim auf.

„Du gibst mir das", sagte Rory schließlich so leise, dass Tim ihn fast nicht hörte. „Es ist nur nicht so leicht für mich, mich derartig gehen zu lassen."

Tim setzte sich aufs Bett und bat Rory mit einer Geste, sich zu ihm zu setzen. „Warum nicht?", fragte er sanft.

„Weil ich nie wirklich an Orten war, wo es besonders gut angekommen wäre, wenn man seine Ekstase laut herausgeschrien hätte."

„So wie im Gefängnis."

Rory seufzte und starrte auf den Boden. „Kasernen, Obdachlosenunterkünfte, finstere Gassen und ja, das Gefängnis."

Tim stieß Rory mit der Schulter an. „Hey, ich weiß, dass du eingesessen hast. Und ich sehe auch fern. Dass du ein guter Bottom bist, hat dir dort sicher Vorteile verschafft."

„Es ist nicht so wie im Fernsehen."

Tim legte Rory eine Hand auf den Oberschenkel und diesen durchzog ein Schauer, obwohl er immer noch seinen Mantel trug. Tim beugte sich ein wenig zu ihm hinüber. „Wir haben den ganzen Tag gearbeitet. Warum nehmen wir nicht eine Dusche?"

Rory lächelte und drehte Tim den Kopf zu, ohne ihn wirklich anzusehen. „Zusammen?"

„Natürlich", sagte Tim. Nun, da Rory anfing, auf das Spiel einzugehen, kehrte seine gute Laune zurück. „Das spart Wasser und Zeit."

„Darauf würde ich nicht wetten", erwiderte Rory mit einem Grinsen. Er stand vom Bett auf und fing an, sich auszuziehen.

Tim konnte den Blick nicht abwenden, obwohl es Rory offensichtlich eher um Schnelligkeit als um den Unterhaltungswert ging. Zu sehen, wie dieser schlanke und gut gebaute Körper unter zahlreichen Kleidungsschichten auftauchte, war ein Anblick, den Tim gern jeden Tag genießen würde. Als Rory nur noch seine Unterwäsche trug, zog Tim ihn näher zu sich und folgte der dunklen Linie, die von Rorys Bauchnabel abwärts führte, mit Küssen. Er spürte, wie sich Rorys Bauchmuskeln anspannten, selbst als Rory versuchte, sich der Berührung zu entziehen. Tim dachte jedoch nicht daran nachzugeben und hielt ihn an den Hüften fest, bis Rory seinen Kopf mit den Armen umfasste. Als er aufsah, sorgte Rorys verträumter Blick für ein warmes Gefühl in seiner Magengegend. Tim löste seinen Griff und Rory nutzte die Freiheit, um sich so weit zurückzulehnen, dass er Tims Flanellhemd aufknöpfen konnte. Rory zog es aus Tims Hosenbund und ließ sich dann nach unten gleiten, bis er auf Tims Hüften saß.

„Ich möchte deine Haut spüren", flüsterte Rory, bevor er Tim auf den Mund küsste und ihm einen Schubs gab, sodass er auf dem Rücken zu liegen kam. Es fühlte sich seltsam an, so mit Rory auf dem Bett zu liegen. Normalerweise schmusten sie nicht und Küsse waren in der Regel nur die Vorspeise, nicht der Hauptgang. Nun jedoch lagen sie eng beieinander. Rory lag auf ihm und rieb seinen fast nackten Körper an Tim, der noch all seine Sachen trug. Er schob seine Hände unter Tims Hemd und versuchte, so viel nackte Haut wie möglich zu berühren. Auch Tims Hände wollten Rory spüren. Natürlich war das für ihn leichter, doch auch er konnte sich kaum beherrschen und schob seine Hände in Rorys Unterwäsche, um seinen Hintern unter den Fingern zu spüren.

Ihre Erregung wuchs. Rorys Atem beschleunigte sich und Tims Schwanz wurde steif, doch das alles ging nicht so schnell, wie er es gewohnt war. Ließen sie sich etwa Zeit? Tim ließ Rory seine Jeans aufknöpfen und schnappte nach Luft, als Rory eine Hand hineinschob und sich seine Finger um Tims Schwanz schlossen. Tim rollte sich unter Rory weg, sodass er aufstehen und sich ausziehen konnte. Rorys beunruhigter Blick verwandelte sich in Interesse, als er bemerkte, dass Tim sich Zeit ließ. Zuerst ließ er das T-Shirt von den Schultern gleiten und dann die Hose zu Boden fallen.

„Also, was ist jetzt mit der Dusche?", fragte Tim.

„Kann ich dich erst ausziehen?"

Tim nickte, da er ohnehin nur noch seine Boxershorts trug. Rory rutschte an den Rand des Betts, warf Tim ein neckendes Lächeln zu und zog ihn dann zwischen seine Beine, sodass er seine Nase an der Wölbung in Tims Unterwäsche reiben konnte. Tim schluckte schwer und rang nach Luft, als er zusah, wie Rory über den Baumwollstoff leckte. Ein Teil von ihm wollte, dass Rory weitermachte, doch ein anderer Teil wollte, dass es ewig so weiterging. Wer konnte schon sagen, ob er jemals wieder ein Geburtstagsgeschenk wie dieses bekommen würde?

Rory setzte sich auf und leckte sich die Lippen. Langsam zog er Tims Unterwäsche nach unten, sodass seine Erektion zum Vorschein kam. Tim wollte Rorys Mund auf sich spüren, denn er wusste, wie gut sich das anfühlte, doch gleichzeitig war ihm bewusst, dass dann alles viel zu schnell vorbei wäre und schließlich hatten sie die ganze Nacht Zeit. Einen Moment lang fragte er sich, ob er immer noch zwei oder drei Orgasmen nacheinander haben könnte, wie damals in seiner Teenagerzeit. Als Rory aufstand und sich an Tims Körper schmiegte, konnte der nur noch einen einzigen Gedanken fassen: Er wollte Rory hier und jetzt vögeln. Doch dann verließ Rory das Zimmer in Richtung Bad und Tim hörte, wie die Dusche angestellt wurde.

Er war so erregt, dass ihm schwindelig wurde. Nur mit Willenskraft schaffte er es, seine Füße in Bewegung zu setzen. Rory stand mit dem Rücken zu Tim unter dem Wasserstrahl und wischte sich das Wasser aus den Haaren. Tims Blick wanderte zum Waschbecken, wo er eine kleine Flasche Shampoo fand. Er öffnete das Fläschchen und schnupperte daran, um sicherzugehen, dass der Duft nicht zu blumig war. Dann stieg er zu Rory in die Duschkabine.

Rory sah über seine Schulter und blickte Tim ins Gesicht.

„Darf ich dir die Haare waschen?"

Rory nickte. Er hielt den Kopf wieder unter den Wasserstrahl und beugte sich dann in Tims Richtung, damit dieser ihn einseifen konnte. Es fühlte sich unerwartet intim an, vor allem, als Rory sich irgendwann umdrehte, mit den Händen durch sein Haar fuhr und dann das Shampoo in seinen Bart einmassierte. Dann nahm er das Shampoo von der kleinen Duschablage und revanchierte sich, indem er Tims Kopf massierte, bis diesem Schaum in die Augen lief. Als Tim so unter der Dusche stand und sich von Rory den Schaum ausspülen ließ, wurde ihm klar, dass er vielleicht schon einmal Sex unter der Dusche gehabt hatte, aber nichts, was dieser sinnlichen Erfahrung nahe kam. Er wusste, dass sie schlussendlich miteinander schlafen würde. Doch da sie Zeit und Muße hatten, gönnte er sich den Luxus und umarmte und küsste Rory spielerisch. Langsam ließ er seine Hände über Rorys Arme wandern. Er bewunderte die Muskeln, die von körperlicher Arbeit herrührten, würdigte seinen starken Rücken, seine schmale Taille und seinen festen Hintern. Dass Rory im Gegenzug auch seine Hände über Tims Körper wandern ließ, brachte sein Blut zum Kochen. Dass das Rory genauso anmachte wie ihn, war alles, was Tim brauchte.

„Wir sollten uns ein trockeneres Plätzchen suchen", schlug Tim vor.

„Aber mir wird gerade erst warm", neckte Rory, der näher kam, um Tim zu küssen und ihre Schwänze in seine Hand zu nehmen.

Das Gefühl, Rorys Erektion neben seiner zu spüren, drängte Tim dazu, instinktiv in die Hand zu stoßen, schließlich brachte ihn schon Rorys fester Griff nah an den Abgrund. Mit Schwung schob er Rory gegen die Wand der Duschkabine und drängte sich an ihn.

„Wenn du so weitermachst, komme ich", stöhnte Tim in Rorys Ohr.

„Ich dachte, genau das wäre das Ziel", erwiderte Rory.

„Nicht, wenn du willst, dass ich dich ficke." Er umarmte Rory und seine Hände machten sich auf die Suche nach dessen Hintern. Vorsichtig öffnete er mit dem Finger Rorys Pobacken und tastete nach der Öffnung.

„Du möchtest dieses kleine Loch ficken?", fragte Rory mit Selbstvertrauen in der Stimme. „Ich hab genau, was du brauchst, Timmy."

„Ich will es aber nur, wenn es auch das ist, was du willst", erwiderte Tim und versuchte, seine Stimme ebenso selbstbewusst klingen zu lassen.

„Du hast noch nie nein zu mir gesagt. Warum jetzt damit anfangen?"

Tim schüttelte den Kopf und trat aus der Dusche. Er drehte Rory den Rücken zu, als er nach einem Handtuch griff, und sog überrascht die Luft ein, als dieser sich plötzlich an seinen Rücken schmiegte.

„Oder möchtest du vielleicht lieber unten liegen? Ist es das, was das Geburtstagskind wirklich möchte? Mal so richtig durchgefickt zu werden, bis dieses kleine Loch ganz rosa und wund ist, weil es nicht daran gewöhnt ist, mal hart rangenommen zu werden?"

Tim warf sich selbst im Spiegel ein Lächeln zu und beobachtete, wie Rory ihr Spiegelbild betrachtete. Rory sah aus wie ein nasser Pudel, darum drehte sich Tim zu ihm um, um ihm mit einem Handtuch die Haare trocken zu rubbeln. Sobald Rorys Gesicht wieder zum Vorschein kam, küsste ihn Tim.

„Ich sagte, ich möchte dich zum Stöhnen bringen. Ich bin überzeugt, dass das einfacher für mich ist, wenn ich in dir bin anstatt andersherum. Stimmt's?"

Als Tim von ihm abließ, öffnete Rory seine rehbraunen Augen und warf ihm ein schüchternes Lächeln zu. Dann rächte Rory sich und rubbelte mit dem feuchten Handtuch über Tims Kopf, sein Gesicht und anschließend über seinen Oberkörper.

„Ich kann auch nicht nein zu dir sagen", gab Rory zu, als er aufhörte und das Handtuch fallen ließ. „Ich hätte gedacht, dass dir das mittlerweile aufgefallen wäre."

Tim versuchte, Rory festzuhalten, doch dieser entkam ihm und rannte zurück ins Schlafzimmer. Als er die Bettdecke zurückzog, warf sich Tim auf ihn und sie landeten beide in einem Chaos aus Armen und Beinen auf dem Bett.

„Nimm mich, Timmy", verlangte Rory. „Mach es mir unmöglich, nicht zu stöhnen."

18

ALS TIM erwachte, lag er auf dem Bauch und brauchte ein paar Minuten, bis er sich daran erinnerte, wo er war. Das Zimmer lag im Dunkeln und roch nicht wie zu Hause. Trotzdem lag auch ein bekannter Duft in der Luft.

Sex.

Tim musste lächeln, als er sich an Rorys zögerliche Einladung, an die Verführung unter der Dusche und dann an das Liebesspiel im Bett erinnerte. Zuerst waren ihre Berührungen langsam und vorsichtig gewesen, bevor sie intensiver und verzweifelter wurden, um schließlich in einem gemeinsamen Orgasmus zu enden. Die Erinnerung war so lebendig, dass er schon steif wurde, wenn er nur daran dachte.

Sie waren ineinander verschlungen auf dem Bett gelandet, weil Tim Rorys Rückansicht, auf der noch Wassertropfen von ihrer Dusche perlten, nicht widerstehen konnte und ihn aufs Bett geworfen hatte. Rory landete auf dem Bauch und Tim kam auf ihm zu liegen. Tims Schwanz passte so perfekt zwischen Rorys Backen, dass es ihm unmöglich war, nicht dagegenzustoßen.

„Nimm mich, Timmy. Nimm mich, bis es mir unmöglich ist, nicht zu stöhnen."

Das war genau das, was er wollte. Er wollte hören, wenn die Lust Besitz von Rory ergriff. Er wollte, dass er vor Ekstase stöhnte, anstatt sich so zurückzuhalten, dass sie auch in einem Museum hätten ficken können – wären da nicht Tims wilde Schreie gewesen.

„Tu es einfach", fuhr Rory fort. „Kondome und Gleitgel sind in der Plastiktüte auf dem Tisch."

Sie sahen beide die Tüte an, doch Tim wollte sich nicht von Rorys verlockendem Körper trennen. „Knie dich auf alle Viere", befahl Tim. Er spürte, wie sich Rorys Muskeln bewegten.

Als Rory auf die Knie kam und den Hintern in die Höhe streckte, war Tim schon zum Tisch und wieder zurückgegangen. Er wollte einfach nur spüren, wie sich die Öffnung zwischen Rorys Hinterbacken seinen Liebkosungen hingab.

„Oh ja", flüsterte Rory schon fast mit einem Stöhnen. Er legte den Kopf auf seinen Unterarmen ab und öffnete sich damit noch weiter für Tim, dessen Finger um Rorys Öffnung kreisten, während er mit der anderen Hand Rorys Eier streichelte.

Selbst nach ihrer Dusche schmeckte Rory immer noch wie er selbst und Tim sog tief dessen Geruch ein, als er Rorys glatte Haut küsste. Als seine Hand nach Rorys Schwanz griff, fand er ihn genauso steif wie unter der Dusche. Er ließ seine Hand ein paarmal auf und nieder fahren und befeuchtete seinen Daumen, bevor er ihn in Rorys Öffnung schob.

„Ja, tu es", flüsterte Rory. „Bereite mich vor und dann nimm mich hart ran."

Tims Daumen glitt mit Leichtigkeit am ersten Muskel vorbei und Rory atmete lautlos aus. Tim übte mit seiner Handfläche Druck auf die empfindliche Haut unterhalb von Rorys Öffnung aus, woraufhin dieser sich ihm entgegenschob. Dadurch sank Tims Daumen noch tiefer. Mit der Linken berührte Tim seine eigene Erektion und spürte, wie sie sofort weiter anschwoll. *Langsam,* sagte er sich. *Nichts überstürzen. Will ja schließlich nicht gleich kommen, wenn ich in ihm bin. Er hat mehr als das verdient.* Als Tim sich wieder auf ihr Vorhaben konzentrierte, schob sich Rory gerade weiter seinem Daumen entgegen.

Mittlerweile tropfte Tim so stark, dass er seinen Schwanz damit einreiben konnte. Er musste sich dafür nur ein Stückchen zurückziehen, und zu seiner Überraschung entlockte das Rory eine hörbare Reaktion. Es war ein leises Jammern, ein fast stiller Protest. Immer noch sehr leise, aber Tim hatte es gehört.

„Ich hol nur unsere Sachen", sagte Tim, den die Vorfreude schon schwer atmen ließ. „Dreh dich um", forderte er.

Rory sah ihn an, bewegte sich aber keinen Zentimeter.

„Ich möchte dir in die Augen sehen, wenn ich in dich eindringe."

Rory schüttelte den Kopf. „Ich werde für dich stöhnen, aber das kann ich nicht. Noch nicht."

Tim wollte es. Er wollte so Vieles. Er wollte Rorys Gesicht sehen, wenn er kam. Er wollte hören, wie Rory seinen Namen schrie. Wollte ihn heulen hören oder ächzen oder irgendetwas. Und er wollte sich ganz verzweifelt auf ihn stürzen. Zwei der drei Dinge zu erreichen, war für den Anfang kein schlechter Schnitt. Er hatte Rory schon von hinten genommen. Er wusste, dass sich das gut anfühlen würde. Rory war mehr als bereit, also würde es sogar besser als gut werden. Und er hatte versprochen aufzustöhnen. Tim musste sich dieses Stöhnen nur noch verdienen.

Tim nahm ein Kondom aus der Tüte, öffnete die Verpackung und zog es über seine Erektion. Dann fischte er das Gleitgel aus der Tüte und verteilte einen großzügigen Klecks auf dem Kondom. Als er es einrieb, wärmte es sich gleichzeitig auf. Rory war immer noch auf allen Vieren, immer noch steif und beobachtete ihn unablässig. Tim verteilte die restliche Gleitcreme um Rorys Öffnung, ließ probehalber einen Finger hineingleiten und brachte sich dann in Position. Rory kam ihm entgegen, sobald die Spitze von Tims Schwanz gegen seinen entspannten Muskel stieß.

„Oh ja." Rory hauchte die Worte mehr, als dass er sie sprach, und Tim stieß tiefer.

Rory war eng, doch Tim wusste, dass er ihn mit Leichtigkeit aufnehmen konnte, also drang er tiefer ein. Rory legte den Kopf wieder auf seinen Händen ab und kam Tim mit den Hüften entgegen, um ihn dazu aufzufordern, sich mehr zu bewegen.

Tim ließ es langsam angehen, denn wenn er dem Verlangen seines Körpers nachgab, wäre in zehn Sekunden alles vorbei.

„Quäl mich nicht so!", stöhnte Rory leise.

Tim zog sich zur Hälfte zurück und begann dann, immer wieder zuzustoßen. Bei seinen Bewegungen ließ er sich davon leiten, wie Rorys Atem klang, weil er annahm, dass dieses kleine Stocken signalisierte, dass er Rorys Prostata traf. Mit jedem Stoß sank Rory tiefer in die Matratze, bis er flach auf dem Bauch lag und seine Erektion zwischen seinem Bauch und dem Laken eingeklemmt war.

„Werden deine Knie weich, Baby?", fragte Tim mit zusammengebissenen Zähnen, weil er versuchte, sich zurückzuhalten.

„Du hast mich festgenagelt", antwortete Rory mehr zu sich selbst, doch Tim hörte die Worte trotzdem.

Tim schob sich ein wenig höher, was den Winkel seiner Stöße veränderte. Er drückte seine Knie an den Außenseiten von Rorys Beinen in die Matratze, was dazu führte, dass Rory seine Beine schloss.

„Verdammt, du bist so eng."

„Ich dachte, das magst du."

Rory, der unter Tim hingestreckt dalag, erhob sich auf die Ellenbogen und sah über seine Schulter hinweg Tim an. Tim lehnte sich auf seine Unterarme und schaffte es gerade so, Rorys Mundwinkel zu küssen, während er einen langsamen Rhythmus fand.

„Fühlt es sich für dich auch so gut an?"

Rory lächelte. „Auf jeden Fall. Das ist ... definitiv ... auch gut ... für mich."

Tim zog sich ein weiteres Mal gänzlich zurück, um dann wieder zuzustoßen. „Ich will dich hören."

Rory biss sich auf die Lippen und Tim stieß härter zu, wobei er immer noch den langsamen Rhythmus aufrechterhielt.

„Niemand kann uns hören."

Rorys Atem kam angestrengt und abgehackt, doch er gab immer noch kaum einen Laut von sich, dabei wollte Tim ihn so verzweifelt hören. Er beugte sich hinunter, bis er sich wie Rory auf den Ellbogen abstützte, doch weil Rory schmaler gebaut war, konnte er ihn mit seinem Körper einhüllen. Er legte seine Hände auf Rorys.

Rory schmiegte sich in die Umarmung. Er presste seinen Rücken an Tims muskulöse Brust und seinen Hintern gegen Tims Bauch.

„Du fühlst dich so unglaublich gut an", flüstere Tim Rory ins Ohr. „Sprich mit mir." Er fuhr damit fort, langsam in ihn hineinzustoßen, wobei er Rory jedes Mal in die Matratze drückte. „Nur für meine Ohren, Rory."

Tim küsste Rorys Nacken und dieser ließ seinen Kopf zwischen ihre verschränkten Finger fallen. Tim bedeckte Rory weiterhin mit Küssen und langsam erreichten leise Töne seine Ohren. Zuerst war es nur ein Wimmern, dann ein unterdrücktes Brummen, aber immer im Einklang mit ihren Bewegungen. Tim wollte laut aussprechen, wie unglaublich es war, Rorys Reaktionen zu hören, doch er wagte es nicht, weil er fürchtete, dass Rory dann aufhören würde. Doch die Geräusche, egal, wie leise sie auch waren, erregten ihn mehr, als er je erwartet hätte. Er verlangsamte seine Bewegungen, obwohl sein Körper nach dem genauen Gegenteil verlangte, bis Rory den Kopf zurückwarf und aufheulte. Dass er unter Tims Berührungen erschauerte, war ein eindeutiges Zeichen. Tim fühlte, wie Rorys Orgasmus jede Zelle seines Körpers erfasste, und es brauchte nur ein paar Stöße, bis er ihm nachfolgte.

Sie sprachen kein Wort, als sie erschöpft aufs Bett fielen. Tim wollte so lange wie möglich in dieser Blase aus Glückseligkeit verweilen, Rory eng umschlungen festhalten und seinen Geruch einatmen, doch viel zu schnell fühlte er, wie ihn der Schlaf übermannte.

ALS ER wieder erwachte, lag das Zimmer im Dunkeln und Rory war verschwunden.

Obwohl es der wohl beste Geburtstagssex seines Lebens gewesen war, fror er nun innerlich. Er hatte gehofft, dass Rory die Nacht mit ihm verbringen würde: dass sie reden und sich küssen würden, und dass Tim eine Chance bekäme, diesen langen, sehnigen Körper weiter zu erforschen. Stattdessen lag er allein in einem fremden Bett.

Tim wollte gerade nach seiner Uhr greifen, als sich die Tür öffnete und Rory hereinkam. Er trug eine gut gefüllte Plastiktüte und eine braune Papiertüte, die anscheinend Alkohol enthielt. Ohne zu fragen, schaltete er das Licht ein und Tim blinzelte gegen die plötzliche Helligkeit an.

„'tschuldigung", meinte Rory. Er schaltete die Nachttischlampe an und das helle Deckenlicht wieder aus. „Ich dachte, du würdest immer noch schlafen. Du warst völlig alle."

Tim rutschte an den Rand des Betts, sodass er Rory berühren konnte, als dieser sich auf das Bett setzte. „Ich hatte gehofft, mit dir in den Armen aufzuwachen."

„Ich hatte Hunger", bemerkte Rory nüchtern. „Im Diner gab es ein Spezial mit Rippchen. Es ist nicht gerade ein besonderes Festmahl, aber ich hoffe, du magst es trotzdem. Es riecht ziemlich nach Knoblauch, aber ich dachte mir, das macht nichts, wenn wir beide davon essen."

Trotz seiner leisen Stimme fand Tim, dass Rory wie ein Teenager klang. Er wollte diese Unsicherheit wegwischen und das Selbstbewusstsein wieder zum Vorschein bringen, das Rory an den Tag gelegt hatte, als er ihn vorhin verführt hatte. Er wollte einfach nur, dass sich Rory in seiner Gegenwart wohlfühlte.

„Riecht wirklich gut", sagte Tim und strich Rory über den Rücken. „Komm her, damit ich dich füttern kann. Du könntest ein paar Kilo mehr auf den Rippen vertragen." Er versuchte, Rory zu kitzeln, doch dieser stand auf und stellte das Essen auf den Tisch. Er packte es gerade aus, als Tim aufstand und ihm folgte.

Tim sah, dass Rory ihn beobachtete. Er war nicht wirklich schüchtern, also machte es ihm nichts aus, dass er nackt war, Rory hingegen komplett angezogen. Tatsächlich fand er, dass der Anflug von Freude in Rorys Gesicht Grund genug war, seinen Körper ein wenig zur Schau zu stellen. Wenn er dafür der Typ wäre – was er aber nicht war. Das hieß trotzdem nicht, dass er sich sofort anziehen müsste. Er ging zu Rory hinüber und nahm ein Rippchen aus dem Karton, den Rory auf den Tisch gestellt hatte.

„Riecht lecker. Ich hab nichts gegen Knoblauch."

Rory sah ihn schamlos an. „Du bist auch lecker. Unfassbar, dass du immer noch hart bist, nach dem, was wir vorhin veranstaltet haben."

Tim sah an sich hinab, als er sich die Soße von den Fingern leckte. „Das ist doch nicht hart." Er grinste. „Aber ich bin aufgewacht und du warst nicht da und ich hab mich daran erinnert, was wir letzte Nacht getan haben ..."

„Es ist immer noch letzte Nacht", unterbrach ihn Rory. „Es ist immer noch dein Geburtstag."

„Was bedeutet, dass ich immer noch bestimmen darf." Tim wackelte mit den Augenbrauen und ging zurück zum Bett. „Zieh dich aus und komm zurück ins Bett. Und bring das Essen mit, ich bin hungrig."

Als Rory sich ausgezogen hatte, fühlte er sich sichtlich nicht mehr so wohl in seiner Haut, trotz der Show, die er in der Dusche abgezogen hatte. Natürlich hatte Tim da auch nicht auf dem Bett gelegen, um jeden seiner Schritte zu verfolgen, und er hatte auch nicht versteckt, wie sehr ihm der Anblick gefiel. Sobald Rory mit dem Essen nahe genug beim Bett war, zog ihn Tim zu sich. Für einen Moment erstarrte Rory, doch dann entspannte er sich wieder.

„Ich bins nur. Mittlerweile kennst du mich doch", flüsterte Tim Rory ins Ohr, als er ihn an seine Brust zog. „Ich bin zwar ein großer Kerl, aber ziemlich harmlos."

„Ich weiß", sagte Rory. „Also möchtest du hier essen?"

„Man sollte nur dort im Bett essen, wo man später nicht die Bettwäsche waschen muss", meinte Tim grinsend.

Rory setzte sich auf und Tim wünschte, dass er sich etwas mehr entspannen würde. Er wartete ab, bis Rory es sich bequem gemacht hatte, und nahm dann ein Rippchen aus dem Karton. Er biss hinein und tat mit einem genussvollen Seufzen kund, dass es ihm schmeckte. Er setzte sich neben Rory, lehnte sich mit dem Rücken ans Kopfende des Bettes und knabberte das Fleisch vom Knochen ab. Von Zeit zu Zeit sah er zu Rory hinüber, der immer noch unbehaglich schien.

„Was ist los?", fragte Tim.

„Nichts." Rory zuckte mit den Schultern.

„Dann entspann dich."

Rory lächelte und von der Seite konnte Tim einen Blick auf seinen schiefen Zahn erhaschen. Er konnte der Versuchung nicht widerstehen und beugte sich zu Rory hinüber, um ihn zu küssen. Zu seiner Überraschung kehrte die Unsicherheit zurück.

„Was ist los, Rory? Wärst du lieber woanders?"

Rory schüttelte den Kopf.

„Was dann? Tu nicht so, als wäre nichts. Du bist einerseits gut gelaunt und flirtest mit mir und dann hab ich plötzlich den Eindruck, ich würde dich gegen deinen Willen hier festhalten."

„Ich bin das nur nicht gewöhnt, okay?", antwortete Rory frustriert.

„*Das* bedeutet was genau? Dass wir uns unterhalten? Dass wir gemeinsam im Bett essen?"

„Beides. Ich hab keine Ahnung, wie ich mich verhalten soll. Ich war noch nie mit jemandem befreundet, mit dem ich auch geschlafen hab. Ich will damit sagen, ich hatte Freunde und ich hatte … na ja, das Wort Liebhaber ist zu groß. Ich hatte Männer, mit denen ich Sex hatte."

Tim fand, dass das so einiges erklärte. Nicht, dass Tim selbst mit dieser Kombination viel Erfahrung gehabt hätte.

„Ich weiß, was du meinst", sagte Tim. „Auf der Ranch habe ich Freunde, doch die meisten wissen nicht einmal, dass ich auf Männer stehe. Wenn ich Sex haben will, setz ich mich für eine Stunde ins Auto und fahre in die Handle Bar. Es ist irgendwie nett, dass ich jetzt nicht mehr da rausfahren muss."

Rory starrte auf ihre Füße und Tim schloss daraus, dass dies nicht das gewesen war, was Rory hatte hören wollen.

„Was ich sagen wollte ist, dass ich es schön finde, dass ich mit dem Mann, mit dem ich Sex habe, auch befreundet bin. Ich hoffe, dass er sich irgendwann etwas mehr fallen lassen kann, sodass es sich nicht mehr wie ein One-Night-Stand anfühlt – ein bisschen unbeholfen und ängstlich, weil ich nicht sicher bin, was er wohl von mir erwartet."

Rory nickte und lächelte Tim dann an. Diesmal ging die Initiative für den Kuss von Rory aus und er war so zögerlich und schüchtern, dass sich Tim wieder wie ein Teenager fühlte. Er versuchte zumindest, nicht so ungeduldig zu sein wie in seinen jüngeren Jahren, sodass Rory Zeit hatte, Tims Mund zu erforschen. Dieser Kuss war nicht die Vorstufe zu weiteren Liebkosungen und so nahm Tim nach einigen flüchtigen Küsschen ein Rippchen aus dem Karton und wedelte damit vor Rorys Gesicht herum. Ein wenig Soße kleckerte dabei auf Rorys nackte Brust. Tim versuchte, den Klecks mit dem Rippchen zu beseitigen. Wie erwartet verschlimmerte er das Malheur damit nur und war so gezwungen, die Soße abzulecken. Er umspielte mit der Zunge Rorys Brustwarze und leckte darüber.

„Du solltest mehr essen", sagte Tim in einem neckenden Tonfall, während er mit dem Rippchen über Rorys Lippen strich.

„Ich dachte, du magst meinen Körper, so wie er ist? Zumindest sagst du das jedes Mal, wenn du mit mir schläfst."

Tim legte den Kopf schief. „Das tue ich auch. Ich mag deinen Körper. Aber ich bin immer noch hungrig und ich esse nicht gern allein."

Tim lockte Rory weiterhin mit dem Essen und von Zeit zu Zeit nahm dieser auch einen Bissen, doch hauptsächlich war es ein Vorwand für Tim, mit der Zunge über Rorys Oberkörper und Arme zu fahren. Schließlich stellten sie das übrig gebliebene Essen beiseite und küssten sich. Tim hatte das Gefühl, dass Rory sich endlich wieder entspannte, doch dann unterbrach er plötzlich ihren Kuss und schob Tim sanft von sich.

„Ich brauche was zu trinken. Hast du Durst?" Er wartete gar nicht erst auf eine Antwort, sondern zog eine Flasche billigen Wodkas aus der Papiertüte, die neben dem Bett stand.

„Für gewöhnlich trinke ich nicht viel", sagte Tim. Trotzdem nahm er Rory die Flasche aus der Hand und nahm einen kleinen Schluck. Die Flüssigkeit brannte in seiner Kehle und er verzog das Gesicht, als der Wodka in seinem Magen ankam.

Rory nahm einen größeren Schluck und dann noch einen, als würde er Wasser trinken. Es brauchte nicht lange, bis er sich entspannte und wieder mit Tim flirtete. Tim hatte nicht den Eindruck, dass der Alkohol Rory betrunken machte, aber er machte ihn zugänglicher und Tim störte der leichte Geschmack nach Wodka in Rorys Küssen nicht. Als sich Rory auf den Bauch drehte, nahm Tim dies als Zeichen dafür, dass Runde Zwei eingeläutet war. Sie waren viel schneller erregt als beim ersten Mal und ihr Liebesspiel war wilder. Auch war Rory nicht so leise wie zuvor, selbst wenn man ihm immer noch nicht nachsagen konnte, dass er laut war. Wie gesagt, zwei von drei war nicht schlecht.

19

OBERFLÄCHLICH BETRACHTET änderte sich nicht viel, nachdem sie auf die Ranch zurückgekehrt waren. Nur hinter verschlossenen Türen wurden die Veränderungen deutlich. Rory blies zwar jeden Abend die Luftmatratze auf, doch letztendlich krabbelte er jedes Mal in Tims Bett und es verging keine Nacht, ohne dass sie Sex hatten.

Rory stellte fest, dass er seinen starken Cowboy mochte, nicht zuletzt wegen seiner positiven Einstellung. Rory selbst neigte dazu, ruhig und nachdenklich zu sein und immer das Schlimmste von Menschen oder Situationen zu erwarten, doch Tim bildete dazu einen guten Gegenpol. Rory ertappte sich immer öfter bei einem Lächeln, wenn er mit Tim zusammen war, einfach weil dessen gute Laune auf alle in seiner Umgebung abfärbte und alles wie geschmiert lief, wenn Tim es in die Hand nahm.

Eines nachts, als er in Tims Armen schlief, träumte er, wie er mit seinem Geliebten über die Ranch spazierte. Bei jedem Schritt sprossen Blumen, dort wo Tims Füße den Boden berührten. Wenn er einen Baum berührte, wuchsen Blätter und als sie das Gelände verließen, kam ein Reh auf sie zu und ließ sich von Tim streicheln.

Als Rory aufwachte, hatte er die Bilder des Traums immer noch vor Augen und er fühlte sich deswegen albern. Doch ihm war bewusst, dass sie genau widerspiegelten, wie er Tim sah. Tim war eins mit der Natur und sah immer das Gute in seinen Mitmenschen. Die Pferde erkannten das instinktiv und besonders die Fohlen benahmen sich, als wären sie nur geboren worden, um sich von ihm streicheln zu lassen.

Rory schmiegte sich enger an diesen Mann und genoss für einen Moment die Wärme, die Tims nackte Haut ausstrahlte. Vorsichtig berührte er Tims stramme Muskeln und seinen Waschbrettbauch und konnte nicht fassen, dass er das Glück hatte, von diesem Mann geliebt zu werden. Und er bezweifelte nicht, dass Tim ihn liebte. Tim hatte es ihm schon so oft gesagt, auch wenn Rory es nicht über sich brachte, die Worte zurückzugeben. Es war nicht so, dass er nicht so empfand; er konnte nur nicht glauben, was ihm widerfuhr. Bei seinem Lebenswandel hatte er einen Mann wie Tim einfach nicht verdient.

Tim schlief weiter, doch je länger Rory neben ihm wach lag, desto mehr negative Gedanken suchten ihn heim und desto mehr verlangte es ihn nach einem Drink. Ein paar Schlucke würden die Stimmen verstummen lassen, das hatte ihn jahrelange Erfahrung gelehrt. Tims Umarmung und sein nackter Körper fühlten sich jedoch zu gut an, um sie zu verlassen. Außerdem würde er Tim vermutlich aufwecken und er brauchte seinen Schlaf.

Letztendlich gewann der Durst die Oberhand, doch wie er vorausgesehen hatte, wachte Tim auf, sobald Rory aus dem Bett schlüpfte. Rory fand, dass Tim einfach unwiderstehlich aussah, wie er da mit verwuscheltem Haar und schlaftrunkenen Augen unter der Decke hervorlugte. Doch er lächelte, dann fuhr er sich durch die Haare, kratzte sich die Brust und wischte sich mit der Hand übers Gesicht.

„Ich muss mal ganz dringend aufs Klo", murmelte Tim. Er stand auf, ging durch die Tür in Richtung Gemeinschaftsbad und schien völlig unbeeindruckt davon zu sein, dass er nicht einen Fetzen Stoff auf der Haut trug.

471

Obwohl Rory es kaum erwarten konnte, dass Tim das Zimmer verließ, sodass er ein paar Schlucke aus der Flasche Wodka nehmen konnte, die er in seinen Sachen versteckt hatte, blieb ihm immer noch genug Muße, um Tims muskulösen Körper und seinen halb-erigierten Schwanz zu bewundern. Vielleicht könnten sie noch eine schnelle Nummer schieben, bevor sie zur Arbeit mussten …

SPÄTER AM Tag, sie misteten gerade den Fohlenstall aus, eröffnete Tim Rory, dass Hunter und Grant sie zum Abendessen eingeladen hatten.

„Warum wollen sie uns sehen?", fragte Rory mit Misstrauen in der Stimme. „Soweit ich weiß, läuft kein Fußballspiel."

„Vielleicht freuen sie sich einfach über Besuch?"

Rory hob eine Augenbraue. „Besuch?"

Tim zuckte mit den Schultern. „Sie laden ja auch ständig Gable und Flynn zum Essen ein. Hugh und Izzie ebenso. Vielleicht dachten sie sich einfach, dass sie uns, jetzt wo wir ein … Paar sind, auch mal einladen sollten."

Rory entging nicht, dass Tim beim Wort *Paar* zögerte. Er wusste, dass das nicht daran lag, dass Tim das Wort nicht mochte. Tatsächlich liebte er es. Das Konzept dahinter liebte er sogar noch mehr. Tim hatte nie ein Geheimnis daraus gemacht, dass er sie als Einheit sah, als Paar, das ein Leben lang zusammenblieb – so wie Schwäne. Rory wusste, dass Tim seinetwegen gezögert hatte. Er hatte sich innerlich darauf eingestellt, wie Rory auf das Wort reagieren würde.

Also ging Rory darüber hinweg.

Schließlich waren sie ja ein Paar. Sie teilten sich ein Zimmer und ein Bett. Sie arbeiteten ständig zusammen. Sie küssten sich und hatten Sex und auch wenn es eine Weile gedauert hatte, so hatte sich Rory daran gewöhnt, mit Tim zusammen zu sein und ihm zu vertrauen. Er hatte sogar darüber nachgedacht, länger zu bleiben, sollte Tim ihn noch wollen, nachdem seine Bewährung vorüber war.

„Zu blöd, dass wir uns nicht mit einer Gegeneinladung revanchieren können", meinte Rory, als Tim mit einer Karre frischen Strohs wiederkam.

„Ich glaube nicht, dass es ihnen was ausmacht. Mir fiel nur gerade auf, dass es eigentlich etwas seltsam ist, beim Chef zum Essen eingeladen zu sein. Das verwischt die Grenze noch mehr. Nicht, dass das hier besonders streng wäre, aber immerhin ist Hunter der Besitzer der Ranch. Er ist der Boss."

„Aber er ist auch dein Freund."

„Weil wir zusammen aufgewachsen sind, meinst du?"

Rory nickte.

„Heutzutage ist alles etwas lockerer, aber mein Vater hat Hunters Vater immer nur Mr Krause genannt. Er hätte nicht im Traum daran gedacht, ihn Matthew zu nennen. Und Hunters Mutter ist immer noch Mrs Krause, auch wenn manche sie Beth nennen, wenn sie nicht im Raum ist. Ins Gesicht sehen würden sie ihr dabei nie." Tim musste grinsen.

„Ich würde es nie wagen, sie Beth zu nennen. Sie jagt mir eine Heidenangst ein", gab Rory zu.

„Hunter meint, sie wäre nie besonders herzlich gewesen. Ich wette, er ist auch von ihr eingeschüchtert."

„Denke ich auch", stimmte Rory zu.

472

„Also, soll ich Grant sagen, dass wir kommen?"

Rory zuckte mit den Schultern, als er das Stroh verteilte. „Schätze schon."

NACHDEM SIE sich gewaschen und saubere Sachen angezogen hatten, gingen Tim und Rory zu dem kleineren der beiden Häuser auf dem Anwesen hinüber und klopften an die mit Schnitzereien verzierte Tür.

Einen Moment später öffnete sie sich und Hunter begrüßte sie mit seinem Sohn Matthew auf dem Arm. „Kommt rein. Es geht ein bisschen drunter und drüber, aber geht einfach durch zur Küche und Grant besorgt euch was zu trinken." Er zeigte auf das andere Ende des Zimmers, wo die Lichter heller leuchteten als im Wohnzimmer. „Ich werde versuchen, Matty ins Bett zu bringen, und dann stoße ich zu euch."

„Hallo Jungs", begrüßte sie Grant, der an der Kochinsel der modern eingerichteten Küche stand. „Setzt euch." Er zeigte auf den hohen Tisch, der für vier gedeckt war, und ein Teil der Kochinsel zu sein schien. Tim und Rory setzten sich auf die Barhocker. „Wollt ihr ein Bier?" Er wartete gar nicht erst auf eine Antwort, sondern drehte sich zu dem riesigen Kühlschrank um und nahm drei Bier heraus. „Das Essen ist fast fertig. Wie fandet ihr das Wetter heute? Eine schöne Erholung von all dem Regen, oder?"

Tim sah Rory an, bevor er antwortete. „Die Sonne war angenehm. Ich wollte Rory eigentlich noch eine Reitstunde geben, aber leider hatten wir dafür keine Zeit mehr."

„Wie läuft's mit dem Reiten?", fragte Grant an Rory gewandt, während er die Steaks umdrehte.

„Okay, schätze ich. Da fragst du besser den Lehrer."

„Er ist ein sehr wissbegieriger Schüler", antwortete Tim und der Stolz in seiner Stimme ließ Rory erröten. Zum Glück verdeckte sein Bart einen Großteil seines Gesichts.

„Wenn irgendwer einen Cowboy aus dir machen kann, dann wohl Tim", sagte Grant zu Rory, während er Tim auf die Schulter klopfte. „Wir können immer eine helfende Hand gebrauchen, wenn wir mit den Herden arbeiten. Solange es dir nichts ausmacht einzuspringen ..."

„Ich arbeite gern im Fohlenstall", gab Rory zu, „aber ich schätze, es wäre auch nett, mehr an der frischen Luft zu sein."

„Du kriegst das Beste aus beiden Welten, so wie ich", fuhr Grant fort. „Wenn ich den ganzen Staub im Holzschuppen nicht mehr ertragen kann, lade ich ein bisschen was auf den Traktor und fahre raus, um Zäune und Pfosten zu reparieren. Und wenn ich damit fertig bin, setze ich mich aufs Pferd und suche mir noch ein paar Zäune, die repariert werden müssen."

„Mir gefällt's, wenn du verschwitzt und mit freiem Oberkörper im Schuppen arbeitest", sagte Hunter, der gerade in die Küche kam, Grant von hinten umarmte und seinen Nacken küsste.

Rory bemerkte, dass ihm bei dieser Zurschaustellung von Gefühlen nicht ganz wohl war. Auf der einen Seite gefiel es ihm, dass Hunter und Grant sich in ihrer Gegenwart wohl genug fühlten, um so offen miteinander umzugehen. Andererseits machte es ihn an, genau wie damals, als er sie heimlich auf der Veranda beobachtet hatte. Seine Reaktion weckte die Stimmen aus der Vergangenheit in seinem Kopf. *Schwuchtel. Böser, böser Junge. Perverser.* Und das waren nur die harmloseren Beschimpfungen, die ihm hinterhergerufen worden waren, weil er gern anderen Jungs und Männern nachsah, weil er sie gern berührte, küsste und mit ihnen schlief.

Rory nahm einen großen Schluck von seinem Bier und entschuldigte sich, bevor er ins Badezimmer verschwand. Da sie ja das Fußballspiel hier geschaut hatten, konnte er sich ungefähr erinnern, wo das Bad war. Im Badezimmer angekommen, stellte er fest, dass sich die Tür nicht von innen abschließen ließ, also ließ er sich mit dem Rücken dagegenfallen und versuchte durchzuatmen. *Schwuchtel. Schwanzlutscher. Arschficker.* Er schüttelte den Kopf, doch die Stimmen waren hartnäckig. Er wusste, was er brauchte. Er verließ das Badezimmer und ging zurück ins Wohnzimmer. Die anderen waren immer noch in der Küche, darum ging er zum Barschrank, der sich neben dem großen Fernseher befand, den er beim letzten Mal so bewundert hatte. Die Bar war nicht besonders gut gefüllt. Vermutlich waren Hunter und Grant keine großen Trinker. Er schnappte sich eine halb leere Flasche Whiskey und verschwand wieder im Badezimmer. Er setzte sich mit dem Rücken zur Tür auf die Fliesen und nahm einen Schluck. *Besser, du nimmst einen großen Schluck, denn sonst wird es wehtun.* Rory lächelte. Es tat nicht weh. Tatsächlich genoss er jede Minute, gleich nachdem das Brennen in seiner Kehle nachgelassen hatte. Er nahm einen weiteren Schluck. Und noch einmal sorgte das Brennen dafür, dass er sich gut fühlte. Das Brennen des Alkohols. Das Brennen eines guten, harten Schwanzes. Als der Alkohol langsam seine Wirkung tat, entspannte er sich. Jetzt konnte er weitermachen, die Stimmen waren verstummt.

Rory steckte den Kopf durch die geöffnete Badezimmertür und verließ dann das Bad. Das Wohnzimmer war immer noch leer, also stellte er die Whiskeyflasche zurück in den Schrank, bevor er dem Gelächter in die Küche folgte. Tim saß mit dem Rücken zu ihm und Rory konnte der Versuchung nicht widerstehen: Er ahmte Hunters Geste von vorhin nach, umarmte Tim von hinten und küsste seinen Nacken.

„Hey", begrüßte Tim ihn sanft. „Alles in Ordnung?"

Rory ließ ihn nicht los, selbst als er bemerkte, dass die anderen beiden Männer sie beobachteten. Warum sollte er? Sie wussten, dass er und Tim zusammen waren. „Perfekt. Musste nur etwas Platz für das ganze leckere Essen schaffen." Er zwinkerte Grant zu, woraufhin dieser ihm gut gelaunt zulächelte.

„Den wirst du auch brauchen, denn Grant ist ein ziemlich guter Koch", bemerkte Hunter und zwinkerte Rory ebenfalls zu.

„Das ist doch nichts Besonderes. Es ist nur ein Steak, ein Salat und ein paar Backkartoffeln."

„Riecht jedenfalls himmlisch", meinte Rory. Dann ließ er Tim los und setzte sich neben ihn. Allerdings drückte er noch schnell dessen Knie, bevor er das gefährlich aussehende Steakmesser in die Hand nahm, das neben seinem Teller lag, und sich auf das Essen stürzte.

20

EIN PAAR Tage nach dem Abendessen bei Hunter und Grant nahm Tim Rory mit auf einen Ausritt. Da Rory immer besser wurde, gab Tim ihm Scooter, einen jungen Falbwallach, der keine Angst vor Schnee hatte. Sobald sie das erste Gatter hinter sich gelassen hatten und der Schnee tiefer wurde, begann der Ausritt, Scooter Spaß zu machen und Tim konnte sehen, dass Rory alle Hände voll zu tun hatte, um sein Pferd unter Kontrolle zu halten. Er sagte jedoch nichts und überließ es Rory, die Situation zu meistern. Das Pferd tänzelte von einer Schneeverwehung zur nächsten und Rory brauchte seine ganze Konzentration, nur um im Sattel zu bleiben. Gerade, als Tim den Eindruck hatte, dass Rory sich langsam entspannte, warf Scooter ihn ab, nur um dann unschuldig neben ihm zu stehen, bis er wieder auf die Beine gekommen war.

„Alles in Ordnung?", fragte Tim und versuchte, dabei nicht laut loszulachen.

„Ja ja", erwiderte Rory, der sich Schnee von der Jacke klopfte. Doch auch er lächelte.

„Hast du Spaß?"

Rorys Lächeln wurde breiter. Er ging zu Tim hinüber und sobald er in Reichweite war, packte der ihn bei der Schulter, beugte sich zu ihm hinunter und küsste ihn.

„Ja, hab ich", flüstere Rory Tim zu. „Trotz der Mätzchen dieses Teenagers da", sagte er mit lauterer Stimme in Scooters Richtung. Diesmal lachte Tim laut los und Rory stimmte mit ein.

Rory rückte die alte Öljacke zurecht, die Tim ihm geliehen hatte, und ging ein paar Schritte auf Scooter zu, damit er wieder aufsteigen und sie weiterreiten konnten. Scooter jedoch sorgte dafür, dass sich die Distanz zwischen ihnen nicht verringerte, indem er immer ein Stück zur Seite wich, wenn Rory näher kam.

„Er spielt mit dir", sagte Tim immer noch lächelnd. „Geh von ihm weg."

„Er wird nicht wegrennen?"

„Nein, wenn er dich genug mag, dass er mit dir spielen will, dann solltest du mitmachen und den Spieß umdrehen. Er ist ein junges Pferd; er wird dich austesten und in dem Fall musst du ihm Manieren beibringen. Was immer du auch tust, halte dich an *deine* Regeln, nicht an seine und ich bin mir sicher, dann werdet ihr gut miteinander klarkommen."

Rory drehte sich von Scooter weg und erweckte damit sofort die Neugier des Pferdes.

„Genau so", sagte Tim mit beruhigender Stimme. „Komm hier rüber und küss mich noch mal."

Rory lächelte und stapfte hinüber zu Tim. Sie küssten sich ein weiteres Mal, langsam und ohne Eile, bis Tim merkte, dass Rory von hinten einen Schubs bekam.

„Du eifersüchtiges Biest", flüsterte Rory amüsiert gegen Tims Lippen.

Ohne den Kuss zu unterbrechen, griff Tim über Rorys Kopf hinweg nach Scooters Trense. „So, er wäre dann wieder bereit, für dich zu arbeiten, Rory. Lass uns aufbrechen, wir müssen noch ein paar Zäune kontrollieren."

Rory löste sich widerstrebend von Tim und Scooter wartete brav, bis sein unerfahrener Reiter wieder aufgestiegen war.

Obwohl es ein kalter Wintertag war, wärmten Tim die Blicke, die Rory ihm von Zeit zu Zeit zuwarf. Er erinnerte sich an das Versprechen, das er an dem Tag gegeben hatte, als er Rory vom Gefängnis abgeholt hatte. Nun, da Rory mehr lächelte, konnte er es endlich einlösen. Er hatte sich immer eingeredet, dass sie eine gemeinsame Zukunft hatten, doch erst jetzt hatte er den Eindruck, dass diese Hoffnung auch begründet war.

„Schau mal, Tim." Rory zeigte auf etwas in einiger Entfernung.

Tim gab seinem Pferd die Sporen, um sich das Loch im Zaun näher anzusehen, das offensichtlich von einer umgestürzten Fichte herrührte. „Sieht aus, als wäre der Baum letztes Jahr abgestorben, woraufhin er das Gewicht des Schnees nicht mehr tragen konnte."

„Was tun wir jetzt? Wir müssen den Zaun reparieren, oder?"

„Ja, ich sag über Funk Bescheid."

Tim rief Grant an, um ihn zu fragen, ob er Interesse an Fichtenholz hatte. Dann informierte er die Arbeiter darüber, wo sie sich befanden, damit sie eine Kettensäge und einen Truck vorbeibringen konnten, mit dem man den Stamm bewegen konnte.

Bis zum späten Nachmittag war Tim und Rory, trotz des kalten Wetters, durch die Arbeit ziemlich warm geworden. Sie hatten den Zaun repariert, sodass die Pferde, wenn sie sie im Frühjahr zum Grasen hier herauf brachten, sicher waren. Tim hatte die Jungs gerade mit dem Truck zurück zum Hof geschickt, als sein Funkgerät mit einem Knarzen zum Leben erwachte.

„Tim?"

Trotz der veralteten Technik erkannte Tim Hunters Stimme. „Was ist los, Chef?"

„Kannst du bei uns im Haus vorbeikommen, sobald ihr zurück seid?"

„Klar doch. Die Jungs sind mit dem Truck und all dem Holz bereits auf dem Rückweg. Rory und ich reiten zurück."

„Wir würden gern mit dir allein sprechen, Tim." Tim hörte das Zögern in Hunters Stimme, versuchte aber, sich davon nicht irritieren zu lassen. Falls es wirklich ein Problem gab, würde er das herausfinden, sobald er zu Hause war. Und dann blieb immer noch genug Zeit, um sich Sorgen zu machen.

„Ist alles in Ordnung?", fragte Rory, der Tims Pferd führte.

„Ja, klar", antwortete Tim und versuchte dabei, sorglos zu klingen. Er war sicher, dass Rory das Gespräch mitgehört hatte, denn in der schneebedeckten Landschaft waren Geräusche weithin zu hören. „Der Chef will mit mir sprechen. Sicher will er besprechen, was wir über den Winter alles erledigen müssen. Vermutlich ist es nichts Wichtiges." Tim wusste, dass er mit den Worten mehr sich selbst als Rory beruhigen wollte, denn es sah Hunter eigentlich nicht ähnlich, ihn zu sich zu zitieren und Rory explizit auszuschließen.

Sobald sie wieder auf dem Hof waren, sprang Tim von seinem Pferd.

„Ich kümmere mich um die Pferde. Geh ruhig und sieh, was Hunter von dir will", schlug Rory vor.

Tim nickte ihm dankbar zu und machte sich dann auf zu Hunters und Grants Haus. Obwohl es, wie alle anderen Häuser auf dem Anwesen auch, unverschlossen war, kündigte Tim seine Anwesenheit mit dem Klopfer an der Haustür an.

Grant öffnete die Tür und sein Blick beunruhigte Tim sofort.

„Hey, Tim."

Das Unbehagen in Hunters Stimme, der ihn über Grants Schulter hinweg hereinbat, half auch nicht, ihn zu beruhigen.

„Was ist los? Warum wolltet ihr mich sehen?"

Tim sah, wie Hunter Grant einen Blick zuwarf. Er konnte den Blick jedoch nicht deuten, was seine Nervosität nur noch steigerte.

„Setz dich, Tim. Willst du ein Bier?"

„Klar", antwortete Tim angespannt. „Ich bin fertig für heute und ein kühles Blondes wäre jetzt genau das Richtige."

„Du warst den ganzen Tag draußen", stellte Hunter fest. „Ich kann dir stattdessen auch eine Tasse Kaffee machen, wenn du möchtest."

„Ja, gern", erwiderte Tim. *Kommt endlich zum Punkt, Männer!*

Als Hunter das Zimmer verließ, um Kaffee zu machen, fiel Tim auf, dass er Grant noch nie so ruhig erlebt hatte. Normalerweise war er der Mittelpunkt jeder Party, indem er Witze riss und dafür sorgte, dass sich alle wohlfühlten, doch jetzt breitete sich eine unangenehme Stille zwischen ihnen aus. Als Hunter zurückkehrte, sprang Grant auf, um ihm die Kaffeepötte abzunehmen und Tim seinen Kaffee zu geben. Hunter und Grant setzten sich auf die dunkle, robuste Ledercouch gegenüber von Tim. Wenn er es nicht besser gewusst hätte, hätte er angenommen, sie hätten sich gegen ihn verschworen.

„Könntet ihr bitte endlich mit der Sprache herausrücken?", bat Tim und zeigte damit, wie nervös er mittlerweile war.

Hunter atmete tief ein und sah Grant an, bevor er sich wieder Tim zuwandte. „Wir hatten in letzter Zeit einige beunruhigende Anrufe."

Tims Gesicht sprach wohl Bände, deshalb übernahm Grant die Führung.

„Du weißt, dass Miranda, Matthews Mutter, ihn nach der Geburt verlassen hat?"

„Ja, aber das ist nichts Neues, oder? Und was hat das mit mir zu tun?", fragte Tim, für den das Gespräch bisher keinen Sinn ergab.

„Miranda versucht, das Sorgerecht für Matthew zu bekommen", sagte Grant, als wolle er es in einem Rutsch hinter sich bringen. „Wir haben eine Nachricht von so einem Staranwalt aus Boise bekommen, der sie vertritt."

Tim seufzte erleichtert auf, als ihm klar wurde, dass Hunter und Grant ihn herüber gebeten hatten, um ihm etwas mitzuteilen, das ihn nicht persönlich betraf. „Oh Gott, das tut mir leid. Wer um alles in der Welt würde Matty von hier wegholen wollen? Ich kann mich noch erinnern, wie er hier angekommen ist; ein winziges, kränkliches Baby. Und seht ihn euch jetzt an: Er ist richtiggehend aufgeblüht!"

„Ich weiß", erwiderte Hunter. „Wir haben mit unserem eigenen Anwalt gesprochen und der meinte, dass wir sicherstellen müssen, dass die Gegenseite keine Argumente hat. Im Moment können wir beweisen, dass Miranda ihren Sohn verlassen hat, aber wir müssen auch beweisen, dass die Umgebung, in der er aufwächst, besser ist als alles, was Miranda ihm bieten kann."

„Das sollte doch kein Problem sein. All die frische Luft, die Pferde und wie ihr euch mit Christy und deiner Mom organisiert habt. Jedes Kind sollte so viele Tanten und Onkel und zwei Dads haben ..." Und dann, als er Hunters und Grants Gesichtsausdruck sah, wurde ihm klar, worum es ging. Um Rory. In unmittelbarer Nähe der Kinder lebte ein verurteilter Straftäter, der auf Bewährung draußen war. „Sie wollen Rorys Anwesenheit gegen euch verwenden?"

Grant nickte und vermied es dabei, Tim in die Augen zu sehen.

„Er hat ein paar Pferde gestohlen. Und vor ein paar Jahren ein Auto. Und vor Ewigkeiten ist er mal betrunken am Steuer erwischt worden ..." Tim versuchte, sich an das zu erinnern, was er in Rorys Strafregister gelesen hatte. Alles andere waren Nichtigkeiten gewesen, kleinere Vergehen, soweit er sich erinnern konnte.

„Und er wäre in Georgia fast wegen eines Sexualverbrechens verurteilt worden", fügte Hunter hinzu. „Soweit unser Anwalt herausfinden konnte, wurde die Anklage in letzter Minute fallen gelassen, weswegen sie nicht im Strafregister auftaucht. Doch es handelte sich um Geschlechtsverkehr mit einer Minderjährigen. Es geht nur darum, welchen Anschein das erweckt, Tim. Es war eine Minderjährige beteiligt und Mirandas Anwälte werden das gegen uns verwenden. Du musst das verstehen."

„Nein", sagte Tim und wiederholte dann sofort: „Nein, das kann nicht sein. Rory ist zu so etwas überhaupt nicht fähig. Du kennst ihn. Hunter! Grant?" Beide Männer wichen seinem Blick aus. Hunter starrte aus dem Fenster und Grant blickte starr auf den Boden. „Das könnt ihr uns nicht antun! Habt ihr überhaupt eine Ahnung, was er hinter sich hat?" Tim stand auf und begann, in dem Zimmer auf und ab zu laufen. „Er hat endlich ein Zuhause gefunden, eine Familie. Jemanden, der ihn liebt." Tim störte es nicht, dass seine Stimme bei diesem letzten Satz brach. „Sein Leben lang ist er immer nur verlassen worden. Als er sechs war von seiner Mutter, von etlichen Pflegefamilien, vom Militär, weil er sich in seinen Leutnant verliebt hatte. Aber ich werde ihn nicht verlassen."

„Das verlangen wir auch nicht von dir ... Es ist nur so, dass er ein erwachsener Mann ist und Matty ein wehrloses Kind, das uns vielleicht weggenommen wird."

„*Vielleicht* ist hier das zentrale Wort. Ihr wisst es nicht genau."

Hunter seufzte. „Das Risiko können wir nicht eingehen. Tut mir leid, Tim."

Tim fühlte Wut in sich aufsteigen, doch er wusste, dass niemandem damit geholfen war, wenn er jetzt die Fassung verlor. Er fuhr sich mit den Fingern durchs Haar und versuchte, seine Gefühle unter Kontrolle zu halten. „Wenn es nicht eine Auflage seiner Bewährung wäre, dass er auf dieser Ranch arbeitet, würde ich einfach mit ihm verschwinden. Doch dann landet er wieder im Knast. Was wollt ihr, dass ich tue? Er kann nicht wieder einsitzen."

„Das wissen wir", sagte Grant.

Tim sprang von seinem Stuhl auf. „Verdammt noch mal, so was passiert doch nicht über Nacht. Ihr habt es bereits gewusst, als ihr uns zum Abendessen eingeladen habt!"

„Wir wussten, dass Miranda sich um Matty bemüht", erwiderte Grant.

„Sie hat angerufen, um mir zu sagen, dass sie ihn gern sehen würde", gab Hunter zu. „Aber du musst mir glauben, wenn ich dir sage, dass wir keine Ahnung hatten, dass sie sich einen Anwalt nehmen würde oder dass Rorys Anwesenheit hier ein Problem darstellen könnte."

Tim warf Hunter einen verzweifelten Blick zu.

„Wir wussten es nicht, bis wir mit unserem Anwalt gesprochen hatten."

Tim ließ sich wieder auf seinen Stuhl fallen und bedeckte mit den Händen sein Gesicht. Es war so gut gelaufen. Rory war endlich glücklich und zufrieden gewesen, weil er ein Zuhause gefunden hatte, und Tim war glücklich gewesen, weil Rory bei ihm war. Jetzt fiel alles wie ein Kartenhaus über ihnen zusammen.

„Bis wann muss er weg sein?", fragte Tim niedergeschlagen.

„Wir helfen dir dabei, eine Lösung zu finden", bot Hunter an. „Wir werden seinen Bewährungshelfer anrufen und ihn bitten, uns dabei zu helfen, einen neuen Job für Rory zu finden. Und wir werden dafür sorgen, dass er weiß, dass Rory ein hervorragender Arbeiter ist."

Tim schüttelte den Kopf. „Der wird uns nicht helfen. Der Typ ist ein Arschloch. Jedes Mal, wenn Rory einen Termin bei ihm hat, kommt er so wütend zurück, dass ..." Tim beendete den Satz nicht, sondern konzentrierte sich stattdessen auf etwas anderes. „Rory hat im Kalender angestrichen, wie oft er noch zu ihm muss."

„Wir finden eine andere Lösung, Tim."

Hunters Worte konnten Tim nicht beschwichtigen. „Es gibt keine andere Lösung." Er stand wieder auf und ging zwei Schritte auf die Tür zu, bevor er sich umdrehte. „Ich kann verstehen, dass für euch euer Sohn an erster Stelle steht. Aber für mich steht Rory an erster

Stelle. Ich habe ihm diesen Job besorgt und ich werde auch einen anderen für ihn finden. Auch wenn ich dafür mein Können als Cowboy mit anbieten muss."

„Tim, bitte", flehte Hunter ihn an. „Wir sind sowieso schon unterbesetzt. Wir brauchen dich hier."

Tim seufzte. „Ich weiß, und ich möchte nicht den Ort verlassen, an dem ich mein ganzes Leben lang gearbeitet habe. Aber wie ich schon sagte: Rory kommt an erster Stelle und so wie ich das sehe, braucht er mich dringender als ihr."

Tim konnte sehen, dass er Hunter und Grant mit seinen Worten verletzte, aber seine Entscheidung stand fest. Jetzt musste er nur noch eine Lösung finden, bevor ihm nichts anderes übrig blieb, als Rory von dem ganzen Schlamassel zu erzählen. Er log seinen Geliebten nicht gern an, doch er wusste auch, dass Hunter und Grant es Rory nicht selbst gesagt hatten, weil sie wussten, dass es ihm das Herz brechen würde, wenn er erfuhr, dass er würde gehen müssen. Und das Letzte, was Tim wollte, war dabei zusehen, wie ihm das Herz brach.

21

RORY WARTETE in Tims Zimmer auf dessen Rückkehr. Er hatte geduscht, sich frische Sachen angezogen und nachgeschaut, was es zum Abendbrot gab. Christy hatte für sie Hamburger mit allem drum und dran gemacht und sie konnten sich in der Gemeinschaftsküche selbst Pommes dazu machen. Es war definitiv die beste Küche, die er je gesehen hatte, und das schloss die Armee mit ein.

„Hey", begrüßte Rory ihn, als Tim eintrat. Er wusste, dass Tim wegen des Gesprächs mit Hunter beunruhigt gewesen war und diese Nervosität spiegelte sich immer noch auf seinem Gesicht wider. „Wie ist es gelaufen?", fragte Rory besorgt.

„Okay", antwortete Tim übertrieben gut gelaunt. Er setzte sich neben Rory aufs Bett. „Er wollte wissen, wie sich die Fohlen machen, die im Herbst zur Welt kamen, und ob sich der Tierarzt die trächtigen Stuten anschauen muss. Aber ich hab ihm gesagt, dass es ihnen gut geht."

Oh verdammt, Tim war ein wirklich schlechter Lügner. Rory nahm an, dass das eine gute Sache war. Es bewies, dass er Tim zu recht vertraute, denn sollte der ihn noch mal anlügen, würde er das sofort merken. Trotzdem war Rory verwirrt. Er sah Tim nicht gern so unglücklich, doch da er keine Ahnung hatte, was eigentlich los war, konnte er nichts unternehmen. Das Einzige, was er tun konnte, war ihm zu zeigen, dass er auf seiner Seite stand. Also legte er einen Arm um Tim und seinen Kopf auf dessen Schulter.

„Lass uns essen gehen. Christy hat Hamburger und Fritten gemacht und wir wissen beide, dass das besser ist als Burger King und Barnaby's zusammen."

Für einen Moment erhellte ein Lächeln Tims Gesicht, bevor es wieder von Traurigkeit weggewischt wurde. „Können wir für eine Weile einfach hier sitzen?" Er zog seinen Arm aus der Umarmung, legte ihn um Rorys Schulter und zog ihn an sich, um ihn auf die Schläfe zu küssen. „Du weißt, dass ich dich liebe, oder? Mehr als alles andere auf der Welt? Und dass ich alles für dich tun würde?"

Rory nickte und ihm wurde eng um die Brust. Tim würde ihm jetzt sagen, dass es vorbei war, dass sie nicht länger zusammen sein konnten, aus welchen Gründen auch immer. Rory versuchte, ein neutrales Gesicht zu machen. Er würde das überstehen. Er hatte jahrelange Übung, daher sollte es kein Problem sein.

„Können wir uns für einen Moment hinlegen?"

Es klang wie eine Frage oder eher wie ein Vorschlag, so als bestünde tatsächlich die Gefahr, dass Rory verneinte. Das würde er nie tun, nicht einmal, wenn Tim mit ihm Schluss machte. Er wollte unbedingt ein letztes Mal Tims Arme spüren. Dieser Moment sollte sich in sein Gedächtnis einbrennen, damit er sich immer daran erinnern könnte. An jedes Detail.

Sie machten es sich auf dem Bett bequem. Tim lag auf dem Rücken und Rory auf der Seite, sodass er Tims Hals und seine wohlgeformten Oberkörper liebkosen konnte. Er atmete tief Tims Geruch ein. Tim hatte nach der Arbeit nicht geduscht, roch daher herb-männlich. Rory liebte diesen Geruch und würde ihn wohl nie vergessen.

Wie Tims Hand mit Rorys Haaren spielte, war ebenfalls unvergesslich. Wann immer Rory anfing zu zittern oder Albträume hatte, beruhigte Tim ihn auf diese Weise, und selbst jetzt wirkte es. Solange Rory nicht daran dachte, dass dies vermutlich das letzte Mal war, ging es ihm gut. Als Tims Hand sich nicht mehr bewegte, legte Rory seinen Kopf auf Tims Brust und lauschte seinem Herzschlag. Das machte er oft, wenn er nachts aufwachte und Tim noch schlief. Dann schmiegte er sich enger an Tims Rücken und hörte auf das leise Klopfen. Noch besser war es natürlich, wenn er seinen Kopf auf Tims Brust legen konnte, denn dann wurde er zusätzlich sanft hin und her gewiegt, wenn Tim aus und ein atmete.

Rory sah zu Tim auf. Ein zögerliches Lächeln breitete sich auf seinem Gesicht aus und Rory schob seine Furcht vor der Zukunft beiseite. Solange er dies noch hatte, würde er jede Minute genießen.

Sie küssten sich, sanft, aber entschlossen. Es fühlte sich vertraut an und jetzt, da Rory es zuließ, auch beruhigend.

„Ich habe noch nie jemanden so sehr geliebt wie dich, Rory McCown."

„Geht mir auch so", erwiderte Rory, als wäre es nicht das erste Mal, dass er diesen Gefühlen Ausdruck gab.

Diesmal erhellte ein ehrliches Lächeln Tims Gesicht. „Wirklich?"

„Natürlich, du Blödmann." Er gab Tims Brustkorb einen spielerischen Stoß. „Oder denkst du, ich schlafe ständig mit irgendwelchen Typen?"

„Na ja …"

„Das ist nicht nur Sex, Tim."

„Ich weiß. Du bist zwar mein erster richtiger Freund, aber ich kenne trotzdem den Unterschied, weißt du."

„Gut." Sie küssten sich wieder. Es war genau wie zuvor und doch so anders als ihre bisherigen Küsse. Normalerweise küssten sie sich und waren dann so schnell erregt, dass ihre Berührungen leidenschaftlicher wurden. Das Küssen war dabei nur Mittel zum Zweck. Vorspiel, das immer in Sex mündete. Doch nicht dieses Mal. Dieses Mal erforschten sie einander, kosteten den jeweils anderen, ohne mehr zu wollen. Rory bedrängte Tim nicht, denn er wusste, dass es zu Ende wäre, wenn sie weiter gingen. Doch selbst das spektakulärste Feuerwerk konnte nicht darüber hinwegtäuschen, dass er das Ende bedauern würde.

Tim beendete den Kuss und suchte einfach nur Rorys Nähe, als müsse auch er Momente schaffen, an die er sich später erinnern konnte. „Bist du krank?", fragte Tim. „Du fühlst dich heiß an."

Rory schüttelte den Kopf. „Mir geht's gut. Es war so kalt in den letzten Tagen, ich hab mir nur eine Erkältung eingefangen."

Tim legte Rory eine Hand auf die Stirn und lächelte dann. „Lass uns essen gehen, bevor die Hamburger ganz trocken sind."

Sie standen vom Bett auf, ordneten ihre Kleidung und verließen dann zusammen das Zimmer.

Die Küche war fast komplett verwaist und sie aßen schweigend. Rory konnte seinen Blick nicht von Tim abwenden, bis dieser seine Hand nahm – mitten in der Öffentlichkeit. Rory sagte nichts. Er versuchte nur, den Moment zu genießen und all seine Gefühle in seinen Blick zu legen.

Sobald sie fertig waren, gingen sie wieder nach oben und zogen sich gegenseitig aus. Selbst, als sie schon im Bett waren, nackt und eng umschlungen unter der Decke, fiel es ihnen schwer, den nächsten Schritt zu tun. Natürlich küssten sie sich. Und sie berührten sich. Rory versuchte, sich jeden Zentimeter von Tims Körper einzuprägen, fast jede seiner Liebkosungen wurde erwidert.

Immer wieder hatte Rory den Eindruck, dass dies nicht der Tim war, den er kannte. Tim war immer geradeheraus und furchtlos, doch jetzt hielt er sich zurück, so als wolle er etwas sagen, traue sich aber nicht. Rory jedoch war kein großer Redner, und da er ohnehin Angst vor Konfrontationen hatte, fehlte ihm der Mut, Tim auf seine veränderte Haltung anzusprechen.

Ihre Versuche, miteinander zu schlafen, scheiterten kläglich, und so lagen sie letztendlich eng umschlungen im Bett. Sie waren beide wach, doch keiner sprach oder bewegte sich.

RORY ERWACHTE am nächsten Morgen aus einem nicht gerade erholsamen Schlaf. Sie hatten beide nicht gut geschlafen, daher wunderte es ihn nicht, dass auch Tim sich neben ihm rührte.

„Ich helfe dir bei der Morgenarbeit", bot Tim an, „aber danach muss ich in die Stadt, um ein paar Sachen zu erledigen. Vor dem Abendbrot bin ich wahrscheinlich nicht wieder da."

„Kann ich helfen?"

Tim schüttelte den Kopf. „Es ist nichts Wichtiges. Du hast erst in zwei Wochen wieder einen Termin bei deinem Bewährungshelfer, oder?"

„Stimmt", erwiderte Rory. Als hätte Rory nur deshalb Grund, in die Stadt zu fahren. Tim verheimlichte etwas vor ihm und das war so untypisch, dass es Rory so weit verunsicherte, dass er Tim nicht einmal mehr in die Augen sehen konnte. „Hör zu, ich kann meine Arbeit auch allein erledigen. Kümmere du dich um deine Angelegenheiten und dann sehen wir uns heute Abend." Er hoffte, dass er nicht zu herablassend klang, doch er musste etwas Abstand zwischen sich und Tim bringen. Und er brauchte unbedingt einen Drink.

Rory stand auf und zog sich an, bevor er in den Vorraum des Mannschaftshauses ging, um seine Stiefel und den Mantel anzuziehen. Die Stiefel waren nicht die guten, die Tim ihm zum Geburtstag geschenkt hatte, sondern Schneestiefel, die er von seinem eigenen Geld gekauft hatte. Der Mantel allerdings gehörte Tim. Die Ärmel waren ein bisschen angestoßen und er war Tim an den Schultern zu eng geworden. Da Rory schlanker war als Tim, passte er ihm gut, wofür er sehr dankbar war. Er wünschte sich, dass das Kleidungsstück immer noch nach Tim roch, doch das tat es nicht mehr.

Rory hatte im Vorraum eine Flasche Wodka versteckt. Hatte Tim sie zufällig gefunden und war das der Grund für seine Distanziertheit? Rory schüttelte den Kopf. Selbst wenn dem so wäre, könnte die Flasche einer ganzen Reihe von Leuten gehören. Tatsächlich wusste er von noch mindestens einer Flasche Alkohol, die hier versteckt war und die nicht ihm gehörte. Er holte seine Flasche hervor und sah, dass sie fast leer war. Er würde Coop um eine Mitfahrgelegenheit in die Stadt bitten müssen, damit er Nachschub besorgen konnte. Da Tim den ganzen Tag weg sein würde, müsste er noch nicht einmal eine Ausrede erfinden. Rory leerte die Flasche, zog sich den Mantel enger um den Oberkörper und ging dann in den noch dunklen Morgen hinaus.

Als er zum Stall ging, kam ihm der Gedanke, dass sein Trinken mehr Gewohnheit als alles andere war. Er hatte sich schon so lange nicht mehr betrunken gefühlt, dass er sich fragte, warum er überhaupt trank. Natürlich ließ sich diese Frage leicht beantworten, denn er wusste, was passieren würde, wenn er einfach damit aufhörte und wenn er Coop nicht um eine Mitfahrgelegenheit in die Stadt bat. Er hatte keinen Wodka mehr und es war nur eine Frage von Stunden, bevor er unruhig werden würde. Dann würde er sich krank fühlen und danach würde unweigerlich das Zittern anfangen. Wie lange würde es dauern? Das letzte Mal, als er ohne Alkohol hatte auskommen müssen, hatte man ihn bewusstlos auf dem Fußboden seiner Gefängniszelle gefunden und dann auf die Krankenstation gebracht. Er konnte sich nicht erinnern, wie lange er dort geblieben war und hatte auch nicht nachgefragt, doch ein paar Tage später hatte er einen Aufseher gefunden, der ihn mit Nachschub versorgte. Dieser Aufseher war ein verheirateter Mann mit einer Vorliebe für andere Männer gewesen und Rory hatte ihn im Austausch für billigen Alkohol rangelassen. Das Trinken aufzugeben, hatte jedoch auch seine Vorteile. Woran er sich aus seinen nüchternen Tagen besonders erinnerte, war die Klarheit der Dinge, eine Klarheit, die er schon seit Jahren nicht mehr erlebt hatte.

Rory begann den Morgen im Fohlenstall und wie immer hatte er dabei viel zu viel Zeit zum Nachdenken. Tims Verhalten von letzter Nacht hatte ihm eine Idee eingepflanzt, die er nun nicht mehr loswurde: Verdiente Tim etwas Besseres als ihn? Rory schüttelte den Kopf und stürzte sich mit so viel Energie in die Arbeit, dass sich eine der Mutterstuten zwischen ihn und ihr Fohlen stellte. Rory hielt inne und legte ihr eine Hand auf die Flanke, um sie zu beruhigen.

„Schon gut, Mädchen. Mach dir keine Sorgen." Er strich ihr über die Seite und merkte, wie sie sich wieder beruhigte. Rory sprach oft mit den Pferden, denn er hatte festgestellt, dass sie sehr gute Zuhörer waren – besonders ganz früh am Morgen, wenn es noch zu kalt war, um sie auf die Weide zu stellen. Das lag natürlich daran, dass sie ihm keine Widerworte gaben, sondern ihn einfach reden ließen. Beim Gedanken daran musste er lächeln. Sie schienen den Klang seiner Stimme zu mögen, auch wenn er selbst sie nicht besonders fand.

Das Fohlen kam aus seinem Versteck und stupste ihn von hinten an, als er gerade dabei war, das dreckige Stroh zusammenzuharken. Rory drehte sich um, um den neugierigen Kleinen und seine aufmerksame Mutter anzusehen.

„Na, Junge", begrüßte ihn Rory und hielt ihm seine Hand hin, damit er daran schnuppern konnte. „Was meinst du, ob mich Tim lieber hätte, wenn ich nüchtern wäre?" Er hatte die Worte kaum ausgesprochen, da begann seine Hand zu zittern. Er zog sie zurück und schüttelte sie aus. Als er sie dem Fohlen wieder hinhielt, war das Zittern verschwunden. „Das wird die Hölle werden und ich möchte nicht, dass er das mit ansehen muss. Ich will nicht, dass er mich so sieht. Aber wenn das erst mal geschafft ist, wird es mir viel besser gehen. Ich würde mich nicht mehr verstecken müssen." Rory schloss die Augen. „Geht weg." Diese Worte waren nicht an die Stute und ihr Fohlen gerichtet, sondern an die Stimmen in seinem Kopf. *Das wird nie funktionieren, Rory. Wie oft hast du schon darüber nachgedacht aufzuhören? Wie oft hast du schon Mundspülung getrunken, weil du nicht einmal mehr das Geld für billigen Fusel hattest? Wie oft hast du schon daran gedacht aufzuhören, nur um dann andere Leute oder Tankstellen zu bestehlen, weil du einfach nicht durchhalten konntest? Schwächling. Du wirst nicht einmal bis zum Abendessen durchhalten, du schwächlicher Homo.*

Rory hatte die Stimmen schon fast vergessen gehabt. Sie würden schlimmer sein als gewöhnlich. Wie lange würde er sie ertragen müssen? Wenn er sich wirklich anstrengte, würde er wohl ein paar Stunden durchhalten können, aber würde das ausreichen?

Als er mit dem Fohlenstall fertig war, wurde er hungrig, deshalb ging er zum Mannschaftshaus, um sich ein paar Sandwichs zu holen. Er aß schnell und ohne das Essen wirklich zu schmecken, einfach weil er wusste, dass er sich mit einem vollen Magen besser fühlen würde. Danach wischte er den Tisch mit einem Küchentuch ab und warf es anschließend weg. Als er auf seine Hand hinuntersah, zitterte sie schon wieder und er wusste, es würde schlimmer werden. Er konnte nur noch daran denken, dass er einen Drink brauchte, doch sein Flachmann war alle und sein geheimes Versteck erschöpft.

Er hatte eine Wahl. Er konnte Coop suchen und ihn entweder bitten, ihm ein paar Flaschen aus der Stadt mitzubringen oder vorschlagen, dass sie zusammen fuhren. Oder er konnte sich ein einsames Plätzchen suchen, um die Sache auszusitzen. Rory war bewusst, dass er einen kalten Entzug nicht in Tims Zimmer durchziehen konnte. Heute Nacht würde er unerträglich sein und er wollte nicht, dass Tim ihn durchgeschwitzt, zitternd und stammeln vorfand. Er würde sich irgendwo anders einen sicheren Ort suchen müssen.

Nach seinem späten Frühstück erinnerte sich Rory daran, dass er Hugh versprochen hatte, sich den Truck vom alten Mackenzie anzusehen. Vielleicht konnte er ihn wieder zum Laufen bringen. Er werkelte gern an Autos herum, also war das eine gute Ablenkung. Außerdem war das Auto in einem der alten Ställe geparkt, damit wäre er nicht dem eisigen Wind ausgesetzt. Das war gut, denn er musste ständig niesen und sich schnäuzen. Er fragte sich, ob das eine weitere Nebenwirkung des Entzugs war, oder ob er tatsächlich eine Erkältung bekam.

Wie Hugh versprochen hatte, war der Schlüssel im Handschuhfach, doch der Truck ließ sich nicht starten. Hugh hatte bereits die Batterie aufgeladen, deshalb gab das Auto zumindest ein leises Röcheln von sich, als Rory versuchte, es anzulassen. Er öffnete die Motorhaube. „Hört auf damit", sagte er zu seinen zitternden Händen. Er sah in den Motorraum, nahm die Zündkerzen heraus und setzte sie wieder ein, nachdem er sie gesäubert hatte. Danach setzte er sich wieder auf den Fahrersitz und betätigte den Anlasser. Zuerst tuckerte der Motor nur unwillig, startete dann jedoch tatsächlich. Der Truck musste offensichtlich nur mal vernünftig gewartet werden.

Rory stieg aus und öffnete das Stalltor, weil er der Meinung war, dass man den Truck etwas bewegen müsse. Er wusste, dass er nicht weit fahren konnte, weil er keinen Führerschein hatte, doch er könnte ein wenig auf dem Gelände herumgondeln. Also fuhr er einmal um die Gebäude herum und dann auf die Einfahrt zu. Es war schon eine halbe Ewigkeit her, dass er einen Truck gefahren war. Es fühlte sich gut an, deshalb ließ er einfach den Fuß auf dem Gas. Er fuhr durch das Tor und dann hinaus auf die Straße. Es war kurz nach Mittag und trotz des vielen Schnees auf der Straße herrschte viel Verkehr. Plötzlich fand er sich vor dem Schnapsladen wieder. Er saß zwar immer noch im Wagen, hatte jedoch keine Ahnung, wie er hierher gekommen war.

Plötzlich wurde ihm eines glasklar: Er konnte nicht hineingehen. Wenn er Tim beweisen wollte, dass er es wert war, sein Liebhaber zu sein, dann musste er ihm zeigen, dass er auch ohne Alkohol leben konnte. Er legte den Rückwärtsgang ein und fuhr vom Parkplatz hinunter. Es gab nur einen Ort, wo er hin konnte. Es lag ein wenig abseits, doch Rory verband mit ihm gute Erinnerungen: Das Motelzimmer, in dem sie Tims Geburtstag gefeiert hatten.

Versager. „Nein, das bin ich nicht", entgegnete Rory den Stimmen in seinem Kopf, als er den Empfangsbereich des Motels betrat. Er bezahlte das Zimmer mit dem Geld, das er ansonsten für Alkohol ausgegeben hätte, und fand, dass er die richtige Entscheidung getroffen hatte. Als er mit dem Schlüssel die Tür öffnete, fügte er hinzu: „Ich werde euch nicht wieder gewinnen lassen. Ich werde euch schon zeigen, dass ich kein Versager bin."

Schwuchtel.

Wertlose Schwuchtel.

Rory lächelte, obwohl das Zittern immer schlimmer wurde. Die Stimmen waren heute nicht sehr einfallsreich. Es war schließlich die Wahrheit, wobei er wohl weniger anschauliche Worte benutzt hätte. Er konnte ja nicht leugnen, dass er so verzweifelt in einen

Mann verliebt war, dass er alles tun würde, um ihn zu halten. Was machte es da schon, wenn er ein bisschen beschimpft wurde?

Rorys Nase lief, also kramte er ein Taschentuch hervor, um sie sich zu putzen. Er fühlte, wie sich hinter seiner Stirn Kopfschmerzen bildeten.

Schwanzlutscher.

Arschficker.

Er ließ sich auf das Bett fallen und schloss die Augen. Dann zog er die Beine eng an den Oberkörper und schlang die Arme um die Knie, da er anfing zu frieren.

Hinterlader.

„Hört auf. Hört auf. Bitte, hört auf." Rory griff sich an den Kopf, der ihm unglaublich wehtat – und nicht nur von den vielen Beschimpfungen. Außerdem war ihm kalt, so kalt, und es fühlte sich anders an als das Zittern, das er schon kannte.

Tunte.

Arschpirat.

Ritzentaucher.

Er hörte nicht mehr zu, denn die Worte bedeuteten ihm nichts mehr. Ja, all diese Dinge trafen auf ihn zu. Ja, er war ein wertloser kleiner Wicht, der sich gern in den Arsch ficken ließ und der gern Schwänze lutschte. Daran konnte er nichts mehr ändern. Niemand hatte es geschafft, das in den letzten fünfundzwanzig Jahren aus ihm rauszuficken. Und selbst, wenn das möglich gewesen wäre, wollte er es nicht.

Tim.

Gefechtsposition!

Er tat das hier für Tim. Tim war der Grund, weshalb Rory sich selbst akzeptieren konnte, wenn er einmal von dieser einen Sache absah, die er nicht hatte ändern können. Aber jetzt würde alles anders werden. Und Rory würde das hier durchziehen, selbst, wenn es ihn umbrachte.

Schnappt euch eure Ausrüstung! Hoch, ihr faulen Ärsche!

Rorys Zähne klapperten. Er hatte das Gefühl, als befände er sich in einem Gefrierschrank. Er musste sich unbedingt aufwärmen.

Mit letzter Kraft schaffte er es, sich vom Bett zu rollen und ins Bad zu kriechen. Er drehte die Dusche auf und wartete, bis das Wasser, das ihm über den Rücken lief, siedend heiß war. Langsam hörte das Zähneklappern auf und das Zittern begann wieder. Das nervte zwar, aber er würde es durchstehen. Das Atmen fiel ihm jedoch schwer, besonders, wenn er husten musste.

Sandsturm! Deckung!

Rory hustete so stark, dass ihm die Lunge brannte. Er zitterte, als er versuchte, sich den Sand … nein, das Wasser vom Kopf zu wischen. Er musste hier raus, er konnte das Wasser nicht länger ertragen.

Oh, Gottverdammich!

Rory kroch aus dem Badezimmer, nur weg von den kalten Fliesen. Er fand etwas, das er um sich legen konnte. Ein Laken? Eine Decke? „Ergib dich dem Elend." Das wurde zu seinem Mantra. Und: „Nur noch ein wenig länger. Auch das wird irgendwann zu Ende gehen." Er konnte die Worte nicht laut aussprechen, ohne loszuhusten, aber er konnte sie denken. Das brachte auch die Stimmen zum Verstummen. Zumindest ein paar.

Beug dich vornüber, Junge. Du lässt dich doch gern in den Arsch ficken. Es gibt hier ein paar Typen, die da gern behilflich sind. Und Charlie sieht so gern zu, wenn sein Junge eine Vorstellung liefert. Stimmt doch, Charlie?

Rory öffnete erschrocken die Augen. Das hatte er ganz vergessen. Er hatte vergessen, was passiert war, nachdem sein Vorgesetzter sie zusammen im Bett erwischt hatte.

Jemand hämmerte an die Tür. Die Männer waren zurück. Die Männer aus seiner Einheit. Männer, denen er sein Leben anvertraut hatte. Denen er das Leben gerettet hatte und die das Gleiche für ihn getan hatten. Sie wandten sich alle gegen ihn und verletzten ihn, wie er noch nie verletzt worden war. Nur damals, mit neun Jahren, war der Schmerz ähnlich groß gewesen. Auch das hatte er vergessen, hatte es beiseite geschoben und im hintersten Winkel seines Gedächtnisses versteckt. Doch nun war die Erinnerung zurück und er konnte an nichts anderes denken als daran, dass sich das nicht wiederholen durfte.

Sie hatten die Tür fast niedergerissen. Er musste sich verteidigen.

22

ALS TIM am Nachmittag auf die Ranch zurückkehrte, konnte er Rory nirgends finden. „Hast du es in der Scheune versucht, wo die Fahrzeuge stehen?", fragte Hugh. „Vor ein paar Tagen hab ich ihm vorgeschlagen, dass er sich doch mal Old Macs Truck ansehen könnte. So hätte er einen fahrbaren Untersatz, wenn er das Teil zum Laufen bringt. Der Truck ist ziemlich alt und den Aufwand wahrscheinlich nicht wert, aber im Moment setzt er ohnehin nur Staub an …"

Tim unterbrach den Redefluss seines Bruders mit einem Kopfschütteln. „Rory hat keinen Führerschein."

„Er hat aber recht glücklich ausgesehen, als ich ihm von dem Truck erzählt habe. Ich dachte mir, dass das eine gute Herausforderung für ihn wäre. Und da wir sowieso eingeschneit sind, gibt es ohnehin nicht so viel zu tun."

Tim seufzte. „Ich schau mal nach." Er ging in die hereinbrechende Dunkelheit hinaus. Bevor er Rory fand, würde er dafür sorgen müssen, dass sich seine Laune besserte – selbst nach einem so fruchtlosen Tag wie dem heutigen. Er hatte ein paar der umliegenden Ranches besucht und versucht, für Rory einen neuen Job an Land zu ziehen. Doch niemand wollte das Risiko eingehen und einen verurteilten Pferdedieb einstellen, trotz Tims Versicherungen, dass er gut arbeitete. Er hatte sogar seine eigenen Dienste als Cowboy angeboten, in der Hoffnung, dass sie dann anbeißen würden, doch auch das hatte nichts geholfen. Er selbst hatte verschiedene Angebote erhalten, doch keines davon hatte Rory mit eingeschlossen. Dabei hatte er deutlich gemacht, dass sie nur zusammen anfangen würden, selbst auf die Gefahr hin, dass er damit in großen Lettern kundtat, welcher Art seine Beziehung zu Rory war.

Er kam mit leeren Händen nach Hause und befürchtete, dass er Rory nun beichten müsste, dass Hunter und Grant wollten, dass er die Ranch verließ. Er hatte keine Ahnung, wie er Rory das erklären sollte, ohne ihn zu verletzen. Er hoffte, dass ihm zumindest spontan etwas einfallen würde.

Als sich Tim der Scheune näherte, sah er, dass das Tor offen war und das Licht brannte. Trotz der Furcht, dass er Rory schlechte Nachrichten bringen musste, freute er sich, seinen Geliebten wiederzusehen. Das Lächeln auf seinem Gesicht verschwand jedoch schnell wieder, als Rory nicht auf Tims Rufen reagierte. Tim lief zwischen den Trucks und Traktoren hin und her und schaute dabei in jede Fahrerkabine. Von Rory jedoch keine Spur.

Dann fiel ihm auf, dass Old Macs Truck fehlte.

„Verdammt, Rory", meinte Tim zu sich selbst. „Wenn du ohne Führerschein erwischt wirst, könnte das dem Mistkerl genug Munition liefern, um deine Bewährung aufzuheben."

Tim ging wieder nach draußen und folgte dabei den Reifenspuren bis zu den Wohnhäusern und daran vorbei. Er stieg in seinen eigenen Truck. Zwar wusste er, dass sich die Spuren verlieren würden, sobald er auf die Straße hinausfuhr, doch er konnte nicht einfach untätig herumsitzen und auf Rorys Rückkehr warten. Er hoffte, dass seine Erinnerung an Old Macs Truck detailliert genug war, dass er den ihn erkennen würde, wenn er ihn in der Stadt sah. Er hatte keine Ahnung, wohin Rory gefahren sein könnte. Er konnte nur hoffen, dass er ihn vor der Polizei fand.

487

Nachdem er eine Stunde ziellos umhergefahren war, bog er auf die Interstate ein und schlug den Weg zu der Bar ein, wo ihre Beziehung begonnen hatte. Obwohl es Tim schwerfiel zu glauben, dass Rory auf der Suche nach Gelegenheitssex dorthin fahren würde, hielt er es nach ihrer angespannten Nacht und seiner Distanziertheit heute Morgen auch nicht für völlig unwahrscheinlich. Tim redete sich ein, dass er Rory zumindest davon abhalten könnte, betrunken am Steuer erwischt zu werden, wenn er ihn in der Bar ausfindig machte. Wenn Tim ihn erst einmal gefunden hatte, konnte er immer noch mit ihm darüber sprechen, warum er dorthin gefahren war.

Er war gerade erst auf die Interstate aufgefahren, als ihm der Abzweig auffiel, den er an seinem Geburtstag auf Rorys Geheiß genommen hatte. Das rief Erinnerungen an gut gelauntes Flirten, einen entspannten Rory und heißen Sex wach. Bevor er noch bewusst die Entscheidung treffen konnte, hatte er schon die Ausfahrt genommen und fuhr in die Richtung des Motels. Es würde ihn höchstens zehn Minuten kosten, einmal kurz über den Parkplatz zu fahren.

„Ihr" Motelzimmer war im hinteren Teil der Anlage, doch Tim erkannte den alten dunkelgrünen Ford sofort, der davor parkte. Er hatte kaum den Motor abgeschaltet, als er auch schon ausgestiegen war. Ihm gingen die verschiedensten Dinge durch den Kopf. Natürlich war er dankbar, dass er Rory gefunden hatte – zumindest legte der Truck das nahe –, doch dann fragte er sich, was Rory wohl hier machte. Hatte er jemanden getroffen und kam er an diesen Ort, um Sex zu haben? Oder noch schlimmer: Versteckte Rory sich hier aus irgendeinem Grund?

Tim wusste, dass es nur einen Weg gab, das herauszufinden. Er versuchte, durch das Fenster einen Blick ins Innere zu erhaschen, doch die Vorhänge waren zugezogen. Drinnen war jedoch das Licht an, wie Tim an dem schmalen Lichtstreifen erkennen konnte, der zwischen Vorhang und Fenster zu sehen war. Er erhaschte einen Blick auf einen nackten Körper und erkannte das Tribal Tattoo auf Rorys Arm.

Für einen Moment überlegte er, das Richtige zu tun und zum Manager zu gehen, doch dem würde er so einiges erklären müssen, woraufhin dieser sicherlich den Notruf wählen würde. Rory bewegte sich nicht, also würde er damit nur wertvolle Zeit verlieren. Tim traf seine Entscheidung im Bruchteil einer Sekunde und stemmte sich dann mit der Schulter gegen die Tür. Als die nicht nachgab, ignorierte er den Schmerz und versuchte es erneut. Diesmal gab die Tür nach und er stolperte ins Innere des Zimmers.

Rory sah auf und rappelte sich dann auf, als wolle er sich vor einem unbekannten Feind schützen.

„Rory, ich bin's."

Rory schien ihn nicht zu erkennen, also versuchte Tim es nicht weiter.

„Ist schon gut, Rory. Ist dir kalt?" Er konnte Rorys Haut im Schein der Nachttischlampe feucht schimmern sehen. Er zitterte stark und schien seine Bewegungen kaum kontrollieren zu können, deshalb nahm Tim eine der Bettdecken und hielt sie Rory hin.

Rory schüttelte kurz und abgehackt den Kopf und als er sich rückwärts bewegte, stolperte er über etwas, das ihm im Weg lag. Seine Augen sahen jedoch unverwandt Tim an und dieser war fast sicher, dass Rory nicht wusste, wer er war. Was war mit ihm los? Hatte er Drogen genommen? Tim war nicht so weltgewandt, dass er gewusst hätte, was eine derartige Reaktion in Rory hervorrufen könnte. Doch er wusste, dass sein Liebhaber Hilfe brauchte, denn er konnte sich kaum auf den Beinen halten und zitterte unkontrolliert. Bei jedem Schritt, den Tim auf ihn zu machen, starrte Rory ihn an wie ein wildes Tier. Tim überlegte, was er tun könnte. Das Einzige, was ihm einfiel, war die Taktik, die er auch bei einem verängstigten, verletzten Pferd verfolgen würde, doch er wagte es nicht, den Augenkontakt zu unterbrechen. Er sprach mit leiser, beruhigender Stimme.

„Rory, ich bin hier, um dir zu helfen. Hab keine Angst. Ich bin's nur, Tim. Ich hab dir doch noch nie wehgetan, oder? Ich war immer auf deiner Seite, hab mich immer für dich eingesetzt. Stimmt's?"

Rory antwortete zwar nicht, doch er schien sich etwas zu entspannen.

„Du musst warm werden, denn ich glaube, du bist krank, und du brauchst mehr Hilfe, als ich dir hier geben kann. Ich sollte dich ins Krankenhaus bringen."

„Kein Krankenhaus", krächzte Rory. Seine Stimme war rau und die beiden Worte riefen einen Hustenanfall hervor, der Tim zusammenzucken ließ.

„Na gut, kein Krankenhaus", log Tim, um Rory zu besänftigen. „Aber ich sollte mich um dich kümmern." Er ging einen weiteren Schritt auf Rory zu und dieser ließ es geschehen. Er hielt die Decke hoch, woraufhin Rory nach hinten auswich. Er wurde jedoch von der Wand aufgehalten und Tim versuchte nicht, näher zu kommen. „Nimm die Decke. Sie wird dich wärmen." Rory regte sich nicht, doch er schien sich zu beruhigen und Tim näher heranzulassen. Tim kniete sich hin. Obwohl Rory ihn beobachtete, hatten sie eine Pattsituation erreicht. Für einen Augenblick sah Tim zur Tür hinüber. Weil von draußen die Kälte hereinzog, wäre er gern aufgestanden, um sie zu schließen, doch er fürchtete, dass Rory ihn dann nicht mehr an sich heranlassen würde. Da der Manager offensichtlich noch nichts mitbekommen hatte und sie ohnehin am Ende der Zimmerflucht waren, bestand wohl nicht die Gefahr, dass sie viele Zuschauer anziehen würden.

Nach einer gefühlten Ewigkeit schien die Müdigkeit Rory zu übermannen, und Tim wagte sich wieder ein Stück heran. Er berührte ihn schon fast, als Rory aufschreckte. Tim warf sich ihm entgegen und hüllte ihn in die Decke ein, doch mit überraschender Schnelligkeit und Stärke versetzte Rory Tim einen Kinnhaken. Tim sah Sterne und stolperte rückwärts.

„Rory, bitte!", bat Tim, doch Rory schüttelte nur den Kopf. Verwirrung stand ihm ins Gesicht geschrieben und ganz plötzlich schien er Tim zu erkennen.

„T-Timmy?"

„Ja!", rief Tim erleichtert, doch als er versuchte, näher zu kommen, schrie Rory ihn an.

„Nein, geh weg. Ich möchte nicht, dass du mich so siehst!" Rory bekam einen erneuten Hustenanfall und Tim wurde klar, dass er dabei war, diese Schlacht zu verlieren. Er wusste auch, dass er Rory so schnell wie möglich in ein Krankenhaus bringen musste. Er brauchte Hilfe. Tim kramte sein Handy hervor und überlegte, ob er den Notruf wählen sollte. Das Problem an der Sache war, dass das Krankenhaus auch die Polizei informieren würde, und Rory würde wieder im Knast landen, falls er Drogen genommen hatte. Und selbst, wenn nicht: Das Motelzimmer war verwüstet und es könnte sein, dass man ihn nur deswegen verhaftete. Den Notruf konnte er also nicht wählen. Weder Hunter noch Grant wollten etwas mit Rory zu tun haben, also waren auch sie keine Option. Er brauchte jemanden, der ihm nötigenfalls mit Gewalt helfen konnte, Rory unter Kontrolle zu halten, damit fielen auch Calley oder Izzie flach. Es blieb nur eine Person übrig. Tim wusste, dass Hugh nicht gerade Rorys größter Fan war, doch er war immer noch Tims Bruder und würde ihm daher helfen, wenn er ihn darum bat. Mit den nötigen Erklärungen würde er sich später befassen.

Als Rory gegen die Wand gelehnt langsam einnickte, wählte Tim Hughs Nummer und hoffte, dass er schnell abhob.

„Hugh?", sagte er, sobald das Klingeln aufhörte.

„Ja, was gibt's?"

„Tut mir leid, Hugh, aber zum Plaudern hab ich keine Zeit. Mein Freund … Rory steckt in Schwierigkeiten. Ich muss ihn ins Krankenhaus bringen, doch er lässt mich nicht an sich ran und ich brauche Hilfe."

„Dann wähl doch den Notruf."

„Hugh, bitte. Dann wird die Polizei eingeschaltet. Die schicken ihn zurück ins Gefängnis. Bitte hilf mir dieses eine Mal und mach's mir nicht so schwer."

Am anderen Ende der Leitung herrschte Stille und Tim hätte sich ohrfeigen können, weil er Hugh angerufen hatte.

„Hör zu", stöhnte Hugh. „Wo bist du?"

Tim seufzte erleichtert auf und gab Hugh die Adresse des Motels.

„Okay, ich bin in ungefähr zehn Minuten da. Soll ich irgendwas mitbringen?"

Tim konnte keinen klaren Gedanken fassen. „Nur dich selbst. Ich hab keine Ahnung, Hugh. Beeil dich einfach."

Das Freizeichen ertönte und Tim sah seinen Geliebten an, der immer noch an der Wand lehnte. Er schaffte es, zu ihm rüber zu rutschen und ihm die Decke um die Schultern zu legen. Mehr wagte er nicht zu tun. Rory sah klein und noch schmaler aus als normalerweise. Seine Haut war feucht und obwohl er zu schlafen schien, ging sein Atem hörbar unregelmäßig. Tim hatte das Gefühl, dass ihnen die Zeit davonlief.

Nach einer Weile fielen ihm draußen Autoscheinwerfer auf. Im ersten Moment fürchtete er, dass die Polizei vorfuhr, doch dann bemerkte er, dass die Lichter nicht blau blinkten, also war es vermutlich bloß Hugh. Mittlerweile war ihm egal, was dieser denken würde. Damit konnte er sich später befassen.

„Na, wo ist denn der Unruhestifter?"

„Ssh", warnte Tim seinen Bruder. „Er ist grad eingeschlafen."

Hugh sah ihn besorgt an. „Hat er das getan?" Er berührte vorsichtig Tims geschwollenes Auge und Tim nickte.

„Mach dir keine Sorgen um mich."

„Also, was ist passiert?"

Tim seufzte. „Ich hab keine Ahnung. Rory ist gegen Mittag verschwunden und als ich ihn endlich hier gefunden hatte, war er in diesem Zustand. Er hat mich nicht einmal erkannt. Ich glaube, er hat Fieber, seine Haut ist klamm und er hustet, als würde er gleich sterben."

„Er ist so ein dünnes Kerlchen. Wie kommt es, dass er dir eine verpassen konnte?"

Tim zuckte mit den Schultern. „Er war im Golfkrieg. Ich schätze, das war einfach Instinkt."

Hugh näherte sich Rory vorsichtig und ging vor ihm in die Hocke. Er nahm Rorys Handgelenk und wartete, dann fühlte er seine Stirn. „Sein Herz rast, ich glaube, du hast recht. Er hat Fieber. Er braucht dringend einen Arzt." Hugh wedelte mit einer Hand vor Rorys Gesicht herum und hob dann eines seiner Augenlider an. „Du weißt nicht, was passiert ist?"

„Nein", antwortete Tim, der so erschöpft war, dass ihm alles egal war.

„Ist er auf Drogen?"

Tims Antwort war ein Schnauben. „Nicht, dass ich wüsste, aber ich muss zugeben, dass mir der gleiche Gedanke gekommen ist."

Hugh sah Tim besorgt an. „Wir sollten ihn in ein Krankenhaus bringen. Die werden herausfinden können, was ihm fehlt."

Als sie versuchten, ihn zu bewegen, erwachte Rory und begann wieder, sich zu wehren. Hugh war jedoch ein großer, starker Kerl und so schafften sie es schließlich, Rory in eine Decke zu wickeln und in Hughs Truck zu bugsieren.

23

„VERDAMMT, TIMMY! Was genau hat er denn angestellt?", fragte Hugh, nachdem er seine Frau Izzie von der Ranch abgeholt hatte.

Tim schüttelte den Kopf in der Hoffnung, dass Hugh dann aufhören würde, an seinem geschwollenen Auge herumzudoktern. „Nichts. Jedenfalls ist es nicht schlimmer, als was er sich selbst angetan hat."

„Wovon sprichst du?", fragte Hugh. „Er hat dir eine verpasst. Ich hätte nie gedacht, dass er der gewalttätige Typ ist."

„Ist er auch nicht. Er war vielleicht ein Dieb, aber er hat nie Gewalt angewendet. Das hier war nur Instinkt."

„Haben die schon mit dir geredet? Weißt du, was mit ihm los ist?"

„Sie wissen es nicht. Sie sagen mir auch nichts. Ich weiß nur, dass er fiebrig war, gezittert und gehustet hat und sich erbrechen musste. Er hat mich nicht erkannt, deshalb hat er mir eine verpasst, als ich versucht habe, mich ihm zu nähern."

Hugh schob Tims Haare beiseite, um das Veilchen besser sehen zu können. „Er hat dich geschlagen?"

„Nur ein rechter Haken. Ein einziger. War nicht seine Schuld."

„Ich denke, es ist an der Zeit, dass du aufhörst, Entschuldigungen für ihn zu finden."

„Hör auf herumzuschreien", sagte Tim mit viel leiserer Stimme als Hugh. Er sah sich im Wartezimmer um und bemerkte, dass man sie anstarrte.

„Ich höre auf herumzuschreien, wenn mein kleiner Bruder wieder zu Sinnen kommt. Rory McCown ist ein Krimineller mit einem Gewaltproblem und je eher du das akzeptierst, desto besser."

Tim stieß Hugh zur Seite. „Wann hast du je gesehen, dass Rory die Beherrschung verloren hätte? Himmel, du regst dich viel schneller auf als er! Er würde einer Konfrontation lieber aus dem Weg gehen und das weißt du auch."

„Kommt schon, Jungs. Lasst uns das draußen ausdiskutieren. Die Leute hier drinnen müssen das nicht hören", sagte Izzie, die vorsichtig versuchte, sich zwischen die beiden Streithähne zu stellen.

Hugh sah sie an, was ihn zu beruhigen schien. Tim wusste, dass Izzie recht hatte. Izzie hatte immer recht.

„Hugh, hol uns doch bitte Kaffee. Tim und ich gehen derweil nach draußen." Sie nickte ihrem Ehemann zu und schob Tim dann durch die Türen der Notaufnahme ins Freie.

„Also, schieß los", sagte sie, sobald sie die Schiebetüren hinter sich gelassen hatten. „Was zum Teufel ist passiert?"

Tim zuckte mit den Schultern. „Ich konnte Rory nirgends finden. Er ist abgehauen, als ich in der Stadt war, und als ich zur Ranch zurückgekommen bin, wusste niemand, wo er war. Ich habe ihn schließlich krank in diesem Motelzimmer gefunden."

„Einen Moment mal", unterbrach sie Tim. Sie hielt eine Hand hoch, um seinen Redefluss zu unterbrechen. „Woher wusstest du, wo du ihn finden würdest?"

Tim zuckte erneut mit den Schultern.

„Wart ihr schon mal gemeinsam an diesem Ort?"

Tim schluckte schwer, antwortete jedoch nicht.

„Tim, ich bin nicht der *National Enquirer*. Oder sein Bewährungshelfer. Wenn du mir im Vertrauen etwas erzählst, wird es auch unter uns bleiben. Ich habe immer gewusst, dass du schwul bist. Hab ich es je jemandem erzählt? Nein! Ich habe dich das selbst übernehmen lassen. Ich habe dich und Rory zusammen gesehen. Auch das habe ich niemandem gesagt, nicht einmal deinem großen Bruder. Und da der zufällig mein Mann ist, halte ich nicht gern etwas vor ihm geheim, wie du dir vielleicht denken kannst."

„Eigentlich hat es Hugh auch schon immer gewusst." Tim beantwortete immer noch nicht ihre Frage, sondern warf ihr einen vorsichtigen Blick zu.

„Wo liegt dann also das Problem?"

Tim atmete tief durch. „Ich liebe ihn, Izz."

„Ich weiß", sagte Izzie mit leiser Stimme. In ihrem Blick spiegelte sich Mitgefühl und Tim hasste das. „Es ist keine große Überraschung, Tim. Ich hab gesehen, wie du ihn ansiehst. Und ich hab auch gesehen, wie er dich ansieht. Außerdem schläft er in deinem Zimmer." Sie nahm Tims Hand und führte ihn zu einer Bank, die vor der Notaufnahme stand. „Und er ist ein wirklich toller Kerl, wenn man ihn erst mal kennt."

„Findest du?"

Sie nickte. „Er arbeitet hart. Du hast echt Glück mit ihm."

Tim lehnte sich an sie und legte ihr einen Arm um die Schultern.

„Also, kannst du mir jetzt sagen, was passiert ist?"

In diesem Moment tauchte Hugh wieder auf. Er hatte drei Pappbecher mit Kaffee dabei.

„Danke, Schatz", sagte Izzie, die Hugh zwei Becher abnahm und einen an Tim weiterreichte. „Könntest du mir vielleicht auch was zu essen besorgen? Ich bin am Verhungern."

Hugh zögerte einen Moment, machte sich dann aber wieder auf den Weg.

„Du musstest ihn nicht wegschicken", sagte Tim zu Izzie.

„Doch, musste ich", antwortete diese. „Du wirst mir überhaupt nichts erzählen, wenn er daneben steht."

Tim nickte, denn eigentlich stimmte er ihrer Einschätzung zu.

„Also, was ist passiert?"

„Grant und Hunter wissen Bescheid. Aber Miranda will für Matthew das Sorgerecht erwirken und Hunters Anwalt denkt, dass ein verurteilter Straftäter ein gefundenes Fressen für die gegnerische Seite wäre. Also haben sie mich gebeten, Rory zu sagen, dass er gehen muss."

Izzie schüttelte den Kopf. „Ich kann nicht glauben, dass sie dir das antun. Oder Rory."

„Es geht um Matty. Ich kann es ihnen nicht vorwerfen, aber ich konnte mich auch nicht überwinden, es Rory zu sagen. Das hier ist die einzige Familie, die er je hatte. Also habe ich versucht, eine Lösung zu finden. Ich habe versucht, ihm einen anderen Job zu besorgen, sodass er auf Bewährung draußen bleiben kann und nicht wieder ins Gefängnis muss. Aber niemand will ihn einstellen."

Izzie zog ihn näher zu sich und küsste seinen Scheitel. „Du kannst nicht die Last der ganzen Welt auf deinen Schultern tragen, Timmy. Selbst du bist dafür nicht stark genug."

Tim zuckte nur geringschätzig mit den Schultern. „Jedenfalls hatte ich den Eindruck, dass er meine schlechte Laune falsch interpretiert hat. Als er dann verschwunden ist … Es war reines Glück, dass ich ihn in diesem Motelzimmer gefunden habe, wo wir schon mal gewesen waren. Er war krank und ich wusste nicht, was ich tun sollte. Er wollte nicht zu einem Arzt, doch es ging ihm immer schlechter. Er hat gezittert und geschwitzt und gehustet."

Tim schluckte schwer. „Dann ist er endlich eingeschlafen. Doch als ich ihn berührte, ist er aufgewacht und hat mir dieses Veilchen verpasst. Ich hab Hugh angerufen und mit seiner Hilfe haben wir Rory ins Auto bugsiert. Izzie, ich dachte, er würde sterben."

Izzie zog ihn in eine Umarmung. In diesem Moment fing das Handy in Tims Hosentasche an zu vibrieren.

„Tim Conroy", antwortete Tim. „Ja, bin ich. Ich bin draußen. Ich hab ihn hergebracht. Ich bin gleich da."

Izzie sah ihn verwirrt an.

„Das war der Arzt, er will mit mir sprechen. Offensichtlich haben sie in seinen Sachen einen Zettel mit dieser Nummer gefunden und das macht mich jetzt plötzlich zum Ansprechpartner." Tim ergriff Izzies Hand und zog sie mit hinein. Nach einer kurzen Diskussion ließ sie die Notfallschwester wieder auf die Station.

„Sie sind die Person, die ich wegen Rory McCown angerufen habe?"

„Ja", sagte Tim mit einem Zittern in der Stimme.

„Lassen Sie uns hier hereingehen, um uns zu unterhalten", sagte der Arzt und zeigte dabei auf ein kleines Büro. Er bot keinem von ihnen einen Platz an, sondern begann zu sprechen, sobald sie das Zimmer betreten hatten.

„Darf ich fragen, wie Sie mit Rory McCown bekannt sind?"

„Wir arbeiten zusammen", sagte Tim.

„Mein Mann ist sein Vorarbeiter und mein Bruder ist sein Chef", führte Izzie aus.

„Hat er Familie?", fragte der Arzt.

„Ich weiß nicht", antwortete Izzie.

„Nein, hat er nicht", berichtigte Tim. „Ich komme einer Familie noch am nächsten."

„Und Sie sind …?", wollte der Arzt wissen.

„Sein Partner", antwortete Izzie wie aus der Pistole geschossen und fing sich dafür einen bösen Blick von Tim ein.

Es funktionierte jedoch, denn von nun an wandte sich der Arzt an Tim. „Sie werden das vielleicht nicht hören wollen. Sind Sie sicher, dass sie hier bleiben soll?"

Tim sah Izzie an und nickte dem Doktor dann zu.

„Wir würden Mr McCown gern aufnehmen, doch wir müssen zunächst wissen, ob er auch die Rechnung begleichen kann", sagte der Arzt pragmatisch.

„Ich verbürge mich für ihn", sagte Izzie, bevor Tim das Wort ergreifen konnte. „Mein Bruder besitzt eine der größten Pferderanches in diesem Teil von Idaho. Ich unterschreibe auch für ihn, wenn es sein muss."

„Was ist denn mit ihm los?", fragte Tim, der nicht länger warten konnte.

„Er leidet unter starkem Alkoholentzug."

„Was?", fragte Tim. „Ich dachte, er wäre krank. Eine schwere Erkältung oder so."

„Oh, er hat auch eine schwere Bronchitis. Wir haben ihm ein Antibiotikum gegeben, auf das er gut anspricht. Das ist aber das geringere Übel. Ich nehme an, sie sind über seinen Alkoholkonsum im Bilde?"

Tim konnte nicht fassen, was hier gerade passierte. „Rory trinkt. Aber auch nicht mehr als ich."

„Hören Sie zu", sagte der Arzt und hob dabei beschwichtigend die Hände. „Das ist nicht das erste Mal, dass er versucht aufzuhören. Das Problem bei Alkoholikern ist jedoch, dass es jedes Mal schlimmer wird, wenn sie es versuchen. Das Zittern, das Erbrechen, selbst das Fieber sind Entzugserscheinungen. Die Gewalt dagegen ist ein psychisches Problem. Manche Menschen sehen rosa Elefanten, manche werden paranoid. Da muss er jetzt durch."

Plötzlich schien der Arzt sein Mitgefühl wiederzufinden. „Hat er das getan?" Er zeigte auf Tims blaues Auge.

Tim schüttelte nur den Kopf. Was der Arzt ihnen gerade erzählt hatte, hatte ihm den Rest gegeben und er wusste nicht, wie er reagieren sollte. „Ich dachte, er wäre krank."

„Oh, das ist er. Er ist sehr krank. Was er jetzt braucht, sind Medikamente und Ruhe. Was er in zwei Tagen brauchen wird, ist eine Entzugsklinik. Doch in warne Sie: In Fällen wie seinem beträgt die Rückfallquote beinahe einhundert Prozent. Wie ich schon sagte, das ist nicht sein erstes Mal. Er hat das alles schon hinter sich und soweit ich es beurteilen kann, hatte er auch Phasen, in denen er trocken war. Er braucht einen Ort, an dem er lernen kann, ohne Alkohol zu leben. Und danach braucht er eine Umgebung, wo man ihn unterstützt und sich um ihn kümmert. Das wird kein Zuckerschlecken."

Tim versuchte zu verarbeiten, was der Arzt ihm gesagt hatte, doch er konnte damit nicht umgehen. „Kann ich ihn sehen?"

Der Arzt schüttelte den Kopf. „Das wäre keine gute Idee. Sobald die Rechnungen unterschrieben sind, nehmen wir ihn auf und beginnen mit der Behandlung. Morgen können wir weitersehen."

„Können Sie ihn wenigstens bitten, mich anzurufen?"

Der Mann zögerte, doch schließlich nickte er. „Ich kann es ihm vorschlagen. Vielleicht wird es aber noch dauern, bis er dazu bereit ist."

„Können Sie sicherstellen, dass er meine Nummer hat? Falls er mich anrufen will?"

Der Arzt nickte. „Ihre Nummer befindet sich bei seinen persönlichen Sachen und die bekommt er zurück, sobald man sie ihm anvertrauen kann."

Tim dankte dem Arzt und folgte Izzie dann hinaus zur Anmeldung, um die nötigen Formulare zu unterschreiben. Es erschien ihm schier unglaublich, was in den letzten zwei Tagen alles passiert war. Er hatte sich mittlerweile an Rorys Stimmungsschwankungen gewöhnt, doch hatte ihn noch nie so gesehen. Lag das am Alkohol? Der Arzt hatte seinen Zustand als chronisch bezeichnet, doch das einzige Mal, dass er Rory betrunken erlebt hatte, war, als er selbst ein paar Bier getrunken hatte. Und jetzt, wo er darüber nachdachte, fiel ihm auf, dass Rory noch ziemlich nüchtern gewirkt hatte, während Tim definitiv beschwipst gewesen war. Bestimmt hatte der Arzt sich geirrt.

Schließlich wusste Tim, wie ein Alkoholiker aussah, und trank daher selbst wenig, genau wie sein Bruder Hugh – wobei ihr mittlerer Bruder manchmal genug für alle drei trank. Ihre Mutter war eine Alkoholikerin gewesen wie sie im Buche stand, und als sie starb, hatten alle drei unterschiedlich reagiert. Tim, als der jüngste Sohn, vermisste sie am meisten, obwohl Hugh ihn immer wieder daran erinnerte, dass sie nie eine wirkliche Mutter gehabt hatten, weil ihr Vater die meiste Verantwortung getragen hatte; und das, obwohl er Vorarbeiter auf einer großen Ranch gewesen war.

In Tims Erinnerung schlief ihre Mutter meist. Morgens stand sie nie zusammen mit den Jungs auf und meistens waren es Hugh oder ihr Vater, die die Schulbrote schmierten und dafür sorgten, dass sie alle saubere Sachen trugen. Wenn sie aus der Schule kamen, durften sie ihre Mutter nicht stören. Sie verließ selten ihr Zimmer, doch schrie sie an, wenn sie zu viel Krach machten. Ihr Vater schlief für gewöhnlich auf der Couch. Wenn sie doch einmal ihr Zimmer verließ, war es in der Regel nur, um nach einer neuen Flasche zu verlangen. Dabei sah sie immer ungepflegt aus und ihre Worte ergaben selten Sinn.

Die fragwürdige Ehre, ihre Mutter tot aufzufinden, war Jack zugefallen, der von Tim nach Hause gezerrt worden war, weil er den ganzen Tag aus dem Zimmer ihrer Mutter kein Geräusch gehört hatte. Jack war damals vierzehn gewesen und hatte seinen zwei Jahre älteren Bruder gebeten, ihm beim Aufräumen zu helfen, bevor der Arzt eintraf. Sie hatten Tim den Anblick erspart, indem sie ihm auftrugen, ihren Vater zu holen.

Das war es, was Tim mit einem Alkoholiker in Verbindung brachte: Die endlose Parade von Flaschen, die seine Brüder aus ihrem Zimmer räumten und der Anblick seiner Mutter, die in ihrem eigenen Erbrochenen lag. Trotz der Ereignisse der letzten vierundzwanzig Stunden konnte er dieses Bild nicht damit in Einklang bringen, wie er Rory sah.

Rory arbeitete hart und stand jeden Morgen mit dem ersten Hahnenschrei auf. Er war ordentlich und genau und bereit, Verantwortung zu übernehmen. Sicher, mehr als einmal hatte er gesehen, wie Rory einen Schluck aus seinem Flachmann nahm, doch er hatte ihn nie darauf angesprochen, denn es beeinflusste seine Arbeit nicht. Tim hatte ihn oft geküsst und er liebte Rorys Geschmack. Das einzige Mal, dass er nach Alkohol geschmeckt hatte, war zu seinem Geburtstag gewesen, als Rory eine Flasche billigen Wodkas mitgebracht hatte. Aber das war schließlich auch eine Feier gewesen! Ganz sicher hatte der Arzt einen Fehler gemacht, als er Rory als Alkoholiker bezeichnet hatte.

24

„Tɪᴍ, ᴡᴀs führt dich hierher?", fragte Gable, als er Tim die Tür öffnete.

Tim schluckte schwer, bevor er antwortete. „Darf ich reinkommen?"

Gable trat einen Schritt zurück, damit Tim das bescheidene Haus betreten konnte, das Gable und Flynn ihr eigen nannten.

„Ich mache meine abendliche Runde und schaue nach den Pferden", meinte Flynn, als er an den beiden Männern vorbei nach draußen ging.

Tim sah, wie die beiden einen Blick tauschten und war dankbar für ihr wortloses Einverständnis und Flynns Bereitschaft, ihnen ein wenig Privatsphäre zu gewähren.

„Ich brauche mal jemanden zum Reden. Und vermutlich brauche ich auch einen Rat."

Gable hob eine Augenbraue, lächelte kurz und ging dann, gefolgt von Tim, in die Küche.

„Kaffee?"

„Gern." Tim setzte sich, ohne dazu aufgefordert worden zu sein. Er schaute nicht oft bei Gable vorbei, doch er kannte ihn gut genug, um zu wissen, dass Gable eher der ungezwungene Typ war.

„Also, was führt dich her?", fragte Gable, obwohl Tim ihm das schon gesagt hatte.

„Es geht um Rory."

Gable nickte und reichte ihm einen Becher starken, schwarzen Kaffees.

Tim nahm einen Schluck und verzog dann das Gesicht. „Hast du Zucker?"

Gable grinste und nahm eine Zuckerdose aus dem Küchenschrank. Er stellte die Dose wortlos vor Tim hin und setzte sich dann ihm gegenüber.

„Wusste gar nicht, dass du deinen Kaffee mit Zucker trinkst."

Tim lächelte. „Du könntest Rorys schlechten Einfluss dafür verantwortlich machen."

Gable erwiderte das Lächeln und schaufelte sich ebenfalls Zucker in den Kaffee.

„Also, was ist mit Rory? Ist er in Schwierigkeiten?"

„Nein. Ja."

„Was davon genau?"

„Er hat keine Schwierigkeiten mit dem Gesetz, aber …" Tim beendete den Satz nicht. Plötzlich erschien ihm das alles banal.

Gable legte eine Hand über Tims und obwohl Gable ein Mann weniger Worte und Gesten war – vor allem gegenüber anderen Männern –, erfüllte die Wärme, die Gables Hand ausstrahlte, Tims ganzen Körper. Das half ihm, sich zu entspannen, und schwächte auch Gables durchdringenden Blick etwas ab, bei dem Tim sich unwohl fühlte.

„Er ist Alkoholiker. Und ich hab's nicht gewusst", beichtete Tim.

Gable hob beide Augenbrauen und schob das Kinn vor. „Ich dachte, ihr beide …" Er machte eine vage Kopfbewegung, als wäre Rory im Obergeschoss.

„Deshalb mache ich mir ja auch solche Vorwürfe."

„Weil es dir nie aufgefallen ist."

„Weil ich nicht *wollte*, dass es mir auffällt."

Gable sagte nichts, doch es war offensichtlich, dass er wollte, dass Tim fortfuhr. Und zwar in seinem eigenen Tempo, denn so war Gable nun mal gestrickt.

„Nach Mom würde man doch denken, dass ich es besser weiß", sagte Tim nach einem Moment des Schweigens.

„Was hat deine Mutter damit zu tun? Rory arbeitet den ganzen Tag. Hunter hat mir erzählt, dass er eine wirkliche Hilfe ist. Ich würde mir eher Gedanken über dein Urteilsvermögen machen, wenn er seine Arbeit nicht ordentlich ausgeführt hätte und dir das nicht aufgefallen wäre. Aber so? Hast du ihn je betrunken erlebt?"

Tim sah Gable sprachlos an, überrascht von den vielen Worten, die jener gesprochen hatte. Er war nicht daran gewöhnt, dass sein Freund so gesprächig war.

„Also?"

„Ich hab ihn mal beschwipst erlebt, als wir im Barrel Run waren. Wenn ich beim Alkohol mit ihm mithalten würde, würde ich nach einer Stunde unterm Tisch liegen und man müsste mich nach Hause tragen. Er dagegen scheint nur ein bisschen …"

„Lockerer?", schlug Gable schließlich vor.

„Ja."

„So wie damals vor drei Jahren, als er dich geküsst hat und du dich in ihn verliebt hast?"

„Hab ich nicht."

„Nein, er hat nur dafür gesorgt, dass du ihm drei Jahre lang hinterhergeschmachtet hast. Und nun ist er wieder da. Und zwar nicht nur auf deiner Ranch, sondern in deinem Bett."

„Gable!", warnte ihn Tim.

Gable musste grinsen. „Du warst nie gut darin, Dinge vor mir geheimzuhalten, Timmy."

„Na ja, ich bin aber auch keine 17-jährige Jungfrau mehr."

„Nein, du bist ein erwachsener Mann, der sich um seinen Liebhaber sorgt."

Tim öffnete den Mund, um zu antworten, schloss ihn dann aber wieder. Er wollte gegen Gables Gebrauch des Wortes „Liebhaber" protestieren, doch er konnte es kaum abstreiten. Nicht gegenüber Gable, dem Mann, der genau wusste, was es Tim bedeutete.

„Ich weiß nicht, ob ich der Richtige bin, um dir Ratschläge zu geben. In der Vergangenheit hab ich wohl auch ein bisschen zu tief ins Glas geschaut und es gibt einen Grund, warum dir hier nie ein Bier angeboten wird und auch Flynn in diesem Haus nicht trinkt. Aber ich bin sicherlich kein Experte auf dem Gebiet. Du könntest Rory natürlich gegen seinen Willen auf Entzug in eine Klinik zerren, aber letztendlich muss er es selbst wollen."

Bevor Tim antworten konnte, kam Flynn durch die Tür, und beide Männer sahen ihn an.

Flynn, dem offensichtlich sofort aufgefallen war, dass die beiden ein ernstes Gespräch führten, zögerte nur einen Moment und stellte sich dann hinter Gable, um ihm die Hände auf die Schultern zu legen.

„Den Pferden geht's gut, sind alle bettfertig."

Gable sah zu seinem Partner auf. „Warum gönnst du dir nicht ein schönes, heißes Bad? Ich komm dann nach."

Flynn lächelte Gable liebevoll an und in Tims Magen breitete sich ein warmes Gefühl aus. Er wusste, dass er neidisch auf Flynn und Gable war und hoffte, dass Rory und ihn eines Tages ein ähnliches Band verbinden würde. Er beobachtete, wie Gables Blick Flynn verfolgte, bis dieser oben an der Treppe außer Sichtweite geriet.

„Er ist im Moment im Krankenhaus", sagte Tim leise, sobald er im Obergeschoss das Wasser laufen hörte. „Ich musste ihn diese Woche dort hinbringen."

„Oh?"

„Er hat allein versucht aufzuhören. Ich hab ihn in unserem … in einem Motelzimmer gefunden", berichtigte sich Tim schnell und hoffte, dass Gable der Lapsus nicht aufgefallen war. „Ich dachte, er würde sterben."

„Na ja, wenigstens bekommt er dort Hilfe."

„Er kann dort nicht bleiben. Abgesehen davon, dass es unglaublich teuer ist, kann er nicht das Risiko eingehen, dass sein Bewährungshelfer Wind davon kriegt. Und die Chance ist umso größer, je länger er dort bleibt. Der Typ wartet doch nur auf eine Möglichkeit, dem Richter sagen zu können, dass Rory es vergeigt hat. Ich muss ihn nach Hause bringen, sodass wir zumindest so tun können, als würde er arbeiten …"

„Ihn nach Hause zu holen, wenn er dazu nicht bereit ist, wird nicht einfach werden, Tim", unterbrach ihn Gable. „Das Einzige, was mich nach meinem Unfall vom Alkohol ferngehalten hat, war die Tatsache, dass ich nicht selbst in die Stadt fahren konnte und Calley sich weigerte, mir Schnaps mitzubringen."

„Das macht mir auch Sorgen. Im Mannschaftshaus steht überall Schnaps rum. Der Großteil der Männer kann sich einen Abend ohne Alkohol nicht mal vorstellen. Und dann ist da noch diese andere Sache …"

Gable nickte Tim zu, um ihn zum Weiterreden aufzufordern.

„Hunter und Grant wollen, dass er die Ranch verlässt. Miranda will das Sorgerecht für Matty und ihr Anwalt denkt, dass sie argumentieren könnte, dass Rorys Anwesenheit ein Beweis dafür ist, dass die Kinder nicht in einem sicheren Umfeld aufwachsen."

Gable stieß einen leisen Pfiff aus. „Nun ja, obwohl wir beide wissen, dass es für diese Kinder keinen besseren Ort gibt als bei Hunter und Grant, könnten das Außenstehende anders sehen. Heutzutage ist der Schein schließlich alles. Wie sieht's denn mit der Blockhütte aus, die du geerbt hast?"

„Die ist eine Bruchbude. Geheizt werden kann nur mit einem Kamin und es gibt kein fließend Wasser. Außerdem kann ich ihn ja wohl schlecht einschließen. Und wenn ich arbeite, wäre niemand da, um ein Auge auf ihn zu haben. Ich weiß wirklich nicht, was ich tun soll, Gabe."

Gable seufzte. „Hör zu. Ich werde erst mit Flynn darüber sprechen müssen und ich kann nicht viel bezahlen, aber wenn du Rory hierher bringen willst … Sobald er sich dazu in der Lage fühlt, könnte er ein bisschen im Stall herumwerkeln oder ein paar der jungen Pferde reiten. Nur solange, bis du die Hütte in Schuss gebracht hast, okay?"

Tim nickte. „Danke, Gabe."

„Ich muss das noch mit Flynn abklären, also sei bitte nicht enttäuscht, wenn ich mein Angebot zurückziehen muss. Aber ich werde mich für ihn einsetzen."

„Gable", flötete Flynn aus dem Obergeschoss.

Gable grinste schief. „Du solltest jetzt besser gehen. Mein Typ wird da oben verlangt und schließlich muss ich Flynn verführen, damit er einem Mitbewohner zustimmt."

Tim stand auf und hielt Gable die Hand hin. Gable ergriff sie, aber anstatt sie zu schütteln, zog er Tim in eine feste Umarmung. „Pass auf deinen Mann auf, Timmy. Er wird all seinen Mut und auch deinen brauchen. Aber zu wissen, dass sich jemand um dich sorgt, macht einen Riesenunterschied. Ich sollte das wohl wissen." Er zeigte nach oben.

Tim umarmte Gable fest, bevor er ihn losließ. Er wollte Gable ein weiteres Mal danken, doch weil er fürchtete, wie eine gesprungene Schallplatte zu klingen, nickte er ihm nur zu, lächelte und verließ dann ohne ein weiteres Wort das Haus.

Draußen im Truck fuhr sich Tim mit den Händen durch die Haare und hoffte, Ordnung in seine Gedanken zu bringen. Gable hatte recht. Es würde Rorys Aufgabe sein, seine Dämonen zu bekämpfen, doch Tim würde ihn dabei begleiten und ihn unterstützen. Er wusste, dass es zum großen Teil Flynns Liebe gewesen war, die Gable wieder auf die Beine gebracht hatte. Flynn war kaum mehr als ein Fremder gewesen, als Gable nach seiner Amputation fast gestorben wäre. Doch er war geblieben und mittlerweile waren sie schon seit Jahren ein Paar und Gables Ranch ging es prächtig. Tim konnte nur hoffen, dass Rory in seiner Zukunft auf irgendeine Art und Weise eine Rolle spielen würde.

NACH EINER wenig erholsamen Nacht fuhr Tim am nächsten Morgen ins Krankenhaus. Nach einer Woche des Wartens durfte er endlich Rory sehen. Allerdings nur, wenn Rory dem zustimmte – das zumindest hatte ihm der Therapeut des Missbrauchsprogramms erklärt. Als er im richtigen Stockwerk angekommen war, erklärte ihm die Schwester den Weg und begleitete ihn ins Wartezimmer. Als Tim eintrat, erwartete er, allein zu sein. Zu seiner Überraschung saß Rory in einem der Stühle. Er sah erschöpft und hundemüde aus, doch zumindest schien er ruhig – jedenfalls viel ruhiger als das letzte Mal, als sie sich gesehen hatten.

„Hi, Timmy", sagte Rory und stand auf.

„Hey, Brummbär", erwiderte Tim den Gruß. Er fürchtete sich davor, näher zu kommen, doch dann sah er, wie ein Lächeln Rorys Gesicht erhellte. Daraufhin konnte er sich nur noch in dessen wartende Arme werfen. Es freute ihn, dass Rory die Umarmung erwiderte, und sie standen eine gefühlte Ewigkeit so da. Schließlich ließ Tim ihn los, weil er Rory ins Gesicht sehen wollte.

„Also, wie geht es dir?" Tims Finger strichen durch Rorys braunes Haar, weil er ihm in die übernächtigten Augen schauen wollte.

„Könnte nicht besser sein. Sieht man das nicht?", scherzte Rory. „Bin zwar völlig mit Drogen zugepumpt, aber das ist wahrscheinlich genau der Grund."

„Drogen?" Tim machte einen Schritt rückwärts.

„Valium. Und noch ein paar andere Sachen. Mir ging es nicht so gut, als du mich hergebracht hast."

„Na ja, das ist wohl noch untertrieben. Ich dachte, ich würde dich verlieren."

Rory hob vorsichtig die Hand und streichelte damit über Tims Wange, auf der das Veilchen noch nicht ganz abgeheilt war.

„War ich das?"

Tim nickte. „Hugh hätte dich dafür am liebsten in den Boden gerammt, wenn du nicht so …"

„… unzurechnungsfähig gewesen wärst?"

„Ja. Ich hab ihm gesagt, dass du nicht vorhattest, mich zu schlagen."

„Ich hab Dinge gesehen, Tim. Und nein, es waren keine rosa Elefanten." Er zögerte. „Ich hab gedacht, ich wäre wieder in der Armee und sie würden versuchen, mich umzubringen."

„Ich weiß, das hast du mir erzählt."

„Hab ich?"

„Du hast mir gesagt, dass du ein Soldat bist und ausgebildet wurdest, um zu töten. Und dass du nicht zögern würdest, mich umzubringen, sollte ich dich bedrohen."

„Ich wusste nicht, was ich da rede." Rory setzte sich wieder und Tim nahm neben ihm Platz. „Ich hab es nicht so gemeint, Tim."

„Ich weiß. Das hab ich auch Hugh gesagt. Er ist trotzdem sauer auf dich."

„Er ist kein Mitglied meines Fanclubs, oder?"

„Er will nur seinen kleinen Bruder beschützen."

„Nur muss sein kleiner Bruder gar nicht beschützt werden", meinte Rory mit einem abwesenden Lächeln. „Er kann auf sich selbst aufpassen und auf seinen Freund noch dazu."

„Besonders auf seinen Freund", sagte Tim mit einem Grinsen.

Rory wurde ernst. „Vielleicht hat Hugh recht, Tim."

„Womit?" Tim versuchte angestrengt, die Furcht, die ihn plötzlich überkam, nicht die Kontrolle übernehmen zu lassen.

„Mit mir. Und mit dir. Vielleicht hast du wirklich etwas Besseres als einen Knasti und Alkoholiker verdient."

„Vielleicht sollte ich das selbst entscheiden dürfen, okay?"

Rorys Lächeln erreichte nicht seine Augen. „Seit man mich aus der Armee entlassen hat, war ich kaum einen Tag nüchtern, Timmy. Wie kommst du darauf, dass es diesmal anders werden wird?"

„Diesmal hast du etwas, worauf du hinarbeiten kannst", antwortete Tim mit mehr Überzeugung in der Stimme, als er tatsächlich empfand.

„Worauf zum Beispiel?"

„Na zum Beispiel dein Job. Und die Blockhütte, in der du leben wirst. Und dann bin da noch ich."

„Tim, ich kann nicht mein ganzes Leben auf dich ausrichten. Ich kann nicht in allem von dir abhängig sein."

„Tust du nicht."

„Es ist deine Blockhütte. Und ich arbeite auf deiner Ranch."

„Es ist zur Hälfte meine Blockhütte. Die andere Hälfte gehört dir. Ich bin mir sicher, dass Old Mac seine Gründe hatte, als er sein Testament dahingehend geändert hat."

„Das waren doch nur Kritzeleien. Im offiziellen Testament geht die Blockhütte an dich. Die ganze Blockhütte."

Tim seufzte. „Rechtlich gesehen. Und nur, weil Old Mac vor seinem Tod nicht noch einmal bei seinem Anwalt war, um das wasserfest zu machen."

„Und sein Anwalt ist Coop Nelson, der nach seiner Suspendierung nie wieder als Anwalt gearbeitet hat und stattdessen auf der Ranch seine Brötchen verdient."

„Darauf kommt es doch nicht an, Rory. Mac wollte, dass wir beide erben. Er wollte, dass wir die Blockhütte renovieren und dort leben."

„Ich hab ihm nie von uns erzählt, weißt du."

„Er wusste es. Er hat mir immer gesagt, ich solle mich um dich bemühen."

„Er hat was?"

Tim musste lachen, als er die Überraschung auf Rorys Gesicht sah. „Na, ich hab nach den Fohlen gesehen und er hat sich auf seine Mistgabel gestützt und mir dieses fast zahnlose Lächeln geschenkt und gemeint, ich solle dich bloß nicht vom Haken lassen. Als wärst du ein Mädchen und das alles das Normalste der Welt."

„Vielleicht war es das für ihn ja. Als er jung war, lebte er in einer Großstadt, weißt du."

„Das hab ich nicht gewusst."

Rory nickte. „Das hat er mir erzählt, als ich die erste Nacht im Mannschaftshaus geschlafen habe. Nachdem du mich aus dem Gefängnis abgeholt hattest. Er hat sich zu mir in die Gemeinschaftsküche gesetzt, nachdem alle anderen sich ins Fernsehzimmer verzogen hatten, hat mir ein Glas Scotch eingegossen und mich ausgefragt. Für eine ganze Weile war er der Einzige, der überhaupt mit mir geredet hat. Außer dir natürlich."

„Er war wahrscheinlich auch der Einzige, dem es egal war, was die anderen dachten."

„Das mit der Blockhütte hat mich überrascht. Ich hätte nicht gedacht, dass er überhaupt etwas besaß."

Tim zuckte mit den Schultern. „Soweit ich weiß, war die einzige Bedingung, als Hunters Vater das Land von Macs Familie kaufte, dass die Blockhütte in der Familie bleibt. Sie ist nicht toll gelegen und die Krauses waren ohnehin nur an dem guten Weideland interessiert. Die Hütte selbst ist nicht spektakulär. Es gibt einen Brunnen, aber kein fließend Wasser. Und man kann nur den Kamin beheizen, doch der ist das letzte Mal genutzt worden, als die Hütte noch bewohnt war. Ehrlich gesagt, bin ich überrascht, dass sie den letzten Sturm überstanden hat. Wir werden eine Menge Arbeit reinstecken müssen, aber wir werden sie wieder bewohnbar machen."

„Und damit ist das Thema erledigt. Ich hatte schon kein Geld, bevor ich ins Krankenhaus gekommen bin, und ich habe sicherlich jetzt auch keins übrig, um eine Blockhütte zu renovieren."

„Ich aber. Und die Krankenhausrechnung ist bezahlt. Nenn es einen Angestelltenbonus, wenn du willst."

„Tim." Rory seufzte. „Das kann ich nicht annehmen."

„Du kannst und du wirst. Sobald es dir gut genug geht, dass du das Krankenhaus verlassen kannst, bringe ich dich zu Gable. Zumindest gibt es in seinem Haus keinen Alkohol, weil das für ihn auch zu verführerisch wäre. Dann richten wir die Blockhütte her und ziehen dort ein, wenn wir davon ausgehen können, dass sie nicht beim ersten Anzeichen eines lauen Lüftchens über uns zusammenbricht."

„Zu Gable?"

„Wenn ich dich im Mannschaftshaus schlafen lasse, kann ich dich auch gleich in einer Bar einschließen, Brummbär."

Es machte Tim glücklich zu sehen, dass der Spitzname Rory immer noch ein Lächeln entlockte. Das Lächeln brachte Rorys schiefen Zahn zum Vorschein und Tim verspürte das plötzliche Verlangen, Rory zu küssen. Er kam näher, doch Rory machte keine Anstalten, es ihm gleichzutun.

„Du kannst auf der Ranch aushelfen und wenn es dir besser geht, kannst du bei uns arbeiten. Und in unserer Freizeit renovieren wir die Hütte. Wir wissen beide, wie man einen Nagel in die Wand schlägt, da können wir viel allein machen. Hunter hat angeboten, dass wir das Holz verwenden, das bei ihrem Haus übrig geblieben ist. Und im Holzschuppen ist wohl auch viel zu holen, meint Grant."

„Und das geben sie uns einfach so?"

„Ich gehöre doch praktisch zur Familie. Außerdem sollten wir uns nicht beschweren. Wir werden Rohrleitungen und Strom verlegen müssen. Da werde ich nicht nein sagen, wenn mir etwas gratis angeboten wird."

„Ich kann mich um den Strom kümmern", schlug Rory nach kurzem Zögern vor.

„Das kannst du? Warum mistest du Ställe aus, wenn du dich mit Strom und Autos auskennst?"

„Mit meinem Vorstrafenregister stellt mich doch keiner ein."

Tim zog seinen Freund enger an sich und küsste seinen Scheitel. Er wusste nicht, was er darauf erwidern sollte. Rory hatte ja recht. Er hatte am eigenen Leib erfahren müssen, dass niemand Rory einstellen wollte.

Rory lehnte sich in seinem Stuhl zurück und starrte vor sich hin, als bräuchte er einen Moment, um das alles sacken zu lassen.

Gerade, als Tim beschlossen hatte, dass es wohl besser wäre zu gehen, lehnte sich Rory gegen ihn und legte seinen Kopf auf Tims Schulter.

Tim schluckte schwer, weil seine Gefühle drohten, ihn zu überwältigen.

Rory stieß ihn nicht länger von sich.

25

ZWEI TAGE später holte Tim Rory aus dem Krankenhaus ab. Rory sah immer noch so aus, als hätte er seit Tagen nicht geschlafen, doch sobald Tim losgefahren war, war Rory auch schon auf dem Beifahrersitz eingenickt.

Als er erfahren hatte, dass er Rory mit nach Hause nehmen durfte, hatte er sofort Gable angerufen. Es hatte Gable einiges an Überredung gekostet, doch schließlich hatte Flynn zugestimmt, dass Rory eine Weile bei ihnen wohnen durfte. Flynns einzige Bedingung war gewesen, dass sie sofort mit der Arbeit an der Hütte begannen und dass Gable und er dabei helfen würden, sie wieder bewohnbar zu machen.

Als ein Zeichen des guten Willens hatte Tim bereits angefangen, an der Blockhütte zu arbeiten. Er hatte die Zimmer ausgefegt, ein kaputtes Fenster repariert und das rostige Schloss am Eingang ersetzt, sodass sie das Gebäude abschließen konnten. Im Gegensatz zu vielen anderen Ranchhäusern war die Hütte von der Straße aus nämlich zu sehen. Im Moment war es zwar möglich, in der Hütte zu arbeiten, obwohl das Wetter etwas unberechenbar war, aber man konnte definitiv noch nicht über Nacht bleiben.

Bis dahin würde Tim weiter im Mannschaftshaus wohnen, während Rory bei Gable und Flynn unterkam. Da Tim die wenigen Sachen, die Rory besaß, fürs Krankenhaus zusammengepackt hatte, mussten sie nicht einmal beim Mannschaftshaus vorbeifahren, um seine restlichen Besitztümer einzusammeln.

„Wir sind da", sagte Tim, der Rory wach rüttelte.

„Uh? Oh." Rory streckte sich und sein Rücken knackte. Der Blick, den er Tim zuwarf, brachte dessen Herz zum Schmelzen und Tim zog ihn in seine Arme, um Rory zu küssen. „Vielleicht solltest du auch hierbleiben", schlug Rory vor.

Tim lächelte. „Ich denke, den beiden reicht ein neuer Mitbewohner. Denk dran, sie sind daran gewöhnt, das Haus für sich zu haben."

„Zumindest weiß ich hier immer ganz genau, wer die Sexgeräusche macht. Nicht, wie im Mannschaftshaus, wo es eigentlich jeder sein könnte."

„Da hast du wohl recht." Tim nickte und warf Rory ein Lächeln zu.

Als sie ausgestiegen waren, tauchte Gable auf der Veranda auf, um sie zu begrüßen.

„Tim. Rory." Er hob zur Begrüßung seinen Kaffeebecher. „Ich hoffe, ihr bleibt beide zum Abendessen, denn Flynn hat so einen riesigen Rostbraten gemacht, dass man damit eine ganze Kompanie satt bekommen könnte."

Tim blickte zu Rory und sah ihn lächeln. „Einem guten Rostbraten kann man ja wohl kaum widerstehen. Und da ich Grant schon von Flynns Kochkünsten hab schwärmen hören, werde ich natürlich nicht nein sagen."

„Ich zeig euch erst mal Rorys Zimmer", sagte Gable. Er ging nach drinnen, ohne sich umzusehen, ob die beiden ihm auch folgten.

Tim ging hinter Gable die Treppe hinauf und bemerkte dessen leichtes Hinken. Vermutlich hatte Gable einfach einen anstrengenden Tag gehabt.

„Das ist mein Zimmer." Mit diesen Worten eröffnete Gable den Rundgang durchs Haus. „Und Flynns natürlich." Er zeigte auf eine der Treppe gegenüber gelegene Tür und anschließend auf eine andere am Ende des Flurs. „Und das ist unser Gästezimmer. Also für den Moment Rorys Zimmer. Bis ihr in die Blockhütte einziehen könnt." Gables Stimme war neutral und Tim sah zu Rory hinüber, um abzuschätzen, wie dieser auf Gables Wortwahl reagierte. Doch Rory ging einfach an ihnen vorbei ins Zimmer.

„Schönes Zimmer", sagte er zu Gable. Er ließ seine Reisetasche aufs Bett fallen und sah sich um. Die Einrichtung war schlicht, ungefähr so wie in dem Zimmer, das Rory zuerst im Mannschaftshaus bewohnt hatte. Das Zimmer war jedoch etwas kleiner und darin standen ein Einzelbett, ein Nachttisch und ein Schrank. „Danke, dass ihr mich bei euch wohnen lasst."

Gable nickte. „Ich geh am besten runter und helfe Flynn. Das Essen ist in ungefähr zehn Minuten fertig."

Rory ließ sich auf das Bett sinken und sah sich um.

„Das wird schon", sagte Tim, als er sich neben Rory setzte. „Ist ja auch nur vorübergehend."

„Du klingst wie in diesem Film, wo eine Mutter ihr Kind ins Waisenhaus bringt und ihm verspricht, wiederzukommen. Nur kommt sie nie wieder. Der Junge wartet auf seine Mutter, bis er zu alt ist, um im Waisenhaus zu bleiben. Als er erwachsen ist, findet er heraus, dass sie an dem Tag, als sie ihn ins Waisenhaus brachte, bei einem Unfall ums Leben kam. Man hatte es ihm nie gesagt."

Tim legte Rory einen Arm um die Schultern und küsste seine Schläfe. „Ich verspreche dir, dass ich dafür sorgen werde, dass jemand vorbeikommt und dir Bescheid sagt, sollte ich auf dem Heimweg von einem Baum erschlagen werden."

„Idiot."

„Das hier ist nur für dich. Weil du nicht in den Entzug wolltest."

„Ich kann mir den Entzug nicht leisten, Tim. Sehe ich aus wie ein verwöhntes Filmsternchen oder ein abgehalfterter Countrysänger? Ich kann noch nicht einmal die Krankenhausrechnung der letzten Woche begleichen."

Rorys Stimme klang für das kleine Zimmer viel zu laut und Tim sah, wie Rory zusammenzuckte, als ihm das auffiel.

Tim versuchte, ruhig zu bleiben, gerade weil Rory das offensichtlich schwerfiel. „Ich weiß. Mach dir wegen der Rechnung keine Sorgen. Ich hab dafür gesorgt, dass sie bezahlt ist."

„Ja, genau. Ich bin dein Sozialprojekt."

„Komm schon, Rory. Du weißt, dass das nicht stimmt."

Rory stand auf und Tims Blick folgte ihm, als er die Tasche vom Bett auf den Stuhl stellte, aber keine Anstalten machte, sie auszupacken.

Tim beschlich das ungute Gefühl, dass Rory sich aus dem Staub machen würde, sobald sich eine Gelegenheit dazu ergab, und das machte ihm Angst.

„Rory, setz dich hin."

„Das Essen ist gleich fertig und wir sollten nicht zu spät kommen."

„Nur für eine Minute."

Rory setzte sich wieder hin und Tim stieß ihn mit der Schulter an.

„Du weißt, dass ich dich liebe."

„Ja."

„Wir werden bald unser eigenes Zuhause haben."

„Eine Hütte, in die es reinregnet."

„Immer noch besser, als auf der Straße zu schlafen."

„Auch wieder wahr."

„Und du wirst nicht allein sein."

„Du wirst da sein."

„Ganz genau."

„Wo sollen wir das Geld für einen Herd hernehmen? Und für ein Bett? Und ein Sofa?"

Tim lächelte. Rory schmiedete Pläne und er liebte es. „Letztes Jahr wurden die Herde in Beths Küche ersetzt und einer der alten wurde noch aufgehoben. Sie meinte, dass wir ihn haben können. Er ist zwar uralt, funktioniert aber noch. Und sie haben auch ein Sofa. Wir können einfach mein Bett aus dem Mannschaftshaus in die Blockhütte stellen. Eigentlich können wir alle meine Möbel mitnehmen. Dann hätten wir auch zwei Schränke. Grant will uns einen Küchentisch mit Stühlen schreinern und ist laut Hunter ganz begeistert von der Idee, uns Möbel machen zu können. Hunter wollte damals eine Einrichtung aus dem Laden und darüber ist Grant immer noch nicht hinweg."

„Also, wie viel Arbeit müssen wir da reinstecken?"

Tim zuckte mit den Schultern. „Vielleicht ein oder zwei Wochen. Oder drei. Dann sollte es zumindest trocken sein."

Rory rückte näher und legte seinen Kopf auf Tims Schulter, genau wie an dem Tag im Krankenhaus. Und zum ersten Mal seit langer Zeit hatte er das Gefühl, dass zwischen ihnen alles in Ordnung war.

26

DIE ERSTEN Tage waren hart. Rory musste immer noch Medikamente nehmen und die sorgten dafür, dass er sich gleichzeitig völlig erschlagen und unerträglich ruhelos fühlte. Er versuchte, sich zu beschäftigen, indem er auf Gables Ranch aushalf und freute sich darüber, dass Gable ihn einige Pferde reiten ließ. Doch er musste sich oft ausruhen und hatte immer noch einen hartnäckigen Husten, der einfach nicht verschwinden wollte. Das bremste ihn oftmals aus. Mit Gable verstand er sich von Anfang an gut, weil der eher der ruhige Typ war und ihm nicht an den Hacken klebte. Flynn dagegen war ein ganz anderes Kaliber. Tim hatte ihm erzählt, dass Flynn erst hatte überzeugt werden müssen, also war Rory ihm gegenüber zurückhaltend. Es ging ihm allerdings ziemlich schnell auf die Nerven, dass der jüngere seiner Gastgeber sich oft in seiner Nähe aufhielt, als wolle er ihn kontrollieren. Rory war klug genug, nichts zu sagen, denn er wusste, dass er nur aufgrund der Freundschaft zwischen Tim und Gable hier war. Doch die würde schnell den Bach runtergehen, wenn er Flynn gegenüber ausfallend wurde. Das hieß aber noch lange nicht, dass ihm die Situation schmeckte.

Nachdem Rory die Boxen von Flynns und Gables Reitpferden ausgemistet hatte, fuhr er mit seiner Schubkarre um eine Ecke und stieß praktisch mit Flynn zusammen. Unfähig, seine Laune zu verbergen, ließ er die Karre los und lief schnurstracks in die andere Richtung.

„Ist alles in Ordnung?", fragte Flynn hinter ihm.

„Alles bestens", presste Rory zwischen zusammengebissenen Zähnen hervor. Er atmete einmal tief durch und nahm sich dann einen Besen, um beim Fegen seine Nerven zu beruhigen. „Tut mir leid, dass ich in dich reingerannt bin."

„Bist du doch nicht", erwiderte Flynn.

Rory wusste, dass er etwas sagen musste und hoffte, dass Flynn es nicht falsch auffassen würde. „Ich … ich weiß, wie man Boxen ausmistet und Pferde trocken reibt. Ich weiß, wie man sie füttert. Ich mache das auf der Blue River Ranch schon seit einer ganzen Weile."

„Ich weiß", meinte Flynn beiläufig. „Ich wollte nur in der Nähe sein, falls du Fragen hast."

Rory antwortete nicht gleich. Er war ein bisschen überrascht, dass Flynn noch nicht wütend geworden war. Normalerweise endete es immer damit, dass man ihn missverstand, wenn er mal seine Meinung sagte.

„Ich rücke dir zu sehr auf die Pelle." Flynn formulierte es nicht als Frage. „Gable meint immer, dass ich das tue." Flynn grinste schief. „Tatsächlich hat er mir erst heute Morgen gesagt, dass ich dich nicht so bedrängen soll."

Rory sah Flynn lächeln. Er fühlte sich zwar noch nicht zur Gänze wohl, doch wenigstens war ein Teil der Spannung verflogen.

„Es ist nicht so, dass ich dir nicht vertraue. Ich kann nur ziemlich kleinlich sein. Ich muss lernen, es auch mal gut sein zu lassen."

„Ist schon gut", sagte Rory.

„Nein, ist es nicht. Aber ich werd mir Mühe geben. Sag mir einfach Bescheid, wenn ich dir auf die Nerven falle."

Rory biss sich auf die Lippe. „Das kann ich dir nicht sagen, du bist mein Chef."

Flynn lachte. „Eigentlich ist Gable der Chef. Und ihr beide seid euch ziemlich ähnlich. Ich weiß, wie ich mit ihm umgehen muss, also sollte das auch mit dir klappen, doch das tut es nicht. Lass uns eine Übereinkunft treffen, okay?"

Rory nickte und fegte dabei weiterhin den Boden.

„Wenn du irgendwelche Fragen hast, frag einfach. Entweder mich oder Gable."

„Okay."

„Und ich werde versuchen, dich in Ruhe zu lassen."

Rory nickte. Seine Nervosität verschwand erst, nachdem Flynn gegangen war. Auch als er zurück zur Schubkarre ging, war Flynn nirgends zu sehen, und Rory begann langsam, sich zu entspannen. Von da an war Flynn immer geradeheraus mit Rory und sagte ihm ganz genau, was er von ihm erwartete. Nach dieser ersten Auseinandersetzung war Rory froh zu wissen, wo er stand.

JEDES MAL, wenn Rory innehielt, um durchzuatmen oder seine schmerzenden Muskeln etwas auszuruhen, kehrten die Gedanken zurück, die er so sehr hasste. Obwohl er versuchte, ihnen zu widerstehen, erwischte er sich dabei, wie er daran dachte, die Ranch zu verlassen und in die Stadt zu verschwinden. Er wusste, wo die beiden ihre Autoschlüssel aufbewahrten und er wusste auch, wann der Postbote kam. Wann immer Calley vorbeischaute, war er versucht, sie darum zu bitten, ihm etwas Stärkeres als Wasser mitzubringen. Doch da er wusste, dass das ein sinnloses Unterfangen war, ließ er es bleiben. Die Versuchung war trotzdem verflucht groß – Tag und Nacht. Er hoffte, dass es irgendwann besser werden würde, genauso wie Lamar, sein Sponsor bei den Anonymen Alkoholikern, es ihm versprochen hatte.

Tim kam jeden Abend auf der Ranch vorbei, um ihn zu besuchen. Manchmal brachte er was zu essen mit und half dann Flynn, das Abendessen zuzubereiten. Meistens jedoch kam er nur, um mit ihnen zu essen und dann Rory in die Stadt zu seinen Treffen zu fahren. Rory hatte immer ein schlechtes Gewissen, weil Tim während der Treffen im Truck warten musste, doch das zeigte nur Tims Engagement – als hätte Rory dafür einen Beweis gebraucht.

Die Nächte waren am schlimmsten. Obwohl seine anhaltende Müdigkeit dafür sorgte, dass er sich nach seinem Bett sehnte, sobald sie aus der Stadt zurück waren, hatte er dann Schwierigkeiten einzuschlafen und wachte bei dem kleinsten Geräusch auf. Er war dankbar, dass Flynn und Gable es nicht die ganze Nacht trieben, denn die Wände des Hauses waren hauchdünn.

Abends oder in den frühen Morgenstunden hörte er aus ihrem Zimmer geflüsterte Worte der Zuneigung und ihm wurde klar, dass er das vermisste. Obwohl Rory außer mit Tim sein ganzes Leben lang allein geschlafen hatte, fehlte ihm nun dessen Anwesenheit. Das vermisste er sogar noch mehr als Sex, obwohl er sich selbst befriedigte und sich nach Tims Hand sehnte, wann immer er unterdrücktes Stöhnen von nebenan hörte.

Sie hatten sich vorgenommen, am Wochenende in der Blockhütte zu arbeiten, und Rory bekam zum ersten Mal einen Eindruck, wo Tim zukünftig mit ihm leben wollte. Es war wirklich eine Bruchbude – durch die Stufen am Eingang wuchsen kleine Bäume und es gab an mehreren Ecken Wasserschäden. Rory konnte sehen, dass sie mindestens zwei Wände und vermutlich das ganze Dach ersetzen mussten. Tim jedoch war unerträglich gut gelaunt.

„Grant meint, dass das Fundament und die tragenden Balken in Ordnung sind. Er ist wirklich scharf drauf, uns zu helfen. Hunter und Grant haben ihr eigenes Haus gebaut, und wir alle haben ihnen geholfen, daher sollte das hier kein Problem sein. Die Hütte ist viel kleiner und alle haben versprochen zu helfen, also sollten wir in ein paar Wochen ein Dach über dem Kopf haben."

Rory unterbrach Tims Redefluss mit einem Kuss. Das fühlte sich so gut an, dass sein Schwanz sofort reagierte. Als Rory sich zurückzog, öffnete Tim den Mund, um etwas zu sagen, schloss ihn dann jedoch wieder. Dann lächelte er. „Ich hab dich vermisst."

„Dann komm heute mit mir oder lass mich in deinem Zimmer schlafen", schlug Rory vor. Er versuchte, es nicht so klingen zu lassen, als würde er betteln, doch letztendlich tat er natürlich genau das. „Ich vermisse dich auch."

Tim hatte nicht mehr die Möglichkeit zu antworten, denn in diesem Moment öffnete sich die Haustür und Hugh stürmte herein. Seine Frau Izzie und ihre beiden kleinen Mädchen folgten. Gleich nach ihnen kamen Grant und Hunter, die Danny, Hughs zehnjährigen Sohn, im Schlepptau hatten.

„Dann lasst uns mal anfangen", meinte Grant.

„Ich weiß nicht, ob es so eine gute Idee war, die Mädchen mitzubringen", wandte Tim ein. „Sie könnten sich wehtun und …"

Izzie, die ihre Jüngste auf dem Arm trug, kam zu Tim hinüber und gab ihm einen Schmatzer auf den Mund. „Mach dir keine Sorgen, Timmy. Ich bin nur hier, um zu schauen, was ihr noch braucht. Ich fahre zum Einkaufen und so wie es aussieht, könnt ihr noch viel mehr Putzutensilien gebrauchen." Sie ging in den Bereich hinüber, der wohl mal die Küche gewesen war, und öffnete einen Schrank. „Und hier muss auch was gemacht werden, Grant", rief sie ihrem Schwager zu, als sie merkte, dass sich die Schranktür nicht mehr schließen ließ.

„Überall muss was gemacht werden, aber wir schaffen das schon", erwiderte Grant und lächelte dabei Tim und Rory an. „Im Moment sieht es zwar aus, als wäre hier ein Tornado durchgefegt, aber letztendlich ist es nicht so viel Arbeit wie unser Haus. Gib uns ein paar Wochen und dann können die beiden uns hierher zum Abendessen einladen."

„Dann musst du ihnen aber erst das Kochen beibringen, Izzie", warf Hugh im Scherz ein und warf seinem jüngeren Bruder einen verschmitzten Blick zu. „Ich glaube nicht, dass Timmy in seinem Leben jemals etwas gekocht hat."

Izzie schnaubte ungläubig. „Du weißt doch genau, dass ich mich auch nur an den Tisch setze und esse, was aufgetragen wird. Mit Mom und Christy im Haus komme ich doch gar nicht zum Kochen!"

„Christy hat bestimmt nichts dagegen, ihnen die Grundlagen beizubringen, Izzie", sagte Grant.

„Jungs, bitte. Ist schon in Ordnung, wir schaffen das", schaltete sich Tim ein.

„Das ist das Schöne daran, wenn man sich zusammen ein Leben aufbaut", sagte Hunter und legte Grant dabei einen Arm um die Schultern. Er zwinkerte Rory zu und dieser lächelte ihn schüchtern an. „Aber wir sollten mit dem Quatschen aufhören und stattdessen mit der Arbeit anfangen. Wie wär's, wenn wir ein Putzteam bilden, das anfängt aufzuräumen, und ein Bauteam, das schon mal Maß nimmt und aufschreibt, was ersetzt werden muss? Da Grant unser Zimmermann und Rory ebenfalls handwerklich begabt ist, sollten die beiden sich vielleicht ums Reparieren kümmern. Tim, du kannst uns anderen sagen, wo wir mit dem Aufräumen anfangen sollen."

Rory war dankbar, dass Hunter die Führung übernahm. Man konnte sehen, dass er das gewohnt war und ihm diese Rolle automatisch zufiel. Ihm gefiel auch, dass man ihm die handwerklichen Aufgaben zutraute. Vor ewigen Zeiten hatte er auf dem Bau gearbeitet, und auch wenn er da hauptsächlich mit Strom zu tun gehabt hatte, kannte er sich doch auch ein bisschen mit Holz aus. Es fühlte sich gut an, gebraucht zu werden.

Am Abend war Rory überrascht, wie viel besser das Haus schon aussah. Er und Grant hatten überschlagen, wie viel Holz sie brauchen würden, um ein paar der Wände zu ersetzen. Das Dach würden sie tatsächlich auch erneuern müssen. Grant hatte einen Plan skizziert, auf dem auch eine Veranda und ein Lagerraum zu sehen waren und Rory freute sich über das Leuchten in Tims Augen, als er ihm die Pläne zeigte.

„Damit wäre die Hütte doppelt so groß wie vorher", bemerkte Tim mit einem Augenzwinkern in Rorys Richtung. „Jetzt komm mit und schau dir an, was wir geschafft haben."

Tim zeigte Rory die Zimmer und dieser war überrascht, was schon alles passiert war. „Ich wollte, dass das Schlafzimmer als erstes fertig wird. Ich dachte mir, wenn wir das Schlafzimmer bewohnbar machen, können wir das Bett reinstellen und einziehen." Er zog Rory an sich und küsste seine Schläfe. „Ich kann es kaum erwarten."

Rory lächelte. „Kann ich heute bei dir bleiben?"

Diesmal küsste Tim ihn auf den Mund. „Auch das kann ich kaum erwarten. Sag Gable, dass er sein Haus heute ganz für sich haben wird."

„Ich bin sicher, Flynn wird begeistert sein."

Als sie auf dem Weg zum Mannschaftshaus waren, fiel Rory auf, dass er den ganzen Tag nicht einmal daran gedacht hatte, Alkohol zu trinken. Die kommende Nacht würde jedoch die Probe aufs Exempel sein. Auf dem Küchentisch würde Alkohol stehen und er wusste, dass er ihn nicht anrühren durfte. Nicht einmal einen Schluck Bier durfte er sich erlauben. Er kannte auch die Verstecke der meisten anderen Angestellten und es wäre ein Leichtes, sich wegzuschleichen und sich ein Schlückchen zu genehmigen. Rory versuchte, diese Gedanken durch positive zu ersetzen, genau so, wie er es bei seinen Treffen bei den Anonymen Alkoholikern gelernt hatte. Er konzentrierte sich darauf, was passieren würde, wenn er Tim in seinem Zimmer ganz für sich hätte. Er hatte das Gefühl, als hätten sie vor Monaten das letzte Mal Sex gehabt.

„Na, schau an, wen haben wir denn da?", meinte Johnny geringschätzig, als Tim und Rory die Gemeinschaftsküche betraten. Johnny hatte Rory nie gemocht, wohl auch, weil auch er nach dem Feuer, das Old Mac getötet hatte, sein Zimmer hatte räumen müssen. Nur war Johnny natürlich nicht im Zimmer des Chefs der Ranchhelfer gelandet.

„Lass gut sein, Johnny", warnte ihn Tim.

Rory warf Tim einen warnenden Blick zu und bat ihn wortlos, nicht lautstark zu seiner Verteidigung zu blasen. Es war schlimm genug, dass so ziemlich jeder wusste, dass er im Krankenhaus gewesen war und nun für Gable arbeitete. Viele der anderen Arbeiter hatten schon auf Gables Ranch ausgeholfen, als dieser sich von seinem Unfall erholt hatte, und Rory war sicher, dass sie dachten, er hätte sich einen bequemen Job auf der viel kleineren Ranch an Land gezogen. Dazu kam noch, dass sie sicherlich seine Nähe zu Tim bemerkt hatten. Die Kombination aus beidem sorgte dafür, dass Rory am liebsten das Weite gesucht hätte. Er ignorierte die Blicke und hoffte, dass die Männer sich bald ins Fernsehzimmer zurückziehen würden, sodass er und Tim in Ruhe essen konnten.

Als sich Rory zum Herd umdrehte, um zu schauen, was es zu essen gab, fühlte er Tims Hand in seinem Kreuz und schüttelte sie ab.

„Was ist los?", flüsterte Tim.

Statt einer Antwort schüttelte Rory nur den Kopf. Er füllte seinen Teller und setzte sich zum Essen in eine Ecke des Zimmers. Er aß mit wohldosierten Bewegungen und hoffte, dass Tim nichts sagen würde.

„Hör auf, meine Schlachten zu schlagen", flüsterte Rory ihm zu, sobald er sicher sein konnte, dass die anderen Männer sie nicht hören würden.

„Tu ich doch gar nicht."

„Doch, tust du. Du hast Johnny in die Schranken gewiesen. Er wollte mich nur ködern und du hast es schlimmer gemacht, indem du mich verteidigt hast. Schlimm genug, dass ich nicht mehr hier arbeiten kann, aber jetzt werden deine Worte und Taten dafür sorgen, dass sie etwas Neues haben, worüber sie tratschen können."

„Mir war nicht klar …"

„Nein, dir ist nicht klar, wie das ist. Als ich hier angekommen bin, war ich nicht nur der Außenseiter. Ich war der, der gesessen hatte und ich war der Herumtreiber. Beides hat mir nichts ausgemacht. Es hat sich kaum von den anderen Orten unterschieden, an denen ich gearbeitet habe. Der Unterschied warst dann du. Als niemand über uns Bescheid wusste, war es egal. Aber da du mir ständig zu Hilfe geeilt bist und mich nicht wie die anderen Männer behandelt hast, weiß die ganze Mannschaft, dass ich was Besonderes bin. Was Besonderes für dich."

Tim seufzte und zog sich zurück. „Tut mir leid, Rory, aber ich hab das Recht zu lieben, wen ich will. Sie haben kein Recht, dich danach zu beurteilen."

Tims ruhige Ausstrahlung half auch Rory, sich wieder zu beruhigen. Tim hatte schon immer diesen Effekt auf ihn gehabt. Rory war daran gewöhnt, überall anzuecken, und oft genug legte er es darauf an. Dann würde sein Gegenüber sich rächen, um Rory klarzumachen, dass die Leute Abschaum wie ihn einfach nicht mochten. Schon während Rorys erstem Aufenthalt auf der Ranch war Tim anders gewesen. Tim war geduldig, ruhig und zumindest in Rorys Augen konnte ihn nichts aus der Ruhe bringen. Rory profitierte von dieser Stärke und auch wenn ihn das einen Teil seiner Unabhängigkeit kostete, so fühlte er sich doch zu Tim hingezogen wie zu keinem Mann zuvor.

„Und trotzdem tun sie es", erwiderte Rory. „Sie beurteilen mich danach. Und dich genauso." Seine Stimme war ein wenig rau und er wusste, dass man ihm die jahrelangen Verletzungen anhörte. Doch er konnte das vor Tim nicht verstecken. Und er wollte es auch nicht. Sie hatten in den vergangenen Monaten so viel geteilt.

Tim nahm Rorys Hand und dieser ließ ihn gewähren, obwohl sie nicht allein in der Küche waren. Die andere Gruppe Männer waren langjährige Angestellte, unter ihnen Coop. Coop war ein Mann von Welt, ein ehemaliger Anwalt, der mehr als einmal gegenüber Rory angedeutet hatte, dass ihm Rorys Vergangenheit und seine Freundschaft zu Tim nichts ausmachten. Coop lächelte ihn an und nickte ihm grüßend zu, um ihn wissen zu lassen, dass er sich über seine Rückkehr freute. Sein Lächeln verschwand auch nicht, als er sah, wie Tim und Rory Händchen hielten. Das bestärkte Rory darin, Tims Hand nicht loszulassen.

„Lass uns abwaschen und dann nach oben gehen", schlug Tim vor.

27

TIM HATTE sich einerseits auf den Moment gefreut, wenn er das erste Mal nach dem Entzug wieder mit Rory allein sein würde, andererseits hatte er den Moment auch gefürchtet. Er hatte Rory wie verrückt vermisst, doch dieser war noch stiller als gewöhnlich gewesen und so wusste Tim nicht, was ihn erwartete. Nach ihrem angespannten Abendessen waren sie nach oben gegangen und Tim hatte das T-Shirt und die Boxershorts aus dem Schrank genommen, die er immer noch für Rory aufbewahrte, damit dieser etwas für die Nacht hatte.

Rory nahm die Sachen wortlos entgegen und zog sich um. Tim tat es ihm gleich und hoffte, dass sie ihre Schlafanzüge nicht lange tragen würden. Ihm fiel auf, wie dünn Rory geworden war: Er konnte seine Rippen zählen und die Hüftknochen standen auch sichtbar hervor. Als Rory sich aufs Bett setzte, kam Tim an seine Seite und setzte sich schließlich neben ihn. Nach einigen angespannten Momenten nahm er Rorys Hand in seine. „Ich bin froh, dass du bleibst. Ich hab mich hier ziemlich allein gefühlt."

Ein Zittern durchlief Rorys Körper, doch er entzog Tim nicht seine Hand.

„Warum kriechen wir nicht unter die Decke und wärmen uns auf?"

Rory nickte und tat genau das.

Tim musste zugeben, dass es unter der Decke wärmer war, doch Rory lag auf dem Rücken und starrte die Zimmerdecke an, als auch Tim sich hinlegte. Er hätte auch mit einem Eisblock das Bett teilen können. Tim sehnte sich danach, Rorys Haut an seiner zu fühlen. „Willst du ein bisschen näher kommen?"

Rory zuckte mit den Schultern.

„Hör zu, es tut mir leid, was in der Küche passiert ist. Ich werde morgen mit Johnny reden."

„Du hast mir gar nicht zugehört, oder?" Rory warf ihm einen drohenden Blick zu. „Hör auf, meine Schlachten zu schlagen. Er hatte es auf mich abgesehen, nicht auf dich. Wenn ich der Meinung bin, ich müsse mit ihm reden, dann werde ich das tun."

Tim nickte und schalt sich dafür, dass er schon wieder das Falsche gesagt hatte. Wie sollte er je seinen Rory wiederbekommen?

„Gut, ich verstehe, was du meinst. Ich werde nichts sagen", meinte Tim leise. „Es verletzt mich halt, wenn ich sehe, wie dich jemand aufgrund von Vorurteilen oder Bösartigkeit schlecht behandelt. Es verletzt mich zu sehen, wie jemand, den ich liebe, so behandelt wird."

„Du bist so ein Softie."

„Wenn es um die Menschen geht, die ich liebe …"

„Und Tiere."

„Ja, und Tiere. Ich kann einfach nicht verstehen, wie Menschen einen Hund an einem Laternenpfahl anbinden können, um ihn sterben zu lassen. Das ist grausam." Als Tim Rory anschaute, lächelte dieser.

„Softie."

„Solange es dir nichts ausmacht", erwiderte Tim. Er drehte sich auf die Seite, sodass er Rory ansehen konnte. In Rorys Blick lag so viel Liebe, dass Tim den Eindruck hatte, sie würde sein Herz zum Schmelzen bringen.

„Nicht doch."

Tim legte Rory eine Hand auf den Bauch und fühlte, wie angespannt sein Freund war. Er schmiegte sich an ihn und legte seinen Kopf in Rorys Halsbeuge, sodass er seinen Geruch einatmen konnte. Langsam entspannte Rory sich.

„Tut mir leid, dass ich so aus der Haut gefahren bin. Ich weiß, dass du es nur gut meinst", sagte Rory schließlich. Er drehte den Kopf und vergrub seine Nase in Tims Haarschopf.

„Ich liebe dich", sagte Tim zum wohl hundertsten Mal. Er wusste, dass es vermutlich kitschig klang, doch er meinte es ernst. Und er war sich sicher, dass Rory ihn ebenfalls liebte, auch wenn er die Worte nie laut ausgesprochen hatte.

SIE MUSSTEN wohl so eingeschlafen sein, denn als Tim erwachte, war es dunkel im Zimmer und durch die Gardinen drang kein Licht herein. Rory lag immer noch neben ihm und atmete langsam ein und aus. Er hatte sich auf die andere Seite gedreht, in Richtung Tür, und Tim kam näher, um sich an seinen Rücken zu kuscheln. Er war sich nicht ganz sicher, hatte jedoch den Eindruck, dass auch Rory seine Nähe suchte. Bald war Tim wieder eingeschlafen. Als er das nächste Mal erwachte, graute der Morgen und Rory war aufgestanden, um sich anzuziehen.

„Morgen", begrüßte Tim seinen Freund und kratzte sich dabei den Bauch, wobei seine Hand unbewusst nach unten zu seiner Morgenlatte wanderte. Verdammt, er hatte sich so darauf gefreut, mit Rory zu schlafen und nun schien die Chance ungenutzt verstrichen zu sein. „Was machen wir heute?"

Rory lächelte. „Ich dachte, wir sollten vielleicht wieder zur Blockhütte fahren."

Tim lehnte sich aus dem Bett und griff nach dem Bund von Rorys Jeans. „Bleib noch eine Weile hier."

Rory widerstand für einen Moment, gestattete Tim dann jedoch, ihn zurück aufs Bett zu ziehen, wo Tim sein Gesicht in Rorys langem Haar vergrub. „Nur einen Moment. Ich hab dich vermisst, Brummbär."

„Ich hab dich auch vermisst", gab Rory zu. „Ich hab gern hier geschlafen."

„Ich hatte gehofft, du würdest mehr wollen als nur schlafen."

Tim sah, dass Rory kurz zögerte, doch dann war sein scheues Lächeln zurück. „Lass uns die Hütte in Schuss bringen, sodass wir bald jede Nacht zusammen verbringen können."

Dem konnte Tim kaum widersprechen, doch welchen Unterschied würde eine Viertelstunde schon machen? Widerstrebend ließ er Rory los und sah zu, wie dieser sich zu Ende anzog.

SIE ARBEITETEN an diesem Morgen hart und nach dem Mittagessen gesellten sich Grant, Flynn und Gable zu ihnen, um eine Wand und einen Teil des Daches abzureißen und die entstandenen Löcher mit einer Plane abzudecken. Der Rest der Hütte war vollständig leer geräumt worden. Tim war dankbar, dass Grant offensichtlich wusste, was er tat und dass Rory im Großen und Ganzen seinen Plänen zustimmte.

Als Grant gerade überprüfte, ob die Plane stabil genug war, lud er sie zum Essen ein. „Es gibt genug zu essen, ihr könnt gern alle vorbeikommen."

Flynn und Gable bedankten sich für das Angebot, lehnten jedoch ab. Daraufhin wandte Grant sich Tim zu. „Dann sehen wir dich in ungefähr einer Stunde?"

„Nein, wir haben zum Abendessen schon was vor, danke", antwortete Rory zu Tims Überraschung.

Grant akzeptierte ohne Weiteres und verabschiedete sich.

„Was sollte das?", zischte Tim, nachdem Grant gegangen war. „Du weißt, dass es sonntags im Mannschaftshaus kein Abendessen gibt."

Rory räumte die restliche Plane beiseite und packte sie in einer Ecke ihres zukünftigen Wohnzimmers auf einen Haufen. „Ich dachte, das wäre offensichtlich gewesen."

„Was? Es war nur eine Einladung zum Abendessen. Grant weiß, dass am Sonntag jeder für sich selbst sorgen muss."

Rory drehte sich mit ernstem Gesicht zu Tim um. „Wenn ich nicht gut genug bin, um für sie zu arbeiten, bin ich sicher auch nicht gut genug, um an ihrem Tisch zu sitzen. In der Nähe ihres Kindes."

„Ich kann nicht glauben, dass du ihnen das vorwirfst. Sie wollten dich nicht loswerden. Ihr Anwalt war der Ansicht, dass Mirandas Anwalt keinen Wind davon kriegen sollte, dass du dich auf der Ranch aufhältst. Denkst du wirklich, dass Grant hier aushelfen würde, wenn er ernsthaft der Meinung wäre, dass du eine Gefahr für Matthew darstellst?"

„Ach Timmy, manchmal bist du wirklich naiv. Er hilft wegen dir, nicht wegen mir. Und es kann ihm nur recht sein, wenn ich hier bin und nicht im Mannschaftshaus, denn dann bin ich weiter entfernt von ihrem Sohn. Dann können sie sich einreden, dass ich nicht auf ihrem Grund und Boden lebe, weil uns eine Straße trennt."

Tim war sprachlos. Er konnte nicht glauben, was Rory da sagte. Er kannte Hunter und er war sich ziemlich sicher, dass er auch Grant gut einschätzen konnte. Keinesfalls dachte einer der beiden ernsthaft, dass Rory eine Gefahr für Matthew darstellte. Außerdem hätte Grant sie nie zum Abendessen eingeladen, wenn dem tatsächlich so wäre. Trotzdem, wenn das Rorys Meinung war, musste er versuchen, ihn vom Gegenteil zu überzeugen.

„Ich gehe rüber zu Gables Ranch", informierte ihn Rory herablassend. Er warf den Lappen beiseite, an dem er sich die Hände abgewischt hatte, und verließ die Hütte, bevor Tim reagieren konnte. Tim stand immer noch in der Mitte des Zimmers, als er hörte, wie draußen ein Auto angelassen wurde und er rief sich in Erinnerung, dass Rory Old Macs Truck nutzte, um zwischen ihrer Hütte und Gables Ranch hin und her zu fahren. Sein Gehirn brauchte einen Moment, um zu begreifen, dass der Truck in die falsche Richtung davongefahren war. Als er schließlich draußen war, war der alte, grüne Truck schon nicht mehr zu sehen. Tim fuhr ein paar Meilen und beschloss dann, zu Gable zu fahren, um sicherzugehen, dass er sich nicht einfach verhört hatte. Doch nur Gables Truck parkte unter dem Apfelbaum. Tim brauchte sich nicht weiter umzusehen, da es keine Garage gab. Er fuhr in Richtung Stadt und hoffte, dass er auf dem Weg Rory oder dessen Truck begegnen würde.

In Calleys Laden sagte ihm Leah, die Aushilfe, dass sie Rory nicht gesehen hatte, also fuhr er zum Einkaufszentrum, um den Parkplatz abzusuchen. Er musste Rory unbedingt finden, denn er hatte immer noch keinen Führerschein. Wenn die Polizei ihn anhielt, würde er sofort wieder ins Gefängnis wandern, da jede Ordnungswidrigkeit als eine Verletzung seiner Bewährungsauflagen gewertet werden würde.

„Verdammt Rory, du bist so weit gekommen. Verdirb es dir jetzt nicht, nur weil du frustriert bist."

Als Tim weiterfuhr, beschlich ihn ein Gefühl von Déjà-vu. Das letzte Mal, als er sich auf die Suche nach Rory gemacht hatte, hatte er ihn schließlich im Delirium in einem Motelzimmer gefunden. Diesmal war jedoch nicht so viel Zeit vergangen und Tim hoffte, dass er Rory in einem besseren Zustand – und vor allem nüchtern – finden würde. Tim hielt vor dem Schnapsladen an, ging aber nicht hinein. Selbst wenn der Verkäufer Rory gesehen hatte, hätte Rory ihm sicherlich nicht gesagt, wohin er wollte. Und wenn Rory tatsächlich im Laden gewesen war, wollte Tim es vielleicht gar nicht wissen, da er sich dann nur noch mehr Sorgen gemacht hätte.

Würde Rory zum selben Ort zurückkehren? Das Motel war nicht weit entfernt, also beschloss Tim, es zu versuchen. Der Gemeindesaal, in dem Rory seine AA-Treffen hatte, war ebenfalls ganz in der Nähe, deshalb hoffte Tim, dass der Truck vielleicht dort geparkt war. Er war erleichtert, als er den alten, grünen Ford tatsächlich vor dem Saal sah. Er lächelte in sich hinein, als er darauf wartete, dass Rory aus dem Gebäude kam. Er war erleichtert zu wissen, dass Rory, wenn es ihm schlecht ging, zu einem Treffen gehen würde, selbst wenn er zu spät dort auftauchte. Als er sich umsah, entdeckte er ein Blatt Papier, das an einer Laterne befestigt worden war. Das Schwarz-Weiß-Foto darauf kam ihm bekannt vor. Er stieg aus seinem Truck aus, um sich das Flugblatt näher anzusehen, und erkannte darauf Rory. Die Bildunterschrift lautete: „Achtung, Kinderschänder! Arbeitet auf der Blue River Ranch. Passt auf eure Kinder auf!"

Tim riss das Blatt von der Laterne und entdeckte noch mehr, als er die Straße hinunterblickte. Er sammelte im Umkreis des Gemeindesaals ungefähr zwanzig Zettel ein, bevor er nach drinnen lief. Er war nie zu einem der Treffen gegangen, sondern hatte immer brav draußen gewarte. Allerdings hatte er in der Vergangenheit Rorys Sponsor Lamar getroffen. Er erkannte den rundlichen Schwarzen, als die Mitglieder der Selbsthilfegruppe das Treffen verließen.

„Lamar."

Lamar sah ihn zunächst argwöhnisch an, bis ihm einfiel, wer Tim war. „Du bist Rorys Freund."

Tim nickte.

„Falls du auf der Suche nach ihm bist, muss ich dir leider sagen, dass er nicht hier war."

„Ja, ich suche ihn. Trotzdem danke. Normalerweise bringe ich ihn her, doch heute ist er allein losgefahren und ich hab keine Ahnung, wo er ist. Sein Truck steht hier."

Lamar tätschelte Tim den Arm. „Er war nicht drinnen. Tut mir leid, dass ich dir nicht helfen kann. Falls er mich anruft, werde ich ihn bitten, dass er sich bei dir meldet. Ich kann ihm sagen, dass du dir Sorgen machst und vorbeigekommen bist, um nach ihm zu suchen."

Tim nickte erneut und gab sich geschlagen. Andererseits: Wenn Rorys Truck hier war, konnte Rory selbst nicht weit sein. Er wäre zu Fuß unterwegs und so viel Vorsprung hatte er nicht. Hinter dem Gemeindesaal war ein großer Parkplatz und Tim machte sich auf den Weg, um ihn sich mal genauer anzusehen. Er war kurz davor aufzugeben, als er aus dem hinteren Teil hörte, wie sich jemand übergab. Rory kauerte vornübergebeugt und erbrach sich. Tim rannte zu ihm hinüber. Als er näher kam, konnte er den Alkohol riechen. Rory stand auf und wischte sich den Mund mit dem Handrücken ab. Er sah zu Tim hinüber und erkannte ihn.

„Wie ich sehe, hast du die Flugblätter gefunden."

„Geht es dir gut?", fragte Tim und ignorierte Rorys Feststellung.

„Natürlich nicht", erwiderte Rory und drehte sich um, um sich erneut zu übergeben.

„Bist du krank?" Tim bemerkte die Kälte in seiner Stimme, obwohl ihm das selbst sehr unangenehm war.

Rory schluckte. „Ich bin ein Alkoholiker, Tim. Wann wirst du das endlich begreifen?"

„Im letzten Monat ging es dir gut. Ich weiß, dass es nicht einfach ist, aber du hast schon so viel erreicht …"

„Es sind die Medikamente. Sie machen vieles leichter, aber sie sorgen auch dafür, dass mir schlecht wird, wenn ich was trinke."

„Aber nur, wenn du trinkst." Tim konnte sehen, dass Rory gegen seine Gefühle ankämpfte. Er wollte ihn einfach nur in die Arme nehmen und halten, doch er erinnerte sich an die Warnung des Klinikmitarbeiters. Schon ein Glas konnte für Rory tödlich sein und wenn die Flasche, die am Baum lehnte, ein Hinweis war, hatte Rory sehr viel in sehr kurzer Zeit zu sich genommen. „Das letzte Mal war es ziemlich eng, Rory."

„Ich weiß", sagte Rory und er schluckte erneut schwer. „Bitte hilf mir", fügte er kaum hörbar hinzu.

Tim war mit zwei großen Schritten bei Rory. Er ignorierte den Geruch nach Erbrochenem und Alkohol und zog Rory in eine Umarmung. „Ich bring dich nach Hause und pack dich ins Bett. Du brauchst Ruhe. Und morgen bitte ich um Urlaub, damit wir an der Hütte arbeiten können. Sie muss ja nicht komplett fertig werden, nur so viel, dass wir dort wohnen können. Hauptsache, das Schlafzimmer ist gemacht, stimmt's?"

Rory nickte und suchte Tims Nähe, als sie zum Truck zurückgingen.

„Deinen Truck holen wir morgen früh. Du musst dich wirklich um deinen Führerschein kümmern."

„Warum sollte ich?", erwiderte Rory.

Tim sah seinen Freund überrascht an. „Damit du nicht im Knast landest, wenn du wieder mal davonläufst und von der Polizei angehalten wirst."

Rory lächelte. „Aber dann wirst du nicht kommen, um nach mir zu suchen."

Tim lachte rundheraus, glücklich darüber, wenigstens den Ansatz von guter Laune in Rorys Stimme zu hören.

RORY GING zu den Duschen im Mannschaftshaus und Tim rannte nach oben, um Handtücher und Seife zu holen. Als er wieder unten war, fiel es ihm nicht schwer, seinen Freund ausfindig zu machen. Rory stand herrlich nackt und nass unter dem Wasserstrahl der Dusche. „Darf ich mitmachen?"

Rory blickte sich um und wischte sich Wasser aus Haar und Bart. „Klar doch, aber zieh dich zuerst aus."

Tim steuerte das Duschgel bei und als er selbst nackt war, verteilte er den Schaum großzügig auf Rorys nackter Haut.

„Fühlt sich gut an", raunte Rory. Er ließ seinen Kopf zurückfallen, sodass ihm Wasser in den Mund lief. Er spuckte es aus, bevor er sich umdrehte und Tim küsste. „Das meiste vom Schnaps hab ich wieder ausgekotzt, aber ich fühl mich trotzdem etwas angeheitert. Komisch."

Tim wusste, dass Rory recht hatte. Er war gut gelaunt und gesellig, ein himmelweiter Unterschied zu dem grüblerischen Mann, der aus dem Entzug gekommen war. Tim fürchtete, dass das Rorys eigentlicher Charakter war und dass dieser kokette Typ, der für jeden Spaß zu haben war, nur zum Vorschein kam, wenn er einen gehoben hatte. Tim wusste jedoch auch, dass er Rory nicht aufgeben würde. Er liebte diesen Mann, also musste er nachsichtig mit ihm sein. Er konnte nicht beim ersten Anzeichen von Problemen das Weite suchen. Er musste einfach mit ihm durch Dick und Dünn gehen. In Gesundheit und in Krankheit, so hieß es doch im Ehegelübde. Und Tim war sich sicher, dass Rory immer noch krank war.

„Ich hab dir einen Schrecken eingejagt, oder?"

Tim sah zu Rory auf und bemerkte, dass er mit den Gedanken ganz woanders gewesen war. „Ja, ein bisschen."

„Tut mir leid."

„Tu es einfach nicht wieder. Du weißt, was dein Betreuer im Krankenhaus gesagt hat: Du könntest sterben."

Rory unterbrach Tim mit einem leidenschaftlichen Kuss und warf sich in Tims wartende Arme. „Ich bin am Leben, Tim", sagte Rory, als er den Kuss unterbrach, um zu Atem zu kommen. „Wirst du mich jetzt bitte endlich vögeln?"

„Dann lass uns nach oben gehen", schlug Tim vor.

„Nein, lass es uns gleich hier tun", verlangte Rory.

28

RORY WUSSTE, dass er nicht viel getrunken hatte. Sein Magen schmerzte immer noch von den Krämpfen, die ihn geschüttelt hatten, als die Medikamente dazu geführt hatten, dass er den meisten Whiskey wieder rausgebracht hatte. Doch es war schon eine ganze Weile her, dass Alkohol einen Effekt auf ihn gehabt hatte. Leider wuchs jedoch sein Verlangen nach einem Drink ins Unermessliche. Tim hatte recht. Wenn er mit dem Trinken nicht aufhörte, würde es ihn umbringen. Dabei hatte er ja jetzt etwas, wofür es sich zu leben lohnte, wie Tim so gern argumentierte.

Dieses Etwas fuhr mit den Händen über Rorys Körper, als sie gemeinsam unter der Dusche standen. Rory wusste, dass man sie hier erwischen konnte. Einer der Männer könnte die Mannschaftsdusche betreten und sie gemeinsam in einer Kabine vorfinden. Und wenn Rory Tim noch weiter erregte, könnte dieser Mann sie sogar beim Ficken erwischen. Er musste zugeben, dass die Vorstellung einen gewissen Charme hatte. In diesem Fall zumindest stieß ihn die Ähnlichkeit zu der Situation im Gefängnis nicht ab.

„Komm her, Timmy", flüsterte Rory. Er zog Tim näher zu sich und nahm ihre beiden Schwänze in die Hand. „Ich möchte dich in mir spüren. Ich möchte, dass du mich vögelst, bis ich schreie."

Tim lächelte. „Du wirst nicht schreien. Du wirst noch nicht einmal stöhnen. Schon gar nicht hier, wo uns jemand erwischen könnte."

Also war Tim zu demselben Schluss gekommen wie Rory. Rory jedoch fühlte sich plötzlich mutig. „Wenn du mich hier nimmst, verspreche ich dir, dass das ganze Haus es hören wird."

Tim ließ ein ungläubiges Schnauben hören, küsste Rory jedoch trotzdem. Rory fühlte sich vom Alkohol immer noch etwas beschwipst, doch der Schnaps entspannte ihn auch und ließ ihn mutig werden. Er begann, Tims Kinn zu küssen und arbeitete sich dann zu seinem Hals vor. Er fühlte Tims Stöhnen mehr, als dass er es hörte. Dann schob er ihn an die Wand der Duschkabine und leckte seine haarlose, nasse Brust hinab bis zu seinen Brustwarzen. In der Mannschaftsdusche war es nicht besonders warm, doch da immer noch heißes Wasser über Rorys Rücken lief, fror er nicht in der kalten Luft. Die Hitze, die Tims Körper ausstrahlte, sorgte zusätzlich für Wärme.

„Oh Gott, ja", stöhnte Tim, als Rorys Zunge seine Brustwarze neckte. Tims Schwanz erwachte in Rorys Hand zum Leben und dieser bückte sich, sodass er ihn in den Mund nehmen konnte. In diesem Moment schaltete sich das Licht ab.

Tim kicherte. „Verdammt. Es ist wirklich verflucht dunkel hier drin. Ich kann dich überhaupt nicht sehen."

Rory richtete sich wieder auf. „Besser so?"

Tim lachte. „Es ist stockfinster. Keine Fenster, nichts. Ich kann dich spüren, aber das ist auch schon alles."

„Das reicht dir wohl noch nicht?", flüsterte ihm Rory ins Ohr. Er wusste ganz genau, wie hart und bereit Tim war. Er wusste auch, dass das Visuelle für Tim sehr wichtig war, doch er konnte sich von dessen warmen Körper nicht losreißen, darum nahm er zusammen mit Tims Glied auch seinen eigenen halb-erigierten Schwanz in die Hand. Die Reibung, die entstand, als er die Hand bewegte, fühlte sich himmlisch an. Rory erinnerte sich daran, wie fasziniert Tim von seiner Vorhaut und der Tatsache gewesen war, dass er unbeschnitten war. Würde Tim zulassen, dass er ihn überraschte?

Tim hatte die Hände um Rorys Gesicht gelegt und sie fuhren damit fort, sich zu küssen. Rory schloss auch seine linke Hand um ihre beiden Schwänze. Er musste erst ein wenig herumprobieren, doch schließlich gelang es ihm, ihre Schwänze so in seiner Hand zu positionieren, dass er seine Vorhaut über die Spitze von Tims Schwanz schieben konnte.

„Verdammt, das fühlt sich fantastisch an", stöhnte Tim auf. „Was tust du da? Ich will es sehen!"

„Später", flüsterte Rory, als er versuchte, ihren Kuss fortzuführen. Tim zog sich jedoch zurück und sein Schwanz glitt aus Rorys Hand. Rory stellte sich wieder unter den Wasserstrahl, als die Wärme von Tims Körper verschwand. Er hatte eine ziemlich gute Vorstellung davon, was Tim vorhatte, doch er erschrak trotzdem, als das Licht, begleitet von einem dumpfen Schlag, wieder anging.

„Komm her", verlangte Tim, als er wieder unter die Dusche stieg und Rory an sich zog. „Und jetzt zeigst du mir, was du gerade gemacht hast."

Rory befeuchtete seine Hand unter dem Wasserstrahl und fuhr dann mit seinen Liebesdiensten fort. Das ungläubige Staunen auf Tims Gesicht amüsierte ihn. „Und darum bin ich nicht beschnitten." Rory positionierte ihre Schwänze wieder Kopf an Kopf und schob dann seine Vorhaut nach vorn. Die Spitze von Tims Schwanz verschwand fast komplett und um das Maß vollzumachen, rieb er noch mit dem Daumen darüber.

Tims Atem beschleunigte sich und seine Hüften schoben sich Rory entgegen. Weil er endlich unbändige Lust auf Tims Gesicht sehen würde, biss sich Rory aus lauter Vorfreude auf die Lippen. Er ließ seine Stirn gegen Tims fallen. „Fühlt sich das gut an?"

Rory schloss die Augen, denn das Gefühl von Tims Schwanz an seinem führte fast dazu, dass er völlig die Kontrolle verlor. Er wollte jedoch, dass Tim zuerst kam. Er öffnete seine Augen just in dem Moment, als Tim aufstöhnte. Eine heiße Flüssigkeit lief ihm über den Schwanz und wärmte ihn. Sein Rückgrat fing an zu kribbeln und schon bald darauf kam auch Rory.

„Das ist das Heißeste, was ich je gesehen habe", sagte Tim, der immer noch außer Atem war. „Oder gefühlt habe." Er küsste Rory, drang mit seiner Zunge in Rorys Mund ein, und dieser fügte sich gern.

Die Wirkung des Alkohols verflüchtigte sich langsam und plötzlich fühlte Rory sich müde. Er befreite sich aus Tims Umarmung und wusch sich den Schweiß und Samen unter dem heißen Wasserstrahl ab. Tim umarmte ihn von hinten und so standen sie eine Weile da, bis das Licht wieder ausging.

„Ich muss wohl die Zeitschaltuhr überprüfen", meinte Tim grinsend. „Das waren niemals fünfzehn Minuten."

Rory stellte das Wasser ab und fühlte nach dem Handtuch, von dem er wusste, dass es auf der Bank liegen musste.

STUNDEN SPÄTER wachte Rory zitternd in Tims Bett auf. Das Laken unter ihm war durchgeschwitzt und er fühlte sich ruhelos, also setzte er sich im Bett auf.

„Alles in Ordnung?", fragte Tim.

Rory hatte ein schlechtes Gewissen, weil er Tim aufgeweckt hatte. „Ja, alles klar", entgegnete er, doch dabei klang seine Stimme alles andere als fest. Es brauchte nur Sekunden, da war Tim bei ihm und versuchte, ihn zu umarmen.

„Lass sein", meinte Rory, als er versuchte, Tim abzuschütteln. „Ich bin völlig durchgeschwitzt."

Tim lachte leise und stand dann auf, um die Nachttischlampe einzuschalten. Er wuselte irgendwo hinter Rory herum und stellte sich schließlich vor ihn. „Arme hoch." Rory gehorchte und Tim zog ihm das durchgeschwitzte T-Shirt über den Kopf. Er saß einfach nur da, als Tim ihn mit einem Handtuch abtrocknete und ihm dann half, ein frisches Shirt anzuziehen. Er fühlte sich sofort besser, obwohl er immer noch zitterte.

„Hast du letzte Nacht deine Pillen genommen?"

Rory schüttelte den Kopf.

„Hast du sie mitgebracht?"

Rory nickte. „In meinen Jeans."

Tim stand wieder auf und brachte Rory seine Hosen. Dann füllte er ein Glas mit Wasser und reichte es ihm.

„Ich möchte dir nicht zur Last fallen, Tim."

„Tust du nicht", sagte Tim, ohne den Hauch einer Schuldzuweisung in der Stimme.

„Du hast mir erzählt, wie dein Vater sich jahrelang um deine Mutter gekümmert hat, und jetzt tust du das Gleiche für mich."

„Ja, das tue ich", erwiderte Tim. „Du bist mein Partner. Das ist es, was Partner eben tun."

„Ich bin ein Alkoholiker. Genau wie deine Mutter. Du weißt, was passieren wird."

Tim kniete sich vor Rory hin und legte ihm die Hände auf die Knie. „Ja, du bist ein Alkoholiker."

Rory zuckte zusammen, als er hörte, wie Tim es so ungeschönt aussprach, dabei hatte er es bei den Treffen der Selbsthilfegruppe oft genug selbst gesagt.

„Aber du arbeitest daran, dass es dir bald besser geht."

„Und trotzdem hat mich der Zug abgehängt. Ich bin wieder schwach geworden."

Tim lächelte. „Ich werde ständig schwach."

„Du?"

Tim rollte mit den Augen. „Ich bin furchtbar schlampig. Ich hab immer Angst, dass du dich nicht mit mir abgeben willst, weil überall dreckige Socken und zerknüllte Unterwäsche herumliegen und ich keine sauberen Klamotten zum Anziehen habe. Dann mache ich an einem Tag meine ganze Wäsche, weil ich nicht will, dass du dich ekelst."

Rory konnte ein Lächeln nicht unterdrücken, als er hörte, wie Tim sich um Kopf und Kragen redete. „Das ist nicht wirklich das Gleiche, oder?"

„Ich weiß, dass du es versuchst, Brummbär. Niemand hätte Geld darauf gewettet, dass du einen Monat durchhältst. Und trotzdem hast du es geschafft."

„Und das habe ich mir wieder kaputt gemacht." Ein Schauer jagte durch Rorys dürren Körper.

„Nein, hast du nicht, denn du steigst gleich wieder aufs Pferd."

„Auf den Zug", berichtigte ihn Rory.

„Junge, du bist auf einer Pferderanch", meinte Tim.

Rory musste lachen.

„Komm wieder ins Bett, ich wärme dich auf. Wir müssen uns nur auf meine Seite beschränken, bis deine Seite wieder trocken ist."

Langsam hatte Rory den Eindruck, dass die Medikamente wirkten. Sie machten ihn immer müde, also erlaubte er Tim, ihn zuzudecken und dann das Licht auszuschalten. Rory wollte einfach nur schlafen, doch es schien, dass Tim sich weiter unterhalten wollte.

„Rory?"

„Ja?"

„Hast du die Flugblätter gesehen?"

Rory nickte. Er schluckte schwer, denn Panik ergriff ihn, als er an die Worte dachte, die unter seinem Bild gestanden hatten. „Die Anschuldigungen sind falsch, Tim."

„Ich weiß. Hast du irgendeine Idee, wer die Flugblätter aufgehängt haben könnte?"

Rory seufzte. „Mir fällt da nur eine Person ein."

„Delco." Tim hatte es nicht als Frage formuliert und Rory wusste, dass er recht hatte.

29

Es war einfach nicht Tims Tag.

Sie wollten eine Herde ausgewachsener Pferde auf eine der höheren Weiden bringen und dabei hatte er drei kaputte Stellen im Zaun und einen kaputten Unterstand gefunden. Und das, obwohl er vor zwei Tagen alles überprüft hatte, um sicherzugehen, dass alles für die Herde bereit war und das Trinkwasser nach dem langen Winter nicht mehr gefroren war.

„Mach dir keine Sorgen, Timmy", sagte Hugh und schlug ihm freundschaftlich auf den Rücken. „Ich sag Grant Bescheid, dass er mit Holz und ein paar Arbeitern hierherkommen soll, dann ist das in null Komma nichts wieder in Ordnung gebracht."

Tim ließ als Antwort nur ein Schnaufen hören und ritt dann davon, während Hunter sich an seinen Vorarbeiter wandte. „Was ist mit ihm los?"

Hugh zuckte mit den Schultern. „Liebesglück und Liebesleid, schätze ich."

Tim hatte ihre Worte gehört und lenkte sein Pferd in ihre Richtung. „Haltet euch da raus, okay?" Ihm war klar, dass er hier eine Grenze überschritt, aber er war in mieser Stimmung und es war ihm egal, wer seine schlechte Laune abbekam. Es machte ihm nichts aus, dass Hugh das Ziel seiner Attacke war. Es war typisch für seinen Bruder, eine derartige Bemerkung zu machen. Natürlich hatte seine schlechte Laune etwas mit Rory zu tun, aber das hieß nicht, dass sie seine Schuld war.

Am Morgen war er im Büro des Sheriffs vorbeigegangen, um die Flugblätter zu melden. Dabei hatte er erfahren, dass das nicht das erste Mal gewesen war, dass Rorys Name in den Schmutz gezogen wurde. Nach einigem Herumsuchen hatte der Deputy ihm schließlich eine ziemlich schlechte Fotokopie des gleichen Fotos, aber mit einem anderen Text gezeigt: „Rory McCown, Pferdedieb. Achtung! Arbeitet auf der Blue River Ranch." Der Sheriff hatte sich nicht weiter damit beschäftigt und das Flugblatt einfach in Rorys Akte abgeheftet. Als Tim die Vermutung äußerte, dass Delco hinter der ganzen Geschichte stecken könnte, hatte der Deputy den Sheriff dazugeholt, der nur den Kopf geschüttelt und gemurmelt hatte, dass ihm nicht klar gewesen war, dass „der kleine Scheißer wieder da war".

Auf jeden Fall hatte Tim mit noch schlechterer Laune das Sheriffbüro verlassen, denn dieser hatte ihm erklärt, dass sie nicht das Personal hatten, um sich einem Fall von „Umweltverschmutzung" zu widmen. Als er wieder in seinem Truck saß, stand er kurz vor der Explosion, weil er sich so machtlos fühlte und offensichtlich nichts dagegen tun konnte, dass Rorys Name in den Schmutz gezogen wurde. Er wusste, wie schwer es für Rory war, sein Leben zu ändern und wie sehr solch üble Nachrede an seinem ohnehin angeschlagenen Selbstbewusstsein nagte. Doch er wusste auch, dass er verhindern musste, dass Rory etwas Unüberlegtes tat – zum Beispiel gegen seine Bewährungsauflagen zu verstoßen, um sich an Delco zu rächen.

Tim zuckte zusammen, als jemand an die Autoscheibe klopfte. Er ließ das Fenster herunter, als er den neuen Deputy erkannte.

„Hören Sie zu", sagte der Mann, als er durch das offene Fenster ins Wageninnere sah. „Ich weiß, dass er gesagt hat, wir hätten nicht genug Personal." Mit dem Kopf nickte er in Richtung des Sheriffbüros. „Und vermutlich haben wir das auch nicht, aber das heißt noch lange nicht, dass ich nicht die Augen offen halten kann. Belästigt Sie dieser Delco?"

„Ja und nein", seufzte Tim. „Ich habe ihn seit Jahren nicht gesehen, aber mein ... Freund ..." Tim hielt inne und versuchte zu entscheiden, wie viel er einem Mann anvertrauen sollte, den er gerade erst kennengelernt hatte. Schließlich beschloss er, auf Nummer Sicher zu gehen. „Der Typ auf den Flugblättern arbeitet auf meiner Ranch. Er ist auf Bewährung draußen, aber gibt sich wirklich Mühe, um auf der richtigen Seite des Gesetzes zu bleiben. Ich hätte gern, dass das so bleibt. Diese Schmutzkampagne ist da nicht gerade hilfreich."

Der Deputy nickte. „Wie ich schon sagte, ich werde die Augen offen halten. Versprechen kann ich jedoch nichts." Er schüttelte Tim die Hand und ging dann zurück ins Büro, während Tim immer noch gefrustet war.

Dass nun drei Zäune kaputt waren und Hugh abschätzige Bemerkungen gemacht hatte, war nur noch das i-Tüpfelchen.

Hugh ließ ihn für zwanzig Minuten vor sich hin köcheln und gab dann seinem Pferd die Sporen, damit es neben Tims lief. „Also, welche Laus ist dir über die Leber gelaufen, Brummbär?"

„Nenn mich nicht ...", fuhr Tim ihn an, doch dann besann er sich. „Brummbär", beendete er den Satz mit viel ruhigerer Stimme. Er kicherte in sich hinein, allerdings mehr, um die in ihm herrschende Spannung abzubauen, als um zu lachen. „Brummbär ist Rorys Spitzname."

Hugh lächelte. „Ich kann mir vorstellen, warum."

„Er ist nicht immer grummelig. Er hat es nur nicht immer leicht gehabt im Leben und das macht ihm manchmal zu schaffen. Trotzdem, er gibt sein Bestes."

„Ich weiß", entgegnete Hugh und setzte sich auf seinem großen Wallach zurecht. „Es kann für euch beide nicht leicht sein. Und jetzt wohnt Rory auch noch drüben bei Gable."

„Ich will doch nur, dass ihr begreift, dass ich die Möglichkeit haben möchte, mit dem Mann zusammen zu sein, den ich liebe. Mehr verlange ich doch gar nicht."

„Was hält dich denn auf?", fragte Hugh zu Tims Überraschung. Er hatte gedacht, dass Hugh der Letzte wäre, der sich für seine Lage interessieren würde. Schließlich konnte er Rory nicht leiden.

Tim atmete tief ein, um Zeit zu gewinnen. Hugh war schließlich sein Bruder. Hugh hatte sich ihm anvertraut, bevor er seine erste Frau Lisa für Izzie verlassen hatte. Vielleicht war es nun an der Zeit, dass er sich im Gegenzug Hugh anvertraute. Immerhin gehörte er zur Familie. „Delco ist zurück in der Stadt. Letzte Woche hat er überall im Umkreis des Gebäudes, wo die AA-Treffen abgehalten werden, Zettel an die Straßenlampen geheftet, auf denen ein Bild von Rory mit der Bildunterschrift ‚Kinderschänder' zu sehen war. Rory hat sie entdeckt. Er war auf dem Weg zu dem Treffen, doch dann ist er stattdessen in den nächsten Schnapsladen, um sich eine Flasche Whiskey zu kaufen."

„Also ist er wieder schwach geworden", bemerkte Hugh. „Ich schätze, dass er so lange trocken geblieben ist, hätte ohnehin keiner erwartet."

Tim warf Hugh einen eisigen Blick zu und stieß dann seinem Pferd die Hacken in die Flanken, woraufhin es davonstob. Er galoppierte an der Herde vorbei in der Hoffnung, seine angespannten Nerven zu beruhigen. Gerade, als er den Eindruck hatte, dass es wirkte, holte Hugh ihn ein.

„Hör auf, wegzulaufen, Timmy."

Tim nahm die Zügel auf, um sein Pferd durchzuparieren. „Warum? Damit ich mich weiterhin von meinem eigenen Bruder beschimpfen lassen kann, weil ich zu dem Mann halte, den ich liebe?"

„Damit du dir die Wahrheit anhören kannst."

„Deine Wahrheit, meine Wahrheit oder Rorys Wahrheit?"

Hugh seufzte. „Hör zu. Du bist mein Bruder. Es hat mir nie etwas ausgemacht, dass du schwul bist. Um ehrlich zu sein, ist es mir völlig egal, mit wem zu schläfst. Aber wenn ich sehe, wie sehr du dich in den letzten Wochen verändert hast, dann mache ich mir Sorgen. Für dich war das Glas immer halb voll und plötzlich ist es halb leer. Das ist nicht der Tim, der mir mal gesagt hat, dass schon alles gut werden wird, wenn ich mir nur selbst treu bin und Lisa von Izzie erzähle. Du bist nicht mehr der Mann, der fest daran geglaubt hat, dass wir die Typen schnappen, die unsere Fohlen gestohlen haben. Du bist nicht einmal mehr der Mann, der mich angefleht hat, Rory einzustellen, obwohl du wusstest, dass die Chancen dafür nicht gut standen. Bitte verzeih mir also, wenn ich meinen gut gelaunten, positiv denkenden Bruder wiederhaben will."

Tim wusste, dass Hugh recht hatte. Wortlos sah er zu, wie Hugh seinem Pferd die Sporen gab, um seinem Sohn Danny zu Hilfe zu eilen, der am anderen Ende der Herde versuchte, ein paar Pferde zusammenzutreiben. Diese Unterbrechung lieferte ihm eine willkommene Entschuldigung, um nicht antworten zu müssen, denn er war noch nicht bereit, bei seinem Bruder zu Kreuze zu kriechen. Die Pferde auf seiner Seite der Herde waren ruhig und fügsam, sodass er genügend Zeit hatte, sich zu überlegen, was er tun sollte.

Als die Pferde auf die höhere Weide gebracht und die Zäune repariert waren, wusste Tim, was er tun musste. Anstatt nach Hause zu gehen, ging er hinüber zu Hunter und Grants Haus und trat ein, ohne anzuklopfen.

„Wie schnell können wir die Blockhütte bewohnbar machen?", fragte er Grant, der gerade Kartoffeln schälte. Tim hielt sich nicht einmal mit einer Begrüßung auf.

„Wir haben gerade eine Wand eingerissen. Und das halbe Dach. Ich schätze, die Antwort auf deine Frage hängt davon ab, wie du ‚bewohnbar' definierst", antwortete Grant ruhig.

„Hi Timmy", begrüßte ihn Hunter, als er die Küche betrat.

„Tim möchte gern seine Blockhütte beziehen", sagte Grant.

Tim hätte schwören können, dass Grant bei den Worten seufzte und ihm einen abschätzigen Blick zuwarf, doch er konnte es nicht mit Sicherheit sagen, da er Grants Gesichtsausdruck nicht sehen konnte.

„Ich denke, ihr habt es da, wo ihr jetzt wohnt, bequemer – und auch wärmer und trockener. Was denkst du?", wandte sich Hunter an Tim.

„Sie wären gern zusammen", mischte sich Grant ein. „Vor allem du solltest das verstehen können."

Hunter antwortete, indem er einen Arm um Grant legte und ihn küsste. „Ja, das tue ich." Er drehte sich zu Tim um, ohne Grant loszulassen. „Was können wir also tun, Grant?"

„Du könntest mir frei geben, damit ich mit dem Dach anfangen kann."

„Leute", unterbrach sie Tim, „der Frühling fängt gerade an und wir haben viel zu tun. Wir können die Rancharbeit nicht einfach liegen lassen, um uns um die Hütte zu kümmern."

„Wir können, wenn alle mithelfen und jeden Tag ein paar Stunden dafür opfern", erwiderte Grant. Sagen wir, von vier bis sieben, wenn es hell genug ist."

Tim schüttelte den Kopf. „Vergesst einfach, dass ich gefragt habe. Ich werde mir was anderes überlegen." Er verließ fluchtartig das Haus und fühlte sich genauso mies, wie am Morgen, als er aufgestanden war.

Als er am Abend Rory zu seinem Treffen fuhr, fiel auch diesem seine schlechte Laune auf. „Was ist los, Tim?"

Für das Treffen waren sie zu früh dran, also schaltete Tim den Motor ab. Er nahm Rorys Hand. „Ich möchte mit dir in die Blockhütte ziehen. Wir können sie doch renovieren, während wir dort leben."

Rory lachte leise. „Bleib realistisch. Uns fehlen zwei Wände und ein Großteil des Daches. Wir haben kein fließendes Wasser, keine nennenswerte Küche, keinen Strom und keine Heizung."

„Ich weiß", seufzte Tim. „Aber ich vermisse dich. Vor oder nach den Treffen im Auto rumzufummeln verliert auch ziemlich schnell seinen Reiz. Ich möchte dich abends nicht zu Gable bringen, ich möchte dich nach Hause bringen." Er beugte sich zu Rory hinüber, um ihn zu küssen, und hoffte, dass Rory seinem Vorschlag zustimmen würde. Als Rory nicht reagierte, sank Tim der Mut.

Später am Abend, nachdem er Rory zurück zu Gables Ranch gebracht hatte, packte er ein paar Sachen im Mannschaftshaus zusammen, fuhr zur Blockhütte, machte sich ein behelfsmäßiges Nachtlager zurecht und versuchte zu schlafen. In dem einen Raum, der immer noch vier Wände hatte, war es bitterkalt und es zog mörderisch. Er beschloss, am nächsten Tag nach trockenem Holz Ausschau zu halten, damit er den Kamin in Betrieb nehmen konnte.

30

Es war eiskalt in der Hütte, als Tim versuchte, den Kamin anzuzünden. Er sah Rory zu, der den Boden fegte und dabei den Mantel trug, den Tim ihm gegeben hatte, und fragte sich, welcher Wahnsinn von ihnen Besitz ergriffen hatte, als sie beschlossen hatten, einzuziehen, bevor die Blockhütte fertig war.

Die Hütte des alten Mackenzie machte immer noch einen schmutzigen und ungemütlichen Eindruck, doch immerhin schützte sie sie vor Schnee und eisigen Winden. Tim hatte keine Ahnung, ob der Schornstein noch funktionierte oder ob sie bald in einem völlig verrauchten Zimmer sitzen würden. Was er jedoch wusste war, dass sie sich irgendwie arrangieren mussten.

Rorys Hand auf seiner Schulter riss Tim aus seinen Gedanken.

„Der Schornstein scheint zu funktionieren. Offensichtlich warst du ein guter Pfadfinder, schließlich bist du gut im Feuer machen. Wenn wir ins Bett gehen, sollte es schon viel wärmer sein."

Tim legte seine Hand über Rorys und stand auf, sodass er Rory in die Augen sehen konnte. Rorys Hände waren kalt und Tim nahm sie in seine, um seine Wärme mit ihm zu teilen.

„Es wird noch eine ganze Weile dauern, bis wir aus dieser Hütte ein Zuhause gemacht haben. Aber zumindest wird dieses Zimmer warm sein, wenn wir nachher ins Bett gehen. Hoffe ich zumindest", sagte Tim mit einem Lächeln auf dem Gesicht.

„Das Durcheinander tut mir leid", sagte Rory leise.

„Du hast doch ordentlich aufgeräumt. Morgen nach der Arbeit könnten wir mein Bett herholen, und dann sind wir schon einen großen Schritt weiter. Wenigstens haben wir dieses alte Sofa, das uns die Krauses gegeben haben."

Rory schüttelte den Kopf. „Wegen mir musst du wie ein Landstreicher leben."

Tim konnte sehen, dass Rory der Umzug schwerfiel. Er zog den schlankeren Mann in eine Umarmung und drückte ihn kräftig, bevor er ihm einen Kuss auf die Schläfe gab. „Ich liebe dich. Der Rest ist doch nur Oberfläche und schöner Schein. Wir bringen dieses Haus in Ordnung und dann haben wir unser eigenes kleines Zuhause. Und es ist ja nicht so, als hätten wir einen Haufen Kinder und bräuchten ein riesiges Anwesen wie Hunter und Grant." Tim löste sich aus der Umarmung, legte Rory die Hände auf die Wangen, zwang ihn so, ihm in die Augen zu schauen. „Ich hab ein bisschen Geld gespart. Das reicht, um eine Heizung, Heißwasser und eine kleine Küche einzubauen. Mehr brauchen wir doch gar nicht. Zur Not können wir immer noch im Mannschaftshaus essen und duschen."

„Wir können die Heizung nicht einbauen, bevor wir die Wände wieder hochgezogen und das Dach repariert haben. Dir ging es doch gut, bevor ich in dein Leben gestolpert bin. Aber jetzt …"

„Rory, hör auf." Tim seufzte. Im Angesicht von Rorys Pessimismus fühlte er sich machtlos. „Ich habe mich für dich entschieden. Ich habe mich sogar um dich bemüht. Und ich habe gewusst, worauf ich mich einlasse. Du hast mich ein paarmal ganz schön aus der Bahn geworfen, aber wir haben es überlebt. Ich wusste, dass es nicht einfach wird, aber ich wäre nie auf den Gedanken gekommen aufzugeben. Wenn es nötig wäre, würde ich sogar mit dir auf der Straße leben."

„Sei nicht dumm."

„Stimmt, das wäre ich, denn wir müssen nicht auf der Straße leben. Selbst das hier ist besser, als unter freiem Himmel schlafen zu müssen, und es ist unser eigenes Haus. Deins und meins. Wir werden es in unser Zuhause verwandeln, wo wir entscheiden, wie es mal aussehen wird. Ich kann mich noch erinnern, wie Hunter und Grant ihr Haus gebaut haben und wie wichtig es ihnen war, ihr eigenes Ding zu machen, ganz egal, wie gern sich Beth Krause eingemischt hätte."

„Wir haben niemanden, der sich einmischen könnte. Wir haben keine Eltern mehr."

„Glaub mir", sagte Tim lächelnd, „Izzie wird es versuchen und auch bei Beth wäre ich mir nicht sicher. Schließlich hat sie mich nach dem Tod meiner Mutter für ein paar Jahre unter ihre Fittiche genommen. Christy ist wohl schlau genug, uns ihre Meinung nicht direkt ins Gesicht zu sagen. Aber du kannst sicher sein, dass auch sie eine Meinung hat."

„In dem Fall bin ich froh, dass nur du und ich entscheiden. Ich glaube nicht, dass wir für die abgehobenen Ideen all dieser Frauen das Geld haben."

Tim nahm Rorys Hand. „Wir schaffen das schon. Wir haben beide einen Job. Es wird eine Weile dauern, bis wir wieder Geld sparen können, aber denk dran: Es ist unser eigenes Haus!" Tim sah sich im Schlafzimmer der heruntergekommenen Hütte um. Man würde hier noch viel Muskelkraft hineinstecken müssen, doch er hatte sich noch nie vor Arbeit gescheut. Und auch Rory war handwerklich begabt. Sie würden im Brunnen eine Pumpe installieren und im Haus einen Warmwasserboiler. Es gab einen Sicherungskasten und einen Anschluss ans Stromnetz. Den Rest konnte Rory erledigen, der auf dem Bau viel mit Elektrizität zu tun gehabt hatte.

Am Wochenende würden Grant und Rory die Wände wieder hochziehen und mit dem Bau der Veranda beginnen.

Auf der alten Couch vor dem knisternden Feuer zu sitzen, hob Tims Stimmung ungemein. Sie hatten so lange in der Schwebe gehangen, und es war weder vorwärts noch rückwärts gegangen. Tim brannte darauf, dass es endlich mit ihrem Leben vorwärtsging. Tim legte seinen Arm um Rorys Schultern und dieser lehnte sich an ihn und zog die Knie an seine Brust.

„Von hier aus geht es nur noch aufwärts, Rory", sagte Tim mit einem Seufzen. „Ich bin froh, dass du von jetzt an wieder neben mir schläfst."

„Das werde ich auch müssen, damit wir nicht in der Nacht erfrieren."

„Wenigstens sterben wir dann glücklich."

Rory stieß ihm einen Ellbogen in die Rippen und Tim tat so, als leide er Schmerzen, was wiederum Rory zum Lachen brachte. Das war ein so seltenes Ereignis, dass Tim versuchte, sich Rorys hemmungsloses Lachen einzuprägen.

Als sie ins Bett gingen, hatten sie sich dick angezogen und unter einem bunten Durcheinander aus Decken vergraben. Ihr Liebesspiel hatte etwas von dem unerfahrenen Fummeln von Teenagern, aber das machte Tim nichts aus. Er hatte Rory wieder, und zwar in seinen Armen und in seinem Haus. Das noch fehlende Bett würden sie schon irgendwann hierher bringen.

Am nächsten Tag transportierten sie nach der Arbeit Tims Bett zur Blockhütte und schlossen ein paar zugige Löcher in der Schlafzimmerwand. Dadurch war es nachts im Zimmer schon viel wärmer und da sie sich kaum anders beschäftigen konnten, verbrachten sie den Großteil des Abends zusammengekuschelt im Bett und unterhielten sich.

„Also, habe ich dich endlich davon überzeugt, dass wir hier glücklich sein werden?", fragte Tim Rory kurz vor dem Einschlafen.

Rory nickte. „Ich habe noch nie etwas Eigenes gehabt, also ja. Es wird schon gut werden."

Tim lächelte. „Gut. Ich bin sicher, dass sich Hunter und Grant irgendwie mit Miranda einigen werden und dann gibt es für dich keinen Grund mehr, bei Gable zu arbeiten. Dann kannst du wieder bei uns arbeiten. Bei mir."

Rory sagte nichts und vergrub sein Gesicht stattdessen in Tims Halsbeuge. Kurze Zeit später bemerkte Tim, dass Rory eingeschlafen war.

MITTEN IN der Nacht riss ein Donnergrollen Tim aus dem Schlaf. Seine Hand wanderte zu Rorys Bettseite hinüber, doch er fand sie nicht nur leer, sondern auch kalt vor.

„Rory?"

Keine Antwort.

Tim rief erneut Rorys Namen, diesmal etwas lauter. Die Blockhütte war nicht besonders groß. Wenn Rory nicht antwortete, hieß das entweder, dass er auf der Couch eingeschlafen war – was Tim bei der Kälte nicht für wahrscheinlich hielt – oder dass er sich nicht im Haus befand. Tim sprang aus dem Bett und griff sich ein T-Shirt und einen Pullover, bevor er das Zimmer verließ. Als er das Wohnzimmer betrat, war er schon angezogen. Auch hier kein Rory. Ein schneller Blick in das letzte Zimmer – das Bad – führte zu dem gleichen Ergebnis. Rory war schlicht nicht hier. Tims verschlafenes Hirn versuchte, eine Idee zu entwickeln, wo er sein könnte. Er verwarf sofort den Gedanken, dass Rory davongelaufen sein könnte. Ihr Gespräch letzte Nacht darüber, wie wohl sich Rory auf der Ranch fühlte, legte den Schluss nicht gerade nahe. Also, wo war er?

Ein Blick durch das Fenster in die Schwärze der Nacht hinaus, gab ihm einen Hinweis. Der Regen fiel in Strömen und wie der Wetterbericht vorhergesagt hatte, war der meiste Schnee geschmolzen. Die kleine Wiese neben dem Haus war überflutet und das hieß, dass auch der kleine Bach, der durch diese Wiese floss, bis zum Bersten gefüllt war.

Tim stopfte sich das T-Shirt in die Jeans, schlüpfte in den Pullover und zog dann Mantel und Stiefel an, bevor er sich den Stetson aufsetzte und nach draußen ging. Sowohl sein als auch Rorys Truck waren noch vor dem Haus geparkt, also musste Rory zu Fuß unterwegs sein. Tim vermutete, dass er sich entweder zum Stall oder zum Haupthaus aufgemacht hatte. Vielleicht dachte Rory, dass die Pferde in Gefahr waren.

Die unbefestigte Straße zwischen ihrer Blockhütte und dem Haupthaus war voller Schlaglöcher, daher war es schon bei gutem Wetter keine vergnügliche Fahrt. In diesem Regen jedoch fühlte es sich an, als würde Tim durch Morast fahren. Zum Glück hatte sein Truck Allradantrieb und seit Rory das Auto auf Vordermann gebracht hatte, beschwerte sich auch der Motor nicht mehr. Das Haupthaus lag im Dunkeln, also fuhr Tim zu Hunters Haus, wo er ein fahles Licht aus einem der Zimmer kommen sah. Von dort aus konnte er sehen, dass der Stall hell erleuchtet war.

Er parkte um die Ecke und sah, wie Grant und Hugh ihre Pferde sattelten. „Was ist los?", fragte Tim, als er Wasser aus seiner Hutkrempe schüttelte.

„Rory meinte, dass der Bach bei eurem Haus droht, die Wiese zu überschwemmen", antwortete Grant. „Bevor ich auch nur reagieren konnte, hatte er auch schon ein Pferd gesattelt, um zu schauen, wie es flussaufwärts aussieht. Hunter wollte ihm hinterher, da Rory nicht genug Erfahrung hat, um bei so einem Wetter allein draußen zu sein. Doch er war schon weg, bevor wir ein zweites Pferd satteln konnten. Ich hab Matty bei Christy abgegeben und dann Hugh geweckt, damit er hilft."

„Er hat mich schlafen lassen", sagte Tim und war verwirrt, weil Rory so unverantwortlich gehandelt hatte.

Hugh warf seinem kleinen Bruder einen mitfühlenden Blick zu. „Lass uns hoffen, dass die Reitstunden, die du ihm gegeben hast, nützlich waren."

Tim machte sich auf die Suche nach seinem eigenen Pferd und kam dabei an einer weiteren leeren Box vorbei. Normalerweise stand dort Amaranth, Dannys neuer Wallach.

„Hugh, ist Danny mit Hunter losgeritten?"

„Nein, warum?", fragte Hugh, als er auf Tim zukam. „Oh, verdammt", sagte er, als er die leere Box sah. „Er wird's wohl nie lernen." Er machte auf dem Absatz kehrt und ging hinüber zu Grant. „Danny ist mit Amaranth los, also haben wir gleich zwei Probleme."

Tim konnte sehen, dass Hugh sich Sorgen machte, doch offenbar ärgerte er sich auch. Hugh hatte recht. Das Letzte, was sie jetzt brauchen konnten, waren ein zehnjähriger Draufgänger und ein erwachsener Mann mit einem Heldenkomplex, der sich gerade so auf einem Pferd halten konnte. Tim verstand nur zu gut die Mischung aus Verantwortungsgefühl und Sorge, die Hugh empfand. Ihm ging es genauso.

Tim sattelte sein eigenes Pferd und führte es zu den anderen beiden, die gerade losreiten wollten. „Meinst du, sie sind dorthin, wo wir Danny vor drei Jahren retten mussten?"

„Rory weiß nicht, wo das ist. Wir können nur hoffen, dass sie zusammen sind und sich gegenseitig davon abhalten, in Schwierigkeiten zu geraten", erwiderte Grant. „Wenigstens kennt sich Danny in der Gegend aus." Er holte ein kleines Gerät aus seiner Manteltasche. „Hier, nimm das GPS-Gerät und ruf uns über Funk, wenn du etwas findest. Wir sind alle erfahren genug, um allein rauszugehen und über Funk Hilfe zu rufen, sollten wir sie brauchen."

Tim nickte. Es gab nichts, das er hätte sagen können. Er hoffte, dass sie die beiden fanden, bevor sie in Gefahr gerieten. Dann müssten sie sich alle später nur an eine besonders kurze und nasse Nacht erinnern. Und an nichts sonst.

31

SCHON BALD nachdem sich Rory flussaufwärts auf den Weg gemacht hatte, war er bis auf die Knochen durchnässt. Er hatte angenommen, dass nicht einmal Tims Ölzeug ihm in diesem Wetter etwas nützen würde, doch mittlerweile bereute er, nur seinen eigenen fadenscheinigen Mantel angezogen zu haben. Er hatte sich aus dem Stall ein paar Arbeitshandschuhe mitgenommen, die seine Hände halbwegs trocken hielten, doch davon abgesehen wünschte er sich eine heiße Dusche und trockene Sachen herbei. Er wusste jedoch, was er zu tun hatte. Der Bach, der in der Nähe ihrer Blockhütte floss, verlief flussaufwärts auf Flynns und Gables Land. Wenn schon bei ihnen die Erde mit Wasser gesättigt war, würde es auf der Weide, auf der Gables ausgewachsene Pferde standen, auch nicht besser aussehen. Erst vor ein paar Tagen hatte er dabei geholfen, sie dorthin zu treiben. Er vermutete, dass sie mittlerweile bis zu den Knien im Wasser standen.

Als der Boden besonders glitschig wurde, wurde Scooter langsamer und Rory atmete tief durch. Er erinnerte sich daran, dass Tim ihm einmal gesagt hatte, dass ein Pferd seine Nervosität spüren könnte und dann selbst unruhig werden würde. Also ließ er seinen Blick über die Landschaft schweifen und hoffte, dadurch sein aufgeregt schlagendes Herz zu beruhigen. Die Nacht war rabenschwarz und da es wie aus Kübeln goss, wurde der Mond von Wolken verdeckt. Der Anblick machte ihm keinen Mut. Aber zumindest konnte er dem Bach folgen. Das Wasser war eine glitzernde, schwarze, tosende Masse und Rory hörte, wie Schmelzwasser den Berg hinunterlief. Als er Scooter anhielt, um sich zu orientieren, hatte er plötzlich den Eindruck, eine leise Stimme zu hören.

„Onkel Rory?"

Rory versuchte auszumachen, woher die Stimme kam und hoffte, dass er nicht wieder Dinge hörte, die gar nicht da waren. Schließlich schälte sich die Figur eines kleinen, durchnässten Jungen aus der Finsternis. Er führte einen ruhigen braunen Wallach an der Hand und sah völlig durchgefroren aus. Davon abgesehen schien es ihm aber nichts auszumachen, allein und in diesem Wetter draußen zu sein.

„Danny?"

„Ja, Onkel Rory. Ich brauch deine Hilfe."

Rory sprang vom Pferd, sein eigentlicher Plan war vergessen. „Ich schätze, ich sollte dich nach Hause zu deinem Dad bringen. Er wird sich Sorgen um dich machen."

„Er weiß nicht, dass ich weg bin. Und ich hab das auch früher schon gemacht. Vor drei Jahren hat Onkel Grant mich gefunden."

„Ich denke trotzdem, du solltest lieber zu Hause sein als hier. Es ist hier draußen nicht sicher."

„Wir müssen den Biberdamm zerstören", sagte Danny mit fester Stimme.

„Biberdamm?"

„Robbie und ich haben vor ein paar Tagen hier gespielt und da ist uns aufgefallen, dass der Biber so fleißig war, dass sich der Bach ein anderes Bett gesucht hat. Deswegen verläuft er jetzt auch näher am Hof als er eigentlich sollte."

Rory hoffte, dass dies bedeutete, dass Gables Pferde in Sicherheit waren. Er konnte schließlich Danny nicht allein hier zurücklassen, um sich auf die Suche nach Gables Herde zu machen. Er sah zurück zum Haupthaus, doch das war zu weit entfernt, um Genaueres erkennen zu können. Es schien nicht so, als würde einer der Krause-Männer sie in naher Zukunft finden, also blieb Rory nur eines: Er musste Danny mit dem Biberdamm helfen.

„Okay, Junge", sagte Rory. „Zeig mir den Damm. Und wenn wir uns darum gekümmert haben, gehen wir sofort nach Hause!"

„Ja, Sir!", meinte Danny mit einem Lachen und salutierte gut gelaunt.

Zum Glück kannte Danny sich in der Gegend aus, denn Rory fing langsam an, an seinem gesunden Menschenverstand zu zweifeln, weil er in stockfinstrer Nacht losgezogen war. Als sie den Biberdamm erreichten, sah Rory, was Danny meinte. Im Licht von Gewitterblitzen konnte er einen umgestürzten Baum, garniert mit unzähligen Ästen und Zweigen, ausmachen. Nur ein kleines Rinnsal Wasser konnte dieses Bauwerk noch passieren, das meiste lief stattdessen einen Abhang links von ihnen hinunter. Das war der Bach, dem Rory gefolgt war, als er auf Danny getroffen war. Jetzt, wo er darüber nachdachte, musste er zugeben, dass ihm aufgefallen war, dass der Bach kein tiefes Bett zu haben schien und sich stattdessen einfach den Weg des geringsten Widerstandes suchte. Er hatte jedoch keine Ahnung, wie er den Damm zerstören sollte.

„Danny, wir brauchen Hilfe. Allein können wir den Stamm nicht bewegen."

„Nein, können wir nicht. Aber wir können das Zeug beseitigen, das den Bach verstopft. Wenn das einmal weg ist, kann auch das Wasser wieder abfließen."

Rory war sich da nicht so sicher, aber Danny schien von dem Plan überzeugt zu sein. Bevor Rory reagieren konnte, war Danny abgestiegen und hatte eine Taschenlampe aus seiner Satteltasche geholt. Er kletterte auf dem Damm herum wie ein Äffchen.

„Danny!", rief Rory, wobei sein Herz ein paar Schläge aussetzte.

„Ist schon in Ordnung", rief Danny zurück. „Robbie und ich haben tagelang hier gespielt. Ist wirklich stabil." Er hob einen länglichen Gegenstand auf. „Ich hab eine Schaufel zum Graben mitgebracht, aber ich bin nicht stark genug."

Rory gab sich geschlagen. Er würde Danny nicht aufhalten können, also band er sein Pferd an und versuchte dann, nicht ins Wasser zu fallen, als er auf den Damm kletterte. „Halt die Taschenlampe fest und zeig mir, wo ich graben soll." Auf der einen Seite des Damms stand das Wasser so hoch, dass Rory den Eindruck hatte, jedes Mal im Nassen zu landen, wenn er seinen Fuß bewegte. Er arbeitete fast blind, nicht wegen der Schwärze der Nacht – Danny hielt immer noch die Taschenlampe –, sondern wegen des Wassers, das sich oberhalb des Damms gesammelt hatte. Er stieß mit der Schaufel ins Wasser, um ein Gefühl zu bekommen, wo sich der Baumstamm befand, und traf durchnässte Rinde und halbverweste Blätter und Zweige. Nach einer Weile schien der instabilere Teil des Damms nachzugeben. Ein paar Stöße später glitt Rory die Schaufel aus der Hand. „Verdammt!", fluchte er und erst danach fiel ihm auf, dass er sich ja in Gegenwart eines Minderjährigen befand. „Vergiss, was ich gerade gesagt hab", meinte er grinsend. Dann fiel ihm ein stechender Schmerz in seinem Knöchel auf.

„Schau mal!", rief Danny und hielt die Taschenlampe auf den Damm. „Du hast es geschafft! Das Wasser fließt wieder!"

Rory fühlte, wie ihm eisiges Wasser über den Fuß lief, was dazu führte, dass der Schmerz langsam nachließ. Er war sich nicht sicher, ob er dafür dankbar sein sollte. Danny sprang geschickt vom Damm und lief zu den Pferden. Dann sah er sich um.

„Komm, Onkel Rory. Wir haben's geschafft!"

„Ich weiß", sagte Rory. Er hob grüßend die Hand, ließ sie jedoch gleich wieder fallen, als er Gefahr lief, ins eiskalte Wasser zu fallen. Er atmete ein paarmal tief durch und rief dann wieder den Jungen. „Danny? Kannst du allein zurückreiten?"

„Du hast gesagt, du bringst mich zurück", protestierte Danny.

„Ich kann nicht. Ich stecke fest."

„Oh je", entgegnete der Junge.

Rory hörte die Furcht in Dannys Stimme und konnte es ihm nicht verübeln. Es war kalt und stockdunkel, und obwohl sie immer noch die Taschenlampe hatten und Hughs Sohn sich in der Gegend auskannte, würde es für ihn nicht einfach sein, sich zu orientieren, da der Bach die Umgebung so verändert hatte. Und wenn er ehrlich mit sich war, musste er zugeben, dass er nicht wollte, dass Danny ihn allein ließ. Er musste jedoch an den Jungen denken. Er wusste nicht, was besser war: Sollte er Danny bitten, hierzubleiben, damit er ein Auge auf ihn hatte? Oder sollte er lieber zurück zur Ranch reiten, wo er vielleicht Hilfe organisieren konnte, um Rory aus seiner misslichen Lage zu befreien?

„Danny?", sagte Rory wieder. „Danny, komm mal her." Das Kind kletterte zurück auf den Damm und Rory konnte im Licht der Taschenlampe sein nasses Gesicht sehen. In diesem Moment fiel Rorys Entscheidung. Wenn Danny der Ansicht war, dass er den Heimweg fand, dann wäre zumindest er in Sicherheit. „Meinst du, du findest den Weg zurück zum Haus? Jetzt gleich?"

„Ich möchte dich nicht hier lassen. Dad meint immer, man soll einen Freund nicht verlassen, wenn er sich wehgetan hat."

„Wir haben kein Funkgerät, also musst du Hilfe holen."

„Aber du bist verletzt!"

Zaghaft legte Rory dem Jungen eine Hand auf die schmale Schulter. „Danny, du hilfst mir mehr, indem du deinen Dad oder Onkel Tim herbringst. Mir geht's gut, aber du musst jemanden finden, der mich aus dieser Klemme befreit."

Danny antwortete nicht gleich.

„Du hast meine Hilfe gebraucht, weil ich stärker bin als du, stimmt's?" Danny nickte. „Ich bin nicht stark genug, um mich zu befreien." Und je länger sie warteten, desto mehr Schmelzwasser würde aus den Bergen kommen.

Danny schien darüber nachzudenken und sah dann Rory an. „Ich werde Dad holen. Ich kann das."

Bevor Rory auch nur reagieren konnte, hatte ihm Danny die Arme um den Hals geschlungen, um ihn zu umarmen. Dann ließ er ihn los und sprang vom Damm auf den durchweichten Untergrund.

„Du schaffst das!", rief ihm Rory hinterher und versuchte dabei, optimistischer zu klingen, als er sich fühlte. Die Kälte kroch ihm in die Glieder und mit jeder Minute schien er sich mehr festhalten zu müssen, um nicht abzurutschen. Er konnte nicht sagen, wie viel Zeit vergangen war, aber mittlerweile konnte er seine Füße nicht mehr spüren. Er wusste jedoch, dass er wach bleiben musste. Er versuchte noch einmal, seinen Fuß zu befreien, doch der Schmerz fuhr ihm durch den Knöchel. Er schrie auf und gab den Versuch auf.

Er wusste, dass Danny mit seinem Vater, Grant und vermutlich auch Tim wiederkommen würde. Rory musste nur wach bleiben. Für Tim.

32

„RORY! DANNY!" Tim rief immer und immer wieder ihre Namen, bis seine Stimme rau wurde und ihm die Kälte in der Kehle brannte. Kurz hörte er über sich einen Hubschrauber und wurde für einen Moment von dessen Suchscheinwerfer geblendet, doch dann war wieder alles dunkel. Tim sah kurz auf sein GPS-Gerät, um sicherzugehen, dass er immer noch in die richtige Richtung unterwegs war, und holte dann sein Funkgerät hervor. „Hugh?"

„Hier", antwortete Hugh.

„Irgendwas gefunden?"

„Nein."

„Hast du den Hubschrauber gesehen?"

„Ja, aber ich habe ihn nicht angefordert. Ich wusste gar nicht, dass der Sheriff einen Heli hat. Vielleicht sollten wir ihm Bescheid geben, warum wir unterwegs sind. Dass wir zwei Leute vermissen."

„Hunter? Können wir den Sheriff anrufen?" Keine Antwort. „Tim, ich such mal Hunter."

„Okay, ich suche weiter."

Ein paar Minuten später erwachte das Funkgerät wieder zum Leben. „Hugh? Tim?"

„Ja!", antworteten beide fast gleichzeitig. Es war Hunters Stimme.

„Der Sheriff hat sich gerade gemeldet. Vielleicht haben sie was gefunden. Wisst ihr, wo der Bach eine enge Kehre macht? In der Nähe unserer nördlichen Grenze?"

„Ja." Tim antwortete diesmal am schnellsten.

„Dort ist ein Baum umgestürzt und sie glauben, einen rotschwarz-gestreiften Mantel ausgemacht zu haben."

„Mist." Tim seufzte, da er wusste, dass das durchaus Rory sein konnte. „Ich bin am nächsten dran", sprach Tim ins Funkgerät.

„Ich treff dich dort", erwiderte Hugh.

Da er mit einem Pferd auf rutschigem Untergrund unterwegs war, kam er nur langsam voran und er vermutete, dass ungefähr zehn Minuten vergangen waren, als ihm Hughs Silhouette entgegenkam. Zu Tims Überraschung war er nicht allein.

„Danny ist aufgetaucht, kurz nachdem wir den Anruf bekommen haben. Er weiß, wo Rory ist."

Tim seufzte erleichtert auf. „Geht es ihm gut?"

„Onkel Rory hat sich wehgetan, als er den Damm zerstört hat."

„Den Damm?"

„Danny, das kannst du später erklären. Zeig uns, wo Rory ist."

Danny ging mit Amaranth an die Spitze, Hugh und Tim folgten den beiden.

„Er ist verletzt?", fragte Tim seinen Bruder und konnte dabei seine Sorge kaum verbergen.

„Danny meint, es sei nur sein Fuß. Er schien sich keine großen Sorgen zu machen."

Tim war sich nicht sicher, ob ihn das wirklich beruhigte, aber zumindest würde er bald Gewissheit haben. Sobald sie die Kurve hinter sich ließen, wusste Tim, dass etwas nicht stimmte. Er konnte Rorys roten Mantel ausmachen und als der Helikopter über sie hinwegflog, sah er, dass Rory über einem Baumstamm zusammengesackt war. Ohne nachzudenken, sprang er von seinem Pferd, erklomm den Damm und balancierte auf den Baumstamm, um zu Rory zu gelangen.

„Tim, sei vorsichtig!", rief ihm Hugh über das Röhren des Helikoptermotors zu. „Das Letzte, was wir brauchen, ist, dass ihr beide verletzt seid!"

Als Tim nahe genug war, nahm er Rorys Kappe ab und bemerkte, dass er nicht reagierte. „Ruf den Sheriff an und sag ihm, dass wir Rory ins Krankenhaus bringen müssen!", rief Tim zurück. „Und dann hilf mir, ihn hier rauszukriegen. Das Wasser ist eiskalt!" Tim schüttelte Rory, doch dessen Kopf fiel zurück und sein Körper hing leblos herab. Er fuhr mit seinen Händen Rorys Körper entlang, um herauszufinden, ob nur die Kälte das Problem war oder ob er noch eine andere Verletzung hatte. Dabei entdeckte er, dass er Rorys linkes Bein nicht bewegen konnte.

Als Tim wieder aufblickte, sah er, dass Hugh gerade auf den Stamm kletterte, als Hunter und Grant ankamen. „Haben wir Werkzeug? Sein Fuß klemmt hier fest und ich kann ihn nicht befreien."

Hugh nickte und ging zu Hunter hinüber, um mit ihm zu reden. Als er wiederkam, hatte er einen Spaten in der Hand. „Hunter ruft den Sheriff an, damit der einen Notarzt schickt."

„Sei vorsichtig damit", meinte Tim und zeigte auf den Spaten, den Hugh in der Hand hielt.

„Du hältst ihn fest, ich kümmere mich um den Fuß", erwiderte Hugh.

Tim fasste Rory und zog ihn in seine Arme, während er hoffte, dass er wenigstens einen Teil seiner Körperwärme auf ihn übertragen könnte. Er ließ ihn gerade so lange los, dass er seinen Mantel öffnen und um Rorys leblosen Körper legen konnte. Und dann fing er an zu reden. Pausenlos. Das half ihm, die Kälte zu ignorieren, und gab ihm das Gefühl, wenigstens etwas für Rory tun zu können.

„Tim? Kannst du ihn etwas in die Richtung bewegen?", bat Hugh und machte eine Bewegung, die signalisierte, dass Tim Rory von ihm wegziehen sollte.

Tim nickte und versuchte, Rory zu bewegen. Zuerst gelang es ihm nicht und er sah, wie Hugh auf irgendetwas einhackte. Dann verschwand der Widerstand allerdings so abrupt, dass er und Rory im kalten Wasser gelandet wären, wenn Hugh Tim nicht geistesgegenwärtig am Schlafittchen gepackt hätte.

„Hab dich. Warte einen Moment, wir holen ihn aus dem Wasser."

Es gelang ihnen, Rory von dem nassen Baumstamm runter und auf trockeneren Boden zu bugsieren. Es schien jedoch nicht, als würde er in nächster Zeit aufwachen. Tim konnte einen schwachen Puls fühlen.

„Wie geht's ihm?", fragte Grant.

„Wir müssen ihn ins Krankenhaus bringen. Er ist eiskalt."

Hunter nickte. „Kelly Freed, der neue Deputy, sitzt am Steuerknüppel des Helis. Im County Medical wissen sie, dass wir kommen, aber hier in der Nähe ist keine Straße, die für den Notarzt befahrbar wäre. Kelly hat angeboten, ihn im Helikopter hinzufliegen."

Mit Hughs Hilfe hob Tim Rory an. Als sie die Wiese halb überquert hatten, kam ihnen der leicht verlottert wirkende, blonde Deputy entgegen, den Tim im Sheriffbüro getroffen hatte.

„Ich fliege Sie ins County", rief Kelly, um das Geräusch der Rotorblätter zu übertönen. Tim sah den besorgten Blick des Deputys. „Atmet er?"

„Kaum", erwiderte Tim.

„Ich hab Rettungsdecken hinten drin. Darin können wir ihn einwickeln, damit er sich wenigstens den letzten Rest Körperwärme erhalten kann."

Der Helikopter war nicht riesig, würde aber ausreichen. Wie Kelly vorhergesagt hatte, lagen Decken auf dem Boden, und Tim nutzte sie, um es Rory so bequem wie möglich zu machen, obwohl es nicht einfach war, den bewusstlosen Köper in dieser Enge zu bewegen. Sobald sie in der Luft waren, klammerte Tim sich irgendwo fest. Da er sich um Rory kümmern musste, konnte er zum ersten Mal in seinem Leben seine Flugangst fast vergessen.

Tim hörte, wie Kelly über Funk mit dem Krankenhaus sprach, um ihre Ankunftszeit durchzugeben. Als sie auf dem Helikopterlandeplatz ankamen, wartete dort bereits eine Trage auf sie. Tim versuchte zu erklären, was passiert war, doch die Ärzte und Schwestern ignorierten ihn, während sie Rory auf die Trage legten und ins Krankenhaus schoben. Er folgte und man bat ihn, im Wartezimmer Platz zu nehmen, wo ihm bald Kelly Gesellschaft leistete.

„Irgendwelche Neuigkeiten?"

„Sie sagen mir nichts", erwiderte Tim und nickte Kelly zu, um ihn einzuladen, sich neben ihn zu setzen.

„Ich glaube nicht, dass wir uns offiziell vorgestellt worden sind. Ich bin Kelly Freed. Ich würde gern den Sheriffposten übernehmen, wenn Hanson in Rente geht."

Tim schüttelte Kelly die Hand. „Tim Conroy. Ich bin Cowboy auf der Blue River Ranch."

„Und der Mann, den wir hergeflogen haben, ist Ihr Partner", fügte Kelly hinzu. Er hatte es nicht als Frage formuliert.

„Ja", antwortete Tim trotzdem. „Rory McCown." Er hatte keine Ahnung, was Kelly mit dem Wort „Partner" meinte, aber er hatte auch keine Lust herauszufinden, wie homophob der zukünftige Sheriff war.

„Ich weiß", meinte Kelly. „Er ist auf Bewährung draußen. Der von den Flugblättern, die Sie vor einer Weile vorbeigebracht haben? Seine Bewährung ist fast abgelaufen, er hat sich gut gemacht. Mit seiner Vergangenheit kann das nicht leicht gewesen sein, also muss er vermutlich Ihnen dafür danken, dass er nicht rückfällig geworden ist."

Tim schüttelte den Kopf. „Das hat Rory ganz allein geschafft. Die Verbrechen *und* die Wiedergutmachung."

Kelly lächelte Tim an, sagte jedoch nichts. Vielleicht war er ja doch einer von den Guten.

Zum hundertsten Mal kam ein Arzt ins Wartezimmer, doch diesmal ging er direkt auf Kelly zu. „Officer Freed? Sie haben die Hypothermie hergebracht?"

Kelly sah erst Tim an und dann den unhöflichen Assistenzarzt. „Wenn Sie sagen wollten, dass ich Rory McCown mit Unterkühlung hergebracht habe, dann lautet die Antwort: Ja." Er ergriff Tim beim Ellbogen. „Das ist sein Partner, Tim Conroy. Er wird Rory gern sehen wollen."

Der Doktor sah Tim an und schien sich plötzlich unbehaglich zu fühlen. „Verstehe, ja. Also, wir behandeln seine Unterkühlung …"

„Sie versuchen also, ihn aufzuwärmen", unterbrach ihn Kelly.

„Ja", bestätigte der Assistenzarzt. Er sah Kelly an. „Er hat sich den Knöchel verstaucht, gebrochen ist er aber nicht. Und außer der Hypothermie, also der Tatsache, dass seine Körpertemperatur zu niedrig ist, scheint es ihm gut zu gehen. Wir haben ihn unter eine

Wärmedecke gesteckt und versorgen ihn mit heißen Getränken. Sobald er sich aufgewärmt hat, können Sie ihn mit nach Hause nehmen." Der Arzt schickte sich an zu gehen.

„Kann ich ihn sehen?", rief ihm Tim hinterher.

„Einen Moment noch", sagte der Mann und sah sich nach Tim um. „Eine Schwester wird Sie abholen."

Als Tim Kelly ansah, lächelte der groß gewachsene Deputy ihn an. „Tut mir leid. Ich hab so eine Art an mir, dass Leute sich in meiner Gegenwart unwohl fühlen. Es ist nur so …"

„Er hatte es verdient."

Kelly grinste. „Ja, hatte er wohl. Ich kann es nicht ausstehen, wenn Ärzte hereinschneien und einem irgendwelches Kauderwelsch an den Kopf werfen. Ist es wirklich so schwer, sich verständlich auszudrücken?"

„Ich wette, er würde auch nur Bahnhof verstehen, wenn ich anfange, über Pferde zu reden", sagte Tim.

Als man Tim zu Rory brachte, bestand dieser darauf, dass Kelly mitkam. „Rory wird wissen wollen, wer ihn gerettet hat."

Man führte sie in einen abgetrennten Raum, wo Rory immer noch auf der Trage lag. Eine mit Luft gefüllte Decke schien leicht über ihm zu schweben und neben ihm stand ein Infusionsständer. Er schien zu schlafen, doch sobald Tim ihn an der Schulter berührte, öffnete er die Augen. „Hey."

„Selber hey", antwortete Rory. „Was ist passiert? Sie haben gemeint, ich wäre in den Fluss gefallen?"

„Du bist nicht reingefallen." Tim steckte seine Hand unter die Decke und als er Rorys Hand fand, bemerkte er, dass sie kuschelig warm war. „Du bist mit dem Fuß im Biberdamm steckengeblieben und standest bis zur Hüfte in eiskaltem Schmelzwasser."

„Wieso bin ich denn in einem Biberdamm steckengeblieben?"

Tim drückte Rorys Hand. „Damit hatte scheinbar Danny irgendwas zu tun. Erinnerst du dich nicht?"

Rory schüttelte verwirrt den Kopf. „Und wer sind Sie gleich?"

Tims Herz setzte aus. Rory erinnerte sich nicht an ihn? „Rory, ich …" Tim hielt inne, als er das Lachen sah, das sich auf Rorys Gesicht schlich.

„Tut mir leid, Timmy, aber ich konnte einfach nicht widerstehen. Dein Blick war unbezahlbar."

Tim atmete erleichtert aus, als er bemerkte, dass Rory scherzte, und als dieser auch noch anfing zu lachen, stimmte er mit ein. Unter der Decke hielt er immer noch Rorys Hand. Dann fiel ihm ein, dass sie ja nicht allein waren. Er blickte über seine Schulter zu Kelly. „Rory, vermutlich verdankst du diesem Mann hier dein Leben: Das ist Kelly. Deputy Kelly Freed."

Rorys Blick wanderte zu dem blonden Mann. „Hätte ja nie gedacht, dass ich mich mal bei einem Staatsbediensteten bedanken würden, aber vielen Dank! Was genau haben Sie denn getan?"

„Sie in einem Helikopter ins Krankenhaus geflogen."

Rory sah von Kelly zu Tim und dann wieder zu Kelly. „Soll das heißen, ich bin in einem Hubschrauber geflogen und erinnere mich nicht daran?"

„Scheint so", erwiderte Kelly. „Aber ich muss den Helikopter auch wieder zurückbringen und kann Sie mitnehmen."

„Da werden Sie vermutlich zu lange warten müssen", unterbrach Tim. „Selbst, wenn sie ihn jetzt gleich entlassen, wird es wohl eine Weile dauern, bis der ganze Schreibkram erledigt ist."

„Machen Sie sich keine Gedanken." Kelly zuckte mit den Schultern. „Ich war nicht im Dienst, also ist es nicht so, als müsste ich sofort zurück zur Arbeit."

Tim sah Rory an. „Na, hast du dich aufgewärmt? Soll ich nachfragen, ob du nach Hause darfst?"

„Ja, das wäre toll", meinte Rory.

33

ALS SIE endlich zu Hause angekommen waren, hatte sich das Wetter auf wundersame Weise gebessert. Es schien tatsächlich die Sonne, und obwohl Feuchtigkeit im Gras schimmerte, war die Wiese nicht so durchtränkt wie in der letzten Nacht.

Rory arbeitete sich auf Krücken die unebenen Verandastufen hinauf, da sein Fuß immer noch dick einbandagiert war. Er versuchte, sich nicht von Tims Gewusel aus der Ruhe bringen zu lassen.

„Wenn du möchtest, können wir auch im Mannschaftshaus bleiben", schlug Tim vor. „Da ist es sicher wärmer und auch bequemer."

„Dein Bett steht hier, schon vergessen?", warf Rory mit hochgezogener Augenbraue ein.

„Stimmt. Also dann nicht."

„Bereust du es schon?"

Tim legte seine Arme um Rorys Schultern und zog ihn an seine Brust, sodass Rory fast das Gleichgewicht verlor. „Keine Sekunde."

„Wir werden schon klarkommen", sagte Rory und meinte seine Worte ernst. Als er darauf gewartet hatte, dass Tim zu seiner Rettung kam, war er zu einem Entschluss gekommen: Er würde sich Mühe geben, all das zu akzeptieren, was Tim für ihn tat, denn er tat es aus Liebe. Noch nie in seinem Leben hatte er sich so geliebt gefühlt, nicht einmal damals bei Charlie. Die Art, wie ihn Tim liebte, hatte eine ganz andere Qualität. Während Charlie gern mit ihm geschlafen hatte, schien Tim außerdem seine Gesellschaft, seinen Humor und sogar seine Stimmungen zu mögen. Sicher, auch Tim schlief gern mit ihm, aber das war eher das Sahnehäubchen und nicht Mittel zum Zweck. Und auch er mochte Tim. Er mochte seine Wärme und Stärke, mochte, wie Tim es immer aufs Neue schaffte, dass Rory sich geliebt und geborgen fühlte. Zum ersten Mal in seinem Leben hatte er das Gefühl, sich auf etwas im Leben freuen zu können.

DIE NÄCHSTEN Tage verbrachten sie damit, weiter am Haus zu arbeiten. Grant und Hunter, und manchmal auch Flynn und Gable, kamen vorbei, um zu helfen. Sogar Coop kam am Sonntag vorbei und brachte ein paar der neueren Ranchhelfer mit.

Anfangs frustrierte es Rory, dass er Grant wegen seines Knöchels nicht auf dem Dach helfen konnte. Doch dann sah er, dass Flynn ziemlich furchtlos da oben herumkletterte, und begnügte sich daraufhin damit, Bretter zuzusägen und seinen Fuß zu schonen. Gable machte derweil trockene Witze darüber, dass er Rory Ratschläge geben könnte, wie er sich mit seiner Verletzung arrangieren könnte. Kurzum, sie hatten alle durchaus Spaß, während sie dafür sorgten, dass das Haus immer wohnlicher wurde.

Rory ging immer noch fast jeden Abend zu den Treffen der Anonymen Alkoholiker und Tim fuhr ihn jeden Abend im Truck dorthin und wartete dann draußen. Zu seinem sechsmonatigem Jubiläum hatte sich Rory was Besonderes überlegt und das machte ihn zunehmend nervös. Normalerweise sagte Rory bei den Treffen nicht viel, außer er hatte etwas zu feiern, doch sein Sponsor hatte ihn überzeugt, dass es eine gute Sache war, sich mitzuteilen, also hatte er seine „Hallo, ich heiße Rory und bin Alkoholiker"-Rede schon ein paarmal gehalten. Heute war es jedoch anders. Er hatte die Erlaubnis bekommen, Tim mitzubringen, denn er wollte ihm ein paar Dinge sagen, traute sich aber nicht, ihm dabei in die Augen zu sehen. Tim durfte nur an dem Teil der Veranstaltung teilnehmen, wo Rory sprach, und würde den Saal dann wieder verlassen. Lamar würde Tim reinbringen, sobald Rory dran war. Alle anderen Mitglieder hatten dem Prozedere zugestimmt und so wusste Rory, als Lamar ihm zunickte, dass Tim ihn zwar nicht sehen aber jedes Wort hören konnte.

„Hallo, mein Name ist Rory und ich bin Alkoholiker."

„Hallo Rory."

„Heute bin ich seit genau sechs Monaten trocken und obwohl das mein Kampf ist, muss ich einer Person danken, die mich durch den ersten und alle folgenden Tage gebracht hat: Meinem Partner Tim, der hinter der Tür sitzt, um zuzuhören. Ich war sehr gut darin, mein Problem zu verbergen. Ich will damit nicht angeben, aber nicht einmal Tim hat es bemerkt. Er dachte einfach, ich hätte Stimmungsschwankungen, wisst ihr?"

Die Gruppe lachte.

„Tim dachte, ich wäre kein Morgenmensch, dabei brauchte ich einfach dringend einen Schnaps und konnte nichts trinken, solange er in der Nähe war. Wenn er aus der Dusche kam, war ich immer schon besser gelaunt. Also, eines Tages hatte er richtig schlechte Laune und ich dachte, ihm wäre jetzt aufgegangen, dass er mit einem Alkoholiker zusammenlebt. Das zeigt einem, wie selbstsüchtig man sein kann."

Noch mehr Gelächter.

„Wie auch immer, bis heute weiß ich nicht, was an dem Tag mit ihm los war. Aber als ich ihn das nächste Mal sah, dachte ich, er will mich umbringen. Hab ihm ein blaues Auge verpasst. Ich hatte schwere Entzugserscheinungen und er hat leider das Meiste abgekriegt. Hat mich gefunden und ins Krankenhaus gebracht. Der Arzt hat mir später gesagt, dass ich auch hätte sterben können, weil noch eine schwere Bronchitis hinzukam. Deshalb hatte ich nicht nur Blackouts, sondern auch Anfälle. Ich hoffe, ich mache Tim jetzt keine Angst, denn er weiß nicht mal die Hälfte von dem, was im Krankenhaus vorgefallen ist. Ich habe nicht den Mut, ihm das alles persönlich zu sagen. Deshalb darf er heute zuhören, während ich es euch erzähle."

TIMS AUGEN füllten sich mit Tränen. Er musste sich selbst davon abhalten, in den Saal zu stürmen, denn er hatte das unbändige Bedürfnis, sich seinen Freund zu schnappen und so fest zu umarmen, wie er noch nie umarmt worden war. Doch er wusste, dass das warten musste. Später würde er dazu Gelegenheit haben.

„Ich weiß, dass ich es mir selbst zuschreiben soll, dass ich seit Monaten nüchtern bin, und auch Lamar sagt mir immer wieder, dass ich mich nicht so sehr von Tim abhängig machen soll. Doch ohne ihn hätte ich das nie geschafft. Wisst ihr, seit ich zwölf bin, ist nicht ein Tag vergangen, an dem ich nicht etwas getrunken hätte. Klar, ich habe auch schon in der Vergangenheit versucht aufzuhören und war vielleicht für ein oder zwei Tage erfolgreich, aber selbst da habe ich mich selbst und die Leute um mich herum angelogen. Das ist der Nachteil, wenn man nie offensichtlich betrunken ist. Selbst mit einer halben Flasche Wodka intus konnte ich anderen immer noch weismachen, dass ich nüchtern sei. Ich bin sogar so zu AA-Treffen gegangen. Ich habe so getan, als wäre ich nüchtern, dabei war ich eigentlich immer betrunken. Jetzt ist alles anders und ich hoffe, dass man mir die ganzen Lügen, die ich erzählt habe, verzeihen wird. Ich habe versucht, mit allen, die ich finden konnte, ins Reine zu kommen. Aber hauptsächlich muss ich das bei Tim schaffen.

Wie auch immer, zurück zu Tim und was er mir bedeutet. Wisst ihr, er ist meine Familie. Er ist die einzige Familie, die ich habe, abgesehen von seiner Familie, die wirklich toll ist. Er ist der Grund, warum ich aufhören will zu lügen und anderen was vorzumachen. Ich habe ihm nie von den Stimmen erzählt und dass sie mir sagen, dass ich wertlos bin. Ich hab ihm nie gesagt, wie schwer es für mich war, mich selbst zu akzeptieren. Denn wisst ihr, sein Glas Wasser ist immer halb voll. Er sieht immer das Gute in den Menschen. Er denkt nicht nur, sondern glaubt fest daran, dass sich am Ende alles zum Guten wenden wird und dass Menschen einem grundsätzlich nur Gutes wollen. Anfangs dachte ich, er wäre naiv und hätte einfach nicht genug erlebt im Leben. Doch mittlerweile verstehe ich, wie er darauf kommt. Und er färbt auf mich ab. Nur dadurch hatte ich die Kraft, den Stimmen in meinem Kopf zu sagen, dass sie sich verpissen sollen, weil sie lügen. Und ich denke, langsam kommt das bei den Stimmen auch an. Mittlerweile sind sie nur noch manchmal böse, meistens wenn ich angespannt bin oder mich nicht so gut fühle."

Rory nahm einen tiefen Atemzug und Tim schluckte schwer, weil seine Gefühle drohten, ihn zu überwältigen.

„Ich habe mit Lamar darüber gesprochen und ich finde, dass ich total am Arsch wäre, wenn ich Tim irgendwann nicht mehr hätte. Zum Glück sagt er mir immer wieder, dass er mich liebt. Ich wünschte, ich könnte es ihm auch sagen, doch er ist immer schneller als ich und dann erstarre ich einfach. Ich kann nur hoffen, dass er es weiß."

„Na ja, spätestens jetzt weiß er es", sagte jemand aus der Gruppe und sein Kommentar rief erneutes Gelächter hervor.

TIM SAß weit entfernt von den Mitgliedern am anderen Ende des Saals und wischte sich die Tränen aus dem Gesicht, als Lamar auf ihn zutrat.

„Alles in Ordnung?"

Tim nickte. „Ja, mir geht's gut. Ich wünschte nur, dass ich ihm jetzt gleich sagen könnte, dass er sich keine Sorgen machen muss."

Lamar lächelte. „Das weiß er doch, aber es ist immer gut, es von den Menschen zu hören, die einem am meisten bedeuten. Rory ist ein toller Kerl. Er hat noch einen weiten Weg vor sich, aber im Moment scheint er an einem guten Punkt in seinem Leben angekommen zu sein und deshalb ist er so gut drauf."

Tim nickte. Er hatte dem nichts hinzuzufügen.

„Rory kommt raus, sobald das Treffen vorbei ist, aber ich muss dich bitten, wieder nach draußen zu gehen, damit wir das Treffen beenden können."

„Ja, natürlich", sagte Tim. „Normalerweise sitze ich ja sowieso draußen im Truck und warte auf Rory."

„Das ist Einsatz", meinte Lamar mit einem anerkennenden Nicken. „Versteh mich nicht falsch, aber es ich auch Kontrolle. Vielleicht ist er dazu bereit, zukünftig allein zu den Treffen zu kommen. Er hat mir erzählt, dass er seinen Führerschein wiederhat."

„Ich wollte nur, dass er weiß, dass ich ihn unterstütze."

Lamar lächelte ihn an. „Das weiß er. Ich will dir nicht vorschreiben, wie du dein Leben zu führen hast. Ich sage nur: Redet drüber. Frag ihn, ob er sich in der Lage fühlt, allein zu kommen. Vielleicht ist er es nicht, andererseits ..." Lamar beendete den Satz nicht. Er klopfte ihm freundschaftlich auf die Schulter und nickte ihm dann zu.

Tim verstand den Wink: Lamar musste jetzt wirklich gehen.

ALS RORY aus dem Gebäude kam, fühlte sich Tim an jenen Tag erinnert, als er vor dem Gefängnis auf Rory gewartet hatte.

Tim hatte auf der gegenüberliegenden Straßenseite geparkt. Er lehnte an seinem Truck und trug Jeans, ein kariertes Hemd und seinen Stetson. Wie damals machte Rorys Herz auch dieses Mal einen Sprung und dann fühlte er sich plötzlich befangen. Er hatte der Gruppe sein Herz ausgeschüttet und Tim hatte alles mit angehört.

„Hey, Brummbär", begrüßte ihn Tim.

„Hallo Sonnenschein."

Rory fand, dass Tims Lächeln seine Umgebung erhellte, also hatte er den Spitznamen verdient. Er sah, wie Tim die Hand hob und ihm etwas zuwarf. Reflexartig fing er den Gegenstand auf und sah dann, dass es die Wagenschlüssel waren.

„Du willst, dass ich fahre?"

„Ich dachte mir, dass du deinen Chauffeur nicht mehr brauchst, jetzt, wo du deinen Führerschein wiederhast."

Rory kam einen Schritt näher, doch Tim gab seinen Platz an der Tür zur Fahrerseite nicht auf. Er griff nach Rory und zog ihn an der Gürtelschnalle näher zu sich.

„Wolltest du mir nicht was sagen?", flüsterte er Rory ins Ohr.

„Sagen? Ich hab da drinnen doch eine ganze Rede gehalten." Er gestikulierte in Richtung des Gebäudes, wo sie das Treffen abgehalten hatten.

Tim kam noch näher. „Ich würde dir so gern selbst was sagen, aber du wolltest ja, dass ich nicht schneller bin als du."

Rorys Herz begann zu rasen. „Ich ..." Er fühlte sich wie ein Idiot, weil er die Worte nicht über die Lippen brachte. „Du hast alles gehört?" Sie standen mitten auf der Straße und auch noch so nah beieinander, dass es ziemlich eindeutig war. Jeder, der vorbeikam, konnte sie sehen.

„Natürlich habe ich das", antwortete Tim sanft. Er hörte auf zu sprechen und unter seinen Händen konnte Rory fühlen, wie angespannt Tim war.

„Ich ... Du bist das Beste, was mir je passiert ist, Tim."

„Ich liebe dich auch", entgegnete Tim und dann küsste er Rory. Mitten auf der Straße.

34

IN DEN nächsten Wochen bauten sie eine Veranda an, reparierten das Dach und erneuerten die zwei Wände, die so viel Wasser abbekommen hatten, dass sie nicht mehr zu retten waren. Rory legte den Strom, sodass das Licht funktionierte und Tim seinen Laptop anschließen konnte. Während dieser ganzen Zeit hatten Tim und Rory in der Blockhütte campiert, obwohl nur das Schlafzimmer benutzbar war.

Als das Gebäude wind- und wasserfest war, bauten sie Beth Krauses alten Herd ein und installierten einen Boiler und eine Pumpe, sodass sie warmes Wasser hatten. Das hob den Wohnkomfort ziemlich.

Zu ihrer Überraschung tauchten an einem Freitagabend Hunter und Grant mit einem großen, stabilen Tisch und sechs Stühlen auf, die Grant selbst geschreinert hatte.

„Wow, Leute. Danke!", meinte Tim, als er die Handarbeit bewunderte.

„Wir haben euch schließlich die Ausstattung fürs Esszimmer versprochen", erwiderte Hunter. „Außerdem, den Tisch und zwei der Stühle gab's schon."

„Nur wollte Hunter unbedingt was aus dem Laden", fügte Grant hinzu und stieß seinem Liebhaber einen Finger in die Rippen. „Ich hoffe, sie gefallen euch."

Rory setzte sich an den Tisch. „Die Möbel sind toll! Normalerweise sind Stühle für mich ein bisschen zu niedrig, aber diese hier sind perfekt."

„Tja, sie wurden für etwas größere Männer gemacht", sagte Grant. „Und da keine Frauen zugegen sind, die Einspruch erheben könnten …"

Tim, der auf einem der Stühle saß, lachte. „Izzie würde sich hier wie ein kleines Kind vorkommen. Selbst meine Füße berühren ja kaum den Boden."

„Na, dann musst du wohl noch ein bisschen wachsen, Kurzer", scherzte Rory und legte Tim seine Hände auf die Schultern.

„Ernsthaft, Leute, vielen Dank. Jetzt fängt es langsam an, sich wie ein Zuhause anzufühlen."

„Das war der Plan", entgegnete Hunter. „Wir lassen euch dann mal alleine. Wir müssen für morgen noch eine Geburtstagsfeier vorbereiten."

„Matthew?", fragte Tim.

„Ja", antwortete Grant. „Ich hoffe, dass wir euch nächstes Jahr einladen können. Wenn alles geklärt ist."

„Die Sache mit Mattys Mutter. Ja, wissen wir", sagte Tim nickend. Er blickte zu Rory und war froh, dass ihn das Thema nicht zu stören schien.

Nachdem Hunter und Grant gegangen waren, zündete Rory den Kamin im Wohnzimmer an.

„Ich hoffe, die Sache mit Matty klärt sich bald", sagte Tim und ließ sich auf das alte Sofa fallen.

„Das wird schon", erwiderte Rory nüchtern. „Das kann ja nicht ewig so weitergehen. Irgendwann wird seiner Mutter das Geld für die Anwälte ausgehen, und zwar lange bevor Hunter und Grant in Geldschwierigkeiten geraten."

„Es wäre schön, wenn du wieder bei uns arbeiten könntest, anstatt jeden Tag zu Gable fahren zu müssen."

„Ich arbeite gern für Gable. Die beiden sind nett, Tim."

„Ich weiß." Tim legte seinen Arm auf die Sofalehne, sodass er ihn Rory um die Schultern legen konnte, als der sich neben ihn setzte. „Aber Hunter und Grant sind auch nett."

„Nur mag mich dein Bruder nicht."

„Er hat dich akzeptiert. Ich bin mir sicher, dass er mittlerweile begriffen hat, dass du seinen kleinen Bruder glücklich machst. Und wenn nicht, dann hat Izzie ihn einfach noch nicht gut genug erzogen."

Rory zuckte nur mit den Schultern.

„Auf jeden Fall haben wir immer noch zu wenig Cowboys und ich bin mir sicher, dass du mittlerweile genügend Reiterfahrung gesammelt hast. Selbst Gable meinte, dass du dich gut machst und er dich die Verkaufspferde reiten lässt."

Rory nickte. Da er jedoch weiterhin still blieb, fragte Tim sich, wie viel Rory tatsächlich an Hughs Zustimmung lag.

In dem Versuch, die Stimmung zu heben, seufzte zufrieden. „Auf jeden Fall bin ich froh, dass das langsam zu unserem Zuhause wird. Christy möchte Gardinen für uns nähen, also hab ich ihr gesagt, dass wir in die Stadt fahren werden, um Gardinenstangen zu kaufen. Möchtest du mir helfen, den Stoff auszusuchen?"

„Ich kenn mich mit so was nicht aus, Tim."

Tim schnaubte. „Ich etwa? Wir gehen einfach einen Schritt nach dem anderen. Genauso wie beim Kochen. Aber ich möchte, dass wir den Weg zusammen gehen, okay? Das kann Spaß machen, wir können gemeinsam scheitern." Tim grinste, doch Rory blieb still. Die einzige Reaktion, die er bekam, bestand darin, dass Rory seinen Kopf auf Tims Schulter bettete, als dieser eine Hand auf sein Haar legte. Er schmiegte sich an Tim, als dieser seinen Scheitel küsste. Er wusste, dass er Rory Zeit geben musste, aber die Unsicherheit nagte an ihm.

„Ich bin müde", meinte Rory. „Können wir ins Bett gehen?"

TIM HATTE das Gefühl, überhaupt noch nicht geschlafen zu haben, als ihn ein lautes Donnergrollen weckte. Die Uhr auf dem Nachttisch bestätigte seine Vermutung, dass es immer noch mitten in der Nacht war. Rory lag jedoch nicht mehr neben ihm im Bett und Tim rollte mit den Augen, weil Rory *schon wieder* verschwunden war. „Rory?" Keine Antwort. Tim hielt sich nicht mit Unterwäsche auf und schlüpfte stattdessen gleich in seine Jeans. Im Schlafzimmer war es kalt, da sie am Vorabend den Kamin nicht angemacht hatten, also zog er sich auch noch ein Flanellhemd an, bevor er ins Wohnzimmer ging. Da Rory auch hier nicht war, nahm er seinen Mantel vom Haken und stellte dabei fest, dass Rorys rotschwarzer Mantel ebenfalls fehlte. Mit einem tiefen Seufzer zog Tim seine Stiefel an, öffnete die Vordertür und sah dann Rory im strömenden Regen auf der Veranda stehen.

„Das haben wir doch schon hinter uns", rief Tim, um das Prasseln des Regens zu übertönen. „Komm rein, dann reden wir drüber."

Rory ignorierte ihn einfach, doch in dem sintflutartigen Regen und der Dunkelheit konnte Tim nicht sicher sein, ob es Absicht war oder ob Rory ihn schlicht nicht gehört hatte. Er wusste, wie stur Rory sein konnte und überlegte kurz, ob er ihn einfach draußen stehen lassen sollte, doch Rory war viel sturer als Tim es je sein könnte, darum nahm er sich auch noch seinen Hut und verließ dann die Hütte. Als er sich neben Rory stellte, konnte er dessen angespanntes Gesicht erkennen. Er würde sehr vorsichtig vorgehen müssen.

„Ich weiß, dich wurmt etwas. Vielleicht etwas, das ich gesagt oder getan habe? Aber das hier bringt doch nichts, du musst mir schon sagen, was los ist!"

542

Rory blinzelte nicht einmal.

„Na gut, dann eben auf deine Weise." Tim drehte sich wieder zur Hütte um und schüttelte das Wasser aus seinem Hut und seinem Mantel, bevor er die Stiefel auszog und wieder hineinging. Er sah noch einmal nach draußen, um sich zu vergewissern, ob sich Rory bewegt hatte, doch der stand immer noch draußen und ließ sich in seinem fadenscheinigen Mantel vom Regen durchnässen. Tim ging in die Küche und begann, den Herd zu reinigen, den sie am Tag zuvor bekommen hatten. Er wusste, dass er sich selbst beschäftigen musste, wenn er nicht Gefahr laufen wollte, hinauszugehen und Rory an den Ohren wieder hineinzuziehen, als wäre er ein widerspenstiges Kind. Er wusste genau, wie Rory darauf reagieren würde, also putzte er stattdessen die Küche, bis diese blitzblank war. Das nächste Mal, als Tim nach draußen sah, war Rory verschwunden. Er griff sich wieder seinen Mantel und öffnete die Tür, dann fischte er in der Manteltasche nach seinen Autoschlüsseln.

„Ich bin hier", sagte Rory und seine Stimme klang näher, als Tim erwartet hatte.

Rory saß mit dem Rücken an die Wand gelehnt auf der Veranda und hatte die Knie an die Brust gezogen, damit seine Füße nicht nass wurden. Nicht, dass das noch irgendeinen Unterschied gemacht hätte, denn Rory sah aus wie ein begossener Pudel.

Tim seufzte. „Komm rein und wärm dich auf, bevor du dich erkältest", sagte er und versuchte dabei, so unbeteiligt wie möglich zu klingen. Er hatte nicht den Eindruck, dass ihm das vollständig gelungen war. Bis zu diesem Moment war ihm gar nicht bewusst gewesen, wie viel Angst er hatte, doch nun wusste er, warum. Rorys Bewährung neigte sich dem Ende zu und damit veränderte sich auch seine Einstellung. Nicht viel. Tim wusste von Gable, dass Rory immer noch hart arbeitete und jede Aufgabe ausführte, die man ihm auftrug. Doch in letzter Zeit hielt er sich noch mehr im Hintergrund und zog den Kopf ein – was für einen großen Kerl wie Rory eine ziemliche Leistung darstellte. Das Problem war nur, dass er auch Tim mied. Das ging erst seit ein paar Tagen so und Tim war daran gewöhnt, Rory seinen Freiraum zu gewähren, doch so langsam wurde ihm klar, dass er befürchtete, Rory würde einfach so verschwinden.

Rory antwortete nicht, also setzte Tim sich neben ihn und ahmte dabei seine Position nach. „Hast du darüber nachgedacht wegzugehen, wenn deine Bewährung abgelaufen ist?"

Rory zuckte mit den Schultern. Nach einer gefühlten Ewigkeit nahm er einen tiefen Atemzug. „Ja."

Tim schluckte schwer und versuchte, seine Gefühle nicht die Oberhand gewinnen zu lassen. „Bitte, tu es nicht."

Zum ersten Mal an diesem Abend sah Rory ihn an. „Ich möchte den Schaden begrenzen. Du wirst dann nicht mehr für mich verantwortlich sein und ich dachte mir, du würdest von mir erwarten, dass ich mir eine andere Bleibe suche."

„Ach Rory, komm schon!", meinte Tim entnervt. „Ich kann nicht fassen, dass du es immer noch nicht begreifst. Oder vielleicht willst du ja auch nicht verstehen, was du mir bedeutest. Ich hatte gedacht, du erwiderst meine Gefühle."

Rory reagierte nicht; das tat er nie, wenn es emotional wurde.

Tim konnte nicht länger sitzen, also stand er auf und tigerte auf der schmalen Veranda hin und her. Sie waren in dieser Hinsicht so gegensätzlich. Obwohl auch er gegenüber Fremden zurückhaltend sein konnte, war Tim für seine Freunde und Familie ein offenes Buch. Tim hatte seine Gefühle nie vor Rory verborgen und hatte ihm gleich zu Beginn gesagt, dass er ihn liebte, weil es eben das war, was er fühlte. Rory hatte diese Liebesbekundungen nie erwidert, doch Tim war davon ausgegangen, dass er wenigstens ansatzweise etwas für ihn empfand. Jetzt fühlte er sich betrogen, so als hätte Rory nur mit ihm geschlafen, um bis zum Ende seiner Bewährung einen Job und eine Unterkunft zu haben. Oder weil es ihn bei den anderen Angestellten der Ranch beliebt machte. Tim lehnte sich mit ausgestreckten Armen gegen die Außenwand, um so seine verspannte Rückenmuskulatur zu entlasten. Sobald der Schmerz nachließ, wurde ihm klar, dass es nur einen Ausweg gab. Er wollte ein paar Antworten und die konnte er nur bekommen, wenn er selbst völlig offen war.

„Ich liebe dich, Rory. Ich habe dich schon vor vier Jahren geliebt, als du drei Wochen hier gearbeitet hast. Und trotz allem, was seitdem passiert ist, habe ich dich nicht aus dem Kopf bekommen. Darum habe ich dich vom Gefängnis abgeholt und Hugh gebeten, dich einzustellen."

„Und du hast einfach angenommen, dass ich deine Liebe erwidern würde?"

Tim konnte Rory nicht in die Augen sehen. „Nein. Aber ich musste mit meinen eigenen Gefühlen ins Reine kommen, denn drei Jahre sind eine lange Zeit, wenn man sich nach jemandem sehnt. Ich musste wissen, ob du meine Gefühle erwiderst. Und falls nicht, wäre es mir danach zumindest leichter gefallen, dich zu vergessen. Ich dachte mir, dass ein Jahr dafür mehr als ausreichend wäre. Ich hatte nicht damit gerechnet, dass du sofort in meinem Bett landest. Ich wollte einfach nur Gewissheit."

„Ich wollte nicht, dass du dich nach mir sehnst, Tim", sagte Rory mit so leiser Stimme, dass ihn der Regen fast übertönte. Tim war sich nicht ganz sicher, ob er wirklich richtig gehört hatte.

„Es ist ja nicht so, als hätte ich eine Wahl gehabt."

„Ich weiß."

Tim kniete sich neben Rory. Dessen beherrschte Art und seine leisen Worte beruhigten ihn.

„Als ich im Knast war, musste ich oft an dich denken. Das hat mir die Kraft gegeben durchzuhalten. Schon die Vorstellung, dass ich dich ausfindig machen könnte, wenn ich rauskomme, hat gereicht. Natürlich hätte ich letztendlich den Mut dazu nicht aufgebracht. Aber als ich dann rauskam und dich draußen gesehen hab, da wollte ich dich auf der Stelle vernaschen."

„Da wär ich nie drauf gekommen." Tim hatte seine Ellbogen auf den Knien abgestützt und seine Hand baumelte ganz nah bei Rorys. Zu seiner Überraschung ergriff Rory sie und so saßen sie eine Weile Händchen haltend und schweigend da.

„Ich erlaube mir nicht glücklich zu sein, weil ich weiß, dass alles von einer Sekunde auf die nächste vorbei sein kann. Und dann kann ich nur weitermachen, indem ich mich selbst zurückziehe."

„Das ist keine Art zu leben, Rory."

„Ich habe Charlie geliebt und er hat mich verraten. Davor habe ich meine Mutter geliebt und sie hat mich an einer Tankstelle verlassen, als ich sechs war. Wer lässt schon sein sechsjähriges Kind an einer Tankstelle zurück?"

Darauf wusste Tim keine Antwort, doch er hatte das überwältigende Verlangen, Rory trösten zu müssen. Er stand auf, zog Rory mit sich auf die Füße und umarmte ihn dann. Zu seiner Überraschung wehrte Rory sich nicht. Es war seltsam, doch Rory fühlte sich plötzlich nicht mehr so groß an, und so konnte Tim Rorys Kopf in seine Halsbeuge betten und ihn näher an sich ziehen. Rory legte seine Arme um Tims Körper und drückte ihn fest. Es fühlte sich gut an. Es war Rorys Art auszudrücken, dass Tim recht hatte und dass seine Liebe erwidert wurde.

„Lass uns reingehen, um uns aufzuwärmen, okay?"

Den Kopf immer noch in Tims Halsbeuge verborgen, nickte Rory. Er ließ ihn jedoch nicht los und so musste Tim feststellen, dass er sich nicht bewegen konnte, als er hineingehen wollte.

„Rory?"

Rory sah auf und streckte den Rücken, sodass er wieder größer wirkte. „Tut mir leid." Er ließ nur so viel von Tim ab, dass sie hineingehen konnten. Durch die Tür zu kommen, war jedoch etwas schwierig. Als sie drinnen waren, führte Rory Tim zu ihrer einzigen Couch.

„Das mit deiner Mutter tut mir leid", sagte Tim leise, als er seinen Mantel auszog und auf den Boden fallen ließ. In diesem Moment stürzte sich Rory praktisch auf ihn. Rory war vollkommen durchnässt und Tim konnte fühlen, wie nun auch sein T-Shirt feucht wurde, doch das störte ihn nicht. Rory küsste ihn mit Hingabe, und obwohl Tim wusste, dass das Rorys Versuch war, die Diskussion zu beenden, war es ein gutes Gefühl sich einzubilden, dass zwischen ihnen wieder alles in Ordnung war.

Statt ihn abzuschütteln, beschloss Tim, Rory aus den nassen Klamotten zu helfen. Als er den Kuss dann tatsächlich beendete – irgendwo zwischen dem Punkt, wo er ihm das Shirt über die Schultern zog und die Jeans aufknöpfte –, spiegelten sich Verwirrung und Panik auf Rorys Gesicht.

„Du bist nass und dir ist kalt. Ich lass dir ein Bad ein, damit du dich aufwärmen kannst."

KEINE FÜNF Minuten später lagen sie beide in der großen, freistehenden Badewanne mit den geschwungenen Füßen. Tim saß hinter Rory, dessen Beine über den Badewannenrand baumelten, da die Wanne augenscheinlich nicht dafür gemacht war, von zwei ausgewachsenen Männern gleichzeitig benutzt zu werden. Sie genossen zum ersten Mal den Luxus von fließendem Wasser in ihrer Blockhütte, darum fühlte sich das heiße Badewasser gleich noch mal so gut an. Je wärmer Rory wurde, desto mehr spürte Tim, wie er sich entspannte. Tim liebkoste Rorys fast haarlose Brust, während Rorys Hände auf Tims Knien lagen.

Tims Hand wanderte bis zu Rorys Kopf und dann küsste er seine Schläfe.

„Du weißt, dass du mir vertrauen kannst, oder?"

Rory nickte.

„Ich werde dich nicht verlassen."

Statt zu antworten, starrte Rory die Wand an.

„Ich kann nicht weg, weil ich hier wohne."

„Du könntest mich bitten zu gehen."

Tim hörte die Kälte in Rorys Stimme und umarmte ihn von hinten. „Ich kann dir kein Ende wie im Märchen versprechen, aber ich weiß, dass ich noch nie für jemanden so viel empfunden habe wie für dich. Von mir aus darf das gern bis in alle Ewigkeit so bleiben. Nichts würde mich glücklicher machen, als mit dir zusammen alt zu werden. Mir gefällt die Vorstellung von uns beiden in zehn oder zwanzig Jahren."

Rory erschauerte fast unmerklich und für einen Moment fragte sich Tim, ob er sich das vielleicht nur eingebildet hatte. Dann erhob sich Rory und drehte sich um. Mit den Händen stützte er sich am Badewannenrand ab. Durch die plötzliche Bewegung schwappte Wasser über den Rand und als Tim aufblickte, bemerkte er, dass Rorys Wangen feucht waren. Seine rotgeränderten Augen legten nahe, dass daran nicht das Badewasser schuld war. Tim hatte gerade die Hand gehoben, um Rorys Wange zu berühren, als der sich hinunterbeugte und seine Lippen auf Tims Mund presste. Als Rory die Arme beugte, berührten sich ihre

Körper, wenn auch aufgrund der Wölbung der Wanne auf etwas ungewöhnliche Art. Tim zog Rory enger an sich.

„Rory, ich liebe dich von ganzem Herzen", flüsterte Tim, der sein Gesicht in Rorys Haaren vergraben hatte.

„Ich liebe dich auch", erwiderte Rory und Tims Herz drohte, aus seiner Brust zu springen.

Etwas später lagen sie – abgetrocknet, jedoch immer noch nackt – unter den Decken im Bett. Rorys Haut fühlte sich warm an und sie lagen eng umschlungen da. Zu Tims Überraschung machte sich zwischen ihnen nicht das übliche erotische Prickeln breit. Tim konnte sich nicht erinnern, ob sie jemals so eng beieinander gelegen hatten, ohne dass es im Austausch von Körperflüssigkeiten geendet hätte. Doch jetzt, da keiner von beiden erregt war, schien das auch nicht nötig zu sein.

Von Zeit zu Zeit sah Rory Tim in die Augen, als müsse er sich davon überzeugen, dass Tim es sich nicht anders überlegt hatte. Davon abgesehen war Tim zufrieden, einfach eng aneinandergekuschelt mit seinem Freund im Bett zu liegen. Rory war immer noch viel gefühlvoller, als Tim ihn je gesehen hatte. Er küsste Tims Lider und Augenbrauen und fuhr mit den Fingern durch Tims Bartstoppeln. All diese Gesten überraschten Tim.

Tim wusste, dass es nur eine Frage der Zeit war, bis sie mit dem Liebesspiel beginnen würden. Er wusste auch, dass es etwas Besonderes sein würde. Sie hatten eine weitere Hürde gemeistert und Tim wollte den Moment irgendwie festhalten. Doch zum allerersten Mal wusste er, dass sie alle Zeit der Welt hatten.

35

RORY ARBEITETE gern auf Gables Ranch. Es handelte sich um einen eher kleinen Betrieb und die meiste Zeit des Tages arbeitete er allein. Manchmal ritt er auch mit Gable hinaus zur Herde. Bei diesen Gelegenheiten erklärte ihm Gable, wie sich die Tiere in einer Herde verhielten und wie dieses Wissen dabei helfen konnte, sie auszubilden. Rory sog die Informationen auf wie ein Schwamm und er genoss die ruhige Ausstrahlung des älteren Ranchers und sein bescheidenes Auftreten.

Mit jedem weiteren Tag, an dem er von der Arbeit kam, verringerten sich seine Befürchtungen. Normalerweise war er vor Tim zu Hause, ging dann ins Schlafzimmer, um das Bett zu machen und sammelte die Klamotten zusammen, die Tim, der bekennende Chaot, überall verstreut hatte. Manchmal standen auch Gläser auf dem Tisch oder Teller in der Spüle. Die wusch er dann ab und stellte sie weg. Es fühlte sich zunehmend gut an, sich auf diese Art um Tim kümmern zu können.

Als Rory jedoch an diesem Tag nach Hause kam, stand die Vordertür offen. Dafür war es noch lange nicht warm genug, weswegen Rory ein ungutes Gefühl verspürte. Das Schloss war mit Gewalt geöffnet worden und als Rory eintrat, sah er, dass der Herd zerbeult war, die neuen Stühle und der Tisch zu Kleinholz verarbeitet und der Bezug der Couch aufgeschlitzt worden war. Im Schlafzimmer war das Bettzeug zerrissen und Tims Bett vollkommen zerstört.

„Tim?", rief Rory, obwohl er wusste, dass Tim um diese Uhrzeit noch nicht zu Hause sein würde. Wut stieg in ihm auf, als er nach seinen Autoschlüsseln griff und dann in seinen grünen Ford stieg. Es gab nur einen Mann, der das getan haben konnte. Ein Teil von ihm hoffte, ihn nicht zu finden. Doch da er wusste, wo er sich normalerweise aufhielt, stand seinem Racheplan nichts im Wege. Er fuhr hinüber zu Gables Ranch, da weder Gable noch Flynn im Moment zu Hause waren, und nahm sich das Gewehr, das Gable in der hinteren Ecke des Flurschranks aufbewahrte. Er versteckte die Waffe unter dem Autositz und fuhr auf den Highway.

Rory versuchte, während der Fahrt ruhig zu bleiben, doch er merkte, wie sich eine ihm bekannte Unruhe unter die Wut mischte. Sein Zuhause so zerstört und besudelt zu sehen – und zu wissen, dass auch Tim die Blockhütte so vorfinden würde – ging ihm so an die Nieren, dass er den Vandalen erwischen wollte, obwohl ihm bewusst war, dass ihn das in Schwierigkeiten bringen würde. Das war einfach zu viel des Guten. Es betraf Tim und ihn so zentral, dass es geradezu nach Vergeltung schrie. Und es war Rory egal, dass er deswegen wieder im Knast landen könnte.

Rory hatte den alten Truck, den Delco immer noch fuhr, ein paar Mal in Chester gesehen. Einmal hatte er sogar beobachtet, wie Delco im Truck saß. Er musste erst eine Weile ziellos durch die Stadt fahren, bis er das heruntergekommene Haus fand, zu dem Delco gefahren war, als Rory ihn im Truck gesehen hatte. Der Wagen parkte davor.

Ihm schlug das Herz bis zum Halse und ihm war schwindlig vom Adrenalin, doch er wusste, dass er jetzt keinen Rückzieher machen konnte. Er holte das Gewehr unter dem Autositz hervor. Obwohl er schon oft mit dem Gesetz in Konflikt geraten war, hatte er mit Waffen kaum Erfahrung. Einer seiner Pflegeväter hatte ihm das Schießen beigebracht, doch das war eine halbe Ewigkeit her, und selbst bei dem bewaffneten Raubüberfall, für den er verurteilt worden war, hatte er keine Waffe tragen müssen. Er hatte nur am Steuer des Fluchtautos gesessen. Doch das hier musste er tun. Er musste Delco ein für alle mal loswerden.

Rory klopfte an die Tür und als diese sich öffnete, zielte er mit dem Gewehr. Es überraschte ihn, sich einer schmalen Rothaarigen gegenüberzusehen, die vor Schreck aufkeuchte und dann die Tür freigab.

„Delco?", fragte er mit überraschend fester Stimme.

Sie sah zur Tür, die zum Rest des Hauses führte, und Rory brauchte keine weitere Einladung.

„Delco, du Mistkerl, wo bist du?", schrie Rory, als er die Küche betrat. Er trat eine Tür ein, doch das dahinter liegende Zimmer war leer. Er ging weiter den Flug entlang, das Gewehr schussbereit.

Die dritte Tür führte nach draußen in den Hinterhof. Rory hielt den Atem an, als er den klein gewachsenen Cowboy am Grill stehen und Hamburger wenden sah. Die Waffe, die Rory trug, schien Delco nicht sonderlich zu beeindrucken, obwohl er sie genau musterte.

„Na sieh mal an, wen haben wir denn da?", sagte Delco mit theatralischer Geste. „Schatz, ruf die Bullen", rief er der Person zu, die hinter Rory stand.

Rory drehte sich um und zielte mit der Waffe auf die Frau. „Tun Sie's nicht. Bleiben Sie hier. Niemand ruft die Polizei." Er wartete ihre Antwort nicht ab, doch bevor er sich wieder zu Delco umdrehte, sah er die Angst in ihrem Gesicht. „Bleib, wo du bist. Ruf sie zu dir, sodass ihr beide nebeneinander steht."

Delco grinste. „Auf keinen Fall. Dafür fehlt dir der Mumm, McCown. Du warst schon immer ein Feigling."

Rory biss die Zähne zusammen und griff fast blind nach der Frau, um sie näher an sich zu ziehen. Dabei hielt er immer Augenkontakt mit Delco. Es war überraschend einfach. Sie war sogar noch kleiner als Delco und zudem unglaublich zierlich. Da sie offenbar Todesangst hatte, wehrte sie sich nicht. Sobald ihm das klar wurde, schubste er sie in Delcos Richtung. „Bleibt da, wo ich euch sehen kann."

Wieder grinste Delco, was Rory nur noch wütender machte. „Lass es", sagte Rory im Befehlston. „Du hattest heute schon genug Spaß."

„Wovon sprichst du, Mann?", fragte Delco.

„Ich spreche davon, dass du in meiner Blockhütte gewütet hast."

„Du meinst diese einsturzgefährdete Bruchbude, in der du dich von deinem Cowboy in den Arsch ficken lässt? Das Ding hat ja kaum vier Wände und ein Dach. Was sollte ich da noch zerschlagen?"

„Ich weiß, dass du es warst", sagte Rory mit zusammengebissenen Zähnen. „Genauso, wie ich weiß, dass du die Flugblätter aufgehängt und mir mehr als einmal den Sheriff auf den Hals gehetzt hast. Oder glaubst du, ich wüsste nicht, wer meinen Bewährungshelfer über all die Dinge auf dem Laufenden gehalten hat, die ich nicht getan habe?"

„Komm schon, Rory, wir wissen beide, dass du kein Heiliger bist. Und wir wissen auch, dass ich ohne deine unglaubliche Dummheit nicht vorbestraft wäre."

„Das war deine eigene Dummheit", gab Rory zurück. „Du wolltest diese Pferde stehlen, weil du einen Käufer für sie hattest. Ich war nur blöd genug, auf deine Versprechen reinzufallen."

„Vielleicht hätte ich dir statt Geld versprechen sollen, es dir mal so richtig zu besorgen. Dann hättest du dich vermutlich nicht so einfach schnappen lassen."

Rory hob das Gewehr, das er hatte sinken lassen. „Es war nur eine Frage der Zeit und das weißt du auch. Ich hab dir gesagt, dass du dich auch auf anderen Ranches umsehen solltest, nicht nur auf der Blue River Ranch. Aber du wolltest ja nicht hören."

„Ich denke immer noch, du hast uns bei deinem Macker verpetzt."

Rory machte einen Schritt nach vorn und kam dadurch mit dem Gewehr Delcos Gesicht ziemlich nahe, was dazu führte, dass dieser nach hinten auswich. Aus dem Augenwinkel konnte Rory sehen, dass der Frau Tränen übers Gesicht liefen. Am liebsten hätte er sie einfach gehen lassen, doch dann würde sie die Polizei anrufen und alles nur noch komplizierter machen. Immerhin hatte er im Moment noch eine Chance, hier heil rauszukommen, auch wenn er keinen Plan hatte.

„Damals war ich noch gar nicht mit Tim zusammen", erwiderte Rory mit einer Stimme, die viel ruhiger klang als er sich tatsächlich fühlte. „Und ich hab dich nicht verpetzt. Ich hatte viel mehr zu verlieren als du."

„Tja, und da dachte ich, du wolltest geschnappt werden: Drei warme Mahlzeiten am Tag, ein guter Fick unter der Dusche und reichlich Schwänze, die man lutschen kann."

„Hör auf!", rief Rory, der den Gewehrlauf gegen Delcos Nase drückte. „Du hast doch keine Ahnung, wie es im Knast zugeht."

„Oh doch, und das habe ich dir zu verdanken. Nur wegen dir durfte ich das auch mal ausprobieren."

„Für elf verdammte Monate", zischte Rory. „Ich hab drei Jahre und Bewährung gekriegt."

„Die du gerade verletzt."

Delcos Überheblichkeit begann, Rory den letzten Nerv zu rauben. Für einen Typen, der bis vor vier Jahren anscheinend noch nie mit dem Gesetz in Konflikt geraten war, machten ihm die Waffe und das Eindringen in sein Zuhause erstaunlich wenig aus. Rory wurde klar, dass er seine Taktik ändern musste, also ließ er das Gewehr sinken. „Warum konntest du es nicht einfach dabei belassen? Wir haben beide unsere Zeit abgesessen."

„Ich habe es dir zu verdanken, dass mein sauberes Vorstrafenregister jetzt nicht mehr so sauber ist und dass ich elf Monate meines Lebens im Knast verschwendet habe. Was hast du denn gedacht? Dass ich dir das einfach so durchgehen lasse? Dass ich dir einfach so erlaube, dass du es dir mit deinem Cowboy in einem Häuschen im Grünen gemütlich machst? So läuft das nicht im Leben. Deine Vergangenheit holt dich immer ein, um dir in den Hintern zu beißen. Nenn es Karma. Andererseits gefällt es dir vermutlich, wenn dir in den Hintern gebissen wird." Delco lachte und Rorys Herzschlag beschleunigte sich. Plötzlich sah er rot. Er war hierher gekommen, um Delco dazu zu bringen, dass er ihm nicht länger nachstellte. Nun begriff er jedoch, dass das nie passieren würde, weil Delco dann die Verantwortung für seine Taten übernehmen müsste – und das war mehr als unwahrscheinlich.

Rory hob wieder das Gewehr. „Verlass diese Stadt und lass uns in Ruhe. Ich schulde dir überhaupt nichts."

„Du erschießt mich nicht. Dazu hast du nicht den Mumm. Selbst die Knarre, die ich dir damals gegeben habe, als wir die Pferde gestohlen haben, wolltest du nicht haben. Oh nein, denn du hattest Schiss, dass jemand verletzt werden könnte." Delco sprach die letzten Worte wie ein Fünfjähriger aus, um sich über Rorys Sorge lustig zu machen.

Rory zielte mit der Waffe auf ihn.

36

„RORY, ICH bin zu Hause", trällerte Tim, als er durch die offene Tür die Blockhütte betrat. Der Anblick, der sich ihm bot, ließ ihn jedoch erstarren. Anstatt Rory in ihrer brandneuen Küche vorzufinden, lag die Hütte in Trümmern. Tim lief mit schnellen Schritten durch alle Räume und verfiel dann in Panik, als er Rory nirgends finden konnte. Er hatte sich darüber gewundert, dass Rorys Truck nicht draußen stand. Er hatte sich jedoch nicht viel dabei gedacht – bis jetzt.

Tim stieg wieder in seinen eigenen Truck und fuhr hinüber zu Gables Ranch.

„Ist Rory noch da?", fragte er Flynn, der gerade die Veranda hinaufging, als Gable aus der Tür trat.

„Ist vor ungefähr einer halben Stunde losgefahren", entgegnete Flynn, der dabei Gable ansah.

„Ich würde sagen, er ist schon ein bisschen länger weg", meinte Gable. „Was ist los?"

„Die Blockhütte ist verwüstet worden. Ich hatte gehofft, Rory hätte es noch nicht gesehen."

„Er hat nicht erwähnt, dass er noch irgendwelche Erledigungen machen muss, also hat er es wohl gesehen. Vielleicht ist er zum Büro des Sheriffs gefahren, um Anzeige zu erstatten?"

Tim nickte und stieg wieder in den Truck. Er hielt es für unwahrscheinlich, dass Rory Hilfe bei der Polizei suchen würde. Aber er hatte eine Vermutung, was er stattdessen tun würde. Wenn er nur wüsste, wo Delco wohnte … gleichzeitig hoffte er, dass Rory nicht wusste, wo sich Delco aufhielt.

Er verließ Gables Ranch und machte sich auf dem Weg in die Stadt, als sein Handy klingelte.

„Tim, hier ist Gable. Rory hat mein Gewehr mitgenommen."

Tim warf das Handy auf den Beifahrersitz und fluchte laut. Das bedeutete, dass Rory auf Rache aus war und auch wusste, wo Delco anzutreffen war. Tim versuchte nachzudenken, doch seine Gedanken schweiften immer wieder ab. Er hatte keine Ahnung, wo Rory oder Delco waren. Er wusste nur, dass er verhindern musste, dass Rory in Schwierigkeiten geriet. Seine einzige Chance war der neue Deputy. Tim hoffte, dass er sein Versprechen eingelöst und ein Auge auf Delco gehabt hatte. Vielleicht konnte er ihm entlocken, wo der wohnte, ohne preiszugeben, warum er das wissen wollte. Es war die einzige Möglichkeit.

TIM STÜRMTE ins Büro des Sheriffs und wurde von der Telefonistin aufgehalten. Ihm fiel ein, dass sie ein paar Klassen unter ihm gewesen war. „Tim, du kannst da nicht reingehen. Es ist nicht …"

„Ist schon gut, Jennifer. Lass ihn durch", unterbrach Kelly sie. „Was ist los, Tim?"

Tim wurde schlagartig klar, dass er seinen Plan nicht vollständig durchdacht hatte. „Kann ich allein mit Ihnen reden?", fragte er, um Zeit zu gewinnen.

„Klar, hier entlang."

Tim folgte Kelly Freed hinter den Tresen und dann in ein Büro. Er rieb mit den Händen über seine Oberschenkel, um seine Nervosität zu kaschieren. Er log nur ungern, aber er kannte Kelly nicht gut genug, um ihm die Wahrheit zu sagen. Andererseits hatte Kelly nicht mal mit der Wimper gezuckt, als Tim Rory im Krankenhaus geküsst hatte, also war ihm wohl bewusst, dass sie in einer Beziehung waren. Er vermutete, dass der Rest sowieso früher oder später ans Licht kommen würde. Vielleicht half es ja, Kelly die Wahrheit zu sagen. Vielleicht würde er verstehen, dass Tim für Rory nur das Beste wollte. Als Tim den Deputy ansah, bemerkte er, dass Kelly versuchte, geduldig zu sein, aber es war ihm anzusehen, dass er wissen wollte, warum Tim hier war.

Tim holte tief Luft und beschloss dann, alles auf eine Karte zu setzen. „Um es kurz zu machen: Unsere Blockhütte ist völlig verwüstet worden und ich glaube, dass Rory zu dem Typen unterwegs ist, der dafür verantwortlich ist."

„John Delco?", fragte Kelly.

Überrascht von Kellys schneller Auffassungsgabe, nickte Tim. „Irgendeine Ahnung, wo Rory ihn finden könnte?"

Kelly legte den Kopf schief. „Ich weiß nicht, ob Rory weiß, wo er lebt. Aber ich weiß es."

Tim sah ihn fragend an.

„Wir könnten Mr Delco ja einen freundlichen Besuch abstatten." Kelly holte einen Schlüssel hervor, öffnete damit ein Schubfach und nahm seine Waffe heraus.

„Sie sagten was von freundlich."

Kelly lächelte. „Leider sind es nun mal Waffen, die einem in dieser Gegend Respekt verschaffen. Als Deputy kann ich bei einem offiziellen Besuch ja kaum unbewaffnet auftauchen. Selbst, wenn er freundlich ist."

„Okay."

„Und ich werde mein Möglichstes tun, damit es freundlich bleibt."

Sie gingen nach draußen. „Folgen Sie mir in Ihrem eigenen Truck. Halten Sie sich im Hintergrund, sobald wir da sind, und lassen Sie mich reden. Sollte etwas schiefgehen, gehen Sie zu Ihrem Truck zurück und rufen das Büro des Sheriffs an, damit die Verstärkung schicken. Mischen Sie sich nicht ein. Sie sind nur dabei, weil Rory vielleicht in diese Sache verwickelt ist. Aber ich möchte nicht, dass Sie sich irgendwie beteiligen, verstanden?"

Tim nickte. Er konnte das tun, solange er sicher sein konnte, dass es Rory gut ging. Sollte seinem Freund jedoch irgendetwas passieren, konnte er nicht garantieren, dass er sich an dieses Versprechen halten würde.

Als er Kellys Wagen folgte, stellte er überrascht fest, dass sie in Richtung Chester fuhren. Er war noch überraschter, als er Rorys Truck vor dem heruntergekommenen Haus entdeckte, vor dem gerade Kelly parkte.

„Denken Sie daran, worüber wir gesprochen haben", erinnerte ihn Kelly.

„Das ist Rorys Truck", sagte Tim und zeigte auf den dunkelgrünen Ford.

„Das hatte ich befürchtet", seufzte Kelly. Er zog seine Waffe, überprüfte sie und steckte sie dann wieder ins Holster. „Warten Sie hier."

„Den Teufel werde ich tun", entgegnete Tim.

„Sie können nicht mitkommen", warnte ihn Kelly. „Ich hole Rory so schnell wie möglich da raus, aber Sie müssen hier draußen bleiben."

Und dann hörten sie, wie eine Waffe abgefeuert wurde, woraufhin sie beide um das Haus herum rannten.

Als sie um die Ecke kamen, sahen sie, dass Rory mit einem Gewehr in der Hand vor Delco stand, der sich die Stirn hielt. Blut lief ihm über das Gesicht und er schob eine Frau von sich weg.

„Miranda?", rief Tim, sobald er die Frau erkannt hatte. „Was tust du hier?"

Sie antwortete nicht, sondern sah verängstigt aus. Offensichtlich sorgte sie sich um Delco, der sie immer wieder beiseiteschob und ihr sagte, sie solle ihn in Ruhe lassen. Erst, als Tim Delco ansah, bemerkte er die großkalibrige Pistole in dessen Hand.

„Waffen fallen lassen", befahl Kelly. „Beide."

Keiner der Männer folgte der Aufforderung und Tim und Kelly blieben auf Abstand. Rory stand mit dem Rücken zu ihnen. Er hielt seine Waffe gesenkt. Delco hingegen zielte mit seiner Waffe auf Rory und betastete mit der anderen Hand die leicht blutende Wunde über seiner Augenbraue.

„Er hat versucht, mich umzubringen", sagte Delco. „Das Risiko gehe ich nicht ein."

„Rory?", forderte ihn Kelly auf.

Rory ließ nicht erkennen, dass er Kelly gehört hatte, daher wiederholte Tim dessen Bitte. Diesmal rollte Rory mit den Schultern, doch drehte er sich weder um, noch ließ er die Waffe fallen.

Zu Tims Überraschung erhellte plötzlich ein Lachen Delcos Gesicht.

„So, Rory. Die Polizei ist endlich hier und du wanderst wieder zurück in den Knast. Du hast auf mich geschossen und hast damit gegen deine Bewährungsauflagen verstoßen."

„Ich hab nicht auf dich geschossen, Delco", sagte Rory mit unerwartet ruhiger Stimme. „Du hast versucht, mir die Waffe zu entreißen. Du hast dir den Gewehrkolben selbst ins Gesicht gerammt."

„Das sind doch nur Details", meinte Delco. Es schien ihn nicht zu stören, dass Tim und Kelly in Hörweite waren. „Wer würde dir schon glauben?"

Rory antwortete nicht.

„Ich war so nah dran, dich loszuwerden, aber du bist ein richtiges Stehaufmännchen. Dank des Sohnes dieser Dame hier hab ich es geschafft, dass du von der Blue River Ranch verschwinden musstest, weil wir dem Anwalt der Krauses von deiner Vergangenheit mit kleinen Jungs erzählt haben. Aber du konntest einfach nicht genug bekommen."

„Du hast mich benutzt, um dich an Rory zu rächen?", fragte Miranda, die scheinbar plötzlich den Mut fand, sich ins Gespräch einzumischen.

„Halt die Klappe, Frau", fauchte Delco sie an.

„Du hast mir nur gesagt, dass du mir hilfst, meinen Sohn wiederzubekommen, damit du an Rory rankommst?"

„Du wolltest dich genauso an Hunter rächen, Mir."

„Nein, wollte ich nicht", erwiderte sie mit verzweifelt klingender Stimme. „Du hast mich benutzt."

Delco ließ seine Waffe sinken, um Miranda mit der flachen Hand brutal gegen den Kopf zu schlagen. Sie griff sich ans Kinn und sank auf die Knie.

Tim sah Kelly an, doch genau in dem Moment, als der Gesetzeshüter sich bewegte, hob Delco wieder die Waffe und zielte damit auf Rory. Alle hielten inne.

„Warum hast du nicht einfach deine sieben Sachen gepackt und bist verschwunden? So wie immer. Ich hatte angenommen, die würden dir das Fohlen anhängen, das während des Sturms ausgebüxt war, aber das ist nicht passiert. Ach, stimmt, du hattest ja einen Sugardaddy auf der Ranch", sagte er, als wäre das Zwischenspiel mit Miranda gar nicht passiert.

Tim sog scharf die Luft ein und setzte zum Reden an, doch Kelly hielt ihn zurück, indem er die Hand hob. Delco schien das nicht aufzufallen.

„Ich hab's auch fast geschafft, dass du wieder rückfällig wirst. Rory McCown, Pferdedieb. Rory McCown, Kinderschänder. Weißt du, was auf den nächsten Flugblättern stehen sollte? Rory McCown lässt sich gern in den Arsch ficken. Rory McCown ist ein Päderast. Rory McCown ist abartig. Ein Homo. Eine Schwuchtel."

Delco sagte diese hässlichen Worte mit so viel Amüsement in der Stimme, dass Tim die Galle hochkam, vor allem weil er wusste, dass die Stimmen in Rorys Kopf ihn auf dieselbe Weise beschimpften. Er fragte sich, ob Rory Delco von den Stimmen erzählt hatte und ob dieser sie nun gegen ihn verwendete. Das Problem war, dass Tim nichts tun konnte. Er konnte zwar sehen, dass die Hand, in der Rory die Waffe hielt, leicht zitterte, doch davon abgesehen schien er ziemlich unbeeindruckt von Delcos Hasstirade zu sein. Trotzdem wollte Tim Rory aus den Klauen dieses bösartigen Menschen befreien, doch da Delco immer noch eine Waffe auf Rory richtete, wusste er, dass das Selbstmord wäre. Er sah zu Kelly, der zwar äußerlich ruhig schien, dem aber Schweißtropfen auf der Stirn standen.

„Du hättest nicht unser Zuhause zerstören müssen", sagte Rory leise. „Hast du wirklich gedacht, dass ich dann Tim verlasse? Das wird nicht passieren. Er war die ganze Zeit für mich da, selbst, als ich gesessen hab. Er wird auch diesmal auf mich warten. Er wird immer noch da sein, wenn ich rauskomme, denn er liebt mich und weiß, dass auch ich ihn liebe. Ich wette, das ist etwas, das du nicht ansatzweise verstehen kannst. Du benutzt Menschen. Und dann wunderst du dich, wenn sie sich gegen dich wenden."

Miranda saß auf dem Boden und schluchzte vor sich hin, doch niemand nahm Notiz von ihr. Tim sah, wie Delcos Gesicht zu einer Maske erstarrte und im selben Augenblick kam Bewegung in Deputy Freed. Als Delco den Abzug betätigte, stieß Kelly die Pistole mit der Hand nach oben, sodass der Schuss in den Himmel ging. Tim sah zu Rory hinüber, der zu Boden sank. Im selben Augenblick war Tim auch schon bei ihm, um seinen Fall abzufangen.

„Rory, sieh mich an. Hat er dich getroffen?" Tim hatte nicht den Eindruck. Eigentlich war er ziemlich sicher, dass Kelly Delco erreicht hatte, noch bevor dieser den Schuss abgegeben hatte. Dass Rory jedoch zu Boden gegangen war, machte ihm Sorgen. Schließlich hatten sie vorhin einen Schuss gehört und wenn Rory nicht geschossen hatte, musste es Delco gewesen sein. Er konnte kein Blut an Rory erkennen, doch sein Blick war starr und sein Körper völlig schlaff, obwohl Tim sehen konnte, dass er atmete. „Rory, sag doch was. Es ist vorbei. Alles ist gut." Tim sah zu Kelly hinüber, der sich auf Delco gesetzt hatte und ihm gerade Handschellen anlegte. Zwischen ihnen lag die Pistole im Gras. Tim sah wieder hinunter, als er bemerkte, dass Rory sich zu ihm drehte und anfing zu zittern. Er konnte nichts weiter tun, als ihn in die Arme zu nehmen und hin und her zu wiegen.

„Ich hab nicht auf ihn geschossen. Bitte, glaube mir!"

„Ich glaube dir", erwiderte Tim immer und immer wieder.

37

KELLY BAT Tim, Rory und Miranda zur Polizeistation zu fahren, wo sie in unterschiedlichen Büros untergebracht wurden. Delco dagegen steckte man in den einzigen Verhörraum des Sheriffbüros.

Tim wurde gebeten, vorn am Empfang zu warten. Kurz dachte er darüber nach, seinen Bruder anzurufen, verwarf die Idee dann aber wieder, weil er keine Lust auf einen weiteren Vortrag darüber hatte, was für ein Nichtsnutz Rory war. Darum war er überrascht, als Gable am Empfang auftauchte, zu ihm hinüberging und sich neben ihn setzte.

„Ich bin vorbeigekommen, um mein Gewehr abzuholen", meinte Gable sachlich.

Tim nickte und sie saßen eine Weile schweigend da. Dann legte Gable Tim eine Hand auf die Schulter. „Ist er in Schwierigkeiten?"

„Das weiß ich noch nicht", antwortete Tim ehrlich. „Er meint, er hat nicht geschossen und ich glaube ihm."

„Es befindet sich immer nur eine Kugel im Lauf. Wenn die noch da ist, sollte das Beweis genug sein. Er hat keine weitere Munition mitgenommen."

Tim sah Gable an, der ihm sein mitfühlendstes Lächeln schenkte.

„Ich mag deinen Mann, Tim. Er ist ein bisschen still, aber er arbeitet hart und ist immer bereit, etwas Neues zu lernen. Außerdem hat er ein Händchen für Pferde, obwohl er damit nie hausieren gehen würde. Und wenn schon die Pferde ihn mögen, dann kann er doch nicht verkehrt sein, oder?"

Tim lächelte. „Mich wird er so schnell nicht los. Aber theoretisch hat er gegen seine Bewährungsauflagen verstoßen, als er sich dein Gewehr genommen hat. Also muss er vermutlich wieder ins Gefängnis."

Gable drückte Tims Schulter. „Dann wartest du eben auf ihn. Damit kennst du dich doch schon aus."

„Ja, ich werde auf ihn warten."

Gable ließ Tims Schulter auch nicht los, als Kelly den Empfangsbereich betrat. „Rory würde dich gern sehen."

„Ich darf zu ihm?"

Kelly nickte.

„Ist er auf freiem Fuß?"

„Noch nicht. Der Staatsanwalt von Fremont County ist auf dem Weg hierher, aber ich werde mich für Rory einsetzen. Wenn er zustimmt, darf Rory nach Hause. Versprechen kann ich aber nichts."

„Gut, danke", sagte Tim und stand auf. Er ging hinter den Tresen und in das Büro, in das man Rory gebracht hatte. Dieser saß mit hängenden Schultern auf einem Stuhl. Den Kopf hatte er in seine Hände gebettet.

„Rory?"

Rory sah auf und warf sich in Tims Arme, um ihn mit Küssen zu überhäufen, als hinge sein Leben davon ab. „Es tut mir leid. Ich wollte mich nicht in Schwierigkeiten bringen, aber als ich gesehen habe, was er mit der Blockhütte gemacht hatte, musste ich einfach irgendwas tun. Ich konnte nicht mehr länger mit seinen Provokationen leben. Er hätte nie damit aufgehört."

„Ich weiß", meinte Tim und fuhr mit den Fingern durch Rorys Haar. „Ist schon gut, Kelly will beim Staatsanwalt ein gutes Wort für dich einlegen."

„Allein, dass ich mit einer Waffe unterwegs war, reicht schon, um meine Bewährung aufzuheben. Aber ich schwöre, dass ich nicht geschossen habe."

„Ich weiß."

„Ich wollte nur, dass er aufhört. Als ich gesehen habe, was er mit der Blockhütte – unserer Blockhütte – gemacht hat. Die ganze Arbeit, die du da reingesteckt hast …"

„Die wir da reingesteckt haben", berichtigte ihn Tim. „Du hast den Strom gelegt, nicht ich."

„Ich wollte einfach nur, dass er mich endlich in Ruhe lässt."

„Ich weiß", wiederholte Tim. Er zog Rory wieder zurück auf den Stuhl und bot ihm an, sich an ihn zu lehnen. Einerseits wusste er, wie sehr Rory diese Nähe gerade brauchte, und andererseits dachte er daran, wie wenig davon sie wohl in Zukunft haben würden. Wenn der Staatsanwalt schlechte Laune hatte, konnte er entscheiden, dass Rory zurück ins Gefängnis musste, um den Rest seiner Strafe abzusitzen.

Als Kelly den Raum betrat, konnte Tim gar nicht mehr sagen, wie lange sie schon so dagesessen hatten. Der Ausdruck auf dem Gesicht des Deputys gefiel ihm nicht.

„Zuerst die gute oder die schlechte Nachricht?"

„Die schlechte", sagte Rory in demselben Moment, als Tim meinte: „Die gute."

Kellys Gesicht wurde weich. „Der Staatsanwalt möchte mit Rorys Bewährungshelfer sprechen, bevor er eine Entscheidung trifft, und das kann er erst morgen tun."

„Also muss ich bis morgen hier bleiben?", fragte Rory.

„Nein", entgegnete Kelly.

„Bezirksgefängnis?", fragte Tim.

„Wieder falsch", erwiderte Kelly. „Das Bezirksgefängnis ist voll."

„Bundesgefängnis?", fragte Rory offensichtlich besorgt.

Kelly lächelte und wandte sich an Rory. „Nein. Ich konnte den Staatsanwalt überzeugen, dass bei Delco eher Fluchtgefahr besteht als bei Ihnen. Außerdem konnten wir nachweisen, dass das Gewehr nicht abgefeuert worden ist. Sie haben zwar gegen die Bewährungsauflagen verstoßen, da Sie eine Waffe bei sich hatten, doch Sie haben keine Vorstrafen, die mit Waffen in Zusammenhang stehen. Er weiß, dass Sie bei dem bewaffneten Raubüberfall nur der Fahrer waren und Ihre Zeit dafür haben Sie abgesessen. Keine der anderen Straftaten, die Sie begangen haben, waren Gewaltdelikte. Außerdem war der Staatsanwalt ziemlich beeindruckt, als Gable Sutton ihm erzählt hat, wie hart Sie daran arbeiten, ihr Leben in den Griff zu bekommen."

„Was wollen Sie uns also sagen?", fragte Tim nervös.

„Ich will damit sagen, dass Sie ihn mit nach Hause nehmen können, wenn er unterschreibt, dass er sich morgen Mittag im Büro seines Bewährungshelfers einfindet."

Tim seufzte erleichtert auf, doch Kelly hob eine Hand. „Ich will damit nicht sagen, dass alles in Ordnung ist. Der Staatsanwalt muss erst mit dem Bewährungshelfer sprechen und wird dann eine Entscheidung fällen."

„Okay", sagte Tim. „Aber wir können nach Hause gehen?"

Kelly nickte. „Über Nacht."

Tim stand auf und zog Rory mit sich. „Lass uns gehen, ich bring dich nach Hause." Er zog Rory hinaus auf den Flur.

„Wir haben kein Zuhause mehr, weißt du noch?", erinnerte ihn Rory. „Dafür hat Delco gesorgt."

„Ist es in Ordnung, wenn wir die Nacht in einem Motel verbringen?"

„Solange wir wissen, wo Sie sind", meinte Kelly.

Sie unterschrieben die Papiere und der ernst dreinblickende Staatsanwalt erinnerte Rory daran, am nächsten Tag zu seinem Termin beim Bewährungshelfer zu erscheinen. Tim konnte nicht schnell genug zum Auto kommen. Er fuhr sie in das Motel, das viele schöne, aber auch einige traurige Erinnerungen barg. Tim war das egal, er würde das Beste daraus machen.

Tim machte etwas Geld locker, sodass sie sich das beste Zimmer leisten konnten. Nach der Dusche trockneten sie sich ab und kuschelten sich anschließend zusammen in das riesige Doppelbett. Unter der Dusche hatten sie sich geküsst und Tim hatte sich Zeit gelassen, um Rory zu waschen, doch ihm fiel auf, dass der sich zurückzog und das machte ihm Angst. Es war durchaus möglich, dass sie bald für lange Zeit getrennt sein würden und Tim wollte keine Zeit verschwenden. Rory schien jedoch nicht in der Stimmung zu sein. Tim hielt ihn fest und versuchte, geduldig mit ihm zu sein.

Dann jedoch fiel ihm etwas ein, womit er Rory vielleicht umstimmen konnte. „Sag mal, wie war dein erstes Mal?", fragte er.

„Mein erstes Mal?", wiederholte Rory und sah Tim schräg an.

„Du weißt schon, mit einem Mann."

„Beim ersten Blowjob hat mir ein Typ zwanzig Mäuse zugesteckt", erwiderte Rory tonlos. „Und der erste Kerl, der mich gevögelt hat, hat mich quasi als Bezahlung mit seinem Truck von Georgia bis Tennessee mitgenommen."

„Ach Rory", seufzte Tim und drückte seinen Freund.

„Ist schon gut", sagte Rory und immer noch schwangen keine Gefühle in seiner Stimme mit. „Du wärst überrascht, wie viele Trucker ein paar sexuelle Gefälligkeiten als Bezahlung akzeptieren. Mehr als einmal hat mich das vor dem Verhungern bewahrt oder dafür gesorgt, dass ich nicht zusammengeschlagen wurde. Besonders im Knast ist es nicht immer leicht, Kerle dazu zu bringen, Kondome zu benutzen. Doch wenn man sich in den Arsch ficken lässt, ohne viel Aufhebens zu machen, dann ist das definitiv von Vorteil."

Im Gegensatz zu Rory konnte Tim seine Gefühle nicht verstecken. Er vergrub sein Gesicht in Rorys Haar und sog seinen Duft ein, weil er hoffte, dass ihn das beruhigen würde. Es schien zu wirken, doch er hatte trotzdem den Eindruck, dass er es Rory leichter machen musste. Er hatte schon früher deutlich gemacht, dass er kein Problem mit Rorys Vergangenheit hatte – zumindest nicht mit dem körperlichen Teil. Doch vom Gefühl her war es ihm unmöglich, das einfach unter den Teppich zu kehren und so zu tun, als wäre es nie passiert. Zum tausendsten Mal war Tim dankbar dafür, dass sein erstes Mal fast perfekt gewesen war. Sein erster Liebhaber war erfahrener und geduldiger gewesen und sicherlich viel liebenswürdiger, als Rory es gewohnt gewesen war. Plötzlich ließ Tim der Gedanke nicht mehr los, dass er es besser machen konnte.

„Rory?"

Rory sah auf. Seine Gesichtszüge waren weich und spiegelten keine der Verletzungen wider, die sich Tim hinter der Fassade vorstellte.

„Meinst du, ich könnte dir zeigen, wie dein erstes Mal hätte sein sollen?"

Rory schnaubte verächtlich. „Ja, klar. Und wie genau willst du das anstellen?"

Tim ließ sich nicht einschüchtern. „Der erste Mann, der mit mir geschlafen hat, war sehr geduldig und ist die ganze Sache sehr langsam angegangen. Er hat mir das Gefühl gegeben, als gebe es nur mich auf der Welt. Ich war jung und er ist lange standhaft geblieben. Vom Gesetz her war ich noch nicht alt genug, um Sex haben zu dürfen, aber ich hab ihn verführt. Er war der einzige schwule Mann, den ich kannte, und ich hab mich so sehr nach einer Berührung gesehnt." Tim lächelte, als er sich daran erinnerte. „Damals hatte ich keine Ahnung, dass es Kneipen gab, in die man gehen konnte, oder dass es andere Männer wie ihn und mich gab. Es war nicht so, als wäre es bei ihm sehr offensichtlich gewesen, aber ich schätze, ich hatte ein Auge dafür."

„Du sprichst von Gable, oder?"

Tim nickte. „Stimmt."

„Ich kann mir vorstellen, dass er dich gut behandelt hat."

Tim sah Rory an und hob eine Augenbraue.

„Ich hab bei ihm gewohnt, schon vergessen? Da fällt auch mir so was auf. Die Blicke, die er mit Flynn teilt, die beiläufigen Berührungen. Das wäre anderen Leuten vielleicht gar nicht aufgefallen, aber ich war gerade dabei, mein Leben in Ordnung zu bringen, und ich hab dich vermisst. Es war nur natürlich, im Bett zu liegen und sich vorzustellen, was unten im Wohnzimmer vor sich geht."

„Du hast mich vermisst?"

Rory stieß ihm einen Ellbogen in die Rippen. „Nein, ich war versucht, mich ihnen anzuschließen." Nach einer kurzen Pause fügte er hinzu: „Natürlich hab ich dich vermisst. Genauso, wie ich dich vermissen werde, sollte ich wieder ins Gefängnis müssen."

„Ich werde mein Bestes geben, damit du mich nicht vermissen musst", erwiderte Tim, ohne zu zögern. „Ich werde den Bewährungshelfer und den Staatsanwalt davon überzeugen, dass du das für mich getan hast. Ich werde ihnen begreiflich machen, dass du nur versucht hast zu beschützen, was uns gehört."

„Das wird sie nicht interessieren."

Tim legte Rory seine Hände auf die Wangen und küsste ihn, wobei er versuchte, all seine Liebe in diesen Kuss zu legen. „Ich liebe dich, Rory McCown, und wenn sie dich wieder ins Gefängnis stecken, werde ich auf dich warten. Ich habe drei Jahre auf deine Entlassung gewartet und ich werde noch drei weitere warten, wenn es sein muss. Ich werde die Blockhütte wieder herrichten und wenn du rauskommst, hast du ein Zuhause, in das du zurückkehren kannst."

Rory nickte und Tim konnte sehen, dass er versuchte, seine Tränen zurückzuhalten, also küsste er ihn wieder. Dann küsste Rory Tims Halsbeuge und kitzelte ihn dabei mit seinem Bart, als er sich langsam abwärts bewegte. Tim zog Rorys Gesicht wieder näher zu sich, sodass sich ihre Lippen berührten. Bei dem, was sie hier taten, ging es eher um Intimität als um Sex.

38

RORY WUSSTE nicht, was er tun sollte. Das endlose Vorspiel und Tims Weigerung weiterzugehen, machten ihn unglaublich an. Er spürte Tims Hände überall auf seinem Körper und wo sie nicht hin gelangten, liebkoste Tim ihn mit dem Mund. Die Zärtlichkeiten machten ihn schier wahnsinnig. Während sie sich küssten, zog Rory Tim auf sich und knetete dessen Pobacken, damit sich ihre Schwänze noch mehr aneinander rieben. Doch all das war einfach nicht genug. Ungeduldig drehte er sie beide um, bis er stattdessen auf Tim lag. Rory stützte sich auf seinen Unterarmen auf und sah in Tims grinsendes Gesicht. Irgendwann in der letzten Stunde war die bedrückte Stimmung verflogen und nun ging es nur noch darum, das Beste aus der verbleibenden Zeit zu machen. Wer wusste schon, wann sie dies wieder einmal genießen könnten?

„Dir macht das Spaß, oder?"

Tim nickte.

„Dir macht das viel zu viel Spaß."

„Warum?", fragte Tim mit neckendem Unterton. „Gibt es überhaupt so etwas wie zu viel Spaß? Komm her." Tim zog Rory näher zu sich und küsste ihn leidenschaftlich.

Rory befreite sich. „Schläfst du jetzt endlich mit mir?"

„Werd ich schon noch. Später. Ich möchte nicht, dass es so schnell vorbei ist. Dafür macht es mir viel zu viel Spaß."

„Du bist so albern."

Tim lachte. „Ich nehme das mal als Kompliment." Wieder zog er Rory an sich und küsste ihn mit Hingabe.

Es war nicht so, als würde Rory nicht gern geküsst werden. Er genoss es. Und besonders gern ließ er sich von Tim küssen, der eine volle Unterlippe und eine etwas schmalere Oberlippe hatte und dessen ununterbrochenes Lächeln Rory glücklich machte. Er wollte alles auf einmal. Er wollte Tim in sich spüren. Wollte, dass Tim ihn hart rannahm. Er wollte morgen im Büro des Bewährungshelfers sitzen und immer noch die Nachwehen ihrer gemeinsamen Nacht in seinem Körper spüren. Er wollte Tim so lange wie möglich spüren, denn die Chancen standen schlecht, dass er in der morgigen Nacht eine neue Chance bekommen würde.

„Es war kein Witz, als ich meinte, dass ich dir gern zeigen will, wie dein erstes Mal hätte sein sollen", flüsterte Tim, als sie aufhörten, sich zu küssen und ihre Gesichter nah beieinander verharrten.

„Wir hatten unser erstes Mal. Du erinnerst dich doch, oder?", erwiderte Rory und unterstrich seine Worte mit einem Kuss. „Ich weiß, wie sanft du sein kannst. Aber ich möchte, dass du mich fickst. Und zwar jetzt gleich."

Tim schüttelte den Kopf und lächelte. „Nur Geduld, mein Schatz."

Rory stützte sich wieder auf seinen Ellenbogen auf und rieb seine Hüfte an Tims. Er sah, dass Tim die Berührung genoss, und zog langsam die Beine an, bis er auf Tims Hüfte saß. „Hast du ein Kondom?"

Tim stöhnte. „Na gut. Dann machen wir's eben auf deine Weise. Dreh dich um, auf alle Viere."

Rory knabberte an seiner Oberlippe und versuchte, nicht zu selbstzufrieden auszusehen, weil er diesen kleinen Sieg errungen hatte. Er tat, wie Tim ihn geheißen hatte und sah dann über seine Schulter, um Tim dabei zu beobachten, wie er sich vorbereitete. Zu seiner Überraschung griff Tim weder nach einem Kondom noch nach dem Gleitgel. Stattdessen schob er Rorys Pobacken auseinander und stürzte sich dann auf ihn. Rory sog scharf die Luft ein, als er Tims Zunge an seiner Öffnung spürte. Einen Moment lang war er dankbar dafür, dass sie geduscht hatten, bevor sie zu Bett gegangen waren, doch dann verflüchtigten sich jegliche Gedanken und er genoss einfach nur noch das Gefühl, von Tim mit dem Mund verwöhnt zu werden. Die Welt um ihn herum verschwand, als er spürte, wie Tims leises Stöhnen seinen Körper in Schwingung versetzte und seinen Schließmuskel entspannte. Gerade, als er dachte, dass Tim sich schon wieder viel zu viel Zeit ließ, fühlte er einen Druck und wie etwas in ihn eindrang. Es war nicht sehr groß, also handelte es sich vermutlich um Tims Finger. Rory schob seine Hüfte zurück, versuchte, mehr davon zu spüren, doch dann war da wieder Tims Zunge, die seine Öffnung umspielte.

Tim fuhr damit fort, den Muskel mit seiner Zunge entspannen, selbst, als er mit einem weiteren Finger eindrang.

Die Dehnung bereitete ihm keine Schmerzen, eher hieß er dieses Gefühl willkommen. „Verdammt, Timmy. Noch ein bisschen mehr."

„Zeig mir, wie sehr du es willst", forderte Tim ihn auf.

Rory konnte Tims Lächeln fast sehen. Er sah vor seinem inneren Auge, wie Tims Augen groß und dunkel wurden und sein Mund sich öffnete. Also schob er sich wieder zurück, während Tim seine Hand ruhig hielt. Er vögelte sich selbst mit Tims Fingern und kam sich dabei kein bisschen liderlich vor. Es gelang ihm sogar, sich so zu bewegen, dass Tims Finger über seine Prostata strichen, und er stöhnte auf. Er hielt für einen Moment inne, als ihm das auffiel, doch dann wurde ihm klar, dass er sich hier nicht zurückhalten musste. Tim hörte ihn gern stöhnen. Er hatte das oft genug gesagt und jetzt fühlte es sich endlich richtig an. „Ich brauche mehr, Timmy", stöhnte Rory. „Will dich in mir spüren."

„Ich bin schon in dir", erwiderte Tim.

„Nicht so …" Rory seufzte frustriert auf und bewegte sich dann schneller, bis Tim seine Hand zurückzog. „Verdammt, Timmy! So habe ich das nicht gemeint." In dem Moment, als Rory die Worte ausgesprochen hatte, fühlte er auch schon wieder Tims Mund, und jeglicher Protest erstarb in seiner Kehle. Es fühlte sich einfach zu gut an. Er fühlte sich geliebt und akzeptiert, als Tims Zunge über seine mittlerweile entspannte Öffnung fuhr, und er war zu nichts imstande außer unverständlichem Gemurmel. Rory lag fast auf seinem Bauch, hatte die Knie weit gespreizt und hielt mit den Händen das Kopfende des Betts umklammert, während sein Gesicht neben dem flauschigen Kissen lag. Tim umfasste Rorys Schwanz und liebkoste ihn weiter mit dem Mund. Dass Rorys Vorhaut Tim so faszinierte, hatte ihn schon immer erregt.

„Timmy, hör auf!", rief Rory, als diese doppelte Berührung ihn zu überwältigen drohte, doch es war schon zu spät. Er konnte sich nicht mehr zurückhalten und kam in Tims Hand. Er atmete immer noch schwer, als Tim sich nach oben bewegte, Rory in die Arme nahm und ihn zu sich zog, bis er auf der Seite lag. Als er in Tims starken Armen lag, fühlte sich Rory warm, sicher und geborgen. So verharrten sie, bis sich Rorys Körper beruhigt hatte und er wieder einen klaren Gedanken fassen konnte.

„Du hast nicht aufgehört, als ich dich gewarnt habe."

Hinter ihm wurde Tims Körper von einem leisen Lachen geschüttelt. „Es war so unglaublich zu sehen, wie du die Kontrolle verlierst. Ich liebe es, wenn ich es schaffe, dich zum Stöhnen und zum Betteln zu bringen. Und hey, du hast sogar geschrien!"

Rory öffnete die Augen und sein Blick fiel auf einen sehr gut gelaunten Tim. „Ich wollte dich in mir spüren, wenn ich komme. Ich wollte, dass du auch kommst."

Tim drückte ihn und küsste seinen Scheitel. „Ich wollte dir zeigen, dass Liebe auch selbstlos sein kann. Und ich liebe dich nun mal. Was auch immer passiert."

Rory schnaubte. „Ja, klar. Wir sind Männer. Männer vögeln, das ist ein körperliches Bedürfnis."

„Tut mir leid, dass du das so empfindest", entgegnete Tim, ohne Rory loszulassen. Die Worte klangen herablassend, aber Rory wurde immer noch von hinten umarmt. „Aber ich liebe dich, und es tut mir leid, dass du noch nie Liebe erfahren durftest. Das heißt aber auch für mich, dass du immer zuerst kommst. Und ich meine das eindeutig zweideutig."

Rory lächelte leicht, als Tim ihm eine Hand auf die Wange legte und ihn sanft küsste. Von diesem Moment an glaube Rory ihm. Sie kuschelten und küssten sich und veränderten ihre Position dabei so lange, bis Tim fast zur Gänze auf Rory lag. Rory fühlte, wie sich Tims Erektions gegen seine Hüfte presste.

Tim sah Rory ununterbrochen in die Augen, selbst, als er in der Tasche, die er auf dem Nachttisch abgelegt hatte, nach einem Kondom und Gleitgel suchte. Mittlerweile war Rory so entspannt, dass es kaum weiterer Vorbereitung bedurfte, bis Tim in ihn eindringen konnte. Sie schwiegen, doch Rory sah Tim unverwandt an, so als müsse er sich jeden Moment einprägen. Er hatte keine Ahnung, wann sie das hier würden wiederholen können. Als Tim einen langsamen, bedächtigen Rhythmus fand, schloss Rory die Augen und ließ sich von seinen Gefühlen davontragen. Er hoffte, dass das die Angst vertreiben würde, Tim zu verlieren.

„Weine nicht, Rory. Bitte, weine nicht", flehte Tim leise. „Ich werde auf dich warten. Wie lange es auch dauert."

„Es tut mir so leid", sagte Rory. Er wischte sich mit der Hand übers Gesicht. Ihm war nicht einmal aufgefallen, dass er weinte, bis Tim es ihm gesagt hatte. „Es tut mir leid, dass ich mich offensichtlich nicht von Problemen fernhalten kann."

Tim beruhigte ihn. „Ich hätte das Gleiche getan, wenn ich gewusst hätte, wo ich ihn finden kann."

Rory zog Tim an sich und küsste ihn, hoffte, die Realität wenigstens für einen Moment zu verbannen und stattdessen mit ihrem Liebesspiel fortzufahren. Und dann wusste er, was er wollte. „Timmy?"

Tim antwortete nicht, aber er unterbrach den Kuss und sah Rory mit diesem schiefen Grinsen an, das ihm immer durch Mark und Bein ging.

„Lass das Kondom weg, Tim. Ich will nichts zwischen uns spüren." Sobald die Worte seinen Mund verlassen hatten, wollte er sich selbst einen Tritt in den Hintern geben. Sie hatten nie darüber gesprochen, auf Kondome zu verzichten, und er wusste, dass er mit seiner Vergangenheit keine Ansprüche stellen konnte, doch zu seiner Überraschung kam Tim seiner Bitte nach. Tim nahm wieder das Gleitgel zur Hand und als er diesmal in Rory eindrang, wurde dieser von seinen Gefühlen überwältigt. Er küsste Tim leidenschaftlich, um so seine Tränen zu verbergen. Sie bewegten sich langsam, in perfekter Harmonie, und nichts stand zwischen ihnen. Rory wünschte, dass dieser Moment nie zu Ende gehen möge.

Als Tim Rorys Schwanz umfasste, ahnte Rory, dass es bei Tim fast so weit war.

„Kommst du dieses Mal mit mir?"

Rory nickte, denn nichts wünschte er sich mehr, doch Tim machte keine Anstalten, das Tempo zu erhöhen. Er bewegte sich langsam vor und zurück und auch die Hand auf Rorys Schwanz hielt sich an diesen Rhythmus, bis Tim mit dem Daumen die Vorhaut zurückschob. Es brauchte nur ein paar wohldosierte Berührungen seines Daumens auf der Unterseite von Rorys Schwanz und Rory kam mit einem leisen Stöhnen. Nur Sekunden später hielt Tim über ihm inne und Rory fühlte, wie er sich in ihn ergoss.

Sie lagen noch lange nebeneinander, bis sie irgendwann eindösten. Schließlich schrak Tim auf und zog sich zurück.

„Geh nicht."

„Ich mach uns nur ein bisschen sauber. Morgen früh wirst du dankbar dafür sein."

Widerstrebend nickte Rory, als er zusah, wie Tim im Badezimmer verschwand. Wenig später tauchte er mit einem feuchten Waschlappen wieder auf und Rory gestattete ihm, ihn etwas zu säubern. Dann krabbelte Tim wieder zu ihm ins Bett.

Obwohl Rory eigentlich wach bleiben wollte, musste er einsehen, dass er diese Schlacht verlieren würde. Der morgige Tag würde in jedem Fall zu früh anbrechen.

TIM WUSSTE, dass er nicht lange geschlafen haben konnte, als Rory ihn weckte, weil er sich hinter ihm bewegte. Seitdem in ihm die Angst aufgekeimt war, dass Rory sich aus dem Staub machen könnte, sobald seine Bewährung vorbei war, schreckte er bei der kleinsten Bewegung aus dem Schlaf.

„Du bist wach, oder?", flüsterte Rory.

„Ja", antwortete Tim verschlafen und ohne die Augen zu öffnen. Dafür war seine Position viel zu gemütlich. Rory hatte sich von hinten an ihn gekuschelt und einen Arm besitzergreifend um seinen Oberkörper gelegt. Sein Bart kitzelte Tims Hals und er konnte dessen Atem an seinem Ohr spüren. Für ihn war das die schönste Art aufzuwachen, nur leider kam er nicht oft genug in den Genuss.

„Bist du schon lange wach?"

„Eine Weile", erwiderte Tim, der hinter sich griff, um Rory näher heranzuziehen.

„Wir sollten aufstehen", sagte Rory, doch Tim konnte hören, dass Rory selbst nicht besonders scharf darauf war, seinen Worten Taten folgen zu lassen. Er fragte sich, ob er Rory zu etwas mehr als Kuscheln überreden könnte. Nicht, dass er Kuscheln nicht mochte – schließlich war das wohl einer der großen Vorteile, wenn man mit jemandem schlief. Kuscheln kam gleich nach „seinen Lover wecken, um Sex zu haben".

Als Tim ein wenig mit dem Hintern wackelte, spürte er, dass sich Rorys Körper näher an ihn schmiegte und offensichtlich hatte er eine beeindruckende Morgenlatte. Plötzlich verspürte er das unstillbare Verlangen, Rory in sich zu haben. Tim war klar, dass dies das erste Mal war. Von Anfang an hatte immer Rory den passiven Part übernommen und Tim hatte das nie infrage gestellt. Er bezweifelte nicht, dass sie auf diese Weise wunderbar zusammenpassten und er wusste auch, dass Rory es genoss, also gab es keinen Grund, es plötzlich andersherum zu versuchen. Allerdings schliefen sie seit einiger Zeit in der Löffelchenstellung und normalerweise lag Rory dabei hinter Tim. Das lag vermutlich daran, dass Rory einfach der Größere von beiden war. So herum passten sie einfach besser zusammen und Tim liebte es, Rorys Wärme an seinem Rücken zu spüren.

„Willst du mich vögeln?", flüsterte Tim und wünschte sich halb, dass Rory ihn nicht gehört hatte, nur um dann zu hoffen, dass dem doch so war.

„Was?", fragte Rory und klang dabei, als hätte er gerade erst die Augen geöffnet.

Tim sah über seine Schulter und genoss den Anblick von Rorys hinreißend verwuschelten Haaren. Er lächelte. „Ich dachte mir, ich bräuchte nur nach dem Gleitgel zu greifen und dann wären wir schon in der richtigen Position."

„Ich vögele dich doch nicht. Du vögelst mich", stellte Rory fest, als wäre das die normalste Sache der Welt. Und vielleicht war es das auch.

„Ich dachte, wir könnten es vielleicht mal andersherum probieren."

Rory bedachte Tim mit einem fragenden Blick.

„Ich weiß, wir haben es noch nie so gemacht, aber warum nicht?" Mittlerweile lag Tim fast auf dem Rücken und er konnte sehen, dass Rory im Geiste offensichtlich seine Möglichkeiten durchging.

„Ich hab nur nie gedacht ... Ich hätte dich nie für einen Bottom gehalten."

Tim grinste. „Im Gegensatz zu dir?"

„Na ja", begann Rory, doch dann beendete er den Satz nicht. Er lächelte nachdenklich.

Tim fuhr mit den Fingern durch Rorys Bart und ließ dann seinen Daumen über Rorys Lippen gleiten. „Ich liebe dich, alles an dir." Tim bildete sich ein, dass Rory errötete, doch mit Sicherheit konnte er das im fahlen Licht des Morgens nicht sagen. Außerdem war der größte Teil von Rorys Gesicht ja von Barthaaren bedeckt. „Selbst, wenn das bedeutet, dass du mich nicht fickst."

„Oh, ich tu's", meinte Rory beiläufig. Er beugte sich über Tim, küsste ihn und rieb seine Hüften an ihm.

Sie unterbrachen ihren Kuss, damit Tim seinen Arm heben und dann um Rorys Schultern legen konnte. Auf diese Weise konnte er Rory auf sich ziehen und ihn weiter küssen. Bald jedoch wurde deutlich, dass Rorys Worte keineswegs ein Versprechen gewesen waren. Er machte keine Anstalten, ihr Liebesspiel zu intensivieren. Nicht einmal, als Tim die Beine für ihn spreizte. Jedoch war Tim deshalb nicht enttäuscht. Dass Rory auf ihm lag, dass sich ihre Schwänze aneinander rieben und dass er Rorys Hände überall auf seinem Körper spüren konnte, machte ihn mehr an, als er geglaubt hatte, und so waren sie bald mehr als erregt und ihr Atem wurde schwerer.

Rory hatte kein Erbarmen. Seine Finger spielten mit Tims Haaren und Tim ergab sich gern seiner Führung. Rory vögelte ihn zwar nicht, aber er hatte definitiv die Fäden in der Hand und Tim hätte über die Veränderung nicht glücklicher sein können. Er spürte seinen nahenden Orgasmus, hoffte jedoch, ihn noch ein wenig hinauszögern zu können. Während er bis jetzt passiv gewesen war und nur auf Rorys Bewegungen reagiert hatte, beschloss er nun, ein wenig dominanter zu sein. Nicht etwa, um Rory zum Aufhören zu bewegen – immerhin war das bis jetzt fantastischer Morgensex gewesen –, sondern um seinen Kopf davon abzulenken, wie gut sich das anfühlte.

Als Tim sich in der Absicht, sie beide umzudrehen, vom Bett abstieß, sah Rory ihn an. Für einen Moment befürchtete er, den Zauber gebrochen zu haben, doch dann erstrahlte ein Lächeln auf Rorys Gesicht und Tims Herz setzte für einen Schlag aus.

„Was? Ich dachte, dir gefällt, was wir hier tun?", fragte Rory und drückte Tim wieder nach unten.

„Tut es auch", gab Tim freudestrahlend zu. „Es ist ziemlich unglaublich. Ich hab mich nur gefragt, was passieren würde, wenn ich mich wehre: Würdest du wieder in die passive Rolle zurückfallen oder stattdessen noch entschlossener versuchen, mich zu erregen."

„Nicht um jedem Preis", meinte Rory mit einem neckenden Grinsen im Gesicht. „Keine Angst, ich besorg's dir schon, aber nicht um jeden Preis."

„Ich bin gerührt", meinte Tim scherzhaft.

Rory zögerte für einen Moment und Tim wartete angespannt ab. Dann ergriff Rory Tims Handgelenke und zwang sie über Tims Kopf. Dort hielt er sie fest, als er sich herabbeugte, um Tim zu küssen, der bald den Eindruck hatte, nicht mehr atmen zu können.

„Oh, verdammt", keuchte Tim.

„Ich bin noch nicht fertig mit dir", erwiderte Rory, der ebenfalls außer Atem war.

„Das hoffe ich doch", murmelte Tim. Er war stärker als Rory, der zwar weniger Muskeln hatte, aber trotzdem keinesfalls ein Schwächling war. Tim wollte sein eigenes Gewicht jedoch nicht zu seinem Vorteil einsetzen. Er wollte wissen, was Rory vorhatte, also wehrte er sich nicht, als Rory seine Handgelenke mit einer Hand festhielt und mit der anderen nach unten griff, um ihre Schwänze zu umfassen. Er konnte seine Augen nicht von Rory abwenden, der entschlossen dreinblickte, als er begann, ihre Schwänze zu massieren. Die Reibung war die eine Sache – der visuelle Stimulus die andere.

Tim fühlte, wie er langsam die Kontrolle verlor. Rory holte ihnen beiden einen runter und schon bald kamen sie gemeinsam und ihr Sperma lief über Rorys Hand. Rory brach auf Tim zusammen und der drehte sie beide um, sodass er sich an Rory kuscheln konnte. Nachdem sie wieder zu Atem gekommen waren, begannen sie wieder, sich zu küssen – diesmal jedoch waren die Küsse zärtlicher.

„Du machst mich glücklich", flüsterte Rory plötzlich, als würde er die Magie des Moments zerstören, wenn er lauter sprach.

Tim sah auf, wobei sein Kopf immer noch auf Rorys Brust ruhte, und Rory nickte ihm zu, wie um ihm zu verstehen zu geben, dass er richtig gehört hatte.

„Du machst mich auch glücklich", erwiderte Tim.

Sie schliefen nicht wieder ein, sondern lagen einfach nur schweigend da. Tim fühlte Rorys Herz schlagen und das beruhigte ihn. „Heißt das, du wirst bleiben? Auch, wenn du nicht mehr dazu verpflichtet bist?"

„Wenn du mich haben willst", meinte Rory leise.

„Natürlich will ich dich. Ich würde dich sofort heiraten, wenn ich könnte." Als Rory darauf nicht reagierte, fürchtete Tim erneut, dass er es verbockt hatte, indem er Rory um Verbindlichkeit bat. Doch dann hob Rory die Hand, um mit Tims Haaren zu spielen, und dieser schloss die Augen, um den Moment intensiver zu genießen.

Tim wusste, dass das Schicksal schon unheilvoll über ihnen schwebte, doch er beschloss, sich davon den letzten Morgen, den sie vielleicht für eine lange Zeit gemeinsam verbringen würden, nicht zerstören zu lassen.

39

OBWOHL TIM Rory die Schlüssel für den Truck zugeworfen hatte, stieg dieser auf der Beifahrerseite ein. Tim vermutete, dass Rory zu nervös war, um sie sicher in die Stadt zu fahren und hoffte, dass es ihm selbst nicht ganz so schlimm erging.

Tim war zu ihrer verwüsteten Blockhütte gefahren, um frische Sachen zu holen, doch er brachte nicht Rorys Reisetasche mit, sondern nur die einzigen Klamotten, die er für sauber genug hielt, um sie anzuziehen. Tatsächlich wollte Tim nur seine eigene Hoffnung nähren, dass er Rory am Abend mit nach Hause nehmen durfte. Er musste einfach daran glauben. Alles in ihm wehrte sich gegen die Vorstellung, dass Rory wieder ins Gefängnis müsste, und er redete sich ein, dass schon alles gut werden würde, solange er sich selbst immer wieder sagte, dass es nicht passieren würde.

Sie waren fast fünfundvierzig Minuten zu früh dran und Tim parkte den Truck vor dem Büro des Bewährungshelfers.

„Kannst du vielleicht da vorn parken?", bat Rory und zeigte auf einen anderen Parkplatz vor einem Klamottengeschäft.

Tim fuhr den Truck dorthin. „Möchtest du eine Weile hier bleiben und im Auto warten?"

Rory nickte, stieg dann aber trotzdem aus. Tim folgte ihm. „Ich brauch mal frische Luft", erklärte Rory.

„Ist schon in Ordnung", sagte Tim. Er legte Rory eine Hand auf die Schulter, zog sie jedoch schnell wieder zurück, als ihnen auf ihrer Seite des Bürgersteigs ein älteres Ehepaar entgegenkam. „Lass uns ein Stück gehen."

Rory schüttelte den Kopf, wartete, bis das Paar an ihnen vorbei war, und setzte sich dann auf eine Bank vor einem Diner. Tim setzte sich neben ihn.

Es entstand eine lange Pause, bis es Tim nicht länger aushielt. „Ich würde lügen, wenn ich behaupten würde, dass ich nicht auch nervös bin, aber wir müssen uns dieser Sache stellen."

„Du meinst, ich muss mich dieser Sache stellen."

„Ja, aber ich bin bei dir. Du und ich, wir sind eine Einheit, und darum betrifft das natürlich auch mich. Im Guten wie im Schlechten, in Gesundheit und Krankheit – du verstehst schon, was ich meine."

„Wir sind nicht verheiratet."

Als Tim Rorys nüchternen Einwand hörte, schluckte er schwer, um so seine Gefühle zu kontrollieren. „Nein, sind wir nicht. Aber wir sind so gut wie verheiratet. Wir wohnen zusammen. Wir führen ein gemeinsames Leben. Vor dem Gesetz bin ich vielleicht nicht dein Ehepartner, aber ich sehe mich so."

Zu Tims Überraschung ergriff Rory unauffällig seine Hand. Jeder, der zufällig in ihre Richtung sah, würde es sehen können. Tim sah für eine gefühlte Ewigkeit auf ihre ineinander verschlungenen Hände. „Hörst du immer noch diese Stimmen?"

„Manchmal", erwiderte Rory.

„Und sagen sie auch immer noch so hässliche Sachen?"

„Manchmal."

„Sagen sie auch mal was Nettes?"

„Nein."

Tim drückte Rorys Hand und dieser sah ihn daraufhin an. „Manchmal kann ich ihnen aber auch befehlen, sich zu verpissen."

„Haben sie dir gesagt, dass du dir die Waffe nehmen und Delco erschießen sollst?"

Rory schloss die Augen. Als er sie wieder öffnete, schüttelte er den Kopf. „So funktioniert das nicht."

„Dann erklär mir, wie es funktioniert."

„Warum?"

„Weil wir es vielleicht zu deiner Verteidigung benutzen können."

Rory schnaubte ungläubig. „Damit sie mich in die Klapsmühle anstatt in den Knast stecken? Da entscheide ich mich doch lieber für das Gefängnis, vielen Dank auch."

„Ich möchte mir nicht vorstellen müssen, dass du im Gefängnis bist."

Rory sah ihn mit einem mitleidigen Gesichtsausdruck an, doch dann schweifte sein Blick wieder ab und er schien den Mittelstreifen der Straße zu betrachten. „Die Stimmen sagen mir nicht, dass ich losgehen und Delco umbringen soll. Sie sagen mir, dass ich nutzlos bin und mich nicht einmal um mein eigenes Heim kümmern kann. Sie sagen mir, dass du viel zu gut für mich bist, weil ich Schwierigkeiten anziehe wie ein Magnet."

„Du weißt, dass nichts davon wahr ist", sagte Tim mit leiser Stimme. Er versuchte, so nüchtern wie möglich zu klingen, weil er sich nicht anmerken lassen wollte, wie sehr es ihn erschütterte, womit sich Rory tagtäglich rumschlagen musste.

„Weiß ich", erwiderte Rory überraschend gut gelaunt. „Sie sind nicht so schlimm wie zu der Zeit, als ich mit dem Trinken aufgehört habe. Damals konnte ich sie nicht einfach zum Schweigen bringen. Ich dachte, ich wäre wieder im Irak und du würdest versuchen, mich umzubringen."

„Darum hast du mich also geschlagen."

Rory seufzte. „Das tut mir leid. Ich wusste nicht mehr, was Wirklichkeit und Einbildung war. Wenn ich die Stimmen heute höre, weiß ich, dass sie nicht real sind, und ich kann ihnen sagen, dass sie verschwinden sollen. Ich hoffe, das bleibt auch so, denn dann kann ich damit umgehen. Aber ich kann dir nicht versprechen, dass es nicht eines Tages wieder schlimmer wird."

„Ich möchte einfach nur Bescheid wissen, sollte es so kommen."

Rory nickte. „Die Stimmen haben mir jedenfalls nicht befohlen, Delco zu stellen."

„Ich weiß."

Rory stand von der Bank auf und Tim ließ widerstrebend seine Hand los.

„Wir sollten hineingehen. Es ist besser, zu früh als zu spät dran zu sein, und ich möchte das endlich hinter mir haben."

Tim nickte und stand ebenfalls auf, um neben Rory herzugehen. Sie betraten das Büro des Bewährungshelfers und man bat sie zu warten. Durch die halb geschlossenen Rollläden an den Fenstern konnten sie Kelly im Büro des Bewährungshelfers sehen. Der Bewährungshelfer saß hinter seinem Schreibtisch und schüttelte bei allem, was Kelly ihm ziemlich leidenschaftlich vortrug, den Kopf. Von Zeit zu Zeit erwiderte er etwas auf Kellys Ausführungen und sie konnten Kellys niedergeschlagenen Blick sehen. Tim fühlte, wie sich sein Magen verkrampfte.

Als sich die Eingangstür öffnete, sahen sie beide auf.

„Cooper Nelson, was tust du denn hier?", fragte Tim, als er aufstand, um dem Ranchhelfer die Hand zu schütteln.

„Johnny hat erzählt, dass Delco eure Blockhütte verwüstet hat, weswegen sich Rory Gables Gewehr geschnappt und sich auf die Suche nach ihm gemacht hat. Na ja, und da dachte ich, ich könnte vielleicht helfen."

„Du bist kein Anwalt mehr, Coop", sagte Tim, der trotzdem dankbar war, dass sie auf der Ranch immer noch Freunde hatten.

„Ich weiß. Ich kann euch vor keinem Gericht vertreten, aber wenn ihr wollt, kann ich euch trotzdem beraten. Kostenlos, versteht sich."

Tim sah Rory an und der nickte.

„Also, was ist passiert?"

Rory und Tim erzählten ihm die Kurzversion und der wettergegerbte Mann nickte gedankenversunken. „Wir werden sehen, wie's läuft", war alles, was er sagte.

Nachdem sie noch ein paar Minuten gewartet hatten, öffnete sich die Bürotür und der Bewährungshelfer sah sie auffordernd an. „Mr McCown, bitte treten Sie ein."

Tim und Cooper folgten Rory ins Büro.

„Und wer sind diese Leute?"

Rory knetete nervös seine Hände und Tim hatte das Bedürfnis, ihn einfach nur zu berühren, um ihm seine Unterstützung zu zeigen.

„Das ist Tim Conroy, mein Partner. Sie haben ihn getroffen, als ich meinen ersten Termin bei Ihnen hatte. Und das ist Cooper Nelson, mein Anw… er ist hier, um mich rechtlich zu beraten."

Der Bewährungshelfer warf Cooper einen geringschätzigen Blick zu. „Ihnen wurde die Lizenz entzogen, Mr Nelson. Sie können nicht Mr McCowns Rechtsbeistand sein."

„Das weiß ich", entgegnete Coop selbstbewusster, als Tim ihn je gesehen hatte. „Aber das heißt nicht, dass ich mich nicht trotzdem mit dem Gesetz auskenne. Ich bin als Berater hier. Sie wissen, dass ich dafür kein Geld verlangen werde, aber ich wollte sichergehen, dass Mr McCowns Rechte gewahrt sind. In den vergangenen dreihundertundsechzig Tagen war er ein aufrechter Bürger, hat fast nie bei der Arbeit gefehlt und hat sich aus Schwierigkeiten herausgehalten. In seinem Strafregister finden sich nur Taten ohne gewalttätigen Hintergrund. Er hat sein Eigentum vor einem Mann beschützt, der ihn straflos verhöhnt hat, seit er auf der Ranch arbeitet. Nun hat dieser Mann sich Zugang zu seinem Heim verschafft und alles zerstört, wofür Mr McCown im vergangenen Jahr gearbeitet hat. Er kennt Mr Delco besser, als wir es tun. Er wusste, dass er zu Gewalt fähig ist, obwohl das aus seinem Vorstrafenregister nicht hervorgeht. Und darum wusste er auch, dass er nur zu ihm gehen konnte, wenn er auch in der Lage war, sich zu verteidigen. Es ist unser Recht, Waffen zu tragen …"

„Nicht, wenn man ein verurteilter Straftäter ist", unterbrach ihn der Bewährungshelfer. „Und Mr McCown ist wegen bewaffneten Raubüberfalls verurteilt worden. Das gilt als Gewaltverbrechen."

„Wir wissen beide, dass er am Steuer des Fluchtautos saß. Er hat nie eine Waffe getragen. Darum ist sein Strafmaß geringer ausgefallen als das seiner Mitangeklagten."

„Mr Nelson, Sie verschwenden meine Zeit. Sie sollten diese Rede vor dem Richter halten."

Cooper Nelson musste lachen. „Wir wissen beide, dass ich das nicht darf. Und wir wissen auch, dass der Richter Ihrer Empfehlung folgen wird, weil Sie Rorys Bewährungshelfer sind. Wenn Sie dem Richter erklären, dass Rory ein nichtsnutziges Individuum ist, wird er ihn für ein weiteres Jahr hinter Gitter stecken."

Rory keuchte auf und Tim legte ihm eine Hand in den Rücken, um ihn zu beruhigen. Sogar Kelly sah Rory an.

566

Coops Blick wanderte von Rory wieder zurück zu dem Mann hinter dem Schreibtisch. „Aber wenn Sie dem Richter erklären, dass Rory sich bis jetzt vorbildlich verhalten und letztendlich nur getan hat, was Sie und ich in derselben Situation auch tun würden; wenn Sie ihm erklären, dass sein einziges Verbrechen darin besteht, dass er dies fünf Tage vor dem Ende seiner Bewährung und nicht fünf Tage danach getan hat, dann bin ich sicher, wird er Ihrer Empfehlung folgen." Coop beugte sich über den Schreibtisch und sagte nach einer kurzen Pause: „Emmett, das Gefängnis ist auch so schon überfüllt, es gibt keinen Grund, das noch zu verschlimmern. Sie sollten sich den Platz für John Delco aufsparen, nicht für Rory McCown."

Emmett sah Kelly an, dann Rory und schließlich Cooper. Für einen langen Moment starrten sie einander an und dann erhellte ein Lächeln Emmetts Gesicht. „Ehrlich, Coop. Ich bin froh, dass Sie nie dazu gekommen sind, noch einmal diese Prüfung abzulegen. Sie sind der beste Anwalt, den diese Stadt je gesehen hat, und lassen Sie mich ehrlich sein, ein paar meiner Fälle würde ich gerne gewinnen." Dann wandte er sich an Kelly. „Officer Freed, ich würde den Fall gern mit Ihnen allein besprechen."

Rory sah Tim verwirrt an.

„Mr McCown? Sie können nach Hause gehen, aber ich möchte Sie bitten, weiterhin zur Verfügung zu stehen. Nachdem der Richter seine Entscheidung gefällt hat, kann es gut sein, dass Sie selbst vorsprechen müssen."

Als sie draußen waren, verflog das Selbstbewusstsein, das Cooper Nelson im Büro noch zur Schau getragen hatte. Jetzt sah er wieder aus wie der Cowboy, den sie beide kannten. Tim fand, dass er früher mal ein gut aussehender Mann gewesen sein musste, doch nun waren seine Sachen schäbig und seine Haare und sein Bart waren ungepflegt.

„Viel Glück mit dem Richter", sagte Cooper und hielt Rory die Hand hin. „Ich finde, du hast dir diese Chance verdient und ich glaube, Emmett weiß das auch."

„Danke für deine Hilfe", sagte Rory und schüttelte Cooper die Hand. Sie gingen zu ihren Autos zurück, doch bevor sie einstiegen, zog Tim Rory in eine Umarmung.

„Man kann uns sehen, Timmy."

„Das ist mir egal", meinte Tim, ohne seinen Freund loszulassen.

„Du glaubst, sie schicken mich wieder ins Gefängnis", meinte Rory kraftlos und Tim fühlte, wie ihm das Herz in die Hose rutschte.

„Nein", erwiderte Tim mit mehr Überzeugung in der Stimme, als er tatsächlich empfand. „Ich denke, sie werden erkennen, dass du keine andere Wahl hattest."

Rory lächelte. „Du bist so ein Optimist."

„Lass uns zurück ins Motel fahren", schlug Tim vor.

„Lass uns nach Hause fahren. Wir haben ein Haus, das darauf wartet, aufgeräumt zu werden."

„Bist du sicher?" Rory nickte, also holte Tim sein Handy hervor. „Kelly? Wir fahren zur Blockhütte, um dort aufzuräumen. Wir sind bestimmt bis zum Abendessen dort, sollten sie uns brauchen. Okay, danke." Er steckte das Handy wieder in seine Tasche und wandte sich dann an Rory. „Auf geht's."

40

RORY ZUCKTE zusammen, als er die Blockhütte betrat. Es fühlte sich an, als würde man ihm das Herz herausreißen. Ein Teil des Schutts war bereits weggeräumt worden. Die Küche war leer, der Tisch und die Stühle verschwunden. Das malträtierte Sofa war zwar noch im Wohnzimmer, doch Rory konnte erkennen, dass jemand die herumliegenden Stoffstreifen aufgelesen hatte. Im Schlafzimmer war die zerfetzte Matratze verschwunden und Tims Bett stand auseinandergebaut an der Wand.

„Jemand war hier. Ich schätze mal, Izzie und Hugh haben das meiste aufgeräumt." Rory sah Tim an und nahm seine Hand. „Was tun wir jetzt?"

„Wir kaufen eine neue Matratze, einen Tisch und Stühle, sodass wir uns hinsetzen und essen können."

„Bettwäsche brauchen wir auch", fügte Rory mit einem Seufzen hinzu. „Du hast dein ganzes Geld in eine Pumpe und den Durchlauferhitzer gesteckt."

Tim zuckte mit den Schultern. „Ist ja nicht so, als hätte ich das Geld für was anderes gebraucht. Wir werden schon klarkommen, Rory."

„Hi Jungs", begrüßte sie Izzie. Sie drehten sich zu ihr um. „Ich hoffe, es macht euch nichts aus, dass ich schon mal ein bisschen aufgeräumt habe."

„Hi Izz", erwiderte Tim. Er ließ Rorys Hand los, um sie zu umarmen. „Wir sind gekommen, um uns den Schaden anzusehen."

„Zum Glück war noch nicht so viel von eurem Zeug hier", entgegnete sie mit einem Seufzen.

„Das liegt daran, dass wir nicht viel besitzen. Ich hab nur hergebracht, was in meinem Zimmer stand, und Rorys Besitz lässt sich in einer Reisetasche unterbringen. Ich schätze, wir sind beide mit leichtem Gepäck unterwegs."

„Vielleicht wird es Zeit, das zu ändern? Jack kommt nach Hause, um endlich Lisa zu heiraten, und Hugh meinte, wenn wir schon für ihre Hochzeit einkaufen, könnten wir genauso gut auch gleich etwas für dieses Haus besorgen."

Tim sah sie sprachlos an. „Warum sollte er das tun?"

Izzie lächelte. „Schätze, weil ihr beide quasi auch verheiratet seid. Und was für Jack gilt, gilt auch für dich."

„Hat Hugh das gesagt?"

„Vielleicht nicht mit so vielen Worten", schnaubte Izzie. „Aber ich kenne meinen Mann. Das ist, was er gemeint hat. Und es war ihm ernst damit, Tim. Vielleicht wird er dir das nicht sagen, aber du bist sein kleiner Bruder und er will, dass du glücklich bist. Er versteht, dass *glücklich* für dich gleichbedeutend ist mit *zusammen mit Rory*."

„Sag ihm, dass er dem Kaufrausch noch eine Weile widerstehen soll", meinte Rory.

„Warum?", fragte Tim.

„Weil ich noch nicht weiß, wo ich in der nahen Zukunft sein werde."

„Ich sage für dich aus, wenn es sein muss", versprach Izzie. „Schließlich kenne ich Delco, ziemlich gut sogar. Ich weiß, was für ein Idiot er sein kann."

„Schon okay, Izz. Das liegt jetzt in den Händen des Richters. Ich habe gegen meine Bewährungsauflagen verstoßen und wenn ich davon abhängig bin, dass mein Bewährungshelfer ein gutes Wort für mich einlegt, bin ich aufgeschmissen."

„Nicht unbedingt."

Drei Paar Augen wandten sich der Tür zu, wo ein junger Mann stand, der einen Anzug von der Stange trug und einen Aktenkoffer in den Händen hielt.

„Gehe ich richtig in der Annahme, dass hier Rory McCown wohnt?"

„Stimmt", meinte Rory etwas unsicher. „Und Sie sind?"

Der Mann streckte ihm die Hand hin und sah ungefähr so nervös aus wie Rory sich fühlte. „Sean Goddard, Pflichtverteidiger."

„Oh", erwiderte Rory und schüttelte die ihm dargebotene Hand.

„Cooper Nelson hat mich angerufen. Er ist mit meinem Vater befreundet und so etwas wie eine Legende in meiner Familie. Er hat mir berichtet, was vorgefallen ist, und ich muss gestehen, ich habe mich bis zum Staatsanwalt vorgekämpft, indem ich vorgegeben habe, Sie zu verteidigen. Ich gebe zu, dass ich nicht viel Erfahrung habe, aber irgendwo muss man ja anfangen, und Mr Nelson hat versprochen, mir zu helfen. Er kann sie ja nicht offiziell vertreten, da er seine Lizenz verloren hat."

„Das wissen wir", unterbrach ihn Tim.

„Mr McCown braucht rechtlichen Beistand, sonst ist er den Launen seines Bewährungshelfers ausgeliefert. Und wir wissen alle, dass der kein großer Fan von Wiedereingliederung ist."

„Kommen Sie endlich zum Punkt!", meinte Rory nervös.

„Natürlich", sagte Sean. „Ich schlage vor, Sie plädieren auf schuldig in den Punkten unerlaubtes Betreten und Waffenbesitz. Wenn ich richtig gehört habe, trifft das ja auch zu."

„Vielleicht", erwiderte Rory vorsichtig. Er hatte mit dem Typ „junger, aufstrebender Anwalt" bereits Erfahrungen sammeln dürfen. Er war schon von einigen vertreten worden, da er nie Geld für einen anderen Anwalt gehabt hatte.

„Das Bezirksgefängnis ist voll bis unters Dach. Der Staatsanwalt ist der Meinung, dass Sie sich bis jetzt gut geschlagen haben und dass sie von Mr Delco provoziert wurden. Wenn Sie sich also in diesen Punkten schuldig bekennen und gleichzeitig zusagen, gegen Mr Delco auszusagen, glaubt er, dass Sie mit Sozialarbeit davonkommen könnten."

„Aber dass ich gegen meine Bewährungsauflagen verstoßen habe, stünde dann in meinem Vorstrafenregister?", fragte Rory.

„Theoretisch schon. Aber wenn der Richter zustimmt, kommen Sie mit Sozialarbeit davon und man kann nur einmal für ein Vergehen bestraft werden."

„Und danach wäre es ein für alle mal vorbei?"

Sean nickte.

„Tun Sie's", meinte Rory entschieden.

„Rory?"

„Ich weiß, Tim. Aber noch ein Eintrag in meinem Vorstrafenregister macht nun auch keinen Unterschied mehr. Es hat sowieso den Umfang eines Romans. Aber dann hätten wir das endlich hinter uns."

Tim schien nicht überzeugt, also drehte sich Rory zu ihm um und nahm ihn in die Arme. „Du weißt, dass ich dich liebe. Ich möchte nur, dass das alles endlich vorbei ist."

Tim nickte und vergrub das Gesicht in Rorys Halsbeuge. Rory konnte sehen, dass Izzie etwas abseits stand und besorgt aussah. Er hielt ihr einladend eine Hand hin. „Das wird schon werden, Izzie."

SEAN GODDARD verabschiedete sich und da weder Tim noch Rory der Sinn danach stand, sich den Jungs im Mannschaftshaus zu stellen, holte Tim nur schnell Essen von dort und brachte es mit zurück zur Blockhütte. Sie aßen auf dem Sofa, über das Rory eine Decke geworfen hatte, um die aufgeschlitzten Polster zu verdecken. Obwohl es nicht übermäßig kalt war, hatte Rory den Kamin angemacht, und als sie gerade gemütlich davor saßen und schweigend in die Flammen starrten, hörten sie, wie draußen zwei Autos hielten.

Rorys Herz fing an zu rasen, als Tim die Tür öffnete und damit den Blick auf Kelly Freed und Sean Goddard freigab. Rory hatte den Eindruck, dass Kelly besorgt und Sean schuldbewusst aussah.

„Ich fürchte, ich muss Sie mitnehmen", sagte Kelly, der auf der Veranda stand.

Rory biss sich auf die Unterlippe und sah dann Sean an. „Ist wohl nicht so gelaufen, wie Sie geplant hatten?"

„Der Richter hat sich dem Vorschlag des Staatsanwalts nicht angeschlossen. Tut mir leid. Ihr Bewährungshelfer hat angeführt, dass Sie sich bei ihrer letzten Bewährungsstrafe aus dem Staub gemacht haben. Daher meint der Richter nun, es bestünde ein Fluchtrisiko."

Rory wandte sich an Kelly. „Für wie lange?"

„Nur für die verbleibende Haftstrafe. Soweit ich weiß, sind das vier Tage. Wenn ich Sie jetzt mitnehme, zählt das als der erste Tag. Tim kann am Samstag vorbeikommen und Sie abholen."

Rory sah, dass Tims Augen zu Kellys Hüfte wanderten. „Sie tragen ja nicht einmal eine Waffe."

Kelly lächelte. „Ich bin einfach davon ausgegangen, dass Rory ohne viel Aufhebens mitkommt." Er wandte sich an Rory. „Stimmt doch, oder?"

Rory nickte. Das Vertrauen, das Kelly in ihn setzte, gab ihm ein gutes Gefühl. „Sie werden mir nicht mal Handschellen anlegen?"

„Nö."

„Kann ich noch schnell ein bisschen Unterwäsche einpacken?"

„Klar doch", sagte Kelly. „Es gibt hier keinen Hinterausgang, oder?"

Rory musste lachen, sah dann aber Tims besorgtes Gesicht. „Ich bin am Samstag wieder draußen. Das lohnt ja kaum den Papierkram, so kurz ist das."

„Ich weiß", sagte Tim, obwohl er immer noch besorgt dreinblickte. Rory gab ihm einen flüchtigen Kuss und ging dann ins Schlafzimmer, um ein paar Sachen zusammenzusuchen. Er ging schweigend mit Kelly zum Wagen und blickte kurz zu Tim, als sie losfuhren.

41

ALS TIM Rory diesmal aus dem Gefängnis abholte, war er fast noch nervöser als vor vier Jahren. Damals hatte er zum Bundesgefängnis fahren müssen, diesmal nur zum Bezirksgefängnis. Und es waren nur vier Tage und nicht drei Jahren vergangen, seit er seinen Lover zuletzt gesehen hatte. Er verstand nicht ganz, warum er so nervös war, denn diesmal wusste er ja mit Bestimmtheit, dass Rory sich freuen würde, ihn zu sehen. Er wusste, dass Rory ihn liebte. Er wusste, dass er Rory mit nach Hause nehmen und dass sie heute Nacht im selben Bett schlafen würden. Trotzdem klapperten ihm vor Nervosität fast die Zähne und die Vollzugsbeamten waren offenbar nicht in Eile, Rory zu entlassen.

Fast eine Stunde, nachdem Tim den Truck auf der gegenüberliegenden Straßenseite des Gefängnisses geparkt hatte, kam Rory aus dem Gebäude und sah etwas benommen aus. Tim hob lächelnd eine Hand und Rory erwiderte das Lächeln. Er sah fast genauso aus wie vor einem Jahr – er trug seinen schwarz-roten Mantel und seine fadenscheinigen Jean; die Werkstattmütze, die wie festgewachsen schien, hatte er auf dem Kopf.

Tim stieß sich vom Truck ab, machte einen Schritt auf die Straße zu und beobachtete, wie Rory auf der anderen Seite darauf wartete, dass der Verkehr etwas nachließ. Sobald Rory auf Armeslänge herangekommen war, zog Tim ihn in eine Umarmung und scherte sich dabei nicht darum, dass sie in der Öffentlichkeit waren. „Verdammt, es tut so gut, dich zu sehen."

Rory nickte und befreite sich dann aus der Umarmung, als ein vorbeifahrender Truck hupte. Er hob die Hand, um sich halbherzig bei dem Fahrer zu entschuldigen. „Bring mich einfach nach Hause, okay?"

Tim nickte und stieg ins Auto. Als Rory auf der Beifahrerseite einsteigen wollte, wurde er von so lautem Gebell begrüßt, dass er fast wieder die Flucht ergriffen hätte.

„Was ist das?", fragte Rory.

„Aus, Quiche!", befahl Tim. Der Hund bellte noch einmal und winselte dann, als er sich auf den Sitz legte. Tim zog die Hündin näher zu sich. „Setz dich, Rory. Sie tut nichts."

„Du hast dir einen Hund zugelegt?", fragte Rory und betrachtete dabei skeptisch den seltsam aussehenden, mittelgroßen Hund.

„Sie kommt aus dem Tierheim. Ich dachte mir, wir könnten einen Wachhund für die Blockhütte gebrauchen."

„Du hast sie *Kiesch* genannt?"

„So hieß sie schon. Ich hab es mit anderen Namen versucht, aber sie hört eben nur darauf. Und sie ist brav. Sie schläft auf einer Decke im Wohnzimmer, knabbert nichts an und pinkelt auch nicht ins Haus. Wenn wir nach Hause kommen, solltest du sie füttern, damit sie begreift, dass du zur Familie gehörst."

Rory nickte, obwohl eine seiner Augenbrauen immer noch seinen Haaransatz zu küssen schien. Tim hoffte, dass er und Quiche sich anfreunden würden, denn er konnte sie schließlich nicht einfach so zurückbringen.

„Also, was hab ich verpasst?"

Tim ignorierte die Frage. „Wie lief's da drinnen?"

Rory zuckte mit den Schultern. „War nicht so schlimm. Ich hab in den Büros die Böden gewischt und man hat mich vom Rest der Insassen ferngehalten. Ich schätze, Kelly hat um Sonderbehandlung gebeten, oder so was. Alles in allem waren sie nett zu mir."

Tim nickte zwar, doch ihm tat Rory trotzdem leid.

„Trotzdem hab ich irgendwie die Annehmlichkeiten des Knastlebens vermisst."

„Wie bitte?", fragte Tim und sah dabei Rory an.

„Pass auf die Straße auf", sagte Rory mit einem Grinsen. Er begann, Quiche zu kraulen, sodass Tim beide Hände am Lenkrad lassen konnte. „Du weißt schon, kostenlosen Sex, unter der Dusche begrapscht zu werden, einem anderen Insassen nachts einen blasen müssen. Solche Sachen eben."

Tim sah für einen Moment seinen Freund an und konzentrierte sich dann wieder auf die Straße, da am Samstag reger Verkehr herrschte. „Das ist nicht witzig, Rory."

„Es ist nichts passiert, Tim. Mach dir keine Sorgen. Ich möchte nur einfach im Moment nicht darüber sprechen. Ich hab meine Zeit abgesessen, meine Bewährung ist vorbei und ich bin ein freier Mann."

Tim nickte und langsam wurde auch ihm bewusst, dass Rory endlich ein freier Mann war. Er hoffte, dass das auch bedeutete, dass Rory nun aus freien Stücken bei ihm bleiben würde, doch dieses Gespräch hatten sie schon geführt. Offensichtlich hatte Rory wirklich vor zu bleiben.

„Natürlich muss ich ins Gericht, wenn ich gegen Delco aussagen soll. Aber ich bin im Zeugenstand schon so oft gedemütigt worden, dass ein weiteres Mal auch keinen großen Unterschied mehr macht."

Gerade, als Tim Rory wieder ansehen wollte, nahm dieser seine Hand. „Fahr mich nach Hause, okay? Wie läuft's auf der Ranch?"

„Es gibt eine Menge Neuigkeiten."

„Ehrlich?"

Tim nickte. „Wir sind heute Abend bei Grant und Hunter zum Abendessen eingeladen."

„Warum?"

„Wirst du schon sehen."

„Ach, komm schon, Timmy, spann mich nicht so auf die Folter. Ihre Einladungen sind selten nur eine vergnügliche Angelegenheit."

„Vermutlich geht es hauptsächlich darum, Jacks Hochzeit zu planen. Ich hatte dir doch erzählt, dass er Lisa heiraten wird, oder? Und die Hochzeit soll auf der Blue River Ranch stattfinden, da sie sich beide der Ranch verbunden fühlen. Hunter hat sich einverstanden erklärt, den Gastgeber zu spielen, solange sie daraus keinen Medienzirkus machen."

„Warum sollte …? Ach so, wegen Jacks Karriere als Musiker? Aber er lebt doch in Nashville."

Tim nickte. „Aber seit er diesen Preis gewonnen hat und ihn nicht entgegennehmen konnte, weil er auf Entzug war, ist die Presse ziemlich hinter ihm her. Lisa wünscht sich eigentlich eher eine kleine, familiäre Zeremonie."

„Das dürfte interessant werden", meinte Rory mit einem Grinsen.

„Kann ich Hunter also zusagen?"

„Von mir aus, solange ich vorher ein langes, heißes Bad nehmen kann. Die Duschen im Gefängnis finde ich immer noch zum Gruseln."

Tim fuhr sie nach Hause und sie schafften es kaum durch die Tür, bevor sie sich gegenseitig ausgezogen hatten. Tim war dankbar, dass sie keine Treppe hinauf mussten, um ins Bad zu kommen, und dass er die antike Badewanne ordentlich geschrubbt hatte, bevor er Rory abgeholt hatte. Er befahl Quiche, sich auf ihre Decke zu legen, und schob dann Rory ins Bad, bevor er hinter ihnen die Tür schloss. Tim bemerkte, dass Rory es eilig hatte und so vögelten sie schnell und ohne viel Brimborium, während sich die Wanne mit Wasser füllte. Nach wenigen Minuten war alles vorbei, aber Tim wusste, dass sie es beide nötig gehabt hatten.

Danach lagen sie beide in der Wanne. Tim saß hinter Rory, dessen Beine über den Wannenrand hingen. Es war kuschelig warm im Badezimmer, da Tim die Heizung aufgedreht hatte, bevor er losgefahren war, um Rory abzuholen. Die Hitze trug ein Übriges zu ihrer Entspannung bei.

„Ist das jetzt also der Anfang vom Rest unseres Lebens?", fragte Tim etwas angespannt, während er Rory den Pony aus der Stirn strich.

„Na ja, wir haben zumindest einen Anfang daraus gemacht, an den man sich erinnert. Wann erwarten uns Hunter und Grant denn?"

„In ungefähr einer Stunde."

„Kriegst du ihn davor noch einmal hoch?", fragte Rory frech.

„Ich kann, wenn du kannst", erwiderte Tim und seine Anspannung fiel immer mehr von ihm ab.

EINE HALBE Stunde später standen sie vor Hunters und Gables Haus und zu ihrer Überraschung öffnete Izzie die Tür. „Hallo, Jungs! Wir sind in der Küche. Das Essen ist gerade fertig." Sie beugte sich zu Tim hinüber. „Du bist spät dran, du Hengst!"

Hugh saß mit einem Glas Rotwein am Küchentresen und Hunter und Grant waren damit beschäftigt, das Essen aufzutragen.

„Hallo, Leute. Alles in Ordnung?"

„Uns geht's gut", antwortete Tim. Er sah zu Rory hinüber, der entspannter schien, als Tim sich selbst fühlte.

„Setzt euch", meinte Hunter zu ihnen. „Kann ich euch was zu trinken bringen? Wir haben eine Flasche Wein aufgemacht, aber wir haben auch Limo oder Kaffee."

„Ich nehm eine Coke", erwiderte Tim und sah Rory an.

„Ja, ich auch."

Hunter holte die Getränke und goss ein. Als er ein Glas vor Tim hinstellte, nickte der ihm zu und Hunter sah zu Rory. „Ich bringe das einfach gleich hinter mich, Rory. Wir würden das gern aus der Welt schaffen."

„Was denn?", fragte Rory verwirrt.

Hunter sah Tim an und Tim erwiderte dessen flehenden Blick. Er hoffte einfach, dass Hunter endlich zum Punkt kam.

„Das ganze Drama um Delco hat uns geholfen, endlich das Sorgerecht für Matthew zu klären. Offensichtlich hatte Delco Miranda davon überzeugt, dass es eine gute Idee wäre, mehr Zeit mit Matthew zu verbringen und das von einem Richter absegnen zu lassen, denn nur so hätte sie an unser Geld kommen können. Jetzt, da Delco aus dem Spiel ist, hat sie zugegeben, dass sie eigentlich keine Rolle im Leben ihres Sohnes spielen will. Zumindest nicht in der Form, dass sie uns vor Gericht zerren würde. Sie will ab und zu vorbeikommen, um Matty zu sehen, aber sie wollte deshalb nie vor Gericht gehen, das war Delcos Idee – und zwar nur, um dich von der Ranch zu vertreiben."

„Und es hat fast funktioniert", fügte Grant hinzu. „Das tut uns ehrlich leid, Rory."

Rory nickte und Tim sah ihm an, dass er nicht wirklich wusste, wie er auf das gerade Gehörte reagieren sollte.

„Heißt das, Rory kann wieder hier arbeiten?"

„Ja", sagte Hunter mit fester Stimme. „Rory, wir würden uns freuen, wenn du wieder hier arbeiten würdest. Und zwar als Cowboy."

„Aber ich arbeite gern für Gable", erwiderte Rory und überraschte damit alle Anwesenden.

„Wir können besser bezahlen als Gable", sagte Hunter.

„Das weiß ich", entgegnete Rory. „Aber ich mag seine Ranch. Ich denke, wenn er mich beschäftigen möchte, würde ich gern weiterhin dort arbeiten. Wohnen werde ich natürlich in der Blockhütte, daran daran ändert sich nichts. Und ich helfe gern aus, solltet ihr mich brauchen. Eure Leute helfen immer wieder bei Gable aus, also denke ich nicht, dass es ihm etwas ausmacht, wenn ich es umgekehrt mache."

Hunter lächelte ihn verständnisvoll an. „Wie du magst, Rory. Wir reden mit Gable. Vielleicht braucht er dich nicht in Vollzeit, dann könnten wir dich sozusagen untereinander aufteilen."

„Schätze, es ist gut, wenn die eigene Arbeitskraft so gefragt ist", meinte Rory und sah dabei Tim an.

„Lasst uns essen." Grant bat sie alle an den Küchentresen, wo der Tisch gedeckt war.

NACH DEM Essen ging Tim auf die Toilette und als er wiederkam, sah er, dass Rory allein herumstand. „Was tust du …?", setzte er an, doch er hielt inne, als er sah, worauf Rorys Blick gerichtet war. Es war ein lauer Abend und die bodentiefen Fenster im Wohnzimmer waren geöffnet worden. Draußen auf der Veranda tanzten Hunter und Grant zu der leisen Jazzmusik, die aus dem Haus kaum.

„Ich habe noch nie zwei Männer miteinander tanzen sehen", gab Rory zu.

„Nicht einmal im Gefängnis?"

Rory schüttelte den Kopf. „Das hätte niemand gewagt. In der Nacht oder tagsüber in den Duschen konnte man hören, dass Männer miteinander Sex hatten, aber kein Mann hätte gewagt, mit einem anderen zu tanzen. Das hätte bedeutet, dass Gefühle im Spiel wären. Und auch im Knast hat man nur andere Männer gevögelt, weil keine Frauen zur Verfügung standen."

Tim legte die Arme um seinen Freund und küsste seine Halsbeuge. „Würdest du gern tanzen?"

Rory zuckte mit den Schultern. „Ich wüsste nicht, wie."

„Ich kann's dir zeigen", flüsterte Tim.

Rory drehte sich um. „Ich weiß nicht, ob ich dafür genügend Schneid habe."

„Niemand sieht zu. Izzie und Hugh begrapschen sich in der Küche wie Teenager und unsere Chefs sind viel zu sehr mit sich selbst beschäftigt."

Rory drehte sich um und Tim legte einen Arm um Rorys Schultern. Mit der anderen Hand griff er nach Rorys und küsste sie. Zögerlich legte Rory seine andere Hand in Tims Kreuz, woraufhin dieser lächelte.

„Ich weiß immer noch nicht, was ich tun soll", gab Rory zu.

Tim konnte erkennen, dass sich Rory unwohl fühlte, und hoffte, dass er ihm die Scheu nehmen konnte. „Lass dich einfach von der Musik leiten."

Langsam fühlte Tim, wie Rory sich an ihn schmiegte. Rory legte seine Wange an Tims Schläfe, was sich seltsam intim anfühlte. Tim hatte Rory allerdings nicht erzählt, dass er selbst keine Erfahrung darin hatte, mit einem anderen Mann zu tanzen. Das war schließlich nichts, was man im Barrel Run tat. Selbst in die Handle Bar, die einzige Lokalität, von der Tim wusste, dass man dort seine Sexualität offen ausleben konnte, ging man, um sich zu betrinken und flachgelegt zu werden – und nicht etwa, um zu tanzen. Er konzentrierte sich wieder auf Rory, legte ihm eine Hand auf den Hinterkopf und küsste ihn sanft. Das schien Rory weiter zu entspannen und so begannen sie, sich sachte zu bewegen. Ihre Bewegungen waren nicht wirklich im Rhythmus, aber das war Tim egal. Es zählte nur, dass sie sich zusammen bewegten, sich zärtlich küssten und dass Rory langsam seine Scheu abzulegen schien. Als Tim die Augen öffnete, sah er, wie Izzie sie mit verträumtem Blick beobachtete. Sie stieß Hugh an, damit er ebenfalls hinsah, und Tim drehte sie ein bisschen, sodass Rory mit dem Rücken zu dem anderen Paar stand. Er war sich ziemlich sicher, dass es Rory unangenehm wäre zu wissen, dass sie Aufmerksamkeit erregten.

Das Lied endete und Rory sah ihm in die Augen.

„War doch nicht so schlimm, oder?"

Rory schüttelte den Kopf und lächelte schüchtern. „War irgendwie schön."

Gerade, als Rory sich von Tim löste, begann das nächste Lied. Diesmal war der Rhythmus etwas schneller und die Melodie weniger romantisch. Tim zog Rory wieder an sich und übernahm die Führung. Rory gelang es nicht, sich anzupassen, und sie traten sich einige Male gegenseitig auf die Zehen. Es freute Tim, Rory lächeln zu sehen.

„Ich glaube, wir müssen noch ein bisschen üben", gab Rory zu.

Tim zog Rory an sich, nahm ihren Tanz jedoch nicht wieder auf. „Ich übe mit dir, wann immer du willst", flüsterte er und legte seine Stirn an Rorys.

Ihr kleiner intimer Moment wurde unterbrochen, als er eine Hand auf seiner Schulter spürte. Er sah auf und Rory machte einen Schritt zurück.

„Ich wollte euch nicht unterbrechen, aber wir gehen", erklärte Hugh seinem Bruder. Tim sah, wie sich Izzie auf die Zehenspitzen stellte, um Rory etwas ins Ohr zu flüstern, der daraufhin tiefrot anlief. Er erwiderte nichts und so konnte Tim nur raten, was sie wohl gesagt haben könnte.

Bis sie Hugh verabschiedet hatten, waren auch Hunter und Grant wieder nach drinnen gekommen, und der Moment, seine Neugier zu befriedigen, war ungenutzt verstrichen. Ihm blieb nichts anderes übrig, als sich schnell zu verabschieden, sodass sie sich auf den Heimweg machen konnten.

Zum Glück hatte Rory dieselbe Idee. Er sah zunächst zu Tim und blickte dann Hunter an. „Ich denke, wir sollten uns auch auf den Weg machen. Sollen wir euch erst beim Aufräumen helfen?"

Hunter schüttelte den Kopf. „Macht euch darüber keine Gedanken. So viel ist es nicht. Wir sehen euch am Montag, macht euch noch ein schönes Wochenende!"

Tim und Rory liefen schweigend nach Hause. Die Blockhütte befand sich hinter dem Haupthaus und normalerweise brauchte man für die Strecke ungefähr zehn Minuten zu Fuß. Obwohl sie beide den Weg kannten, waren sie auf Tims Taschenlampe angewiesen, da kein Mond die Nacht erhellte und es dadurch stockfinster war.

Sobald man sie im Haus nicht mehr hören konnte, platzte es aus Tim heraus.

„Was hat Izzie zu dir gesagt, dass du so rot geworden bist?"

„Nichts", sagte Rory.

„Nichts?"

Rory seufzte. „Sie hat zu mir gemeint, ich solle meinen Mann mit nach Hause nehmen und ihn verwöhnen."

„Und deswegen bist du rot geworden?"

„Tim", seufzte Rory. „Du bist vielleicht daran gewöhnt, dass sie solche Sachen zu dir sagt, aber für mich fühlt sich das seltsam an. So, als würde ihr einer abgehen, wenn sie daran denkt, was wir im Schlafzimmer so treiben."

Tim nahm Rorys Hand. „Baby, das ist nur ihre Art zu zeigen, dass sie uns unterstützt."

Rory zuckte kurz zusammen, was Tim gerade so im Schein der Taschenlampe erkennen konnte. Tim konnte das Kosewort, das Rory so sehr hasste, nicht mehr zurücknehmen. „Wenn du eine Frau wärst, würde sie dir dasselbe sagen."

„Aber ich bin keine Frau."

„Das ist ja genau der Punkt." Tim hielt genau vor der Blockhütte an. „Für sie macht es keinen Unterschied, ob ich einen Mann oder eine Frau liebe, solange mich dieser Mensch glücklich macht. Und sie weiß, dass du mich glücklich machst. Sie kennt sich da aus, sie hat mich nämlich schon unglücklich erlebt."

„Das kann ich mir kaum vorstellen, du lächelst doch praktisch immer."

Tim öffnete ihnen beiden die Tür. Sie knieten sich beide hin, um Quiche zu begrüßen, die ihnen leise entgegengekommen war. „Wir sind zusammen aufgewachsen und sie hatte mich durchschaut, als wir ungefähr vierzehn waren. Da war ich mir selbst noch gar nicht darüber klar geworden. Sie hat nicht einmal gefragt, sie hat es mir einfach gesagt. Ich habe keine Ahnung, woher sie überhaupt wusste, dass zwei Männer sich lieben können. Ich jedenfalls hatte nicht die geringste Ahnung. Ich nahm einfach an, dass das vergehen würde, wenn ich erst mal ein Mädchen traf, das ich so sehr mochte, dass ich sie küssen wollte. Ich kannte keine anderen schwulen Männer. Ich kannte ja noch nicht einmal das Wort. Mann, war ich ahnungslos."

„Woher wusste sie Bescheid? Über dich, meine ich."

Tim zuckte mit den Schultern, als er seinen Mantel aufhängte. „Ich habe Jahre gebraucht, bis ich den Mumm hatte, sie danach zu fragen. Sie meinte, sie hätte gesehen, wie ich ihren Bruder anschaue."

„Hunter?"

„Ja. Er war ziemlich beliebt. Jeder mochte ihn. Die Mädchen lagen ihm zu Füßen und er besaß eine Ranch. Er ging nicht wie wir anderen zur Schule."

„Also hättest du genauso gut mit Hunter zusammenkommen können." Rory formulierte es eher als Fakt denn als Frage. Tim hatte den Eindruck, dass die Tatsache Rory amüsierte.

„Damals war er noch nicht schwul."

„Ach, komm schon. Vielleicht hatte er sich noch nicht geoutet, aber er war auch damals schon schwul. Du musst ihn nur mit Grant beobachten, um zu wissen, dass dieser Kerl auf keinen Fall hetero sein kann."

Tim lächelte. „Na ja, er hat Matty auf die altmodische Art bekommen. Bevor Grant auftauchte, gab es keinen Hinweis darauf, dass er auf Männer steht." Tim konnte deutlich erkennen, dass Rory ihm nicht glaubte. „Sogar Izzie hat lange gebraucht, bis sie ihn durchschaut hatte. Sie wusste, dass ich ein Auge auf ihn geworfen hatte und ließ mich sehr deutlich wissen, dass er tabu war."

Rory grinste. „Aber es wäre witzig gewesen. Izzie und Hugh, Lisa und Jack, du und Hunter. Alle drei Conroy Männer wären dann mit einem Krause liiert gewesen."

„Schätze, irgendwas ist dran an dieser Familie", erwiderte Tim und sah Rory von der Seite an. „Aber dann hätte ich dich nicht getroffen. Das wäre wirklich ein Verlust gewesen. Ich schätze, wir müssen Gable dafür danken, dass er mir den Kopf geradegerückt hat."

Tim sah, wie sich Rory zurückzog und legte darum einen Arm um seinen schlanken Geliebten. „Ich scherze nicht, Rory." Er küsste Rorys Schläfe und sog seinen Geruch ein, der ihn immer erregte. „Wirst du jetzt also endlich tun, was Izzie dir aufgetragen hat? Es war eine lange Woche. Ich freue mich darauf, ein bisschen Zeit mit dem Mann zu verbringen, den ich liebe."

42

EINE SACHE war jedoch noch zu erledigen, bevor auf der Blue River Ranch wieder Normalität einkehren konnte. Kurz vor dem ersten Schneefall kehrte Jack Conroy, der mittlere der Conroy-Brüder, der sich in der Country-Szene einen Namen gemacht hatte, nach Hause zurück, um Lisa Krause zu heiraten, die ebenfalls mal Conroy geheißen hatte, da sie Hughs Ex-Frau und die Mutter seines Sohnes Danny war.

Gleichzeitig mit dem glücklichen Brautpaar fiel ein Schwarm Reporter über die Ranch herein. Die Absprache mit Hunter war, dass die Presse ein wenig Zeit nach der Trauung und vor der Party eingeräumt bekam, dass alles andere jedoch privat blieb. Jack und Lisa hatten sich damit einverstanden erklärt.

Da auf der Blue River Ranch aber auch gearbeitet wurde, wusste Rory, dass Tim erst noch seine Arbeit erledigen musste, um dann zurück zur Blockhütte zu eilen, um schnell zu baden und sich seinen Anzug anzuziehen. Rory wartete im Haupthaus auf ihn, wo sie sich alle vor der Trauung versammeln sollten. Er war unglaublich nervös, da Tim ihn zum ersten Mal in einem Anzug sehen würde.

„Verdammt, du siehst …"

Rory drehte sich um, um Tim anzusehen. „Alt aus?"

Tim atmete langsam aus und dann erhellte ein Lächeln sein Gesicht. „Eigentlich wollte ich sagen: wunderschön."

Rory fühlte sich in dem geliehenen Anzug unwohl, obwohl er wusste, dass er ihm perfekt passte.

„Nicht der Effekt, auf den ich es abgesehen hatte", sagte Rory mit einem schwachen Lächeln.

„Du siehst richtig schick aus. Ist das besser?"

Nach kurzem Zögern nickte Rory. Sie standen nah beieinander und er konnte die Wärme spüren, die Tims Körper ausstrahlte. Wie schon so oft in der Vergangenheit rieb er mit seinem Kinn über Tims, denn dieser liebte das Gefühl von Rorys weichem Bart auf seiner Haut. Doch nun war der Bart verschwunden. Er wartete auf Tims Reaktion und fragte sich plötzlich, ob es eine gute Idee gewesen war, den Bart abzurasieren.

„Weißt du, die Bartstoppeln werden sich beim Küssen noch viel schlimmer anfühlen", sagte Rory mit einem Lächeln und wollte so die Spannung auflösen.

„Das macht mir nichts aus", flüsterte Tim. Seine Lippen strichen erst über Rorys Wangenknochen, dann hinunter zu seinem Kinn und wanderten dann zu seinem Mundwinkel. „Ich werde mit dem Küssen bestimmt nicht so lange warten, bis dein Bart nachgewachsen ist."

„Wird nicht lange dauern", sagte Rory und drehte leicht den Kopf, sodass sich ihre Lippen berührten.

„Wie wär's, wenn du dich eine Weile rasierst?", schlug Tim vor. „Du weißt, ich mag deinen Bart. Aber so glatt rasiert gefällst du mir auch."

„Wird sich nicht so lange glatt anfühlen. Schon heute Abend werde ich stoppelig sein."

„Versuch's doch einfach. Wenn es dir nicht gefällt, nun ja, du sagtest es schon: Es wird nicht lange dauern, bis der Bart nachgewachsen ist."

Tim sah ihn an und dadurch fühlte Rory sich plötzlich befangen. Er wusste, dass Tim ihn liebte, und in seinem Blick zu sehen, dass er ihn so akzeptierte, wie er war, war ebenfalls beruhigend. Rory gestattete sich jedoch nicht, sich an das Gefühl zu gewöhnen. Sogar nach all dieser Zeit rechnete er immer noch damit, dass es eines Tages einfach verschwinden würde. Er erlaubte sich nicht immer anzuerkennen, wie sehr Tim ihn liebte, doch in diesem Moment war seine Liebe so offensichtlich, dass Rory nicht anders konnte, als sich von ihr wärmen zu lassen.

„Ich hab so lange einen Bart getragen, dass ich mich ohne irgendwie nackt fühle." Rory musste über seine eigenen Worte grinsen, doch er blieb weiterhin nahe bei Tim stehen.

„Ich hab heute den am besten aussehenden Mann der Welt an meiner Seite."

„Du hast dir wohl in letzter Zeit Hunter und Grant nicht angesehen", sagte Rory. „Und der Kerl, der sich bei Gable eingehakt hat, ist auch nicht zu verachten, obwohl er überhaupt nicht mein Typ ist. Und dann sind da noch die Heteromänner. Du hast zwei Brüder, die auch gut aufs Titelblatt der Reiter Revue passen würden. Und dann wärst da noch du. Glaub mir, heute sind eine ganze Menge Männer unterwegs, die besser aussehen als ich."

Tim sah Rory für eine gefühlte Ewigkeit an und gab ihm dann einen Kuss. Es war ein keuscher Kuss, nicht zu vergleichen mit den Küssen, die er Rory gab, wenn er auf Sex aus war. Der Kuss war sanft und schien nicht enden zu wollen. Er küsste ihn nicht mit Zunge und er biss ihn auch nicht spielerisch. Rory fühlte nur Tims Atem auf seiner Haut, während sie ihre Lippen aufeinanderpressten. Tims Körperwärme griff auf Rory über. Oder war es etwa seine Liebe? Tim hatte ihm wiederholt gesagt, dass er ihn liebte. Doch nun endlich verlieh eine kleine Stimme in Rorys Kopf dieser Liebe Ausdruck. Das war viel besser als die Furcht einflößenden Stimmen, die er sonst hörte. Und dieses Mal war auch keine Begierde im Spiel, denn ansonsten hätte Tim ihm schon längst die Kleider vom Leib gerissen.

„Die anderen Männer interessieren mich nicht", murmelte Tim, sein Mund immer noch nah an Rorys. „Mich interessiert nur der, den ich im Moment in den Armen halte, und ich werde jedem hier zeigen, dass wir zusammen gehören."

„Tim."

„Ich weiß", fuhr Tim fort. „Ich weiß, dass dir die Aufmerksamkeit unangenehm ist. Wir warten, bis die Reporter verschwunden sind, und dann stelle ich dich Jack und Lisa offiziell als meinen Freund vor. Ich möchte, dass du ein Teil meiner Familie bist, denn ich plane, noch viele Jahre mit dir zu verbringen."

Rory bemerkte, wie ihn das Bedürfnis überkam, die Flucht zu ergreifen, doch er konnte jetzt nicht davonlaufen. Tim wollte ihm so viel von dem schenken, was er sich schon seit Jahren wünschte, und er stellte nur eine Bedingung: dass Rory bei ihm blieb. Also konnte er nicht davonlaufen. Das wäre nicht nur unfair Tim gegenüber, sondern er würde auch sich selbst betrügen. Zum ersten Mal in seinem Leben war er glücklich. Zum ersten Mal musste er nicht stehlen oder lügen, um an Geld zu kommen. Er hatte ein Dach über dem Kopf und war von Menschen umgeben, die ihm vertrauten. Sie vertrauten ihm ihre Pferde, ihre Kinder und ihre Herzen an. Er musste einfach bleiben.

„Ja", sagte Rory und seine Stimme brach.

„Ja?", wiederholte Tim. Als Rory ihm in die Augen sah, erkannte er dieses Glitzern, das immer in Tims Augen erschien, wenn er wirklich zufrieden war.

Rory nickte.

„Du möchtest ein Teil meiner Familie sein?", fragte Tim noch einmal, als könne er es gar nicht glauben.

„Wenn sie mich haben wollen."

Tim lachte. „Das hoffe ich doch! Nach dem Frauentausch, den meine Brüder veranstaltet haben, ist das hier ja wohl ein Kinderspiel. Ich sage ihnen einfach, dass ich jemanden gefunden habe, mit dem ich den Rest meines Lebens verbringen möchte. Wobei, ich muss es ja nur Jack sagen, der Rest weiß doch ohnehin schon Bescheid."

„Tun sie das?"

Tim machte ein verwirrtes Gesicht. Offensichtlich hatte er nicht bemerkt, dass Rory einen Witz gemacht hatte. Also zwinkerte er ihm zu und Tim lachte. „Ich glaube, sogar Hugh hat sich langsam an dich gewöhnt. Andererseits ist das vielleicht auch Izzie zuzuschreiben."

„Habe ich Grund, eifersüchtig zu sein?"

„Auf Izzie?", fragte Tim, den Rorys Frage offensichtlich überraschte.

„Ja. Sie ist immer auf deiner Seite. Ich kann mich entsinnen, dass sogar Delco viel Gutes über sie erzählt hat."

„Sie kannte mich schon, da hab ich noch Windeln getragen. Wir sind gleichaltrig. Wir sind zusammen zur Schule gegangen. Sie weiß viele peinliche Dinge über mich."

Rory lächelte. „Wenn ich also all deine Geheimnisse ergründen will, muss ich nur Izzie fragen?"

Tim zog ihn in eine Umarmung. „Du kennst doch schon all meine Geheimnisse."

Plötzlich flog die Tür auf. Rory wollte sich aus Tims Umarmung befreien, doch dieser ließ ihn nicht los.

„Verdammt, ihr beide seid ja schon wieder angezogen", beschwerte sich Izzie hinter Rorys Rücken.

„Höfliche Menschen klopfen an, bevor sie ein Zimmer betreten, wo sich Leute umziehen", erwiderte Tim, der Rory noch immer im Arm hielt. „Du siehst doch, dass wir gerade beschäftigt sind, oder?" Er klang eher amüsiert als verärgert, was Rorys Nerven beruhigte.

„Das sehe ich", meinte Izzie mit einem breiten Grinsen. „Wie ich schon sagte: Zu schade, dass ich zu spät aufgetaucht bin."

„Wir machen uns für Jacks Hochzeit fertig. Es ist ja nicht so, als hätten wir da Zeit für eine schnelle Nummer. Was ist also so wichtig, dass du es uns jetzt sofort sagen musst?"

„Sie warten auf euch", meinte Izzie trocken und drehte sich dann um.

„Du hättest auch einfach nur anklopfen können", rief Tim ihr hinterher, doch sie hatte bereits die Tür hinter sich geschlossen.

Tim gab Rory einen flüchtigen Kuss und half ihm dann, seine Anzugjacke in Form zu bringen.

„Sie wollen wirklich, dass wir uns um die Kinder kümmern?", fragte Rory.

„Warum nicht?", wollte Tim wissen und lächelte Rory dabei aufmunternd zu. „Das ist wohl der Nachteil daran, wenn wir die unverheirateten Onkel sind. Wir kümmern uns um die Rasselbande, während Izzie und Christy ein Auge aufs Catering haben. Es werden genügend Leute da sein, die wir um Hilfe bitten können, wenn uns die Aufgabe über den Kopf wächst."

Rory war aufgefallen, dass auch er mit „Onkel" gemeint war und musste lächeln. Er fühlte sich zwischen vielen Menschen oft unwohl, doch solange er etwas zu tun hatte, würde es wohl in Ordnung gehen. Die Kinder würden sicherlich dafür sorgen, dass ihnen nicht langweilig wurde.

„Also, wie sehe ich aus?", fragte Tim, der sich im Kreis drehte, sodass Rory ihn von allen Seiten betrachten konnte.

„Wie der Mann, den ich liebe", sagte Rory leise.

Tim erwiderte nichts und auch das machte Rory froh, denn es war selten, dass Tim die Worte fehlten.

„Ich wollte dich nicht in Verlegenheit bringen", sagte Rory.

„Hast du nicht", entgegnete Tim. „Ich bin einfach nur froh, dass wir einander gefunden haben."

„Das bin ich auch."

Tim tat so, als würde er Rorys Revers richten, obwohl er das erst vor wenigen Minuten getan hatte. „Weißt du, mir hat dein etwas nachlässiger Look immer gefallen, aber das hier …" Er packte Rory bei den Schultern und drehte ihn herum, sodass er sich in dem mannshohen Spiegel sehen konnte, der auf der anderen Seite des Zimmers stand.

Es machte Rory glücklich, dass Tim hinter ihm stand und jeden seiner Schritte unterstützte. Er betrachtete seine Spiegelbild, doch erkannte er sich kaum. Der Anzug passte wirklich gut und er fand, dass er darin wie ein Anwalt oder ein Immobilienhai aussah. Zumindest wie jemand, der die Schule beendet und eine höhere Bildung genossen hatte, nicht wie jemand, der entweder auf der Straße gelebt oder im Knast gesessen hatte. Er konnte sich nicht daran erinnern, wann er die Haare zum letzten Mal so kurz getragen hatte, und da er keinen Bart mehr trug, fühlte er sich etwas nackt.

„Schau dir deine Augen an, ich kann sie tatsächlich sehen. Und diese wunderschönen Lippen!" Tim liebkoste sein Kinn und zog dann seinen Kopf zurück, um Rory zu küssen. „Es wird mir so schwerfallen, dich nicht jedes Mal zu küssen, wenn ich dich ansehe. Vielleicht bringe ich alle Anwesenden in Verlegenheit."

„Tu's nicht", meinte Rory leise.

Tim zog ihn in eine enge Umarmung. „Na gut, werde ich nicht. Aber dann muss ich dich heute Nacht unbedingt vernaschen."

Rory lächelte. „Abgemacht. Wenn du nicht so viel trinkst."

„Ich werde überhaupt nichts trinken", erklärte Tim, als wäre es das Normalste der Welt.

„Du kannst schon was trinken. Gib dir nur nicht die Kante, denn sonst kannst du mich nicht mehr vernaschen."

„Ich werde heute Abend nicht einen Tropfen Alkohol trinken", wiederholte Tim.

„Aber auf Hochzeiten trinkt man doch! Es wird Champagner geben und Wein und Bier. Du kannst dich nicht den ganzen Abend an einem Glas Orangensaft festhalten!"

Tim musste lachen. „Wo steht geschrieben, dass man auf Hochzeiten trinken muss? Ich brauche das nicht. Es wird Gläser mit Champagner geben, aber auch welche mit Gingerale, sodass die, die keinen Alkohol trinken, so tun können, als würden sie sich besaufen."

„Tim, tu das nicht. Nicht wegen mir."

„Gib mir einen guten Grund." Tim sah Rory herausfordernd an. „Seit du aus dem Krankenhaus entlassen wurdest, hab ich kein einziges Bier mehr getrunken. Und weißt du was? Mir fehlt nichts. Ich kann mir nicht einmal mehr vorstellen, Alkohol zu trinken. Nicht, wenn es so ein Kampf für dich ist, es nicht zu tun."

Rory fühlte, wie ihm Tränen in die Augen traten, und er drehte sich vom Spiegel weg.

„Rory, das ist kein Opfer für mich. Ich hab ohnehin nie verstanden, was an Alkohol so toll sein soll. Alkohol hatte auf mich nur den Effekt, dass ich ungehemmter war, wenn ich in die Handle Bar ging. Aber da ich nun nicht mehr auf die Piste gehen muss, um flachgelegt zu werden …"

Rory lächelte, jedoch nur für einen Augenblick. „Ich möchte nicht, dass du für mich Sachen aufgibst."

„Tu ich doch nicht. Wenn, dann tu ich das auch für Jack. Er kämpft den gleichen Kampf wie du."

Rory nickte, sah Tim jedoch immer noch nicht an.

„Also, sind wir uns jetzt einig, dass wir uns heute Abend an die alkoholfreien Getränke halten? Und die Gläser, mit denen wir anstoßen, werden deshalb mit Gingerale gefüllt sein."

„Wer ist wir?"

„Lisa und Izzie und Bernie und ich und Hugh und Gable und Flynn und Grant und Hunter. Ach so, und Mom und Christy. Es war ein einstimmiger Beschluss. Außerdem können die Kinder auf diese Weise auch so tun, als würden sie Champagner trinken."

„Ich kann nicht glauben, dass ihr alle …"

Tim lächelte zufrieden. Es beruhigte Rory zu wissen, dass es nicht nur um ihn ging. „Ich hab dir doch gesagt, dass wir das für Jack tun. Also, wirst du mit uns Gingerale trinken, um ihm zu helfen?"

Diesmal lächelte Rory Tim an. „Ja, ich schätze, das könnte ich tun."

„Na, dann lass uns mal nachsehen, wie so eine riesige Conroy-Hochzeit aussieht", schlug Tim vor. „Wir müssen schließlich wissen, was wir tun und lassen sollten, wenn wir an der Reihe sind."

Rory hielt abrupt inne. „Wenn wir an der Reihe sind?"

Tim lächelte und ging auf die Knie. Rory machte ein fassungsloses Gesicht, als Tim seine Hand ergriff. „Rory McCown, willst du mich heiraten? Wirst du einen ehrbaren Mann aus mir machen?"

Rory schluckte schwer.

Tim grinste. „Du kannst gern nein sagen, Rory, aber erlöse mich. Dieser Fußboden ist unglaublich hart."

„Wir können nicht heiraten, Tim. Das ist hier nicht erlaubt. Es wäre nicht legal."

Tim stand auf, ließ jedoch Rorys Hand nicht los. „Das ist mir egal. Ich möchte ein Fest wie dieses feiern, um allen zu zeigen, wie wichtig du mir bist."

„Ein Feier wie diese?" Rory sah demonstrativ zu den vielen Geschenken hinüber, die auf einem Tisch in der Zimmerecke standen.

Tim rollte die Augen. „Okay, vielleicht nicht ganz so aufwendig. Vielleicht eher so wie die Feier, die Hunter und Grant hatten. Ein Familienpicknick oder so etwas. Alle, die uns wichtig sind, werden da sein. Wir werden rumsitzen, essen, Witze machen und eine gute Zeit haben. Das wird unsere Art sein zu feiern. Und ich hätte gern, dass du deinen Namen in Conroy änderst. Falls du das nicht möchtest, könnte ich meinen auch in McCown ändern. Auf diese Weise werden wir den gleichen Namen haben, so als wären wir verheiratet."

„Ich weiß nicht, Tim."

Tim zog Rory an seine Brust. „Ich weiß, das ist dir alles zu viel Aufhebens. Uns wird schon was Passendes einfallen." Tim ließ Rory los und dieser fühlte sich schuldig, weil er so unterkühlt reagiert hatte.

„Ich werde es tun. Für dich, Tim."

Tim lächelte Rory an. „Ist schon gut, Brummbär. Ich weiß, dass du mich liebst."

„Nein, ich meine, ich werde meinen Namen ändern. Eigentlich ist es ja auch nicht wirklich meiner. Ist ja nicht so, als hätte ich eine Familie wie du. Rory Conroy. Das klingt doch gut, oder? Aber ich werde nicht mit dir tanzen."

Tim tat so, als wäre er verletzt, und Rory fühlte sich sofort wieder schuldig.

„Vielleicht nicht auf dieser Hochzeit, aber auf unserer eigenen werde ich mit dir tanzen", meinte Tim entschlossen. „Wobei es mich nicht überraschen würde, wenn Hunter und Grant tanzen."

Rory schüttelte den Kopf, doch es fiel ihm schwer, sich das Lachen zu verkneifen. „Wirst du mit Gable tanzen?"

„Vielleicht", witzelte Tim. Er gab Rory einen flüchtigen Kuss. „Falls Flynn mich lässt."

Rory grinste von einem Ohr zum anderen. Er konnte sich vorstellen, mit Tim alt zu werden, mit oder ohne Hochzeit. Und zum ersten Mal überhaupt wagte er, in die Zukunft zu blicken.

Moon and Stars –
Ein Wiedersehen mit Cooper

Für Anne Regan und Julyssa Diaz, die mich davon überzeugt haben, dass die Geschichte schon fertig vor mir lag und nur noch aufgeschrieben werden wollte.

Für Ariel Tachna, die immer ein aufmunterndes Wort parat hatte.

Für Damon Suede, der mir einen ordentlichen Arschtritt verpasst hat. (Und weil er er mich davon überzeugt hat, dass, wenn er eine Schreibblockade haben und darüber hinwegkommen kann, mir das auch gelingen wird.)

Und schließlich für Elizabeth North und ihre unendliche Geduld.

1

ALS COOPER Nelson in der Stadt zufällig auf Kelly Freed stieß, beschleunigte das zum ersten Mal seit Jahren seinen Herzschlag.

In den vergangenen acht Jahren war er über die Runden gekommen, indem er den Kopf eingezogen und sich rausgehalten hatte. Nur so konnte man in einer Kleinstadt überleben, in der man in der Vergangenheit für einen Skandal gesorgt hatte. Warum war er also nicht einfach weggezogen? Damals hatte er seine Gründe gehabt. Diese Gründe schienen jetzt keine Bedeutung mehr zu haben, und wurden stattdessen ersetzt durch Loyalität dem Ranchbesitzer gegenüber, der ihm damals ein Dach über dem Kopf angeboten hatte, als der Rest der Stadt ihn am liebsten am nächsten Baum aufgeknüpft hätte.

Obwohl Coop lieber für sich blieb, hatte er auf der Blue River Ranch ein Zuhause gefunden, wobei er darauf achtete, die anderen Ranchhelfer nicht zu nah an sich heranzulassen. Er kam mit allen gut klar, doch kaum jemand dort kannte den Menschen, der sich hinter der ungepflegten Fassade und dem oft mürrischen Auftreten verbarg.

Und nun war plötzlich jemand aus seiner Vergangenheit in der Stadt aufgetaucht – einer Vergangenheit, die noch vor dem Skandal lag – und das beunruhigte Cooper mehr, als er sich je hätte vorstellen können.

Als Cooper das Bekleidungsgeschäft verließ, trug er seinen Cowboyhut, und aus Gewohnheit schaute er der Person nicht in die Augen, die ihm auf dem Fußweg entgegenkam. Mit einer Hand am Stetson tat er so, als grüße er den Vorbeikommenden flüchtig, stattdessen verbarg er jedoch sein Gesicht vor der anderen Person. Später würde er nicht mehr sagen können, woran er ihn schließlich erkannt hatte. War es ein Geruch oder eine bestimmte Bewegung gewesen? Er würde es nie wissen, doch er gab dem Drang nach, sich umzudrehen, um genauer hinzusehen.

Kelly Freed sah kaum älter aus, als Cooper ihn in Erinnerung hatte. War es wirklich schon fünfzehn Jahre her? Kelly trug eine beigefarbene Uniform, die ihn als Deputy auswies: Die Hose wies eine perfekte Bügelfalte auf, dazu trug er einen Gürtel und ein Hemd. Cooper konnte nicht verhindern, dass er sich an den Körper erinnerte, der diese Hose ausfüllte. Er erinnerte sich an den knackigen Hintern, den er vor so vielen Jahren liebevoll gestreichelt hatte. Als Kelly sich gegen den Tresen lehnte und darauf wartete, dass die Verkäuferin ihm etwas heraussuchte, konnte Cooper sich davon überzeugen, dass nicht einmal der Ansatz eines Bierbauchs zu sehen war. Coopers Jeans fühlten sich plötzlich viel zu eng an und erst da bemerkte er, dass er den anderen Mann anstarrte. Schnell wandte er den Blick ab und ließ die Ladentür hinter sich zufallen.

Er ging zurück zu seinem Truck, doch seine Gedanken kreisten immer noch um den Mann, den er im Laden gesehen hatte.

„Du siehst aus, als wärst du einem Geist begegnet. Geht's dir gut?"

Cooper sah auf und ihm wurde bewusst, warum er eigentlich in der Stadt war. Izzie Conroy strahlte ihn, beladen mit Taschen und Paketen, vom Beifahrersitz aus an. „Ja, alles in Ordnung", erwiderte Cooper, obwohl er seinen Worten nicht einmal selbst Glauben schenkte. Er hoffte allerdings, dass Izzie nicht weiter nachfragen würde. Sie war die Frau des Vorarbeiters

587

und die Schwester des Ranchbesitzers und obwohl Cooper sie mochte, was sie ein wenig zu neugierig für seinen Geschmack. „Müssen wir noch bei Calley anhalten?"

„Ja", bestätigte Izzie. „Sie meinte, dass heute eine Lieferung Äpfel käme und ich hätte gern welche für die Kinder. Weißt du, vielleicht sollten wir am Fluss ein paar Apfelbäume pflanzen. Die Blüten würden im Frühjahr richtig hübsch aussehen und die Ernte würde sicherlich für die Kinder und die Arbeiter reichen. Jeder mag doch einen saftigen Apfel, oder?"

„Klar", stimmte Cooper ohne jede Begeisterung zu. Was er an Izzie mochte, war die Tatsache, dass sie immer weitersprach, solange er von Zeit zu Zeit zustimmend nickte. Und im Moment lenkte ihn das Gespräch über die Ranch von Kelly Freed ab. Zumindest teilweise.

„Coop, könntest du reingehen? Ich sitze mit meinen ganzen Einkäufen hier etwas eingequetscht. Calley weiß, was ich bestellt habe."

Cooper parkte den Truck vor dem Lebensmittelgeschäft von Calley Haines. Sie lieferte auch nach Hause, doch wenn ihre eigenen Lieferanten spät dran waren, musste sie manchmal zweimal fahren. Und da sie ohnehin gerade in der Stadt waren, hatte Izzie beschlossen, dass sie selbst abholten, was auf der Einkaufsliste noch gefehlt hatte.

Calleys Zwillinge Andy und Vicky spielten auf dem Hof neben dem Geschäft und Calleys Pflegesohn Noah lehnte gerade sein Fahrrad gegen den Zaun.

„Hi, Noah", begrüßte Cooper den Siebenjährigen. „Wie war die Schule?"

Noah lächelte. „Ich mag meinen Lehrer."

„Na, das ist doch ein Anfang. Ist Calley drinnen?"

Noah zuckte mit den Schultern. „Bin grad erst aus der Schule gekommen."

Zusammen betraten sie den Laden und sahen zu, wie Noahs sechzehnjähriger Bruder Apfelkisten stapelte.

„Hallo, Ryan." Cooper zeigte auf die Äpfel. „Wegen denen bin ich hier. Ich weiß nicht, wie viele Äpfel Blue River bestellt hat, aber ich bin da, um sie abzuholen."

Ryan unterbrach seine Arbeit und ging hinter den Tresen. Das war das einzige Anzeichen dafür, dass er Cooper überhaupt gehört hatte. Ryan nahm sich einen Ordner und blätterte durch den Inhalt. Dann legte er den Ordner beiseite, ging zurück zu den Äpfeln und füllte eine Kiste für Cooper.

Cooper wusste, dass es keinen Sinn hatte, Ryan zum Reden bringen zu wollen. Manchmal half Ryan auf der Blue River Ranch aus, wenn ihnen Arbeiter fehlten, daher war es nicht so, als würden sie sich nicht kennen. Es zahlte sich jedoch aus, Ryan nicht zu bedrängen. Wenn man ihn in Ruhe ließ, arbeitete er hart. Als Ryan ihm die Kiste reichte, versuchte Cooper, Augenkontakt herzustellen. Er bestand jedoch nicht darauf, schließlich war er selbst ein Meister darin, Augenkontakt zu vermeiden. „Danke, Ryan. Sag Calley bitte Bescheid, dass ich die hier abgeholt habe, sie braucht sie also nicht auszuliefern."

Ryan nickte fast unmerklich und Cooper verließ mit den Äpfeln den Laden. Er verstaute sie im Auto und setzte sich dann wieder hinters Steuer.

„Hast du vor, mit diesen Äpfeln eine Armee satt zu bekommen, Izzie?"

Izzie grinste. „Sechs Kinder essen ganz schön was weg, Coop. Außerdem versuchen wir, euch auch manchmal was Gesundes unterzujubeln."

Cooper lächelte nur, hielt den Blick aber auf die Straße gerichtet.

Das Auto des Sheriffs fuhr an ihnen vorbei und Cooper ertappte sich dabei, wie er versuchte zu erkennen, ob Kelly auf dem Fahrersitz saß. Im Vergleich zu dem Auto war der

Truck aber viel zu hoch und so konnte Cooper nicht wirklich etwas erkennen. Er schüttelte den Kopf, um die unanständigen Gedanken zu verscheuchen, die sich seiner bemächtigen wollten.

„Bist du irgendwie in Schwierigkeiten, Coop?", fragte Izzie mit ehrlichem Interesse.

„Nö", antwortete Cooper wegwerfend.

„Vorhin habe ich gesehen, wie du Deputy Freed hinterhergeschaut hast. Und jetzt dem Sheriffauto. So, als würdest du dir über irgendwas Sorgen machen."

„Es ist nichts, Izz." Er konnte ihr ja schließlich nicht erzählen, dass er wusste, wie der Deputy roch, wie er sich unter seinen Händen anfühlte, wie er stöhnte … Cooper schloss für einen Moment die Augen und konzentrierte sich dann ganz auf das Auto, das in die andere Richtung fuhr.

Izzie war von den Frauen auf den Ranch die mit den wenigsten Vorurteilen. Sie hatte einen großen Anteil daran gehabt, dass ihr Bruder Hunter seine Liebe zu Grant akzeptierte, und sie hatte immer zu ihnen gehalten. Außerdem war sie die einzige Frau, die auf der Ranch mitarbeitete, obwohl das etwas nachgelassen hatte, seit sie ihre beiden Töchter bekommen hatte. Trotzdem, wenn ihnen Arbeiter fehlten, flocht sie sofort ihre unglaublich langen Haare zu einem Zopf, sattelte ein Pferd und ritt mit ihnen.

Wenn er sich irgendwem auf der Ranch anvertrauen könnte, dann ihr. Sie wusste, dass er schwul war. Jeder, der vor acht Jahren auch nur in der Nähe von St. Anthony gelebt hatte, hatte von dem Skandal gehört, und kein Loch war tief genug, als dass er sich darin hätte verkriechen können. Natürlich wusste auch Izzie Bescheid, trotzdem sprachen sie nie über sein Privatleben. Das lag hauptsächlich daran, dass er keins hatte. Wie die meisten, die Cooper von früher kannten, lag es auch Izzie fern, die Büchse der Pandora zu öffnen. Im Gegensatz zu Tim, Izzies Schwager, ging Cooper nicht in die einzige ihm bekannte Schwulenbar und er ging auch Samstagnacht nicht mit den anderen Rancharbeitern ins Barrel Run.

„Kelly Freed scheint ganz nett zu sein. Ich denke, ich werde für ihn stimmen", meinte Izzie entschieden. „Er sorgt in der Gegend für Ordnung, jetzt, wo Sheriff Hanson in den Ruhestand geht, und ich finde ihn vertrauenswürdiger als diesen anderen Typen, der nur für die Wahl hierher zu ziehen scheint."

„Freed ist auch nicht von hier", wandte Cooper ein.

„Ich weiß", erwiderte Izzie, die sich von Coopers Argument nicht verunsichern ließ, „aber er erscheint mir ehrlicher. Außerdem ist er jünger und tatkräftiger. Der andere sieht aus, als würde er seinen Hintern auf seinem Bürostuhl parken und sich nie wieder bewegen. Deputy Freed dagegen ist immer in der Stadt unterwegs. Er spricht mit den Leuten, hilft bei Problemen, selbst wenn es nur Kleinigkeiten sind. Letztens hat er Davinia Lloyds Katze gerettet, die in einem Abflussrohr festsaß."

Cooper konnte sich ein Lächeln nicht verkneifen. Also tat Kelly immer noch solche Sachen. Er half immer noch Menschen. Damals, während des Jurastudiums, hatte er Kelly damit aufgezogen, denn Coopers eigene Gründe für seine Berufswahl waren weit weniger altruistisch gewesen. Er war in armen Verhältnissen aufgewachsen und wollte zu Geld kommen. Zu viel Geld. Kelly dagegen würde immer derjenige sein, der kleine Kätzchen rettete. Er würde alles tun, damit seine Mitmenschen ihn mochten. Cooper hatte viel zu lange gebraucht, um die Dinge wie Kelly zu sehen, und mittlerweile war es zu spät. Jetzt lebte er das Leben, das er verdient hatte – genauso wie Kelly. Das Schicksal konnte ziemlich undankbar sein.

Cooper kaute auf seinem Daumennagel herum und bemerkte dann, dass Izzie schon seit einer ganzen Weile nichts mehr gesagt hatte. Er sah zu ihr hinüber. Sie hatte das Fenster halb heruntergelassen und der Fahrtwind wehte durch ihre dunkelbraunen Haare. Sie lächelte mit zusammengekniffenen Augen in die Sonne, während ihr der Wind ins Gesicht blies. Coopers Stimmung hob sich sofort, als ihm auffiel, wie sehr Izzie Tims Hund Maul ähnelte, der genauso aussah, wenn er auf dem Beifahrersitz saß. Es musste ein schönes Gefühl sein, so zufrieden zu sein, dachte Cooper, als er in die Auffahrt der Blue River Ranch einbog. Plötzlich schoss ihm eine andere Erinnerung durch den Kopf: Daran, wie Kelly sich nach Coopers Juraabschluss von einem Freund ein Cabrio geliehen hatte, um eine Ausfahrt zu machen. Da Kelly noch zwei weitere Jahre an der Uni vor sich hatte, wussten sie, dass sich ihre Wege trennen würden, doch sie wollten noch einen letzten Tag miteinander verbringen. Für Cooper war es das Ende einer Ära gewesen, obwohl ihm das damals nicht bewusst gewesen war.

Cooper hatte plötzlich einen Frosch im Hals und er räusperte sich, als er den Truck vor dem Haupthaus parkte.

2

ES GEFIEL Kelly Freed nicht, für sich selbst die Werbetrommel rühren zu müssen, doch da er beschlossen hatte, sich als Sheriff zur Wahl zu stellen, war das leider eine Notwendigkeit. Er kam sich immer nutzlos vor, wenn er seine Zeit damit verplemperte, Hände zu schütteln und Flyer zu verteilen. Doch heute war Founder's Day und die halbe Stadt war auf den Beinen, um einen Spaziergang zu machen und bei den Geschäften vorbeizuschauen, die zur Feier des Tages preisgünstige Angebote hatten. Das gab ihm die Möglichkeit, sich in einer kurzen Zeit vielen Menschen vorzustellen.

Kelly hätte allerdings lieber seine Taten sprechen lassen. Er hatte sehr gute Kontakte zur Presse, die gern darüber berichtete, wenn er einen Verbrecher festnahm. Das gab ihnen eine Titelgeschichte fürs Lokalblatt und Kelly Freed konnte beweisen, dass er es ernst meinte.

Kelly lebte noch nicht lange in Fremont County, deshalb brauchte er die gute Presse. Sheriff Hanson würde bald in Rente gehen und obwohl er eindeutig klar gemacht hatte, dass er gern Kelly als seinen Nachfolger sehen würde, gab es Konkurrenz. Mario Bareillas war zurück nach Fremont gezogen, nachdem er vor vier Jahren mit einem Knall das County verlassen hatte, und er übte sich nicht gerade in Zurückhaltung. Seine Auseinandersetzung mit Hanson war noch nicht so lange her und alle, die nicht so glücklich mit Hanson waren, würden sich hinter Bareillas stellen.

Obwohl Kelly Freed seit über einem Jahr Chief Deputy war und praktisch Hansons Job machte, war er im Gegensatz zu Bareillas kein Kind dieser Stadt. Durch seine Ehrlichkeit hatte er sich einen guten Ruf erarbeitet, doch auch er wusste, dass man nicht immer dafür belohnt wurde, das Richtige zu tun. Also lächelte er seine Mitmenschen an und stellte sicher, dass ihnen klar war, dass er für das Amt des Sheriffs kandidierte. Am Tag der Wahl würde er wissen, ob es sich gelohnt hatte, hierher zu ziehen und auf diesen Punkt hin zu arbeiten.

„Bitte wählen Sie!", sagte er zu jedem, der sich einen Flyer nahm. „Auch wenn Sie Ihr Kreuz nicht bei meinem Namen machen, kommen Sie bitte vorbei. Stellen Sie sicher, dass Ihre Stimme gehört wird." Er wusste, dass die Wahlbeteiligung bei solchen Geschichten meist recht niedrig war, also musste er die Leute zunächst dazu bringen, überhaupt am Wahltag ihr Kreuz zu machen.

„Bitte wählen Sie!" Kelly sah von der wettergegerbten Hand auf, die gerade den rotblauen Flyer entgegengenommen hatte, und blickte dem dazugehörigen Mann direkt ins Gesicht. „Cooper! Hi!"

Cooper Nelson tippte sich an seinen Cowboyhut und nickte. „Deputy Freed."

„Ach, komm schon. Nenn mich Kelly. Sonst komme ich mir vor wie mein eigener Vater."

Ein schiefes Lächeln glättete die Fältchen auf Coopers Gesicht. Obwohl Coopers Aussehen zeigte, dass er ein hartes Leben führte und frühzeitig gealtert war, fühlte sich Kelly von dessen blassblauen Augen gefangen genommen, in denen immer ein inneres Licht zu brennen schien. Er hatte auch immer noch seine perfekten Zähne. Wenn er früher gelächelt hatte, hatten ihm die Frauen reihenweise zu Füßen gelegen, obwohl ihn das völlig kalt gelassen hatte.

„Es ist Ewigkeiten her, dass ich mir erlaubt habe, so von dir zu denken."

„Als meinen Vater?"

Cooper grinste. „Als meinen Kelly."

Also flirtete Cooper immer noch gern, wer hätte das gedacht. „Bist du nur in der Stadt, um Erledigungen zu machen, oder bleibst du eine Weile?"

Cooper zeigte hinüber zum Bekleidungsgeschäft. „Ich brauche ein paar vorzeigbare Sachen für die Conroy-Hochzeit."

Kelly nickte. „Tim hat mir erzählt, dass sein Bruder zurückkommt, um auf der Ranch zu heiraten. Du bist also eingeladen?"

„Nein, ich dachte, ich lade mich einfach selbst ein. Seit Old Mac tot ist, bin ich der Dienstälteste und habe mir das wohl verdient." Er stöhnte auf. „Natürlich bin ich eingeladen. Alle, die dort arbeiten, sind eingeladen."

„Man hat mich gebeten, dafür zu sorgen, dass sich die Reporter zurückhalten. Jack Conroy ist wohl ein beliebtes Thema in der Regenbogenpresse."

„Ein Countrysänger, der frisch aus dem Entzug kommt? Darauf kannst du wetten. Davon abgesehen ist er immer noch der alte Jack."

„Gut zu wissen." Kelly hätte sich gern noch länger mit Cooper unterhalten, aber er wusste, dass sie beide Besseres zu tun hatten.

„Wirst du sie mitbringen?"

„Nein", entgegnete Kelly schroff. Er wusste genau, worauf Cooper hinaus wollte.

„Ist sie mit dir hierher gezogen?"

„Natürlich", sagte Kelly, der nicht wollte, dass ihr Gespräch diese Richtung einschlug. „Hör zu. Ich werde nur in offizieller Funktion dort sein."

Cooper nickte schmallippig, doch dann entspannte er sich wieder. „Man sieht sich."

Als Cooper weiterging, sah Kelly ihm hinterher und bewunderte den sehnigen Körper, der sich unter einer ausgeleierten Jeans und einem zu großen Hemd verbarg. Er fragte sich, was für Klamotten Cooper wohl für die Hochzeit kaufen würde, doch dann schüttelte er den Kopf. Darüber sollte er besser gar nicht nachdenken. Er hatte sich schon vor langer Zeit von Gedanken dieser Art verabschiedet und es war sinnlos, jetzt darüber nachzusinnen. Also drehte er sich um und schenkte dem nächsten Spaziergänger sein strahlendstes Lächeln, als er ihm einen Flyer hinhielt.

SPÄTER AM Abend, als Kelly allein in seinem Bett lag, konnte er jedoch nicht aufhören, an Cooper zu denken. Als er nach St. Anthony gezogen war, war er davon ausgegangen, dass sie sich irgendwann über den Weg laufen würden, aber es überraschte ihn doch, dass es fast ein Jahr gedauert hatte. Vielleicht war an den Geschichten ja was dran, die besagten, dass Cooper meist für sich blieb und praktisch wie ein Einsiedler lebte. Es war seltsam, Cooper nach fünfzehn Jahren wiederzusehen und feststellen zu müssen, dass die Zeit nicht spurlos an ihm vorübergegangen war.

Der Cooper Nelson, an den er sich erinnerte, unterschied sich sehr von dem, der ihm heute Nachmittag über den Weg gelaufen war. Sowohl der junge als auch der ältere Cooper waren jedoch unwiderstehlich und so fiel es ihm leicht, seinen Gedanken freien Lauf zu lassen und daran zurückzudenken, wie sich an der Uni kennengelernt hatten.

Noch bevor er den Klassenraum betrat, hörte Kelly eine laute Stimme.

„Ja, aber dann ging man in den Flur hinaus und da war dann Tanker Overhead. Ich schwöre, dass Overhead ihr richtiger Nachname war. Und da sie wie ein Tanker aussah, blieb der Spitzname hängen. Sie trieb sich auf den Gängen rum und passte einen bei den Schließfächern ab. Man durfte auf keinen Fall spät dran sein, denn dann würde sie einen verpetzen. Ich schwöre …"

Die Tür zum Klassenraum quietschte, als Kelly sie öffnete, und das Gespräch verstummte, während sich sieben Augenpaare auf ihn richteten. Die Stille machte ihn nervös. „Ist das die Lerngruppe für Professor Finkelsteins Kurs?"

„Und du bist?", fragte ein Typ, der auf einem langen Mahagonitisch saß.

„Kelly Freed."

„Bist du sicher, dass du alt genug bist, um zur Uni zu gehen? Das College ist am anderen Ende der Stadt."

„Ich bin zweiundzwanzig."

Der Typ streckte seine langen Beine aus und sprang vom Tisch. Mit einem unglaublich breiten Grinsen auf dem Gesicht kam er zu Kelly hinüber und streckte ihm die Hand entgegen. „Cooper Nelson, ich bin ein paar Jahre älter als du. Herzlich Willkommen bei der einzigen Möglichkeit, Finkelsteins Kurs zu bestehen."

„Genau, Coop, du solltest es wissen. Schließlich machst du den Kurs schon zum vierten Mal", warf einer der anderen Studenten ein.

Cooper drehte sich um. „Deshalb braucht ihr mich ja auch hier. Mittlerweile kenne ich alle Schlupflöcher. Und es ist ja nicht so, als hätte ich den Kurs nicht schon bestanden. Ich wiederhole ihn nur, um eine bessere Durchschnittsnote zu bekommen. Dank mir werdet ihr den Kurs nur einmal belegen müssen."

„Das hast du auch schon beim letzten Mal gesagt, Coop", bemerkte eines der Mädchen. Sie stand auf und ging auf Kelly zu. „Hör nicht auf ihn. Völlig unberechtigterweise hat er eine ziemlich hohe Meinung von sich. Er will sich eigentlich auf Wirtschaftsrecht spezialisieren, weil da das große Geld zu machen ist, aber ich finde, er würde sich auch in den Niederungen der Juristerei gut machen, weil er lügen kann, ohne mit der Wimper zu zucken."

„Ich bin halt gut darin, die Wahrheit etwas zu beschönigen", warf Cooper ein und schlang seinen Arm um die schmalen Schultern des Mädchens. „Wenn das mehr Menschen täten, wäre die Welt ein schönerer Ort."

„Hi, ich bin Nina", stellte sich das hübsche, dunkelhaarige Mädchen vor und schüttelte dabei Kellys Hand. „Achte einfach nicht auf Cooper. Er meint es zwar gut, aber manchmal vergisst er, wie er so rüberkommt."

„Und was wirst du so machen, wenn du mal groß bist?", fragte Cooper und sah sich im Klassenraum um, wo ein paar Zuhörer bei seinem Kommentar kicherten.

Kelly ließ sich ungern zum Narren halten, doch man hatte ihm gesagt, dass diese Lerngruppe seine beste Chance war, wenn er Professor Finkelsteins Kurs bestehen wollte. Also biss er die Zähne zusammen und lächelte. „Strafverfolgung", antwortete er beiläufig.

„Na dann, Sheriff. Setz dich hin, hör zu und lerne."

Kelly vergrub das Gesicht im Kissen, um sein Stöhnen zu verbergen, als er in seine Hand kam. Und dabei war er mit seinen Erinnerungen noch nicht einmal dabei angelangt, was nach der Lerngruppe geschehen war: Wie Cooper ihn auf dem Männerklo gegen die Wand gedrückt und ihn mit einem Kuss praktisch verschlungen hatte, bis er in seinen schicken Hosen gekommen war wie ein Teenager.

Kelly hatte Coopers Selbstsicherheit, die ständig in Arroganz umschlug, seltsam anziehend gefunden. Sie waren Freunde geworden und von Zeit zu Zeit hatte Kelly einen Blick auf den ruhigeren Cooper Nelson werfen dürfen.

Er stand auf, um sich schnell zu waschen und einen Blick auf den Bewohner im Nebenzimmer zu werfen.

Nina schlief tief und fest.

3

KELLY WUSSTE, dass er keine Zeit verlieren durfte. Er war nur aus dem Grund zur Blue River Ranch unterwegs, weil er Cooper um Hilfe bitten wollte. Verdammt, warum besaß dieser Mann eigentlich kein Handy?

Die vergangenen Stunden waren ziemlich haarig gewesen. Dass er von Tim Conroy zu einem Haus gerufen wurde, in dem Rory McCown John Delco mit einer Waffe bedrohte, war ein wahr gewordener Kindheitstraum. Doch seine jahrelange Berufserfahrung hatte ihn gelehrt, dass die Realität mit Kindheitsträumen selten mithalten konnte. Zum einen war ihm sein Leben lieb – so mies es ihn manchmal auch behandelte – und er wollte nicht als Zahl in einer Statistik enden. Er hatte gelernt, sich in gefährlichen Situationen selbstbewusst und ruhig zu verhalten. Doch wenn Waffen ins Spiel kamen, die sich auch noch in den Händen von zwei ziemlich impulsiven Männern befanden, konnte man nicht vorsichtig genug sein.

Alles war gut ausgegangen und niemand war ernsthaft verletzt worden. Delco befand sich in Haft und Rory war mit Tim nach Hause geschickt worden, nachdem er versprochen hatte, sich am folgenden Tag bei seinem Bewährungshelfer zu melden. Doch Kelly wusste, dass das nur der Anfang der ganzen Geschichte war.

Kelly hatte Tim von ihrer ersten Begegnung an gemocht. Er kümmerte sich rührend um Rory und das war für Kelly Grund genug gewesen, bei den beiden nicht nur Dienst nach Vorschrift zu machen. Er hatte Tim versprochen, der Vermutung nachzugehen, dass ein paar alte Bekannte dem Ex-Knasti Rory das Leben schwermachen wollten. Dass Tim völlig verrückt nach Rory war, wurde noch offensichtlicher, als Kelly die beiden ins Krankenhaus geflogen hatte, nachdem Rory bei einer Springflut fast ertrunken wäre.

Als Tim in Kellys Büro aufgetaucht war, um ihn wegen Delco um Hilfe zu bitten, der Rory das Leben schwermachte, war Kelly sofort aktiv geworden. Im Nachhinein war das vielleicht nicht die brillanteste Idee gewesen, doch zumindest hatte er verhindern können, dass die beiden Männer sich gegenseitig erschossen.

Als er die beiden Männer auf der Wache befragt hatte, hatte sich Rory schüchtern und entschuldigend gegeben. Es tat ihm sichtlich leid, dass die Situation so außer Kontrolle geraten war. Delco hingegen war ein Psychopath. Er war so überzeugt von sich selbst und so voller Hass auf Rory, dass sich Kelly die Nackenhaare aufstellten. Er würde sich vehement dafür einsetzen, dass Delco wieder ins Gefängnis wanderte.

Doch das half ihm nicht bei Rorys Problem.

Allein die Tatsache, dass Kelly ihn mit einer Waffe in der Hand erwischt hatte, war Grund genug, dass er zurück ins Gefängnis musste. Erst in fünf Tagen würde seine Bewährungsstrafe enden. Das hieß, er hatte gegen seine Bewährungsauflagen verstoßen und sein Bewährungshelfer war ein ziemlich harter Knochen. Wenn Kelly Sheriff werden wollte, musste er hart gegen bekannte Straftäter vorgehen – und Rory war einer. Viel lieber wäre er jedoch nachsichtig gegenüber Rory. Im Gegensatz zum Bewährungshelfer glaubte Kelly daran, dass man Straftäter rehabilitieren konnte, und bisher hatte sich Rory unglaubliche Mühe dabei gegeben, sich einzufügen und sich nichts zu Schulden kommen zu lassen. Bis zu diesem Nachmittag. Rory konnte jetzt jede Hilfe gebrauchen und genau deshalb war Kelly auf dem Weg zur Blue River Ranch, um mit Cooper zu sprechen.

Kelly parkte seinen Wagen in der Nähe der Ställe, aus denen noch Lichtschein drang, und schaltete den Motor ab. Er hoffte, dass Cooper wenigstens mit ihm reden würde.

Als er den Stall betrat, sah er Grant – den Liebhaber des Ranchbesitzers –, der gerade unter dem Licht einer nackten Glühbirne sein Pferd mit Stroh abrieb. „Hey, Kelly. Was gibt's?"

„Ich bin auf der Suche nach Cooper Nelson."

Grant zeigte mit dem Daumen über seine Schulter. „Im Holzschuppen. Wir haben den Großteil des Nachmittags damit zugebracht, einen großen Baum zu fällen. Ich denke mal, er räumt dort noch auf."

„Danke", sagte Kelly. Er tippte sich an den Hut und wandte sich zum Gehen.

„Ich habe gehört, es gab heute Nachmittag Ärger mit Rory", meinte Grant.

Kelly drehte sich wieder zu Grant um und nickte zögerlich. „Ich kann dazu nicht viel sagen. Aber es stimmt, er ist in Schwierigkeiten. Wenn es nach mir ginge, würde ich es einfach dabei bewenden lassen, aber nicht jeder teilt meine Meinung. Sprich am besten mit Tim darüber."

Grant nickte und Kelly ging seiner Wege.

KELLY FAND den Holzschuppen, weil helles Licht aus dessen geöffneter Tür schien. Als er eintrat, war Cooper gerade dabei, die letzten Holzspäne vom Anhänger zu fegen. Trotz der kühlen Herbstluft sah er verschwitzt aus.

„Was machst du hier?", fragte Cooper schroff, nachdem er Kelly mehrere Sekunden hatte warten lassen.

„Ich suche nach dir. Können wir uns irgendwo unterhalten? Unter vier Augen?"

„Worum geht's?"

Kelly fiel Coopers ablehnende Haltung auf. Offensichtlich wollte er nicht mit ihm sprechen, also beschloss er, gleich mit der Sprache herauszurücken. „Es geht um Rory McCown. Er hat heute Nachmittag gegen seine Bewährungsauflagen verstoßen und braucht deine Hilfe."

„Dafür gibt es Pflichtverteidiger", erwiderte Cooper, der weiter den Boden fegte.

„Und das ist Sean Goddard", meinte Kelly, ohne diese Feststellung weiter auszuführen.

„Normans Sohn? Hat der überhaupt schon Bartwuchs?"

Kelly lachte, eher aus Nervosität, als weil er Coopers Bemerkung tatsächlich lustig fand. „Hat gerade das Staatsexamen bestanden. Du kennst seinen Vater, oder?"

Cooper nickte. „Klar doch. War meine größte Konkurrenz, als ich in die Stadt gekommen bin. Ein ziemlich großer Fisch in einem recht kleinen Teich, aber er war so nett, mir mein Stück vom Kuchen nicht streitig zu machen."

„Nun ja, Sean jedenfalls ist ein bisschen überfordert damit, gegen Emmet Love antreten zu müssen."

„Herrje", entgegnete Cooper. „Emmet Love? Trägt zwar die Liebe im Namen, aber nicht im Herzen. Eine Zeitlang hielt er den Rekord für die meisten Straftäter auf Bewährung, die wieder in den Knast mussten. Ich schätze, er ist mit dem Alter nicht nachsichtiger geworden?"

„Keineswegs", meinte Kelly. „Und er will Rory an den Kragen."

„So eine Überraschung."

„Rory braucht deine Hilfe, Coop."

„Geht nicht. Ich bin kein Anwalt mehr."

„Du wirst immer ein Anwalt sein, Coop. Du warst der beste Anwalt, der mir jemals begegnet ist."

Cooper blickte Kelly unter seinem Hut hervor an. „Mit Betonung auf ‚warst'. Mir wurde die Lizenz entzogen, Kelly. Ich könnte Rory nicht mal verteidigen, wenn ich wollte. Und ich will nicht."

„Das musst du ja auch gar nicht. Er braucht nur einen Rat. Und er muss wissen, dass jemand auf seiner Seite steht."

„Wir sind alle auf seiner Seite", entgegnete Cooper sofort und stellte sich dabei gerade hin, den Besen immer noch in der Hand. „Er ist Tims Partner. Er hat mal hier gearbeitet und ich mag ihn. Aber ich wüsste nicht, was ich für ihn tun könnte."

Kelly lächelte. Wenn ihn seine Erinnerung nicht im Stich ließ, war dieses Funkeln in Coopers Augen das erste Zeichen dafür, dass er sich für etwas zu begeistern begann. „Er braucht jemanden, der ihm beweist, dass er es wert ist, sich für ihn einzusetzen. Und er braucht jemanden, der sich mit Emmet Love an einen Tisch setzen kann. Ich denke, aufgrund deines Rufs bist du der einzige in dieser Stadt, der dabei eine Chance hat."

„Ach, Quatsch", meinte Cooper und stellte seinen Besen beiseite. „Er hat mich nie genug interessiert, um zusammen mit ihm am Tisch zu sitzen." Cooper wackelte mit den Augenbrauen und Kelly musste plötzlich an die Uni und ihre Lerngruppe denken. Und an ihren bevorzugten Ort für Sex: Auf oder unter den langen Tischen.

Verdammt, Cooper!

„Tu einfach so", befahl Kelly. „Nur dieses eine Mal. Und nur für Rory. Love will ihn unbedingt für ein weiteres Jahr ins Staatsgefängnis stecken. Ich hingegen möchte, dass er den Rest seiner Bewährungsstrafe absitzt – und zwar im Bezirksgefängnis."

„Aber das ist nicht deine Entscheidung, oder?"

„Nein, das liegt in der Hand des Bezirksstaatsanwalts, aber der wird auf Love hören. Wenn Love die kürzest mögliche Strafe empfiehlt, wird der Staatsanwalt dem folgen und Sean Goddard muss nur noch zustimmen. Der Richter wiederum wird der Empfehlung des Staatsanwalts folgen. Das weißt du."

„Ich schätze, einen Versuch ist es wert."

Kelly musste der übermächtigen Versuchung widerstehen, Cooper in die Arme zu schließen und ihn besinnungslos zu küssen. Er bildete sich ein, Coopers männlichen, verschwitzten Geruch wahrzunehmen. Doch da es im Schuppen hauptsächlich nach Holz roch, war das vielleicht wirklich nur Einbildung. Als er einen Schritt auf Cooper zuging, versteifte sich dieser, deshalb beschloss Kelly, ihn einfach nur auf Männerart in den Arm zu knuffen. Das würde reichen müssen. „Ich wusste, dass ich dich überreden kann."

Cooper zuckte mit den Schultern. „Emmet Love lässt mich wahrscheinlich nicht mal zum Gespräch zu."

„Das weißt du nur, wenn du es probierst. Und sollte es tatsächlich so kommen, weiß Rory zumindest, dass du hinter ihm stehst."

„Ein fairer Deal", sagte Cooper. „Wann soll ich da sein?"

4

VERDAMMT, ES fühlte sich so gut an, Emmet Love die Stirn zu bieten.

Als er noch Anwalt gewesen war, hatte er den Bewährungshelfer wiederholt in Grund und Boden geredet. Er hatte sogar einmal zufällig mitgehört, wie Love sich darüber beschwerte, ob Cooper nicht jemand anderen zum Mobben finden könnte. Damals hätte er Love einfach nur angelächelt und sich im Recht gefühlt. Heute hingegen würde er sich vermutlich schuldig fühlen. Auf der anderen Seite war es ein gutes Gefühl, sich dem Bewährungshelfer zu stellen, und ihn dazu zu zwingen, seine Ansichten in Frage zu stellen und Rory als das zu sehen, was er war: ein Typ, der es im Leben schwer gehabt hatte und der nun versuchte, an dem festzuhalten, was er sich seit seiner Entlassung erarbeitet hatte.

Cooper hatte eine Schwäche für Rory. Allerdings nicht im romantischen Sinne – er bewunderte den Mann einfach. In der Vergangenheit hatte er viele Kleinkriminelle verteidigt und dabei keinen wie Rory getroffen. Rory hatte kein Problem damit, früh aufzustehen und hart zu arbeiten. Er hielt den Ball flach und beschwerte sich nie. Rory war zwar kein Gesellschaftstier, aber auch das konnte Cooper verstehen. Die meiste Zeit arbeitete auch er lieber allein. Und Cooper mochte Männer, die zwar wenig sagten, aber viel mitkriegten. Rory hatte sich den Respekt der anderen Arbeiter verdient, als er einen Stall hergerichtet und Frühstück organisiert hatte, als während eines Sturms zwei Stuten und ein Fohlen ausgebrochen waren. Rory hatte Köpfchen, auch deshalb überraschte es Cooper, dass Rory immer erwischt wurde, wenn er mal etwas Falsches tat. Und deshalb fand er, dass Rory eine Chance verdient hatte.

Insgeheim freute es Cooper auch, dass Rory sein Glück bei Tim Conroy gefunden hatte. Der war immer Coopers Lieblings-Conroy gewesen. Für ihn gab es keinen Zweifel daran, dass Tims positive Grundeinstellung dafür verantwortlich war, dass Rory sich nichts mehr hatte zuschulden kommen lassen.

Nun ja, Cooper hatte seinen Spruch aufgesagt und jetzt konnten sie nur die Entscheidung des Richters abwarten. Seine Gedanken waren allerdings bei Rory und Tim, weshalb er sich mit geistlosen Beschäftigungen ablenkte und Zaumzeug reparierte.

„Manchmal ist es ganz schön schwer, dich ausfindig zu machen."

Cooper sah überrascht auf. Das war schon der zweite Tag in Folge, an dem Kelly auf der Ranch auftauchte. Cooper besah sich seine Aufmachung – Schafwollmantel, Jeans, Stiefel, er sah definitiv eher nach einem Cowboy aus als Cooper selbst – und erkannte, dass er den Blick nicht schweifen lassen durfte. „Es ist eine ziemlich große Ranch, aber einen Ranchhelfer wie mich kann man nur an ein paar Orten finden", sagte Cooper und schaffte es dabei irgendwie, seine Stimme nicht überrascht klingen zu lassen.

„Ich musste mich wieder zu dir durchfragen", entgegnete Kelly mit einem schiefen Lächeln.

„Nicht, dass noch Gerüchte entstehen. Mir macht das nichts aus, aber Sie sind ein verheirateter Mann, Deputy Freed. Und Sheriff wollen Sie auch noch werden!"

„Hör zu." Cooper hatte den Eindruck, dass Kelly plötzlich traurig aussah. „Der Partner deines Chefs scheint nicht der Typ zu sein, der Gerüchte verbreitet. Ich denke, ich bin auf der sicheren Seite. Außerdem müsste ich nicht mal lügen, wenn ich behaupten würde, dass alle Gerüchte falsch sind."

„Stimmt wohl." Vermutlich sollte Cooper zu streng mit Kelly sein, denn irgendwie war es nett festzustellen, dass er immer noch derselbe Softie war wie an der Uni. „Also, warum bist du hier?" Cooper wartete Kellys Antwort nicht ab, sondern drehte sich um, um den Sattel, den er gerade geputzt hatte, zurück auf den Bock zu stellen.

„Ich wollte mich bei dir bedanken. Dafür, dass du mit Emmett gesprochen hast."

„Das wird ziemlich egal sein, wenn er Rory trotzdem für ein Jahr zurück ins Gefängnis schickt. Das würde ihm das Genick brechen. Und Tim auch." Cooper drehte sich zu dem Tisch um, um die Lederpflege und die Tücher wegzupacken, mit denen er gerade den Sattel gereinigt hatte. „Ich gebe zu, dass es schön war, etwas für sie tun zu können. Sie haben es beide verdient." Er sah Kelly in die Augen. „Also, warum bist du wirklich hier?"

Kelly hob überrascht die Augenbrauen. „Ich … du …"

Cooper grinste und die Spannung zwischen ihnen löste sich in Luft auf.

Das gab Kelly die Möglichkeit, sich am Riemen zu reißen. „Ich wollte dich für Samstag zum Abendessen einladen. Ich habe Nina von dir erzählt und sie würde dich gern sehen."

„Also geht es um Nina und nicht um dich?"

„Das habe ich nicht gesagt, Coop."

Cooper grinste wieder. Er wollte seine Gefühle nicht so vor Kelly zur Schau stellen. Er konnte nur hoffen, dass Kelly immer noch so unempfänglich dafür war, was Cooper tatsächlich für ihn empfand, wie zu Beginn ihrer Beziehung. Auch damals zu Unizeiten hatte er sehr deutlich werden müssen, bis Kelly ihn endlich verstand. „Wann soll ich denn da sein?" Er musste sich eingestehen, dass er Nina gern wiedersehen würde. Er konnte sie sich nicht als die brave Sheriffsgattin vorstellen, die backte und kochte und ihrem Mann wie ein Hündchen folgte. Er war sich sicher, dass sie ihre Zeit anders verbrachte, auch wenn es nicht mit Kindern war. Cooper hatte rumgefragt und herausgefunden, dass der zukünftige Sheriff keine Kinder hatte. „Sag mir einfach eine Zeit und ich werde da sein."

„Wann immer du mit der Arbeit fertig bist", erwiderte Kelly.

Cooper nickte. „Ich werde da sein", wiederholte er und sah zu, wie Kelly ging. Er räumte den Rest seiner Utensilien weg und hinterließ den Stall sauber und aufgeräumt.

AUF DEM Weg nach draußen schnupperte Kelly an seiner Hand. War Lederfett jetzt der Geruch, den er mit Cooper assoziierte? Aus einer Laune heraus griff er nach einem der Tücher, die auf dem Tisch lagen, als Cooper sich umdrehte, um den Sattel an seinen angestammten Platz zu bringen. Im Stall hatte es nach Lederfett gerochen, als er eingetreten war, und der Geruch hatte ihn daran erinnert, wie er Cooper auf der Ranch seiner Eltern das Reiten beigebracht hatte.

Als Kelly Cooper kennengelernt hatte, hatte er schnell festgestellt, dass er ein Stadtkind war und auch noch aus der falschen Gegend kam. Er war der älteste Sohn einer einfachen Frau, die drei Jobs hatte, um finanziell über die Runden zu kommen. Als Reaktion darauf hatte Cooper ein überdurchschnittliches Zeugnis von seiner unterdurchschnittlichen Schule mit nach Hause gebracht und sich für ein Stipendium bei der Ivy League University beworben. Zwar musste er während des Studiums hart arbeiten, doch er verlor sein Ziel nie aus den Augen.

Kelly hingegen kam aus einer reichen Gegend. Sein Vater hatte die Tochter eines reichen Ranchers geheiratet und seine aufstrebende Karriere in der Strafverfolgung aufgegeben, um die Ranch zu übernehmen. Seine Kinder wurden unglaublich verwöhnt – Kelly bildete da keine Ausnahme. Er war auf eine vornehme Privatschule gegangen und hatte sich so gut gemacht, dass er zum Jurastudium zugelassen wurde. Obwohl sein Großvater davon geträumt hatte, dass sein Enkel ein angesehener Anwalt würde, hatte sich Kelly dafür entschieden, in die Fußstapfen seines Vaters zu treten und sich auf Strafverfolgung zu spezialisieren.

Einmal hatte Kelly Cooper in den Frühjahrsferien mit auf die Ranch seiner Eltern genommen. Während des Semesters waren sie unzertrennlich gewesen und wollten auch während der Ferien keine getrennten Wege gehen. Natürlich mussten sie in verschiedenen Zimmern schlafen und in Gegenwart von Kellys Familie die Finger voneinander lassen, doch die Heimlichtuerei hatte auch ihre Vorteile. Kelly hatte Cooper die Grundlagen des Reitens beigebracht, sodass sie zu den entlegeneren Teilen der Ranch reiten konnten, um dort nackt zu baden oder unter freiem Himmel Sex zu haben. Und dabei war man ihnen schließlich auf die Schliche gekommen. Kellys Schwester Betsy hatte sie beide nackt erwischt.

Sie hatten nicht einmal etwas allzu Verfängliches getan, doch Betsy war nach Hause zu Daddy geeilt, um sie zu verpfeifen. Sein Vater hatte Kelly daraufhin hart ins Gebet genommen.

Kelly konnte sich ziemlich genau an die unangenehme Unterhaltung erinnern.

„Warum hast du den Jungen mit hierher gebracht, Kelly?"

„Er ist kein Junge, Daddy. Er ist fünf Jahre älter als ich und ich war schon kein Junge mehr, als ich aufs College gegangen bin. Das hast du selbst gesagt."

„Er hat dir Flausen in den Kopf gesetzt. Dinge … Dinge, von denen ein junger Mann wie du nichts wissen sollte."

„Wovon sprichst du?"

„Nacktbaden und … was deine Schwester beobachtet hat." Er machte eine geringschätzige Handbewegung.

„Was hat Betsy denn gesehen? Wir waren im See schwimmen. Ich schwöre, dass das alles ist, was sie gesehen hat. Wenn sie behauptet, mehr gesehen zu haben, lügt sie." Er wollte hinzufügen, dass mehr auch nicht passiert war, doch das wäre eine Lüge gewesen. An diesem Nachmittag war nichts passiert, weil Betsy sie unterbrochen hatte. Wäre sie allerdings eine halbe Stunde später aufgetaucht, hätte sie sie beim Sex erwischt.

Sein Vater runzelte die Stirn. „Es gab mehr zu sehen?"

„Nein! Dad, wir waren schwimmen."

„Nackt."

„Wir hatten keine Badesachen dabei. Cooper besitzt nicht einmal welche. Wir hatten nicht geplant, Schwimmen zu gehen."

„Warum seid ihr dann dorthin geritten?"

„Ich wollte Cooper die Gegend zeigen. Und er wollte reiten." Nun, das war keine Lüge, zumindest nicht, wenn man alle Definitionen von „Reiten" mit einschloss.

„Worüber lächelst du?"

Kelly war nicht einmal aufgefallen, dass sich sein Gesichtsausdruck verändert hatte.

„Darüber, wie lächerlich es ist, dass Bets damit zu dir gerannt ist", sagte Kelly und war froh, dass er in den simulierten Gerichtsverhandlungen an der Uni gelernt hatte, schlagfertig zu reagieren. „Man würde denken, dass sie daran gewöhnt ist, einen nackten Mann zu sehen. Schließlich ist sie so gut wie unter der Haube."

Sein Vater kochte vor Wut. „Ich weiß ja nicht, mit was für Frauen du dich an der Uni umgibst, aber Betsy ist ein anständiges Mädchen. Natürlich war sie schockiert! Es ist etwas anderes, ob sie ihren Bruder nackt sieht oder einen wildfremden Mann."

Kelly versuchte, ein unbeteiligtes Gesicht zu machen. Seine älteste Schwester war ziemlich prüde, also konnte er sich gut vorstellen, dass sie schockiert war, einen Mann nackt zu sehen. Auch als Kind war sie schreiend davongerannt, wenn Kelly und seine jüngste Schwester zwischen dem Bade- und dem Schlafzimmer nackt hin und her gerannt waren. „Sie wird es überleben, Dad."

Freed Senior schüttelte den Kopf. „Ich möchte, dass Mr Nelson von hier verschwindet. Noch heute Nacht. Vor dem Abendessen. Gib ihm etwas Geld für die Rückfahrkarte und etwas zu essen im Busbahnhof."

„Wie bitte?", rief Kelly.

„Er ist nicht wie unsereins, Kelly. Selbst du musst das doch sehen können."

Kelly zwang sich, ruhig zu sprechen. „Er wird der beste Anwalt unseres Jahrgangs werden. Er ist so klug, dass es ziemlich egal ist, ob er auf einer piekfeinen Privatschule war. Er ist mein Tutor, also schau nicht auf ihn herab. Er weiß, was es heißt, für das zu arbeiten, was man erreichen will." Er wusste, dass er zu offen war, indem er Cooper so leidenschaftlich verteidigte, aber er liebte den Kerl. Er nahm einen tiefen Atemzug, um sich zu beruhigen. „Und er ist Gast in diesem Haus. Man wirft einen Gast doch nicht einfach hinaus, das ist nicht besonders höflich."

„Oh, Kelly", klagte sein Vater. „Bei dir klingt es so, als hätte er die Weisheit mit Löffeln gefressen." Er schaute nachdenklich aus dem Fenster. „Meine Entscheidung ist gefallen", sagte er schließlich in einem Tonfall, der keine Widerrede zuließ. „Geh und zieh dich für's Abendessen um, aber vorher bittest du Mr Nelson zu gehen."

„Nein", erwiderte Kelly.

„Nein?"

„Nein. Wenn er geht, gehe ich auch."

Bei dem Gedanken an seinen Mut musste Kelly lächeln. Er hatte seine Sachen gepackt und Cooper erzählt, dass sie zurück zur Uni führen. Während der langen Autofahrt war irgendwann der wahre Grund ans Licht gekommen. Cooper hatte ziemlich lange auf Kelly einreden müssen, bis dieser mit der Sprache herausgerückt war. Danach hatte Cooper geschwiegen. Kelly konnte sich daran erinnern, dass er nicht gewusst hatte, wie er auf Coopers Schweigen reagieren sollte. Als sie zurück an der Uni waren, war wieder Normalität eingekehrt. Sie sprachen nie wieder über den Zwischenfall und Kelly nahm Cooper nie wieder mit zu sich nach Hause. Kelly selbst besuchte sein Elternhaus gerade oft genug, dass seine Mutter sich nicht beschwerte, und nachdem Cooper seinen Abschluss gemacht hatte, hatte sich das Problem von selbst erledigt. Kellys Beziehung zu seinen Eltern erholte sich nie so ganz von diesem Streit, nicht einmal, als er ihnen Nina vorstellte. Der Grund dafür war recht einfach. Kelly hatte aufgehört, seinen Vater als den Gott anzusehen, für den er ihn seine gesamte Jugend hindurch gehalten hatte. Nun sah er ihn nur noch als einen engstirnigen, bigotten Mann, der seinen Sohn nie als das akzeptieren würde, was er war.

5

ALS COOPER in einen der Trucks der Blue River Ranch einstieg, atmete er einmal tief ein und aus. Er fühlte sich unwohl in seinen neuen Hosen und dem neuen Hemd und sein Kinn juckte, weil er die Bartstoppeln abrasiert hatte.

Erst nachdem Kelly gegangen war, war Cooper die volle Tragweite der Einladung aufgegangen. Er hatte Nina seit fünfzehn Jahren nicht gesehen und er kannte sie länger, als Kelly Nina kannte. Bis zu dem Moment, in dem Kelly in ihr Leben getreten war, war Nina seine Komplizin gewesen. Sie waren zusammen aufs College gegangen und waren auf derselben Uni angenommen worden. Sie hatte sich in den Kopf gesetzt, die Welt zu verändern. Sie wollte eine Karriere in der Politik einschlagen, um „das Volk" vertreten zu können. Dafür würde sie zunächst Staatsanwältin werden, um sich dann für das Amt des Bezirksstaatsanwalts zur Wahl zu stellen. Sie hatte alles haarklein geplant. Damals hatte Cooper sie nicht verstanden. Warum sollte man sich den Arsch aufreißen und als Klassenbester abschließen, wenn man dann in einem Beruf arbeitete, der kaum Geld einbrachte? Er dagegen wollte das große Geld verdienen. Ihre unterschiedlichen Pläne bedeuteten jedoch keineswegs, dass er sie nicht mochte oder sie nicht respektierte. Sie war so überzeugend, dass Cooper sicher war, dass sie ihn – den geldgeilen und offen schwulen Mann – in ihr Bett locken könnte. Das tat sie jedoch nie, und Cooper war insgeheim dankbar dafür. Es schien, als wäre sie nicht auf diese Art an Cooper interessiert. Vielleicht würde ein schwuler Mann in ihrem Bett sich nicht gut in ihrem Lebenslauf machen. Oder vielleicht hatte er keine Beziehungen, die ihr in ihrer Karriere nützlich sein könnten. Er wusste es nicht und es war ihm auch egal. Sie war trotzdem eine sehr gute Freundin.

Und sie war der Grund, warum er die Verbindung zu Kelly abgebrochen hatte.

Na gut, einer der Gründe.

Nina und Kelly hatten sich von Anfang an gut verstanden. In den ersten paar Wochen an der Uni war Kelly Nina auf Schritt und Tritt gefolgt und Cooper fragte sich, ob er überhaupt den Mumm hätte, sich in der Welt da draußen zu behaupten. Sie verschaffte ihm einen Lektorenjob beim Law Review, half ihm, seine Wahlfächer auszusuchen, und brachte ihn bei der Anwaltskanzlei unter, bei der sie ein Praktikum absolvierte, weil sie meinte, das würde sich gut in seinem Lebenslauf machen. Cooper sah sich das alles interessiert an, bis er beschloss, selbst aktiv zu werden. Innerhalb einer Woche war Kelly in Coopers statt in Ninas Bett gelandet und von da an kannte man sie nur noch als die drei Musketiere.

Vor fünfzehn Jahren war Nina zwar hübsch gewesen, aber zu zierlich, um ein wirklicher Hingucker zu sein. Sie trug immer unglaublich hohe Schuhe und makelloses Make-up. Ihre kurzen, dunklen Haare und die Miniröcke gaben ihr ein leicht verschrobenes Aussehen, doch niemand legte sich mit ihr an. Sie hatte sogar einmal einem Typen, dem sie nur bis zur Schulter reichte und der als Sportskanone bekannt war, eine gelangt, weil dieser einen abfälligen Kommentar über Anwältinnen und darüber, wie sie sich nach oben schliefen, abgelassen hatte. Danach sahen die Männer sich vor, was sie in ihrer Hörweite erzählten. Das Letzte, was er von der Sportskanone gehört hatte, war, dass er für irgendeine kleinere Firma Schriftsätze verfasste.

Cooper lächelte, als er aus der Stadt herausfuhr und in die Straße einbog, in der Kellys Haus stand. Es würde seltsam sein, die drei Musketiere wieder vereint zu sehen. Er war derjenige, der gegangen war, und er wusste, dass Nina und Kelly zusammengeblieben waren und schließlich sogar geheiratet hatten. Er hatte es im Alumni-Newsletter der Juristischen Fakultät gelesen, hauptsächlich, weil Nina zu dem Zeitpunkt schon die Karriereleiter hochgeklettert war. Was danach passiert war, wusste er nicht. Offensichtlich hatte Nina sich nicht zur Wahl gestellt. So entfremdet er von der juristischen Welt auch war – davon hätte er gehört. Tatsächlich hatte nur Kelly seinen Traum verwirklichen können, indem er sich jetzt als Sheriff zur Wahl stellte.

Cooper parkte den Truck und beäugte das Haus. Es war ein gut gepflegtes, einstöckiges Ranchhaus in Holzbauweise mit einer umlaufenden Veranda, jedoch ohne Blumenrabatten oder andere Verzierungen. Der Garten sah aus, als könne er etwas mehr Aufmerksamkeit vertragen, doch Cooper vermutete, dass Kelly andere Prioritäten hatte. Als er den Motor abstellte und aus dem Truck ausstieg, kam ihm aus dem Haus ein unbekannter Mann entgegen.

„Kann ich Ihnen helfen?"

„Ich bin Cooper Nelson. Kelly und Nina haben mich zum Abendessen eingeladen."

„Natürlich", nickte der junge Mann. „Ich bin Teo. Kommen Sie doch rein. Kann ich Ihnen etwas zu trinken anbieten?"

„Ein Bier wäre nicht schlecht, danke."

Teo hielt Cooper die Tür auf und ließ ihn eintreten. „Gegen Sie einfach nach hinten durch." Er zeigte den Flur entlang und verschwand dann, vermutlich in der Küche. Nachdem sich die Tür hinter Teo geschlossen hatte, ging Cooper durch den Flur in den hinteren Teil des Hauses. Er trat durch eine Terrassentür auf die hintere Veranda und drehte sich um, als er ein surrendes Geräusch vernahm.

„Hi, Coop."

Cooper hatte plötzlich einen Kloß im Hals. Dort, mit dem Rücken zur Hauswand saß in einem ultramodernen Rollstuhl eine Frau, die er nur aufgrund ihrer kurzen, dunklen Haare, ihres makellosen Make-ups und des knallroten Nagellacks erkannte. Sie war nur noch ein Schatten der Frau, mit der er vor fünfzehn Jahren befreundet gewesen war.

„Nina", grüßte Cooper und musste dabei schwer schlucken.

„Ich weiß", sagte sie mit Mühe. „So habe ich mir unsere Wiedervereinigung auch nicht vorgestellt." Sie hielt inne, um zu Atem zu kommen. „Aber ich wollte es hinter mich bringen."

Cooper wusste nicht, was er sagen sollte, also nickte er einfach nur.

„Wenigstens habe ich dich zum Schweigen gebracht. Das ist mir bisher noch nie gelungen."

Cooper machte einen vorsichtigen Schritt vorwärts. Verdammt! Das hier war seine Freundin. Und sie litt. Warum konnte er sie nicht einfach aufmuntern, so wie er es früher auch immer getan hatte?

„Setz dich hin, Coop. Ich beiße nicht. Zumindest nicht mehr."

Cooper musste lächeln und in diesem Moment trat Teo mit dem Bier für Cooper ein. Er legte einen Untersetzer auf den Tisch und stellte das Bier darauf ab. Kondenswasser perlte am Flaschenhals herunter. Teo hielt Cooper ein Glas hin. „Soll ich eingießen?"

„Ist schon okay. Ich arbeite auf einer Ranch, da trinkt man aus der Flasche."

Teo nickte. „Nina, kann ich noch irgendetwas für dich tun, bevor ich euch allein lasse?"

„Schenk mir bitte noch mal nach." Sie nickte in Richtung eines Bechers mit Strohhalm, der an einer Halterung in der Nähe ihrer Schulter steckte.

„Bin gleich wieder da", verkündete Teo, der daraufhin mit dem Glas in der Küche verschwand.

„Also, frag schon", befahl Nina und sah Cooper dabei direkt in die Augen.

Cooper setzte sich auf den Stuhl neben Nina und nahm einen Schluck von seinem Bier, um Zeit zu gewinnen. In diesem Moment kam Teo mit Ninas Glas wieder, stellte das Getränk in die Halterung und drehte den Strohhalm so, dass Nina ihn gut erreichen konnte. Dann verschwand er wieder.

Cooper wusste nicht, was er fragen sollte. Er wollte alles wissen, was ihr passiert war, allerdings war viel Zeit vergangen und keine einzelne Frage konnte das alles abdecken und Nina das Gefühl geben, dass er sich für ihr Leben interessierte. Schließlich entschied er sich für: „Mir ist erst jetzt aufgefallen, dass ich dich vermisst habe, Nee."

„Blödsinn", erwiderte Nina mit einem leisen Lachen, bei dem ihre Schultern sich jedoch nicht mitbewegten. Dann wurde sie wieder ernst. „Ich wette, du hast mich nicht halb so sehr vermisst, wie Kelly dich vermisst hat."

Cooper versuchte, seine Fassung wiederzuerlangen, als er erkannte, dass sich unter der verletzlich wirkenden Schale immer noch seine alte Freundin aus Collegezeiten versteckte. „Das ist ja wohl an den Haaren herbeigezogen."

„Oh nein, freie Erfindung war schon immer eher dein Talent, Cooper."

Cooper hob seine Hand, um sie auf Ninas zu legen, doch dann zog er sie zurück. Er warf ihr einen Blick zu, als ihm auffiel, wie seine Geste aussehen musste.

„Du kannst mich berühren, Coop. Ich zerbreche nicht. Ich mag es, angefasst zu werden. Ich schätze, das kommt daher, dass ich selbst niemanden mehr berühren kann."

Etwas zögerlich legte Cooper seine Hand über Ninas. Zu seiner Überraschung fühlte sie sich warm an, also verschränkte er ihre Finger, bis sie tatsächlich Händchen hielten.

„Das ist schön."

Cooper lächelte. „Du hattest immer so kalte Hände. Ich kann nicht mal mehr zählen, wie oft ich sie dir aufwärmen musste."

„Die Winter in Massachusetts sind eben kalt", meinte Nina mit einem Lächeln.

„Die in Idaho auch."

„Ich weiß", sagte sie. „Ich war die ganze Zeit ans Haus gefesselt. Ich mag zwar Schnee, aber der Rollstuhl nicht. Allerdings tut mir Teo etwas leid, der durch den Schneematsch stapfen muss, um einkaufen zu gehen."

„Ist Teo dein Krankenpfleger?"

„Pfleger, Aufpasser, Haushaltshilfe, Koch, Freund."

Cooper fand, dass sie traurig aussah, also drückte er sanft ihre Hand.

„Kelly kümmert sich gut um mich, aber ein Ehemann sollte nicht gleichzeitig Krankenpfleger sein. Du kannst nicht mit der Person streiten, die dir den Hintern abwischt."

Cooper lächelte zwar, doch das Gespräch war ihm unangenehm. Er hasste es, Nina so verletzlich zu sehen. Und obwohl er immer gewusst hatte, wie sehr Nina Kelly liebte, versetzte es ihm einen Stich, als sie ihn als ihren Ehemann bezeichnete.

„Er ist hier", informierte sie ihn. „Kelly", erklärte sie. „Es überrascht mich nicht, dass noch irgendeine dringende Angelegenheit ihn aufgehalten hat. Ich denke, er wollte uns ein bisschen Zeit allein geben."

„Er ist drinnen?", fragte Cooper, der sich wie ein Idiot vorkam, weil er so mit seinen eigenen Gefühlen beschäftigt gewesen war, dass ihm das nicht einmal aufgefallen war.

„Er spricht mit Teo. Immerhin funktionieren meine Ohren noch richtig gut."

Cooper versuchte zu verstehen, was die beiden redeten. Für einen Moment kam Kelly hinter der Terrassentür zum Vorschein, die die Veranda von der Küche trennte. Kelly lachte verschmitzt, als er einem Handtuch auswich, das Teo nach ihm geworfen hatte. Der Stachel der Eifersucht, der sich jetzt in Cooper bohrte, war zehnmal schmerzhafter als der, der ihn bei Nina überkommen hatte. War das Ninas Kompromiss? Ein Bettgenosse für Kelly und ein Krankenpfleger für sie?

„Cooper?"

Das war Ninas Stimme, also sah er sie an.

„Alles in Ordnung?"

„Ja, klar."

In diesem Augenblick trat Kelly durch die Tür. Er trug Jeans und ein Karohemd, was ihn wie einen typischen Cowboy aussehen ließ. „Teo meinte, du wärst schon da." Er sah Nina an. „Hattest du Gelegenheit, mit Nina zu sprechen?"

„Ein bisschen", antwortete Cooper. Er riss seinen Blick von Kelly los, weil er wusste, dass Nina sofort auffallen würde, wenn er Kelly anstarrte.

„Also weiß er, was mit dir passiert ist?", wollte er von Nina wissen.

„Nein, soweit waren wir noch nicht gekommen."

Kelly nahm liebevoll Ninas Hand. „Vielleicht solltet ihr, denn die Anspannung hier draußen kann man fast mit den Händen greifen."

Nina lächelte und Cooper nahm einen weiteren Schluck von seinem Bier. Als er die Flasche wieder auf den Untersetzer stellte, betrat Teo mit einem Teller Tortilla Chips und Dip die Veranda. Cooper wünschte sich, dass er in der Küche geblieben wäre, sodass sie das Gespräch hinter sich bringen konnten.

„Das Abendessen ist in ungefähr einer Stunde fertig", meinte Teo.

„Ich werde Nina reinbringen, dann kannst du dich aufs Essen konzentrieren", sagte Kelly zu Teo. Cooper war froh, dass das hieß, dass sie zumindest für die nächste halbe Stunde zu dritt sein würden.

„Will noch jemand was zu trinken?", fragte Teo.

„Ich hole uns was, sollte noch jemand Durst bekommen", entgegnete Kelly mit seinem breitesten Lächeln.

Niemand sagte etwas, bis Teo wieder im Haus war. Dann holte Nina einmal tief Luft. „Ich habe eine Motoneuronerkrankung", meinte sie sachlich. „Wie Stephen Hawking, nur ohne das brillante Hirn."

„Darüber ließe sich streiten", warf Kelly ein.

Cooper fiel auf, dass er keine Traurigkeit an Kelly wahrnehmen konnte, diese aber erwartet hatte. Er wusste so gut wie nichts über Ninas Krankheit, aber wenn es sein Lebenspartner gewesen wäre, der da im Rollstuhl saß, wäre er am Boden zerstört gewesen. Er beobachtete Kellys Daumen, der sacht über die deutlich sichtbaren Sehnen von Ninas bewegungsloser Hand strich.

„Ich bin in jüngeren Jahren daran erkrankt als die meisten Menschen, dafür schreitet die Krankheit langsamer voran", fuhr Nina fort. „Was einfach nur bedeutet, dass die Qual länger anhält. Als man mir die Diagnose mitgeteilt hat, haben mir die Ärzte noch drei Jahre gegeben, doch das ist mittlerweile acht Jahre her. Ich bin immer noch beweglicher als Mr Hawking, aber bald werden meine Nacken- und Gesichtsmuskeln nachlassen und dann brauche ich ein Beatmungsgerät. Doch wie du sehen kannst, bin ich noch nicht tot."

604

Nina lächelte immer noch. Dieses Lächeln schmerzte Cooper mehr, als wenn ihr Blick traurig gewesen wäre. „Tut mir leid", war alles, was Cooper erwidern konnte.

„Es tut dir leid, dass ich noch nicht tot bin, oder es tut dir leid, was mir passiert ist?" Wenn diese Frage von irgendjemand anderem als Nina gekommen wäre, hätte sie anklagend geklungen. Aber so war Nina nun einmal: offen und frech. Cooper verstand das so, dass er immer noch als Freund galt und daher mehr veralbert werden konnte als ein dahergelaufener Fremder. „Es tut mir leid, dass du krank bist", berichtigte er sich. „Es tut mir nicht leid, dass du noch lebst. Ich bin froh, dass wir uns wiedergetroffen haben."

„Die drei Musketiere reiten wieder", meinte Kelly mit einem strahlenden Lächeln. „Nimm dir was vom Dip."

Cooper nahm aus Höflichkeit etwas, doch er war eigentlich nicht hungrig. Ninas – seine Nina, ihre Nina – Tage waren gezählt und er konnte an nichts anderes denken als daran, dass er so viel verpasst hatte.

„Möchtest du die ganze Geschichte hören oder nur die Highlights?"

Cooper schluckte schwer. Wie lange würde diese Tortur noch anhalten? Andererseits mussten Nina und Kelly jeden Tag damit leben. Da konnte er sich wenigstens ihre Geschichte anhören. „Alles, von dem du möchtest, dass ich es weiß."

Kelly bot Nina einen Maischip an, doch sie lehnte ab. „Du hast versprochen, was zu essen, Nee."

„Ja, habe ich, aber nicht das hier. Außerdem sollte Cooper die ganze Geschichte hören und Sprechen ist anstrengend genug für mich. Da muss ich nicht auch noch Energie aufs Essen aufwenden."

„Ich übernehme, wenn dir die Kraft ausgeht", bot Kelly an.

„Es fing alles damit an, dass ich schwanger wurde. Ich habe für das Büro des Staatsanwalts gearbeitet und die Schwangerschaft war nicht gerade geplant." Sie sah Kelly an, der ihre Hand drückte, und richtete ihren Blick dann wieder auf Cooper. „Ich war ständig müde und fühlte mich schwach. Manchmal bin ich kaum die Treppen hochgekommen, aber Gerichtssäle haben nun einmal eine Menge Treppen. Die Ärzte versicherten mir, dass das nur an der Schwangerschaft liege und dass es in der zweiten Hälfte besser werden würde, aber das war nicht der Fall. Sie testeten mich auf alles von Lupus bis MS, fanden aber nichts. Dann wurde unser Sohn geboren."

Cooper schluckte schwer und hoffte, dass den beiden das nicht aufgefallen war. Also hatten sie einen Sohn. Wo war das Kind jetzt?

„Er war eine Frühgeburt und ganz offensichtlich stimmte etwas nicht mit ihm", fuhr Kelly fort. „Er überlebte nur ein paar Stunden."

Zum ersten Mal sah er Trauer in Ninas Augen, doch Kellys schwammen bereits in Tränen. Er rieb heftiger über Ninas Hand.

„Sie baten darum, eine Autopsie durchführen zu dürfen, und ich stimmte zu", übernahm wieder Nina die Geschichte. „Ich wollte wissen, was schiefgelaufen war. Zum Glück – wenn man dabei von Glück sprechen kann – fanden sie heraus, dass er eine angeborene Motoneuronerkrankung hatte. Ich hatte meine schlechten Gene an ihn weitergegeben und das hat ihn umgebracht."

Cooper wusste gerade soviel über Genetik, wie er für ein paar Fälle aufgeschnappt hatte. Aber er kannte zumindest die Grundlagen. „Aber wenn du das Gen an ihn weitergegeben hast, bedeutet das doch, dass es auch bei dir angeboren war."

„Bei mir war es eine Spontanmutation und nicht so auffällig wie bei unserem Sohn", erklärte Nina. „Ich habe viel später als er Symptome ausgebildet. Eigentlich ist das alles noch viel komplizierter, aber um das zu verstehen, braucht man einen Doktor der Medizin."

„Es tut mir leid, dass du das durchmachen musstest." Cooper hasste, dass er offensichtlich nichts anderes tat, als sich zu entschuldigen, allerdings wusste er einfach nicht, was er sonst sagen sollte.

„Das ist lange her, Coop."

Kelly stand von seinem Stuhl auf. „Ich bringe dich rein. Teo hat sicher das Essen fertig." Er schob seinen Stuhl beiseite, sodass Nina ihren Elektrorollstuhl mit minimalen Handbewegungen steuern konnte.

Cooper blieb auf der Veranda sitzen, während Kelly seine Frau nach drinnen begleitete. Er wusste nicht, ob er einen ganzen Abend mit ihnen überleben würde. Er liebte Kelly immer noch so sehr, dass es wehtat, doch er liebte auch Nina – und er konnte die Liebe sehen, die die beiden verband. Es gab hier keinen Platz für Cooper, nicht, wenn Nina so sehr von Kelly abhing. Und Cooper wusste, dass er niemals zwischen sie kommen konnte.

„Hey, kommst du?"

Cooper sah auf. Kelly hielt die Terrassentür für ihn auf. Cooper zitterten die Knie, doch er schaffte es, festen Schrittes auf Kelly zuzugehen. Als Kelly seine Hand zwischen Coopers Schulterblätter legte, wollte Cooper sich einfach nur umdrehen und in Kellys Wärme versinken. Doch er tat es nicht. Stattdessen setzte er ein Lächeln auf und machte einen Schritt vorwärts.

6

KELLY HOB Ninas Fliegengewicht aus dem Rollstuhl, drehte sich um und legte sie sanft auf das aufgeschlagene Bett. Obwohl sich meistens Teo um Ninas Abendroutine kümmerte, ließen auch Kellys Bewegungen auf jahrelange Übung schließen. Während er sie auszog und ihr dann in ein Nachthemd half, dachte er an ihre gemeinsame Zeit zurück – von den ersten Symptomen der Krankheit bis zu dem Punkt, an dem sie heute waren. Er war dankbar, dass er ihren Körper niemals anziehend gefunden hatte, denn mittlerweile war er von der Krankheit gezeichnet, und Distanz machte es einfacher für Kelly, sich um sie zu kümmern. Das hieß nicht, dass er sie nicht liebte. Doch selbst, als sie noch miteinander geschlafen hatten, hatte er die körperliche Nähe, die Wärme eines anderen Menschen und die Art, wie sie ihn ansah, viel mehr genossen als den Sex an sich. Sie war ihm immer eine gute Gefährtin und eine großartige Gesprächspartnerin gewesen. Es war kein großes Opfer, Zeit mit ihr zu verbringen, und er bereute nicht, sie geheiratet zu haben.

„Du vermisst ihn, oder?", fragte Nina und riss Kelly damit aus seinen Gedanken.

„Wen?"

Nina seufzte, schloss langsam die Augen und öffnete sie dann wieder. „Cooper natürlich, du Blödmann."

„Cooper war doch gerade hier." Er versuchte, gut gelaunt zu klingen, doch das kam nicht von Herzen, weil er eigentlich wusste, dass Nina recht hatte. Cooper war eben erst gegangen, und schon vermisste er ihn.

Sie sah ihn an, als wäre er minderbemittelt, und er kam sich tatsächlich wie ein Idiot vor, weil er versuchte, ihr etwas vorzumachen.

„Es ist schön, wieder in seiner Nähe zu wohnen."

Nina schüttelte den Kopf, wie um ihn darauf hinzuweisen, dass er immer noch nicht ehrlich war.

„Ja, ich habe ihn vermisst, Nee."

„Dann geh ihm nach. Du erwischt ihn sicherlich noch, bevor er ins Bett geht. Sag ihm, was du fühlst."

„Wie bitte?" Kelly schüttelte den Kopf. „Das ist doch unsinnig. Es ist fünfzehn Jahre her. Er ist gegangen und hat daraufhin die Liebe seines Lebens getroffen. Wenn er traurig aussieht, liegt das daran, dass er immer noch um seinen Staatsanwalt trauert."

Ninas Lippen wurden schmal. „Wenn ich könnte, würde ich dich an den Schultern packen und schütteln."

Kelly nahm die Sauerstoffmaske von der Halterung und wollte sie Nina überstreifen.

„Wage es ja nicht, mich mit dem Ding da zu erdrosseln, Kelly Freed."

Kelly legte die Sauerstoffmaske wieder beiseite.

„Ich weiß, dass du das nicht hören willst, aber ich werde nicht mehr ewig hier sein. Wenn du nicht jetzt mit Cooper sprichst, wirst du es für den Rest deines Lebens bereuen. Ich gebe dir hiermit die Erlaubnis, dich um ihn zu bemühen, Kelly."

„Aber du bist meine Ehefrau. Ich habe geschworen, in Gesundheit wie Krankheit zu dir zu stehen." Kelly versuchte, die Tränen zurückzuhalten, die schon den ganzen stressigen

Abend darauf gewartet hatten, endlich zu fallen. Er wusste, er würde die Fassade nicht länger aufrecht erhalten können.

„Und so egoistisch, wie ich bin, weiß ich auch, dass du genau das tun wirst. Aber lass dir Cooper dieses Mal nicht entgehen. Ihr zwei braucht einander, und Cooper und ich waren schon immer eng befreundet. Er wird mich eben einfach ertragen müssen, wobei ich nicht glaube, dass das ein großes Problem darstellt."

„Und wie wirst du dich dabei fühlen?"

Kelly konnte ihrem Blick nicht standhalten, denn anstatt ihm zu antworten, sah sie ihm unverwandt in die Augen.

„Ich war immer deine zweite Wahl. Fünfzehn Jahre lang war mir das genug. Als meine Schwester es noch wagte, mich zu besuchen, hat sie mir immer gesagt, wie sehr sie mich darum beneide, mit meinem besten Freund verheiratet zu sein. Ich habe es nie gewagt, ihr zu erzählen, dass ich zwei beste Freunde habe. Vor dir gab es da Cooper. Als Cooper dann dich verführt hat, habe ich mich damit abgefunden, die Schwulenmutti zu sein. Alles darüber hinaus war eben ein Extra. Nachdem er gegangen war und wir trotzdem noch eng befreundet waren, habe ich mich damit getröstet, dass ich wenigstens noch dich habe. Du bist der beste Ehemann, den ich mir jemals hätte vorstellen können."

„Du verdienst etwas Besseres. Du verdienst einen Mann, der dich wirklich liebt. Alles an dir."

„Und wie lange hätte es dieser perfekte Mann wohl mit mir ausgehalten, nachdem ich krank geworden bin?"

Kelly zuckte mit den Schultern.

„Weißt du, meine Schwester hatte recht. Ein guter Freund ist besser als ein lausiger Ehemann. Du bist geblieben, als es mir schlechter ging. Du bist immer noch hier und kümmerst dich um mich und ich hoffe, dass du mich auch jetzt nicht verlassen wirst." Sie hielt inne, um zu Atem zu kommen. Das verriet, wie sehr sie dieses Thema mitnahm. „Ich denke, ich schulde es dir, dass ich dich sanft in seine Richtung schubse. Du hast lange genug gewartet."

Kelly stand mit tränennassen Wangen neben Ninas Bett. Er ließ ihre Hand los, um sich die Tränen abzuwischen, doch auch danach fühlte er sich nicht besser. Er konnte nicht aus dem Zimmer stürmen und Cooper nachlaufen, so sehr er das auch wollte. Nina war sein Fels in der Brandung und so sehr sie ihn auch bat, er konnte sie nicht verlassen. „Ich rede morgen mit ihm."

Nina seufzte. Obwohl ihre stark eingeschränkte Beweglichkeit kaum noch Körpersprache zuließ, konnte Kelly erkennen, dass sie frustriert war.

„Nee, falls er meine Gefühle erwidert, werden sie auch noch morgen früh da sein. Falls."

„Vergiss nur nicht, ihm auch eine Chance auf das wenn zu geben."

Kelly nickte und hielt die Sauerstoffmaske hoch, die Nina zum Schlafen brauchte. „Gute Nacht", verabschiedete sie sich. Er küsste sie auf die Lippen, bevor er die Luftzufuhr einstellte und sie warm zudeckte. Dann ging er in sein eigenes Zimmer, zog seinen Schlafanzug an und schlüpfte ins Bett. Während er wach dalag, konnte er nur an Cooper denken und daran, dass er ihn in seinem Leben wollte. Doch er musste auch daran denken, wie viel Zeit vergangen und was alles passiert war. Hatte Nina recht? Empfand Cooper immer noch etwas für ihn? Und wenn dem so wahr, könnten sie einen Neustart versuchen? Was würden die Bewohner dieser Stadt denken, wenn sie erfuhren, dass ihr Sheriff schwul war? Und noch dazu verheiratet, ohne die Absicht, sich scheiden zu lassen? Nein, eine Scheidung stand definitiv außer Frage.

Da Kelly nicht einschlafen konnte, stand er wieder auf und öffnete seinen Kleiderschrank. Auf dem Boden stand eine Pappschachtel, die er bisher nicht ausgepackt hatte. Seine Tagebücher. Er fischte 1996 heraus, öffnete es und wusste, was er finden würde. Seit Cooper gegangen war, hatte er die Fotos von ihnen dreien nicht mehr angesehen. Da waren sie, alle drei: Dünner, gesünder und ohne graue Strähnen. Besonders Cooper sah mit dem rötlich-braunen Haar, das sich auf seiner Stirn kräuselte, und dem gewinnenden Lächeln viel jünger aus. Er hatte den Arm um Nina gelegt, doch seine Hand hatte er in Kellys straßenköterblonden Haaren vergraben. Der Blick, mit dem er Kelly über Ninas Schulter hinweg musterte, sprach Bände. Damals liebten sie sich so sehr, dass sie es kaum ein paar Stunden ohne einander aushielten. Die Erinnerung daran fühlte sich warm in seiner Mitte an, doch gleichzeitig lief ihm ein Prickeln über den Rücken. Damals hatten sie es nur logisch gefunden, dass sie den Rest ihres Lebens miteinander verbringen würden. Doch nur ein paar Wochen später hatte Cooper eine Stelle am anderen Ende des Landes angenommen und Nina und Kelly zurückgelassen. Kelly war so am Boden zerstört gewesen, dass er fast seine Prüfungen verhauen hätte. Und wäre nicht Nina gewesen, wäre er mit Sicherheit tatsächlich durchgefallen.

Darum konnte er nicht zu Cooper zurück. Er brauchte jemanden, auf den er sich verlassen konnte, besonders, wenn er beschloss, wieder etwas mit einem Mann anzufangen. So verlockend Cooper auch war, Kelly konnte es einfach nicht riskieren.

Kelly ging wieder ins Bett und kuschelte sich in seine Decke. Er griff nach dem zweiten Kopfkissen und umarmte es. Erst da fühlte er sich warm und sicher genug, um endlich einzuschlafen.

7

OBWOHL KELLY vor der Einladung zum Abendessen an zwei aufeinander folgenden Tagen auf der Ranch aufgetaucht war, sah Cooper ihn nach seinem Besuch am Samstag die ganze Woche nicht. Er war damit beschäftigt gewesen, die Blue River Ranch für die Hochzeit des Jahres auf Hochglanz zu polieren, doch selbst dabei hatte er noch genügend Zeit gehabt, seinen Lieblings-Deputy zu vermissen. Da spielte es auch keine Rolle, dass er sich nach dem Wiedersehen mit Nina einredete, Kelly wäre für ihn tabu. Trotzdem dachte er öfter an Kelly, als ihm lieb war.

Als der Tag der Hochzeit näherrückte und die ersten Übernachtungsgäste eintrafen, nahm Coopers Nervosität zu. Kelly würde hier sein und obwohl nicht so viele Gäste erwartet wurden, rechnete man mit vielen uneingeladenen Besuchern in Form von Reportern. Kellys Aufgabe war es, sie in Schach zu halten. Nachdem sie einen Blick auf Jack Conroy und seine Braut werfen durften und Kelly und seine Männer sie von der Ranch eskortiert hatten, würde er dafür sorgen müssen, dass die Reporter sich auch wirklich fernhielten. Spätestens dann würden sie sich über den Weg laufen, ob nun beabsichtigt oder nicht. Ein Teil von ihm freute sich darauf. Ein anderer Teil überlegte jedoch, die Hochzeit gänzlich sausen zu lassen.

Am großen Tag hielt sich Cooper am Rande und beobachtete mit einem Glas Champagner in der Hand die Gäste. Das war einmal eine seiner Lieblingsbeschäftigungen gewesen: Menschen zu beobachten. Dabei hatte er viel über Menschen und was sie antrieb gelernt – etwas, das ihm in seinem früherem Leben als Anwalt sehr zugute gekommen war. Diese Tage allerdings waren lange vorüber. Das Leben war jetzt viel einfacher und es gab viel weniger Grund, andere zu beobachten. Manchmal konnte er dem Drang jedoch nicht widerstehen, einerseits weil er sich langweilte, und andererseits, weil er sich als Außenseiter in einer Gruppe Menschen fühlte, von denen er den Großteil kaum kannte.

Es hatte eine Zeit gegeben, da wäre er der Mittelpunkt der Party gewesen – am College war das oft genug der Fall gewesen –, doch mittlerweile war zu viel geschehen und nun bevorzugte er es, in der Menge zu verschwinden. Das war viel stressfreier und hieß auch, dass er jederzeit gehen konnte, wenn ihm der Sinn danach stand.

Im Moment wollte Cooper jedoch nicht gehen. Im Moment hatte er nämlich einen guten Blick auf Deputy Sheriff Kelly Freed, der blankpoliert und in Paradeuniform den Reportern erklärte, sie müssten jetzt die Ranch verlassen. Er war geduldig und ruhig, doch er trug einen Gesichtsausdruck zur Schau, der besagte, dass man ihm lieber nicht dumm kommen sollte. Sogar Cooper war davon beeindruckt. Selbst nach all diesen Jahren überraschte Kelly ihn immer noch. Vor fünfzehn Jahren hätte er nie vermutet, dass Kelly sich zu solch einer Führungspersönlichkeit mausern würde.

Selbst nach dieser langen Zeit konnte sich Cooper vorstellen, wie Kelly unter der Uniform aussah. Das wusste er, weil er in der Vergangenheit jeden Zentimeter seiner Haut mit den Händen und dem Mund nachgezeichnet hatte. Sie hatten endlose Stunden im Bett verbracht, wenn sie eigentlich Beweisketten ausarbeiten, lernen oder Hausarbeiten hätten vorbereiten müssen.

Obwohl Cooper merkte, wie ihm bei dem Gedanken die Hosen eng wurden, wusste er, dass es sinnlos war, an diese Zeiten zurückzudenken. Kelly sah jetzt sogar besser aus als damals an der Uni. Er ähnelte endlich dem Wikingergott, den Cooper früher immer in ihm hatte sehen wollen – damals hatte ihm allerdings noch das Selbstvertrauen gefehlt, das er heute ausstrahlte. Er mochte sogar den Kurzhaarschnitt und die kurzen Bartstoppeln und fragte sich, wie es sich wohl anfühlen würde, Kelly zu küssen. Cooper wusste, dass er das nie herausfinden würde. Die Zeit war nie besonders nachsichtig mit Cooper umgegangen, doch dann hatten ihn eine schwere Zeit und zu viel Alkohol in einen grauhaarigen, mürrischen und ungepflegten Ranchhelfer verwandelt, während Kelly sich von einem naiven, enthusiastischen Hundewelpen zu einem selbstbewussten Sheriff gemausert hatte. Vielleicht ließ einen die Strafverfolgung im Gegensatz zur Juristerei nicht so schnell altern? Wobei … er wünschte niemandem, die Lizenz entzogen zu bekommen.

Cooper schüttelte den Kopf und wandte den Blick von dem ansprechenden Anblick ab. Er sammelte benutzte Servietten und anderen Müll auf, den die Gäste nicht in die extra aufgestellten Mülleimer geworfen hatten. Obwohl er nicht zum Arbeiten hier war, hielt er sich gern beschäftigt. Etwas, in dem er sich nicht geändert hatte, war seine Unfähigkeit, untätig zu sein.

„Mir gefällt, was du im Laden ausgesucht hast."

Cooper sah auf und direkt in Kellys verschmitzte, blaue Augen. Er biss sich auf die Lippe. „Du siehst auch nicht übel aus."

Kelly grinste. „Das ist eine ganz normale Uniform."

„Es ist eine Paradeuniform und sie sieht aus, als wäre sie dir auf den Leib geschneidert."

„Du hattest schon immer eine Schwäche für Uniformen."

Cooper neigte den Kopf, doch er konnte Kelly nicht in die Augen sehen. „Ich habe eine Schwäche für dich", flüsterte er. Ihm fiel erst auf, dass Kelly ihn gehört hatte, als er aufblickte und Kelly erröten sah. Er wandte wieder den Blick ab und nahm einen Schluck von dem Drink in seiner Hand. Erst danach bemerkte er, dass das nicht einmal sein Glas war. Er drehte sich um und stellte es auf ein Tablett.

„Können wir ein Stück laufen oder so?", fragte Kelly.

„Ich dachte, du wärst im Dienst", bemerkte Cooper, ohne seinen Gesprächspartner anzusehen.

„Die anderen wissen, wo ich bin. Ich kann nicht allzu weit weg, aber ich habe mein Handy dabei. Wenn sie mich für irgendwas brauchen, können sie anrufen."

Cooper wollte es. Er wollte mehr als nur Spazierengehen. Er wollte mit Kelly hinter dem Stall verschwinden und ihn so lange küssen, bis sie beide außer Atem waren. Er wollte mit ihm zwei Pferde satteln und zum See reiten, so wie sie es auf der Ranch von Kellys Eltern getan hatten. Doch er wusste, dass er standhaft bleiben musste. Kelly gehörte zu Nina und es war nicht zu übersehen, dass sie ihn brauchte. Also musste Cooper seine Hände und Gedanken für sich behalten. „Wir können auch hier reden, oder?" Cooper sah Kelly von der Seite an.

Kelly seufzte. „Ich möchte nur etwas Zeit mit dir verbringen, Coop. Beim Abendessen sind wir kaum dazu gekommen, uns zu unterhalten. Jedes Mal, wenn ich hier auftauche, tust du so, als bräuchte ich einen guten Tritt in den Hintern und als wärst du derjenige, der ihn verabreichen sollte. Was habe ich falsch gemacht, Coop?"

Zu hören, wie Kelly zu Kreuze kroch, sorgte für einen Riss in Coopers eiserner Rüstung. „Du hast nichts falsch gemacht. Es ist einfach nur schwer zu sehen, dass du immer noch der Typ bist, in den ich mich an der Uni verliebt habe. Nur bist du jetzt erwachsen und mehr als tabu." Cooper versuchte, ein unbeteiligtes Gesicht zu machen, doch seine Lippen wurden schmal. Verdammt, seit wann fiel es ihm so schwer, seine Gefühle zu verbergen? Andererseits war es schon immer schwer gewesen, sie vor Kelly geheimzuhalten.

„Darüber wollte ich mit dir sprechen", entgegnete Kelly. Er stand Schulter an Schulter mit Cooper, sah jedoch in die entgegengesetzte Richtung.

Cooper erkannte, dass ihn das in eine angenehme Position brachte. Auf der einen Seite konnte er die Landschaft genießen und den Anblick grasender Pferde auf endlosen Weiden. Auf der anderen Seite hatte er Kellys sexy Stimme im Ohr. Nein. Kellys Stimme. Für seinen eigenen Seelenfrieden musste er den Gedanken verscheuchen, dass sie sexy war. „Dann sprich."

„Ich bin wegen dir nach Idaho gezogen, Cooper."

Cooper schluckte um den Kloß herum, der sich plötzlich in seiner Kehle gebildet hatte. „Ich dachte, du wärst wegen des Jobs hergezogen."

„Ich hatte schon seit einer Weile versucht, dich ausfindig zu machen. Ich wusste, dass du in den Westen gegangen bist."

„Portland."

„Genau, Portland", wiederholte Kelly. „Da habe ich also mit der Suche angefangen. Anwaltskanzleien sind allerdings ziemlich schweigsam, was ehemalige Angestellte angeht."

„Und so sollte das auch sein." Cooper versuchte, möglichst unbewegt zu klingen, doch er wollte, dass Kelly mit seiner Geschichte fortfuhr. Nur so konnte er weiterhin der leicht rauchigen Stimme lauschen.

„Aber du hattest die Angewohnheit, in der Zeitung aufzutauchen. Dadurch konnte ich dich schließlich finden. Sogar hier in St. Anthony."

„Besonders hier in St. Anthony", berichtigte Cooper mit einem Seufzen. Er fühlte sich geschmeichelt, dass Kelly offensichtlich keine Mühen gescheut hatte, um ihm auf die Spur zu kommen. Das hieß auch, dass er nicht viel erklären müsste. Er ging zwar nicht davon aus, dass die Presse immer die Wahrheit schrieb – schon gar nicht darüber, warum ihm die Lizenz entzogen worden war –, aber zumindest konnte er annehmen, dass Kelly über das wichtigste Bescheid wusste.

„Ja, es wurde seitenweise darüber geschrieben, wie du in Ungnade gefallen bist", sagte Kelly.

Kelly brachte ein schiefes Lächeln zustande, das Cooper nicht erwiderte. Nicht, dass er den Eindruck hatte, Kelly würde sich über ihn lustig machen. Es war einfach eine sehr schwere Phase in seinem Leben gewesen und es war ihm unangenehm, darüber sprechen zu müssen. Also beschloss er, das Thema zu wechseln. „Und trotzdem bist du wegen mir in diese Stadt gekommen?"

„Nina ist auf die Stellenausschreibung gestoßen. Ich kann immer noch hören, wie sie zu mir sagt: ‚Ist das nicht die Stadt, in der Cooper jetzt lebt?' Von ihr kam auch die Vermutung, dass Hanson in Rente geht und nach einem Nachfolger sucht. Und das machte es zu genau dem richtigen Job für mich. Dass du hier bist, ist natürlich das Sahnehäubchen."

„Und was wäre, wenn aus mir so ein alter, verbitterter Kerl geworden wäre?"

„Soll das heißen, das bist du nicht?", fragte Kelly mit einem Stirnrunzeln.

Für einen Moment glaubte Cooper tatsächlich, dass Kelly es ernst meinte, doch dann breitete sich ein Lächeln auf seinem Gesicht aus und diesmal erwiderte Cooper es. Miteinander zu scherzen, fühlte sich gut an, doch Cooper erkannte auch, dass Kelly erwachsen geworden war. An der Uni hätte Kelly Cooper niemals auf diese Art aufgezogen, denn damals dachte er noch, Cooper trüge einen Heiligenschein. Jetzt war das anders – gleichberechtigter. Cooper vermutete, dass es eher an seinem eigenem Abstieg lag als daran, dass Kelly erwachsen geworden war. Trotzdem fühlte es sich zu gut an, um es zu ignorieren. „Ich bin ein ziemlich verbitterter, alter Kerl worden. Jedenfalls bin ich nicht mehr das gute Beispiel, das ich mal war."

Kelly stieß ihn mit der Schulter an und lehnte sich gegen den Tisch, der hinter ihm stand. Dadurch wirkte er ein bisschen kleiner und erschien fast gleichgroß mit Cooper. „Mein Vater meinte immer, dass ich wohl glaube, du hättest die Weisheit mit Löffeln gefressen. Ich habe ihm damals widersprochen, aber er hatte recht. Ich wäre dir bis ans Ende der Welt gefolgt und als du mich stehen gelassen hast, fühlte ich mich so verloren. Wäre Nina nicht gewesen, hätte ich nicht mal die Uni beendet." Er hielt inne und es entstand eine bedeutungsschwere Pause. „Nina weiß, wie sehr ich mich nach dir gesehnt habe, Coop."

„Du sprichst doch sicher in der Vergangenheit."

„Sie weiß auch, wie viel du mir immer noch bedeutest."

„Ich bin nicht mehr der Mann, der ich einmal war", erwiderte Cooper verbittert.

„Trotzdem mag ich den Kerl noch", entgegnete Kelly beiläufig. „Manchmal taucht auch der alte Cooper kurz auf. Zum Beispiel, als du Rory so leidenschaftlich verteidigt hast. Du hast es immer noch drauf. Und von deinen harten Kanten lasse ich mich bestimmt nicht ins Bockshorn jagen."

Jedes Mal, wenn Kelly näher kam, wollte Cooper ihn einfach nur umarmen und nie wieder loslassen. Doch das konnte er nicht vor aller Augen machen, er konnte ihn aber auch nicht hinter das Stallgebäude zerren. Ein zweites Mal einen Schlussstrich zu ziehen, würde er nicht überleben. Er konnte sich nicht zwischen Kelly und Nina drängen, wie er es in der Vergangenheit getan hatte. An der Uni hatte ihm das nicht so viel ausgemacht. Damals war Nina unabhängig und selbstbewusst gewesen – mit Sicherheit hätte sie irgendeinen erfolgreichen Anwalt finden können, der sie geheiratet hätte. Jetzt sah das anders aus. „Vertrau mir, diese harten Kanten sind ganz schön kratzig", murmelte Cooper, als er sich umdrehte und davonging. Er konnte sich nicht noch einmal umdrehen und wagte nicht, Kelly ins Gesicht zu sehen. Er musste einfach weitergehen, sonst hätte Kelly gesehen, dass in seinen Augen Tränen schimmerten.

Cooper ging an Calley vorbei, die sich mit Gable und Flynn unterhielt, während sie ihren frisch eingekleideten Kindern beim Spielen zusah. Er beachtete sie nicht. Er musste gehen. Für ihn war die Party vorbei.

8

„Hey, Calley", grüßte Gable die Freundin, als sie aus ihrem Truck ausstieg und über die Auffahrt auf das Wohnhaus der Blackwater Ranch zuging. Flynn, Gables Partner, tauchte hinter dem Truck auf und trug zwei dreijährige Kinder. Andy hatte er sich auf die Schultern gesetzt und seine Zwillingsschwester Vicky trug er auf der Hüfte. Beide Kinder schienen begeistert, ihn zu sehen, und wetteiferten darum, wer ihn als erster erdrücken konnte. Gable beobachtete lächelnd den Aufruhr und entdeckte dann einen weiteren kleinen Jungen, der sich hinter Calley zu verstecken versuchte, und einen hoch geschossenen Teenager, der eine große Kiste mit Lebensmitteln für Gable und Flynn trug.

„Deine Sippschaft wird ja immer größer, Cal", bemerkte Gable. „Ist das Ryan?" Er machte eine Kopfbewegung in Richtung des jungen Mannes mit der schweren Kiste, der ein ernstes Gesicht machte und niemanden direkt ansah.

„Ja, und Noah, Ryans Bruder, hast du ja bereits auf der Hochzeit kennengelernt", antwortete Calley und gab dem jüngeren Bruder einen Schubs in Gables Richtung. Der leistete aber Widerstand, also ließ Calley ihn in Ruhe. „Sie haben eigentlich bei Leah gelebt, aber seit sie in einen anderen Bundesstaat gezogen ist, sind sie bei mir. Ich nehme sie mit, wenn ich Ware ausfahre, damit meine neue Aushilfe in Ruhe im Laden arbeiten kann", meinte sie verschwörerisch. „Außerdem langweilen sie sich im Laden sowieso."

„Bring die Kiste rein, Ryan", sprach sie den Teenager an und wandte sich dann an seinen jüngeren Bruder. „Warum spielst du nicht ein bisschen mit Vicky und Andy?"

Noah sah zu ihr auf und sie schenkte ihm ein warmes Lächeln. „Ist schon gut. Ich werde nicht vergessen, dich zu holen, bevor ich wieder fahre."

„Ich nehme sie mit und zeige ihnen die Pferde", schlug Flynn vor. „Die Fohlen sind schon richtig groß geworden."

Als Calley und Gable sich auf den Weg ins Haus machten, kam Ryan schon wieder heraus. Er stellte sich auf die Veranda und wartete.

Calley schwieg, bis sie im Haus waren. „Er ist ein komischer Junge", bemerkte sie mit einer Kopfbewegung in Ryans Richtung. „Noah ist zuckersüß, aber recht schüchtern. Ich schätze, wenn man nie Eltern gehabt hat, fehlt einem das Gefühl für Geborgenheit."

„Sie leben jetzt also dauerhaft bei dir?", fragte Gable und schenkte ihnen beiden Kaffee ein.

„Das ist noch nicht sicher. Ich bin im Moment ihre Pflegemutter, aber das kann sich noch ändern. Leah meinte immer, Ryan würde ihr Schauer über den Rücken jagen. Seit Noah zwei ist haben sie bei ihr gelebt, aber davor waren sie in vier oder fünf verschiedenen Familien. Jedes Mal hat Ryan irgendetwas angestellt, woraufhin sie wieder rausflogen."

„Was muss man denn heutzutage anstellen, um bei einer Pflegefamilie rauszufliegen?", wollte Gable wissen und nippte an seinem Kaffee. „Drogen?"

„Das glaube ich nicht und Leah auch nicht. Er arbeitet hart und ist ganz gut in der Schule. Aber er ist ein Außenseiter. Leah meinte, er hätte überhaupt keine Freunde, und den Eindruck habe ich auch." Calley sah traurig aus. „Er arbeitet hart im Laden und dafür gebe ich ihm manchmal ein paar Scheine extra, aber ich habe ihn bisher kaum reden gehört. Er nickt einem nur zum Dank zu und geht dann zur Schule. Ich kann ihn überhaupt nicht einschätzen."

„Gruselig findest du ihn aber nicht?", fragte Gable.

„Nein. Ich gebe ja zu, dass er ein bisschen seltsam ist und seinen Umgang mit Menschen noch verbessern muss, aber er ist kein schlechter Junge. Seit meiner Schwangerschaft hat er jeden Tag vor der Schule für mich gearbeitet, und ich habe ihn nie bei irgendwelchem Unfug erwischt. Er hat noch nicht mal Süßigkeiten geklaut."

Gable lächelte. „Na, wenn es ihm an Arbeit mangelt, könnte er hier samstags aushelfen. Flynn hat dieses Jahr sechs Fohlen gezogen. Das macht eine Menge Arbeit und ein paar zusätzliche Hände können wir immer gebrauchen."

„Wenn du willst, spreche ich mit Ryan. Ich weiß zwar nicht, ob ich zu ihm durchdringe, aber da er manchmal auch auf der Blue River Ranch arbeitet, weiß er zumindest, wie der Hase läuft. Oder du kannst mal gesellig sein und ihn selbst fragen."

Gable zuckte mit den Schultern. „Es gibt einen Grund, warum du uns die Lebensmittel lieferst, Cal. Dann müssen wir nämlich nicht gesellig sein." Er grinste. „Frag Ryan einfach und wenn er ein bisschen Geld zusätzlich verdienen will, soll er einfach am Samstag hier auf der Matte stehen."

Calley trank ihren Kaffee aus. „Lass uns die Einkäufe in den Kühlschrank räumen."

Sie griff nach der Lebensmittelkiste, doch Gable war schneller. „Ich bin durchaus in der Lage, meine Lebensmittel selbst einzuräumen." Er lächelte sie auffordernd an.

Calley hob beschwichtigend die Hände und setzte sich wieder hin. Während Gable in der Küche herumwirtschaftete, beobachtete sie ihn. „Weißt du, das ist kein schlechter Anblick. So langsam begreife ich, wie angenehm es ist, dich die ganze Arbeit machen zu lassen. Man hat ja schließlich nicht jeden Tag Gelegenheit, auf so einen knackigen Hintern zu starren."

Gable drehte sich zu ihr um und kniff die Augen zusammen. „Wenn ich es nicht besser wüsste, würde ich behaupten, du flirtest mit mir."

„Vielleicht", gab sie mit gespieltem Ernst zu. „Mir fiel nur gerade auf, dass Flynn das hier jeden Tag genießen kann, während ich so ein Glück nicht mehr habe."

„Bill ist noch nicht zurück?"

Jetzt war es an Calley, mit den Schultern zu zucken und Desinteresse zu heucheln. „Schätzchen, ich glaube nicht, dass er dieses Mal zurückkommt. Ich habe ihn wohl so sehr bedrängt, dass er die Flucht ergriffen hat."

„Ich würde ja gern behaupten, dass er schon zur Vernunft kommen wird, wenn du ihm Zeit gibst. Aber drei Jahre und eine Scheidung haben keinen Unterschied gemacht, also vermute ich, dass er sich einfach nur stur stellt und ihr euch nie wieder einig werdet."

Calley seufzte. „Er hat mir oft genug gesagt, dass es ihm etwas ausmacht, nicht der Vater unserer Kinder zu sein. Ich hab halt nur gedacht, wenn er sie erst mal sieht, wird er seine Meinung schon ändern."

In diesem Moment öffnete sich die Haustür und Flynn stürmte mit den drei Kindern herein. Offensichtlich genoss er die Aufmerksamkeit, hatte aber auch kein Problem damit, dass die beiden Kleinsten sofort von ihm abließen, als sie Gable entdeckten. Im Nu saßen sie auf Gables Schoß und Andy hatte sich den Daumen in den Mund gesteckt.

„Hey", begrüßte ihn Gable und strich ihm die Haare aus der Stirn. „Bist du nicht schon ein bisschen alt, um am Daumen zu lutschen?"

Andy zuckte mit den Schultern und machte es sich auf Gables Schoß gemütlich.

„Er ist müde", sagte Calley. „Ich kann Vicky den Nachmittag über wach halten, aber wenn Andy nicht sein Mittagsschläfchen bekommt, wird er unleidlich."

Gable sah zu Flynn hinüber, der ihn anstarrte. „Was?", fragte er.

„Es ist, als würde man eine Miniaturausgabe von dir anschauen, Gabe."

Gable sah Flynn an und ihm wurde warm ums Herz. Er wusste, wie sehr Flynn sich eigene Kinder wünschte, und dass er immer gesagt hatte, Gables würden ihn genauso glücklich machen. Dann sah er zu Calley hinüber, die ihm einen verständnisvollen und herzlichen Blick zuwarf, und er musste schwer schlucken. Als er Andy anschaute, war dieser fest eingeschlafen, und seine Schwester spielte geistesabwesend mit einer Strähne seines hellblonden Haars. Als ihr auffiel, dass Gable sie ansah, lächelte sie und begann, mit Gables Bart zu spielen.

„Wir können sie auch hier ins Bett bringen, wenn du magst", schlug Gable mit leiser Stimme vor. „Du weißt, dass Andy es gar nicht leiden kann, wenn du ihn aufweckst."

Calley nickte. „Klar. Wenn ich mit den Lieferungen fertig bin, hole ich sie wieder ab."

„Noah mag die Fohlen", warf Flynn ein. „Du kannst ihn auch gern hier lassen. Er kann mir helfen. Ich bin sicher, das wird ihm gefallen."

„Darf ich?", fragte Noah und sah Calley erwartungsvoll an. „Ich verspreche auch, lieb zu sein."

Calley lächelte ihn an. „Bist du sicher? Ich werde nicht hier sein und komme erst am späten Nachmittag wieder."

Noah nickte eifrig. „Will die kleinen Pferdchen sehen."

„Bist du sicher, Flynn?"

„Natürlich. Sonst hätte ich es nicht angeboten."

Calley stand auf und küsste Flynn auf die Wange, dann wiederholte sie die Geste bei Gable. „Kümmert euch um unsere Babys, okay?"

Gable nickte und sah zu, wie Calley das Haus verließ. Durch die geöffnete Tür konnte er Ryan auf den Verandastufen sitzen sehen, doch sobald er Calley sah, stand er auf. „Wir lassen die Kleinen hier, dann müssen sie nicht den ganzen Tag im Truck sitzen."

Ryan schien etwas erwidern zu wollen, entschied sich dann jedoch anders.

„Wer will zurück zu den kleinen Pferdchen?", wollte Flynn von Noah wissen, der nun doch recht unglücklich schien, jetzt, wo Calley weg war. Flynn breitete die Arme aus und Noah lächelte. „Ich!" Trotzdem schaute er Calleys Truck unsicher hinterher.

„Na, komm schon, Kleiner", spornte ihn Flynn an. „Wenn sich Gable um die Kleinen kümmert, müssen wir Männer halt die ganze Arbeit machen!"

Noah grinste breit und hüpfte auf Flynn zu, um mit ihm zu den Ställen zu gehen.

ALS FLYNN zum Ranchhaus zurückkehrte, war es still, also legte er den Finger an die Lippen, um Noah ebenfalls dazu anzuhalten, leise zu sein. Auf leisen Sohlen erklommen sie die Treppe in den ersten Stock und bevor Flynn die Tür zum Schlafzimmer öffnete, nahm er Noah bei der Hand. Gable lag schlafend auf dem Bett. Beide Kinder hatten sich, ebenfalls schlafend, an ihn gekuschelt. Die drei waren mit einer Decke zugedeckt.

„Scheint so, als hätte auch Gable seinen Mittagsschlaf nötig gehabt", flüsterte Flynn.

„Ja", kicherte Noah. „Gable sieht älter aus als ich, aber ich brauche keinen Mittagsschlaf mehr."

Flynn lächelte ihn an. „Na ja, er hatte heute sehr viel Spaß mit den Pferden und ich schätze, er musste den Kleinen ein gutes Beispiel geben."

Noah nickte und sah Flynn an. „Ich hab Hunger."
„Dann lass uns mal nachsehen, ob wir ein paar Kekse haben."

UNGEFÄHR ZWEI Stunden später kehrte Flynn ohne Noah ins Schlafzimmer zurück. Er war überrascht, dass es hier oben immer noch so ruhig war, und warf einen Blick ins Schlafzimmer. Gable und die Kinder schliefen immer noch. Jetzt jedoch lag Vicky halb auf der Decke. Mit einem Arm umschlang sie Gables Hals und ihre Finger hatte sie in seinem Bart vergraben. Flynn konnte ein Lächeln nicht unterdrücken. Er betrat das Zimmer und setzte sich den Kindern gegenüber aufs Bett. Als sich immer noch niemand bewegte, strich er mit den Händen durch Gables Haare.

Das weckte Gable auf, doch Flynn bat ihn, leise zu sein. „Hallo, Schlafmütze."

„Mmmh, wie spät ist es?"

„So gegen vier."

„Vier?", wiederholte Gable und seine Augen wurden groß. Er sah die beiden schlafenden Kinder an. „Vicky wollte nur einschlafen, wenn ich mich mit ihnen aufs Bett lege. Andy war schon im Reich der Träume, als wir noch auf der Treppe waren."

„Ich hätte ein Foto von euch machen sollen", sagte Flynn und küsste Gables Haar. „Ich könnte euch den ganzen Tag beim Schlafen zusehen."

„Verdammt, wo ist Noah?"

„Unten, mit Calley und Ryan. Wir haben den Fohlenstall ausgemistet. Er wollte unbedingt zu den Fohlen in die Box, aber ich hatte Bedenken, dass die Stuten dann aggressiv werden, also habe ich es ihm nicht erlaubt. Wir hatten trotzdem einen schönen Nachmittag."

„Wir sollten die beiden aufwecken, oder? Ansonsten verflucht mich Calley, weil sie dann heute Abend nicht schlafen wollen."

Als sie die Treppe runterkamen – Flynn mit Vicky und Gable mit Andy auf dem Arm – gähnten beide Kinder und waren immer noch nicht ganz wach.

Calley lächelte amüsiert, als sie die Männer mit den Zwergen sah. „Wenn mir Noah nicht diese ganzen Geschichten über die Fohlen erzählt hätte, müsste ich annehmen, ihr vier hättet den ganzen Nachmittag verschlafen."

„Er hier schon", warf Flynn ein und nachdem er Vicky abgesetzt hatte, zeigte er auf Gable. Obwohl Noah wieder ein schüchternes Gesicht machte und an Calleys Rockzipfel hing, verstrubbelte Flynn ihm spielerisch die Haare. „Wir zwei hingegen haben hart gearbeitet." Er zwinkerte Noah zu.

„Ich freue mich jedenfalls, dass ihr Spaß hattet", sagte Calley und nahm Gable Andy ab. „Danke, Jungs", flüsterte sie, als sie ihre Kinderschar um sich versammelte und dann das Haus verließ. Ryan allerdings war nirgendwo zu sehen gewesen.

SPÄTER IN der Nacht weckte Gables unruhiges Herumgewälze im Bett Flynn auf.

„Und da dachte ich, die Zwillinge würden heute Abend Probleme haben einzuschlafen", flüsterte Flynn, als er sich zu Gable umdrehte.

„Entschuldige", flüsterte Gable zurück.

Flynn kuschelte sich enger an Gable und küsste dessen Hals. „Macht doch nichts." Er legte seine Hand auf Gables Bauch und fühlte, wie Härchen seine Finger kitzelten. „Ich könnte dafür sorgen, dass du müde wirst", schlug er vor.

Gable antwortete nicht.

„Oder wir können einfach nur hier liegen und uns ein bisschen unterhalten."

Über die Jahre hatte Flynn Gable oft genug nachdenklich und melancholisch erlebt, sodass er mittlerweile wusste, wann er einfach die Klappe halten musste und wann er Gable aufheitern konnte. Im Moment hatte er nicht den Eindruck, dass Klappe halten hier helfen würde. „Dir hat das heute Spaß gemacht, oder? Dein Mittagsschlaf mit den Kindern."

„Ja," erwiderte Gable kaum hörbar. „Vicky war zwar nicht müde, aber ich wollte, dass Andy seinen wohlverdienten Mittagsschlaf bekommt. Du weißt ja, wie er ist, wenn er ohne seine Schwester aufwacht. Also dachte ich mir, ich müsste sie irgendwie überreden, sich auch hinzulegen. Wir haben dann gespielt, wer am leisesten sein kann. Natürlich habe ich gewonnen, aber als ich meinen Sieg erklären wollte, habe ich gesehen, dass ihre Augen immer kleiner wurden. Da dachte ich mir, ich liege noch eine Weile mit auf dem Bett, bis sie eingeschlafen ist. Das nächste, woran ich mich erinnere, ist, wie du mich aufweckst."

„Du hast so niedlich ausgesehen, mit den Kindern auf dir drauf und um dich herum", sagte Flynn und lächelte dabei von einem Ohr zu anderen. „Gib's doch zu: Du hast mehr und mehr Spaß an den Kindern, oder?"

„Na ja, mittlerweile sind sie ein bisschen älter und man kann mit ihnen reden und dann geben sie auch Antwort. Sie können dir sagen, was sie wollen. Ich habe dieses Rumgerate gehasst."

Flynn musste kichern. „Ja, aber jetzt fangen sie auch an, Widerworte zu geben."

„Schätze schon." Gable schwieg und für eine Weile lagen sie einfach so da. „Ich bin froh, dass Calley sie uns so selbstverständlich überlässt. Es ist schön, dass sie uns kennen und vertrauen."

„Und du magst das Kuscheln" meinte Flynn und stach Gable einen Finger in die Rippen. „Du großer Teddybär."

Gable kicherte und küsste Flynn auf den Mund. „Du weißt, ich bin dein Teddybär. Heißt das auch, dass du meinen Bart magst?" Er schmunzelte, während sie sich aneinander kuschelten.

„Du weißt, dass ich das tue." Zum Beweis rieb er seine Wange an Gables. „Du hättest nie gedacht, dass dir das alles so gefällt, oder?", meinte Flynn plötzlich.

„Was?"

„Das hier. Du und ich im Bett. Ohne, dass es damit endet, dass wir miteinander schlafen."

Gable zuckte mit den Schultern. „Es gab eine Zeit, in der wir nichts anderes tun konnten. Damals war es frustrierend. Versteh mich nicht falsch: Ich liebe den Sex. Ich bin nur grad nicht in der Stimmung. Du weißt, dass ich dich liebe, aber …"

Flynn küsste ihn wieder. „Natürlich weiß ich, dass du mich liebst. Du musstest mir das nie mit Sex beweisen."

Gable kuschelte sich näher an Flynn und vergrub seine Nase in dessen Haar. „Ich denke, jetzt kann ich einschlafen."

9

„ICH DACHTE, die geben euch was zu essen auf der Ranch?", bemerkte Calley, als Cooper vier Orangen, eine Cantaloup-Melone und eine Flasche Rotwein auf die Ladentheke stellte.

„Tun sie auch, aber ich gehe morgen ausreiten und will ein bisschen Verpflegung mitnehmen."

Calley lächelte ihn an. „Allein?"

Cooper lächelte zurück. Wie die meisten Frauen, zu denen Cooper Kontakt hatte, war Calley viel zu neugierig. „Ich denke nicht, dass Sie das irgendwas angeht, junge Frau." Als er sie genauer ansah, fiel ihm auf, dass sie müde und abgeschlagen aussah. Sie waren nicht näher befreundet, aber in den letzten drei oder vier Jahren hatte er sie mindestens einmal im Monat gesehen. Nachdem sie die Zwillinge zur Welt gebracht hatte, hatte sie manchmal abgehärmt ausgesehen, doch nie so wie jetzt – mit dunklen Ringen unter den Augen und kalkweißer Haut. „Ist bei dir alles in Ordnung, Calley?"

Sie sah auf. „Klar. Im Laden ist viel los, das ist alles. Und seit Leah weg ist, muss ich mich auch noch nach einer neuen Angestellten umsehen. Du kennst nicht zufällig jemanden? Die Letzte war einfach ein Reinfall."

„Leider nein", erwiderte Cooper. „Aber wenn du hier mal Hilfe brauchst, kann ich sicherlich ein oder zwei Stunden erübrigen. Es ist bestimmt anstrengend für dich, diese ganzen Kisten herumzuschleppen."

„Zum Schleppen habe ich Ryan."

„Er ist nicht mit Leah weggezogen?"

„Leah hat den Bundesstaat verlassen, weil ihr Mann woanders Arbeit gefunden hat. Der Bundesstaat hat jedoch das Sorgerecht für Ryan und Noah, also müssen sie innerhalb der Landesgrenzen bleiben. Außerdem wollten die Jungs gar nicht weg, deshalb suchen wir jetzt nach Alternativen. Im Moment leben sie bei mir im Haus, aber auch nur, weil ich ihren Sozialarbeiter kenne. Das ist nur vorübergehend."

„Gut", sagte Cooper. „Ich bin sicher, es findet sich etwas." Er sah hinüber zum hinteren Teil des Ladens, als er einen Knall und einen lauten Fluch vernahm. Calley ging hinüber und Cooper folgte ihr.

„Ich hab nichts gemacht! Die Kiste ist kaputt gegangen!", verteidigte sich Ryan, der zwischen einem Berg rotwangiger Äpfel stand.

Calley legte ihm beruhigend eine Hand auf die Schulter, obwohl er mindestens einen Kopf größer war als sie. „Mach dir darüber keine Sorgen."

„Aber jetzt kriegen die Äpfel Druckstellen."

„Dann setzen wir halt den Preis runter. Dann sind sie schneller verkauft", beschloss sie, als sie sich bückte, um die Äpfel aufzulesen.

„Ich nehme fünf Kilo. Auf der Ranch sind die in Null Komma nichts verschwunden", sagte Cooper, der sich ebenfalls bückte, um Calley zu helfen. Dabei fand er sich plötzlich von Angesicht zu Angesicht Ryan gegenüber und war überrascht, wie bekannt dessen Gesicht ihm vorkam. Er hatte Ryan bisher nie genauer betrachtet – und Ryan ließ sich auch immer eine Haarsträhne ins Gesicht fallen, um genau das zu verhindern. Jetzt, da er sich diese Strähne hinters Ohr gestrichen hatte, rief sein Gesicht in Cooper eine Erinnerung wach, die er sofort beiseiteschob.

Ryan senkte den Kopf, sodass ihm die Haare wieder ins Gesicht fielen, und damit war jede Möglichkeit, ein Gespräch anzufangen, dahin.

Nachdem er geholfen hatte, die Äpfel aufzusammeln, bezahlte Cooper für seine Einkäufe und trug dann alles zu seinem Truck. Er fuhr in Richtung Ranch, beschloss dann aber, dass er gern noch ein wenig länger allein wäre, bevor er mit seiner nachmittäglichen Arbeit anfing. Also fuhr er zu einem Aussichtspunkt, von dem aus man sowohl Blue River als auch Blackwater gut überblicken konnte. Das hier war sein kleiner, privater Fluchtpunkt. Die Zigarettenkippen und Schnapsflaschen, die herumlagen, legten zwar nahe, dass auch die örtliche Jugend den Ort entdeckt hatte, doch die kam zum Glück eher nachts.

Cooper begann, eine Orange zu schälen, während er seinen Blick über die grasenden Pferde schweifen ließ, die so weit weg waren, dass sie kaum größer als Nadelspitzen schienen. Es war friedlich hier oben. Er hatte bestimmt fünfzehn oder zwanzig Minuten Zeit, bevor er weiterfahren musste.

Er hatte seine Orange fast aufgegessen, als das Auto des Sheriffs neben seinem Truck hielt. Cooper beäugte es kritisch und sah dann Kelly aussteigen. Als dieser ihn erkannte, breitete sich auf seinem ernsten, professionellen Gesicht ein Lächeln aus.

„Ich wollte dich eigentlich dazu auffordern, wegzufahren", sagte Kelly und zeigte dabei auf ein Schild mit der Aufschrift „Kein Herumlungern", „aber ich schätze, ich kann auch mal ein Auge zudrücken."

„Niemals würde ich erwarten, bevorzugt behandelt zu werden, Officer", erwiderte Cooper halb im Scherz.

„Das tue ich auch nicht. Ich rede immer mit den Leuten, die ich hier antreffe, und gebe ihnen nur selten einen Strafzettel."

„Ich habe ein Lächeln bekommen", entgegnete Cooper, der überrascht feststellte, dass er mit Kelly flirtete. Er hatte sich fest vorgenommen, das nicht zu tun, also machte er wieder ein ernstes Gesicht.

„Das gehört dazu, wenn man Staatsangestellter ist", sagte Kelly und lehnte sich an Coopers Truck. „Die Leute sollen mich mögen, damit sie mich wählen. Also Mr Nelson, was führt Sie hierher? Ist ein bisschen ab vom Schuss."

„So wickelst du Leute ein?", meinte Cooper spöttisch. „Daran musst du noch arbeiten."

Kelly drehte sich zu Cooper um und kam ihm dabei sehr nahe. Er beugte sich ein wenig hinunter, sodass ihre Köpfe auf gleicher Höhe waren, und Cooper dachte, Kelly würde ihn küssen. Doch dann zog er sich zurück, als hätte er es sich doch noch anders überlegt.

Cooper lächelte und versuchte damit, seine Enttäuschung zu überspielen. „Zum Glück ist das hier ein ziemlich abgelegener Ort und nicht viele Menschen verirren sich hierher, denn Sie, Officer, hätten mich fast geküsst. Was sollen denn die Wähler denken?"

Kelly schluckte schwer. „Tut mir leid."

„Kein Grund, sich zu entschuldigen." Cooper wusste, dass er Kelly hätte näher an sich ziehen und küssen sollen. Doch er hatte sich vorgenommen, Kelly Ninas wegen nicht zu verführen.

„Es ist schwer, dir zu widerstehen, Coop", flüsterte Kelly.

„Du bist auch nicht übel", erwiderte Cooper mit ebenso leiser Stimme. Er wollte, dass Kelly noch eine Weile blieb. Er wollte in seiner Nähe sein, auch wenn sie einander nicht nahe sein konnten. „Hör zu, ich wollte mit einem der jungen Pferde morgen ausreiten. Wenn du magst, kannst du mitkommen. Es gibt genügend Jungpferde, die Bewegung brauchen. Ich hab bei Calley ein bisschen Obst gekauft und kann ein paar Sandwichs für ein Picknick schmieren. Natürlich nur, wenn du Nina für ein paar Stunden alleinlassen kannst."

„Okay."

„Ich weiß zwar nicht, ob du in letzter Zeit auf einem Pferd gesessen hast, aber du warst schon immer der bessere Reiter von uns beiden. Ich schätze, das ist wie Fahrrad fahren. Dir fällt sicher wieder ein, wie's geht." Er wusste, dass er gerade ins Schwafeln kam, aber er wollte, dass Kelly mitkam, damit er mehr Zeit mit ihm verbringen konnte. Er konnte den Gedanken nicht ertragen, dass sie in derselben Stadt lebten und sich aus dem Weg gingen. Er musste eine Möglichkeit finden, zu Kelly eine Freundschaft aufzubauen – eine Freundschaft und nichts weiter. Er sah Kelly kurz an, der geduldig wartete, bis Cooper ausgeredet hatte. Auch er lächelte. „Was?" Kelly antwortete nicht. „Sagtest du, du kommst?"

Kelly nickte. „Wann soll ich da sein?"

„Wann kannst du denn zu Hause los?"

Kelly zuckte mit den Schultern. „Ich muss das zwar erst mit Teo absprechen, aber wenn er nichts vorhat, kann ich Nina heute und morgen Abend helfen. Damit hätte ich dann morgen früh frei."

„Wie wäre es dann mit halb acht?", schlug Cooper vor.

„Du bringst das Essen mit, ich steuere die Getränke bei. Und vielleicht was Süßes." Kelly sah Cooper auf eine Art an, die diesem sofort in die Eingeweide fuhr. „Teo backt", erläuterte er. „Ich gehe jeden Morgen laufen, um in Form zu bleiben. Ansonsten würde ich bald aussehen, wie unser Sheriff Senior."

„Wie eine Tonne?", fragte Cooper unnötigerweise.

Kelly rieb sich über den Bauch, der garantiert flach und muskulös war. „Genau. Er kümmert sich nicht nur gut um Nina, sondern auch um mich."

Cooper öffnete den Mund, um einen Scherz darüber zu machen, auf welche Art sich Teo wohl um Kelly kümmerte, doch dann entschied er sich dagegen, weil das zu viele seiner eigenen Unsicherheiten ans Tageslicht bringen würde. Es stimmte, dass er eifersüchtig war, aber er hatte kein Recht auf dieses Gefühl. Dafür war viel zu viel Zeit vergangen. Außerdem war er derjenige gewesen, der gegangen war. Er hatte Kelly vor fünfzehn Jahren nicht gerade die Wahl gelassen.

Kelly stieß sich von Coopers Truck ab und ging hinüber zu seinem eigenen Auto. Cooper war froh zu sitzen, denn seine Jeans fühlten sich ziemlich eng an.

Als er die Autotür öffnete, drehte sich Kelly noch einmal zu Cooper um. „Wir sehen uns morgen früh."

AM NÄCHSTEN Morgen stand Cooper bereits um fünf Uhr auf, weil er nicht schlafen konnte. Er beschloss, schon ein bisschen zu arbeiten und ein paar Boxen auszumisten, und ging dann zurück ins Mannschaftshaus, um zu duschen und ein paar belegte Brote vorzubereiten. Er war schon wieder zurück im Stall, als er hörte, wie draußen ein Truck hielt. Es war bereits nach halb acht und Coopers Nerven begannen zu flattern.

„Wird aber auch Zeit", grummelte er, als er hörte, wie jemand die Stallgasse entlangging.

„Hattest du Kelly erwartet?"

Cooper sah auf, als er bemerkte, dass die Stimme zu Tim gehörte anstatt zu Kelly. „Ja, hatte ich. Wir wollten ausreiten."

„Er hat angerufen und mich gebeten, dir auszurichten, dass ihm etwas dazwischen gekommen ist."

„Ihm ist etwas dazwischen gekommen? Na, prima."

„Coop, geh nicht zu hart mit ihm ins Gericht. Er wird einen guten Sheriff abgeben, aber das heißt auch, dass er zu jeder Tages- und Nachtzeit verfügbar sein muss."

„Also muss er arbeiten?" Die Vorstellung beruhigte Cooper etwas. Tim hatte recht. Kelly tat, was er sich schon immer gewünscht hatte, aber dafür musste er gewisse Opfer bringen.

„Er meinte, ich soll ausrichten, dass es nicht um Nina geht und dass du dir keine Sorgen machen sollst. Er sagte auch, dass er später vorbeikommen würde."

Cooper schnappte sich einen Sattel. „Vermutlich werde ich nicht da sein. Ich habe Hunter versprochen, mich mit den neuen Pferden zu beschäftigen."

„Rory und ich können dir helfen, wenn du mir eine halbe Stunde gibst, um ihn zu holen."

Cooper sah Tim an. Das Letzte, was er wollte, war, an seinem freien Sonntag mit diesen zwei Turteltäubchen rumhängen zu müssen. „Ist schon gut, ich komme allein klar." Cooper ging in die Box, um sein Pferd zu satteln, und ließ Tim auf der Stallgasse stehen. Kelly sollte verdammt sein, weil er sich wegen ihm Hoffnungen gemacht hatte.

„Ich kann dir gern helfen. Rory braucht auch immer Hilfe beim Satteln."

„Lass mich einfach in Ruhe", zischte Cooper.

„Entschuldige."

Cooper atmete bewusst aus, bevor er den Sattel auf den Pferderücken legte. Tim hatte nicht verdient, dass man ihn so anfuhr. Er war der netteste, geduldigste Mensch, den Cooper kannte. Wenn jemand etwas Nachsicht verdient hatte, dann er. Cooper drehte sich um, ohne den Blick zu heben. Das war auch gar nicht nötig, da er größer war als Tim. Allerdings wagte er tatsächlich nicht, ihm in die Augen zu sehen. „Nein, tut mir leid. Ich muss mich entschuldigen. Wenn ihr mitkommen wollt, könnt ihr das gern tun. Ich schätze, Rory kann die Übung gut gebrauchen. Und er hat sicherlich schon bei Gable auf all diesen Pferden gesessen."

Tim lächelte. „Alles klar, ich gehe ihn holen."

Mit diesen Worten verließ Tim den Stall und Cooper wandte sich wieder dem Pferd zu, das er gerade sattelte. Dabei fragte er sich, ob es überhaupt einen Weg gab, Tim wütend zu machen.

10

KELLY KONNTE sich einfach nicht auf seine Arbeit konzentrieren. Seine Gedanken kreisten immer wieder um Cooper und ihren geplanten Ausritt mit Picknick. Irgendwie wäre das ihr erstes Date gewesen und er hatte absagen müssen.

Tatsache war, dass er arbeiten musste. Er würde Cooper nicht einmal erklären können, was er hier tat, denn er versuchte, die Sache so verschwiegen wie möglich zu behandeln. Und um das Maß voll zu machen, besaß Cooper kein Handy. Darum hatte Kelly nicht persönlich mit ihm sprechen können und konnte nur raten, wie viel von seiner Nachricht tatsächlich weitergegeben worden war. Er hatte beschlossen, Tim anzurufen, weil er sicher war, dass dieser sich kein Urteil bilden würde. Trotzdem hätte er lieber persönlich mit Cooper gesprochen.

Im Moment spielte er den Vermittler in einem Fall, der hoffentlich nicht zu viel Papierkram nach sich ziehen würden.

„Was hast du dir nur dabei gedacht, Ryan?", wollte Calley von ihrem Pflegesohn wissen.

Ryan erwiderte kaum den Blick seiner aufgebrachten Pflegemutter.

„In all den Jahren, die du bei mir ausgeholfen hast, hast du nicht einmal einen Schokoriegel gestohlen. Und jetzt das?"

Ryan antwortete immer noch nicht. Soweit Kelly verstanden hatte, war das für ihn ein völlig normales Verhalten, doch genau wie Calley wollte auch er Antworten.

„Warum, Ryan?", fragte Calley nun mit ruhigerer Stimme. „Ich kann dir kein Motorrad kaufen, aber wenn du gern mal eins fahren möchtest, bin ich sicher, dass wir Grant fragen können. Bestimmt hätte er dich auf der Ranch mal damit fahren lassen."

„Das Motorrad interessiert mich nicht", grummelte Ryan.

„Warum hast du es dann genommen?"

„Ich habe es ausgeborgt."

Calley schüttelte den Kopf. „Ryan, du kannst doch richtig von falsch unterscheiden. Was du getan hast, war nicht ausleihen. Das war Stehlen."

„Ich habe es zurückgebracht!"

Calley versuchte, eine Hand auf Ryans Arm zu legen, doch dieser zog sich sofort zurück. Sie sackte ein wenig in ihrem Stuhl zusammen, doch einen Moment später fasste sie sich schon wieder, so als wolle sie sich nicht unterkriegen lassen. „Bitte sprich mit mir, Ryan. Ich möchte wissen, warum du es getan hast, damit das nicht noch einmal passiert. Als wir uns darauf geeinigt haben, dass du und Noah hier einzieht, hast du auch zugestimmt, mir keine Schwierigkeiten zu machen – genau wie bei Leah. Vermisst du sie so sehr?"

Ryan zuckte mit den Schultern.

„Ich vermisse sie auch, aber wir können doch über sie sprechen. Geh nicht einfach los und mach Unfug, weil dir langweilig ist oder du rebellieren willst."

„Mir war nicht langweilig."

„Dann was? Du kannst es mir sagen. Kannst du dich noch erinnern, wie du immer im Laden rumgehangen hast, wenn du Probleme mit Leah hattest?"

Während Kelly das Gespräch zwischen Calley und Ryan beobachtete, konnte er den Gedanken nicht abschütteln, dass auch er immer gern eine Familie gehabt hätte. Er hatte Nina niemals einen Vorwurf daraus gemacht, dass ihr Sohn aufgrund eines Gendefekts nicht lebensfähig gewesen war, aber selbst in schlechten Zeiten – und das waren mit Sicherheit schlechte Zeiten für Calley und Ryan – hatte er sich immer gewünscht, ein Vater zu sein. Und er war sich sicher, dass er ein guter Vater wäre. Vielleicht hatte er deshalb so lange mit dem Teil von sich gehadert, der auf Männer stand. Vielleicht war es seine insgeheime Überzeugung, dass er nicht beides haben konnte. Sogar damals an der Uni, als er praktisch mit Cooper zusammengelebt hatte, war er davon ausgegangen, dass das nur eine Phase war und dass er irgendwann ein Mädchen kennenlernen, heiraten und Kinder haben würde. Jetzt allerdings, wo er verheiratet war, wusste er, dass das eben keine Phase gewesen war. Das Problem dabei war, dass das Objekt seiner Begierde nicht der väterliche Typ war – jetzt noch weniger als damals an der Uni. Er konnte sich nicht vorstellen, dass Cooper seine selbstgewählte Einsamkeit dafür aufgeben würde, um zu jeder Tages- und Nachtzeit für ein Kind da zu sein.

Kelly beobachtete, wie Calley und Ryan zusammen saßen. Obwohl sie mehr als einmal zum Ausdruck gebracht hatte, dass sie gern mit ihm reden wollte, blieb er stumm. Trotzdem schien zwischen ihnen eine stille Übereinkunft zu herrschen, wobei Ryan auf den Fußboden starrte und Calley ein resigniertes Gesicht machte. Er hasste es, die beiden unterbrechen zu müssen.

„Ryan, wir werden das mit Mr Simmons klären müssen."

Ryan sah Kelly kurz an und starrte dann wieder auf den Boden.

„Wird er ihn anzeigen? An dem Motorrad ist doch nichts kaputt gegangen, oder?", fragte Calley.

„Ich denke, es wäre das Beste, wenn wir bei Mr Simmons vorbeigehen und Ryan sich entschuldigt. Und dann können wir nur hoffen." Darauf, dass es keinen Papierkram gibt, dachte Kelly bei sich, sagte das aber nicht laut. Natürlich war es am wichtigsten, Mr Simmons davon abzuhalten, Ryan anzuzeigen. Das Sorgerecht lag bereits beim Staat und wenn er mit dem Gesetz in Konflikt geriet, konnte das dazu führen, dass er nicht mehr bei Calley wohnen durfte.

„Nein", sagte Ryan mit fester Stimme. „Ich gehe nicht zu ihm nach Hause."

„Ryan", erwiderte Calley mit ebenso fester Stimme, „wenn du etwas falsch machst, musst du dich dafür entschuldigen." Sie wurde nicht wütend und dafür bewunderte Kelly sie. Er wollte den Jungen packen und durchschütteln, bis er ihnen erklärte, was wirklich vorgefallen war, denn Kelly wurde den Verdacht nicht los, dass hier mehr vor sich ging, als ein Teenager, der sich ein Motorrad „ausgeborgt" hatte.

„Er muss sich als erstes entschuldigen", murmelte Ryan und zog die Füße auf den Stuhl, auf dem er saß. Calley gab seinen Knien einen Schubs, sodass er die Schuhe vom Stuhl nahm. Er schlang jedoch weiter die Arme um sich und Kelly merkte, wie ihm die Haare zu Berge standen.

„Ryan, ich kann dich nicht zwingen, zu ihm zu gehen, aber es würde sehr für dich sprechen." Kelly versuchte, seine Stimme so ruhig klingen zu lassen wie Calleys, und zu seiner eigenen Überraschung gelang ihm das auch. Als Ryan darauf nicht reagierte, drehte er sich zu dessen Pflegemutter um. „Calley, können wir uns kurz unter vier Augen unterhalten?"

Calley sah Ryan besorgt an, bevor sie mit Kelly den Raum verließ. Sie schloss hinter sich die Tür und ging in die Küche. „Kaffee?"

„Nein, danke", sagte Kelly. „Davon bekomme ich Sodbrennen."

„Dagegen habe ich einen sehr guten Tee."

„Klingt gut", erwiderte Kelly, der Calley gern beruhigen wollte. Er wartete schweigend, bis sie Wasser gekocht und es in eine Kanne mit einem silbernen Teeei gegossen hatte. Dafür, dass sie sich hier mitten in der Provinz befanden, kam ihm das sehr schick vor.

„Ich denke, hier geht es um mehr als nur um ein Motorrad", sagte Kelly vorsichtig. „Woher kennt Ryan Mr Simmons?"

Calley sah ihn nicht an. Stattdessen beschäftigte sie sich damit, Kekse und Tassen aus dem Schrank zu holen. „Ryan bringt ihm zweimal in der Woche Lebensmittel. Ich würde sie selbst ausliefern, aber Ryan bekommt gutes Trinkgeld und da möchte ich ihm natürlich nicht dazwischen kommen. Es ist ja nicht so, als hätte ich nicht selbst genug zu tun, und Ryan macht es nichts aus, für sein Geld zu arbeiten. Das macht er schon, solange ich ihn kenne, und er hat sich noch nie beschwert." Sie sah Kelly an, als sie ihm eine Tasse würzig riechenden Tees reichte. „Außerdem besucht er Kaye Simmons gern. Er meldet sich immer freiwillig, um ihm seine Lieferung zu bringen. Deshalb hatte ich nie Grund zu der Annahme, dass etwas Außergewöhnliches dort vor sich ginge."

Kelly sah ihrem Gesicht an, dass auch sie versuchte, sich auf die Geschichte einen Reim zu machen. „Wie wäre es, wenn wir noch einmal versuchen, Ryan zu überreden, mit uns zu Mr Simmons zu kommen. Und wenn das nichts bringt, gehen wir allein, um mit Mr Simmons zu reden. Vielleicht müssen Sie sich in Ryans Namen für ihn entschuldigen."

Calley nickte und sah dabei plötzlich müde aus. „Ryan ist ein guter Junge."

„Das weiß ich."

„Ich wünschte nur, er würde auch mal mit mir reden. Ich will doch nur das Beste für ihn."

„Ich denke, das weiß er. Wenn dem nicht so wäre, hätte er nicht darum gebeten, bei Ihnen leben zu dürfen."

„Das hat er für Noah getan", erklärte Calley, nachdem sie einen Schluck von ihrem Tee genommen hatte. „Ich habe mir nie eingebildet, dass ich Ryan nach seinem achtzehnten Geburtstag hier halten könnte, aber Noah und ich haben uns sofort gut verstanden. Selbst, als er noch bei Leah gewohnt hat, hat er manchmal hier übernachtet. Er liebt die Zwillinge und ist sehr anhänglich. Leah, mit ihren eigenen und den Pflegekindern, hatte viel weniger Zeit als ich. Dass Noah bei mir bleibt, war sofort klar."

„Und Ryan?"

„Ryan hat vor und nach der Schule im Laden ausgeholfen, seit er zwölf ist. Er arbeitet hart und dafür bewundere ich ihn. Nicht viele Jungs in seinem Alter würden so hart arbeiten, ohne sich zu beschweren, aber er ist nun mal sehr schweigsam. Bis jetzt war er nie in irgendwelchen Schwierigkeiten, deswegen habe ich gern zugestimmt, beide Brüder zu mir zu nehmen."

„Wissen Sie etwas über ihre Vergangenheit? Ihre Eltern?"

„Ein bisschen. Ryans Vater starb, als Ryans Mutter gerade mit Noah schwanger war. Nach Noahs Geburt ist sie durchgedreht. Sie konnte sich nicht mehr um die Kinder kümmern, also hat der Staat sie ihr weggenommen. Ich weiß nicht, ob sie noch am Leben ist, auf jeden Fall haben die Kinder keinen Kontakt zu ihr. Leah hat versprochen, ein bisschen zu recherchieren, sollten die Jungs je nachfragen, aber das haben sie nicht."

„Das muss hart sein, besonders für Ryan", überlegte Kelly laut.

Calley nickte. „Lassen Sie uns den Besuch bei Mr Simmons hinter uns bringen, okay?"

11

NACH DEM Ausritt halfen Tim und Rory Cooper dabei, die Pferde auf die Weide in der Nähe des Stalls zu stellen. Trotz seiner Bedenken, mit den beiden „Turteltäubchen" ausreiten zu müssen, hatte er den Ausritt genießen können, weil die beiden sich sehr zivil benommen hatten. Er hatte sein vorbereitetes Picknick mit ihnen geteilt und das hatte seine Laune etwas gebessert.

„Gibt es noch etwas, wobei wir dir helfen können?", fragte Rory, der neben Tim stand.

Cooper sah die beiden an und ihm fiel auf, dass sie gut zusammen aussahen. Tim strahlte wie üblich, doch selbst Rory sah entspannt und gut gelaunt aus – ein meilenweiter Unterschied zu vor einem Jahr. Selbst vor zwei Wochen – als Rory seinen Zusammenstoß mit John Delco gehabt hatte – hatte das noch anders ausgesehen. Endlich ein freier Mann zu sein, bekam ihm offensichtlich gut.

„Nein, alles gut", entgegnete Cooper. „Ihr zwei Turteltäubchen könnt nach Hause gehen." Er lächelte in sich hinein, als er an die Hütte dachte, in der die beiden wohnten, und dass er geholfen hatte, sie wieder herzurichten. Bis vor drei Wochen hatte er sie nicht darum beneidet, doch plötzlich sehnte auch er sich nach etwas Eigenem. Kein großes Anwesen, wie das von Hunter und Grant, sondern eine kleine, gemütliche Hütte ähnlich der, in der Tim und Rory lebten.

„Na, dann bis morgen früh", verabschiedete sich Tim und ließ Cooper mit den Pferden allein. Er räumte gerade Sättel und Zaumzeug weg, als er aus dem Augenwinkel eine Bewegung sah. Er hielt inne und lauschte.

„Ich dachte, die gehen nie."

Kelly.

„Was machst du hier?", fragte Cooper. Er versuchte, nicht wütend zu klingen, war aber nur zum Teil erfolgreich.

„Tut mir leid, dass ich absagen musste."

„Tim meinte, dir wäre etwas dazwischen gekommen", erwiderte Cooper. Er stöhnte kurz auf, als er den schweren Sattel vom Boden aufhob, und als er ihn auf dem Sattelhalter absetzte, wischte er ihn besonders sorgfältig ab, damit er Kelly nicht ansehen musste.

„Auf Arbeit gab es einen Notfall und man hat speziell nach mir verlangt."

Kelly klang entschuldigend und da Cooper nichts mehr hatte, um sich abzulenken, drehte er sich schließlich zu ihm um. Kelly trug einen beigefarbenen Wollpullover, der für das milde Herbstwetter der letzten Tage viel zu warm zu sein schien. Seine Gesichtszüge waren angespannt, doch dann beschloss er, sich etwas bequemer hinzustellen. „Konntet ihr das Problem lösen?"

„Ich denke schon. Zumindest ist der Notfall erledigt. Ich denke zwar, dass da mehr dahinter steckt, aber da mir niemand etwas erzählen will – schon gar nicht die Personen, die es betrifft –, kann ich wohl nur die Augen offen halten."

Cooper sah ihn an und versuchte, ein Grinsen zu unterdrücken. „Ich habe absolut keine Ahnung, wovon du sprichst. Willst du mit ins Haus kommen und was essen?"

„Ich dachte, ihr müsst euch am Sonntag selbst versorgen?"

„Schon, aber das bedeutet ja nicht, dass wir hungern müssen", sagte Cooper, der jetzt von einem Ohr zum anderen lachte. „Ich kann kochen, wie du weißt."

„Wie könnte ich das vergessen."

„Musst du Nina Bescheid geben?"

Kelly schüttelte den Kopf. „Ich habe sie angerufen, als ich auf Arbeit fertig war. Teo kümmert sich um sie. Außerdem war sie müde, also wird sie wohl bald ins Bett gehen."

„Gut", erwiderte Cooper und verfluchte sich dann für seine begierige Antwort.

ALS DIE Sonne schon tief am Horizont stand, gingen Cooper und Kelly zum Mannschaftshaus hinüber.

„Die Tage werden kürzer", bemerkte Kelly.

„Schon seit einer Weile. Eigentlich schon seit Beginn des Sommers."

Kelly schnaubte. „Besserwisser."

„Hey, du bist das Landei", erwiderte Cooper grinsend. Ihm gefiel die entspannte Atmosphäre zwischen ihnen und die Tatsache, dass sein Tag trotz der anfänglichen Enttäuschung noch sehr positiv verlaufen war. Er musste nur die unanständigen Gedanken zum Schweigen bringen, die ihm jedes Mal durch den Kopf schossen, wenn er Kelly sah.

Als sie das Mannschaftshaus betraten, vernahmen sie Lärm aus dem Fernsehzimmer, wo es sich die meisten Männer entweder mit Sandwichs oder Bier auf den Sofas gemütlich gemacht hatten. Das Esszimmer und die Küche hingegen waren menschenleer. Cooper räumte das Geschirr weg, das die Männer hatten herumstehen lassen, und griff dann nach einer Tüte mit Gemüse und gegrilltem Hähnchen. Er nahm einen Topf aus dem Schrank und stellte ihn auf den Herd, um Reis zu kochen.

„Kann ich dich mit gebratenem Hähnchen überzeugen?"

„Klar", sagte Kelly.

Cooper öffnete den Kühlschrank, um Kelly nicht ansehen zu müssen. „Bier?"

„Nein, danke."

Cooper drehte sich wieder zu Kelly um. „Hast du dem Alkohol abgeschworen?"

„Nicht völlig, aber ich bin müde und wenn du mich abfüllst, kann ich für nichts garantieren."

Cooper grinste breit. „In diesem Fall sollte ich wohl besser die Whiskeyflasche holen."

Kelly schüttelte zwar den Kopf, erwiderte jedoch Coopers Lächeln. „Lieber nicht, Coop. Ich bin nur als Entschädigung für heute morgen hier. Nach dem Abendessen muss ich los."

„Na, gut", lenkte Cooper ein und versuchte, sich seine Enttäuschung nicht anmerken zu lassen.

„Das erinnert mich an die Uni", sagte Kelly.

Cooper versuchte zwar, sich von Kellys Nähe nicht ablenken zu lassen, doch er war nicht erfolgreich. Er wollte, dass Kelly ihn von hinten umarmte, so wie er es immer getan hatte, als sie praktisch zusammen gelebt hatten. Doch er wusste, er würde es nicht tun. Stattdessen musste er sich damit zufrieden geben, dass Kellys Arm von Zeit zu Zeit seinen streifte oder er Kellys Atem spürte, wenn ihm dieser über die Schulter schaute, um einen Blick in die Töpfe zu werfen. „Wie läuft die Wahl?", fragte Cooper, um das Thema zu wechseln.

627

„Wer weiß", meinte Kelly. „Die Leute sind nett zu mir und langsam kennen sie mich etwas besser. Aber für wen sie letztlich stimmen werden, kann niemand vorhersagen."

„Also nimmst du jede Gelegenheit war, um bei den Leuten einen guten Eindruck zu hinterlassen? Wie heute Morgen?"

„Heute Morgen ging es um Calley Haines."

„Warum hat Calley beim Sheriff angerufen?" Als er Kelly einen Blick zuwarf, konnte er sehen, wie dieser mit seinem Gewissen haderte. „Alles klar, das kannst du mir nicht sagen. Ich verstehe das."

Kelly wandte sich um und Cooper hörte, wie er die Tür zum Fernsehzimmer schloss. „Das bleibt zwischen uns, okay?"

Cooper nickte.

„Wie gut kennst du Kaye Simmons?"

Cooper zuckte mit den Schultern. „Nicht gut. Er ist Lehrer. Ich glaube, eines von Grants Kindern geht bei ihm in die Klasse. Vielleicht war das aber auch letztes Jahr. Ich habe einmal mitgehört, wie sich Grant und Hunter über ihn unterhalten haben, aber das ist auch schon alles."

„Er hat Ryan heute Morgen beschuldigt, sein Motorrad gestohlen zu haben. Ryan dagegen meint, er hätte es ‚ausgeborgt' und unbeschädigt zurückgebracht. Ich war mit Calley bei Simmons und wir haben das Motorrad gesehen. Wie Ryan gesagt hatte, stand es ohne einen Kratzer in der Garage. Als Calley ihm versprochen hat, dass das nie wieder vorkommt, war Simmons sofort bereit, keine Anzeige zu erstatten. Ich dachte, wir hätten die Situation zur Zufriedenheit aller gelöst, aber ich werde den Gedanken nicht los, dass an der Geschichte mehr dran ist."

„Was hat Ryan gesagt?"

„Die Frage ist wohl eher, was er nicht gesagt hat."

„Es überrascht mich, dass er überhaupt etwas gesagt hat. Für gewöhnlich schaut er einen nur an, als wäre man ein Idiot, und geht dann seiner Wege."

Kelly seufzte und drehte sich um, um sich gegen den Küchentresen zu lehnen. Cooper konnte sehen, dass Kelly nachdachte. „Ryan wollte nicht mit uns zu Simmons gehen. Er meinte, zuerst müsse sich Simmons bei ihm entschuldigen, bevor er sich entschuldigt. Er wollte uns aber nicht sagen, wofür."

„Simmons ist alleinstehend. Anfang dreißig?"

„Ende zwanzig, schätze ich."

„Schwul?"

Kelly warf Cooper einen entnervten Blick zu. „Mensch, Cooper, ich hab ganz vergessen, ihn zu fragen. Vielleicht hast du ja kein Problem damit, nach so etwas zu fragen. Mir ist das allerdings unangenehm."

„Mir auch", gab Cooper zu. „Aber hattest du den Eindruck, dass er schwul ist?"

Kelly grinste. „Du musstest mich praktisch zu Boden küssen, bevor ich begriffen habe, dass du schwul bist. Und laut Nina bist du der eindeutig schwulste Mann, der ihr je begegnet ist. Mein Gaydar ist in den letzten Jahren allerdings nicht besser geworden."

Cooper antwortete nicht sofort. Stattdessen warf er das Gemüse in die heiße Pfanne, um es anzubraten. Das dauerte jedoch nicht lange und bald schon konnte er den Herd abstellen.

„Das ist nur eine Theorie, versteht sich, aber was wäre, wenn Simmons sich an Ryan rangemacht hätte, woraufhin Ryan die Flucht ergriffen hat. Vielleicht haben sie sich Simmons Motorrad angesehen und er hat ihm eine Fahrt damit versprochen im Austausch für ein paar ‚Gefälligkeiten'. Und vielleicht hat Ryan zugestimmt, weil er wirklich mit dem Motorrad fahren wollte. Als er dann unterwegs war, hat er es sich jedoch anders überlegt und Simmons das auch gesagt. Vielleicht hat Simmons ihn nur des Diebstahls beschuldigt, um sich an ihm zu rächen, weil er die Abmachung nicht eingehalten hat."

Kelly lächelte und schüttelte den Kopf. „Du hast ziemlich viel Fantasie."

„Habe ich dir je erzählt, wie ich meine Jungfräulichkeit verloren habe?"

Kelly schüttelte wieder den Kopf.

„Ich war fünfzehn und unser neuer Nachbar war Anfang zwanzig. Ich konnte ihn nicht mal ansehen, ohne einen Ständer zu bekommen, also habe ich ihn ständig angemacht. Es hat Monate gedauert, bis er endlich schwach wurde. Er erzählte mir immer wieder, dass er nicht schwul sei, aber mit einem Nein ließ ich mich nicht abspeisen."

„Du warst schon immer viel zu selbstbewusst."

„Normalerweise würde ich dir da widersprechen", grinste Cooper. „In diesem Fall jedoch hast du recht. Er gab zu, Angst zu haben, wegen Unzucht mit Minderjährigen angezeigt zu werden. Er meinte, die Tatsache, dass die Initiative von mir ausging, wäre dabei unerheblich. Er studierte Jura, also kannte er sich da aus."

„Ist er der Grund, warum du Anwalt werden wolltest?"

Cooper zuckte mit den Schultern. „Vielleicht. Das und die vielen riesigen Werbetafeln mit den fetten, reichen Anwälten drauf."

„Und wo ist er jetzt?"

„Keine Ahnung", sagte Cooper. „Er ist weggezogen und ich habe nie wieder von ihm gehört."

„Was du also sagen willst, ist, dass Ryan Simmons verführt hat und dieser nun Angst vorm Gesetz – also mir – hat?"

„Entweder das oder meine vorige Idee. Oder ich liege völlig falsch und Simmons ist einfach ein netter Kerl und ist wirklich dankbar dafür, dass Ryan das Motorrad unversehrt zurückgebracht hat. Diese Lehrer haben doch sowieso alle einen Heldenkomplex und denken, sie können das arme Pflegekind retten."

„Ryan scheint mir nicht der Typ zu sein, der jemanden verführt."

Cooper zuckte wieder mit den Schultern. „Lass uns essen."

12

VOLLGEFUTTERT BIS oben hin saß Kelly auf dem ziemlich ungemütlichen Küchenstuhl Cooper gegenüber. Coopers einfaches Abendessen hatte besser geschmeckt als alles, was er je beim Koch seiner Familie, Teo oder im Restaurant gegessen hatte. Eine leise Stimme in seinem Hinterkopf versuchte, ihn davon zu überzeugen, dass das daran lag, dass es mit Liebe zubereitet worden war, aber er ignorierte sie. Nein, Cooper war einfach ein sehr guter Koch. Das hatte er in der winzigen Küche seiner Studentenbude oft genug unter Beweis gestellt, in der sie in dem einen Jahr, das sie zusammen zur Uni gegangen waren, zusammen gelebt hatten. Cooper hatte ihm oft genug fantastische Mahlzeiten zubereitet, weil er es sich nicht leisten konnte, in eines der vielen Restaurants auf dem Campus zu gehen. Kelly machte es nichts aus, nicht auszugehen, denn nichts war besser als Coopers Essen. Selbst jetzt, fünfzehn Jahre später, hatte Cooper nichts von seinem Talent verloren. Außerdem war es angenehm und entspannt, mit Cooper hier zu sitzen. Entspannter, als Kelly in Erinnerung hatte.

„Ich muss wirklich gehen, Coop. Ich muss morgen früh raus, damit Teo ausschlafen kann. Er hat sich heute den ganzen Tag um Nina gekümmert. Und danach muss ich arbeiten."

„Dann schläft Teo nicht in deinem Bett?"

Wo kam das her? „Natürlich nicht. Wie kommst du denn auf die Idee?"

„Nina hat da so eine Bemerkung gemacht."

„Was hat sie gesagt?" Verdammt, Nina.

„Etwas darüber, dass Teo sich nicht nur gut um sie, sondern auch um dich kümmert. Ich war davon ausgegangen, dass er Ninas Pfleger und dein Betthaserl ist."

Kelly verschluckte sich fast an dem Wein, an dem er den ganzen Abend genippt hatte. „Verdammt Cooper, du solltest mich besser kennen."

Cooper hatte sich längst nicht so zurückgehalten wie Kelly, und hatte gegen Ende des Abendbrots eine zweite Flasche Wein geöffnet. Die war jetzt fast leer. „Komm schon, Kelly. Ich war nicht der erste Mann in deinem Bett und ich gehe nicht davon aus, dass ich der letzte war. Und ich habe auch nicht angenommen, dass du mir über all die Jahre treu bist. Ich jedenfalls kann das nicht für mich in Anspruch nehmen."

„Ich habe Nina geheiratet", sagte Kelly tonlos.

„Du bist genauso wenig für eine Frau gemacht wie ich."

Kelly schluckte seinen Kommentar herunter. Selbst nach all diesen Jahren war seine erste Reaktion, es abzustreiten. Er wusste jedoch, dass das eine Lüge wäre. Er hatte vor langer Zeit akzeptiert, dass Cooper recht hatte. Er liebte Nina. Es war leicht, sich hinter ihr zu verstecken und sie hatte ihm das immer ermöglicht, doch niemals hatte er sie sexuell anziehend gefunden. Selbst die paar anonymen Ficks nach Cooper und die gar nicht so anonyme Geschichte mit einem Typen, den er bei einer Drogenrazzia festgenommen hatte, hatten ihn mehr angemacht als Nina das je gekonnt hatte. Doch der einzige Typ, der jemals alles in sich vereint hatte – sowohl Liebe als auch Lust – war Cooper. Konnte er ihm beichten, dass Nina ihm eine Beziehung zu Cooper erlaubt hatte?

„Nina liebt mich. Sie sagte, ich solle ..." In diesem Moment klingelte sein Handy. Er erkannte den Klingelton, den er für Anrufe vom Sheriffbüro eingestellt hatte. „Den Anruf muss ich annehmen." Als er vom Tisch aufstand, um ans Telefon zu gehen, machte sich Cooper daran, das Geschirr abzuräumen.

„Kelly? Hier ist Jennifer. Ich habe gerade einen Notarzt für Calley Haines gerufen."

„Was ist passiert?"

„Ich bin nicht sicher, ihr Pflegesohn war am Apparat. Er stand völlig neben sich. Aus dem, was er gesagt hat, bin ich nicht so recht schlau geworden."

„Ich fahre hin und sehe selbst nach. Ich melde mich." Er beendete das Gespräch und bemerkte, dass Cooper ihn ansah. „Calley Haines hat Probleme. Ich fahre rüber."

„Sie ist zu Hause allein mit den Kindern. Vielleicht wirst du Hilfe brauchen."

„Okay," erwiderte Kelly, weil ihm klar war, dass Cooper recht hatte. Er drehte sich um, um Cooper in die Augen zu sehen – einerseits, um in ihrem Kristallblau Trost zu finden und andererseits, um festzustellen, ob Cooper noch nüchtern genug war, um mitzukommen. „Gute Idee."

Auf dem Weg in die Stadt spielte Kelly in seinem Kopf alle Möglichkeiten durch. Hatte Ryan seiner Pflegemutter etwas angetan? War einem der Kinder etwas passiert? Warum hatte Calley nicht selbst angerufen? Er wusste, dass er damit aufhören musste, denn das war verschwendete Energie. Sie würden erst erfahren, was passiert war, wenn sie bei Calley ankamen, und dann würden sich mögliche Lösungen von selbst ergeben. Er musste einfach nur ruhig bleiben.

Sobald sie in Calleys Straße einbogen und der Laden mit dem daran anschließenden Wohnhaus in ihrem Sichtfeld erschien, konnten sie die blauen Lichter des Notarztwagens blinken sehen. Ein paar Nachbarn standen auf dem Fußweg, doch zum Glück hielten sie Abstand. Ein Notarzt hievte gerade einen schweren Koffer mit Ausrüstung aus dem Krankenwagen. Kelly parkte daneben und stieg aus.

„Ich bin Deputy Freed. Mein Büro hat den Notarzt gerufen, ich bin ein Freund der Familie."

„Es geht um die Mutter. Wir nehmen sie mit ins Krankenhaus. Können Sie dafür sorgen, dass die Kinder irgendwo unterkommen? Vielleicht können Sie den Vater informieren?"

Kelly nickte. Es wusste, was in solchen Situationen von ihm erwartet wurde, aber er wollte dem Notarzt nicht sagen, dass es keinen Vater gab, den man anrufen könnte. Darum hoffte er, dass er wenigstens kurz mit Calley reden konnte, damit sie ihm sagen konnte, was mit den Kindern geschehen sollte.

Als sie auf das Haus zugingen, schob man Calley gerade auf einer Trage hinaus. Während die Ärzte ihre Ausrüstung zusammensuchten, versuchte Kelly, sie anzusprechen. „Calley, wohin soll ich die Kinder bringen?"

Calley sah verwirrt und überfordert aus, und antwortete nicht auf seine Frage.

„Calley, bitte. Versuchen Sie, sich zu konzentrieren. Haben Sie Freunde oder Verwandte, die sich eine Weile um die Kinder kümmern können?"

Sie murmelte etwas Unverständliches.

„Wir müssen los, Sir", meinte einer der Notärzte.

„Okay", meinte Kelly und trat einen Schritt zurück, um Platz für die Trage zu machen. Er sah Cooper an, der ebenfalls im Flur stand.

„Ich geh mal nachsehen, ob die Kinder oben sind", sagte Cooper. „Du sprichst mit Ryan und versuchst herauszufinden, was passiert ist."

Kelly nickte. „Ich habe sie gefragt, wo wir die Kinder hinbringen sollen. Sie murmelte etwas, das ich nicht verstehen konnte."

„Gable und Flynn", meinte Cooper ruhig. „Die Zwillinge bringen wir zu Gable und Flynn und mit ein bisschen Glück können sie auch Noah unterbringen. Ryan nehme ich mit zu mir auf die Blue River Ranch. Man kennt ihn dort. Ich bin sicher, dass sich im Haupthaus eine Schlafgelegenheit für ihn finden lässt."

Es beeindruckte Kelly, dass Cooper wusste, was zu tun war. Er hatte keine Ahnung gehabt, dass Cooper Calley und die Kinder so gut kannte. Er hatte jedoch keine Zeit, weiter darüber nachzudenken. Cooper stieg die Treppe in den ersten Stock hinauf und er musste sich auf die Suche nach Ryan machen, der das Sheriffbüro angerufen hatte.

Er fand den Jungen auf der Couch im Wohnzimmer. Er hatte die Schuhe auf der Couch und die Knie an die Brust gezogen. Kellys erster Impuls war, ihm zu sagen, die Füße von der Couch zu nehmen, doch der Junge starrte auf den Teppich vor sich und schien unter Schock zu stehen. Kelly beschloss, die Sache langsam anzugehen.

„Danke, dass du angerufen hast, Ryan. Man kümmert sich jetzt um sie."

Ryan reagierte nicht und auch sonst sprach nichts dafür, dass er Kelly überhaupt gehört hatte. Als Kelly ihn am Knie berührte, zog er sich abrupt zurück.

„Kannst du mir sagen, was passiert ist?"

Wieder kam keine Antwort.

„Cooper ist oben. Er will die Zwillinge und Noah bei Gable und Flynn unterbringen. Ist das in Ordnung?"

Diesmal sah Ryan ihn an. Die Haare fielen ihm in die Stirn und er machte ein ernstes Gesicht. „Dieser Perverse soll sich von den Kindern fernhalten."

„Cooper?", fragte Kelly und sein Mund wurde trocken.

„Ja, Cooper Nelson. Man kann ihm die Kleinen nicht anvertrauen. Sie können sich nicht wehren."

Kelly versuchte, ruhig zu bleiben. „Ich kann dir versichern, dass die Kinder bei Cooper in Sicherheit sind. Er und Calley sind befreundet. Er weiß, dass sie gerne hätte, dass wir sie zu Gable und Flynn bringen."

„Ich schätze, das ist in Ordnung. Sie lässt sie auch immer da. Aber nicht Noah. Ich kümmere mich um Noah."

Kelly rückte ein Stück näher, doch Ryan zog sich sofort zurück. Kelly nahm wieder seinen Platz auf dem Sessel gegenüber der Couch ein. „Cooper hat vorgeschlagen, dass du auf der Blue River Ranch bleiben könntest. Für Noah ist es aber vermutlich einfacher, wenn er bei den Zwillingen bleibt. Ich schätze, die Frauen auf der Blue River Ranch haben bereits genug Kinder, auf die sie aufpassen müssen."

„Kann sein." Ryan zuckte mit den Schultern. „Solange Noah nicht bei Cooper bleiben muss."

Kelly hatte keine Möglichkeit mehr, Ryan zu fragen, warum sich Cooper von Noah fernhalten sollte, denn in diesem Moment kam Cooper mit einem verschlafenen Kind auf einem Arm ins Zimmer. An der anderen Hand hatte er einen etwas größeren Jungen. Das war vermutlich Noah. Dieser wiederum hielt ein kleines Mädchen mit verweintem Gesicht an der Hand.

„Ich denke, wir sollten die drei so schnell wie möglich zu Gable und Flynn bringen, damit sie wieder ins Bett kommen", sagte Cooper leise.

Kelly sah Ryan an, der Cooper mit einem solch feindseligen Blick anstarrte, dass Kelly ein Schauer über den Rücken lief. Er wusste jedoch, dass Cooper recht hatte. Sie sollten aufbrechen. „Ich rufe Gable an, um ihn wissen zu lassen, dass wir kommen. Ryan, hast du einen Hausschlüssel, damit wir abschließen können?"

Ryan nickte und stand auf. Als er in die Flur hinausging, um seine Jacke zu holen, machte er um Cooper einen großen Bogen. Nachdem er die Jacke angezogen hatte, zog er einen Schlüssel aus einer der vielen Taschen.

„Okay, wir können los."

Zusammen mit Ryan setzten sie die Kinder auf die Rückbank und fuhren dann in Richtung von Gables Ranch davon.

„Hast du Gable angerufen?", fragte Cooper.

Kelly rieb sich mit der Hand übers Gesicht, um den Kopf frei zu bekommen. Das gute Essen und der Wein – wenigstens waren es nur anderthalb Gläser über den ganzen Abend verteilt gewesen – setzten ihm zu. Er zog sein Handy aus der Hosentasche und reichte es Cooper. „Die Nummer ist unter Blackwater eingespeichert."

„Und ich weiß, wie ich dieses Ding bedienen soll, weil ..."

Kelly grinste. Er griff wieder nach dem Handy, drückte ein paar Knöpfe und gab es dann an Cooper zurück. „Drück auf den grünen Knopf. Du weißt doch noch, wie man mit jemandem am Telefon spricht?"

„Blödmann", zischte Cooper, doch dabei lächelte er.

Während Cooper telefonierte, beobachtete Kelly im Rückspiegel die Kinder. Ryan schien sich nicht für die Kleinen zu interessieren. Der kleine Junge weinte und Noah versuchte, ihn zu beruhigen. Das Mädchen starrte vor sich hin, offensichtlich war sie schon fast wieder eingeschlafen. Kelly hätte am liebsten das Auto angehalten, um den weinenden Jungen zu beruhigen, aber vermutlich war es besser, sie so schnell wie möglich zu Gables Ranch zu bringen.

„Sie erwarten uns", sagte Cooper und klappte das Handy zu. „Gable hat viele Fragen gestellt und schien sehr besorgt zu sein, aber ich habe ihm gesagt, dass wir im Moment auch keine Antworten haben. Aber er ist einverstanden, dass auch Noah da bleibt."

„Ich rufe auf der Blue River Ranch an, sobald wir bei Gable sind", sagte Kelly und hoffte, Cooper würde das unausgesprochene Danke in seiner Stimme hören. Sie bogen in die Auffahrt der Blackwater Ranch ein und sahen, dass die Lichter am Haus eingeschaltet waren.

13

SOBALD KELLY das Auto angehalten hatte, sprang Flynn die Verandastufen herunter und öffnete die Tür zur Rückbank. Andy weinte, also nahm er ihn zuerst. „Ist schon gut, Schatz. Flynn ist ja da, du bist in Sicherheit." Der Junge klammerte sich an Flynn und bekam einen Schluckauf, während Flynn auch Noah aus dem Auto half. Gable ging auf die andere Seite des Autos, um Andys Zwillingsschwester Vicky auf den Arm zu nehmen.

„Gibt es was Neues von Calley?", fragte Gable.

Kelly schüttelte den Kopf. „Sie haben sie ins Mercy gebracht. Unser Hauptaugenmerk lag darauf, die Kinder irgendwie unterzubringen. Wir nehmen Ryan mit auf die Blue River Ranch."

Gable warf Flynn einen Blick zu und dieser nickte. „Es ist nicht nötig, dort drüben auch noch alle aufzuwecken. Ryan kann heute Nacht hier auf der Couch schlafen und morgen setzen wir ihn nach der Schule auf der Blue River Ranch ab. Wenn das für dich in Ordnung ist, Ryan."

Ryan schien nicht gänzlich überzeugt, doch schließlich nickte er.

„Kommt rein", schlug Gable vor. „Der Kaffee läuft gerade durch. Ihr könnt eine Tasse trinken, während wir die Kleinen ins Bett bringen. Und dann fahre ich ins Mercy, um nach Calley zu sehen."

Während Gable und Flynn mit den drei kleineren Kindern nach oben gingen, blieben Kelly und Cooper unten. Ryan setzte sich schweigend auf die Couch, auf der er wohl übernachten würde.

„Möchtest du ein Glas Wasser, Ryan?", fragte Kelly. Er kannte sich in Gables Küche nicht aus, aber da Gable ihnen Kaffee angeboten, ihnen aber nichts eingeschenkt hatte, vermutete er, dass sie sich selbst bedienen sollten.

Ryan schüttelte den Kopf, ohne Kelly dabei anzusehen.

„Kaffee?", bot Kelly Cooper an.

„Ja, ist wohl besser. Der Wein macht mich müde", antwortete Cooper und ging zielstrebig auf ein Regal zu, um zwei Becher herauszunehmen. Kelly hob eine Augenbraue, was Cooper zu einer Erklärung veranlasste. „Ich helfe manchmal hier aus und die Jungs sehen das recht locker. Sie haben kein Problem damit, wenn man sich was aus dem Kühlschrank nimmt oder sich einen Kaffee gönnt. Außerdem hat Gable es angeboten." Cooper füllte einen Becher und hielt ihn Kelly hin.

„Für mich nicht, danke. Davon bekomme ich Sodbrennen."

Cooper spitzte die Lippen. „Ich kann mich noch erinnern, wie du von diesem Zeug praktisch gelebt hast."

„Nicht in den letzten zehn Jahren." Kelly nahm sich ein Glas aus dem immer noch offen stehenden Schrank und füllte es mit Leitungswasser. „Heutzutage halte ich mich an Wasser und Kräutertee."

„Nobel, nobel", meinte Cooper mit einem Grinsen. Er nahm einen Schluck von seinem Kaffee und murmelte etwas, das wie ein Lob klang.

In diesem Moment kam Gable die Treppe herunter. „Mercy, sagtest du?" Kelly nickte. „Die Kleinen sind im Bett und Flynn wird sich um Ryan kümmern. Danke, Jungs."

„Wir kommen mit ins Mercy", sagte Kelly. „Ryan hatte beim Sheriffbüro angerufen. Ich muss also für meinen Bericht wissen, was mit Calley los ist. Außerdem bekommt ihr vielleicht keine Informationen, weil ihr nicht zur Familie gehört."

Darauf reagierte Gable mit einem Lächeln, was Kelly überraschte. „Calley und ich haben jeweils eine Vollmacht für den anderen. In rechtlicher und medizinischer Hinsicht.". Er hielt ein offiziell aussehendes Papier hoch. „Vielleicht muss ich ein paar Formulare vorlegen, aber sollte sie ernsthaft krank sein, brauchen sie meine Unterschrift."

„Du kannst mit uns mitfahren", schlug Kelly vor.

„Falls es für euch keinen Unterschied macht, würde ich gern mit meinem eigenen Truck fahren. Dann kann ich notfalls länger bleiben als ihr."

„Gut, wir treffen uns dann da."

Gable sah zwischen Kelly und Cooper hin und her, bevor er zu seinem Wagen hinüberlief und einstieg.

„Was war das eben?", wollte Kelly von Cooper wissen, als sie ins Auto einstiegen.

„Gable hat sich gefragt, was ich hier mache", erwiderte Cooper mit einem wissenden Lächeln. „Er weiß, dass ich bei der Sache mit Rory geholfen hatte, und sein Stand ist, dass wir uns darüber kennen. Doch die Sache mit Calley hat damit nichts zu tun. Er weiß nicht, dass du schwul bist, und deshalb weiß er auch nicht, dass unsere Bekanntschaft über die Geschichte mit Rory hinausgeht."

„Es ist ja nicht so, als hätten wir eine schmutzige Affäre", sagte Kelly, weil er nicht recht wusste, worauf Cooper hinauswollte.

„Nein, aber er weiß nicht, dass wir uns schon länger kennen."

„Mmh." Kelly nahm an, dass Gable zwei und zwei zusammengezählt hatte und es gefiel ihm nicht, dass man ihm vielleicht auf die Schliche gekommen war. War er so offensichtlich? Er wusste, dass er damit aufhören musste, Cooper ständig anzustarren, doch er konnte sich nicht beherrschen. Trotz seiner Bedenken und seines Bedürfnisses, seine Gefühle für Cooper geheim zu halten, hatte Cooper einen großen Einfluss auf Kellys Gedanken. Und diese Gedanken waren alles andere als keusch.

Sie fuhren durch die Nacht. Manchmal sahen sie Gables Rücklichter vor sich, meistens jedoch war die Straße menschenleer. Da Cooper nicht redete und Kelly nicht wusste, was er sagen sollte, hatte er zu viel Zeit zum Nachdenken. Er hoffte, dass Calley in Ordnung kommen und dass die Kinder bei Gable und Flynn bleiben konnten. Er wollte nicht das Jugendamt anrufen müssen, damit sie die Kinder abholten. Kümmerte man sich in kleinen Städten nicht umeinander? Bevor er die Kinder dem Jugendamt überließ, würde er eine andere Möglichkeit finden, sie unterzubringen – und wenn es auch nur übergangsweise war. Vielleicht wäre es sogar besser, ihren Vater anzurufen, als sie in eine Pflegefamilie zu geben. Er würde keine Entscheidung treffen müssen, aber er würde dafür sorgen, dass alle Möglichkeiten ausgeschöpft wurden.

Auf jeden Fall machte er sich Sorgen über Dinge, die er nicht beeinflussen konnte. Er musste an das Gelassenheitsgebet des amerikanischen Theologen Reinhold Niebuhr denken, in dem es darum ging zu erkennen, welche Dinge man ändern kann und welche nicht. Bevor sie nicht wussten, wie es Calley ging, war es unnötig, sich über die Kinder Gedanken zu machen.

„Ausfahrt!", rief Cooper, als wäre es nicht das erste Mal, dass er versuchte, Kellys Aufmerksamkeit zu erregen.

Kelly riss das Lenkrad nach rechts, das Auto schlingerte und sie erwischten im letzten Moment die Ausfahrt. Cooper stieß mit der Schulter gegen Kelly, bevor das Auto wieder geradeausfuhr.

„Wo warst du?", fragte Cooper in anklagendem Tonfall. „Wenn ich nicht so viel Wein getrunken hätte, würde ich weiterfahren."

„Entschuldige", sagte Kelly. „Ich habe nachgedacht."

„Über mich?" Diesmal klang Cooper eher, als wolle er Kelly aufziehen.

Kelly wagte es nicht, Cooper anzusehen, doch eine angenehme Wärme breitete sich in seiner Magengegend aus. „So was in der Art."

„Du kannst hier parken." Cooper zeigte auf den leeren Parkplatz gleich neben der Notaufnahme.

„Nein, den Parkplatz braucht vielleicht jemand."

„Da ist Platz für drei Autos. Es ist mitten in der Nacht. Und es ist ja wohl nicht so, als würdest du dir selbst einen Strafzettel schreiben, oder?"

Diesmal sah Kelly Cooper an. „Nur, weil ich es kann, heißt das noch nicht, dass ich es auch tun werde. Hier drüben sind jede Menge Parkplätze und das sind nur ein paar Schritte mehr. Wir sind schließlich noch nicht so alt, dass wir die paar Meter nicht laufen könnten."

Sie stiegen aus dem Auto aus und als Kelly die Zentralverriegelung betätigte, murmelte Cooper kaum hörbar „Gutmensch" in Kellys Richtung. Das entlockte Kelly ein Lächeln, weil sich unter der Fassade aus Desinteresse immer noch etwas von dem alten Cooper versteckte. Er folgte Cooper in die Notaufnahme und sprach mit der diensthabenden Schwester. Offensichtlich war nicht viel Betrieb.

„Mein Name ist Deputy Kelly Freed aus Fremont County. Calley Haines wurde nach einem Anruf in unserem Büro hierher gebracht. Kann uns jemand auf den neuesten Stand bringen, wie es ihr geht?"

Die Schwester sah ihn über ihre Lesebrille hinweg an. „Sie hat bereits Besuch."

„Ich weiß. Wir haben ihn angerufen. Er ist ihr nächster Angehöriger. Ich muss nur wissen, wie lange sie hier bleiben wird, damit ich weiß, ob ich Vorsorge für ihre Kinder treffen muss."

Wieder erntete er einen genervten Blick von der Schwester. „Bitte setzen Sie sich dorthin." Sie zeigte über Coopers Schulter auf den Wartebereich, in dem ein paar Betrunkene, eine Mutter mit drei schreienden Kindern und ein Mann saßen, der seine blutende Hand mit einem Handtuch umwickelt hatte. Außerdem konnte Kelly sehen, dass Cooper in einer Ecke saß. Er klopfte einladend auf den Stuhl neben sich.

„Sie bitten einen Arzt, mit uns zu sprechen?"

„Sobald er sich einen wohlverdienten Kaffee holt." Es war offensichtlich, dass sie ihn nicht zur Eile antreiben würde.

Kelly nickte ihr zu. Er wusste, dass er diesen Kampf nicht gewinnen würde, also setzte er sich neben Cooper.

„Weißt du, wenn sie länger im Krankenhaus bleiben muss, werde ich Bill anrufen müssen", sagte Kelly, als er sich neben Cooper setzte.

„Das solltest du nicht tun. Die Kinder sind bei Gable gut aufgehoben. Flynn ist eine richtige Glucke. Sie sind total vernarrt in ihn und Gable respektieren sie. Es gibt keinen besseren Ort für sie, wenn sie schon von ihrer Mutter getrennt sein müssen."

„Aber Bill ist ihr Vater."

Cooper warf Kelly denselben genervten Blick zu, mit dem die Schwester ihn gerade bedacht hatte. „Nur auf dem Papier. Die Kinder kennen ihn nicht, also halte ihn da raus."

„Aber ich muss den Rechtsweg einhalten. Vor allem du solltest das verstehen."

Cooper seufzte. „Offensichtlich kennst du nicht die ganze Geschichte."

„Nein, tue ich nicht."

„Calley und Bill Haines haben versucht, Kinder zu bekommen, seit ich sie kenne. Das erste Mal, als ich davon hörte, war ich noch Anwalt. Calley stellte mir einige rechtliche Fragen zum Thema Adoption, aber Bill wollte kein fremdes Kind aufziehen. Ich habe ihr gesagt, dass sie sich scheiden lassen müsste, wenn sie es ohne Bills Zustimmung durchziehen will."

Kelly nickte.

„Und weil mir dann ja die Lizenz entzogen wurde, habe ich die Geschichte aus den Augen verloren, bis die ganze Sache mit Gable und Grant passiert ist. Damals, als Grant Gable nach seinem Unfall hat sitzen lassen. Die Details habe ich zwar erst später rausgefunden, aber es kursierte damals das Gerücht, dass Grant eine Affäre mit Calley gehabt hatte und der Vater des Babys war, das sie in der zweiten Hälfte der Schwangerschaft verlor."

„Sie hatte also noch ein Kind vor den Zwillingen?"

„Ja und nein. Sie hat das Kind verloren, bevor es alt genug war, seinen ersten Atemzug zu tun. Sie war am Boden zerstört und von Bill war weit und breit nichts zu sehen. Er ist erst wieder aufgetaucht, als man sie aus dem Krankenhaus entlassen hatte. Zum Glück hat sich Gable damals um sie gekümmert – genau so, wie sie sich nach seinem Unfall um ihn gekümmert hat. Das Komische an der Sache ist, dass er und Calley weiter eng befreundet waren, obwohl die Gerüchteküche munkelte, dass er von der Affäre Wind bekommen und Grant rausgeschmissen hatte, kurz bevor ihn der Unfall ereilte, der ihn sein Bein kostete. Ich denke zwar nicht, dass es sich so abgespielt hat, aber niemand weiß, warum Grant Gable verlassen hat." Cooper sah Kelly an. „Die Gerüchte verstummten ziemlich schnell. Wir leben nicht in der Art Stadt, wo Leute gern hinter dem Rücken eines alleinstehendes Mannes über dessen Liebesleben tratschen. Ich bin mir sicher, dass es immer noch eine ganze Menge Leute gibt, die sich lieber einbilden, dass Flynn einfach nur Gables Angestellter ist."

Kelly lachte. „Bei Hunter und Grant sieht es sicher nicht anders aus."

„Ich kann schon verstehen, dass sie den Ball lieber flach halten wollen."

Kelly nickte zustimmend. Das bestätigte nur, warum er seine Beziehung zu Cooper nicht wieder aufleben lassen konnte – obwohl das der Grund war, warum er überhaupt nach Idaho gezogen war.

„Jedenfalls sind Calley und Bill wieder zusammengekommen, nachdem sich die Lage beruhigt hatte, und schließlich bekam Calley ihren Willen. Sie wurde wieder schwanger, doch gegen Ende der Schwangerschaft zog Bill aus und sie brachte die Zwillinge allein zur Welt."

Kelly warf Cooper einen mitfühlenden Blick zu.

„Na ja, nicht ganz allein. Bill ist irgendwann auf der Säuglingsstation aufgetaucht, um sich als Vater zu erkennen zu geben. Calley hat mir später jedoch gebeichtet, dass er nicht der biologische Vater der Zwillinge ist." Cooper machte eine Pause, um die Spannung zu erhöhen. „Laut Calley ist Gable der Vater."

„Wow. Deswegen lässt sie die Kinder dort, wenn sie viel um die Ohren hat oder die Stadt verlassen muss. Mir war schon klar, dass sie gute Freunde sind, aber ich hätte nie gedacht, dass Gable tatsächlich der Vater ihrer Kinder ist."

„Und deshalb darfst du nicht Bill Haines anrufen, damit er die Kinder abholt. Das kannst du weder Calley, Gable noch Flynn antun."

Kelly nickte. „Solange Gable und Flynn mit der Situation einverstanden sind und niemand ein Fass aufmacht, kann ich das Amt auf Abstand halten. Allerdings ist Bill Haines stadtbekannt. Sollte ihm jemand erzählen, dass Calley krank ist, und er meldet ein Recht auf die Kinder an, dann könnte ich in Schwierigkeiten geraten."

„Aber es wäre die richtige Entscheidung."

Kelly lächelte. Wann hatte Cooper denn angefangen, die richtige Entscheidung treffen zu wollen? Offensichtlich hatte er sich nicht nur zum Schlechten verändert.

„Wie auch immer das für Calley endet, sie muss ihre Lage klären," sagte Kelly in dem Versuch, sich wieder dem Thema zu widmen.

„Nach der Geburt der Zwillinge habe ich ihr gesagt, dass sie Gable zum Vormund machen müsse. Mit Bill als dem offiziellen Vater ist das allerdings nicht so einfach. Er steht auf der Geburtsurkunde, da sie zur Zeit der Geburt verheiratet waren."

„Calley müsste einen Bluttest machen, um die Vaterschaft feststellen zu lassen", schlug Kelly vor.

„Das habe ich ihr auch gesagt."

Kelly zog die Stirn kraus. „Aber selbst wenn der Vaterschaftstest zu Gables Gunsten ausfällt, wäre eine richterliche Entscheidung vonnöten. Und außer, Bill gibt seine Rechte freiwillig auf, kann ich mir keinen Richter vorstellen, der die Vormundschaft einem schwulen Paar anstatt dem legalen Vater zuspricht. Selbst wenn es sich um den biologischen Vater handelt."

„Auch das habe ich ihr gesagt. Es wäre am besten für sie, wenn Bill auf seine Rechte verzichtet, nur leider ist Bill nicht der sympathischste Typ. Er wird es Calley möglichst schwer machen. Einfach, weil ihre Affäre mir Grant seinen Stolz verletzt hat."

„Hat er wieder geheiratet?"

Cooper schüttelte den Kopf. „Er lebt mit einer Frau und deren zwei Kindern zusammen."

Kelly setzte sich auf. „Warum wühle ich nicht ein bisschen in Mr Haines' Schmutzwäsche? Inoffiziell natürlich."

Cooper verengte seine Augen zu Schlitzen. „Aber, aber, Deputy Freed! Sie wollen doch nicht etwa den Pfad der Tugend verlassen?"

„Ich mag Calley. Und ich mag Gable und Flynn. Wenn Calley möchte, dass Gable sich um die Kinder kümmert, dann sollte das Gesetz sie nicht davon abhalten."

„Es muss aber alles rechtlich sauber sein."

„Oh, das wird es. Ich bin der Sheriff. Ich muss auf der richtigen Seite des Gesetzes bleiben."

„Noch bist du nicht der Sheriff", scherzte Cooper. „Und du kannst vor der Presse nicht damit angeben."

Kelly warf Cooper als Antwort auf seine erste Bemerkung einen scherzhaft boshaften Blick zu. Auf seine zweite Bemerkung antwortete er: „Natürlich nicht. Wie ich schon sagte, alles ganz inoffiziell. Wenn alles nach Plan läuft, muss niemand wissen, dass ich involviert war. Du kannst die Lorbeeren ernten." Kelly lächelte selbstzufrieden.

„Das macht dir Spaß, oder?"

„Typen wie Bill Haines kommen doch mit allem davon. Einer der Gründe für meine Berufswahl war, dass ich solche Leute stoppen wollte."

Cooper lächelte. „Ich wünschte, ich könnte auch noch einmal so naiv sein."

„Ich bin nicht naiv. Nur idealistisch."

Cooper nahm Kellys Hand und drückte sie.

Kelly erwiderte den Druck und fühlte, wie Coopers raue Hände über seine rieben. Dann bemerkte er, dass eines der Kinder sie anschaute, und er ließ Coopers Hand los. Cooper erhob keinen Einwand.

14

GABLE STAND neben Calleys Bett und betrachtete seine blasse, schlafende Freundin. Er spielte nervös mit seinen Fingern, jetzt, da er seinen Hut abgenommen und beiseite gelegt hatte. Er hielt inne, als es ihm auffiel, und dachte daran, dass er die Gewohnheit von Flynn übernommen hatte, bei dem sie ihn immer unglaublich genervt hatte.

Calley wachte langsam auf. Sie öffnete die Augen und sah sich im Raum um. Gable erstarrte, weil er befürchtete, seine Anwesenheit hätte sie geweckt.

„Gabe, Schatz", sagte sie in dieser tiefen Stimme, die Gable immer überraschte, weil sie nicht zu ihrem zarten Körper zu passen schien. Mit einer Handbewegung bat sie ihn, näher ans Bett zu treten. „Es ist schön, dich zu sehen. Ich hatte schon Angst, Bill würde plötzlich hier auftauchen. So wie damals bei der Geburt der Zwillinge."

„Nein, ich bin's nur."

„Es bist niemals nur du", sagte Calley lächelnd und hielt ihm ihre Hand hin, die Gable sofort ergriff. „Du bist der einzige, den ich an meinem Krankenbett sehen will."

Ihre Hand fühlte sich kalt an, darum versuchte er, sie mit beiden Händen zu umfassen und zu wärmen. „Also, geht es dir gut?"

Sie nickte. „Die Ärzte machen noch ein paar Tests. Ich bin die Treppe runtergefallen, weil mir schwindelig geworden ist."

„Du arbeitest zu viel", meinte Gable, während er immer noch ihre Hand rieb. „Die Kinder und der Laden ..." Er beendete den Satz nicht. Sie wusste auch so, dass er sich oft um sie Sorgen machte.

„Gabe, ich liebe es, Mutter zu sein. Die Kinder geben meinem Leben einen Sinn. Und ich spreche dabei nicht nur von Andy und Vicky, sondern auch von Ryan und Noah. Die beiden brauchen eine Mutter, vermutlich noch mehr als die Zwillinge."

„Auch die Zwillinge brauchen eine Mutter. Eine, die auf sich selbst acht gibt. Sie haben nur dich, Cal."

„Sie haben auch dich und Flynn."

Gable sah, wie Calley ihre freie Hand auf ihren Bauch legte. Das war eine ungewöhnliche Geste für sie. Gable hatte sie nur so erlebt, als sie mit den Zwillingen schwanger war. Er suchte in ihrem Gesicht nach der Bestätigung für seinen Verdacht.

„Es war noch ein befruchtetes Ei übrig, Gabe. Ich dachte nicht, dass es funktionieren würde, aber ich konnte es auch nicht einfach auf sich beruhen lassen. Man muss nur die Zwillinge anschauen, um zu wissen, dass wir beide wunderschöne Babys machen. Und weißt du was? Es hat funktioniert. Ich bin wieder schwanger. Mit unserem letzten Baby."

Gable musste schlucken. „Du hast mir nichts gesagt."

„Du meintest immer, es wäre ein Geschenk. Dass ich damit machen könnte, was ich möchte."

Auf ihrem Gesicht spiegelten sich Sorge und Angst. Doch wenn Gable ehrlich mit sich war, konnte er nicht sauer auf Calley sein. Sie hatte recht. Es war ein Geschenk gewesen. Ein großes Geschenk zwar, aber trotzdem ein Geschenk. Sie hatten abgemacht, dass er nie irgendwelche Ansprüche auf das anmelden würde, was vielleicht aus diesem Geschenk entstand. Und das beinhaltete auch, dass er sich nicht einmischte, was mit den

Embryos passierte. Er hatte nie erwartet, dass er die Kinder so sehr lieben würde. Oder dass Flynns Gesicht so strahlen würde, wenn die Zwillinge zu Besuch kamen und an ihm hingen wie die Kletten. Und obwohl seine Sorge um Calley alles überschattete, wusste er, dass seine bessere Hälfte vor Freude an die Decke springen würde, wenn er erfuhr, dass Calley wieder schwanger war.

„Und dem Baby geht es gut?"

„Die Ärzte gehen davon aus, allerdings wollen sie noch ein paar Untersuchungen abwarten."

„Und warum bist du umgekippt?"

Sie zuckte mit den Schultern. „Mir ist einfach schwindelig geworden. Ich war müde. Du erinnerst dich doch sicher daran, wie ich mit den Zwillingen schwanger war. Im ersten Drittel der Schwangerschaft konnte ich mich kaum auf den Beinen halten."

Gable nickte. Trotzdem machte er sich zu viele Sorgen, als dass er sich hätte für sie freuen können. „Wie willst du mit fünf Kindern und ohne Leah den Laden am Laufen halten?"

Sie sah ihn mitfühlend an. Gable fand, dass eigentlich sie diesen Blick verdient hätte und nicht er. „Deswegen tue ich mich so schwer damit, eine neue Aushilfe zu finden. Ich brauche jemanden, der den Laden führen kann, anstatt einfach nur Anweisungen zu befolgen. Ich möchte mehr Zeit, um Mutter zu sein. Nebenher kann ich mich um die Bücher und die Bestellungen kümmern und Einkäufe ausliefern. Ich werde schon klarkommen."

Gable tätschelte ihre Hand, strich über ihren Arm und legte dann seine Hand auf ihren Bauch. Er legte seinen Kopf neben ihren auf das Kissen. „Versprich mir, dass du auf dich acht gibst, Calley. Wenn nicht um deiner selbst willen, dann wenigstens für die Kinder. Sie brauchen dich. Das Kleine hier und auch die, die schon herumlaufen."

„Kümmert sich Flynn um die Kleinen?"

Gable sah sie an. „Und auch um die Großen. Ryan schläft bei uns auf der Couch. Die anderen sind oben einquartiert."

„Waren sie sehr verstört?"

„Zu Anfang schon, aber du kennst doch Flynn. Lass ihn machen und in Nullkommanichts fressen ihm die Kinder aus der Hand."

Calley streichelte Gables Bart. „Dir geht es doch nicht anders. Warum also sollten die Kinder immun gegen seinen Charme sein?"

Obwohl Calley immer zu ihm gestanden hatte, erschien es Gable immer noch seltsam, sie so offen über seine Liebe zu Flynn sprechen zu hören. Natürlich fühlte er tatsächlich so, jede Minute, jede Stunde, jeden Tag. Flynn hatte ihn vor sich selbst und vor einem einsamen, verbitterten Leben bewahrt. Sie hatten sich ein gemeinsames Leben mit einer gut laufenden Ranch und gelegentlichen Besuchen der Kinder aufgebaut. Kinder, die Gable Calley geschenkt hatte, weil Flynn so einen starken Wunsch danach verspürte, Vater zu sein. Dieser Wunsch hatte auch dazu geführt, dass sich Blackwater in eine Zuchtfarm verwandelt hatte, obwohl dort bisher nur Pferde ausgebildet worden waren. All das und noch viel mehr tat Gable gern für seinen Partner.

Gables Gedanken wurden von einer zierlichen, asiatisch aussehenden Frau unterbrochen, die in Krankenhauskleidung das Zimmer betrat.

„Mr und Mrs Haines, es freut mich, sie beide hier anzutreffen", sagte sie ohne Anzeichen eines Akzents.

„Ich bin nicht Mr Haines", unterbrach Gable sie. „Ich bin Gable Sutton."

Sie sah ihn misstrauisch an.

„Was immer sie mir auch zu sagen haben, er kann es hören", wand Calley ein, die Gables Hand drückte, um ihre enge Verbindung zu verdeutlichen.

Die zierliche Frau sah auf ihr Klemmbrett. „Es gibt keine Anzeichen dafür, dass es dem Baby nicht gut geht, Mrs Haines. Ihr Sturz hat keine Wehen und keine Blutung ausgelöst. Der Ultraschall zeigt, dass das Baby sich normal bewegt."

Gable hörte Calley erleichtert aufseufzen. Vor einer Stunde hatte er noch nicht einmal gewusst, dass sie wieder schwanger war. Die Nachricht, dass es dem Kind gut ging, beruhigte allerdings auch ihn.

Die Ärztin fuhr fort: „Allerdings habe ich während der Untersuchung festgestellt, dass das Drüsengewebe in Ihrer linken Achselhöhle geschwollen ist. Außerdem konnte ich einen Knoten in Ihrer Brust tasten, was auf Brustkrebs hindeuten könnte. Wir müssen so bald wie möglich weitere Untersuchungen durchführen."

„Brustkrebs?", stammelte Calley in dem Moment, als Gable das Wort dachte. „Aber ich bin schwanger."

„Das verkompliziert die Schwangerschaft", gab die Ärztin zu. „Aber es ist nicht unmöglich. Es gibt Therapiemöglichkeiten, vor allem, da Sie das erste Drittel Ihrer Schwangerschaft bereits hinter sich haben. Wir sollten allerdings nichts überstürzen. Wir müssen weitere Untersuchungen durchführen. Der Knoten könnte auch gutartig sein und Ihre Symptome haben andere Ursachen."

Die Ärztin hatte eine ganze Liste weiterer Fragen für Calley, doch Gable konnte nur daran denken, dass die Mutter seiner Kinder ernsthaft krank war. Zwar war ihre Beziehung nie über eine – manchmal symbiotische – Freundschaft hinausgegangen, doch trotzdem konnte er sich nicht vorstellen, sie zu verlieren.

„Gable, bitte lass meine Hand los."

Gable sah in Calleys ruhiges Gesicht und die Tatsache, dass er sich überwinden musste, ihre Hand loszulassen, sagte ihm, dass er sie viel zu fest gedrückt hatte. „Ich ... tut mir leid."

Sie tat es schon wieder. Schon wieder sah sie ihn mit einem mitfühlenden Blick an, obwohl es doch sie war, die sein Mitgefühl nötig hatte. Er wollte seinen Frust herausschreien, wollte wütend auf das Schicksal sein, doch er konnte es nicht. Calleys ruhige Akzeptanz erstickte seine Wut im Keim. Stattdessen versuchte er, sich zu konzentrieren, und ihre Hand nicht mehr ganz so fest zu drücken. Er erinnerte sich daran, wie geduldig und ruhig sie gewesen war, als er krank und auf Hilfe angewiesen gewesen war.

Diesmal würde es seine Aufgabe sein, ihr durch diese schwere Zeit zu helfen.

15

„ALSO, WARUM wurde dir damals die Lizenz entzogen?" Kelly hielt Cooper die Dose Coke hin, die er auf dem Weg nach draußen aus dem Automaten gezogen hatte. Sie hatten die Notaufnahme verlassen, um etwas frische Luft zu schnappen.

„Das ist eine lange Geschichte", antwortete Cooper und ließ sich auf eine Bank neben dem Fußweg fallen.

„Ich habe Zeit." Kelly setzte sich neben ihn.

Cooper seufzte. „Ich übertreibe nicht."

„Ich auch nicht." Kelly lehnte sich zurück und verschränkte die Arme über dem Bauch. „Ich bin nur neugierig."

Cooper lächelte nervös. „Ich wurde für untauglich erachtet, im Staate Idaho als Anwalt tätig zu sein."

„Soviel konnte ich mir allein denken. Schließlich ist das die Definition von ‚Lizenz entziehen'. Da das aber nicht oft vorkommt, wüsste ich gern, wie das einem Typen passieren konnte, der ein aufstrebender Star war."

„Ich habe mit einem verheirateten Mitarbeiter des Staatsanwaltsbüros geschlafen."

„Siehst du, das war doch gar nicht so schwer", entgegnete Kelly in demselben ruhigen Ton, in dem er auch die Frage gestellt hatte. „Also ging es um eine Affäre?"

„Martin sollte der nächste Staatsanwalt werden. Er war verheiratet und hatte Kinder. Seine Frau kam aus einer reichen Familie; ihr Vater war ein pensionierter Richter, der es bis zum Obersten Gerichtshof geschafft hatte. Außerdem standen Martin und ich uns oft vor Gericht gegenüber, es bestand also ein Interessenkonflikt. Und es war ja nicht so, dass ich jedes Mal, wenn Marty im Gericht auftauchte, nach jemand anderem hätte fragen können. Er wiederum konnte sich auch nur aus einigen Fällen rauswinden."

„Ihr wart also lange zusammen?"

„Fünf Jahre."

Kelly pfiff anerkennend. „Das ist länger, als wir zusammen waren." Er sah den älteren Mann prüfend an. „Hast du ihn geliebt?"

Cooper schluckte schwer. „Ich schätze, das habe ich."

„Du schätzt?"

„Es gab ziemlich viel Geheimnistuerei. Meistens kam Marty zu mir nach Hause, als ich noch außerhalb der Stadt gewohnt habe. Selbst, wenn nie herausgekommen wäre, dass wir miteinander schliefen, hätten wir nur für die Tatsache, dass wir außerhalb des Gerichtssaals Zeit miteinander verbrachten, in Schwierigkeiten kommen können."

„Dann muss er dich wohl auch geliebt haben", stellte Kelly fest und versuchte dabei, möglichst neutral zu klingen. Er wusste ganz genau, wie Martin sich gefühlt haben musste – bis hin zu der Tatsache, dass er verheiratet war und sich nach einem Mann verzehrte. Selbst in diesem Moment, während er neben Cooper auf der Bank saß, fühlte er diese Anziehungskraft. Dabei war es unerheblich, dass Cooper nur noch ein Schatten seines früheren Selbst war und dass er einen Großteil seiner eindrucksvollen Statur und seines Stolzes eingebüßt hatte. Kelly konnte unter den ersten Falten und den grauen Haarsträhnen immer noch den Mann erkennen, in den er sich vor so vielen Jahren verliebt hatte.

„Was ist also passiert?", fragte Kelly.

„Ein Zeitungsfotograf hat uns in flagranti erwischt. Wir waren ein bisschen voreilig und haben Martys Sieg in einem wichtigen Fall auf dem Klo im Gericht gefeiert. Es war einer dieser Momente. Man wird ja manchmal gefragt, ob man weiß, wenn das Leben eine Kehrtwende macht. Ich wusste es in dem Moment, als ich den Kamerablitz sah. Martin hat versucht, den Mann aufzuhalten, aber er wollte die Bilder nicht rausrücken. Dann hat er auf legalem Wege versucht, die Veröffentlichung zu unterbinden, aber das hat auch nicht funktioniert. Von wegen Pressefreiheit und so. Marty ist nach Hause gefahren und hat in der geschlossenen Garage den Motor laufen lassen. Seine Frau fand ihn in der Nacht, doch da war es schon zu spät."

„Er hat Selbstmord begangen?"

Cooper nickte. „Ja." Er stand auf und ließ den Blick über den halb leeren Parkplatz schweifen. „Das ist lange her. Manchmal sprachen wir darüber, was passieren würde, wenn man uns auf die Schliche kommt. Ich wusste, dass er damit nicht würde leben können. Er liebte seine Kinder. Er sagte immer, sie wären das einzig Gute an seiner Ehe." Cooper schwieg. Dann ging er einfach davon.

„Du fehlst mir, Coop", sagte Kelly leise und hoffte darauf, dass Cooper ihn nicht mehr hören konnte. Diese Hoffnung wurde nicht erfüllt, denn Cooper drehte sich um.

„Daran hättest du denken sollten, als du dich für sie anstatt für mich entschieden hast, Kells."

In Coopers Worten schwang keine Wut mit. Tatsächlich klang er eher resigniert. Er stand von der Bank auf und sah, wie Cooper die paar Schritte, die er sich entfernt hatte, zurückging. Bevor Kelly reagieren konnte, presste Cooper seine Lippen auf Kellys Mund. Einen Moment später zog er sich zurück und seine Lippen bildeten eine schmale Linie. Er legte eine Hand über den Mund und ging davon, während Kelly sich fragte, was gerade hier passiert war. Als er zusah, wie Cooper über den Parkplatz und auf die Straße zulief, leckte er sich über die Lippen in der Hoffnung, Cooper zu schmecken. Doch dies war ihm nicht vergönnt.

Er hatte von der eiskalten Stationsschwester genügend Informationen erhalten, um zu wissen, dass Calley für weitere Untersuchungen im Krankenhaus bleiben müsste. Daher beschloss er, dass er genauso gut auch nach Hause fahren könnte, um endlich etwas Schlaf zu bekommen. Doch erst musste er Cooper finden und ihn zurück zur Blue River Ranch fahren.

Er holte Cooper kurz vor der Hauptstraße ein, wo dieser versuchte, eine Mitfahrgelegenheit zu ergattern. Sie sprachen kein Wort, nachdem Cooper in Kellys Auto eingestiegen war, und verabschiedeten sich nur kurz angebunden, als Kelly Cooper vor dem Mannschaftshaus absetzte.

Doch die Flamme brannte wieder. Während seiner Dusche am nächsten Morgen holte sich Kelly einen runter, während er sich an den alten Cooper erinnerte: übermütig, immer geil, immer anzüglich – ob sie nun in Gesellschaft waren oder nur unter Freunden. Wenn Kelly in der Nähe war, sprach Cooper eigentlich ständig in Anspielungen. Vermutlich tat er das auch, wenn Kelly nicht da war. Er hatte dieses liederliche Lachen und liebte es, Kelly aufzuziehen, doch dieser konnte auch immer Coopers Liebe für ihn auf seinem Gesicht sehen, denn die konnte Cooper nicht verstecken. Nur während der gestellten Gerichtsverhandlungen während ihrer Ausbildung erschien Cooper ernst und er stahl mit seiner Wortgewandtheit, seinem Wissen und seinem trockenen Humor allen anderen die

Show. Wo war dieser Mann jetzt? Hatte Martys Tod einen anderen aus Cooper gemacht? Kelly hoffte, dass er ihn eines Tages danach fragen konnte.

Er hoffte, dass sich diese Chance ergeben würde, nachdem er sich für den schlimmsten Fehler seines Lebens entschuldigt hatte. Denn auch Kelly kannte den genauen Moment, in dem sich sein Leben unwiderruflich verändert hatte: Es war der Moment gewesen, in dem er um Ninas Hand angehalten hatte. Das war eine spontane Entscheidung gewesen, hing aber direkt damit zusammen, dass ihm ein alter Bekannter von der Uni einen „Job mit so großer moralischer Verantwortung" nicht geben wollte, weil er ein „Homo" war. Es war nicht so, dass er Nina nicht liebte, doch sie wusste genau, wo seine eigentlichen Vorlieben lagen und war ein mehr als passabler Trostpreis, nachdem klar geworden war, dass Cooper nach seinem Examen solo unterwegs sein wollte. Sie liebte ihn auf völlig unaufdringliche, unromantische Art. Sie wusste, was sie wollte, und ließ sich auch nicht von Kellys Sehnsucht nach Cooper stoppen. Dabei respektierte sie durchaus Kellys Gefühle. Sie machte sich erst an ihn heran, nachdem Cooper praktisch schon aus dem Weg war, doch dann war sie besitzergreifend wie eine Löwin. Und Kelly hatte statt auf sein Herz auf seinen Kopf gehört, als er beschloss, bei Nina bleiben zu wollen. Sie war eine Karrierefrau und Kelly vermutete, dass sie nicht zu viel von ihm verlangen würde, wenn es um Zuneigung und Liebe ging. Und das tat sie auch nicht, nicht einmal, nachdem sie verheiratet waren. Wie damals, als er und Cooper noch zusammen gewesen waren, war sie auch jetzt sein Kumpel, seine Freundin. Sie lachten gemeinsam und hatten viel Spaß zusammen. Von Zeit zu Zeit befriedigte sie sein Bedürfnis nach menschlicher Nähe und Wärme, und er vermutete, dass er dasselbe für sie tat. Außerdem arbeiteten sie gut zusammen – Kelly konnte seine Karriere in der Strafverfolgung starten, während sie im Büro des Staatsanwalts arbeitete. Erst, als Kelly begann, anderen Männern hinterherzuschauen, fiel ihm auf, dass er sich wie im Gefängnis fühlte.

Und da war es bereits zu spät.

16

GABLE WAR kurz vor dem Morgengrauen wieder zu Hause. Als er das Haus betrat, zog er sich die Schuhe aus und erinnerte sich gerade noch rechtzeitig daran, dass er leise sein musste, weil sie einen Gast hatten, der im Wohnzimmer auf der Couch schlief. Er warf einen kurzen Blick auf den schlafenden Ryan, um sich zu überzeugen, dass es dem Jungen gutging, und schlich dann möglichst leise nach oben. Die Tür zum Kinderzimmer war offen, also schaute er auch dort kurz hinein. Vicky und Andy schliefen wie immer in einem Bett, obwohl Gable das kleine Zimmer extra mit einem Doppelstockbett ausgestattet hatte. Gable zog ihnen die Decke weiter über die kleinen Körper, ohne dass sie seine Anwesenheit bemerkt hätten. Noah schlief oben im Etagenbett und Gable sah, wie dessen Augen das schwache Licht aus dem Flur reflektierten.

„Schlaf wieder ein, Kleiner."

Noah legte sich wieder hin, doch seine Augen blieben offen.

„Alles wird gut", sagte Gable und fuhr mit den Fingern durch Noahs Haare. „Ryan ist unten und die Zwillinge schlafen tief und fest, darum musst du auch noch eine Weile leise sein. Schaffst du das?"

Noahs Nicken überzeugte Gable nicht restlos, aber ihm blieb nichts anderes übrig, als dem Jungen zu glauben. Er wünschte sich Flynn herbei, weil der so viel besser mit den Kindern umgehen konnte, doch er wollte ihn wegen so einer Trivialität nicht wecken. Er strich Noah so lange durch die Haare, bis dieser wieder die Augen schloss.

Todmüde betrat Gable das Schlafzimmer. Er wusste, dass er in einer Stunde schon wieder aufstehen musste, doch er wollte wenigstens für eine Weile einfach neben Flynn liegen. Vorsichtig, um Flynn nicht zu wecken, setzte er sich auf die Bettkante, zog sich die Hose aus und knöpfte sein Hemd auf. Mit großer Vorsicht rollte er die Socke über seinem Stumpf nach unten, bevor er die Prothese löste. Dabei achtete er darauf, dass die Haut keine Verletzungen oder Rötungen aufwies. Die Handgriffe waren ihm mittlerweile in Fleisch und Blut übergegangen, obwohl er sich noch gut an die Zeit erinnern konnte, als nur Flynn es über sich brachte, sich um den Beinstumpf zu kümmern.

Gable erschrak nicht, als Flynn ihn plötzlich von hinten umarmte. „Ist Calley in Ordnung?"

„Sie ist ziemlich krank", flüsterte Gable. „Wir werden uns wohl länger als nur einen Tag um die Kinder kümmern müssen." Flynns Bartschatten kitzelte Gables Schultern, als der ihn küsste.

„Darüber werde ich mich sicher nicht beschweren."

„Ich weiß", erwiderte Gable mit einem Lächeln. Er wurde nie müde zu beobachten, wie Flynn ihn und die Kinder bemutterte, und er hatte es nie bereut, Calleys Kinder gezeugt zu haben, einfach weil es Flynn so glücklich machte, die Kleinen um sich zu haben. Gable fand, er ähnelte seinem eigenen Vater – ein bisschen ruhig und distanziert, aber verlässlich und zäh – und mittlerweile verstand er auch, woher das kam. Der Unterschied war, dass Gable ohne eine warmherzige Mutter aufgewachsen war und er war froh, dass Andy und Vicky Calley als Mutter und Flynn als Glucke hatten. Wenn die beiden bei ihnen waren, verbrachte Flynn jede Minute mit ihnen, und Gable machte es nichts aus, dass dann weniger

Aufmerksamkeit für ihn abfiel, da sie ja nie lange blieben. Es gefiel Gable, Flynn dabei zu beobachten, wie er die Kinder bespaßte, während er seiner eigenen Arbeit nachging – ob das nun Ausmisten oder Kochen war.

Flynn riss ihn aus seinen Gedanken. „Komm unter die Decke. Es ist viel zu kalt."

„Es ist fast schon wieder Zeit zum Aufstehen", murmelte Gable, als er sich an Flynn kuschelte.

„Nicht für dich", entgegnete Flynn mit verschlafener Stimme. „Du warst die ganze Nacht im Krankenhaus. Ich stehe mit den Kindern auf und du schläfst dich aus."

Gable wollte widersprechen. Er wollte Flynn nicht mit vier verängstigten Kindern allein lassen, wenn er derjenige war, der zumindest ein paar ihrer Fragen beantworten konnte. Trotzdem merkte er, wie ihn der Schlaf übermannte. Als er aufwachte, lag er allein im Bett und aus dem Erdgeschoss klangen Stimmen herauf. Eine der Stimmen erkannte er problemlos: Es war Flynn, der die Kinder anhielt, leise zu sein.

Er zog sich schnell an und ging nach unten. Flynn kam gerade von der Veranda wieder ins Haus und hatte Andy auf dem Arm. Vicky folgte auf dem Fuße.

„Guten Morgen, Schlafmütze." Flynn gab ihm einen Kuss. „Tim hat gerade Ryan und Noah abgeholt. Er fährt sie zusammen mit den Krause-Kindern zur Schule. Ich dachte mir, wir könnten die beiden hier behalten, bis wir wissen, wann Calley wieder nach Hause kann."

Gable nickte, während er den Blick durch die Küche schweifen ließ. Der Esstisch sah aus, als hätte darauf eine Schlacht stattgefunden und die Kinder waren bereits wach, angezogen und voller Energie.

„Flynn, können wir zum Spielen rausgehen?", fragte Vicky.

Flynn lächelte die beiden an. „Nur auf die Veranda. Und zieht eure Jacken an, es ist kalt draußen." Flynn half ihnen, Jacken und Schuhe anzuziehen, bevor er sie nach draußen schickte und hinter ihnen die Tür schloss.

Als er zu Gable zurückkam, sah er ihn eindringlich an. „Also, wie geht es Calley?"

Gable biss sich auf die Unterlippe und fragte sich, wie lange er das Wort mit S für sich behalten konnte. „Sie ist die Treppe runtergefallen. Sie meinte, ihr wäre schwindelig geworden."

„Schwindelig?"

Gable nickte.

„Und warum ist ihr schwindelig geworden?"

Gable musste einsehen, dass er keine Geheimnisse vor Flynn haben konnte, egal ob wichtig oder trivial – und dieses hier war keineswegs trivial. „Die gute oder die schlechte Nachricht zuerst?"

„Die gute", antwortete Flynn.

„Sie ist schwanger."

Flynn öffnete den Mund, fand jedoch keine Worte. Im selben Moment erhellte ein Leuchten sein Gesicht, als hätte jemand einen Lichtschalter betätigt. „Schwanger? Sie hat einen Freund? Lässt sie die Kinder deshalb öfters bei uns?"

Schon seit Flynns Vermutung, dass Calley einen Freund hatte, schüttelte Gable den Kopf, doch Flynn schien das nicht aufzufallen. „Nein, kein Freund. Es war noch ein befruchtetes Ei übrig, nicht wahr?"

Flynns Lächeln wurde noch breiter, obwohl das kaum möglich schien. „Willst du mir sagen, es ist unseres? Ich meine, deins? Wir können uns um das Kind kümmern, genau so, wie wir uns um Vicky und Andy kümmern?"

„Es ist noch nicht mal auf der Welt", versuchte Gable, Flynn ein wenig zu bremsen.

„Wie weit ist sie? Wann ist der Geburtstermin?"

„Im vierten Monat, also noch fünf weitere Monate."

Flynn schüttelte den Kopf. „Du siehst nicht glücklich aus. Mit dem Baby ist etwas nicht in Ordnung, stimmt's? Deshalb hast du auch schlechte Nachrichten. Du weißt, dass es mir nichts ausmacht, wenn was mit dem Baby ist. Es ist deins. Ich werde es auch lieben, wenn es nicht perfekt ist. Das weißt du, oder?"

Gable nahm Flynn in die Arme. Er brauchte diese menschliche Nähe. Ein Teil von ihm wollte Flynn nicht mit den schlechten Nachrichten belasten, denn bis jetzt war noch nichts hundertprozentig sicher. Er wusste, dass Flynn sich Sorgen machen würde, doch er musste sich das von der Seele reden. „Die Ärzte glauben, dass Calley Brustkrebs hat."

„Aber sie ist schwanger!"

„Sie müssen noch mehr Untersuchungen durchführen, um wirklich sicher sein zu können. Aber es gibt Therapien und Medikamente, die dem Baby nicht schaden", sage Gable mit so leiser Stimme, dass er nicht sicher war, ob Flynn ihn überhaupt gehört hatte. Dass Flynn auf das Gesagte nicht reagierte, schien seine Vermutung zu bestätigen.

Dann löste sich Flynn aus ihrer Umarmung und umschloss mit den Händen Gables Kopf. „Wir werden uns um sie kümmern. Wir nehmen die Kinder auf und trommeln die Jungs zusammen, damit sie uns helfen, das Haus zu vergrößern. Damit schaffen wir ein Zimmer für Ryan und ein ebenerdiges Schlafzimmer für Calley, damit auch sie hier bleiben kann. Sie kann schließlich nicht allein in der Stadt wohnen, wenn sie eine Chemotherapie bekommt oder was sonst noch nötig ist, um das zu besiegen." Er zog Gable an sich und küsste ihn leidenschaftlich. „Wir schaffen das."

Gable wusste, dass Flynns Reaktion zumindest zum Teil auf Lee zurückzuführen war; seinen ersten richtigen Freund, der an Krebs gestorben war, während seine Mutter Flynn verboten hatte, ihn zu besuchen. Und dann war da noch Flynn, die Glucke, die sich sofort um alles kümmern wollte. Gable war für beide Seiten von Flynn dankbar, denn auch er wollte Calley helfen.

„Lass uns einen Schritt nach dem anderen gehen. Die Diagnose steht noch nicht fest. Heute werden noch mehr Tests gemacht."

Flynn lächelte, als Gable ihn sanft ausbremste. „Wir könnten sowieso einen Anbau gebrauchen. Zwei Kinder in einem Doppelstockbett ist ganz nett, aber sobald sie größer sind, brauchen sie in jedem Fall mehr Platz. Und ohnehin müssen wir langfristig Raum für ein fünftes Kind schaffen. Warte ab, bis sie Teenager sind und sich kein Zimmer mehr teilen wollen."

Gable lächelte und erwiderte Flynns Kuss. „Ich schätze, wir könnten die Jungs fragen, ob sie uns helfen."

17

IN DER darauf folgenden Woche hielt sich Cooper bewusst von Kelly fern. Er hatte seine eigene Regel gebrochen: Er hatte Kelly geküsst und es hatte sich angefühlt, als hätte jemand in seinem Kopf alle Lampen angeschaltet. Er wusste von früheren Gesprächen mit Kelly, dass dieser ihre Beziehung gern wieder aufleben lassen wollte. Cooper jedoch hielt sich zurück und schob Nina vor – er wollte nicht dafür verantwortlich sein, dass sie ihren Ehemann in dem Moment verlor, in dem sie ihn am meisten brauchte. Da spielte es keine Rolle, was Kelly wollte. Und es spielte vor allem keine Rolle, was Cooper selbst wollte. Beides war nicht wichtig. Sie hatten es fünfzehn Jahre ohne einander ausgehalten, da würde ihnen das wohl auch in der absehbaren Zukunft gelingen. Zumindest redete er sich das ein, wann immer seine Gedanken während der Arbeit auf Kelly kamen.

Wenn er allerdings nachts allein im Bett lag, erlaubte er sich ein paar Fantasien. Sich an die Hütte am See und das Etagenbett zu erinnern, endete oftmals damit, dass er sich einen runterholte. Er redete sich ein, dass es in Ordnung war, solange sich diese Fantasien auf sein eigenes Schlafzimmer beschränkten, doch mittlerweile konnte er selbst bei der Arbeit nicht aufhören, an Kelly zu denken.

Am Freitag schaute Grant im Stall vorbei, als Cooper gerade das Scharnier an einer Boxentür reparierte.

„Bist du bald fertig?"

Cooper nickte. „Ja, brauchst du mich für etwas anderes?"

Grant lächelte. „Irgendwie schon. Die Teilnahme ist allerdings freiwillig."

Cooper hob eine fragende Augenbraue.

„Calley kommt mit den Lebensmittellieferungen nicht hinterher und sie hat mich gefragt, ob ich dich erübrigen könnte."

„Sie hat nach mir gefragt?"

„Ja", meinte Grant beiläufig. „Du würdest ihr einen großen Gefallen tun."

„Aber klar doch, Chef."

Grant lachte. „Das sollte höchstens ein paar Stunden dauern und da du hier ohnehin fertig bist …" Grant wartete Coopers Antwort gar nicht erst ab und dieser wusste, dass er keine zu geben brauchte. Natürlich half er Calley gern.

AM TAG vor dem Wochenende war in der Stadt wie immer viel los. Cooper hoffte zwar, dass er nicht zufällig auf Kelly traf, doch ansonsten ging er an der Ladenzeile entlang, wie er es immer tat: den Kopf gesenkt, den Stetson tief ins Gesicht gezogen und ohne, dass er jemandem ins Gesicht sah.

Auch in Calleys Laden war viel los, deshalb musste er eine Weile warten. Calley war nirgends zu sehen und ein ihm unbekanntes Mädchen stand an der Kasse. Sie war zwar jung, aber freundlich, und wusste augenscheinlich, was sie tat. Mit ihren schwarzen Haaren und dem dick aufgetragenen Eyeliner sah sie ein bisschen wie ein Goth aus, und Cooper fragte sich, ob sie vielleicht Max vom Klamottengeschäft kannte. Er konnte sich gut vorstellen, dass die beiden sich prima verstehen würden.

„Kann ich Ihnen helfen?", fragte die junge Frau.

Cooper blinzelte unter seinem Hut hervor. „Ist Calley da?"

Für einen Moment erstarrte das Mädchen und ihr Lächeln gefror. Cooper fragte sich, was er falsch gemacht hatte. Bis das Glöckchen über der Eingangstür klingelte und ein paar Leute eintraten, war er der einzige Kunde im Laden gewesen. Als er erneut das Mädchen an der Kasse ansah, hatte sie sich wieder gefasst. „Kann ich Ihnen helfen? Ach ja, Sie wollten zu Calley. Sind Sie der Mann, der die Lieferungen übernehmen soll? Sie ist hinten und kann Ihnen alles erklären."

Cooper tippte sich an den Hut und durchquerte auf der Suche nach Calley den Laden.

ZEHN MINUTEN später war er in einem Truck voller Lebensmittel und einer Liste mit allen Adressen unterwegs. Zu seiner Überraschung war ein Name auf der Liste Kaye Simmons, der Mann, der Ryan beschuldigt hatte, sein Motorrad gestohlen zu haben. Cooper beschloss, dass es an der Zeit war, selbst ein paar Erkundigungen einzuholen. Er wusste, dass er nicht zu dick auftragen durfte, denn sein Gesicht passte nicht mehr zu dem breiten Grinsen, das er als erfolgreicher Anwalt zur Schau gestellt hatte. Er würde sich nicht anmerken lassen, dass er wusste, was vorgefallen war.

Der Mann, der mit dem Handy am Ohr die Tür öffnete, war ein kleiner, kompakt gebauter Typ mit aschblonden Haaren, der aussah, als wäre er höchstens zwanzig. Cooper wusste, dass er älter sein musste, da er schon seit ein paar Jahren an der örtlichen Mittelschule unterrichtete. Als er die Kiste in Coopers Händen sah, gestikulierte er lächelnd in Richtung Garage. Ein paar Sekunden später öffnete sich das Garagentor wie von Geisterhand und eine Moto Guzzi kam zum Vorschein, die so gut gepflegt war, dass sie aussah, als wäre sie brandneu. Cooper konnte verstehen, warum Simmons wegen des Motorrads so einen Aufstand gemacht hatte. Wenn das Motorrad Cooper gehören würde, wäre er auch sehr besitzergreifend.

„Netter Ofen", bemerkte Cooper beiläufig.

„Danke", erwiderte Simmons und steckte sein Handy weg. „Es ist ziemlich aufwändig und auch teuer, sie in Schuss zu halten. Aber bei den vielen Landstraßen, über die man hier heizen kann, macht ein Motorrad mehr Spaß als ein Auto."

„Das kann ich mir vorstellen", sagte Cooper. Er warf dem Motorrad noch einen bewundernden Blick zu, bevor er Simmons in die Küche folgte. Er legte den Lieferschein auf die Kiste, doch Simmons machte keine Anstalten, die Lieferung abzuzeichnen.

„Wie geht es Calley?", fragte er.

Cooper hatte den Eindruck, dass er nervös aussah. „Es geht ihr langsam besser."

Simmons begann, die Einkäufe auszupacken, und fragte mit dem Kopf im Kühlschrank: „Und Ryan?"

Cooper hatte sich bereits gefragt, ob Simmons den Schneid haben würde, Ryans Namen zu erwähnen. Er nahm an, dass er mehr zu gewinnen hatte, wenn er seine Mitwisserschaft für sich behielt. Immerhin hatte Kelly ihm das Versprechen abgenommen, die Sache für sich zu behalten. Über die ganze Geschichte war sicherlich auch offiziell Schweigen bewahrt worden. „Er arbeitet hart, der arme Junge. Aber er beschwert sich nicht."

„Ja, er ist ein guter Arbeiter", stimmte Simmons zu. Er hatte sich zwar zu Cooper umgedreht, um die Kiste auszupacken, doch er sah ihm nicht in die Augen. „Eigentlich hat er mir immer die Lebensmittel gebracht, aber ich schätze, er hat zu viel zu tun."

Cooper hatte sich Simmons irgendwie schmierig vorgestellt, doch stattdessen schien er ehrlich besorgt und interessiert zu sein. Weil er so häufig mit menschlichem Abschaum zu tun gehabt hatte, hatte er einen sechsten Sinn entwickelt und konnte Menschen gut einschätzen. In diesem Fall hatte er den Eindruck, dass Simmons kein schlechter Kerl war. Er würde erst mal das Beste annehmen. „Ich schätze, sobald sich die Aufregung etwas gelegt hat, wird er auch wieder ausliefern. Die Trinkgelder kann er bestimmt gut gebrauchen."

Überrascht sah Simmons auf. „Natürlich, wie schrecklich von mir." Er griff nach seinem Portemonnaie und nahm ein paar Scheine heraus. „Danke."

Cooper sah das Geld an und lächelte. Ryan bekam offensichtlich wirklich gute Trinkgelder und Simmons hatte kein Problem damit, einem anderen Lieferjungen dasselbe Geld zukommen zu lassen. Er schürzte die Lippen. „Deshalb habe ich das nicht erwähnt. Ich mache die Runde nicht fürs Trinkgeld, sondern um Calley einen Gefallen zu tun. Ich habe einen Job, Sie können das Geld also gern behalten." Er schob das Geld wieder in Simmons' Richtung.

Kaye sah das Geld an. „Das würde sich nicht richtig anfühlen. Wo ich herkomme, gibt man demjenigen, der etwas für einen tut, ein Trinkgeld. So habe ich mir das College finanziert."

Cooper sah Kaye an. Er sah weder böse noch hinterhältig aus, deshalb war Cooper gewillt, ihn für einen guten Menschen zu halten. Also nahm er das Geld. „Ich werde es in Ryans Gelddose stecken."

„Sagen Sie ihm nicht, dass es von mir kommt", bat Simmons eilig.

„Ich bin sicher, dass er sich freuen würde. Schließlich entgehen ihm im Moment einige Trinkgelder", versuchte Cooper, Simmons zu ködern. Er hoffte, Simmons' noch ein paar Informationen entlocken zu können.

„Er ist sauer auf mich. Wir hatten eine … Meinungsverschiedenheit."

Cooper nickte, sagte jedoch nichts. Verdammt, er war immer noch ziemlich gut! Er versuchte, sich nicht zu sehr in seinem Erfolg zu sonnen, und Simmons stattdessen einfach eine Möglichkeit zu geben zu beichten.

„Wie Sie hat er oft mein Motorrad bewundert. Immer, wenn er an der Garage vorbeikam, hat er ihm einen Blick zugeworfen. Irgendwann habe ich ihm dann erlaubt, sich mal draufzusetzen, und habe ihm gezeigt, wie man die Maschine startet. Ich wusste, dass er gern eine Runde damit gedreht hätte, aber es ist halt mein Schätzchen. Während ich meinen Studentenkredit abbezahlt habe, habe ich mir das Motorrad vom Munde abgespart. Ich habe es gebraucht gekauft und dann wieder hergerichtet. Deshalb hatte ich Angst, das Motorrad könnte etwas abbekommen. Doch Ryan hat immer wieder danach gefragt und irgendwann habe ich ihm erlaubt, damit einmal um den Block zu fahren. Nur ist er ewig nicht zurückgekommen und da habe ich schließlich beim Sheriff angerufen. Ich schwöre, dass ich mir Sorgen gemacht habe, dass Ryan etwas passiert sein könnte."

Cooper blieb ruhig, während Kaye sich offensichtlich in Rage redete. Was er erzählte, fühlte sich allerdings nicht einstudiert an und Cooper hatte nicht den Eindruck, als versuche er, ihm einen Bären aufzubinden. Vielleicht war das nicht die ganze Geschichte, aber das, was er erzählte, klang nach der Wahrheit.

„Ich würde mir auch Sorgen machen, wenn sich jemand Unerfahrenes auf mein Motorrad setzt", stimmte Cooper zu. „Ich bin sicher, der Sheriff hat das genauso gesehen." Mitgefühl zu heucheln fiel ihm als ehemaligem Anwalt ziemlich leicht.

„Sein Deputy war da. Aber es stimmt, er hat mich dazu gebracht, keine Anzeige zu erstatten. Ich schätze, ich habe überreagiert. Doch seitdem ist Ryan nicht mehr hier gewesen."

Cooper hob die Hand, in der er immer noch das Geld hielt. „Ryan hat eine Spardose unter der Kasse, wo er seine Trinkgelder sammelt. Ich stecke das Geld einfach dazu. Er wird nicht wissen, dass es von Ihnen kommt."

Kaye lächelte. „Danke, das ist wirklich sehr nett von Ihnen."

Als sich Cooper zum Gehen wandte, ergriff Kaye noch einmal das Wort. „Ich habe noch ein paar von Calleys Kisten hier. Ryan hat sie beim letzten Mal nicht mitgenommen. Ich hatte gehofft … ach, vergessen Sie's."

Cooper hoffte ebenfalls. Dass Kaye weitererzählen würde, zum Beispiel. Es gab allerdings keine unauffällige Art, weiter in ihn zu dringen. Cooper musste weiterhin unwissend erscheinen. Vielleicht bekam er ja eine zweite Chance, wenn er auch nächste Woche für Calley auslieferte. „Die nehme ich natürlich mit. Calley kann immer welche gebrauchen", sagte er beiläufig.

Den Rest seiner Runde verbrachte er damit, das Gespräch mit Kaye Simmons Revue passieren zu lassen, und er fragte sich, ob er auch Ryan dazu bringen könnte, mit ihm zu sprechen. Das Problem war allerdings, dass er offensichtlich nicht geeignet war, um mit Ryan ein vertrauliches Gespräch zu führen. Ryan hatte ein Problem mit Cooper und es war wohl besser, wenn sie auf Abstand zueinander blieben.

Während Cooper auf den Sandweg einbog, der zur Blackwater Ranch führte, überlegte er, ob er Gable bitten sollte, ein Wörtchen mit Ryan zu reden. Er hatte nur noch die Bestellungen von Blackwater und Blue River im Truck und daher durchaus noch etwas Zeit.

Gerade, als er den Wagen anhielt, kam Gable aus dem Haus. „Du bist spät dran", sagte er ohne jeden Vorwurf in der Stimme.

„Musste mich erst um meinen eigentlichen Job kümmern."

„Calley hat erwähnt, dass sie bei Grant nachfragen wollte, ob er jemanden erübrigen kann. Komm doch rein."

Sofort, nachdem Cooper die Lebensmittelkiste in der Küche abgestellt hatte, fing Gable an, sie auszupacken. „Möchtest du einen Kaffee?"

„Klar", erwiderte Cooper. „Ich schenke mir selbst ein. Willst du auch einen?"

Gable nickte.

Cooper beschloss, gleich zum Punkt zu kommen, denn auch Gable war eher der direkte Typ. Er war sicher, dass Gable es zu schätzen wissen würde, wenn er nicht lange um den heißen Brei herum redete. „Also, wie macht sich Ryan?"

„Gut. Er arbeitet hart. Gibt keine Widerworte. Erinnert mich ein bisschen an Rory, als der hier angefangen hat." Als die Kiste leer war, stellte Gable sie auf den Boden und setzte sich dann Cooper gegenüber an den Tisch, um seinen Kaffee zu trinken. „Das macht mir ein bisschen Sorgen, aber ich will mich nicht in fremde Angelegenheiten einmischen, also halte ich einfach die Klappe."

„Warum machst du dir Sorgen?"

„Rory hatte ein paar Leichen im Keller. Flynn macht sich eigentlich mehr Sorgen als ich. Ich bin der Meinung, dass jeder sein Kreuz zu tragen hat, und wenn es zu schwer wird, suchen wir uns jemanden, der beim Tragen hilft. Flynn würde gern einen Teil der Last übernehmen, noch bevor sie für Ryan zu schwer wird. Also macht er sich Sorgen. Und spricht mit mir darüber. Und was kann ich dagegen tun? Nichts. Also sorge ich mich lieber erst, wenn ich es gar nicht mehr vermeiden kann."

„Nun ja, ich mache mir auch Sorgen", gab Cooper zu.

Gable machte ein abschätziges Gesicht. „Du und Flynn." Er schüttelte den Kopf. „Hätte dich nie für solch eine Glucke gehalten."

„Oh, es gibt viel, das du von mir nicht weißt."

„Rück Ryan einfach nicht zu sehr auf die Pelle. Nach allem, was er im Leben durchgemacht hat, ist er nicht gerade dein größter Fan. Dein Freund hätte wahrscheinlich bessere Chancen."

Cooper verschluckte sich an seinem Kaffee. „Bitte?", stotterte er.

„Der Deputy. Kelly Freed. Ryan kann ihn ganz gut leiden. Ich schätze, mit ihm würde er reden, denn er respektiert seine Uniform."

„Er ist nicht mein Freund, Gabe. Er ist verheiratet."

„Mmh." Gable nickte und nahm einen weiteren Schluck von seinem Kaffee, so als falle Coopers Einwand nicht weiter ins Gewicht.

Cooper wusste natürlich, dass Gable recht hatte. Wenn irgendjemand in der Lage wäre, zu Ryan durchzudringen, dann Kelly. Schließlich hatte er schon in der Vergangenheit bei Ryan Pluspunkte gesammelt. Das hieß allerdings, dass Cooper mit Kelly über sein Gespräch mit Simmons sprechen musste. Er stand vom Tisch auf. „Danke für den Kaffee. Ich habe noch zwei Stopps vor mir."

„Danke, dass du die Bestellung vorbeigebracht hast", sagte Gable und begleitete ihn nach draußen.

ALS ER wieder im Auto saß, war er zu der Überzeugung gelangt, dass er mit Kelly über Ryan reden musste. Anstatt also in Richtung Blue River abzubiegen, machte er sich auf den Weg zu Kellys Haus. Wie üblich, begrüßte ihn Teo an der Tür.

„Mr Nelson, was führt Sie her?"

„Ich würde gern mit Kelly sprechen, wenn das möglich ist."

Teo lächelte zuvorkommend. „Ich fürchte, Kelly ist noch nicht zu Hause. Aber Nina würde mir den Kopf abreißen, wenn ich Sie nicht hereinbitte. Sie ist hinten. Sie können dort auf ihn warten."

Cooper zögerte einen Moment. Er war nicht sicher, ob er bereit dazu war, mit Nina allein zu sein. Und er befürchtete, dass er dann auch mit Kelly nicht unter vier Augen sprechen konnte, wenn er erst einmal zu Hause war. Teos etwas ungeduldiger Blick half ihm bei seiner Entscheidung. „Sie wissen nicht zufällig, wann er hier sein wird?"

Teo schüttelte den Kopf.

„Na, gut. Ich schätze, ich kann ungefähr zehn Minuten warten."

Cooper ging über die umlaufende Veranda nach hinten und hörte von dort schon Ninas klare Stimme herüberschallen. Hinter der letzten Ecke wartete er, um ihr einen Moment zuzuhören.

„Vielleicht ist der Fall nicht so eindeutig, wie es zunächst den Anschein hat. Punkt. Neue Zeile. Sieh noch einmal den Text durch und arbeite die Korrekturen aus dem Nachtrag ein. Schicke ihn mir zurück und ich lese ihn noch einmal gegen. Neue Zeile. Bis Bald. Komma. Neue Zeile. Nina."

Er trat einen Schritt vor. Ihr Blick war auf den Garten gerichtet. Vor ihr stand ein Laptop und sie hatte ein Headset auf dem Kopf. Cooper hatte nicht den Eindruck, dass sie ihn bemerkt hatte.

„Email an Jeffrey Pike. Korrigiere Jeffrey." Sie seufzte und fluchte dann leise. „Verdammte Spracherkennung. Himmel! Letzte drei Worte löschen. Herrgott noch mal. Ruhezustand."

Cooper konnte sich ein Lachen nicht verkneifen und die Art, wie sie den Kopf neigte, sagte ihm, dass sie seine Anwesenheit bemerkt hatte. Er ging ein paar Schritte auf sie zu, bis er in ihrem Blickfeld stand. Die tiefen Furchen auf ihrer Stirn glätteten sich, als sie ihn anlächelte. „Cooper, Schatz! Es ist so schön, dich zu sehen. Was führt dich her?"

„Ich dachte, ich komme mal vorbei, um dir beim Fluchen zuzuhören. Und in echter Nina-Manier machst du auch das mit Stil."

„Ich hasse diese ganze Technik. Ich wünschte, ich könnte ohne auskommen, aber der Zug ist abgefahren."

Cooper hob abwehrend die Hände. „Mich musst du nicht ansehen. Ich besitze nicht mal ein Handy."

Sie lächelte immer noch. „Ja, das hat mir Kelly erzählt. Es treibt ihn in den Wahnsinn, dass er dich nicht erreichen kann. Tu einfach, als wärst du überrascht, sollte er dir zum Geburtstag eins schenken."

„Wird nicht viel nutzen", meinte Cooper. „Ich würde es vermutlich in irgendeinem Heuhaufen verlieren."

„Du tummelst dich oft in Heuhaufen?"

Cooper grinste. „Ich miste für Geld Ställe aus. Es geht dich zwar nichts an, aber auf der Ranch gibt es nicht viele Typen, mit denen man sich im Heu tummeln könnte."

Cooper setzte sich neben sie und tätschelte ihre Hand, weil er hoffte, dass sie das von seinem Privatleben ablenken würde. Natürlich wusste er eigentlich, dass dafür mehr nötig war. „Ich habe Informationen für Kelly. Zu einem Fall, zu dem er letzte Woche gerufen wurde, und bei dem nichts herausgekommen ist. Aber ich schätze, so dringend ist es auch nicht."

Nina kniff die Augen zusammen. „Letzte Woche? Ryan irgendwas? Und ein Lehrer aus der Stadt. Es ging um ein Motorrad, das vielleicht oder vielleicht auch nicht gestohlen wurde?"

Cooper lächelte, weil er merkte, wie er sich langsam entspannte. „Du kannst auch jedes Vöglein zum Singen bringen, Nina Alexander."

„So schwer ist das nicht. Kelly erzählt mir alles. Ich komme nicht viel aus dem Haus, also habe ich den Vorteil, dass ich all diese Menschen nicht kenne. Außerdem ist Kelly gut darin, mir wirklich nur die Fakten zu präsentieren. Das hat von dir gelernt, wenn ich mich recht entsinne."

„Ja", stimmte Cooper zu. „Ich habe ihm immer gesagt, dass seine Gefühle die Faktenlage nicht überdecken sollten. Ein Richter darf seine Entscheidung nur aufgrund der Fakten treffen."

„Und genau darum warst du so gut darin, die Gefühle der Jury zu steuern." Sie lächelte breit und in ihren Augen blitzte der Schalk.

„Nun ja, du hattest schon immer eine Begabung dafür, die seltsamsten Schlüsse zu ziehen. Wie ist deine Meinung zu dem Motorrad-Fall?"

„Klingt für mich, als wäre der Schlüssel die Beziehung zwischen Ryan und diesem Lehrer."

„Meinst du, etwas Unangemessenes wäre vorgefallen?"

Nina neigte den Kopf. „Das kommt wohl auf deine Definition an."

„Nehmen wir die: innerhalb des Gesetzes."

„Ja", antwortete Nina, ohne zu zögern. „Das Gesetz hält die Beziehung eines Erwachsenen zu einem Minderjährigen für unangemessen. Denn, das meint das Gesetz, ein Minderjähriger kann kein Einverständnis geben. Natürlich wissen wir beide, dass es durchaus Minderjährige gibt, die dazu in der Lage sind. Trotzdem ist es unsere Aufgabe, diese Minderjährigen zu schützen."

„Er darf keine Lebensmittel mehr in das Haus des Lehrers liefern und hilft hauptsächlich im Laden aus, denn dort kommt dieser Lehrer praktisch nie vorbei."

„Und was ist mit der Schule?"

„Der Lehrer arbeitet in der Mittelschule. Die ist aber von der High School getrennt."

„Ist Ryan glücklich?"

„Er ist ein Goth, die gibt es nicht in glücklich. Nur in Emo, wie mir scheint."

Wieder lachte Nina und Cooper fiel auf, wie sehr er ihr Lachen vermisst hatte. Sie lächelte immer noch, als sie fortfuhr: „Vielleicht sollten wir über das Glück einer anderen Person sprechen."

„Ach?", erwiderte Cooper und tat dabei ganz unschuldig.

„Deins und Kellys." Das Lächeln war von ihrem Gesicht verschwunden und Cooper wäre am liebsten geflohen, doch das konnte er ihr nicht antun. Sie hatte ihn festgenagelt und ihm wurde bewusst, warum man sie früher die Killer Queen genannt hatte.

„Nach unserem ersten Wiedersehen habe ich Kelly gesagt, er solle sich um dich bemühen. Ich habe ihm praktisch meine Erlaubnis gegeben."

„Warum?", fragte Cooper tonlos, obwohl er die Antwort ahnte.

„Weil er dich fast genau so sehr braucht wie du ihn."

„Aber du bist seine Ehefrau!"

„Sollte ich mich etwa dafür schämen, was ich dir anbiete? Nun, das tue ich nicht. Außer auf dem Papier waren wir nie wirkliche Ehepartner. Wir sind Freunde, zum Glück sogar sehr enge Freunde, doch als ich ihn geheiratet habe, wusste ich, dass ich ihm außer gesellschaftlicher Akzeptanz nichts zu bieten hatte. Und genau das hat er bekommen."

Ninas Gesicht war angespannt, doch darüber hinaus ließ sie keine Emotion erkennen. Stattdessen fühlte sich Cooper plötzlich aufgewühlt. Sie war immer noch auf ihrer Seite; sie stand immer noch an der Bande und feuerte ihn und Kelly an. Er konnte beides haben: Er konnte Kelly haben und trotzdem sicherstellen, dass es Nina gut ging. Er musste nur über seinen eigenen Schatten springen. Doch dazu müsste er das Versprechen brechen, dass er sich selbst gegeben hatte, nachdem Martin Selbstmord begangen hatte.

„Nina, er ist immer noch dein Ehemann. Was du gesagt hast, ändert daran nichts."

Ihre Züge wurden weich. „Du hast ihn abblitzen lassen, Coop. Er wird nicht den ersten Schritt machen, weil er zu viel Angst hat, wieder abgewiesen zu werden. Er lebt lieber im Ungewissen, als erkennen zu müssen, dass du ihn nicht willst. Und ich weiß, dass du ihn immer noch willst. Ich kann es fast riechen. Und ich kann es in der Art sehen, wie du ihn anschaust." Diesmal spiegelte sich Emotion auf ihrem Gesicht und diese Emotion war Liebe. Liebe für Kelly und vielleicht ja sogar Liebe für ihn.

„Trotzdem ist er immer noch dein Ehemann", wiederholte Cooper.

„Und er wird weiterhin seine Pflichten als Ehemann erfüllen, genau, wie er es bis jetzt auch getan hat. Er wird sicherstellen, dass meine Pflege organisiert ist. Er wird mich genauso lieben wie bisher. Wer weiß, vielleicht wird er mich sogar mehr lieben, wenn er erst einmal dich wieder hat."

Ninas Gesicht zuckte und ohne bewusst darüber nachzudenken, wischte er mit dem Finger eine Träne von ihrer Wange. Sie schmiegte sich an seine Hand und er nahm ihr die

Kopfhörer ab, sodass er ihren Kopf umfassen und sie leicht hin und her wiegen konnte, während sie weinte. Cooper weinte zwar nicht, doch seine Kehle fühlte sich rau an und seine Augen juckten. Nina weinte nicht lange. Sie war nicht der Typ, der dazu neigte, in Selbstmitleid zu baden.

So saßen sie beieinander, bis Teo nach draußen kam.

„Alles in Ordnung?"

Nina nickte und Cooper ließ sie los.

„Kelly hat angerufen. Wir sollen schon mal essen, er sitzt im Büro fest." Er wandte sich an Cooper. „Bleiben Sie zum Essen, Mr Nelson?"

Cooper schüttelte den Kopf. „Ich muss noch eine letzte Bestellung ausliefern. Ich mache mich lieber auf den Weg. Außerdem habe ich dich von der Arbeit abgehalten." Er legte die Kopfhörer hin, nickte und drehte sich dann um, um zu seinem Truck zurückzugehen.

18

WÄHREND KELLY vor dem Mannschaftshaus der Blue River Ranch in seinem Auto saß, schwankte er zwischen zwei Extremen. Er wusste: Wenn er hineinging, um Cooper zu suchen, gab es kein Zurück. Sein Körper sehnte sich nach Coopers Berührung und obwohl er mit der Vorstellung hierher gefahren war, dass er diesem Sehnen nur einmal nachgeben musste, damit es ihn in Ruhe ließ, wusste er, dass das Wunschdenken war. Der flüchtige Kuss, den Cooper ihm geschenkt hatte, war dafür Beweis genug. Seit dieser Nacht war es Kelly unmöglich, sich auf seine Arbeit zu konzentrieren. Einmal würde nicht genug sein, ebenso wie ein Kuss nicht genug gewesen war.

Einmal war er bereits aus dem Auto ausgestiegen, nur um wieder einzusteigen. Es war verrückt. Er wusste nicht mal, in welchem Zimmer Cooper wohnte, da er bisher nur die Gemeinschaftsräume gesehen hatte. Er trommelte mit den Fingern auf dem Lenkrad herum, lehnte sich mal zurück und beugte sich dann wieder vor. Im einen Moment wollte er aussteigen und im nächsten den Zündschlüssel drehen und davon fahren.

Was hatte er zu verlieren, wenn er hineinging?

Nun ja, vielleicht alles, wofür er gearbeitet hatte, seit er nach Idaho gekommen war? Das hier war keine Großstadt voller liberal denkender Menschen. Das hier war eine ländliche Gegend in einem republikanisch regierten Bundesstaat, in dem man gleichgeschlechtliche Partnerschaften verurteilte und man schon für weniger gefeuert werden konnte, als dafür, dass man schwul war. Immerhin wollte er sich in ein öffentliches Amt wählen lassen. Das könnte er sich abschminken und der Job, von dem er seit seiner Kindheit geträumt hatte, würde in unerreichbare Ferne rücken. Er würde verstecken müssen, wer er war, würde seine Liebe für Cooper verstecken müssen – und zwar nicht für eine Weile, sondern für immer. Hatte Cooper nicht gesagt, dass er nicht mehr Jemandes schmutziges, kleines Geheimnis sein wollte, oder hatte Kelly sich das nur eingebildet?

Andererseits war es ihm in Fleisch und Blut übergegangen, sich zu verstecken. Er hatte sich ja sogar vor sich selbst versteckt. Nach dem College hatte er nur hier und da den Blick schweifen lassen und hatte sich nur selten gehen lassen. Auch damit hatte er aufgehört, als er feststellen musste, dass ihn das nicht befriedigte. Er hatte all diese Bedürfnisse einfach weggesperrt; hatte sie in einen Karton gepackt und in der hintersten Schublade seines Kleiderschranks versteckt. Dort tummelten sich auch die Erinnerungen an die Zeit in seinem Leben, als er wirklich glücklich gewesen war: Das Jahr mit Cooper. Diese Erinnerungen waren erst wieder aufgetaucht, als Cooper in sein Leben zurückgekehrt war.

Kelly hieb mit den Fäusten auf das Lenkrad ein und stieg dann aus. Zur Hölle mit den Konsequenzen. Kelly wollte Coopers schlanken, sehnigen Körper unter seinen Händen fühlen. Sollte Cooper ihn abweisen, würde er mit eingezogenem Schwanz nach Hause flüchten und seine Wunden lecken. Doch zumindest würde er es versucht haben. Sein Vater hatte ihm beigebracht, dass man durchaus mal scheitern konnte. Man musste es aber wenigstens einmal versucht haben. Bei dem Gedanken daran, dass sein alter Herr diesen Wahlspruch sicherlich nicht auf diese Situation würde anwenden wollen, musste Kelly lächeln. Er würde zu Cooper hinaufgehen und ihm sagen, dass er ihn wollte. Genau hier und genau jetzt. Zur Hölle mit der Romantik oder vorsichtigem Anbandeln. Sie waren Männer. Harte, leidenschaftliche, geile Männer.

Mit großen Schritten ging Kelly auf das Mannschaftshaus zu und betrat es über die Hintertür, die auch Cooper beim letzten Mal benutzt hatte. Der Flur war dunkel und still. Von irgendwoher drang das Geräusch von laufendem Wasser an sein Ohr. Dann verstummte es abrupt. Er ging jedoch immer weiter, mittlerweile fest entschlossen, Cooper zu finden und ihm zu zeigen, warum er hier war. Er sah sich um, um sich zu orientieren, und hielt dann plötzlich inne, als er Cooper aus dem Duschtrakt kommen sah. Die Jeans hingen tief auf seinen Hüften und er hatte sich ein Handtuch über die Schulter geworfen.

„Ein bisschen spät für einen Besuch aus Nettigkeit, oder?", sagte Cooper in dieser tiefen, selbstbewussten Stimme, die typisch für ihn war.

Kelly fühlte, wie sich sein Selbstvertrauen in Luft auflöste. Cooper war schon immer schlank gewesen, doch die körperlich anstrengende Arbeit auf der Ranch hatte ihm sichtlich gut getan. Zu sehen, wie sich seine spärliche Brustbehaarung nach unten fortsetzte, um dann unter dem Bund seiner tief sitzenden Jeans zu verschwinden, ließ seine eigene Jeans plötzlich viel zu eng erscheinen. Er schluckte schwer, als Cooper den Kopf neigte.

„Bist du in offizieller Funktion hier, Deputy?"

Kelly schüttelte den Kopf. „Zu Hause habe ich dich verpasst. Ich bin wegen … wegen dir hier. Um dich zu sehen."

Coopers arroganter Blick büßte etwas von seiner Härte ein. „Wir sollten uns ein etwas einsameres Plätzchen suchen." Er wartete Kellys Antwort gar nicht erst ab, sondern ging die Treppe in den ersten Stock hinauf, ohne sich zu vergewissern, ob Kelly folgte.

Obwohl seine Entschlusskraft ihn völlig verlassen hatte, konnte er Cooper nicht nicht nach oben folgen. Er war endlich hier und augenscheinlich schickte Cooper ihn auch nicht wieder weg. Aus Erfahrung wusste er, dass dies nur auf eine Art enden konnte – außer er machte auf dem Absatz kehrt und fuhr wieder nach Hause. Doch alles in ihm zog ihn diese Treppe hinauf, also setzte er einen Fuß vor den anderen und folgte Cooper.

Als Kelly das einzige Zimmer betrat, dessen Tür noch offen stand, wurde er davon enttäuscht, dass Cooper sich gerade ein T-Shirt überzog.

„Mach die Tür zu. Willst du was trinken?"

Kelly schloss die Tür, und weil er nicht wusste, wohin mit sich, stand er unschlüssig auf der Schwelle. Cooper nahm zwei Whiskeygläser und eine Flasche Jameson zur Hand. „Ich trinke nicht", sagte Kelly mit rauer Stimme.

„Klingt aber so, als könntest du einen Schluck vertragen. Um deine Stimme ein bisschen zu ölen." Cooper kam ein paar Schritte näher, bis Kelly seinen frischen Seifengeruch wahrnahm.

„Keinen harten Alkohol", sagte Kelly, nachdem er sich geräuspert hatte. „Vielleicht mal ein Bierchen oder ein Glass Wein bei einer besonderen Gelegenheit."

„Und das hier ist keine besondere Gelegenheit?", zog ihn Cooper mit diesem schelmischen Grinsen auf, bei dem Kelly immer die Knie weich wurden. Diesmal war das nicht anders. Kelly versuchte sich selbst abzulenken, indem er den Rücken dehnte und streckte. Dadurch fühlte er sich zwar größer, das war aber auch schon alles. Er war größer als Cooper: breitschultriger, schwerer und sogar muskulöser, aber Cooper war immer der stärkere gewesen. Cooper war immer derjenige gewesen, der in ihrer Beziehung die Initiative ergriffen hatte: Angefangen mit ihrem ersten Kuss in der juristischen Bibliothek bis hin zu ihrem letzten Sex, bevor Cooper gegangen war. Sogar, wenn Cooper derjenige war, dessen Schreie vom Kissen

657

erstickt wurden, war das der Fall. Und Kelly wusste das – sogar fünfzehn Jahre später noch. Immer noch wartete er darauf, dass Cooper den ersten Schritt machte.

Diesmal jedoch neckte Cooper ihn zwar, machte aber eben diesen Schritt nicht. Er stand fast in Kellys Komfortzone, aber eben nur fast: Er lud ihn auf einen Drink ein und ging dann mit dem Glas in der Hand an ihm vorbei zum Waschbecken, um es mit Wasser zu füllen. Dann kam er wieder näher und bot ihm das Glas an. Kelly verspürte das Bedürfnis, ihn in seine Arme zu ziehen und ihm zu sagen, dass er die Neckerei lassen solle, doch er stand wie angewurzelt da. Er wollte ihm den Mund mit einem leidenschaftlichen Kuss verschließen, genau so wie es Cooper nach ihrem letzten Gespräch getan hatte, doch auch das wagte er nicht. Wovor hatte er Angst? Er glaubte nicht, dass Cooper ihn abweisen würde. Und wenn er beweisen wollte, dass er von dem schüchternen Welpen, der er an der Uni gewesen war, zu einem erwachsenen, selbstbewussten Mann geworden war, dann war dies der Moment. Warum also unternahm er nichts?

Kelly nahm das Wasserglas entgegen und sah zu, wie sich Cooper auf sein Bett setzte.

Cooper prostete ihm mit dem Glas zu, das mit einem Fingerbreit Jameson gefüllt war, leerte es in einem Zug und stellte es dann auf den Nachttisch. Als nächstes klopfte er einladend mit der flachen Hand auf die Matratze. „Setz dich. Du machst mich ganz nervös, wenn du da so herumstehst."

Kelly zögerte. Es fühlte sich sehr vertraut an, mit Cooper auf dem Bett zu sitzen, und erinnerte ihn an ihr erstes Mal.

„Ich beiße nicht. Jedenfalls nicht, wenn du nicht explizit danach verlangst."

Kelly lächelte, allerdings eher aus Nervosität, als weil er Coopers Worte besonders witzig fand. Schließlich handelte es sich um Coopers Standardspruch, um eine angespannte Situation zu entschärfen. Er sagte diesen Satz zu allem und jedem. Auf jeden Fall konnte sich Kelly erinnern, dass Cooper den Spruch in einer ihrer simulierten Verhandlungen an der Uni benutzt hatte, und er war sich ziemlich sicher, dass er auch in ein paar Mitschriften seiner tatsächlichen Verhandlungen vorkam.

„Ich wette, das sagst du zu allen Kerlen," erwiderte Kelly, in dem Versuch, auch einen Witz zu machen.

Coopers Grinsen entblößte perlenweiße Zähne und er senkte den Blick. „Nicht in letzter Zeit."

Kelly erhaschte einen Blick auf etwas, von dem er dachte, dass er es nie wieder sehen würde: Cooper senkte seine Schutzschilde, er machte sich verwundbar. Er ließ Kelly hinter die Fassade aus Arroganz sehen, die er in der Öffentlichkeit zur Schau trug. Vor fünfzehn Jahren hatte Kelly lange gebraucht, um einen Blick auf den echten Cooper werfen zu können, und jetzt wurde ihm dieses Geschenk sofort gemacht. Andererseits hatte Cooper bei ihrer ersten Begegnung in der Stadt versucht, in der Menge zu verschwinden – etwas, das er früher nie getan hätte. Was hatte sich in den letzten fünfzehn Jahren wohl noch verändert?

Mit wachsender Nervosität setzte er sich zu Cooper aufs Bett und achtete darauf, dass sie sich nirgends berührten.

„Entspann dich ein bisschen", bat Cooper und stieß Kelly dabei mit dem Ellbogen an, bevor auch er sich wieder auf seinen Teil des Betts zurückzog.

„Das ist ganz schön hart", sagte Kelly.

„Das konnte ich sehen, als du noch gestanden hast", zog ihn Cooper auf. „Jetzt, wo du sitzt, sollte es etwas besser sein."

„Nicht wirklich", wandte Kelly ein. Er entspannte sich ein wenig, als ihm klar wurde, dass Cooper ihn nicht jeden Moment anspringen würde. Er wusste nicht, woran das lag, denn eigentlich wollte er, dass Cooper den ersten Schritt machte.

„Warum bist du denn nun heute Abend hergekommen?"

Kelly zuckte mit den Schultern. War er mutig genug, Cooper die Wahrheit zu sagen? „Ich habe in den letzten zwölf Jahren jeden Gedanken an dich aus meinem Kopf verbannt, doch aus irgendeinem Grund funktioniert das nicht mehr."

Zu Kellys Überraschung reagierte Cooper darauf nicht sofort. Tatsächlich saßen sie für eine gefühlte Ewigkeit einfach nur so da und starrten auf ihre Füße. Kelly hatte als Antwort einen geistreichen Kommentar von Cooper erwartet – etwas in der Art, dass er natürlich nicht aufhören konnte, an Cooper zu denken, weil dieser ja so unwiderstehlich war. Doch es kam nichts.

Stattdessen räusperte sich Cooper. „Fast hätte ich dich vor dem Krankenhaus nicht nur geküsst. Ich musste weggehen, sonst hätte ich ein paar ziemlich unanständige Sachen getan."

„Warum hast du nicht?"

„Wir waren praktisch in der Öffentlichkeit. Es hätte jederzeit ein Auto auf den Parkplatz einbiegen können und dann hätte der Fahrer gesehen, wie sein zukünftiger Sheriff einen anderen Mann küsst." Cooper lachte kurz auf. „Ich weiß, dass wir nie ein Problem damit hatten, Publikum zu haben, aber …"

„Du hattest nie ein Problem mit Publikum. Ich hatte immer Angst, dass man uns erwischt."

„Und trotzdem warst du immer bereit und willig", meinte Cooper und Kelly fragte sich, ob er nervös war. Cooper und nervös? Das wäre ja etwas ganz Neues.

„Ich hatte gehofft, du würdest dich umdrehen. Ich wollte aussteigen und dir nachgehen. In der Nacht habe ich geträumt, dass ich genau das gemacht und dich dann gegen das Auto gelehnt vernascht habe."

„Draußen? Du Schlingel."

Kelly sah, wie Cooper ihm von der Seite einen Blick zuwarf, während sich auf seinem Gesicht ein zufriedenes Lächeln ausbreitete. Er rückte ein Stück an Cooper heran und hoffte, dass dieser ihn küssen würde. Als er dies nicht tat, seufzte Kelly. „Dafür bist du verantwortlich. Du und deine ständigen Anspielungen. Du und der Sex in der Bibliothek, nachdem alle anderen gegangen waren. Du und dein Entschluss, mir zu beweisen, dass es auf jede erdenkliche Art und Weise gut ist."

„Du warst ein sehr guter Student. Ich bin gern dein Tutor gewesen."

„Dann küss mich endlich."

Cooper küsste ich ihn nicht. Stattdessen rieb er seine Nase an Kellys. „Erinnerst du dich noch an das Etagenbett in der Hütte auf dem Land deiner Eltern?"

„Verdammt, Cooper, wie könnte ich das vergessen?" Und von einem Moment auf den anderen wurde seine Jeans schmerzhaft eng, als er sich an die Zeit erinnerte.

„Du warst so empfänglich, so geil. Wie oft bist du gekommen? Fünf Mal?"

„Vier oder fünf Mal. Irgendwann habe ich aufgehört zu zählen."

„In weniger als einer Stunde. Jedes Mal, wenn ich dich berührt habe. Jedes Mal, wenn ich dich irgendwo gestreichelt oder dir in die Brustwarzen gekniffen habe, hast du aufgestöhnt. Ich musste dich nur ansehen und du bist gekommen. Fünf. Verdammte. Male."

„Ich war jung. Und ich habe dich geliebt."

Cooper schnaubte verächtlich. „Du warst so heiß, dass du auch bei jedem anderen gekommen wärst."

„Nein, Cooper." Kelly schüttelte den Kopf. „Nicht bei jedem. Bei dir. Es warst immer nur du."

Cooper lächelte ihn an, als würde er ihm nicht glauben, doch Kelly erwiderte den Blick und wartete darauf, dass bei Cooper die Erkenntnis einsetzte. Langsam schienen Kellys Worte zu Cooper vorzudringen und sein Lächeln erstarb.

„So etwas passiert nicht, Kells. Du magst Männer, nicht nur einen Mann. Schwule sind nicht nur für einen Mann schwul."

Kelly biss sich auf die Innenseite der Wange und überlegte, wie er es Cooper erklären konnte. „Vor dir habe ich ein bisschen rumprobiert. Hab ein paar Mal Kerlen einen runtergeholt und einmal gab es einen Blowjob – und dabei war nicht ich derjenige auf den Knien. Vor dir gab es auch ein Mädchen. Sie hat mich nicht angemacht, das wusste ich. Aber sie war das, was meine Eltern sich für mich wünschten."

„Deine Eltern …"

Kelly unterbrach Cooper, indem er eine Hand hob. „Es war das, was die Gesellschaft von mir verlangte und obwohl ich wusste, dass ich auf Jungs stehe, sagte mir meine Erziehung, dass das falsch sei. Also habe ich versucht, es richtig zu machen. Ich wollte es so machen, wie alle anderen es für richtig hielten."

„Indem du Nina geheiratet hast."

„Wirst du mich wohl ausreden lassen?", meinte Kelly entnervt und sein Frust spiegelte sich auf seinem Gesicht.

Cooper nickte und biss sich auf die Unterlippe.

„Es tut mir leid, dass ich nicht von Anfang an so schwul war wie du." Kelly konnte sehen, dass Cooper einen Einwand erheben wollte, doch er beherrschte sich im letzten Moment. „Na gut, ich war genau so schwul, aber ich fühlte mich nicht so frei, es auch leben zu können. Damals dachte ich, das wäre nur eine Phase, aus der ich herauswachsen würde. Doch dann habe ich dich getroffen und der Zug war abgefahren. Du hast dafür gesorgt, dass ich langsam daran glauben konnte, dass das wirklich möglich war. Dass ich eine Beziehung zu einem Mann haben und dabei glücklich sein könnte."

„Und dann bin ich gegangen." Jetzt war es an Cooper, eine Hand zu heben, um Kelly vom Weitersprechen abzuhalten. „Ich weiß, du hast mir gesagt, ich solle dich nicht unterbrechen." Er senkte die Hand und gab Kelly ein Zeichen weiterzusprechen.

„Ja, du bist gegangen. Ohne ein Wort der Erklärung." Kelly beruhigte sich langsam wieder und machte eine Pause, um Cooper die Möglichkeit zu geben, sich zu erklären, doch dieser blieb ungewohnt stumm. Andererseits war das vielleicht gar nicht so ungewöhnlich für den neuen Cooper. „Ich war naiv. Ich dachte, was wir hatten, würde ewig halten."

Cooper rutschte nach hinten, sodass er sich am Kopfende des Bettes anlehnen und dabei Kelly ansehen konnte. Die Knie hatte er hochgezogen und seine nackten Füße lagen auf der Bettdecke, gerade so weit entfernt, dass sie Kellys Oberschenkel nicht berührten.

Kelly sah Cooper nicht an, denn er spürte sowohl dessen intensiven Blick als auch den Abstand, den Cooper zwischen sie gebracht hatte. Die sexuelle Spannung von vorhin war einer eher feindseligen Atmosphäre gewichen und das gefiel Kelly nicht. Das Gespräch, das sie gerade führten, war aber längst überfällig und er hoffte, dass sie dadurch beide mit der Vergangenheit abschließen konnten.

„Ich hatte ein sehr gutes Angebot bekommen", sagte Cooper schließlich. Die Worte klangen viel sanfter und weniger verbittert, als Kelly vermutet hätte. „Du hattest noch zwei

Jahre Uni vor dir. Deine Noten waren viel schlechter, als ich gedacht hatte. Ich habe dich einfach zu sehr abgelenkt."

„Du hast mich nicht abgelenkt, Coop."

„Und ob. Dabei kommt es auf gute Noten an, wenn man Jura studiert. Es geht schließlich nicht nur darum, irgendwie abzuschließen. Nicht mal, wenn man in der Strafverfolgung arbeiten will."

„Und als nächstes erzählst du mir, dass du mir einen Gefallen getan hast, indem du mich verlassen hast."

Cooper knabberte an seinem Daumennagel herum und starrte auf die Bettdecke, ohne Kelly anzusehen. „Nein. Das habe ich mir damals zwar eingeredet, aber nein, deshalb habe ich dich nicht verlassen. Ich bin gegangen, weil ich damals dachte, es wäre das Beste. Das Angebot war wirklich gut und ich … Ich dachte, es wäre einfacher, bei einer Kanzlei anzufangen, die mich nicht kannte und mich nur aufgrund meines Abschlusses einstellte. Ich dachte, ich könnte mir selbst einen Namen machen und dann würde es keine Rolle mehr spielen, dass ich schwul war. Ich dachte, wir könnten in Kontakt bleiben und wenn sich herausstellte, dass es mehr als eine Liebelei gewesen war, könnten wir da anknüpfen, wo wir aufgehört hatten, sobald du mit der Uni fertig wärst."

„Ich wäre in Kontakt geblieben, wenn ich gewusst hätte, wo du bist." Kelly war wütend und verbittert und er schaffte es, diese Gefühle nicht durchscheinen zu lassen. Stattdessen klang er so verängstigt und weinerlich wie ein kleines Kind. In der Pause, die auf seine Worte folgte, erkannte er, dass er sich genau so fühlte. Er hatte Angst, Cooper wieder zu verlieren, doch andererseits war er nicht sicher, ob das überhaupt der Cooper war, in den er sich damals Hals über Kopf verliebt hatte. Manchmal erhaschte er einen flüchtigen Blick auf den selbstbewussten Mann, der auf jede Frage eine Antwort wusste; auf den geselligen Typen, der der Mittelpunkt jeder Party war. Meistens jedoch sah er sich jetzt einem stillen, nachdenklichen Mann gegenüber, der genau so wenig alle Antworten hatte wie Kelly selbst.

Schließlich wagte es Kelly, Cooper in die Augen zu sehen. In seinem Blick waren weder Trotz noch eine Entschuldigung zu erkennen. Stattdessen sah Kelly etwas, das er nicht erwartet hatte: Er sah bedingungslose Liebe. Und vielleicht eine kleine Prise Bedauern.

Coopers Füße kamen näher und er schob die Zehen unter Kellys Oberschenkel. Kelly konnte sich ein Lächeln nicht verkneifen. Coopers schlanke Füße hatten schon die ganze Zeit darum gebettelt, berührt zu werden, doch Kelly hatte es nicht gewagt. Sie jetzt unter dem Oberschenkel zu fühlen, war zum ersten Mal eine körperliche Verbindung zwischen ihnen. Kelly legte eine Hand auf Coopers Bein, wusste dann jedoch nicht, wie er weiter vorgehen sollte.

„Ich habe mit Nina gesprochen", sagte Cooper, wobei er immer noch verführerisch lächelte.

„Ach?" Kelly fühlte, wie die Anspannung zurückkehrte, also starrte er auf den Punkt, wo seine Hand Coopers Bein berührte.

„Wenn sie ihre Arme bewegen könnte, hätte sie dich wohl mit einer großen, roten Schleife überreicht."

„Wie meinst du das?", fragte Kelly, obwohl sein eigenes Gespräch mit Nina ein ziemlich guter Anhaltspunkt war.

„Sie hat dich mir auf dem Silbertablett präsentiert, Kells."

Als Kelly Cooper wieder ansah, lächelte dieser nicht mehr. Stattdessen sah er konzentriert auf die Hände in seinem Schoß und wartete darauf, dass Kelly einen Schritt auf ihn zu machte. Doch hatte er das nicht schon getan, indem er unaufgefordert zur Ranch gekommen war? „Das hat sie mir erzählt."

„Und deshalb bist du jetzt hier?"

Kelly schüttelte den Kopf. „Sie hat mir das nicht heute, sondern schon vor Wochen erzählt. Ich … ich weiß nicht, warum ich nicht schon damals hergekommen bin, aber ich habe mir eingeredet, dass ich hundert gute Gründe hätte."

„Und jetzt?"

„Ich kann mich nicht auf meine Arbeit konzentrieren."

„Also bist du wegen deiner Arbeit hier?"

„Verdammt, Cooper, hör damit auf!", rief Kelly.

„Womit?"

„Mir das Wort im Munde herumzudrehen. Ich bin nicht mehr der kleine Dummkopf, der ich an der Uni war."

„Und fast hättest du mich getäuscht."

Eine Welle der Frustration ging über Kelly hinweg. Cooper benahm sich wie ein Arschloch – genau wie damals an der Uni. Nur war Kelly damals so blind vor Liebe gewesen, dass er gar nicht durchschaut hatte, wie Cooper ihn gnadenlos aufgezogen hatten, nur um in der letzten Sekunde einen Rückzieher zu machen. Cooper führte sich schon so auf, seit Kelly sein Zimmer betreten hatte. Er benahm sich wie ein verdammter Hurensohn und Kelly konnte das keine Minute länger ertragen. Er stellte das Whiskeyglas mit Wasser auf dem Boden ab, bevor er vom Bett aufstand und sich Cooper zuwandte. Mit der linken Hand ergriff er Coopers Bein und zog daran, sodass Cooper auf dem Rücken landete. Er schob ein Knie zwischen Coopers Beine und stützte sich mit beiden Händen auf dem Bett ab. Er wartete gerade so lange, dass er Coopers überraschten Blick genießen konnte, und drückte ihm dann einen fordernden Kuss auf die Lippen.

Zu seiner Erleichterung erwiderte Cooper den Kuss fast sofort. Er ergriff Kellys Kopf und zog ihn an sich, sodass er sich nicht wieder zurückziehen konnte.

Nicht, dass Kelly vorgehabt hätte zu gehen. Cooper schmeckte nach Jameson und er roch frisch geduscht und doch männlich. Als Kelly sich langsam auf Coopers Körper sinken ließ, wurde noch etwas anderes mehr als deutlich.

Cooper war steif.

19

WAS COOPER am meisten beim Aufleben seiner Bekanntschaft mit Kelly befürchtet hatte, war nur schneller als erwartet eingetreten: Kelly hatte das Mannschaftshaus zwar nervös und angespannt betreten, doch kaum eine halbe Stunde später machte sich bei ihm Enttäuschung breit.

Cooper war angenehm überrascht gewesen, dass er immer noch wusste, welche Knöpfe er bei Kelly drücken musste – das ging so weit, dass er Kelly sogar dazu bekommen hatte, ihn zu küssen. Der Kuss war allerdings ziemlich schnell aus dem Ruder gelaufen, da sich Kelly an Cooper rieb und dieser daraufhin fürchtete, dass sie wie zwei notgeile Teenager auf diese Weise kommen würden. Sobald Kelly dann klar wurde, was passiert war, würde er beschämt die Flucht ergreifen, genau wie nach ihrem ersten Mal. Cooper war jedoch der Meinung, dass er zu alt für solche Albernheiten war. Er hatte viel zu lange ohne auskommen müssen, als dass eine schnelle Nummer ihn jetzt gelockt hätte.

Und ja, er hatte immer noch die Angewohnheit, alles zu durchdenken und überzuanalysieren. Darum war er ein ziemlich guter Anwalt gewesen und darum hatte er sich in seinem Leben auch oft aus Problemen raushalten können.

Also schob er Kelly von sich, woraufhin dieser sich auf den Rücken rollte und die Zimmerdecke anstarrte.

Cooper wusste, dass er nicht gerade der Hauptgewinn war. Er war nur noch ein Schatten des Mannes, dem Kelly während ihrer gemeinsamen Unizeit wie ein treues Hündchen nachgelaufen war. Er konnte es Kelly nicht verdenken, dass er enttäuscht war. Nicht, nachdem dieser sich fünfzehn Jahre lang nach einem Mann verzehrt hatte, den es gar nicht mehr gab. Deshalb hatte Cooper Kellys Avancen auch nicht erwidert, obwohl dieser sich ihm praktisch zu Füßen geworfen hatte. Und obwohl Nina alles daran gesetzt hatte, sie wieder zusammenzubringen.

Das hieß nicht, dass er es nicht wollte. In den letzten Wochen war es ihm zunehmend schwerer gefallen, Kelly aus seinen Gedanken zu verbannen. Dass Kelly immer wieder seine Nähe suchte, ihn in verschiedenen Angelegenheiten um Hilfe bat und dann unter irgendwelchen Vorwänden auf der Ranch auftauchte, um sich bei ihm zu bedanken, machte das alles nicht leichter. Obwohl er sich in den letzten Jahren aus dem Dating-Karussell herausgehalten hatte, waren ihm die Blicke, die Kelly ihm zugeworfen hatte, nicht entgangen. Wenn Kelly in offizieller Mission unterwegs war, unterschied er sich sehr von dem Jungspund, in den Cooper sich damals verliebt hatte. Sobald er seine Uniform trug, strahlte er eine gewisse Aura aus, und zusammen mit dem Kurzhaarschnitt, dem glatt rasierten Gesicht und dem durchtrainierten Körper erweckte er den Eindruck, respekteinflößend und gleichzeitig umgänglich zu sein. Privat dagegen scheute Kelly es immer für noch, den ersten Schritt zu tun.

An der Uni war es Cooper auf ganz natürliche Weise zugefallen, die Führung zu übernehmen. Er war älter und erfahrener gewesen und noch dazu viel selbstbewusster, als Kelly jemals sein würde. Jetzt jedoch waren die Rollen vertauscht. Cooper war nur ein Ranchhelfer – unsichtbar und und unwichtig –, wohingegen Kelly bald Sheriff und damit ein einflussreicher Bürger der Stadt sein würde. Trotzdem wartete Kelly immer noch darauf, dass Cooper den ersten Schritt machte. Oder war das nur Wunschdenken?

„Also, warum bist du tatsächlich heute Abend hierher gekommen?", wollte Cooper von Kelly wissen, der so leise atmete, dass man es kaum noch hören konnte.

Kelly bewegte ein wenig den Arm, sodass sein Hemdsärmel über Coopers Arms strich. Die Wärme, die von Kellys Körper ausging, sprang auf Cooper über.

Seit ihre Nacht in der Hütte zur Sprache gekommen war, war er scharf, und er musste sich sehr beherrschen, um Kelly nicht einfach in seine Arme zu ziehen und ihn zu vernaschen. Das jedenfalls hätte der alte Cooper ohne viel Federlesens getan. Doch er war nicht mehr der alte Cooper. Seine Erregung war allerdings nicht zu verstecken gewesen, als Kelly sich auf ihn gelegt hatte.

„Das habe ich dir schon gesagt."

„Du kannst nicht aufhören, an mich zu denken", wiederholte Cooper und hörte ein wenig von der alten, ironischen Schärfe in seiner Stimme.

Kelly nickte zögerlich.

„Bist du auf Sex aus?"

„Nein!", antwortete Kelly schnell und erntete dafür einen Seitenblick von Cooper.

„Ja", gab Kelly kaum hörbar zu. „Aber nicht nur Sex. Ich habe nicht fünfzehn Jahre gewartet, nur für das sprichwörtliche Stelldichein im Heuschober."

Cooper konnte sich nicht beherrschen und drehte sich mehr in Kellys Richtung, wobei er immer noch Unglauben ausstrahlte.

„Wenn ich nur Sex wollte, könnte ich auch einfach in eine Schwulenbar gehen und es mir besorgen lassen."

„Du bist nicht mehr in Boston, Kells. Kennst du hier in der Gegend überhaupt irgendwelche Schwulenbars?"

„Das tue ich tatsächlich", sagte Kelly im Brustton der Überzeugung und plusterte sich dabei sichtlich auf. „Aber ich möchte keine anonyme Begegnung im Dunkeln. Das habe ich versucht, nachdem du mich verlassen hattest, und es war nicht wirklich … befriedigend."

Cooper genoss es, das Selbstbewusstsein in Kellys Gesicht zurückkehren zu sehen. Das stachelte ihn an, herausfinden zu wollen, wie weit er gehen konnte. Er drehte sich um und bettete seinen Kopf auf die Hand. „Also bist du hierher gekommen, weil du flachgelegt werden willst und bei mir zumindest weißt, was dich erwartet?" Cooper kam ein bisschen näher, bis er in Kellys Komfortzone eindrang. Dann flüsterte er ihm ins Ohr: „Weil du weißt, dass du mich vögeln kannst und dass du mit mir alles machen kannst, was du willst. Und weil du weißt, dass es in jedem Fall gut sein wird."

Kelly zog den Kopf zurück, um Cooper in die Augen sehen zu können. Cooper war bereits aufgefallen, dass Kellys Atem schneller ging. Er ließ den Blick zu Kellys Schritt schweifen und stellte mit Genugtuung fest, dass Kellys Erektion eine beeindruckende Beule in seiner Hose verursachte. Kelly war immer noch erregt – und mittlerweile sogar noch mehr als zu dem Zeitpunkt, als er auf Coopers Türschwelle gestanden hatte. Cooper kam so nahe heran, dass sein Dreitagebart fast schon Kellys Kinn berührte. „Was willst du also?"

„Ich … ich weiß es nicht."

Cooper schürzte die Lippen. „Der Gast ist König. Meine einzige Bedingung ist, dass wir nicht allzu laut sein dürfen. Schließlich muss nicht das ganze Gebäude mitbekommen, was hier vor sich geht."

Bei diesen Worten musste Kelly schlucken und obwohl Cooper dessen neu gefundenes Selbstbewusstsein mochte, musste er zugeben, dass es auch seinen Charme hatte zu beobachten, wie der große, starke Sheriff nervös wurde.

664

Ihre Gesichter waren immer noch nah beieinander. „Sag mir, was du willst, und ich gebe es dir. Sag mir nichts und genau das bekommst du auch."

„Küss mich noch mal."

Cooper kam dem Wunsch gern nach. Er presste seine Lippen auf Kellys Mund und dieser legte eine Hand an Coopers Hinterkopf, um ihn auf sich zu ziehen. Ihre Zungen duellierten sich, während Cooper Kellys frühere Avancen wiederholte und ein Knie zwischen Kellys Beine schob, um daraufhin seine Lenden an Kellys zu reiben. Sofort wurden ihre Bewegungen hektischer, so als hätten sie nur eine begrenzte Zeit zur Verfügung. Kelly schob Coopers T-Shirt nach oben und ließ seine Hände über dessen nackte Haut wandern, während Cooper versuchte, Kellys T-Shirt aus seinem Hosenbund zu ziehen. Sie unterbrachen ihren Kuss, damit Kelly seinen Gürtel lösen konnte, woraufhin sie sein T-Shirt mit vereinten Kräften aus der Hose zogen. Cooper genoss für ein paar Augenblicke den Anblick eines leicht behaarten, fast perfekten Sixpacks. Dann erlaubte er Kelly, ihn für einen weiteren Kuss an sich zu ziehen. Als ihre Lippen aufeinander trafen, spürte er das bis in die Zehenspitzen.

Der gelockerte Gürtel machte es Cooper möglich, den obersten Knopf von Kellys Hose zu erreichen und er öffnete ihn mit der linken Hand. Manchmal war es eben von Vorteil, wenn man auch mit der linken Hand geschickt war. Er würde dafür sorgen, dass er einen ausführlichen Blick auf Kelly werfen konnte, selbst wenn diese Begegnung viel schneller vorüber sein würde, als er geplant hatte.

„Deine Jeans sind dir zu weit."

Kelly stöhnte auf. „Ich habe abgenommen. Die hier habe ich nicht so oft an. Uniform halt."

Cooper öffnete den Reißverschluss und hatte bald eine Hand auf Kellys graue Boxershorts gelegt. „Die Uniform ist nett. Bringt deinen knackigen Hintern gut zur Geltung."

Kelly stöhnte und vergrub seine Finger in Coopers Hintern. Er zog ihn näher an sich und zwang Cooper so dazu, von seinen Boxershorts abzulassen. Mittlerweile war reichlich Haut freigelegt und es fühlte sich gut an, wenn sie sich aneinander rieben. Cooper warf den Kopf zurück und Kelly attackierte sofort seine Halsbeuge. Sein Körper erinnerte sich daran, wie es sich anfühlte, Kelly so nah zu spüren, und bei dieser Erkenntnis musste Cooper lächeln. Es schien, als hätte es die vergangenen fünfzehn Jahre nicht gegeben und als wären sie wieder auf dem klapprigen Bett in Coopers winziger Studentenbude. Und genau wie vor fünfzehn Jahren waren sie zu schnell, zu verzweifelt und zu erregt, um lange durchzuhalten.

„Langsam, Kells", versuchte Cooper, Kelly zu bremsen. Dieser jedoch hörte nicht auf ihn und liebkoste weiterhin die empfindliche Haut an Coopers Hals, bis dieser sicher war, dass er am nächsten Tag mit einem Knutschfleck aufwachen würde. Der Gedanke erregte ihn nur noch mehr und er konnte ein Stöhnen nicht unterdrücken.

„Sei leise, Coop", murmelte Kelly, den Mund immer noch an Coopers Haut.

Cooper hatte die Augen geschlossen. „Was?" Für einen ganzen Satz reichte seine Konzentration nicht.

„Schsch, du bist ziemlich laut. Was, wenn die anderen dich hören?"

„Was, wenn …" Cooper stieß Kelly von sich, als hätte man ihm einen Schlag versetzt. Als die Worte langsam zu seinem Hirn vordrangen, erkannte er, wie das hier enden würde. Kelly wollte zwar mit ihm schlafen, doch er würde nie offen und ehrlich damit sein, wen er liebte. Er würde Kellys kleines, schmutziges Geheimnis sein. Wieder stieß er Kelly von sich, musste jedoch einsehen, dass er nicht stark genug war, um Kelly wirklich loszuwerden. Dann jedoch hob Kelly den Oberkörper und stützte sich auf den Unterarmen auf, um auf

Cooper hinabzublicken. Cooper ergriff die Chance und rollte sich unter Kelly zur Seite. Diesem blieb nichts anderes übrig, als sich neben Cooper aufs Bett fallen zu lassen.

„Was ist los?"

„Was los ist?", sagte Cooper und warf die Frage mit erhobenen Augenbrauen zurück. „Wie sieht es mit den Gründen aus, aus denen du heute Abend hergekommen ist?" Er sprang aus dem Bett, schob sich das Hemd wieder in die Hose und knöpfte sie zu.

„Meine Grü…" Kelly unterbrach sich mitten im Wort. „Ich wollte dich. Ich will dich. Präsenz. Das ist mir heute klar geworden, obwohl ich es bestimmt schon seit Wochen weiß. Doch bis jetzt konnte ich mir einfach nicht vorstellen, wie wir zusammen sein können."

Cooper schüttelte den Kopf. „Das mache ich nicht noch einmal mit. Ich werde nicht jemandes kleines, schmutziges Geheimnis sein. Das hat Marty umgebracht und viele andere Menschen tief verletzt."

„Was meinst du damit? Dass es für mein weiteres Leben schädlich sein könnte, wenn wir zusammen sind? Ich werde mich nicht umbringen, Cooper. Selbst, wenn du mir gleich sagst, dass du mich nie wiedersehen willst, werde ich mich deshalb nicht von einer Brücke stürzen."

„Ich behaupte nicht, dass ich dich nicht will. Aber was ist, wenn die braven Bürger von St. Anthony herausfinden, dass du es gern anderen Männern besorgst? Meinst du, die würden so jemanden wählen? Du würdest es nie wagen, dich mit mir blicken zu lassen, weil du Angst hättest, dass die Leute denken, du treibst es mit dem Homo von der Blue River Ranch. Und was dann, Kelly? Willst du wegen eines unbedachten Moments deine ganze Karriere aufs Spiel setzen?" Cooper schüttelte den Kopf. „Ich möchte dafür nicht als Grund herhalten. Das muss hier enden."

„Cooper, bitte", bat Kelly schamlos. „Sag mir, was du willst. Du weißt, dass ich alles für dich tun würde."

Coopers Gesicht wurde weich. Er sah nicht länger wütend, sondern traurig aus. Er beugte sich zu Kelly hinunter und legte ihm die Hände auf die Knie. „Es gibt keinen Weg für uns, Kells. Niemand würde uns das abkaufen. Du bist ein junger Mann mit einer schwerkranken Frau. Wenn du es klug anstellst, wird dir das viele Sympathien einbringen, solange du glaubhaft machen kannst, dass das deine Arbeit nicht beeinträchtigt. Aber wenn herauskommt, dass du hinter ihrem Rücken fremdgehst, bist du deinen guten Ruf los. Dass ihr beide eine Zweckgemeinschaft bildet und du aus Pflichtgefühl bei ihr bleibst, wird niemanden interessieren. Die Leute werden nur sehen, dass du hinter dem Rücken deiner todkranken Frau was laufen hast. Das alles ist schlimm genug, da wird es kaum noch eine Rolle spielen, dass du es mit einem Kerl getrieben hast." Cooper stellte sich wieder hin. Er hatte sich hinreißen lassen. Er war kein Anwalt mehr und es stand ihm nicht zu, ein Plädoyer zu halten. Dieser Fall war ohnehin längst verloren.

Kellys Gesichtsausdruck zeigte deutlich, dass er verstanden hatte. Der Schmerz, der sich auf seinem Gesicht spiegelte, bewies Cooper, dass er deutlich genug gewesen war. Auch ihm gefiel die Situation nicht, doch er konnte sich nicht vorstellen, wie er Kelly noch einmal so nahe kommen und dann wieder einen Schlussstrich ziehen sollte. Es war besser, das hier zu beenden, bevor es richtig begonnen hatte.

Kelly stand auf und ordnete seine Kleidung. „Ich gehe dann mal."

„Ja, das ist wohl besser."

20

KELLY VERLIEß das Mannschaftshaus und stieg wieder in sein Auto ein. Dort saß er eine Weile und dachte darüber nach, was gerade geschehen war. Cooper hatte ihn abgewiesen. Das allein fühlte sich schon ziemlich furchtbar an, noch schlimmer war jedoch, dass er recht hatte. Sie hatten keine gemeinsame Zukunft, ganz egal, wie sehr Kelly sich etwas Derartiges wünschte. Diese Stadt würde ihm das nie vergeben. Dabei war er so nahe daran, endlich seinen langjährigen Traum zu verwirklichen. Dafür musste er allerdings seinen anderen Traum vergessen; den, in dem er wieder mit dem Mann zusammenkam, den er liebte. Andererseits, genau so hatte er ja auch die letzten fünfzehn Jahre überlebt.

Kelly ließ den Motor an und fuhr davon. Ihm war klar, dass er morgen zurückkommen müsste, um Cooper zu überreden, ihm bei dem Calley-Problem zu helfen. Zuerst brauchte er jedoch eine Mütze Schlaf. Und vielleicht etwas Entspannung unter der Dusche.

Als er in seine Einfahrt fuhr, versuchte er, den Moment aus seinem Gedächtnis zu streichen, in dem er seiner Freundschaft mit Cooper vielleicht einen irreparablen Schaden zugefügt hatte. Im Moment konnte er dagegen allerdings nichts tun. Cooper besaß kein Mobiltelefon und da es fast Mitternacht war, konnte er auch nicht Tim anrufen und ihn bitten, Cooper etwas auszurichten. Außerdem konnte er kaum seinen Gefühlen Ausdruck verleihen, ohne durchblicken zu lassen, was gerade passiert war. Nein, Kelly wusste, dass er persönlich mit Cooper würde sprechen müssen. Morgen. Für heute war das Kind schon in den Brunnen gefallen und wenn Cooper sauer auf ihn war, würde er es nur noch schlimmer machen, wenn er versuchte, die Dinge zwischen ihnen in Ordnung zu bringen. Als Cooper einer neuerlichen Liaison zwischen ihnen einen Riegel vorgeschoben hatte, hatte er das Richtige getan. Kelly wusste, dass er ihm, wenn erst einmal genügend Zeit verstrichen war, dafür dankbar sein würde. Im Moment jedoch war er am Boden zerstört. Er durfte sich nicht erlauben, sich in seinem Elend zu baden. Er würde abwarten müssen, und irgendwann würde der Schmerz nachlassen. Zumindest hatte er es versucht. Sein Vater wäre zufrieden mit ihm.

Mit diesem Gedanken stellte er das Auto ab und schlich sich ins Haus. Er lief durch den Flur und vermied es, auf die Dielen zu treten, von denen er wusste, dass sie knarrten. Aus reiner Gewohnheit schaute er auch in Ninas Schlafzimmer. Sie lag im Bett und das Beatmungsgerät, das sie nachts brauchte, machte leise Geräusche in dem ansonsten stillen Haus.

Er zog sich gerade aus, als sie nach ihm klingelte. Er rannte nicht in ihr Zimmer, aber trödelte auch nicht. Vermutlich hatte sie kein Problem, sondern hatte ihn reinkommen sehen und wollte mit ihm reden. Diesmal vermied er die knarrenden Dielen nicht. Die Klingel würde auch Teo geweckt haben, also war es sinnlos, leise sein zu wollen.

„Alles in Ordnung, Nee?", fragte Kelly und strich ihr das Haar aus der Stirn, bevor er ihr die Sauerstoffmaske abnahm.

„Mir geht's gut, ich wollte nur mit dir reden", erwiderte sie in dem Moment, als Teo eintrat.

„Kelly, brauchst du Hilfe?", fragte Teo.

Kelly sah Teo an und erinnerte sich daran, dass Cooper angenommen hatte, er würde Kellys Bett wärmen. Bei dem Gedanken musste er lächeln. „Alles in Ordnung. Du kannst wieder ins Bett gehen. Tut mir leid, dass du geweckt wurdest."

Teo zuckte mit den Schultern. „Das ist schon okay. Ich habe noch gelesen. Gute Nacht."

Kelly wartete, bis Teo gegangen war und wandte sich dann wieder an Nina. „Also, worüber wolltest du mit mir sprechen?"

„Kommst du zu mir ins Bett?"

„Nina", warnte Kelly.

„Zwing mich nicht zu betteln. Manchmal möchte ich nur von jemandem in den Arm genommen werden, der mich nicht anzieht oder wäscht. Und du siehst aus, als hättest du auch ein wenig menschliche Nähe nötig, also …" Sie beendete den Satz nicht, doch Kelly wusste auch so, worauf sie hinauswollte. Wie gewöhnlich hatte sie recht. „Ich weiß, dass ich nicht die Person bin, nach der du dich gerade sehnst, aber ich bin ohnehin nie in der Lage gewesen, ihn zu ersetzen."

Kelly schloss die Tür, damit Teo wusste, dass er nicht eintreten sollte, und ging dann um das Bett herum, um das Kissen zu entfernen, das dafür sorgte, dass Nina für einen Teil der Nacht auf der Seite lag. Er krabbelte vorsichtig zu ihr ins Bett und gab sich Mühe, ihr nicht mit irgendwelchen unbedachten Bewegungen wehzutun. Sie hatte recht. Er brauchte die Nähe einer Freundin.

„Du warst heute Nacht bei Cooper."

Nina formulierte es als Feststellung und Kelly fragte sich, woher sie das wissen konnte. Wie immer hatte er einfach nur zu Hause angerufen, um sie wissen zu lassen, dass es auf Arbeit später werden würde. Das war nur teilweise eine Lüge gewesen, weil er noch einen Anruf tätigen musste. Damit war er jedoch halb acht fertig gewesen und danach hatte er beschlossen, zu Cooper zu fahren.

„Ich musste ein paar Dinge klären."

„Und? Hast du?"

Kelly seufzte. „Vielleicht habe ich alles nur noch schlimmer gemacht."

„Braver Junge."

Ihre Antwort verwirrte Kelly. „Was meinst du damit?"

„Ich wusste, dass es nur eine Frage der Zeit wäre, bis ihr beiden wieder im Bett landen würdet. Es ist nur eher passiert, als ich gedacht hätte."

Es war sinnlos, es verschweigen zu wollen. Nina wusste immer Bescheid. Kelly hatte sich oft gefragt, ob es überhaupt möglich war, sie zu überraschen. Er wollte es nicht mal versuchen. „Aber ich hab's trotzdem verbockt."

„Wieso?"

„Ich … ich habe etwas gesagt, das ich nicht hätte sagen sollen. Und er …"

Sie verkürzte seine Folter nicht, indem sie ihn unterbrach oder gar seinen Satz für ihn beendete. Das Schweigen zwischen ihnen schien ewig anzuhalten.

„Ich bezweifle, dass Cooper dich wegschicken würde, weil du etwas Falsches gesagt hast", meinte Nina schließlich. „Es war so gut?"

„Nina", meinte Kelly frustriert. Er hasste es, über so etwas mit Nina zu sprechen. Das jedenfalls hatte sich in den letzten fünfzehn Jahren nicht geändert. Andererseits war sie sehr gut darin, Dinge in die richtige Perspektive zu rücken. Wenn es jemanden gab, mit dem er das ausdiskutieren konnte, dann war sie das. „Na, gut. Du bekommst deinen Willen: Wir haben uns geküsst. Und ein bisschen befingert. Es war nicht perfekt oder so, nur … Es hat mir gezeigt, was mir fehlt." Er schmiegte seine Stirn an ihren Hinterkopf und wünschte sich verzweifelt, sie könnte sich umdrehen und ihn in die Arme schließen, so wie sie es vor fünfzehn Jahren getan hatte, als er ihr gebeichtet hatte, dass er mit Cooper zusammen sein wollte.

Stattdessen seufzte sie. „Das Leben ist nicht fair, stimmt's?"

Die Worte rissen Kelly aus seinen Gedanken. Nina hatte recht. Das Leben war nicht fair. Nina selbst war dafür das beste Beispiel. Im Gegensatz dazu erschienen seine eigenen Probleme klein und trivial. Er würde einen Weg finden, mit seinen Gefühlen zu leben. Und mit Coopers Gefühlen auch, sollte dieser weiterhin ein Teil seines Lebens sein. Wer weiß, vielleicht konnten sie sich ja auf der Hälfte des Weges treffen. Außerdem würde er auch in Zukunft alles daran setzen, ein guter Sheriff zu sein. Seine Leidenschaft für diesen Job und seine Bereitschaft, die Bewohner dieser Stadt an erste Stelle zu setzen, mussten ja für etwas gut sein. Er musste einfach daran glauben, dass so etwas Nebensächliches wie seine Liebe zu einem anderen Mann keine Rolle spielen würde, wenn er immer das Richtige tat. Er konnte nur nicht einfach vor die Tür treten und die Wahrheit sagen. Wegen Nina. Vielleicht wären die Leute bereit zu akzeptieren, dass er schwul war. Aber sie würden ihm nie verzeihen, dass er einen Liebhaber hatte, während seine Frau sterbend zu Hause lag. Sie würden nie verstehen, dass sie ihm ihren Segen gegeben hatte. Oder dass ihre Ehe eine Zweckgemeinschaft war – wenn auch eine, in der sich beide Partner liebten und respektierten.

Die Nähe von Ninas warmem Körper und seine eigene Müdigkeit machten ihn schläfrig.

„Kelly?"

Er atmete hörbar ein, als er aus dem nahenden Schlaf gerissen wurde.

„Deck mich wieder zu, gib mir meine Sauerstoffmaske und nimm dann eine Dusche."

„Ich rieche?", fragte Kelly und versuchte immer noch, wach zu werden.

„Ich kann Cooper an dir riechen. Das erinnert mich zwar an bessere Zeiten, aber trotzdem …"

„Okay", willigte Kelly ein. Er stand auf und stabilisierte Nina wieder mit dem Kissen, bevor er zur Tür ging.

„Kelly? Der Sauerstoff?"

Kelly kam zurück und schüttelte über sich selbst den Kopf. Ohne ein weiteres Wort setzte er das Beatmungsgerät wieder in Gang, murmelte dann ein „Gute Nacht" und ging über den Flur in sein eigenes Zimmer, um zu duschen.

21

COOPER SAß allein in der Gemeinschaftsküche des Mannschaftshauses und vertiefte sich in ein paar seiner alten Gesetzestexte, als er Schritte hörte. Normalerweise war das für ihn kein Grund aufzusehen, denn am Abend kamen und gingen die Jungs, doch diese Schritte verstummten genau vor seinem Tisch.

„Deputy Freed, was führt Sie hierher?", fragte er höflich, klappte das Buch zu und hob dann den Blick.

Kelly trug immer noch seine Uniform und drehte nervös seinen Hut in den Händen. „Ich bin gekommen, um … Können wir uns irgendwo unter vier Augen unterhalten?"

Cooper sah sich in der Küche um. Die Tür zum Fernsehzimmer war nur angelehnt und er konnte den Fernseher laufen hören. Anscheinend lief ein Film, es sahen aber nur ein paar der Männer zu. „Ich denke nicht, dass wir ein Problem bekommen." Er machte ein Pause. „Außer, du hast vor, mich gleich hier auf dem Tisch zu nehmen."

Kein Lächeln erhellte bei dem Scherz Kellys Gesicht.

„Mach nicht so ein ernstes Gesicht, Deputy. Ich bin nicht nachtragend."

„Hör auf, mich so zu nennen. Ich hätte nicht gedacht, dass ich irgendetwas anderes als Kelly für dich bin."

„Du trägst deine Uniform", stellte Cooper mit einem breiten Lächeln fest. Er war nicht ganz ehrlich gewesen, als er behauptet hatte, nicht nachtragend zu sein. Nachdem Kelly ihm klar gemacht hatte, dass es nie eine Beziehung zwischen ihnen geben konnte, hatte er sich zurückgewiesen gefühlt. Und da sie seitdem nicht wieder miteinander gesprochen hatten, hatte er immer noch das Gefühl, es Kelly schwermachen zu müssen. Kellys niedergeschlagenes Aussehen und seine hängenden Schultern, die an so einem kräftigen Mann sehr seltsam aussahen, erweichten ihn jedoch. „Es ist nicht so, dass ich deine Uniform nicht mag, aber wenn du sie trägst, habe ich immer das Bedürfnis, dich mit Deputy anzusprechen." Er machte eine einladende Geste in Richtung der abgewetzten Bank, die auf der anderen Seite des Tisches stand. „Setz dich. Du bist viel zu groß, als dass ich die ganze Zeit zu dir aufsehen wollte."

Kelly setzte sich hin. Er legte seinen Hut neben sich auf den Tisch und stützte sich mit den Ellbogen auf der Tischplatte ab. Er versuchte immer noch, sich kleiner zu machen, als er tatsächlich war, und Coopers automatische Reaktion war, sich aufrechter hinzusetzen. Er schlug die Beine übereinander und berührte – ganz zufällig natürlich – mit den Fingerspitzen Kellys gefaltete Hände. Ihre letzte Begegnung hatte ein Feuer in ihm entfacht, das er nicht wieder löschen konnte. Obwohl er der Realistischere von beiden war und die Sache beendet hatte, hieß das nicht, dass er Kelly nicht immer noch wollte.

„Wonach suchst du in deinen alten Büchern?`", fragte Kelly im Konversationston.

„Familienrecht. Sorgerechtsfragen."

„Für Gable?"

„Für alle. Übergangsweise und auf lange Sicht", erwiderte Cooper. „Calley muss ihre Angelegenheiten in Ordnung bringen. Im Idealfall würde das bedeuten, Bill das Sorgerecht zu entziehen und dafür Gable – vielleicht in einem zweiten Schritt sogar Flynn – zum Vormund zu machen."

„Das wäre vielleicht ein bisschen übers Ziel hinausgeschossen."

Cooper sah Kelly an. „Dafür ist es nicht nötig, Gables und Flynns Beziehung irgendwie rechtlich zu erfassen. Wenn wir diese Entscheidung den Gerichten überlassen, wird das nie passieren, aber wenn Bill nicht länger das Sorgerecht hat, kann Calley frei entscheiden, wer im Falle ihres Todes zum Vormund wird. Singular und Plural."

„Und was ist mit Noah und Ryan?"

„Das ist eine ganze andere Geschichte", meinte Cooper seufzend. Sie sind Mündel des Staats. Sollte Calley etwas zustoßen, ist sofort wieder der Staat für sie zuständig und es wäre seine Aufgabe, eine neue Familie für sie zu finden. Das Problem daran ist, dass der Staat vielleicht schon vorher eingreift, wenn das zuständige Amt den Eindruck hat, dass Calley sich aufgrund ihrer Krankheit nicht mehr ausreichend um die beiden kümmern kann."

„Dann lass uns hoffen, dass sie nicht zu krank ist, um sich um die beiden zu kümmern. Ich möchte nicht das Jugendamt einschalten müssen. Schließlich scheinen sie mit der momentanen Situation mehr als zufrieden zu sein."

Dem musste Cooper zustimmen, doch er wusste auch, dass sie keinen leichten Weg vor sich hatten. Allerdings nahm er auch nicht an, dass Kelly hergekommen war, um mit Cooper darüber zu sprechen, wie dieser seine freie Zeit verbrachte. Darum musste er einfach fragen: „Also, was führt dich her?" Er versuchte zwar, unbeschwert zu klingen, doch es gelang ihm nicht. Er fürchtete Kellys Antwort, doch noch mehr fürchtete er sich vor der Ungewissheit.

„Ich wollte mich für letzte Nacht entschuldigen", entgegnete Kelly leise.

„Was?", fragte Cooper. Er hatte zwar gehört, was Kelly gesagt hatte, doch er wollte sichergehen, dass er es auch verstanden hatte.

„Es tut mir leid … was letzte Nacht passiert ist", wiederholte Kelly, diesmal fast in normaler Lautstärke. „Was ich gesagt habe, habe ich nicht so gemeint. Ich wollte …" Kelly sah sich um, als fürchte er immer noch, dass man sie belauschte. „… bleiben und …"

„Es ist besser so", unterbrach ihn Cooper. Diese Antwort hatte er nicht von Kelly erwartet. Er hatte angenommen, dass Kelly mit Entschuldigungen aufwarten würde – mit allen möglichen guten Gründen, warum er einen Fehler gemacht hatte, indem er zu Cooper gekommen war. Stattdessen hatte Kelly offen zugegeben, dass sein einziger Fehler darin bestanden hatte, Cooper zu begehren.

„Meine ganze Welt ist gestern zusammengebrochen, Coop."

Cooper sah ihn an und zog die Stirn kraus. Kelly sah aus wie ein Kleinkind, dass jeden Moment anfangen würde zu weinen. Cooper wollte ihn am Kragen packen und kräftig schütteln. Oder vielleicht wollte er ihn auch umarmen. Stattdessen stand er auf, ging zur Küchenzeile hinüber und goss sich eine Tasse Kaffee ein. Er hörte, wie Kelly aufstand und für einen Augenblick dachte er, er würde einfach gehen.

„Mir ist es ernst, Cooper."

Ups, er hatte gerade seinen vollen Namen benutzt.

„Zum ersten Mal, seit ich wieder hierher gezogen bin, ist mir klar geworden, dass ich dich immer noch will. Dass ich dich immer noch liebe."

Cooper zwang sich, sich nicht umzudrehen, um Kellys Gesichtsausdruck erkennen zu können. Stattdessen starrte er die Wand vor sich an.

„Aber ich kann dich nicht bitten, plötzlich ein Leben voller Heimlichtuerei zu führen."

„Das wäre ohnehin unmöglich", wandte Cooper ein. „Niemand in dieser gottverlassenen Stadt würde mich je vergessen lassen, dass ich schwul bin."

„Und ich möchte das auch nicht. Aber ich habe Angst, dich noch einmal zu verlieren, und deshalb bin ich gewillt, alles in die Waagschale zu werfen."

„Soll heißen?"

„Ich würde den Sheriffposten aufgeben."

Diesmal drehte Cooper sich wirklich um. „Sei nicht dumm."

„Ich bin nicht … dumm."

„Du hast dein ganzes Leben lang darauf hingearbeitet. Nicht der große Verbrechensbekämpfer. Nicht der Sheriff, der auf der ersten Seite der Lokalzeitung abgebildet ist. Nicht der, der die richtig großen Fische festnimmt. Du hast dir immer vorgestellt, ein Kleinstadtsheriff zu sein, der wie in der pastellfarbenen Welt der fünfziger Jahre von der ganzen Stadt verehrt wird und der Probleme löst, keine Verbrechen. Der, zu dem alle Welt mit ihren kleinen und großen Problemen kommen würde. Das ist eine romantische Vorstellung, die nicht viel mit der Realität zu tun hat, aber so bist du nun mal."

„Cooper?", bat Kelly.

„Heutzutage muss man hart zu den Leuten sein, nicht nett und freundlich. Heutzutage haben die Leute Respekt vor einer gezogenen Waffe und nicht etwa vor Andy Griffith."

Als Cooper sich umdrehte, sah er, dass Kelly auf der Bank zusammengesunken war. Mit den Ellenbogen stützte er sich auf dem Tisch ab und mit den Fingern fuhr er sich durch das helle Haar. Cooper setzte sich neben ihn und seine Knie knackten, als er sich neben Kelly auf der Bank niederließ. „Es muss bei Freundschaft bleiben, Kells. Ich kann nicht zulassen, dass du wegen mir alle deine Träume wegwirfst."

„Einer meiner Träume war, mit dem Mann zusammen zu sein, den ich liebe."

Kelly weinte zwar nicht, doch seine Augen waren blutunterlaufen und Cooper wusste, dass er bei einem falschen Wort zusammenbrechen würde. Cooper biss sich auf die Lippe, bevor er antwortete. „Wir haben in dieser Stadt noch etwas zu erledigen. Dafür werden wir zusammenarbeiten müssen. Das ist besser als nichts, oder? Du kannst Andy Griffith sein und die Menschen retten, die es nötig haben, und ich hänge mich über meine Bücher und tue so, als wäre ich immer noch ein Anwalt. Ich bleibe im Hintergrund und du kannst den Applaus ernten."

Kelly reagierte nicht.

„Wir können das hinkriegen, Kelly."

Kelly ließ die Hand sinken, die dabei wie zufällig Coopers Oberschenkel streifte. Doch Cooper wusste, dass an der Berührung nichts Zufälliges war. Er ergriff Kellys Hand, um jede weitere Berührung zu unterbinden und sah dann den Schmerz in Kellys Gesicht. Er kam näher und küsste das Haar hinter Kellys Ohr. „Ich werde nie aufhören, dich zu lieben", flüsterte er. „Aber ich habe schon genug Leben ruiniert. Ich möchte nicht auch noch deins und Ninas ruinieren." Er wusste, dass es unter der Gürtellinie war, Ninas Namen zu erwähnen, doch ihm war auch klar, dass er damit eine bessere Chance hatte, als wenn er von der Gefahr für Kellys Karriere sprach. „Das können wir Nina nicht antun, Kells."

„Nina ist damit einverstanden. Das weißt du."

Kelly klang nicht wie ein Mann des Rechts, der Mitte dreißig war und gebaut wie ein Schrank, sondern wie ein quengelnder Zehnjähriger. Cooper wusste zwar, was er meinte, doch damit konnte Kelly ihn nicht überzeugen, seine Meinung zu ändern. Er legte Kelly eine Hand in den Nacken und stand auf. „Sie denkt immer noch, dass sie es mit der ganzen Welt aufnehmen kann. Aber wenn die Stadt dich am nächsten Baum aufknüpfen will, wird sie sich dafür hassen, dass sie dir nicht beistehen kann. Ich möchte sie nicht in diese Situation bringen." Oder dich, wollte Cooper noch hinzufügen, doch Kelly hatte bereits deutlich gemacht, dass er alles für ihn aufgeben würde. Und Cooper wusste, dass er mit dem Bedauern nicht würde leben können, das zwangsläufig folgen musste.

Kelly schien zu verstehen, denn er setzte sich gerader hin, als Cooper um den Tisch herumging.

„Also, was ist mit Calleys und Gables Kindern? Ich denke, wir sollten sie dazu überreden, einen Vaterschaftstest zu machen, und dann dafür sorgen, dass Bill sein Recht an diesen Kindern aufgibt."

Bei diesem plötzlichen Themenwechsel sah Kelly auf. „Ich denke, ich werde mich mal mit dem Sozialarbeiter zusammensetzen, der Noah und Ryan bei Calley untergebracht hat, und ganz unverbindlich nachfragen, was wir tun müssten, damit Gable übergangsweise das Sorgerecht bekommt, bis es Calley besser geht."

„Gute Idee", erwiderte Cooper, der froh war, dass Kelly nicht mehr so traurig dreinblickte. „Zumindest kann ich Gable schon mal einen guten Rat geben: Sein Gewehr sollte er besser in einem abschließbaren Schrank unterbringen."

Kelly nickte und ein kleines Lächeln stahl sich auf sein Gesicht. „Ich kann mich erinnern, dass Rory kein Problem damit hatte, es zu finden."

22

ALS SICH Gable neben Ryan auf die eiskalte Veranda setzte, versuchte er nicht aufzustöhnen, als seine Muskeln gegen die ungewohnte Position protestierten. Ryan hatte ihm an diesem Nachmittag auf der Ranch geholfen und jetzt wartete er darauf, dass Flynn ihn zurück ihn die Stadt fuhr, damit er dort seiner Arbeit in Calleys Laden nachkommen konnte. Gable hatte zwar bemerkt, dass Ryans Gesicht ein Veilchen zierte, doch bisher hatte er noch nicht darüber mit ihm gesprochen. Er hatte allerdings nicht den Eindruck, dass er das einfach so ignorieren sollte, deshalb warf er Ryan einen Blick zu, um ihm zu signalisieren, dass er den blauen Fleck gesehen hatte, obwohl dieser von einer Strähne langen Haars verdeckt wurde.

„Ich schätze, du möchtest nicht darüber sprechen?"

Darauf reagierte Ryan nicht, darum bot ihm Gable den Becher Kaffee an, den er mit nach draußen gebracht hatte. Auch den nahm Ryan nicht entgegen. Stattdessen sah er den Kaffeebecher mit demselben argwöhnischen Blick an, mit dem er auch dem Rest der Welt entgegenblickte. Gable jedoch wollte, dass er sich ein bisschen aufwärmte, denn er zitterte sichtbar in seinem zu dünnen Mantel.

„Es ist ein sauberer Becher und ich habe noch nicht daraus getrunken. Du siehst aus, als hättest du den Kaffee eher nötig als ich."

Ryan nahm den Becher von Gable entgegen und sah ihn an.

„Es ist Zucker drin. Sonst nichts."

Gable lächelte ein wenig, als Ryan trank, während er den Becher mit beiden Händen festhielt.

„Also. Hattest du Streit in der Schule?"

Als Ryan schließlich nickte, war der Kaffeebecher leer.

„Hast du angefangen?"

Ryan zuckte mit den Schultern.

„Sag es nicht deinem Sozialarbeiter, aber ich werde dir deswegen bestimmt nicht ins Gewissen reden. Wer weiß, vielleicht hatte der andere Typ es ja verdient."

„Er nannte Calley eine ..."

Gable sah Ryan mit erhobener Augenbraue an.

„Eine Hure."

„Weil sie schwanger ist?"

„Er wollte von mir wissen, ob ich sie geschwängert hätte."

Gable neigte den Kopf. „Dann hat er's ja drauf ankommen lassen."

Wieder zuckte Ryan mit den Schultern.

„Du solltest lernen, dich zu ducken, wenn einer zurückschlägt. Auch das erzählst du bitte nicht deinem Sozialarbeiter."

Zu Gables Überraschung musste sich Ryan ein Lächeln verkneifen. „Ich habe mich geduckt, aber dann meinte er, ich könne sie gar nicht schwängern, weil ich schwul sei. Ich schätze, ich hab einen Moment zu lange gezögert."

„Möchtest du dafür etwas Eis?"

Ryan schüttelte den Kopf und strich sich eine Strähne hinters Ohr. „Zu spät. Das ist schon heute Morgen passiert."

„Deshalb sitzt du also hier draußen?"

„Du denkst, ich bin blöd, weil ich hier draußen sitze."

Es war nicht als Frage gemeint, aber Gable antwortete trotzdem. „Ich sitze ständig hier draußen. Das ist ein guter Platz, um nachzudenken. Allerdings warte ich normalerweise auf den Frühling. Ich bin kein großer Fan davon, mir den Hintern abzufrieren."

„So kalt ist es auch wieder nicht."

Mittlerweile erhellte ein echtes Lächeln Ryans Gesicht und Gable sah hinüber zum Stallgebäude, um zu verhindern, dass Ryan seinen zufriedenen Gesichtsausdruck sah.

„Bist du jemals verprügelt worden, weil du schwul bist?"

Die Frage überraschte Gable, doch er versuchte, sich das nicht anmerken zu lassen. „Das wusste niemand, als ich noch zur Schule ging."

Ryan nickte, um anzuzeigen, dass er verstand.

Gable atmete hörbar ein. „Ich wurde einmal auf der Straße verprügelt. In Boise. Ich habe einen Typen angemacht und das hat ihm nicht gefallen. Er hat dann seine Freunde eingespannt, um mir ‚eine Lektion zu erteilen'." Gable war nicht auf Mitgefühl aus, darum wurde er auch nicht enttäuscht, als der Teenager neben ihm schwieg. Er war schon froh, dass er ihn in ein kleines Gespräch verwickeln konnte, denn das allein war eine ziemliche Leistung. „Ist es für dich in Ordnung, wenn du eine Weile hier wohnst?"

Ryan nickte.

„Ich weiß, dass die Couch kein Bett ersetzt und dass du auch etwas Privatsphäre brauchst, aber genau dafür werden wir noch ein paar Zimmer anbauen." Weil Ryan nicht reagierte, fuhr Gable fort. „Mit den Behandlungen und der Schwangerschaft wird es Calley für eine ganze Weile nicht leicht haben. Deshalb habe ich ihr angeboten, bei den Kindern zu wohnen – und das schließt auch dich mit ein. An Schultagen fahren wir dich in die Stadt, damit du Sadie im Laden helfen kannst. Von dort aus kannst du zur Schule laufen. Ist das okay für dich?"

„Wer fährt Noah zur Schule?"

Gable vermutete, dass die unausgesprochene Antwort „Ja" lautete. „Wer auch immer an dem Tag die Krause-Kinder fährt, nimmt auch ihn mit. Willst du immer noch in Calleys Laden aushelfen? Verstehst du dich gut mit Sadie?"

„Sadie ist in Ordnung. Sadie ist …"

Gable sah Ryan an, als dieser den Satz nicht beendete. Er kratzte mit dem Stiefel über die Stufen, um den Schnee von der Sohle zu lösen. „Sadie ist was?"

„Sadie ist meine Schwester."

„Ach, so? Ich wusste nicht, dass du eine Schwester hast. Das hat mir Calley nie erzählt."

„Calley weiß Bescheid. Sie hat sie eingestellt, damit wir uns besser kennenlernen können."

Gable nickte. „Sie hat Sadie eingestellt, weil sie ihr zutraut, sich gut um den Laden zu kümmern, wenn sie selbst nicht da ist. Vielleicht denkt sie, dass sie sich um deiner und Noahs willen gut kümmern wird?"

Ryan zuckte mit den Schultern, als wisse oder interessiere ihn das nicht.

„Nun ja, solange ihr beiden gut klar kommt, ist ja alles in Ordnung. Wenn ihr euch um den Laden kümmert und Cooper die Bestellungen ausliefert, dann kann sich Calley in aller Ruhe auf ihre Gesundheit konzentrieren."

„Ich wünschte, jemand anderes könnte die Lieferungen übernehmen. Ich habe schon Calley gefragt, aber sie meinte, dass Cooper sich freiwillig angeboten hätte, also kann sie ihn nicht feuern."

„Ryan, Cooper ist einer von den Guten."

Ryan antwortete nicht und Gable drang nicht weiter ihn ihn. Er saß einfach weiter neben ihm, bis Flynn nach draußen trat.

„Wollen wir fahren, Ryan?"

Ryan stand auf und folgte Flynn zum Truck, ohne sich noch einmal umzuschauen.

ALS FLYNN aus der Stadt zurückkam, saß Gable immer noch auf den Stufen der Veranda. „Brauchst du Hilfe beim Aufstehen, alter Mann?", scherzte Flynn gut gelaunt.

Da Gable nicht antwortete, setzte sich Flynn neben ihn und legte ihm eine Hand aufs Knie.

„Wusstest du, dass Sadie Ryans Schwester ist?"

Flynn zuckte mit den Schultern und nickte. „Calley hat es mir erzählt."

„Und du hast diese Information nicht für interessant genug gehalten, um sie mit mir zu teilen?"

„Ich hatte angenommen, dass sie es dir gesagt hat. Schließlich seid ihr so gut wie an der Hüfte zusammengewachsen."

Gable warf ihm einen Blick zu.

„Hat sie also nicht. Tut mir leid."

Gable atmete tief ein. Er konnte sicherlich versuchen, sauer auf Flynn zu sein, aber das würde er nicht einmal bis zum Frühstück durchhalten. „Ich wusste nicht mal, dass er eine Schwester hat. Ich dachte, es ginge nur um ihn und Noah. Wie ist sie so?"

„Jung und ein bisschen abgedreht. Ein bisschen wie Maxie aus dem Klamottenladen."

„Ein Goth?"

„Soviel ich weiß, heißt das heutzutage Emo. Wie auch immer, genau wie Max ist sie nicht nachdenklich und deprimiert, sondern lebensfroh und gut gelaunt. Deshalb nimmt ihr auch niemand das kohlschwarze Haar, den fetten Eyeliner und die sichtbaren Tattoos übel. Wenn ich so drüber nachdenke, finde ich, dass die zwei ein tolles Paar abgeben würden."

„Max und Sadie?"

Flynn zuckte mit den Schultern und lächelte. „Zumindest Max steht auf Frauen. Bei Sadie weiß ich es nicht."

Gable erwiderte Flynns Lächeln und spürte, wie seine schlechte Laune sich verflüchtigte. „Ich bin sicher, dass sie das auch allein schaffen. Bestimmt laufen sie sich ständig über den Weg."

„Na ja, wenn auch nur eine von ihnen wie du ist, dann braucht sie einen spürbaren Tritt in den Hintern."

Gable verschränkte seine Finger mit Flynns und dieser lehnte sich an ihn, damit sie beide von seiner Körperwärme profitieren konnten. „Ich bin immer noch dankbar, dass du so sturköpfig warst. Wie läuft es eigentlich mit dem Anbau?"

Flynn nickte. „Das Holz ist bestellt. Ich habe Hunter und Grant eingeladen, damit sie sich mit uns die Pläne anschauen können. So weiß dann nächstes Wochenende jeder, was er zu tun hat."

Gables Blick schweifte über die Einfahrt und dann hin zum Stallgebäude, vor dem auf dem Boden der Frost glänzte. „Ich hoffe, es schneit nicht, bevor wir das Fundament machen konnten."

„Wird es nicht", versprach Flynn.

„Es wird eine große Umstellung sein, wenn plötzlich Calley bei uns wohnt", fuhr Gable etwas unsicher fort.

„Ich weiß", sagte Flynn und drückte Gables Arm. „Es wird gut werden."

Gable war sich da nicht so sicher, doch zumindest war Flynn auf seiner Seite.

23

ALS COOPER mit den Einkäufen fertig war, fuhr er hinauf in die Berge. Die Nacht war wolkenlos und kalt und er wollte einen klaren Kopf bekommen, bevor er zurück zur Ranch fuhr. Der Aussichtspunkt war menschenleer, was kein Wunder war. Es war ein Wochentag und selbst im beheizten Auto konnte man es bei der Kälte nicht lange hier oben aushalten, auch wenn die Jungs aus der Highschool hier gern mit ihren Freundinnen rumknutschten.

Als er aus dem Truck ausstieg und sich den Mantel enger um den Körper schlang, verspürte er plötzlich ein Verlangen nach einer Zigarette, obwohl er das Rauchen vor Jahren aufgegeben hatte, weil Martin es nicht mochte. In ruhigen Momenten wie diesen kam das Verlangen jedoch stets zurück, weil er dann das Bedürfnis verspürte, seine Hände irgendwie beschäftigt zu halten. Er lächelte, als ihm auffiel, dass das nicht unähnlich dem Verlangen danach war, den Körper eines bestimmen Mannes unter den Händen zu spüren.

Er drehte sich nicht um, als er hörte, wie ein Auto über den Schotterweg fuhr. Doch als er Schritte vernahm, erlaubte er sich einen Blick – nur als Vorsichtsmaßnahme. Ein breites Lächeln schlich sich auf Coopers Gesicht, als er Kelly erkannte, der immer noch in Uniform war.

„Ich lungere hier nicht herum, Sheriff", sagte Cooper. Dabei hob er unschuldig die Hände und zwinkerte.

„Dachte mir schon, dass das dein Truck ist."

„Was führt dich her?"

„Ich war hier in der Gegend zu einem Hausfriedensbruch unterwegs. Aber als ich dort ankam, hatten sich die Streithähne schon wieder versöhnt."

„Gut für dich. Und für sie auch", sagte Cooper und blickte dabei auf die in der Dunkelheit liegende Landschaft unter ihnen hinunter. Kelly wollte er nicht anschauen, denn er befürchtete, dass dieser seine Gedanken von vorhin auf seinem Gesicht würde ablesen können. „Du bist also auf dem Weg nach Hause?"

„Der Arbeitstag ist vorbei."

„Aber so was von", stimmte Cooper zu und warf Kelly einen Seitenblick zu, als sich dieser neben ihm an den Truck lehnte.

„Ab einem gewissen Punkt ist es egal, zu welcher Zeit ich nach Hause komme, weil sowieso nur noch Teo auf ist."

„Und diese Zeit ist …?" Cooper sah auf seine Uhr. „Zehn?"

Kelly grinste. „Mehr oder weniger. Nina braucht ihre Ruhe. Normalerweise geht sie um neun oder halb zehn ins Bett."

Ein langes Schweigen breitete sich zwischen ihnen aus, während Cooper darüber nachdachte, dass es ihm nichts ausmachen würde, wenn Kelly lange arbeiten würde – schließlich war das sein Traumjob. Dann schüttelte er den Kopf, um einen Gedanken zu verscheuchen, dessen Wahrheitsgehalt er ohnehin nie würde testen können.

Kelly sah sich ängstlich um und duckte sich fast, als hinter ihnen ein Auto über die einsame Straße fuhr.

„Also hast du nur hier angehalten, um mit mir zu reden?", fragte Cooper in dem Versuch, das Gespräch wieder anzuschieben.

„Ich habe den Truck erkannt und … ja, ich schätze schon." Als er erkannte, dass er ertappt war, lächelte er.

„Vielleicht ist es nicht gerade die beste Idee, hier in Uniform herumzustehen und dich an meinen Truck zu lehnen."

Das Lächeln erstarb auf Kellys Gesicht.

„Steig ein", sagte Cooper sanft. Er drehte sich um und ging an Kelly vorbei zur Fahrerseite hinüber. Kelly zögerte einen Moment und stieg dann auf der Beifahrerseite ein.

Nachdem er die Tür geschlossen hatte, sah er Cooper an. „Wenn jemand vorbeikommt, wird er immer noch mein Auto erkennen können."

Cooper beugte sich über ihn, griff nach einer Mappe und reichte sie Kelly. „Die Zulassung", meinte Cooper als Antwort auf Kellys fragenden Blick. „Du kannst sagen, du hättest nach meinen Papieren verlangt."

„Wir sollen nicht in das Auto eines Verdächtigen einsteigen."

„Es ist kalt und du kennst mich", half ihm Cooper aus. „Du vertraust mir."

„Das sollte ich nicht", erwiderte Kelly. Cooper hatte allerdings den Eindruck, dass er lächelte.

Cooper nahm Kelly die Mappe wieder ab und als er sich nach vorn lehnte, um sie im Handschuhfach zu verstauen, spürte er eine zögerliche Hand auf seiner Schulter. Er sah auf, doch es war ihm unmöglich, Kellys Gesichtsausdruck zu deuten. Er sah keineswegs schüchtern aus, eher erwartungsfroh oder vielleicht hoffnungsvoll. Coopers Blick fiel auf Kellys Lippen und da wusste er, dass er ihn küssen musste. „Erschieß mich nicht, okay, Sheriff?" Er gab Kelly nicht die Chance, darauf etwas zu antworten, sondern drückte ihm sofort einen Kuss auf den Mund. Er war ganz keusch – ohne Zunge und mit geschlossenen Lippen –, doch das änderte sich schnell, als Kellys Hand von Coopers Schulter zu seinem Hinterkopf wanderte und Kelly gleichzeitig begann, seinen Kuss zu erwidern. Die Mappe, die es nicht ganz zurück ins Handschuhfach geschafft hatte, fiel zu Boden, doch Cooper verschwendete nicht einen Gedanken an die Idee, sie wieder aufzuheben. Viel lieber wollte er ihren gemeinsamen Moment der Schwäche so lange genießen, wie er anhielt.

Es war schließlich Cooper, der den Kuss beendete, als er spürte, wie sich Kellys Griff lockerte. „Ich dachte, du trinkst keinen Kaffee mehr?"

„Tue ich auch nicht", erwiderte Kelly grinsend. „Aber das Paar, das mich wegen des Hausfriedensbruchs angerufen hat, hatte so ein schlechtes Gewissen und die Frau hat einfach kein Nein akzeptiert. Ich werde davon Sodbrennen bekommen."

Cooper lächelte und setzte sich wieder auf seine Seite der Sitzbank. Er bereute den plötzlichen Abstand zwischen ihnen fast so sehr, wie die sich ausbreitende Stille.

Kelly sog tief die Luft ein, als ob er etwas sagen wolle, doch er brachte es erst im zweiten Anlauf heraus: „Ich möchte hier nicht erwischt werden, Coop. Und ich weiß, dass das genau dein Argument ist, aber ich kann es trotzdem nicht ändern."

„Dann komm mit mir zur Ranch", schlug Cooper schnell vor, ehe er es sich anders überlegen konnte.

Kelly warf ihm einen hilflosen Blick zu und Cooper sank der Mut. Er wusste, dass er das bereuen würde, aber er bereute schon jetzt, den Schlussstrich zwischen ihnen mit so dicker Tinte gezogen zu haben. Vielleicht sollte er seine Bedenken einfach über Bord werfen. Um sein gebrochenes Herz konnte er sich auch später noch kümmern.

„Parke das Auto vorm Sheriffbüro und ich hole dich dort ab. Ich setze dich sogar hinterher wieder dort ab. Auf diese Weise kann man dich nicht erwischen."

Kelly ergriff Coopers Hand, doch seine Augen schauten angestrengt zu Boden. „Das wird nichts ändern … Ich kann mich nicht plötzlich outen."

„Ich weiß." Cooper versuchte, mit ruhiger Stimme zu sprechen. „Ich weiß", wiederholte er mehr für sich selbst als für Kelly.

Kelly nickte und stieg dann aus, um mit großen Schritten zu seinem eigenen Auto hinüberzugehen.

Cooper drehte den Zündschlüssel und folgte Kellys Auto in die Stadt hinein. Er hielt hinter dem Sheriffbüro und wartete dort darauf, dass Kelly das Büro verlassen würde. Sie sprachen kein Wort, als sie in Richtung Blue River Ranch fuhren, doch Cooper merkte, wie die Spannung im Truck stetig stieg, je näher sie ihrem Ziel kamen. Er wusste nicht, was er erwarten konnte. Er hoffte jedoch, dass es nicht wieder zu so einem abrupten Ende kommen würde. Zumindest wusste er jetzt, dass das hier nicht hieß, dass Kelly nächste Woche bei ihm einziehen würde. Mittlerweile war er sogar bereit, sich auf einen Seitensprung einzulassen, solange das bedeutete, dass Kelly dann immer noch die Chance hatte, seinen Traum zu verfolgen.

Als sie am Mannschaftshaus ankamen, parkten dort bereits ein paar Trucks. In einem saßen definitiv Menschen, denn er bewegte sich. Cooper konnte ein Grinsen nicht unterdrücken und mit einem entschiedenen „Also, gut!" fuhr er an dem Truck vorbei zum hinteren Teil des Hauses. „Die Aussicht ist von hier hinten sowieso besser." Natürlich spielte das eigentlich keine Rolle, da es dunkel war, doch Cooper fand, dass hier hinten ihre Chance größer war, beim Aussteigen nicht gesehen zu werden.

„Warte einen Moment", bat Kelly und griff nach Coopers Hand, gerade, als dieser aussteigen wollte. Er zog Cooper näher zu sich und küsste ihn erneut.

Cooper genoss die Tatsache, dass Kelly plötzlich die Führung übernahm, und ordnete sich dem gern unter. Vor fünfzehn Jahren war es genau andersherum gewesen, doch das machte Cooper nichts aus. Er kam ein bisschen näher, sodass das Lenkrad etwas aus dem Weg war, und zog Kelly auf sich. Er genoss das Gefühl, Kellys muskulösen Körper auf sich zu spüren. Er schob seine Hände unter Kellys schweren Wintermantel, weil er wusste, dass er durch den dünnen Stoff der Uniform seine Muskeln würde spüren können.

Ihr Kuss wurde leidenschaftlicher, als Kelly, offensichtlich bereits erregt, begann, sich an Cooper zu reiben. Cooper vergrub die Hände in Kellys Hintern, um die Reibung noch zu erhöhen. Auch er spürte, wie er langsam steif wurde. Er dachte kurz darüber nach, sich gleich hier und jetzt darum zu kümmern, doch sie waren keine Teenager mehr. Cooper hatte oben ein Zimmer, in dem es viel bequemer wäre als hier im Auto.

„Kells", stöhnte er. „Kelly, warte einen Moment."

Als Kelly aufsah, waren seine Wangen gerötet und seine Lippen geschwollen. „Will nicht."

„Komm mit nach oben. Im Flur ist um diese Zeit niemand. In meinem Zimmer ist es warm und ein Bett gibt es auch."

„Ich weiß", erwiderte Kelly mit einem Lächeln. „Ich bin schon mal drin gewesen, weiß du."

„Also?", fragte Cooper und fühlte sich dabei ungewohnt unsicher.

„Ich kann nicht die ganze Nacht bleiben."

Cooper nickte. „Ich habe versprochen, dich später nach Hause zu fahren. Komm für eine Stunde mit rauf. Höchstens."

„Mehr nicht?"

Cooper brauchte einen Moment, bis er begriff, dass Kelly ihn aufzog. „So lange, wie es braucht. Und dann ziehen wir uns wieder an und ich fahre dich zurück in die Stadt und setze dich bei deinem Auto ab."

„Stimmt, das fühlt sich sonst einsam."

Cooper grummelte spielerisch bei Kellys lahmem Witz, doch insgeheim war er froh, dass dessen Sinn für Humor wieder auftauchte. Sie konnten das hier schaffen. Wenn er ehrlich mit sich war, musste er zugeben, dass er Kellys kleines, schmutziges Geheimnis sein konnte, ohne dass es ihm große Gewissensbisse bereiten würde. Immerhin hatten sie Ninas Erlaubnis und das war der große Unterschied zu seiner Affäre mit Martin. Und sie könnten vorsichtig sein, damit Kelly nicht geoutet wurde. Für Cooper würde sich kaum etwas ändern. Er müsste nur weiterhin so eigenbrötlerisch sein wie bisher.

Als sie nach oben gingen, sah sich Cooper vorsichtig im Hausflur um. Er hielt zweimal inne und jedes Mal lief Kelly von hinten in ihn hinein, weil er sich so nah bei Cooper hielt. Sobald sie die Tür hinter sich geschlossen hatten, stürzte Kelly sich wieder auf ihn. Für einen Moment befürchtete Cooper, dass sich ihre erste Begegnung hier oben wiederholen würde, doch je leidenschaftlicher Kelly sich an ihn schmiegte, desto mehr verblassten diese Bedenken. Die Erinnerungen, die plötzlich auf ihn einstürmten, konnte er jedoch nicht stoppen. Er hatte das so sehr vermisst: Kelly zu schmecken, zu spüren, wie dessen Hände unter seine Klamotten wanderten, sein Gewicht auf sich zu spüren. Cooper versuchte, Kelly von der Uniform zu befreien, die ihm zwar wunderbar stand, die sich aber nicht besonders gut anfasste. Sein Wintermantel lag bereits auf dem Boden, darauf waren Halfter und Waffe gelandet, und Cooper versuchte gerade, Kellys Shirt aus seinen engen Hosen zu ziehen, als dieser seine warmen Hände auf die recht auffällige Beule in Coopers Jeans legte. „Verdammt", murmelte Cooper, der versuchte, den Eigentümer der Hand weiter zu küssen. Allerdings musste er zunächst zu Atem kommen. Kelly rieb sich mit vollem Körpereinsatz an ihm und das machte ihn unglaublich an.

Plötzlich hielt Kelly inne, um ihn anzusehen.

„Was ist los?"

Kelly presste seine Stirn an Coopers. „Du wolltest, dass ich mit hochkomme, damit wir es bequemer haben. Und dann stehen wir hier im Türrahmen herum und begrapschen uns."

„Ich mag es, wie du voranpreschst. Außerdem war ich kurz davor, in meine Jeans zu kommen, warum sollte ich dich also aufhalten?"

Kelly beugte sich vor, um Cooper zu küssen und diesmal war der Kuss lang anhaltend, innig und ohne Hast. Cooper verspürte das Kribbeln bis in die Zehenspitzen. Was hatte ihn jemals dazu bewogen, Kelly wegzuschicken, nur weil sie ihre Liebe nie offen leben konnten?

Als sie es endlich zum Bett schafften, hing Coopers kariertes Hemd ihm lose von den Schultern. Kelly war immer noch angezogen, obwohl sein helles Hemd nicht mehr ordentlich in seiner Hose steckte. Er packte Cooper beim Hemd und zog ihn mit sich, als er sich aufs Bett setzte. Dann begann er, Coopers leicht behaarte Brust mit Küssen zu bedecken, und hielt ihn an Ort und Stelle, indem er ihm seine Hände auf die Hüften legte. Als Cooper versuchte, genügend Platz zwischen ihnen zu schaffen, damit er Kelly das Hemd ausziehen konnte, legte Kelly ihm die Arme um die Taille.

„Hey!"

„Lass mich doch", meinte Kelly. „Du weißt, wie lange es schon her ist."

„Ja, weiß ich wohl", stimmte Cooper zu. „In Jahren, Monaten und vielleicht sogar Tagen."

„Und wenn du unser letztes Mal nicht mitzählst ..."

„Darüber sollten wir besser den Mantel des Schweigens breiten", sagte Cooper. Langsam ging ihm die Geduld aus, darum gab er Kelly einen Schubs, sodass dieser auf dem Bett zu liegen kam, und er sich auf ihn legen konnte. „Warum bist du eigentlich immer noch angezogen?"

Kelly stöhnte auf und rollte Cooper dann auf den Rücken. Dieser ließ das mit sich geschehen und wartete einen Moment, um Kelly zu verstehen zu geben, dass er am Ball war. Allerdings wollte er mit Kelly zusammen möglichst bald seine Klamotten loswerden.

Kelly drehte sich auf die Seite, damit er Coopers Hose öffnen konnte. Auch er schien es plötzlich eilig zu haben, denn in seiner Hast verknoteten sich seine Finger und er brauchte doppelt so lange, als normal gewesen wäre. Cooper half ihm nicht, obwohl er es gern getan hätte. Stattdessen prägte er sich das Bild von Kellys Händen an seiner Hose ein. Als nächstes zog Kelly ihm die Boxershorts herunter, um Coopers Schwanz zu befreien. Dann sah er zu Cooper auf.

„Was?", fragte Cooper, als er Kellys besorgtes Gesicht sah. „Ich bin nicht mehr fünfundzwanzig, da brauche ich schon ein bisschen mehr Vorspiel."

„Aber vorhin warst du steif, das habe ich doch gefühlt. Bist du ...?"

Cooper hätte fast mit den Augen gerollt, doch stattdessen zog er Kellys Gesicht näher zu sich. Als ihre Nasen fast aneinander stießen, sagte er mit der selbstbewusstesten Stimme, die er aufbringen konnte: „Keine Angst, ich krieg ihn noch hoch. Vielleicht bin ich ein bisschen aus der Übung, aber vertrau mir: Das ist wie Fahrrad fahren."

Kelly ließ die Stirn gegen Coopers sinken. „Ich hoffe es."

„Darauf kannst du dich verlassen."

„Ich hoffe das für mich, mein letztes Mal ist länger her als deins."

Cooper hielt Kellys Gesicht auf Abstand, damit er ihm in die Augen sehen konnte. „Ich weiß." Er lächelte. „Also, wie sollen wir weitermachen?"

Kelly sah ihn zwar immer noch schüchtern an, doch damit vertrug sich nicht, was er tat: Er bewegte sich an Coopers Brust hinab und bevor Cooper wusste, wie ihm geschah, hatte Kelly ihn schon in den Mund genommen. Die Hitze fühlte sich wunderbar an und offenbar hatte Kelly während seiner notgedrungenen Abstinenz nichts verlernt. Obwohl er nach dem ersten hastigen Begrapschen keinen Ständer gehabt hatte, wurde er jetzt so schnell steif, dass er froh war, auf dem Bett zu liegen, weil ihm sonst wohl schwindelig geworden wäre. Er warf einen Blick auf Kelly, um zu beobachten, was er tat – hungrig an seinem Schwanz saugen und lecken, während er ihn mit den Fingern an der Wurzel umfasste –, doch das gelang ihm nicht, ohne dass er Gefahr lief, jeden Moment zu kommen. Darum ließ er den Kopf schließlich ins Kissen sinken und genoss einfach das Gefühl, denn genau wie Kelly hatte er das in den vergangenen Jahren schmerzlich vermisst.

Schon bald schossen Coopers Gedanken in eine andere Richtung und er öffnete die Augen und hielt Kelly eine Hand hin, doch dieser war zu weit weg.

„Komm her", bat Cooper mit einer Stimme, die lange nicht so fest klang, wie er es beabsichtigt hatte.

Kelly sah ihn nicht an, doch er krabbelte näher und leckte Cooper über die Brust, als er die Jeans runterzog.

Eigentlich war Coopers Hintergedanke gewesen, dass sie die Position tauschten, sodass auch er ihm einen blasen konnte, doch Kelly hatte seine Worte anders verstanden. Nicht, dass Cooper sich darüber beschwert hätte, dass Kellys Mund wieder in Reichweite für einen Kuss war. Schon gar nicht, weil er Kellys Hand immer noch auf seinem Schwanz fühlte, während Kellys Erektion gegen seine rieb.

Kellys Augen waren geschlossen und sein Gesichtsausdruck war angespannt und konzentriert, während seine Zunge Coopers Mund erforschte. Er stöhnte und wenn er nach Luft schnappte, ächzte er laut, die Hand immer noch am Schwanz. Da auch Cooper spürte, wie sein Orgasmus immer näher kam, war er nicht überrascht, als Kelly über ihm innehielt, dann noch einmal zustieß und sich über Coopers Schwanz und Bauch ergoss. Das allein sorgte dafür, dass auch Cooper kam und als Kelly auf ihm zusammenbrach, nahm er ihn in die Arme.

Wieder verspürte Cooper das Bedürfnis, diesen Moment auszukosten. Er hatte keine Ahnung, wie das hier weitergehen und ob es eine Wiederholung geben würde. Er wollte Kelly einfach nur in den Armen halten für den Fall, dass dies das letzte Mal war, dass er die Chance dazu bekam.

Als Kelly sich aus der Umarmung löste, musste Cooper gegen die plötzlich aufkeimende Panik ankämpfen, dass Kelly einfach gehen würde. Stattdessen begann Kelly, sein Hemd aufzuknöpfen, und sah auf die Flecken am Saum hinunter. „Ich werde das irgendwie in die Wäsche schmuggeln müssen, ohne dass Teo es mitbekommt."

„Wenn du willst, kannst du es hier waschen."

„Nein, so lange kann ich nicht bleiben." Kelly warf das Hemd auf den einzigen Stuhl im Zimmer und zog seine Hose aus.

Auch Cooper zog seine Sachen aus, bevor Kelly wieder zu ihm ins Bett kam. Dessen nackte Haut an seiner zu spüren, fachte das Feuer erneut an. Dieses Mal ließen sie sich Zeit und Kelly gab Cooper reichlich Gelegenheit, sich wieder mit seinem Körper bekannt zu machen. Er hatte sich in den letzten fünfzehn Jahren so sehr verändert und doch fühlte er sich schon bald wieder vertraut an.

„DU MUSST los, Kells", flüsterte Cooper ihm eine Stunde später leise zu. Er lag immer noch an Kelly geschmiegt da und genoss die Wärme und den Geruch nach salziger, verschwitzter Haut und Sex. „Du kannst unten schnell duschen und dann fahr ich dich zurück."

Kelly stöhnte auf und griff nach Cooper. Ansonsten blieb er reglos und hielt Coopers Arm fest.

Coopers Wange lag an Kellys Stirn.

„Hast du ein Handtuch für mich?", fragte Kelly, als er sich endlich bewegte.

„Reichlich."

Es war nach Mitternacht, als sie zusammen unter der Dusche standen, und im Haus war es totenstill. Sie verließen das Mannschaftshaus ohne eine weitere Umarmung oder einen Kuss. Cooper setzte Kelly hinter dem Sheriffbüro in der Nähe seines Autos ab, so, als hätte er nur zufällig jemanden im Auto mitgenommen. Dann fuhr er zurück zur Ranch, um noch etwas zu schlafen, bevor am Morgen seine Arbeit auf ihn wartete.

Den ganzen Vormittag hindurch erinnerte ihn jede Bewegung – ob er nun etwas Schweres hinter sich her zog oder einen Sattel hochhob – daran, dass er Muskeln benutzt hatte, die er seit Jahren nicht mehr benutzt hatte. Selbst, als er gegen Mittag anfing zu gähnen, weil er in der vergangenen Nacht kaum Schlaf bekommen hatte, entlockte ihm das ein Lächeln.

Und dann kam Hunter, da ein dringender Anruf auf ihn wartete.

24

COOPER LIEF zu der Station, die man ihm an der Anmeldung genannt hatte, und fand dort Kelly auf dem Boden sitzend vor, den Kopf in die Hände gestützt.

„Kelly?"

Kelly sah auf und Cooper konnte erkennen, dass seine Augen blutunterlaufen waren. Auch wurde sehr schnell deutlich, dass er nicht gerade begeistert war, Cooper zu sehen.

„Jennifer hat mich angerufen."

„Das hätte sie nicht tun sollen." Kelly vergrub das Gesicht wieder in den Händen.

„Geht es um Nina?"

Da Kelly nicht antwortete, kniete sich Cooper neben ihm hin. „Ist gestern Nacht etwas passiert?"

Kelly nickte, ohne aufzusehen.

Verdammt. Er wusste, dass es Kellys schlimmster Alptraum war, dass Nina etwas zustieß, während er nicht da war. Dass er der Grund war, weshalb Kelly gestern Nacht zu Hause gewesen war, machte die Sache nur noch schlimmer.

„Was ist passiert?"

Kelly schüttelte den Kopf, als plötzlich eine Schwester den Kopf durch eine der Türen steckte. „Mr Freed? Sie können jetzt zu ihr."

Kelly sprang wie von einer Tarantel gestochen auf. Er schniefte kurz und rieb sich dann mit der Hand übers Gesicht. „Komm mit. Vielleicht kannst du ihr das ausreden."

„Wovon sprichst du?"

„Vielleicht legt sie ja Wert auf deine Meinung, auf mich jedenfalls hört sie nicht."

Cooper hielt Kelly davon ab, sich umzudrehen. „Ich komme mit, wenn du mir sagst, was hier vor sich geht."

„Sie hat eine Patientenverfügung. Sie ist Anwältin. Das ist also eigentlich wenig überraschend."

„Kelly, du redest wirr."

„Eine Patientenverfügung, in der steht, dass sie nicht wiederbelebt werden will. Keine Heldentaten. Sie hat eine Lungenentzündung und weil ihr Körper so geschwächt ist, müsste sie eigentlich künstlich beatmet werden, doch das lehnt sie ab. Sie hat mir wiederholt erklärt, dass ihr Lebenswille schwindet; dass sie immer weniger Sinn darin sieht, dieses Leiden zu ertragen. Doch da sie sich selbst nicht mehr bewegen kann, müsste ihr jemand Tabletten verabreichen, um dem ein Ende zu bereiten, und das würde auf Mord hinauslaufen. Darum möchte sie auf natürlichem Wege sterben."

Cooper seufzte. „Sie wusste, dass es nur eine Frage der Zeit wäre, bis sie krank wird."

Kelly nickte und Cooper hätte ihn am liebsten in die Arme geschlossen, wie er es letzte Nacht getan hatte. Doch sie befanden sich an einem ziemlich öffentlichen Ort und auch wenn die Schwestern sicherlich nichts über Nina an die Presse ausplaudern würden, hätten sie vielleicht keine Skrupel, wenn sie sahen, wie ihr Sheriff den stadtbekannten Homo umarmte.

Darum berührte Cooper ihn nur leicht am Arm. „Lass uns reingehen und versuchen, sie zu überreden, dass sie noch ein bisschen länger durchhält."

Als sie das Zimmer betraten, sah Nina nicht einmal auf. Sie lag bewegungslos auf der Seite und es war offensichtlich, dass jeder Atemzug sie anstrengte. Verschwunden war die lebhafte Frau, die er gekannt hatte. An ihre Stelle war der Geist der früheren Nina getreten. Ihr Haar war völlig durcheinander und das Makeup war entfernt worden. Sogar der knallrote Nagellack war verschwunden.

„Sie kann nicht abhusten", flüsterte Kelly. „Darum baut sie so schnell ab."

„Das ist schon mal passiert?"

Kelly nickte. „Vor etwa einem Jahr, bevor wir hierher gezogen sind. Sie war für fast zwei Monate auf ein Beatmungsgerät angewiesen, weil es so lange dauerte, sie wieder daran zu gewöhnen, allein zu atmen. Sie hat mir gesagt, dass sie das nicht noch einmal durchmachen will."

Cooper fasste sich unbewusst an den Hals. Jetzt verstand er, warum Nina dort eine Narbe hatte.

„Das einzige, was sie noch mehr hasste, als ans Bett gefesselt zu sein, war die Tatsache, dass sie nicht sprechen konnte."

Cooper lächelte angespannt, eher weil er sich in dieser Situation so unwohl fühlte, als weil Kellys Bemerkung besonders komisch war. „Ich kann mir vorstellen, dass sie das ganz furchtbar finden würde."

„Sie weiß, dass sie diesmal vielleicht gar nicht mehr von der Lungenmaschine loskommt und ich musste ihr versprechen, dass sie nicht noch mal an eine angeschlossen wird."

Cooper berührte Kelly noch einmal am Arm, weil er ihm nur so seine Unterstützung zeigen konnte. Kelly ließ die Berührung zwar zu, reagierte jedoch nicht darauf.

„Sie möchte, dass ich untätig daneben stehe, während sie stirbt."

Sie sprachen zwar mit leiser Stimme, doch Cooper sah immer wieder zu Nina hinüber, um abzuschätzen, ob sie ihnen zuhörte. Sie ließ sich nichts anmerken, doch schon an der Uni hatte er gelernt, dass sie Ohren wie eine Fledermaus hatte. Er traute ihr durchaus zu, dass sie ihnen zuhörte – trotz ihres schlechten gesundheitlichen Zustands –, ohne sich etwas anmerken zu lassen.

„Warum setzen wir uns nicht zu ihr und nehmen ihre Hand?"

Kelly sah ihn an, als hätte er vorgeschlagen, einen Meineid zu leisten.

„Sie braucht unsere Unterstützung, Kells, auch wenn wir ihre Entscheidung nicht begrüßen."

„Ich tue das jedenfalls nicht und das weiß sie auch."

„Kelly." Er seufzte, weil er ungern alles nur noch schwerer machte, aber er wusste, dass er Kelly alle Möglichkeiten aufzeigen musste. „Ihr Lebenswille hat irgendwann ein Ende. Zwar ist das ihre Entscheidung, aber als ihr Ehemann hast du es in den Händen, sie hier zu überstimmen. Wenn du ihnen die Erlaubnis gibst, sie zu intubieren, wird man dem nachkommen." Die Vorstellung schien Kelly zu gefallen. „Dann wirst du allerdings auch mit ihrer Wut leben müssen." Ein Schleier fiel auf sein Gesicht. „Sie bittet nur um eine gewisse Lebensqualität. Für sie gehört dazu, dass sie sprechen kann. Sie weiß, dass sie schwächer wird. Sie hat mir gesagt, dass sie befürchtet, bald nicht mehr schlucken zu können. Vielleicht war letzte Nacht ein erstes Anzeichen dafür. Vielleicht solltest du ihr die Kontrolle über die Situation geben und sie in Frieden sterben lassen."

Ohne Vorwarnung warf sich Kelly mit seinem ganzen Körpergewicht auf Cooper, der glücklich war, eine Wand hinter sich zu haben. Er schlang die Arme um Kelly und umarmte ihn. Es fühlte sich gut an, ihn so festzuhalten, selbst, als er merkte, wie Kelly von einem Weinkrampf geschüttelt wurde. Während er mit den Händen beruhigend über Kellys

Rücken strich, sah er zu Nina hinüber und versuchte, sich vorzustellen, wie es wäre, sie zu verlieren. Er liebte sie immer noch abgöttisch, aber er konnte auch sehen, dass sie litt. Es wäre humaner, dafür zu sorgen, dass sie keine Schmerzen litt und sie sterben zu lassen, solange es noch ihre eigene Entscheidung war. Je länger sie warteten, desto eher gerieten sie in Gefahr, dass die Entscheidung ihnen aus den Händen genommen wurde. Ganz eigennützig war ihm auch bewusst, dass sie ein Hindernis auf seinem Weg zu Kelly war, selbst, wenn das nicht ihre Absicht war. Er schüttelte hastig den Kopf, um den Gedanken zu verscheuchen. Die letzte Nacht hatte bewiesen, dass sie ziemlich gut darin waren, sich heimlich zu sehen.

Kelly hielt sich immer noch an ihm fest, doch er atmete mittlerweile ruhiger. Darum überraschte es Cooper nicht, als Kelly sich mit rotgeränderten Augen aus der Umarmung löste. Er fuhr sich mit der Hand übers Gesicht und straffte die Schultern in dem Versuch, sich wieder zu fangen.

„Besser?"

Kelly nickte, dann zuckte er mit den Schultern.

„Lass uns rübergehen, damit wir uns an ihr Bett setzen können."

Es gab nur einen Stuhl, der an die Wand gestellt worden war, und Cooper zog ihn näher ans Bett heran. „Setz dich."

Als Kelly der Aufforderung nachkam und Ninas Hand ergriff, öffnete diese die Augen.

„Hallo, Süße."

Unter ihrer Sauerstoffmaske war ein Lächeln zu erkennen.

„Dein Haar sieht aus wie ein Vogelnest. Soll ich dich kämmen?"

Sie nickte fast unmerklich und Kelly stand auf, um ihre Bürste zu holen und sich hinter sie zu stellen.

Weil er wollte, dass sie ein bekanntes Gesicht sah, nahm Cooper Kellys Platz auf dem Stuhl ein. „Hallo, Große."

„Cooper", formten ihre Lippen.

„Verschwende keine Energie aufs Sprechen. Wir werden einfach hier sitzen und uns anlächeln wie zwei Liebende, die sich Jahre nicht gesehen haben." Er rieb mit dem Daumen über ihre knochige Hand und versuchte, seine ganze Liebe für sie in seinen Blick zu legen. Sie schloss die Augen, als Kelly begann, ihr kurzes, dunkles Haar zu bürsten. „Genau so. Schließ die Augen und lass dich von Kelly verwöhnen."

Die Augen immer noch geschlossen, versuchte sie, etwas zu sagen. Cooper meinte, etwas im Sinne von „Hilf Kelly" herauszuhören.

„Wobei soll ich ihm helfen?", fragte er.

„Loszulassen", antwortete sie und schaffte es, sich über die Sauerstoffmaske hinweg Gehör zu verschaffen. Ihre Augen waren immer noch geschlossen, also warf Cooper Kelly einen Blick zu und stellte fest, dass dieser wieder weinte. Seine Hand kämmte jedoch weiterhin mit sanften Bürstenstrichen durch Ninas Haar.

Cooper wusste, dass er alles für Kelly nur noch schwerer machen würde, wenn er etwas sagte. Doch ihm war bewusst, wie wenig Zeit Nina noch blieb, und er wollte nicht um den heißen Brei herumreden. „Er liebt dich, Nee. Er möchte, dass du so lange wie möglich bei ihm bleibst."

„Dich liebt er auch", formten ihre Lippen. „Und ich bin bereit."

Jetzt musste Cooper seine Gefühle niederkämpfen. Er wusste, dass er Kelly nicht ansehen konnte, obwohl dieser sich sicher wunderte, was Nina ihm gesagt hatte, denn er hatte aufgehört, ihre Haare zu kämmen.

„Sie sollte sich ein bisschen ausruhen", sagte Cooper zu Kelly, obwohl er immer noch Nina ansah. „Nee, wir sind gleich vor der Tür. In ein paar Minuten sind wir wieder da, okay?" Nina reagierte weder auf seine Worte, noch darauf, dass er ihre Hand losgelassen hatte. Er verließ ruhig das Zimmer und hörte, wie Kelly ihm folgte. Im Flur setzte er sich auf die Bank, die gegenüber von Ninas Zimmer stand. Es war ihm unmöglich, Kelly anzusehen, als dieser sich neben ihn setzte. Doch er musste erneut dieses schwierige Thema anschneiden. „Sie hat gesagt, dass sie bereit ist."

„Ja, aber ich bin es nicht." Kellys Stimme war leise, aber kurz davor zu brechen. Er weinte immer noch.

„Ich auch nicht, Kells, schließlich habe ich sie gerade erst wiedergefunden. Sie war meine beste Freundin, meine Komplizin. Sie zu verlassen, war genau so hart, wie dich zu verlassen."

„Nur wegen ihr konnte ich überhaupt weitermachen. Wenn sie nicht gewesen wäre, hätte ich nie meinen Abschluss gemacht. Oder eine Helikopter-Lizenz. Ich hätte mich auch nicht für den Sheriffposten zur Wahl gestellt." Kelly saß still da. Seine Arme lagen auf den Oberschenkeln und seine Hände hingen schlaff zwischen seinen Knien. „Mit wem soll ich meine Ideen austauschen? Wer wird mir sagen, dass ich mich zusammenreißen und nicht Andy Griffith spielen soll?"

Cooper wollte entgegnen, dass Kelly immer auch mit ihm sprechen konnte, doch er hielt den Mund. Er wusste, was Kelly meinte. „Du kannst immer noch mit ihr reden. Ich bin sicher, dass du nach fünfzehn gemeinsamen Jahren genau weißt, was sie antworten würde."

Kelly senkte den Kopf. „Ich werde nie bereit sein, sie gehen zu lassen, Cooper."

Cooper gab Kelly einen Klaps auf die Schulter und hoffte, damit seine Unterstützung zum Ausdruck bringen zu können. Er wollte Kelly immer noch in die Arme nehmen, doch er war sich sicher, dass Kelly das auf dem vollen Flur der Intensivstation nicht zulassen würde. „Vermutlich nicht."

Sie gingen wieder hinein, um sich an Ninas Bett zu setzen. Manchmal öffnete sie die Augen, doch sie brachte kaum genug Energie auf, um den anzulächeln, der gerade in ihrem Blickfeld saß. Das Atmen strengte sie immer mehr an, und das entging auch den beiden Männern nicht. Am späten Nachmittag bat ihr Arzt, mit Kelly draußen sprechen zu können. Cooper schloss sich an, weil Kelly ihn dabei haben wollte.

Der Mann sah sehr besorgt aus, als er sich in seinem Büro an seinen Schreibtisch setzte. „Ich werde gleich zum Punkt kommen. Sie wird diesen Kampf verlieren. Sie hat nicht die Kraft zu atmen, denn obwohl wir ihr Antibiotika geben, füllt sich ihre Lunge mit Flüssigkeit. Wenn wir nicht eingreifen, wird sie einfach aufhören zu atmen."

„Eingreifen?", fragte Kelly, als wüsste er nicht bereits, was der Arzt damit meinte.

„Intubieren. Wir führen einen Schlauch in ihre Luftröhre ein, um ihr beim Atmen zu helfen", erklärte der Arzt.

„Das möchte sie nicht", sagte Kelly automatisch.

„Deshalb brauchen wir eine Unterschrift von Ihnen. Als Bestätigung für uns, dass Sie die Patientenverfügung Ihrer Frau mittragen."

Cooper setzte sich auf. „Sie hat eine Patientenverfügung, damit Kelly diese Entscheidung nicht treffen muss."

Der Arzt sah Cooper an, als wisse er nicht, warum dieser überhaupt hier war, und wandte sich dann wieder an Kelly. „Eine Patientenverfügung ist nur teilweise rechtlich bindend. In mehr als einem Fall haben uns Angehörige verklagt, weil wir eine

Patientenverfügung respektiert haben und ein paar Mal haben sie auch gewonnen. Wir müssen sicherstellen, dass sie die Entscheidung ihrer Frau mittragen."

„Und wenn ich nicht unterschreibe?"

„Dann verstoßen wir gegen ihren Wunsch. Um ehrlich zu sein, ist die Gefahr, dass Sie uns verklagen viel größer, als die Gefahr, dass Ihre Frau es tut." Er schob Kelly ein Blatt zu.

Kelly sah es an, ohne es anzufassen. Cooper war sich sicher, dass er es nicht unterschreiben würde.

„Sie verlangen von mir, sie umzubringen?"

„Wir werden sie nicht umbringen, Mr Freed. Wir werden ihr die Medikamente verweigern, die sie zum Überleben braucht, aber das entspricht ihrem Wunsch. Ich habe mit ihrem Neurologen hier und ihrem Arzt in Boston gesprochen. Sie sind sich beide einig, dass sie wusste, was sie unterschreibt und dass sie sich über die Konsequenzen im Klaren war. Es war definitiv ihre Entscheidung. Sie wusste, dass sie immer noch eine gewisse Kontrolle darüber hat, was mit ihr geschieht, solange sie sprechen kann. Wenn wir intubieren, ist das vermutlich irreversibel und damit verliert sie auch ihre letzte Form der Einflussnahme."

Cooper fuhr mit den Fingerknöcheln über Kellys Knie. Er wollte ihm damit seine Unterstützung zeigen, ohne die Aufmerksamkeit des Arztes zu erregen. Nur schien es, als würde er nicht einmal Kellys Aufmerksamkeit erregen.

Kelly starrte immer noch das Blatt Papier an, als sich der Piepser der Arztes meldete. „Das ist sie. Ich muss sie jetzt intubieren."

Der Arzt rannte nicht, aber seinen großen Schritten war anzusehen, dass es er eilig hatte. Cooper war hin- und hergerissen, bei Kelly zu bleiben oder dem Arzt zu folgen, um bei Nina sein zu können. Kelly schien es ähnlich zu gehen, denn er stand auf und ging hinaus auf den überraschend ruhigen Flur.

Hinter Ninas geöffneter Tür ging es jedoch zu wie im Taubenschlag.

„Auf den Rücken. Auf drei. Eins, zwei, drei." Cooper hörte, wie Gummihandschuhe übergezogen wurden und wie Metall klirrte. „Bronchoskop?", bat der Arzt. „Absaugen." Ein unappetitliches Geräusch drang aus dem Zimmer und Cooper warf Kelly einen Blick zu. Dieser war so weiß wie die Wand hinter ihm. „Sieben oder acht?" Das war die Stimme einer Frau. „Sieben wird reichen." Das war wieder der Arzt.

„Halt."

Cooper sah zu Kelly hinüber, der das Wort gemurmelt hatte.

„Coop, sie will das nicht."

„Ich weiß, aber du hast den Arzt gehört."

Kelly drehte sich um, um ins Büro des Arztes zu gehen. Er kam mit dem Schriftstück und einem Stift zurück. Er unterschrieb das Dokument und betrat Ninas Zimmer. „Halt. Ich habe unterschrieben."

Cooper ging ebenfalls ins Zimmer und er sah Nina auf dem Rücken liegend, ihre Brust war entblößt und ein Tubus steckte in ihrem Rachen.

„Doktor, akute Lebensgefahr!"

Sie begannen mit Wiederbelebungsmaßnahmen.

„Einen Moment", befahl der Arzt. Er sah auf den Monitor, auf dem eine Menge unregelmäßiger Linien verliefen, die Cooper nicht interpretieren konnte. Sie bildeten eine Linie, sobald die Schwester die Wiederbelebung einstellte. Der Arzt sah Kelly an und dieser nickte.

„Zeitpunkt des Todes: 17:32."

Der Arzt zog die Spritze auf, die an dem Tubus angebracht war, und zog den Tubus dann aus Ninas Rachen. Dann wischte er ihren Mund trocken und ging zu Kelly hinüber.

„Geben Sie uns ein paar Minuten, um sie herzurichten. Dann können Sie sie sehen." Er wandte sich an die Schwestern. „Stacey. Kümmern Sie sich gut um sie." Er ging zu Kelly hinüber und nahm ihm das Dokument ab. „Danke, dass Sie das geklärt haben. Mein herzliches Beileid zu Ihrem Verlust, aber ich bewundere Ihre Frau dafür, dass sie das schriftlich festgehalten hat."

„Sie ist Anwältin", erwiderte Kelly mit einem schiefen Lächeln. „Was hätten Sie denn sonst erwartet?"

Cooper sah schon von weitem, dass Kellys Lächeln aufgesetzt war. Er hoffte, dass er die nächsten paar Tage überstehen würde.

25

KELLY ÖFFNETE die Tür zu seinem Haus. „Teo?" Keine Antwort. Er drehte sich zu Cooper um. „Danke, dass du mich nach Hause gebracht hast. Ich komme schon klar." Er bückte sich, um ein Handtuch aufzuheben, das einfach liegen gelassen worden war, als der Notarzt Nina abgeholt hatte.

„Ich werde helfen. Du kannst bestimmt noch ein Paar Hände brauchen, vor allem, da Teo offensichtlich nicht da ist."

Cooper schloss die Tür und folgte Kelly ins Wohnzimmer.

Kelly schüttelte den Kopf und vermied es, Cooper anzusehen. Dass Cooper ihm auf Schritt und Tritt folgte war das Letzte, was er jetzt gebrauchen konnte. Er musste mit seinem Leben weitermachen. Er musste das Haus aufräumen und eine Wahl hinter sich bringen. „Danke, aber wir kommen schon klar. Teo war heute morgen ziemlich durcheinander. Du kannst helfen, indem du nach ihm Ausschau hältst, wenn du durch die Stadt zurück fährst. Wenn du ihn siehst, kannst du ihm ausrichten, dass ich seine Hilfe gebrauchen könnte." Als Cooper keine Anstalten machte zu gehen, ging Kelly zurück zur Haustür und griff nach der Klinke.

„Bitte, Coop. Ich muss eine Weile allein sein."

„Aber versprich mir, dass du nichts Unüberlegtes tust."

Kelly lachte humorlos. „Ich habe Nina verloren, das ist alles. Ist ja nicht so, als hätte ich das nicht kommen sehen. Ich werde mich schon nicht umbringen, Cooper." Er öffnete die Tür und sofort blendete ihn ein Blitzlicht.

„Deputy Freed, unser Beileid. Können Sie uns sagen, was passiert ist?"

Das Einzige, woran er denken konnte, als seine Augen immer noch von dem hellen Licht geblendet wurden, war Coopers Hand auf seiner Schulter. Er schüttelte sie instinktiv ab, ging ein paar Schritte auf die Veranda hinaus und stellte sich der blonden Reporterin mittleren Alters, die für die lokalen Nachrichten arbeitete und mit ihrem Kameramann und einem Soundtechniker aufgetaucht war. Hinter ihr standen ein paar Zeitungsreporter, mit denen Kelly bereits in der Vergangenheit zu tun gehabt hatte.

Er wusste sofort, dass er ihnen geben musste, was sie wollten, sodass er sie daraufhin höflich bitten konnte zu gehen, damit er mit seinem Leben weitermachen konnte. Wenn er hier einen Fehler machte, konnte er die Wahl vergessen, und im Moment war das das Einzige, was ihm noch wichtig erschien.

„Meine Frau, Nina Alexander, ist heute Nachmittag an Komplikationen verstorben, die sich durch die Motoneuronkrankheit ergeben haben, an der sie litt. In den letzten fünfzehn Jahren war sie der wichtigste Mensch in meinem Leben. Sie hatte einen großen Anteil daran, dass ich mich als Sheriff zur Wahl gestellt habe."

„Stehen Sie weiterhin zur Wahl?", fragte einer der Reporter.

„Davon haben wir beide geträumt, ich habe also nicht vor, meine Kandidatur zurückzuziehen", meinte Kelly entschieden. Er holte tief Luft. „Ich möchte Sie bitten, meine Privatsphäre zu respektieren. Ich muss ihre Beerdigung organisieren und ich möchte nicht, dass mir dabei der ganze Bezirk über die Schulter sieht. Wenn Sie jetzt mein Grundstück verlassen, lasse ich Ihnen die Details der Beerdigung zukommen."

Als den Reportern klar wurde, dass er ihnen nicht mehr sagen würde, brachen sie nach und nach auf und Kelly spürte, wie er wieder freier atmen konnte. Er wartete, bis sie sein Grundstück verlassen hatten, bevor er wagte, sich umzudrehen, um zu überprüfen, ob Cooper genug Geistesgegenwart besessen hatte, sich zurückzuziehen. Das Letzte, was er brauchte, war Cooper, der mit ihm vor einer Fernsehkamera stand. Sein Gegenkandidat würde nicht lange brauchen, um herauszufinden, wer Cooper war, und auch wenn er nicht besonders stolz darauf war, so konnte er es sich im Moment nicht leisten, mit Cooper in Verbindung gebracht zu werden.

Er war erleichtert festzustellen, dass die Veranda hinter ihm leer und die Haustür geschlossen worden war. Er beschloss, über die Veranda zum hinteren Teil des Hauses zu gehen. Bei der Verandatür fand er eine zusammengekauerte Gestalt, die in eine Decke eingewickelt war.

„Teo?" Teo öffnete die Augen und musste blinzeln, als er ins helle Sonnenlicht blickte. Sofort kam aus dem Deckenberg eine Hand zum Vorschein, mit der er sein Gesicht abschirmte.

„Ist sie …?"

Kelly schüttelte den Kopf, doch dann begriff er, dass Teo die Worte hören musste. „Sie ist vor ein paar Stunden gestorben. Ich habe ihren Wunsch respektiert, dass sie nicht noch einmal intubiert werden möchte, doch ihr Körper war schon so geschwächt, dass sie nicht mehr allein atmen konnte. Sie ist in Frieden gegangen." Das Bild von Nina – auf dem Rücken liegend, nackt, während die Schwestern versuchen, sie wiederzubeleben – hatte sich in sein Gedächtnis eingegraben. Er wusste jedoch, dass ihr Tod Teo schwer treffen würde, darum fiel es ihm nicht schwer, eine kleine Notlüge zu erfinden.

Teo nickte. Seine Augen waren kaum mehr als schmale Schlitze. „Sie hat sich an ihrer Suppe verschluckt. Sie hat versucht zu husten, doch sie konnte es nicht. Und dann ging es ihr wieder gut. Zumindest hat sie das gesagt. Als ich sie ins Bett gebracht habe, sah sie aus, als würde sie eine Erkältung bekommen, doch sie bestand darauf, dass es ihr gut gehe. Ich hätte ihr nicht glauben dürfen. Schon da hätte ich dich anrufen sollen, aber das hat sie nicht erlaubt."

„Ich weiß", sagte Kelly, der Teo gern beruhigt hätte. „Du hast dich so gut um uns beide gekümmert. Es ist nicht deine Schuld. Was machst du überhaupt hier draußen? Du hättest erfrieren können!"

„Nachdem sie sie abgeholt hatten, bin ich ein bisschen durchgedreht."

„Hast du dich betrunken?"

Teo nickte. „Ich bin im Haus geblieben, niemand hat mich gesehen."

„Du musst einen ziemlichen Durst haben. Ich hole dir etwas Wasser."

Teo griff nach seiner Hand. „Mir geht's gut. Na ja, ich bin ein bisschen verkatert, aber … können wir darüber reden, was passiert ist?"

Kelly seufzte. Teo war die Art Mensch, die alles bis ins kleinste Detail ausdiskutieren musste. Kelly war sich nicht sicher, ob er dafür schon bereit war, doch er stand in Teos Schuld, also setzte er sich zu ihm auf die Terrasse.

„Sie war bereit zu gehen. Sie wusste, dass der Moment gekommen war, und sie war ruhig und gefasst. Sie war bereit."

Teo weinte in seinen Armen und Kelly kam der Gedanke, dass es sich so anfühlen musste, ein Kind zu haben. Wenn sein Sohn überlebt hätte, würde er ihn jetzt in den Armen halten und trösten.

COOPER SAH durch die Verandatür und beobachtete Teo und Kelly. Kelly hatte vor Teo gekniet, doch nun hatte er sich neben ihn gesetzt und ihm einen Arm um die Schultern gelegt. Cooper musste sich eingestehen, dass er eifersüchtig war. Kelly hatte immer abgestritten, dass zwischen ihm und Teo etwas gelaufen war und Cooper wollte ihm glauben. Trotzdem fühlte er sich außen vor. War Kelly nicht klar, dass auch er jemanden verloren hatte, der ihm wichtig war?

Cooper schüttelte den Kopf und wandte sich von dem Schauspiel ab. Er brauchte frische Luft und er musste hier raus. Kelly hatte mehr als deutlich gemacht, dass er ihn hier nicht wollte.

Mittlerweile waren die Reporter verschwunden und Cooper konnte unbeobachtet zu seinem Truck gehen. Auf dem Weg zu seinem Wagen fragte er sich, wo er hinfahren sollte. Er fühlte sich unglaublich allein. Was er letzte Nacht mit Kelly geteilt hatte, schien ein ferner Gedanke zu sein, und was ihm wie die totale Erfüllung vorgekommen war, war jetzt nur noch enttäuschend. Was er befürchtet hatte, war nicht einmal eingetreten. Er würde nicht Kellys kleines, schmutziges Geheimnis sein. Kelly dachte im Moment nicht einmal an ihn.

Als er durch die Stadt fuhr und an Calleys Laden vorbeikam, fiel ihm ein, dass er nicht daran gedacht hatte, sie anzurufen, um ihr zu sagen, dass er die Bestellungen nicht ausliefern konnte. Doch da er nichts anderes zu tun hatte, konnte er die Tour auch genauso gut jetzt machen. Als er den Laden betrat, stand Calley an der Kasse. „Ist Sadie nicht da?"

Calley schenkte ihm dünnes Lächeln. „Sie macht die Bestellungen fertig."

„Und Ryan?"

„Hilft Grant und Gable dabei, das Holz für den Anbau an Gables Haus zu verladen."

„Guter Junge. Du ziehst also bei ihnen ein?"

„Vermutlich. Ich vermisse die Kinder, aber ich habe am Abend nicht mehr genug Kraft, um mich um sie zu kümmern."

„Ich bin sicher, dass Flynn die Kleinen von vorne bis hinten bemuttern wird."

Sie nickte. „Ich bin froh, dass sie zwei Väter haben, denen sie vertrauen."

„Wie geht es dir?"

„Mies", sagte sie mit einem Lachen, das kaum verstecken konnte, wie ehrlich ihre Antwort gemeint war. „Aber du siehst auch nicht aus, als hättest du letzte Nacht viel Schlaf bekommen."

„Mir geht's gut", antwortete Cooper und versuchte dabei, ein unbeteiligtes Gesicht zu machen. Ihr zweifelnder Gesichtsausdruck zeigte ihm, dass er damit nicht sehr erfolgreich war. „Nina ist heute Nachmittag gestorben."

„Ach, Cooper", sagte sie mit so viel Mitgefühl, dass ihm Tränen in die Augen schossen. Sie kam hinter der Ladentheke hervor, um ihn zu umarmen. „Du hattest sie gerade erst wiedergefunden. Was ist passiert?"

Er erklärte kurz, was vorgefallen war. „Sie wollte so nicht weiterleben und Kelly hat ihren Wunsch respektiert."

„Oh, stimmt ja! Kelly! Und so kurz vor der Wahl."

„Die Presse stand schon vor seiner Tür. Er hat eine Erklärung abgegeben, als hätte er das alles vorbereitet, und sie dann gebeten zu gehen."

Sie lächelte ihn voller Mitgefühl an. „Er ist nicht mehr der Kelly, den du von der Uni kennst, oder?"

„Wohl eher nicht." Er holte tief Luft. „Ich sollte besser aufbrechen, wenn ich den Leuten noch vor Einbruch der Dunkelheit ihre Lebensmittel bringen will."

Sie fuhr ihm mit der Hand durch die Haare – keine einfache Angelegenheit, da er einen Kopf größer war als sie. „Friss das nicht alles in dich hinein, Cooper. Sprich mit Kelly darüber. Wer weiß, vielleicht bringt euch das näher zusammen."

Cooper drückte sie an sich und entließ sie dann aus der Umarmung. „Teo kümmert sich um ihn."

„Der junge Mann, der Nina gepflegt hat? Er ist … oh, ich verstehe."

Cooper wollte ihr gegenüber nicht zugeben, dass es sich nur um Vermutungen handelte, für die er keinerlei Beweise hatte. „Sag niemandem etwas, okay? Das wäre das Ende seiner Kandidatur. Dabei würde er einen tollen Sheriff abgeben. In jedem Fall besser als die Alternative."

„Oh, ganz meine Meinung." Sie tat so, als würde sie ihren Mund mit einem imaginären Reißverschluss verschließen.

„Ich geh dann mal …" Er zeigte zum hinteren Teil des Ladens, sah Calley nicken und machte sich dann ohne einen Blick zurück auf den Weg.

„Sadie", grüßte er Calleys Angestellte, sobald er den Lagerraum betrat, in dem normalerweise die Bestellungen aufbewahrt wurden. Sadie löste sich hastig von einer Person, die Cooper als Ryan identifizierte, als Sadie den Blick auf ihn freigegeben hatte. Sie machten beide ein schuldbewusstes Gesicht. Cooper beschloss, sie nicht zur Rede zu stellen, aber das hieß nicht, dass er sich keine Gedanken machte. „Calley sagte, du wärst mit Gable unterwegs, um Holz aufzuladen."

Ryans Blick wurde durch seinen langen Pony versteckt. „War ich, aber als wir fertig waren, hat mich Gable hier abgesetzt."

„Sind die Bestellungen fertig? Willst du mitkommen, damit ich dich bei Gable absetzen kann?"

Ryan sah erst Sadie und dann Cooper an. „Sie sind noch nicht ganz fertig. Ich werde hier noch gebraucht."

Cooper warf Sadie einen Blick zu. „Gibt es eine Bestellung für Blackwater?" Sie nickte. „Ich komme später vorbei, um sie abzuholen und dabei kann ich dann Ryan mitnehmen. Ryan, kannst du die Jungs anrufen und ihnen Bescheid geben, dass ich dich absetze?" Er sah keinen der beiden an, sondern konzentrierte sich auf die Liste mit den Bestellungen und auf die Kisten, die er mitnehmen musste. Er hob an, was er tragen konnte, und machte sich auf den Weg zu seinem Truck.

Auf seiner Tour dachte er darüber nach, wie Sadie und Ryan sich umarmt und sofort voneinander abgelassen hatten, als er eingetreten war. Ganz offensichtlich hatte er das nicht sehen sollen und er fragte sich, was hier eigentlich vor sich ging. Vor allem in Anbetracht der ganzen Geschichte um Ryan und Kaye Simmons. Vielleicht lag er ja völlig falsch. Vielleicht stand Ryan ja auf Frauen und Simmons hatte ihn angebaggert, was dann natürlich nicht gut angekommen war. Cooper zog ungern voreilige Schlüsse, doch wenn seine Vermutung richtig war, dann war Simmons der Aggressor. Und damit war er auch eine potenzielle Gefahr für die Kinder, die er unterrichtete. Verdammt, er wünschte, er könnte einfach zu Kellys Haus fahren und mit ihm ein paar Ideen austauschen.

26

GRANT UND Hunter saßen an Gables Küchentisch und besprachen die Pläne für die Erweiterung des Hauses.

„Das ist ziemlich viel Arbeit", sagte Grant und lehnte sich zurück. „Und so, wie ich es verstanden habe, sollte der Anbau möglichst gestern schon stehen?"

Gable schenkte ihm ein breites Lächeln. „Calley braucht einen Ort, an dem sie sich ausruhen und Zeit mit ihren Kindern verbringen kann. Ryan braucht dringend mehr Privatsphäre. Den Kleinen macht es nichts aus, sich das Doppelstockbett zu teilen, doch sollte das Jugendamt hier auftauchen, wird es wohl nicht begeistert davon sein, dass wir nur zwei Betten für drei Kinder haben, von denen eins ein Mädchen ist. Da spielt es auch keine Rolle, dass wir die Zwillinge ohnehin kaum davon abhalten können, in einem Bett zu schlafen."

„Verstehe", lenkte Grant ein.

„Schon das allein heißt, dass wir drei zusätzliche Schlafzimmer bräuchten."

Flynn und Gable nickten.

„Ich werde Cooper morgen bitten, euch das Holz zu bringen, das wir noch übrig haben. Wie schnell können wir die Männer zum Hausbau zusammentrommeln?"

„Dieses Wochenende?", schlug Flynn vor. „Ich habe extra einen Großeinkauf bei Calley gestartet, damit niemand hungern muss. Aber zur Not kann ich auch noch was nachbestellen."

„Guter Plan", sagte Grant und schüttelte Gable die Hand. „Ich komme irgendwann diese Woche mit Rory vorbei, um das Fundament zu legen. Das sollte nicht länger als ein oder zwei Tage dauern. Danach brauchen wir reichlich Muskelkraft, um die Balken aufzustellen und dann können wir mit Flynns Hilfe die Wände einziehen."

Hunter hob die Hand. „Ich will ja ungern die Spaßbremse spielen, aber Samstag ist sehr nah am Wahltag. Ein Großteil der Männer wird reichlich verkatert sein, allen voran ein ziemlich kräftiger Helfer."

„Spielverderber", murmelte Grant halblaut, bevor er in normaler Lautstärke hinzufügte. „Unser nächster Sheriff?"

„Ich kann mir nicht vorstellen, dass Kelly den ganzen Tag hier verbringen wird, wenn er gerade zum Sheriff gewählt wurde", wandte Hunter ein."

„Mmh", meinte Grant nachdenklich. „Wie wäre es, wenn wir ihm versprechen, alle Männer am Donnerstag zur Wahl in die Stadt zu fahren, wenn er uns dafür am Samstag hilft? Ich bin sicher, er würde sich über die Wähler freuen."

„Wir sollten uns nicht zu sehr auf ihn verlassen", sagte Gable. „In der Woche darauf ist die Beerdigung seiner Frau."

„Stimmt", entgegnete Hunter. „Cooper hat so etwas erwähnt. Ich habe sie allerdings nie kennengelernt."

Gable sah Hunter ernst an. „Sie konnte das Haus nicht verlassen. Ihr Tod kam zwar nicht überraschend, war aber trotzdem ein Schlag. Auch Cooper hat sie gekannt. Er ist damals mit ihr und Kelly zusammen zur Uni gegangen."

„Vielleicht sollten wir Cooper bitten, Kelly einzuladen?", schlug Flynn vor. „Das lenkt ihn sicherlich davon ab, dass ein leeres Haus auf ihn wartet." Unter dem Tisch ergriff er Gables Hand.

Gable sah seinen Partner an und ihm wurde klar, dass sie beide dasselbe dachten: Wie froh sie darüber waren, dass Flynn dafür sorgte, dass das Haus nicht so leer war. Er drückte Flynns Hand, bevor er sie losließ. „Ich würde den Termin lieber nicht weiter nach hinten verschieben. Wir hatten schon den ersten Schnee und wenn wir noch länger warten, taut er vielleicht erst im Frühjahr. Vielleicht schaffen wir es auch nicht an einem Wochenende und Calley kann unmöglich noch länger von ihren Kindern getrennt sein."

„Und wenn sie stattdessen allein in der Stadt bleibt, arbeitet sie bis zur Erschöpfung, auch wenn sie sagt, dem wäre nicht so", fügte Flynn hinzu.

Hunter legte die Hände auf den Tisch. „Nun gut, ihr könnt auf jeden Fall auf uns, Rory und Tim zählen. Ich werde auch Christy und Izzy bitten mitzukommen, damit ihr euch nicht ums Essen kümmern müsst." Er zeigte mit dem Finger auf Flynn. „Wir brauchen dich oben auf der Leiter und nicht hinterm Herd."

Flynn grinste. „Klar doch."

Nachdem Hunter und Grant gegangen waren, setzte sich Gable wieder zu Flynn an den Tisch. „Da haben wir diese Woche ja gut zu tun. Wir müssen die Fläche neben dem Haus einebnen und ein paar Büsche ausgraben …"

„… und die Gartendusche verlegen", unterbrach ihn Flynn mit einem hintersinnigen Lächeln.

„Auf jeden Fall", stimmte Gable zu. Auch in seiner Stimme schwang Begeisterung mit. „Wobei vermutlich nur der Himmel weiß, wann wir sie wieder benutzen können."

Flynn schmunzelte. „Wir können im Sommer immer noch draußen duschen. Wir können nur nicht … du weißt schon."

„Ich weiß", erwiderte Gable mit einer Mischung aus Bedauern und Belustigung. „Aber sie werden nicht ewig hier bleiben."

„Ich weiß", sagte Flynn und ergriff Gables Hand. „Lass uns nach den Kindern sehen, bevor wir ins Bett gehen. Morgen wird ein harter Tag. Aber das bedeutet nicht, dass wir nicht in unserem Schlafzimmer tun können, was wir draußen unter der Dusche getan haben."

„Solange wir es leise tun."

Flynn lehnte sich über die Ecke des Esstisches und küsste Gable ausgiebig. Gable ergriff ihn bei den Schultern, sodass er an Ort und Stelle bleiben musste.

Ein gemurmeltes „Großartig" aus Richtung Wohnzimmer sorgte dafür, dass sie den Kuss abrupt beendeten.

„Entschuldige, Ryan", sagte Gable. „Wir dachten, du schläfst schon."

„Ich bin nicht mehr fünf", höhnte Ryan.

„Das wissen wir", antwortete Flynn. „Mit etwas Glück hast du nächste Woche um die Zeit ein eigenes Zimmer."

Ryan erwiderte nichts. Ohne die beiden Männer anzusehen, betrat er die Küche, nahm sich ein Glas, füllte es mit Wasser aus der Leitung und verschwand damit ins Wohnzimmer.

Flynn seufzte. „Ob wir wohl jemals zu ihm durchdringen?"

Gable zuckte mit den Schultern. „Wohl nicht vor seinem achtzehnten Geburtstag."

Flynn sah zum Wohnzimmer hinüber. „Er hat immer so eine Wut auf die Welt."

„Er hat eine Menge durchgemacht", meinte Gable ebenso leise wie Flynn, weil er nicht wollte, dass Ryan sie hörte. „Wir wissen beiden, wie es ist, seine Mutter in so jungen Jahren zu verlieren. Wir hatten zumindest einen Vater, der sich um uns gekümmert hat. Ryan hatte nicht einmal das."

„Und er hat auch noch Noah, für den er sich verantwortlich fühlt", fügte Flynn hinzu.

27

KELLY WAR froh, dass er viel zu tun hatte. Die Bewohner der Stadt schienen verstanden zu haben, dass er versuchte, wieder Normalität einkehren zu lassen, anstatt herumzugehen und Hände zu schütteln. Manchmal kamen auf der Straße Leute auf ihn zu, legten ihm eine Hand auf die Schulter und drückten ihr Beileid aus. Ein Teil von ihm wollte nur in Ruhe gelassen werden, doch ein anderer Teil war auch froh, seinen Job zu haben, der ihn ablenkte.

Abends in ein leeres Haus heimzukehren war jedoch noch einmal eine ganz andere Geschichte. Zwar wartete Teo auf ihn, der ihn bemutterte und ihm seine Lieblingsgerichte kochte, um sie aufzuwärmen, sobald Kelly die Haustür öffnete. Kelly brachte es nicht über sich, ihm zu erklären, dass er keinen Appetit hatte, darum aß er hauptsächlich, um Teo eine Freude zu machen, der nach Ninas Tod ebenfalls am Boden zerstört war. Offensichtlich stürzten sie sich beide in die Arbeit, um nicht zusammenzubrechen. Teo allerdings blieb den ganzen Tag in dem Haus, in dem sich so viele Erinnerungen angesammelt hatten – auch für ihn, obwohl er erst seit einem Jahr bei ihnen lebte.

Kelly vermied es, Ninas Zimmer zu betreten, obwohl die Tür offen stand und er ohnehin daran vorbei musste, um in sein eigenes Schlafzimmer zu gelangen. Nur einmal hatte er einen Blick hineingeworfen und festgestellt, dass es wie geleckt aussah, weil Teo geputzt und aufgeräumt hatte. Sogar das Bett war zu Kellys Erleichterung gemacht gewesen, denn es abgezogen zu sehen, hätte er nicht ertragen können. So hingegen konnte er sich der Illusion hingeben, dass sie eines Tages zurückkäme, obwohl er genau wusste, dass das nicht passieren würde.

Als Kelly am Abend vor der Wahl nach Hause kam, stellte er fest, dass auch der Rest des Hauses blitzblank geputzt war. Nach seinem anfänglichen Zusammenbruch hatte Teo sich offensichtlich wieder aufgerappelt. Kelly hatte angerufen, um Teo wissen zu lassen, wann er zu Hause sein würde, darum wurde er schon beim Betreten des Hauses vom Duft von Pasta mit Tomatensoße empfangen. Teo stand in der Küche am Herd.

„Das riecht fantastisch."

Teo warf einen Blick über die Schulter und lächelte. „Arrabiata, genau wie du es magst."

„Scharf?"

Teo nickte, doch sein Gesichtsausdruck wurde plötzlich ernst.

Kelly konnte an seinem Gesicht ablesen, was er dachte, und warum er sich deshalb schuldig fühlte. Teo hatte ihr Essen immer nur wenig gewürzt, weil Nina nichts Scharfes mehr vertragen hatte, obwohl sie alle wussten, dass sie es eigentlich liebte. Jetzt jedoch konnten sie würzen, wie sie wollten. Kelly legte Teo eine Hand auf die Schulter, doch bevor er reagieren konnte, hatte Teo sich umgedreht und sich an ihn gedrückt. Nach einem kurzen Zögern legte er die Arme um Teo und umarmte ihn.

„Ist schon in Ordnung. Auch du darfst natürlich um sie trauern."

Teo schmiegte sich enger an ihn und sein schlanker Körper erzitterte. „Es ist meine Schuld."

„Nein, ist es nicht. Wir wussten, dass das passieren könnte. Die Ärzte haben uns schon letztes Jahr gesagt, dass das nicht das letzte Mal sein würde."

„Ich habe ihr Kerbelsuppe gemacht und davon hat sie Halskratzen bekommen."

Kelly schmunzelte, einfach, um seine angespannten Schultern zu lockern. „Ich muss davon auch immer husten, aber das heißt nicht, dass ich deine Kerbelsuppe nicht trotzdem liebe. Und Nina tat das auch. Ich wette, sie hat dich darum gebeten, sie zu machen."

Teo nickte, während er sein Gesicht in Kellys Halsbeuge versteckte.

„Was auch immer du getan hast, was auch immer geschehen ist – es war nicht deine Schuld. Sie war bereit zu gehen. Das hat sie uns im Krankenhaus gesagt." Er kämmte mit den Fingern liebevoll durch Teos Haare, woraufhin dieser aufblickte. Teo sah ihn voller Hingabe an und Kelly musste den Impuls unterdrücken, Abstand zwischen sie zu bringen. Stattdessen sagte er: „Lass uns essen, ich bin am Verhungern."

Das Essen war gut, aber die Anspannung im Raum war merklich gestiegen. Kelly brauchte eine Weile, bis er realisierte, dass Teo ihn bei jeder sich bietenden Gelegenheit berührte. Es waren nur kleine Gesten – eine Hand auf der Schulter, als Teo an ihm vorbeiging, eine leichte Berührung am Unterarm, um zu verhindern, dass Kelly sich die Pastaschüssel nahm, sodass Teo ihn bedienen konnte. Und Kelly brauchte noch einmal eine ganze Weile, um zu realisieren, warum ihm das so unangenehm war. Seit Nina krank geworden war, war ihm eine solche Aufmerksamkeit nicht mehr zuteil geworden. Die Berührungen fühlten sich viel zu vertraut an. Er wollte Teo jedoch nicht darauf ansprechen. Vielleicht brauchte er im Moment einfach etwas menschliche Nähe.

Später am Abend, nachdem er schon ins Bett gegangen war, wachte er auf, als etwas – oder eher jemand – hinter ihm ins Bett kroch.

„Teo?" Er knipste das Licht an und sah Teo neben sich im Bett liegen. Wegen der plötzlichen Helligkeit kniff er die Augen zusammen und zog das Bettzeug enger um sich. Er sah Kelly nicht direkt an. „Ich denke, du solltest besser wieder in dein eigenes Bett gehen."

Teo setzte sich auf, machte aber keine Anstalten, Kellys Vorschlag zu folgen.

„Teo, bitte. Das ist nicht richtig."

„Nina hat mir von dir erzählt", sagte Teo nach kurzem Zögern. „Ich weiß, dass du dich wegen der Wahl nicht einfach so outen kannst, aber ich kann diskret sein. Du musst niemandem von uns erzählen."

„Ich muss niemandem von uns erzählen, weil es kein ‚uns' gibt. Ich weiß nicht, wie du auf diese Idee kommst."

Teo setzte sich auf die Bettkante und wandte Kelly den Rücken zu. „Als sie mich vor vier Jahren eingestellt hat, sagte sie, dass ihr die Tatsache gefällt, dass ich schwul bin. Als sie mich fragte, ob ich mit euch hierher ziehen würde, erzählte sie mir, dass du auch schwul bist und dass ihr eine Vernunftehe führt. Und letzte Woche hat sie mich gefragt, ob ich mich auch nach ihrem Tod um dich kümmern würde. Ich war davon ausgegangen, dass es das ist, was sie wollte. Sie wusste, dass ich dich mag."

Kelly seufzte laut auf. Er wollte Teo in den Arm nehmen und ihm möglichst sanft eine Abfuhr erteilen, aber er wusste, dass Teo das missverstehen würde. Also tat er es nicht. „Teo, ich bin hierher gezogen, weil der Mann, den ich liebe, hier lebt."

Diese Enthüllung sorgte dafür, dass sich Teo zu ihm umdrehte. „Wer ist es?"

„Jemand, den ich von früher kenne. Nina hat herausgefunden, wo er lebt, und als sich die Möglichkeit ergab – als der Sheriffposten frei wurde – sind wir hierher gezogen." Allerdings würde er Teo nicht erzählen, dass er ihm ein Bier gebracht und ihm Abendessen serviert hatte – schon gar nicht, wenn er wusste, dass aus ihrer erneuten Bekanntschaft nichts werden konnte.

„Seid ihr ein Paar?"

Kelly hatte darauf nicht sofort eine Antwort parat. Trotz der gemeinsam verbrachten Nacht konnte er nicht genau sagen, welcher Art seine Beziehung zu Cooper war.

„Warst du bei ihm, als Nina krank wurde?"

In Teos Stimme schwang kein Vorwurf mit, trotzdem war Kellys erster Instinkt zu lügen. Wie war es Teo gelungen, den Grund für seine Schuldgefühle so zielsicher zu ergründen? Das hieß jedoch nicht, dass er es zugeben würde, also entschied er sich dafür, die Frage zu ignorieren.

„Lass es gut sein, Teo. Er möchte nicht mein kleines, schmutziges Geheimnis sein und ich kann es ihm nicht verdenken." Obwohl das größtenteils der Wahrheit entsprach, vermied es Kelly, Teo direkt anzusehen. Darum überraschte es ihn auch, als Teo das Wort ergriff.

„Ich habe dir gesagt, dass es mir nichts ausmachen würde. Du müsstest mich nirgendwo mit hinnehmen und wir hätten das perfekte Alibi: Ich bin immer noch deine Haushaltshilfe."

Kelly sah Teo an, als dieser vom Bett aufstand. Zum Glück trug er eine Schlafanzughose. Er hatte in Teo nie einen möglichen Partner gesehen, doch selbst nach dessen großzügigem Angebot konnte er sich nicht vorstellen, etwas mit ihm anzufangen. Und auch wenn es mit Cooper nicht klappen sollte, könnte er sich nicht mit dem Nächstbesten zufrieden geben. Er hatte in den letzten zehn Jahren keinen Liebhaber gehabt und er würde sich auch jetzt nicht auf den ersten stürzen, der sich ihm an den Hals warf. „Du bist ein toller Kerl, Teo, aber ich kann nicht."

Teo biss sich auf die Wange, was ihm einen schmollenden Gesichtsausdruck verlieh, doch das hielt nicht lange an. Er nickte einfach nur und ohne ein weiteres Wort stand er auf, verließ das Schlafzimmer und schloss hinter sich die Tür.

Kelly war zwar erleichtert, doch er konnte trotzdem nicht einschlafen. Ihm ging der Gedanke nicht aus dem Kopf, dass Teo ihn so leicht durchschaut hatte. Und das rief ihm wieder in Erinnerung, was er so gern vergessen hätte: Dass er bei Cooper gewesen war anstatt zu Hause. Dass Teo bei ihr gewesen war, als sie sich verschluckt hatte, während er … flachgelegt worden war.

Auch die Frage, wie es mit Cooper weitergehen sollte, raubte ihm den Schlaf. Cooper war nicht mehr der Mann, in den er sich an der Uni verliebt hatte. Das hieß allerdings nicht, dass er ihn nicht immer noch attraktiv fand. Und das beruhte eindeutig auf Gegenseitigkeit. Obwohl Cooper bei jeder sich bietenden Gelegenheit wiederholte, dass er nicht Kellys kleines Geheimnis sein wollte, trafen sich jedes Mal, wenn sie allein waren, ihre Lippen und sie konnten die Hände nicht voneinander lassen. Wenn er nur an die Nacht dachte, die auf dieser verlassenen Bergstraße begonnen hatte, wurde er schon steif. Er drehte sich auf die Seite, weil er hoffte, so die Bilder verscheuchen zu können, doch sie wurden nur noch intensiver.

Morgen war die Wahl und sollte er gewinnen, würde einer der Träume, die er mit Nina gehegt hatte, wahr werden. Könnte das auch mit seinem eigenen Traum passieren? Würde er in der Lage sein, den Bewohnern dieser Stadt zu erklären, dass sie für einen schwulen Sheriff gestimmt hatten? Oder wäre es klüger, seine Beziehung zu Cooper langsam wachsen zu lassen, bis die Stadt nach und nach realisierte, was vor sich ging?

Kelly sehnte sich danach, dass Cooper ihm mit seiner rauen Stimme sagte, dass alles gut werden würde – genau wie damals an der Uni. Und genau wie in dem Truck auf der verlassenen Bergstraße.

Verdammt, er musste Cooper unbedingt ein Handy kaufen.

KELLY WACHTE im Morgengrauen mit der Gewissheit auf, dass er höchstens drei Stunden geschlafen hatte. Als er sich im Badezimmerspiegel betrachtete, während er sich erleichterte, wurde ihm bewusst, dass er sogar noch schlimmer aussah, als er sich fühlte. Nach einer

Dusche und einer Rasur war er halbwegs vorzeigbar. Vermutlich würde die Wählerschaft Mitleid mit dem armen, trauernden Witwer haben, was ihm eventuell sogar ein paar Stimmen einbringen könnte. Er musste auf jeden Fall auf Arbeit erscheinen, um sicherzugehen, dass die drei Wahlstationen bereit waren und dass alles mit rechten Dingen zuging. Und er musste sich auch noch um ein bisschen Papierkram kümmern, der schon die ganze Woche auf seinem Schreibtisch auf ihn wartete. Alles nur, um immer in Bewegung zu bleiben.

Als er nach unten ging, fiel ihm auf, dass die Küche leer war. Weder lief frischer Kaffee durch die Maschine, doch blubberte Haferbrei auf dem Herd. Er versuchte, sich daran zu erinnern, ob Teos Zimmertür offen oder geschlossen gewesen war. Er war sich ziemlich sicher, dass sie zu gewesen war, daher nahm er an, dass Teo endlich einmal ausschlafen wollte. Er machte sich selbst ein Sandwich und aß es auf dem Weg in die Stadt.

28

ZUM GLÜCK verging der Tag wie im Flug: Zuerst musste er einen Betrunkenen aus der einzigen Bar werfen, die bis zum Morgengrauen geöffnet hatte und dann wurde er zu einem Autounfall gerufen, bei dem glücklicherweise nur die Stoßstangen und die Egos der beiden Fahrer Dellen bekommen hatten. Auf dem Beifahrersitz saß eine kleine Lolita, die gnadenlos mit ihm flirtete und ihm erklärte, dass sie eben für ihn gestimmt hatte. Er lächelte sie freundlich an, bis der Fahrer ihn erlöste, als er dem Mädchen zurief, sie solle ihn in Ruhe lassen, da er gerade seine Frau verloren hatte. Hinter dem Rücken des Fahrers fuhr sie jedoch fort, Kelly anzulächeln und dieser begann, sich zu fragen, ob es sich bei dem Mann um ihren Vater oder ihren älteren Liebhaber handelte.

Auch andere Menschen, denen er in der Stadt begegnete, ließen ihn wissen, dass sie für ihn gestimmt hatten. Und das, obwohl Bareillas die ganze Stadt mit seinen Wahlplakaten verziert hatte. Im Laufe des Tages wurde Kelly klar, dass er die Menschen und die Arbeit hier zwar vermissen, aber dass es ihn nicht umbringen würde, wenn er die Wahl verlor. Er würde etwas anderes finden und vielleicht hätte er, wenn er die Wahl verlor, auch bessere Chancen bei Cooper. Er konnte sich zum Beispiel vorstellen, mit seinem Helikopter Rundflüge über die Gegend anzubieten. Das würde mit Sicherheit genügend Geld einbringen, um ein ruhiges Leben in seinem abgelegenen Häuschen zu führen. Wenn er dieses Leben dann auch noch mit Cooper teilen könnte, wäre das noch das Sahnehäubchen.

Doch er plante schon viel zu weit voraus.

Als die Wahllokale geschlossen worden waren, wollte Kelly gerade zum Auto gehen, um eine letzte Runde durch die Stadt zu drehen, als Jenni mit dem Essen hereinkam und ihn aufhielt.

„Oh nein", sagte sie kopfschüttelnd. „In Hansons' Büro. Sofort."

„Es ist vielleicht ein bisschen voreilig, jetzt schon zu feiern", protestierte Kelly schwach.

„Das ist Hansons' Abschiedsparty, du Blitzmerker", meinte sie mit erhobener Augenbraue. „Du dachtest doch nicht etwa, wir würden dich feiern?"

Kelly schüttelte den Kopf. „Nicht doch. Lass uns dem alten Herren einen schönen Abschied bereiten."

„Das ist die richtige Einstellung."

Kelly nahm ihr eine der Platten ab. „Wer kümmert sich ums Telefon?"

„Na, eine Frau natürlich", antwortete sie. Sie reichte ihm auch die andere Platte, damit sie die Hände frei hatte, um ein Telefon aus der Tasche zu ziehen.

„Gut, ich möchte nicht, dass der Eindruck entsteht, wie wären nachlässig, nur weil wir auf den alten Sheriff anstoßen."

„Keine Sorge. Habe ich dich schon jemals hängen lassen?"

Ihr normalerweise so kampfeslustiger Blick wandelte sich in einen voller Mitgefühl. Kelly gefiel das gar nicht, also beeilte er sich, das Thema zu wechseln. „Wo soll ich die hinstellen?"

„Irgendwohin. Und ich hab auch noch was im Auto."

Da er sich immer besser fühlte, wenn er sich nützlich machen konnte, holte er das restliche Essen aus Jennifers Auto und brachte es ins Büro. Als die ersten Gäste mit Glückwünschen und noch mehr Essen auftauchten, versuchte Kelly, sich möglichst unauffällig zu verhalten und mit der Wand zu verschmelzen. Nur ein paar Leute kamen auf ihn zu, um ihm ihr Mitgefühl auszusprechen und ihm viel Glück für die Wahl zu wünschen. Die meisten allerdings schienen nicht zu wissen, wie sie sich in seiner Gegenwart verhalten sollten. Zugegeben, er wusste selbst manchmal nicht, wie er sich in seiner Gegenwart verhalten sollte.

Gegen acht sah er, wie Jennifer sich den Telefonhörer ans Ohr hielt und angespannt zuhörte. Sein Herz begann zu rasen, als sie mit ihren 1,55m auf den Tisch stieg und mit dem Fuß aufstampfte, um die Anwesenden zur Ruhe aufzufordern.

„Das Wahlergebnis ist da. Es ist Zeit, ins Wahllokal zu gehen!"

Die Gäste von Hansons' Abschiedsfeier machten sich geschlossen auf den Weg zum Wahlbüro, das nicht sehr weit entfernt lag. Jennifer hakte sich bei Kelly ein und lächelte zu ihm auf. „Ich werde gern für dich arbeiten. Hanson war ein toller Chef, aber ich glaube, du wirst ein noch besserer sein."

Kelly fragte sich, ob sie bei ihrem Telefongespräch schon mehr erfahren hatte, doch um sein Glück nicht zu strapazieren, fragte er nicht nach. Er legte ihr seine freie Hand auf den Arm und sie gingen wie ein Pärchen aus einer alten Romanze die Straße hinunter. In seinem Inneren fand jedoch ein Kampf statt: Es war wahrscheinlich, dass er mit Cooper nie so die Straße entlang gehen könnte. Wenn er allerdings die Wahl verlor, könnte er vielleicht wenigstens ehrlich zugeben, wen er liebte. Solange er Sheriff war – und in vier Jahren würde er zur Wiederwahl antreten – konnte er dieses Risiko nicht eingehen.

Als sie am Wahlbüro ankamen, erkannte er viele bekannte Gesichter – unter anderem waren auch Hunter und Grant gekommen. Er wollte nach Cooper Ausschau halten, wurde jedoch von einer Reihe Menschen aufgehalten, die ihm unbedingt mitteilen wollten, dass sie für ihn gestimmt hatten. Er lächelte sie an, schüttelte ihnen die Hände und bedankte sich artig für ihre Unterstützung. Er schüttelte auch Hunter und Grant die Hand, doch gerade, als er sie nach Cooper fragen wollte, wurde das Mikrofon angeschaltet und der ziemlich rundliche Wahlvorsitzende erklomm das Podium.

„Meine Damen und Herren, liebe Mitbürger: Ich entschuldige mich, dass ich erst jetzt das Ergebnis verlesen kann, doch wir mussten die Wahlzettel ein ums andere Mal nachzählen, weil das Ergebnis so knapp war."

Als der Mann die Ergebnisse für die Wahl der Staatsbediensteten und des Bezirksstaatsanwalts herunterbetete, atmete Kelly einmal tief durch, um seine Nerven zu beruhigen. Wie erwartet war die Wahlbeteiligung sehr gering gewesen und einige Ergebnisse waren tatsächlich sehr knapp. Um ihn herum wurden bereits Hände geschüttelt und Gratulationen ausgesprochen und manche verließen mit ihren Anhängern den Raum. Kelly konnte Bareillas und seine Wahlhelfer mit ihren protzigen rot-blauen Bannern erkennen, die sich nach Kellys Meinung eher für eine Präsidentschaftskandidatur geeignet hätten. Insgeheim war er stolz, dass er nicht so große Geschütze aufgefahren hatte. Stattdessen ließ er seine Taten für sich sprechen, auch wenn das hieß, dass er die Wahl vielleicht verlor.

Dann warf sich plötzlich Jennifer in seine Arme. „Oh, mein Gott! Du hast es geschafft!" Sie gab ihm einen dicken Schmatzer auf die Wange und als sie seinen verdatterten Blick sah, sah sie ihn wie eine gestrenge Mutter an: „Bareillas – 1106. Freed – 1111", wiederholte sie. „Fünf Stimmen. Nur fünf Stimmen, Kelly! Äh, ich meine natürlich Sheriff Freed." Sie kniff ihn in die Wange, obwohl sie ganze zehn Jahre jünger war als er. „Ich wusste, dass du gewinnst. Jeder, der noch wenigstens eine funktionierende Hirnzelle hat, würde für dich stimmen." Sie zog ihn noch einmal in eine Umarmung, während man ihm von hinten auf die Schulter klopfte. So langsam drang die Erkenntnis in sein Gehirn vor, dass er gewonnen hatte. Wofür er die vergangenen zwanzig Jahre gearbeitet hatte, war endlich in Erfüllung gegangen.

„Meinen Glückwunsch, Sheriff Freed."

Überrascht drehte sich Kelly um, nur um festzustellen, dass die angenehme Frauenstimme natürlich nicht zu seiner Nina gehörte. „Calley, was machen Sie denn um die Uhrzeit hier?"

Sie lächelte, was ihre dunklen Augenringe weniger beunruhigend aussehen ließ. „Cooper hat mir erzählt, wie wichtig das hier für Sie ist."

Kelly schluckte, als er Coopers Namen hörte. „Ich hatte eigentlich gehofft, dass er auch kommen würde."

„Er hat mich hier abgesetzt, aber er wollte Sie nicht ablenken", sagte sie lächelnd. „Wie geht es Teo?"

„Teo?", wiederholte Kelly, der nicht sicher war, was sie zu dieser Frage veranlasst hatte. Und dann wurde ihm klar, dass Cooper sie über sie beide ins Bild gesetzt haben musste. „Er fühlt sich ein bisschen verloren, jetzt, wo er niemanden mehr hat, um den er sich kümmern kann. Ich schätze, er wird sich nach einem anderen Job umsehen."

Sie kam ein bisschen näher. „Aber er kümmert sich doch um Sie, oder? Besonders, wo Sie doch jetzt Sheriff sind, werden Sie kaum noch Zeit haben, sich auch noch um den Haushalt zu kümmern." Sie sah aus, als versuche sie, ihm irgendwelche Geheimnisse zu entlocken.

„Er war Ninas Pfleger. Ich brauche keinen Pfleger", erklärte Kelly tonlos.

„Wohl wahr." Sie sah sich kurz um und fuhr dann mit leiser Stimme fort. „Gibt es etwas, dass ich Cooper ausrichten soll?"

Kelly biss sich auf die Unterlippe. Er war dankbar, dass die Gratulanten ihn ablenkten, aber er wusste, dass er Calley nicht warten lassen konnte. Sie sah nicht aus, als könne sie sich noch lange auf den Beinen halten, also führte er sie in eine ruhigere Ecke des Wahlbüros, wo sich nicht so viele Menschen aufhielten.

„Ich wünschte, er hätte ein Handy, damit ich mit ihm reden kann", sagte er, als sie außer Hörweite der Menschenmenge waren.

„Da müssen Sie sich hinten anstellen. Mich nervt es auch, ständig im Haupthaus anrufen zu müssen. Es überrascht mich, dass die Leute dort es noch nicht müde geworden sind, ihm Nachrichten zu überbringen, aber sie tun es immer noch." Sie kramte ein Handy aus ihrer Handtasche.

Er warf dem Telefon einen skeptischen Blick zu, nahm es aber trotzdem.

„Ich habe ihm mein Reservehandy gegeben, damit ich ihn anrufen kann, wenn er mich abholen soll. Es ist die letzte gewählte Nummer", meinte sie, bevor sie ein paar Schritte weiterging und ihm den Rücken zukehrte.

Mit klopfendem Herzen und kalten Füßen wählte er die Rufnummer.

„Wo soll ich hinkommen, Cal?", fragte die Stimme am anderen Ende schneller, als Kelly erwartet hatte.

„Cooper?", krächzte Kelly.

Das Handy blieb für einen Moment stumm, doch dann antwortete Cooper. „Hey, Kelly. Hast du gewonnen?"

„Ja, mit fünf Stimmen Vorsprung."

Cooper musste schmunzeln. „Dann war es wohl eine gute Idee von Hunter, die Ranchhelfer heute morgen in die Stadt zu fahren, damit sie für dich stimmen. Gratuliere."

„Danke. Wenn ich ihn sehe, sollte ich mich wohl bei ihm bedanken." Schweigen breitete sich zwischen ihnen aus. Nicht, weil sie sich nichts zu sagen hatten, sondern eher weil es zu viel gab, dass sie einander sagen mussten. Kelly wusste nicht, wo er anfangen sollte.

„Hör zu", sagte Cooper schließlich. „Fährst du Calley nach Hause oder ruft sie mich an, wenn ich sie abholen soll?"

„Ich fahre sie. Dann habe ich auch eine Ausrede, um hier zu verschwinden."

Wieder schmunzelte Cooper. „Dachte ich mir. Sag ihr, sie soll auf sich aufpassen, okay?"

„Werde ich machen." Kelly beendete den Anruf und ging zu Calley hinüber, um sich mit ihr die Feierlichkeiten anzuschauen. „Ich habe Cooper gesagt, dass ich Sie nach Hause fahre."

Sie hakte sich bei ihm unter. „Das ist aber sehr nett von Ihnen, Sheriff Freed. Konnten Sie mit ihm sprechen?"

„Ja." Er wollte ihr nicht sagen, dass sie kaum mehr als Höflichkeiten ausgetauscht hatten."

„Hat er Sie auch gefragt, ob Sie am Wochenende bei Gable vorbeikommen, um ihm beim Anbau zu helfen?"

„Nein."

„Nein, er hat nicht gefragt, oder nein, Sie kommen nicht?"

„Er hat nicht gefragt", erklärte Kelly.

„Dann ist es wohl an mir, um Ihre Hilfe zu bitten. Macht nichts, der Anbau ist ja ohnehin für mich bestimmt." Sie drehte sich zu Kelly um. „Wir brauchen ein paar kräftige Männer, die beim Hausbau helfen. Gable und Flynn wollen anbauen, damit die Kinder und ich dort unterkommen können. Die Jungs von der Blue River Ranch kommen vorbei und wir haben uns gefragt, ob Sie vielleicht auch ein wenig Zeit erübrigen könnten. Es muss ja nicht das ganze Wochenende sein und es macht auch nichts, wenn Sie zwischendurch weg müssen."

Kelly wollte eigentlich nur allein sein, aber er konnte Calley nicht abweisen. Wahrscheinlich hatte Cooper es so eingefädelt, dass sie ihn fragte, weil er wusste, dass Kelly dann nicht ablehnen könnte. „Wann soll ich da sein?"

„Wann Sie wollen. Wir werden sowieso das ganze Wochenende mit dem Anbau beschäftigt sein. Sie können einsteigen, wann immer Sie es einrichten können."

„Ich werde da sein."

29

AM SAMSTAGMORGEN stand Cooper früh auf, um seine Arbeit auf der Ranch zu erledigen, bevor er zu Gables Ranch musste. Als er dort ankam, war er überrascht zu sehen, dass die Männer schon angefangen hatten, das Fundament zu legen. Hunter und Grant fuhren Holzlatten mit dem Gabelstapler hin und her, den sie normalerweise auf der Blue River Ranch benutzten, um das Holz von gefällten Bäumen zu transportieren. Rory überprüfte, ob die Ecksteine waagerecht standen, damit der Boden später nicht aus Versehen schief wurde. Cooper wusste, dass reichlich Arbeit auf sie wartete und dass sie vermutlich auch am Sonntag weiterarbeiten mussten. Doch je nachdem, wie viele Leute halfen, konnten sie heute vielleicht die ersten beiden Zimmer hochziehen.

Er parkte seinen Truck neben Gables unter dem Apfelbaum und lief zu den anderen Männern hinüber.

„Na, ausgeschlafen?", scherzte Grant.

Cooper warf Grant einen bösen Blick zu, doch als dieser ihn gut gelaunt anlachte, erwiderte er das Lachen. Mit ein paar harmlosen Neckereien konnte er umgehen. „Jemand musste sich ja um die Ranch kümmern, während ihr hier die Nase in die Sonne haltet." Er wartete Grants Antwort gar nicht erst ab. „Also, wo kann ich helfen?"

BEI DER Arbeit am Anbau stellte sich schnell Routine ein, schließlich hatten sie alle schon bei Tim und Rorys Hütte mitgeholfen. Wie damals hielt Grant alle Fäden in der Hand während Rory der Mann fürs Praktische war. Hugh, Hunter und Tim ließen die Muskeln spielen, Flynn und Cooper übernahmen alles, wofür man auf eine Leiter steigen musste, und Gable gab sich mit den Arbeiten zufrieden, bei denen er keine Leiter erklimmen musste. Eine Stunde, nachdem sie angefangen hatten, arbeiteten sie schon zusammen wie ein gut eingestelltes Uhrwerk.

Cooper war gerade auf dem Dach des alten Hauses, als er sah, dass Kellys Auto in die Auffahrt einbog. Er rief zu den anderen hinunter: „Timmy! Da kommt noch ein Helfer!"

Tim hob eine Hand gegen die Sonne und sah zu ihm auf. „Wer ist es?"

„Unser neuer Sheriff."

Tim pfiff anerkennend und Rory lachte. „Denk gar nicht dran, du bist aus dem Rennen!" Rory zeigte auf seinen Ringfinger.

Tim umarmte Rory von hinten und tat so, als wolle er ihn in den Hals beißen. „Bei allem nötigen Respekt: Bloß weil er gerade seine Frau verloren hat, werde ich hier bestimmt nicht mit Trauermiene herumlaufen", hörte Cooper ihn sagen, obwohl die Worte offensichtlich nur für Rory bestimmt waren. „Wenn er hier ist, heißt das doch, dass er sich gern ablenken möchte. Da können wir bestimmt helfen, oder?"

Rory befreite sich aus Tims Umarmung und ging auf Kelly zu, sobald dieser aus seinem Auto ausgestiegen war. Cooper sah, dass die beiden sich herzlich begrüßten, doch er konnte nicht hören, was gesprochen wurde. Er war froh zu sehen, dass Kelly keine Uniform trug, denn das bedeutete, dass er nicht im Dienst war. Er erlaubte sich für einen Moment, Kellys zerschlissene Jeans und das mit Farbe bekleckerte T-Shirt zu bewundern, das zum

Vorschein kam, als Kelly seine Jacke auszog. Rory ging mit ihm zu Tim hinüber, sodass er sich ihrem Team anschließen konnte.

„Alles in Ordnung, Coop?"

Cooper riss seinen Blick von Kelly los und sah Flynn an. „Ja, klar. Ich hatte nur nicht damit gerechnet, dass er tatsächlich kommt."

„Ich komme hier schon klar, falls du runter möchtest, um ihm Hallo zu sagen."

Cooper biss sich auf die Lippe und schüttelte den Kopf. „Lass uns das hier fertig machen. Zu zweit sind wir schneller."

Flynn sah ihn mit erhobener Augenbraue an. „Wir haben den ganzen Tag Zeit."

Cooper zuckte mit den Schultern, weil er hoffte, dass Flynn dann annehmen würde, dass es ihm einerlei war. Dessen nachdenkliches Lächeln legte nahe, dass er Cooper nicht glaubte, doch er war höflich genug, nicht weiter nachzuhaken.

Nachdem sie mit den Vorbereitungen auf dieser Seite des Dachs fertig waren, stiegen sie die Leiter hinunter. Trotz des kühlen Wetters kamen die Männer ins Schwitzen und Izzy verteilte mittlerweile Wasser statt des Kaffees, mit dem sie am Morgen begonnen hatte.

„Du bist unsere Rettung, Izz", meinte Cooper, als er einen Becher Wasser von ihr entgegennahm.

„Hier, nimm gleich zwei und gib einen davon Kelly."

Cooper sah sie mit zusammengekniffenen Augen an. „Hör auf, Amor zu spielen. Er muss immer noch seine Frau beerdigen."

Sie zuckte unschuldig mit den Schultern. „Bloß, weil du ihm was zu trinken bringst, heißt das noch nicht, dass du ihn verführen musst. Wenn dem so wäre, würde Hugh mir nie erlauben, hier zu helfen."

Crooper grinste sie an. Zuerst Flynn und dann Izzie: Cooper fühlte sich bei dem Gedanken nicht ganz wohl, dass man ihn offensichtlich verkuppeln wollte. Er musste sich eingestehen, dass es falsch gewesen war, Kelly abzuweisen, nur weil dieser sich nicht outen konnte. Hier war jedoch weder der richtige Ort noch die richtige Zeit, um das auszudiskutieren. Sie alle waren übereingekommen, Kelly einzuladen, damit er aus seinem leeren Haus rauskam – das war alles. Cooper fragte sich, wie viel die anderen wohl über ihn und Kelly wussten. Er war sich relativ sicher, dass die meisten mittlerweile über ihre gemeinsame Vergangenheit im Bilde waren. Vielleicht kamen daher die Kuppelversuche. Vielleicht nahmen sie einfach an, dass er sich am besten dazu eignete, Kelly zu trösten, weil sie alte Freunde waren. Doch dazu müsste Kelly ihn erst mal an sich ranlassen.

Nachdem er sich noch einmal umgeschaut hatte, ging Cooper schließlich auf Kelly zu, der zusammen mit Hunter die Balken positionierte, aus denen der Rahmen des Anbaus bestehen würde. Er wartete, bis Kellys Hände frei waren und war froh, dass Izzie bei Hunter stand, um ihm etwas zu trinken anzubieten. So sah es nicht seltsam aus, dass er dasselbe für Kelly tat. Kelly murmelte ein Dankeschön, trank den Becher aus und reichte ihn zurück an Cooper, ohne ihn dabei anzusehen.

Cooper warf Izzie einen vorsichtigen Blick zu und als er ihren mitfühlenden Gesichtsausdruck sah, beschloss er, ihr für den Rest des Tages aus dem Weg zu gehen. Er hatte nicht damit gerechnet, dass Calley bei dieser ganzen Kuppelei mitmachen würde. Weil nicht genug Platz war, dass alle gleichzeitig essen konnten, bekamen sie ihr Mittagessen in Schichten und ganz zufällig hatte Calley es so eingerichtet, dass er und Kelly zusammen mit Tim und Rory aßen. Obwohl die beiden seit über drei Jahren zusammen waren, hatten sie nur Augen füreinander, was dazu führte, dass Coopers und Kellys Gespräch voller unangenehmer Pausen war.

„Danke, dass du vorbeigekommen bist, um zu helfen", sagte Cooper, nachdem er einen Bissen von seinem leckeren Truthahnsandwich genommen hatte.

„Kennst mich doch, ich helfe gern."

Cooper hatte den Eindruck, dass Kelly sich viel zu sehr darauf konzentrierte, was er aß, doch er drängte ihn nicht. „Nun, die Jungs sind jedenfalls sehr dankbar, und Calley findet garantiert eine Möglichkeit, sich bei dir zu revanchieren."

„Das muss sie nicht."

Cooper konnte den Blick nicht von Kelly abwenden: Entweder, weil Kelly den Blick nicht erwiderte oder weil er so konzentriert sein Sandwich betrachtete, dass Cooper ausreichend Gelegenheit bekam, Kelly unauffällig zu beobachten.

„Wir sollten wieder an die Arbeit gehen", sagte Kelly, sobald er sein Sandwich aufgegessen hatte. Er stand auf und nahm seinen Teller und seinen Kaffeebecher mit. Tim und Rory starrten ihm hinterher und ließen damit durchblicken, dass sie das ganze Gespräch belauscht hatten. Mittlerweile war es Cooper allerdings egal.

DEN GANZEN Nachmittag hindurch arbeiteten sie in Teams, bis die Grundkonstruktion des Anbaus stand und alle einen guten Eindruck davon bekommen konnten, wie die vier Zimmer einmal aussehen würden. Passend zum Rest des Hauses waren die Zimmer nicht sehr groß, doch es war genügend Platz für ein Bett und zusätzlichen Stauraum. Das Wohnzimmer, in dem man bequem ein Sofa und eine Anrichte unterbringen konnte, zeigte nach Südwesten, sodass Calley die untergehende Sonne beobachten konnte.

Sie hatten gerade angefangen, die erste Wand hochzuziehen, als Kellys Handy klingelte und er zur Seite ging, um ans Telefon zu gehen. Er kam lange nicht wieder und schließlich ging Cooper ihm hinterher, um nachzuschauen, wo er so lange blieb.

Kelly stand mitten in einem Feld, hielt das Handy noch in der Hand, und betrachtete den Horizont.

„Gibt's in der Stadt ein Problem?", fragte Cooper, nachdem er näher gekommen war.

„Jennifer brauchte nur einen Rat", antwortete Kelly kurz angebunden.

„Musst du los?"

„Nein."

„Gut", meinte Cooper ein wenig zu enthusiastisch.

„Lass mich einfach in Ruhe, Cooper."

Cooper sah zu, wie Kelly einfach ging. Er stand da, die Hände in die Seiten gestützt, und hoffte, dass Kelly sich umdrehen und zurückkommen würde. Das tat er jedoch nicht und Cooper wurde klar, dass sie sich nicht so trennen konnten. „Du bist nicht die Art Mann, die vor Dingen wegläuft. Von uns beiden bin ich der Feigling. Ich bin derjenige, der die Flucht ergreift, wenn mir das Pflaster zu heiß wird. Nicht du."

Kelly hielt inne. Er ließ den Kopf sinken und Cooper konnte sehen, dass er sehr bewusst ein- und ausatmete. Als er sich umdrehte, tat er dies mit gerader Körperhaltung und wütendem Blick. „Du hast ja keine Ahnung, Cooper."

„Dann erkläre es mir"

Kelly lief zu ihm hinüber und gab ihm einen Stoß. „Jedes Mal …"

Cooper wartete darauf, dass Kelly weitersprach, doch als dieser wieder den Kopf sinken ließ, wurde ihm klar, dass das nicht passieren würde. „Was?", fragte er vorsichtig.

Als Kelly den Kopf wieder hob, war sein Blick weich und schmerzerfüllt. „Jedes Mal, wenn ich auch nur an dich denke … Jedes Mal, wenn ich mir bei dem Gedanken an unsere gemeinsame Nacht einen runterhole … Jedes Mal, wenn ich daran denke, dass diese eine Nacht besser war als all meine Erinnerungen an unser gemeinsame Jahr … Und du weißt ja, wie Erinnerungen sind – man sieht nur noch die guten Sachen, nicht mehr die schlechten …"

Kelly stützte wie Cooper die Hände in die Hüften und bohrte eine Stiefelspitze in den Sand. Coopers einziger Gedanke war, dass das bei Kelly so viel besser aussah als bei ihm selbst. Trotzdem wünschte er sich, dass Kelly endlich zum Punkt kam.

„Sie wäre fast erstickt, während wir beide gevögelt haben."

Kelly schossen Tränen in die Augen und Cooper zog ihn in eine Umarmung. Er stand mit dem Rücken zum Haus, doch da er annahm, dass man sie beobachtete, drehte er sie um, um Kelly nicht in Verlegenheit zu bringen. Er konnte sehen, dass Rory sie beunruhigt beobachtete und dass Tim versuchte, ihn davon abzuhalten. Grant zog die restlichen Helfer von der offenen Seite des Anbaus ab, und Cooper war dankbar, dass Kelly sich nun relativ unbeobachtet ausweinen konnte.

Viel eher, als er erwartete hatte, befreite Kelly sich aus der Umarmung und wischte sich mit dem Handrücken übers Gesicht. Sein ganzes Gesicht war rot und geschwollen und Cooper fragte sich, wie oft er wohl so geweint hatte, wenn er allein war.

„Lass uns wieder an die Arbeit gehen."

Cooper hob beide Augenbrauen. „Vielleicht solltest du dich erst ein bisschen beruhigen."

Als Kelly ihm unverwandt ins Gesicht sah, versuchte er, nicht daran zu denken, wie gern er dessen geschwollene Lippen küssen wollte. Stattdessen machte er eine vage Geste in Kellys Richtung. „Setz dich da hinten auf die Veranda. Ich hole uns was zu trinken."

Als er wiederkam, hielt er einen Moment inne und beobachtete Kelly, der mit geschlossenen Augen auf der Veranda saß und das Gesicht der untergehenden Sonne zugewandt hatte. Er sah schon viel entspannter aus als vor wenigen Minuten. „Hier, bitte." Er hätte schwören können, dass Kelly versuchte, ihn anzulächeln, als er ihm das Wasser hinhielt, aber ein unbeteiligter Beobachter hätte dem vermutlich widersprochen. Das war ihm auch klar.

„Gab es nichts Stärkeres?"

Cooper musste sich ein Lächeln verkneifen. „Du hast selbst gesagt, dass du Bereitschaft hast. Ich kann doch nicht einen betrunkenen Sheriff auf die Stadt loslassen."

„Stimmt", erwiderte Kelly. „Obwohl ich im Moment meinen rechten Arm dafür geben würde, mich richtig betrinken zu können, um meine Sorgen zu vergessen."

„Du trinkst noch nicht mal Kaffee, Kells. Ich kann mir nicht vorstellen, dass du Alkohol mittlerweile besser verträgst als damals an der Uni."

„Ich war halt schon immer ziemlich leicht zufriedenzustellen."

„Geht mir heutzutage auch so." Cooper sah Kelly von der Seite an. „Nach Mattys Tod war ich ziemlich am Boden. Wenn Hunter nicht gewesen wäre, hätte ich mich wahrscheinlich zu Tode gesoffen."

„Hast du dich schuldig gefühlt?"

Cooper nickte. „Und die Ungerechtigkeit des Ganzen hat mir zu schaffen gemacht. Wäre ich eine Frau gewesen, hätte Martin sich öffentlich entschuldigt, wäre bei seiner Ehefrau geblieben und damit wäre die Sache gegessen gewesen. So hingegen war er in den Augen der Öffentlichkeit ein perverses Monster. Er hat einfach keinen anderen Ausweg gesehen. Wäre seine Frau eine stärkere Persönlichkeit gewesen, hätte sie das sicherlich irgendwie weggesteckt. Doch das war sie nicht, weshalb ich eine Menge Leben ruiniert habe."

„Was ist aus den Kindern geworden?"

Cooper zuckte mit den Schultern. „Ich bin mir sicher, dass sie Familie hatte. Immerhin haben sie sie nach … nach Martys Tod mitgenommen. Ich habe die beiden Kinder nie wieder gesehen, und das Baby, das später geboren wurde, schon gar nicht.

Kelly saß da und stützte die Ellbogen auf den Knien ab, während er an seinem Wasser nippte. Er sah viel entspannter aus als vor seinem Ausbruch und Cooper war froh, dass Kelly seine Gefühle endlich rausgelassen hatte. Es war hart für ihn, dass er sich bewusst daran erinnern musste, Kelly nicht zu berühren, aber auch damit würde er leben können.

„Wissen die Jungs über uns Bescheid?"

Bei dem plötzlichen Themenwechseln runzelte Cooper die Stirn. „Wenn sie es bis jetzt nicht wussten, warst du in jedem Fall laut genug, dass sie jetzt im Bilde sind", grinste Cooper. „Ich bin mir sicher, dass sie nicht überrascht sind, dass ich es mit einem Kerl treibe. Bei dir hingegen hat das vermutlich niemand erwartet."

„Abgesehen von Gable."

„Er macht zwar einen stillen und nachdenklichen Eindruck, aber ihm entgeht nichts. Wir mussten ihm zwar begreiflich machen, dass Flynn sich in ihn verguckt hatte, aber davon abgesehen wusste er wahrscheinlich eher als du, von welchem Ufer du bist. Andererseits ist das nicht wirklich wichtig. Sogar die Männer, die nicht schwul sind, wissen genau, dass sie außerhalb der beiden Ranches Stillschweigen zu bewahren haben. Sie haben alle miterlebt, wie schwer es ist, hier draußen offen schwul zu sein. Die meisten von ihnen haben vermutlich Familie, die sie enterben würde, wenn sie wüssten, dass sie für einen schwulen Chef arbeiten. Die werden nichts sagen. Was andererseits nicht heißen soll, dass sich Neuigkeiten nicht trotzdem verbreiten. Irgendwann." Cooper sah Kelly an, um seine Reaktion abzuschätzen, doch dieser machte ein unbeteiligtes Gesicht.

„Ich brauche Zeit, Coop."

„Das weiß ich", antwortete Cooper.

„Nein, dass meinte ich nicht."

Cooper beugte sich nach vorn, als Kelly nicht gleich eine Erklärung nachschob.

„Ich kann mich nicht plötzlich hinstellen und den Leuten, die mich in vier Jahren wiederwählen sollen, erklären, dass ich schwul bin. Du hast selbst gesagt, dass das nicht gut ankommen würde, und ich mag meinen Job."

„Wie schon gesagt, das verstehe ich."

„Nicht …" Kelly seufzte. „Lass mich einfach ausreden. Bitte?"

Cooper nickte.

„Ich brauche Zeit, um mich daran zu gewöhnen. Ich muss erst noch eine Beerdigung hinter mich bringen."

Cooper nickte wieder und biss sich auf die Zunge, weil er Kelly versprochen hatte, dass er ihn nicht unterbrechen würde.

„Ich muss mich bei dir erst wieder wohlfühlen. Ich kann mich nicht outen, bevor ich es nicht hier fühle." Er legte sich eine Hand aufs Herz.

Cooper versuchte, die Schmetterlinge zu beruhigen, die plötzlich in seiner Magengegend herumflatterten. Kelly schob ihn nicht von sich. Er wollte es langsam angehen lassen, aber er machte definitiv kleine Schritte in Richtung einer Beziehung. Das machte Cooper so unwahrscheinlich glücklich. Um das Lächeln zu verbergen, das sich auf sein Gesicht stahl, kratzte er sich am Kinn. „Was du damit sagen willst, ist, dass du es auf dich zukommen lassen und ignorieren willst, wenn das bei deinen Wählern Verwunderung hervorruft?"

„So ziemlich, ja."

„Du bist bereit, dich mit mir in der Öffentlichkeit sehen zu lassen, ohne irgendjemandem etwas zu erklären?"

„Nun ja …"

„Sieh mal, Kelly, es ist ja nicht so, als würden wir Händchen halten."

Kelly lächelte nervös. „Ich denke nicht, dass du dafür der Typ bist."

„Und es ist auch nicht so, als würden wir uns in der Öffentlichkeit Küsschen geben." Cooper warf Kelly einen scherzhaften Blick zu.

„Außer, ein Truck an einem abgelegenen Aussichtspunkt gilt bei dir als Öffentlichkeit."

„Das dachte ich mir", sagte Cooper und schürzte die Lippen.

„Außer, du würdest gern bei mir einziehen … ich hätte da dieses riesige, leere Haus und-"

„Wow!", unterbrach ihn Cooper. „Immer langsam mit den jungen Pferden, Sheriff. Einen Schritt nach dem anderen, okay?"

„Kein Problem. So lange du von Zeit zu Zeit vorbeikommst."

„Wir machen also einfach unser Ding und wenn irgendjemand seine Schlüsse zieht, weil du mit dem stadtbekannten Homo rumhängst, dann ist das sein Problem?"

Kelly sah an Cooper vorbei zum Anbau hinüber, wo immer noch einige der Männer zu sehen waren. Dann schaute er wieder Cooper an. „Tut mir leid, dir den Zahn ziehen zu müssen, aber ich glaube nicht, dass du noch der stadtbekannte Homo bist. Es gibt da sechs Typen, die in dieser Stadt leben, und sich in einer festen Beziehung mit einem anderen Mann befinden."

„Und dich sollten wir auch nicht vergessen."

„Ja", stimmte Kelly zu. Er sah entspannter aus, als er es den ganzen Tag gewesen war. „Den schwulen Sheriff sollten wir nicht vergessen."

„Aber die Idee war doch, dass die Stadt davon keinen Wind bekommt, oder?"

Kelly lächelte. „Dass der Sheriff fürs andere Team spielt? Nein, ich schätze nicht. Zumindest nicht in der nächsten Zeit. Wobei ich es nicht abstreiten würde, wenn man mich direkt fragen würde."

„Als ob irgendjemand hier den Mumm haben würde, dich das zu fragen."

Kelly zuckte mit den Schultern. „Darauf baue ich ja gerade. Dass sie hinter meinem Rücken reden, von mir aus. Aber nicht, dass sie mich direkt darauf ansprechen."

Cooper legte Kelly eine Hand auf den Oberschenkel. Kelly sah Coopers Hand an und beugte sich dann vor, um Cooper direkt auf den Mund zu küssen. Cooper erwiderte den Kuss und als er hörte, wie jemand hinter ihm pfiff, musste er grinsen.

„Sie sind eifersüchtig", sagte Kelly, der amüsiert über Coopers Schulter schaute.

„Wer war das?", fragte Cooper, ohne sich umzudrehen.

„Das ist mein kleines Geheimnis."

„Mistkerl", zischte Cooper.

„Dann dreh dich um. Er steht immer noch da."

„Ich glaube nicht, dass ich es wissen will." Cooper zog Kelly enger an sich und küsste ihn wieder. Diesmal jedoch intensivierte er den Kuss, wie er es schon beim ersten Mal hatte tun wollen.

Als Cooper von Kelly abließ und sich umdrehte, hatten die Männer sich schon zurückgezogen, um ihnen etwas Privatsphäre zu gewähren. Auf dem Weg zurück nahm Cooper Kellys Hand. Er ließ sie jedoch los, als sie in Sichtweite der Baustelle waren.

30

KELLY RÄUMTE gerade die Küche auf, als er hörte, wie ein Truck vorfuhr. Während er sich noch die Hände abtrocknete, ging er nach draußen auf die Veranda. Es versetzte ihm immer noch einen Stich, die Rampe für den Rollstuhl zu sehen. Zu wissen, dass sie nicht mehr gebraucht wurde, tat weh. Doch als er sah, wie Cooper die Verandastufen heraufkam, stahl sich ein Lächeln auf sein Gesicht.

„Es ist schon spät, musst du nicht morgen früh arbeiten?"

Cooper machte ein ernstes Gesicht. „Hast du eine Minute Zeit?"

„Klar."

Cooper folgte Kelly nach drinnen.

„Ist Teo schon im Bett?"

Kelly wusste für einen Moment nicht, wie viel er Cooper erzählen sollte. Doch andererseits war er nicht der Typ, der Dinge verheimlichte. Schon gar nicht vor Menschen, die ihm wichtig waren. „Teo ist gegangen. Er … äh. Also, nachdem Nina …" Verdammt, war das schwer. „Er hat versucht, sich an mich ranzumachen, und ich habe ihm unmissverständlich zu verstehen gegeben, dass ich ihn nicht auf diese Weise sehe. Ich habe erwähnt, dass wir hier raus gezogen sind, damit ich in der Nähe des Mannes sein kann, den ich liebe. Ich denke, das hat für ihn den Ausschlag gegeben. Am nächsten Morgen ist er ausgezogen."

„Das tut mir leid", sagte Cooper. „Ich weiß, dass er dir sehr geholfen hat."

„Ich werd's überleben."

„Da bin ich mir sicher. Du kannst immer zur Blue River Ranch zum Abendessen kommen. Ich koche für dich."

„Oder du kannst hier vorbeikommen und für mich kochen." Das war als Scherz gemeint, vor allem, da er sich nach ihrem Gespräch vom letzten Samstag nicht mehr gemeldet hatte. Er wollte ihnen jedoch alle Türen offen halten, während er gleichzeitig sicher ging, dass sie nichts überstürzten. „Also, warum bist du hier?"

„Ich kann nicht fassen, wie blind ich gewesen bin. Ich hatte es die ganze Zeit direkt vor Augen und habe es nicht erkannt. Oder vielleicht wollte ich es auch nicht erkennen."

Kelly hatte keine Ahnung, wovon Cooper sprach, und das spiegelte sich offenbar auf seinem Gesicht.

„Wie heißen Ryan und Noah mit Nachnamen?"

„Moment." Kelly ging in den Flur, um sein Notizbuch aus der Manteltasche zu holen. Als er zurückkam, blätterte er schon darin. „Hier ist es: Ebersole."

Cooper lächelte breit. „Ich wusste es!"

Er stand lächelnd in Kellys Küche, hatte die Hände in die Hüften gestemmt und schüttelte den Kopf. Kelly hätte ihn am liebsten geschüttelt, damit er endlich mit der Sprache herausrückte. „Was?"

„Als ich Calley von der Baustelle nach Hause gefahren habe, hat sie mich gebeten, den Vertrag gegenzulesen, den sie Sadie anbieten wollte, damit diese sich um den Laden kümmert. Darauf stand der Name Ebersole."

„Also ist Sadie mit Ryan und Noah verwandt?"

„Hmm."

„Cooper Nelson, komm endlich zum Punkt!"

„Ich habe Sadie und Ryan erwischt, wie sie sich in Calleys Lagerraum umarmt haben. Damals dachte ich, sie wären ... du weißt schon, ein Pärchen. Sind sie aber nicht. Sadie ist Ryans Schwester."

„Also hat er eine erwachsene Schwester. Das ist gut, schätze ich." Im Geiste spielte Kelly alle möglichen Optionen durch. Er würde mit ihr darüber sprechen müssen, wo die Jungs wohnen würden. Dem Sozialarbeiter würde es in jedem Fall lieber sein, wenn sie bei ihrer eigenen Familie unterkämen. Noah würde nur bei Calleys Zwillingen bleiben können, wenn es Sadie nicht möglich war, Ryan und Noah aufzunehmen. Coopers ernstes Gesicht stoppte seinen Gedankengang. „Was ist los?"

„Ebersole war Emilias Mädchenname."

Kelly schüttelte den Kopf, weil er nicht verstand, was Cooper damit sagen wollte.

„Emilia war Martins Frau. Sadie, Ryan und Noah sind Martins Kinder."

31

„WIE KANNST du das nicht gewusst haben?"

Cooper schüttelte den Kopf. „Martin hat mich immer von seinen Kindern ferngehalten. Seinen Sohn hat er immer Ry, nicht Ryan gerufen, und ich dachte, der Name seiner Tochter wäre Sandy oder Sandra. Noah kannte ich gar nicht. Als Marty starb, war Emilia schwanger."

„Wissen die Kinder Bescheid?"

„Ich wünschte, ich könnte das verneinen, aber als Sadie mich zum ersten Mal gesehen hat, ist sie praktisch zur Salzsäule erstarrt. Und du weißt selbst, dass Ryan mich nicht leiden kann."

Kelly nahm zwei Bier aus dem Kühlschrank und hielt Cooper eins hin. Er lehnte sich gegen den Küchentresen. „Habe ich dir je erzählt, was Ryan zu mir gesagt hat, als wir die Kinder eingesammelt haben, als Calley ins Krankenhaus kam?"

Cooper schüttelte den Kopf.

„Er hat dich pervers genannt. Meinte, man könne dich nicht in die Nähe der Kleinen lassen."

„Wow." Cooper versuchte, Zeit zu gewinnen, indem er an seinem Bier nippte. „Ich schätze, ich könnte den Kopf in den Sand stecken und behaupten, er reagiere nur auf die Tatsache, dass ich schwul bin. Aber es klingt eher so, als hätte er das von jemand anderem gehört."

„Seiner Mutter", stimmte Kelly zu.

„Nun ja, er war acht, als sich sein Vater das Leben genommen hat. Er hat bestimmt einiges mitbekommen."

„Ich wünschte, ich hätte ihn gefragt, wieso er dich für gefährlich hält, aber ich habe absichtlich darüber hinweggesehen, weil unsere Priorität war, die Kinder in Sicherheit zu bringen. Und sie kennen dich besser als mich."

„Und du hattest kein Problem damit, sie mir anzuvertrauen?"

„Natürlich nicht."

Cooper kam näher, ohne Kelly direkt anzusehen. Er stellte sich neben ihn an den Küchentresen, so nah, dass sich ihre Schultern berührten. Obwohl Kelly deutlich gemacht hatte, dass er ihrer Beziehung eine Chance geben wollte, war es ihm vielleicht nicht lieb, wenn Cooper den ersten Schritt machte. Immerhin entzog er sich nicht.

„Das erklärt zumindest einiges", sagte Kelly nach langem Schweigen. „Zum Beispiel die ganze Geschichte mit Kaye Simmons."

„Die Tatsache, warum Ryan so überzogen auf eine mögliche Anmache von Simmons reagiert hat?"

Kelly zuckte mit den Schultern. „Entweder er ist schwul und hat bei seinem Vater gesehen, wie das endet. Oder er ist nicht schwul und Simmons Flirtversuch hat ihn so aus der Fassung gebracht, dass er reagiert hat, wie er eben reagiert hat. Ich schätze, wir können froh sah, dass es nicht zu Handgreiflichkeiten kam."

„Ich würde vorschlagen, du outest dich nicht in nächster Zeit", meinte Cooper. „Du gehörst zu den wenigen Menschen, die er respektiert und mit denen er zumindest manchmal spricht."

„Er wohnt bei Gable und Flynn. Würde er dort wohl bleiben, wenn er ein Problem mit Homosexualität hätte?", überlegte Kelly.

„Also liegt es an mir? Er mag mich einfach nicht? Ich bin der einzige Perverse in der Stadt?"

Kelly wandte sich Cooper zu. Seine Augen waren geschlossen und die Stirn hatte er in Falten gelegt. Er legte Cooper eine Hand in den Nacken und küsste ihn dann. Als er den Kuss beendete, zog er sich nicht zurück, sondern ließ seine Stirn gegen Coopers fallen. „Vielleicht sollten wir ihn davon überzeugen, dass wir nicht pervers sind?"

Cooper hätte gern das „wir" kommentiert, biss sich jedoch auf die Zunge. Immer ein Schritt nach dem anderen. „Wie willst du das anstellen?"

Diesmal brachte Kelly etwas Abstand zwischen sie. „Wahrscheinlich hast du recht." Er nahm einen großen Schluck von seinem Bier. „Es wird leichter sein, der Sache auf den Grund zu gehen, wenn er weiterhin glaubt, dass ich hetero bin."

Cooper nickte zwar, war jedoch nicht überzeugt. Er musste zugeben, dass Kelly vermutlich recht hatte, aber das hieß nicht, dass ihm das gefiel. „Kommst du diese Woche nach der Arbeit auf der Baustelle vorbei? Ryan hat am Wochenende im Laden ausgeholfen, aber nach der Schule wird er beim Anbau mithelfen."

„Ich werde sehen, ob ich es einrichten kann."

Jetzt, wo die Hitze zwischen ihnen wieder etwas abgekühlt war, wechselte Cooper das Thema. „Ich habe mich bei Sean und Norm Goddard informiert, wie Bill Haines seine Ansprüche auf die Kinder aufgeben müsste. Sie haben mir die entsprechenden Dokumente mitgegeben, damit Haines sie sich anschauen kann. Calley und Gable haben sich um den Vaterschaftstest gekümmert, also müssen wir jetzt nur noch Bill Haines die Pistole auf die Brust setzen und ihn dazu bringen, zu unterschreiben."

„Meinst du, er wird es tun?"

„Würdest du?"

Kelly zuckte mit den Schultern. „Ich weiß nicht. Ich hätte die Kinder ohnehin niemals verlassen. Wenn ich die Chance hätte, hätte ich gern Kinder, da wäre es mir nicht so wichtig, ob ich der biologische Vater bin. So, wie ich das sehe, sind sie ihm einfach egal. Warum also sollte er dann nicht unterschreiben?"

„Um Calley das Leben schwerzumachen?"

„Ich schätze, dann müssen wir einfach alle Fakten auf den Tisch legen. Soweit ich das verstanden habe, hat er die Kinder kaum mal eines Blickes gewürdigt, seit sie auf der Welt sind. Wenn er aber nicht unterschreibt, wird das Amt als allererstes bei ihm klingeln, wenn sich Calley nicht mehr um die Kinder kümmern kann."

„Himmel, ich hoffe, das überzeugt ihn." Cooper war sich da nicht so sicher.

„Du kennst den Kerl, ich habe nur andere über ihn reden hören. Und alle haben mir erzählt, was für ein großartiger Tierarzt er ist."

„Und eine ziemliche Type. So, wie er sie behandelt hat, weiß ich wirklich nicht, wie Calley es so lange mit ihm ausgehalten hat."

„Häusliche Gewalt?"

„Nicht physisch, zumindest glaube ich das nicht. Aber er hatte so eine Art, sie herumzukommandieren. Und er hat ihr nicht wirklich den Respekt entgegengebracht, den sie verdient hatte."

„Liebe ist blind."

„Wem sagst du das."

Cooper sah auf seine Fußspitzen und Kelly gab ihm einen spielerischen Stoß, damit er aufsah. „Ein Teil von mir würde dich gern bitten, über Nacht zu bleiben."

„Und welcher Teil wäre das? Dein Hintern?"

Kelly kam einen Schritt näher und Cooper stellte sich automatisch breitbeiniger hin. „Du magst meinen Hintern, oder?"

„Logisch."

Kelly kam noch einen Schritt näher und Cooper packte seinen Hintern, um ihn an sich zu ziehen. Kelly legte seine Hände an Coopers Wangen und küsste ihn. Es war ein scheuer Kuss und keiner von beiden versuchte, mehr daraus zu machen. Cooper wollte nicht, dass das endete. Er wollte bis in alle Ewigkeit fühlen, wie sich Kelly an ihn schmiegte, also legte er ihm die Hände ins Kreuz und hoffte, dass er sich nicht zurückziehen würde. Er wollte Kelly schmecken und fühlen, wie dessen Bartstoppeln über seine Haut kratzten. Als er tief einatmete, versuchte er sich Kellys Ich-habe-zuletzt-heute-morgen-geduscht-und-seitdem-hart-gearbeitet-Geruch einzuprägen. Trotz Kellys Versprechen vom Vortag wollte er vorsichtig sein für den Fall, dass Kelly seine Meinung änderte. Und das würde er – zumindest vorübergehend.

„Ich würde dich gern bitten, über Nacht zu bleiben", sagte Kelly, nachdem ihr Kuss geendet hatte. „Aber."

„Wusste ich's doch, es gibt ein aber", erwiderte Cooper und überraschte sich selbst dabei, dass er jegliche Gefühlsregung aus seiner Stimme fernhalten konnte.

Kelly fuhr mit den Fingern durch Coopers Haare, sodass ihm eine Strähne in die Stirn fiel. „Ich habe immer noch Schuldgefühle, weil ich nicht hier war, als …" Er schüttelte den Kopf. „Ich muss mir erst über ein paar Dinge klar werden, bevor wir uns in eine Beziehung stürzen, die körperlich und kaum etwas anderes sein wird."

„Ich denke, über diese Phase sind wir längst hinaus."

„Du vielleicht, aber ich kann nachts nicht einmal die Augen schließen, ohne von dir zu träumen."

Kelly konnte nicht verhehlen, dass er sich geschmeichelt fühlte, und er wusste, wie schwer das für Kelly war. Er gab ihm einen Schmatzer und schickte sich an, etwas Distanz zwischen sie zu bringen. „Ich sollte besser gehen. Morgen früh muss ich schließlich arbeiten."

Kelly nickte. „Ich komme nach der Arbeit bei Gable vorbei. Vielleicht kann ich ja mit Ryan reden."

„Ja, und dann können wir uns auch überlegen, was wir wegen Bill unternehmen."

Cooper warf Kelly noch einen letzten Blick zu und verließ das Haus dann durch die Hintertür, um zu seinem Truck zu gehen. Gerade, als er aus der Einfahrt fahren wollte, sah er Kelly auf der Veranda stehen. Er ließ sich jedoch nicht anmerken, dass er Kelly bemerkt hatte. Er brauchte zunächst Zeit, allein mit seinen Gefühlen klar zu kommen.

32

OBWOHL EIN Traum für ihn in Erfüllung gegangen war, fühlte es sich anfangs etwas seltsam an, Sheriff zu sein. Er war bereits daran gewöhnt, die meisten Entscheidungen selbst zu treffen. In den letzten sechs Monaten seiner Amtszeit war Hanson kaum im Büro aufgetaucht und Kelly hatte den Job von ihm übernommen, bevor er den offiziellen Auftrag dazu hatte. Jetzt jedoch war ihm das gemütliche Eckbüro zugewiesen worden und man hatte ein Namensschild an seiner Tür angebracht. Zwar versuchte er, an seinem Verhalten nichts zu ändern, doch es war offensichtlich, dass seine Mitarbeiter ihm anders gegenüber traten. Obwohl er sie nicht darum gebeten hatte, nannten sie ihn jetzt „Sir" und hörten auf, ihn in den Klatsch und Tratsch im Büro einzuweihen. Zum Glück war Jennifer immer noch die gute, alte Jennifer.

„Die Damen – und der eine Herr – vom Buchclub lesen gerade eine Polizeigeschichte und würden dich gern zum Tee einladen." Sie sah von ihrem Notizblock auf. „Ich weiß, solche Sachen sind genau deine Kragenweite, aber ich habe trotzdem abgesagt, weil es Mittwoch gewesen wäre."

Obwohl er nicht an den Mittwoch denken wollte, an dem Ninas Beerdigung stattfinden würde, rang er sich ein Lächeln für Jennifer ab. Schon seit seinem ersten Tag hier waren sie gut miteinander ausgekommen und das hatte sich nicht geändert, seit er zum Sheriff gewählt worden war. Sie begegnete ihm immer noch mit einer Mischung aus Respektlosigkeit und Mutterinstinkt und er wusste, dass sie immer hinter ihm stehen würde.

„Da sie jetzt aber wissen, warum du nicht zum Buchclub kommen kannst, werden sie vermutlich einen Tagesausflug zur Beerdigung machen. Aber ich schätze, sie wollen nur ihre Unterstützung zeigen, also geht das in Ordnung."

„Hast du die Informationen zur Beerdigung an die lokalen Nachrichtensender weitergegeben?"

Sie setzte sich auf die Kante des Schreibtisches. „Mike und Len werden da sein, um eventuelle Schaulustige auf Abstand zu halten. Ich möchte nicht, dass daraus ein Medienspektakel wird."

„Ich habe das mit der Presse so abgemacht: Sie garantieren mir für die ersten paar Tage meine Privatsphäre und dafür bekommen sie Zugang zur Beerdigung."

Sie seufzte. „Das heißt aber noch lange nicht, dass sie dort das Sagen haben werden."

„Es ist halt ihr Job. Und mein Job – nicht dein Job – ist es, dieses Sheriffbüro zu führen."

„Aber es ist mein Job, deinen Job einfacher zu machen. Wenn das heißt, zwei deiner besten Deputys einzuspannen, um zur Beerdigung zu gehen, dann werde ich das tun." Sie kniff energisch den Mund zusammen. „Alle anderen werden ganz normal Dienst tun, das heißt, ich will dich an diesem Tag nicht hier sehen."

Sein anfänglicher Ärger, weil sie die Dinge selbst in die Hand nahm, verebbte, als er ihre Entschlossenheit sah. Er wusste, dass sie es nur gut meinte. „Wirst du zur Beerdigung kommen?"

„Wenn du mich gern dabei hättest", sagte sie, plötzlich viel schüchterner.

715

„Ja", sagte er zwar leise, aber mit Überzeugung. „Es würde mir gefallen, wenn ich dich dort an meiner Seite hätte.

Sie lächelte ihn an, als hätte sie soeben eine Wette gewonnen. Er beschloss, nicht weiter nachzufragen.

DER MITTWOCH kam viel zu schnell.

Kelly hatte genau gewusst, wann Nina eingeäschert worden war und hatte sich kurz davor noch ein letztes Mal von ihr verabschiedet. Die Beerdigung selbst war dann nur noch eine Formalität. Niemand aus Ninas kleiner, entfremdeter Familie hatte Interesse bekundet, an der Beerdigung teilzunehmen, obwohl er den Termin extra nach hinten verschoben hatte, damit sie die Möglichkeit hatten anzureisen. Seine eigene Familie hatte für ihr Fehlen abenteuerliche Entschuldigungen vorgebracht. Kelly kümmerte das nicht. Ein alter Professor, der mittlerweile an der Westküste lebte, hatte die Einladung angenommen. Davon abgesehen hatte Kelly einige nette, höfliche, aber unpersönliche Briefe von einigen von Ninas ehemaligen Arbeitgebern erhalten; diese würden also auch nicht zur Beerdigung erscheinen. Er erwartete, ein paar der Leute zu sehen, mit denen er sich in den vergangenen Monaten angefreundet hatte. Doch nur einer wäre in der Lage, ihm Trost zu spenden, und das konnte er nicht in der Öffentlichkeit tun.

Kelly begrüßte die Trauergäste, indem er ihnen die Hand schüttelte und sich für die Beileidsbekundungen bedankte. Mit dem Großteil der Anwesenden hatte er beruflich zu tun gehabt, und er war selbst überrascht, dass er sich bei den meisten sogar an den Namen erinnern konnte. Der Clan der Blue River Ranch war geschlossen angetreten: Hugh mit Izzie und den Mädchen, Grant und Hunter mit ihrem Sohn Matthew. Christie war ohne ihre Kinder gekommen, da sie zur Schule mussten. Gable und Flynn waren mit Calley und den Zwillingen da. Kelly wartete darauf, dass auch Cooper auftauchte, und versuchte, nicht zu enttäuscht zu sein, weil er ihn in der Reihe der Trauernden nicht entdecken konnte.

Auch einige Reporter waren anwesend, doch Mike und Len sorgten dafür, dass sie sich im Vorraum aufhielten und die Trauergäste nicht störten. Kelly bemerkte, dass Jennifer mit den Reportern sprach, und hoffte, dass sie ihre Sache gut machte. Er hatte vorher noch mit ihr abgesprochen, was sie sagen sollte. Jetzt konnte er ihr nur vertrauen, denn er brachte es selbst nicht über sich, mit der Presse zu sprechen.

Die Trauerfeier war kurz und Kelly hörte kaum darauf, was die konfessionslose Rednerin sagte. Die Frau sprach in einer sanften, beruhigenden Stimme von all den Dingen, die Kelly ihr vorher erzählt hatte. Diese Trauerfeier war jedoch Ninas Wunsch gewesen, nicht seiner. Trotzdem wurde er von seinen Gefühlen überwältigt, obwohl er sich lange zurückhalten konnte. Genau in dem Moment, als ihm schmerzlich bewusst wurde, dass er allein in der ersten Bank saß, spürte er, wie sich jemand neben ihn setzte. Cooper trug denselben Anzug wie bei Jack Conroys Hochzeit, und wie damals sah er aus wie ausgewechselt. Sie tauschten einen Blick voller Dankbarkeit und Verständnis und Kelly nahm nicht Coopers Hand, obwohl er es gern getan hätte. Stattdessen begnügte er sich damit, Coopers Körperwärme neben sich zu spüren.

Nach der Trauerfeier kamen zwei von Ninas Ärzten auf ihn zu, aber es dauerte nicht lange, bis sich der Saal leerte. Cooper hatte sich diskret in eine Ecke zurückgezogen und diesmal widerstand Kelly nicht dem Drang, mit ihm zu sprechen. Ihm war allerdings klar, dass sie nur unter vier Augen wirklich offen sprechen konnten, also lotste er Cooper in den Nebenraum, den er auch vor der Trauerfeier genutzt hatte.

„Ich habe vorhin auf dich gewartet", sagte Kelly, nachdem er die Tür geschlossen hatte.

„Ich wollte mich nicht aufdrängen."

„Ich habe das für dich getan, Coop. Ich wollte keine Trauerfeier, aber Nina hat wegen dir darauf bestanden. Sie sagte, sie wolle dir eine Chance geben, dich mit mir zusammen von ihr zu verabschieden. Sie meinte, wir wären ohnehin die einzigen, denen sie fehlen würde. Nun ja, eigentlich hatte sie auch Teo mit eingeschlossen, aber der hat das Nest etwas voreilig verlassen."

„Ich habe mich im Krankenhaus verabschiedet."

Cooper war ruhig und gefasst. Er hatte seine Gefühle viel besser unter Kontrolle als Kelly. Andererseits war Kelly schon immer nah am Wasser gebaut gewesen. Als Kelly einen Schritt auf Cooper zu machte, nahm ihn dieser in die Arme. Die Geste ließ Kelly die Tränen in die Augen schießen.

„Schatz, ich vermisse sie auch. Ich wünschte, ich hätte mehr Zeit mit ihr verbringen können. Aber sie hat selbst entschieden, wann sie gehen will."

„Ich weiß", brachte Kelly hervor. „Deshalb wollte ich dich hier haben. Weil wir die einzigen Menschen auf der Welt sind, die sie tatsächlich gekannt haben." Cooper kämmte mit den Fingern durch Kellys Haare und dieser neigte den Kopf, um Cooper anzusehen. Er verspürte den unwiderstehlichen Drang, Cooper zu küssen. Er zögerte nicht. Es war ein verzweifelter Kuss und Kelly hoffte, damit ausdrücken zu können, wie sehr er Coopers Nähe brauchte. Es fühlte sich gut an, von Cooper gehalten zu werden. Cooper war für ihn da.

„Kelly, wärst du wohl einverstanden …"

Kelly löste sich in dem Moment aus der Umarmung, als er bemerkte, dass Jennifer die Tür geöffnet hatte, um ihn etwas zu fragen. Dass sie mitten im Satz innehielt und ihn fassungslos ansah war Hinweis genug, dass er nicht schnell genug gewesen war. Sie hatte ihren Kuss mitbekommen und ihre Reaktion ließ nichts Gutes ahnen.

Ein schneller Seitenblick zeigte ihm, dass Cooper mindestens drei Meter zwischen sie gebracht hatte. Den Blick hatte er starr auf den Boden gerichtet. Jennifer hielt sich immer noch an der Türklinke fest.

„Es ist nicht das, wonach es aussieht." Wow, fiel ihm wirklich nichts Besseres ein? „Cooper kannte Nina von der Uni. Wir sind beide am Boden zerstört." Aus dem Augenwinkel konnte er sehen, wie Cooper zusammenzuckte. Jennifer glaubte ihm kein Wort und Cooper war verletzt, weil Kelly ihn verleugnete. Jennifer war doch auf seiner Seite, oder? Der Schaden war bereits angerichtet – sie hatte ihren Kuss gesehen. Er musste jetzt ehrlich mit ihr sein.

„Jenni, ich bin schwul."

Jennifer schluckte, blieb jedoch stocksteif stehen. Ihre Augen waren schreckgeweitet.

„Könntest du vielleicht die Tür schließen, bevor einer der Reporter etwas hiervon mitbekommt?"

Wie auf Autopilot schloss sie die Tür.

„Jenni, bitte sprich mit mir. Ich bin immer noch derselbe. Ich bin immer noch Kelly."

„Bist du nicht!", rief sie. „Du hast mich angelogen. Wir sind hier auf der Beerdigung deiner Frau, um Himmels willen! Und ich habe für dich gestimmt!"

„Nina wusste Bescheid, Jen. Sie hat es schon immer gewusst. Während des Studiums waren Cooper und ich zusammen. Zusammen mit Nina waren wir die drei Musketiere. Sie war für mich da, als Cooper gegangen ist. Ich habe sie geliebt, Jenni. Ich habe nie aufgehört, sie zu lieben, aber sie wusste Bescheid."

717

Während Kelly sprach, schüttelte Jennifer immer wieder den Kopf, als könne sie nicht glauben, was sie gerade gesehen hatte.

„Ich bin immer noch derselbe Mensch, Jenni."

„Nein", sagte sie, bevor sie sich umdrehte und den Raum verließ.

Kelly stand niedergeschlagen da. Er regte keinen Muskel, bis Cooper hinüberging, um die Tür zu schließen. Dann bemerkte er, dass er wieder angefangen hatte zu weinen.

„Hey."

Kelly sah in Coopers sanfte, blaue Augen und schüttelte den Kopf. „Wenn sie es nicht akzeptieren kann, wie kann ich dann erwarten, dass Fremde das tun?"

Cooper biss sich auf die Lippe. „Ich weiß, das fühlt sich im Moment nicht gut an, aber danke, dass du ehrlich mit ihr warst."

„Was, wenn sie zur Presse geht?"

Cooper streichelte über Kellys Arm. „Ich werde nicht behaupten, dass mir der Gedanke nicht auch gekommen wäre, denn ich kenne sie nicht gut genug, um das einschätzen zu können. Aber wenn sie es tut, werden wir auch das überleben. Du wirst das überleben. Und ich werde für dich da sein."

„Selbst, wenn sie mich aus der Stadt verjagen?'"

„Das werden sie nicht."

Kelly hob eine Augenbraue.

„Sie haben mich nicht aus der Stadt verjagt. Und ich bin für den Tod eines Menschen verantwortlich."

„Sie werden nicht wollen, dass ich weiterhin ihr Sheriff bin."

„Natürlich werden sie das. Es wird einen Aufschrei geben und wenn sich der Aufruhr gelegt hat, wirst du noch vier Jahre bis zur nächsten Wahl haben. In diesen vier Jahren hast du Zeit, Kätzchen von Bäumen zu retten und Teenager davon abzuhalten, am Aussichtspunkt heimlich rumzuknutschen. Und wenn du richtig großes Glück hast, kannst du noch mal verhindern, dass sich zwei Männer gegenseitig erschießen."

Kelly musste lächeln. „Das wird Rory nicht noch einmal machen, da bin ich mir sicher."

Cooper grinste. „Wo ich herkomme, gibt es eine Menge Rorys. Und nicht jeder von ihnen hat einen Tim, der sie auf den rechten Weg führt."

„Auch wieder wahr."

„Also, schaffst du es allein nach Hause?"

„Musst du arbeiten?"

„Ich fürchte, ja. Ich bin mit Hugh und Izzie hergekommen. Könntest du mich vielleicht an der Blue River Ranch absetzen?"

„Nur, wenn du nach der Arbeit bei mir vorbeikommst."

„Ich muss auch noch für Calley ausliefern."

„Ich kann warten."

Cooper legte Kelly eine Hand auf die Schulter. „Abgemacht."

33

ALS COOPER bei Kellys Haus ankam, ging gerade die Sonne unter. Jedes Mal, wenn er hier parkte, erwartete er, von Teo empfangen und über die hintere Veranda zu Nina geführt zu werden. Beide waren fort. Jetzt gab es nur noch Kelly und das war sowohl traurig als auch unglaublich befreiend. Er würde Kelly für sich allein haben, was auch immer das hieß. Er steckte Kondome und Gleitgel ein – nur zur Sicherheit.

Gerade, als Cooper aus dem Truck ausstieg, öffnete Kelly die Vordertür. „Komm rein, es ist kalt."

Kelly hatte nur ein T-Shirt an und hatte die Arme vor der Brust verschränkt. „Mir geht's gut, beeil dich."

Cooper sah sich um, weil er meinte, etwas gehört zu haben. Doch da er nichts erkennen konnte, folgte er Kelly schließlich ins Haus.

„Hast du schon gegessen?"

Cooper nickte. „Ich habe mir auf meiner Tour ein Sandwich besorgt. Und du?"

„Nicht viel", gab Kelly zu.

„Dann mach ich dir was."

Kelly schüttelte den Kopf. Seine Augen waren gerötet und er schniefte, als würde er eine Erkältung bekommen. Cooper jedoch wusste, dass er vermutlich geweint hatte. Als Kelly einen halbherzigen Versuch machte, Cooper zu berühren, ohne tatsächlich näher zu kommen, ergriff dieser die Chance und zog ihn in eine Umarmung. Es würde nie so recht begreifen, wie so ein großer, starker Mann so nah am Wasser gebaut sein konnte. Sie standen eine ganze Weile in der Küche, bis Cooper merkte, dass sich Kelly etwas entspannte. „Besser?"

„Komm mit mir ins Bett."

Cooper nickte wortlos und folgte Kelly in den hinteren Teil des Hauses, wo sich sein Schlafzimmer befand. Schweigend zogen sie sich bis auf die Unterwäsche aus und krochen unter die Bettdecke. Sofort schmiegte sich Kelly an Cooper. Das erinnerte ihn an Unizeiten, wo sie fast immer so eingeschlafen waren. Allerdings waren sie damals nackt gewesen und hatten vorher Sex gehabt. Cooper war jedoch klar, dass er die Kondome nicht aus seiner Jeanstasche zu fischen brauchte.

Wenn er ehrlich mit sich war, musste er zugeben, dass ihm auch das hier gefiel. Es war auf eine Weise tröstlich und vertraut und beruhigend, wie es Sex nie sein konnte. Außerdem war es völlig unschuldig und Cooper wusste, wie wichtig das für Kelly im Moment war. Als Kelly sich noch enger an ihn schmiegte, musste Cooper lächeln. Kelly war immer noch sein großer Teddybär und erst jetzt wurde ihm klar, wie sehr er diese Nähe vermisst hatte. In vielen Dingen war Kelly immer noch der Alte. Er hatte ein bisschen zugelegt, aber die Haut über den Muskeln war immer noch glatt und praktisch haarlos. Und er roch auch immer noch gleich.

„Meinst du, du kannst so einschlafen?", fragte Kelly.

Kelly nickte, ohne aufzusehen.

ALS COOPER am nächsten Morgen aufwachte, saß Kelly vornübergebeugt auf der Bettkante. Als Cooper eine Hand nach ihm ausstreckte, schreckte Kelly auf.

„Hast du gut geschlafen?"

„Ja, habe ich", meinte Kelly. Er rang sich ein Lächeln ab. „Aber jetzt ist es Morgen. Ich konnte mir das nie vorstellen, aber ich möchte nicht zur Arbeit."

„Jennifer wird schon für dich einspringen", sagte Cooper. Er drehte sich auf die Seite, damit er immer noch mit der Hand Kellys Seite berühren konnte.

„Und wenn sie das nicht tut?"

„Dann schmeißt du sie raus."

„Ich kann sie doch nicht feuern, nur weil sie borniert ist!"

„Klar kannst du das. Wenn ihr nicht mehr zusammenarbeiten könnt, kannst du sie entlassen. Und wenn sie zur Presse geht, um deine Geheimnisse auszuplaudern, kannst du sie ebenso feuern."

Kelly stand plötzlich auf und verließ das Schlafzimmer. Unsicher, was vor sich ging, folgte Cooper ihm. Kelly stand vor seinem Fernseher, hatte die Fernbedienung in der Hand und hangelte sich durch die Kanäle, bis er bei einem lokalen Nachrichtensender landete.

„Gestern Nachmittag fand die Trauerfeier für Nina Alexander, die kürzlich verstorbene Ehefrau des frisch gewählten Sheriff von Freemont County, Kelly Freed, statt. Nina Alexander, achtunddreißig Jahre alt und frühere Mitarbeiterin des Staatsanwaltsbüros von Boston, Massachusetts, erlag nach langem Leiden der Motorneuronkrankheit. Jennifer McCarthy, Sprecherin des Sheriffbüros, hatte Folgendes zu sagen."

Nach einem Bildschnitt sah man Jennifer, die gerade interviewt wurde.

„Sheriff Freed hat diesem Land immer gedient – selbst, als seine Frau schwer krank war – und das wird er auch weiterhin tun. Er nimmt sich heute frei, wird aber morgen wieder seinen Dienst antreten. Er ist sehr dankbar dafür, dass ihm die Privatsphäre gewährt worden ist, um um seine Frau zu trauern." Auf dem Bildschirm erschien wieder die Nachrichtensprecherin.

„Schätze, das ist eindeutig. Du wirst wohl auf Arbeit gehen müssen."

„Schsch!", unterbrach ihn Kelly.

Die Nachrichtensprecherin fuhr fort: „Viele Menschen aus dem County waren zur Trauerfeier erschienen und der Saal war gut gefüllt. Es ist erfreulich zu sehen, dass die Bürger von Freemont hinter ihrem neuen Sheriff stehen, obwohl die Wahl sehr knapp ausgegangen ist. Und nun zu Stacey und dem Wetter."

Kelly atmete hörbar aus.

„Jennifer ist also nicht zur Presse gegangen, Kells."

„Ich weiß."

Cooper legte Kelly eine Hand zwischen die Schulterblätter und fühlte, wie verspannt er war. Daran änderte sich auch nichts, bis Kelly sich umdrehte und zurück ins Schlafzimmer ging. Als er wieder auftauchte, trug er seine Uniform und sein niedergeschlagener Blick war verschwunden.

„Ich werde die Türen abschließen. Du kannst einfach durch die Vordertür verschwinden. Wenn du sie ranziehst, ist sie automatisch abgeschlossen."

Cooper nickte. Kelly hatte wieder alles unter Kontrolle, genau wie es sein sollte, wenn er diese Uniform trug.

COOPER ERLEDIGTE seine Arbeit auf der Blue River Ranch und fuhr dann hinüber zur Blackwater Ranch, um Gable und Flynn beim Hausbau zu helfen. Mit der Arbeit im Erdgeschoss waren sie fast fertig und das hieß, er und Flynn würden den Großteil des Tages auf dem Dach verbringen, um dort weiterzumachen. Da die Sonne schien, hatten beide trotz der kühlen Temperaturen nur ein T-Shirt an.

„Wie geht es Kelly?", fragte Flynn, während sie einen Querbalken befestigten.

„Okay, schätze ich. Es ist verständlich, dass ihm das Haus groß und leer vorkommt."

Flynn nickte und ein verschmitztes Grinsen umspielte seine Lippen. „Ich bin sicher, dass er es zu schätzen weiß, dass du ihm hilfst, das Haus weniger leer erscheinen zu lassen."

„Wie meinst du das?", fragte Cooper, bevor ihm aufging, dass es sinnlos war, Flynn anlügen zu wollen. Eigentlich war Gable derjenige, der unverbrüchliche Wahrheiten aussprach, aber vermutlich hatte sich Flynn bei ihm das ein oder andere abgeschaut. Er warf ihm einen entnervten Blick zu.

„Komm schon, Coop. Wir sind hier doch alle Freunde. Ich kann ja verstehen, dass Kelly sich nicht einfach so outen kann, aber hier unter uns gibt es keinen Grund, sich zu verstecken."

„Es gibt da noch diese klitzekleine Sache, die man Privatsphäre nennt."

„Na, gut. Das sehe ich ein", erwiderte Flynn. „Ich wollte nur sagen, dass Gable und ich kein Problem damit haben, dass ihr zusammen seid. Wenn ihr jemals einen Ort braucht, wo ihr einfach ihr selbst sein könnt, könnt ihr gern an unsere Tür klopfen."

Cooper reagierte mit einem gemurmelten „Ja, klar" und schwang den Hammer.

Flynn unterbrach ihn. „Ich meine es ernst, Cooper."

Cooper sah durch den Dachbalken hindurch und konnte ein paar Leute erkennen, die sich in Hörweite befanden. Er seufzte. „Ryan möchte mich nicht in seiner Nähe haben. Aus gutem Grund."

„Ich kann mir nicht vorstellen …"

„Ryan ist Martys Sohn."

„Wer ist Marty?"

Cooper seufzte, weil er einsehen musste, dass Flynn neu genug in der Gegend war, um nicht die ganze Geschichte zu kennen. „Vor acht Jahren wurde mir die Anwaltslizenz entzogen, weil ich eine Affäre mit einem Staatsanwalt hatte. Er hat sich daraufhin umgebracht und hinterließ seine schwangere Frau und zwei Kinder."

„Marty. Und Ryan, Noah und Sadie sind drei Kinder."

„Du weißt von Sadie?"

Flynn nickte.

„Calley hat es mir erzählt."

„Du siehst also, dass ich Kelly nicht hierher bringen kann. Er ist einer der wenigen Menschen, die noch zu Ryan durchdringen. Und wenn Ryan rausfindet, dass Kelly schwul ist …"

„Ryan ist nicht homophob. Es ist ihm zwar unangenehm, wenn er Gable und mich beobachtet – letztens hat er uns beim Küssen erwischt und sah aus, als würde er sich am liebsten die Augen auskratzen. Aber davon abgesehen macht er uns nicht das Leben schwer. Tatsächlich spricht er mit Gable über alle möglichen Sachen. Gib ihm einfach etwas Zeit."

Cooper lehnte sich auf dem Balken zurück, auf dem er saß. „Sein Vater hat sich wegen mir umgebracht. Seine Mutter ist damit nicht klargekommen und so sind die Kinder bei der Fürsorge gelandet. Man kann einen Menschen für viel weniger hassen."

„Dann versuch doch über Sadie an Ryan ranzukommen."

„Sadie hat mir einen ziemlich bösen Blick zugeworfen, als sie mich das erste Mal gesehen hat."

„Sie ist viel aufgeschlossener als ihr Bruder."

„Lesbisch?"

Flynn lachte. „Das willst du von mir wissen? Aber mal im Ernst: Ich habe gehört, wie sie Maxie erzählt hat, dass sie uns alle süß findet. ‚Die Typen von den Ranches, die alle ineinander verliebt sind'. Ich war zwar nicht so begeistert, als ich gehört habe, dass sie so über uns spricht, aber vielleicht ist das ja von Vorteil für dich."

Cooper dachte darüber nach. Er wusste noch nicht, was er mit dem Wissen anfangen sollte, aber andererseits konnte es auch nicht schaden zu versuchen, Sadie in ein Gespräch zu verwickeln. „Ist auf jeden Fall gut zu wissen."

„Hey, arbeitet ihr da oben an eurer Sonnenbräune?"

Cooper sah nach unten und sah Gable neben der Veranda stehen. Er schützte mit den Händen seine Augen vor der Sonne und sah zu ihnen auf.

„Klar arbeiten wir, Gabe!", scherzte Flynn. „Aber wir haben auch Durst."

„Ich schicke Ryan zu euch rauf."

„Oh, verdammt", entfuhr es Cooper.

34

AM DONNERSTAGABEND musste Cooper zwar keine Lebensmittel ausliefern, aber er fuhr trotzdem beim Laden vorbei. Wie er erwartet hatte, hatten sich zu so später Stunde keine Kunden mehr dorthin verirrt.

„Ich wollte gerade schließen", ließ ihn Sadie wissen.

„Ich weiß", sagte Cooper, als er auf die Ladentheke zuging. „Ich wollte gern mit dir sprechen."

In den vergangenen Wochen war Sadie in seiner Gegenwart immer lockerer geworden, doch bei diesen Worten verspannte sie sich automatisch. Cooper hob beschwichtigend die Hände. „Ich möchte nur reden. Aber wenn du willst, dass ich gehe, dann gehe ich."

Sie schüttelte zwar heftig den Kopf, doch da Cooper sehen konnte, dass sie ihn misstrauisch beäugte, beschloss er, gleich zum Punkt zu kommen. „Du bist Martins Tochter, oder?"

Ihr Blick wurde weicher. „Woher wissen Sie das?"

„Du hast den Mädchennamen deiner Mutter angenommen und der ist nicht so häufig."

„Und Sie sind der Grund, weshalb mein Vater sich umgebracht hat."

„Ja, das bin ich", brachte Cooper hervor. Er räusperte sich.

„Früher habe ich Sie gehasst."

„Früher?"

Sadie nickte. „Mom hat Sie für alles verantwortlich gemacht, was schief gelaufen ist. Manches davon war zwar an den Haaren herbeigezogen, aber ich war halt erst vierzehn, und habe ihr geglaubt. Sie hat unseren Nachnamen geändert und ist mit uns weggezogen. Ich wollte meine Freunde nicht hier zurücklassen, aber ich hatte keine Wahl. Und als dann Noah auf die Welt kam, ist sie völlig durchgedreht. Sie war wütend, weil Noah ein Junge war und genau so enden würde, wie sein Vater. Und dann hat uns das Jugendamt dort weggeholt, weil sie angedroht hat, uns wehzutun."

„Und da hat man euch dann getrennt?"

„Es gab ein Ehepaar, das sich für die Jungs interessierte. Zu dem Zeitpunkt war ich schon sechzehn und in einer guten Pflegefamilie. Ich dachte, ich könnte den Kontakt aufrecht erhalten."

Cooper sah ihr an, wie traurig sie war, als sie um die Ladentheke herumging.

„Ryan hat es dem Paar schwergemacht und auch Noah war kein einfaches Baby. Ryan wollte mich ständig besuchen. Sie dachten, wenn sie wegziehen und den Kontakt abbrechen, würde er sich mehr auf sie einlassen."

„Sie kannten ihn nicht besonders gut, oder?"

Sadie grinste. „Nein, das taten sie nicht."

„Ich sah sie erst hier wieder, vor drei Monaten." Sie kam noch einen Schritt auf Cooper zu und dieser stand still, weil er nicht so recht wusste, wie er reagieren sollte.

„Hat Calley dir erzählt, was inzwischen passiert war?"

Sadie nickte. „Zumindest hat sie mir erzählt, was sie selbst weiß. Auch Ryan ist da keine große Hilfe."

„Ja, mit Ryan ein Gespräch anfangen zu wollen, ist meist verlorene Liebesmüh."

Sie lächelte. „Ich schätze, er wird es mir erzählen, wenn er bereit dazu ist."

Cooper neigte den Kopf. „Ich bin froh, dass wenigstens wir uns ausgesprochen haben."

„Mein Dad hat Sie geliebt."

Cooper schluckte um den dicken Frosch in seinem Hals herum.

„Mom hat das alles immer als etwas Anrüchiges dargestellt, und ich kann es ihr nicht verdenken, weil sie darunter zu leiden hatte. Aber ich kann auch nicht vergessen, dass die Affäre fünf Jahre gehalten hat. Sie und mein Vater, und die ganze Zeit mussten Sie Angst haben, erwischt zu werden. Er. Hat. Sie. Geliebt."

„Es war auch nicht alles perfekt, Sadie."

„Das ist Liebe doch nie, aber das heißt nicht, dass er Sie nicht geliebt hat. Er konnte sich nicht vorstellen, Mom zu verlassen. Aber wenn die Gesellschaft eine andere gewesen wäre, vielleicht hätte er es dann getan. So hingegen hätte er alles verloren: Den Job, den er liebte. Uns. Und er brauchte beides. Aber er brauchte auch Sie."

Cooper stemmte die Hände in die Hüften und schüttelte den Kopf. Er wollte ihr nicht widersprechen, er wollte nur versuchen, seine Gefühle unter Kontrolle zu halten.

Sadie machte noch einen Schritt auf ihn zu, fädelte ihre Arme um seinen Körper und umarmte ihn an der Taille. Für eine ganze Weile wusste Cooper nicht, wie er reagieren sollte, doch schließlich erwiderte er die Umarmung. Ihr Kopf passte genau unter sein Kinn und er fühlte sich plötzlich für sie verantwortlich, so als müsse er sie an Martins statt vor der großen, weiten Welt beschützen. „Du hast was aus dir gemacht", flüsterte er. „Dein Vater wäre stolz auf dich."

„Ich kann mich noch nicht um die Jungs kümmern", sagte sie. Sie schaute zu ihm auf, ohne sich aus der Umarmung zu lösen. „Ich bin auch erst dabei, wieder auf die Beine zu kommen. Calley kommt prima mit ihnen klar – sogar mit Ryan –, aber ich weiß, wie krank sie ist. Ich möchte mir nicht vorstellen müssen, dass sie wieder in der Fürsorge landen."

„Wir können versuchen, den Sozialarbeiter davon zu überzeugen, dass die Jungs ein gutes soziales Netz haben und ich denke, du solltest daran auch einen Anteil haben."

Sadie ließ Cooper los, als hätte sie erst jetzt begriffen, dass sie ihm vielleicht zu nahe gekommen war. Cooper ging es ähnlich, also ließ er sie gewähren. Er war schon froh, dass sie überhaupt eine gemeinsame Basis fanden.

„Was würde das bedeuten?"

„Warum schließt du nicht den Laden und wir besprechen das bei einer Tasse Kaffee?"

Es war überraschend leicht, sich mit Sadie zu unterhalten. Cooper erkannte in vielen ihrer Eigenheiten ihren Vater wieder, was ihn zu seiner eigenen Überraschung nicht schmerzte. Sie hatte haufenweise Fragen an ihn und im Gegenzug erfuhr er, dass sie ein Jurastudium abgebrochen und schon eine böse Scheidung hinter sich hatte. Das war auch der Grund, warum sie gerade erst wieder anfing, auf eigenen Beinen zu stehen.

„Es ist nicht so, dass ich mich nicht um Ryan und Noah kümmern will, aber sie kommen so gut mit Calley zurecht und ich lerne sie erst langsam wieder kennen. Ryan hat mir immer noch nicht ganz vergeben, dass ich sie damals allein gelassen habe, aber er braucht jemanden, dem er vertrauen kann."

„Das solltest du dem Sozialarbeiter sagen. Mach deutlich, dass du nur das Beste für sie willst, aber dass du für sie da sein wirst, wenn es nötig werden sollte."

„Ich möchte nicht, dass Calley etwas passiert. Sie sagte, dass Sie ihr dabei helfen, alles zu regeln?"

Cooper nickte. „Kennst du Flynn und Gable?"

„Ein bisschen."

Cooper war nicht sicher, was er ihr erzählen durfte oder was Calley ihr bereits gesagt hatte. „Dann weißt du auch, dass sie möchte, dass die beiden sich um die Kinder kümmern, falls es ihr schlechter geht und sie ins Krankenhaus muss. Und das schließt Ryan und Noah mit ein."

„Sie hat mir erzählt, dass Gable der Vater ihrer Zwillinge ist."

„Wir versuchen gerade, das zusammen mit der Situation um Ryan und Noah rechtlich abzusichern. Das sind aber zwei Paar Schuhe und bei Ryan und Noah könnte ich deine Hilfe gebrauchen."

„Natürlich", bot Sadie mit einem Lächeln an.

„Aber zu etwas anderem …" Er hatte A gesagt, nun musste er auch B sagen. „Ich kann verstehen, dass Ryan mich nicht leiden kann, und ich versuche, ihm aus dem Weg zu gehen, aber ich will nur das Beste für ihn."

„Das weiß er, aber er hat im Moment so viele Baustellen."

„Er ist ein Teenager", meinte Cooper entschuldigend.

„Und er ist verliebt, obwohl ich ihm gesagt habe, dass das unpassend ist."

„Verliebt?", fragte Cooper mit Unschuldsmiene, doch Sadie nahm ihm das nicht ab. „Ihr Freund hat eingegriffen. Sheriff Freed."

Cooper nickte, sagte jedoch nichts.

„Ich habe Ryan gesagt, dass ein sechzehnjähriger Junge, der in einen achtundzwanzigjährigen Lehrer verliebt ist, diesen Lehrer den Job kosten kann."

„Kaye Simmons."

„Ja, ich habe ihm auch gesagt, dass es absolut egal ist, ob es auf beiderseitigem Einverständnis beruht, weil er vor dem Gesetz zu jung ist, um sein Einverständnis überhaupt geben zu können."

„Hatten sie Sex?", fragte Cooper kaum hörbar.

„Ha, als ob ich weitererzählen würde, was Ryan mir im Vertrauen erzählt hat. Ich kenne nur seinen Teil der Geschichte und in keinem Fall würde ich das ausplaudern."

Cooper hob abwehrend die Hände. „Das ist nur fair. Ich wäre der Letzte, der sich da einmischen würde, aber da er ja offensichtlich dich ins Vertrauen gezogen hast, würdest du dich darum kümmern, dass ihm nichts passiert?"

„Na klar, Dad", sagte sie augenzwinkernd. „Aber es ist doch auch klar, dass ihm die Situation ziemlich zusetzt. Auch er ist schwul, genau wie unser Vater, und bisher hat er nur gesehen, dass schwulen Männern schlechte Dinge passieren. Sie hat es den Job gekostet, meinen Vater das Leben. Bei Flynn und Gable sieht er, dass es auch anders laufen kann, aber andererseits bekommt er in der Schule mit, wie sich seine Mitschüler über die ‚schwulen Rancher' lustig machen. Im Moment sieht er einfach das Licht am Ende des Tunnels nicht."

„Könntest du ihn irgendwie dazu bekommen, mit mir zu sprechen? Ich könnte ihm von seinem Vater erzählen und dass nicht alles nur schrecklich war."

„Sie sind nicht gerade ein strahlendes Vorbild. Wenn ich es nicht besser wüsste, würde ich behaupten, dass er Ihr Sohn ist. Genau wie er sind Sie ständig mürrisch."

„Er ist so wütend auf die Welt."

„Wären Sie das an seiner Stelle nicht auch?"

„Vermutlich", pflichtete ihr Cooper bei. „Trotzdem muss er warten, bis er achtzehn ist, bis er einen Freund haben kann."

„Das weiß er." Sie spielte nervös mit ihrer Serviette. „Würden Sie sich um Noah kümmern, sollte Calley nicht mehr in der Lage dazu sein?"

„Ich eigne mich nicht als Vater, Sadie."

„Ich glaube, da unterschätzen Sie sich."

„Ein Mannschaftshaus auf einer Pferderanch ist nicht gerade der richtige Ort für einen kleinen Jungen. Außerdem mag er Calleys Zwillinge. Gable meinte schon, dass Flynn ihn vierteilen wird, wenn er nicht dafür sorgt, dass Noah und die Zwillinge zusammen bleiben können."

„Also ist für Noah gesorgt?"

„Ich denke schon."

„Gut."

Sie verabschiedeten sich und Cooper konnte es nicht erwarten, zu Kelly zu kommen.

35

ALS KELLY hörte, wie ein Truck vor seinem Haus hielt, hoffte er, dass es Cooper war. Es war zwar schon spät, doch sie hatten sich darauf geeinigt, dass Cooper auf jeden Fall vorbeikommen würde. Ganz bewusst sah er nicht von seinem Buch auf, als sich die Verandatür öffnete und wieder schloss, obwohl ihm klar war, dass auch ein Einbrecher sich gerade Zutritt verschafft haben könnte.

„Also Sheriff, wie war Ihr Tag?"

Als Kelly aufsah, sah er Cooper in seinem Wohnzimmer stehen. „Jennifer hat sich krank gemeldet."

„Also eine Galgenfrist für dich?"

Kelly seufzte und entspannte sich etwas. „Ja. Das heißt aber, dass die Folter morgen von vorn losgeht. Und wie war dein Tag?"

„Ach, du weißt schon: Boxen ausmisten, ein Dach auf Gables Haus setzen, mit Sadie über Ryan und seine Liebe zu einem Lehrer sprechen."

„Du hast mit Sadie gesprochen?"

Cooper schüttelte lächelnd den Kopf. „Nein, Kelly, was du hättest sagen sollen, ist, dass ich recht damit hatte, dass Ryan mit Kaye Simmons schläft." Er ließ sich neben Kelly auf die Couch fallen.

„Das will ich gar nicht wissen, Cooper. Ich habe geschworen, Recht und Gesetz aufrecht zu erhalten. Sollte ich herausfinden, dass ein Lehrer mit einem sechzehnjährigen Schüler schläft, dann ist das Unzucht mit einem Minderjährigen. Niemand wird sich dafür interessieren, ob der Geschlechtsverkehr einvernehmlich war. Und noch weniger Leute werden glauben, dass das Liebe ist."

„Soweit ich weiß, ist es Liebe. Sadie wollte mir nicht sagen, was sie weiß, und ich wollte sie nicht weiter drängen. Ich weiß nicht, ob es nur Schwärmerei ist oder ob sie sich geküsst haben oder … sogar mehr. Als ich danach mit Simmons gesprochen habe, hatte ich den Eindruck, dass das Interesse gegenseitig war. Das reicht mir aus."

„Trotzdem-"

„Ja, laut Gesetz ist es Unzucht mit einem Minderjährigen", unterbrach ihn Cooper. „Das weiß ich, also habe ich Sadie gebeten, auf Ryan aufzupassen. Ich weiß es besser, als zu versuchen, selbst mit ihm ein Gespräch anzufangen. Das hätte vermutlich den gegenteiligen Effekt."

Kelly rückte auf der Couch ein bisschen näher an Cooper heran, weil er wieder etwas von der Wärme spüren wollte, die ihn letzte Nacht gut hatte schlafen lassen. „Also, erzähl mir von Sadie."

„Sie ist auf unserer Seite."

Kelly spürte, wie sich ihm der Magen zusammenschnürte. Er setzte sich kerzengerade hin. „Auf unserer Seite? Hast du ihr von mir erzählt?"

„Ganz ruhig, ich habe ihr dein kleines, schmutziges Geheimnis nicht verraten."

Kelly konnte nicht verhindern, dass er sich erleichtert fühlte.

„Immer, wenn ich im Laden die Lebensmittellieferungen abgeholt habe, habe ich eine gewisse Spannung zwischen uns gespürt. Ich wollte sie wissen lassen, dass ich weiß, wer sie ist. Denn offensichtlich wusste sie, wer ich bin."

Kelly entspannte sich wieder. „So wie ich das verstehe, lief es gut?"

„Wir waren einen Kaffee trinken. Sie ist ein helles Köpfchen. Sie wollte über ihren Vater sprechen. Sie sagte mir, dass sie wisse, dass er mich geliebt hat, aber dass ihre Mutter es ihr lange Zeit unmöglich gemacht habe, das zu akzeptieren. Sie wird uns dabei helfen, ein gutes Helfernetz für Ryan und Noah aufzubauen, damit sie nicht wieder im Heim landen, sollte Calley etwas zustoßen."

„Das ist gut, oder?"

„Es ist ein Anfang."

Kelly schmiegte sich an Cooper. „Bleibst du über Nacht?"

„Wenn du das möchtest …"

„Ach, wenn du so fragst …!"

Cooper kitzelte ihn ab und Kelly krümmte sich vor Lachen. Als er den Angriff einstellte, küsste Cooper ihn sanft.

„Es war wundervoll, letzte Nacht neben dir einzuschlafen."

Cooper schien es die Sprache verschlagen zu haben. Nur sein Mundwinkel zuckte.

„Ich würde das gern wiederholen." Kelly wünschte, dass es im Zimmer heller war, denn er hatte den Eindruck, dass Cooper rot wurde.

„Dann werde ich wohl anfangen müssen, saubere Unterwäsche und eine Zahnbürste mitzubringen", murmelte Cooper.

„Kannst du von mir borgen."

Cooper grinste, als Kelly versuchte, ihm einen Schmatzer zu geben. „Und du denkst, es hilft gegen meinen Steifen, wenn du in meiner Unterwäsche herumläufst?"

Kelly machte einen Rückzieher. „Tut mir leid."

„Weil du mich anmachst?"

„Weil ich dich gebeten habe, die Nacht hier zu verbringen und weil Schlafen alles ist, was wir getan haben."

Cooper fuhr mit den Fingern durch Kellys Haare. „Wir sind doch keine Teenager mehr. Ich bin doch nicht nur hier, weil ich hoffe, dass wir miteinander schlafen."

Kelly ließ sich wieder von Cooper umarmen. Dabei fühlte er sich gleichzeitig sicher und unsicher. „Es fühlt sich nur so surreal an, als könne es jeden Moment wieder vorbei sein."

„Wird es nicht", versprach Cooper. „Lass uns ins Bett gehen, morgen müssen wir früh raus."

ALS KELLY aufwachte, war es draußen noch nicht einmal hell. Obwohl der Winter mild war, waren die Tage immer noch kurz. Er spürte Coopers Körperwärme und suchte seine Nähe, um sie noch etwas länger genießen zu können. Cooper lag mit dem Rücken zu ihm. Seinen Kopf hatte er etwas vorgeschoben, weshalb sein Nacken entblößt war. Kelly vergrub seine Nase in Coopers Nacken und sog seinen Geruch ein.

„Müssen wir aufstehen?", grummelte Cooper.

„Noch nicht. Schlaf wieder ein."

„Bisschen schwierig, wenn deine Hände da bleiben, wo sie gerade sind."

Kelly zog seine Hände aus dem Bund von Coopers Boxershorts und öffnete die Augen. „Ich sollte dich schlafen lassen." Er stand auf und legte seine Decke um Cooper, damit dieser warm blieb.

Kelly war kaum bis unter die Dusche gekommen, als Cooper schon hinter ihm stand.

„Was ist los?"

„Ich wollte dich nicht wecken, wollte nur deine Nähe spüren", gab Kelly zu.

Cooper zog sich T-Shirt und Boxershorts aus, bevor er zu Kelly unter die Dusche kam. „Na, dann los."

Das musste er Kelly nicht zweimal sagen. Er zog Cooper zu sich unter den Wasserstrahl und küsste ihn leidenschaftlich, während seine Hände ruhelos über Coopers Körper wanderten. Seine Haut begann zu kribbeln, als Cooper begann, sich an ihrem Liebesspiel zu beteiligen, und schon bald bohrte sich Coopers Erektion in seine Hüfte. Instinktiv rieb er sich daran.

„Hör auf, mich so zu quälen", beschwerte sich Cooper, bevor er Kelly gegen die Duschwand drückte und sich selbst auf die Knie fallen ließ.

Ohne zu zögern, nahm Cooper Kelly in den Mund und dieser versuchte verzweifelt, sich irgendwo an den nassen Fliesen festzuhalten. Kelly sah nach unten – vorbei an dem, was Cooper mit ihm anstellte und dorthin, was Cooper mit sich selbst anstellte. Kelly war sich sicher, dass er nie etwas Erotischeres gesehen hatte als den Anblick von Cooper, der sich selbst einen runterholte, während er Kelly einen blies. Dann jedoch sah ihm Cooper geradewegs in die Augen und Kelly wusste, dass er einen neuen Lieblingsanblick hatte. Das alles wurde zu intensiv, deshalb gab er Cooper ein Zeichen, dass er aufstehen solle. Davon wollte Cooper jedoch nichts wissen. Stattdessen verstärkte er seine Bemühungen, bis Kelly nur noch verschwommen sah, ihm ein Kribbeln bis in die Zehenspitzen fuhr und sich seine Hüften bewegten, ohne dass er das selbst hätte beeinflussen können. Kelly schloss die Augen, als Cooper schluckte, was er zu geben hatte.

Kelly hatte keine Chance, zu Atem zu kommen, da Cooper ihn sofort bedrängte, um ihm mit einem Kuss den Mund zu verschließen. Es war Ewigkeiten her, dass Kelly sich selbst im Kuss eines anderen Mannes geschmeckt hatte – in Coopers Kuss, um genau zu sein, denn er war der einzige Mann, den Kelly je getroffen hatte, dem diese Art Liebesspiel gefiel.

„Und jetzt trocknest du dich ab, ziehst dir deine Uniform an und zeigst den Jennifers dieser Welt, wer hier der Boss ist."

Als Kelly wieder einen klaren Gedanken fassen konnte, wusste er, dass er zuerst noch etwas anderes tun musste. Er griff nach Cooper, drehte ihn herum und umfasste seine Erektion. „Erst muss ich mich bei dir revanchieren." Als er begann, Cooper einen runterzuholen, wurde dessen zunächst selbstzufriedener Blick bald weich, und als Kelly das Tempo erhöhte, verlor Coopers Blick gänzlich seinen Fokus. Coopers Reaktionen ließen Kellys Müdigkeit verschwinden und er war plötzlich hellwach. Als er seinen Griff um Coopers Steifen veränderte, sah er, wie Cooper sich ergab und plötzlich kam.

Kelly positionierte sie beide genau unter dem Duschkopf, sodass der Wasserstrahl die Beweise ihres Liebesspiels fortwaschen konnte.

„Du hast es immer noch drauf", lobte Cooper mit gedehnter Stimme. „Und jetzt geh zur Arbeit, damit ich auch los kann. Wir können nicht den ganzen Tag Sex haben."

„Heute nicht, aber am Sonntag." Kelly wackelte aufreizend mit den Augenbrauen.

„Am Sonntag helfen wir dabei, Gables Haus fertig zu bekommen."

„Verdammt!", fluchte Kelly spielerisch und stieg dann aus der Dusche.

KELLY BRAUCHTE länger als gewöhnlich, um fertig zu werden, weil er sich noch rasieren musste, obwohl er überlegte, den Dreitagebart stehen zu lassen, weil er spüren konnte, wie ihm Coopers Bartstoppeln das Kinn zerkratzt hatten. Er fand, das war ein geringes Opfer. Als er in die Küche kam, machte Cooper gerade Tee und Sandwichs.

„Ich habe mich einfach mal selbst bedient. Ich hoffe, das macht dir nichts aus."

Kelly reichte Cooper das Handy, das er in der Hand hielt. „Tut es nicht."

„Was ist das?"

„Ein Handy. Damit kann man Leute anrufen und selbst angerufen werden." Kelly biss sich auf die Unterlippe. „Es hat mal Teo gehört. Er hat es hier gelassen und ich habe eine Prepaid-SIM reingetan."

„Okay", meinte Cooper etwas zögerlich.

„Ich dachte mir, dass wir irgendwann an den Punkt kommen werden, wo wir Tim oder Grant nicht mehr alles sagen wollen. Da wäre es besser, direkt miteinander sprechen zu können. Es ist ziemlich schwierig, Hunter zu bitten, dich zu fragen, wann du hier übernachten willst."

Cooper lächelte. „Stimmt wohl."

Kelly trank einen Schluck von seinem Tee und nahm sich ein Sandwich. „Danke dafür, aber jetzt muss ich los."

„Bleib standhaft, Sheriff!"

DAS KLEINE Highlight unter der Dusche hatte Kelly für eine Weile erfolgreich abgelenkt, doch als er im Morgengrauen in die Stadt fuhr, kam seine Angst zurück, sich mit Jennifer auseinandersetzen zu müssen. Er wusste, dass er sich mit ihr würde aussprechen müssen – genau so, wie es Cooper mit Sadie getan hatte.

Er ging am diensthabenden Deputy vorbei und überflog die Notizen, was während der Nacht los gewesen war. Es war nichts Besonderes passiert, darum ging er gleich weiter in sein Büro. Er war früh dran, deshalb hatte er nicht erwartet, Jennifer schon hier zu sehen, doch sie war bereits da.

„Freut mich, dass es dir besser geht, Jennifer."

Sie sah auf und ihre Lippen bildeten eine schmale Linie. „Ich bin früher gekommen, um nachzuholen, was ich gestern verpasst habe", meinte sie tonlos.

Er wusste, dass er so tun musste, als wäre alles beim Alten, bis er eine Chance bekam, allein mit ihr zu sprechen. „Könntest du wohl Bill Haines für mich anrufen und einen Termin mit ihm machen? Ich würde gern mit ihm sprechen."

„Was soll ich sagen, worum es geht?"

„Sag ihm einfach, dass du nichts Genaueres weißt, aber dass ich gerne mit ihm reden würde." Er betrat sein Büro und überlegte es sich dann noch einmal anders. „Sag ihm, dass er nicht in Schwierigkeiten steckt, aber dass ich mit ihm reden will. Vielleicht bei einem Kaffee. Den Ort kann er wählen."

Sie nickte und er betrat sein Büro.

Kurz nach zehn kam sie in sein Büro und händigte ihm einen Zettel aus, auf dem stand „Barnbaby's, halb eins". Sie reichte ihm den Zettel ohne ein weiteres Wort, darum nahm Kelly all seinen Mut zusammen und sprach sie an. „Jennifer, hättest du wohl eine Minute?" Um zu verhindern, dass sie ablehnte, wartete er ihre Antwort gar nicht erst ab. „Bitte schließ die Tür."

Jennifer machte ein Gesicht, als wäre sie auf dem Weg zu ihrer eigenen Hinrichtung, darum stand Kelly auf, um ihr einen Stuhl anzubieten. Sie setzte sich. Kelly ging zur Anrichte hinüber, um zwei Tassen Tee einzugießen. „Ich weiß, dass du lieber Kaffee trinkst, aber ich habe keinen, und mir ist aufgefallen, dass du dir heute morgen noch keinen aufgebrüht hast. Soll ich dir vom Empfangstresen eine Tasse holen?"

Sie schüttelte den Kopf. „Tee ist ist Ordnung."

„Keinen Zucker, richtig?"

Sie zwang sich zu einem Lächeln und nahm dann einen Schluck. „Ganz schön heiß."

Kelly setzte sich auf den Stuhl neben ihr und nippte ebenfalls an seinem Tee. Er wollte das Elend nicht noch weiter hinauszögern. „Ich wollte mit dir über Mittwoch sprechen."

„Ich weiß."

„Du warst wütend auf mich."

„Das bin ich immer noch."

„Warum?"

„Das fragst du noch?" Sie machte große Augen.

„Ich habe nichts Falsches getan."

„Nun ja, das ist wohl Ansichtssache."

„Darf ich dir meine Seite der Geschichte erklären?"

Ihr Gesicht war angespannt, aber sie nickte.

Kelly räusperte sich. Als er zu sprechen begann, sah er konzentriert in seine Teetasse. „Nina hat diesen Job hier für mich gefunden. Sie wusste, dass Cooper hier lebt und dass Hanson kurz vor dem Ruhestand war. Wir drei waren zusammen zur Uni gegangen. Cooper und ich waren zusammen und sie war mit beiden von uns befreundet. Während Cooper irgendwann gegangen ist, um an der Westküste zu arbeiten, ist sie geblieben. Ich habe sie geliebt, Jennifer. Als sie krank geworden ist, war sofort klar für mich, dass ich mich um sie kümmern würde. Ich liebe sie auch immer noch. Sie hat mich als den akzeptiert, der ich war. Sie hat immer gewusst, dass ich schwul bin, aber sie wusste auch, dass ich nie Sheriff werden könnte, wenn das bekannt würde. Hanson ist ein toller Kerl, aber progressiv ist er nicht gerade."

„Genau wie der Großteil der Menschen, die für dich gestimmt haben."

„Dich eingeschlossen?"

Sie antwortete nicht sofort, also sah Kelly auf.

„Ich erkenne dich gar nicht wieder."

„Ich bin immer noch derselbe."

„Aber du tust … Sachen mit ihm."

„Wenn du meinst, dass ich ihn liebe, dann ja."

„Du liebst ihn?"

„Ja, Jennifer, ich liebe ihn." Kelly wusste, dass er ruhig bleiben musste. Wenn er ruhig bleiben konnte, während sich zwei Typen mit Waffen bedrohten, dann konnte er auch ruhig bleiben, während seine Sekretärin sich als intolerant herausstellte. „Ich fühle für ihn genau dasselbe, was du für deinen Schulschwarm empfindest. Und der war immerhin gut genug, um ihn zu heiraten. Ich wünschte, ich könnte Cooper heiraten. Ich wünschte, ich könnte seine Hand halten, während wir die Hauptstraße entlang schlendern. Ich wünschte, ich könnte allen zeigen, dass er zu mir gehört. Du und Billy, ihr versucht gerade, Kinder zu bekommen, oder?"

Sie nickte.

„Ich würde zusammen mit Cooper auch gern Kinder großziehen. Nichts davon wird jedoch passieren. Selbst wenn ich nicht Sheriff wäre, würde man uns nie als Paar akzeptieren. Kannst du dir vorstellen, wie man ein Kind behandeln würde, dass wir adoptiert haben? Kannst du dir vorstellen, was passieren würde, wenn wir händchenhaltend die Hauptstraße entlanggehen?"

„Ich schätze, es wäre den Leuten unangenehm."

731

„Und dir?"

Sie schüttelte den Kopf, als verstehe sie nicht, worauf er hinauswollte.

„Wäre es dir unangenehm, wenn wir händchenhaltend an dir vorbeigingen?"

„Ich habe gesehen, wie er dich geküsst hat!"

„Woher weißt du, dass es nicht umgekehrt war? Hast du Billy jemals geküsst, ohne dass er dich auch geküsst hat? Nein, hast du nicht, denn man küsst sich gegenseitig. Auch Cooper und ich haben uns gegenseitig geküsst."

Kelly atmete ein paar Mal tief ein und aus, weil er den Eindruck hatte, dass er zu sehr auf sie einredete. Er war kurz davor, sie als hoffnungslosen Fall abzuhaken.

„Ich kenne keine anderen schwulen Männer."

Kelly sah sie mit großen Augen an. „Hunter und Grant? Gable und Flynn? Tim und Rory saßen genau hier, als Rory gegen seine Bewährungsauflagen verstoßen hatte. Du hast doch gesehen, wie vernarrt die beiden ineinander sind."

„Ich wollte es nicht sehen!" Jennifer sprang von ihrem Stuhl auf und ging ein paar Schritte zur Seite. „Man hat mir beigebracht, dass das falsch ist. Am Sonntag predigt der Pfarrer darüber in der Kirche. Und er nennt sie beim Namen. Die Ranches mit den Perversen."

„Und wie denkst du darüber?"

„Ich weiß es nicht."

„Du hast mir gesagt, dass du Rory magst. Dass du es süß findest, wie Tim sich um ihn kümmert."

Sie nickte. „Ich hätte nie gedacht, dass du wie er bist."

„Das bin ich, aber trotzdem bin ich immer noch derselbe Mensch, der ich immer war."

Sie sah ihn an. „Das weiß ich."

„Jennifer, möchtest du weiterhin für mich arbeiten?"

„Ich kann es mir nicht leisten, meinen Job zu verlieren."

„Danach habe ich nicht gefragt. Wenn du den Eindruck hast, dass du nicht länger für mich arbeiten kannst, dann finden wir etwas anderes für dich. Aber ich würde dich nur ungern verlieren, weil du die Einzige bist, die mir auch mal Widerworte gibt."

Zum ersten Mal, seit sie in sein Büro gekommen war, lächelte Jennifer. „Und das gefällt dir?" Sie setzte sich wieder hin.

Kelly nickte und konnte sich ein Lächeln nicht verkneifen.

„Und ich möchte, dass du das auch weiterhin tust – natürlich im Rahmen –, aber du musst wissen, dass ich mich zwar nicht outen werde, aber dass ich trotzdem bin, wer ich eben bin. Du wärst dann eine derjenigen, die mein Geheimnis kennen. Für den Moment jedenfalls."

Sie nickte.

„Ich hoffe, dass du dieses Geheimnis nicht ewig bewahren musst." Er stand von seinem Stuhl auf.

„Kelly?"

Er drehte sich zu ihr um.

„Ich brauche ein bisschen Zeit, um mich an die Vorstellung zu gewöhnen."

„Das kann ich verstehen."

„Darf ich jetzt gehen? Ich habe noch ziemlich viel Arbeit zu erledigen."

Er öffnete die Tür, um sie hinauszulassen. Als sie an ihm vorbeiging, zwinkerte er ihr zu.

Nachdem er die Tür geschlossen hatte, verstand er die Erleichterung, die Cooper nach seiner Aussprache mit Sadie verspürt hatte. Er griff nach seinem Handy und wählte Coopers Nummer.

„Ich führ dich zum Mittagessen aus. Calley auch. Wir haben eine Verabredung mit Bill Haines. Bring die Dokumente mit, die er unterschreiben soll."

36

ALS COOPER das Barnaby's betrat und sich umschaute, sah er Kelly an einem der Tische sitzen. Er trug seine beigefarbene Uniform und hatte seinen Hut vor sich auf den Tisch gelegt. Er war nicht der einzige Mann, der allein an einem Tisch saß, aber er war der einzige Mann, der dabei auf seinem Smartphone herumtippte.

„Hallo, Stadtmensch", begrüßte ihn Cooper.

„Stadtmensch? Womit habe ich denn das verdient?"

Cooper zeigte auf die anderen Gäste, die entweder Zeitung lasen oder an der Bar saßen und Bier tranken.

„Mit deinem schicken Handy fällst du ein bisschen aus dem Rahmen."

„Aber bist du nicht froh, dass ich dir auch so ein schickes Handy besorgt habe?" Er steckte sich das Telefon in die Gesäßtasche seiner Hose.

„Völlig aus dem Häuschen."

„Wenigstens kann ich dich jetzt anrufen", sagte Kelly mit leiser Stimme, als sich Cooper neben ihn setzte.

Obwohl sie sich nur ein paar Stunden nicht gesehen hatten, hatte Cooper das starke Bedürfnis, Kelly zu berühren, darum legte er ihm unter dem Tisch die Hand auf den Oberschenkel. Kelly zuckte nur kurz zusammen. „Also, wann treffen wir uns mit Haines?"

„Er wird in ungefähr einer halben Stunde hier sein. Ich dachte, wir könnten in der Zwischenzeit was zu Mittag essen."

Cooper beugte sich ein wenig zu Kelly hinüber. „Ist das etwa ein Date, Sheriff?"

Kelly warf ihm zwar einen höhnischen Blick zu, doch gleichzeitig bewegte er sein Bein, sodass sich ihre Oberschenkel berührten. Als sich die Bedienung ihrem Tisch näherte, machte er jedoch sofort wieder ein unbeteiligtes Gesicht.

„Hallo, ich bin Linsey." Sie reichte ihnen die Karte. „Die aktuellen Angebote stehen auf der Tafel. Kann ich Ihnen schon etwas zu trinken bringen?"

„Ich nehme ein Bier", sagte Cooper.

„Für mich nur ein Wasser, danke", meinte Kelly. Sie warteten, bis die Kellnerin gegangen war. „Also, wir sollten uns eine Taktik zurechtlegen", sagte er und wandte sich Cooper zu.

„Er hat sich nie für die Kinder interessiert, weil es nicht seine sind. Er hat sich nie um sie gekümmert oder sie auch nur zweimal angesehen. Calley hat ihn nie um etwas gebeten", fasste Cooper die Lage zusammen.

„Können wir uns da sicher sein?"

„Wir müssen uns zwar auf alles gefasst machen, aber ich bin mir da ziemlich sicher." Cooper schwieg, als die Bedienung mit ihren Getränken wiederkam.

„Haben Sie schon gewählt?"

Keiner von beiden hatte bisher einen Blick auf die Karte geworfen, doch Cooper hatte auf der Tafel mit den Angeboten ein Bauernfrühstück entdeckt und entschied sich kurzerhand dafür. Kelly tat es ihm gleich.

Cooper wartete, bis die Bedienung wieder gegangen war, bevor er weitersprach: „Sie hat mir immer wieder gesagt, dass sie den Laden unter allen Umständen am Laufen halten muss, weil sie auch finanziell allein für die Kinder verantwortlich ist. Ich weiß, dass Gable ihr mit Geld aushelfen würde, sollte das nötig sein, doch es scheint, als ginge es ihr finanziell gut."

„Aber das könnte sich durch ihre Krankheit schnell ändern."

Cooper nickte. „Sie ist eine gute Geschäftsfrau. Sadie wird nach einem gestaffelten Tarif bezahlt, je nachdem, ob sie mit dem Laden in der Gewinnspanne bleibt. Ich arbeite kostenlos. Sie hat noch viele weitere freiwillige Helfer, die ihr unter die Arme greifen, weil sie wissen, dass sie allein mit vier – bald fünf – Kindern dasteht."

„Jetzt müssen wir das Ganze nur für Bill in viel düstereren Farben darstellen und ihn davon überzeugen, dass er finanziell einspringen muss, falls er die Papiere nicht unterschreibt."

Kelly grinste. „Du weißt, ich bin Andy Griffith."

SIE FUHREN zu einer siebzig Kilometer entfernten Kuhranch und fanden Bill Haines im Stall vor, wo er sich gerade die Hände wusch.

„Ihre Sekretärin meinte, dass Sie vorbeikommen würden", sagte er mit einem Grinsen. „Aber mittlerweile glaube ich ihr kein Wort mehr. Was habe ich angestellt, Sheriff?"

„Nichts, Mr Haines, genau wie sie gesagt hat", erwiderte Kelly, während er sein höflichstes Lächeln zur Schau trug.

„Wir sind hier, um über Andrew und Victoria zu sprechen. Ihr Name steht auf der Geburtsurkunde der Kinder."

„Ja, und?"

„Mrs Haines hat einen Vaterschaftstest durchführen lassen, der ergeben hat, dass sie nicht der biologische Vater der Kinder sind."

Bill Haines spannte die Schultern an und stemmte die Hände in die Hüften. „Dafür brauchte sie keinen Test. Es ist kein Geheimnis, dass Gable Sutton die Kinder gezeugt hat."

„Sie bittet Sie, Ihre Rechte als Vater aufzugeben."

„Und warum sollte ich das tun?"

Cooper, der sich im Hintergrund gehalten hatte, um nicht den Eindruck zu erwecken, sich einmischen zu wollen, fing langsam an, sich Sorgen zu machen. Bills Desinteresse an den Kindern war deutlich, doch er schien nicht gewillt, an der Situation etwas ändern zu wollen.

„Weil es ihnen ansonsten passieren kann, dass Sie die Kinder finanziell unterstützen müssen."

Bill wandte sich von Kelly ab, um seine Arzttasche aufzuheben. „Calley hat ihr eigenes Geschäft. Sie hat sehr deutlich gemacht, dass sie mein Geld weder will noch braucht."

„Sie ist krank, Bill."

Bill sah auf und stellte die Tasche wieder ab. Zum allerersten Mal sah Cooper so etwas wie Interesse in Bills Gesicht aufflackern.

„Krank?"

„Ja, so sehr, dass sie den Laden nicht mehr allein führen kann und jemanden einstellen musste."

„Dann muss es was Ernstes sein, wenn sie willens ist, den Laden jemand anders zu überlassen. Ich durfte da noch nicht mal Kisten auspacken."

„Ja, es ist ernst."

Es gefiel Cooper, dass Kelly keine Details zu Calleys Krankheit preisgab. Auch er war der Meinung, dass das ihren Exmann nichts anging.

735

„Und Gable will ihr nicht helfen." Bill formulierte es nicht als Frage. „Wer hätte das gedacht."

„Tatsächlich täte Mr Sutton nichts lieber, doch in der aktuellen Lage kann er das nicht – zumindest nicht in irgendeiner offiziellen Funktion."

„Was Sie also sagen wollen, ist, dass man mich auffordern wird, für die Kinder zu zahlen – die nicht einmal meine sind –, wenn ich die Papiere nicht unterschreibe."

„Darauf läuft es hinaus, ja."

„Also, was muss ich tun?"

Cooper musste sich auf die Zunge beißen, um nicht einzuschreiten. Kelly wusste, wie er vorgehen musste, und offensichtlich lief alles in die richtige Richtung. Es war schwer, da noch im Hintergrund zu bleiben.

„Sie müssen einen Termin mit dem Bezirksrichter machen. Der wird Ihnen einige Fragen stellen und wenn ihn die Antworten überzeugen, unterschreiben Sie ein offizielles Dokument."

„Kann ich das nicht hier tun?"

„Das muss von einem Richter bezeugt werden."

„Damit stelle ich aber sicher, dass ich nicht für die Kinder zahlen muss?"

Kelly nickte.

„Das muss ich mit meinem Anwalt besprechen."

„Das klingt nur fair", sagte Kelly. „Wir haben hier Beispielfragen für Sie und das Dokument, das Sie unterschreiben müssen. Ich bin mir sicher, dass Ihr Anwalt unsere Aussagen bestätigen wird." Er forderte Cooper mit einer Geste auf, ihm die Papiere zu geben.

Cooper reichte die Papiere an Bill weiter. „Die Telefonnummer vom Büro des Richters steht auch drauf."

Bill überflog die Papiere. „Ich werde drüber nachdenken."

„Mehr können wir auch nicht von Ihnen verlangen." Kelly hielt Bill die ausgestreckte Hand hin und dieser ergriff sie, obwohl er nicht den Eindruck machte, als würde er dem Handschlag vertrauen. „Also, glauben Sie uns jetzt, wenn wir Ihnen sagen, dass Sie nichts falsch gemacht haben?"

Bill lachte auf. „Schätze schon."

„Außer, Sie würden gern etwas beichten?"

„Nein, nein", antwortete Bill schnell.

In der Box neben ihnen wieherte ein Pferd.

„Wir lassen Sie dann mal zurück an Ihre Arbeit."

Kelly tippte sich grüßend an den Hut und drehte sich auf dem Absatz um. Mit einem Kopfnicken bedeutete er Cooper, ihm zu folgen. Als sie den Stall verlassen hatten, musste Cooper praktisch rennen, um mit Kelly mithalten zu können. Beide stiegen in Kellys Auto ein und fuhren davon. Kelly sagte nichts, bis er auf einer einsamen Landstraße am Straßenrand anhielt.

„So einfach kann es nicht sein, oder?"

Cooper zuckte mit den Schultern. „Es kann immer noch viel schiefgehen. Sein Anwalt könnte ihm zum Beispiel sagen, dass das eine schlechte Idee ist."

„Würdest du das tun?" Kelly hob eine Hand. „Und sag nicht, dass du kein Anwalt mehr bist."

„Nein, ich würde ihm raten, diese Angelegenheit besser heute als morgen zu klären. Aber er muss trotzdem noch den Termin beim Richter machen."

Kelly legte Cooper ganz beiläufig eine Hand auf den Oberschenkel. „Ich würde meinen Anwalt den Termin machen lassen. Vermutlich kennt der auch den Richter."

„Wohl wahr. Aber der Richter könnte die verrücktesten Fragen stellen und Bill aus dem Konzept bringen."

Kelly lächelte, während seine Hand auf Coopers Oberschenkel hin und her wanderte. „Haines scheint mir nicht der Typ zu sein, der schnell aus dem Konzept zu bringen ist."

Cooper legte seine Hand über Kellys. „Wenn du damit nicht gleich aufhörst, wird das damit enden, dass wir es mitten im Nirgendwo in einem Auto mit der fetten Aufschrift ‚Sheriff' an der Seite treiben."

Kelly zog seine Hand zurück und richtete seinen Blick auf die Straße. Allerdings lächelte er immer noch. „Damit warten wir besser, bis es Nacht ist."

„Sollten wir es Calley sagen?"

Kelly fluchte und zog sein Handy aus der Hosentasche. „Verdammt, drei verpasste Anrufe." Er scrollte durch die Anruferliste. „Wir sollten zuerst zu Gable fahren." Er hielt Cooper das Telefon hin.

„Ich habe es nicht klingeln hören."

„Hat es auch nicht. Ich hatte es auf Vibrationsalarm gestellt, damit wir nicht gestört werden."

Cooper hob die Augenbrauen und tat nicht einmal so, als verstehe er, wovon Kelly sprach. Dieser ließ wieder den Motor an und fuhr in Richtung von Gables Ranch.

37

GABLE SPRANG sofort auf, als er ein Auto in der Auffahrt hörte, doch Flynn war trotzdem vor ihm auf der Veranda.

„Die Sozialarbeiterin war hier", entfuhr es Flynn, als Cooper und Kelly aufs Haus zugingen. „Sie wollten sich anschauen, wo die Jungs wohnen werden."

„Ihr könnt euch vorstellen, dass das zur denkbar ungünstigsten Zeit kam. Hier sieht es aus, als hätte eine Bombe eingeschlagen", meinte Gable und zeigte auf die Baustelle neben dem Haus. Er konnte nicht fassen, wie alle so ruhig bleiben konnten.

„Sie ist eine patente Frau", sage Cooper. „Sie weiß auch, dass vieles noch nicht fertig ist."

„Sie wird euch Empfehlungen geben, worauf ihr beim Bau achten müsst. Also ist sie eigentlich genau im richtigen Moment gekommen", fügte Kelly hinzu.

„Aber was ist, wenn sie empfiehlt, die Kinder nicht hier wohnen zu lassen?"

Gable legte Flynn eine Hand auf die Schulter. „Wir hatten keine Zeit, uns vorzubereiten."

„Darum geht es bei diesen Besuchen ja auch", erklärte Kelly. „Und sie wird euch nicht sagen, dass die Jungs hier nicht wohnen können. Wie ich schon sagte, wird sie Empfehlungen aussprechen. Einiges davon wird nicht leicht umzusetzen sein, aber sie wird auch nicht erwarten, dass alles perfekt ist. Habt ihr erklärt, was hier gerade passiert? Habt ihr ihr Grants Baupläne gezeigt?"

Gable nickte und die Angst ließ langsam von ihm ab.

„Wir haben auch ein paar Neuigkeiten", sagte Cooper.

„Lasst uns auf einen Kaffee reingehen."

GABLE ÜBERLIEß Flynn das Reden, während er selbst Tee für Kelly und Kaffee für alle anderen zubereitete. Flynn hatte ohnehin mehr Talent im Reden als er selbst. Dass Cooper und Kelly allerdings in seiner Küche saßen und ruhig und bedacht darüber sprachen, was sie über die Pflegesituation wussten, brachte auch ihn langsam wieder runter. Vermutlich hatte er sich nur von Flynns Sorge mitreißen lassen, dass sie einfach nicht gut genug waren, dass man Kinder bei ihnen wohnen lassen würde.

„Sie hat sich alles angesehen", erklärte Flynn. „Sie wollte wissen, was für Lebensmittel wir im Haus haben, ob wir den Kindern Brause zu trinken geben, wo sie im Moment schlafen. Sie war nicht gerade begeistert davon, dass Ryan auf der Ausziehcouch schlafen muss und dass wir für Noah eine aufblasbare Matratze haben. Zumindest war das besser, als ihr erzählen zu müssen, dass drei Kinder in zwei Betten schlafen, weil wir Vicky nicht davon abhalten können, im Bett ihres Bruders zu schlafen." Flynn redete ohne Punkt und Komma, darum musste er nach Luft schnappen, als er schließlich seinen Satz beendete.

„Und was sind eure Neuigkeiten?", fragte Gable, als er vier Tassen auf den Tisch stellte.

Kelly sah Cooper an und gab ihm ein Zeichen, dass er erzählen solle.

„Wir haben uns heute mit Bill Haines getroffen."

„Um über seine Vaterschaft zu sprechen?", fragte Gable vorsichtig. Für den Moment ignorierte er Flynns besorgtes Gesicht.

„Ja", bestätigte Cooper.

„Er schien nicht abgeneigt. Er wird die Dokumente mit seinem Anwalt besprechen."

„Können wir nicht einfach damit vor Gericht ziehen? Immerhin haben wir den Vaterschaftstest als Beweis."

„Dann müsste Calley einen Antrag stellen, dass Bill die Vaterschaft entzogen wird. Das kostet alles Zeit, die sie vielleicht nicht hat."

Bei diesen Worten schnürte sich Gables Magen zusammen. Er wurde nicht gern daran erinnert, dass Calley vielleicht sterben könnte. Um sich zu beruhigen, nahm er Flynns Hand.

„Wenn Bill seine Rechte als Vater aufgibt, dann tritt das in dem Moment in Kraft, in dem er die Papiere unterschreibt", fuhr Cooper fort. „Das ist für alle Beteiligten einfacher."

„Wann wissen wir Bescheid?", fragte Gable.

„Der Richter wird Calley anrufen, sobald Bill die Papiere unterzeichnet hat. Das kann schon bald sein oder es passiert nie. Das können wir nicht wissen. Jetzt ist Bill am Zug."

„Verdammt, ich hasse diese Warterei", beschwerte sich Flynn.

Gable drückte Flynns Hand, um ihn zu beschwichtigen. „Danke für alles, was ihr getan habt. Wenn ihr nicht gewesen wärt, wüssten wir nicht mal, dass es diese Option gibt."

Kelly stand vom Tisch auf. „Wir feiern, wenn alles glatt gegangen ist. Und macht euch keine Sorgen wegen der Sozialarbeiterin. Sie hat viel schwerere Fälle als euren."

Sie schüttelten sich die Hände und Gable und Flynn verabschiedeten Cooper und Kelly auf der Veranda. Gable sah Flynn lächelnd an.

„Du hast bessere Laune", stellte Gable fest.

„Stell dir das doch nur mal vor: Wenn Bill wirklich auf seine Rechte als Vater verzichtet, könnte Calley deinen Namen auf die Geburtsurkunde setzen lassen. Damit wärst du ganz offiziell der Vater der Zwillinge."

„Das würde nicht viel ändern", antwortete Gable ruhig.

„Natürlich wird es das. Sollte Calley irgendetwas zustoßen, wird man zuerst zu dir kommen anstatt zu Bill."

„Mal den Teufel nicht an die Wand." Gable wusste, wie wichtig Flynn dieses Sicherheitsgefühl war, doch er wollte sich nicht vorstellen, was geschehen müsste, damit sich sein Wunsch erfüllte. Die Kinder waren ohnehin ständig bei ihnen, besonders an den Tagen, wenn Calley im Krankenhaus war.

„Wir sollten die Kinder von Hunter abholen."

AUF DER Blue River Ranch angekommen, waren die Zwillinge nirgends zu finden, darum gingen Gable und Flynn in die Küche, wo Christy gerade das Abendessen für die Ranchhelfer zubereitete.

„Hallo, Männer. Wie geht's?"

„Gut. Danke, dass du dich so kurzfristig bereit erklärt hast, auf die Zwillinge aufzupassen."

„Kein Problem, Gable. Sie sind so brav und Matty freut sich, wenn die beiden zum Spielen kommen."

Sie hörten, wie die Haustür zugeschlagen wurde und Schritte näher kamen. Als sich die Tür zur Küche öffnete, kamen Hunter und drei Kinder zum Vorschein. „Ich dachte, ich hätte euren Truck gehört. Hier ist euer Nachwuchs." Vicky und Andy liefen sofort zu Flynn hinüber, doch Matty, der auf seine Gehhilfe angewiesen war, brauchte etwas länger, um in die Küche zu kommen. Als er es sich in seiner Ecke mit den Spielsachen gemütlich machte, gingen die Zwillinge hinüber, um ihm Gesellschaft zu leisten.

„Wie lief es mit der Sozialarbeiterin?"

„Das waren die zwei nervenaufreibendsten Stunden meines Lebens", sagte Gable. „Sie hat unser ganzes Leben auseinandergenommen."

Hunter lachte auf. „Das Gefühl kenne ich. Ich durfte Matty zwar mit nach Hause nehmen, aber bevor der ganze Papierkram erledigt war, musste ich auch einen Hausbesuch über mich ergehen lassen. Ich hatte Alpträume, dass ich ihn zurück ins Krankenhaus bringen müsste, weil ich den Test nicht bestanden hätte. Für euch sollte es einfacher sein, da Calley auf eurer Seite ist. Ihr adoptiert ja nicht. Das Amt muss nur sicherstellen, dass die vorübergehende Situation für Ryan und Noah in Ordnung ist."

„Aber du weißt selbst, wie es bei uns im Moment aussieht. Keiner der Jungs hat ein vernünftiges Bett. Wie soll sie das gutheißen können?"

„Indem sie eine lange Liste mit Empfehlungen ausspricht. Einiges müsst ihr erfüllen, anderes nicht. Auch wir hatten zum Zeitpunkt des Besuchs kein Haus, das auf ein behindertes Kind ausgerichtet war. Also macht euch nicht so viele Sorgen. Sie hat noch ganz andere Kandidaten, um die sie sich kümmern muss."

„Das haben Cooper und Kelly auch gesagt."

„Ach, die Neuzugänge unserer schwulen Community waren bei euch zu Besuch?"

„Siehst du, ich hab dir doch gesagt, dass nicht nur ich das so sehe!", ging Flynn dazwischen. „Hunter denkt auch, dass die beiden miteinander schlafen. Außerdem hat Cooper es mir gegenüber praktisch zugegeben."

„Flynn", warnte Gable, doch dieser konnte sich sein Grinsen nicht verkneifen.

Christy ergriff das Wort. „Irgendwo muss Cooper ja schlafen und im Mannschaftshaus ist es nicht."

„Herrgott noch mal!", seufzte Gable. „Kelly hat gerade seine Frau begraben."

Hunter beugte sich über den Tisch. „Und vor allem du solltest wissen, dass es einen Unterschied macht, ob man eine Frau liebt oder einen Mann. Da fällt mir ein: Wie geht es Calley?"

Hunter hatte nicht ganz unrecht. „Ich wollte am Nachmittag eigentlich zu ihr, aber der Besuch hat meine Pläne durchkreuzt."

Hunter zeigte nach draußen. „Du kannst auch gern gehen. Grant holt die Kinder von der Schule ab und danach wollte er ohnehin bei euch vorbeifahren, um am Anbau zu arbeiten. Wir können Flynn und die Kinder nach Hause bringen."

„Na, geh schon", sagte Flynn. „Fahr zu deiner Freundin."

Gable warf Flynn einen Blick zu und gab ihm dann einen Kuss. „Zum Abendbrot bin ich wieder da."

38

AM MONTAGABEND war Cooper urlaubsreif. Sie hatten das ganze Wochenende gearbeitet, um den Anbau an Gables Haus bewohnbar zu machen, bevor Calley aus dem Krankenhaus kam. In einem letzten Kraftakt hatten sie Betten und Schränke aus Calleys Stadthaus zur Ranch gebracht. Wie jeden Tag in der vergangenen Woche machte sich Cooper am Abend nicht auf zum Mannschaftshaus, sondern fuhr mit zu Kelly. Dort angekommen fielen sie allerdings nur ins Bett und schliefen, bis sie am nächsten Tag wieder im Morgengrauen aufstehen mussten.

Kelly stand gerade unter der Dusche, als Coopers kaum genutztes Handy klingelte. „Cooper Nelson."

„Cooper, hier ist Jim Davies. Ich habe versucht, Calley Haines zu erreichen, aber irgendwie gelingt mir das nicht. Kann ich mich auf Ihre Verschwiegenheit als Anwalt verlassen?"

„Natürlich", versicherte Cooper dem Bezirksrichter und bekam ein flaues Gefühl in der Magengegend.

„Es geht ihr doch hoffentlich gut?"

„Ja, sie steht unter ständiger ärztlicher Aufsicht. Heute Abend kommt sie aus dem Krankenhaus."

„Gut, denn Bill Haines war heute Nachmittag hier. Er hat Papiere unterschrieben, in denen er seine Rechte als Vater abtritt. Ich würde vorschlagen, dass sie so schnell wie möglich mit ihrem Vaterschaftstest hier vorbeikommt, um die Geburtsurkunden ändern zu lassen."

„Wow, da hat er ja nicht lange gefackelt, oder?"

„Nein", sagte Davis. „Scheint, als hätten Sie ihm überzeugende Argumente geliefert, das schnell über die Bühne zu bringen. Sein Anwalt war mitgekommen, um das Verfahren etwas zu beschleunigen, aber das war dank Ihrer Vorbereitung gar nicht nötig. Bill hatte sogar die Antworten auf alle Fragen, die ich ihm stellen musste, auswendig gelernt. So eilig hatte er es."

„Danke, Jim. Ich sage Calley morgen früh Bescheid."

Nachdem Cooper den Anruf beendet hatte, eilte er ins Bad, wo sich Kelly gerade abtrocknete. Er begann, sich auszuziehen. „Ich bin dran, ich hab was zu feiern."

„Hä?"

„Wir haben es geschafft: Jim hat gerade angerufen, dass Bill die Papiere unterschrieben hat."

„Schon?"

Cooper nickte und wurde dann von einem pudelnassen Kelly umarmt – nicht, dass es ihm etwas ausgemacht hätte. „Ein Punkt für uns. Du kannst drauf wetten, dass wir das feiern. Wenn es gar nicht anders geht, melden wir uns halt morgen krank."

Obwohl Cooper noch seine Unterwäsche trug, schob Kelly ihn unter die Dusche und begann, ihn leidenschaftlich zu küssen.

Dann ließ Kelly von Cooper ab und gab sich große Mühe damit, ihn ordentlich einzuseifen, wobei er sich besonders auf seine untere Körperhälfte konzentrierte. Er war

741

gründlich und schnell und erregte Cooper damit nur noch mehr. „Wenn ich es nicht besser wüsste, müsste ich annehmen, dass du das schon mal gemacht hast", grummelte er.

Cooper half Kelly dabei, sich die Seife abzuspülen, doch da sie es beide plötzlich recht eilig hatten, endeten sie pitschnass auf dem Bett. Es war ihnen egal. Kelly hielt nur kurz inne, um auf der Suche nach Kondomen und Gleitgel in seiner Nachttischschublade herumzuwühlen, weil sie beides bisher nicht gebraucht hatten.

„Das wird so danach klingen, als wollte ich nur gevögelt werden", meinte Cooper schwer atmend.

„Ist mir egal", erwiderte Kelly. „Wir haben die ganze Woche nur rumgekuschelt. Wir sollten das jetzt hinter uns bringen."

Er riss die Verpackung des Kondoms auf und zog es sich mit zitternden Händen auf.

Cooper drehte sich um und kniete sich hin. Er sah über seine Schulter hinweg einen nervösen Kelly an. „Das ist wie Fahrrad fahren. Einfach immer langsam und nicht hinfallen." Das Gleitgel war kalt und seine klebrigen Finger zögerlich und nervös, doch sobald er an Coopers Öffnung Einlass begehrte, wusste er, dass das egal war. In diesem Augenblick wollte Cooper nichts mehr, als einmal ordentlich durchgevögelt zu werden.

Kelly stöhnte auf, als er zustieß. Dann stöhnte er wieder, diesmal jedoch aus Frust. „Würde so gern langsam, aber ich kann nicht."

„Ich bin nicht aus Glas, Kells. Du wirst mir nicht wehtun." Um seinen Worten Nachdruck zu verleihen, schob er sich Kelly entgegen und spürte, wie dessen Schwanz tiefer in ihn eindrang. Als Kelly sich mit der Brust gegen seinen Rücken lehnte und die Arme um ihn legte, wusste Cooper, dass er endlich zu Hause war.

COOPER DREHTE sich auf die Seite, sodass er Kelly im Licht des frühen Morgens betrachten konnte. Er konnte nicht länger als eine Stunde geschlafen haben. Er hatte nicht einschlafen wollen, doch er war erschöpft gewesen: Erschöpft von den langen Arbeitstagen und erschöpft von dem atemberaubenden Mann, der hier neben ihm schlief und dessen Gesicht halb vom Kissen verdeckt wurde. Kelly lag auf dem Bauch. Er schlief tief und fest und atmete langsam durch seinen halb geöffneten Mund. Eine kleine Sabberspur hatte sich in seinem Mundwinkel gebildet. Ein Arm lag ausgestreckt über seinem Kopf und der andere lag neben ihm, die Handfläche immer noch geöffnet, weil Cooper seine Hand gehalten hatte, als sie eingeschlafen waren.

Coopers Körper fühlte sich immer noch an wie eine gespannte Bogensehne. Kelly war schon immer der Mann für ihn gewesen. Selbst, als sie das erste Mal miteinander geschlafen hatten, waren sie in ihrer Unvollkommenheit vollkommen gewesen. Noch Jahre, nachdem sie sich getrennt hatten, hatte Cooper jeden neuen Mann in seinem Bett mit Kelly verglichen, ohne dass jemals einer zumindest mit ihm hätte gleichziehen können. Sogar, was er für Marty empfunden hatte, war nicht ganz perfekt gewesen. Sicher, er hatte Marty geliebt, aber erst, nachdem er aufgegeben hatte, nach einem zweiten Kelly zu suchen. Schon als Kelly damals zum ersten Mal den Raum ihrer Lerngruppe betreten hatte, hatte er es gewusst. Die Mischung aus Höflichkeit und Respekt für andere, die ihm offensichtlich in irgendeiner Privatschule eingetrichtert worden waren, und seinem Landei-Aussehen, bei dem man immer dachte, er wäre mit einem Pferd unterm Hintern geboren worden, hatten Cooper von Anfang an fasziniert. Seit er ihn das erste Mal gesehen hatte, wollte er ihn. Dass er sich auch in ihn verliebte, kam erst später – als sie die Taktik fürs Übungsgericht besprachen, als sie Fälle diskutierten, als Cooper feststellte, dass sich Kelly absichtlich dümmer darstellte, damit Cooper ihm in Strafrecht Nachhilfe gab.

Cooper schüttelte den Kopf, um die Erinnerungen abzuschütteln. Er schuldete es Kelly, ihn als den zu lieben, der er heute war, und nicht als den, den er sich aus schönen Erinnerungen zusammenfantasiert hatte, indem er alles Schlechte geflissentlich vergaß. Und er musste zugeben, dass er den Mann mochte, der aus Kelly geworden war. Er hatte mehr Muskeln bekommen und hatte immer noch den Waschbrettbauch, auf den Cooper damals so neidisch gewesen war. Allerdings vermisste er Kellys lange Locken und das sonnengebleichte, blonde Haar, das jetzt kurz geschnitten und viel dunkler war. Er tat so, als würde er Kelly eine Haarsträhne aus der Stirn streichen und wusste gleichzeitig, dass er eigentlich mit den Fingern über Kellys kurz geschnittenes Haar fahren wollte, so wie er es letzte Nacht getan hatte, als Kelly auf den Knien gewesen war und Coopers Schwanz im Mund gehabt hatte. Doch er wagte es nicht. Er zog seine Hand zurück, als Kelly sich bewegte. Er wachte allerdings nicht auf, sondern machte im Schlaf ein paar zufriedene Geräusche.

Weil Cooper sich nicht beherrschen konnte, kam er ein wenig näher, um Kellys Geruch nach Mann, Schweiß und Sex einzuatmen. Nach dem ersten Mal hatten sie sich kaum die Zeit genommen, sich das Sperma vom Bauch abzuwischen, und nach dem zweiten Mal waren sie gar nicht mehr auf die Idee gekommen, weil sie sich einfach nicht voneinander trennen wollten – nicht einmal für eine Minute. Ihre Wiedervereinigung war unglaublich intensiv gewesen. Für Cooper hatte es sich angefühlt, als würde er nach Hause kommen. Er konnte sich immer noch nicht trennen und es grauste ihm vor dem Moment, in dem Kelly aufwachte, feststellte, dass es fast Morgen war, und aufstand, um zur Arbeit zu gehen.

„Will noch schlafen", murmelte Kelly. Trotzdem legte er einen Arm um Cooper, zog ihn näher an sich und küsste ihn wie nebenbei auf den Mund.

Cooper ließ ihn mit Freude gewähren. Er war erregt und verzehrte sich nach Kelly. Als hätten die beiden Male in der Nacht gar nicht stattgefunden, erwachte sein Hunger für Kelly aufs Neue. Er wollte ihm so nahekommen, dass er vergessen konnte, dass sie zwei voneinander unabhängige Lebewesen waren. Er konnte Kelly immer noch in sich spüren und würde die Erfahrung liebend gern wiederholen, obwohl er wusste, dass er dann mit Sicherheit in den nächsten Tagen auf kein Pferd steigen konnte. Zum Glück war er jedoch nur ein Ranchhelfer, weshalb er ohnehin eher selten auf einem Pferd saß.

Kellys Kuss wurde fordernder und aggressiver. Es fühlte sich an, als würde er Coopers Mund mit seiner Zunge ficken und dabei war ihm Cooper gern behilflich. Kelly war der einzige Mann, dem sich Cooper klaglos unterordnete. Und dann zog sich Kelly plötzlich zurück.

„Du machst mich an."

Cooper hob eine Augenbraue. „Ach, was."

Kelly schob ihm seine Hüften entgegen. „Verdammt, ich will dich so sehr."

Cooper lächelte leicht. „Ernsthaft?"

„Warum nicht?"

„Runde drei?"

Kelly grinste. „Fühlt sich an, als wären wir wieder zweiundzwanzig. Haben wir noch ein Kondom?"

„Klar." Cooper spürte, wie alle Unsicherheiten von ihm abfielen. Kelly wollte ihn wirklich. In der vergangenen Woche hatte Cooper begriffen, dass Kelly mehr von ihm wollte, als einen schnellen Fick. Cooper bewegte sich nur so viel, dass er zum Nachttisch hinüberreichen und ein Kondom aus der Schublade nehmen konnte. Er gab es Kelly, der die Verpackung öffnete und dann eine Hand zwischen ihre Körper schob. Zu Coopers Überraschung zog Kelly ihm das Kondom über. „Bist du sicher?" Damals an der Uni hatten sie öfters die Rollen getauscht, doch Cooper hatte immer den Eindruck gehabt, dass Kelly das tat, weil er den Eindruck hatte, es wurde von ihm verlangt, und nicht etwa, weil er es wirklich wollte.

„Lass es langsam angehen. Es ist schon Ewigkeiten her – fünfzehn Jahre, um genau zu sein." Die Worte kamen völlig ohne Scham über seine Lippen.

Cooper gab ihm einen Kuss. „Du warst doch schön für mich geöffnet, als ich es dir mit dem Mund besorgt hab."

Jetzt wurde Kelly doch rot. „Auch da ist das letzte Mal fünfzehn Jahre her."

„Das heißt, Nina hat nie …?"

„Könntest du bitte Nina …?" Kelly machte ein frustriertes Geräusch. „Nina war meine beste Freundin. Sie war meine Ehefrau, aber sie war nie meine Liebhaberin. Ich habe sie abgöttisch geliebt, aber unser Sexleben … Warum erzähle ich dir das eigentlich?"

Cooper fuhr mit den Fingern durch Kellys Haare. „Ich muss das nicht wissen, es geht mich nichts an."

„Der Sex war … Formsache." Kelly drehte sich auf den Bauch und damit weg von Cooper.

Cooper versuchte, die Geste nicht persönlich zu nehmen, und legte stattdessen liebevoll eine Hand auf Kellys wohlgeformten Rücken. Er ließ sie zwischen Kellys Schulterblätter gleiten und blieb ganz bewusst oberhalb von Kellys Taille.

„Das ist schön", stellte Kelly fest. „Warm."

„Gemütlich?"

Unter Coopers Hand ließ ein Lachen Kellys Körper vibrieren. „Ja, das auch."

Cooper küsste Kellys Nacken und sog dabei noch einmal diesen Geruch ein, von dem er nicht genug bekommen konnte. Kelly stöhnte auf.

„Ich mein's ernst", hauchte Kelly. „Ich möchte fühlen, was du gefühlt hast, als du letzte Nacht zweimal gekommen bist, als ich in dir war."

„Heute Morgen", korrigierte Cooper ihn.

„Ich habe nicht auf die Uhr geschaut, sondern ich habe zugesehen, wie du völlig durchgedreht bist. Das will ich auch."

Kelly spreizte die Beine gerade weit genug, dass Coopers Schwanz zwischen seine Pobacken passte. Obwohl sich das wunderbar anfühlte – und Kellys Stöhnen legte nahe, dass es ihm genau so ging –, ließ Cooper sich nicht lange darauf ein, weil er nicht wollte, dass das Kondom riss. Stattdessen ließ er von Kelly ab und griff nach dem Gleitgel. Als er seine Finger und Kellys Öffnung damit einrieb, erinnerte er sich an Kellys Bitte, es langsam anzugehen. Als der erste Finger, den er einführte, mit Leichtigkeit eindrang, lächelte er. Kelly schob sich begierig der Berührung entgegen und Cooper konnte es gar nicht erwarten, in der engen Hitze von Kellys Körper zu kommen, doch er hielt sein Versprechen und ging so langsam vor, wie er nur konnte.

Kelly sog scharf die Luft ein und Cooper küsste ihm daraufhin sacht den Nacken, sowohl, um sich von der überwältigenden Hitze zwischen seinen Beinen abzulenken als auch, um Kellys momentanes Unbehagen zu lindern. Der Schweiß ließ Kellys Haut salzig schmecken und Cooper ließ bei seinem Kuss seine Zunge zwischen den Lippen hervorschnellen, um diesen Geschmack besser genießen zu können. Wie könnte er von diesem Mann je genug bekommen?

„Mach weiter", stöhnte Kelly mehr, als dass er es sagte. „Möchte dich spüren."

Cooper bewegte sich mit kleinen Bewegungen vor und zurück und achtete dabei auf die Geräusche, die Kelly von sich gab. Obwohl er langsam in Kelly eindrang, war dieser immer noch unglaublich eng und das machte es schwer für Cooper, sich unter Kontrolle zu halten. Coopers Hüften trafen schließlich auf Kellys Pobacken und er konnte sich des Eindrucks nicht erwehren, dass sie auch in dieser Position gut zusammenpassten. Er fasste Kelly an den Schultern und zog sich tiefer in ihn hinein.

„Oh, Gott, ja", zischte Kelly. „Das ist es. Genau da."

Instinktiv wollte Cooper das Tempo erhöhen, doch er beherrschte sich. Er wusste, dass alles in zehn Sekunden vorüber wäre, wenn er seinem Instinkt nachgab. Dabei wollte er das hier so lange wie möglich hinauszögern. Dass er in den letzten Stunden bereits zweimal gekommen war, kam seinem Durchhaltevermögen nun zugute. Er bewegte sich vor und zurück und ließ sich von dieser hypnotischen Bewegung und Kellys Stöhnen forttragen.

„Warte einen Moment", bat Kelly mit angespannter Stimme. „Ich will dich sehen."

Cooper hielt das Kondom fest, als er aus Kelly hinausglitt, damit dieser sich umdrehen konnte. Als Kelly die Beine spreizte, leckte Cooper einmal über seinen dunklen, steifen Schwanz. Sein Mund war gerade auf dem Weg zu Kellys Eiern, als dieser ihn bat, aufzuhören. Er richtete sich etwas auf, damit er Kelly küssen konnte. „Alles in Ordnung?"

Kelly nickte. „Ich wollte nur nicht so kommen."

„Okay. Bist du bereit?" Kelly nickte wieder. „Entspann dich und triff mich auf der Hälfte des Weges."

Kelly war immer noch genau so eng wie beim ersten Mal, doch jetzt konnte Cooper sich sowohl von Kellys Stöhnen als auch von seinem Gesichtsausdruck leiten lassen. Dadurch fühlte es sich intimer an – weniger wie Sex und mehr wie ein Liebesspiel. Letzteres hatte sich Cooper in seinem Leben nur ganz selten erlaubt. Jetzt jedoch konnte und wollte er nicht widerstehen. Das hier war sein Mann, sein Partner. Er hatte fünfzehn Jahre darauf gewartet, dass sie wieder zueinander fänden, und hatte die Hoffnung schon aufgegeben, bis sie sich in diesem Klamottenladen über den Weg gelaufen waren. Er würde Kelly nicht wieder gehen lassen, komme, was da wolle. Der Sex war da nur noch das Sahnehäubchen.

„Ist es das, was du wolltest?"

Kelly bog den Rücken durch. „Das musst du wirklich fragen? Verdammt, Coop!"

Cooper fuhr mit seinen langsamen Bewegungen fort. Er wurde nicht schneller und änderte auch nicht den Rhythmus, weil er nicht wollte, dass das hier jemals zu Ende ging.

Kellys Haut fing an, vor Schweiß zu glänzen, und Cooper beugte sich für einen Kuss hinunter, als zwei starke Hände nach ihm griffen und nach oben in einen Kuss zogen. Das war nicht gerade eine bequeme Position. Kelly war ein großer Kerl und nicht unbedingt ein Schlangenmensch. Zum Glück war Cooper dagegen groß und schlank und passte gut zwischen Kellys Schenkel. Trotzdem würden sie nicht lange gleichzeitig küssen und vögeln können.

„Zu viel", stöhnte Kelly, als Cooper ihm einen Stoß gab, um ihren Kuss zu unterbrechen. „Aber hör nicht auf."

Obwohl er sich nicht ernsthaft Sorgen darüber machte, ob Kelly sein Gewicht tragen konnte, stützte er sich auf den Armen ab. „Besser?", presste er zwischen zusammengebissenen Zähnen hervor.

„Berühr mich", bettelte Kelly.

Cooper setzte sich auf die Knie und schob sie unter Kellys Oberschenkel, sodass sie seine Beine hielten. Obwohl das den Winkel seiner Stöße etwas schwierig machte, hatte er nun buchstäblich freie Hand, um Kelly auszuhelfen. Kelly seinerseits bog seinen Rücken weiter durch und drückte den Hinterkopf tiefer ins Kissen, während er aufstöhnte. Sobald Cooper begann, sich Kellys Erektion zu widmen, spürte er schon, wie ein Schauer durch Kellys Körper ging. Schon bald kam er und ein Strahl Sperma ergoss sich auf seinen Bauch. Auch Cooper war kurz davor, doch er war noch so geistesgegenwärtig, dass sich das Bild von Kellys verzerrtem Gesicht, seinem abgehackten Atem und den Händen, die sich im Bettlaken verkrallten, in seiner Erinnerung einbrannte. Cooper stieß noch ein paar Mal zu und kam dann mit solcher Wucht, dass er befürchtete, das Kondom würde nicht standhalten.

Kelly zog ihn in eine Umarmung und küsste ihn, sobald er halbwegs zu Atem gekommen war.

„Das Kondom", warnte Cooper. Er hielt es fest, als er sich von Kelly trennte, und ließ es neben das Bett fallen. Sie könnten auch später noch aufräumen.

Sie schmusten und küssten sich noch eine Weile, bevor sie erschöpft wieder einschliefen.

39

ALS COOPER aus dem Badezimmer kam, saß Kelly auf der Fensterbank. Ein Bein hatte er hochgezogen, das andere hatte er am Boden, um die Balance besser halten zu können. Er war nackt und ihm entging der begehrliche Blick, mit dem Cooper ihn betrachtete. Stattdessen sah er nach draußen auf die Bäume und Berge hinaus, an deren Anblick Cooper so gewöhnt war, dass er ihre Schönheit kaum noch wahrnam. Auch jetzt konnte der Ausblick seinen Blick nicht fesseln.

„Hier, bitteschön", sagte er, als er Kelly einen der beiden Becher Tee hinhielt, die er aus der Küche mitgebracht hatte. „Nur Zucker, richtig?"

„Mmh", stimmte Kelly zu. Er sah Cooper an, als er den Tee von ihm entgegennahm. „Das hast du dir gemerkt."

„Sich das zu merken, ist leicht. Schließlich hast du immer meine Tasse ausgetrunken, anstatt dir selbst was zu trinken aus der Küche zu holen."

„Ich habe gern aus deiner Tasse getrunken", meinte Kelly lächelnd. „Irgendwie hat der Tee da immer besser geschmeckt."

Cooper kam noch ein wenig näher. Er wollte Kellys Nähe und seine Wärme spüren. Er hoffte, dass es Kelly genauso ging und er ihn deshalb näher an sich zog, doch er tat es nicht. Stattdessen nahm er einen Schluck von seinem Becher, machte ein zischendes Geräusch, weil das Getränk so heiß war, und schnappte sich dann Cooper Becher, bevor dieser reagieren konnte.

„Hey!"

Kelly schenkte ihm ein strahlendes Lächeln, doch dann sah er ihn liebevoll an. „Aus deinem Becher schmeckt es immer noch besser."

Cooper bot ihm also seinen Becher an und Kelly trank wie ein Kind davon. Als Cooper seinen Becher wieder entgegennahm, leckte sich Kelly die Lippen. Für einen Moment sahen sie sich in die Augen, bis Cooper den Blick abwandte. Er blieb jedoch neben Kelly stehen, weil er immer noch das Bedürfnis verspürte, in der Nähe seines Geliebten zu sein. „Also, was wollen wir heute machen?", fragte er. Mit den Lippen streifte er Kellys Schulter.

„Ich dachte, wir könnten vielleicht ausreiten."

Cooper sah ihn überrascht an. „Ich weiß ja nicht, wie es dir geht, aber nach letzter Nacht verspüre ich so gar kein Bedürfnis danach, auf einem Pferd zu sitzen."

Kelly lachte. „Man kann dich so leicht aufziehen."

„Fühlst du dich nicht … wund?"

Kelly legte ihm eine Hand in den Nacken und zog ihn an sich, bis ihre Lippen sich berührten. Der Kuss begann sacht und unschuldig, doch schon bald wurde er leidenschaftlicher. Als Cooper eine heiße Flüssigkeit über die Hand lief, beendete er überrascht den Kuss.

Cooper rollte lachend die Augen und nahm einen weiteren Schluck von seinem Tee, doch Kelly griff nach dem Becher und nahm ihn ihm weg.

„Ja, ich fühle mich wund", bestätigte Kelly, als er ihre beiden Becher nahm und sie auf dem Fensterbrett abstellte, damit er Cooper zwischen seine Beine ziehen konnte. „Aber ich weiß, warum ich mich so fühle und deshalb ist der schönste Schmerz meines ganzen Lebens."

Cooper hatte plötzlich einen Kloß im Hals. Er fühlte, wie ihm Tränen in die Augen stiegen, und ihm kam nur eine Möglichkeit in den Sinn, wie er diesen emotionalen Ausbruch vor Kelly verstecken konnte: indem er ihm nah genug kam, um ihn wieder küssen zu können. Seine Erregung ließ sich kaum verstecken, als seine Hüfte gegen Kellys Bauch stieß, doch er ignorierte es. Den Zucker auf Kellys Zunge zu schmecken, war ihm im Moment wichtiger. Er legte seine Hände auf Kellys Wangen, als sie fortfuhren, sich ihre Liebe wortlos mit Küssen zu zeigen, und als Kelly Coopers schlanke Gestalt umarmte, fühlte dieser sich warm und sicher, obwohl keiner von beiden viel Kleidung trug.

Sie taten nichts, außer sich zu küssen und zu berühren, und Coopers letzter klarer Gedanke galt der Frage, wann sich die Dynamik zwischen ihnen so gewandelt hatte, dass nicht mehr er der dominante, ältere war, sondern Kelly ihn fürsorglich in die Arme nahm. Lag es an den Jahren, die verstrichen waren? Oder lag es an Kellys schierer körperlicher Präsenz und seiner Reife? Er konnte sich nur der Tatsache sicher sein, dass er zugelassen hatte, dass Kelly diese Rolle übernahm. Noch vor fünfzehn Jahren hätte er dagegen gehalten. Vor fünfzehn Jahren hatte Kelly automatisch die Rolle des Schwächeren übernommen, der von Cooper Führung erwartete. Cooper wollte nicht endlos bei der Frage verweilen, trotzdem war es ihm aufgefallen.

Erst als Cooper das kalte Fensterglas berührte, fiel ihm auf, wie eisig es draußen sein musste. „Ist dir nicht kalt?"

Kelly zuckte mit den Schultern. „War mir nicht aufgefallen."

Cooper ließ seine Hände über Kellys Schultern und Arme gleiten. „Du bist kalt."

„Ich will mich noch nicht anziehen", sagte Kelly und zog Cooper noch näher an sich, indem er seine Hände auf Coopers Pobacken legte.

„Wir können auch wieder unter die Decke kriechen."

Kelly schürzte die Lippen, als wäre er nicht überzeugt von der Idee.

„Außer, du musst irgendwohin?"

Kelly lachte kopfschüttelnd. „Manchmal darf auch ich mir einen Tag freinehmen. Für den Notfall hat das Sheriffbüro meine Handynummer."

Cooper nickte. Er trat einen Schritt zurück, hielt aber immer noch Kellys Hand. Kelly stand von der Fensterbank auf.

Kelly folgte Cooper hinüber zum Bett. „Irgendwann im Laufe des Tages müssen wir aber aus dem Bett kommen."

Cooper zuckte unschuldig mit den Schultern. „Wir sind doch gerade aus dem Bett."

„Nicht mehr lange!", rief Kelly und krabbelte dann unter die Decke.

Sie fuhren fort, sich zu küssen und zu berühren, doch keiner von beiden erhöhte das Tempo. Cooper machte das nichts aus. Es fühlte sich so unglaublich gut an, diesen Mann wieder in den Armen halten zu können – und zu fühlen, wie begierig er war –, dass er sicher war, dass noch viele solcher Tage vor ihnen lagen. Langsam aber sicher manifestierte sich in ihm der Glaube, dass sie vielleicht doch eine Chance auf eine gemeinsame Zukunft hatten. Und wenn es Kelly unmöglich war, sich zu outen, würde sich Cooper auch mit folgendem zufrieden geben: kuscheln und küssen und zwischendurch mal Sex – und das alles hinter den verschlossenen Türen von Kellys Haus.

GEGEN ZEHN beschlossen sie, in die Wirklichkeit zurückzukehren, da Cooper Kelly daran erinnerte, dass er versprochen hatte, Calley zu erzählen, dass Bill die Papier unterschrieben hatte.

Sie duschten – jeder für sich – und zogen sich an.

„Ich weiß nicht, wann du die Zeit dafür hattest, aber danke, dass du die gewaschen hast", sagte Cooper und hielt das T-Shirt und die Jeans hoch, die er vor vier Tagen hier gelassen hatte. „Zumindest habe ich jetzt was Sauberes zum Anziehen."

„Das sind die Vorteile eines Waschsalons", klärte ihn Kelly auf. „Seit Teo weg ist, bringe ich meine Sachen zu dem Waschsalon in der Nähe von Calleys Laden."

„Dann bedanke dich bitte in meinem Namen dafür, dass sie einen Weichspüler benutzt haben, der nicht nach Blumen riecht. Ich möchte wirklich nicht nach Veilchen duften", informierte ihn Cooper. „Fertig?"

Kelly hielt Cooper seinen Hut hin, zog seinen Wintermantel an und öffnete dann die Tür.

Cooper blinzelte in das plötzliche Licht, als ein Blitzlicht vor seinen Augen losging. Instinktiv senkte er den Kopf, damit sein Hut sein Gesicht versteckte.

„Sheriff Freed, was ist Ihre Reaktion auf die Bilder, die heute Morgen in der Post veröffentlicht worden sind?"

Cooper spürte, wie sich seine Brust zuschnürte.

„Ich habe keine Kenntnis von irgendwelchen Bildern", erklärte Kelly der Reporterin mit ruhiger Stimme.

Sie hielt ihm eine Ausgabe der Zeitung – wenn man es denn eine Zeitung nennen konnte – hin. Cooper musste gar nicht näher kommen, um zu erkennen, was für ein Bild die erste Seite zierte. Der Aufmacher war ein Foto von ihnen, wie sie auf die Baustelle von Gables Haus zugingen. Man hatte sie von hinten abgelichtet, trotzdem war eindeutig zu erkennen, dass sie Händchen hielten. Ein Paar der kleineren Bilder waren hier auf Kellys Veranda aufgenommen worden und zeigten, wie Kelly ihn anlächelte, als Cooper auf ihn zukam. Ein weiteres Bild war durch das Küchenfenster aufgenommen worden. Man konnte erkennen, wie sie sich küssten. Es spielte keine Rolle, dass Cooper in keinem der Bild eindeutig zu identifizieren war. Kelly hingegen war deutlich zu erkennen und auch die Tatsache, dass es ein Mann war, den er küsste. Auch die Überschrift war keineswegs subtil. „Kürzlich gewählter Sheriff ersetzt verstorbene Ehefrau durch männlichen Liebhaber."

Cooper machte einen Schritt rückwärts, doch er wusste, dass es zu spät war. Die Kameras hatten ihn längst entdeckt und mehr war nicht nötig, um den Verdacht zu bestätigen. Das Gefühl, das alles schon einmal erlebt zu haben, war überwältigend. Er hatte es erneut geschafft, das Leben eines anderen Menschen zu ruinieren. Er wollte wegrennen, sich verstecken, die Presse loswerden, doch er konnte nirgends hin. Die Auffahrt war von Kamerawagen zugeparkt und sein und Kellys Truck war von Neugierigen umstellt, die hofften, einen Blick zu erhaschen.

Und inmitten des herrschenden Chaos' war Kelly die Ruhe selbst.

„Einige dieser Bilder verletzen eindeutig meine Privatsphäre. Ich werde das mit meinem Anwalt besprechen und im Laufe des Tages eine Verlautbarung verlesen. Mehr werde ich zu diesem Zeitpunkt nicht sagen. Bitte räumen Sie meine Auffahrt, damit ich zur Arbeit fahren kann."

„Sheriff Freed, können Sie uns sagen, wer Ihr Liebhaber ist?"

„Wie lange sind Sie schon zusammen?"

„Waren Sie schon zusammen, als Ihre Frau noch lebte?"

„Wusste Mrs Freed von ihm?"

Cooper wurde schlecht, als er die Fragen hörte, die auf sie einprasselten. Es hatte eine Zeit gegeben, als er die Aufmerksamkeit geliebt hatte. Er hatte mit der Presse gespielt, bis sie ihm aus der Hand gefressen hatte, doch damals hatte das Interesse niemals ihm persönlich gegolten. Seit der Sache mit Martin konnte er diesem Zirkus nichts mehr abgewinnen.

„Kein Kommentar. Bitte lassen Sie uns zur Arbeit."

Kelly sah Cooper an. „Du fährst mit mir. Lass den Truck hier stehen, wir können ihn später abholen", sagte er mit leiser Stimme.

Cooper hatte keine Einwände. Sie stiegen in das Auto des Sheriffs ein und die Menge teilte sich vor ihnen, um sie durchzulassen. Als Kelly in Richtung Stadt davonfuhr, wusste Cooper nicht, was er sagen sollte. „Tut mir leid", erschien ihm nicht im Geringsten angemesen, obwohl es ihm natürlich tatsächlich leid tat.

„Coop, kommst du mit mir ins Büro? Ich muss einen Text verfassen und hätte gern einen zweiten Anwalt dabei."

„Vielleicht wäre es besser, wenn man dich nicht mit mir zusammen sieht."

Kelly hielt das Auto auf dem Seitenstreifen an. „Das ist mir egal. Die Katze ist aus dem Sack und ich werde es nicht abstreiten. Ich werde es verstehen, wenn du kein Teil dieses Medienzirkus' sein willst. Das musst du auch nicht. Aber ich werde nicht zulassen, dass sie kaputtmachen, was wir haben. Dafür habe ich zu lange darauf gewartet."

„Du hast auch sehr lange auf diesen Job gewartet." Cooper konnte Kelly nicht ansehen, weil er befürchtete, dass sich seine Gefühle viel zu deutlich auf seinem Gesicht spiegelten.

„Cooper, sieh mich an."

Cooper drehte den Kopf, doch er konnte Kelly kaum länger als ein paar Sekunden direkt ansehen.

„Wenn die Menschen, die mich gewählt haben, mich nicht als ihren Sheriff wollen, weil ich schwul bin, können sie mir das selbst sagen oder mich aus der Stadt vertreiben. Das ist mir egal."

„Sag das nicht, Kelly."

„Ich meine das todernst. Ich werde meine Stellungnahme verlesen und wenn sie das nicht mögen, können sie mich rausschmeißen. Wenn sie das jedoch nicht tun, werde ich weiterhin der Gutmensch sein, der ich schon das ganze letzte Jahr war."

„Ich kann nicht zulassen, dass du alles wegwirfst, wofür du die letzten zwölf Jahre gearbeitet hast."

„Ich kann dich dafür nicht aufgeben."

Kelly griff nach Coopers Hand und dieser brauchte einen Moment, bis er seine Hand umgedreht hatte, sodass sie ihre Finger verschränken konnten. Er drückte die Hand, konnte dem Mann, der sie ihm dargeboten hatte, jedoch nicht in die Augen sehen, weil er wusste, dass er dann anfangen würde zu weinen.

„Lass uns ins Büro fahren. Wir können dort weiter reden."

Cooper nickte und ließ Kellys Hand los, damit dieser das Auto wieder auf die Straße lenken konnte.

40

KELLY WAR selbst überrascht, wie ruhig er war, als er vor die Presse trat, um seine Verlautbarung zu verlesen. Er hatte mit Jennifer gesprochen, um ihr zu erklären, dass er sich viel früher als geplant outen würde, und sie hatte ihm nicht nur ihre Unterstützung zugesagt, sondern hatte auch vorgeschlagen, dass sie zuerst ans Mikrofon treten würde.

Er hatte alle Deputys und freiwilligen Reserven zu sich gerufen, um sie darüber zu informieren, was vor sich ging. Den ersten Test hatte er bestanden, als er sie bat, den Dienst zu quittieren, sollten sie sich nicht länger in der Lage fühlen, für ihn zu arbeiten. Ein paar hatten ein bisschen rumgemosert, doch alle waren geblieben.

Cooper hatte bei der Formulierung von Kellys Stellungnahme geholfen. Dabei hatten sie auch beschlossen, dass er nicht mit nach draußen kommen würde, um zu verhindern, dass der alte Skandal von den aktuellen Ereignissen ablenkte.

Genau um dreizehn Uhr trat Jennifer vor die Presse. Die Kameraauslöser klickten, doch als die Fotografen bemerkten, dass sie nicht Kelly vor der Linse hatten, wurde es bald wieder ruhig.

„Mein Name ist Jennifer McCarthy und ich bin Sheriff Kelly Freeds Sekretärin. In einer Minute wird er eine Stellungnahme verlesen und danach Fragen beantworten, solange sie höflich und respektvoll bleiben."

Jennifer trat zur Seite, um für Kelly Platz zu machen, und dieser atmete einmal tief ein, um sich zu wappnen. Er versuchte, nicht zu sehr zu blinzeln, als die Kamerablitze ihn blendeten, doch nachdem er eine gefühlte Ewigkeit geduldig gewesen war, hob er eine Hand, um das Kameraklicken zu beenden.

Er nahm den Ausdruck seiner Rede zur Hand und begann, mit fester und ruhiger Stimme zu sprechen.

„Vor über einem Jahr kam ich in diese Stadt, um als Deputy für Sheriff Hanson zu arbeiten. Meine verstorbene Frau hatte diese Stelle ausfindig gemacht. Sie wusste, dass Hanson nach seiner Amtszeit in Rente gehen würde und dass ich als Chief Deputy die Menschen kennenlernen würde, die ihre Stimme für mich abgeben könnten, sollte ich mich zur Wahl stellen.

Ich hätte besser bezahlte Jobs in angeseheneren Gegenden bekommen können, doch es gab noch einen anderen Grund, warum ich diese Stelle angenommen habe, und meine Frau kannte diesen Grund noch bevor sie mich geheiratet hat, denn sie war zugegen gewesen, als ich ihn getroffen habe.

Nina und ich haben eine zwölfjährige Ehe voller Verständnis geführt. Sie war meine Stütze und meine treueste Unterstützerin. Es bestand für mich kein Zweifel, dass ich zu ihr stehen würde, als sie krank würde, und ich habe mich um die bestmögliche Versorgung bemüht. Auch aus diesem Grund lebte sie viel länger als die drei Jahre, die man ihr bei Diagnosestellung noch gab.

Ich werde nicht tatenlos zusehen, wie sogenannte Nachrichtenreporter das Ansehen einer Frau in den Schmutz ziehen, die die fürsorglichste und anständigste Frau war, die mir je begegnet ist. Genauso wenig werde ich zulassen, dass der Name des Mannes, den ich seit meinem Studium liebe, in den Schmutz gezogen wird. Ich mag zwar eine öffentliche Person sein, doch er ist ein Privatmensch. Ich möchte Sie höflich bitten, dies zu respektieren – ob er nun allein unterwegs ist oder in meiner Begleitung."

Kelly atmete noch einmal tief durch, als er spürte, wie seine Anspannung stieg.

„Ich bin schwul. Das war ich schon immer und das werde ich auch immer sein. Ich habe dahingehend nie die Unwahrheit gesagt, allerdings habe ich diese Information auch bisher nicht öffentlich gemacht. Tatsächlich bin ich immer noch dieselbe Person, für die Sie gestimmt haben. Ich bin immer noch bestrebt, dieses Land zu einem sicheren und einladenden Ort zum Leben zu machen. Ich bin immer noch bestrebt, Menschen zu helfen. Sollten Sie sich jedoch nicht länger von mir vertreten fühlen, so können Sie Ihren Bedenken an einer neu eingerichteten Stelle Gehör verschaffen. Hier leben fast elftausend wahlberechtigte Bürger. Sollten bei der Beschwerdestelle bis zum Ende des Jahres fünftausendfünfhundert Unterschriften eingegangen sein, werde ich zurücktreten. Im gegenteiligen Fall werde ich das jedoch als Vertrauensbeweis werten und diesem County weiterhin mit ganzem Einsatz dienen.

Vielen Dank für Ihre Aufmerksamkeit."

Für einen Moment war es im Raum mucksmäuschenstill. Sogar das Klicken der Kameras war verstummt. Hinter den Reportern konnte er eine Gruppe stiller Unterstützer erkennen. Hunter und Grant waren mit Matty gekommen. Gable und Flynn hatten Calley und die Zwillinge mitgebracht. Tim hielt seine Hand hoch, die er mit Rorys verschränkt hatte. Dieser Anblick gab Kelly fast den Rest, doch dann kam plötzlich Leben in die Reporter und sie fielen sich gegenseitig ins Wort, um Fragen zu stellen.

Wieder hielt Kelly eine Hand hoch. „Ich kann nicht ein Wort von dem verstehen, was Sie sagen. Bitte respektieren Sie Ihre Kollegen, indem Sie nacheinander Fragen stellen. Wer weiß, vielleicht stellt jemand anders genau die Frage, die auch Ihnen auf den Lippen brennt."

Einige der Anwesenden lachten, dann kam die erste Frage.

„Kaitlyn Ever. Channel Ten News. Warum sind Sie nicht früher an die Öffentlichkeit gegangen?"

Kelly lächelte. „Miss Evers. Als ich meine Kandidatur bekanntgegeben habe, hat Ihr Sender bezweifelt, dass ich genügend Zeit in meine Arbeit investieren kann, weil ich eine kranke Frau zu Hause habe. Im Gegenzug musste ich nur versichern, dass ich eine Haushaltshilfe hatte, die sich sowohl um mein Haus als auch um Frau kümmert. Andere Sender haben die Geschichte und auch meine Antwort darauf aufgegriffen und damit war die Sache vom Tisch. Man hat nie wieder danach gefragt. Nun jedoch habe ich einen Partner, der sein eigenes Geld verdient, sein eigenes Leben führt und seit zehn Jahren in dieser Gegend lebt und plötzlich soll das irgendeinen Einfluss darauf haben, wie gut ich meinen Job erledigen kann? Wohl eher nicht. Nächste Frage."

„David Chalmers. Boise Examiner. Der andere Mann in den Bildern wurde als Cooper Nelson identifiziert. Ein ehemaliger Anwalt, dem aufgrund eines Interessenkonflikts die Lizenz entzogen worden ist, weil er vor acht Jahren eine Affäre mit einem Bezirksstaatsanwalt aus diesem County hatte. Als die Affäre öffentlich wurde, hat der Staatsanwalt sich umgebracht. Ihr Kommentar?"

„Mein Kommentar wozu? Dem Namen, der Affäre oder der Tatsache, dass sich dieser Mann offensichtlich so in eine Ecke gedrängt fühlte, dass er keinen anderen Ausweg mehr sah?" Als der Reporter nicht gleich antwortete, fuhr Kelly fort. „Ich bestätige den Namen und bitte Sie noch einmal, seine Privatsphäre zu respektieren. Schon Ihre Frage ist ein Beweis dafür, dass diese Bitte ihre Berechtigung hat."

„Aber er arbeitet auf einer der Ranches, die in der Gegend als die Schwulenranches bekannt sind?", hakte derselbe Mann nach.

„Sie sind aus Boise?"

Chalmers nickte.

„Dann erlauben Sie mir, Ihnen zu erklären, dass diese beiden zu den erfolgreichsten Pferderanches des Countys gehören. Sie sichern Arbeitsplätze. Sie werden von Männern geführt, der hier geboren und aufgewachsen sind, und ich denke nicht, dass die Tatsache, dass sich diese Männer in gefestigten Beziehungen zu anderen Männern befinden, sich in irgendeiner Weise darauf auswirkt, wie diese Betriebe geführt werden. Die Tatsache, dass diese Männer in ihrer Gemeinde und von ihren Geschäftspartnern geschätzt werden, spricht wohl für sich." Kelly sah an den Reportern vorbei zu Grant, der sich an den Hut tippte, und zu Gable, der ihm ein schüchternes Lächeln schenkte. Dann wandte er den Blick wieder der ersten Reihe zu. „Der Nächste!"

„Lisa LaDure. WebLegalNews. Was werden Sie tun, wenn die Bevölkerung sich gegen Sie entscheidet?"

„Ich wollte schon immer Touren für Touristen durch den Grand Teton National Park organisieren. Ich habe das Gebirge schon oft mit meinem Helikopter überflogen und es ist atemberaubend schön. Vermutlich würde ich auch ein paar Pferde kaufen und Touren für Reiter anbieten."

„Sie würden hier in der Gegend bleiben?", fragte die Reporterin.

„Ja, natürlich würde ich das. Mein Leben findet hier statt. Ich mag die Gegend und ich mag die Menschen."

„Selbst, wenn sie Sie aus dem Amt wählen?"

„Dafür gibt es Wahlen. In einer Demokratie dürfen sich die Menschen entscheiden, wem sie ein Amt am ehesten zutrauen. Und jeder hat das Anrecht auf eine eigene Meinung."

Kelly sah, dass nur noch ein paar Reporter ihre Hände hoben, und räusperte sich. „Ich denke, Sie haben genug, worüber Sie schreiben können, und ich habe ein Amt, das ich ausüben muss. Ich bedanke mich für Ihre Fragen und für Ihr respektvolles Auftreten." Bei diesen Worten drehte er sich um und ging in den Bereich des Gebäudes zurück, der nicht für die Öffentlichkeit bestimmt war. Im Wartebereich waren ein paar Menschen und er nickte ihnen zu, bevor er in sein Büro ging. Er hatte kaum die Tür geschlossen, als er auch schon fest umarmt wurde.

„Du bist vom Text abgewichen."

Kelly drückte Cooper. „Tut mir leid, aber die Frage war einfach bösartig. Ich konnte an nichts anderes denken als daran, dass drei Kinder das sehen würden. Ich musste etwas zu Martins Verteidigung sagen."

„Danke."

Hinter Cooper konnte Kelly die Nachrichtensendung sehen, in der Kaitlyn Evers „live vom Geschehen" berichtete. „Hast du gesehen, dass sie alle da waren? Gable und Hunter und der Rest?"

„Sie sind alle gekommen, um dich zu unterstützen."

„Hast du sie angerufen?"

„Ich denke eher, das war Jennifer."

„Sie ist viel zu effizient."

„Ich finde, sie ist perfekt für den Job."

41

„FROHE WEIHNACHTEN!", rief Kelly, als er das Haupthaus der Blue River Ranch betrat. Er hatte Champagnerflaschen in der Hand und hinter ihm kam Cooper mit ein paar Weihnachtssternen. Eine ganze Horde Kinder begrüßte sie euphorisch, bevor sie auf Izzie trafen.

„Kommt her, Jungs", sagte sie mit ausgebreiteten Armen. Sie umarmte beide. „Wie immer herrscht hier das reinste Chaos. Seid ihr sicher, dass so ein lautes, ungeordnetes und chaotisches Weihnachtsfest was für euch ist?"

Kelly sah Cooper an, der wiederum mit den Schultern zuckte. „Schätze schon. Wenn es uns zu bunt wird, können wir immer noch die Flucht ergreifen."

„Klar könnt ihr das", meinte Izzie, die Vicky am Kragen packte, weil sie zu schnell über den harten Dielenboden rannte.

Bei dem Anblick musste Kelly lächeln und er nahm Cooper bei der Hand. Das tat er selten in der Öffentlichkeit, aber hier unter Freunden konnten sie als Paar auftreten.

„Es steht überall Essen herum, aber lasst noch ein bisschen Platz für das Hauptgericht", sagte Izzie mit einem Augenzwinkern. Dann verschwand sie wieder in der Küche.

„Da ist Calley", meinte Cooper. Sie saß allein und hatte eine Hand auf ihren Bauch gelegt. Cooper setzte sich neben sie und Kelly ihr gegenüber.

„Ihr zwei seht so glücklich aus", sagte sie. „Der Umzug hat dir gut getan", sagte sie an Cooper gewandt.

„Ich bin noch nicht umgezogen", berichtigte er sie.

„Nein, du schläfst nur jede Nacht dort. Hat Kelly dich etwa noch nicht gefragt?"

Kelly legte Cooper eine Hand aufs Knie. „Er weiß, dass er immer willkommen ist." Er zwinkerte Cooper zu. „Ich lade ihn gar nicht mehr ein. Er ist einfach jeden Abend da. Das Essen ist fertig, die Wäsche ist vom Waschsalon abgeholt und der Kühlschrank ist aufgefüllt. Meine Haushilfshilfe vermisse ich nicht mehr wirklich."

„Aber Teo hat dich nicht nachts warmgehalten. Er hat dir nicht gegeben, was sonst nur deine eigene Hand dir gibt …" Schon vor einer ganzen Weile waren sie zum Du übergegangen.

„Calley!", warnte Cooper sie.

„Ach, kommt schon, ihr Süßen. Einer der Vorteile, wenn man krank ist, ist, dass man immer sagen kann, was man gerade denkt. Und ihr zwei seid füreinander gemacht. Jeder kann das sehen."

„Wie geht es dir?", fragte Kelly.

„Die Zimmer, die ihr für uns angebaut habt, sind wunderbar. Es ist schön, mit den Kindern dort zu wohnen, denn ich weiß, ich kann einfach ein Nickerchen machen, wenn ich müde werde, weil sich dann die Jungs um sie kümmern. Da fällt mir ein: Sadie wollte mit dir sprechen."

„Ist sie hier?"

Calley schüttelte den Kopf. „Der Laden macht um sechs zu. Sadie wird Ryan mitbringen, sie werden zum Abendessen hier sein."

„Aber wie geht es dir?", wiederholte Kelly.

„Es geht. Das Baby", sie streichelte ihren Bauch, „wächst, als gäbe es kein Morgen. Die Ärzte behalten ihn im Auge, aber bisher gibt es keine Anzeichen darauf, dass meine Therapie ihn irgendwie negativ beeinflusst. Wenn er auf der Welt ist, wird die Medikation erhöht, aber das sehen wir später."

„Also wird es ein Junge? Flynn ist bestimmt begeistert."

Calley rollte die Augen. „Er ist so eine Glucke, es ist einfach unglaublich. Manchmal muss ich ihn aus dem Zimmer scheuchen, damit ich auch mal meine Ruhe habe!" Ihr Gesichtsausdruck wurde weich. „Aber es ist schön zu wissen, dass er sich um die Kinder kümmert, wenn mir etwas zustößt oder wenn ich längere Zeit ins Krankenhaus muss. Und auch das Baby kann ich ihm anvertrauen." Sie hob den Blick. „Da ist er ja mit meinem Getränk."

GABLE GING auf die Veranda hinaus. Es war zwar bereits dunkel und fast Zeit fürs Abendessen, doch er musste für einen Moment dem Durcheinander entkommen. In der Auffahrt hielt ein Auto, aus dem zwei Personen ausstiegen. Als sie auf die beleuchtete Veranda zuliefen, erkannte Gable Sadie. Ihr Begleiter ging nicht mit ihr durch die Vordertür, sondern um das Haus herum in Gables Richtung.

„All die guten Sachen sind drinnen, weißt du?"

Ryan zuckte überrascht zusammen, doch er fasste sich sofort wieder, als er Gables Stimme erkannte. „Ich hab dich gar nicht gesehen. Wenn die guten Sachen drinnen sind, was machst du dann hier draußen?"

„Die Ruhe genießen."

Ryan konnte sich ein Grinsen nicht verkneifen und Gable dachte an den langen Weg, den sie hinter sich hatten. Ryan war immer noch nicht besonders gesprächig, doch seit er nach Blackwater gezogen war, hatten er und Gable eine Art wortlose Übereinkunft getroffen und so langsam hatte Gable den Eindruck, dass er zu dem Jungen durchdrang. Zumindest manchmal.

„War im Laden heute viel los?"

„Teilweise. Ich habe die Regale aufgefüllt und Sadie stand hinter der Kasse."

Gable nickte. „Hattest du Gelegenheit, bei Kaye vorbeizufahren?"

Ein Schatten fiel auf Ryans Gesicht, als er nickte.

„Hast du ihm frohe Weihnachten gewünscht?" Er wusste, dass er bohrte, doch seitdem er von der Sache mit Kaye erfahren hatte und wusste, dass Ryans Gefühle erwidert wurden, hatte er alles daran gesetzt, Ryan wissen zu lassen, dass er immer ein offenes Ohr hatte. Aus eigener Erfahrung wusste er, dass er Ryan nur noch mehr in die Arme des älteren Mannes treiben würde, wenn er ihm riet, ihm fernzubleiben. Außerdem würde das nur dazu führen, dass Ryan ihm nichts mehr erzählte, und das wollte er auf jeden Fall vermeiden.

„Er wird wegziehen." Ryans Stimme brach und Gable fühlte mit ihm.

„Wo geht er hin?"

„Nach Seattle. Er hat dort einen Job gefunden."

„Es gibt E-Mail und Skype. Ihr könnt doch in Kontakt bleiben."

Ryan sah ihn an, als wolle er ihn gleich fragen, ob er ein bisschen dumm im Kopf sei.

„Bis du achtzehn bist, Ry. Das ist sicherer. Im Moment könnte er für das, was ihr tut, in den Knast wandern."

„Wir tun doch gar nichts!" Tränen rannen über Ryans Gesicht. Er versuchte nicht einmal, sie zu verstecken.

755

Gable legte Ryan eine Hand auf die Schulter und lud ihn ein, sich auf die Verandastufen zu setzen. Dann ließ er sich neben ihm nieder.

Ryan sah unglücklich und niedergeschlagen aus.

„Habe ich dir jemals von der Zeit erzählt, als ich in Kayes Alter war?"

Ryan schüttelte den Kopf und schniefte.

„Ich war damals Single und hatte auch noch nie wirklich eine Beziehung mit jemandem gehabt. Soweit ich wusste, war ich der einzige schwule Mann in der Gegend. Das war nichts, worüber man offen sprach und es gab auch niemanden, den ich hätte fragen können. Bevor die Handle Bar aufgemacht hat, bin ich manchmal nach Idaho Falls oder für ein Wochenende nach Boise gefahren, weil ich wusste, dass es dort Schwulenbars gab." Er sah Ryan an, der aufgehört hatte zu weinen, und jetzt stattdessen in die Dunkelheit hinausstarrte. „Dann bekam ich eine Aushilfe von einer der Nachbarranches. Er war sechzehn, genau wie du, und er hat hart gearbeitet."

„Wie ich."

„Ja, wie du, aber er kam vom Land. Er trug immer die alten Arbeitsklamotten seiner größeren Brüder auf. Meistens war er sehr gesellig und gesprächig, aber manchmal konnte er auch sehr still werden. Bei einer dieser Gelegenheiten fragte ich ihn, was los sei, und er erzählte mir von diesem Mädchen in der Schule, das hinter ihm her sei. Und dann erzählte er mir, dass er an diesem Mädchen nicht interessiert sei. Er sei an mir interessiert."

Ryan nickte zwar, sagte jedoch nichts.

„Ich mochte ihn sehr, aber ich hatte auch Angst. Ich sagte ihm, er sei zu jung, aber er wollte einfach nicht auf mich hören. Er kam jeden Tag auf der Ranch vorbei und irgendwann gab ich schließlich nach."

„Ihr hattet … Sex?"

Gable nickte. Er hoffte, dass er mit seiner Geschichte Ryan dazu bringen könnte, die Wahrheit darüber zu erzählen, was er und Kaye so trieben, doch Ryan blieb stumm.

„Wie … wie war es?"

„Das geht nur ihn und mich etwas an, Ryan."

„In Ordnung, verstehe."

„Was zwischen euch passiert ist, ist keine Sünde, Ryan, aber das Gesetz ist sehr streng. Erst an deinem achtzehnten Geburtstag wird Kaye nicht mehr Gefahr laufen, dafür ins Gefängnis zu müssen. Es ist auch zu seinem Besten, dass er wegzieht."

„Ich sag doch, es ist nichts passiert."

Darauf antwortete Gable nicht. Er glaubte Ryan nicht, aber er konnte verstehen, warum er log.

Nachdem sie noch ein paar Minuten schweigend nebeneinander gesessen hatten, atmete Ryan hörbar ein. „Kaye wollte nicht. Er hat dasselbe gesagt wie du. Dass er mich zwar liebt, aber dafür nicht ins Gefängnis will. Er meinte, Cooper wisse Bescheid. Kelly auch. Ich schätze, er liebt mich einfach nicht genug."

„Nein, Ry. Er hat dich genug geliebt, um es nicht zu tun. Das zeigt nur, dass er dich respektiert."

„Und was nützt es mir? Er wird wohl kaum zwei Jahre auf mich warten."

„Das kannst du nicht wissen."

„Und wenn er mich so sehr respektiert, was sagt das dann über dich? Heißt das, du hast deinen geheimnisvollen Typen nicht respektiert? Wer war es überhaupt?"

„Und auch das geht nur ihn und mich etwas an."

„Ich wette, du hast ihn nur erfunden."

Gable biss sich auf die Lippe. „Habe ich nicht. Aber wenn du beschließt, mir nicht zu glauben, ist das dein Problem – nicht meins." Er gab Ryan einen freundschaftlichen Klaps auf die Schulter und stand dann auf. „Lass uns reingehen und essen. Und mach ein freundliches Gesicht."

Ryan folgte ihm nach drinnen, wo die meisten schon an einem der riesigen Tische Platz genommen hatten. Flynn gab ihm Gable Zeichen und er ging zu ihm hinüber. Er freute darüber, dass auch Tim an ihrem Tisch saß. „Macht es dir was aus, wenn ich mich neben Tim setze?", fragte er Flynn. Sie tauschten die Plätze und Flynn trug ihnen allen Essen auf.

„Kann ich dich um einen Gefallen bitten?", fragte er Tim. „Könntest du vielleicht mit Ryan reden?"

„Worüber?"

„Darüber, wie man über seine erste Liebe hinwegkommt."

Tim lachte. „Was hast du ihm denn erzählt, Gable?"

„Die Wahrheit. Aber ich habe ihm nicht deinen Namen verraten."

„Er ist ein schlaues Kerlchen. Wenn ich zu ihm gehe und mit ihm rede, wird er ganz schnell eins und eins zusammenzählen."

„Wäre das so schlimm?"

Tim lächelte wieder und schüttelte den Kopf. „Na, gut. Ich rede mit ihm."

Auf der anderen Seite des Zimmers saßen Kelly und Cooper zusammen mit Hunter und Grant am Tisch.

„Was macht die Unterschriftenliste?", fragte Hunter. „Wirst du nächstes Jahr immer noch unser Sheriff sein?"

Kelly schluckte ein Stück Süßkartoffel hinunter. „Sieht so aus. Außer, in der nächste Woche tauchen überraschend viereinhalbtausend Leute auf, die noch unterschreiben wollen."

„Gratuliere!", sagte Grant. „Ich wusste, dass das klappt. Die Pressekonferenz hat eingeschlagen wie eine Bombe. Wie bist du nur so ruhig geblieben?"

Kelly sah Cooper lächelnd an und wandte sich dann wieder an Grant. „Das hat mir Cooper beigebracht."

„Warte … stell sie dir alle nackt vor?"

Kelly schüttelte den Kopf. „Früher war ich immer so nervös im Übungsgericht, dass ich ständig nur gestottert und gestammelt habe. Also hat mir Cooper eines Tages erzählt, wie er das macht. Er sagte sich immer, dass sowieso schon alles verloren sei und dass es keinen Unterschied macht, was ich jetzt sage oder tue. Aber ich müsse da rausgehen und meinem Mandaten beweisen, dass ich immer noch an ihn glaube. Wenn ich also versage, macht es nichts. Wenn ich aber gewinne, ist es ein wirklicher Erfolg."

„Das würde bei mir nicht funktionieren. Sich alle Hoffnung nehmen? Dann würde ich gleich aufgeben." Hunter lehnte sich zurück und rieb sich den Bauch.

Cooper lachte. „Bei mir hat das auch nie funktioniert, aber Kelly ist unser kleiner Andy Griffith. Hoffnungslose Fälle sind sein Spezialgebiet."

Unter dem Tisch drückte Kelly Coopers Knie. „Mistkerl."

„Nun, zehntausend besorgte, aber ziemlich ruhige Bürger scheinen ja dann mit ihrem schwulen Sheriff zufrieden zu sein. Ob er nun Andy Griffith ist oder nicht."

„Ich bin jedenfalls mehr als bereit, die nächsten vier Jahre zu dienen."

Jetzt war es an Cooper, Kelly auf den Oberschenkel zu klopfen.

„Gibt es immer noch eine Wache vorm Sheriffbüro?", wollte Hunter wissen.

„Nein." Kelly grinste. „Das ging nur zwei Tage so. Dann gab es eine Menge böser Briefe, aber auch da kommen nur noch ein oder zwei pro Woche."

„Das ist trotzdem hart."

Kelly zuckte mit den Schultern. „Jennifer öffnet die Briefe für mich und Len, mein Chief Deputy, kümmert sich um die, in denen tatsächlich Drohungen ausgesprochen werden. Die meisten sind jedoch ziemlich allgemein gehalten. Immerhin habe ich ein tolles Team, das ist doch das Wichtigste."

„Und die Journalisten?"

„Kein Wort. Es gab noch einen Artikel mit einem Ganzkörperfoto von Cooper und der Überschrift ‚Sheriff Freeds Seitensprung', aber das ist auch schon alles."

„Ganzkörperfoto?", stotterte Grant.

„Angezogen, natürlich", erklärte Cooper. „Aber ich mochte den Hintergrund. Es war ein Foto von uns auf dem Pferderücken hier auf eurer Ranch. Kelly hat das Foto angefordert, stimmt's?"

Kelly nickte.

NACH DEM Nachtisch ging Kelly nach draußen, um etwas frische Luft zu schnappen.

„Da bist du ja." Kelly legte die Arme um Cooper. „Ich dachte schon, du wärst ohne mich gegangen."

„Das würde ich doch nicht wagen. Ich habe seit über einem Monat nicht mehr in meinem Bett im Mannschaftshaus geschlafen."

„Vielleicht solltest du dein Zimmer ausräumen?"

„Was willst du damit sagen?", fragte Cooper.

„Nichts, was ich nicht bereits gesagt hätte. Du hast einen Schlüssel und du lebst ohnehin schon praktisch bei mir. Wäre es nicht einfacher, wenn du auch deine Besitztümer mit zu mir bringst?"

„Du hast keine Ahnung, was du da vorschlägst. Ich habe auch noch alle meine Jurabücher eingelagert."

„Vielleicht sollten wir die auch herholen und uns wieder ans Staatsexamen machen. Wir würden ein tolles Team abgeben."

„Irgendwie sehe ich da einen Interessenkonflikt am Horizont. Du verhaftest jemanden und ich verteidige ihn. Das ist wohl keine so gute Idee, Kells."

„Wir werden sehen." Kelly küsste Coopers Nacken und sog den Duft des Mannes ein, den er liebte. Dann sah er zum Mond und den Sternen hinauf. „Würdest du die Sterne für mich vom Himmel holen?"

Cooper hob eine Hand und blies darauf. In der kalten Nachtluft verwandelte sich sein Atem in eine kleine Wolke. Dann schnippte er ein paar eingebildete Flecken beiseite. „Ich muss nur ein paar Wolken wegschubsen und ein paar Sterne polieren, damit sie noch heller scheinen. Das tu ich doch gern für meinen Mann."

ZAHRA OWENS ist eine mehrsprachige Weltenbummlerin, die zwar große Städte liebt, aber gleichzeitig ein Faible für die endlosen Landschaften hat, die dort, wo sie lebt, so selten sind.

Sie mag ihre Männer, wie sie sind, und würde nie versuchen, sie zu ändern. Männer mit harter Schale, aber weichem Kern, werden besonders gern genommen, doch sie mag auch die starken, stillen Typen, die der Meinung sind, dass sie ihre Verletzlichkeit gut verstecken. Sie macht es sich zur Aufgabe, für diese Männer ein Happy End zu erfinden, selbst wenn der Weg dorthin durch Krankenhausbetten, Häuser mit herrlichen Ausblicken oder Pferdeweiden führt.

Zahra ist stolzes Mitglied der Rainbow Romance Writers, einem Flügel der Romance Writers of America, und wird nicht eher ruhen, bis Liebesromane mit schwulen Protagonisten genauso behandelt wird wie andere Liebesromane auch. RWA hat sie in das Netzwerk professioneller Autoren aufgenommen, doch ihren Brotjob hat sie noch nicht aufgegeben, da er es ihr erlaubt, in einer Männerdomäne zu arbeiten. Und welche Frau könnte da widerstehen?

Wenn Zahra einen Wunsch frei hätte, dann hätten Tage sechsunddreißig Stunden, denn wie sonst sollte sie all die Romane beenden, die ihr noch im Kopf herumschwirren?

Du kannst Zahra auf zahraowens.com besuchen.

Von ZAHRA OWENS

Diplomatisch Beziehungen

CLOUDS AND RAIN
Clouds and Rain – Ein Lichtblick für Gable
Earth and Sky – Ein Neubeginn für Hunter
Floods and Drought – Eine zweite Chance für Rory
Moon and Stars – Ein Wiedersehen mit Cooper

Veröffentlicht von DREAMSPINNER PRESS
www.dreamspinner-de.com